《读书》十年

一九八六年——一九八九年

（二）

扬之水◎著

天津出版传媒集团
百花文艺出版社

图书在版编目（CIP）数据

《读书》十年 / 扬之水著. -- 天津 : 百花文艺出版社, 2019.8
ISBN 978-7-5306-7339-3

Ⅰ. ①读… Ⅱ. ①扬… Ⅲ. ①日记-作品集-中国-当代 Ⅳ. ①I267.5

中国版本图书馆CIP数据核字(2019)第117267号

《读书》十年
DUSHU SHINIAN
扬之水著

选题策划:李勃洋　刘　勇　　**装帧设计**:郭亚红
责任编辑:张　雪　唐冠群
出版发行:百花文艺出版社
地址:天津市和平区西康路35号　**邮编**:300051
电话传真:+86-22-23332651（发行部）
+86-22-23332656（总编室）
+86-22-23332478（邮购部）
主页:http://www.baihuawenyi.com
印刷:山东临沂新华印刷物流集团有限责任公司
开本:787×1092毫米　1/32
字数:900千字
印张:49.5
版次:2019年8月第1版
印次:2019年8月第1次印刷
定价:198.00元

如有印装质量问题，请与山东临沂新华印刷物流集团有限责任公司联系调换
地址:山东省临沂市高新技术产业开发区新华路1号
电话:(0539)2925659
邮编:276017

总目录

第一册

第二册

第三册

第四册

第五册

十年日记 百科全书

杨　早

《〈读书〉十年》是一本奇书。尽管看上去，它只是记录一位学者编辑生涯的日记选。

《〈读书〉十年》是扬之水一九八六至一九九六年间的日记选本，而本名赵丽雅的扬之水，正是当年“《读书》五朵金花”之一，稍明《读书》在二十世纪八九十年代文化界位置的人，都知道这套日记的重要性，它还原了“可信的”那个年代。

日记内容无非是记事与记感两类。而自古得能流传的日记，不只能见出作者生平、性情，还要能从中看出交游、艺文、时事、世情，堪称一部“全书”。风行一时流传不衰的如《越缦堂日记》《缘督庐日记》《湘绮楼日记》都有这种特点。反之，流水账式的《鲁迅日记》就不够自足，需要读者、研究者以大量史料与想象来脑补。

自然，日记作者名气愈大，地位愈高，而愈易流布。但好的日记还要满足两条:一是作者并未自觉日记的传世可能,写作时不隐恶,不讳饰,不矫情。二是公布的版本也能少删、不增,尽量留其原貌。因此,日记之真伪与作者入世之深浅,有时恰成反比。史界重视的《忘山庐日记》《退想斋日记》,研究价值不输于名家手札。

再来就说到文笔。鲁迅在答太炎师问“文、学之辨”时尝言:“学以启人思,文以增人感。”将日记当小品写,原是古时常事。近代以还,私人日记功能性增加而审美性趋弱,往往只适合研究者爬梳史料,而无法讽诵咏读。世人亦不以美文视日记,然而日记的文学价值,无疑也是这份日记是否适于公共阅读、是否成为审美教育范本的一大标准。

全面、真实、文采,这些优点,《〈读书〉十年》俱全。作者有言:“当天的纪事,总还可以信赖(整理过程中,只有减法,绝无加法;极个别的字句之外,绝少改动),至少能够提供一点还原现场的线索。”这是真实。

说到全面,篇中片段,可作回忆录看,可作游记读,也可作精神生活史材料研究。如一九九〇年一月十一日的日记,便极见当时社会的精神生活状况:

“文学所的靳大成和许明拿来二百块钱,请《读书》出面邀请几个人,一起聊一聊,谈话题目是八十年代学术历程回顾。今天上午来了十四位,围绕论题讨论了一上午。午间我与吴方买来肯德基炸鸡,一人一份,算是午餐。饭后老沈来,大诉出版界苦经,于是上午大家所说的要走钻研学术一径,似乎也很难

了。”（下划线为笔者所加）

小小一段，三十年后再看，饶有趣味之处，非只一端。八十年代的终结与抱憾，九十年代的开启与彷徨，“出版界苦经”仍在诉着，“钻研学术一径”似乎越来越窄也还有人在走。而配上“肯德基炸鸡”，实事又像是某种隐喻，短短百余字，时代的风味浸润其间，至今不散。

时代是小炒，生活仍是主食，构成整部日记的烟火气息。一九八九年四月廿一日一则由听吴彬说香椿芽儿刚上市卖至八元一斤，这两天也得三四块钱（物价史材料！），忆起插队时吃香椿：

“更忆起插队时节在会青涧，春日里没一点儿油水菜蔬，只望着庄稼地里零星长着的几棵香椿树，每是我够下芽儿来，切成细段开水焯了，撒上盐，就是极香极香的好菜儿。有一回，几个人凑了一块钱，找着上头的老颠儿婶，换了十个鸡蛋，吃了一顿香椿炒鸡蛋，真是美死了。这也不过是几日里的事，过了这时节，更哪里寻一点点牙祭！”

这却是明末小品的风味。类似短章，日记中亦极多。

而《〈读书〉十年》更为读者称许之处，却在记“书”与“人”两层。作者彼时供职《读书》，又是痴迷阅读之辈，日记中购书借书读书谈书的记录，几乎到了无日无之的地步。有人说，将日记中提到的书名辑录出来，就是一部《八十年代京城精神生活提要》。

而“人”就更为丰富繁杂了。编辑、作者、朋友、师长、读者、亲人，北京的、外地的、国外的，一个个都在寻常日脚中凸显出来。其中尤以金克木、徐梵澄、钱锺书等时时请益的前辈，沈昌文、吴彬等日日相处的同事，面目最为生动。

作者曾于一九八九年六月十六日日记中自言："《读书》这个'小气候'是极为难得的，必当珍爱它。也许若干年后，我会写下关于《读书》的回忆录，那时想想这些小曲折，一定更会觉得有意思。"其实，《〈读书〉十年》已是绝佳的回忆录，从中不仅可以窥见各路学者的侧面音容，更有各饭馆的菜色，有日日经手的书单，也有车票点心唱片的价格。从《〈读书〉十年》中，我们至少可以还原出一部可信的生活实录，一辑精准的人物剪影，一册雅致的美文短章。

难怪黄裳看过部分日记内容后曾致信作者称："因叹尊藏日记皆逸人韵事，可辑为一册，可惊俗目，又知足下为编辑时，辛勤周至，无怪为作者所胜赞，如此编者今无之矣。"

此次《〈读书〉十年》新版，又增入了"友朋书札"一辑，收二十七位师友信札计一百五十八封。这些师友，多为《读书》及《书趣文丛》的作者。除编著往来、书稿讨论等事务性内容外，各位师友点拨学问，平章人物，以至感慨时局，自书身世，长书短简，均能见出各人面目性情。这些信札，与十年的日记对读，更能见出"编辑"与"作者"之间肝胆相照、放言无忌的难得氛围。

可以说，这套日记，包括那些映照对读的书札，将是多年后二十世纪八九十年代中国社会研究者的福音。我们有幸作为同代人先睹为快，也是一种难得的缘分。

这些年，由于社群固化与学派分裂日益加剧，“知识界共识”成为某种可望不可即的理想，因此上一个“共识年代”(二十世纪八十年代)被书写成某种神话，追忆之作也纷纷浮现，但回忆是那样的靠不住，而有资格回忆者又集中于当日的领风骚者，当年普通的精神生活与日常记忆反而隐没入黑暗中。《〈读书〉十年》则以无可质疑的忠实与复杂，全方位地复原了八十年代的知识生活。由于这套日记表面的琐碎与个人化，它出版后并未受到许多还沉浸于往日传奇的读者足够的重视。随着时间逝去的洗礼，回忆与传奇会渐渐褪色，真能留下的，怕还是这一部个人的真实记录。

二〇一九年六月

序一

沈昌文

上天安排，让我在二三十年前认识了一位身材短小、名副其实的小女子：扬之水。

我那时在三联书店工作，具体负责《读书》杂志的编务。《读书》是出版界名流陈翰伯、陈原和范用创办的。我进去后发现，编这杂志的都是大人物，而且都是刚挨过大整恢复名誉未久的著名人士。

首先是陈翰伯找来的冯亦代。冯先生那时已年过六十，过去是外文出版局的专家，中国民主同盟的领导人之一。他的专长是美国文学，是党外的著名外国文学专家。但是他更出名的是大量的社会活动。他在文化界号称“冯二哥”，以善于排难解纷著称。一九五七年，他耿直敢言，祸从口出，因而被戴上“右派”帽子。“文革”中，又被打成“美蒋特务”“二流堂黑干将”“死不悔改的右派”“反革命修正主义分子”，以后多年劳役摧残。现在他刚恢复名誉，复出任职，自然干劲十足。陈翰伯可谓识人。

另一个副主编倪子明，是范用多年的老战友，出版总署的一位老处长。他是老党员，在党内挨过整，说他是“胡风分子”，因为他认识胡风。这位老党员是位少说话多干事的老实人。连他这样的人，过去也要挨整，现在想来，依然觉得奇怪。他党龄很长，因此在编辑部地位较高。

另外就是史枚。他是人民出版社一九五七年的“大右派”，按“编龄”说，他最长。他曾是老共产党员，据说胡绳当年都还是他介绍入党的。范用聘他担任执行主编，让我十分惊讶。因为范用当年是人民出版社反右办公室主任，史老就在他手里划上“右派”的。现在做此安排，可见改革开放那些年头思想解放的深度和范用他们的胆略。

因冯亦代的关系，又引进了著名的画家丁聪来做版面。丁老又是一位著名的“大右派”。他同冯亦代一样，为人“四海”，广交朋友。冯同他又都是老上海，都同我特别谈得来。

三联书店名义上是家有着几十年悠久进步历史的著名出版社，那时却落得个“房没一间、地没一垄”的悲惨境地。我们在北京好几个地方租些平房、地下室办公。编《读书》的都是经过“文革”复出工作的大牌知识分子，在八十年代都是社会上的知名人士，其忙无比。因此，编辑部内十分需要操作具体编务的助手。那时能找到的都是刚返城的知青，只能在他们中间找对书本和知识感兴趣的年轻人。好在我们这些行政上的所谓“领导”，普遍学历都是初中。当时的实际负责人董秀玉女士，是五十年代的初中毕业生。我本人更加特别一点:正式学历是初中一年级。而最早我们聘用的一位同事,是从云南建设兵团回北京的初中一年级学生吴彬。还有一位当今的大学者,王焱,当年进《读书》工作以前是公交车上的售票员,也是初中一年级学生。那些老前辈觉得这么一些中学生当他们的助手,也还得心应手。因此,我们对这些知青,一点不歧视。

于是,一九八六年某天有位朋友欲介绍一位女士加入编辑部。她过去为《读书》投过稿,不算陌生。一看简历,颇不简单。这"不简单",按今天理解,必定是在海外某某名校上过学,等等。几十年前,这位扬之水小姐的"不简单"却是:读过初中,插过队,做过售货员,开过卡车,等等。卡车司机居然对文字工作感兴趣,而且确实在《读书》发表过文章,令人惊讶。大家觉得合适,于是录用。

这样就同这位女士成为同事了。工作之余,也聊天,可大小姐却往往"讷于言",让我探听不到多少底细。只记得,某日,我忽然请她背诵党纲,她居然交白卷。我于是觉得这位部下水平不高。我过去一直在人民出版社工作,编政治读物,所以我只会这样考核部下。

她年轻,肯走路,于是经常派她出去取稿,实际上是做"交通"。这方面她效率挺高。但更令人意外的是,她所交往的作家学者,对她反映奇佳,因而效果也十分特出。最早是金克木先生。我同金先生也熟,知道他老人家博学,所以访行以前必做充分准备。可是金老同扬之水更谈得来。某次去取稿一篇,金老交来五篇，都请她代为处理，他对扬之水在文化上的信任，竟如此。此外谷林、张中行、徐梵澄，等等，都对她极有好评。张中行先生对扬之水有深刻的印象。一九九三年他写了一篇谈扬女士的专文，居然说：“我，不避自吹自擂之嫌，一生没有离开书，可是谈到勤和快，与她相比，就只能甘拜下风。”作者和编辑的交往到如此莫逆的程度，实为我毕生所仅见。

我到了多年以后才知道，她是把同作者的联络当作一种“师从众师”，所以十分得益。她说过：“我一九八六年十二月到了《读书》，一直到一九九六年。这十年是我人生中非常重要的一个阶段。”“在《读书》认识的作者都是顶尖人物。这对于我来说是‘师从众师’了。不限于某一老师，这样就不会有一种思维定式，视野就更开阔了。那种帮助是一种影响，等于是在他们中间熏陶出来。我和徐梵澄先生的交往，在这方面受益就特别多。他特喜欢陈散原的诗，我帮他借，借完以后我自个儿又抄了好多，全都是营养。”

一九九六年，扬之水与我同时离开三联书店。我是退休，她是转业去中国社会科学院文学研究所从事学术研究工作。以后她著述迭出，恕我不一一列举。我不大能看懂她的论著，于是人们问起她，我往往回答说：她现在在开文化卡车。她在文化大道上驶行不休，畅通无已，委实高兴。

《读书》杂志在前辈的带领下，在吴彬、王焱、扬之水这么一些中学生的实际操作下，何以成功；保守如沈昌文之流，何以在老前辈的带领下、一大批初中生们的促进帮助下，慢慢地、不得已地蹒跚前进；而扬之水这位卡车司机，怎么能在《读书》杂志打工若干年后，从二十世纪九十年代后期开始如此熟练地驰骋在文化学术的大道上，这都是中国改革开放后八九十年代文化界的一些谜。要知道谜底，请一读扬之水女士的这本日记。

二〇一〇年十二月

序二

吴　彬

赵丽雅，曾用名赵永晖，笔名扬之水，是我多年前的老同事。我们的关系就如歌中唱的“从来不需要想起，永远也不会忘记”。就算许久不见面，碰头时仍像昨天下班刚分手今天又见到一样，没有任何隔阂与生疏感。不论说什么话谈什么事，想法差距再大也尽可随意放言，从不担心对方会介意，真的听着不顺耳了，也就是自认晦气而已。我仗着比她大两岁，有时还要说几句带点儿教训意味的话，她全然无所谓，我也一样不在意。

这就是我们的“老同事”之谊，这样互相绝对信任、不亲密但无间的关系，我们把它叫作“同事”，没有定位为“朋友”。我想这是因为在我们的心目中，我们的“同事之谊”更可宝贵。我们是在《读书》杂志做“同事”的，那是我们全力以赴求知、充满激情工作的岁月，是我们的青年时代。

赵丽雅好不容易地下了决心要出版这部十年的日记，请我帮她编辑和写篇序，而且还指定序言不许写她个人而要写《读书》；我也好不容易地才下了决心让自己暂时回到早已走过的时空中去，找找当年的脚印，想想留在自己感觉和记忆中的《读书》——只是我的，不是赵丽雅的，也不是其他人的，当然更是挂一漏万的——《读书》。

我是在《读书》创刊之前，由于一个很偶然的机会来到这个正在筹备的刊物的。那时我是个刚刚从边疆回到北京的知识青年，也叫作“待业青年”，来编辑部只是义务帮忙打打杂。连初中都没有正经读过的我，对这里充满了景仰和好奇。

《读书》是一九七九年四月创刊的，创办者是几位自二十世纪三十年代即在知识界、出版界工作，文化素养深厚且具有强烈社会责任感的老前辈：陈翰伯、陈原、范用、倪子明、史枚、冯亦代、丁聪等，这些先生组成了当时的编委会。策划这本期刊时，他们得到了刚刚开始复苏的中国知识界老一代中坚人物的大力支持。听范用先生说，当时杂志名称初拟为《读书生活》。征求意见时，夏衍先生说，“读书”就好，何必“生活”，刊名遂由此而定为《读书》。我有时想，也许加上“生活”二字，杂志会是另一种面貌也未可知。

杂志的创刊意图是：针对此前三十年对读书所设的种种禁区而倡导阅读的自由。刊物的方针是“以书为中心的文化思想评论刊物”，提倡读书、思考、探讨，对当时思想界的种种混乱想法和现象正本清源、拨乱反正。《读书》的方针在一九八一年第一期的《两周年告读者》中明确形成，基本为：解放思想、平等待人、允许发表不同意见、不做无结论的争论、提倡知识、注意文风，等等。这些办刊原则当时被编辑部奉为圭臬，《两周年告读者》的作者正是创办人陈翰伯先生。

创刊前的几个月里，编辑部始终洋溢着一种紧张而热烈的气氛，执行副主编史枚先生和董秀玉女士是具体的操作人员。我跟在董秀玉后面听候指示。董秀玉当时很年轻，大家都叫她“小董”（后来她从香港回来当三联书店总经理时，我好不容易才习惯了叫她“老董”）。那时，前辈们虽至少是花甲之年的人，但心气热情之高却如年轻人，他们天天乘公交车来朝内大街一六六号上班，开会时不是大说大笑、高谈阔论就是激烈争论。前三期的草目出来时，一位前辈看到在一边伸着脖子的我，就递过来一份说，你看看怎么样。我记得当时的目录中开宗明义就是《读书无禁区》，接下来有《图书馆必须四门大开》《海关关书——三尺法何在？》，等等，当然说：太好了。不料前辈说，这话太泛了，怎么个好法？我回答，这是大家都想说又没有地方说的话。他这才点点头：这还差不多。

为了让杂志杜绝错字，编辑部拿出严防死守的绝活，除了专职校对的前两校外，由我和董秀玉在三校时担任“读校”，就是我们俩轮流一个读原稿一个看校样来校对全刊的约十六万字。读稿时要把每一个标点符号都读出来，什么“点”“圈”“书名”“冒”“上引下引”之类。读完一期杂志要整整三天，真是读得头昏脑涨、口干舌燥。前三期杂志就是我们两个这么读出来的。

董秀玉曾是业务最好的优秀校对员，我对校对业务的知识,包括各种校对符号的标示方法等，基本都是在这个时候跟她学的,也算是出自名师门下。

看到有古朴端庄绿色封面的第一期《读书》,是在中央音乐学院礼堂的音乐会上,“小董”从印刷厂直接来到剧场,带着新的第一期杂志,当时编辑部的先生们都在这里,那种开心真是无以言表。不过,在那以后我暂时离开了编辑部几个月,走时却没有想到还能回来。

因为杂志是属于出版社的,我作为“待业知青”不能进入这样的国营机构,出版社也没有可以招收人员的“指标”。我需要起码先使自己具有“全民所有制”机构人员的身分,才有可能“自带指标”进入出版社,那真是谈何容易！但天无绝人之路,参加了当时面向知识青年的招工考试后,我进了一家“全民所有制工厂”去当油漆工。不想几个月后,董秀玉就去工厂为我办了调动手续。如同做梦一样,我又回到了《读书》编辑部,从此一待就是三十年。

我回到的编辑部已经热闹多了,编辑人员开始增加,沈昌文先生作为执行主编执掌了全部编辑工作，王焱、贾宝兰、杨进、倪乐、赵丽雅等也陆续来到《读书》。

在各位经验和学识深厚的前辈引领下,我们既兴奋又兢兢业业地学习办刊的工作。杂志是自创刊始就围绕着中国文化界、知识界、思想界所关注的种种问题组织编辑工作的,我觉得它也时时在对社会思潮的反映中演变着自身的面貌。

一九七九至一九八二年可以说是早期阶段,《读书无禁区》的巨大影响使它广受注目,各种不同意见也相继而至,第六期即有一篇文章是《读书不能"无禁区"》,认为必须禁止反动、黄色的读物,如无禁区,必定天下大乱。同期还有《禁锢不好,完全开放也行不通》,等等。同时又有一系列文字如《读书应当无禁区》《解放"内部书"》《借书难》《当代的也要"拿来"》,以及朱虹评论《简·爱》的文章《小资产阶级抗议的最强音》和林大中的《黄色·色情·爱情》等,都从不同的方面展开讨论,配合突破多年来森严的读书禁区。

刊物的老一辈主持者都是经过几十年政治斗争洗礼的知识分子,对社会政治生活有强烈的参与意识。当时思想解放的浪潮是整个社会生活的中心,针对"文革"中的思想禁锢,《读书》致力于提倡在学术问题上应该允许心平气和的平等讨论,王蒙的《论"费厄泼赖"应该实行》、金春峰的《唯心主义在一定条件下起进步作用》、林欣的《反对封建君主制的强大思想武器——读孟德斯鸠的〈论法的精神〉》等都是直接针对社会现实的;在经济学的范围内,杂志组织发表了《经济领域的反封建斗争》(杨培新)、《布哈林〈过渡时期经济学〉评述》(苏绍智)、《坚持从生产力出发研究、解决经济问题》(唐宗焜)等;而最突出的是李以洪的文章《人的太阳必然升起》,开启了对人性、人道主义问题的探讨;林春、李银河的《与传统的封建文化告别》,提出封建文化是现代化的死敌,包括外国文学领域里柳鸣九的《给萨特以历史地位》等，都是有强烈政治意识、有冲击力的文章。

这一时期杂志的面貌，是当时的主持者们自身的经历、思想和追求，在与社会思潮的激荡互动中形成的。他们在痛定思痛后，全力以赴地投入了拨乱反正的热潮。为了引导讨论的深入，我记得史枚先生往往亲自操刀，伏案赶写出一篇篇适应需要的文字以笔名发表。

这个时期之后曾有过一次对“资产阶级自由化”的小规模批评，敏感之际，杂志发了《学术自由与自由化》的文章，虽然意在区分两种自由的界限，但在编刊的方针上，明显开始疏离政治，在思路上凸现出“知识分子化”趋向，然对经济理论和社会经济活动这一最不易受干扰领域的关注和参与则继续保持了下去。

对知识分子及学术研究的关注起始于对国外现当代学术思想的介绍，比如《〈管锥编〉中的比较文学平行研究》（赵毅衡）当是对比较文学最早的介绍，《记〈菊与刀〉》（金克木）在回顾旧书时介绍人类学与比较文化学，《数学、自然科学与哲学社会科学的相互结合》（赵鑫珊）所倡导的观点今人会以为并不新鲜，但这些在当时都是对学术界有重大影响的开风气之作。

接下来，中国文学的创作成为社会关注的重心，杂志一九八二年发表的《一个值得探讨的问题——谈我国作家的非学者化》（王蒙）、《在新、奇、怪面前——读〈现代小说技巧初探〉》（刘心武）即是预示新时期文学创作大潮将起的先声：八十年代盛极一时的那批作家已经起步，开始把小说的创作推向高潮。《读书》此一期间连续发表了对王蒙、刘心武、张洁、宗璞、谌容、张辛欣、张抗抗、张承志、王安忆作品的评论，配合并推动南北方文学理论、文学批评大潮的涌动。同时《读书》对大量外国文学理论和批评观念的评述，如张隆溪的“现代西方文论略览”专栏，阐述了精神分析学、原型批评、新批评、语言学人类学批评、结构主义后结构主义理论、叙事学、阐释学、接受美学等一系列理论观念，还有热闹一时的介绍系统论、控制论、信息论所谓“三论”的文章，都为当代文学研究方法论的兴起做了知识和理论的准备。

对学术和治学问题的讨论，还着重表现在一系列对钱锺书先生的研究文章上，其中有影响的有柯灵的《促膝闲话锺书君》、郑朝宗的《但开风气不为师》、钟元凯的《借得丹青写精神〈谈艺录〉方法谈》，等等。这个阶段对钱先生的研究属于开发性的工作，不像现在有些是属于赶时髦了。

接近八十年代中期的时候，是《读书》创刊的五周年，刊物已经相对成熟，面貌、性格、文章的风格也基本确立，拥有了一支比较稳固的高质量作者队伍。这支队伍包含了“文革”结束后，经过数年开放，在鼓励读书、求知等相对良性的社会氛围下养成的学人中的精华，虽不敢说《读书》网罗了所有的人才，但如果说当时的读书人都愿为《读书》所用，庶几近乎事实。

然时至此时，《读书》作者群的主要力量还是以老学者、老文化人为主，但也差不多从此时开始，这一状况开始变化，编辑部有意识地引进生力军，大家称之为“新面孔”。这首先是因为在几年开放、搞活的社会氛围下，人文学科和文化思想界思维活跃、热浪迭起，许多以往无法讨论的问题相继摆上桌面，例如一九八五年第一期发表的《周作人的是非功罪应该研究》（舒芜）就是信号之一。而且此时，一直作为助手的年轻编辑们也开始相对独立地工作，在执行主编沈昌文先生的主导下，王焱已经是编辑部主任，赵丽雅、杨丽华等也都陆续进入编辑部，称得起兵强马壮了。不过，这个新老的转型过程也并非顺理成章，而是有过争论的。开发年轻作者的努力一方面得到肯定，但另一方面年轻作者文字的不够成熟也为人诟病，文风问题一直是大家关心和努力的焦点，共识是经过反复讨论才逐渐达成的。

被人津津乐道的"八十年代"是从一九八五年开始明显浮出水面，首先是文学界青年批评家群体的崛起，文学评论、文学理论的势头在这一年居然盖过了几年来一直光彩夺目的文学创作。从"寻根热"等文学潮流中，编辑部受到启发，刊物宗旨"文化思想评论"中的"文化"一词开始有了着落。从"文化"的角度进入对社会、历史、当下的思考与观察，既使刊物有了更深入的角度，也赋予了刊物更深邃的面貌，《读书》进入了一个全盛期。

这个时期，各种面向社会的活动开始展开，用主编的话来说，就是《读书》主要从事的是各种学术组织工作。一九八四年六月，编辑部开办了每月一次的"读书服务日"活动，与各界读书人广交朋友。一九八五年第六期杂志开设了"读书服务日之页"专栏，编辑们每月都各自撰写"新书录"介绍新书，在以"扬之水"署名的这本日记中，就录有她当时为这个专栏所写的文字。此外，一九八五年第七期开设了“评论的评论”专栏，评价当代文学评论现状并呈现青年文学评论工作者的面貌。一九八五年第十期开设了钱理群、黄子平、陈平原的“二十世纪中国文学三人谈”专栏，这组文字已经被当作那个具有创造性的年代的标志之一。一九八六年第一期刊出了一组有关传统文化研究的笔谈（陈平原、靳大成、王友琴），第二期还有甘阳的《传统、时间性与未来》，在当时，这些都是开启思路的文章。同一时段，张维平、伍晓鹰的“经济自由主义对话”专栏，梁治平的比较法律系列文章，赵一凡阐释西方学术思想、文化思想脉络的“哈佛读书札记”专栏都在此时开设。这异彩纷呈、繁忙热闹的年头也正是赵丽雅进入《读书》编辑部的时候，她的日记虽然写得很是节制，但仍可以看到当时《读书》的工作状态。

一九八七年，是对知识分子心态、人格及忧患意识讨论最多的一年，这种讨论是《读书》一以贯之的本色之一。开年第一期的《从中国的〈忏悔录〉看知识分子的心态与人格》（许纪霖）、《走向冬天——北岛的心灵历程》（吴晓东）及第二期《现代读书人的胸襟与眼界》（钱理群）等文章就显示出了这个关注点。也是这一年，经济学理论、管理科学和文学、语言学、史学、美学、哲学、文化批判等学科的研究有了深化的趋向，社会形势尽管阴晴不定，刊物也时时遭遇小挫，但势头未减。而且往往正是在这种时刻，《读书》更可能发挥优势。因为在沉静下来时，知识界的思考更深沉，观点更稳健，内涵更深厚，更能开掘出文化思想评论的深度，而经验丰厚的前辈们制定的办刊方针也更能显出独特的长处。

一九八八和一九八九年，是文学、艺术领域内先锋思潮的高潮期。一九八九年的“中国现代艺术大展”展现出的前卫艺术现象，给知识界带来复杂的冲击波。高名潞、周彦等在《读书》发表的对话录《前卫艺术与文化现实》对大展和现代先锋艺术进行了反思。

这两年也是广泛谈论“文化危机”、对文化现状充满了忧心的年头。一九八八年第三期杂志有《向萨特告别》（木弓），同时还有学者倡言“告别十九世纪”，似乎可以看作是这种思潮的体现。知识分子在商品化大潮的冲击下，失落感、危机感日益深重——刘小枫的《我们这一代人的怕和爱》及以后的“西方现代神学一瞥”专栏文字、吕叔湘的《“书太多了”》、叶秀山的《守护着那诗的意境》、赵越胜的《走向无压抑文明》等文章，都流露出一种寻求终极价值、超越现状、复归自我的要求，从中可以看出商品社会开始使知识分子心理失衡，心灵困境越益突出。而《商品经济与知识分子的生存危机》（许纪霖）、《一个知识分子跨越世纪的选择》（盛斌）、《知识分子和现代社会》（徐钧尧）、《知识分子的“理想国”》（顾昕），可以看作是面对现实寻求答案的努力，也可以看作是人们在挣扎、在寻找立足点。但一九八八年晚些时候的文章如《反文化的失败》（王干）、《困惑的经济与经济学的困惑》（王跃生）、《文化的失范与现代化的困厄》（萧功秦）以至最后第十二期的头条文章《我们能走出“低谷”吗？》（周彦）依然还是渗透着一种困惑的心情。

一九八九年一月号也是从谈论困境开始的，《悲壮的努力——新潮小说的困境》（李陀等）、《不抱幻想，也不绝望》（默默）以及五月号《百无一用是书生》（金克木）等文章从标题就会感觉到那种无奈的心态；《抛弃乌托邦——读亨廷顿〈变化社会中的政治秩序〉》（严搏非）对“权威”的探讨，展示的是一种虽清醒但也更为复杂的心态；而《自由的理念：五四传统之阙失面》（甘阳）与《衰朽政治中的自由知识分子》（刘东），可以算作是在艰难的状况下仍坚持着的艰难的思考。

之后，《读书》与全体知识界一起进入了九十年代，也是这本日记告一段落的时候。此时大家都正在尽力调整心态，主编认为，刊物能沉静下来，从急功近利、追求短期效应和被“创新”赶得团团转中解脱出来，未尝没有好处。《读书》试图换个角度重新去掂量和思考历史及现状，力求面对现实去探寻当代知识分子的位置，思索何以立足、何以自处，希望以甘于寂寞的坚持，保持读书人的本来面目。杂志当时发表的吴方与张中行所写的一系列探讨近现代学人形迹、思想、精神境界的文章，以及关注近代学术史、开展建立学术规范问题的讨论都可以看作是这一努力的体现。

三十多年前，办一本《读书》这样的期刊是艰难的。在它的生命之路上，夭折的可能性也不止一次地产生过，但《读书》生存了下来，至今已经度过了它的而立之年。在多年的经历之后，我体悟到了：《读书》能够坚持下来，必须对那些创办了它的前辈出版家、对他们制定的方针和应对各种不同情势的策略表示由衷的钦佩和敬意。这些前辈首先是用自己毕生积累的资源和人脉为杂志灌注了精神,接通了血脉。自创刊始,编辑部就有那么多声气相通、有求必应的朋友和作者,什么急需的文稿都不愁抓不到手,必要时编辑就是在作者家里坐等催稿,也不会有人不快,至于打招呼、通信息、助分析、出主意更是多不胜计。这是刊物最大的财富,如果说《读书》当时的确有人所不及之处的话,那主要就在于此。而前辈们更重要的贡献是:用他们的经验和智慧支撑了《读书》。比起我们不谙世事的只想高歌猛进,他们更熟知历史和了解社会,他们更清楚欲速则不达——社会的进步是需要耐心的,道路是要一步步走的。当我们以为我们是在一路冲刺时,其实依赖的是他们的铺垫和维护。

我们曾讥笑他们花费无数的时间和精力咀嚼各种社论、文件,一遍遍地琢磨提法,修改稿件,挖空心思地抠字眼,不厌其烦地对我们耳提面命、叮嘱开导——但最终我还是真正理解了,如果思想和文化的讨论需要不断延伸,如果当年的出发不是为了停留在半途而是为了抵达,那么,正是这种被我们不耐烦地视之为迂腐保守的艰苦努力证明了它的成效。我衷心地认为:是那一批优秀的前辈知识分子塑造了《读书》也保护了《读书》,即使在他们离去后,也依然引领它经风经雨不断走出困境,让它拥有了生存空间和不衰的生命力。

二〇一一年农历春节

目　录

一九八六年

十二月十五日　星期一

正式去三联上班。

到底去哪一个部门，还没有定呢。

一会儿，头头们来齐了，开碰头会，坐在这边的屋里，可以听到那一边的大声说话，还有突然爆发的一阵大笑。

过了片刻，董秀玉走来悄悄对我说："还是想让你去《读书》，苑兴华不干，他说，你们去问她本人，在不施加压力的情况下，她一定愿意来著作室。"她是笑着说的，我也笑笑，情知差不多就是这样了：去《读书》。

下午，三联的总经理和副总经理（沈昌文、董秀玉）一起和我谈话，谈了两个小时，很诚恳，很坦率。

坦率介绍了《读书》的过去和现在（主要是现在），虽然举的都是令人不满意处，但偏爱之情仍是溢于言表。看来王焱是二位经理十分器重的一员干将，说他聪明极了，知识面非常广，工作能力也很强，只是太懒散了。对吴彬也很赏识。总之，董说，《读书》的编辑素质很高，在整个三联是佼佼者，但主要的问题也仍然是懒散。

让我去《读书》，主要有两个目的：一是希望能够有机会全面地锻炼一下，二是抵消一部分编辑部内存在的消极因素。

说来我与《读书》真是缘分匪浅，从它创刊到现在，每期必读，甚至可以说，是《读书》引导我走上了读书的路，对建筑、对音乐、对美术，以及其他等方面的兴趣，几乎皆是源于《读书》。从八四年第十期的一方小豆腐块，我开始由读书走向评书，去年发了三篇，今年发了五篇。我一直是热爱它、感激它的，或者说，是充满感情，但以前，始终是站在外围看它，而今，却要进入它的内里，并且成为它的一个成员了，这不是有点戏剧性么。

沈、董二位似乎对我寄予厚望，这却使我分外不安，以至于有点怀疑自己的能力。

当然，要努力干，非常努力的。

收到钱春绮先生寄赠的《尼采诗选》。

在灯市口中国书店购得《李商隐诗选》《北京地名志》。

十二月十六日　星期二

上午去编辑部，听倪乐交代她的那一摊工作。我最生疏的还是版式，学会并不难，搞好却不容易。

又交给我外国文学出的那一套小丛书，这是绿原抓的稿子，让我写出介绍来，明天就交稿。

收到杨绛寄赠的贺年片，看到那清秀工整的字迹，心头不由得涌上一种特别的亲切感。

十二月十七日　星期三

今日落雪，是入冬以来第一场雪。

上午去编辑部，看第二期的发稿过程，下期就该我接管了。

十二月十八日　星期四

倪乐已将办公桌的全部抽屉腾空，然后一一向我交代工作，她手中存的可发的稿子并不多，整个发稿过程是琐碎而又紧张的，一点延误不得，一点马虎不得。

从“光明”到《读书》，每月少了三十元编辑费，静坐家中读书的时间也变得很少了，迮卫开玩笑地对倪乐（她已调到翻译室）说："你是弃暗投明了。"那么我呢，岂非真的是弃"明"投"暗"了？平心而论，"光明"的工作的确是轻松的，各种"费"也很多；不过，在《读书》工作是锻炼人的，我付出的代价会换回什么呢，一时还很难说。

十二月廿日　星期六

在绒线胡同购得《简爱》《岧溪诗话》。在建工出版社购得《中国古代城市规划史论丛》。

到紫竹院的社科院宿舍访张佩芬，只有她一人在家，居室很宽敞，布置得也很雅洁，讲定星期二给我一份评《荒原狼》的稿子，这一两年，她都在全力编译《黑塞研究》。

前行三幢楼，便是丁聪的家了，一位很和善很爽快的老头儿，他自言七十，看上去也就刚刚六十，今后就要月月和他打交道了。

十二月廿一日　星期日

到小庄北里的文化部宿舍访萧默。

爬上十五层楼，伸手叩门的时候，他还没起床呢，原来是昨晚开夜车了。

引起他惊异的是："真没想到你是位女同志。"这是第几个"没想到"了？差不多所有第一次见面的朋友（前此只是通信）都是"没想到"。

这是一套三居室的单元，房间面积很大，会客室布置得非常简朴，没有任何摆设。

我主要想请他写一篇谈《敦煌建筑》的文章。他说最近一直在忙于《中国美术史》的撰稿(参加几种美术史的编写),明年还要外出考察,收集资料,恐怕没有时间。

谈了一会儿别的,我再次请他考虑一下,他说,你这样诚恳,使我不容推却了。

读《中国古代城市规划史论丛》。

十二月廿二日　星期一

一早便往和平里访屠岸,左弯右绕,才找到他的家,这时是八点二十分,他的儿子正在吃早饭,他在里间听广播,看来是吃过饭了。

在《春天的永远的微笑》那本集子中,曾看到有屠岸译的几首布鲁克的诗,因此想请他再撰文深入介绍一下其人其作,他说,近来手边工作很多,怕是一时顾不得了,以后再考虑吧。

心中想好一席话,可一下子就都说尽了,路程花费一个多小时,在那里不过才坐了几分钟。

又访赵萝蕤,不遇。

到编辑部。吕澎来,他是到北京来"看戏"的。过去与他通过不少信,总以为他该有四十来岁吧,没想到竟是一个年轻漂亮的小伙子。

十二月廿三日　星期二

到社科院找张佩芬取稿,然后在科研处等候倪乐,会合后由她领着我各个房间认人,许多人的名字我都是熟悉的,但皆是从书本上,今天才算一一对号,不过我本是最不记人的,那么多副面孔一一闪过之后，留下的只有两个人的印象：郭宏安和朱虹。郭宏安其人和我想象中的差不多，而朱虹的形象则大出我所料，我总以为她是一位秀气而纤丽的女子，却原来胖胖大大的，但是绝对温和，很好接近。

看完张佩芬和夏刚的稿子，写了几条意见，交董秀玉批示。

读帕尔·拉格维斯的《巴拉巴》。

十二月廿五日　星期四

上午去编辑部。

不知怎么就感冒了，昨日下午昏天黑地的一直到今天早上，仍不见好。

下午和倪乐一起到新华厂认人：生产科的张叔义，这也是今后要月月直接打交道的重要人物。

十二月廿六日　星期五

上午去编辑部。

下午与倪乐一起去冯亦代家，给他带去数张三联印制的贺年片，上有刘海粟的墨迹“若比邻”三字，冯老一看，立刻说：“不要！不要！我不要他题写的东西！文化界我最讨厌的就是这个人！他是汉奸。”

屋子很冷，暖气不是全天供应，瞄了一眼书架，摆的大都是外文书。他的夫人安娜在另一间小屋里不知忙着什么，走时，倪乐去与她道别（用英语对话），她说：“老头子把我当奴隶使，整天让我给他抄稿子。”老太太瘦瘦小小的，很和善，也很幽默，老头儿却是挺严肃的。

十二月廿七日　星期六

落了一夜的雪，白天仍未放晴，下午出了太阳，但细雪还在纷纷扬扬。

上午去社科院访黄育馥，不遇，大约是被雪阻住了吧。

收到苏静波寄赠的《黑面包》（上、下）。

下午与倪乐一起到北大访朱龙华、金克木。

这两位都是文字上的旧交了，一直喜读他们的文章，今日却是第一次见面。

朱先生人很随和的。

金先生十分健谈，言语幽默，瘦而矮，却显得非常精神，思路极敏捷。

在往蔚秀园的途中，路经宗白华先生的家，门口停了不少车子，老先生是本月二十日病逝的，享年八十九岁，今天在北京开追悼会。

据说，宗先生学识渊博，却不喜著述。的确，我手中存有的《美学散步》《宗白华美学文学译文选》，便是这位学者的主要著作了，然而这两册书，又是多么耐看啊。

一九八七年

一月二日　星期五

去编辑部。

摆在眼前的一个棘手的问题就是：已上第二期头条的梁治平的《自由二题》要不要下？几个头头在商量。

一月三日　星期六

上午去编辑部，找张守义取来第三期的封二、三。

一月五日　星期一

到编辑部，倪乐传授如何画封二、三版式。

到报社去取信，二编室的人一个都不在。一编的人倒挺全，不过好像没什么话说，有些淡淡的。如今美编和版式单辟了一个室，到那里看了看，四个人都非常热情。

收到魏嵩山寄赠的《中国历史地名辞典》。

在新近开市的厂甸市场转了一圈，二层专营风味小吃，所谓“风味小吃”，实在是有名无实，几年未曾问津的爱窝窝，今日买来一尝，比先前吃过的可是差远啦，且不说价钱又贵出好几分。几个小铺面，招幌不一，经营的货色却大致相同。

一月六日　星期二

收到龚维才寄来的《历史研究》（上、中、下）、《人的问题》。

收到刘微亮寄赠的《雪莱情史》《郁达夫文论集》。

收到张呈富寄赠的《北平风俗类征》（上、下）。

到社科院访兰明。

三联又到了几本新书，真欲一享先睹之快，无奈区区几本样书，哪里轮到我的头上。唉，看着锁在柜子里的书，心中痒痒的。

一月七日　星期三

近来书肆中好书难觅，在王府井转了一圈，购得《利维坦》《情感教育》。

下午周国平来送稿。

一月八日　星期四

上午到北师大访舒昌善，他已定于本月二十三日赴西德，攻读博士学位。

到北大蔚秀园朱龙华处取稿。

访倪诚恩。倪老师一看就是一位热心人，和我谈得很起劲，与陶洁老师的秉性倒很相像的。又从他那里了解到杨丽的下落：她已经和同学李鸥结婚，李先赴奥地利，获奖学金后，杨丽也去了，目前正在攻读博士学位。五六年未见面，不知她现在什么样子了？学业上的出息，令人钦羡（当年在果品店，她是靠卖血以为学费，补习英语）。倪老师说，她一直是很刻苦的。

一直聊到吃午饭的时分，倪老师硬要拉我去餐厅吃饭，我坚决地婉辞了。

到编辑部，李陀、李辉来。两个人的名字我是很熟悉了，只是今天才第一次见面。李陀倒是快人快语，留着长长的头发，有点狂放不羁的劲头。

一月九日　星期五

上午陆文虎来编辑部送稿子。他研究生毕业后，分回北京部队，目前在总政当干事，几年来一直未辍“钱学研究”，已先后编出“《管锥编》索引”和“《谈艺录》索引”。这一篇稿子是谈《谈艺录》的，但是这位熟谙“钱学”的学子，却似乎于“钱学”之中浸淫太深，以至于一头扎进去而钻不出来了，其行文亦大受钱先生的影响，甚至分不出哪段是引文，哪段是陆文了。

社科院的赵一凡和苏炜来。

传达邓小平的讲话。

下午编辑部讨论关于《读书》百期出版纪念文集的事，初步拟订了一个邀约撰稿人的名单。

一月十二日　星期一

到编辑部，得知因春节之故，工厂将发稿时间提前至十五号(通常是十九号)，而眼下，还什么都没做呢。

下午学林出版社在文改会礼堂召开“青年学者丛书”出版座谈会。

得五册赠书，所喜者：《西周册命制度研究》《东正教和东正教在中国》《黑格尔戏剧美学思想初探》。

一月十三日　星期二

新书录：

近由上海译文社出版的《无边的现实主义》是一本在东西方理论界都引起强烈反响的书，其中收录了法国著名文艺批评家加洛蒂关于毕加索、圣琼·佩斯和卡夫卡的三篇评论。作者认为，应该开放和扩大现实主义的定义，根据这些当代特有的作品，赋予现实主义新的尺度，从而使我们能够把这一切新的贡献同过去的遗产融为一体。

作为英国现代主义小说鼎盛时期的杰出代表，D.H.劳伦斯的作品是引人注目的。由四川人民出版社出版的《儿子与情人》，是第一次使他赢得声誉的重要作品。这部小说带有很大的自传性，记述了劳伦斯早年的生活经历。而引起评论家兴趣的还在于，作品主人公精神上与感情上的分裂倾向，完全符合弗洛伊德心理学中“俄狄浦斯情结”症状，不过，作者所着力描写的精神问题，依然包含着社会的因素。

《雄猫穆尔的生活观》是德国小说家霍夫曼的一部未完成的长篇小说，近由上海译文出版社作为“外国文学名著丛书”之一出版，作家把他以前发表的作品中的许多基本问题都集中在这部书里企图加以解决。小说采用了独特的叙述方式：两条主线交替进行，一边是一头雄猫的札记，另一边是乐队指挥克赖斯特的传记，二者交叉叙述，令人眼花缭乱，但又前后紧扣，互为补充。作者写雄猫，写狗，写灵缇，最终是为了写人。始于上世纪末的“霍夫曼的文艺复兴”之风远被二十世纪，影响及于诸位大家，雄猫穆尔的魅力是不可忽视的。

新小说派是一个以在具体的写作方法上力求创新为其主要特征的大文学流派，作为战后法国一个显著的、重大的文学现象，在战后整个西方文学中也占有重要的地位。由柳鸣九等主编“法国现当代文学研究资料丛刊”之一的《新小说派研究》，选录了新小说派的文论作品及批评家论新小说派，有关新小说派的资料等，内容是丰富的。

自问世伊始便享有美誉的《十九世纪文学主流》，其终卷《青年德意志》，已于近期出版。作为这部六卷本的文学史巨著的一个部分，它是伟大的历史戏剧的最后一幕，人们已很熟悉的海涅、伯尔等，出现在勃兰兑斯的笔下，仍是令人感兴趣的，而作者特意辟出专章介绍的几位时代的伟大女性，不仅为文学史补充了背景材料，亦便读者于此得窥作者雄视文学变革的独特角度。

近日受到人们普遍关注的外国文学作品当为外国文学出版社推出的《日瓦戈医生》。帕斯捷尔纳克在这部作品中所写的是人类历史上最重要的一个时期，他着意刻画旧知识分子在十月革命前后的理想、希望、期待、欣喜、沮丧和失望。作为他们的代表的日瓦戈医生，作者倾注了赞赏和敬佩之情，但日瓦戈等作者心爱的人物，没有一个是反对十月革命的，只是由于各种难以避免的客观原因，使他们无法为苏维埃政权效劳。小说没有写出十月革命的伟大意义，没有反映出伟大时代的人民的精神面貌，只是较为真实地反映出时代的一个侧面，这或许也是它三十年来受到戏剧般的褒贬和毁誉的原因之一罢。

读过中译本《侏儒》的读者一定会记得瑞典作家拉格维斯的名字，而上海译文社推出的这位作家的新译《巴拉巴》则更是一部难解又难忘的作品。正如这本小说的英译者所言，它的那种深感精神痛苦的意识，宗教信仰在灵魂深处的骚动，以及对人类心灵活动的确实反应，表达了人类与其命运之谜，也表达了人生这出基本戏剧的矛盾方面，以及人类临终之痛的呼号。

美国插图只有两百年的历史，但它风貌的多变却令人眼花缭乱。漓江出版社出版的《美国现代插图选》精选了自“美国插图之父”霍华德·派尔始,至八十年代诸名家止的一百六十余幅插图,使人们看到,每个画家都在向着更符合自己天赋的方向发展个性,从而使插图艺术不断获得愈益自由广阔的表现语言,美国人民粗犷而奔腾的活力,讲究实际而富于幽默感的共同心理,正贯穿于整个美国插图艺术史之中。本书装帧之华美,印刷之精良,亦令人爱不忍释。

午前赶到丁聪家,他正在忙不迭地煮面条。

下午往冯亦代家取稿。

一月十四日　星期三

骑车到丁聪家取版式。

晚间在家核对版式,标图,有点晕头转向了。

一月十五日　星期四

从早上一直折腾到晚上九点,总算拼对了一百六十面,每月发稿都这么难吗?可真让人受不了。

上午齐鲁书社的孙言诚来,给我带来几册书:《魏晋南北朝诗话》《江西诗派研究》《山东古史论文集》。

一月十六日　星期五

《读书》编辑部在广外的四川豆花饭店设午餐为丁聪先生的七十诞辰祝寿。

在二楼设了一间雅座,坐具、茶几及衣帽架等皆为藤制。因饭店经理与李陀很熟(张暖忻是她的同学),故对我们格外优待,从始至终亲自布置,照顾得巨细无遗。

菜很丰盛,第一道是一个七色什锦攒盒,虽无非几款冷菜,但制作很精细，然后是鸡翅鱼肚、樟茶鸭子、锅巴肉片、豆腐烧鱼、麻婆豆腐、粉蒸牛肉、双脆汤，间或上一款小食：一碗红油抄手、一碗烧卖、一碗汤圆，每份皆是两个，小巧细致。

最后是涮锅，涮料很多：虾片、鱼片、毛肚、腰花、肝片，还有自制的非常细嫩的豆腐。本来就很融洽的气氛，变得更热烈了。

丁夫人说，《读书》编辑部是极富人情味的。

一月十七日　星期六

上午到编辑部送校样。

在王府井购得《诗化哲学》《服饰美学》（日，板仓寿郎）、《现代艺术的探险者》《凯恩与阿贝尔》。

一月十八日　星期日

在绒线胡同购得《孤独的玫瑰》《三松堂全集》（四）、《文化大革命十年史》，末一种目前已控制发行，因此封四加盖了一个“内部发行”的戳子，印数为五十万。

一月十九日　星期一

收到奠自佳寄赠的《欧美文学史话》。

杨武能出差来京，前几日去编辑部，适逢发稿之日，忙乱不堪，未及多谈，昨晚来家中，聊了一个多小时。他近几年出了不少成果：编选、翻译、撰著，现已被提为教授。

一月廿日　星期二

上午到社科院访叶廷芳、张佩芬、刘长缨，然后去编辑部。

舒昌善来辞行（二十三日飞往西德，攻读博士学位），于是邀他往家中小坐，没有任何准备，只胡乱煎了一盘饺子，好在晚上老沈要正式为他饯行的。

读《诗化哲学》。

一月廿一日　星期三

上午与老沈、董秀玉一起乘车往北大，他们二位去中关园访汤一介，我去找朱龙华、倪诚恩。朱龙华看过删改过的稿子后，表示满意。

然后我和小许往各家送书，在朗润园见到了季羡林先生，他身穿一件洗得发白的蓝布制服（里面的棉袄还长出来），足蹬一双笨大的老头棉窝，长得一副憨厚模样。我想，这位老先生如果出入于公共场所，很可能被人认作是一位老工人，而绝不会想到是一位高等学府的教授和学者。

中午回到编辑部，将一包方便面匆匆塞下肚，又赶往建工学院参加建筑文化沙龙的活动。这次新闻界的人去了不少：中国日报、中国青年报、科技报、科影厂、人民日报，差不多占了一半人数。

赵冰是主要发言人，谈了他建立文化—哲学体系的构想，建筑是准备放入他这个大框架中的。

一月廿二日　星期四

上午到新华厂核红（第二期），本是贾宝兰的事，可老沈等到九点半，便急起来了，又发了脾气，于是倪乐打电话把我叫了去。十一点钟，贾宝兰到了，我和老沈一起回来。

准备第四期的稿子。

读《新科学》。

一月廿三日　星期五

到报社取信件,收到《世界文学》寄赠的征文获奖纪念品:两册《世界文学》三十年优秀作品选及一本小手册。

一月廿四日　星期六

又收到《世界文学》寄赠的《外国优秀散文选》,这是奖励以"赵丽雅"之名摘发的另一篇小文。

下午到编辑部,布置星期一的"读书服务日"。当初我是每"日"必来的读者,如今反客为主了。

黄昏时分,周国平、张奇慧来家。

在东四人民市场左近的一家小小的新知书屋,购得一册胡塞尔的《现象学的观念》。

一月廿六日　星期一

今天的服务日略显冷清,上午人还多一些,下午几乎就无人光顾了,春节将近,大约都在忙着置办年货了吧,而展出的书也不多,攒了两个月,才刚够铺开两个台面,其中引人注目的好书就更少了。

一月廿七日　星期二

今日三联书店诸同仁在四楼会议室聚会联欢,我却借此机会偷得浮生半日闲,跑到王府井书店逛了一回,购得《凡尔哈伦诗选》《作曲家论音乐》《论歌德》《玉米人》《熔炼》。

到朴康平处要来一份"原版"的《中国作家》。

到社科院找张奇慧,要来《文学遗产》第五、六期。

在王府井曾见一部上下两册的《说库》,意欲买下,一看定价三十六元，还是和志仁商量一下罢。晚间与他说起，竟爽快同意，真是喜出望外。

一月廿八日　星期三

到编辑部转了一下，节前已干不了什么事，大家都在做撤退的准备。

和倪乐一起到冯亦代家拜年。

二月二日　星期一

上午去编辑部，逢人处，便闻听一片拜年声。

午后去绒线胡同，购得《中国哲学史新编》（四）、《犹太史》《神话与民族精神》。

在《文艺报》上读到汪曾祺的《林斤澜的矮凳桥》。

汪的小说，我是一向爱读的，未晓他的评论也是写得这般好，并未搬弄名词和概念，亦无不着边际的联想和引申，却将不大能读懂的斤澜小说析得深且透。

二月三日　星期二

到社科院访郭宏安、朱虹、赵一凡、苏杭。

朱虹赠我一册《狄更斯小说欣赏》，郭宏安赠我一册《加缪中短篇小说集》。

往编辑部，准备第四期稿件。

程文赠一册《日瓦戈医生》。

下午谢选骏到家来取稿子，并送我一册《神话与民族精神》。

二月四日　星期三

在王府井购得《哲学通信》《理性、社会神话和民主》，用书票购得《立体派与未来派绘画》《大百科全书·民族卷》。

到编辑部。第四期的大稿子基本凑齐（只差赵一凡的一篇），不过手边已是穷尽，没有下顿了。

老沈找我谈，说《三联信息》准备继续办下去，问我愿意不愿意在上面开个专栏，专谈三联的新书。

这是很有诱惑力的，我最盼望得到的“先睹之快”是没问题了，而我也明白，老沈这是有意“练练”我，当然痛快答应了，不过，对自己尚缺少点自信。

做“新书录”：

漓江出版社的“获诺贝尔文学奖作家丛书”第二辑已经陆续见书了，近日出版的《玉米人》是危地马拉作家阿斯图里亚斯的一部力作。这位作家被认为是拉丁美洲魔幻现实主义文学流派的主要开创人，在创作这部反映危地马拉土著印第安人的生活和斗争的小说时，他有意用印第安人的头脑来思考，用印第安人的眼睛来观察周围的事物，并运用魔幻手法表达了自己的真诚愿望和憧憬。他采用虚实交错的笔法，把现实、梦境、神话、幻觉熔为一炉，讲述了一个又一个或实实在在或离奇古怪的故事，全书笼罩着一片或隐或现的“魔幻”迷雾。

作为漓江“外国文学名著丛书”之一种的《熔炼》是法国当代著名女作家玛格丽特·尤瑟娜尔的一部殚精竭虑之作。这部历史小说对十六世纪欧洲文艺复兴时期的动荡社会做了较为精确的剖析，并体现了作者传统的伦理观念和隽永朴实的古典创作方法。作者自认为，她的这部作品是“反映凝聚在我们称为历史的一系列事件中人的命运的一面镜子”。

上海文艺出版社出版的《论歌德》,收录了冯至先生从一九四一年到一九四七年和一九七八年以后几年里有关歌德的论文,这前后两期相隔三十年的悉心之作,使读者看到了一个中国人眼中的歌德。

关于新批评派,国内已有不少介绍,而赵毅衡的《新批评》(中国社会科学出版社出版)将其置于从唯美主义到结构主义的整个西方形式主义发展潮流中,较为详尽地剖析了这一流派的思想倾向、理论体系及其哲学基础、方法论特点和对诗歌语言研究的成就和缺点。书后并有“新批评派常用术语简释”“新批评派重要人物简传”等附录,为人提供了一个比较清晰的线索。

二月六日　星期五

上午赵一凡到编辑部来送稿。

从谢懋老师处讨得一册《斯达尔夫论文学》。

晚间与志仁、小航随爷爷一起到警卫局礼堂看影片《成吉思汗》(上下集)。

二月七日　星期六

上午和老沈一起去北大访朱龙华,去北外访许国璋,为《读书》百期的纪念文集约稿。两位先生皆很痛快地应承了。

午后访绿原,仍为约稿事,也很顺利。

嗣后访赵萝蕤,请她为《读书》写稿。

二月八日　星期日

上午拜访钱锺书夫妇(仍为约稿事)。

给我开门的是钱先生，将我让进客厅，并沏了茶端来。

屋内敞亮而洁净，简直是纤尘不染，养的皆是绿色植物，枝叶秀劲，一派葱翠。两张写字台，大的一张是钱先生的，小的一张属杨老师，靠墙是一溜书柜，中间设一躺椅，上有一本翻扣着的书，另一边是两个沙发，一个茶几。

我将来意说明，果然不出所料，被拒绝了。钱先生说，我就知道来者不善，我们已经被搜刮穷尽，一点儿存货也没有了，实在不能应命。任我百般苦请，也是无用。杨绛老师倒是客气得要命，不过仍是那句话，拿不出东西了。她说，我已经枯竭了，想做的，尽量做一做，应酬文章，是断不能写了。

杨绛老师又送了我一册新版的《小癞子》。钱先生说，以后我们有书出版，一定送你。

二月九日　星期一

收到严外婆的来信，情真意切，又不无酸楚：

你给亢泰的信收到了，你没有记错，完全对了，我就是你说的严外婆，见到你的信，在我的记忆中，好像你仍是小孩子，很可爱，那时你还会唱京戏，带做，活泼极了，我和你外婆，总是喜欢你唱，口齿非常清楚。日子过得那么快，二十多年过去了，你已经在工作了，你外婆已去世将近二十年，但我有时仍会想到她。

我来伦敦已四年多了，一切都能习惯了……

这里英国政府对年满六十岁的老人，福利较好，我出门坐公共汽车，或地铁，都不用花钱，看病吃药、住医院，连饭费都不用花分文，每星期还给一些零花钱等，自己去附近邮局去领好了，去看展览，看电影，去动物园等，只用花半票入门，不过这种地方，我很少去。我每天除去做家务外，其他的时间，我去附近的成人学校去学习英语，我虽前学后忘，但我也借此作为消遣，否则太无聊，一人在家。他们常有活动开 Party 等，有时我也参加，英语我是学不会了，毕竟年岁太老，舌头也硬，卷不过来了，大家哄哄闹闹而已。

我的眼睛很不好，糊涂，又掉眼泪，不过身体尚康健。

……

又是一次戏剧般的奇遇！由亢泰而寻到了一位外婆在世时的旧好，记得她一直是寡居的，家在北池子一所很大的四合院里，只有一个儿子，就是亢泰，很早就去了伦敦，但好像已在国内订了亲，这个未过门的儿媳妇常在她家中帮忙做事情，长得很好看的，不知这桩婚事终是成也未成。

收到史美圣的来信，其中提到在沪开会遇张奇慧，对她的几句形容很有意思：

“张奇慧同志我在上海词学会上一睹风采，酒量非凡，豪放派的女杰！”

二月十日　星期二

上午往社科院访孟悦、陈众议。

下午周国平到编辑部来，给我带来一册《方言与中国文化》并钱春绮捎来的一包贡菊花。

回到家中，正好又收到钱先生的来信，其中言道：“……我是除了稿费外,别无收入,我也没有劳保。当然,我的生活水平很低,因此,生活倒也不困难,昔日颜回居陋巷,一箪食,一瓢饮,人不堪其忧,回也不改其乐,吾窃愿效之。""十年前写过一首打油诗,自叙失业之况,特另纸录呈一粲,先生可将此小条夹入一本不会卖掉的书中,十年后无意中再取观时,或能激发诗歌灵感,写一首怀故人之作也,而在那时,我或许已乘黄鹤去了。"

诗是用工工整整的小楷抄录在一小块宣纸上的:

闲士歌

他人上班。我不上班。他人有工作。我独无事干。赋闲在人间。他人有劳保。有退休。我独徒事消费不生产。终年无收入。不赚一分钱。日唯读死书。株守伏家园。黑甜乡里聊效希夷眠。或责先生懒。或羡先生闲。或悯先生命途多舛。或谓先生可望保平安。先生笑而不答难与言。我非高士亦非仙。出山常亦愿执鞭。时弃不我用。无奈做龙潜。谁识先生甘苦与辛酸。

看罢信,读罢诗,又忆起周国平和我谈起的他拜访钱先生的诸般情景,几令人泪下。

把这一小片纸珍重夹在先生所赠《尼采诗选》中。

二月十二日　星期四

午间,老沈端着一碗稀饭(上面浮着一撮炒芹菜),踱到《读书》的屋里来了,房间里只有我和吴彬,记不起是哪句话惹动了他的谈兴,一下子话匣子打开了。

先从童年的经历讲起。

老沈是宁波人，祖父一辈家产丰足，曾有话留给儿子，只要你不嫖不赌，只靠守业，便可一生衣食无忧，于是祖母有意让沈父染上大烟瘾，因此便疏懒了筋骨，无力风流了，然而却也因此早早断送了性命，——二十九岁上便遗下四个儿女，撒手人寰（时老沈年仅两岁）。好在沈母尚有不少贵戚，便领着一子一女（另外两个亦先后早夭），到有钱的亲戚家做管家。老沈自小就是在这样的家庭氛围中长大，一方面寄人篱下，仰人鼻息；一方面又未完全失去身分，——尚可称高级奴仆，且又沾亲带故。在此期间，也断断续续地念书念到初中一年级，进过洋学堂，学了一些英文。直到十三岁，主人终于对沈母发话了：你这个儿子我们养不起了，但我可以把他介绍到上海去学徒。

就这样，老沈先进了首饰店，后又入了米店，当小伙计。凭着几分聪明，很快就得到了店主的赏识：一个偶然的机会，两个灯谜被他猜中了，其一为：山在虚无飘渺中（打一人名），老沈解得"岳飞"二字；其二为：两个制钱（打一美女名），解云"陈圆圆"。从此，他被视为知识分子了。

四八年，通行金圆券，金银首饰不让做了，老板改行搞股票交易，老沈便成了经纪人的帮手。

以后，又逐渐识得一些文化人、出版人，又在一所业余新闻学校学习了两年，并和一个文具店及一个和尚庙的小伙计合办了一份油印小报——《文化报》，再以后，便是持着那位文具店小伙计开的"《文化报》介绍信"，参加了人民出版社招收校对的考核，并幸运地被录取了。

下午请常师傅开车送我到丁聪、冯亦代家取稿。五点钟回到编辑部，拼拼对对，弄到八点钟，只听外面花炮响成一片，原来是在欢度元宵佳节了。

二月十三日　星期五

清早到朱鸣家，送去要发的《唐诗故事新编》(第一集)稿。

到绒线胡同转了一圈，无书可买，只购得一部《三刻拍案惊奇》。

续记老沈昨日之述：

凭着自己的聪敏，老沈很快就成为青年校对中的佼佼者，但是在不久以后开展的一次“忠诚坦白”运动中，他将自己的全部身世彻底坦白于众，未料想却由此被人“刮目相看”了：啊，原来是小学徒出身。老沈因此自觉矮人三分，遂咬牙要发奋图强，于是选定从俄文突破，并很快就出了成果，翻译文章在报刊上发表了。这一次，才真的被人刮目相看。随即调往办公室，做了王子野的秘书。

“那么，就没有恋爱了吗？”

“有啊，当然有的，不过这是一个悲剧。”

老沈谈兴未尽，又接着说下去。

当时同在校对室工作的，有一位胡女士，二人常在一起，便渐渐有了感情，而这位胡女士，则更是一往情深，偏又是个“恋爱至上”者，恨不得世界上只有我和你，至少在心中的世界只装着我和你。这位女子天生得一副娇柔之态，特别能会得细微的情和意，常是对花流泪，对月伤怀的(岂不又是一位林妹妹么)。

沈胡二人柔情蜜意地热恋了一阵,却遭到了四方的责难和反对。时值二十世纪五十年代末,各种政治运动接连不断,身为秘书的老沈,在革命熔炉中逐步提高了阶级斗争觉悟,当然,也就渐视胡女士为"政治觉悟太低",两人之间难免生了裂痕,并不时伴以口角,且愈演愈烈。这一位柔情似水的女子以后果真辞了职,欲远离尘世,只裹进一个爱情的小小茧儿中,而老沈呢,却是绝不愿只被这一根爱情之藤所缠绕,而一生碌碌无为的,但面对着情之所钟的姑娘,却又实实割舍不得,——情缘难断哪。

后来,胡女士本来就患有的关节炎越发厉害了,以至于卧床不起,当然,很难说不是因了爱情的折磨而日见憔悴。

时值老沈刚刚获取千元译著稿费,于是用来送病中的恋人往胜地疗养,却又如何能医得心疾呢。

两个人的联系有了一次几个月的中断,突然有一天,老沈接到胡女士之兄的一封来信,云胞妹已命归黄泉。

(老沈闻讯后,如何悲痛,以及是否悲痛,忘记问了,他讲述时也疏了这一节,抑或是有意的?不过我想,即使他当时未曾痛彻心扉,以后也必定是将其刻骨铭心。)

这一场甜蜜而又伴着苦痛的初恋终成悲剧。老沈由此痛感恋爱之沉重,乃长叹曰:爱情原是这般累人啊。

"那么,现在的这位白大夫一定是经人介绍,并捏合到一块儿的喽?"

"对了,岂止捏合,是硬给拴成对儿了。"

一直到了二十世纪六十年代初，单位里有一位模范党员，是个极热心的好人，专爱做月老，一次患病，遇一位细心为他疗治的白大夫，遂生为老沈牵线之心。于是二人相识，在这位老兄的一力撺掇之下，结为秦晋，那已是一九六二年了，新郎时年三十一。

白大夫的确是个好人，对工作极端负责，对病人极富感情，但若与胡女士相比，却恰恰形成两极之势，一个是敏感得几成病态，一个是木然得近乎冷漠。闲暇之时，老沈也曾数次相邀："我们去散散步吧！""我们去看看朋友吧！"却每每遭到回绝："散步有什么意思！""看朋友？我的病人还看不过来呢！"

认真说起来，这应当是大夫的气质：一方面富有同情心；一方面又要理智和冷静，甚至不如说，冷酷，否则的话，日日接触各种各样的病人，不发病才怪呢。

这下倒成全了老沈，他尽可放下眷恋温存之心，一意扑到事业上去。

唯有一个放心不下的，是小女儿沈双。父女二人倒是脾气秉性十分投合，老沈也曾在女儿心里占过一个中心的位置，但曾几何时，这个地位已经濒临危机了。那是沈双从美国回来以后，逢到晚间，老沈再欲与爱女做长谈，听到的却是恭敬的婉拒了："爸爸，你早点睡觉吧！"

二月十四日　星期六

清早老沈将审阅过的稿子送至家中。

上午做发稿准备，只差伍晓鹰等的两篇文章。

中午编辑部的几位大员齐集豆花饭店(另有吴彬的爱人冯统一和一位《读书》的作者李)。仍是楼上雅座,点的菜与那日丁聪寿筵上的差不多。有一款酸辣豆花很是好吃。

收到倪诚恩寄赠的《国王的人马》,书是陶洁译的。

收到杨绛老师的来信,信中写道:

我很佩服你能自学成材。你是喜爱文学的,不知你是否也自学了一门外语。因为,即使你专攻中国古典文学,也必需懂一门外语,开阔眼界,才能加深你了解和欣赏的能力。你如能阅读外国文学原文作品,就能认识许多可敬可爱的师友,比认识我有意思多了〔德国当代戏剧家勃来希脱你想必知道,他有句论文艺学习的话:模范(指某种好作品)是好的,但比较(和外国作品比较)更有益〕。

另有钱先生附笔云:

“我完全同意杨绛的话,你文笔甚好,希望工作、家事之余,还有些精力自学,祝愉快健康。”

二月十五日　星期日

到编辑部加班,发稿。

这期算是我独立工作了,还好,一切顺利,只是在标缩图尺寸的时候看差了 35mm,被倪乐纠正了,属于粗心的问题,这却是老毛病了,从小学到现在,真是改也难。

二月十六日　星期一

立春早过,已交七九,竟还飘洒起雪霰,路上滑腻腻的,像是泼洒了一街黑油。

编辑部准备迁往芳草地。

下午王宁来家，谈稿子。这位是杨周翰的研究生，写了一篇评《十七世纪英国文学》的稿子，学生评导师，总是有些拘谨吧，放不开笔墨，文笔也太板了些，且书中的一些精华，也未点到，请他重写一下。

二月十八日　星期三

读《视觉思维》。

下午去编辑部搬家。

迁至朝阳区工人俱乐部后院的一座简易二层小楼内，一间间的小屋如同一个个鸽子笼，两人一间（我和吴彬一间），倒是清静了许多。

傅信携新婚的妻子唐平来找我，给我送来喜糖，并一本《自我的挣扎》。

二月廿日　星期五

到新址上班，这里的条件真是差多了，最先遇到的威胁就是冷，幸亏严冬将尽，不然，可够难挨了。

二月廿一日　星期六

午间周国平来取书。

到琉璃厂转了一圈，购得《感觉的分析》《基督何许人也》《第一哲学沉思集》《内战记》《史集》（一卷第二分册、三卷）、《清稗类钞》（九、十一）、《考古学专题六讲》。

二月廿五日　星期三

新书录：

龚古尔兄弟是法国十九世纪文坛上一对风格奇特的作家兼历史学家。在文艺创作上，他们共同信守的原则是，以对待历史资料的那种严肃细致的态度，从实际生活中取材，描绘真实的生活。近由人民文学出版社出版的《热曼妮·拉瑟顿》，是龚古尔兄弟共同创作的第四部作品。这部长篇小说真实而又自然，人物和场景描写细致入微，全书始终有着一种强烈的气氛，有些段落颇似印象派的绘画作品。值得注意的是，这是龚古尔兄弟作品在我国的首次译介。

人民文学出版社近期出版的《苏珊·希尔短篇小说选》，译介了这位文坛新秀的十五篇作品。作者擅长心理描写，在运用"封闭式心理描写法"揭示作品中人物心灵深处的感受方面比较成功。她在创作上不追求离奇的情节，而是以简单朴实的语言，廖寥几笔使情景交融，特别是人物的对话非常简练。通过这里译介的短篇选，读者或多或少可以了解到这位当代作家的思想和风格。

俄国作家陀思妥耶夫斯基的创作，向被视为文学上的非常复杂矛盾的现象，关于他的创作、思想，甚至个性，学者们众说纷纭，莫衷一是。因此，出版有关这位作家生平与创作的史料，显然就有着特殊的重要性。人民文学出版社近日推出的《回忆陀思妥耶夫斯基》，收录了作家至亲好友的有关重要回忆，从不同角度记述了作家各个时期的生活、创作和思想的发展。这些生动而翔实的记载，对于深入研究作家的创作和思想，无疑具有重要的史料价值。

澳大利亚作家帕特里克·怀特是至今唯一获得诺贝尔文学奖殊荣的大洋洲作家，由漓江出版社作为“获诺贝尔文学奖作家丛书”之一出版的《风暴眼》便是他最杰出的代表作。这部巨著通过一个腐朽的资产阶级家庭的崩溃，表现人们的堕落和绝望情绪，具有深刻的认识价值。在创作上，作家频繁地使用了意识流的手法，并大量地运用了潜意识的描写，使人物的意识大多处于自由飘流的状态；在梦境的描写上，尤为出色。

挪威剧作家易卜生的作品，对我国的影响是相当深远的，直到今天，还能启人睿智，发人深思。人民文学出版社自二十世纪五十年代始，就陆续翻译出版了易卜生戏剧的单行本，至八十年代初，乃有出版中文版全集的规划。可喜的是，到一九八四年，经过出版社和译者的共同努力，易卜生戏剧、诗歌的中译稿终于齐全。近日问世的是《易卜生全集》的第一卷，其中收录了属于作家创作第一阶段的《凯蒂琳》《武士冢》等四部剧作。

服务日上午很是热闹，高福庆联系了中央电视台到此来拍场面，董秀玉讲了服务日的缘起和以后的活动情况，王宁介绍了“新知文库”的几本书，丁聪和冯亦代好像也讲了几句话，然后又到老沈的办公室拍了几个镜头。

至午间人已陆续散尽，王焱、吴彬、杨丽华也相继撤退，只剩下我和贾宝兰、王红勉力收拾残局，分送、打捆、搬运、清理，忙过之后，已是下午四时了。

二月廿六日　星期四

《我与你》这本小书，以它特有的魅力，一再吸引我读下去。

可以说,它探讨的是人、人在世界中的位置、人与世界的关系,虽然使用了幽深玄奥的语言,但所讨论的问题却并不神秘。它与西方现代哲学中的生命哲学一派所关注的是同一个问题。愈益进步的科学技术为人类带来了物质的繁荣和富足,同时也愈益将人推入自失的危机,因此,如何协调人与自然、人与创造物以及人与人之间的关系等问题,便格外鲜明地凸现出来了。《我与你》的作者极力呼唤"重识中心""重返本己",以使人被压抑的关系力量得以复苏,使一切关系境界的波涛皆融入生机勃勃的浩荡洪流,依此,我们之世界方重获新生。

这是否又是一个新的神话?

如果说"新知文库"的出版并不是为了引进一批现成的"拿来"我用的思想,而旨在启人思智、开阔视域,那么作为丛书之一的这本小书的确是令人感兴趣的。

午间朴康平来家取书。

读《三松堂全集》(四)。

二月廿七日　星期五

上午三个编辑部坐在一起开会。

老沈不无得意地宣称:目前三联的书,销路极畅。据说,畅销书都是最先在小摊上出现的,而现在全市的每一个书摊上都有三联的书。

午间,《读书》的几个人就餐于野味餐厅,店堂里极冷,卫生也很差,白桌布上油渍片片。要了几味菜:叉烤一日鸡、干烧鸽子肉、葱爆鹌鹑、鱼香兔丝、清炖鹿肉、烧鹿肉。一日鸡倒是极嫩的，鹿肉也还好吃，其余未见什么特色，四个人花了四十五块钱。

三月二日　星期一

上午去编辑部。

到朝内，将本期稿子交董秀玉。

将《悲剧的诞生》一气读完。

三月三日　星期二

在绒线胡同购得《芝麻与百合》《哥儿·草枕》《康德生平》《中华全国风俗志》。

三月六日　星期五

和倪乐一起到清华访曾昭奋、陈志华。

归途中，往地质学院访赵一凡。

上至三层楼，便闻得一股厨房味道，渐近渐浓，上得宿舍屋，入眼皆是杂物，楼道里阴暗、肮脏、凌乱，像破烂市，待进得赵宅，却令人眼睛一亮。内外两相对照，不免有富丽堂皇之感，室内铺着地毯，靠窗放置半圈红沙发、双层床、梳妆台，书架占据着两面墙，林肯像与《韩熙载夜宴图》在两壁遥相呼应。

赵一凡从哈佛学成归国，至今组织关系、户口关系都未落实，住房也不理想，因此不免发些怨声，不过今日看来，与国人的生活水准相较，也算是小康了。

又到建工出版社访曲汝铎，不遇。

三月七日　星期六

往张守义家取第五期封二、三，他赠我一册《张守义外国文学插图集》(二)。

画封二、三版式，并送交董秀玉。

收到龚维才寄来的《帕斯齐埃家族史》(卷一、二)。

三月九日　星期一

本月拟发稿件已经董秀玉审定。

老沈与我谈办《编后》事，目前尚是设想。

读《当代哲学主流》(上)。

三月十日　星期二

清早起来，蓦然一片雪色现在窗外，已近春分了啊，竟还有这等雪！

到编辑部，抄毕"新书录"。

为报陈志华《外国造园艺术》一书的选题，草拟一份访问报告。

我的迷上建筑，当以《读书》为因缘，二十世纪八十年代初曾在《读书》上看到一篇评价《外国建筑史》的文章，文写得好，便使我格外想读一读所评的书。辗转周折，终于觅得一册，是在建工出版社样书库里找到的，已掉了封四，乃无偿赠我，一气读毕，不禁拍案叫绝，方知卧游亦能令人忘返。

当然，也就记住了本书作者的名字：陈志华。

此后，开始越来越多地阅读建筑方面的书籍，又不断发现陈志华的名字。

而与陈先生的见面，却是一两年以后的事情了。

第一次见面的印象是深刻的（其实我一共只去过他家两次)，陈先生很健谈，又坦率，热诚，词锋犀利，言至动情处，往往不能自已，于是我知道，为什么他的文章这样耐读，原是有一个情感的核。

我最喜欢的交友方式，是通信往来，见过一次之后，我们的联系就是以书信为主了。在信中，我往往读到他，于是，我进一步明白了，他的文章所以为建筑以外的人所爱读，就因为他在谈建筑的时候，所着眼的并不仅仅是建筑。转眼到了丁卯年，初一日，在一片爆竹声中，我又思卧游之乐，于是找出一篇陈先生的《法国造园艺术》，读进去。

"进去"之后，竟忘了节日，竟不闻市声，竟澄心一片，悠哉游哉了。

（有意思的是，作者的这篇文章乃运思、执笔于动乱年代。）由此顿生一念：何不把陈先生论造园艺术的诸篇合为一集，付梓印行？

于是，写信、造访，于是在清华园里转了三大圈，终于在建筑系的资料室里找到了他。

他刚从斯里兰卡开会归来，又在为四月的英国讲学之行准备论文。

问及他在《法国的造园艺术》中所提到的那一篇《中国造园艺术在欧洲的影响》。

"这一篇文章，七九年发在《建筑史论文集》中，钱锺书先生看过后，给我写了一封长信，表示了极大的兴趣，并且说到，他当年在牛津大学时的博士论文就是以此为题。"

"这封信还在吗？"我急急问道。

"啊呀,最最可惜的就是已经找不到了。当时,我很激动,非常珍惜地将它装入一个大信袋里,妥善保存起来,没想到我出国的时候,住宅搬迁,混乱中谁也不曾留意到这个信袋,我回来后第一件事就是找它,以后又不知翻找过多少回,终于是找不见了。"

不仅陈先生遗憾,我也感到万分遗憾,不然,把这封信附在集子里,岂不最好?

回家后,我又仔细读了这一篇《中国造园艺术在欧洲的影响》。

同题文章,我是读过一些的(如伍蠡甫,如范存忠),但以为当推这一篇资料最为丰富,最为翔实,而又以行云流水般的文字贯穿起来,并不时交织着作者的思考与辨识,无怪乎能博得几位大家的褒赏。

我想,出一本集子是可行的呢,可配的插图很不少(当可再精选),也许,还可以请钱先生做序或题签,或者,请沈从文先生也行。

建工和清华大学出版社皆欲将这部分文章辑为一集作为教材出版,我却觉得这样有点可惜。

陈先生表示愿意给我们,但如有困难,不必勉强,仍交建工或清华。

三月十一日　星期三

与王焱、吴彬一起去北大出版社(他们特邀《读书》编辑部去座谈)。

出版社的条件极简陋，几间破破烂烂的房子，龟缩在校园一隅，也没有书库，很多书都堆放在露天。但好书还是出了不少。

赠送我们每人三部书：《三国演义汇评》《绿野仙踪》《木樨轩藏书题记及书录》。

午间留下“便饭”，其实饭菜很是丰盛，四个冷菜，六个热菜，并一汤，鸡鸭鱼肉海参鱿鱼，全有了。

三月十二日　星期四

去编辑部，跑工厂。

到建工出版社访曲汝铎，因我给《华夏意匠》写过书评，所以他从社里为我领了几本书：《园林建筑设计》《中国古典园林分析》，又送我一本《建筑师》（第二十五辑）。

与他谈起陈志华，我惊讶于以他著述之丰，造诣之深，何以今日仍在“教授”前挂一“副”字。他告诉我，清华评教授规矩森严，必得带研究生，而陈先生招收学生的标准很高，一定要精通一门外语，通第二外语，而且非好学生不取，因此至今未曾招得一个，对于评不上教授，他倒毫不在乎。

晚间王焱到家来送金岳霖像。

三月十三日　星期五

到丁聪家送草目，到冯亦代家取稿。大风一日不止，因是央了常师傅开车送我去的。

三月十四日　星期六

在王府井购得《布兰雷小站》《意义的探究——当代西方释文学》《结构主义与后结构主义》《塞瓦兰人的历史》《中华成语

大词典》。

三月十五日　星期日

上午往丁聪家取版式,归来后标图,核面数。

傍晚倪乐来找,陪她一起去王府井买《第二性——女人》,她手中有一部同名译稿,未承想湖南已抢在前边,印数十万。

又一起到冯亦代家取稿,归途中顺访老沈,不遇。白大夫和沈双正在吃饭,白大夫果然是个“缺乏情趣”(老沈语)的人,似乎不大会笑,也不擅寒暄之词,但一看就是一个诚笃之人。

大夫之家应该是整洁干净的,但却没有给我这样的印象,或许是因为有老沈的缘故(他说过:办公桌上整整齐齐的,一定不是个好编辑)。

三月十七日　星期二

发稿。

本来以为一切都很顺利,也许两个小时就可以全部解决,没想到丁聪画的版式出了一个错误,致使全部推倒重来,从早上八点一直折腾到下午一点半。

王焱是个慢性子,但脾气真好,一点都不带发火的,心里真感激他。

三月十八日　星期三

上午带小航去看病。

吴彬与冯统一来家取火车票。

又购置了一对“两接头”(竖向)书柜。屋里实在是塞不下了。我一边整理书,一边与前来“参观”的爷爷说道:“我的理想是能有一间书房。”爷爷说：“你的理想现在就可以实现嘛，把这间看电视的屋子辟给你半间。”

三月十九日　星期四

读《走向新建筑》。

晚间腾挪书柜，布置书房，一直折腾到午夜。

三月廿日　星期五

清晨起来继续整理，总算初具规模。

“如一斋”真的是一间书斋了。

三月廿一日　星期六

读《走向新建筑》。

中午和董秀玉、范用一起到中央戏剧学院实验小剧场看影片《芙蓉镇》。

三月廿二日　星期日

读《新建筑与流派》《外国近现代建筑史》。

三月廿三日　星期一

在绒线胡同购得《托尔斯泰和俄国作家通信选》《伊索寓言》《春雪》《三松堂全集》（五）。

往编辑部。

竟一片静寂，只有倪乐、贾宝兰在坚守岗位。老沈下大决心要推行的“坐班制”，成效可谓大矣。

给周国平送书，约稿。

三月廿四日　星期二

布置服务日。

董秀玉送我两本书:《异端的权利》《所思》。

三月廿五日　星期三

新书录:

我国对印度文学的研究,已经有两千多年的历史了,但遗憾的是,至今还没有一部完整的印度文学史,不过对印度的个别语言的文学史研究是很早就开始了,继金克木先生的《梵语文学史》之后,近又有刘安武的《印度印第语文学史》(人民文学出版社)问世,作者在占有大量原始材料的基础上,经过多年研究,形成了自己独到的见解,从本书朴实无华的文风中,可见出作者扎实的功力。季羡林先生在为此书撰写的序言中表达了殷切的瞩望:我希望,通过这一部书的出版,能给印度文学史的研究架上一座桥梁;并且,能给外国文学史的研究架上一座桥梁。当然,这也是读者的希望。

西蒙娜·德·波伏瓦是一位把存在主义与现实主义二者结合于一身的作家,她奉行存在主义,又不局限于存在主义;她改造现实主义,但又不鄙弃现实主义。一九四五年出版并立即引起法国文坛轰动的《他人的血》(外国文学出版社),便是一部体现了她的这一创作思想的杰作。这部小说以抗战为题材,围绕着青年人如何选择自己的人生道路而展开主题,并把青年人放在最严峻的国家存亡的生死关头,因而就使这种选择更加庄严和不平凡。作品在表达存在主义的一个重要思想,即人与人的关系方面,也显示了自己的独到之处,展示了更深一层的内容,可以说,小说是作者怀着历史所赋予的责任感,经过对战争中生与死的意义的思考而写成的。

乔治·格林奈斯库是罗马尼亚现代著名作家、文学评论家、文学史家。对这位二十世纪五十年代就访问过中国，并著有《我到过新中国》一书的大家，国内翻译界对其人其作尚无系统的介绍。近由外国文学出版社出版的《奥蒂莉娅之谜》是格林奈斯库最成功的一部长篇小说。它以财产继承问题为中心，交织着几位作品主人公之间的感情纠葛，生动而深刻地描写了当时的资产阶级生活。作者以巴尔扎克式的辛辣笔触，对资产阶级不择手段地追逐财富，亲者之间尔虞我诈的自私本性进行了无情的揶揄和讽刺，这使它成为罗马尼亚现代文学最有价值的作品之一。

三月廿六日　星期四

到社科院访朱虹、兰明。

午间倪乐、朱虹来作客。朱虹送我一册《英美文学散论》。

下午到琉璃厂转了一圈，购得《清稗类钞》（十三）。

三月廿七日　星期五

与倪乐一起往清华访汪坦先生。

汪坦先生住的二层小楼称为花园楼，设计得很别致，家家都有阳台，楼中间设一天井，各户厨房、卫生间均朝向天井一面，层高两米七，室内高两米五，但开间大多少补偿了房间的矮，倒不觉压抑，汪先生将两间之间的隔断门拆掉，成为一间，便更觉宽敞。引人注目的是进门一架大钢琴，琴后是一丛枝叶硕大的龟背竹，靠窗为书架、写字台，地毯像是麻织品，不懂得是什么原料制的。

汪坦先生很健谈，说话极富感染力，聊了两个多小时而不觉其长，告辞出来，仍觉有许多问题尚未及讨教。

午间倪乐去照澜院的饭馆吃饭，我往陈志华家。

在陈先生家遇王世仁。

留我吃饭，在饭桌上陪坐一刻，并未举箸。

到胜因院陈晖家与倪乐会合，一起往北大，访金克木先生，不遇（开政协会议去了）。又去找王宁。

三月卅一日　星期二

到朱世达家中取稿，他的家布置得整洁有序，一尘不染。

编辑部开会，从四月份起，邮局突然提高发行费至百分之四十，这样，《读书》由略有赢余（一年赢利两三万）一下落到净赔五万，而这个时候又无法再提高售价，只好采取减少印张的办法。是要用经济手段来整顿刊物吧。

陈众议来送稿子。

赵一凡送来黄梅的稿子。

中午编辑部一行外加李庆西、陈志红、冯统一，到鸿云楼聚餐。来至楼下客堂，被告知满座，请往楼上，方落座，忙问价，呵，一人二十五元标准，点数腰包，勉强够得，虽知被狠敲了一笔，也不好再呼隆而撤，吃吧。计有海参、虾仁、百叶、香酥鸡等，最后一道是烤鸭。

饭后回到编辑部大"砍"一通儿，几位"大烟筒"熏得我里里外外浸透了烟味。

杨丽华与赵一凡一起到家来。

蓦见庭院角落一株小小的桃树竟悄然绽开数朵，方知春天到底是来了。

吴彬带来一册朱炯强赠《风暴眼》。

四月一日　星期三

在编辑部门前的中原书店购得《雄猫穆尔的生活观》《冷漠的人》《科学研究纲领方法论》。

将本期欲发的稿件送交董秀玉。

在人文服务部购得《花之寺·女人·小哥俩》。

下午谢选骏来家取书，并给我带来《简明中国佛教史》《一五五〇年前的中国基督教史》。

补作几则"新书录"：

湖南人民出版社的"散文译丛"问世伊始，就得到了读者的拊掌而呼，虽然，单本出版的进程略嫌慢了些。近期面世的《芝麻与百合》是英国十九世纪文学评论家兼一流的散文大家拉斯金的作品，作者博识多才，学富五车，作为讲演词的这本散文集，便更觉亲切自然，质朴畅达，在娓娓言谈中又流贯幽默和风趣。读者当以与这位在英国妇孺皆知的学者结识而感到欣喜罢。

阿尔贝托·莫拉维亚是今日意大利文坛上居鳌首地位的一位作家，由上海译文出版社出版的《冷漠的人》被认为是意大利新现实主义文学的发轫之作。这部长篇小说发表于一九二八年，在短短几个月便连印五次，但很快遭到墨索里尼政权和罗马教廷的封禁。作品铺陈了一个资产阶级家庭的三天日常生活，通过深刻的心理描写，精心塑造出五个鲜明的人物形象，以揭示出意大利资产阶级并非像报纸杂志、御用文人描绘的那样朝气蓬勃、情操高尚，而是冷漠、虚伪、嫉妒、淫乱，利欲熏心、不可救药。

在纪念艾米莉·勃朗特的《呼啸山庄》出版一百四十周年前夕，上海译文出版社推出了翻译家方平的新译本。在我国半个世纪以来的几种中译本中，这部新译由于晚出，有机会利用当代英国学者们版本研究的新成果，可说第一次在艺术形式上反映了原作的明快的面貌。译者并为它做了长序，在对“英国现代文学中的斯芬克斯”的研究探讨中，提出了新的见解。

四月二日　星期四

在绒线胡同购得《惠特曼散文选》《托·马斯曼中短篇小说选》《意大利文学史》。

读《卖艺人家》(封面题字郭绍虞，治印李骆公，巴金为扉页题签，画像则出自丁聪手笔)。

四月三日　星期五

在中原书店购得《熵—— 一种新的世界观》。封面设计新颖别致，乃出自陶雪华之手，却与她此前的风格迥异。

读《五十奥义书》。

四月四日　星期六

上午郑在勇来。

我们前后通信将及两年，今方第一次谋面(他曾找过我三次，皆未遇)。

父母乃广东中山县人，生在上海，高中毕业时，少年气盛，报考中央美院雕塑系，但那一年这一专业只招收两名学生，未果。适逢人民音乐出版社招考美编，因于美术、音乐皆有好，遂欣然进京(一九五六年)，如今已是两鬓花白了。

竟畅谈了两个多小时！

他说，你不是总在信中称自己不擅言辞吗，原来很能讲的啊。

他曾几次在信中说起：我是一个极普通的人。今日一见，方知所言非谦，的确是一个很普通的人，一个很朴实、很诚挚的人。

四月五日　星期日

《五十奥义书》曾几次拿起又放下，终是未能读解。

年前曾见《哲学研究》上有一篇文章：《〈奥义书〉及其唯物论哲学》，主旨是要从《奥义书》中捋取唯物论的思想颗粒。

对此我却有些怀疑。《奥义书》的价值不就在于它所融涵的是唯心论的精蕴么，用马克思主义的观点研究它，就是非得去从中“发现”唯物论的色彩？为什么不能从唯心论的角度去肯定它呢。

四月六日　星期一

昨晚似乎就有预感，今日会下雨的，果然，清晨起来，便听到一片淅沥的雨声。

到张守义家取第六期封二、三。

在上周五与杨丽华约定的，今日上午往周国平家谈向梵澄先生组稿事，不知为什么她却没露面。

周国平告诉我，不久前，他曾亲去拜访过徐梵澄先生，但见他风神疏朗，气度不凡，虽已近古稀之年，却腰背挺直，容光焕发，并赠他《神圣人生论》和一册《肇论》。

徐梵澄先生二十世纪四十年代赴印度教学，旅居三十年，于一九七八年归国，一生未娶。

看了周国平的一部分诗稿，无怪乎他对西方的诗人哲学家抱有特殊的兴趣，原来他自己就是亲身实践者。

诗写得很好，尤其是感觉非常好。

四月七日　星期二

志仁出差，我的生活水平立刻下降。首先，将早餐免去，中午以面条充饥。幸而他出门之前为我买了十数包蜂蜜花生，便足可当晚餐了。

下午编辑部开会，讨论七月号的组稿事宜。

四月八日　星期三

在中原书店购得《中国古代名句辞典》。

读《十七世纪英国文学》。

四月九日　星期四

与杨丽华、王炜一起去北大。

率先拜访熊伟先生。

老先生七十有六，身板健朗，头脑清楚，话匣子一打开，就收不住了，一气谈了将近两个小时，而且是顺着他自己的思路谈下去，使人根本无从打断。

他于二十世纪三四十年代在德国留学八年，可谓浸透了德国哲学的空气，曾亲身受教于海德格尔。他说，当时选修这位名教授课程的学生有二三百人，但有相当多的人（也许是大部分）是懵懵懂懂，不知所云，而他听起来，却以为并不生疏，海德格尔的思维方式是接近东方的。

午间在燕春园吃饭（王炜请客）。

饭后造访陈平原。

夫妇俩挤在一间不足十平方米的宿舍内，据说不久又要搬家：已经被人赶来赶去地搬过三次。今日方知他的妻子是夏晓虹，而这个名字是我早在民研会时就熟知了。

先是飘起微雨，继而下得大起来。

杨丽华晕车晕得厉害，吐了个一塌糊涂，我只好一个人去访杨周翰先生。

杨先生家布置得很古雅，客厅中是一色的蜡染织品：窗帘、台布、坐垫，墙上一帧小幅水墨图，屋角数盆吊兰。

先生的装束极朴素，说话声音很低，看上去只是个和善的长者。

对约稿事，答应考虑。

四月十日　星期五

在王府井购得《道德形而上学原理》《明清佛教》《日本学者论中国哲学史》《错觉和视觉美术》《向上爬》《格林兄弟传》。

收到林秉申寄赠的《流放者的归来》《意大利文学史》。

在编辑部看到几封读者来信，极有意思。一位二十多岁的大学生，一肚子愤世嫉俗的不平之气，洋洋洒洒，满纸“国骂”，好一通儿发泄。将其移入徐星的那一篇《无主题变奏》，作为内心独白，倒真不用改易一字。

但他对《读书》仍是推崇的，不过使用的是另一种语言。

其余几封，都写得情真意切。

四月十一日　星期六

补作一则“新书录”：

由上海外语教育出版社出版的作为“美国文学史论译丛”之一的《流放者的归来》，是一部文学历史的经典著作。在这部著作里，可以看到发生在美国过去五十年中的一次知识史上和社会史上大转变的痕迹。作者马尔科姆·考利是美国诗人兼评论家，他认为他所要作的主要是思想的叙述，而不是事件的记录，是范围比文学史更广阔的东西，个别作家所可能具有的任何特性，都是作为更基本的特性的一部分而存在的，这种更基本的特性与各该作家属于同一阶级、同一地区、同一民族和同一代的人所共有。本书最重要的部分是作者对他那一代人的不断发展的文学形势的叙述和分析，他所使用的独特方法和妙趣横生的叙述语言恐怕也是令人感兴趣的。

四月十三日　星期一

下午三个编辑部一起开会，传达中央八号文件。

晚间姚以恩来，他是到中央马列编译局校订第二版《列宁全集》的，聊了将近三个小时。这几日格外忙，心中很是焦急，却不便明说。

四月十四日　星期二

到冯亦代家送稿，到丁聪家送草目，搭范老板便车而往。丁聪一定要请范用吃饭，把我和小许也拉上了。去的是东坡餐厅，经营者张达曾参加抗美援朝，后为战俘，卫生条件不是很好，饭菜滋味倒还不错。要了两个凉菜、两个热菜：白斩鸡、酱牛肉；麻婆豆腐、东坡肘子。菜上得极快，一顿饭才用了四十分钟。

《诗刊》的唐晓渡、《当代作家评论》的林建法到编辑部来。

在王府井购得《陈寅恪晚年诗文及其他》《展望二十一世纪》《二十世纪西方文学理论》《电影的观念》。

四月十七日　星期五

发稿。

这是第三次独立发稿了，好像已经干顺了手，并且觉得挺有意思，——不止是工作，还有当下的那种气氛。尤其是到了最后阶段，我一个人在那里编写版式纸上的页码，其他的人便一下子觉得轻松起来，于是，开始“砍”。有了王焱，有了吴彬，这“砍”，便见出水平，见出意思了。上至当朝执政者，下至三联掌权人；从老作家到新作者，从古至今，从西到中，从政到文，从雅到俗，奇闻逸事，儿女私情，诸般种种，无不在“砍”之列。我以为，他们对社会、对人生之“悟”，几近“透”矣。

今日却将周国平好一番“评述”，惹得诸位大笑不止，《读书》诸君筹划着要“敲”他一顿呢。

四月十八日　星期六

小航早上醒来说，梦见星星从天上掉下来了，变成了一个一个的魔鬼。

赵一凡送稿来，偶谈及季羡林先生，他说，季羡林曾留学德国十年，二次大战起，不得归家，乃于狂轰滥炸中，埋头地下室内，从学于一位梵文大师（此为犹太人，因有“国宝”之称，幸免于荼毒）。后来终于混上一条船，回归祖国。家人皆以为他早丧生异邦，唯发妻还在苦苦等候。这一位是小脚，长季羡林两岁，是财主家的闺秀，父母之命、媒妁之言是也，季先生并无二话，仍旧是好夫妻。一位不通文墨，一位学富五车；前者温顺贤慧，后者恪守古训，倒也是一段姻缘。

人叹曰：“这是因为留学德国，要是从美国回来……嗨！”

四月廿日　星期一

今日二十二时五十八分谷雨，但“谷雨”已先节候而降，——清晨，在一片啾啾鸟鸣中便已是细雨霏霏了。

第四期《读书》有一条补白：《三十而立》，很有意思。窃以为读书本身就是生活，则乐在其中矣。至若视读书为了什么什么而为生活，则生活乃成苦事也。

爷爷前日去往山东，因留给我一张“北京春季图书交易会专场服务”的入场券。晚七时，去往王府井书店。门前已有不少警察在那里指挥车辆，围观者甚众，不过几乎都是外地人。书店里的气氛让人有点浑身不自在。平日看惯了冷眼，今日对着笑脸，竟有些受宠若惊而无所措手足了。而且一列西服革履、淡施脂粉的姑娘们肃立在那里，眼光聚在每一个人身上扫射，难免引起燥热。服务之周到，又不禁使我感谢不迭。

书的品种，除一楼大厅增设一台“内部图书”外，并不较平日为多。购得《古拉格群岛》（上、中、下）、《藐视道德的人》、《中国近三百年学术史》。

八点钟出来，门前竟观者如堵了。

四月廿一日　星期二

到社科院访王毅，到朱虹处取稿。

读《肇论》读得入了迷，十一点半钟躺在床上还睡不着。凌晨两点钟又醒来，眼睁睁想了好久才又眯了一小会儿。这却是很少有过的事。

四月廿二日　星期三

上午是编辑部的例会，老沈传达中央十号文件。

《读书》开一短会，碰第七期稿子。

午间编辑部五个人往利康烤鸭店吃饭，没吃烤鸭，叫了几个菜：宫保鸡丁、炒鱿鱼、炒虾仁、葱烧干贝、香酥鸡。

四月廿三日　星期四

在绒线胡同购得《近代二十家评传》《南海康先生口说》《禅与心理分析》《两性社会学》《玄奘哲学研究》。在琉璃厂购得《庄子集释》《法显传校注》《隋唐佛教史稿》《世界文明史》(一)。

中午朴康平、周国平来。

书是越来越贵了，却又不得不买。明日志仁归来，检点钱囊，不知将作何说？

读《汉魏两晋南北朝佛教史》(上)。

四月廿四日　星期五

往中山公园的降价书市转了一圈，颇有些收获，购得《史学杂稿订存》《史学杂稿续存》《鲒埼亭文集选注》《尚书与古史研究》《永历实录》《明清之际党社运动考》《南越五主传及其他七种》《金陵五记》《高尔基文集》(六)、《阿拉伯-伊斯兰文化史》,一共才花了八块多钱。

布置服务日。

志仁下午三点钟归来。

四月廿五日　星期六

这期服务日书少得可怜,好书更少,光顾的人也不多。

中午与王焱、杨丽华、王润生、梁治平一起到咸亨酒店吃饭(杨丽华请客)。

做"新书录":

由美国伯恩斯教授和拉尔夫教授合作编写的《世界文明史》,从预告到出书恐怕已经让人们期待很久了。可喜的是,第一卷终于在近期面世,这部多卷本的百万字巨著容纳了从史前社会到二十世纪七十年代人类文明的演化过程，除了资料丰富、语言生动的特点外,值得称道是,作者还注意到历史的继承性和不同文明之间的影响,而写得比较全面和成功的部分则是有关中世纪欧洲的部分。第一卷包括的内容为"历史的黎明""古典时代的世界""中世纪早期"。

王森然先生是我国著名的教育家、史学家、文学家、画家和思想家。一九三四年,他写就《近代二十家评传》,在许多出版社顾虑其内容涉及共产党人评传而不敢受理的情况下,奋然自费印行。今由书目文献出版社将其重印,使我们有幸得窥这部在当时曾引起强烈反响的重要著述。作者所评诸家,非一代宗师,即各学专家，乃详采言行，细大不捐，以简练之言，叙繁复之事，并陈成败，而不稍掩功过。于诸人思想演变、主张同异，或相反而相成，或矛盾而互著，尤能寻根溯源，烛照幽微，堪谓传主之知己，亦无愧信史之称誉。

作为一个具有悠久历史和古老文明的国家，意大利的灿烂文化曾对欧洲文学的发展产生过深远的影响，但长期以来我国尚未出版过一本系统介绍意大利文学方面的书籍。近由上海外语教育出版社出版的《意大利文学史》（张世华著）填补了这一空白。它记载了自罗马文学起源至本世纪八十年代的意大利文学发展史，介绍了二十多个重要文学流派和一百余位主要作家，并略述了他们代表作品的不同特点。书中还选择了部分名著片断。

从一九〇九年《新法兰西评论》诞生直到一九五一年杂志创办人安德烈·纪德逝世，在近半个世纪中，这位作家始终高踞法国文坛，他的作品和人格曾引起热情的赞赏和激烈的非难。湖南人民出版社近期出版的《藐视道德的人——纪德作品选》，选择了作者六部创作于不同时期的重要作品，用莫里亚克的话说："只要纪德在世一天，法国便还有一种文学生活，一种思想交流的生活，一种在那些并非职业哲学家和谈吐风趣的作家之间进行的始终坦率的争论……那块封闭纪德墓穴的石板结束了法国经历过的最能激励心智的时代。"读过这些写在最能激励心智的时代的激励心智的作品，对原本陌生的纪德，读者会更多几分了解和亲近吧。

与吴彬一起到王世襄家借书(《明式家具珍赏》,准备请王毅写一书评)。

恰在胡同口相遇,老先生正要去浴池洗澡,待说明来意,王先生隐隐似有不快,但还是同意了。转身往回走的时候,又遇见老伴,老伴一听,可真是痛痛快快表示不高兴了,不过最后还是说:“要是我的书,我就不借;他的书,我不管了!”

家中很凌乱,引人注目的是几件明式家具:桌、案、床、凳、柜。

四月廿七日　星期一

到人民文学出版社样书室归还图书。

接到舒昌善的来信。

在文物出版社服务部购得《明式家具珍赏》(一百二十元)。为购这一册书,与志仁不知磨过多少次嘴皮子。

四月廿八日　星期二

在王府井书店转了一圈,无所获。在商务门市购得《德汉词典》。

到社科院取稿。

王毅来借书。

午间周国平、杨丽华来。

四月卅日　星期四

下午与周国平、杨丽华一同往访徐梵澄先生。

梵澄先生早年(一九二九年,二十岁的时候)自费留学德国,五年以后,战乱家毁,断了财源,只好归国。回到上海后,生活无着,乃卖文为生。在鲁迅、郑振铎的督促下,翻译了尼采的一些著作。抗战以后,又武汉、长沙、重庆、昆明,四处颠沛流离,直到一九四八年被国民党政府派到印度教学。一九四九年国民党垮台,遂成海外游子,须自谋生路了。于是在一个法国女人开办的教育中心任职。这位法国人很看重他的才华,但实际上却是将他做“高级雇工”使用的:不开工资,只包一切生活用度。他著了书,出版后,也不给分文稿费,甚至书也不给一本的。在这位法国女人晚年的时候(她活到九十多岁),支撑她教育事业的四个台柱子一年之内相继去世,学院一下子就衰败了。这样,梵澄先生才争得了归国的机会(前此两番皆未获许),于一九七八年返回阔别三十年的家园。先生一生未婚,目前已无多亲属,只是昆明有两侄辈,曾表示要来这里侍奉晚年。不料来了之后,不但不能帮忙,反添了数不清的麻烦,只好“恭请自便”:又回到昆明去了。

先生现住着一套三居室的房间，饮食起居皆由自己料理，倒也自在。

“印度好吗？”

“不好。在印度有一句话,说是印度只有三种人:圣人,小偷,骗子。”

真是高度的概括。与高深精密的宗教和哲学相比照的,不就是世风的衰败么?

“我在印度丢了六块手表。丢了以后,就给法国老太太写个条子,再领一块。有一次她给了我一块很好的表,我连忙退回去了:这是很快就会丢的呀。”

不过回国以后的种种情形也很令他失望。除给个宗教所研究员的职称外，基本上就等于弃置不用了。几部书稿压在几家出版社，两三年以至于三四年没有音讯。

请先生为我的《五十奥义书》和《神圣人生论》题了字，梵文、汉文各题一册：

圣则吾不能

我学不倦

而教不厌也

五月一日　星期五

中午王毅来送书（《明式家具珍赏》）。

随后，我到王世襄先生家还书，并带去我购得的那一册请他留字。先生午饭尚未用毕，见我如期送还，很是高兴，王夫人也很热情。先生十分认真地为我签字盖章之后，又送我一册《竹刻艺术》和他母亲撰辑并绘图的《濠梁知乐集》。

读《五十奥义书》。

五月四日　星期一

到社科院取材料。

往编辑部。

一九七九年王焱发现了《读书》，很感兴趣，不免技痒，很快便由读者跃入作者，稿子投到编辑部，博得老倪厚爱，遂亲自登门拜访。见面一聊，识得是个人才，便欲将他调至编辑部，但因当时没有招工指标，于是只好“曲线救国”，——先到建筑公司干了半年壮工，转成三级工，才调到了《读书》（其中自然又费一番周折）。

以后在评职考试中，一举夺得头名，破格定为编辑，自此益发感恩戴德，遂投入全部力量报效知遇之恩。

五月五日　星期二

七点半归家。

因丁聪近日要外出，所以编辑部忙不迭地紧急集稿，下午先去看望贾宝兰，然后给丁聪送去草目。

为给王焱补过生日，编辑部诸位同仁，外加甘阳、周国平、苏国勋，在新八百饭店吃了一顿西餐。

五月八日　星期五

在中华书局九折购得《词话丛编》《沈兼士学术论文集》。

午间在朝阳俱乐部看影片《海魔》，一部以故作惊险来吸引观众的影片。

五月九日　星期六

到朝内发第七期封二、三、四。

在绒线胡同购得《烈药》《他人的血》《茅庐集》。在西单的中国书店购得《中国文字学史》《汉唐佛教论集》（任继愈）、《巴曼尼德斯篇》。

五月十日　星期日

在北兵马司礼堂看美国影片《斯巴达克思》。影片似与我看过的两卷本同名小说差距很大。记得在小说中恋爱纠葛是斯巴达克思失败的重要因素之一，而影片将爱情变得纯净了，阶级观点倒很鲜明。有一句话记得很清楚：将死之际，身边仅存的一位战友问他:“怕死吗?”“不,就像不怕出生一样。”

接到梵澄先生复信,其中言道:

我是唯物史观的,也略略探究印度之所谓“精神道”,勘以印度社会情况,觉得寒心,几乎纯粹是其“精神道”所害的,那将来的展望,科学地说,是灭亡。

来信说《五十奥义书》中有不解处,我相信其文字是明白的。这不是一览无余的书,遇不解处,毋妨存疑,待自己的心思更虚更静,知觉性潜滋暗长(脑中灰色质上增多了施纹或生长了新细胞),理解力增强了,再看,又恍然明白,没有什么疑难了。古人说“静则生明”——“明”是生长着的。及至没有什么疑难之后,便可离弃这书,处在高境而下看这些道理,那时提起放下,皆无不可。这于《奥义书》如此,于《人生论》亦然。

书,无论是什么宝典,也终究是外物。

通常介绍某种学术,必大事张扬一番,我从来不如此作。这属于“内学”,最宜默默无闻,让人自求自证。否则变怪百出,贻误不浅。

五月十一日　星期一

往编辑部,贴图、拼样。

读《中国佛教史》(一)。

五月十三日　星期三

往编辑部。

到冯亦代家取稿,途经沙滩,购得《肇论》《艺术哲学》。

五月十五日　星期五

在琉璃厂购得《中国哲学史大纲》(上，胡适)、《东西文化及其哲学》《发生认识论原理》《结构主义》《回忆苏格拉底》《知识改进论》《康德学述》。

五月十六日　星期六

今日台历上录的是一首苏轼诗：倚竹佳人翠袖长，天寒犹着薄衣裳。扬州近日红千叶，自是风流时世妆。

下楼，蓦见庭院花畦中几丛芍药开得正艳。狂风撕掳着它们的"薄衣裳"，却仍自一番"风流时世妆"。原来这几日正是芍药花开时节。

往编辑部，准备发稿。

一边画版式，一边听几位同仁"砍大山"。杨丽华说，她发现周国平有一个特点：和朋友们在一起的时候，从来不谈学问。王焱对此解道：他是那种内省的，重主观体验的哲学家(姑且以"家"名之)，并认为这种主观体验是无法言说，也不能言说的。

读《康德学述》。

从老沈那里拿到一册《荣格心理学入门》。

五月十七日　星期日

老沈一清早来送稿子，并以本期几篇稿子为题，向我大谈《读书》的办刊宗旨，反复强调：它是一份供中高级知识分子躺在床上阅读，并能从中有所获益的高级消遣品。

又和他一起往赵一凡家贺乔迁之喜。编辑部的几位先到了，赵一凡的夫人正坐在楼梯口的油锅前煎藕夹。

新居布置得很是富丽,或可称豪华。

坐了二十分钟,十二点的时候,主人宣布摆饭,我便起身告退了(无意中觑见满桌佳肴):在别人家里举箸,总觉得难为情。

从周国平处取得《尼采诗选》,他说,他与钱译本互有对错。

发稿至九点半钟。

五月廿日　星期三

上午三联编辑部例会。

午时与王焱、谢选骏一起在紫光餐馆吃虾仁炒疙瘩,起因是发稿那日与王焱为"精练"还是"精炼"打赌,我输了,讲定请他吃炒疙瘩。昨天中午揣上五块钱就去了(胡靖同行),到那里一看,人太多,遂退了出来,改往"京津"。坐下点菜开票,好家伙,竟要价十三元有余。遍摸衣袋只翻出五块九毛钱,差额遂由王焱出,胡靖则掏钱买了酒和菜。

今天算是补请。

五月廿一日　星期四

在绒线胡同购得《亲和力》《李约瑟文集—— 一九四四— 一九八四》《屠格涅夫散文选》《东方学术概观》。在珠市口的商务门市部购得《理想国》《全部知识学的基础》《论世界帝国》《阿奎那政治著作选》。

五月廿二日　星期五

到编辑部,写毕"新书录"。

下午,被老沈发到八角村,给赵一凡送信,不遇。

读《新科学》。

五月廿三日　星期六

在商务门市部购得《现实的人类和理想的人类：一个贫苦罪人的福音》《严译穆勒名学》《严译群学肄言》。

在中华求购《新唯识论》，初曰已售罄，百般求告，乃云：到发行科去询问。仍答：无书。遂折回。再次鼓动唇舌，终至请出一位“大员”：一位身着白光灿灿连衣裙的美貌女郎，手持一册《新唯识论》，呼曰：“是谁要这本书？”忙一步抢上，少不得千恩万谢。

下午到朝内布置服务日。

五月廿四日　星期日

阖家往台基厂二条看美国影片《罗马假日》，很是不错。

近日庭院中花事甚繁：红红（芍药）白白（太平），喷香吐艳。不过前日一场风雨，芍药已是凋零，倒是同一畦中的月季又开起来了，丛丛簇簇的惹人怜爱。该开花的差不多都开过了，只是那几树合欢还未见展蕊。它放得最晚，但花期最长，而且馨香久不散。

五月廿五日　星期一

服务日。

新书录：

源自中国的日本书法，近年来愈以其特异的面貌新人耳目。在瞬息万变的现代社会中，日本现代书法以瞬息万变的风格显示着自己深厚的生命力，并以世界性、实用性、大众性、原始性、感觉性、节奏性和象征性等倾向，表现着现代的个性。在上海书画出版社出版的《日本现代书法》中，以“近代诗文书法”“少字数·象书”“前卫书法”等三编，大略展示了这一概貌。令人感兴趣的是，与作品并行的，还有其作者的创作谈。这些真诚的甘苦之言，所增加的决不仅仅是读者与作品的切近感，更在于它能够引起书法以外的更广阔的联想。

近几年，几种版本的袖珍诗丛的出版颇为引人注目，由人民文学出版社出版的“外国名诗”（六十四开，函装十二册），又以别致的开本、精美的装帧及瑰丽新奇的封面设计而受人宝爱。入选皆是享有世界声誉的大诗人，如彭斯、雪莱、惠特曼、海涅、波德莱尔、普希金、泰戈尔、纪伯伦、聂鲁达等人的诗作精品，此外还收入了一本西方现代诗选萃。一函在手，可得诗园漫游之乐。

随着《罗摩衍那》全译本和史诗故事及节要的单行本出版，我国读者对于印度的史诗已不觉得生疏。近期出版的《摩诃婆罗多·插话选》（人民文学出版社，金克木编选），以两卷的篇幅，精选了大史诗中的十五篇插话，使我们对“诗以传法”的印度史诗更可增进了解。除了文学欣赏的价值以外，它所给予我们的另一重要收获，还有对人类文化历史的理解，并因而开阔视野，引发深思罢。

被艾略特誉为“我们时代最伟大的诗人”的叶芝，因“始终富于灵感的诗歌……并以精美的艺术形式表达了整个民族的精神”而获得一九二三年的诺贝尔文学奖。近日出版的《丽达与天鹅》（漓江出版社，裘小龙译），从西方多种选本中，选择了最有代表性并经作者最后改定的优秀诗作二百余首。译者并为若干首诗作题解，一方面提供创作背景，一方面融进了自己的理解和思考。

五月廿六日　星期二

在沙滩购得《西班牙诗选》，在文物门市购得《中国古代桥梁》《阴山岩画》，在美术馆对面购得一部降价的《画史丛书》（五册缺一，便宜六块钱）。

昨日王世襄先生到服务日来看书，身着一件旧布衫，敞怀露着里面的白背心，手提一只破旧的尼龙菜筐，兴致勃勃把刚刚写成的短序讲给我们听，其诙谐和幽默，令人忍俊不禁。

读《新唯识论》。

五月廿七日　星期三

到书市服务一日。

偷空溜出去几分钟，购得《李金发诗集》《福乐智慧》《论原因、本原、太一》。

五月廿八日　星期四

第三次读《我与你》。

基尔凯郭尔说："信仰本身是一个奇迹，她是荒谬，也是真理。"我想，其荒谬就在于它非是此岸世界可以窥见的实在；其可称"真理"，便在于无它则人生就失去价值和意义了。

马丁·布伯是一位宗教哲学家。他断然粉碎了偶像化的上帝，而代之以生生不息的"关系"。读他的这本语言幽美谐婉、意蕴玄奥精深的小书，就像是肃立在嵌着玫瑰窗的尖顶教堂中聆听牧师布道。不管是否真的信奉上帝，在这一短暂的时刻，你的的确确是被打动了。

五月廿九日　星期五

今日是吴彬的生日，《读书》全体并冯统一、吴晋华齐集北京饭店对外餐厅，为她祝寿。

饭菜似无特别：三个冷拼，咕咾肉、宫保鸡丁、麻婆豆腐、烩干贝、酸辣汤，最可观的是二十四块钱一份的大虾，待端上来，众人不禁瞠目结舌，原来只有两只！二吴拆掇一回，大家分吃了，我却未伸箸，一来对虾不是十分感兴趣，二来看去实在少得可怜。三块钱一杯的进口桔汁，看上去色泽浓艳，格外诱人，喝起来却也平常。

饭后往百货大楼四楼的王府井酒廊吃冷饮。一份“荔枝杯”，一块七，不过是荔枝罐头而已，难得的是环境，典雅、清幽，气氛和谐宁静，倒是谈情说爱的佳处，诸位同仁坐不忍去。

与杨丽华同往新华书店，扫兴得很，只购得一册《知堂序跋》。

六月一日　星期一

到朱鸣家取杂志。

到编辑部看初校版式。

书市转了一圈，购得一册降价书《童年 少年 青年》（托尔斯泰）。

在琉璃厂购得《逻辑经验主义》（上、下）、《范畴篇·解释篇》、《汉魏两晋南北朝佛教史》、《文学大纲》（上、下，郑振铎编）、《日本现代书法》。

六月二日　星期二

到书市服务。

购得《佛教哲学》、《西方伦理思想史》(上)、《萨特》、《无穷的探索》、《蜂巢》。

一天站下来，仍然很累，但较之第一天似强了些，起码不头疼了，且今日生意也略觉清淡，竟能偷闲看上几页书。一册刚出版的《清华园日记·西行日记》(浦江清)，很有意思，其中自述记日记的宗旨，我们竟是一样呢。

六月三日　星期三

上午去编辑部。

读《存在与虚无》、A.丹图的《萨特》。

《存在与虚无》的征订数竟达十万册。果然有如此之多的人对萨特感兴趣么，译者陈宣良对此表示怀疑。他断定，顶多有一千人从头到尾把它读完，顶多有一百人能把它读懂。

据说目前大学里确实流行着哲学时髦风，人皆以案头置放几册哲学书为高雅。

晚间黄梅来送稿。

六月五日　星期五

到张守义家取第八期封二、三，向他索得一册《回忆陀思妥耶夫斯基》。

画好版式，送至出版部。

在中华购得《明儒学案》。

六月七日　星期日

夜间梦见我上了北京工业大学建筑系,(北工大何曾有建筑系?)而开学伊始进行的第一项训练就是在瓦顶的房上行走,走到最后下不来了,用根绳吊了下来……

上大学,此生无望了!

这个荒诞的梦,是无意自嘲的自嘲吧。

六月九日　星期二

往编辑部,交上第八期草目。

老沈又派我往社科院送邮件,酬劳是两本书:《清华园日记·西行日记》《将饮茶》。

顺便找了夏刚、江晓平、黄育馥。

读张贤亮的《早安,朋友》。小说出后即被禁,这是曾镇南拿来的一份复印件,他曾盛赞这部作品。读后却觉得并不值得"禁"。倒也未如曾镇南所称扬的那样好。真实感很强(尤其是对感觉的描写),就是了。

舒昌善走前留下一部稿子:《歌德探索人性的历程——简论〈威廉·迈斯特的漫游年代〉》,很长,一万八千字,要做大的删改,而且是教科书式的写法,因此在结构、字句上都要大动。

六月十日　星期三

上午编辑部例会,老沈传达上边的新精神。似乎"反自由化"之风已吹过,又开始转向了。

午间《读书》的五个人,外加甘阳,一起往鸿云楼吃饭,六个菜:冷拼、宫保鸡丁、红烧鱼块、烧蹄筋、肉片大椒、盐爆肚丝,一只半烤鸭，一斤半薄饼，花九十余元，吃得很足，滋味也不错，服务亦可称佳。后一点最是难得，服务员送上意见本，王焱大笔一挥，这位本月奖金可望有加了。

在二校上贴图。

六月十一日　星期四

上午王毅来家拍照（《明式家具珍赏》）。

在中原书店购得《结构主义和符号学》。

六月十二日　星期五

往编辑部，准备发稿。老沈给我一册《存在与虚无》《乐迷闲话》。近来形势好转，便又动念办《编后》，和我谈了一些设想。

六月十三日　星期六

在王府井购得《中国舞蹈史》（唐五代）、《甜蜜的生活》。在中华九折购得《张载集》《戴名世集》。

下午往丁聪家送草目，往冯亦代家送稿。

六月十四日　星期日

到丁聪家取版式。

途经建筑书店，购得《说园》。在百花购得《陈老莲的人物画》《世界文学名著插图选》。

六月十五日　星期一

小航发烧，休学一日。他说："我特别愿意有病，有病就可以在家待着，不上学了。"天哪，这才刚刚开头，还有十几年的学好上啊。

到编辑部，准备发稿。

下午赵一凡送稿来。

六月十六日　星期二

将赵文送至编辑部。

到社科院访柳鸣九,未遇。

在绒线胡同购得《紫罗兰》、《章炳麟哲学思想》、《清儒学案新编》(一)、《平家物语》、《蒙德苏玛皇帝的女儿》。

下午中央电视台来了三个人,说在有关建筑的一部电视片中,要拍我的几个镜头。他们是循着我在《读书》上发的那篇《对惶惑的惶惑》找到这里来的。

对这种事情实在不感兴趣,出这种风头也没意思,但几番推辞不掉,也只得勉强答应下来。

到黄梅家取两个玛丽的图像。

六月十七日　星期三

到建工学院参加为国际住房年、世界建筑节及勒·柯布西埃诞辰一百周年举行的报告会，今日演讲的是刘开济和赵冠谦。

曾昭奋介绍我认识了英若聪,遂向他约稿。

遇艾定增,他是带学生来京实习的。

到丁聪家请他补画一张玛丽像。

在新华厂的服务公司半价购得《悲惨世界》(五)、《绿衣亨利》(下),后者曾寻觅良久,不想在这里如愿。

六月十八日　星期四

发稿一日。

六月十九日　星期五

上午九点半钟，中央电视台的胡铮、陈梁等四个人坐车来家接我。

到北大接了金克木先生后，齐往香山饭店，此时已是十一点四十分，遂到二楼中餐厅午饭。

中餐厅借用了东洋建筑的一些“符号”，杂糅了茶室和数寄屋的风格，椅子是明式家具风格。

每人二十五元的标准，四碟冷菜，五个热菜，计有：大椒鸡丁、炒虾仁、香酥鸭、鲜蘑扁豆、麻婆豆腐，最后是一盆酸辣汤。滋味一般，未见特别好处。

饭后到楼下中庭，选了一个位子，——背后一方山石，一丛绿竹，然后叫了三杯咖啡，就准备开拍了。

竟一点儿也不觉紧张，我都奇怪自己何时学得如此老练，以往是开会都不发言的。

一次拍成。

摄影说：你不错，很多人是要反复几遍的。

略事休息后，往后园拍金先生的讲话，果真反复了几遍，金先生打趣说：你看，你是大师，我是学生。

胡、陈二位又要我再谈几句行政干预的问题，说建筑界的人对此是敢怒不敢言，建筑界以外的人倒可以放放炮。

坐在一株银杏树下（雄株，八百树龄）的草地上，又讲了几句。

与金先生合影。与摄制组诸位合影。

到中庭喝可口可乐，四点半钟回返。

片名为《在同一屋檐下》，初步拟定分三集播出，或者是五集。

今日最大之收获是同金先生的交谈，几个小时的活动，除了拍片的短暂间歇，几乎无时不谈。

从金先生家出来之前，他指着桌上的一盆仙人球说：你们看，开花了，要养三年之后才开花，只开一天。是一朵白花，细长的花瓣，开得劲挺，开得舒展。待送金先生归家后再看，花已收拢得即将抱合，唯留一丝细微的香气了，——却不似通常的花香，而若草之香。

前几日曾致函（写满三页纸）金先生，约请他评《五十奥义书》，他说已复信婉辞，但至今信未收到。今日见面，复又提起。

因说起梵澄先生，金先生原是认得的。

他说，梵澄是一九四四年去的印度（此前蒋介石到印度访问，欲与之修好，答允派两位教授去讲学），同行者为常任侠，但二人下飞机后便反目了。常是左倾的，徐无党无派，但决不左向，于是各奔前程。

……

以后就到了阿罗频多·高士的修道院。阿便是《神圣人生论》的作者。他是哲学家，也是社会活动家，搞暗杀和恐怖活动，后受到英统治者的追捕，乃逃到南印度的一处法属地，得到一位有钱的法国女人的资助，办起一座修道院，他就做了教主，著书立说。后“修炼得道”，便不再开言，只是撰述。一年与弟子们见一面,也是不说话的。

他在印度的地位是极高的,被称为“圣人”,卒于一九五〇年。他到晚年,差不多就是个神经病了。

徐翻译了他的书。

徐要求回国的事,冯至和我说起过。他提的条件就是要在国内出书。

经研究后,同意接受。如果大陆不接受,他会去台湾的。(今按:后来我曾就此事问于梵澄先生,先生另有说,见后面的日记。)

聊了半天的结果,是金先生同意写一篇谈《五十奥义书》的文章,但不想写长。

我说:短文,最好。

又谈金庸。金庸的作品,他全部找来读过(有的是儿女们为他从小书摊上租到的)。他说,金是讽刺武侠的,他笔下的武侠,个个像堂·吉诃德,形式和内容是古的(传统的),但现代意识渗透其中,实是借古讽今。

又谈《红楼梦》,谈《金瓶梅》(法译本、英译本),谈《聊斋》;谈宗教,谈密教的“神人合一”……在在皆是话题,每每独出新见。

香山饭店落成之后,国内一片赞扬之声,将其视为现代化与民族传统相结合的佳构和范例。今日一见,果然漂亮。

倒是从□□那儿又得知一点儿内幕:当日设计者曾狠敲了一笔竹杠,但最后拿出了巨款的零头做捐献,于是博得“爱国”

声名，真乃名利双收。

六月廿日　星期六

在琉璃厂购得《严复集》（一至五）、《章太炎年谱长编》（上、下）、《国朝汉学师承记》、《因明述要》。

杨丽华在编辑部大搞卫生，她说：我们这间办公室三位女同胞，该女性化一些才是，于是在墙上挂了一面花木镶边的小镜子。

接到金先生六月十五日发出的信，其中言道：

复札手悉。嘱写书评，但《奥义书》聚讼纷纭，实难置喙。译者徐，评者巫，皆在印时素识，更不便说话。

至于唯心唯物等等，由四十至五十年代两大阵营说而起。今国际"阵营"已不讲，哲学"阵营"只中国还在坚持。当四十至五十年代之间，东德有位旧学者力求从印度古籍中寻找唯物论，于是有种种解说，中国受其影响，不少人依之立论。如同对"老子"，有位学者先定为唯心，又改定为唯物，现在不知又怎么讲，我见到也不妨问他。《奥义书》类似中国的子书，《诸子集成》，直到后代仍有作者，本是通名。十九世纪末二十世纪初德国有位学者以康德之学加以解说，后又联上黑格尔，印度学者大为欢庆，也随之联系。这和今日中国尊孔实无二致。他们所译书只几部，徐译有五十，多去有一百零八，甚至有二百多记，不是一时一地一体系。现代所讲不过都是古为今用，一涉及此点，岂能说话？故我实不欲说，非仅不敢说也。而且书已多年不读，徐译稿，编者曾来问我，我只嘱勿改勿批，不作引言。出版后徐又赠我一册，我也未看。现在精力日衰，不能再去钻研，故亦不能说话。以上啰嗦无非是向你告罪，区区苦衷，尚请鉴谅。……

午间与杨丽华、王焱一起去吃饺子。口中干渴，并无食欲，不过坐陪而已。

饭后往“豪华”吃冰激凌，边吃边聊，听王焱演说三联内幕，真好玩。

到新华厂送图版。

在厂门口的服务公司半价购得《朱湘选集》《淞隐漫录》。

六月廿二日　星期一

到建工学院参加学术报告会。

接到陈志华转交的书稿。

新书录：

与我国珍贵而丰富的岩画遗存相比，对这一艺术的研究尚嫌薄弱，近由文物出版社推出的《阴山岩画》可称一部难得的力作，著者盖山林自一九七六年始，几度寒暑，数易春秋，在阴山山脉的狼山地区巡行七千五百公里，探查到总数万幅以上的岩画。本书集悉心描摹的一千五百余幅比较典型的岩画和详细的说明文字与研究推阐为一编，为探索古代北方猎牧人的社会经济、生活习俗、科学、艺术和宗教提供了大量形象而真实的资料，亦可启迪更多的研究者起而从事这一开拓性的工作。

《诗·曹风·候人》有云：“维鹈在梁，不濡其翼。”又《卫风·有狐》：“在彼淇梁。”这便是我国最早见诸文字的梁桥了。悠悠古国文明，桥梁发展史是其辉煌灿烂的一个篇章。二十世纪五十年代末,唐澄寰先生编著了《中国古代桥梁》一书,出版后引起了国内外桥梁史及技术史学者的重视。二十多年来,作者汲汲于此而不曾少辍,在充实历史资料和实物考察所得的基础上,又成就《中国古代桥梁》新著,近由文物出版社出版。作者遍征古籍,钩沉发微,凡神话、传说、俚谚俗语及一诗一画,无不悉心检视,由此细剖隐藏其间的造桥原理与历史真实,并辅以现存之实物以为佐证,使虽杳渺不存者亦因之得以复现,而不治建筑者,当可于中得见中国文化史之一斑。穿插全书的三百余幅图版则为古朴的文字增添了飞动之色。

《陈老莲的人物画》(路明著,湖南美术出版社)是一本渗入了哲学思考的艺人评述。作者将评论对象置于时代的文化的大背景中,把观察的目光投向画家本人,而后虚已胸怀,着重感受其作品背后倔强傲岸的生命律动,进而把握、体味个中之神妙境界。其结论为:陈老莲人物画外容是激情、强烈、迷醉的;内在却是冷静、明晰、理性的。在他的人物画中,显示出的潜在力量仍是中国传统艺术中普泛的理性精神。可见本书着力之处并非一人一画,而在于透过一种文化现象去探寻精神的脉动,这是否昭示了艺术研究的一个新趋向?

六月廿四日　星期三

往编辑部。因人民出版社办展览,本月服务日只好停办。

往首都影院看美国立体声片《茶花女》。流泪看完,但似乎并非完全缘于剧情,音乐和歌唱即足以催人泪下,几位主要演员都唱得好极了。

忽然很想读一读林译《茶花女》，一定很中国味儿的。

六月廿五日　星期四

在王府井购得《当代史学主要趋势》、《探索心灵奥秘的现代人》、《外国美学》(三)、《吐蕃僧诤记》。

下午谢选骏来。

六月廿六日　星期五

往编辑部，收到张汝伦寄赠的《当代分析哲学》。

陈晖来。

中午王焱来(其他几位皆未露面)，一起聊天。从早上到下午三点没有进食，竟也不觉得饿。

回家的路上却感到不太好了，头晕得很。回家以后略吃些东西，还是晕得厉害。晚上吃了止痛片，还是睁不开眼睛，什么也无法干下去了，不得不倒头而睡。

六月廿七日　星期六

早起头不疼了，但仍觉浑身无力。

在中华服务部购得《陈确集》《墨子间诂》《陶成章集》《魏晋南北朝史札记》并商务的《形而上学》。又在灯市口中国书店购得《柳如是别传》《传统文学与类书之关系》。

前日接赵萝蕤老师信，云近日患眼疾，今特去拜望。

原是由脑血管硬化引起的，目今左眼视力仅止 0.02，右眼好时 0.7，不好时 0.4，医嘱好生保养，不可劳累。

一起聊了近两个小时。

赵师平生所恶乃争名逐利之徒和庸俗之市侩，她一生孜孜矻矻，勤于学业，并不曾有丝毫求名利，倾心于教学，而鲜有著述，译品只有四：《荒原》《朗费罗诗选》，亨利·詹姆斯的小说两篇：《黛西·密勒》和《丛林猛兽》，近年则几乎倾全力于《草叶集》。

“我是科班出身，也许正是因为我受过的教育是非常系统的，所以培养了尊重科学的精神和实事求是的态度，我主张翻译是‘无我’的，‘我’，只体现在智慧、才学、理解力，而不能作为意志强加于原著。傅雷先生的翻译是受到称赞的，但他笔下的巴尔扎克不是巴尔扎克，而是傅雷自己。”

“你没有受过正规教育，但自学使你有思想，头脑很清楚，而且没有世俗气，说话从来不打官腔，所以我以为我们两个竟是很投合的，很愿意和你一起聊，我同别人是很少谈工作以外的事情的。”

她还和我讲起一个有趣的人：“我平生是从不走后门办事的，也没有后门，只有一个例外，就是认识协和医院的一位大夫。他人很老实，热情，坦率，有时还有点天真气，就是庸俗得让人受不了。”他会提出这样的问题：“赵先生，我们认识这么多年了，你该请我吃一顿饭呀。”甚至毫不客气地把摆在赵师面前的菜端过来吃光，又屡次请赵师写信往美国为他联系留学事宜。

六月廿九日　星期一

到人民出版社资料室借书。所借的《印度哲学史略》和《印度宗教哲学史》竟是二十多年来没有人借过的。书卡上最近一次出借记录写着：1964，5，史枚。而史枚如今已成故人。

在人民门市部购得《毡乡春秋》。

接金克木先生电话，云评《奥义书》之稿已写就，嘱我往取。遂往北大。

老先生真健谈，一聊又是三个多小时。

回顾这篇文章的整个组稿过程，是极有意思的。长达数小时的两次长谈及书信往还，早已超过这四千多字的篇幅。

如此，乃砉然得解：奥义书者，本无奥义也，最神圣的信仰，原缘自最世俗的念欲。再深奥的哲学，蕴含的也是生命之精义，这是一种高级哲学和原始信仰的特殊共存。

文章浅白平朴，而其中“意思”殊多也。梵澄先生曾云：愿读者自做解人。金文同有此意在焉。因之对若个“奥义”，不过点到而已，正是好处。

金先生戏称：“此稿是在你的‘亲切关怀’下写成的。”

六月卅日　星期二

往编辑部。

收到吕澎寄赠的《马蒂斯线描》。

读《印度哲学》。

七月一日　星期三

编辑部例会。

在绒线胡同购得《现代美学析疑》《简明外国文学辞典》。在琉璃厂购得《中国古代哲学的逻辑发展》（下）、《陈白沙哲学思想研究》、《朱子学与阳明学》、《顾亭林与王山史》、《东方佛教文化》、《章太炎全集》（三）、《法国绘画史》、《吕氏春秋校释》（陈奇猷）。

作为与科学对立的宗教，其硕果之一便是为人类留下了巨量的精美艺术和灿烂的文化(神灵的圈所笼罩的正是世俗心灵的奥秘),因此,当对文化的思考日趋深入之际,不少学人将目光转向了佛教及佛教在中国的流布历史。罗照辉、江亦丽的《东方佛教文化》(山西人民出版社)将东方文化作为整体,作为文化现象来进行专门的研究,可谓得风气之先。作者介绍了佛教在印度产生、发展和衰亡的历史及其原因,并佛教在中国、日本等亚洲国家的传播,在对佛教哲学做一般论述的同时,着力论述了佛教文学、绘画、雕刻、建筑及风俗习尚等,虽系概述大貌,然亦有所发明。

七月二日　星期四

昨在绒线胡同看到浙美的世界文学名著连环画第一辑,十册二十七块七,有心买下,但书款不足。今复往购求。书店人云:此书销得极快。

又在琉璃厂购得《世界医学史》(一)、《外国哲学》(二、五)、《群己权界论》、《名学浅说》、《作曲家论音乐》、《金明馆丛稿二编》、《元白诗笺证稿》。近日遍求陈寅恪文集而难得,大约所能到手的不过这三部了(连同前几日的《柳如是别传》)。

七月三日　星期五

读汤用彤《印度哲学史略》。

老沈委我往社科院捎邮件,酬劳《十二象》《诗人的两翼》《丹东传》,并一册《将饮茶》特装本。

孙顺临赠一套《外国诗丛》。

七月四日　星期六

在王府井购得《中国意识的危机》(林毓生)、《中国小说史》(上、下,郭箴一)。

下午周国平来送稿。

七月六日　星期一

往北大金克木先生处送书,又聊了三个小时,他与我谈起过去读过的书和青年时期的恋爱故事,谈得很详细。

为什么会和我谈起这些呢?

他说:“老年人怕什么?最怕寂寞,现在几乎没有什么能够在一起说话的人,而一看见你,就觉得很投缘。”

这些故事是很有意思的。

七月七日　星期二

在人民服务部购得一册《中外记者笔下的第二次世界大战》。

老沈给我一本《中国面向世界》。

午间编辑部五人往首都宾馆对外餐厅吃饭,花了八十块钱,吃得很不错,计有:脆皮鱼、黄酒酿鸭子、鸡里蹦、鱼香肉丝、宫保鸡丁、烧牛柳、青炒虾仁,三冷拼。

饭后王焱、杨丽华来家吃茶,一起聊了三个多小时。

七月九日　星期四

到朝内,二校贴图。

到吕叔湘家取稿。把老沈托嘱的事交代完毕,先生将稿子交给我,折身回房,并无二话。

在东单中国书店购得《寒柳堂集》《现代中国文学史》(钱基

博),并几册降价书:《尔雅音训》《搜神记》《恩格斯的青年时代》。

七月十一日　星期六

上午往冯亦代家取稿。

在沙滩的书店购得《章太炎全集》(四)、《英国小说简史》。

往编辑部,列出本期专栏草目。

读钱锺书的《猫》。

不由得忆起歌德的一句话:“最足以显示一个人的性格的,莫过于他所嘲笑的是什么东西。”

七月十四日　星期二

上午八点到协和医院血库献血。候至八点半,迮卫和李小坤方到。

检查完毕,等候结果。李小坤拿出了早已备好的食品:酱牛肉、猪肝、火腿、五香鸡蛋、面包。只吃了两个鸡蛋,几片火腿。十点钟,结果出来,两人都合格。

与前一样,并无任何不适。回家后,也没再吃东西,照样看书。

七月十五日　星期三

在中华九折购得《宋元学案》,又《近代文学批评史》(一)、《二十世纪文学评论》(上)。在灯市口中国书店购得《金明馆丛稿初编》。

七月十六日　星期四

骑车到丁聪家取版式。

回来后,标图版尺寸,画小栏目版式。最后合页码,一鼓作气将发稿工作完成。

由我做东，与王焱、吴彬一起往新开业的豪华食品餐厅楼上小坐。

厅堂布置与王府井酒廊近似，只是面积小得多，又备有音响装置，可供来客歌唱。

果然又比楼下“豪华”，但冰激凌的价格也骤然高昂起来，不过味道倒是极好的，用王焱的话说，是“纯正”。

七月十八日　星期六

在中华购得《王弼集校释》。在沙滩购得《大百科全书·中国文学卷》（两册）及《外国学者论中国画》。

将杨武能的《歌德与中国》稿最后加工完毕。

入夏以来，庭院一天美似一天，竟像个花园一般了。近日开花的又有茉莉、野茉莉、美人蕉。后院的一株苹果树也开出了白色的花。尤为可人的是茉莉，使早晨的空气弥漫着一派清香。

七月廿日　星期一

小航坐在桌子前发呆。问他：“你想什么呢？”“我想，我要是没有爸爸妈妈就好了。”“那为什么呢？”“那我就可以自由了。”

——谁养活你呢？

——我到大森林里去，打野生动物。还可以把身上的衣服卖掉。

——你身上的衣服是谁买的呢？

……

我们对他实在没有管很多，可以说基本上是放任自由的，不过是在绝对必要时提醒他完成作业。

那么，又该怎样对待他呢？

傍晚接到沈、董二位电话，要我通知王焱明天提前到会并请赵一凡赴会。

到王焱家，不遇。留一便笺。

七月廿一日　星期二

晨六时许动身往八角村，到赵一凡居处，他尚未起身。

回来时地铁车厢内挤得要命，几乎要把肋骨挤断了，差不多全是沿线旅馆住的外地人，赶在清早进城。

九点钟赶到"豪华"，庆贺《读书》一百期的小聚定在九点半开始，与会者约有六十人，有夏衍、陈原、吕叔湘诸公，还有不少《读书》之友。王蒙匆匆而来，匆匆而去。

我与吕叔湘、金克木、许国璋坐一桌。

三杯饮料之后，上三件西餐小菜，然后分享"生日蛋糕"，又有咖啡和冰激凌。

丁聪为《读书》百期寿辰绘一漫画。

聚会散后，王焱、吴彬、杨丽华及刘东、周国平、项灵羽、梁治平、郭宏安、赵一凡、甘阳到家来，这一回是年轻人的小聚。刘东以标准的男高音唱了一首《三驾马车》，又朗诵了他的剧本《蔡元培》片断。

他说，剧本曾寄给某某，三个月后退回，云：剧本我未看，不准备用。三个月后又来一信，乃言：我的《蔡元培》已写毕，准备开拍。

刘东倒是挺有演讲才能的，歌喉也不错。体重一百八十斤，怪道底气足。

七月廿二日　星期三

在绒线胡同购得《中国交通史》(白寿彝)、《曾国藩全集·诗文卷》《三色紫罗兰》。

晚间与杨丽华一起去给甘阳夫妇送火车票。

嗣后往翠明庄访钟叔河。

先一步到那里的已有黄克和秦人路等人。黄克近从中华书局调至文化艺术出版社,目前准备办一个"钱学集刊",欲请钟叔河做编委(已拟定的人选是十二个),钟对此似不感兴趣。

钟先生目前的苦恼在于:想干的事干不成,不想干的事推不掉,他想做一个实实在在的编辑,认认真真地编辑几部或几套书,但却每每被无端的烦恼所苦。其实,这是一个普遍存在的问题,只能说,是钟先生自己书生气太足了,若能修得老沈那样的功夫,——上上下下斡旋自如,且以此为乐,便是得正果了。

讨得两册书:《知堂杂诗抄》、《中国近代史》(蒋廷黻)。

十点半钟方归。

七月廿三日　星期四

清早往北大,八点十分至金克木寓所,老先生显得格外高兴,指着房间里盛开的六朵仙人球花说:"它们是为你而开的。"

一起聊了三个小时,金夫人也陪坐,金先生说,我们家就她一人牌子硬,是西南联大出来的,金的两个女儿一个儿子都未上过正规大学。

说起钱锺书,金夫人说,这是她最佩服的人。金先生却说,他太做作，是个俗人。

这几日天气格外热，像下火一样，往北大骑车一个来回。差不多要把人烤焦了。

七月廿四日　星期五

布置服务日。

与杨丽华、吴彬一起往郭宏安家取稿。

又在吴彬家闲坐一回。

《读书》的几个人集体“行窃”，在老沈的办公室里偷得《译余废墨》《量守庐学记》。

七月廿五日　星期六

服务日。

午间编辑部的五个人在咸亨酒店吃饭，计有炒虾仁、鱼香肉丝、辣子鸡丁、糖醋里脊、云腿虾仁，花费不到三十元。相邻之两桌甚是热闹，相互灌酒，吵成一片，用王焱的话说：“喝了几口啤酒，就来充假丈夫！”

从老沈处索得一册《马克思与世界文学》。

晚间石达平老师来，是受钱春绮先生之托，送书来的，带来人文版“外国诗选”中歌德和波德莱尔的两册，均出自钱先生译笔。

七月廿六日　星期日

在绒线胡同购得《中国近三百年学术史》（钱穆），又“台港及海外中文报刊资料专辑”中的《宗教研究》（三册）、《哲学研究》（六册），书目文献出版社出版。

七月廿七日　星期一

零点五十八分登上第25次列车。这几天虽然气温很高，但火车开起来车厢内还不是很热。

下午两点零八分到达青岛。火车站又脏又乱，据说每日有五万人来此。

到师专的外国文学与文化讲习班寻访何海伦，不见。原来她参加的是比较文学培训班。见到复旦大学的一位教授翁义钦，聊了一会儿。

又赶往团岛的幼师，找到何海伦的住室。她从坐着的床上弹起来，高喊着我的名字冲了过来。我们像是久别的情人一般重逢了。

今晚她们本有一场《大禹的传说》(芭蕾舞)，海伦也不去了。我们坐在房间里聊了两个多小时，简直有说不完的话，一个话题没谈完又一下蹦到另一个话题。

她送我一件印有绿色椰树冠的衬衣和一个颇有几分洋气的小包。

将及九点，不得不告辞了。海伦一直将我送到车站，看着我上车。

这么晚了，车站还堆着几十人，而且每一站都拥上无数的人，从终点站一直挤到大连路。

七月廿八日　星期二

往幼师。

与海伦一起访乐黛云，不遇。随后访应锦襄，聊了一会儿。

孙景尧、谢天振、刘波几位老师也进来坐了，一起扯谈一小时，甚得。

晚间孙、谢二位又找到我，一起坐到寓所外面的长廊下聊，直聊到十一点半钟。

七月廿九日　星期三

晨起六点，赶往大姐家。

天阴，微雨，因将小航留下，和志仁一起沿中山路逛一遭。食品供应很单调，糕点类更是粗糙，小吃很少。一家新华书店，一家外文书店，一家古籍书店，无任何新发现。

几条主要街道的绿化还是搞得很好的，特别是清晨，街上人很少，更觉得格外洁净，空气格外清新。

午后往八大关。顺着一条林荫大道走上去，就见一幢幢别墅坐落在蓊郁的林木中，环境十分清幽。顶峰处是一座花石楼，像欧洲的城堡建筑，据说曾是蒋介石的别墅。

下面又是海滨浴场了。平时这里对一般游人是不开放的，只接待领导和外国人。今日因风大，不开放，人们便都进去了。极少的几个人在水里泡着，多数人是在海边的礁石群中捉螃蟹。

七月卅日　星期四

往海滨乘海上游艇。每张船票四元，另加保险费一角。游程两小时。船速很慢，不过绕海滨一周罢了。

然后往外贸大楼，在门口买了半斤扁豆猪肉包子，一块五一斤，滋味还不错。

归途顺便游览了中山公园和动物园。中山公园里正在大搞驯兽表演,围了一个布围子,高音喇叭不住声地聒噪。

动物园里动物很少,幸运的是看到了孔雀开屏,殊为难得,这是我第一次见到呢。开屏的孔雀洋洋自得地展尾向着观众,左右转了两下,也就三两分钟的时间吧,合上了。

七月卅一日　星期五

往济南军区后勤部招待所报到。

往幼师访乐黛云,匆匆交谈了几句。

午间被海伦拉到中山路上的青岛咖啡厅吃饭,同行的还有与她同室的魏老师和马老师。

这是处在闹市中的一处幽静所在,座位多而疏,两壁镶嵌着大镜子,更显得宽敞。光顾者很少,不禁使人想到,过了旅游旺季,这里的生意是否还做得下去。

要了四份罗宋汤、四杯咖啡,两份春卷、两份蛋糕,一份炸猪排、一份米饭。菜是西式的,餐具却是中式的。

到底是女子的聚会,大家都很安静地吃着,只有我不堪沉默,时时挑起话头儿。

饭罢,她们又要逛街,陪行一会儿,极是不耐烦,便先回到幼师,取了海伦的学习材料,回到招待所去读。

八月一日　星期六

上午十点钟开幕式,十一点结束,全体代表合影留念,未去。

青岛外贸学院的尚老师和青岛十九中的吴老师受陈兆林老师之托来访,聊了一个多小时。

下午三点钟,海伦来。坐到五点钟,同往街上散步。在京京中西餐厅(个体户)晚餐。我只陪喝了一杯咖啡。她要了一份蛋炒饭,一碗木耳蛋汤。饭是凉的,汤也没滋味。一杯咖啡竟要价一块五。

将我合并到四人的房间。不想遇到了袁舍利的老师:原新疆师大的老师卞昭慈。她是八四年才正式调回北京的。现在中国政法大学。

在《深圳大学学报》八七年增刊上读到刘小枫的《"天问"与超验之问》,以为写得极好。

八月二日　星期日

上午大会发言。

午间与海伦一起到青岛咖啡厅吃饭(我做东)。点了一瓶女士香槟,一份软煎鱼,一份红焖鸡,一份牛排,两份罗宋汤,一份春卷,吃得极饱。可谓尽兴,甚而乐极生悲:海伦一阵悲从中来,忍不住流下了惜别之泪。的确,这样的聚会,是多么难得啊。

下午小组讨论。

晚间看材料。这次提交会议的论文质量似都不太高,缺乏灵感,才思不够。

八月三日　星期一

九点钟乘旅游车往崂山。

去前听不少人说,崂山之游极没意思,因此曾几番犹豫,虽然最后还是决定去,但实在没抱什么希望。

十点二十分车子开到崂山脚下。雾很大,周围景色看不分明。

和《文艺报》的李维永一起登山。她看上去很年轻，但实际年龄已经有四十一岁了。脚力很健，只是一个劲儿登山，竟不驻足流连风景。

不过崂山却并不如人所说那样没意思。怪怪奇奇的山石，郁郁苍苍的松柏，仰观青天白云，俯瞰瀚海碧波，最难得一瀑山水从岭巅倾下，这便是名闻天下的崂山矿泉水了。

游山的人摩肩接踵，连照相都要在采景点排队等候。各种生意很是兴旺，售卖贝壳、石头、项链，叫卖凉粉、白薯、矿泉汽水，连上天所赐之水，也要五分钱一杯呢。这里的凉粉是用海中的石花菜熬制而成，晶莹透明，入口即化，三毛钱一小碗，佐以辣椒、蒜汁、胡萝卜及酱油、醋，问津者不少。

连上山带下山，不过一个半小时，——崂山太小了。

晚间访朱维之先生。

八月四日　星期二

上午大会发言。

午间赶往民航售票处送别何海伦。

下午小组讨论，发言倒还踊跃，只是谈不出多少新东西。

晚间访汪飞白先生，聊了两个多小时。

汪先生今年五十六岁，但看去已是六十来岁的样子，头发花白，举止也见老态。他过去一直在部队（团政委），七年前转到地方，当时身体非常健康，没有任何疾病，七年后再体检，便添了眼底动脉硬化、胆固醇偏高，他说："做学者真不如做军人。"

汪先生没有受过系统教育，小时上过一年多的山村小学，后来就随父(汪静之)四处颠簸,幸有母亲的悉心教导,并教会他查四角号码字典。又有一段时间在图书馆任馆长,时常抱回大摞大摞的图书,这便成了他的“课本”。他的启蒙读物是威尔斯的《世界史纲》,时年九岁。这样一直到了一九四六年,才有机会考上了浙江大学外文系,就读三年,未及毕业便又参军南下了。

目前精通的语种是英、法、俄,此外还有几种语言可通过查字典来进行翻译。

八月六日　星期四

清晨与飞白先生一起登青岛山。

上午继续大会发言，对此已不感兴趣,——似已谈不出什么新见解,本欲在室内闭门读书,但湖南人民出版社的唐荫荪来,聊了一上午。

唐今年六十岁,大女儿十一岁,小儿子才九岁。

会似乎已经开不下去了,下午的大会只有三十余人参加。

八月八日　星期六

今日立秋,火车中很风凉,十一点零六分正点到达北京。

刚刚走进家门,吴彬就来了,不一会儿,朴康平也来了,他已办好出国手续,本月十九日即启程。

到编辑部,这几日来稿不少,另收到胡光清寄赠的《周易思想研究》《庄子思想研究》;孙秉德寄赠的《负暄琐话》和李庆西寄的《论小说十家》。

将本期稿件送交董秀玉。

八月十日　星期一

在绒线胡同购得《布莱希特诗选》。在琉璃厂购得《梁楷全集》《石涛画集》。

到编辑部。

八月十一日　星期二

收到岳麓书社小鄢寄赠的《蒋碧薇回忆录》《我所认识的沈从文》。

八月十二日　星期三

在王府井购得《艺术的历程》《蒙克》。在中华服务部购得《黑格尔哲学讲演集》(贺麟)、《快园道古》。

午间与王焱、吴彬、杨丽华一起到人人大酒楼用餐。饭厅布置得很可意,整个天花板全部饰以垂下的葡萄藤,虽不是实物,但青盈盈的仍给人送来清凉之意。吃的是西式快餐,每人擎一盘到柜台去随意取菜饭,然后到收款处结算,一点儿不耽误时间,是真正的快餐。价格也还公平,平均每人十来块钱,可吃得很饱。最好吃的是炸鸡腿,极肥嫩。

十四日是金克木先生寿诞,昨日寄上一张贺寿卡,今晚接到电话,首先表示感谢,然后问道:你知道我是属什么的吗?我是属鼠的,可你寄来了两只猫,这不是要把我吃了吗?说毕大笑。

真是的,怎么这样巧!也算个小笑话。

八月十三日　星期四

收到宋安群寄赠的《黑暗中的笑声》《丽达与天鹅》;余辉玲

寄来的《屈原问题论争史稿》及龚维才的《最美丽的爱情——马克思爱情诗文选》。

到朝内贴九期二校图版。

《书林》第七期录钱锺书语云：真正的幽默是能反躬自笑的，它不但对于人生是幽默的看法，它对于幽默本身也是幽默的看法，提倡幽默作为一个口号、一种标准正是缺乏幽默的举动，这不是幽默，这是一本正经的宣传幽默，板了面孔的劝笑。

晚间看美国电视剧《六人一台戏》，挺好玩的。

八月十五日　星期六

购得一批美术书籍，计有：《张大千画说》《徐州汉画像石》《中国一百帝王图》《英国水彩画选》《德国近代版画选集》《非洲雕刻》《俞剑华美术论文选》《夏尔丹》《弗拉芒克》《迪菲》《夏凡纳·莫罗》。

收到苏静波寄来的《现当代西方文艺学探索》。

午间编辑部五人在鸿云楼吃饭，六个菜，半只烤鸭。吃得很饱，花钱不多。

下午往丁聪家送草目，他今日兴致很高，送了我几册书：《苏联当代水彩画选》《什瓦宾斯基》《实用美术》（二十三）、《丁聪插图》。除了他的插图外，其他几本都是他买重了的，他说："你悄悄地拿走，别让沈峻听见，不然我又该挨骂了。"怪不得三联的人都称丁夫人为"家长"。

到冯亦代家送稿，他送我一本与夫人合作编译的《当代美国获奖小说选》。

新书录：

近年来，国内文艺理论界似乎多关注于文的“内部规律”的研究，而文艺社会学则或多或少遭到冷落。实际上，当今国外批评的四大趋向之一便是“挖掘作品与作者所处的社会环境之间的关系”，而其他三大趋向也几乎皆与文艺社会学有着某种联系，可以说，它是一种覆盖面极广的文艺新学科。海峡文艺出版社出版的《现当代西方文艺社会学探索》（张英进、于沛编）向人们展示了这一学科的概貌。书中辑录之文，均出于几个主要学派的大家之手，且为具有代表性的论点。如果说我们对文艺社会学尚存误解的话，那么就此或可得到澄清，而对于一向多坚执于理论思辨，却不大注意运用社会学的具体方法（社会调查和定量定性分析）去分析文学之具体问题的国内理论界，当也有所助益罢。

雷纳·韦勒克《文学理论》的中译本问世以来究竟在国内起了怎样大的影响，目前尚未有人作出精确的统计及统计基础上的分析。不过，不论赞同还是反对，人们都在不断地引用着了，因此，近日由上海译文出版社出版的《近代文学批评史》（第一卷，雷纳·韦勒克著）当同样会引起人们的兴趣。译本从酝酿翻译到成书出版，已跨越了二十余载，流逝的岁月带走了遗憾，也还昭示了希望。我们同时可以看到的还有《二十世纪文学评论》（上册，戴维·洛奇编）及工人出版社推出的《冰山理论：对话与潜对话》（崔道怡等编），前者是本世纪欧美杰出的批评家们对许多世界伟大文学作品的评论选集，后者则是外国作家论现代小说艺术的荟萃，二者可谓相得益彰。

民俗学的研究离不开深入细致、扎扎实实的实际调查，但这一必要并又重要的工作却鲜有人做，因而石启贵先生的《湘西苗族实地调查报告》（湖南人民出版社）就格外显示出它独特的价值。作者从事湘西苗族研究工作二十余年，曾亲履湘西苗区，深入实地调查研究，历时数年，搜集到大量的第一手资料。此书便是在作者四十多年前写就的两部近六十万字之巨著的基础上整理而成的。全书分历史记略、政治习法、宗教信仰、语言文字等十二个章节，是对新中国成立放前的湘西苗族社会、文化习俗及历史传略等各个方面所做的全面而忠实的记录。

《中国人名的研究》是马来西亚著名学者萧遥天先生的一部专著。作者从不同角度对中国人名的起源，演变发展，有关人名的各类问题以及人名的考证辨伪等等，进行了系统的探讨，并把这一研究当作研究中国历史和文化的契机，而又每以诙谐生动的笔调出之，绝无考据枯燥之病，的确别开生面。

作为中国商业习俗的表现形式之一，传统行业和店铺的招牌与幌子，同时也具有文化史上的价值。近由博文书社出版的《老北京店铺的招幌》（林岩等编）辑录了食品、服饰、日用百货等五类店铺的招幌二百三十幅，文字形象而外，又配以简要的文字说明，并在《前言》中做了大略的分析，书末还附有王世襄先生校辑的《圆明园内拟定铺面房装修拍子以及招牌幌子则例》一百七十款。尤可称道的是，此书纸张精良，印刷精美，不仅彩图，即使单色图版亦清晰得毫发毕现，这是同类出版物中仅见的。

八月十六日　星期日

到丁聪家取版式,到冯亦代家取稿。

晚间十点钟,老沈送稿来。

八月十七日　星期一

发稿一日,这一次进行得极顺利。

五人一起到豪华楼上灌了一顿冷饮。

新书录:

据有人言,现在中国美术界探索艺术形式的浪潮已结束,贝尔的时代过去了,人们更多地关心起文化来,贡布里希的时代开始了。的确,随着“文化热”的方兴未艾,国内引进他的理论来取代贝尔的影响是有意义的,这位当代令人瞩目的文化艺术史家、教育家,是瓦尔堡的追随者之一(瓦尔堡学派以研究图像学闻名于世,即注重调查解释艺术品的整体意义)。他的重要贡献就是用图像学的方法将他老师的研究成果大大推进了一步。近由陕西人民美术出版社推出的《艺术的历程》(党晟等译)是他的主要著作之一,也是拥有读者最多的一部美术史(一九五〇年初版,一九八三年第十五版),不过,西方学术界几乎一致认为贡布里希最具有革命性和刺激性的贡献是他的《艺术和幻觉》,据悉湖南的出版社已准备翻译出版这部“最辉煌的艺术批评著作”,人们有理由期待它的问世。

热带非洲是一个有悠久历史的多民族生息的地区,不过迄今对这一地区土著居民艺术的强大生命力和内在意义还缺乏研究和了解,并且评价过低。其实这里存在着一些当时至少不亚于欧洲文化的强国,优秀的非洲雕刻作品就是具有高度古代文化的部族创造出来的,它们表现着各种大小神祇、祖先灵魂、人兽魔怪等广泛的神话内容。艺术家们在表现人或动物的形象时,创造了只有自己才懂得的,但也是能够具体感觉到的一种神秘力量的造型特征。上海人民美术出版社出版的《非洲雕刻》(张荣生编译)以简明扼要的文字系统介绍了这一古老而瑰奇的艺术,书后并附有百余幅配以文字说明的图版及参考图版。对于当今正在兴起的"比较神话学",它也有一定的参考价值。

漓江出版社的"获诺贝尔文学奖作家丛书"第二辑又有新译问世:《丽达与天鹅》和《紫罗兰》。前者为叶芝诗的精选(译者袭小龙);后者是捷克诗人雅罗斯拉夫·塞弗尔特的作品选集(星灿等译),如果读者对他的名字还不是很熟悉的话,那么,读过这本诗集,对诗人的自白——世间的一切并非都那么美好,然而诗人所挑选的那些却能长久地存在,至少直到他所写的诗歌还活着的时候为止——是定会有同感的。

八月十八日　星期二

往编辑部送校样和"新书录"。

在琉璃厂购得《外国美术选集·文艺复兴时期欧洲美术》。在百花购得《世界人体绘画选》《现代德国插图》《洛阳汉代彩画》《巴比松派风景画》。

和志仁一起在电影资料馆看法国影片《梅亚林》。影片开始不久,我记起原是看过的,但又似乎没留下多深的印象,结果还是坐下来看完了。

八月十九日　星期三

到编辑部,看陈志华书稿。

八月廿日　星期四

志仁休假一日,一起到绒线胡同,购得《大师和玛格丽特》《暗店街》。

八月廿一日　星期五

将陈稿做最后的技术处理,送至董处。

八月廿三日　星期日

午饭后志仁将我送到北京站。

一点三十分乘第35次特快往西安。

车厢内闷热非常,电扇一直开到晚上,仍止不住热,夜间方转凉。

相邻铺位的是一家子:两口子带着一个小女孩,男的原是北京一九六八届初中生,到延安插队四年,后分配到西北耐火材料厂,一直工作到现在。人很开朗,极健谈,我并未说一句话,但从旁听到不少,他对目前的生活很满足,说:在哪儿工作不一样?西安比北京也差不到哪儿去,他的妻子听口音好像也是北京人。

八月廿四日　星期一

十一点钟到达西安,下车后便进入一个又矮又窄的地下道,人挤人的不透一点风,挣扎半日方挨到出口,人们都像疯了一样的向上涌,时不时听到粗恶的吵骂声。

上来一看，原来车站修建得很壮观嘛，可为什么偏把个地下道弄得这么逼仄？

本以为一定少不了接站，谁知竟没有，只得一路打问，乘3路公共汽车到外院站，又步行了十多分钟，才找到报名地点，工作人员恰恰又进餐去了，直等了将近一个小时，待一切安顿完毕，已是两点多钟。

抓紧时间行动，乘车至大雁塔。

塔建在慈恩寺内，进寺门收费一角，登塔收费一元，上去一看，并无好景致，当年唐代几位大诗人登塔赋诗，入眼之物恐与今绝不相侔。

与其他的旅游热点相比，这里游人尚不算多。倒是外国人不少，而诸多服务项目也都是为他们办的。

出来后，又见一“大雁塔地下宫”，不知是何所在，乃购一角五分的门票进去，原来是个游艺厅，不免大呼上当，遂急急退出。

各种冰棍及雪糕、冰激凌、汽水塞了一肚子，又喝了一碗黑米稀饭，倒一点儿不觉饿了。

四点钟至于小雁塔，这里更觉清静，院内草木繁茂，还有一株唐槐，登塔费五角，——莫非是小与大之别？

拾级而上，登至顶端，不过几尺见方的一块地方，四角的泄水孔堵满了粪溺，臭不可闻，不知游者众时此处如何站人。楼梯也很狭窄，只容一人上下，唯一可庆幸的是：今日、此时，人不多。

五点二十分赶至博物馆，眼看着售票窗口的小门刚刚啪哒一声关上，急急敲开，赔上笑脸与好话，算是购得一张入门券，看看闭馆时间：六点整。

碑之林，以四十分钟时间如何看得完，仅展室就有七间，不过一掠而已。临过多年的极熟不过的碑帖，今日得睹真颜，且全貌更不同于一叶一叶的散篇，更见得整体精神，自觉亲切非常。

而如此之一瞥，也将及闭馆之时，大喇叭里传出高声催唤，各展室的工作人员把钥匙摇得哗哗响，粗声粗气地呼喝，何能久留。

碑林外面的一条大街上，小吃摊林林总总，多是面食之属：拉面、扯面、大米面皮、凉面、包子、饺子、馄饨，还有一种馍夹肉，便是烧饼夹肉。买了一个素包子，一个豆腐地软包子，吃完了，也不知“地软”为何物，问又问不出个名堂（店主人说的话我听不懂），只见馅心里有一种黑的菜，有点像紫菜，却未分辨出味道。又喝了一碗鸡蛋酒酿，哪里有什么鸡蛋，不过是一碗温吞吞的江米酒。

西安绿化搞得不错，但卫生跟不上，街道上尘土飞扬，以致林荫路上的树都蒙了一层灰尘。

八月廿五日　星期二

不知今日气温多少，清晨起来就觉得很热。

上午开幕式，齐集于外院专家楼上的会议厅，室内安有空调机，因而门窗紧闭，但实际上空调丝毫不起作用，结果搞得屋子里蒸笼一般。在如此“热烈”的气氛中，发言简直听不下去了，只闷头读《管锥编》，沉浸于中，方能相忘于热。

午间往兴庆公园。

进园迎面就是兴庆湖，水面不是很阔，较之昆明湖、大明湖，皆相差远甚，不知何年所修。有冠以古名的南堂阁、沉香亭，大约是假古董，山坡遍植林木，名曰“三八林”，倒是谈情说爱的好去所。湖上扁舟数叶，也不乏卿卿我我的恋人。卖冷饮卖小吃的摊点太多了些，不过是些雪糕汽水凉皮凉粉之类。寻了一处，吃下一碗饸饹，实为尝鲜，面色黢黑，细如挂面，咬起来很劲道，下咽后略有苦味，全仗着多多加醋，两分钟吃了下去。调料讲究些，或许是不错的。

返回途中，在钟楼换车，遂大致转了一下。这里算是市中心了，颇见繁华。一家食品店出售各色糕团，看上去挺好，还有大肉酥饼，豆沙酥饼，白糖豆沙粽子，也都勾人食欲。

一家新华书店，门面很大，但书的品种比起北京又少多了，且大都翻得十分破旧，买了一本萨特的《影象论》。

下午大会发言，与会者已比上午少了许多，而又陆陆续续被热跑了不少。

仍以《管锥编》祛暑。

晚间放法门寺出土文物的录像，播放之前，先请负责此次发掘工作的考古队队长做了介绍。这位同志颇具演讲才能，说话极富幽默感，因而讲起来非常生动，对提问的回答也很机智。

亲睹实物是不可能了，只能借录像聊饱眼福，的确是国之瑰宝，多有“世界之最”，最可贵的，还是为人们更真切地认识唐代历史文化提供了难得的实物。

八月廿六日　星期三

夜来风雨大作，至白日仍淫雨不止。

上午大会发言。

本约定陶冶一起去华山的，因见有雨，他打退堂鼓了，又去约伍晓明，动员半日，仍犹犹豫豫不大想去，于是决定独自前往。正在此时，田辰山过来了，说是他准备去，当即决定四点钟出发往火车站。

买到两张硬座票后，看看时间尚早，便在附近找了一家小铺，吃了半个韭菜馅饼，喝了一碗半稀粥。

天已放晴。

六点半车往华山，在火车上又遇到同是参加会的三位旅游者：四川人民的陈舒平（四川人）、华东师大的张锦（东北人）、大连外语学院的王士跃，这样便一行五人了。

十点钟到达华山站，下车沿铁道前行二十分钟，下坡，就到了华山山口，有一售票处，每人一元。

又有租鞋处，还可以租手电、存包，那几位全面武装了一下，待一切办妥，已是十一点钟。

开始登山。

路很宽，在满天星斗的映照下像一条白亮的带子蜿蜒前伸。我们速度很快，超过了一拨又一拨的登山者，有一些是从下午开始爬的。

一路上，茶水站不断，一盏马灯点着，卖些梨、瓜、苹果、西红柿、汽水等，茶水要两毛钱一碗，有时讲讲价钱，一毛五也是可以的。

陈舒平很能聊，到底是四川人，会摆龙门阵。张锦是一口东北话，说话很幽默。因此一路说说笑笑，倒也十分有趣。

夜间登山，不过就是图凉快，观景是谈不到了，但见黑黝黝的山峰壁立两旁，给人几分神秘感。如果是独自来游，当是另一番风味。

很长的一段漫坡路走完，就是一磴一磴的石阶了。一会儿，小田就有些支撑不住，直问“回心石”还有多远，大有回心之意。张锦却是脚力极健，始终遥遥领先。

真的有方回心石，为照顾小田，大家小坐一回。几位小伙子一人来了一碗茶水，既行至此，又岂可让五人之中有人“回心”？拖也要拖上去呀。

继续前行，为不致让小田落下，我断后，不住给他鼓气，“上到顶峰赏五百两大烟土”！

上千尺幢、百尺峡，过老君犁沟，翻苍龙岭，夜色下却不觉其险，即华山绝险处，也并非怎样险要的去处，当初可能只是因为人太多了，拥挤所致。而自此之后，华山的路就进行了全面整修加固，把“险”之特色几乎加固尽了。张锦一个劲儿地叹气：“哎呀，不‘刺激’了，还不如我们辽宁的千山呢！”可怜的小田在后面一个劲儿地“拉风箱”：“从感情上说，我是一步也不愿意走了。”只是被我们几个人催逼着，强往上“努”。

山风极凛，登山出一身汗，却一步停不得，稍歇一会儿，就冷得打战，因此，几乎是一口气地往上冲。闯过金锁关，躲在一个背风处，大家一人吃了一个苹果，那几位又分食了些饼干。冻得实在受不住，我决定先上到东峰顶，或可借得棉大衣。

将及顶峰，有一“云梯”：峭壁上凿出的石磴，成九十度垂直，两边有铁链可供攀援，这当可算一险了，张锦高兴地直叫：“够刺激！”率先登了上去。

果然够刺激，石磴极窄，有几磴还有些往里凹，更使人心悬悬的，我手里掌电筒，攀援不利，小陈在下面喊：“把电筒给我！”去掉这个负担，就顺利上去了。

东峰上黝黑一片，见一塔耸立，大约就是杨公塔了。峰顶上更是凉极，几个人瑟瑟发抖，商议一下，决定还是下到金锁关，借衣、租铺，等几个小时，再上来看日出。此时正是两点钟。

又顺“天梯”而下，在一亮灯处，找到客栈，租了四件军大衣（租金每件三元）。店主要每件收二十元押金，我们哪带得这许多钱，便押下陈的工作证和张锦的手表。老板娘还在一旁唠叨，嫌老头儿押品收少了，张锦说：“我这块表两百六买的！”

下至金锁关，这里的客栈还有三个铺位，老板要每铺收三元。所谓三个铺，也就是一块铺板，上面有三床被褥。也顾不得许多了，裹着大衣，披着被子，挤在一处苦熬，我直担心大衣里会不会有虱子，小陈说：“潮湿的地方绝不会有虱子。”“那臭虫呢？”“臭虫没关系，顶多在人身上咬几个包就走了，不会久住的。”

自从下午上路以后，一直感到有些头晕，在火车上更是难受,觉得身上发热,真怀疑是发烧了,从车上下来也未见好,倒是一入华山,任何不适都没有了,劲头足得很,登上峰顶,竟觉兴犹未尽,如此蜷在这里,当是困倦非常了,可是并不,真是一丝睡意也无。一会儿,又听得隔帘而卧的那一铺又吵嚷起来,原来是有位游客趁老板不在,钻进睡下,被老板扯出,要他交钱,那一位执意不交,这一位便口口声声要罚,两下里嚷个不休。听听声音渐高,接着就像是打起来了:一个喊"打死人啦",一个喊"快来人把他拽住"。方此时,张锦和陈舒平一个鱼跃钻了出去,大约是觉着"够刺激"吧,但没多会儿声音平息下来,两人扫兴而回:"嗨,没打起来!""听他那口气,好像有身功夫似的。"

经这一番折腾,更无法入睡了,不过闭着眼睛熬时间,天将放亮时,听得老板和那位又说起话来,这一回却是握手言欢了。

老板是个小伙子,口角甚利,经营有方,钱不会少赚。

八月廿七(四)

今日看不到"日出"了,云彩很厚,红霞已涌出,却见不到日之方升,但一行五人还是随着人流到了观日台。这里已站满了人,各色打扮都有:披毛巾被的,裹一领雨衣的,围一圈塑料布的,总之,用各种办法抵御寒冷。

此时,方见出山势的险峻:观日台右侧的东峰,壁立如削,下临深谷,深不可测。观日台下,深不见底。

七点一刻,太阳终于从墨蓝的云层后面露出一道红边,人群骚动起来,眼看着红轮渐渐推出,大伙儿都在不失时机地抢镜头,用张锦的话说:我们也摄下了具有划时代意义的历史镜头。不过这毕竟算不上真正的“日出”。

再次登“天梯”。一来已有过一次经验，二来天亮后一切都看得清清楚楚，所以很轻松地就上去了。

峰顶上有一探出的悬崖，这又是取景的好地方，几个人坐在上面拍了照。

下东峰，还了棉大衣，在南峰脚下的一个小铺里喝了一碗粥。这里的粥很好，又稠又黏，几个小伙子一人又吃了一个油饼。

八点四十五分，开始上南峰，峰顶有座雷神庙，王士跃和陈舒平恶作剧似的在拜垫上磕了三个头，一旁守着的女道士还为他们击磬三下。

庙后便是华山第一险的栈道，可这里的拥挤程度真有点像王府井，我们也只得鱼贯前行，不时同对面而来的人在仅有两尺之狭的栈道上交会，而脚下就是绝壁深渊，只是道边有铁索护持，不免觉得少了几分惊险。

栈道下去还有一独木桥，更是险中之险，可候了半天，只见站在绝壁上的人上不去下不来，半日移动不了一个。看看天时不早，不可再作耽搁，乃离去。

进而往西峰，在南峰望西峰，正是华山的那一具有代表性的画面，——游览指南、挂历、明信片上常用的。我们也选了一个点，照了一张，但真正走在上面，倒也不见险要，俯瞰山景，却还壮观。

下山，再至金锁关，又看到我们投宿的客栈，原来只是借着山势,用几块尼龙布草草打个三面围,只可称之为棚。王士跃提议,在此合影一张,以志纪念,将来看到这张照片,将引起多少回忆啊。

下山,过北峰,下苍龙岭,至一茶水站小憩。那几位又买茶水、西红柿,连吃带喝。我不需要补充。

此时上山的人愈多,中有许多挑工,据店主说,一挑约有七八十斤,上去一趟酬劳十块钱。见又有一挑者走过,跑过去试了试,担起并不觉重,连上二十来级台阶,也还轻松,看来当年的本事仍未丢。

十点三十五分,开始回返。

下山对于我来说更不在话下,因此始终冲在前面,一路跃下来,似觉脚底生风,要不时站下来,等一等那几个小伙子。小田又有些受不住了,他说:“我完全是在做机械运动。”

来至千尺幢,登山时为夜色所蔽,未见其险,今日一看,果然是险,直陡陡地通下去。“千尺”幢也不尽是虚辞,只是又失之于“加固”,两旁加修了铁链,未免不够刺激。

昨夜只闻得溪涧之声,今日方见溪涧之水。喝几口,洗把脸,甚是清凉。时值烈日当头,此刻上山,可真是受罪了,不少登山者脱了光膀子,还是汗流浃背,气喘吁吁。

过石门,又是那段长长的漫坡路了,不觉撒开腿脚跑起来。

一点五分出山口,在小食棚中喝了一碗啤酒,一碗绿豆汤(汤中约有二十粒绿豆)。为争取早些赶回,决定弃铁路,走公路,到汽车站乘长途车。

两点半钟发车，一路上走走停停，车厢内又热又闷，拥塞不堪，这一趟四个小时，似比登山还累。

将及八点，从3路汽车的终点站陕师大下来。在农贸市场的小饭铺进餐，每人先来了一碗稀粥，我一气喝了两碗。陈舒平饿得不行，又来了一碗热气腾腾的馄饨，一碗下去，仍觉未足，又吃米面凉皮。大伙的食欲不禁也被他勾了起来，于是也一人加了一碗，辣椒油放得多了点，嘴唇都被辣得麻酥酥的，不过还是挺好吃的。

八点二十往回走，一路上不断碰到会议上的人，我们简直成了华山上下来的英雄，好几个人都说，四个小伙子都变了样，只有我没变。

四位男子汉算是从心眼儿里服了我，一碗稀粥上华山，一碗稀粥下华山，而且健步如飞。张锦说，当初我们几人还核计呢，带个女同胞上山，不是个累赘吗，到时候爬不动了该怎么置？还挺不情愿呢，这一下可彻底服气了。不过由此又生出多少疑问，怀疑我有特异功能。

连我自己都怀疑起来了，为什么竟会有这样好的竞技状态？两天两夜睡了五个小时，只吃了一包方便面，喝了两碗粥，怎么还有这样大的劲头？而且并不觉得疲累，似乎再上去一趟也不在话下。

可小田说："即使我的照相机失落在上面，我也绝不返回去取了。"——他那架照相机是三百美元买的呢。

照张锦说来，小田是少了一个生活的层次，——没插过队，他在辽北康平插队六年，小陈在云南边寨插队七年，因此爬起山来还像回事。

晚间洗过澡后，去访方平。

八月廿八日　星期五

早晨七点钟张廷琛和黄文欢又来找我去乾陵，本来准备今日去搞火车票和领材料的，而且又听岳薇说，乾陵没意思极了，实在不值得去，不过二人热情相邀，却之不恭，想想还是去吧，免得心存遗憾。

八点半钟到达火车站，上了旅游车，直等到九点半方出发，司机要拼命拉客，直待满员。

两个小时开到乾陵博物馆，这里其实是永泰公主墓，墓道内的壁画是极熟悉的了，目前保存尚好，差可见全璧。尽头墓室置一石椁，有人掌着手电从石缝中向内窥视，无所获，大约里面还要有好几层呢，而且墓在未正式发掘之前就已经被盗过。

陈列馆内是介绍整个乾陵情况。

继往乾陵，墓道两旁是鸵鸟、翼马、石像，至入门处，两边又各有数队王宾像，只是几乎所有的王宾都丢了脑袋。

一路上，不断有当地老乡拉生意："骑马上山，骑马上山吧！"不过响应者似不多，沿路隔三五步就是一个卖货的，多是妇女丫头老婆儿，卖些民间工艺品，蝴蝶、凤鸟、小驴、老虎，填了棉花的布上绣着吉祥图案，还有虎头鞋什么的。

登上坟陵顶端，俯瞰脚下，是一片开阔的土地，一千多年前恐怕也就是这一番景象罢。古往今来，曾有多少骚人墨客、莘莘学子,至此发思古之幽情,泄不遇之愤懑,今日之我,却登高难赋诗,脑子里一片空白,一无所思,一无所想。

下来,回到停车处,一人吃了一碗面条。

又往章怀太子墓,此处与永泰公主墓一样,也是李治与武则天的陪葬墓,最值得看的是墓道中的壁画。

最后一站是茂陵博物馆即霍去病墓,墓前石雕早闻其名,今日得亲睹之快。

六点半钟回到陕师大。

一路上听张廷琛聊了许多。他是江苏涟水县人,一九七四年以前在县里的中学教数学,后考入上海外国语学院。本科毕业后又考入复旦外语系研究生,继之在哈佛就读一年。黄文欢是张廷琛执教复旦时的学生,西安人,毕业后到陕师大。

晚间访远浩一并遇陈珏。

八月廿九日　星期六

会议安排集体参观兵马俑。

这两日,我的登山之举几乎在人群中传遍了,不断有人对我说:“听说你特别能爬山啊,把几个小伙子都甩在后面了!”大概都是这几个小伙子造的舆论吧。

兵马俑的确是惊人之作,更奇怪的是,它似乎前无古人,后无来者,独树一帜。

街头小摊遍布,出售烧陶兵马俑、绣包、绣衣及昨日乾陵所见种种,还有卖火晶柿子的,极便宜,一毛钱十二个。

然后往骊山始皇陵。最后是临潼华清池。

归来途中又在半坡遗址小驻，这一路，凡停留之处，皆游客如云，令人雅兴全无，唯这一处还略略清静些。

四点半钟返回外国语学院。

从昨天中午吃下一碗面条，一直到今日五点半才又吃了一包方便面，这期间并不觉得饿。

晚间到张锦处取兵马俑，又听他神“侃”了一通。陈舒平虽也健谈，但与他同坐一处，就没多少插话的份了。

访叶舒宪，得他赠一册《神话—原型批评》。叶在陕师大任教，今年才三十二岁，就评上了副教授。

八月卅日　星期日

今日是逗留西安的最后一日。

清晨出陕师大东门，往植物园，下坡时不小心滑了一跤，这一下把情绪都跌没了。到植物园门口，被阻，说是八点钟才开始售票。懒得再等半个小时，便乘27路公交车至大差市。这里距清真大寺大约还有两三站，不想再乘车，乃步行。两毛钱买了一块煮白薯，一点甜味儿也没有。又两毛钱买了一碗面糊煮麻花，更是难吃。再前行，见有豆沙油酥饼，一个两毛三，买来一尝，同样上当。

行至钟楼，拐向鼓楼，北隅化觉巷内便是清真大寺了。

我是第一位游客，里面非常清静，殊为难得。这是以汉族建筑风格建造的伊斯兰礼拜寺，即如寺庙园林一般，四进院落，花木繁盛，两边厅堂内陈放着精致的硬木家具，像是清代作品。院中的邦克楼是三重檐的八角楼，完全是汉族楼阁形制。后又有鱼池、山石、角亭，最后一进院落的平台之上是面阔七间、进深九间的大殿。

这里的各种建筑无一不雕刻繁复，精致非常。大概正是在这一点上，充分体现了伊斯兰建筑的装饰风格罢。

从寺内走出，见沿巷的小摊都开始营业了，门面一间接一间，出售高档工艺品，是赚外国人钱的。

十点半钟回到陕师大。

将及十二点，黑龙江省社科院的刘以焕受张廷琛之托，前来为我送行，一直送到3路公共汽车站。

西安火车站的气派和规模可与北京站相比，只是管理非常混乱。

进软席候车室，遇湖南文艺出版社的唐维安。

第一次乘坐软卧，与硬座相比，可称一天堂，一地狱，尽管气候闷热，我也是满足又满足了。

八月卅一日　星期一

一路以《管锥编》相伴，旅途不觉其长，自上车之后，未进一水一米，亦不觉饥，同行者又在怀疑我持得道之秘了。

十一点半下火车，十二点钟到家，小航说："我想死你了！"志仁在桌上留了一条，告知特为我备下鸡蛋、面包、月饼、西瓜。

吃了半块月饼、一个鸡蛋、几口西瓜，然后去编辑部。

九月一日　星期二

收到李庆西寄赠的《矮凳桥风情》。

在中华书局购得《两汉三国学案》《太平经合校》。

与志仁一起在大华看美国影片《灵与肉》。

九月二日　星期三

到编辑部，加工王佐良的“读诗随笔”书稿。

在灯市口中国书店转了一圈，无所获。

志仁下午去了一趟绒线胡同，购得《海流中的岛屿》《巴塞尔的钟声》《红白黑》。

九月三日　星期四

淫雨一日。

闭门读书一日。

九月四日　星期五

往编辑部。

收到刘微亮寄赠的《欲的追逐》，唐荫荪寄赠的《北欧现代诗选》《当代西方文艺批评主潮》《希腊罗马散文选》《纪伯伦传》《车尔尼雪夫斯基传》。

读卡山札基的《希腊左巴》，这是老沈从香港购得，借给我看的。

九月五日　星期六

午间陈舒平来，一起聊了三个多小时。他也是一个很有意思的人，恢复高考后的第一年考入云南大学，毕业后直接报考川师大的研究生，前年初分到四川人民出版社文史编辑室。他说，留校太闲在，闲得发烧，不好受；到文联，要坐班，又太不自在，也不好受。出版社介乎于二者之间，算是比较理想了。我没有发表欲，没有竞争欲，就这样轻轻松松地读书、编书，过日子，就很好了。抱这种态度，当然就不会陷入世事纷争，也就能超脱了。他开朗，热情，又有几分幽默，很好相处。

九月六日　星期日

二十年前，宗雅琦曾给我算命，说我寿止三十三，多年来，似乎一直在信着。那么今日当是寿终之时了，然而却活着，是冥冥中的鬼神在与我开玩笑吧。世人侈谈人的自由，然而竟连生死都未能自知，又何来自由？人注定是不自由的，是有限又有限之物。

到琉璃厂转了一圈，无所获。

徐洁寄了我一张生日卡；倪乐送我一盒大顺斋糖火烧，一盒枣泥月饼；雨茹送我一枚猴挂盘。志仁要请我去吃饭，我说算了罢，现在物价如此昂贵，何必去为饭馆送钱。

九月七日　星期一

到编辑部，收到陕西寄来的《新编秦汉瓦当图录》，这本书已预订了两年，现在才见书。

往赵萝蕤家取稿。

在百花购得《英国水彩画简史》。在王府井购得《苏联文学插图》《佛教史大宝藏论》。

九月八日　星期二

志仁到大连出差。

往编辑部。收到张守义所赠《陀斯妥耶夫斯基传》。

到社科院访李文俊、柳鸣九。柳赠我“廿世纪法国文学丛书”第一辑七本。

下午谢选骏、杨丽华来。谢为我带来一本丁乃通编《中国民间故事类型索引》,又《岭·格萨尔王传》。

九月九日　星期三

往编辑部,交本期拟发稿件。

午间编辑部五人并华东师大的许纪霖往日坛宾馆餐厅吃饭,八菜一汤:怪味鸡、五色拼盘、古老肉、宫保鸡丁、清炒虾仁、瓦块鱼、炒田鸡、鼎湖上素、酸辣汤,共九十余元。那一份"上素"要价六块五,上当至极,原来不过是木耳、蘑菇烩豆腐泡,还让我们足足等了一个小时。

饭后往协和医院看望因患急性阑尾炎做手术的董秀玉。

九月十日　星期四

到老沈家取书《欧洲小说的演化》,是要我带给杨周翰的,便乘机向他索得一本。

拜访金克木,他送我一册自己的诗集《雨雪集》,想不到他竟有诗名。早年的诗写得很好自不必说了,到了七十多岁竟还有诗思,而且还是幽婉的情诗。

无意间谈及赵萝蕤,他告诉我,赵的父亲是燕京神学院院长赵紫宸,她的丈夫陈梦家原是金陵神学院的牧师,后报考清华研究院,打听得研究古文字最易出名成家,便做了容庚的学生,就在那时与赵相识。夫妇二人一九四六年间去美国,途经印度,做短暂驻留,于时结识金克木。赵与金同年(只长他一个月)。

往杨周翰家送书,不遇。

晚间志仁归来。

九月十一日　星期五

往编辑部，接到漓江宋安群的电话，请我到外文所开《青年外国文学》创刊的座谈会。十点多钟赶到那里，只见几张长桌子摆得琳琅满目：西式小点心，蜜饯果脯、瓜子、汽水、香蕉、哈密瓜，但举目皆是生面孔，认得的只有黄梅、兰明等三四个人。坐在那里，听听无趣，吃又不大好意思，虽然主持人一让再让，终是未动口。

下午郭燕（吕澎的同事）来，她是来参加艺术节的，吕托她带来《塞尚传》的原著。

九月十二日　星期六

本讲好今日将草目送丁聪的，无奈王焱的稿子还未编完，只好推至下周一。近来也被他磨钝了，只要他沉得住气，我又何苦着急。

而且这位老兄越是紧急，越是从容。又和杨丽华大谈金庸，直说得我也恨不能马上找来几本看看。

九月十三日　星期日

真的去找金庸了，上午和志仁一起到绒线胡同，购得《射雕英雄传》《书剑恩仇录》《神雕侠侣》。同时购得者还有《浮邱子》《中国现代思想史记》《名利场》《现代外国哲学》（十）。

午间与志仁携小航在台基厂二条看罗马尼亚影片《不朽的人》。

九月十四日　星期一

到编辑部，恭候王焱，至十点方来，拟就草目，骑车送往丁聪家。

到曹国瑞家小坐。曹宅坐落在小巷深处,进小门又是一径深巷,竟是青苔斑驳。轻启柴扉,入眼乃两间小房,室内整洁有序,纤尘不染,予人极幽极静之感。

早知曹之为人,已先对其居有一番设想,今日对证,果然不差。

九月十五日　星期二

往冯亦代家取稿,到丁聪家取版式。

九月十六日　星期三

发稿一日。

午间我买了一只道口烧鸡,吴彬买来月饼、粽子、面包、八宝饭团,四个人(杨已往扬州)大啖一通。

九月十七日　星期四

今日是结婚八周年纪念日,提议往圆明园一游,志仁欣然愿往。

早八点骑车出发。一路上,不断忆起初识之时的种种情景,距第一次出游鹫峰,竟已十二春秋了,乃感叹时日之速,如今容颜衰朽,青春不再,可称是一对老夫老妻了。问志仁:“你什么时候最爱我?”答曰:“现在。”大概他会永远这样回答的。

圆明园内阒寂无人,骑至福海景区,但见偌大一个湖面,不过二三小舟,碧漪涟涟,极是清幽,周遭数弯小桥,中心一丸小岛,似见翼亭为绿树掩映。

由福海折向西洋楼,先参观园史展览。馆外便是西洋楼之残迹,这一番景象是近年各类艺术的热门题材,举凡诗歌、小说、绘画、摄影、电影，无不纳入，今日亲见，果然悲壮。

归途中，购道口烧鸡一只，月饼若干，回家后三人聚餐，算是庆贺。

九月十八日　星期五

往编辑部，收到张呈富寄赠的《艺术创造工程》《性格组合论》。

接到田辰山来信，追忆华山之行，乃言："在我的心目中，你真是一名奇女子，令我佩服得五体投地。"不觉想起日前钱春绮先生的来信，他得知我华山之行种种后，惊云："先生岂十三妹一流侠女转世乎？""想我当年到华山脚下，走了一个小时路，最后还是知难而退，没有登山。盖华山之险，使我心有余悸，不敢上也。像我这样蒲柳之姿的书生，岂能算是须眉，在先生之前，实在愧得无地可钻了。"

九月十九日　星期六

接苏静波信，知他来京开法国文学讨论会。清晨六点钟便骑车往北大，至勺园招待所，在服务台遍查住宿名单，却不见其名，原来会议尚未开幕，是二十一日至二十四日（回到编辑部复又读信，方见上面明明写道：二十日赴京。此粗心之又一例也）。

不甘心白白奔波一趟，乃往金克木先生家小坐，谁知一聊又是两个小时。

归途经沙滩，购得钱穆的《中国现代学术论衡》。

到编辑部，见到老沈放在我桌上的一包书并一便笺，笺云："赵小姐：深晚循例摩挲那几本刚收到的破书，忽然想起你这位执拗的书迷，为了使你倒胃口，从中选了七本最无聊的送上，也许因此你就断了到我这里找书的念头。你不是要编美国通俗小说并且因为不能实现这愿望而遗憾吗？那么，就请多看看这一类书。”

书乃“言情”“侦破”之属，《红楼金粉》《明星泪》《恶狼劫》《魔王再世》等等，闻其名便可知其实了。

九月廿日　星期日

感觉中，直认苏静波是男性，前日寻人不着，夜来得梦，乃梦见她为一女士。今早接到电话，原来梦中所见是对的，而她也告诉我：“我一直以为你是男的呢。”

接倪蕊琴来信，对《读书》盛赞一番，并说我给她的印象是能干而充满朝气的，又言道，她听说《读书》主要是四个姑娘干出来的，不胜惊讶，想来她们也都同我一样，是富有朝气的吧。

此番两回外出开会，此类言语已是听得耳熟，凡问及《读书》内部情况者，每惊于二事：其一惊人之少（怕是全国的月刊中最少的）；其二惊女之多。而我奇怪的是，为什么其他刊物要那么多人呢？

九月廿二日　星期二

赴琉璃厂秋季书市，购得一批降价书：《小说闲谈》、《二谈》、《三谈》、《忘山庐日记》（上、下）、《鲁之春秋》、《仕隐斋涉笔》、《归庄集》（上、下）、《游仙窟》等数种，破费无多，获之甚丰。

又在商务服务部购得《一九〇〇年以来的伦理学》（玛丽·沃诺克著）。

九月廿三日　星期三

到编辑部。接赵萝蕤信，其中言道："读了你的《读〈黛茜·密勒〉》，写得很好，比你前寄我的一文写得深得多。最难能可贵的是你读通了这两篇不大容易读通的小说，前者和后者具有同样水平，正如我已经说过，我译《丛林猛兽》时感到可能知音难遇，想不到这'并非专家'，却比许多'专家'更有识见。衷心感谢你。我没有多少时间，今后我要多翻翻《读书》这个杂志。"

接张锦信，略云：丽雅兄：西安一别，恍如隔世，但你的一切均给我留下了不可磨灭的印象，好一个女中"伟丈夫"，真是不让须眉。看来，动乱与变故除了造就男人之外，亦造就了其对立面——女人……有时，我也极为羡慕你等，似乎不像我背负着过多"成名"重负，活得好沉重，今后，恐怕要向弟学习，从书堆里爬出来，到大自然中寻找自我，我自觉华山一行远比开什么会重要多了……

数日来汲汲于董理旧藏，大略将藏书的前言后记序跋之类翻读一过，不过求心中有数而已。

读《忘山庐日记》，不过翻读数页，这位宝瑄先生的活法就令我钦羡不止了，日日读书、访友、看戏、赏花、习字、会饮……人生若无干政之求、功名之念，此种生活，岂非最上之理想？吾当效法之。

九月廿四日　星期四

昨晚九时秋分，夜来雨至，伴以电闪。凌晨雨霁，风骤起，甚烈。

在琉璃厂书市转了一圈，又有所获。购得《张太岳集》、《艺风堂友朋书札》(上、下)、《李东阳集》(二)、《章炳麟论学集》、《雪翁诗集》。

布置服务日。

老沈赐书三册：《道德箴言录》《思维训练》《圆舞曲之王》。

《忘山庐日记》页七一言“忘山庐”得名之缘起：览《永嘉禅师语录·答朗禅师书》有云：先须识道，后乃居山。若未识道而先居山，见山必忘其道；若未居山而先识道者，但见其道，必忘其山。忘山则道性怡神，忘道则山形炫目，是以见道忘山者，人间亦寂也；见山忘道者，山中乃喧也。至言，名言，余因自号忘山居士，名其庐曰忘山庐。

读《苦茶随笔·苦竹杂记·风雨谈》，此乃周作人三本小书的合集。页二八言及阳湖钱振锽著《谪星说诗》乃发议论曰：我读了这三十和十八篇文章(均指韩退之文)都不觉得好，至多是那送董邵南或李愿序还可一读，却总是看旧戏似的印象。不但论品概退之不及陶公，便是文章也何尝有一篇可以与孟嘉传相比。朱子说陶渊明诗平淡出于自然，我想其文正亦如此，韩文则归纳赞美者的话也只是吴云伟岸奇纵，金云曲折荡漾，我却但见其装腔作势，搔首弄姿而已，正是策士之文也。近来袁中郎又大为世俗诟病，有人以为还应读古文。中郎诚未足为文章模范，本来也并没有人提倡要做公安派文，但即使如此也胜于韩文。学袁为闲散的文士，学韩则为纵横的策士，文士不过发挥乱世之音而已，策士则能造成乱世之音者也。

想日前读瞿兑之的《中国骈文概论》，第五节“骈文之论”有云：拿这种文章（指魏晋骈文）与所谓唐宋八大家相较，同一说理，却是风度大两样了。譬如演说，八大家（尤其是宋人）仿佛是揎拳掳袖指手划脚的演说，声音态度可以使人兴奋，然而久听之后，不免嫌他粗豪过甚，没有余味。如其不然，便是摇头摆尾，露出酸腐的神情。再不然，便是蹑手蹑脚吞吞吐吐一味的矫揉造作。

九月廿五日　星期五

入秋以来，小园之景益发可人。前庭花事仍不断，几处美人蕉，数十盆串红，常开不败。后院萧疏些，合欢已谢，衰草侵阶，盖前者得人力之功，后者乃自然之态也。窗前一株柿树，果实始由青转红，累累垂枝矣。左近的椿树时在萧瑟秋风中抖动枝条。忽生一念：吾居之楼，得无称之“椿柿楼”乎？

夜来大风不止，白日益剧。

服务日。

读《米德尔马契》，朱虹为译序，写得很有味。乔治·艾略特的自序亦令人深长思之，摘录数行。

那位西班牙女子（指德雷莎—— 一五一五至一五八二，天主教加尔默罗会女修士，毕生致力于该会的整顿与复兴）生活在三百年前，她当然不是这类人中的最后一个。许多德雷莎降生到了人间，但没有找到自己的史诗，无法把心头的抱负不断转化为引起深远共鸣的行动，她们得到的也许只是一种充满谬误的生活。那种庄严的理想与平庸的际遇格格不入的后果，或者只是一场失败的悲剧，得不到神圣的诗人的歌咏，只能在凄凉寂寞中湮没无闻。她们企图凭模糊的启示，在错综复杂的人生中，寻找一条思想和行为一致的高尚道路；但是到头来，在世俗眼中，她们的种种努力只是缘木求鱼，劳而无功，因为这些后来出生的德雷莎，得不到严密的社会信仰和教派的帮助，给她们炽烈虔诚的心灵提供学识上的指导。她们的热情只得在朦胧的理想和女性的一般憧憬之间反复摇摆，结果前者被贬斥为多余的幻想，后者被指责为背离了信念。

有人认为，这些生命之走上歧途，是女人的天性使然，因为上帝本来没有赋予她们合乎需要的明确观念。假定女人无一例外，都只有计算个位数的能力，她们的社会命运自然可以凭科学的精确性，给予统一的对待，可是她们尽管浅薄，实际仍然千差万别，与人们的想象大不一致。她们既不像女人的发型那么大同小异，也不像畅销的散文或韵文言情小说那样千篇一律。在污浊的池塘里一群小鸭中间，偶尔也会出现一只小天鹅，它在那里落落寡合，觉得自己这类蹼足动物，无论如何没法生活在那样的水流中。在女人中间，有时也会出现一个圣德雷莎，只是她的一生无所建树，她的善良心愿无从实现，她那博爱的心灵，那阵阵的叹息，也只得徒唤奈何，消耗在重重阻力中，而不是倾注在任何可以永垂青史的事业上。

得孙顺临赠《二叶亭四迷小说集》一册，得梁一三赠《三个离家出走的女人》（方平著）。

收到杨勤寄赠的《分裂的天空》。

购得宗白华《美学与意境》。

大风一日,或因此故,服务日显得极冷清。陈宣良来,对坐闲聊,为候王焱,坐等四个小时,便聊了四个小时:从十一点到三点。中午上楼一趟,承蒙范公赐予一枚热烧饼,不忍啖,携归送陈。

空腹坐守,候至四点钟,方收拾了,齐往豆花饭庄。王润生、周国平等做东,宴请《读书》诸位,冀为之宣传他们在贵州主编的那套丛书。

二楼雅座,标准是每人二十五元,菜肴可称丰盛:七色冷拼,鱿鱼锅巴、干煸牛肉丝、宫爆干贝、葱烧海参、豆瓣鱼、樟茶鸭子、夹沙肉、干煸扁豆、麻婆豆腐、酸辣鸡丁(汤)等,间有各色小食:牛肉炸饼、赖汤圆、龙抄手、担担面,末道是一大碗红油豆花。

进餐者共十三人,王润生、刘东夫妇、周国平、项灵羽、陈宣良、梁治平、王幼琴并《读书》四位(杨往扬州,不在坐)。

九月廿六日　星期六

往编辑部,得迮卫赠书《他所钟爱的女人》。收到温儒敏寄赠的《中国现代文学三十年》。

在中华购得《法言义疏》《方志著录元明清曲家传略》《中国佛教思想资料选编》(一)。末一种久购不得,今见乃重印本,较初版价钱提高近一倍。

读牟子《理惑论》《负暄琐话》《顾随文集》。

九月廿七日　星期日

杜门读书一日:《兼于阁诗话》《一士类稿》《近代二十家评

传》《顾随文集》及钱基博《现代中国文学史》。

《一士类稿·谈章炳麟》篇记：

清光绪二十二年丙午(章)东渡日本，在留学界及民党欢迎会席上演说有云："大凡非常的议论，不是神经病的人断不能想，就能想亦不敢说。遇着坚难困苦的时候，不是精神病的人断不能百折不回，孤行己意。所以古来有大学问成大事业的，必将有神经病，才能做到。……为这缘故，兄弟承认自己有神经病，也愿诸位同志人人个个都有一两分的神经病，兄弟看来，不怕有神经病，只怕富贵利禄当面现前的时候，那神经病立刻好了，这才是要不得呢！"

盖世之有讥其章疯子者，而"章疯子"自量其疯如此，亦隽语也。

九月廿八日　星期一

上午老沈主持召开了《读书》编辑部会议，转达诸"老"的"指示"。

午间四人同往的丽中西快餐厅，全部要的西菜：炸猪排、炸鸡排、炸大虾、火腿扒、牛肉扒、红焖牛肉、番茄汤、奶油鸡茸汤，花费六十余元。

读《兼于阁诗话》，中"苏堂梨园谈往"条云：李苏堂《梨园谈往诗》之作，无异为京剧百年小史，现时人知者少，能言者更少，特备录之。下录全诗，每诗后并有小注，果然极有意趣。(见页二三八——二四一)。

九月廿九日　星期二

往赵萝蕤家送稿。

在琉璃厂购得《吴梅村诗集笺注》、《骆临海集笺注》、《浮生六记》、《清稗类钞》(四)、《哲学史教程》(上，文德尔班著)、《印度佛教史》。

金风徐来,玉宇澄清,通衢之上,盆花无数,天安门广场起花木之长城、宝塔、翼亭,此京都最佳之节候也。

读《吴梅村诗集笺注》。

九月卅日　星期三

到朱仲丽家送书:《江青外传》,是香港星辰出版社出的。

一进很大的院落,一座小小的洋楼,格局与我居之所相近,但房屋内部的布置却奢华多了。称她为“姑姑”的一位半老妇人将朱仲丽唤出来,年纪看上去大约有六七十岁,不过装束得甚是俏丽:一件嫩绿的样式新颖的羊毛裙裹在身上。

很想先翻阅一下这本书,但被婉拒了。她说,找我要的人太多了,这十本书实在分不过来。心中不禁十分后悔,是啊,我与她第一次见面,又并非至交亲朋,她怎么会……

又往北大中关园给陈瑞兰送书。到金克木家取书。他委托我寄给《文艺报》张陵和潘凯雄一份稿子,但我看过之后,觉得倒不如扣下在《读书》发。

晚间,小航躺在床上要入睡,却突然坐起来,泪流满面,啼哭不止,问了半天,方抽抽噎噎地说:“我要是老死了怎么办？”“我死了,这个世界上就没有我了！”

“人如果都不死，那地球上不就住不下了吗？”

“我去开发别的星球啊！”

劝解一回，方止。

读《中国近代思想史论》《吴虞日记》(下)。

因加工原稿时疏忽大意，以致在初校样上惹出了不必要的麻烦，为此，老沈特批转范用一信，并疾言道：

赵：

关于这部稿子的书引号，我曾经专门写了一个条子给你，指出你对规格太不注意，不知为什么还是没改，现在范用特地来条指出此事，我还是要说一遍：一个编辑再有学问，不会捡这些芝麻，还是不行的。三联书店更是如此，因为即使你当了总编，也没有人帮你专门去处理此事。我对你一直很尊重，所以上次的意见也写得特别宛转，不过，这事看来你处理得不够漂亮，使人遗憾。诚恳地希望拨出若干读书的功夫，注意这类细节俗务。人既然生活在世界上，既然干了这可憎的编辑工作，就有这类可憎的事要做(还包括要开会之类)。你不做，就得让别人来做，这就不免背于人道，容易使得自己变成可憎了——假如长久如此的话。

话说得重一点，供你参考。

希望你回一信给范，不要不答复。

录此，当为终生之戒。

十月一日　星期四

在沙滩五四书店购得《吴虞日记》(上)。

到协和医院看望董秀玉。

读《笔记小说大观》，得张大复《梅花草堂集》，竟多有可诵之篇。

又读陆宗达《说文解字通论》《胡适的日记》。

十月二日　星期五

到编辑部值班一日。

读“梅集”。佳什良多。以此友为伴，坐守一日不觉长，而尤觉胸襟洒然也。

上午老沈来，对坐闲话一回，又宛转提及日前之过失，抱以赧然之笑而已。

煮了一壶咖啡，唤我去喝。牛奶多了点，糖多了点，竟不觉咖啡之味儿了。

舒昌善回国查资料，晚间到老沈家，遂打电话邀我去见面。

十月三日　星期六

与志仁一起携小航往经委礼堂看波兰影片《紧急出路》，是部喜剧片，有些意思。

翻读《全元散曲》，贯云石的几首小令颇令人喜。

十月四日　星期日

在绒线胡同购得《元诗纪事》（上、下）、《清末民初文坛逸事》（郑逸梅）、《明宫词》。

收到陈舒平寄赠的《近代稗海》一至四册，随书附一短笺，其中言道，对称呼我的名字感到很别扭，因为“实际上，士跃、张锦和我之间时常用的借代是‘女豪杰’‘女强人’‘特异功能’什么的”。不知人们在背后谈论我时，还有没有更新鲜的说法。

将几册书大致翻览一回，很有些意思，作为史料，当然可称珍贵，即作小品来读，亦未尝不是佳什，只可惜自己对近代史知之甚少（几近空白），故对诸多纪事之篇不甚了了。

十月五日　星期一

黄梅来家送稿。

在王府井购得《二十世纪法国思潮》《神、人及其幸福简论》《荣庆日记》《章太炎全集》（六）。在中国进出口公司购得台湾版《国史大纲》（钱穆）。

往编辑部。看稿。近日手中稿件未可称少，但真正当得好稿者，却稀见。

被我扣下的金先生的稿子，经王焱和董秀玉阅后，同意刊发，于是打电话告诉他。老先生真是健谈，在电话里好像都收不住闸，他说，他曾经有一次同友人一气聊了二十个小时，不吃不睡。怪道有人对他说：你一离开这儿，让人觉得北京好像少了半个城。隽语也。

十月六日　星期二

往编辑部。看稿。

在《文史资料选辑》第九十四辑上读到任鸿隽的一篇《章太炎先生东京讲学琐记》，其中言道：

当先生讲中国文学史时，有一天我们见先生的门首列了一个小榜，把中国古来的文人分为几类：第一是通人，如东汉的王仲任、仲长统，隋的王通，宋的司马光，属于此类。第二是学者，如明末的顾炎武、王船山，清代的全谢山，属于此类。第三是文士，如西汉的扬子云，唐的韩昌黎，宋的苏氏兄弟，属于此类……我们当然窃窃私议，以为先生是属于第一类的。

先生在近代人中最佩服的，除了昆山顾亭林之外，还有他的乡先哲青田刘基。据闻当时他被袁世凯软禁在北京时，绝食十四天，自忖必死，曾写信给青田的朋友，要他们在刘基墓地附近为他造一生圹，死应即归于此，以"申死生慕义之志"，并亲书"章太炎墓"四个大字寄去，以作墓碑。

又，任启圣的《章太炎先生晚年在苏州讲学始末》，亦颇有趣，手录几则：

犹记先生讲《尚书》时，凡注疏已通者一概不讲，发现错误始进行驳辨，一字之微常辨析数小时而不倦，引经据典，口若悬河。先生不编讲义，不带参考书，惟凭口诵手写，不但《说文》《尔雅》背诵全文，即对《汉书》颜师古注，亦如数家珍。有人说，国学家第一本领即是书塾，此皆幼年刻苦用功死读强记至老不忘一字，故能左右逢源，一隅三反，非今之一知半解者所能望其项背也。

先生晚年颇留意明史，在临殁前数日尚读《明史》不辍，以明前为蒙古、后为满清，其史取材不纯，语多忌讳，尝拟另行撰述，并嘱其门人朱希祖注意。朱在各大学主讲历史多年，搜集明末清初材料甚富，为一代权威，惟其在学会讲《史记》时，颇不受同学欢迎，为考证司马迁之死日，费时数月，直至先生病殁，尚未举出。同学尝戏语曰，朱师此来（每月来苏二次）司马公或尚末死。《史记》一书有多少题材可以发挥阐述，而于司马之死日则纠缠不休，琐碎支离不得一当。

此外，黄伯易的《忆东南大学讲学时期的梁启超》，周作人的《钱玄同的复古与反复古》，皆有可记，遑不暇录，存此题目，以俟后查。

这几日气温回升，竟是秋日里的小阳春了。今大风一日，但风仍是暖的。

十月七日　星期三

上午去编辑部。

读《文史资料选辑》第九十八辑《我的自学小史》（梁漱溟）、第九十七辑《老报人王芸生》《〈大公报〉与胡政之》。

谢选骏送稿来。

十月八日　星期四

北京图书馆新馆日前落成剪彩，今与志仁一起前去参观。

往编辑部。

在社科出版社购得《剑桥中国晚清史》。

十月九日　星期五

到张守义家送稿费，并约定明年封二、三的设计内容。

往编辑部。

晚间与志仁一起在电影资料馆看美国影片《屏开雀选》，是据《傲慢与偏见》改编的，女主角演得好极了。

十月十日　星期六

到张守义家取回封二、三，标好尺寸，送至朝内。

在老沈处索得《中国哲学史通论》(范寿康)、《探索幸福的人》、《艺术与宗教》、《雪泥集》,这一番收获令人快慰非常。

到朱虹家索稿。她很诚恳地向我讲明稿子投往“文评”的经过,希望能够体谅她的难处。也只好这样了吧。为此,她特送我一部《米德尔马契》以为“补过”。

读《中国哲学史通论》。

十月十一日　星期日

做“新书录”。

《中国食品报》有一则《古代的七韵食品诗》,其中录有无名氏的《避债》,第一首前四句是:前门索债乱如麻,肉米油盐酱醋茶。我亦管他娘不得,后门出走看梅花。又有唐伯虎《除夕口占》:柴米油盐酱醋茶,般般都在别人家。岁暮清闲无一事,竹堂诗里看梅花。又明代一首《无题诗》:书画琴棋诗酒花,当年种种不离它。而今七字都变更,柴米油盐酱醋茶。

十月十二日　星期一

十二期《读书》后面要做一个全年所评图书的总目录,王焱提出搞承包,全部工作酬劳六十元。我应了下来,为赚这一笔购书款,忙了五六个小时,大约只完成了不到一半的工作量。

张汝伦为毕业论文事来京,十一点到编辑部,一直聊到下午五点。午间吴彬为他买了三个馅饼果腹。作为主要角色,他的聊,几乎是不停顿的:讥刺时弊,评判学人,剖露胸襟,从上层的决策人物,到平头百姓手中的菜篮子,经济、政治、哲学、文学,上天入地,无所不包。

为购求天津人美出版的《西方现代艺术史》，几乎跑遍了京城大小书肆，又给该书责编、社总编室、该书译者、校订者等等一切所能想到的有关人物发出不下十封求援信。日前承蒙范景中先生所托之友人购得一册，并亲自送来（惜未遇）。今又接到责编车永仁的信，言此书正在再版。又详述编辑的甘苦和成书过程的艰难。

读《二十世纪法国思潮》《一九〇〇年以来的伦理学》。

十月十三日　星期二

收到宋安群寄赠的《白夜》《美国自白派诗选》《国际诗坛》（第二辑）。

下午与周国平一起往访梵澄先生。

先生今日情绪极佳。首先谈到我写给他的信，认为还有一定的古文修养，但文尚有“滞障”，而文字达到极致的时候，是连气势也不当有的。我想，这“滞障”大约就是斧凿痕，是可见的修饰，而到炉火纯青之时，应是一切“有意”皆化为“无意”，浑融无间，淡而致于“味”。

又打开柜子，找出十几年前发表在新加坡的几组文章：《希腊古典重温》《澄庐文议》《谈书》，并告诉我说，昔年他在印度阿罗频多学院时，由于那位主持人（法国老太太）的故去而使他的生活难以为继，因而卖文为生，虽所得无多，但不失为小补。如我对这些旧作感兴趣的话，可以拿去发表，但要请人抄过之后，再拿去给他看一下。

又翻出《鲁迅研究》，让我们看发表在上面的《星花旧影》，是谈他和鲁迅的交往，并录有若干首他写给鲁迅的诗。当年墨迹的复印件也让我们看了。文字纯静而有味，诗有魏晋之风，书似见唐人写经之气韵。

先是，沏上酽酽的红茶一杯，继而又拿出月饼，一人一枚，分放三小碟，一剖四牙儿。先生和周君都吃了，我没吃。走时却将之装入塑料袋，硬要我带走，说：切开了，不好放，我一个人如何吃得完？

十月十四日　星期三

抄全年总书目。

将《希腊古典重温》整理剪贴，并为之誊抄。

十月十五日　星期四

丁聪去香港，至今未归，只好由我来画版式了。

在绒线胡同购得《约翰·穆尔自传》《乙卯劄记·丙辰劄记·知非日札》。在中华九折购得《宋诗钞》、《颜元集》（上、下）、《胡宏集》。

小航画一幅警察追小偷的画，警察在后面开了三枪，第一枪是朝天放的，第二枪平射，第三枪把小偷的帽子打飞了。志仁问他：警察为什么不冲着小偷打呢？答道："要是把他打死了，该多可怜哪！"

十月十六日　星期五

到朝内请宁成春画头像。

李庆西和黄育海来京组稿，趁便以浙江文艺社的名义请编辑部诸君吃饭。吴彬选了新近开张的"肯德基家乡鸡"。虽坐落在闹市，但光顾者似不踊跃。这里倒真是“微笑服务”（但未知能否保持下去）。楼下买好，端到楼上就餐。厅堂布置得颇有村舍风，朴质而雅洁。

没想到的便宜：六个人（三位东道并李陀、王焱、吴彬）一人一份“两块鸡”，只花了四十二块钱。不过这是最低规格的“份”，除两块鸡外，另有一坨土豆泥，一格生菜，一个小圆面包。虽则简单，但确能饱人，而且味道不错，炸鸡是极鲜嫩的。

到琉璃厂为梵澄先生购得荣宝斋水印信笺并一得阁墨汁。

购得《清代七百名人传》（上、中、下）。

《读者文摘》第十期“名人逸事”栏录两则：

“履历”：作曲家李斯特住在夏英尼的联邦酒店时，是这样登记的——

职业：音乐家。

出生地：帕那萨斯（注：古希腊神话中作为太阳神和文艺女神们的灵地）。

由何处来：由迷惑之国来。

到何处去：到真实之国去。

“以退为进”：有人劝法国政论家、哲学家马伯利竞选国家研究院院士，马伯利坚决不肯，他说：“如果我真当选了院士，人们都会说：‘哼，他怎么当选了院士了，一定是……’但我宁愿让人们说：‘他应当是院士。’”

十月十七日　星期六

大风一日。

发稿一日。

午间冯统一在豆花饭庄宴请黄克、李庆西、黄育海，并嘱吴彬通知我们三人（王、贾）也去。辞未就，不忍也。

十月十八日　星期日

上午访梵澄先生，将誊抄过的部分稿子请他过目，并送去信笺、墨汁。

问起他近日的作为，言道：正在为欧阳竟无编一选本。案头所置，正是四厚册《欧阳竟无集》，乃台湾版，大陆无见。又问欲交付何家，云：金陵刻书处。遂曰：何不与三联？笑答：也是可以的啊。不过，稿子需要一一抄定。我表示愿意承担。

梵澄先生对渐师很是心折，再三称誉其文章之美，当下让我与他并坐案前，为读其记散原一文。果然文气浩博，凡顿挫处皆有千钧之力，而叙事又多欣戚之感。

十月十九日　星期一

一日风犹未止。

清晨往舒昌善家，此番回来查资料，已逗留月余，今买好二十一日的机票，将飞返特里尔。

一起聊了一个小时，相送至路口，乃别。

八点半赶到北大门口，候李庆西至，一起往金寓。

李与金谈稿，我便去访张中行先生。

老两口刚刚摆下早饭，两杯牛奶，小碟上数枚点心：广东枣泥，自来红和大顺斋糖火烧。

张先生从相貌到谈吐，令人一看就是典型的老北京，当然居室的气氛也是北京味的。

《负暄琐话》书出，在老一辈学者中反响不小，先生给我看了启功先生的手札两通，是两天之内相继付邮的。第一通乃书于荣宝斋水印信笺上，字极清峻，言辞诙谐，备极夜读此书之慨。其后一封言第二夜复又重读一过，心更难平。

请先生在我辗转购得的《负暄琐话》上留墨，乃命笔而题曰：赵永晖女士枉驾寒斋持此书嘱题字随手涂抹愧对相知之雅不敢方命谨书数字乞指正。又钤一方“痴人说梦”印（此印乃专为此书而制）。

与我谈及先生之挚友杜南星，欣慕之情溢于言表。道他乃极聪慧之人，不仅是诗人，而且就镇日生活于诗境之中。并说，世有三种人：其一为无诗亦不知诗者，即浑浑噩噩之芸芸众生；其二为知诗而未入诗者，此即有追求而未能免俗之士；其三则是化入诗中者。而杜氏南星，诚属此世之未可多得的第三境界中人。

拜别之时，又执意相送至楼下寓外。

到金寓与李庆西会合，同归。途中，李欲请我往西颐炸鸡店午饭，婉辞。

往编辑部收拾什物，准备迁址。

十月廿日　星期二

爸爸来京办案，住上园饭店，今来家，因将志仁的生日提前一天过，买了一个三宝乐的生日蛋糕（二十元），又买了一只道口烧鸡（九块五），并素什锦、圆火腿若干。

爸爸带来一篮香蕉，但因辗转来京（先之上海），故已烂去三之二，殊为可惜。

读《谈艺录》《照隅室古典文学论集》。

十月廿一日　星期三

编辑部迁往东四六条，搬迁一日。

读《中国艺术精神》。

十月廿二日　星期四

在王府井购得《八十忆双亲·师友杂忆》《三十年闻见录》《秋水轩尺牍》《王徵杂著》《千百年眼》《梁启超哲学思想论文选》。在灯市口中国书店购得《文化和价值》。

往编辑部，写地址封（寄样书用）。

志仁请新时及船总的一位杨姓主任晚饭，五点四十分新时开车来接，往兆龙饭店。

大厅内的布置十分气派，数盏垂穗吊灯金光灿灿，中庭花木纷披。饭厅在二楼，服务员身着软缎旗袍，款扭腰肢，盈盈相向。饭菜却一般，此由新时点菜，计有：朝鲜辣白菜、木须肉、素烧蘑菇、什锦素菜、松鼠鳜鱼、无锡排骨，并烤鸭半只。另有一盘兆龙炒饭及六只锅贴。收费不低，共一百二十元。

十月廿三日　星期五

昨日与王焱谈起启功先生写给张中行先生的信，王说：何不拿来我们发表？于是今晨往北大访张先生。他却说，启功是不愿将信示人的，公开发表则更违其意，况且张本人也不想将其公之于众，因其中多有溢美之词，作为朋友间的通信尚可，昭之于世人，殊多不宜。遂作罢。

又往金寓，闲聊一回。

金先生说起，早年与吴宓往来，吴常出示其诗作。一日，在得吴诗的同时，又见其中夹一红皮小册，询之，乃钱锺书写给杨绛的诗。时二人已订秦晋之好，此可视为定情之物了。卷首有一绝句，前两句已忘，唯结句至今记得真切："拼将壮悔题全集，争说文章老更成。"前句自比侯朝宗，后句傲视庾开府。一九五四年，在一次翻译问题讨论会上，金尝与钱相遇，金冲口提及此桩旧事，钱支吾过去，盖果应"壮悔"之言耶？可博一笑。

读《谈艺录》。

十月廿四日　星期六

布置服务日。

得杜南星先生复函，略云：永晖先生：得手札，甚欣忭。先生文笔，跌宕多姿，华彩缤纷，而恳挚之情，跃然纸上；复不惮风霜，拟予临寒舍；当洒扫庭园，诵"我有嘉宾，鼓瑟吹笙"之句，以迎车驾。与君一席话，胜读十年书，其乐如何！

因忆及金先生所云与杜之结识经过：金的一位朋友办了一份小报，金为副刊专栏撰稿人。一日，金往游，见字纸篓内有一沓装订成册的稿件，拾而识之，乃杜南星与友朋之往来书札，誊抄后做稿件投，意欲售之，又见落款处有"北大东斋"字样，遂知此为男性(东斋乃男生宿舍)。金见其文笔尚好，只是错投，——以副刊之区区半纸，何能刊此长文。于是揣起，后得便转托他人交还杜。

时与杜同宿一寓者为庞景仁。庞的脾气有些怪，不喜与人交往。初，每见金来，便起而去，盖厌之矣。某日，慢行一步，偶得金之数言，恍悟此非俗人，自此订交。今庞已成故人，提起这一段旧事，更有不胜唏嘘之感。

赵一凡来。

十月廿五日　星期日

上午整理内务，然后与志仁一起带小航往王府井购置过冬用品。

读《王季重十种》。昔读张宗子《琅嬛文集》中之《王谑庵先生传》，知其乃一不入流俗的骨鲠忠烈之士，颇为他的浩然之气所动。今读谑庵文集不数页，即为其文磅礴真气所夺，几回欲废卷长啸。最堪心折者，"杂序"也，"游唤"也，"历游记"也。"杂序"一门，多属为亲友旧交诗集文集所作，其笔锋老辣，文章纵横，又谐谑生色。每于开篇起突兀之笔，提一篇之气，而于终卷弄铿锵之音，使结响无尽，玩其辞意，真有唾空一世之慨。

其王实甫《西厢》序结云：善读《西厢》者，把臂入林，只当以酒浇之，跃起三尺，曰：天壤之间，乃有实甫。今读《季重十种》，能不呼"天壤之间有季重"邪？

十月廿六日　星期一

服务日。

今日光顾者寥寥。

收到陈舒平寄赠的《鬼作家》，唐荫荪寄赠的《英国十八世纪散文选》。

在琉璃厂购得《野性的思维》《子弟书丛钞》《至正直记》《霜红龛文集》《王国维全集·书信》。

爸爸晚间来,已购得明日赴闽的软卧车票。

十月廿七日　星期二

早晨将爸爸送至北京站口,目送作别。然后匆匆往东直门长途汽车站访杜先生。九点钟乘上直发怀柔的车,十点二十分到达。

县城建设得很是漂亮,道路平展宽阔洁净,两旁多布草坪绿地,影剧院、百货公司及政府机关皆为簇新的楼房,街上行人很少。

穿西大街,过府前街,拐上北大街,此已为城边,而北大街十号的杜宅则将及街的尽头了。

两扇朱红小门半掩着,进得门来,便是一所小小的院落,未有渊明之菊,不见林公之梅,耳畔倒闻得清清爽爽的剁菜声。左首一溜瓦房,透过明净的玻璃窗,见一老者正临案挥毫,心知这是杜先生了。

房门开在尽头,一位小伙子迎上来,猜想这是杜公子,而砧案前的老妪则是杜氏夫人无疑了。

杜氏夫妇居两间,外屋举炊、就餐,内室做起居之用。房间极宽敞,家具又极简单,不过一床、一柜、一案并一小小的书架,真朴至极,净至极。

杜先生一望便知乃一忠厚长者,谦和、诚笃、善良,但却不擅言辞,碰巧我也是个口拙的,自然交谈就不热烈。不过此行的目的还是达到了，——我请他为《读书》写文章(谈英国散文)，他爽快答应，但苦于手边没有书。我便请他开了书单，准备再找张中行先生帮忙。

聊了半个小时，起身告辞，全家人真诚留饭，乃以有约婉谢，主人也就不再勉强，相送至宅外，又伫望良久。

一点半归家。

读《九龠集》。

别集中“赤牍”目下诸款颇有趣，兹择录若干。

与王先生：从兹以往，舍名舍得，兴来则吟诵读书，笔削记述；兴去则散步涉世，饮酒高卧。要以期志之所适，虽流离颠沛，付之偶然而已。

与张大：我二十年前，好名贪得，庚寅已后，备尝艰险，始信奢俭苦乐，总是一妄，然犹以进取自励。至甲午病胃犯噎，乃慨然束经，病中追思往念，悉已成空，遂并一切诸好，亦复澹然。

与姚九：以读书消岁月则乐志，以之干功利则束情。

与杨三：诗文非怨不工，我于世无憾，遂断二业。

自七岁以至今日，识见日增，人品日减，安知增非减而减非增乎！

与仲一：年来神散，读过便忘，然必欲贮之腹中，犹含美馔于两颊，而不忍下咽，我之于书，味之而已。

与卫四：读书不必过人，正令得其趣。

与陈六：读书饮酒，种树笔削，皆养生之道，然万勿为其所累。

与蔺二：壬辰四月，住广陵十五日，不得至二十四桥处。迨六月出槜李道中，梦至桥下，清水绿杨，坦延里许，微风从月中徐下，常恐他日负昔梦中。

与戈五：曹子建假令绝意功名，其才当满一石。

十月廿八日　星期三

往范公家借书，范公热忱相待，备承款洽，所获颇丰。

往梵澄先生处送稿（誊抄好的《希腊古典重温》）。

在中华九折购得《元诗选》（三册）。

十月廿九日　星期四

在绒线胡同购得《小仓山房尺牍》《文化模式》《抽象与移情》《艺术风格学》《书与你》。

在美术馆看《魏玛时期德国版画展》《墨西哥建筑图片展览》。购得《日本版画藏书票选集》。

到民研会转了一遭，索得《金枝》一套。

汤若士论文，唯推举灵心、灵气。《汤显祖集》中载其《王季重小题文字序》有曰："若季重者，五岁遍受五经，十岁恣为文章，二十而成进士，盖一代之才也。而天亦若有以异之者。大越之墟，古今冠带之国也。固已受灵气于斯，而世籍都下，往来燕越间，起禹穴吴山江海淮圻，东上岱宗，西迤太行，归乎神都。所游目，天下之股脊喉腮处也。英雄之所躔，美好之所铺，咸在矣。于以豁心神纡眺听者，必将郁结乎文章。而又少无专门，承学之间，灵心洞脱，孤游皓杳。蚤为贵公钜人所赏，闻所未闻。出见少年裘马弓剑，旗亭陌道之间，顾而乐之。此亦文心之所贻伫也。

身复蚤达，曾无诸生一日之忧。名字所至，赞叹盈瞩。故其为文字也，高广其心神，亮浏其音节。精华甚充，颜色甚悦。缈焉者如岭云之媚天霄，绚焉者如江霞之荡林樾。乍翕乍辟，如崩如兴。不可迫视，莫或殚形。大有传疏之所曾遗，著录之所未经者矣。”

近年常游心于《谈艺录》《管锥编》，亦曾重读《猫》及《围城》诸篇；而昨日又从范用那里借得《人·兽·鬼》。

钱先生似已将天下之书读尽，将诸般学问勘破，将世态人情觑破，将天地鬼神识破，讽刺之笔所指，有形无形皆无从逃遁。神圣不复有，纯洁、高尚等等不复存，一切假面皆被撕去。记得金克木先生说过，钱先生最早是在林语堂主持的一份副刊上写出幽默小品的，用的是“英国式的幽默”。只有将一切看破，方幽默得起来。

不过金先生又说，钱是俗人（道此语已非一次），是做出来的名士，且对他的掉书袋颇不以为然。

十月卅日　星期五

往编辑部。看稿，复信。

新址较芳草地条件好多了，阳光直晒进来，暖洋洋的。

得鄢琨赠书三册：《苦竹杂记》《苦茶随笔》《风雨谈》。

尺牍之什，向作文学之属，古往今来，佳作如云，然不以诗、文成名，而独以尺牍传世者，似为鲜见。《秋水轩尺牍》（湖南文艺出版社，萧屏东校注）的作者许思湄，字葭村，清道光、咸丰年间人，名不见经传，事迹难查考，但这一册篇幅无多，而诵之齿颊生香的小书，却令人忆及“文章千古事”之句，叹为信然。信札所录，不过叙候、庆吊、劝慰、请托、辞谢、索借、允诺等诸般情事，作者体物于心，发之为情，且以腹笥之渊博，采撷典故，博征佳句，间以骈四俪六，藻饰文辞，不仅读来口角亲切，且情致嫣然，韵味无穷。与此同时面世之《小仓山山房尺牍》(袁枚著，范寅铮校注)，其著者蚤以《随园诗话》数卷扬名天下，然与其《诗话》之随意为文相较，《尺牍》却颇见刻意谋篇之工。典则故实，在在贴切；摛辞藻翰，每见文心。与许著并观，可谓一日而览双美，乃知古文可废，而古之“文”不可废也。

十月卅一日　星期六

得张中行先生复书，略云：

永晖奇女文席：这个称呼有点怪吗？俗语说，一回生，两回熟，已晤谈两度，总算熟人了，所以只好心口如一。有幸与你相识，感到奇太多了，司机七年，使我大惊；所书毛笔小楷可入能品，又一奇；古典造诣颇可观，似能写骈文，又一奇；为人多能，且想到即干，在女子中为少见……

并附诗二首，墨迹一幅。

在琉璃厂购得《清诗纪事初编》《王季重十种》《洪宪纪事诗三种》《梦苕庵诗话》《西青散记》《明遗民录》。

近日多流连于古典，痛感所知太少，根底太浅，需要补的课太多了。时或与王焱晤谈，闲聊之间，便见出了差距。深恨自己才疏学浅，三十有三方悟学，正不知此生可有悟道之日否。

十一月一日　星期日

夜雪，晨起已见一片晶莹，日始化。

读《戴名世集》。其序《张贡五文集》有曰：始余之从事于文章，年不过二十。一日山行，遇一卖药翁，相与语，因及文章之事，翁曰："为文之道，吾赠君两言，曰'割爱'而已。"余漫应之，已而别去，私自念翁所言良是。归视所为文，见其词采工丽可爱也，议论激越可爱也，才气驰骤可爱也，皆可爱也，则皆可割也，如是而吾之文其可存者不及十二三矣。盖昔尝读陆士衡之言曰："苟背义而伤道，文虽爱而必捐。"由翁之意推之，则虽于道无伤，于义无背，亦有当捐而去之者，而况背义与伤道者乎，翁之论较陆士衡则精矣。余自闻此论，而文章之真谛秘钥始能识之。

其论文者尚多有至言，俟后录。

晚间与志仁一起往花市影院观苏联电影周的影片《没有陪嫁的新娘》，同映的还有匈牙利片《决斗场上的遗嘱》。

十一月二日　星期一

如约往梵澄先生家取稿。今日又逢他兴致很高，聊了一个多小时，并出示他几十年来所作旧体诗，请我为之联系出版。惶急不及细读，蓦见一首《王湘绮齐河夜雪》，遂拈出，当场录下，诗云：此夜齐河雪，遥程指上京。寒冰子期笛，落月亚夫营。战伐湘军业，文章鲁史晟。抽簪思二傅，投耒怅阿衡。危国刑多滥，中期柄暗争。所归同白首，何处濯尘缨。返旆还初服，传经事偶耕。金尊浮绿蚁，弦柱语新莺。兰蕙陶春渚，桑榆系晚晴。知几无悔吝，吾道与云平。诗后补注曰：湘绮楼有《思归引》自言其事，苍凉感喟之意皆为其格调所掩，未尽写出，概可于他篇见之。兹则直抒其意，语有当时人所未敢言者，于此又见古人之弥不可及也。——“所归”二句皆用古语而稍变,《引》中亦尝说及石崇事,此又白居易咏甘露之变者也。

因与道及王湘绮撰写《湘军志》一事。先生说,他当年亦尝与鲁迅先生论及此。周问,徐答:《湘军志》用的是《史记》笔法,但太史公虽叙事亲切,每似己之身临其境,却始终保持冷静,湘绮则徒有其一,而无其二。鲁迅先生深然此言。但后来先生得知,鲁迅是赞赏司马氏之冷静的。

由此又把话题转向谈史,谈黄石老人与张子房,谈鸿门宴,谈杨贵妃。先生颇有与众不同之见。遂曰:何不撰几则“读史札记”?《读书》最喜此类文章。先生似有意为之。

十一月三日　星期二

往编辑部。收到吕澎寄赠的《现代绘画:新的形象语言》。

午间赵一凡来,一副忧心忡忡、抑郁难平之容,云近来一切都不顺利,职称未定,论文未竟,女儿患病,经济又颇拮据。

嗣后周国平来,言所应之稿尚未动笔,须暂缓一星期。

读《中国艺术精神》。

抉发《庄子》之微言大义,以溯中国艺术精神之源。

“庄子决不曾像现代的美学家那样,把美、把艺术,当作一个追求的对象而加以思索、体认,因而指出艺术精神是什么。庄子只是顺着在大动乱时代人生所受的像桎梏、倒悬一样的痛苦中,要求得到自由解放;而这种自由解放,不可能求之于现世,也不能如宗教家的廉价的构想,求之于天上,未来;而只能是求之于自己的心。心的作用,状态,庄子即称之为精神,即是在自己的精神中求得自由解放；而此种得到自由解放的精神，在庄子本人说来，是‘闻道’、是‘体道’、是‘与天为徒’，是‘入于寥天一’；而用现代的语言表达出来，正是最高的艺术精神的体现；也只能是最高的艺术精神的体现，”对此，庄子以一个“游”字加以象征，席勒之言（“只有人在完全的意味上算得是人的时候，才有游戏；只有游戏的时候，才算得人。”）正与庄子之“游”接近，庄子之所谓至人，真人，神人，可以说都是能游的人，能游的人，实即艺术精神呈现了出来的人，亦即是艺术化了的人。

其拈出一“游”字，颇得庄子之真意，“游”字挽合上下，关捩全篇，心斋也，坐忘也，虚也，静也，明也，无不由此而出。

又曰：“庄子对艺术精神主体的把握及其在这方面的了解、成就，乃直接由人格中所流出，吸此一精神之流的大文学家，大绘画家，其作品也是直接由其人格中所流出，并即以之陶冶其人生。所以，庄子与孔子一样，依然是为了人生而艺术，因开辟出的是两种人生，故在为人生而艺术上，也表现为两种形态。因此，可以说，为人生而艺术，才是中国艺术的正统，不过儒家所开出的艺术精神，常须要在仁义道德根源之地，有某种意味的转换。没有此种转换，便可以忽视艺术，不成就艺术。程明道与程伊川对艺术态度之不同，实可由此而得到了解。由道家所开出的艺术精神，则是直上直下的；因此，对儒家而言，或可称庄子所成就为纯艺术精神。”

据此，似可认为，在庄子那里，人生与艺术根本就是一而二、二而一的，并无可分之疆域。即一“游”字而言，岂非既是人生，又是艺术？

十一月四日　星期三

又以郭熙之《林泉高致》中拈出一个“远”字，而从中导出庄学之意境。

“不囿于世俗的凡近，而游心于虚旷放达之场，谓之远，远即是玄。”“郭熙提出一个‘远’的观念来代替灵（指山水之灵）的观念；远是山水形质的延伸。此一延伸，是顺着一个人的视觉，不期然而然地转移到想象上面。由这一转移，而使山水的形质，直接通向虚无，由有限直接通向无限；人在视觉与想象的统一中，可以明确把握到从现实中超越上去的意境。在此一意境中，山水的形质，烘托出了远处的无。这并不是空无的无，而是作为宇宙要根源的生机生意，在漠漠中做若隐若现的跃动。而山水远处的无，又反转来烘托出山水的形质，乃是与宇宙相通相感的一片化机。”

往编辑部。

十一月五日　星期四

到冯亦代家送书。

在沙滩购得《曾国藩全集》（书信）、《生存与生存者》。在中国书店购得《十驾斋养新录》《坦园日记》《欧阳修全集》《礼记》。

为荐梵澄先生诗作，投书钟叔河先生。

往朝内贴二校图。领得三联版图书数册。

十一月六日　星期五

往编辑部。

到冯亦代家取费孝通稿。

在沙滩购得《南社纪略》《林则徐年谱》。在西单中国书店购得《江左十年目睹记》《叶景葵杂著》《龚自珍己亥杂诗注》《唐代政治史述论稿》。末一种为陈寅恪文集之五，近日多方访求而不得，今竟遇之，喜不自胜。又在绒线胡同购得《葵园四种》《百梅书屋诗存》《王国维美学文学论著集》。

读《艺林散叶》《兼于阁诗话》《许姬传七十年闻见录》。

十一月七日　星期六

上午如约访梵澄先生。——前番交下一册手稿《天竺字原》，嘱我抄录其序，以收入“杂著”。临别问及下次晤面时间，乃答：“星期六。”已而又笑曰：“我，黄石公也。”盖因当日曾论及黄石公与留侯桥下之约。然既如此言，我岂非成了张良？不敢也。

先生将目录审定一回，以为尚嫌单薄，便又寻出一册在印度室利阿罗频多修道院出版的《行云使者》，嘱我誊录其序及跋，亦一并收入书中，并应我之请，言当为全书做一序。又将此编初步定名为“异学杂著”。

谈及散原诗，言至今记得一好句：“落手江山打桨前。”“初读之时，以为‘落手江山’，寻常句也，未尽得其妙，而于心中徘徊久不去。约有半年时光，忽而悟得，此乃江中击水，见江山倒影而得句。细玩其意，得无妙哉！”

将日前检得朱记“国史馆长”一则示与先生，先生正之曰：“王晚年非‘寒素’也。仅示一例。当年湘中有一朱姓秀才，弃文从商，经营茶叶买卖，后成巨富，茶行遍布。其向湘绮求文，先是，奉呈银子三千两，王弗受。遂易之以水礼(绸缎、果品之属)，乃应。可知王名重当时，囊中曾不少物也。”

继而又述一则王之轶事：“时有一和尚犯事，坐罪站笼。寺中诸和尚欲救不能，乃贿于王，以求为之说情。一日，王拜会县令，说笑一回，起身告辞。主人送客，王见笼中和尚，佯称曰：‘这和尚站得好！那日同他对弈，竟一子不相让。’言讫而去。和尚由是得免。——能与王对弈者，岂非友乎，县令固不愚也。”

忆及著述之甘苦，乃云：五十年代迻译《五十奥义书》，时在南印度，白昼伏案，骄阳满室，寓居之墙又为红色，热更倍之，每抬臂，则见玻璃板上一片汗渍，直是头昏昏然也。然逢至太阳落山，暑热渐退，冲凉之后，精神稍爽，回看一日苦斗之结果，又不禁欣欣然也。

人入暮年，可有孤独感？答曰：余可为之事，固多也。手绘丹青，操刀刻石，向之所好；有早已拟定的工作计划；看书，读报，皆为日课；晚来则手持一卷断代诗别裁集，诵之，批之，殊为乐事，孤独与余，未之有也。

十一月八日　星期日

今日立冬。

读《梦苕庵诗话》。此诗话一气贯到底，既无小标题，也无总目录，殊为不便。只好一边看一边逐条为之标目，待一书读竟，则目录备矣。

十一月九日　星期一

杨丽华九月十五日往扬州，今日归来，谁见了她，都忍不住要小小地欢呼一下。

收到钱锺书先生的来信(本月廿一日为钱先生诞辰,日前尝手书一寿字寄上):

永晖同志:奉书惠寄你的墨宝大书“寿”字,又惊又喜,我病了三个月,尚未痊愈,杨绛因此也很劳累,收到你盛情厚意的吉利字样,极为兴奋。我们看见你写的钢笔字,已同声赞美;你的毛笔大字更出乎意料的端厚,我感谢而外,还表示钦佩。专致敬礼。杨绛同候。

收到张中行先生的复函,其中多有褒扬之意,今摘录数行,或可为己略增自信:大札及佳作数篇,法书二纸均拜收。暂粗略览一过,深佩读书至博,功力至深。法书兼欧柳,刚劲严整,今日年轻人中已罕见矣。

韩秉德夫妇请爷爷并志仁和我到人人大酒楼午餐。二楼中餐厅是正宗粤菜,门口标明要收外汇券,因秉德与总经理有交,故可通融。

酒楼内部装修是港式的,层高很低,厅堂面积也不大,但不少地方镶嵌了玻璃,以其反照作用给人造成错觉,光怪陆离之下也就显得莫测高深,而益觉其大了。

服务员身着大襟红袄,包腿黑裤,苗条而秀气。我们就坐的雅座名为“养心”,副董事长总经理吴伯鸿亲自来关照,并与爷爷热情攀谈,是个擅长交际的人。吴出生在香港,祖籍广东东莞,看上去有四十来岁,一副精明能干的样子。据称开业以来(六月十五日)每日营业额总在六七万元上下,是很兴隆的。服务员工作时间为九小时,月工资可达二百八九。

餐具很考究,碗托、调羹、箸架,皆是金光灿灿。每上一道菜,服务员一一为之布;再一道,则全部更换碗盘。

第一道是清蒸活虾,一点滋味没有,先就倒了胃口。第二道是本店最名贵的鲜鲍鱼,一口吃下去,直恨不能吐出来,一股压不下去的腥气直逼嗓子眼。接下来是参鲍羹,尚勉强可下咽。再便是广东名食果子狸,吴经理特来介绍说,此物以吃水果为生,是粤产著名野味。尝一口,未见有特别好处,然后是鸽子肉,配一炸虾球,并几茎绿色的菜花,只咬了半口虾球,就让给志仁了。对再后的草羊鲍,则更无意问津。最后一盘糯米饭,也只吃了一口。秉德见状,甚有些不过意,乃另叫了几份小点心:虾饺、炸果之类。若平时吃来或许可口,只今日有鲍鱼在先,已是禁不住的恶心、反胃,竟觉无论何等美味,也是无法接纳了。后补的一盘炒米粉,也未敢动箸,好不容易结束用餐,出得酒楼大门,便把所食之物,几口喷将出来。大伙儿跌足叹曰:“你好没有口福!”这一顿饭,有吴经理的面子,大大打了折扣,还花了二百多块。

到新华厂取三校样,又送至六条。王焱适在,与之闲聊一会儿。他说,我以为人生之乐,莫过于一本书,一盏茶,一张舒适之座椅,读书毕闲闲漫步至友人家,将读书所得畅谈一回。

读《中国艺术精神》。

其论及庄与禅之异同,颇有见地,略云:庄与禅的相同,只是全部工夫历程中间的一段, 而在起首的地方有同有不同,所以在归结上便完全各人走各人的路。庄学起始的要求无知无欲,这和禅宗的要求解粘去缚,有相同之点。但庄学由此所要达到的目的,只是想到精神上的自由解放,而并非否定生命,并非要求从生命中求解脱,而禅宗最根本的要求是要生命从生命中求解脱。庄子对人生与万物,只是不要执持一境而观其化,化即是变化。庄子认为宇宙的大生命是不断地在变化,不仅不曾否定宇宙万物的存在,并且由“物化”而将宇宙万物加以拟人化,有情化,因此在虚静之心中,会“胸有丘壑”。由庄学再向上一关,便是禅,此外安放不下艺术,安放不下山水画。而在向上一关时,山水、绘画,皆成为障蔽。苍雪大师有《画歌为懒先作》的诗,收句是“更有片言吾为剖,试看一点未生前,问子画得虚空否”。禅境虚空,既不能画,又何从由此而识画。由禅落下一关,方是庄学,此处正是艺术的根源,尤其是山水画的根源。

十一月十日　星期二

接陈平原电话,云《散原精舍诗集》已借到,遂往北大。

书取到,径送往梵澄先生家,时已将及六点。先生一再留饭,说:我这里有三个馒头,我只吃一个,你吃两个。乃婉谢。于是为我沏上一杯咖啡,并一定要我喝下去。

取出一册《玄理参同》,嘱我将其序言誊抄,一并收入《异学杂著》。

十一月十一日　星期三

往编辑部。老沈主持召开工作会议,将近十一时才开会,不数言,便虑及吃饭问题。看来老沈是想在饭桌上解决问题的,遂往闽南酒家。

未到吃饭时间，人尚少，一人点一菜，计有：香酥鸡腿、砂茶虾仁、炒鱿鱼、烧蹄筋、干烧鱼段、冬笋肉片及一份酸辣汤，费赀一百二十余元。

会议在饭桌上继续进行，并且取得了圆满成功。老沈说，他最喜欢的就是闹中取静，在热闹的公开场合，反而可以毫不拘束地讨论秘密问题，这是“十里洋场”的遗风吧。

收到朱炯强寄赠的《菊花与刀——日本文化的诸模式》、陈舒平寄赠的《吴虞集》。

十一月十二日　星期四

十月号《三月风》刊载张桦的一篇报告文学《京华建筑沉思录》，当代建筑文化沙龙以讨论此文为题，举办了一次活动。上午赶到建工礼堂参加，到会的除建筑界以外，还有几个文学刊物的编辑，张抗抗也去了。发言很热烈，这些时好像有些与世隔绝，今日又蓦然回到现实中，了解到许多严重的社会问题。不过，知道了又怎么样呢。这许多问题都是盘根错结扭在一起，不从根本上大动，便无法彻底解决，而局部上的小修小补不仅困难重重，也是无济于事的。

在沙滩购得艾耶尔的《二十世纪哲学》。

与志仁一起和爷爷到警卫局礼堂看苏联影片《莫斯科保卫战》（上），场面固大，但手法甚旧，未见新意。

十一月十三日　星期五

做“新书录”。

收到李庆西寄赠的《比较思想论》。

晚间看《莫斯科保卫战》(下)。

十一月十四日　星期六

编辑部以“诗与哲学”为题召开一个座谈会。原定六人,到会三人:周国平、赵越胜、李陀(另外三人是甘阳、刘东、杨炼)。

气氛活跃,发言热烈,赵最健谈。

午饭在咸亨酒店。饭后又觉不适,头晕,恶心。下午的讨论简直就是咬牙坚持,终于是把一肚子饭食都倒了出来。

收到方平寄赠的《解放了的普罗米修斯》《铁契》。

整理录音。

十一月十五日　星期日

整理录音。

真是一个苦差事,一共三盘半,整理出一万七千字。

想起那日的建筑沙龙,是纯粹讨论物质问题,昨日的座谈会又全是讨论精神的困境,倒是一个强烈的反差。

一气奋斗了十几个小时,真累得筋疲力尽,不过总算完成了。

晚间将记录稿送到周国平处,请他校改,补充,嗣后又送至王焱家。

十一月十六日　星期一

往冯亦代家送稿,往丁聪家送草目。

收到南星先生的来信,开首几句挺有意思:如一斋主先生,风笛过四山,黄叶飘三径,得惠赐手迹一纸,为之欢欣雀跃。先生法书,堂庑广大,力透纸背,仇诗亦楚楚有致,珠联璧合,沁人心脾,谢谢。

"仇诗",即日前书寄之仇仁远《闲居杂咏》诗。

十一月十七日　星期二

为丁聪购书:《大百科·中国文学》《日本藏书票选》。

在中华购得《刘光第集》《唐语林校证》《生命的悲剧意识》。

画"品书录"版式。办公室至今还未来暖气。

周国平来家取稿,送我一册《叔本华》,又《妇女心理学》。

到丁聪家取版式。

十一月十八日　星期三

如约往梵澄先生家取《异学杂著》序。又交我一部手稿,是室利阿罗频多修道院的主持人,那位法国老太太的著述,名为"周天集",一段一段,类似"道德箴言"。他说,联系了几处(包括中国香港、新加坡),都碰了钉子,嘱我再为之找一出路。

告别之时,硬塞我两个橘子。先是不受,后先生说,这是对朋友所表示的好感,便觉再推似有不敬,遂收下。

往编辑部,发稿。

中午到的丽吃饭,老沈也参加了。饭桌上说起梵澄先生所托的那部书稿,老沈表示很有兴趣。

十一月十九日　星期四

在绒线胡同购得《史通笺注》《创造的秘密》《湖·山之音》。

到金先生家取稿,他赠我一套《摩诃婆罗多插话选》《伐致呵利三百咏》。

十一月廿日　星期五

往历史博物馆（降价书市），收获极大。几种久觅而不得之书于此低价购得，如张舜徽的《郑学丛书》《丹午日记·吴城日记·五石脂》《草堂之灵》《清代朴学大师列传》等。《塔尔寺志》和《米拉日巴传》是两种很好的书，前此于书肆皆未见，今日却分别以半价和七折购得，实觉欣喜。他如《方言音释》《黄季刚诗文钞》《曾国藩及其幕府人物》《西域文化史》，亦皆可人，总计十六种书（中有上下为一编者），费赀二十余元，真可谓“便宜到家了”。

十一月廿一日　星期六

往编辑部。几人共同处理积案的冗务杂事。

与王、吴、杨同往的丽午饭。

老沈答复《周天集》可考虑出版。

十一月廿二日　星期日

读《周秦道论发微》。

十一月廿三日　星期一

往编辑部。阅稿，复信。

在王府井购得《湘军志·湘军志平议·续湘军志》《四史平议》《椒生随笔》《艺术·自然·自我》（克利日记选）、《史海逸闻录》。

曲冠杰送稿来。

十一月廿四日　星期二

上午往梵澄先生处取《散原精舍诗集》。借书本是为请他写书评的，但今日却言不愿为之，原因是恐牵涉诸多人事，乃欲令我代笔，而不署先生之名。恐无力荷此任。

又示我一副对子：人寿丹砂井，春深绛帐纱。云此联乃廖季平所为，但先生不满于下联，因欲改写，然后书于壁，并让我也试为之对。我何尝有此急智，再三言之：不能。先生曰：不急，不急，待对出，信告可也。

辞别而归。未及进家，脑子里蓦然跳出一句：神通梵铃中。情知未称的对，也只得以此交卷了。

午间周国平来送稿。

下午布置服务日。

晚往吉祥戏院看安徽芜湖小百花越剧团演出的《唐伯虎与沈九娘》，水平甚差。

十一月廿五日　星期三

服务日，今来者甚众。

天雨一日。

十一月廿六日　星期四

雨化为雪，天寒甚。

为梵澄先生送去《周天集》稿，请他为之序。雪犹未止，路滑难行，骑车至团结湖，已觉双腿发颤。

先生稍肯日前之对。示我一纸当日所书梵文墨迹，云：此曰梵寐文。以此易下联之后三字，当为佳对也。

谈及八指头陀，犹记其若干好句，如“袖底白生知海色，眉端青压是天痕”。此登高之作也。又曰：陈石遗尝有诗：山鬼夜听诗，昏灯生绿影。八指头陀乃云:后句不妥,当易为“宽窗微有影”。

又示我学诗之途:先由汉魏六朝学起,而初唐,而盛、中、晚唐,追摹杜工部、玉谿生可矣。我说,学诗乃青年人事,如今已过此界,何以为之。先生曰:不然。知高适否,四十岁以后方学诗,岂非卓然大家。

又说:我向不以灵感为然,学识方为第一,所谓厚积薄发是也。即如八指头陀,大字不识一个,不过以“洞庭波涌一僧来”一句成名,后之为诗,则多为一班名士所助。

十一月廿七日　星期五

气温骤降,大风一日。

往北京出版社,访余辉玲。取《异国之恋》一套,送往人大陈宣良处。

归途往历史博物馆,购得降价书数册。

十一月廿八日　星期六

将《金枝》等书送往周国平处。

抄录《散原精舍诗》。

十一月卅日　星期一

吴、杨和我,三人齐集,处理编辑部杂务。

录散原诗。

得讯:王焱的夫人昨夜十一时诞育一子,但直至今日下午,尚无从觅得这位父亲的踪影呢。

十二月一日　星期二

往梵澄先生处取《周天集》序。

他说，一年将尽，遗憾的是没有得机会去四处走走，只是因公去了一趟扶风的法门寺。明年要制定一个旅游计划了。不过今年的确做了很多事情，看校样，编书，还看博士论文。于是又说起，去一次干面胡同，乘出租汽车，要耗资三十四元，而细心审阅一篇博士论文，才得二十元。先生是以国内之收入，来行国外之生活方式，如何能持平。出门坐小车，当然不是一介寒儒所能享受的。

将《周天集》选题报上。

陈醉送来《裸体艺术论》校样，嘱为之作评。

录散原诗。

十二月二日　星期三

到西城交通大队办驾驶证更动手续，未果。

往编辑部，又往南竹竿发第十一期作者样书。

张中行先生电话相邀，遂往访，商讨关于南星先生译事之种种。

晚间找王焱问校样事，不遇，留言而回。

十二月三日　星期四

到南竹竿领书。

午间朴康平来。朴往西德周游三月，近日方归。

吴彬介绍林大中来借书（《传播学概论》）。

十二月四日　星期五

往西城交通大队及长安街安委会办理驾驶证变更手续。

在绒线胡同购得《查拉斯图特拉如是说》《一生的读书计

划》《清季野史》《清末民初政情内幕》(袁世凯政治顾问乔·厄·莫里循书信集)。

在琉璃厂购得《远生遗著》《郭嵩焘诗文集》《清稗类钞》(八)。

十二月五日　星期六

往怀柔访南星先生。

先生近日偶感风寒,正卧病在床。此番主要是为送书,略坐片刻便告辞了。夫妇一起留饭,婉谢。先生似甚不过意,说:"我该怎样感谢你呢?"

归途颇不利,为抢座位,人们像在拼命,自知不逮,乃退后。及上,便只余一立处了,因一直站至东直门。此等滋味却不好受,虽手携一卷,也无法展读。

十二月六日　星期日

整理所录散原诗目录,然后将原书送还陈平原,并烦请代借《散原精舍文集》。

归来看电视,美国影片《亮眼睛》,是邓波儿主演的(饰五岁的女主人公舍丽),真好极了。

十二月七日　星期一

志仁今日飞往武汉。

往编辑部,阅稿,呈报《周天集》选题。

接飞白先生信,其略云:

我的情绪很复杂,就如同一把提琴上有 G、D、A、E 弦,我从事文学是一道选择填空题:A.为艺术而艺术;B.为人民服务;C.以审美态度对待人生;D.梦的升华。

四道弦在奏响,你说该怎么填这道答案呢?

我的另一根弦上,奏着我刚刚译的《哈姆莱特》——帕斯捷尔纳克写的《日瓦戈医生的诗》中的第一首,一个人文主义者走上人生的舞台时,那种沉重的心情。作为朋友,我也把这首诗抄一纸给你看看(当然,这是哈姆莱特或日瓦戈,主角不是飞白)。

哈姆莱特

嘈杂的人声已经安静,/我走上舞台,倚在门边,/通过远方传来的回声,/倾听此生将发生的事件。

一千架观剧望远镜,/用夜的昏暗瞄准了我,/我的圣父啊,倘若可行,/求你叫这苦杯把我绕过。

我爱你执拗的意旨,/我同意把这个角色扮演,/但现在上演的是另一出戏,/这次我求你把我豁免。

可是场次早已有了安排,/终局的到来岂能拦阻,/我孤独,伪善淹没了一切,/活一世,怎能比田间漫步!

收到杨绛先生寄赠的《将饮茶》。

读《洪宪纪事诗三种》。

十二月八日　星期二

往西城交通大队办驾驶证变更手续。

访张中行先生,不遇。

往编辑部。

读《花随人圣盦摭忆》。

十二月九日　星期三

往编辑部。

贴二校样图。

往王焱家，取二校样及当月稿件。

星期日听陈平原介绍隆福寺旧书店，今往，果然有获。购得《戊戌变法人物传稿》《国风选择》《不下带编·巾箱说》《梦苕庵清代文学论集》，皆降价出售。

在王府井购得《马蒂斯论艺术》《日本近现代建筑》《甲行日记》。又喜购《诗源辩体》，此为“中国古典文学理论批评与专著选辑”之一种，丛书近年由人民文学出版社陆续刊行，然常见于降价书市，不免慨叹其识者之寡，犹恐因之不获售而致使此业不竟，今见新著问世，自是心喜。

十二月十日　星期四

往编辑部。

在人民文学门市购得《诗话总龟》。在中华购得《王韬日记》《李星沅日记》《楹联丛话》《希腊拉丁作家远东古文献辑录》。

午间朴康平来，看了他此番西德之行拍的照片。他现在正办理长期出国的手续，明年可望成行。问他：十年以后还会回来吗？答道：怎么不会？在国外，总感觉这是别人的国家，这一点是不会变的，无论如何，我是中国人，我的故乡只有一个。

志仁下午归来，带回孝感麻糖和一大饭盒武汉豆皮。豆皮还是五年前由重庆乘船至武汉，逗留一夜在火车站附近一家小食店吃过的，两毛四分钱一小碟，味道极佳，令人难忘。今日所买，乃出自正宗的老通城，八毛钱一份，而味道却远不及记忆中的了。

又往编辑部，数字数，列草目。

到陈平原家取得《散原精舍文集》。

十二月十一日　星期五

将草目交付老沈，因王焱侍候夫人坐月子，本期由沈负责编发。

访张中行先生，商讨译事。

在绒线胡同购得《雨天的书》《自己的园地》。

接南星先生复函，乃小诗一首：

谢赠　答如一斋主先生

佳句如佳宾，翩然入茅舍。新诗发异香，芝兰盈陋室。殷殷问餐食，眷眷语霜露。何当对村醪，共话读书趣。

读《王韬日记》。

十二月十二日　星期六

往柳鸣九寓所取巴赞照片，顺路送书与周国平。

往编辑部。

老沈、吴、杨来家。听老沈聊天，如听演讲。

十二月十三日　星期日

看校样。

老沈清早取稿来。下午和我一起往冯亦代处送稿，往丁聪家送草目。顺访李文俊，不遇。

丁聪先生对我十二期所画版式深表满意。

前日从中行先生处借得南星先生刊于四十几年前的旧著《松堂集》。此书扉页是一段中行先生述其购书始末的文字，颇有趣，兹录之：

卅五年十一月四日，上课五堂，也生一些闲气。下课后，与南星约定去天安门大狮子处照野鸡相，自然是为应付公事，天气好，黑得早。

廿张三千元，却必须候太阳上来。乃顺路吃花生，逛书摊，买此，看老江湖演就地十八滚。日暮始散。到家，接天津信，知老爷的狗们要砸报馆了，也许为了我的闲谈？若然，狗有眼睛，亦大奇事，××之网，是更密了。于是，我才更需要一些自××江湖以备相忘的散文。我感谢南星的友情，和他的文章。

中行　当日晚

十二月十四日　星期一

往编辑部，粘贴地址封，准备寄刊物。

午间与吴、杨一起将老沈的办公室洗劫一番，大嚼面包，痛饮咖啡，又拐了一批港台的图书。

十二月十五日　星期二

竟要以这个日子作为开头了，对于我，它当然有着特殊的意义，—— 一年前的今天，我到了《读书》；一年后的今天，我可以说，我的选择是对的。

也许应该对一年来的工作做一个自我评价。恰好星期日去丁聪家时，坐在车上闲扯，老沈戏言道："懒王焱，乱吴彬，蔫宝兰，俏丽华，勤永晖。"对其他几位的概括未免有失准确，然而对于我，我以为是十分恰当的，虽然我并不认为这是褒扬。一个"勤"字，注定了我终生只能是一个勤勤恳恳埋头苦干的平庸之人。这是我近年，特别是近一年来才终于认识到的。

往丁聪家取版式。他告诉我,罗孚先生那里有一篇这期要用的稿子,留话请我去取。于是赶往双榆树,几番打听,总算找到了,已热出了一身汗。罗先生极热情,以茶水、水果相让,婉谢。又拿出几册书相赠,乃受。

晚间裘小龙来。前此多有通信往来,今年五月彼来京,尝约晤,然缘悭一面,今始得见。他说,曾向赵一凡问及我,赵以五字相告:此乃奇女子。因特欲一见。临别言道:赵君所言不诬,将以此言语于他人。

十二月十六日　星期三

一早便往编辑部,一切工作皆做好,只等杨丽华的"品书录"稿。然这位"慢郎中"竟是一日不露面,急也无用。老沈又来发了一通牢骚。

一直忙到一点,与贾、吴一道在咸亨酒店随便吃了一顿。

回到家来,尚未及定心,又接老沈电话,云送往工厂的三校样又出了差错,遍寻负责此事的贾宝兰不着,差点儿又要冲我发火了,大约想到了什么,终于忍住。

十二月十七日　星期四

上午访梵澄先生。

先生正在临泰山金刚经,因让我当场临写几字,顺势告以执笔之法、运笔之道。说目前我已到了中级阶段,欲再向上跃,则须反求于古,即所谓取法乎上,从汉魏学起,求朴,求拙,勿钝,勿利。又提起我的那首小诗,指出其中病句,并曰学诗与学书的道理是一样的,先从《古诗十九首》入手,熟读《文选》诸诗,而唐，而宋，元、明可越过，清初王渔洋诗不可不读。

又取出他的诗作，选出若干首读给我听。有《前落花诗》（五古一首）和《后落花诗》（七律十五首），写得极好，开篇一句“落花轻拍肩，独行悄已觉”，已觉很有韵味。

《周天集》已做选题上报，因字数过少（两万），故请先生再为之增补若干篇幅。于是取出一本小册子《南海新光》，后有室利阿罗频多事略，嘱我补于其后。

临别，约二十六日再见。

访周国平，他正在集中精力赶写博士论文。

找吴彬，在她那里吃了一块半烤白薯，一碗半黑米粥，然后一起往编辑部发稿。杨、贾已在，正在煮汤圆。

一直忙到六点半钟。

从老沈的书架上窃得一册《文化：中国与世界》第一辑。

十二月十八日　星期五

往编辑部。

在隆福寺购得《方苞集》。在琉璃厂购得《世界文明史》（二）、《希腊瓶画》、《中国近代史词典》。

午间到北京站接张锦。他准备明年三月应邀去香港中文大学讲学，此番来京专为催办签证事。以研究生身分被邀外出讲学，似无多先例。

十二月十九日　星期六

往编辑部，发杨武能《歌德与中国》稿。

为与新华厂续订合同，准备与工厂几个部门的负责人开一座谈会。今日写下请柬。

下午张锦来,执意邀我出去吃饭。

十二月廿一日　星期一

以十二期设计版式的稿酬买了一支英雄金笔(三十五元)。

到新华厂生产科分送请柬。

到民研会给刘艳军送书。

收到赵萝蕤所赠新译《我自己的歌》。

收到钱锺书和杨绛寄来的贺年片，是他们自己印制的,一张绿纹为地的塑纸,上印“新禧　钱锺书杨绛恭贺”几个金字,倒省却不少事,也很别致,只是将“丽雅”写成了“雅丽”。当然这种颠倒已经发生过多次了(从小时候就开始),因为几乎没有人把它和“古丽雅”联系起来,而这才正是妈妈给我起这个名字的本意啊。

十二月廿二日　星期二

上午与新华厂厂长及车间头目聚谈。工厂方面对《读书》并无多大意见(至少远未如老沈所言之严重),倒是对图书方面的问题提了不少。午间于友联餐厅设宴款待,我和王焱皆未参加。

会议进行间,张锦来道别。

小航说,我特别想当大队长,大队长能管别人,还能管好多事。

十二月廿三日　星期三

到编辑部处理稿件，往朝内签发一九八八年第一期封一、二、三、四。

近日所读之书皆为近代史料，计有《章太炎年谱长编》《戊戌变法人物传稿》《艺林散叶续编》《花随人圣盦摭忆》《梁启超诗文选注》。

抄录《散原精舍文集》。

十二月廿四日　星期四

往编辑部，写通知（本月服务日停办）。

在王府井购得《嵇康集校注》《霍乱时期的爱情》《远处的火焰》《现代小说中的意识流》。

录“散原文”。

十二月廿五日　星期五

往朝内张贴启事。

收到陈叔平寄赠的《近代稗海》（五）。

在绒线胡同购得《美学》（鲍姆加登）、《美的历险》（冈特）、《朱湘书信一集》、《芝加哥的毕加索》、《清末民初政情内幕》（下）、《马克·吐温幽默小品选》、《庚巳编·客座赘语》。在中华九折购得《近代中国史事日志》（上、下）。

录散原文。

十二月廿六日　星期六

上午访梵澄先生，告以《异学杂著》已发稿，但《希腊古典重温》《澄庐文议》《谈书》外，其他几篇序跋被撤下。先生意欲再增补几篇，另成一书。此议尚须与李庆西商量。

继访周国平，得知近日又患感冒，故博士论文只得辍笔。他说，这是久居地下室，体质大为减弱之故。

往京西宾馆访金克木先生。九三学社在这里开会，内容是学习十三大文件。金又与我聊了不少文坛掌故，如某某人之恋云云。

十二月廿八日　星期一

往编辑部，收到唐荫荪寄赠的《艺术与幻觉》《大自然的日历》《美国当代诗选》《君王论》等。

十二月廿九日　星期二

上午黄梅来家，谈稿。

下午往编辑部，老沈本来约定开会的，不知缘何未到。

读钱穆的《国史大纲》。

冬至以后，气温一直很高，今晨始纷纷扬扬地落了雪。午间，雪止，风起，气温骤降。

十二月卅日　星期三

往编辑部，发《外国造园艺术》稿。

杨丽华代我向金春峰讨得一册精装本《汉代思想史》。

读《国史大纲》。

十二月卅一日　星期四

一早直奔琉璃厂，购得《明清民歌时调集》（上、下）、《隋唐史》（上、下）、《名山藏副本》、《思益堂日札》、《义和团运动史事要录》、《罗伯斯庇尔》。

往编辑部，昨日所发之书稿被老沈打回，并详述了种种要则。

又示我范公之批示，其略云：认真处理读者来信是三联的一贯传统,如韬奋先生,是每信必复的。《读书》于此项工作,时有时辍,今后当认真抓起来,并指定专人负责。此专人为谁呢?范公建议由我,因我“风华正茂,精力充沛”,正可胜任。

小航常常提出这样的问题:“要是有一天, 你老死了怎么办? ”说完便声泪俱下。今日临睡前,又复如是。我说:“你愿意我老得不能动了可还是不死吗? ”他一边哭一边说:“那你就不老,也不死,永远像现在这样。”

一九八八年

一月二日　星期六

昨晚接老沈电话，云第二期初校样新书目栏尚缺页，嘱我为之补足。于是检点近日所购之书，悉数抄录为补。今晨送往六条。

下午又接电话，曰“品书录”栏缺若干行，须写篇小品补上。遂找出许达然所著《芝加哥的毕加索》，扯上几百字的废话，草草成篇，送至老沈家中。

一月三日　星期日

晨起微雪，午间成絮，下午乃止。

往编辑部，收到宋安群寄赠的《尤瑟娜尔研究》《从普鲁斯特到萨特》《阿赫玛托娃诗选》。收到陈新所寄《九故事》《挂起来的人》《再见，哥伦布》。

午间到陈平原处送还《散原精舍文集》。

一月四日　星期一

在中华书局服务部购得《墨辩发微》、《公孙龙子形名发微》、《孟子微》、《义府续貂》、《三论玄义校释》、《中国佛教思想资料选编》(三·一)、《阮籍集校注》、《水窗春呓》、《贤博编·粤剑编·原李耳载》。

一月五日　星期二

往编辑部。吴彬打来电话，说冯易感冒发烧，离不得人，而冯统一飞往香港至今未归，因要我去她家取稿，遂往。

取稿归，老沈为我和杨、贾三人上编辑课。其中讲到，当年人民出版社最出色的编辑首推朱南铣。此公乃清华大学高才生，因深得陈群的赏识而被调至麾下，授予汪伪政权的什么参议员闲职，实则只为陈草拟墓表、挽联以及日常往来应对之辞。

人民出版社成立之初，考入该社。他精通几门外语，后又浸淫红学，乃至卓然成一家。最著者，为中华所出《红楼梦卷》。朱与老沈颇相投，初欲收为入室弟子，无奈老沈其时正在努力争取入党，何敢入白专之门，因错过大好良机。今日说起，仍嗟叹不已。后统统下干校，老沈时任连部通信员，故常可与之谋面，不过饮一回，聊一回罢了。一日朱公酒醉，有人告与老沈，请他相劝。朱乃与沈言："明日将婚。"沈劝慰方罢，嘱其归途在意，便骑车自回，而未将之送归。次日得凶耗：朱归后独自去担水，溺于河。老沈叹惋之余，颇有自责之意。

另一堪可称道者，则为戴文葆，其审读意见，文笔堂皇富丽，且每以蝇头小楷恭录，一丝不苟。

范公手批，经由老沈、王焱而批转至我手。我愿专意负起此责，因草拟一呈，请求免去我目前所负之责。

在灯市口社会学书店购得《卡莱尔》《中世纪欧洲经济社会史》。

一月六日　星期三

往编辑部。

在琉璃厂购得《日知录集释》。

胡靖今日正式答复我说，不同意我再继续办理驾驶执照。

永远告别了那个记载着无数悲欢的时代。这个告别，虽然始自九年前，但是九年来仍始终保持着那个值得欣慰的纪念。如今，它却真的成为纯属纪念品的东西了，心里真有一种说不出的滋味。又想起为获得它而经历的一切艰难曲折。那时候的朋友现在几乎无一联系了,这个小本子就保留了一切充满甜酸苦辣的回忆,有些人已记不起名姓,但仍能勾画出他的形象,并想起曾经发生过的故事。

一月七日　星期四

与志仁会于绒线胡同。购得钱穆的《朱子新学案》,又《欧文见闻录》《火烧莫斯科》《夜色温柔》。

往编辑部。诸君皆未露面。

老沈午间上楼来闲聊一回,言及学徒时的苦辛:十三岁开始学徒生涯,十五岁时被老板看中(时绰号"小聪明"),委以重任,凌驾诸师兄之上指挥全局,一面统掌前台业务(首饰买卖),一面调拨后台票据(往银行签支票),而能指挥若定,丝毫不乱,这无疑地为他日后的政治生涯打下了坚实的基础。

老沈实是一极聪明的人,且自称聪明得油滑了,但未必就完全失了真诚,也许这真诚乃如《道德箴言录》的作者拉罗什福科所说,是为了取得人们的信赖。但它毕竟是真诚,而正是在这一点上,取得了我的信赖。

数言之后,老沈一声长叹:"遗憾啊!"我忙问究竟,他说:"我工作这么多年,在单位内竟找不出一位知己,当然,社外还是有一帮朋友的。"我以为这很自然,以他之身分,对哪一位部下皆不宜过分亲近,上对下亲,或疑为有意拉拢;下对上近,则有溜须拍马之嫌,且不论尚有男女大防。

一月八日　星期五

大风一日。

往编辑部。诸君皆不见。将近五时，王焱来，与之闲聊一回。看来去意已定，无可挽回。

关于散原诗，以我所见之有关材料，有欧阳竟无大师的《散原居士事略》一篇，其开篇而言道："改革发原于湘，散原实主之；散原发愤不食死，倭虏实致之。得志则改革致太平，不得志则抑郁发愤而一寄于诗，乃至于丧命。彻终彻始，纯洁之质，古之性情肝胆中人。发于政，不得以政治称；寓于诗而亦不可以诗人概之。"窃以为此数言论之最切，尤得散原之真。其中有两点特别值得注意，即散原之死因及所谓"纯洁之质""性情肝胆中人"云云，欲获其详，或可于散原之诗作中得之。

一月九日　星期六

清晨老沈来家送草目。

上午搭乘范用的车往丁聪家送草目。范公有着强烈的怀旧感，几触目皆是回忆，且多"人心不古"之叹。

归途又一起往罗孚家。

到金辉家取书；往陈平原家送书。

一月十日　星期日

上午往编辑部，画封二三版式。

向老沈索得一册《西欧人体绘画选》。在百花购得《世界人体插图选》。

一月十一日　星期一

到朝内贴二校样图。

施咸荣来家取稿。

李文俊来送稿,并送我一册《加兰短篇小说集》。

一月十二日　星期二

从范用处取得丁聪所画版式，并劫取一抱范借与杨的书，系梁实秋和董桥的散文。

一月十四日　星期四

在中华服务部购得《陈亮集》《陈献章集》《关学编》。在王府井购得《圣经后典》《卡夫卡:寓言与格言》。

往编辑部。午间四人终于会齐,往华都午饭。此处生意极冷清,偌大一间厅堂,只有三张桌子坐了人,服务员的面容和餐厅的温度一样冷。菜单上开列的菜有半数不备,点到的几样吃起来味道皆不对。

饭后杨丽华来家小坐。因言及梁实秋,乃知季淑去世一年后,梁就续娶了韩菁清。韩是当年上海滩颇负盛名的交际花,虽徐娘半老,但风韵依然,梁不免一见倾心。由此引起旧雨新朋及弟子们的一片反对,学生因此而“谢本师”者不在少数,但终归爱情至上,得新妇失旧友,尽欢十载,梁以为无憾。

一月十五日　星期五

往编辑部。不见人,老沈今日气颇不顺,诸事与之议,句句不投机。又为新书目事冒火,乃仓皇赶往朝内补救,不过总还是皇恩浩荡,手批我一部《闻一多全集》。

一月十六日　星期六

发稿一日。老沈午间受朋友之邀,兴冲冲而赴宴,迟至下午五时方醺醺然返归:所醉不为酒也。或因此故,今日之心情与昨日恰相反对，极是随和，极是宽仁。

收到钱春绮先生寄赠的《施托姆抒情诗选》，并于扉页题赠一诗：出世而今六十载，余生尚有几春秋。聊将拙译寄燕赵，难诉胸中万斛愁。

阅稿至夜半。

一月十七日　星期日

将稿件送交老沈。

读《波德莱尔美学论文选》。

在中华购得《唐才子传校笺》（一）。在社科购得《中国美学史》（二）、《莱布尼茨》、《阿奎那》。

一月十八日　星期一

往编辑部，与吴、杨二人碰面，商定服务日事宜。原定改在豪华饮食厅举办，但总编室只批给场地费，而不付饮料费，只得作罢。

一月廿日　星期三

在绒线胡同购得《巨匠与杰作》《图腾艺术史》《蒋鹿潭年谱考略·水云楼词辑校》。

读《荒漠·甘泉》。

一月廿一日　星期四

往编辑部。

接李庆西信，满满几页纸，谈了不少对明史的看法。马上回信一封，其中所谈，多是近日读书所感。

见《文艺报》（一月十六日）上有《今日法国文学之动向——

让·雷蒙一席谈》,其中言道:直到二十世纪前期,法国的诗文学一直被列为世界上最伟大的诗文学之一翼，然而今天在法国，诗歌被挤到最边缘的角落。出版商回避诗歌,据说因为它没有市场,更重要的是,今天法国诗坛已经出现了青黄不接的现象。此外，今日法国出现的另一奇特现象是文学与政治的脱节,也许这就是人们常说的“意识形态的终结”吧。这是法国的一个十分惊人而又新鲜,同时也是反常的现象。事实上,法国社会党执政已有多年,这个政权至少在表面上是标榜社会主义的,正是在这“左派”执政时期,知识分子,特别是参与知识分子陷于最大的沉默。这是不正常的。这种现象多少与特殊的“大众媒介权利不无关系”。大众媒介一旦发挥出力量,便使人们更多地注意政治生活以及艺术生活中令人眼花缭乱的明星，而不是知识界。如在影业界和民俗音乐界红得发紧的人物伊夫·蒙当,他就曾经利用各种机会,起着某种思想运动代言人的作用。它说明大众媒介的力量使真正的知识分子受到冷落,其他阶层却接过他们手中的接力棒,传递着意识形态的和政治的信息。这就是说，现在大众媒介起着传递信息的作用，它产生出许多新的明星。与此同时,知识界却采取了异乎寻常的保留态度并保持沉默。从某种意义上说,法国的知识分子也许历来安于站在在野党的立场、反对派的立场和批评的立场。从法国知识分子所继承的伏尔泰、埃米尔·左拉、萨特的传统中,人们也许能够充分理解这一点。

一月廿二日　星期五

往编辑部,与杨丽华碰面,今日大风降温(零下十四摄氏度到零下八摄氏度），办公室内更是冷如寒窑。

一月廿三日　星期六

前几日遇到方鸣，他说，《人物》的一位编辑请他写一写谢选骏，但他实在太忙，没有时间，因准备约我写。我觉得可以试一试。

上午去见谢选骏，外面寒风刺骨，而他的一间又狭又乱的居室也并不暖和，九点钟到达，他刚刚起床。

主要了解一下他的履历：父亲在外贸部做财会工作，母亲婚后辞去工作，以后就做临时工。他出生于一九五四年六月二十六日（积水潭医院）。母亲本来是盼望生一个女孩的，结果又未能如意，因此难产。他说，我的出生是一个错误，母亲要的不是我，我也不想来到世上。七岁时，外贸部大批裁员，父亲被调到南通一家五金商店做会计，于是举家南迁。

“童年几个最深刻的印象之一就是挨饿，早上吃下两个小烧饼就去上学了，一直饿到中午，还要走两公里回到家。再有就是恐怖，从上海坐船到南通，正是黄昏时分，一切都是阴暗的，南通的路灯非常暗，周围的人讲着一种怪里怪气，令人听不懂的话。对于我来说，一切都太陌生了。刚到这里就生了黄水疮，痛苦极了。”

“你是一个好学生吗？”

“我觉得我不是，因为我总是不喜欢灌输的东西，我发现凡是强调某一面的时候，一定还有它的另一面，因而我思考的入口处，常常是不为人强调的一面。”

初中毕业后，被分配到一个小副食商店做了八年售货员。

“这样对我倒有好处，如果分在一个令我比较满意的单位，也许就不会有很大的劲头读书。恢复高考后，因考虑自己数学不行，考大学不大可能，于是就直接考了研究生。当时就我的知识面来说，可供选择的有好几个专业，我哥哥帮我一起分析，最后选定先秦文学。参加考试的三百六十名，到复试时剩十一名，最后录取了六名。

他的导师是余冠英。但他依然不是一个好学生，用在本专业的心力不多，却时时旁骛，各种各样的书都看。有人给他打了小报告，导师因此很不高兴，并由此而影响到后来的毕业分配。

方鸣送我一册《宋明理学史》（下）。收到杨世光寄赠的《图腾层次论》。

一月廿五日　星期一

上午办服务日，下午发刊物。今日难得五人凑齐。

杨丽华来家小坐。

在商务琉璃厂服务部购得《存在主义》《论自由》《社会契约论》。

一月廿六日　星期二

杜门一日，读书。

午间陈舒平来家（来京组“汉学译丛”稿），坐聊四个小时。

一月廿七日　星期三

往编辑部。

下午天津人美的车永仁来。他是《西方现代艺术史》的责编，当日因求购不得，四处写信，求告至该书校订者沈玉麟那里，沈又将车介绍与我，一封信写去，竟收到很热情的回复，心中很是感激。此番他来京组稿，特来会面，送我一册《世界名画》挂历，并三本油画期刊。

一月廿八日　星期四

午间周国平来。之后来访者不断：刁炜、陈平原、夏晓虹、方鸣。

一月廿九日　星期五

往编辑部。

在王府井购得《五人诗选》《东方美术》《流浪者》《金玫瑰》。

在中华购得《注史斋丛稿》《名公书判清明集》（上、下）。在绒线胡同书店购得《历史主义的贫困》《人心与人生》《中国文化要义》。

二月一日　星期一

往编辑部。

从老沈处借得《科学知识进化论》。

二月二日　星期二

将本期稿件及草目送交老沈。

杨丽华来家小坐。

二月三日　星期三

商务设在王府井大街的服务部经过整修今日重新开业，九点前赶至彼处，人已聚集不少。时辰到，门里拥出一伙人，头前两人手各牵扯彩绸一头，中立之人持剪，做“剪彩”状，一举相机者几步蹿出人圈外，做摄影准备。候之已久的众读者早已不耐，纷纷拥至“彩”后，做冲入准备，且颇有人致不满之词：“不是多少次呼吁不要做这种无谓的浪费了吗，留着这块绸子干什么不好！”真像是一场滑稽剧。

并无甚新书，止购得《新工具》、《中世纪的城市》、《西方名著提要》（历史学部分）、《日本佛教史纲》。复往右邻中华购得《湘军兵志》《新编分门古今类事》。

二月四日　星期四

往丁聪家送草目。

归来途中在沙滩五四书店购得《谈龙集》《谈虎集》。

二月五日　星期五

《新观察》第二期以整刊篇幅登载了徐刚的长篇报告文学：《伐木者，醒来》。读后心情十分沉重。

我庆幸自己只有几十年的寿命，否则在有生之年，便将看不到绿色！

二月六日　星期六

往编辑部，遇杨丽华，近日与编辑部的人真是难得碰面了。

访周国平，他送我一册他的新译《偶像的黄昏》和由他主编的《诗人哲学家》，又康德的《实用人类学》。

从老沈处借得一册《学术巨人与理性困境——韦伯·巴柏·哈伯玛斯》（陈晓林著）。

二月七日　星期日

上午到王世襄先生家，请他找几幅图，以配置于王毅为《明式家具珍赏》所写的书评中。

又往赵萝蕤老师家送《读书》第一期样书。她非常热情，一再挽留我多坐一会儿，因告诉我，近来心境很有些异样，不久前一位友人对她说：你无儿无女，晚年堪伤，日下身子骨尚硬朗，一切可自己料理，一旦生出什么病症，行止不便，当做何处？听罢此言，很受震动。

赵老师现与其弟同居一院，弟弟一家也是“牛衣对泣”，膝下并无子嗣，如此，只是三老了，年龄一般上下，谁也顾不了谁。

从初次见面我就对这位老太太抱有好感，其实早先她而虑及此事，今既听她提起，便冲口而出：“我可以照顾您，您把我当女儿待吧！”赵老师当即高兴地应道：“那我就认你做干女儿！”

下午往范用家取书，然后到丁聪家取版式。

二月八日　星期一

往编辑部。

到朝内贴二校样图。

送交老沈审阅的谢选骏稿，已经批复，写了满满四页的审稿意见（令人意外的是，他将之称为“信”），其中言道：“我同意您的分析，此稿可选载，《读书》篇幅有限，怕不能多登，以后可请作者删次补优，集为一书。”

下午谢选骏来，将意见转告，他表示愿意合作：由我摘选出一部分，也进行一些修改和推敲，重新编次，并拟定一个有些意思的题目。

读《黑格尔和艺术难题》。

二月九日　星期二

往朝内复印稿件。

二月十日　星期三

往朝内复印稿件，抄录“新书目”。

往编辑部。除杨外，诸君皆到。王焱已办好调离手续，不日即往社科院政治学所报到。

晚间看录像：《豹妹》（金斯基主演）。

二月十一日　星期四

发稿一日（从早上七点半伏案至晚六点半）。

午间三联全体职工在东四旅馆聚餐，未往。

老沈予两册书：《书林新话》《思想家》。

二月十二日　星期五

到民研会送稿给谢选骏，请他做些补充修改。

在绒线胡同购得《日本当代诗选》《歌剧宗师瓦格纳传》《天房史话》。

到朝内复印稿件，交老沈下期拟发稿件。

往赵萝蕤家送稿费。

与志仁一起到电影资料馆看西班牙影片《女窃》及墨西哥影片《神秘的百慕大》。

二月十三日　星期六

读书一日。

二月十四日　星期日

在王府井购得《索尔·斯坦伯格漫画集》《庄子说》《意大利诗

选》《道教史》。

斯坦伯格的漫画很有意思，似乎他的幽默不在内容，而是技巧本身，即充分利用了人的视觉之幻觉，“给我线条吧，我能够表现出一切”，我想，他是会这样说的。他用线条和人们开着玩笑。哲学家说：哲学就是语言游戏。那么画家应当说：线条（或者色彩）游戏就是绘画艺术。

晚间老沈来取书。

读《意大利诗选》。

二月十五日　星期一

往编辑部，会同杨丽华，到朝内与吴彬会，写地址信封。

收到范景中寄赠的《艺术与错觉》。

二月十六日　星期二

小航做寒假作业，用“坚持”造句：我不喜欢坚持这个词；用“辛苦”造句：我看见农民在锄禾，我说：啊！辛苦，我不喜欢辛苦。

在琉璃厂闲逛一会儿。今日此地各店堂都显得格外清静，我在几家中都是唯一的顾客。在商务门市部购得《论道》《德国近现代史》（上、下）。

往朝内。出门时遇方鸣，他陪我骑到家，断断续续聊了一路。他是个大忙人，为写谢的采访记，几次约他聊一聊，以期得到更多一点的材料，皆不得空，今日又说起，似乎仍难有后会之期。他说，我是一个很特殊的人，他倒想写一写我呢，而且，不必作什么了解，就凭目前仅有的几次接触，就可以写出一篇来。我告诉他，这样写出来的，一定不是我，你对我的所知，尚不及十之一。我想,方鸣是过于自信了,他与谢是好友,但对谢的了解也就有限。

读平森的《德国近现代史》,写得真不错。看了不多几页,就被吸引住了。

二月十七日　星期三

昨晚往老沈家取书,不遇,今晨他特将书送来:《伊利亚随笔》和《文化:中国与世界》(三)。过年对于我来说是加倍读书的日子,对于老沈来说是加倍工作的日子。与之相对,不免生些惭愧,可又实在不忍放弃这最最惬意的人生乐趣。可以自慰的是:他是三联的总编辑、总经理,已被情愿与不情愿地绑上了战车,而我不过是一介小卒,自可得些逍遥。

二月十八日　星期四

读《德国近现代史》。平森的叙述,更多的是从文化因素和心理因素,来揭示历史的动因。

下午老沈携其爱女沈双来家还书。

二月廿一日　星期日

到朝内复印稿件,往南竹竿发行部发第二期刊物。

午间与吴、杨二位一起在新侨餐厅为王焱饯别,这是“最后的午餐”,气氛似有些悲凉,每人拈出的话题似乎都染有几分并不令人快活的色彩。

收到唐荫荪寄赠的《希腊罗马神话》(插图本)。

二月廿四日　星期三

往编辑部,与吴、杨碰面。此后老沈召集会议,逐条讨论并确定了《读书》各位的责任制。

在商务购得《论宗教宽容》《自然法典》《基督教简史》。

近日京城谈沪色变，上海几乎成为肝炎的同义语，并纷传不日即将传至北京，又说目前已见端倪，颇见人心恐慌。

读《艺术与错觉》。

二月廿五日　星期四

往编辑部。

午间周国平来。前几日听王焱说起他近日检查出了冠心病，弄得心情很颓丧，以至于整个人生观都改变了：从此以后，当不抽烟，不喝酒，不交女朋友。这倒真不像是周国平了。

今日一见，方知并不如王焱所说那样严重，也可能是已经从心理上适应。不过他说，不能喝酒是最令人苦恼的，他太喜欢酒后那种晕晕乎乎的感受了。

周正待离去，方鸣又来。

上午在王府井购得《夏洛蒂·勃朗特传》《法国近代名家诗选》《西方历史哲学译文集》《艺术大师论艺术》(一)。

二月廿六日　星期五

往北大访田德望先生。早听金克木提起过他，那日又听赵萝蕤说，他们是老同学，曾一起在清华文学研究院听讲《神曲》的课，说田是一位极诚笃、极厚道的人。今日相见，果然印证此言。

不过，组稿的愿望是落空了。他说，目前正在全力翻译《神曲》，而由于目力不济(右眼一千度，左眼五百度)，又时常头晕，故一日只能工作三小时，他的工作效率又非常低，译四十二章用了五年时间,余下的五十多章还不知要干到什么时候,因此,实在是没有精力再写其他东西了。

他告诉我,《神曲》最早的中译本出自钱稻孙之手。钱的父亲是罗马公使,他侍父往从,读书就在罗马,那时,《神曲》是作课业读的。归国后,未能忘此,因以离骚体译出前四章,在一九二一年的时候,由商务印书馆出了一本小册子。以后,又有王维克的散文体译本。王是华罗庚的老师,是搞数学的,译诗乃余事,译本错讹殊多。再后,便是朱维基的诗体译本了(据英文转译)。据田看来,译文是比较忠实的。

随后,他就几种译本对开篇第一句的不同处理谈了看法。

钱译:方吾生之半路,恍余处于幽林,失正轨而迷误。道其况兮不可禁,林荒蛮以惨烈,言念及复怖心。

朱译:就在我们人生旅程的中途,我在一座昏暗的森林之中醒悟过来。

田则译为:在人生的中途,我发现我已经迷失了正路,走进了一座幽暗的森林。

田先生说,"发现"一词至为重要,可说是本句的关键。因但丁并非此时方迷途,而是误入迷途已十年,——从他失去所爱贝雅特丽齐之时起,而前几种译法皆未能点明此意。

田译对"幽暗的森林"尚有注释:此句具有双重寓意:一、象征一二九〇年但丁所爱的女性贝雅特丽齐死后,他失去精神上的向导,陷入迷惘和错误中不能自拔。二、象征当时基督教世界,尤其是意大利,由于教皇掌握世俗权力,买卖圣职,主教僧侣贪污成风,教会日益腐败,神圣罗马皇帝放弃自己的职责,封建割据势力纷争不已,以致完全陷入混乱状态。诗中表明,但丁作为个人则迷途知返,悔过自新;作为人类代表,则揭露现实的黑暗,唤醒人心进行改革,使自己和世界都达到得救的目的。这大致是全诗的主旨。

随后,访金先生。他先交代了好几件需要我代办的事,然后兴冲冲地告诉说:他专意为我写了三篇稿子。“怎么是为我?”“从《读书》第一期‘编后絮语’上才知道你们的分工,你以前跑了那么多趟,取的都是给别人的稿子,所以我得专门为你负责的这个专栏写几篇。”

取用的对话体形式,对话者一男一女。他说,我写的时候,就想象是你和我在对话。

送我一本《燕啄春泥》和一幅字,后者是一首诗:侵寻老境耐幽居,耳目迷茫怕读书。何事姮娥犹下顾,鲛人有泪不成珠。

下午张永杰来。聊起来,方知他与志仁是同乡,河北乐亭人。他说,我是从农村考上大学的。人很爽快,也很健谈。

之后,方鸣来,带给我一册《中国古代民族史研究》,又《文艺复兴时代的巨人》。

收到曾昭奋的一封长信,他说,看过巴金的《随想录》后,心情激动不能自已,忍不住将他的半生遭遇都倒出来,写给我。这是四年交往中的一次例外。

方鸣来访。聊起人情世故,他说过去一帮铁哥们儿的确有过一年左右的黄金时代,那时大家处在同一水准,皆无功名之心(主要是社会也没有提供成名的机会),因此相处极融洽,而一旦有了成名的可能,各位就不免要各奔前程。过去不曾有或曰是隐藏在潜意识中的自私自利之心也就表现出来了,这倒也无可指责,人性就是这样的。只是人们在交谊之初,原本就不该抱奢望,若付出之时,就企望的是回报,那么就不是真正的付出,而是借贷。如此,则更不必抱怨对方的不偿还,因为你在最初的时刻就已经失去了真诚。

据谢选骏、周国平、杨丽华讲,方鸣是十分看重友谊的,今日又听他说:我觉得,友谊比爱情更难,因而也更高尚。由此可证朋友们所说不诬。

二月廿七日　星期六

往编辑部,请老沈批准参加在广州召开的民间文艺基本理论会议,未遇。

访赵老师,送她一个洋娃娃,以解她的寂寞。赵老师真是一个好人,做学问一丝不苟,待人也是一丝不苟。

在中华购得《嵴华山馆丛稿》。

下午彭富春来。似乎不大爱讲话,性格很沉稳的样子。前些时寄我一稿,但老沈嫌晦涩,因寄还与他,并请他改得明快些。今日又特为此事当面交谈,算是说妥了。

二月廿八日　星期日

读潘诺夫斯基《视觉艺术的含义》。这是一本论文集,令人最感兴趣的一篇是《〈阿尔卡迪也有死神〉:普桑和挽歌体传统》。

二月廿九日　星期一

往编辑部。老沈已将赴会申请批复,并附长信一封。

在绒线胡同书店购得《世界文明史》(三)、《海外幽默》、《贵族夫人的梦》、《生命中不能承受之轻》、《为了告别的聚会》。

老沈送来初校样,嘱我做补白。为此整整苦了大半夜,只写出三则。对这项工作,实难胜任,临时抱佛脚,难上加难。

三月一日　星期二

往编辑部。

下午周国平、赵越胜来。赵较周健谈得多,周尝称赵是一团意识,确乎如此。他酷爱音乐,家中唱片无算,哲学意识便缘自音乐感受,而音乐感受又渗入的是哲学意识。他绝对忍受不了没有艺术的生活,因而工业文明(技术时代)的前景就显得格外可怕。

三月二日　星期三

与老沈一起搞补白、拼校样。

补白搞上了瘾,以致收不了神,夜来又董理旧藏,即兴发挥,一气弄出五则。

三月四日　星期五

往作家出版社找崔爱真。

访梵澄先生。告诉他,《周天集》是准备出版的,但嫌篇幅太少些(两万字),希望能再做些增补。他却认为是总编辑考虑到会蚀本而找出的理由。目前他手中所做正是《周天集》续篇,可他说不能交给我,反要我把老沈手里的那一部手稿要回来。只好反复向他申明，书是决定要出的。最后总算答应，要我再次与老沈讲定，然后下星期五去他那里取稿。

又访薛华。房间布置得玲珑剔透，地毯、沙发，组合柜里各种各样的工艺品、小摆件，显示了主人富有艺术情趣，而生活又是有序的。

薛华看样子有五十多岁了，着一身运动服。说话声音很低，但滔滔不绝。他是山西人，从山沟里考上了北京大学，后来又做了贺麟的研究生。他说，我是个笨人，但这促使我用功、努力，能够踏踏实实做学问。

三月五日　星期六

连日大风不止，今日复如是。

骑车往北大，给陈平原送书、送邮票，到金先生处取稿，在张中行先生那里借得南星的诗集和散文集。

《三月·四月·五月》是诗集，"引言"中写道：

不知多少年以前了，我住在一个寂寞的庭院里。那一年的春天说来奇怪，我好像第一次看见树木发芽，阳光美好，那时候的环境允许我有许多梦，甚至有时间把它们记录下来。

这些梦到现在已经是古老的而且离这世界一天比一天遥远，记录它们的纸页也残破生霉，不过假如有所记忆不算是犯罪，在我的寒冷艰辛的生活中偶有几分钟休息的时候，它们就像完全褪色的古画一样回到心思里来。……当然是没有用的了，因为这个时代命令人类保留着肉体而忘记灵魂。这一本小书印出来又是一个过失，幸而印数极少，天地广大，散碎的黄叶不久便片片飞尽了。一九四六年十月末日，南星记。

为南星的《松堂集》写了一篇小稿。——"'乙夜青灯之下'，《松堂集》中的文字常会悄悄浸漫在灯影下：'夜了。有一个不很亮的灯，一把多年的椅子，当我一个人挨近灯光的时候，我的客人就从容地来了，常常是那长身子的黑色小虫。它不出一声地落在我的眼前，我低下头审视着，它有两条细长的触角，翅合在身上，似乎极其老实不会飞的样子。我伸出一个手指，觉得那头与身子都是坚硬的，尤其是头，当它高高地抬起又用力放下去时就有一种几乎可以说是清脆的声音。如若用手指按住它的身子，它就要急敲了，我不愿意做这事。但不留住它，它会很快飞到别处，让我有一点轻微的眷恋。'如爱德华兹的《飞蜘蛛》，如富兰克林的《蜉蝣》，而更清，更纯。没有哲理的阐发，不寓道德的训诫，也并非科学的观察，只是一种生命与生命的交流，灵性与灵性的沟通。从琐屑、细微、无谓的生活场景中感受到纯真的情趣，那是一颗诗人的心。嫩绿的豆荚上，细软的轻尘里，杂沓的市声中，心对'物'的发现，便是诗人的境界了。这境界是宁静的，却不由得清心寡欲而换得；这境界是热烈的，却不因世俗的欲望而鼓荡。"

在沙滩购得《文思》《客观知识》《爱与意志》。在商务购得《伏尔泰传》。

三月七日　星期一

上午谢选骏送稿来。

党员开会。这是自到三联以来，第一次参加组织活动。

读《十日谈》，夏泼莱脱如何成为圣夏泼莱脱。由此悟道世间凡被称为圣人者，多少有点夏泼莱脱的影子。

三月八日　星期二

往编辑部。

下午周国平来取书。

三月九日　星期三

往编辑部，拟就三期的草目。

到朝内贴二校样图。

午间四位女士与老沈一起在美尼姆斯餐厅就餐。这里气氛优雅，人极少，有一大半座位是空的。奶油番茄汤、面包、点心、柠檬汁，味道不错，余皆不佳。五人花费一百二十块。

下午编辑室全体（已与翻译、著作两室合并）开会，听了几分钟，实在没意思，溜了出来。

三月十日　星期四

到朝内复印本期插图。

到丁聪家送草目。归途过民研会，向谢选骏约定下期稿件。

接杨丽华电话，云本期尚缺“品书录”，嘱我搞两篇。遂董理旧作，敷衍成篇。

三月十一日　星期五

到梵澄先生处取稿（《周天集》二）。上次去时他曾说起，有一部室利阿罗频多的《〈薄伽梵歌〉论》稿欲请人誊抄，而言中透露之意是想让我来做。我回说，工作很忙，实在没有时间，但可以为他物色抄稿人。

抄稿人已找到,但他并不想用。

“你愿意在我这里学学古文吗?”

“当然愿意。”我一时未明其意,而对这个问题,除此之外没有别的回答。

“那么你就来帮我抄这部稿子,抄的过程也就可以揣摩文意。”

“可我实在没有时间,会误事的。”

“不要紧,并不急的,只想有一份誊清的稿子放在那里。”

如此,我竟推托不得了。他又特别强调说:“我不会少付你钱的。待书出时,还可以从稿费中提成,百分之十五或二十,都可以,你说吧。”

我连忙表示,这一点不必考虑。

过了一会儿,又忽然说道:“你该拜帖子了。”于是告诉我,何以为拜帖子。但末了却说:“这是开玩笑,你可不要给我送帖子。”“我一生得力于两位老师,一位是启蒙的先生,一位便是鲁迅先生了。我们交往了八年。那时我常常往他家里跑,一聊就是大半天。有时有个字认不得,也要去向先生讨教。在他家里吃过无数次的饭。先生谈兴浓起来,什么话都和我讲。”他一共上过四所大学,后来又去德国读书。

三月十二日　星期六

到丁聪家取版式,到冯亦代家取稿。

往朝内抄“新书目”。

往编辑部,诸君皆在。

午间在闽南餐厅吃饭。我实在是讨厌“下饭馆”了，可是吴彬一力要拉我去，我深解其好意，只是无论如何提不起兴趣。

做发稿准备。

读《米莱传》，写下一则小稿。

三月十三日　星期日

发稿一日。

三月十四日　星期一

往编辑部，得杨丽华手书，即回书一封。

在王府井购得《幼狮》《玫瑰之名》《兔子，跑吧》《意大利文艺复兴时期的八个哲学家》。

收到范景中所赠《秩序感》。

读《卡莱尔》《历史中的英雄》。

三月十五日　星期二

往社科院，访郭宏安、赵一凡、李文俊、王毅。

午间吴彬来家，饭后一起往朝内复印材料，继而往编辑部。杨、贾二位皆在，共商服务日事宜。

往东单邮局购服务日用明信片。

晚间又往编辑部，与老沈一起做发稿的最后一道工序。

为梵澄先生抄稿。

三月十六日　星期三

抄稿。

周国平来。

到苏绍智家取稿。

三月十七日　星期四

往朝内送苏稿。

谢选骏送稿来。

三月十八日　星期五

到朝内取打印好的明信片，送往编辑部。

下午往“豪华”，与杨会合，找两位经理联系本月于此间举办服务日事宜。

到绒线胡同书店，与志仁会合。购得《家庭与世界》《他们》《一个世纪儿的忏悔》《贝多芬》（传记小说）。

到民研会找谢选骏，昨日送来之稿稍有不如人意处，今请他更改一下。

读《傅雷译传记五种》。

三月十九日　星期六

往社科院郭宏安处取稿。

编辑部四人会齐，写样书信封。

受命写《读书》编委聘书。

晚间十点志仁将我送上开往广州的第15次列车。

三月廿日至廿一日

三十三小时，除三次去厕所外，全部时间“卧”铺，读《我与你》。

早九时到达广州火车站，对面便是所要投宿的红棉大酒店。民研会的几位，又先期到达的与会人员皆在中餐厅吃早茶。进门后，廖东凡和刘晔原都很热情，极力让饭，只喝了一杯茶，小坐一回，便告辞往华师大，访何海伦。

从火车站乘 33 路公交车至终点，费时四十分钟，进得校门，七找八找，总算找到，她正在洗头。

这是两间一厅的住宅，宽敞倒是足够，屋内有些凌乱，细细打量起来，似家境不富裕，远不如我想象得那样洋气。

海伦跑去买了烧鹅和叉烧肉，中午饭是炒菜花、炒鸡蛋、煎香肠。

海伦的小女吴琪，很可爱，一点也不认生，待人很亲。儿子吴玮，男孩子大了，就爱在家人面前将自己封闭起来，因此，多是不大讲话的。念及将来小航也会这样，不免有几分伤心。

饭后海伦陪我到东山商场及北京路一带，给我买了一件长袖衬衫，几色糕点和十包方便米粉，又请我在东方宾馆的食街吃晚饭。一碗上汤鱼皮饺（两块二角），一碗鱼皮艇仔粥（两块八角），味道不错，前者似福州的肉燕，烹制方法相同，只是将肉易为鱼；后者配料极丰富，约有十几种：鱿鱼丝、肉丁、鸡丁、香菇、鱼片、花生米等等叫不上名称的东西。

出门时忘记带勺，欲在街上买一把，但转了两个商场，不锈钢的器具一律要收兑换券，最后在车站商场的一个角落里才买到。

八点钟归至红棉，洗了一个热水澡，与刘晔原同宿，晚间众人来聊。

三月廿二日　星期二

早九时半由红棉出发，三点到达珠海斗门的白藤湖农民度假村。整日阴雨绵绵，潮湿便更添凉意，情绪坏极了，就像这阴沉的天气，对一切一切都提不起兴趣。

金辉是打前站的，见到她，不觉有几分亲近，便高兴地唤了一声，不料她的第一个反应却是大为吃惊："你真的来啦！""当然真的！"此事在北京时我就对她认真讲过了，难道是忘记了么？"可是没安排你的房啊！"不过，她倒是很快就调整了情绪，为我安排了床位，其实很简单，就是与她同居一室，外加宋萱和练灵（广东电视台）。

这一房间差不多成了会务组，领材料的人络绎不绝，几乎没有一刻清静。

三月廿三日　星期三

晨起仍是蒙蒙细雨，上午大会开幕，广东的有关领导一一讲话，不仅人之所言大同，即与以前在各种会议上听到的讲话也无甚区别。

趁会后全体合影之机溜出，在度假村闲走一圈，景致还是很美丽的，婆娑婀娜的南国佳木掩映着黄白相间的小洋楼，少车马之喧阗，无浊气之染污，若心无愁烦，倒可于此求得片时之宁静。

午后天晴。

下午分组讨论。

傍晚金辉拉我一起去散步，又给我讲苏联电视剧《沙丘路漫漫》的故事。

晚间"上海帮"（陈勤建、毕尔刚）请"北京帮"（我和金、刘、宋）到好景门喝咖啡。

三月廿四日　星期四

清晨到庭院散步，花草芬芳，鸟鸣不绝，空气极是清新，难得一派静谧。

上午躲在室内看了半日书（《哲学与自然之镜》）。午间与金、宋一起出去照了两张相。

下午听会，仍是提不起兴趣。

晚上由吴三川（一位农民书法家）带领去参观花园村的农民住宅，一幢幢白色的二层小楼，里面的居室、厨房、卫生间，都非常宽敞，卫生间内的设施是宾馆式的。每幢楼的造价大约是五万元，目前楼中的主人大多是白藤湖的干部。

所居之龙湖宾馆的歌舞厅今晚对与会人员开放，大家纷纷去跳舞，宋萱的迪斯科跳得极是洒脱，不过这种明灭的灯光效果和震耳欲聋的音乐实在令人晕眩，看了一会儿，便赶快离开了。

此次出行常常失眠，这是从来没有过的，今夜又复如是，直与金辉聊至凌晨三点钟。

三月廿五日　星期五

晨起出外散步，夜来微雨，空气是温润的，鸟鸣更显清脆，又见莲池内不时有锦鳞跳波。

上、下午各参加了一半会，其余时间皆躲在屋内读书。

晚间白藤湖的主人宴请，有几位喝醉了，有的只是头晕得厉害，有的却很有些失态，跑到我们屋里撒酒疯，让人看着很不舒服。

三月廿六日　星期六

今日就要离开这里了，早起又往各处转了转，花、树、湖、鸟、绿浸浸的空气，软绵绵的雨，的确富有诗意。

白藤湖度假村招徕游客的口号是：吃水鲜，玩水面，住水边。我连日只以方便面果腹，又不复有水上乘游艇的兴致，水边之宿却又夜夜难成眠，趣当何在！

八时半乘面包车往珠海，十点半到达海滨的碧海酒店。这里的住宿条件比白藤湖差多了，与广东《天南》编辑部的马翠罗同居一室。

白藤湖宾馆的服务员皆是渔家女，但生得身肢窈窕，面容姣好，且言语彬彬有礼，甚是可人，此后不复见。

午间到市中心闲逛一回，无甚可购，只买了叉烧面包、豆蓉面包、柳丝面包各一充饥。这里的面包品种很多，而且比北京稍稍便宜。

下午乘游艇做澳门环岛游，环岛之时，澳门诸景近在咫尺，葡萄牙总督府，高级官员住宅区，世界赌场中心及渔栈、虾栈等历历可见。

从九州港到驻地的途中，可见到一片新起的建筑群，式样很是“现代”，想全部竣工之后，当是一派现代都市风光。

三月廿七日　星期日

晨起沿海滨漫步，记起今天是星期日，我不在家，志仁和小航一定在狠狠地睡懒觉了。

八点半乘车往海关，大家下车，看看分界线上的铁丝网，看看沿海关走道纷纷入境的澳门游客,然后上车,驶往拱北宾馆。

宾馆建筑是东南亚风格的,内部装修很是富丽,各个小餐厅皆以不同国家的风格来布置,所见有英国、法国、波斯、埃及、西班牙、葡萄牙,主要是内壁装饰及室内家具风格各异。

购物中心商品价格昂贵。

继往九州城,外形是一座大屋顶的仿古建筑,内里是琳琅满目的购物商场,货物奇贵,少有人问津,多是“开开眼”而已。

下午两点半乘船往蛇口,四点钟到达。

先至“海上世界”,此是由一艘报废的“明华轮”(一九六二年由法国建造)改建而成,现为一座娱乐场式的企业。由公司经理带领,参观了戴高乐、邓小平住过的船舱及船长室,又各处闲转一回。

开往住地的途中,经过深圳大学,稍事停留,进门所见即是图书馆,是一座非常漂亮的建筑,伫望整个校园,开阔、洁净、整肃,建筑皆具现代气派。

六点钟到达北江酒店。

晚间参加“大家乐”晚会,即欲上台亮相者,交五角钱报名费便可获得表演机会,观众则是不花钱的。

三月廿八日　星期一

清晨往酒店对面的荔枝公园漫步,果然荔树满园,间有幽篁丛丛,不知挂果之时,又是何等景象。

七点钟往国贸大厦的旋转餐厅吃早茶,每人标准十二元。计有七色小点:莲蓉水晶包(皮儿系马蹄粉制成,半透明状)、虾仁春卷、鱼丸、烧麦、牛百叶、凤爪和叉烧包。

茶罢在大厦内的购物中心转了一圈。

电梯是带玻璃窗的，于中可见中庭的花园阳台、人造瀑布、音乐喷泉。

出门之后，又在周围几家商场大致看了一下，物价都是极高的，除此之外，倒未见有什么特别之处，遂匆匆返回。

下午往深圳图书馆开座谈会，深图规模不及新北图，但却更具现代味儿，建筑造型也很有特色。

继往罗湖区的笋岗村参观。这里名为村，实际早已不务农，处于农村向城镇的过渡阶段。参观了几幢住宅楼，居民的家境是富足的。

返回北江酒店后，金辉邀我陪她去买电视，又在国贸大厦周围的几家商场乱转一回，终是未买。

晚间多数人往歌舞厅，我与金辉未去，又一起聊到半夜。

三月廿九日　星期二

晨起漫步荔枝公园。

九点钟乘车往沙头角，过海关后，先在碧海酒楼开座谈会，由民间歌手薛观带、卓惠霞演唱了客家山歌。薛二十世纪五十年代是本地的山歌王，后往香港经商，二十多年再未唱歌，近年又重启歌喉。

散会后自由活动——往中英街购物。这是所有的人最感兴趣的一项活动。所买者多是衣料、西服、裙子、袜子、味精、肥皂等，几乎人人携回一大包。

一日阴雨绵绵，冒雨逛街。在我眼中，几乎没有一件便宜东西，花几十元以致上百元买一件衣服，简直是无法想象的。

三月卅日　星期三

晨起往荔枝公园，雨后的花木更觉清丽可人。

早八点半乘车往火车站，在车上听张紫辰说："昨晚与会人员进行了沙头角购物'反思'，得出的结论是'上当'！"倒是我这不买东西的人没什么遗憾。

火车九点四十分开，两小时后到达广州。

即往华师大，海伦已为购得船票二张。

下午往花园酒店光大公司广州办事处求订返程车票，糟糕的是志仁名单上开列的三个人皆不在广州，办公室里的另外两个小伙子还算热情，答应试试看，不知这句话中含有几分成事的把握。

看看时间还早（四点半钟），遂乘6路公交车往白天鹅宾馆。一路所过，大部是老城区（上九路下九路），建筑十分破旧，但街面甚是繁荣，铺面一爿接一爿，尤以食档为多，几乎每隔几十米就是一个烧腊店，见标有烧鹅、脆皮乳猪、叉烧及各种风味鸡，鸡价有高至十几元一斤者。

白天鹅宾馆坐落在临江的沙面，入门即听得一派瀑布声。占据了两个层高的中庭设有小亭、山石、曲桥，硕大的龟背竹突出于数十种南国佳木中，山石所刻为"家乡水"三字，瀑水便从其上悬下。中庭四周两层环绕为餐厅、茶室，装修各具风格。月兔餐厅前置一方小草坪，坪间一木屋，养有三只小白兔，煞是可爱。瀑流汇聚于潭中，数尾金锦红鳞游戏其间，餐厅间外一面的玻璃窗皆是一垂到底，可尽览沿江景色。

广州的酒店宾馆全部对外开放，不似京城，禁卫森严，使人不得不却步。

沙面一带尚存不少西式洋楼，想是殖民地中国之旧迹。

归途中，雨又来，这一趟竟用了四个小时。回到海伦家中，已是八点半钟。她特为我煮了皮蛋粥，包了馄饨，非常好吃，比那一日“食街”所吃，觉滋味更佳。

晚间同床夜话，共吟李商隐诗：何当共剪西窗烛，却话巴山夜语时。我说，当是岭南夜雨罢，海伦又更一词：是珠江夜雨。极是，如此，更合平仄。

三月卅一日　星期四

未曾合眼几时，便又早早醒转来，听得窗外仍是雨声滴沥。

原与雨茹约定，三十日广州见面，但此时不见，知其爽约，只得早早赶往码头退票。五点半，吴家蘅用自行车将我载至学院门口的 33 路车站，一小时后到达洲头嘴，顺利退掉船票。

九时整，芍药号起航，过虎门后便入海了。

开始了一个人的旅程，感到一下子轻松了。若无知已居傍，倒宁可孤独，一个人旅行是愉快的，除行动自由外，还可以默默想心事，静静体味目之所见。

读《特殊使命的女人》（西德尼·谢尔顿）、《狄金森诗选》。

四月一日　星期五

十点钟到达海口港，半小时后方停靠稳妥。率先入目的便是几株枝干挺拔树冠高耸的椰子树。

下船后立即乘上直发三亚的长途汽车。

一路行来,入目皆是一派青翠,椰子树、芭蕉树,还有一片片的胶林。

下船时,天空尚飘着霏霏细雨,行不久,便是一片青天了。越行越热,从毛衣一直脱到剩下一件运动衣,还是热得难受。

下午六点钟到达三亚市,没有及时问路,坐过了一大段车,又折返回来,到市委门口已是六点十五分。手持张耀虎的介绍信,打问市文联的蔡明康,问到一位陈同志,他告诉我,文联的人早已下班了,你明天再来找吧。我连忙解释道,我是从北京来的,刚刚下汽车。听到北京,他似有所动:“你一个人吗?”“是呀。”“那我先领你去招待所住下好不好?”

于是将我带到院里的市委招待所,但得到的回答是已经客满。

老陈沉吟片刻,对我说:“这样吧,你先到我的宿舍,和我的两个女儿住一夜,好不好?”

当然求之不得。

他的家在十公里以外的红沙,只有孩子在这里住。两姐妹都很热情,先邀我同坐吃饭,婉辞后,又领我去洗澡。

洗涮罢,两姊妹和她们的朋友,又陪我一起去街市闲走。

夜晚的街市热闹非凡,人多过北京,在桥上可望见远处的山顶闪着灯光。小妹陈兴灵告诉我,那就是鹿回头的雕塑。

四月二日　星期六

晨起四点四十分出发往大东海。

北戴河、索溪峪、庐山，皆留下了夜行印象，此番又是夜行，所喜月夜清亮，比起黑黝黝的索溪峪，走起来更胆壮一些。路遇几位载货的早行人，皆热心指点路径。途经一处，但听前方一片狗吠，煞是吓人，忽然想到狂犬，有些怯步，但终于还是咬牙走了过去。

五点半钟来到大东海旅游区门前，两扇铁栅栏门紧闭，灯光处有一木牌，上面写明开放时间为七时至二十二时。

难道还要恭候两个小时？看看门不甚高，且有登攀处，遂跃了进去。

循着砰訇的海潮声摸索到海边——

啊，简直太美了！

文字已经无能为力，用最原始的线条也许还多少能勾画出这一份极度的纯净和清幽，但是那月光下闪烁的海波呢，那节奏起伏的潮声呢，那一派深广的诗的意境呢，只能永远永远留在记忆中了。

一个人沿着沙滩朝着月亮走，眼见一轮杏黄的圆月慢慢滑向山后，转首又见一轮杏黄的太阳从山后涌出，这一辉煌灿烂的时刻却是这样宁静、安详。天就这样不知不觉亮起来，被月光抚弄过的海水又与太阳拥抱了。

赤脚走在细软的沙滩上，海水温温的、柔柔的，撩拨起万般亲情。

一枚粉红色的贝壳推送到脚边，这是大海的礼物。

七点半钟回返。在路口花三毛钱买了一个大包子，馅儿是肥肉丁，香得很。

八点钟回到市委，找到蔡明康，只将昨晚情况说明，声言不必再麻烦他了，争取今日一天全跑完。

出大门，过了桥，行不远，就见有一辆开往田独的小车，问司机是否去牙龙湾，他说你先上来再说吧。车至田独，司机再来说，只拉你一人去，我会亏本的，你在这里下车等一下，会有车去牙龙湾。正说时，一辆两轮摩托车驶来，于是骑到后座上，直驱牙龙湾。

风打在头上，很硬，把脸都吹木了。

九点钟到达牙龙湾，因为穿着裙子，迈腿下来时，一旁候着的另外两辆摩托车的车主嚷道："看见了！看见了！"

我知道他们是起哄，其实什么也看不见。

又问我："去不去兴隆？"

"兴隆有什么可玩的？"

"可玩的多了！可以洗温泉浴！"

牙龙湾的美，不可言说，不可图绘，天青、水蓝、沙白，最简单的几个字，说尽了，只有亲身体会方有不尽的意趣。

游人很少，而且集中在入口处的一个点，只我一个人，沿着长长的沙滩，从这一头走到那一头，又在一只废船后面静坐下来，以全部的天性去感受海。

其时，已不知何为海，何为己，相对只有"我"与"你"，——

马丁·布伯蕲望之境，今日方真有所悟，所谓原初词“我—你”，也省得几分，当混沌初开之时，人之知除人本身，——“我”之外，便只有所对，即“你”，没有名称，没有定义，只有纯情相对。体悟，感受，今日此时，便仿佛回到了倾吐原初词的那一刻。

“我”对着“你”，情不能已地从心里笑出来，又忍不住拊掌而呼。

许久许久，才清醒过来，起身沿海滩前行。

远远看见走来一人，近了，辨出是一外国人，于是拿出相机，对好镜头，请他帮助按一下快门。

我记忆中可以用嘴说出的几句英语也就可以沟通情绪了。

“Very beautiful！”

“Yes,very beautiful！”

又走过一个金发碧眼的妇女，不约而同问过好之后，她十分动情地说：

“Very wonderful！”

我当然有同感。

不过，若再问道：“美在哪里？”恐怕谁也答不出，若说：“太蓝了！”那么，未曾身临其境的人一定不知所云。是啊，谁没有见过蓝：蓝的天，蓝的湖，蓝的海？但这牙龙湾的蓝，是何等样的蓝啊，蓝得纯净，蓝得透明，蓝得无瑕疵，无点尘，可以把你的心融进去。

人说，这里“不是夏威夷，胜似夏威夷”，我想，胜似之处，就在于它的静罢。除了潮声，再无尘音，你可以默对它沉思，任凭多久。不过，这里是正在准备开发的旅游区，恐怕到了那时便求静不得了，而滩边的清可鉴人之水恐亦不复存。

牙龙湾，更多的是写不出、道不出的美。留在心中，无法图绘，无能言说的，是诗，真正的诗。

十一点钟，与它依依相别。

行至公路上，来时守候在此的几辆摩托车已经他往，只停有一辆面包车，过去探问，并不是出租，而且已经满员。正无法可想，一行人走来乘车，见我为无车发愁，便说，挤一挤，坐下吧。真是天下好心人多。

十一点半钟，将我带到一个出租车站。下车四处寻觅，找到一辆开往天涯的车，一小时后到达。

我仍以牙龙湾之单纯为最美。

少留即行，乘小敞篷出租车返回三亚，寻觅往鹿回头的车不得，乃到渡口乘船。两岸间数米之隔，船行不过三四分钟。

过渡后，沿海边的一条土公路趱行，一辆辆"电驴子"突突驶过，一问价，要一块五，不如还是动员两条腿罢。

行不过半小时，便见到鹿回头椰庄宾馆，一片椰林中坐落着一幢幢厅堂瓦舍，背倚青山，面临碧海，美则美矣，不过我想，它的吸引人处，恐怕还在于那个美丽的传说罢。

记得朴康平几年前来此一游，曾写过一首挺不错的诗。

四点半钟回到市委文联，找到蔡明康，准备告辞，但老陈（此时方知他叫陈国泰）的宿舍门却锁着，行囊拿不出来。邻居说，今天是星期六，三个孩子都早早放学回家了，要星期一才回来。正在急得不行,老陈来了,他说,我是回家后又特意赶来的。他听兴灵说将钥匙放在了门下边,生怕我想不到去找(果然未曾留意)。

取了旅行包,道谢告别。五点钟在市委对面的车站上车,六点半到达陵水新村港路口。

刚刚下了汽车,就有一辆“电驴子”开过来,招呼我上车,不及多言,就上去了。车开起来,发出震耳欲聋的声音,全身的每一块肌肉都跟着颤动,好在没有几分钟就开到了(要价一元!)。

还没站稳呢,就有一个小伙子过来问:“去不去看猴子?”

“这么晚,还能看到吗?”

“当然能,多得很呢!”

不容考虑,便提着旅行包上了船。

此时正见一轮红日沉沉落下,这里的海水,也清得很呢。

船行未久,已是暮色苍茫,我不禁有几分担心:“太晚了,不行了吧?”

“保证可以让你看到!”他一口一个“小姐”,又说:“你放心,我会保护你的。”“不要害怕,这里没有流氓。”他的普通话说起来很困难。

我心中思忖着,剪径吗?倒是不怕,没有什么值钱的东西;耍流氓吗?我又不是大姑娘,也没什么怕的,倒是空跑一趟花冤枉钱了。

这时又听他说道:“小姐,今晚要是看不到,明天一早我再送你去,不收你的船钱。”

眼看天色渐暗，猴岛似乎还是很远，机器又不转了，原来这里海水太浅，无法开动了，小伙子便下船去推，差不多全身都被打湿了，我心里真有些不过意。这样且推且行，猴岛尚有一箭之遥，于是他说："小姐，实在对不起，我们下来走吧，我来帮你扛行李。"

"行李不用带了。"

"不行不行，要是有人拿跑了怎么办？"

"反正是几件破衣服，不值什么钱。"

海水将及小腿，是温热的，走起来挺舒服。

上岸后，他又将自己的拖鞋脱下来给我穿，然后由他带路，穿行于柳林，田塍和灌木丛间，来至观猴亭。

已是明月东升了，小伙子打起唿哨，喊道："猴子，出来吧，让我的客人看一看！"

听得树丛中窸窸窣窣一阵响，有两只小猴子跳了出来，蹲坐在树梢上，不过所见只是月光下的猴影，看得并不真切。等了一会儿，再没有更多的猴子出来，我说："走吧，我只好明天再来了。"

一路上，他不知说了多少个"对不起"，并又一次提出："我明天一早一定再送你来，不收你的船钱。"

聊起来，知道他名叫陈云锋，二十三岁，高中毕业后，连续三年参加高考，皆因几分之差而落榜，于是两千块钱买了条船，才刚刚干了十一天。小陈家境不大好，一位近七十岁的母亲要由他供养。

"你的母亲为什么这么大年纪？"

他说，父母婚后，有了两个姐姐，但从此母亲就不生养了，父亲很失望，曾一度想离婚，又过了好多年，母亲四十多岁时才生了他，过两年，又生了一个弟弟。

他又告诉我，他非常喜欢唱歌，高兴时唱，烦恼时他也唱，而且常常是自己编歌，说着，就唱起来："我沉默时人家笑我不会唱歌，我唱歌时人家笑我发疯。"颇有些韵调呢。

天色已经完全黑下来，只见几株椰树托着一轮又圆又大的黄月亮，那景色，是多次在图画上、照片上见过的，但终不如这真情实景引人心动。

蹚过海水，又坐到船上。海面上静悄悄的，耳边只有马达的突突声。明月高悬，在水中投下长长的抖抖的光影。借着月色，可见远处猴子岛的海滩边几株椰树的婆娑姿影，不由得想起《春江花月夜》的古诗和古乐，虽未见到猴子，但这月夜泛舟也是难得之趣啊，可谓不虚此行。

渐近渡口，见海中一座座小板屋，四周用铁丝围起，屋内燃着蜡烛，船驶过时，常听得狗叫声，原来这是养鱼户，所育红斑鱼之类，每斤可卖二十五至三十元，还有龙虾，能卖到六十元一斤。

上岸，已是八点半多了，小陈坚持要送我到招待所。走了一段之后，我想还是不要麻烦他了，就请他结算船钱后回家，他显得十分难为情，吞吞吐吐地说："这叫我怎么说呢？""你就说吧，说多少就是多少。""七块，"他费了好大劲儿才说出来，又连忙补充道："把客人送到里边去，别人收十块二十块也是有的。"我感到有点吃惊，但还是如数付清了，他惶乱地塞进口袋，说："我还是把你送去吧。”

我猜想，为了这份船钱，他一定在脑子里思谋了好久，即使他多收，也不必再去计较了。

我把他劝回了家。

一个人提着包，沿街寻找。街上倒是极热闹，一家家店铺灯火通明，有几处在放录像片，只听得一片人声嘈杂，走过街心，渐渐安静下来。一个四五十岁的男人跟在我后面，走了一会儿，终于几步赶上来问道：“你是不是来打工的？”

“不是。”

他停了下来，似犹不信，又跟上来走了一段，再问：“你不是来打工吗？”

心里觉得好笑，更认真地答道：“不是。”

走到福利旅社，被告知说，这里住的全部是男客，如我要住，须得自己包一间房，价钱是十八块。

不管多少钱，也得住下来啊，咬咬牙交了款。所喜房间包括一个卫生间，最迫切的洗澡问题可以解决了。又有一暖瓶开水，第二要解决的吃饭问题也好办了，马上冲食一包方便面。此时已是九点半钟，这一天差不多活动了十七个小时。

四月三日　星期日

昨日曾与小陈有约，七点钟渡口见，六点五十分来至渡口，一位老摆渡赶过来，一个劲儿拉生意，先讲两块钱，后又说一块钱，于是上了这条船。心里正想着昨天的七块钱是不是要得太多了些，便见船已靠了岸，原来他只渡过直线距离，剩下的要靠两条腿跑旱路了，相比之下，倒是这一块钱并不便宜呢。

时听得鸡鸣狗吠，原来椰树和芒果树丛中住得一户户人家，还有一处守岛部队的驻地。

沿岛上的一条土路走了四十分钟，才到了昨晚来过的观猴亭，已有一拨子学生在那里了。看到树枝晃动，已有几只小猴子悠下来，等了一会儿，更多的猴子露面了，并大摇大摆地走向人群。这时，我发现一位戴草帽的小伙子在注意我，终于他问道："你是不是昨晚来过，很晚很晚的时候？""是啊，你怎么知道？""送你来的那个陈云锋是我的好朋友，昨天他很晚才回家，和我讲起经过。""那你怎么知道是我呢？"他笑了："一看就知道，而且你讲好今早一定要再来的。""对，我很早就过来了，是走路过来的。""等下坐我的船，我送你过去，不收船钱。""为什么？"他又笑了："因为你勇敢。"

我想，这勇敢里面包括的还有对人的信任吧。

询问之下，知道他姓梁。

他告诉我："你到小卖部买两毛钱花生喂猴子，我来给你照相。"

花生买好，猴子已经在坐等了，刚照了一张，又过来一只猴子，一掌将我手中的一袋花生打掉，跑走了。我便坐下来，看别人和猴子玩。猴子越来越多，树梢上聚了一群，亭子上坐了一排，机灵得很，活泼得很，一点也不怕人。我看到小梁也买了一包花生，站在有猴子的那棵树下吃。一会儿，便见他向我招手，走过去，他把花生递给我，说："你来喂它，我给你照。"树上三四只猴子一起过来抢，抓得我手心痒痒的，想起人常说“馋猫”，看来该说“馋猴”才是。

照完相，算算时间不早(八点半钟)，便准备离去了。小梁真的要送我，于是招呼了他渡来的一船女学生，从小径穿过村庄，依旧赤脚走过浅滩(小梁帮我扛着行包)，上船，小梁又在船下推了好一阵，才开起来。

上岸后，我问道：“真的不收船钱吗？”

小梁笑着把手一挥，然后说道：“好走啊呀！”

“那就多谢了！后会有期！”

在街心坐上一辆开往陵水的面包车，一路上不断往里面装人，差不多超载一倍了。这一趟坐过的车都是这样，有一条缝也要往里塞一个人，多一个人就多一份车钱嘛。

十点钟到达陵水县城，忙不迭又搭乘一辆开往海口的面包车，回程路费比来时贵出四块多，不过小车到底比长途汽车平稳许多，速度也稍快一些。

两点四十分到达海口，下车之后，便觉身上的一件衬衫不足御寒了，忙找了一家音像商店，与开店的姑娘赔上几句好话，进后面去换了衣服。

出门行至海南总站，乘海口开往秀英路的2路公共汽车赶往码头，买好明天的船票。然后步行往滨涯村的海瑞墓。且行且问，走了约有七八里路，已经很是荒远了，才有指路者说：“到了，前边拐弯就是了。”

来到近前，才见有两辆旅游车开到，下来一大群游客。看来拜谒者都是有组织的,如我之孤身徒步者恐少见。墓园内郁郁葱葱遍植翠竹、椰树和各种花木。最可爱是两行椰树,此虽海南随处可见,但在这里却别添一种风情。海公是正直廉洁得颇有几分怪癖的,今千里迢迢来相访,也算献上一份厚意了。

乘2路公交车回返海口站,又换乘1路公交车往区党委。一路观赏街景。街道还是很漂亮的,椰树为护,间杂多种林木,细细的雨丝将之浸润得一片迷蒙。不过市区建设似乎是刚刚起步。商店里的物品,尤其是食品都很贵,价格高过广州。

按照张耀虎开列的地址,在区党委大院转了将近一小时,没有找到林冠群的家。往对面的组织部招待所、邮电部招待所,皆告满员。只好乘车返回秀英区,在港口的海南招待所住下。一间三人。另外两人是来海南做生意,与来找她们的朋友聊了一会儿。他是从重庆民院来海南一所学校教书,准备试干一段再决定去留。

四月四日　星期一

清晨四时醒来。

出门坐了一辆面包车往海口公园。一小时后往码头。在附近餐厅吃了一笼三个包子:两个肥肉丁馅,一个椰糖馅,还有一个油炸开口笑,共六毛五分钱。

八点四十分上船,一直等到十点四十分才开船。邻铺的一位生意人告诉说,是在等海水涨起来,将来要将码头再伸进海里一公里,那样就可以不必这样等了。

船行不久,风浪大起来,船身颠簸得十分厉害,一多半人都在呕吐。午夜过后，风浪渐息。

四月五日　星期二

凌晨起来，将读《哲学与自然之镜》的断片整理成一篇"品书录"。

下午一点半船靠广州洲头嘴港。整整两个小时后才回到海伦处。洗过澡，吃下两碗老吴特为我煮的香菇虾仔面(面是从香港带回来的)，还有一个煎荷包蛋。

晚间出门访黄秋耘。按照老沈开列的地址来至梅花村十五号，结果并无此人，说是几年前就改了门牌号码。正不知将往何处去寻，只得作罢。

四月六日　星期三

清晨六时出门往中大，一个多钟头才到。又走走问问，找到区鉷的家。不巧他很快要出去赴会，因而简单聊了几句便一同走了出来。分手后，又在校园内闲走一回，突出的印象是花木繁盛，触目皆绿。还有一些中西式建筑，是旧日的遗迹吧。

出校门，乘 14 路车至海珠广场，步行到北京路，坐 7 路车至高基，往陈家祠。继而六榕塔、光孝寺。然后往从头再来于大沙头的花城出版社，访李士非，不遇。通电话后，再往他的居所(东风东路)。继往苏晨寓所。

回到华师大已是晚上八点。海伦给我留了鱼丸、排骨、青菜。囫囵吃下。

四月七日　星期四

夜来总是睡不安稳，早早又被雨声惊破轻梦。伴雨而来的还有料峭春风，送来阵阵凉意。已经买好去往肇庆的车票，决定还是冒雨而行。借了老吴的一双雨鞋便出门了。

八点赶到流花长途汽车站，十点四十五分到达肇庆。在汽车站花两毛五分钱买了一个豆沙酥饼，几口吞下。其余食品，如饼干、面包之类皆太贵，遂作罢。

入牌坊，沿一条长长的林荫道前行。两旁先是挂满干豆荚的老树，枝桠探向水涯，继而又是一种不知名的树，枝干缀满青翠的小叶，倾身扑向湖波。左边是隔湖相望的七座岩峰，右边是湖上嬉水的串串游鸭和一座座红砖的农舍。一路之上不见行人，只随着车铃声骑过一个个青年男女，想来都是本地人。

十二点钟来至阆风岩脚下，开始登山。经十友亭、飞来石、含珠经、仙人脚印、环翠台，然后到了待月台。台上驻足，可望阆风绝顶。又过玉皇殿、小石林而至玉屏绝顶。平视左右，峻岩耸秀；俯瞰脚下，清波映翠。兴奋之下，不辨归路，左环右绕，几条鸟道皆通向绝壁。四周悄无人迹，无从问路。困了半个时辰，寻到一条山径，经一线天、双珠径、天梯峡，上至马鞍亭，方下到山脚。再沿环湖路行至石室岩下，上山，至揽月亭，复转下山来。

赶到汽车站，欲乘车往鼎湖，等车不来，看看时间已是两点半，恐太晚不及赶回，遂乘坐班车返回广州。七点钟至广州火车站，八点多回到海伦家。

同访汤毓强。

夜间同床共话至一点。

四月八日　星期五

早晨海伦和老吴请我到石牌酒家吃早茶。一杯茶入口，即开始吃茶点。计有：咸酥角、烧卖、拉肠粉、蛋酥、萨其玛、糯米鸡、肉包，共费八块多钱。

回华师大后，区铁来访。

午间吃“有味饭”，系由香肠、冬菇、虾仁、糯米合制而成，好吃极了，一连吃了两碗半，又喝了两碗菜心鱼丸汤。

饭后往校园及天河体育中心照相。

四月九至十日

在火车上卧了三十四小时三十分后，到达北京（一路以《我与你》相伴）。

下午与志仁同往绒线胡同买书。又往民研会，找谢选骏取稿，再到编辑部取信。

晚间阅稿，处理来信。

四月十一日　星期一

往编辑部，将稿件交老沈。

到梵澄先生家送《异学杂著》校样。

出门一看，漫天昏黄，狂风起处，卷起沙尘，直扑得满头满身。

四月十二日　星期二

在中华、商务、人文购得数种图书：《中国佛教思想资料选编》（三·二）、《藏事论文选》（上、下）、《西方伦理学名著选辑》（上、下）、《闻一多书信选集》、《浪漫的与古典的·文学的纪律》（梁实秋）、《台湾中国古代文学研究文集》、《巴尔扎克全集》（十、十一)。

从方鸣处索得两册书:《沉重的主体》《新国家》。

往编辑部,与吴彬遇。

看三校样。

四月十三日　星期三

往编辑部,做发稿准备。

傍晚时分方鸣来取书。他说,他羡慕我的"清闲"与"优雅"的生活。不过我想,此亦仅止羡慕而已。若予他以同等机会,并奉送这一份"清闲"和"优雅"的话,他是不会接受的。

四月十四日　星期四

发稿一日。

今天终于宣布了职称评定的结果,我所申报的"编辑"被认可了。

午间编辑部诸同仁往聚仙宫午餐,每人一份西式炸鸡,吃得很饱。

四月十五日　星期五

往编辑部,与老沈一起,将发稿的最后工作做完。

在王府井购得《坛经导读》《解释学与人文科学》《迷雾》。在百花购得《美洲人体绘画选》《装饰画集》。

四月十七日　星期日

读书一日(建筑类)。

自穗返京转眼一周,几乎无日不风。但花依然开了:院子里的迎春,还有桃花。蒙着风尘的春天依然不乏生命之色。

四月十九日　星期二

上午黄梅来。

中午周国平来。

往琉璃厂书市。此番似不如昔，难觅可购之书，只买了几册新书：《宋高僧传》(上、下)、《敦煌歌辞总编》(上、中、下)。最后发现两本久寻不着之书：《中国佛教思想资料选编》(二、三、四)。

四月廿日　星期三

又起黄风。

往梵澄先生处取校样。

到信托公司为老沈购《中国投资指南》。

往编辑部，与杨丽华遇。

四月廿一日　星期四

在王府井购得《修女》、《外国美学》(四)。

晚间到北师大参加师大团委与《读书》联合举办的"读书·求知·成才"系列报告会，同行者二杨。杨进乃充老沈之替身，杨丽华是组织者之一，我是陪绑。每于社交场合，最可见我之木讷、笨拙。

日日狂风，空气是干的，似乎连生活都失了水分。

以诗来滋润吧，读博尔赫斯。《诗艺》一首颇令人喜欢。

四月廿三日　星期六

到编辑部，与吴、杨遇，往朝内捆书。

午间，正饥肠辘辘时，贾宝兰来，于是一起到美尼姆斯餐厅，恰与老沈和小董遇（董是从香港回归赴京参加版权会议的），董乃解囊相请，其时二人的午餐已经近尾声。

四月廿五日　星期一

在豪华饮食厅举办服务日。不知什么原因，凡我约请的人，一个也没来，来者多不识。只与赵越胜、方鸣聊。

到南竹竿寄发《读书》。

四月廿七日　星期三

往编辑部。

小航昨天傍晚开始发烧，今休学一日。

他靠在床上看小人书，突然哭起来，边哭边说："我不做人了！人太坏了！人把猫头鹰都做了标本了！"

四月廿八日　星期四

往编辑部。

在绒线胡同购得《异行传》《美人与野兽》《视觉原理》《哲学的还原》《走出非洲》《骑士》。在沙滩购得《大百科全书·宗教》《若有所思》《中国佛性论》《选择的批判》。

往谢选骏处送抄写费。

四月廿九日　星期五

与杨、吴一起往建工学院参加当代建筑文化沙龙举办的学术报告会。实际上报告一点没听，只是拉了一部分三联的新书到那里去卖。

午间杨、吴与几位画家到莫斯科餐厅吃饭，我惦记小航的病，急急赶回。

在编辑部看到老沈留给我翻阅的一部稿子：《基督的人生观》。

四月卅日　星期六

初校样来，到编辑部拼凑补白。

小航苦死了，吃什么吐什么，咳嗽得特别厉害，他一个劲儿说："不行了，我活不了了，我要死了，一定会死的。"

五月一日至二日

小航高烧不退，呕吐不止，咳嗽愈剧，再往医院，诊断为肺炎。

又发悲音："妈妈，我真的要死了，你再找一个儿子吧！"又抚着我的脸说："妈妈，你是我最好的妈妈！"忍不住抱着他哭作一团！

五月三日　星期二

小航仍呕吐不止，秽物中竟有血块，忙和志仁带他再往儿科所，挂了"专家号"。不料一等再等，一个小时没看完一个号。志仁气极，退了号，再往友谊医院。医生说，血块乃胃中之物，无大碍，悬悬之心方稍安，仍遵医嘱一日两针。

下午往人教社给张中行先生送书，又往编辑部，交老沈本期发稿草目。

收到钱春绮先生寄赠的《法国名诗人抒情诗选》。

五月九日　星期一

往编辑部。

往朝内，贴二校样图。

五月十日　星期二

往编辑部，做发稿准备。

午间编辑部四人请李庆西在人人大酒楼吃饭。闻讯而来者赵越胜、周国平、老沈、范用、丁聪，一共十人。二楼，广东风味。饭菜一般，唯饭后几味甜点甚佳。

五月十一日　星期三

往丁聪家取版式。

黄梅来家送稿。

五月十三日　星期五

发稿一日。

午间一起到美尼姆斯吃饭，大吃了一顿甜点。

五月十四日　星期六

往编辑部继续处理发稿的收尾工作。

用评定职称后补发的工资购置了一个书柜、一个衣柜。

五月十八日　星期三

早上到人教社找张中行先生取稿，然后往编辑部。

到协和医院办出院手续并接小航出院。

晚间小航躺在床上不住地掉眼泪，说特别想念医院的两位阿姨，阿姨对他非常好，给他买包子，买冰激凌，为他讲故事。

五月十九日　星期四

早晨送小航去上学，一到教室门口，同学们就把他围了起来，问长问短，煞是亲热，还有人喊他“小玩具”。

往编辑部。

日前尝致简越胜论诗，赵复函曰：“与其用这许多理论表达把诗弄成一个大而无当的概念，不如干脆把诗看作‘无’。这样，彻底的空泛走到了它的反面，‘无’成了一个最具体的概念。莱布尼茨问道:'万物皆在,为什么偏偏无不在?'这真是振聋发聩的一问。一切皆在,无自然在,无不在,则无物在。这从空间和时间上看都有充分的根据。诗(poems)在希腊的含义便是'使……在场','使……现相',也就是'无中生有'。"

今读阮籍《清思赋》,对此似憬然有悟。

五月廿日　星期五

往编辑部。

往朝内,与方鸣遇,索得一册《希腊哲学史》(第一卷)。

傍晚天雨,此乃久风之后罕遇之雨。

读严复译《天演论》。开篇之译文极富诗意。

晚间与小航对坐读书。忽然想到,十年之后,四十四岁的我,与十八岁的小航,还能够对话吗?谈什么?谈人生,谈学问,抑或疏隔而无言?恐怕后者的可能性更大些。

五月廿一日　星期六

往编辑部。

到朝内整理各出版社为服务日寄来的新书。

读《后汉书》。

五月廿二日　星期日

往琉璃厂转一圈,购得《王无功文集》《海天琴思录·续录》《杜甫〈秋兴八首〉集说》(叶嘉莹)。近日书价陡涨,不足四十万字的一册,竟要价近七元。荣宝斋的水印信笺,价亦倍涨。

五月廿三日　星期一

往编辑部,与吴、杨遇。

甘阳来，一起聊了半日。甘阳对“传统”的态度似大与前异，若“回归”焉。

又往琉璃厂购十竹斋信笺。在绒线胡同购得《种族》《精神分析引论新编》《瑜伽论》。

五月廿四日　星期二

往编辑部。

到朝内捆书(服务日用)

午间赵越胜来家送稿。

五月廿五日　星期三

在豪华食品餐厅举办服务日。结束后到南竹竿发刊物。

五月廿六日　星期四

往编辑部。初校样到，做补白。

读叶灵凤的《读书随笔》。《座右书》篇谈到为出门旅行择取一本携带之书的难，这一本不适当，那一本又不适当，有的太轻松，有的太严肃，往往对着满屋的书，竟觉得没有一本是适合做旅途阅读之用的。有一次在出门之际，竟为了这一个问题徬徨终夜，还无法决定，最后只好塞了一本又厚又重的毕加索画集在衣箱里。结果到了目的地就赶紧送给了朋友，自己又再到当地的书店里买了几本新书来补充。

读此忍俊不禁，想起自己的许多同样经历。最近的这一次广东之行，几乎行前数日就在筹划了，思忖来思忖去，动身前夜准备带上一本《圣经》，以为又禁得读又不算太重，且不至于枯燥。但第二天意外地从范用那里骗取了一本《哲学与自然之镜》，此为三联新书，尚未大批上市，当然要先睹为快。但是一上火车，翻看了前几页，就不禁后悔不迭。幸亏还带了一本小册子《我与你》，可供消解旅途寂寞。到广州后，虽然立即奔往书店，却无一册可读之书。此后的日子，便只好咬着牙，硬着头皮，啃这部《哲学与自然之镜》。在这种无可奈何之中，竟也渐至读出了滋味，于海南返回广州的轮船上，竟为之造出了一篇“品书录”。今在第七期的初校样上再次看到了它，甚至有点奇怪，当日是怎样读完这本书，又怎样写出了这样一篇东西。

五月廿七日　星期五

往编辑部。

到陈平原家取稿、取书(《石遗室诗话》)。

五月廿八日　星期六

晨起往北大。

在金先生寓所楼前见遇到正在打太极拳的张中行先生，站着聊了四十多分钟。

在金先生处取了稿(评《活动变人形》及五则补白)。

往琉璃厂购陈半丁水印信笺。又购得《湛然居士文集》《焦氏笔乘》《沧州后集》。

往科协招待所访陈国泰。日前收到他寄来的一封信，第一句话是长长的不加逗点一气说下来的：还记得四月的一个傍晚你行色匆匆赶到三亚市委大院访人不遇焦急之中遇到的那个人吗……

此次他是来北京开会，信中说，他的两个女孩子还在想着我，要他到北京后见一见“那位北京来的好阿姨”。

别说时隔未久，即使多少年过去，也不会忘记那一切啊，那个活泼可爱的小姑娘，陈兴灵，她还记得我！

遗憾的是老陈不在。将带给陈家姐妹的果脯留下，便离去了。心中不断忆起那一个一个细节。

这一趟奔波，从六点半到两点半，真累。

刚到家，又接到郝德华电话，要我到朝内取校对科集中来的初校样，只好打起精神再走一趟。

五月廿九日　星期日

拼校样，一日。

五月卅日　星期一

将校样送交郝德华。这是第一次独立做，真不知会不会出什么问题。

在王府井购得《癸辛杂识》《学林》《蒲褐山房诗话新编》《国学概论》《欧洲中世纪简史》《左撇子》。在人文服务部购得《雷莉与马杰农》《拉封丹寓言》。

五月卅一日　星期二

在琉璃厂购得《宋诗鉴赏辞典》《语林》。

午间赵越胜送稿来。

周国平来取书。

六月一日　星期三

往编辑部，与杨丽华遇。

下午与志仁、徐坚携小航参观自然博物馆。

六月二日　星期四

朴康平送邮票来。

下午徐坚赴长春。

《中国作家》有一篇署名高小玲、梅新生的“纪实文学”:《毛家湾的女主人》(一位秘书的琐忆),读后颇生感慨。

六月三日　星期五

往编辑部,与杨丽华遇。

六月四日　星期六

往编辑部,与吴彬遇。她方从杭州开会归来,说从杭州带回的五香豆腐干长毛了,于是请我、倪乐、马遥到“豪华”吃了一通冰激凌。

读《列子集释》。

六月五日　星期日

天阴,微雨。

读《顾随文集》《三松堂全集》(五)。

六月六日　星期一

到朝内贴二校样图。

往编辑部,与吴彬遇,贾宝兰后来。

《复旦学报》(一九八八年第三期)载谢遐龄文《论中西文化差异之根与当代中国文化之趋向》,颇有见地,但尚有一疑。

六月七日　星期二

读《文汇月刊》(一九八八年第五期),其中的两篇文章读后令人感慨万端。

六月八日　星期三

到革命博物馆参观美国表现主义画家布朗画展。

又往第五届降价书市。最大的收获是买到了久购不得的《隋唐制度渊源略论稿》，又购得《郭嵩焘日记》(一)、《庚子纪事》、《陆游年谱》。

六月九日　星期四

往编辑部。

午间到赵越胜家取磁带，听了几张唱片，几乎可以说是首次接触西洋声乐艺术。没有有关的背景知识，只凭直觉感受，已经是很受感动了。最打动我的是一位被赵越胜称作“老妖婆”的所唱俄罗斯民歌。

回家以后再放借来的磁带听，却觉得有点不够味了，听过的几支歌似乎总在耳边缭绕。

我所能欣赏的似乎只是一片情绪，至于发声技巧、配器等等，皆无法领略。其实，有这点情绪，也就够了。

六月十一日　星期六

清晨即往丁聪家送草目。

收到陈舒平寄来的《近代稗海》(六、七、八)。收到宋安群寄赠的《荷兰现代诗选》《陀思妥耶夫斯基论艺术》《弗兰德公路》《泰戈尔传》《茫茫黑夜的漫游》《巴比特》。

六月十二日　星期日

往丁聪家取版式。骄阳似火，热风扑面。这一路，差不多晒脱了一层皮。

到谢选骏处取抄稿(梵澄先生嘱抄的《〈薄伽梵歌〉论》,他请了妻弟来抄)。一气喝下三瓶汽水,仍不足解渴。

六月十三日　星期一

往编辑部。

在王府井购得《佩索亚诗选》《西方音乐欣赏》《曾国藩日记》(二)。

今日大热,据报三十八摄氏度,温高居全国之首。

六月十四日　星期二

往编辑部,与吴、贾遇。

下午方鸣来家,送一方倪天煦所刻“逍遥游”章,石为方鸣所予。

六月十五日　星期三

发稿一日(同发《周天集》稿)。

六月十七日　星期五

上午往朝内复印谢选骏稿,午间往民研会将之与谢。

三点半钟接杨进电话,云工厂电话敦促核红,但找不到人,无奈,必得由我走一遭。遂顶着烈日赶往新华厂,已到下班时分。活版车间的小沈让我带回,明早再送去。只好咬咬牙接下来。

在绒线胡同购得《白猿》《中国文化史》。

在沙滩购得《大百科全书·哲学卷》,七折购得《乔治桑文集·印第安娜》。

六月十八日　星期六

清晨赶往工厂送校样。

读《三松堂全集》。

六月廿日　星期一

往编辑部，一日。发《英诗的境界》稿。

收到李庆西寄赠的《奥尼尔传》，收到宋安群寄赠的数册漓江新书。

自人民社资料室借得朱谦之的《无元哲学》。此为一九二六年版，读来很有些意思。

六月廿一日　星期二

往社科院，访郭宏安、李文俊、苏杭。

六月廿二日　星期三

往编辑部，已发稿的几幅图版因反差小被工厂退回，乃重描一过。

访赵萝蕤，她对我讲起不久前参加了父亲赵紫宸先生百年诞辰纪念，由此勾起许多回忆。她说她是父亲最疼爱的孩子，小时常常陪父亲一起散步。又给我紫宸先生诗集《玻璃声》中写给她的一诗一词，其中一首《沁园春·题萝蕤师友册》道：为汝题笺，有两三言，记取在心：

看云寰寥廓，人生奥秘，无穷美丑，尽是经纶；饱挹朝霞，闲餐沆瀣，宇宙庄严持此身。青年志，要思超万象，笔扫千人。能真，禀度贞醇，处浊世独高不染尘。念益友堪导，良师易得，弦歌继永，缃帖横陈；史续班门，经传伏女，女子而今不效颦。论诗句，更吾家雏凤，回响清新。

她并且告诉说，自己的名字，也是父亲起的，典出李白《古风·四十四》:绿萝纷葳蕤,缭绕松柏枝。不过这给她一生带来了无数的烦恼:凡需使用名字的地方,都需要费上多少唇舌。

她的母亲是一位没有文化的家庭妇女,与父亲一起生活了七十年,是典型的中国式的贤妻良母。

往金克木处取稿(补白十篇)。

佟麟阁路新开了一家"三味书屋",经营者是一对辞去了工作的中年夫妇。店堂极宽敞,且古色古香,服务也极热情,只是书还不是很多。购得《批判与知识的增长》《民主和专制的社会起源》。

到新华社参加□□召开的一个什么会议,这是方鸣硬拉我参加的。但听了半天,也没弄明白到底是怎么回事。据方鸣说,□□准备办一个大型豪华书斋,准备让我参与其事。不过今日见到与会之人,对此事已无多兴趣了。

会后留宴,坚辞而去,方鸣可能会很不高兴的。

六月廿四日　星期五

往编辑部。

到倪子明先生家借得一册《艺术判断》(老沈指路)。

到朝内捆服务日用书。

读《琉善哲学论文选》。书前译序写于一九七九年,通篇不断称引马、恩、列之言,再三强调琉善是唯物主义、无神论者。待全书读完,对此论不禁失笑。

最精彩的是"出售哲学"一章。

六月廿五日　星期六

清早往梵澄先生处送抄稿。先生今天心情格外好。先示我一首《登泰山》，系此番往山东朝圣所作，又嘱我当场抄录下来。而我心里想着服务日的事情，急忙中竟抄漏了四句半，被先生检视一过时看出，真有些尴尬。走时又执意送我下楼。

九点半赶到“豪华”。本月服务日是与当代建筑文化沙龙合办，搞成了一个会议形式。杨丽华也做了题为“两种文化与科技整合”的发言，口才不错。

与吴彬、沈双、苏炜、梁治平、邝阳坐在一处，聊了半天。苏炜送我一册《远行人》。

六月廿七日　星期一

往南竹竿发刊物。

午后谢选骏送稿来。

在中华购得《摩尼教及其东渐》《老子校释》《搜神后记》《国语》。

六月廿九日　星期三

往编辑部，与诸同仁遇。

阅稿。

下午往朝内。范用说，从人民出版社要了一辆车，准备一起往三味书屋，恭候四十五分钟，车不至，乃散。

六月卅日　星期四

江滨稿被老沈驳回，心中颇不甘，自上午十时起至夜间十二点，除吃过几口饭以外，一直伏案改稿，衣服被汗水浸湿粘在椅子上，手臂下的玻璃板始终哈气不断。我真怀疑自己是发疯了。

几乎是重写一过。

七月一日　星期五

再次改过的稿子被老沈通过，并说："非常满意。"但又补充说，这已经完全是你的风格了，而对你的风格，老实说，已经感觉到有某种程式了。

七月二日　星期六

夜间梦见童年时的伙伴高家三姐妹：高浣心、高浣晶、高浣萍。一别二十多年，再未见过面，小心心小我一岁，那时，和她是最要好的，她在班里是大队长，功课最好，和同学相处得也好，老师最喜欢她，我时常暗地里和她比。外婆和她的妈妈也是朋友，常常一起去公园，她总在外婆面前夸耀她的小心心，外婆便也总拿我去作比。想起来，怪有意思的。不能不承认，我实在是吃亏在天分不高，缺少一份灵气，因而后天再怎样努力，也是无法补足这天生的缺陷。

谢选骏来取《泰晤士地图集》。

读《国际诗坛》（四）。

七月四日　星期一

往编辑部。

在王府井购得《章太炎年谱摭拾》、《巴塞特郡纪事》（二）、《中国美术辞典》。

七月五日　星期二

往编辑部。

午间周国平、赵越胜来。

七月六日　星期三

往编辑部，与杨遇。

读《众生之路》。

小航说他夜里做了一个梦，梦见“爸爸妈妈在罐子里”。而今天看小人书，在最后一页的新书预告栏恰见有一册名为《罐子里的爸爸妈妈》，他为这个发现惊奇地大叫起来。

七月八日　星期五

志仁上午飞往香港。

往编辑部。

十点钟张锦来家，一直坐到两点半钟。他说，马上就要毕业了，准备进入“上海经济圈”，经商，挣一大笔钱后，到美国读博士，五十岁以后再归国，写回忆录。

到张守义处取得本期封二、三图稿。他送我一册《威廉·迈斯特的学习时代》。

晚间雨下得大了些，淅淅沥沥的。

放上一盘布鲁赫的小提琴曲。

忽然想到，曹雪芹为什么要说“女儿是水做的骨肉”呢，而歌德笔下的女性也都是那样纯真可爱。是否女性的全部价值就在于她们可以净化男性的心灵？——因为那个时代的女子是不必混迹于浊世而肩荷一份责任的。若同须眉一样也角逐于名利场中，她们还会可爱吗，还会有一份永远的纯真吗？而今日的女权主义者，究竟要为女性争得什么呢，——一个加入竞争的平等权利？

七月九日　星期六

上下午各去编辑部一次。

午间《读书》回请浙江文艺社的李庆西等三人，宴设人人大酒楼，王焱也受邀前来。宾以外，主四人：吴、杨加沈双。共费三百零五元。计有清蒸活虾、烤乳猪、红烧排骨、玉粟羹等八款，并几份茶点。我本不愿来，被吴彬强令招来，因而不大有胃口，象征性地叨陪而已。王焱刚从蛇口开会归来，谈了些对特区的看法。他说，比较起来，蛇口显得正派些，有一种“大庆精神”。又说，你还是在以艺术的眼光看世界，而他是以社会学的眼光。我承认。我觉得，政治问题对于我来说，总是一团模糊不清的。

小航一早醒来就说：“爸爸不在，我觉得咱们两个过日子真没意思。”

在琉璃厂商务门市购得《古希腊罗马哲学》、《史集》（一·上）。在中华购《顾亭林诗文集》。

收到谢遐龄寄来的《西方的没落》。

那日与谢选骏聊，他说，《西方的没落》是一本极棒的书，他是一九八一年搞到的，当时研究生刚毕业，旅游归来尚未分配，便每日坐在北师大的树阴下着了魔似的读了三个月。前几年被长兄借去了。

于是我写信借了回来。

七月十一日　星期一

清早往丁聪家送草目。

往编辑部。

七月十二日　星期二

往朝内取二校样。

到民研会给曹溯芳送稿。到丁聪家取版式。

在沙滩购得《文化:历史的投影》《动荡的繁荣》《文艺复兴时期的人与自然》,七折购得《公园深处》(奥康娜)。

下午刁伟来,送我一册萨特的《想象心理学》。

收到唐荫荪寄赠的《特罗洛普自传》。

七月十三日　星期三

往朝内,贴二校样图,代贾宝兰并校样。幸好遇见吴彬和沈双,大家一起干了。吴彬倒是一句埋怨的话也没有,真佩服她的宽容和大度。想起以前凡遇到此类事,她也总是虚怀宽厚,很是条女中"汉子"。

读《血色黄昏》。打动人的是一种真实的力量。

七月十六日　星期六

《人民日报》头版头条发表本报评论员文章:《为政一定要清廉》。

读房龙的《漫话圣经》。

他是从史的角度去"漫话",很实在。

有一份真诚的宗教感情是极难得的,它的确能够净化人的心灵。宗教的可恶就在于它结合了政治的因素(其实那已非宗教),而使得原始意蕴被世人淡忘。我爱那个淳朴真挚的拿撒勒木匠的后代,而讨厌作为大卫后裔的上帝之子、真理化身。愚人所崇奉的却恰恰是一具干瘪丑陋的偶像，而完全遗弃了献身于爱的至上精神。

七月十七日　星期日

携小航往编辑部，发稿一日。

小航受到杨、吴二位的热情款待。

七月十八日　星期一

志仁午夜一点归来，令我又惊又喜。

此行收获颇丰，订购了一台彩电，一台音响，又给我买了三套半衣裙和六套邮票，本来还买了一盒香港点心的，遗憾的是在换汽车时丢失了。

往朝内送三校样。

七月十九日　星期二

往编辑部。

午间袁舍利来，她是赴海拉尔参加全国萨满教研讨会，途经北京转车的。三年不见，却没有什么变化。相比之下，自己却是老多了。

周国平、赵越胜来。

下午曹溯芳送稿来。之后方鸣来，送来裱好的字幅。

七月廿日　星期三

往编辑部。

在王府井购得《史前国家的演进》。

七月廿二日　星期五

往编辑部。

接到《文史知识》寄来的一份清样:《彩笺难读笙歌梦》,不禁大吃一惊。这是四年多以前的旧作,自投出后便音讯全无,想不到延至今日,竟然刊出了。人多是"愧悔少作",而我每读旧作,总不免持欣赏态度,说明自己是没有进步的。二十七至三十,似乎是我的黄金时代,属这一时期写的东西最多,近年却是每况愈下,创造力大为减退,几乎是很难举笔为文了。

在灯市口购得《剡溪漫笔》。在中华购得《孔子改制考》《存在主义是一种人道主义》。

昨夜做梦,梦见到一个地方伐木、放排,奇怪是木排未放,我却落入一条大河,顺流而下,河水蓝极了,我只在波浪上起伏而根本不用游泳, 而且什么时候想停下就可以滚到沙滩上,但我舍不得离开河水……

七月廿三日　星期六

往编辑部。原来老沈约定今日《读书》几个人与他一起往二十七中,不料早早赶到那里,不见一人。

往绒线胡同,购得《社会学主要思潮》《马克思的自然观念》。

七月廿六日　星期二

近日从广播中听到的,多是坏消息:湖北大旱,江苏大旱,以及各种事故,今又报四川云阳轮船出事,乘客全部落水,已救二十五人,七十一人下落不明。前几日报华山发生特大山洪,死伤数十游客。

往编辑部。收到张锦寄赠的《今日美国艺术》。

接到哈尔滨建筑工程学院发来的"世界建筑学术讲演讨论

会"的邀请,因请示老沈,被否决。

赵越胜来送磁带。

七月廿七日　星期三

往编辑部。

到赵萝蕤家送裱好的字幅。

据今日《中国青年报》载:一个野矿塌方,埋起一百多采矿者,只有二十余名解放军闻讯赶来抢救,而附近村子里的人,不但无一人相助,反不让他们将抢救出来的人抬到村,理由是怕死人冲了财气,公开跑来掠抢遗物者却不在少数,这不是天良丧尽了吗!

七月卅日　星期六

清早往赵越胜家取磁带,与周国平的好友殷玉良遇。

又往清华大学曾昭奋处取书:《中国园林艺术》、《当代中国建筑师》(一),皆系曾所赠。

到朝内取初校样。

一日时晴时雨。

八月一日　星期一

清早即往编辑部,拼初校样,一直干到一点钟。老沈信手一翻,仍找出不少差失。

傍晚朴康平来,交代购买邮票事宜。他已订好本月十七日飞往西德的机票,目前正忙不迭地做行前准备,这一次来,差不多就是告别了。

八月二日　星期二

到民研会找谢选骏，他告诉说，已经办妥了调离手续（调往青年政治学院）。

将观众来信综述整理成文。

一日时晴时雨。

八月三日　星期三

将稿子送往民研会。

往编辑部。

到梵澄先生处送抄稿。送我一册《瑜伽论》。

八月四日　星期四

往编辑部。

在王府井新华书店购得《心的概念》、《金驴记》、《大骗子克鲁尔自白》、《世界名曲欣赏》（二、三）。

在《人民文学》第七期读到一篇报告文学《离弦之箭》，记齐齐哈尔市长邵奇惠，极为感人，中国这样的干部真是太少了。

小航昨天做了一个噩梦：被魔鬼吞到肚子里，后来他用刀把魔鬼的胃割开，跑了出来，不过吓坏了，醒后还觉得腿直发软。

今天起床又告诉我，他做了一个好梦：梦见把金子种在山坡上，后来长出许多金子来，发了大财。

八月五日　星期五

往编辑部。老沈将我送呈的三篇稿子退还，篇篇与我的意见相反，还写了满满几页纸的信，指责我偏爱"晦涩"。

出门忘记带钥匙，只好去光大公司找志仁，顺便到社科服务部转了一圈，购得《希腊城邦制度》《恺撒评传》《新编剑桥世界近代史》。

近日来几乎天天有雨，常是由夜间下到清晨，白天晴起来，依然闷热。志仁昨日买一台钻石牌落地电风扇，我们这个小家也开始了“电器化”了。

八月六日　星期六

今夏大约是近年雨水最多的，又多是暴雨，屋里已经变得潮乎乎的。

报载外交部招待所（原六国饭店）失火，一女公民罹难，经济损失严重。

读《希腊城邦制度》。

八月七日　星期日

清早往人民文学出版社宿舍找张守义。

又访陈平原夫妇，夏晓虹交我两篇稿子。

在《解放军文艺》读到两篇报告文学《谁来保卫2000年的中国》《1988年春，民主在中国》。

近来对政事颇多关注，每生焦虑，但是我能做些什么呢？

质之于志仁，他说：“我对中国前途充满信心，五十年之内，中国一定能够成为世界强国。”

——根据是什么呢？

“规律嘛！”

让历史证明罢。

八月八日　星期一

往编辑部。

找张守义取封二、三图。

午前又是一阵大暴雨。

下午邝阳来家取书。

近日人多纷纷议论龙年的种种不祥，又传说北京要有地震。

八月九日　星期二

往编辑部。

到绒线胡同转了一圈,竟找不到一本可买的书。

在琉璃厂购得《最新名曲详解全集》(一、三)、《音乐欣赏》、《世界名曲欣赏》(一),前两册是台湾版书。

八月十日　星期三

今日编辑部例会,杨丽华首先发言,不指名地给我提了一大堆意见。我感谢她的坦率,并表示全部接受,随之,气氛逐渐变得和谐。

午间往东单大酒店吃饭,共花一百七十五元,其中一盘大虾八十四元,另有奶汁鱼汤、素烧冬瓜、麻婆豆腐、红烧鸡块、田鸡腿,没有什么我感兴趣的菜。实际上,我始终不喜欢这种吃饭形式,几乎每次都表示不想去,但每被老沈指为"特立独行",吴彬说:"我要写一个座右铭给你:吾从众。"便只得从众了!

下午写服务日的请柬。

杨对我的态度转为友善,我想,今后大概会逐渐处好的,真希望能够这样,前两天便做梦一直梦见她。

八月十一日　星期四

往编辑部。

到谢选骏处取稿,他与曹溯芳正要往新居打扫房间,遂一起行至紫竹院路口,我往丁聪家送草目。

到梵澄先生家取稿纸。老先生检点旧藏,送了我一幅字,这却是没有想到的。

与赵越胜在商务服务部碰面,取稿。

八月十二日　星期五

十号的会上,杨丽华提出恢复值班制(老沈发言说,对这一提议感激涕零),于是当下每人确认一天,我为每周五。已从昨天开始施行。

下午往丁聪处取版式。

晚间志仁说我看上去很憔悴。是啊,接连两天,顶着热风与烈日,骑车往返,确实感到很疲累。早些时候,去丁聪家,社里时或派辆车,而今年以来,几乎就不提供这种方便了。

八月十三日　星期六

上午谢遐龄来,此次他是携妻儿一同来京旅游的。

与照片上大不相同,——显得老了许多, 和谢选骏相像处也很少,这还只是就相貌论,若性格、气质、思想等,似乎就相去更远了。

他中学就读于男三中,高考曾有志于北大哲学系,又因厌恶背书而弃文从理,考了清华大学电机系,其中亦含建设祖国的理想。恢复高考以后，他与谢选骏一起报考研究生，考上了复旦大学哲学系，以后又是博士生。

我觉得，他是很有些使命感的。对此他并未完全否认，只是补充道，如果说有抱负的话，那么就是，或为王者师，或者做圣人，前者行不通，方退而求后者。他承认，自己是极有优越感的。

讲一口道地的北京话，他说他在北京住过二十年。

送了我一柄檀香扇。

八月十四日　星期日

在《中国作家》上读到一篇小说：《沉重的城墙》，讲一个妓女从良后的一系列不幸遭际。这使我想到小学的一位班主任叶敬芝老师。她是五年级开始教我们的，当时在学校里，是教学水平最高的一位。她教的都是毕业班，升学率很高，而且不少学生考入一二流的中学，如师大女附中、女一中等。平时对学生要求极严格，可以说很严厉，常令人怕上几分，但她是很喜欢我的，总对我说："你将来一定要考师大女附中。"叶老师脸扁扁的，面皮黄黄的，梳着直直的"中年妇女式"短发，穿着极整洁，又极朴素，不知患了哪一种胃病，疼起来汗珠往下淌，常坐在讲台的一角，用教鞭杵着胃。

八月十六日　星期二

夜雨，晨起微雨。

发稿一日。

收到谢松龄的来信及所赠《残疾与性》，信中有言：

……但中国本无"哲学"，哲学亦知，为学日益，为道日损。

治哲学者，欲将哲学抬举为“道学”或“无学”，但现今之哲学，已堕落为一个“学科”，这一点，我已向遐兄指出过。遐兄近日有一文探讨“中西文化差异之根”，区别了“坚执”与“无执”两种生活态度。生活态度才是根。《老子》五千言，讲的是一个道理：去执。坚执必然要导致迷信。在我看来，坚执，便是拘执于象（或言：语言、文字、“符号”皆为“言”）；去执，便是消解象、言，“返朴归真”。

所谓“结论”“预言”之类，不过是一种愿望。你能把自己的愿望说出来，并说服人，要别人能如此这般去做，便是“未来”。我想，这类讨论难有什么结果。对此，亦应抱着中国人“传统”的既务实又超脱的人生态度，不必拘执：凝聚—消解。

他一九五一年生于上海，后迁居北京，再后南通，现在南京医学院医教研究室任副主任，妻子在南京中医学院组织胚胎教研室任教。

八月十七日　星期三

到王府井新华书店转了一圈，无所获。又往绒线胡同，购得《二十世纪西方美学名著选》（下）、《批评的诸种概念》、《聂鲁达散文选》、《后十日谈》。琉璃厂购得《一六四〇年英国革命史》、《最新名曲解说全集》（二）。

到西单豆花庄开《读书》编委会，从两点半一直到七点半。当然少不了是要吃饭的，标准是每人三十块钱。干煸豇豆、素烧茄子、宫保鸡丁、家常海参、脆皮鱼、东坡肘子、芙蓉鸡片、八宝锅蒸、干煸子鸡。小点有：北方凉粉、担担面、叶儿粑、赖汤圆、炸年糕、春卷、西红柿鸡蛋面、银耳羹，另有清汤鱼丸及酸辣汤。

这是到《读书》以后第一次见到诸位老先生，陈翰伯已是半身瘫痪，举步维艰，但还是挣扎着来了，真为搀扶着他的吴彬捏一把汗。

会议进行间，老沈点到杨丽华发言，她随口应了几句社交场合中的常用语："我洗耳恭听啊，今日难得诸老前辈光临，指导我们的工作。"话刚落音，就被陈原接过去："这是俗套。"接着又有几人应和："套话。""《读书》从创刊起，就废止了这种套话。"几位老先生也有点儿太不客气了，未免过于伤害一位女士的自尊心，我真怕杨会受不了，想了好一会儿，想出一句闲话与她搭讪，见她神情尚自然，方稍觉心安。

今日是多日来难得一个风清气爽天蓝日丽的好天，但从晚间的新闻联播中，仍得知不少各地灾情，嫩江、河南等地大涝，而避暑胜地大连却久旱不雨，持续高温，令避暑者叫苦不迭。

八月十八日　星期四

早起因图版事被老沈唤去训斥一顿。

谢遐龄来取书，本来我是准备了一二十本供他挑选的，未承想他毫不客气，全数抱走，心中着实有些心疼。

我对他说，你是入世很深的，他不承认。他说："这是表面现象，实际上我对一切都看得很淡，并不去争什么，比如职称，没评上也就没评上。你大概以为选骏很超脱吧？我看一点儿也不，他对著书立说，以至去挂个什么丛书的头衔，不是很积极吗？岂不是比我'入世'深得多了。"

他说，中国人是失了“道统”，他要为倡言道统而呼喝。

志仁取回了电视机，是松下的，直角平面，可遥控，但图像并不清晰。近期国人皆在疯狂抛出货币，购买各种实物，以期为日后的大涨价尽可能地减少损失。我们似乎也卷入这一狂潮中了，一个夏季，已将结婚九年来的积蓄尽数抛光。还通过借款若干，订了一台音响。一切皆由志仁操办，我是一点儿也插不上手的。

八月十九日　星期五

往编辑部，一日。

余辉玲来，坐聊一上午。她倒真是一个好人，心肠挺热的。

接连两日，《人民日报》皆在头版为金沙江沿岸前后的绿色宝库告急：被金钱诱惑得疯狂了的人们在玩了命地掠取珍贵的木材资源！

一种不计后果的、歇斯底里般的攫取欲！

其实最深刻的危机是“为官不仁”，官员的腐败令人震惊。

八月廿日　星期六

到朝内复印黄梅的文章，准备将之编入“学术小品丛书”。

八月廿一日　星期日

清理书籍和杂志。

近日所读之书：《古希腊史》、《古罗马史》、《希腊哲学史》、《苏格拉底及其哲学思想》、《古希腊罗马哲学》、《哲学史讲演录》（二）、《哲学史教程》（上）。

八月廿二日　星期一

往中国青年政治学院访何怀宏，不遇。

往编辑部，与杨遇，聊了好久。

晚间浙江文艺社在欧美同学会餐厅宴请《读书》及三联的头脑，主多于宾，共坐了两桌。服务很文明，分餐，而且碗碟几番撤换。计有炸虾排、海参锅巴、冬瓜蘑菇、砂锅鸡汤、水饺，及一鸡、一鸭、一鱼，餐后有罐头水果和西瓜。

送每人一套“学术小品丛书”第一辑，封面设计得很漂亮，全部采用林风眠的画，只是里面的用纸差了些。

八月廿五日　星期四

在欧美同学会办服务日，此次是与浙江文艺出版社合办，主要为宣传他们近期推出的那一套“学术小品丛书”。到会一百余人，除《读书》一些经常的作者外，还请了几位社会名流，如费孝通、龚育之等。午餐是三明治、色拉、炸鸡块、炖鸡块，还有包子。

总也不能习惯这种场合，与往常很熟识的人见，也仿佛很尴尬，看吴、杨二位，却是很自如的。

下午张石来。

八月廿六日　星期五

在编辑部值班一日。

郭小平来，梁治平、苏炜来。

赵越胜来，从十一点一直聊到下午两点多钟。又到唱片商店转了一圈。

到朝内取校样，遇雨。

与志仁一起在大华看获八项奥斯卡金像奖的《末代皇帝》。

八月廿七日　星期六

往青年政治学院。

访谢选骏，将梵澄先生手稿交与他。新居尚未完全布置停当，已经收拾齐整的书房和卧室，看起来很舒服，无论如何三居室的住宅与在民研会权且栖身的小屋相比，是天壤之别了。

在他的聘书中，无意看到写给本院一位管事的人的一封信，其卑屈的口吻令我惊讶，忍不住说："想不到你还能写出这样的信啊！"溯芳忙解释道："这是到了调动的关键时刻，不得不这样的，一切为了房子嘛！"想想也对，但总觉得这样的话不该从谢口里说出来，在我眼中，他一贯是桀骜不驯的。

又访何怀宏。何似乎不大爱讲话，因此每次晤面，总令我感到不自然。小坐片刻，又去找陈宣良。恰好唐有伯也在，聊了一会儿，何怀宏来叫吃饭，几番推脱，但何执意不允，陈、唐二位也是不依，只得勉强就坐。沈彬做了一桌的菜，但实在不习惯这种场合。一会儿，廖平平带着儿子来串门，也被留下了。远志明来找何要书，也被拉过来喝了一盅。

应付一下，便起身告辞，往赵越胜家，朱正琳、苏国勋在。

取了陈嘉映与赵的通信及陈的一部书稿，乃离去。

往编辑部，又到朝内找张守义催稿。

在人民文学服务部购得《威廉·迈斯特的漫游年代》及《格林童话全集》。

八月廿八日　星期日

读陈嘉映致赵越胜的信，见文如见人，颇有似曾相识之感，甚至信中使用的辞句和口气都是我十分熟悉的。

昨日从陈宣良处取来陈康先生致苗力田先生的一封信，其中略言："……见台北某刊物谓今年在曲阜曾有国际社会学之举，不知确否。康颇疑其不确，亦愿其不确。所谓孔子学，若以其为历史陈迹而研究之，自无不可，若以其为'大道'，则颇不能赞同。"又云："康喜希腊哲学亦不以其为'真理'，只是消遣。"

此方为大智者。

八月廿九日　星期一

早上即往朝内拼初校样，午后方罢。

秦人路告诉我：陈翰伯去世了，就是服务日后的第二天。听后不禁悚然一惊，服务日结束后，正是我送他回家的。当时吴彬扶着他从会场走出，下台阶时，已是艰难万分，范用在侧，忍不住用手也去搀他拄杖的右手，老先生一下子急了："我还要活呢！"原来他的那一只臂膀是不让人掖持的。后又一不知此情者多事，同样被他以更大的声音叱退："我还要活呢！"

——这两声喊还这样清晰地响在耳畔，当日情景更历历在目，而人却去了，真好像做梦一样。

读《郑板桥集》。

赵越胜打电话来，兴致勃勃讲述他们一行十数人，即"黑山沪帮"周末郊游的经过。据此，并别添一番想象，为之勾画出一幅月夜泛舟图：夏秋七月半，皓月当空，清晖漫水，一派晴湖，水波浸天。三两叶扁舟，轻漾于涟漪之上。天地间一片悄寂，唯闻桨声咿呀。何为天，何为月，何为水，何为人？化而已。沉寂忽地被吉他声划破，哑然良久的泛舟者蓦然憬悟，哪一个叩舷而歌，迅疾感染了众人，于是从心底涌出的歌飘荡起来了。

八月卅日　星期二

在王府井书店购得《单面人》《结构主义时代》《启蒙哲学》《印度佛教史》《后汉纪校注》《桐城古文学派小史》《我的音乐生活》《亚当斯：四十幅作品的诞生》。

在外文书店与赵越胜遇。

往琉璃厂，购得《李斯特的暮年》《外国音乐曲名词典》。

李以健来取书。

黄梅来。

今日《人民日报》载：八月二十五日至二十七日，呼伦贝尔草原上空出现极光。连续出现的极光现象都是从晚上九时左右开始的，先是一条火红色直线由西北向东南方急速升起，至大熊星座下方，然后逐渐扩展开，变成一条五彩缤纷的彩色光滞，呈不规则曲线状。在彩带前方，还出现了漩涡状光团，中间有一耀眼亮点，开始似蝌蚪，逐渐升高变成椭圆形彩色光带，持续三十分钟。极光常见于高纬度地区，呼盟出现极光，确属罕见。

又载舒芜文《政治运动中的群众》，谈《血色黄昏》的最大特点是写出了历次政治运动是群众性的政治运动，群众正是被这政治运动“教坏了”。

八月卅一日　星期三

往编辑部。

晚间姚镛忽至，算来不见已逾四载，老却不见老，只是壮得可以,参加健美比赛,一定够“份儿”。他现仍在有机厂,新近被聘为运输科长,很得主管厂长信任,也算是春风得意了。

距初次相识,已经是十二年(正是一纪)。忆起当年的曲曲折折,真有意思。问及杨林华,他说,已经胖得不成样子了,大街上有哪个被叫作“大妈”的,那就是她了。此话想来自多有夸张,不过今日的杨林华,一定不是那个苗苗条条的秀气女子了。当初姚镛苦苦追求她的时候,曾经歃血盟誓呢(用利刃刺破了手臂)。我还清楚记得,在一次从有机厂下班的路上,姚镛绘声绘色地给我讲述莫泊桑的《项链》,十分动情。还有好几个故事都是这样从路途上听来的,如欧·亨利《麦琪的礼物》,还有一个是叫《冬日》吧,当然,那时我是既不知作者名字,也不知篇名的。没有来得及问他现在还看不看书,看哪些书。

又想起许多几乎要被淡忘了的往事:夏日午间,练车练得累了,就把车停在马路边上,几个人钻到车底下去睡觉;夜半出发,往沙城拉酒精,去的时候我开的是半挂,归途开黄河,姚镛漫不经意地坐在一边,差点儿睡着了;一个细雨霏霏的礼拜天,姚在操场上教我练车,休息时,和我讲起了他的恋爱故事。

我珍视这段不平常的岁月。

九月一日　星期四

到社科院找郭宏安取稿。

到美术馆看常书鸿画展。

在中华购得《春秋左传诂》《左传译文》《六十四卦经解》。

下午张石送稿来。

九月二日　星期五

书市服务一日，好累好累。九个小时站下来，几觉力不能支，干一天力气活，爬一天山，都不怕，只怕这种站法，浑身每个骨节都难受得要命。

买书者仍很踊跃，一边叹气书价昂贵，一边还是禁不住掏腰包，到底有不少读书人。

自方鸣处索得一册《前苏格拉底哲学研究》。

购得《中国大百科全书·语言文字卷》《海外纪事》。

九月三日　星期六

一早到朝内。为陈翰伯逝世，老沈特请陈原写了一篇文章，因此要马上赶发工厂。

又往编辑部，阅稿。

周国平说，女人搞哲学，对女人对哲学都是悲剧，赵越胜深然此言，杨丽华却被激怒得跳起来。我以为，哲学当是一种境界，一旦成为“学问”，便似乎失去真义了。以“研究哲学”为稻粱谋的男人，又何尝不是在演出男人与哲学的悲剧呢。倒是陈康先生语最高妙：“康喜希腊哲学亦不以其为‘真理’，只是消遣。”如此，方是哲学之大境界。

九月五日　星期一

明天就是我的生日了，似乎很久以来就在等待这个日子，如果能够为自己选择死日的话，我一定要选择这一天，便可为一生画一个圆了。

小时候，每年生日前后，都会接到妈妈寄来的一个日记本，外婆一定要为我买一个生日蛋糕，还有合于年龄之数的红蜡烛。

外婆去世了,妈妈也不再记得我的生日。而我,从来都是牢牢记着这一天,虽然什么“活动”也没有了,但我总觉得是一个不平常的日子。

不知从哪一年开始，这一天越来越多地增添了伤感和忧郁。

今年,似乎还有了苦闷,及莫名所以的“紧张”。

大约除了诗人与哲人，很少有人去苦苦追索生命的意义，若真的细细思考活着为什么，那么一定会觉得不如死了好,而若又没有勇敢去自杀,那么便是烦恼之所由生了。

这是金秋时节。

这一天总是风清气爽。

已不大记得当年的小院风光,总是槐花满地吧,再有就是外婆精心侍养的几盆秋海棠了。

如今的大院呢?

——花事已过,唯余子实满枝,一枝柿果渐渐由青泛黄。后庭绿了一春一夏的蓬蒿,也该由荣向衰。缘壁而上的凌霄花开过了,六七月里不断送来清香的合欢结了一树的黄荚。还在点缀秋日的,是夹竹桃、美人蕉和凤仙。清晨起来,不闻鸟鸣,充耳不绝的是秋虫唧啾。

近日完全失去了写作的冲动,好像也没有了感受力,几乎写不出一点像样的东西,脑子里一片空白。

往编辑部，与吴、贾遇。

下午赵越胜打电话来，说本来准备动手写第三篇稿子《纯洁的自杀》，但由于朱正琳一家的离去（他们到北京来玩，在越胜家住了十几天）而感到怅然若有所失，以至于悲从中来，被一种无可名状而又难以自拔的悲愁苦闷牢牢攫住（强为之名，可谓“畏”吧），无法举笔。

到了晚间，又接到赵的电话，他说，第五个开头（前四个已进了字纸篓）已经拟就，并马上念给我听。

九月六日　星期二

往编辑部。

读《白轮船》。边读边忍不住想哭，终卷之后，有一种至哀之感。

这真是人的最深刻的悲剧，——为自己建造一个幻想，一个美丽的理想世界，确立一个永恒的价值，但是当面对生活、面对现实的时候，却又不得不亲手打碎它。

九月七日　星期三

往书市售书。

下午刘再复和林岗来签名售书（《传统与中国人》），购书者可称踊跃。临行，又自购数册，一一签名送今日在这里卖书的人。

购得《章嘉国师若必多吉传》。

九月九日　星期五

往编辑部，与杨遇。

下午往新华厂(为《纪陈翰伯文》版式),又往丁聪家送草目。

往青年政治学院访陈宣良,本欲让他请苗力田先生为陈康先生的信写一“跋”,但他告诉我,苗先生坚不同意将此信公开发表,因为这样会惹陈先生动怒的。汪子嵩将陈的旧译《巴曼尼德篇》交商务出版,陈就很不高兴。苗、汪二人均为陈的学生,但陈不喜欢汪,汪曾欲从陈学古希腊文,被陈所拒,理由是:过十六岁即不授,而其时正在从学陈先生的苗却已十九岁了。据揣测,乃因陈对共产党有些看法,那时汪是地下党员,至今汪写信给先生,陈一概不复,倒是善待于苗的。陈去台湾后,又定居美国(后入美国籍),现在夏威夷,据说很有些潦倒,或劝之归国,陈不予考虑,亦拒绝大陆的一切接济。

给谢选骏送去录像机的提货单。

访王德胜,不遇。

这一趟,去路淋雨,归途遇风。

九月十日　星期六

往编辑部。

到赵越胜家送书,他给我念了刚刚完成草稿的《纯洁的自杀》。

到电影资料馆看美国获奥斯卡奖的影片《奥列弗》,却没有看进去,中途退场。

在绒线胡同购得《胡萝卜须》、《林地居民》、《论有学识的无知》、《初唐诗》(斯蒂芬·欧文著)、《折狱龟鉴译注》。

九月十二日　星期一

编辑部例会(吴因小孩有病未到)。

午间在北京川菜馆用餐,四人二十七元,计有:肉片锅巴、糖醋里脊、麻婆豆腐、素炒青菜及一碗榨菜汤。

到朝内复印赵越胜的稿件并给他送去。

晚间看电影《飞越疯人院》。尽管我赞同评论所言“内容深刻”,但就个人好恶来讲,实在是不喜欢,看得心里很难受,好像自己也在受虐。

九月十三日　星期二

张旭东送稿来。乍一相见,我就觉得面熟得很,可是以前确实未曾见过。看起来年纪很小,也就二十来岁的样子,不知实际年龄多大。

九月十四日　星期三

往编辑部。

往音乐学院张旭东处取本雅明的照片。

在琉璃厂购得《历代赋汇》。

看电影《八十天环游地球》《母女情深》。

九月十五日　星期四

给梵澄先生送去《异学杂著》样书。他今天心情格外好,送我走出门,竟笑眯眯地拊掌而呼:“感谢大妹!感谢大妹!我爱大妹!”——所以称“大妹”,是因他刚刚在送我的书上写道:丽雅大妹惠正。

往编辑部,与吴遇。她告诉我,杨被任命为副主任了。马上想起前些时老沈曾对我说道:“《读书》该有个头儿了，你看谁好?”我说:“杨丽华呗!”“为什么?”“她能干,有积极性,又有不少好的想法。”

九月十六日　星期五

发稿一日,从早八点伏案至晚八点,疲惫不堪。

午间诸位外出用餐,未去。

九月十七日　星期六

往琉璃厂古籍书市,购得数册降价书。

下午夏晓虹送来为梵澄先生所借《散原精舍诗集》。

九月十八日　星期日

将书送往徐先生处。少留便欲告辞。先生口衔烟斗,徐徐说道:“不要忙,不要忙,你每次总是行色匆匆,有些事可以慢慢讨论的。”“你我相识已有一年,作为我的小友,你想一想,我可以为你做些什么呢?你看你对什么最感兴趣,不妨花功夫潜心研究。”“诗,或散文?”

对什么最感兴趣?真难说,对什么都感兴趣。

“散文吧。”

于是先生告诉我,要从最上处入手,即《左传》《史记》,也可以加上先秦诸子。

十月十二日　星期三

北京的风又开始了。昨天一日大风,今天大风一日。

绿了一春一夏的庭院,将要在秋风中渐向萧索了。眼下可人的是垂满果实的柿子树,枝头上的黄熟莹润与树下一盆盆串红的艳丽相映照，为飒飒凉风中的秋景带来一抹喜色。

读《袁宏道集》。

到王府井书店转了一圈，购得《裸者与死者》《天真与经验之歌》《瘾君子自白》《隐秀轩文集》。

往梵澄先生处取《散原精舍诗集》。先生今天显得分外激动。他不久前收到《异学杂著》一书的稿费，因执意要从中抽取二百元赠我，以为酬劳。我坚辞不受。于是他以西方式的礼节对我表示了感谢。并且告诉我，前几日曾写了一首怀念的诗：言别期逾月，低回独尔思。真成动爻象，未是惜恩私。举酒将谁□，看花默自持。中天望星斗，应笑老人痴。他说，我像英语中的cherub。

寻访陈平原不遇。

往编辑部。收到李文俊寄赠的《现代主义代表作100种、现代小说佳作99种提要》、李庆西寄赠《文学的当代性》、朱炯强赠《民主——一部关于美国的小说》、徐胤才寄《爱的陷阱》（台湾佳作选粹）。

十月十四日　星期五

与志仁同往绒线胡同。购得《中国文化史》（下）、《郑板桥外集》。

十月十五日　星期六

发稿一日（自早八时伏案至晚六时半）。

晚间往西单豆花饭庄喝晚茶。老沈做东，邀请我国台湾《远见》杂志的三位，我与吴彬作陪。

两位女士：尹萍、李慧菊。前者是主编，四十多岁的样子；后者为资深编辑，像是二十多岁，长得很漂亮，瓜子脸，薄嘴唇，一对深深的酒窝。问答之下，知她大学新闻系毕业，先在《大地》四年多，后转到《远见》，已经一年多了。《远见》是月刊，内容近似大陆的报告文学之类，但文学性少些，更多点新闻性。她供职于此，须每月撰稿一篇，字数在四五千左右。

谈话过程十分随便，似乎无话不谈，也并无多少相隔之感。除茶水外，有十款点心：春卷、芝麻酥、豆沙年糕花篮、北方凉粉、赖汤圆、银耳羹、小笼牛肉、罐罐鸡等。

散时已是十一点二十分。早困乏得不行，已经在抑制不住地打瞌睡了。

十月十六日　星期日

与志仁同往外文书店买唱片，购置了一批价格优惠的（大致在十三元上下）。计有：《亨德尔九首小提琴奏鸣曲》《柴可夫斯基两部大合唱：欢乐颂、莫斯科》《柴可夫斯基第一交响曲》《拉赫马尼诺夫第四钢琴协奏曲》《李斯特浮士德交响曲》《肖斯塔科维奇第十一交响曲〈1905 年〉》等。

又一起往陈平原家取书，往董乐山处送书。

看第十一期《读书》校样。

十一月十七日　星期一

到丁聪家取刘以鬯图。

往何怀宏处取稿，给谢选骏送去江滨稿费。

往朝内交郝德华图。到发行部领书。

十一月十八日　星期二

午间赵越胜来,与之同往北京站接自常州来的陈嘉映。在站前相候的还有大踏。

一起到站前一家小餐馆小坐,几款家常菜,数杯啤酒,听越胜与陈嘉映讲人文研究院及大刊(《文化:中国与世界》)的筹备情况,直是昏昏欲睡。少陪,乃起身告辞。

十一月十九日　星期三

往琉璃厂闲逛一会儿。购得《北京风俗图》《外国音乐辞典》,为梵澄先生购得四尺夹宣。余皆无所获。

往张中行先生处取稿。

晚间志仁相陪,往萝蕤师家中与区鉷会。区是来京集训的,此番回广州后,再往剑桥,读博士后。

十月廿三日　星期日

往陈平原处取得陈散原诗送梵澄先生处,并为之代购的宣纸和刻刀。

徐先生说,告诉你一个秘密,今日是敝人的生日(农历九月十三)。前此我几番询问,先生皆云不记得。他说,他的一些朋友也都向他打听,并曾到所里查询,岂知先生连一纸履历都没有,当然也就无从获得。

因问将如何度。答曰:有什么可度?练字,读书,写文,如此而已。昨日尝倩工友购鱼一条,或可烹而食之。你来正好,共进午餐,如何?这里有上好的咖啡,为你煮一杯。

一一婉谢。少坐即辞。

时秋雨霏霏矣。

重新布置居室，将小航安排在外间：小床、写字台、录音机。有他自己一个小天地了。

读《中国古代闲章拾萃》《郑板桥外集》。

十月廿四日　星期一

往社科院，代沈双还郭宏安书。

将《再谈苦雨斋》稿送还张中行先生。

在中华购得《中国佛教史籍概论》《老子衍·庄子通》《印度哲学史略》。

读《两当轩集》。

十月廿五日　星期一

王毅还书来。

读《陈子龙集》。

十月廿六日　星期三

连日来，秋阳艳艳，天气晴和。虽庭草黄，杂花谢，柿果下树，椿叶脱尽，却并无衰飒之气，倒别添一种温情。

午后往灯市口中国书店闲逛一回，购得《范成大年谱》。

十月廿七日　星期四

秋风起。

与志仁一同往访赵越胜，不遇。

往谢选骏处取梵澄先生抄稿。谢予一范曾所绘采莲图挂盘。

归途往琉璃厂。购得《晏子春秋校释》《蜀輶诗记》《现代雕塑简史》。

十月廿八日　星期五

在编辑部值班一日。

黄昏时分，往梵澄先生家送书及抄稿。送我出门时，先生说："你来看我，我非常高兴，希望你能够常来。不过你应该接受我的款待，吃一些点心，喝一杯咖啡，要学学做'俗人'，你的'雅'，让人不能忍受了。"

十月卅日　星期日

携小航往自然博物馆看展览《人之由来》。此展自预展至正式展出，颇经历了一番周折。先是，因展览说明未引用恩格斯的关于劳动创造人的名言，及展览中有一幅男女交媾的照片，而未被通过。其后，不知怎样上下交涉，据云将照片换成模型，方得以展出。但今日参观，并模型也无。大约还是某些人神经太脆弱——只可行而不可观——而经受不起"刺激"罢。又有一奇殊可笑：展品中凡裸体照片皆"夷人"之属，除原始人外，华夏族一律是着装的，此又国人之最重礼义廉耻之明证。

读《蜀輶诗记》。

十月卅一日　星期一

往朝内处理十二期初校样。

欣得陈舒平所惠《近代稗海》（十、十二）。

在王府井书店购得《达罗卫夫人·到灯塔去》。

十一月一日　星期二

昨报大风降温，一夜寒至，晨起顿觉凛然有冬意。

读《陈与义集》。

十一月二日　星期三

读《陈与义集》《韩昌黎诗系年集释》。

十一月三日　星期四

往绒线胡同。虽图书品种繁多,但好书极少。只选了两本小册子,一为罗曼·罗兰所著《卢梭传》,一为梁实秋译《阿伯拉与哀绿绮思的情书》。

哀绿绮思给阿伯拉的信中写道:“假如人间世上真有所谓幸福,我敢信那必是两个自由恋爱的人的结合,他们的结合是由于私密的衷心,以彼此的美点互相满足。他们的心是充实的,没有别种感情的余地;他们享受永远的安宁,因为他们知足了。”

傍晚,刘艳军来。嗣后,方鸣来,送我一册《中国哲学史新编》(五)、一册《中国哲学》(十三)。

十一月四日　星期五

在编辑部值班一日。

收到范景中寄赠的精装《艺术发展史》,宋安群寄赠的《少女西丽亚》《孤女奇遇》。

接程兆奇短简,言其自日归国,“一踏上故土,立即使人感到了各种问题,物质上的不必说,精神上的末世感(普遍的不负责任和没有希望)则让人意外”。久居不觉,而这种乍得的直觉印象恐怕是准确的。

十一月七日　星期一

往朝内处理二校样。

欣接董秀玉所寄《西方的没落》。

在琉璃厂购得《牧斋初学集》、《复庄诗问》、《方以智全书》(一)。

十一月八日　星期二

读艾温·威·蒂尔所著美国山川风物四记。

作者详尽描述了他与夫人的四季之旅,对蜉蝣、蝴蝶、场拨鼠、水獭、岩兔、白鹤以及各色植物、各类禽鸟的细微观察,皆倾注了无所不至的爱心。他似乎是不带感情的胪陈了一个又一个的数字,叙述了人类对动植物的戕害,而其中却蕴含着怎样至深的愤怒。

由此想到船山先生《玉连环·述蒙庄大旨答问者》,词有云:生缘何在,被无情造化,推移万态。纵尽力难与分疏,更有何闲心,为之偢睬。百计思量,且交付天风吹籁。到鸿沟割后,楚汉终局,谁为疆界。　长空一丝烟霭,任翩翩蝶翅,泠泠花外。笑万岁顷刻成虚,将鸠莺鲲鹏,随机支配。回首江南,看烂漫春光如海。向人间,到处逍遥,沧桑不改。

艾温·威·蒂尔的愤怒或许还在于人类除了生命本能的需求对大自然进行破坏之外,还有一种非本能的“反进化”倾向,那是连禽兽也不如的。就一般情况而言,禽兽在并非本能需要的时候是不会主动出击的,但人却以肆虐其他生物(包括人类自己)为乐。人类间的战争远较动物世界的弱肉强食残酷得多。

这毕竟是几册很美的书。因手中尚缺册一,故未晓作者身世。从书中看,他大约是一位博物学家,至少是通晓鸟类的。但他一方面用生动的语言详述所见各类生物的习性,一面又尽力抛开这些知识,以求获得一种单纯的美的感受。他说:“我们一旦变成专家,兴趣范围也就缩小了。……当我们看到一只黑色鸟的时候,如果只想到它的学名叫 Hylocichla Guttata 的话,那我们所丧失的就相当可观了。对大自然的单纯的欣赏,更不怀有丝毫其他目的——这也是很重要的。而那些毕生都能作这种享受的人真是最幸运不过了。”

十一月九日　星期三

北京的秋天逝于何时,北京的冬日始于何时?似乎一始一终皆缘乎于风。一场受西伯利亚冷空气影响而来的朔风,扫尽了恋恋于枝的残叶,天高气爽的金秋便被寒风凛冽的严冬取代了。由昨至今的一昼夜,就是这样一个分界的日子。寥寥于柿树枝头的几片红叶终于落尽,庭院开始萧索起来。

到商务印书馆取明年第一期封二封三的文字和图版。

在琉璃厂购得《牧斋有学集》《风俗通义》。

午后天津大学建筑系李雄飞过访,闲坐两小时。

晚间谢选骏过访。

十点钟与志仁同往大华看英国影片《看得见风景的房间》。

十一月十二日　星期六

编辑部例会。新聘一位美编陈威威,与我同龄,曾在内蒙古兵团八年。

往梵澄先生处取《散原精舍诗集》送交陈平原。徐先生送我一册新著《老子臆解》。他说,此书自酝酿于胸至印行问世,前后总有二十五年了,但稿酬所得不过五百元。言下颇生感慨。

徐先生于扉页题赠有“大妹”语,因与我言道:我生平无弟妹，家中几房数下来，皆排行最小，凡事必得听人家的。我记得吃过二姐一顿打，那是五六岁的时候，二姐上厕所，我在外面玩，一时淘气，把门从外边给她锁上了，然后又跑去继续玩，把此事忘了。二姐在里面大叫，大姐听见后，把门打开，于是两人商量要惩罚我，大姐放哨，一眼看见我，忙告知二姐，二姐一把抓住我，一左一右，打了我四个耳光。二姐早不在世了，她后来得了肺病，吃药所费的银子，大概可以铸一个真人一般的银身了，还是没能挽得性命，死时不过二十多岁吧。

在西单中国书店购得《花外集》《林则徐诗集》。

十一月十四日　星期一

往编辑部。

与陈威威一起往丁聪家送草目，从今以后，这项工作就移交与她了。

往谢选骏处送书。想起那日吴彬曾经说起，刘梦溪十分欣赏谢，说他“遗世独立，飘飘若神仙中人”，不禁好笑。我印象中的谢，似乎不是这样的。

接谢松龄信，前番做书与他，尝以“超脱”质之，因今书中有云：

至于“超脱”一说，我视其为中国人传统（或曰“生活态度”）之一面相；另一面相是“务实”，可以儒道（外儒内道）“达则兼济天下，穷则独善其身”“君子安贫，达人知命”之类中体味之。其为“两面神”乎？非也，此乃守道；务实、超脱都是守道。唯其守道，才能在俗务中行教纪之责而非求其利禄，非三言两语能说清者，恐怕拘执于言，不尽其意也。语是“尘”；故禅语曰“下一语，扫尘！”言虽为表意之具，但亦为蔽意之尘。这里所谓中国人，实为士人，士从来是“老百姓”模仿的对象。知识分子不是士，前者未继承后者之道统。印度佛教式的“超脱”，极不合中国士人的口味，故有禅宗的酒肉和尚之修心不修口，“务实”而又“超脱”！一位尚存士之道统的老“知识分子”曾对我说，太实际近乎庸俗，太超脱过于迂腐，也许就是这种态度。

十一月十五日　星期二

上午赵越胜来，嗣后赵一凡来。

读《高青丘集》。

十一月十七日　星期四

发稿一日。

十一月十八日　星期五

继续发稿，是“孤军奋战”。

在商务购得《莎士比亚年谱》、《论平等》、《历史著作史》（一卷上下）。

十一月十九日　星期六

在王府井购得《菜根谭》《世界风景画选》《世界静物画选》。

王毅送稿来。

午后陈舒平来。之后王焱来。

读《老子臆解》。

十一月廿日　星期日

清早往北大畅春园陈平原伉俪新居，与我之居相比，可称豪华了。取得《散原精舍文集》。

继往朗润园金克木处，聊了两个小时。他告诉说，张中行是杨沫的前夫，便是《青春之歌》中余永泽的原型。又说，他读钱基博的《现代中国文学史》，想到一个问题，即章士钊既友孙中山，亦结好于袁世凯，与李大钊、陈独秀同气。

将书送至梵澄先生处。他力邀我与之同往吃饭，坚辞未行。

十一月廿二日　星期二

赵越胜、周国平来。

十一月廿三日　星期三

为周国平校对博士论文。

在绒线胡同购得《二十世纪伦理学》、《万木草堂口述》、《清代野史》(三)。在月坛书店购得《回忆波德莱尔》。

给周送去校好的论文。

十一月廿五日　星期五

在编辑部值班。

陶冶来。李清安送稿来。

到民研会资料室送书。

十一月廿六日　星期六

读《德国诗选》。

午间夏晓虹送稿来。

下午与志仁同往自然博物馆（进口音乐资料优惠销售)购唱片，倾囊而返。共得十八张。

十一月廿七日　星期日

仍读《德国诗选》。

一家三人往外公家祝寿。

十一月廿八日　星期一

到朝内处理初校样。

十一月廿九日　星期二

感冒转剧，卧床一日。

志仁带小航往儿科所看病。

十一月卅日　星期三

仍头昏。

小航却又厉害，休学一日。

读《老子》。

十二月一日　星期四

读卢梭《忏悔录》。

记得与谢选骏谈到这本书的时候，他曾对其书其人大加攻击，并由此引述了《十日谈》中圣夏泼莱脱的故事，以此证明，大凡"诚恳"坦白出来的，皆是原本不足道的小过，而目的正是以小眚掩大过。今读此著，却以为似不尽然。

十二月三日　星期六

小航面容忧郁，默默地坐在他的小床上发呆。问他怎么了，在想什么，他说："我长大了要是找不到媳妇怎么办？""为什么会找不到呢？""我不好意思说：'我娶你吧！'"志仁告诉他，你现在想这些还太早，再说，娶媳妇干什么呢？没想到他接过去说："因为生活太孤独了。"又说："我长大了怎么找工作呢？那时候你们都死了。"一边说，一边叭哒叭哒往下掉眼泪，好伤心啊。

十二月五日　星期一

往朝内，接到浙江社寄给梵澄先生的书，遂携往徐府。

徐先生笑哈哈地说："我正在'大做文章'哪。"原来他正在给贺麟的诗写序言。细问之下，方知贺是他五十多年前在海德贝格的老同学。同学之二则是冯至。冯、贺二人系同月同日生，贺长冯五年。因此层关系，每岁二人寿诞之日，徐皆邀冯、贺往某处小酌，酒饭之间，忆旧而已。今年却未循此例。询其原委，答曰：一来物价昂贵，质次价高，无甚兴味；二来贺麟年事已高，听力减退之外，言语也欠伶俐，故而免仍旧例。

送我一册今年第二期的《新文学史料》，内载冯至一篇《海德贝格记事》，所记徐诗荃者，即梵澄先生也。字里行间，非仅情深意笃，亦可见至诚之钦慕。

又送我一方自镌印章：水月一色。印钮为一拄杖寿星。

闲谈之际，说起陈康，原来也是徐的德国同学。他告诉我，陈是扬州人，平日总是气色平和，雍容有节，与之相处很好。一九四二年徐在重庆中央图书馆时，陈还去看过他，如今却是多年没有来往了。听说他的夫人是外国人，目前家于我国台湾。

交还我《散原精舍文集》。忽又忆起什么，乃开卷，翻至卷七《南湖寿母图记》，为诵以下文字："今岁十二月为太夫人六十生日，清道人乃作《南湖寿母图》志其遭。余故亦尝履是区而不能忘者，以谓今日之变极矣。政沸于上，民揞于下，崩坼扰攘，累数岁不解，耳目之所遘，心意之所触，吞声太息，求偷为一日之乐而不可必得。当是时，如仁先兄弟者尚能娱亲于萧远寂寞之滨，优游回翔，寤寐交适，冲然与造物者俱，不复知有世变然者，不可不谓非幸也。盖天之于人，虽若悬运会以纳一世，而其沕穆大顺之气潜与通流，莫可阏遏，必曲拓余地，导善者机藏其用以滋息人，道而延太和淳德于一心。呼吸之感，福祥之应，环引无极，亦终自伸于万类，不为所挠困而获其赐。揽斯图而推之，其犹可憬然于天人相与之故也欤。"诵罢赞不绝口："真好文字，文字好哇！"

十二月六日　星期二

张旭东送稿来，题目是《命运与性格——本雅明与卡夫卡》，虽然具体涉及的是本雅明与卡夫卡，但文章的主题却是命运。与中国人乐天知命，顺遂大化仰给天赐不同，西方人明知命运之剑悬于上，却仍苦苦地做着徒劳的反抗，伴随着恐怖和呻吟，一切变得更加阴郁，无论是热狂的卡夫卡还是冷静的本雅明，皆是命运中人。西方哲学深刻，中国哲学通达，对命运的不同反应，是其相异因素之一罢。

十二月七日　星期三

往朝内贴二校样图，忙到中午，回到家中刚刚坐定，即接贾宝兰爱人电话，说贾身体不舒服，委我代她去并校样，只好再跑一趟。

到琉璃厂为梵澄先生购挂历，他说准备买两本印装精美的山水挂历，寄赠国外友人，但各处展销的都是美女图，古代山水一册也无，好不容易觅得一本国画一本风景摄影。

十二月八日　星期四

《人民日报》大地版载袁庭栋文《我辈何颜见顾老——一位

出版社编辑的心里话》(袁系巴蜀书社编辑),述其责编《纪念顾颉刚先生学术论文集》的经过。前前后后八年曲折,撰写文章的人已有部分相继作古,最后经全国征订,订数只有二百六十部,依旧无法开印。

更令人叹息不止的是,这正是近年,尤其是近一二年来全国的出版社的普遍情况。

大风一日。

外面北风呼号,但窗子挡住了风,吸收了阳光,屋子里暖融融的,一边听音乐,一边读书,——我几乎为这种舒适感到惭愧了。

今日为西德电影周,晚间与志仁在大华连看两场:《玛丽亚·布劳恩的婚事》《莉莉·玛莲》,直到夜半。

十二月九日　星期五

往编辑部。

杨丽华访德归来,于雅利安人种之优越,颇多慨叹,又云:由东道主出资往做客,不免有屈辱感,此后若再有此机会,当不复往。

李清安送稿来。

十二月十日　星期六

给梵澄先生送去挂历。

往编辑部。

原定的每周例会,却只有吴彬至。午后一起往朝内选服务日用书。由财务处领得各门款项计四百元,大喜过望,即打电话邀志仁同往唱片商店,购得十数张,多为精品。

十二月十二日　星期一

好容易四位都碰面了,——自上月发稿至今，差不多一个周期。贾宝兰中了煤气,险些丧生;前几日做手术又受了风寒。杨丽华问:“这些天有什么新闻?”吴彬说:“这就算新闻了吧。”

陈威威始终未露面,因此还得我将草目送往丁聪处。

往大华看《春天交响曲》。

十二月十四日　星期三

到中文文化出版公司找崔爱真取稿:《艺术与金钱》，她委我责编此书。

往人教社访张中行先生。他愤激于时下之道德沦丧，说:“只有我们这些受过‘旧教育’的人尚无为非作歹之心,还肯老老实实做点学问,这是沾了‘旧社会’的光。”

往丁聪处取版式。

晚间与志仁往大华看《弗里德里希》。影片拍得极美,自然风景与画家笔下之风景同样美,但没有故事,从头到尾几乎都是叙述,不少人中途撤离,散场后听得一片大叫上当。

家藏一份德国十九世纪绘画展览说明,其中收录两帧弗里德里希的作品,文字部分中介绍道:卡斯帕尔·达维德·弗里德里希(一七七四——八四〇)是著名的浪漫主义风景画大师。他是北德人,出生于格赖夫斯瓦尔德,一七九八年后一直生活在德累斯顿。画家根据早期浪漫主义的自然哲学和与此相一致的文艺表现方法,提出了一种画风景画的规则,按照这种规则,所画之物同时应是写实的与具有象征意义的。他提出,自然界就是耶稣。这种泛神论的设想，在自然情调与人的内心状态之间存在着直接关系。在他的画中，宗教感情行为出现在辩证的和历史的关系之中，自然界的万物就是自然历史的见证，同时也象征着人类的历史：既是个人的历史，也是群体的历史；既是民族的历史，也是人类的历史。为适应宗教—自然哲学和爱国主义的内容，他偏重于选择明朗易懂的风景和题材。他把大海、山、日出、日落、孤树、废墟、船只、坟墓和墓地看作是上帝的法则和自然以及人生印象最深的见证和象征。

十二月十五日　星期四

大风降温。

发稿一日。

十二月十六日　星期五

往编辑部，继续处理发稿未完事项。

往朝内，找薛德震、杨寿松，联系封二、三宣传广告事宜，又为之画版式，发出版部，直忙到黄昏时分。

在王府井购得《首相》《湘雅摭残》。书价愈涨愈剧，好书却又不多。

十二月十八日　星期日

将《艺术与金钱》稿看完。

昨日见一张马勒第一交响曲，犹豫再三，没舍得买，回家后却恋恋于心放不下。志仁终于一咬牙说："买！"今日一大早便赶去买了回来。两月来，倾囊购置已达七十五张，唱片积累可称快速，但另一边，却是一贫如洗了。

十二月十九日　星期一

将书稿送与崔爱真。

午间接老沈电话,云被出版部告知:三校样缺页,须找人处理,于是又派到我头上。急急赶到朝内,知缺页九五、九六,遂往编辑部,寻得二校,原来两页叠在其中(吴彬干的好事),拣出,送交郝。

这类麻烦已非少数,心常不平,虽事后释然,当时却总不免冒火。

读《收获》之"文化苦旅"栏(余秋雨)。今年以来,连刊六组,此为结束。这是当代散文之佼佼者。

十二月廿一日　星期三

昨晚接贾宝兰电话,曰校样中又有错页(缺图版)。今早赶往六条,寻得版样,送交郝。

往绒线胡同,购得《泰戈尔论文学》《新批评文集》,"中国新诗库"《林徽因卷》《陈梦家卷》。

十二月廿二日　星期四

老沈今晨飞赴香港,行前来一电话召见,遂往六条。原来是代明年创刊的《文化中国》组稿,嘱我为一篇金克木先生访谈录。

往东单邮局取回孙安邦先生所赠十六册《山右丛书初编》,喜不自胜。

傍晚邝阳过访。

十二月廿四日　星期六

在琉璃厂转了一圈,问津古籍者稀。购得《敬业堂诗集》。

下午与志仁一起往王府井外文书店购唱片，古典乐曲类已被挤在角落处。

十二月廿五日　星期日

戊辰岁末，得《山右丛书初编》一部十六册，堪慰寂寞。

《万卷精华楼藏书记》一百四十六卷，为是编什之四，撰者耿文光，字斗垣，举人出身，官至教谕，毕业殚力收书，所藏达八万卷之多。

十二月廿六日　星期一

原定今天在"豪华"办服务日，八点钟往朝内，候至九点，诸同仁一位不见，未知发生何种变故，乃归。

读《山右》。

十二月廿七日　星期二

往朝内校第一期封二、三。

在王府井购得《但丁抒情诗选》。

仍读《山右》。

十二月廿八日　星期三

负老沈所托，往京西宾馆访金克木（他正在那里开九三学社代表大会）。但他却说，实在是不想再搞什么访问了，随便聊聊吧。于是与我谈起了青年时期的一个恋人，——以前已同我说起过，但未如这次详细。一九三八年至一九八八年，五十年啊，他说，他一生中只有这一次真正的爱情，虽然不过短短一年（甚或不足一年）。那一位早就远走他乡（生活在瑞士—美国两地），如今只是一年一两张明信片的交往，倘有朝一日再次相会，真是相对尽白发了，而这种可能也是不会有的。他再三说，我将不久于人世了，今天所以这样将往事尽述，怕也是行将就木的先兆。

□□也曾追求过这位女士，与金的主动退却不同，□说，他是被“耍”了。因此，在一次相见中，□对金说：“我们都被人耍了。”金大不以为然。

十二月廿九日　星期四

上午往朝内，校封一、二、三，未与郝遇（他去工厂后，又直接往曲园酒家，《读书》由杨、吴二位出面宴请厂里有关人员）。下午又接郝电话，复往朝内。

在人文门市购得《日本古代随笔选》。

得郑在勇所赠《管弦乐名曲解说》（上）。

十二月卅一日　星期六

在中华门市购得《义门读书记》《听雨楼笔记》《历代官制兵制科举制表释》。

往编辑部，与杨、吴会。

一九八九年

一月一日　星期日

上午去看望外公，回来后往唱片商店，志仁已如约至，购得数张而返。

归来检点所藏，已将逾一百之数，这是两个月的积累啊，几乎将吃饭以外的全部收入都投到这里了。

读《中国近三百年学术史》。

一月三日　星期二

上午往朝内处理初校样，直至午后二时方归。

下午王焱过访。

接梵澄先生信，不禁一惊，——厚厚一沓，写满八页纸，是岁末最后几个小时写成，新年发出的。

读《明儒学案》。

一月四日　星期三

往琉璃厂闲逛一回，购得《观堂集林》。

收到陶然寄赠的《回忆·梦·思考》（荣格自传）。

午间吴彬过访，以方便面款待，饭罢聊至四点钟。

一月五日　星期四

飞雪一日。

家居读《诗》。

傍晚张石送稿来。

一月七日　星期六

编辑部诸位碰面（未见贾），午饭于森隆饭庄，就餐者，吴、杨、沈外，还有李庆西。

一月九日　星期一

上午往翠微路人民音乐出版社联系封二、三广告，不料一谈到价钱，对方立即面有难色，只答允研究之后再予答复。

于是访美编室郑在勇。转眼已是一年未见了，聊了一个小时。

继往琉璃厂，购得《后山居士文集》《尚书今古文注疏》《南渡录》《增订晚明史籍考》。近来书价益贵，常令人一睹即眩，因见前几年所出，便如降价书一般，遂尽力购求。

逛至午后两点，乃往荣宝斋访求米景阳，仍是封二、三事，同样是窘迫。好说歹说，总算谈妥。

又往六条，告知老沈此行结果。

一月十日　星期二

上午赵越胜过访。

午间张旭东送稿来。

一月十一日　星期三

往编辑部取草目，送至美术馆交丁聪（他在那里参加刘雍美术作品展览开幕式），顺便参观西班牙中世纪建筑摄影展览。

作“新书录”五则。

一月十二日　星期四

往荣宝斋取封二、三图稿。

在绒线胡同购得《肖斯塔科维奇回忆录》《萨特和波伏瓦的共同道路》。

到丁聪家取回版式。

一月十四日　星期六

忙乱一周，终于可以坐下来静静读书了。

年来过手之卷，怕也有千数了吧，读至忘情处，直是全然忘却书外的一切，唯此为乐。明白陷入其中是为大忌，但既已知自己非学问中人，便做一书囊，书痴，乃至书橱，岂不也是人生一种。钱锺书有论："读书以极其至，一事也；以读书为其极至，又一事也。"其本意是论辩沧浪诗说，而今我即取此后者为事，就最得人生之趣，故长快乐。所不乐者，是仍需勉力工作，以赚取购书之资。好在供职于《读书》，总算不稍离于书。

收到陈舒平所赠《近代稗海》（十一）。

一月十七日　星期二

往编辑部，取回校样，阅。

在王府井购得《川端康成散文选》《与风景的对话》（东山魁夷）。

一月十八日　星期三

往编辑部送校样。

到人教社张中行处取稿（《孙楷第》）。归来后一气读毕，岂但"一掬同情之泪"（稿末有云），即"泪飞顿作倾盆雨"亦不为过。记陈简斋尝有诗云"百无一用是书生"（今按：此出黄仲则，当日误记），可谓至痛之言。其又有一联："误矣载书三十乘，东门何地不宜瓜。"反身观世，如张华嗜书之痴顽者与效东平种瓜之达观者皆不多，大流还是既谙诗书又谙世故罢，故如孙先生楷第者，真令人一叹也。

一月十九日　星期四

成“读书小札”一篇，“品书录”一篇。

一月廿日　星期五

往编辑部值班。

读《刘光第集》。

一月廿一日　星期六

三联编辑室全体人员会议。

一月廿二日　星期日

收拾房间，打扫卫生。结婚以后搬进这间居室，至今未擦过玻璃，今日才算见了天日。

读《刘光第集》。

一月廿三日　星期一

往朝内处理初校样。

一月廿四日　星期二

上午赵越胜过访，清淡片晷。

下午往朝内布置服务日会场。

一月廿五日　星期三

办服务日。

来者不足二十人。午间与吴彬一起外出为之办饭，恰逢停电之日，东四肯德基炸鸡店休业，遂往稻香春购得鸡大腿、小泥肠及面包若干，费时近一个钟点，归后见诸君齐崭崭地，无一去者。

一月廿六日　星期四

上午赵越胜来借书。

往人美社联系封二、三事宜,又往朝内。

在王府井购得《劳伦斯书信集》,又为小航购得一套《十万个为什么》。小航得书后,却问了一大串书外的问题:人为什么不讲和平?人为什么为了钱去杀人?人为什么要杀害动物?人为什么撒谎?

“我要是野牛就好了,光吃草,不吃别的动物。”

“那草也是生命啊。”

“那我就做尘土。”

又说:“我要是聋子就好了。”“为什么?”“要是聋子,爸爸说‘不听话打屁股’的话,我就听不见了。”“那要是说小航是个好孩子你也听不见了怎么办?”“那……”

一月廿七日　星期五

往朝内,取封二、三,标版式尺寸,送往新华厂。

又往人美,再谈广告,事不遂。

一月卅日　星期一

往新华厂取二校样,送至校对科。

到友联饭庄为座谈会(《山坳上的中国》讨论会)订饭。

一月卅一日　星期二

居室窗外有两株树,一为椿,一为柿,自搬进此楼,与之相伴,已整整十度春秋了,今日忽思为之打油一首:当窗双荣木,椿柿相比将。春作嫩葱绿,秋成鲜实黄。疏柯曳玻璃,深浓掩骄阳。雀鹊长相呼,蜂蝶舞猖狂。椿老送春去,柿熟将秋芳。从容随物候,匆匆阅沧桑。怜尔同大化,愧吾泪沾裳。

往编辑部值班。

接张中行先生手札，中录《戊辰岁尾自嘲》一首，诵读再三，不觉感慨生焉，乃奉和四韵。

戊辰岁尾自嘲

欲问征途事，扬鞭路苦赊。仍闻形逐影，未见笔生花。展卷悲三上，寻诗厌六麻。何如新择术，巷口卖西瓜。

戊辰岁尾自嘲　接中行先生书讽读不置奉和一首

不问征途事，灵台路更赊。长苦身形累，难梦笔生花。中夜起长叹，有句无六麻。把卷终老矣，何羡东门瓜。

二月一日　星期三

往朝内处理二校样。

访梵澄先生。他告诉我，几日前过访老友贺麟，他已八十七岁，虽鹤发童颜，却步履维艰，口中嗫嚅难为言，因觉无限感慨，归来作诗一首。

道别时，他坦白而诚恳地对我说："希望你能常来，我一个人是很寂寞的。"

"过节时，不会有人来拜年吗？""鬼才来！""是穷鬼，还是富鬼？"先生不觉笑起来，随即答道："其实鬼也没有一个。"

如此，倒真是够寂寞了。

接到杨绛寄赠的《洗澡》。

二月二日　星期四

在灯市口中国书店购得《元好问诗词集》。

往编辑部。上周末曾将写成之"小札"交付吴彬，但这几日看了几本书，顿觉文章缺欠甚多，须重新写过方好，今即欲向吴索回，而她已看过，并写了意见。

酉时王焱过访，剧谈至夕。

二月三日　星期五

往朝内。全社大会，由老沈做年终总结。

到琉璃厂闲逛一圈，一无所获。又往绒线胡同，购得《希腊方式》《情侣笔下的毕加索》。

受杨丽华托，整理前日会议发言录音。

二月四日　星期六

整理录音。

下午与志仁相约在音像商店见面，购得唱片若干。

二月五日　星期日

整理录音。

与志仁一起在王府井外文书店购得唱片若干。

午间谢选骏过访，送我一册《秦人与楚魂的对话》，因当日曾为此著出力，故其在扉页题曰：表达感谢的方式有许多种，而其中的一种就是什么也不表达。

与志仁大谈中国问题种种，至未刻方辞别。

二月六日　星期一

读书终日：《魔鬼辞典》《陶渊明集》。

二月七日　星期二

读书终日：《楚辞》《文选》。

二月八日　星期三

三人行，往外公处拜年。与小舅舅遇，已是很久未见了。言及往昔旧事，方觉岁月疾驰，年华速朽，生过半矣。

二月九日　星期四

访郑在勇，不遇。

又访陈平原，仍不遇。

归来读书(《中古文学史论》)。

二月十日　星期五

往编辑部，送去录音记录及二校样。

往人民音乐出版社找倪和文索封二、三图版，他意有踟蹰，又欲延宕时日。于是我告诉他，今日是定要取走不可了，哪怕坐等一日。这才赶忙行动起来，直候至亭午，方妥。欲留饭，乃婉谢。

由郑在勇处借得一册《中国音乐史图鉴》。

赶往朝内，画版式，然后一并交出版部。

又往民盟参加《读书》编委会，已觉身心俱疲累，会议开到六点钟，又要吃饭，心中实在厌倦，遂去。

二月十三日　星期一

往编辑部。

接梵澄先生书，原是行草墨迹一帧，上书：史有嗟蛇岁，今谁北海儒。周情兼孔思，陋巷与云衢。太白光常大，青山兴每孤。众醒成独醉，无寐待昭苏。己巳元旦录戊辰除夕独酌一律寄丽雅大妹存玩。

随即复书一封，略云：周情孔思，今世恐已无存。颜回之乐，又有几人为然。平步云衢，或称一幸，然孔北海杀身之祸可得免乎。“青山”并不孤（李白故里，游者颇众），太白高情成绝响矣。最喜“众醒成独醉”句，老氏曰：俗人昭昭，我独若昏兮。俗人察察，我独闵闵兮。此岂不正为超上之境。先生尚有昭苏可待，我却只将红烛燃起，而吟姚梅伯之句：如檠大饼如椽烛，不祭钱神只祭诗。

二月十四日　星期二

往朝内，登记图书，作“新书目”。

到编辑部值班。

午后周国平过访，清谈片晷。

二月十五日　星期三

往丁聪家取版式。

又往冯亦代家取稿，并在那里拣选得若干旧书，——是他准备处理掉，而我正十分喜欢的，如《域外诗抄》《胡适往来书信集》等。

下午与志仁一起在绒线胡同，购得《明末稗史初编》《赞美理论》。

二月十六日　星期四

发稿一日（冻馁一日）。

二月十七日　星期五

在中华书局门市部购得《天国在你们心中》。

二月十八日　星期六

在王府井购得《扬州八怪书画集》《点·线·面——抽象艺术

的基础》《怀斯的艺术》。在百花购得《姚茫父书画集》。

编辑部例会。

二月廿一日　星期二

往编辑部值班。午间赵越胜过访，剧谈至二时。

二月廿二日　星期三

往朝内。

又往人美社洽谈封二、三事，答曰：尚未研究。

二月廿三日　星期四

往人美社联系封二、三广告事，又被一番推托之词挡回。下楼之时，却巧见有降价书展销，率皆七五折至八折，且多佳品。购得《中国美术史》（十二卷·明一）、《故宫博物院藏明清扇面书画集》（二）、《任渭长人物画传》二种、《十九世纪外国美术选集》素描卷三种、《印度尼西亚民间雕刻》（此册为一九六一年出，苏加诺藏品，印装精美，只售十元），又几本小册。真喜不自禁，可谓不虚此行。

二月廿四日　星期五

往故宫参观设在两廊的历代艺术馆。

浏览故宫者什九以上为外地人，偌大一片地亦几同闹市，艺术馆内人却不多，得以移步从容观赏。又怪此馆为何不收门票，似讨了大便宜。

得中行先生书，中录十年前古稀之作，不免又见猎心喜，乃胡乱凑韵和之：

几度扶风侍绛纱（马融事），倦游杨墨不成家。机心一觉卢生梦(枕中记),长物空留惠子车(惠施)。跨凤秦楼谁驻马(弄玉事),来禽晋帖自涂鸦。思鲈采菊寻常事(张翰事),取次青门学仲瓜(归乡之事)。

浮生半过惊岁华(人生七十,今岁恰过半),横槊气销不成家。尘心空参雪窦禅,破书羞填张华车。一庭晓寒无风雨,两树枯枝有栖鸦(即目也)。买山乏钱聊市隐,红泥小炉细剖瓜。

二月廿五日　星期六

在朝内办服务日。来者二十余,午餐为肯德基炸鸡。

二月廿八日　星期二

先往六条,又往朝内,处理初校样。

明日在王府井书店举办蔡志忠漫画集首发式,蔡从我国台湾专程赶来,为读者签名,目前这种形式也是图书市场的一“热”。

蔡坐在三联的美编室中,机器人一般预签了一下午。

三月一日　星期三

与吴彬、倪乐一起往北大访金克木先生。老先生总说生日无多了,快进八宝山了,但思维始终超乎常人地敏捷,谈锋超乎常人地健,文字也略无间断一篇一篇炮制出来。今日是约他写法国大革命和五四运动的稿,他从《玉梨魂》《金锁记》一直谈到卢梭,从《三国演义》谈到《洗澡》,最后归结为一点,得出一个出人意表却又是绝对有道理的结论,再一细想,又不禁捧腹大笑,真不知他的脑袋瓜儿是怎么转悠的。

又访陈平原夫妇,不遇。

归来已是一点钟,为吴、倪二位煮了一锅面条,饭罢聊至三时半。

三月二日　星期四

读第一期《新文学史料》(宋清如《朱生豪与莎士比亚戏剧》一文,选录了朱生豪的若干书信)。

往中行先生处取《柳如是》稿。又知他近日撰出《俞平伯》一篇,欲交北大某刊,遂鼓舌游说,说动他将稿交与《读书》。约定下周二取。

往琉璃厂。购得《石涛画选》《晚笑堂画传》。

读《刘孝标集》。存文不多,几封书信写得真是漂亮。

三月三日　星期五

读《汤显祖集》。

三月四日　星期六

编辑部例会。

三月五日　星期日

读书一日。

三月六日　星期一

读书。

午后邝阳过访。

三月七日　星期二

往编辑部,值班。

往张中行处取稿。

去岁曾在范用处借得邓之诚《骨董琐记全编》、胡应麟《少室山房笔丛》,因此两册非一读即可弃之之著,故欲"赖"些时日，而今日接范公一纸催书单，方知原是赖不得的，遂急急抄录数则，备忘。

三月十日　星期四

午后吴彬来。

张旭东送稿来。

阅本期将发稿件。

三月十三日　星期一

往丁聪家送草目，往冯亦代家送稿（吴彬同往）。

三月十四日　星期二

往编辑部值班。

午间赵越胜来。

读《当代摄影大师——二十位人性见证者》。

三月十五日　星期三

给张中行先生送稿，讨得一册《一知半解》（温源宁）。

往冯亦代先生处取稿，他赠我一册《译诗百篇》（孙用）。

归途在月坛书店购得《玛丽亚·卡拉斯》《旧地重游》。

三月十六日　星期四

发稿一日。

三月十七日　星期五

往编辑部，处理未完事宜。

夏晓虹来送邮票款。

三月十八日　星期六

志仁陪我往协和医院。后往灯市口唱片商店购唱片若干。

午后张奇慧过访。

晚间爸爸来。

三月十九日　星期日

与爸爸相聚一日。

三月廿日　星期一

早晨和志仁一起将爸爸送至车站。

到协和医院验血。

回到家中,忽然发现庭院中的桃花不知什么时候悄然开放了,迎春也含苞欲放。又是一个春天了吗?

我想到了死。——也许化验结果是生了癌呢,那就生日无多了吧。死倒是一件很快乐的事,可以彻底解脱了。该留下遗嘱:将尸体捐献医院。对志仁说,找个爱书的女子,以免辜负了这些年的辛勤积累。如果可能的话,将我曾经写下的发表了的文字,自费印行,成一小册,算是留给小航的纪念。

三月廿一日　星期二

往编辑部值班。

午间赵越胜来,片刻去。

三月廿三日　星期四

往编辑部。又往朝内标校封二、三。

三月廿四日　星期五

往段太奇家,取来大百科《建筑·园林卷》与《考古卷》。

三月廿八日　星期二

往干面胡同红十字中心招待所找李庆西取封二、三广告。

在编辑部值班。

午间赵越胜来取稿。

往朝内标校封面。

在东四书店购得《性与可爱》(劳伦斯散文选)。在隆福寺书店购得《苏东坡轶事汇编》(折价书)。

三月卅日　星期四

往绒线胡同,新书倒是不少,却拣不出几本中意的,仅购两册:《古希腊文学史》《古希腊喜剧艺术》。

往编辑部。

四月三日　星期一

访梵澄先生。他说,已经盼望我好久了。

交我《蓬屋说诗》稿数叶,问我可否做《读书》补白。又找出旧稿《母亲的话》,嘱我找人为之誊写。

又告诉我,对他《除夕独酌》一诗有两处解错了。"北海儒"并非孔融;太白乃是天上之"太白"。他说:"我就够粗心了,你倒比我还粗心!"

星期六接到《人民日报》教科文版李泓冰的电话,她说她曾向方鸣约稿,但方鸣推荐了我,因请我写点读书札记之类的东西。今日草成一篇,自以为纯属游戏文字,估计不会为《人民日报》所用,但还是寄给了李,也算是不负所托吧。

四月四日　星期二

往编辑部值班。

从样书柜中借出一部《诸神复活》。

四月五日　星期三

与老沈一起往团结湖访杨武能（这是他的同学舒雨家，他来京后便在此驻足），他送我一册《里尔克抒情诗选》，一册《僧侣的婚礼》。

四月六日　星期四

与吴彬一起往金克木处取稿，又访陈平原，再往丁聪家送样书，最后送样书到人民音乐出版社。

四月十日　星期一

往编辑室，候至杨丽华来开出草目，送往丁聪家。

下午张旭东送稿来。

四月十一日　星期二

往编辑部，赵越胜、刘以焕、张石来。

下午往青年政治学院访陈宣良、何怀宏。于陈处，遇艾晓明。

又访谢选骏，不遇。

往丁聪家取版式。

四月十四日　星期五

往编辑部，处理稿件。

四月十五日　星期六

往编辑部，见到吴、杨。午间四人一起往北京川菜馆，请范用吃饭。

饭后，又与吴、杨一起到范用家喝咖啡。

四月十七日　星期一

小航醒来，说他做了一个非常好的梦：早上我一出门，就和霍老师撞了一个满怀。后来我和好多同学踩着高跷去了炼铁厂,然后进了炼铁炉,出来以后就变成了变形金刚。我又在路上拾到一个行星,用锤子把它打碎,就变成钻石,于是我把它扔到太阳上去,“嘭”的一下,九大行星之间都改变了距离……

往编辑部,发稿。

到琉璃厂降价书市闲逛一回,购得数册。

四月十八日　星期二

往编辑部值班。

老沈进来闲话几句,他说:“你近来越发像妙玉了,将来与你对话,要写上‘槛外人’。”

四川师院史险峰来访,他是高尔泰的研究生,二十五岁。对《读书》一片敬意,简直可说是虔诚了。

四月十九日　星期三

昨日听老沈说,“编后絮语”要把西门庆写上一笔,正不知他又从何处获此灵感。后接金先生电话,顺口道:“前日老沈来,闲聊起,我说,中国几部古典小说,最是一部《金瓶梅》切合现实。”方明就里。

四月廿日　星期四

往编辑部,原约定今日碰面的,三人都到了,只缺杨。午间分头散了。

午后雨来,小而渐大,竟淅淅沥沥地下起来,这是今春头一场了。

与志仁在儿童影院门前会合,看影片《顽主》。

四月廿一日　星期五

雨过天晴,院子好一片鸟叫,见楼下老吴拿着个竿子钩香椿,不由得记起昨日吴彬之言,道前几日香椿芽儿才上市,卖到八块钱一斤,即这两日,也还三四块钱的价儿呢。更忆起插队时节在会青涧,春日里没一点儿油水菜蔬,只望着庄稼地里零星长着的几棵香椿树,每是我够下芽儿来,切成细段开水焯了,撒上盐,就是极香极香的好菜儿。有一回,几个人凑了一块钱,找着上头的老颠儿婶,换了十个鸡蛋,吃了一顿香椿炒鸡蛋,真是美死了。这也不过是几日里的事,过了这时节,更哪里寻一点点牙祭!

四月廿二日　星期六

往编辑部。

四月廿三日　星期日

将一部《金瓶梅》读完。读时,每每忍不住赞叹:真绝好文章!

前日与吴彬说起时,她道:《儿女英雄传》也是一部语言佳妙之著,说悦来店唱得好曲儿的一条嗓子,是"掉在地上摔三截"!夜来往医院值班,便取了这一本书来看,果然有此一句,但也仅此一句,其余之言,也就太一般,若与之比《金》,怎不是将地比天。

四月廿四日　星期一

往编辑部,与杨、吴遇,一起发五月二日纪念会的请柬,又和吴一起送往邮局。

四月廿五日　星期二

往编辑部值班。

午间到琉璃厂闲逛一回，购得《金瓶梅词语解释》《古柏堂戏曲集》，又“明清传奇选刊”两种及《李塨年谱》《玄奘年谱》。

晚间往医院。

四月廿六日　星期三

上午往编辑部，又往朝内校封二、三。

读《李塨年谱》。

四月廿七日　星期四

上午往编辑部。

四月廿九日　星期六

到赵萝蕤家取稿。

往朝内，遇杨丽华，嘱我往欧美同学会送交支票。

又往编辑部。

晚间往医院。

四月卅日　星期日

与志仁约定今日一早在皇亭子路口见面，一起到颐和园划船，但夜来难安枕席，感觉十分疲累，兴致不觉已减去七八分，骑到一半，余下的两三分浪漫也去了，于是决定回家。途经西四小吃店，买了五个糖火烧，四两煎包子，八点钟归来。

午间与吴、杨会，在发行部领完书，用小车推至朝内，又把编辑部的第五期《读书》也送到朝内。

五月一日　星期一

清早一家三口往北海去划船，小船没有租到，只租到六块钱一小时的脚蹬船。小航玩得十分高兴，天气好得很，无风无雨，不温不火的太阳。

五月二日　星期二

一早从医院赶回，往朝内，与杨会，一起装书，然后到欧美同学会，举办读书服务日，——一次扩大的服务会，为纪念《读书》创刊十周年。

午时方散，只觉疲累不堪，与人应酬，真是一件最累最烦最没意思的事。昨日躲过一个小规模的雅集，今日却是躲不过的了。

五月三日　星期三

往朝内处理初校样，直到午后，郝德华见我未吃午饭，特为买来酸奶。

五月五日　星期五

往编辑部。

午间在王府井书店转了一圈，新书不少，可购无多，仅购一部《樊南文集》。

五月六日　星期六

往编辑部。

又往朝内人民文学出版社联系封二、三广告事。

收到范景中寄赠的《艺术与人文科学》（贡布里奇论文选）。

午间与杨丽华聊，甚相得。

晚间往医院。

五月七日　星期日

早晨回到家中，知道爸爸昨天晚上来了，仍然是办理前次未了案件，吃过早饭之后，即往福建驻京办事处去了。

傍晚李英携其女友来。

大约有十年没见面了吧，他倒一点儿不见老，只是肚子较前又大了许多。想当年他落魄之际，我是他家常客，在果品店苦干一天之后，到他南池子的住家聊上一晚，彼此都解寂寞。他口才极好，说起话来非常有感染力，又是读过一些书的，且人生经历很丰富，而二十岁的我，正处在初恋的煎熬中，——本来早就下定决心一辈子不结婚的，但志仁的紧追不舍已使我意识到某种危险，因而此刻与这位大朋友就近乎无所不谈了，常被他说得脸热心跳。不过细想起来，当日能够始终与志仁保持联系，他的一番说教不无作用。

“你还欠我一百斤鸡蛋呢！”

——是的，当年我曾和他打赌，誓不结婚，以一百斤鸡蛋为赌。

如今他是鸟枪换炮了，靠台湾的亲戚关系，在香港办起了公司，很赚了些钱，买卖有越做越大的趋势。他说，他曾找一位刘瞎子算命，今日之境况，早被其言中。他又给志仁看相，说志仁命中当有官运，不过只在四十五岁以前，过了这道线，也就无望。

五月九日　星期二

往编辑部。

赵越胜来，拿给我看他刚刚完成的《歌唱的诗人》，是谈卡拉斯的。我以为，他只是谈了作为歌剧女王的卡拉斯，而没有谈到作为女人的卡拉斯，这是令人遗憾的。

中华书局服务部为成立六周年而优惠售书，以八八折购得一部《周礼正义》。

五月十日　星期三

往编辑部，与吴、杨遇。

下班以后与志仁在唱片商店会面，购得五张。唱片已普遍涨价，十三元一张的已经很少了。

志仁的同事从香港代购了几张激光唱片，晚间听了一张肖邦的第一、第二钢琴协奏曲，这是他十九岁和二十岁时的作品，真是美极了，清纯得像水晶一样，又似乎是一个梦幻的世界，怪不得评者说他得钢琴之魂。

五月十一日　星期四

往编辑部。

为购《伊菲姬尼在陶里德》的唱片与志仁争执一番。昨日夜间与他商量，他同意了，今早却又"翻案"，不过在我的好言抚慰之下，终于还是同意了，于是午间去将它买来。

午后雨来，淅淅簌簌，湿透了地皮，不一时而止。

五月十三日　星期六

往编辑部。

与杨、吴遇。明日吴彬将往上海，下午校样到，贾又未来，只好由我和杨丽华分看了。

五月十五日　星期一

清早从医院出来,即往丁聪家送草目,又代丁聪将他的作品送往北京日报社。

往编辑部。

五月十六日　星期二

往编辑部。

五月十七日　星期三

往编辑部。

郑在勇来,送我两册书:《舒伯特歌曲集》(一)、《论钢琴表演艺术》。

下午往人教社访张中行,不遇。

又访谢选骏。

往丁聪家取版式。

晚间往医院。

五月十八日　星期四

这几日一直在读那一本《玛利亚·卡拉斯》,心中想的,也是她奇特、不幸而又动人的一生,真是一肚皮不合时宜吧。

五月十九日　星期五

往编辑部。

下午与志仁在唱片商店会,购得数张。一个多钟头的时间里,店堂内只有我们两个顾客。

五月廿日　星期六

往编辑部。

五月廿一日　星期日

草成《艺术与爱的女祭司》(读《玛利亚·卡拉斯》)。这是几日来的构思,又昨晚在医院打好稿子的。

坐在家中,在音乐气氛中写着,就如同与世隔绝一般。

五月廿二日　星期一

往编辑部。

五月廿三日　星期二

往编辑部。

办公室里极是清静,没有人来访,甚至电话也没有人打来。

老沈今日看来心情很好,上午在这里转了一圈,给我拿来一颗巧克力(洋货)。午后又来,见我在听音乐录音,初以为是在学外语,于是以此为题发挥了一通,他说,像你这样信奉老庄的,何不以这种态度学外语,即不计功利地,无目的、无明确目标地去浏览,不必去抠语法,背单词,感兴趣的,自然就记住了,不以为有意思的,也就让它忘掉,不过会意于心而已。许多人都劝过我学外语,但教我以这种方法的,还是第一次。听上去极有道理,很想一试。

昨日午间往新华书店去了一趟,王府井大街上倒还是熙熙攘攘,与此相比,书店内就显得格外冷清。购得《西方超现实主义诗选》《卢梭》《比亚兹莱的艺术世界》。

五月廿四日　星期三

往编辑部。

五月廿五日　星期四

往编辑部。

杨丽华终于露面了。说报社没事。

午间张旭东来,他刚刚往上海去送孩子。

五月廿六日　星期五

往编辑部。

从宁成春处借得《茶花女》歌剧脚本。

五月廿七日　星期六

往编辑部,与贾、吴遇。吴方往上海开会归来。

五月廿八日　星期日

读两种版本的《瓦格纳传》。

五月廿九日　星期一

往编辑部。

赵越胜来,心情抑郁。

老沈为台湾某人购得北大出版的一部《新刻绣像批评〈金瓶梅〉》,尚未寄发之际,向他借来一阅,以足洁本之缺。

大略翻过,似无特别之处,并不是不堪入目,而且语言之重复嫌多。几乎每一次都不免“美不堪言”之句,“吹箫”之细节描写也不止一处。多年来搞得无比神秘的东西,原来不过如此,不知《金瓶梅》的作者是否于秉笔之际,就打算与世人开个玩笑?

五月卅日　星期二

将书送还老沈。

午后登上开往哈尔滨的第十七次特快。

对面铺上的两位是“电子办”的，刚一开口搭话，就聊起时局。年纪大的一位似是经历过不少世面，说话很谨慎，不过也还是流露出一些情绪。最后说，老百姓懂什么？还不是民以食为天，只怕吃不饱饭，所以怕乱，知识界和我们就不一样了。

五月卅一日　星期三

早七点半到达哈尔滨，出站即有人接，火车站正在大兴土木，看轮廓，修起来当很壮观，但目前是杂乱一片。

直抵科大招待所，与对外翻译出版公司的毕小元(朔望的女儿)同住。她是一九六九届的，在兵团干了五年，一九七四年困退回京，先在外文局，后考入现单位。安顿下之后，即与她结伴往市中心秋林，在地下商业街转了近两个小时。街很长，铺面相连，生意兴隆，几乎全为服装所包揽，款式多而新。也许因为在北京很少逛商店，所以觉得这里很新鲜，尤其是服务态度很好，路人也都厚道，凡问路，必耐心指点，或者自己不知道，必叫过另一熟人，再问过。

今日并不是假日，但市中心人却极多，电汽车也都十分拥挤，不过没有听到吵架。

姑娘们普遍化妆，但相貌漂亮的不多。

正午时分，与毕小元分手。

一路问到尼古拉大教堂，可惜并不开放。一位老太太说，只有礼拜天才对苏联人开放。只好在外面绕上一圈，是清一色的红砖建筑，东正教风格，上面两个圆顶，前面一个小的是钟楼，地面上还扣着三个钟，大中小，上镌圣经故事。院内四周尽皆碎石乱砖，远望却还绿树掩映。

再往前的一座，大约是天主教堂，尖顶，但顶部的绿色像是油漆上去的，很是刺目。这里每日晚间开放。

没有见到几座新建筑，似乎多数是旧物。秋林一带有些建筑顶着一个葱头似的圆顶，不知是故旧，还是近年的“仿古”。

在新华书店转了一圈，品种实在不够丰富，但北京早已售缺的一些书，这里倒还有。

六月一日　星期四

哈尔滨天亮得极早：四点半钟就已经大亮了。

四点一刻起床，读书至七点，同室的两位方醒来。

七点半吃早饭，大米粥、发面饼，四碟小菜：西红柿炒豆腐、洋白菜、榨菜、辣白菜。北方饭菜的粗疏与南方的细巧，在这更北的北方，才可见得分明。哈尔滨似乎连小吃也没有，昨日在大街上就没有见到。

九点半开幕式，一切都是例行公事，这种会议模式，大概是永远也不会变的。

午间为冷餐会，饭菜极丰盛，因此虽然人们一拥而上，但还是有剩，这又是北方块儿大取胜。菜有烧鸡、炸丸子、软炸肉、炒素菜，又各种水果罐头。不过吃了两块鸡、两块点心而罢。

两点半钟小会发言，全部用英语，只好坐在那里装装样子，肚里打着去游镜泊湖的算盘。

五点半晚饭，菜的品种倒不少：海参、软炸肉、炸黄瓜、炒白木耳、炒黑木耳、凉拌西红柿等，但无一味可口，只吃了一点西红柿，喝了两碗鸡蛋豆腐汤。

饭罢省社科院的彭放来找，说可以将我领到三棵树火车站，还说已经约了张廷深和他的两个研究生。于是找到张廷深，但他还得带着五岁的小女儿同往，候两个研究生不至，看看天色已晚，恐怕赶不上八点多钟的火车，便决定先行。

三棵树车站更是脏乱不堪。购得车票之后，距开车时间尚有几十分钟，于是在车站服务员开办的茶水站小坐，一小杯淡而无味的茶水竟要价两毛。

上车之后，将座位让给张氏父女，自己到前面车厢又找了一个座。

六月二日　星期五

早五点半钟到达牡丹江，出站不远就有旅游车售票点，第一趟车是六点钟。里面已经大半坐满，是被某个学校的教师包了二十四个座位，不过这些乘客可真不像是老师，一个个吵吵嚷嚷叽叽喳喳如没有教养的家庭妇女一般，还坐在汽车里喷云吐雾，并为座位前后问题与售票员争吵不止。

到达镜泊湖已是九点半钟。车入镜泊山庄大门后继续前行，两旁林木葱茏，一座座尖顶的小别墅掩映其间。

汽车直抵湖边，换乘游艇，开始为时一个半小时的游湖。

至此乃觉大失所望，原来与我见过的江、河、湖，以致水库，皆无大异，两岸也没有什么特别的风光，不过是一座接一座圆圆的绿色小丘，连水色也是平常得很，几百里的往返奔波，真是太不值得了。

上岸后，汽车又把人拉到八仙餐厅吃饭。这两日正在做减肥气功，不吃饭也丝毫没有饥饿感。这里的物价也高得要命，鸡蛋四毛五一个，鸭蛋六毛一个，香蕉竟要六块钱一斤，干脆什么也不吃。

饭后驶往瀑布。

时当枯水季节，除一潭深水而外，“瀑布”是一滴水也无，刀削一般的悬崖峭壁三面环峙于水边，其景倒也壮观。潭水深湛，碧清而寒凉，手都不能在里边放久。潭边坐一会儿，便觉森森然。想七月汛期之时，水从三面高崖上砰訇而下，该是极美极美的，真是游不逢时啊。

两点半开始回返。途中下起雨来，雨不是太大，时间也不很长，不知这一点山间积水可否形成一个小小的瀑布？方才在那里多候一会儿就好了。

六点钟回到牡丹江火车站，仍坐来时的那一趟车回去。买好票后，到车站对面的一家抻面馆吃了一碗热汤面。

时间尚早，又沿街走了一趟，除了一溜小食摊以外，所有的商店都早在五点钟就关门了。小吃摊也就是米饭、面条、包子、粥之类，单调得很。车站附近的地下过街商场倒是灯火辉煌，售货员们向每一位顾客热心打着招呼，介绍商品，可能是承包了柜台，不过，所售食品差不多都是质次价高。

九点钟登上火车，仍如来时，我又在车厢另一头找了座位。四周全是烟鬼，浑身都被劣质卷烟的气味熏透了。

六月三日　星期六

四点半到达哈尔滨站，坐上11路公共汽车直达科大。到招待所后，顾不得水凉浸肌（这里的水特别凉），先里里外外上上下下大洗一通。

早餐与前日毫无二致，简单吃了几口。

八点半钟赴会场，上午仍是大会发言。

午间小雨飘落，时下时止。

下午小会发言，会后照集体相，未参加，回招待所。

每日三顿饭的内容，几乎都是一样的，菜的品种和烹调基本上无变化。

晚间安排了两场电影，未往，与毕小元一起找主万和陈士龙聊了一晚。

六月九日　星期五

往编辑部，不见一人，问别的编辑室，答一直未与吴、杨遇。

见到老沈，除一脸不耐烦之外，再没一句话。

所着急的，是这一期该发往工厂的封二、三稿，不知是否发出？问老沈，答曰不知，而且根本就不该问他！

六月十日　星期六

往编辑部，只与贾宝兰遇。

杨不露面，沈又是一脑门官司，封二、三事只好独自考虑。乃往朝内，准备登记一部分服务日新书，大院内冷冷清清，几乎所有的办公室都锁着门。回到六条，见胡靖和唐思东在这里打乒乓球。于是请他们返回朝内开门，寄来的书只有几包，恐不足敷数，只能回家再想办法。

六月十一日　星期日

到冯亦代家取稿，然后往医院看望外公。

去哈尔滨之前，《人物》的冀良曾约稿，写音乐家传略系列，因此连日来一直在读有关瓦格纳的书，今日完稿。

六月十二日　星期一

往编辑部，与吴、杨遇。

六月十三日　星期二

往编辑部，与贾、杨遇。

下午往丁聪处送草目。

近日来与许多作者都断了联系，打电话，没有人；走访，不遇。

在绒线胡同购得《左拉传》《奥古斯都》《生活在别处》《硬汉不跳舞》。

六月十四日　星期三

往编辑部，与杨、吴遇。

准备本月发稿事宜。

六月十五日　星期四

在王府井购得《上帝知道》《贝多芬的最后十年》《伦勃朗传》《亚历山大大帝》《卡笛尔·布勒松》《爱德华·威士顿》《普利策传》。

往人教社张中行处取稿。

午后回到编辑部，与吴遇。

六月十六日　星期五

往编辑部，与杨遇。

自那日与杨丽华长谈后，关系愈趋和谐，以往种种，似全属误会。杨其实有许多挺可爱的地方，《读书》这个“小气候”是极为难得的，必当珍爱它。也许若干年后，我会写下关于《读书》的回忆录，那时想想这些小曲折，一定更会觉得有意思。

六月十七日　星期六

发稿一日。

午间往豪华大酒楼吃小笼汤包，老沈做东。一个星期来，他几乎每日光顾此地：先请吴彬，又请倪乐。杨丽华也在这里请了范用。因此今日这一餐，大家都失了新鲜感，只有我一迭声叫好，并一气吃下二十来个，仍兴犹未尽。

可惜的是，这里原来经营的意大利冰激凌和面点之类全部撤销了。

六月十八日　星期日

与志仁一起往医院看望外公。外婆也在，见到我们，伤心了一回。外公日渐瘦弱，恐不久于人世，而他所钟爱的老儿子却总也不来看望他，惹得外公常常流泪。

又一起往唱片商店，购得数张，唱片早已开始大幅度涨价，十三元一张的已所剩无几了。

六月十九日　星期一

往梵澄家送稿。他见到我非常高兴，说：“我很想你。”大概人到老年会特别感到孤独。他说他有一位女朋友，是七十年代在印度结识的,美国人,研究精神哲学。有一年夏天,这位女人跑到梵澄那里去谈天,并带去一个水果蛋糕。出于礼貌,梵澄表示很好吃,说了几句好话。她竟十分当真起来,写信让她的母亲从美国又航空寄来一个。这一年圣诞,又寄来一个,此后年年不断。后来,她来北京,相见时,梵澄告诉她:“水果蛋糕我已经吃够了。”

他的两个老同学,一个贺麟,一个冯至,贺已垂垂老矣,讲话都不容易听得清了。冯近日心境不好,来往也不多了,因此他反复说:希望你能常来看看我。

当他点起烟斗的时候,又说道:“我现在对自己的文字已经毫不在乎了,送到出版社,就随它去了。”

往编辑部,与杨、贾遇。

六月廿日　星期二

七点半钟,往协和医院献血,一起检查身体的还有倪乐和唐思东,结果出来后,唐不合格。

自以为早是身经四战,这一次也绝不会有任何问题,没想到在将要结束的时候,突起一阵头晕目眩,腹内一阵紧缩反胃。护士连忙叫张口呼吸,又喊来倪和唐,一气喝下三杯糖水,方略略见好,仍是心慌、出汗,在室外小坐,渐渐恢复。真不知是怎么回事。

回家后不过静躺片时,便一切如常。

六月廿二日　星期四

上午倪乐来送补助:血站发五十四元,三联发了三百元!真让我大吃一惊。禁不住感到十分惭愧,据说在国外献血是一件极为平常的事,顶多白给喝一杯糖水,该干什么还干什么去,而在中国(社会主义的!)却享受这样高的待遇。也许因为中国生活水平低,人们普遍营养不足,血就格外宝贵。

六月廿四日　星期六

往编辑部,只有贾宝兰在。

在八面槽邮局给李庆西发一电报,催封二、三稿。

在外文书店购得唱片若干。

在书店购得《一八九〇年代的美国》《柔巴依集》《法国当代爱情朦胧诗选》《怀疑论者的漫步》《我的努力与反省》。

午间张旭东来取稿费。

六月廿六日　星期一

往医院看望外公,看情况,是将及人生终点了。外婆说,几日来连话也不说了。我唤了他一声,竟还能睁眼望了望,并答了一声。外婆说这是今日吐出的第一个声音。

在琉璃厂购得《大唐西域求法高僧传校注》《党人碑·琥珀匙》《双忠记·珍珠记》。

六月廿七日　星期二

往朝内标校封一、二、三。

又往编辑部,拟就发往各出版社的封二、三稿约。

午间吃饭时,小航问起:“是不是男的大了都不和妈妈亲了?”“是吧,那么你呢?”“我想我也会变吧,不过我要永远和你生活在一起。”“那你结婚吗?”“我没法结婚,我太害羞了,怎么去结婚呢？”

六月廿九日　星期四

往社科院访人，谁知新定了条例：必须持有单位介绍信，方得入内。只得悻悻而归。

在门口与洛阳解放军外语学院的姚乃强遇。

午间吴彬又打电话来，说沈、杨、倪均在美尼姆斯，约我马上去。赶到那里，一气吃了四种：国王冰激凌、火山、蛋白、柠檬。味道不错，价格也还能接受：平均一块六毛钱左右。

七月一日　星期六

往编辑部，开会讨论的过程中，发现我们其实是这一两年的刊物中，最稳健、最“保守”的，并没有积极参与各种各样的“热”，与前几年相比，倒是离现实更远了些。将《读书》作为目标之一，恐怕根本就没有好好看过《读书》。

七月二日　星期日

郑晓华送稿来。以前一直是通信，今日第一次见面，看他一笔挺不错的毛笔小楷，以为是一位有点年纪的，原来很年轻，——人大一九七九级毕业，算来比我还要小得多。

七月五日　星期三

往编辑部，接到李庆西寄来的封二稿，遂到朝内，发出版部。

七月六日　星期四

往编辑部，处理初校样，与杨、吴遇。

黄育海从杭州来，午间杨、吴请他一起到星月楼吃饭。

校样一直弄到两点半。此间吴方、朱伟来，目前和《读书》保持联系的人已经不多了。

七月八日　星期六

往编辑部,列出本期发稿篇目。不知为什么,各个编辑室都空无一人。

在王府井书店转了一圈,购得一册《瓦洛通》。

又在中华购得《宋东京考》。

七月十日　星期一

早晨和志仁一起往外婆家, 那里已经聚了满满一屋子人。八点半钟,坐上铁道部派来的大轿车往八宝山,举行遗体告别仪式。

外公八十七岁而终,也算高寿了,其实他二十三年前就已经死过一次:一九六六年九月一日,他和外婆一起服了安眠药,幸而李英赶到,即刻进行抢救,外婆因体质过弱而未能得救,外公则因此活了下来。

下午往编辑部,与吴、贾遇。

厕所里又脏又臭,手纸堆得从篓子里溢了出来,大约在我休假期间就无人打扫吧,由此突然回想起许多往事:上中学的时候,我和唐琦在一起“做好事”,其中之一就是天天打扫学校的厕所,一直坚持了三年。后来去插队,又是我每天为同屋的女同胞们倒尿盆。以后到了果品店,依然免不了这种“为人民服务”。有一次去探亲,归来后竟见到满满一盆尿放在宿舍里,差不多要发酵了。这一次又鬼使神差干起了打扫厕所的事,看来又要坚持到底了,这也是命运吧。

七月十一日　星期二

往编辑部，得知老沈为保险起见，又撤换了第七期的几篇稿子，但是时间无论如何是来不及了，只好改作七、八期合刊，因此又要大动，要重排页码，重编目录，还要加数则补白，为此整整忙了一天又一晚。

七月十二日　星期三

往编辑部，与杨、贾遇。

一上午拼校样拼个昏天黑地。将及午时，老沈来，不知哪里揣了一肚子火，又向我发起来。

七月十三日　星期四

一早往王世襄家取图片。

往编辑部，与杨、吴遇。杨丽华告诉我，昨天我走后，老沈又来了，欢天喜地的，情绪全转过来了，说起我来，他道："她什么也不懂！太天真，太幼稚！"

午前尚刚来，一起聊了几句。

下午和吴彬往丁聪家送草目。吴说，我走后，尚刚对她言道："这个小赵，怎么像个小孩！提的问题那么幼稚。"

又往北大看望金克木、黄子平、陈平原夫妇。见面的第一个话题就是互相了解大家的熟人都怎么样了。北大似乎出奇的平静，学生早就放假了，教师们只是一周学习两次，别无他事。

最后往冯亦代家取稿。

晚间大舅舅来。

七月十五日　星期六

妈妈一天在家看护小航，带他去打针。

上午往丁聪家取版式，归途过绒线胡同，购得《萨宁》《现象学与哲学的危机》《科学时代的理性》。

往编辑部。

从样书柜中借得一册都德的《磨坊书简》。

七月十六日　星期日

妈妈每天早饭后和晚饭后都要到东单公园去散步，今晚她一定要拉我去活动一下。出门就见天色不大好，风搅起一街尘土，又好像要下雨的样子。先走到美尼姆斯餐厅，想吃两份冰激凌，但是已经售空。于是走向东单公园，到了每天她看跳舞的一条廊子下，音乐已经响起来了，有几对相继跳起来，差不多都是中年或中年以上的一对对舞伴，也有皤然老翁搂着妙龄女郎的。周围散落着不少人，看的人比跳的人多。过了一会儿，廊子背后的一小块空地上也聚起了人，借着那一边的音乐，这一边也跳开来。妈妈说，有几对是天天来这里的。

公园里人挺多，恋人不大见，多是三人式的家庭出游，大概都是附近居民晚饭后出来散步或乘凉吧。多年来已养成晚间不出门的习惯，看看这里的一切，倒觉得很新鲜。

七月十七日　星期一

发稿。

很顺利，半天就完成了，吴彬说："现在发稿越来越顺利了，而且最早的时候是全体动手，后来变成三人、两人，最后成了一个人，我们聊着天的工夫，她就把事干完了。”

午间老戴、老沈、沈双和她的朋友，并编辑部一行四人一起在“豪华”吃包子。

收到张奇慧的信和几张虎头的照片。她曾经几次告诉我，她养了一只猫，已经十一岁了，颇解人意，常常与她相对而视，交流感情，是一个通了几分人性的生灵。

她在信中末尾还写道：“上次的话尚未谈完，有许多话要说，现在我周围好友都‘胜利大逃亡’了，和你在一起，心里笃实，友的确不凡，是大智慧人！”

七月十九日　星期三

往编辑部，处理一些发稿的最后事宜。

拿到三校样，只有杨丽华在，便只得两人分看了。

回到家中，大、小二李一人卧一张床，小航不住地发出呻吟，头疼，肚子疼，又吐了几次，床单、毛巾被都大洗一回。一手握着他的小手，一手拿着校样，屋子里又闷热异常，禁不住浑身冒汗，好苦啊。

七月廿日　星期四

一早将校样送到编辑部，然后带小航往协和医院，妈妈也陪着一起去了，看完病，她又代我去王府井抓药。

又往编辑部弄校样，午间回去照顾两个病人，下午再带小航去打针，接着再往编辑部。这一天，真累死了。

贾宝兰没露面（可能也是孩子生病了吧），校样还有许多问题没解决，明天还够忙的。

这是入夏以来最热的一天，屋子里两个病人，门窗都不敢大开，电扇也不能使用，洗了几次凉水澡，汗还是涔涔下，真受罪！

七月廿一日　星期五

带小航打针之后，往编辑部，与贾遇，原来她因骑车摔下来，将腰扭伤而休息了两日。

午间回家为大小二李做饭，志仁已见好，时不时地去聊天，打电话，只是活儿还不能干。

下午仍是带小航打针，再往编辑部。

吕澎从四川来，聊了半日。

七月廿二日　星期六

昨天中午下了一点点雨，夜间却淅沥了一夜，晨起仍不止。

往编辑部，因为下雨的缘故吧，本来是碰面的日子，却一个人也没有来，倒是真安静了。

七月廿三日　星期日

妈妈说，多年没有吃烤鸭，记忆中保留的唯一一次还是外婆在世的时候，和外公一起请她去吃的。于是和志仁商定，我们请她吃一次。

下了一夜雨，早上雨势不减，大一阵，小一阵，妈妈有些动摇了，几次和我商量说，改日吧！

“不，不，计划制定了，就得坚决执行！”

我们冒着雨出发了，到达前门，还不到十一点，只是全聚德门口贴着一张告示，道锅炉坏了，正在抢修，问何时可修复，答曰不知,有几个人已经在那里等候了。

我们进了旁边的力力餐厅，这里一份烤鸭二十七块四,但被告知要等到十二点钟以后,便坐下来聊天。一直等到将近十二点半,端上来一看,只有一小盘鸭肉(服务员说是九两),一浅碟面酱,八两荷叶饼,真够可怜的。急急赶回家,已经一点钟,小航等得望眼欲穿了。四个人中还是妈妈胃口最好,并说吃得很满意,似乎比记忆中的味道还要好一些。

想起我们返回时,全聚德门前还聚着等待抢修锅炉的一些烤鸭爱好者,由不得要佩服他们的毅力与耐心。

七月廿四日　星期一

一连几日阴雨,今天终于放晴了。

上午老沈召集编辑部会议。目前情况有点不妙,有要《读书》彻底改变面貌的说法。《读书》被学界看重的就是这一番面貌,若改变了,还有什么存在的必要?

午间赵越胜到家来,站在院中聊了几句。

七月廿六日　星期三

晨起觉得不发烧了,却仍头昏疲懒,但还是得起来给小航煎药,以及日常必做的一些事情:烧开水、端饭等等。

从昨起气候就变得有点像秋天,凉爽,干燥,天空都被风吹蓝了。今日似乎更觉凉快,一路行来,不断听到人们打招呼,差不多开口第一句都是:“今天凉快啊!”

本来要下厂核红的(杨说今日有事,嘱我代她去),幸好郝德华将红样从工厂取回来了,强打精神(很可能又发烧了)弄好一半,贾宝兰来了,便由她继续完成。

屈长江来访,带来四个甜瓜,一包蓼花,还有一方寿山石印章,一直聊到午后。

下午党员开会。

回到家里一量体温,果然又发烧了:三十八点五摄氏度。难受得什么也干不下去了。躺在床上翻来覆去听肖邦的钢琴协奏曲。

妈妈已从铁道部取到二十八号的火车票, 用她的话说,在北京的这些日子,全是“吃、喝、玩、乐”,也有些腻了,因此一副归心似箭的样子。

七月廿七日　星期四

早晨起来的感觉总是好一些,依旧得做煎药等事情,身上的风疹块越起越多。

往编辑部,与吴遇。聊了一会儿,她说,压抑是我的第二天性,我只求有想象的自由就可以了,无管白日梦黑夜梦,有梦可做便足矣。内心生活丰富的人,可以将外界的一切看得很淡,皆如过眼烟云。

老沈来说,出版署将七、八期合刊的校样调去看了,要等他们通过了才能交工厂付印。

七月廿八日　星期五

大舅舅、小舅舅都赶来给妈妈送行。我把她送到北京站门前,因自行车无处存放,就告别了。

这一次大家都在说,不知何时才能聚会?

七月廿九日　星期六

往编辑部。

不知为什么，杨没有来。

午间和吴彬煮香菇面吃了，之后，老沈又来，邀我们到“豪华”去吃包子，并说，即使吃过了，坐一会儿，喝杯饮料也好，于是一起去了。

下午老沈到出版署听取对《读书》七、八合刊的裁决，要我们在编辑部坐等。

四点钟志仁来找我一起到王府井给小航取药、买床单。

五点又回到编辑部，老沈已领到上峰的批示：《读书》从内容上看，还没有与当前中央精神相悖的地方，但马列主义谈得不够，必须加强，否则不能出版。

于是要我们立即找出谈“马列”的稿子来更换。

八月一日　星期二

往张中行处取稿。

在绒线胡同购得《狂人辩词》。在沙滩购得《爱与美的礼赞》(雪莱散文选)、《钱大昕》。

读《雨果诗选》，其中收录的序言，很有意思。

八月二日　星期三

往编辑部，与杨、贾遇。

梁治平来。

八月三日　星期四

往编辑部，与杨、吴遇。

今日老沈心情格外好，道是《读书》七、八期合刊终于通过出版署的审查，可以过关了（包括他的体现了“新面貌”的“编后絮语”）。

午间，老沈出资十元，由郝德华跑腿，买来酒肉，吃喝一回。这一期，郝是受了大罪了。

八月四日　星期五

往编辑部，原通知今日由出版署派来的“联络员”召集会议的，故此大家都早早到了，但不知因何又被取消。

八月八日　星期二

那日听老沈说起，才知《中国音乐史图鉴》是王世襄的夫人袁荃猷所编，早上便携书前往，请她留墨。她又送我一册《中国音乐史参考图片》（第十辑），并王世襄送我的一册《饾饤琐忆》（王先生出去买菜了）。

午间独自枯坐于室（杨去社科院，贾往北大），老沈一手捧一碗啤酒，一手捏着几条牛肉干，赤着膊走进来，看来今天情绪不错，谈兴正浓。他说，开始考虑“后事”了，有一个痴心妄想：退休后能够再管一份《读书》，回去和老婆商量一下，把住房腾出两间，作为办公地点，其中有一间是作为售书部的，有两三个人，连编刊物带卖书，就都够了，白天工作，晚上聊天（和《读书》的朋友聚会）。也就是说，向三联书店把《读书》承包下来，一年上交一万元利润。

下午杨丽华从社科院回来，代我向叶秀山索得一册。

八月九日　星期三

往张中行处取稿。

又往琉璃厂，购得王泗原的《古语文例释》，并《玉谿生年谱会校》《红梨记·西楼记》《中国地方志民俗资料》（华北卷、东北卷）。

往编辑部，各位皆不见。

八月十日　星期四

清晨天阴，八时过后，飘起细雨。

访梵澄先生，日前接到一纸短笺，其中言道：方从大连归来，此行曾作得一首七古，意欲烦我恭楷誊抄，然后复印若干份，以赠友朋，因请我得便将诗取回。

说起陈康先生，他说他们是老同学呢，那是在柏林学习的时候。

那时，这位陈康就有几分年纪了，现在怕有九十多岁了吧，归国后就差不多失了联系，在重庆时，忽然某一日这位老兄来访，由此梵澄先生还做了一首诗。以后来往仍然不多，最后一次大约是一九七四年，梵澄先生送他一册《薄伽梵歌》，并附一信，陈先生收书后复信一封，而并没有书回赠。

将那一首诗索来，录于下：

某道兄归国见访因赠（癸未）

牙签玉轴罍缥青，东壁昼梦花冥冥。忽惊故人来在门，倒屣急豁双眸醒。柏林忆昔初相见，谈艺论文有深眷。握手今看两鬓霜，一十四年如掣电。当时豪彦争低昂，各抱奇器夸门墙。唯君端简尚玄默，独与古哲参翱翔（按谓柏拉图与亚里士多德）。自从不醉莱茵酒，世事浮云幻苍狗。我归洞庭南岳峰，爱与山僧话有空。君留太学恣潜研，关西清节同吞毡。升堂睹奥已无两，急纾国难归来翩。滇池定波明古绿，迆山翠黛螺新束。南国春风蔚众芳，玄言析理森寒玉。食羊则瘦蔬岂肥，广文冷骨颤秋衣。不于市井逐干没，乐道知复忘朝饥。见君神旺作豪语，大业恢张仗伊吕。中兴佳气郁眉黄，莫向蜗庐论凡楚。

诗将此君风神态度、从学从业之履踪以及与之相交原委，道个淋漓。陈曾将此作示与其父(陈父做得一手好诗，且兼通书画)，陈父称许不置。

归途中，雨大起来，鞋袜皆被浇透。

八月十一日　星期五

往丁聪处送草目。

又访何怀宏，送我一册《伦理学体系》，是他的近译。夫妇二人极力留饭，婉谢。

一路骑回来，直觉得疲累不堪。

中间回到编辑部，与杨遇。

浑身无力，头晕得厉害，归家一量体温，三十八摄氏度。勉强支撑着看了一会儿书，眼睛又酸痛起来，只好蒙头大睡，时为六点整。

八月十二日　星期六

睁眼已是六时，整整睡了一个对头，烧退了，只是还有点头晕。

往编辑部，接到丁聪电话，云版式已经画好，请我去取，精神实在不佳,也只好咬咬牙,骑车去了。

过戏剧出版社,购得《清代燕都梨园史料》。

午间回到编辑部,与杨、贾遇。

八月十三日　星期日

几日来一直在读《思·史·诗》,很生兴趣,能将艰深的道理讲得明白,使人人都懂,就是极深的功夫,一直令人解不透的海德格尔,此番明白了大半,至少对他的基本思想是有个大概了解了。

八月十四日　星期一

往编辑部,吴彬周六从大连开会归来,说一共只开了两个小时的会,馀皆逍遥在海浪中。

屈长江来,坐聊一日。

从叶秀山的《思·史·诗》谈起。人是什么?人是"原初的质",是"可能",无法确定,这就是"此在""亲在"最根本的特性。

"化"的意义,一个立着的人,一个躺着的人;或,一个正着的人,一个倒着的人;或,一个男人,一个女人(化,即牝),化生化死(羽化而登仙),化阴化阳,化育万物,臻于"化"境,便是极致。

在商务购得《黑格尔早期神学著作》《标点古书评议》。

八月十五日　星期二

往编辑部,一上午只我独坐。赵越胜来,小坐片刻。

午间赵一凡来,郑也夫来。

后吴方、高名潞来,此刻杨丽华也到了。

赵一凡是六月二十号归国的，原欲往香港三联在董秀玉处干两年,但所里提出这两年不算研究资格,加之近日出国开始冻结,于是决定暂且不走。他说,他回国主要志在做第一流的学者。

第九期校样到,但又是只有我和杨,只好两人分看了。

八月十六日　星期三

往编辑部。

贾宝兰不知因何未到,幸而吴彬来了,三人手忙脚乱将校样并完。

叶芳来,午间请她吃饭,未往。

八月十七日　星期四

自发行部领到一批三联近出新书。

往编辑部,四人齐集。

接到屈长江一信,云那日闻听我和杨丽华盛赞叶著,遂也购得一册,孰料未及读竟,便大不以为然。

八月十八日　星期五

发稿一日。

读《一个女教师的自述》。初见书名,以为不会有什么意思,但随手翻览数页,竟欲罢不能了。

页二〇九:“我一向不计名利,不过认真做些事情。”

页二六九:“我的座右铭是:‘勤勤恳恳，哪管成败利钝,只要恪尽厥职;忠忠实实,不计是非毁誉,但求无愧于心。’”

想起那些冥思苦索人生意义的哲学家，竟很以为有些荒唐。生命的全部意义不就在于生命本身,亦即活着,而“认真做些事情”,也就是十分伟大了。所谓“存在”,无非就是体悟生活,就是想事情,做事情。

八月十九日　星期六

晨起落雨,一日不止。

往编辑部。

八月廿日　星期日

雨住,天气转凉。

八月廿一日　星期一

《普鲁斯特》卷首语引了普鲁斯特自己的一段话:“……我们的生命,真正的生命,最终得到揭示与理解的生命,唯一真正体验过的生命……”

重要的是要在生活之中。生活是一棵圆白菜:一层一层剥下去,剥到最后,剩下的东西还是圆白菜。从外面看,总以为生活是表象,其中必有更深刻的东西,而一旦深入进去,就会发现,生活的意义就是生活本身,亦即普鲁斯特所说,“唯一真正体验过的生命”。

往编辑部。屈长江来。

到国际展览中心全国图书展览会购书。计得:《潘之恒曲话》《契诃夫文学书简》《普鲁斯特》《贝克莱》《鸽经》。

八月廿二日　星期二

往编辑部,赵越胜来。

读奥勒留《沉思录》。

午间苏国勋来,情绪低沉。

到琉璃厂转了一圈,路遇蔡森,讲起光明日报出版社的许多事情。

购得蓝瑛《澄观图册》《谢灵运集校注》。

八月廿三日　星期三

往编辑部。

午间杨丽华来。

接到黄育海所赠《戴望舒诗全编》。

那日与屈长江聊,他说:高深的哲学思想其实可用最简单的句式来表述,一个主语,一个谓语,就够了。比如,奥古斯丁:我信了;笛卡尔:我思;康德:思我;叔本华:我要;海德格尔:我唱;萨特:我行。

八月廿四日　星期四

往编辑部,与吴、杨遇。

尚刚来。

收到于晓丹所赠《洛丽塔》。

八月廿五日　星期五

往编辑部。

吕澎来,此次来京是为电视剧付酬问题打官司。送我两册书,一为著,一为译:《风景画论》(肯尼思·克拉克)、《欧洲现代绘画美学》。

午间老沈来一起吃香菇面,馀皆一人独处。

八月廿六日　星期六

往编辑部,诸同仁齐集。

往冯亦代处送信件。

顾昕来。午间老沈做东，往南小街上海汤包馆就餐，未往。后为我携回若干，味甚佳(极得杨丽华赞美，殊属不易)。

八月廿七日　星期日

读《五石脂》。

八月廿八日　星期一

送《读书》七、八期合刊到赵萝蕤家。

往编辑部。

又往书展。七折购得《胡适年谱》。

八月廿九日　星期二

往编辑部，与吴、杨遇。

《广州日报》周小元来，约我为书评版写文。

午后苏国勋、赵越胜来。

刘以焕自哈尔滨来(往大同赴会，途经北京)。

张旭东送稿来。

八月卅日　星期三

往编辑部，与杨、贾遇。

处理初校样。

午后来了一位《中外电影》的编辑，神侃了一通儿。其父为澡堂经理，其母亦在澡堂供职，他也曾在澡堂工作过一年半，因写了一个剧本名为《澡堂子》，于是在这里大谈澡堂轶事。

八月卅一日　星期四

往编辑部，与吴、杨遇。

在王府井购得《艺术与自由》《蒙克》《艺术家前》《司汤达传》，又在中华九折购得《元曲选》。

午间范老板请我和吴彬在南小街吃汤包。

九月一日　星期五

往编辑部，与杨遇。

午间留史玄在这里一起吃香菇面，老沈买来啤酒和一只“减肥烧鸡”，于是又谈兴大发，大讲老三联“骨干分子”的佚事，史枚、张梁木、朱南铣、召展路……绘声绘色，绘影绘形。

九月二日　星期六

往编辑部，贾、吴皆在，杨匆匆来过之后又离去。

老沈这几日似乎情绪很好，无人请饭的时候，便常来和我们一起吃面。今又掏出十块钱，吴彬去普云楼买来兔肉、猪肝、咸水鸭，然后我煮起香菇面，边吃边听他神聊，说目前手里正在读的，是一部齐鲁所出《金瓶梅》，于是以此为题，大谈起来。

郑晓华送稿来。

任洪渊的妻子代他送稿来。

九月五日　星期二

往编辑部。

赵越胜来，小坐。他说近来唯一感兴趣的是政治，而在这方面又和我实在没什么可谈。

到琉璃厂转了一圈。在戴月轩购得几支毛笔，过去爱用的几种都久不到货了，如“写卷小楷”“中秋月明”，只好随便买几支试用。又购得《吉林大学藏古玺印选》《陈师曾印谱》。在绒线胡同购得《玄珠录校释》《何绍基书论选注》。

午间刘东来，招待他吃面，边吃边大谈国学。杨丽华原约他今日在社科院见面的，但他跛着脚赶到那里，等了一上午，杨却未践约，于是找上门来，仍不遇。

九月七日　星期四

往编辑部。

走访梵澄，将他送我的一幅字取回。

午间老沈来一起吃香菇面。

刚刚吃罢，张旭东与赵一凡相继而来，于是又为他们一人煮了一碗。

吴方亦来。

一起聊天，至午后二时半方散。

杨丽华来。

九月八日　星期五

晨起微雨。

往编辑部。

到发行部领来一批书。

杨丽华来。

午间倪乐买来韭菜馅饺子，我煮了一锅香菇西红柿汤。杨、沈，四人共进午餐。

午后毛时安来。

读《宋书·颜延之传》。

九月九日　星期六

昨日晚间小航不知为什么又突然发起烧来。上午志仁带他到协和问诊,医生说是病毒性感冒,连青霉素都对它无奈。于是记起刘艳军提供的一个退烧良方,不妨一试。

先往编辑部。午间往王府井抓药。

下午在家看护小航。一服药吃下去,烧已稍退。

九月十日　星期日

两煎药吃毕,小航已经完全退烧了。还是“国粹”好啊。

晚间毕小元来,聊了一个小时,并送我三册“一百丛书”。

看三校样,并写若干条“新书录”。

九月十一日　星期一

往朝内,登记服务日新书,做封二、三广告。

往编辑部,与杨、贾遇。

读《隐秀轩文集》。

九月十二日　星期二

往编辑部。

赵越胜来,说他的护照已经领到了,将往巴黎去探亲。

到大百科出版社找段太奇,送去购《音乐·舞蹈》卷款,途经西四,蓦见一电影书店,橱窗内置有唱片。走进去,上到二楼,黑洞洞的(大概是停电呢),地下放了几个纸盒子,里面排着唱片。蹲在地下翻了翻,颇有佳者,售价皆为十三元,购得一套《乡村骑士·丑角》。

午间归家。

下午到编辑部，刘小枫，梁治平夫妇，刘以焕来。

收到钱先生托人带来的《谈艺录》补订复印件。

九月十三日　星期三

往编辑部。

又往西四电影书店购得一套唱片。

到琉璃厂代杨丽华、老沈购书。

读《小仓山房诗文集》。

九月十四日　星期四　中秋

主编先生五十八初度，编辑部同仁事前商定每人备一份吃食，于今日午间小聚，以为寿贺。闻讯而来者尚有郝德华、倪乐、迮卫、仇辉，倒也热闹。

席间老沈喝得兴起，谈兴又发，于是讲起许多旧日故事。

午后二时归家。

九月十五日　星期五

书展归来后发出数封索书信，开始陆续接到回音。今日收到《高凤翰诗集》、《红杏山房集》、《船山全书》(册一)，并陈舒平寄赠的《近代稗海》(十三)。又接到毕小元所赠《美国俚语大全》。

九月十六日　星期六

发稿一日。

午间郝德华买来排骨、豆制品并啤酒数瓶。沈、吴同在，共进午餐。杨的旧日同学来访，请她外出午饭。

九月十七日　星期日

看望曹溯芳。她本月底就要临盆，目前诊断说胎位不正，可能要剖腹。她说已接到谢寄出的一信,云一切还好。

今为结婚十周年之日,志仁买来一只道口烧鸡,两斤虾仁,午间痛吃一回。

九月十八日　星期一

做发稿的扫尾工作,半日。

下午开始做全年总目录。

九月十九日　星期二

往编辑部。

到资料室借书。

收到鄢琨寄赠的《鹄湾文草》《里语征实》;项纯文寄来的《安徽明清曲论》;刘凌寄来的《船子和尚拨棹歌》《朱氏舜水谈绮》;陆灏所寄《林良中国画选》。

郑逸梅著《南社丛谈》记苏曼殊尝书巨幅对联于普陀普济寺:“乾坤容我静,名利任人忙。”

九月廿日　星期三

晨起微雨,一日下下停停,天凉了。

往编辑部。

朱伟来、何怀宏来,送我一册《沉思录》。

往王府井,购得《小鸥波馆画著五种》。

九月廿一日　星期四

往冯亦代家取稿,并借得一部《人·岁月·生活》。

九月廿四日　星期日

晚间到人民剧场看昆曲《潘金莲》,梁谷音主演。

虽搬演的仍是水浒故事，但为潘辩白之意在其中。无非是讲她年轻貌美，却无端配与武大郎，春心难按，欲火难遂，不得已才一步步走向犯罪。剧中多次由潘唱道，我也是个人。

的确，是个人，就得有七情六欲，不过这句话尚觉不确切，因为动物也有七情六欲。那么这一特点，人与动物是共同的。不同的是，人有品，人有德，如果不讲这一点，则追究每一个罪犯的犯罪动机，几乎都是可以原谅的。保护自己，施放生命力，都是本能，但在伤害他人的情况下，就要压抑自己的本能，这样的道德，需要不需要呢。

九月廿六日　星期二

又是一日淫雨不止。

收到钟叔河寄赠的《艺术与生活》（周作人）。

徐建融自上海来。午后周国平来送稿。

九月廿七日　星期三

到城建部找王明贤取书：《覆土建筑》《中国建筑——展望与评析》。

到张中行处取金克木稿。

收到陈海列寄赠的《曝书亭集》《衍波词》。

九月廿八日　星期四

到朝内复印插图。

党员学习，有联络员参加。

九月廿九日　星期五

往编辑部。

曲冠杰过访。

到百货大楼为赵萝蕤买信封。在东安市场古旧书部购得《文徵明小楷七种》《徐渭青天歌卷》。

九月卅日　星期六

往编辑部。

到朝内送明年版式样子与赵学兰。

过香饵胡同，知曹溯芳已住院。

午间编辑部几人并老沈与郝德华会餐。因志仁打电话相约买唱片，故未参加。在北新桥音像商店购得唐尼采蒂《爱的甘醇》。

十月一日至三日

休假三日。读书，写“新书录”，未出家门一步。

十月四日　星期三

清晨即雨，午前方止。

往编辑部。

午后去看望曹溯芳，知她还在医院，已顺利产下一女，重七斤四两。母女平安。又悉谢已回到青年政治学院收拾房间。

收到谢松龄寄赠的《天·人·象》。

十月五日　星期四

往编辑部。

到太仆寺街民间文艺出版社为钟叔河购得《金枝》。

又往琉璃厂古籍书市，囊尽而归。

得鄢琨所予《文坛怪杰辜鸿铭》，一气读毕。深慕其学识，深敬其为人。任情行世,何其难哉,而辜氏竟以成,能不令人佩服。同代人中,独辜在西方备受敬重,乃因其精通西学,又能抉发其弊,虽詈言,亦为人所重。其特立独行,处处与流俗逆,固有失于偏激,然终无碍大德,与顺风而动之辈,正不可同日而语。

十月六日　星期五

往编辑部。

十月七日　星期六

往编辑部。与昨天的一日冷清相反,今日四人齐集,很是热闹。

处理初校样。

午间郝德华买来锅贴,大家共饭。

几日来天气格外晴暖,使人精神爽快。

十月八日　星期日　重阳

读帖、读画,一日。

近日与人书信往来,常以毛笔书之,自觉书法稍有进。读了一些碑帖,渐渐悟出钟、王好处,于“拙”字,也稍有解。

上午接到邝阳电话,云王焱已归家。下午又接老沈电话,亦报同样消息。

十月九日　星期一

往编辑部。

又往文化宫书市。此系本市各新华书店所办,与平日所售书无大异,无获而返。

在中华门市购得陈垣所著《清初僧诤记》。

晚间与志仁一起到儿童影院看电影《我爱你,四月》(系民主德国电影周上映影片之一)。小航一听说我们要去看电影,就先眼泪汪汪,好话说了三大车,嘴上说“你们去吧”,眼泪却始终不干。好可怜见的!

十月十日　星期二

到朝内著录新书,做十二期封二、三之用。

晚间与志仁到大华看《无罪的罪行》。这一次小航不再作痛苦状,转而利用这个机会提要求:要我们陪他打了几盘扑克。

十月十一日　星期三

往编辑部。

十月十二日　星期四

往编辑部。

开列草目。

十月十三日　星期五

到李文俊家取稿件插图,又往丁聪处送去草目。

从资料室借到上海万叶书店印行的《西洋音乐史》(卡尔·聂夫著,洪岛译)。

十月十四日　星期六

往编辑部。

午间老沈在味苑酒楼请客,在座有吴彬、贾宝兰、我,还有迮卫。这里系由原来的取胜仙宫改建,修成了一间一间的雅座,厅堂里又布置了水池竹石,日本的枯山水也加进来了。每间一几四座,灯光幽暗。饭菜是四川风味,珍珠圆子、蒸饺、水饺,味道很好,尤以珍珠圆子为最,费赀四十余元。

十月十五日　星期日

上午看录像《明星秘史》。

写就一则短文:评《约·塞·巴赫》,拟作“品书录”用。

十月十六日　星期一

到丁聪家取版式。

看三校样。杨原说今天来的,却未到。贾也没露面,只好我和吴两人看了。

十月十七日　星期二

发稿一日。

十月十八日　星期三

继续处理未完事宜。

午间编辑部四人并老沈往味苑酒楼,大啖珍珠丸子。

往美术馆看中华全国集邮展览。

十月十九日　星期四

往编辑部。

赵越胜来,说他已经拿到了签证。

邝阳来。

十月廿日　星期五

往编辑部。

明天是志仁生日,往春明食品店备办树皮蛋糕。

在中华购得半价书:《瑶华集》。在商务购得《时间与自由意志》《经济论·雅典的收入》《德国三大哲人歌德、黑格尔、费希特的爱国主义》。

十月廿一日　星期六

编辑部几位同仁将王焱请来，并为之备办了火腿、烤鸭，水酒，干鲜果品几色，从中午一直聊到下班。依旧是谈笑风生，不减当年。

十月廿二日　星期日

近日对书与画的兴趣猛增，借来的几部画册，捧在手上，反复玩味，久不忍释。又自败箧中搜寻到历年所积之碑帖，亦观赏不置。

十月廿三日　星期一

往编辑部。

又往丁聪家送还画册。

在琉璃厂闲逛一回。

下午吕澎来。

十月廿四日　星期二

往编辑部。

赵越胜来。

重阳过后，日日秋阳高照，令人神清气爽。家中庭院秋花甚繁，办公室的窗外则又是红叶簇簇，一片绚烂。化此自然之中，便可得人间大自在了。

近日浸淫“国粹”，读诗，读词，览画册，观法书，亦不时濡墨展毫，直与古人为伍，而几忘今世何世。所谓“桃花源”者，岂不就在吾人心中，又正是红尘中之极乐国也。

范老板午间设牛肉火锅（正宗川味）宴，丁聪夫妇并吴、杨二位应邀前往(我不吃牛肉),据云滋味丰美。

十月廿五日　星期三

往编辑部。

来访者络绎:夏晓虹、张颐武、郡鹏、李小兵、朱伟。聚谈总少不得要议论国事,又常常是唯一的议题,普遍对国家的经济状况担忧。

十月廿六日　星期四

往编辑部。

又到朝内复印封二、三图。

梁治平来取书。

十月廿七日　星期五

往编辑部。

再往朝内复印。

秋风一日,木叶尽脱,探向窗边的红叶纷然落尽。

十月廿八日　星期六

往编辑部。

从资料室借得美术全集中两宋绘画一编,翻览一过,愈觉国粹可爱,竟将西土之作也觑得轻了。

老沈每在楼下伏案久了,便跑到上边来聊天解乏,今日又复如是。话题为董秀玉,讲她如何为一"女强人"。想当年我也曾以做"女强人"为理想之人生,近年却尽弃此图,只求一庭花草,一帘清风,一窗明月,伴我数卷诗书。

十月廿九日　星期日

与志仁一起往大华看电影《红楼梦》。

十月卅日　星期一

往编辑部。

下午走访徐梵澄。

十月卅一日　星期二

往编辑部。

午间何光沪、陈平原来。

十一月一日　星期三

处理初校样。

十一月二日　星期四

上午党员开会。

午间编辑部开会，讨论明年的“新面貌”。

十一月三日　星期五

往编辑部。

收到张玲寄赠的《双城记》。记得在一次与金克木的谈话中，他特别提到《双城记》一著的开头写得妙，此译本是这样的：

那是最昌明的时世，那是最衰微的时世；那是睿智开化的岁月，那是浑沌蒙昧的岁月；那是信仰笃诚的年代，那是疑云重重的年代；那是阳光灿烂的季节，那是长夜晦暗的季节；那是欣欣向荣的春天，那是死气沉沉的冬天；我们眼前无所不有，我们眼前一无所有；我们都径直奔向天堂，我们都径直奔向另一条路——简而言之，那个时代同现今这个时代竟然如此惟妙惟肖,就连它那叫嚷得最凶的权威人士当中,有些也坚持认为,不管它是好是坏,都只能用“最”字来表示它的程度。

午间老沈上楼来聊,又说起他退休后办奈何书屋的事,说已物色好了三个人:倪乐、我和张铁军,“也许人到了不得意的时候,获得的支持者倒是平日总和他做对的”。

十一月七日　星期二

天气阴沉沉的,一日不见阳光。

往编辑部,一人独守。

赵越胜来,小坐一盏茶时。

办公室里冷寂一片,悄无声息,下午老张来,屋里有了一点生气:他坐在桌前瞌睡,不时响起鼾声。

在中华服务部购得两册降价书:《建康实录》《阿道尔诺》。

十一月十一日　星期六

往编辑部。王焱来取书。

午间老沈做东,杨、贾、我,一起往味苑酒楼吃火锅。大倒胃口,再也不想领教了。

往张旭东家取稿。

十一月十五日　星期三

三联组织的德国文化研究班今日正式开课,初步定为每周三一次,由德国的孙志文、弥维礼二教授执掌教席,又规定用英文授课,因此干坐一上午,只听懂了几个单词,等他以后用德语吧。

往张中行处取书,重版的《负暄琐话》,他送给《读书》诸位每人一册。

十一月十六日　星期四

往丁聪处取版式,往冯亦代处取稿。

将及下班时,接到老沈从广州打来的长途电话,说第十二期“读者论坛”一栏有两篇文章太“冒”了,恐怕不宜,因务必撤换下来。

可是三校样刚刚送厂!

十一月十七日　星期五

“一夜北风紧”,白日仍不止。

清早即赶往工厂。活版车间的小沈很是不快,只得一再赔笑脸,总算把稿子换了。

十一月廿日　星期一

往编辑部。

接到郝德华电话,说工厂要《读书》马上去“核红”。又是只有我一人,只好与郝前往。因这一次改动太多,工厂说可以带回来,于是又将校样送往杨丽华家。七找八找,总算是找到了。整整折腾了一上午。

读《美国诗选》。

十一月廿一日　星期二

往编辑部,代贾做“核红”。

赵越胜来,小坐。

往张中行处取稿,并约定周四与编辑部诸位的见面时间。

十一月廿三日　星期四

今由张中行先生做东，他的朋友凌恩岳做陪，在玉华台饭庄宴请编辑部四位。菜有炒虾仁、炒蟮丝、香酥鸡、松鼠鳜鱼、扒肘条、鸡油白菜、酸辣汤，及一份冷拼。不知是真心，还是出于客气，几个人都交口称赞，我却未能吃出好来。

十一月廿六日　星期日

《黄道周其人其书》稿成。为写这一篇小文，近几日读了十几种书，颇有收获。

十一月廿九日　星期三

上德语课。

赵越胜来道别，已订好三号飞往巴黎的机票。

十二月二日　星期六

往编辑部。

在杨丽华的鼓动下，和贾宝兰到四联美发厅去修眉，费用两元。效果似乎并不显著，几乎所有的人都未看出变化。

下午逛琉璃厂。

十二月五日　星期二

昨日清晨庭院中就飞来一群喜鹊，有十数只，喧阗了好一会儿，今早又来了。不知是旧友还是新朋，挈妇携雏，很是热闹。

往编辑部。

又往琉璃厂转一圈。

十二月六日　星期三

往编辑部。

李力赠一册《世界诗歌鉴赏辞典》(由她爱人带来)。

上德语课。

阴,似有雪意,但还在空中,就化作细雨了。

十二月七日至八日

两日无事可记。

十二月九日　星期六

上午往编辑部。

与小航一起陪爷爷到绒线胡同买书。

十二月十日　星期日

读书一日。

十二月十一日　星期一

往编辑部。

十二月十二日　星期二

往编辑部。

到朝内复印插图。

午间编辑部四人到范用家吃馄饨。他的女婿从西德带回一台轧馄饨皮儿的手摇机，所以他兴致勃勃地一连做了几次,请人来吃,其实并不很省事,他只以为这是一种乐趣,大概的确是一种乐趣吧。

十二月十三日　星期三

到丁聪家送草目。

给何怀宏送去《新格拉布街》,请他为之做评。

十二月十四日　星期四

往编辑部。

到张中行先生处取稿、取书。送我三十张日本“玉盎”纸并一袋稷山无核蜜枣(悉启功先生家乡之物)。

发贺年卡。

读《神曲·炼狱》。

第十七歌,朱维基译本:

读者,假使你曾经在一座山上,
四周雾气弥漫,你什么也看不清,
就像鼹鼠从眼翳后看东西一样,
那么请你回想一下,那潮湿的、
浓密的雾气开始消散的时候,
那轮太阳如何无力地从中透露……

而傅雷则译作:

蒙蒙晓雾初开,
皓皓旭日方升……(《约翰·克利斯朵夫》第一部)

第一歌,朱译:

黎明正在征服和消灭早晨的雾气,
雾气在它面前向四面八方逃散,
我因此远远看出了大海的颤动。

傅译:

天已大明,
曙色仓皇飞遁,

远听宛似海涛奔腾……(第二部)

第三十歌,朱译:

太阳脸上蒙着一层阴影上升。

傅译:

日色朦胧微晦。(第三部)

杨丽华今日往扬州探亲。

十二月十八日　星期一

往编辑部。

看三校样。

晚间与志仁到大华看电影:《浪峰上的爱》(美国)、《一半是海水,一半是火焰》(王朔小说改编)。后者大概是今年最受欢迎的国产片罢。

十二月十九日　星期二

细雪飘飞一日。

往编辑部。屋子里冷得像冰窖。

到琉璃厂逛了一圈。

十二月廿日　星期三

雪止,天未放晴。

上德语课。

薄暮时分,海洋自隔壁踱过来,站在吴彬的办公桌前,突然惊呼起来:“看那太阳!”果然,从窗间望去,一丸滴溜溜圆的红日挂在黯淡的天空,下面是一片片黑的瓦,覆着白的雪,恰又一群鸽子从空中掠过,带出一阵隐隐约约的哨声。

是此景不常有呢，还是常有不常见？

十二月廿一日　星期四

天色阴沉，似有雪意。

小航问："你和爸爸是怎么结合生的我呀？我长大了以后要是不会结合怎么办？"

王小鹰的一篇散文《哈罗，Y君》，状长夜难挨之况曰："万籁寂静中你能感觉到月亮一分一分地撑圆时的动作与气息。"

十二月廿二日　星期五

往编辑部，得知《读书》明年订数较今年又上升一千多份，不胜欣慰。此前曾多次与同室杨、吴、贾诸位争论，她们都认为订数定会下降，独我坚持说绝对不会，并以为当略有上升。杨还和我以一本画册为赌，果然是我判断正确！

老沈几番跑上楼来聊天，并说：我要是能卸下其他责任，专心一意地编《读书》，就好了！

十二月廿五日　星期一

往编辑部。

得王世襄先生赠《北京鸽哨》，钱伯城先生赠《白苏斋类集》。

与吴彬同访萧乾、林斤澜、汪曾祺，请他们笔谈蔡志忠漫画三种，罗马尼亚事件成为题外必谈之题。

午间请许永顺在豆花饭庄吃饭：夹沙肉、樟茶鸭子、肝腰合炒、麻婆豆腐，费三十余元。

十二月廿六日　星期二

吴方来取书（借他一册《章太炎年谱摭拾》），剧谈半日。

十二月廿七日　星期三

上德语课，屋子里冷得要命，老师说话嘴里都冒白气儿。

十二月廿八日　星期四

收到钱伯城先生寄赠的《清代学者象传合集》。

到琉璃厂转了一圈，购得罗汉笺两札，戴月轩制笔数支。

为《北京鸽哨》写一小文。

十二月廿九日　星期五

往编辑部。

下午三联开职工大会，据说是宣布“解脱”，真好笑。未往。独在办公室枯坐半日。

十二月卅日　星期六

往编辑部。

下午郭宏安来，剧谈半日。

十二月卅一日　星期日

往编辑部。

午间王蒙请吴彬和老沈到家中吃饭。

到冯亦代家中还书，他约我为《香港文学》的纪念戴望舒逝世四十周年专号写稿。

在西四电影书店购得《诺尔玛》，这是久觅不得的一套唱片。乍见之下，不觉喜出望外。而且别处唱片都已提价，只有这里还是十三元的老价钱。

八十年代的最后一天了。

九十年代，也可称作“世纪末”。前面是什么呢。

《读书》十年

友朋书札

五

樱宁 楠雨◎录文

天津出版传媒集团
百花文艺出版社

目 录

吴小如 四十四封

一

丽雅同志：

你好！

前托人寄上拙文一篇，想已达览，不知合用否？读金性尧先生《伸脚录》，提到一位宋远女士，很可能就是左右，因为《芝麻通鉴》即是尊著也。果尔，则另一本大作《橘柿楼读书记》能赐借一阅否？企盼之至。山西教育出版社也想出一套与“书趣文丛”媲美的丛书，有一位梁平女士不知曾去拜访否？倘能惠予协助，推荐名家名作，亦成人之美也。匆匆，敬颂

撰安！

吴小如拜启

四月十七日

二

丽雅同志：

你好！

拙文写就，谨寄奉，看看《读书》能用否？尚祈指正。

除了尊作谈诗名物者之外，仍想拜读旧印《读书记》，幸勿客气。

老来虽多文债，心情却总是寂寞的，能得有共同语言如左右者，也是一大乐事，因可共切磋者今已确不多矣。匆匆，敬问著安！

吴小如

四月廿二日

三

丽雅同志：

大作说《车攻》细读之后，深佩以物证诗功力之深，我学到不少知识。从这类论文性质看，似不宜用简化字撰写，那样会引出麻烦。比如，“獸”简化作“兽”，而“嘼”旧释为“畜”之古写字或异体字，尊文引《说文》云“从兽从犬”，与文字外形便对不上口径。这只是主要一例，其他类似者尚有之。再如“田”字，此字之后起字为“畋”，这样两义便不致混淆。如为浅学者说法，不妨略加补充(列入注文中即可)。

至于“旄”“毛”二字,古书虽通用,窃以为“旄”可能是后起本字(但此字出现并不晚)。“旄”之为物,可用兽毛为饰,亦可用禽羽为饰。故《孟子》谓“羽旄之美”,即用禽羽之为饰者,“羽”是形容“旄”的。然则“毛”又可能是“旄”的假借字。因为“翰”为鸟羽,“䩞”为兽毛[今人谓人之汗毛(实是错字),实应作䩞毛,口语中读䩞毛犹作“寒毛”之音,以“䩞”为平声寒韵字也],“羽”和“毛”实二物复合为词。如“翡翠”今已为一词,实则“翡”为红羽鸟,“翠”为绿羽鸟(或引申为红色物与绿色物),细分皆有别。

对尊文总的意见:一、做学问应吃透两头,各个击破。今读尊作,出土文物一头是掌握得很丰富的资料了,但于自汉晋唐宋至于清人文字声韵训诂之学尚缺乏扎实的功底(如严粲《诗缉》,书现存,不应转引)。尊作中只引到孙诒让《周礼正义》(这也是我的必读书),而对王念孙《广雅疏证》,段、桂之治《说文》,郝懿行之治《尔雅》,钱绎之《方言笺疏》,下及俞樾、章炳麟之学,似乎注意得不够。则书本上的一头尚未吃透也。二、研究名物,尤其从出土文物下手,当然容易分散,因此就要在心中有个总的、综合的、系统的、提纲挈领的考虑(不一定形于文字)。现在尊作一篇篇写成,虽分门别类,较有系统,但看得出对《诗经》全书及自古及今有关《诗》名物的书,还掌握得不够(从陆玑的《疏》到姚炳的《诗识名解》)。即陈奂、马瑞辰、胡承珙诸家之书亦当有个了解。拙著《读书丛札》不知曾寓目否?其中谈《诗》《左传》及《字义丛札》,和关于俗语方言考订部分或于足下作此类文章不无参考价值。拙著毛病亦在饤饾分散，但我是只择有个人见解的著而论之，未全面铺开。因为只要一写成专书，势必有敷衍成篇、缺乏创见的篇幅凑泊其间，不如只拿出点滴有新意者供人参考。此我一生治学之主张，“不贤识小”，初衷不改。拉杂作此函，太不礼貌了，与君虽未觌面，姑算神交，倘言有疏失不敬，幸谅。

即问

著安！

小如拜启

五一写完

又如对经今古文，虽不必有门户之见，但总要有自己的主心骨。伪古文《尚书》不宜用，而《三家诗》则必须参考。如此等等，皆基本功也。

四

丽雅同志：

前函谅达。所谈未必尽是，聊备参考而已。说《小戎》与《韩奕》两篇大作均已拜读，写得似比说《车攻》为好。但由于是足下力作，尚须细读，才能提出意见，也许竟提不出意见了。

昨天又收到《榗柿楼读书记》，封面似是启元白先生题耑。开卷即不忍释手，已读了若干篇。几年前有熟人为我写“人物志”，说我“几于无书不读”，使我汗颜。今读尊著，包括《芝麻通鉴》，始信世上真有无书不读之人，即足下是也，佩服之至。所难能可贵者，足下春秋正富，腹笥已如此宽博，我虚龄已七十五，纵有此心，亦无此力矣。孙女今年十七，暑假后入大一本科，从小即喜杂览，如能考上北京的一个大学（读中文系），拟嘱她拜足下为师，尚望不吝诲之。《读书记》中错字实多，有些原文，如果不是我读，将无法读通。昔年为一学生撰《包拯年谱序》，提到治学方法有外打进、内打出两大类，足下晚学（二十以后始有机会大量读书），显然走的是“外打进”的路子；今后开始治“经学”（毛诗当然是“经”），已由外打进转为内打出矣。古人有“才难”之叹，今读足下书，始知得有才如君者真着实不易也。而《读书记》中有一处错字，显非误排，而可能是作者弄错。即李习之名翱，乃唐人，足下误以为宋之李觏（字泰伯）。合两人为一，是硬伤。不得不直言也。匆匆尽一纸，下次再谈，祝

全家好！

小如

五月三日

五

水兄：

你好！

来示敬悉。我以为拙著是不会有人读的,没想到足下也曾寓目。这只能说明足下是无书不读并且有点不择好坏的。捧读来书,不胜感愧。宿白先生是专家,他的忠言应该考虑。当然我也不反对足下边干边学的主张(事实上不学也干不下去),只是希望动笔时更小心缜密一些,就省得走弯路。“打磨”功夫应在写文章下笔之前,等到写成后一改再改就难免被动,而且也容易失去信心。你说是吗?

从《中华读书报》上发现有一则报道推荐《明人小品三百篇》,这是一部极坏的书,我一九九四年与一个研究生合写了一篇书评,却寄往海外,发表与否尚不得预知,现在则想寄给足下一读,在《读书》上“将”它一“军”了。如荷同意,请即告知,当检出抄好寄上。(因原稿为繁体字书写,必须重录。)

《天津日报》上的书评是报社一个编辑写的,他算是我的学生,目前已不编文艺副刊了。此剪报我懒得复印,今寄上,看完退给我可也。

山西教育出版社至今无消息,看来也是“雷声大雨点小”,姑妄俟之可也。

匆覆,即问

安好!

小如手上

五月五日

尊作书评俟收到拜读后再写给你信。又及。

六

水兄：

杂志一本收到。大作一气读完。有好几点想法：一、新版《辞源》成于众手，我已发现有矛盾、错误处若干条。主编之一刘叶秋先生是我的朋友，我曾向他提出过。但他于考古外行。他已去世好几年，他夫人闻亦病故，在他生前身后出版了几本书，我都未见到，现在想访求也难了。但他学问还是扎实的，今后修改，恐怕更无得力之人了。二、这类工具书管考古部分的肯定是外行，故多假冒伪劣之内容充斥其中。看来“尽信书不如无书”，连工具书的质量也大成问题了。三、这类材料不懂考古的人是不会细心理会的，看似影响不大，而实际却贻误子孙。以我而论，我就完全是门外汉。前函说向足下学到不少东西，乃由衷之言而绝对不是客套。四、我实在佩服你的博闻强记，可惜我已无力再深入研究文物这门学问，否则你是最好的老师。如不影响你的工作和著述，来寒斋小叙还是企盼的，你不来也会有不相干的人来，昨天就接待二位不速之客。

前寄函想均收到。容续谈，敬祝

著安！

莎翁

五月七日

读尊著《读书记》，知足下对书法也并不外行，很有见解。又及。

七

水兄：

今晨甫寄出一信，下午即得来示。承以遇夫先生回忆录见假，感何可言。一俟寄到，即抽暇展读，读后即奉还。一不把书弄损，二不拖延时日。归还时如条件许可，当登门奉赵或托人专递，千祈放心。至于“离骚传”与“离骚赋”之纠葛，鄙意如下：《屈原列传》所引自是“传”文；是否别有一“赋”，则文献盖阙，存疑可也。出土文物中所见之“傅”与“赋”通，是文字假借关系。正因为有此假借关系，始有前人对刘安著作之纠葛。统观汉人所著书，除对淮南之书有疑之外，尚未见有一篇堂堂皇皇之赋而写作“傅”者，自贾谊至扬子云，果“赋”可通“傅”，何以无人写作《子虚傅》或《甘泉傅》者？出土之古物可信，出土之文字却未必完全可信。自汉简以及敦煌写本诸籍，错别字、异体字、难识别字不一而足，端赖有识者（如陈援庵先生之校《元典章》）加以区分勘定而不宜一一盲从。冯芝生之为人，仆所不甚尊敬，但他有一句话却很有意思：“你写的是错别字，我写的是假借字。”……不知足下之老师是谁？持此一例以证“赋”之作“傅”，恐不免以菟园册子证十三经；又不免如以排印本之讹字校勘善本书也。这就是区区的顽固和主观。

《积微翁回忆录》及《友朋函札》早已知其出版（此次是因读《陈寅恪的最后二十年》一书引起兴趣的），但因寒斋之破书已呈“顶天立地”之势，故久不敢买书。近年则往往收到各方赠书，也算读书人的一点特权，但又有塞破屋子之虞。致函足下，原有希望代我转借之意，未敢径烦自邺架亲假给我。今既得其一，则不免得陇望蜀，他日足下拿到借书证，看看文研所是否有之？至正续《经解》，架上只有缩印本，是四十年代以暑假开补习班所收之学费易得者（所谓“自行束脩以上”），备查检而已，字小不堪卒读。倘不嫌弃，愿意您随时扛走。寄是无法寄的。再谈，匆祝著祺！

莎再拜

五月七日，八日寄出

附言：上次读来书，有一意忘答：我一向认为写文章（尤其是写考据和辩论文章）目的只有两个，一为订讹，一为传信。故我的文章以抬杠者居多。足下文章则以畅抒己见为主，《读书记》平易通达，《脂麻通鉴》（上次误写了“芝”字）则不免小有锋芒矣。鲁迅生平以“战斗”为写文章的中心任务，我们没有那么强的革命性，谈不上“战斗”，但去伪存真、订讹传信的功能似不可废。有人文风醇正从容，我的为人褊狭易怒，故文章“抬杠”之习气亦重。邵公谓我晚近文字拘谨凝重，实未尽然，有时还是不免火气十足的。前书未尽所言，补陈如上。

莎致水兄足下

八日

八

水兄：

你好！

书评写好，就原稿略作调整，不足三千字。此文原是一个研究生的作业课题，由他的导师（是我的学生）拿来找我批改的。我加以调整扩充，写成定稿，故兼署彼名，示不掠美。如可用，请酌定。如果不是《中华读书报》有文赞扬推荐，我本不想在国内发表，现在倒真是为了“正视听”了。

前信关于“傅”“赋”的谬论不知尊意如何？寄呈拙诗想已达览，请正之。

匆匆，祝

安好！

小如

五月十二日

欢迎来搬《经解》，此书正续二部缩印本共八函。来时请先电告。又及。

九

水兄：

示悉。小楷簪花秀笔，娟丽可人。甚好。惟书法一道，端在勤于实践，且宜多方取法。如足下之“单打一”，只写一种字体，即有难于更上一层楼之感。莎自十余岁时习字，久久无长进，至一九四三年乃竟搁笔二十年。六十年代始幡然悔悟，倘二十年不辍临池，则至少稍胜于今日也。一九六三年以后，写字基本上未间断，而平时以临帖为主。前数年授一女生书法，自己曾略作统计。近三十年来，临帖百余种，读帖逾千种，然读帖千遍，不如手临一遍，目治毕竟不如亲手实践也。知北京古籍有意出版所谓“学者丛书”，不知每册拟容纳多少字？自七十年代至今，亦近二十年矣，如仍以书评与序跋为题材，而内容可不限于某一方面，则诗、文、小说、戏曲及其他（主要在古典文学方面与旧籍方面），凑足十五至二十万字不难。如限于某一方面（如只收有关诗词或只收一般性谈语文及整理古籍者，包括短篇杂文），亦可凑足一本书（至少二十万字以下）。如不限体裁与文字长短，则篇幅当更多。总之须与彼方正式洽谈始可有大致估计。打电话太絮琐，先以函答。附上复印件二，供参考。即问

安好！

莎启

五月十六日

过去拙作不易结集，即病于文字学术性稍多，不通俗，故久久无人问津也。又及。

十

水兄：

收到来信及拙文打印稿，即拟电覆。屡拨尊寓号码而无人接，只好写信。下面依来示顺序一一作答。

一、许政扬先生是一九五二年燕大中文系研究生毕业的，我一九五一年到燕大任教，在此一年中结识了周汝昌和许公两位饱学之士。许先生毕业后即到南开大学中文系任教，又成为我的老友华粹深先生的好友。我在“文革”以前，每到天津，必与华、许二公相聚。政扬如来京，住城内，则以柬相招；如出城，即在舍间下榻。“文革”抄家，许先生积聚了多年的卡片（只有几抽屉，装不满一卡车）被当众焚毁。（这里面有内情，有人说许先生做学问不公开，卡片秘不示人，故首先伤其要害，实学校中同系之人在有意伤害他。）许先生乃投校内湖中自杀（并非海河，如奔赴海河，或许还不致牺牲）。其夫人似姓朱，后适周绍昌君（与政扬同学而班次低，院系调整后始毕业），——周仍在京——目前朱夫人在美国为许先生的女公子看小孩，即许先生之外孙辈也。原拟写回忆文章，后读《文存》前周汝昌先生序，认为珠玉在前，无劳瓦砾，便尔搁置。今年是政扬逝世三十年，俟稍暇当写一文呈正。

二、杨璐同志迄未与我联系。我北京出版社本有熟人，但我在彼出书很难，八十年代末一本《诗词札丛》是很不容易才付印的。看来此次同样无希望。你们的“书趣文丛”已编到几辑？难道一个作家只允许在“文丛”中出一本书吗？如有可能，还是由足下予以提携，我也“从一而终”，则幸甚矣。

三、杨遇老日记读来枯燥，当然还是要把它读一遍再奉还。至于“书札”只是一时兴起，读不到也就算了。我目前读书时间极少，尊作《榗柿楼读书记》至今尚未读完。但有的错字不一定是误植，不是电脑出了毛病就是足下笔误。如“一愁莫展”“义气用事”之类。好在不碍我的理解，而且愈读愈感到足下的渊博，只有感佩。

另外，还有数事相告：①拙著《吴小如戏曲文录》虽未必对足下有用，却想送你一本。②几时来搬正续《经解》？其实此书只备检择，无法从头细读。有些必读者，大抵另有专书单行（如《日知录》《十驾斋养新录》，《经解》只是节本），如对君有用的胡培翚《仪礼正义》，我看只能看单行本。此正续二书我已查明共十函，《续经解》字体尤小。不过我是诚心诚意想借给足下的。我已无力做学问，书存敝簏只是浪费，反不如供君完成名山事业之为好。专覆，敬问

著祺！

小如手上

五月廿四日

十一

水兄：

来信均悉。因遵嘱写纪念许政扬先生文字，故迟答。此文甚不好写，凡三四稿始勉成一文。姑寄呈裁酌。如有不妥，请尽管动笔。不合用，掷退无妨。

来函云杨璐君所设想，皆攀附或借重名人之思想太突出。“书趣文丛”之脉望先生，固三数中青年学人操办主持，而竟有特色；至于有的成龙配套之书，虽由大家、名家挂主编头衔，并不尽如人意。看来名者实之宾，还是看组稿人的眼光与水平。

看来兄离《读书》之日不远矣，恨未能早与君相识（目前仍未算相识，仍在神交阶段）。大作似《小戎》篇写得最好，《韩奕》篇因太长，释名物者较难驾驭。两篇均提不出什么意见。但细绎文风，也是力求考据、义理、辞章三者相结合的。不过拜读尊作后，倒另外产生一种感想，即《诗经》的叙事始终有文学意味，如汉乐府。而汉赋实自楚辞出，故不免堆砌，文学味道反而差了。不知以为然否？匆匆不一，即颂

著祺！

莎启

五月卅日

十二

水兄：

示悉。《戏曲文录》中包括旧作《台下人语》与《京剧老生流派综说》，此外尚有未结集者数种，都七十万字。初不知足下亦京戏爱好者，否则早以之奉赠矣。下星三或星四上午十一时大抵在家，欢迎惠临，能先以电话告知亦好。关于京剧服装，周贻白《戏剧史》略有记述；舍弟编《京剧知识词典》，虽言之稍详而无实物印证，或可略知大要。俟蒐检积书，如有余藏，即以奉贻。匆覆，即问

安好！

小如

五月卅一日

拙文想已达览，能用否？又及。

十三

水兄：

大作及手示均悉。先说拙文。一、评靳文如撤下，是否将原稿掷还，我重抄后径寄《名作欣赏》，因撤下再排则不知何日矣。我不是《读书》“常客”，故难免遭主编冷遇，倘非足下在彼，我是不会主动向《读书》投稿的。所以寄君之文，到此为止。二、“许”文同

意尊说，改题目。但副标题必须加“重读《许政扬文存》”（上次通话后想到这一点，乃又打电话，却始终未通），否则文中乃依《文存》次序谈几篇文章，便无着落。至文中有不妥处（君所谓敏感处），即请足下代为改动无妨。语气全“文”，似太板滞，不文处能保留多少就保留多少吧。下面再谈尊作。一、通读全文，好像足下对此篇有“把握不大”“拿不准”的味道，故不及前三篇讲起来“理直气壮”。二、如用旧说主人公指宣姜，则通篇如杜甫《丽人行》，非赞而实讽；鄙意旧说未必可靠，如尊说诗的作者对此女子是同情的，则应把“宣姜”说撇开。至于“不淑”，亦可解为“不幸”“遇人不淑”，不一定指本人是有缺点的女子。或者说：“你的被人看成不淑（仍是“不幸”之意）是太委屈了。”三、“副笄六珈”一语，你罗列众诂，而未定于一。“副”“笄”“六珈”是三者并列，还是后者从属于前者，如“笄”附属于“副”，“六珈”又附属于“笄”？应该说得明确些。四、“胡天胡帝”，这一成语原属贬词，盖前人解此诗皆从“宣姜”说，把此诗看成《丽人行》，故以此为贬语。今既作赞美之极之词，则必不能硬讲作“宣姜”明矣。兹事体大，请酌。

雅诗似难解而实不难，风诗似不难解而实不易说清楚。即如最通行的《伐檀》，“河”是否指黄河？如是，则黄河怎么会“清”？如不是，则“河”在《诗经》中已属泛称。总之，太麻烦了。

足下考衣饰名物，我外行。考兵器车马，更不懂，故《小戎》《韩奕》我提不出意见。风诗则名物之外还有别的，看来就不那么简单了。我一九五〇年曾开过一年《诗经》专书，连豳风也未讲到，故仍是囫囵吞枣。读君文对我启发甚大，愿效驰驱。“把关"云乎哉！余面罄，不一。

莎启

六月三日

十四

水兄：

昨晤谈似未尽所言。先补提一点。《都人士》"绸直如发"，朱熹《集传》不详，因忙于看校样，亦不遑遍检诸书。疑"绸"为"稠"借字。稠直（"直"亦可通"真""鬒"），犹"鬒"也。未知是否？盼酌。（尊文亦语焉不详，含糊其辞。）

郑州之行，有待老伴批准，故未敢遽定（因她是病人，惟恐我出门于她不便）。但七月下浣小儿及孙女北上，小女偕外孙女自香港返京，成行可能性较大。不过先小人后君子，有几个问题请函覆：一、去多久，讲几次？二、报酬若干？（如除旅费食宿外无多酬，即未免徒劳矣。）三、与足下偕行，当然途中有伴，但小孙女如与同行，亦可使她开开眼界，不知克谐否？至于讲课内容，则当视听众兴趣而定。望为我善谋之。

君与二小女同龄。二小女吴焜，命运亦与君相仿。初分配织地毯，俄遭病退。"四人帮"垮后，我托人让她到北大英语系旁听了两年外文课，又在病中得杂览，识繁体字，故到港《文汇报》后还能应付。自校对而记者而编辑，曾编一副刊专版。古书基础不及足下，而洋书看得不少，笔下亦能写。可惜生了孩子抛荒了。故小孙女（名箫旸）考入北大，我一定把她培养成材。与君一见如故，故不惮覼缕，匆候

起居！

小如

六月六日

十五

水兄：

由于老伴不愿我盛夏外出，郑州之行她始终未拿定主意。这要等子女们回来（特别是孙女，她今年免高考直接进了北大中文系）做工作，才能实现我外出散心的“梦”（我的生活枯寂，很苦，等我们再熟一点你自然会了解）。不过我也是个顽强的人，说话会兑现的。要讲的题目有两个，可以请对方任选，当然注意趣味性，但更要讲效益，即对听众有点“实惠”。一是《怎样欣赏京戏》，二是《从言语交际谈到正确使用交际语言》。讲诗词、小说及书法等也都有的可讲，但对听众未必感兴趣。

我在香港大学讲过一次京戏，不及在师大一分校讲的效果好。这次如再讲，当尽量让没怎么听过戏的人知道中国戏曲的特点，怎样才看出门道来。至于讲小说、诗词，如果没有这方面基本常识的人就难免无的放矢了。

匆匆不一，敬祝

日祉

莎启

六月十一日

十六

水兄：

示悉。首先是名字问题。我名同賓，病其俗，而又被简化，多年不用，乃以字行，“小如”即字也。莎斋是别号，也是书斋名。用“莎翁”是朋友们开玩笑，如周汝昌、邵燕祥诸公。我给人写信一般均自署小如，人亦以此称之。有时在知好中为了省事，即单写一个“莎”字。

与足下交虽浅而谊不浅，我很愿同年轻人交朋友，尤其是同行中的读书用功的人，也爱“好为人师”。足下年与我最小的女儿同龄，如不见外，就收你做学生吧。

我说感到枯寂，是搞我们这一行者愈来愈少。子女中都因失学而未能深造，只有把希望寄托在孙女身上。她同足下一样，也好杂览，但欠基本功。上大学后拟让她从头学起（内打出），但此愿望亦未必能实现。因为学校有另一套课程。

足下功底还是不错的，不必过谦。但系统读书不够，而杂览有余。其实我做老师未必够资格，因为你现在研究的是“名物”，皆实物,而我则虽有点文字训诂的功底,却对考古完全外行。但就已发表的《诗三百篇臆札》而言,有几个问题自以为是解决了的,如《卷耳》的章法结构,《蒹葭》的地形,以及“静女”的训释等。其实诗三百篇中难办的地方很多,“君子好逑”,到底“好”与“逑”同义(闻一多说),还是“好”为美好之意?两者都在《诗》中有内证,只好两存其说。至于诗旨,就更不易下定论。我始终认为《蒹葭》不是情诗,而诗中的“友”,亦与今解不同,实应解为爱人之“爱”(非今所谓之“友爱”),如“琴瑟友之”,即谓男女如琴瑟之为终身伴侣也。故《匏有苦叶》中之“卬须我友”,亦是等待其情侣之意。不知君谓然否?总之,我所考虑《诗经》的训诂不是“名物”而是非名物,我们不妨交流互补,彼此切磋,彼此相“师”。当然其他方面我还是可以“忝为君之师”的。

我所交往的人们之中,不少人的关系均在师友之间(凡是比我年长的都有资格做我的“师”;而你比我年轻,亦不妨谊在师友之间),君以师事我,我以友待君,将来还想让小孙女拜你为师(真正的老师),这样庶几可以摆平了。

我现在有两件事待办:一是真正传我衣钵之人选(我的长处容见面时详陈);二是身后有人认真为我整理遗著。后一件事不无妄想,即有待于足下也。

正由于寂寞,所以拉杂陈之。乞恕其交浅而言深。匆祝撰祺!

莎启

六月十四日

十七

水兄：

来信早已收到，迟未作答，有所待耳。

山西教育出版社梁平女士有长途电话来，拟出名家系列散文杂著，出版选题已定。昨又寄来空白合同若干份。拟拜托足下转寄唐振常先生一式三纸（多寄一纸，备涂改），如唐先生有意，请将合同填好径寄太原并州北路六十九号山西教育出版社（030001）交梁平女士收，并请足下明言此事是出版社嘱我代为组稿，有意见或想法可径函询本人（请将舍下地址电话告知唐先生）。书名即定为“当代名家散文杂著”，可包括学术性与非学术性散文杂著，如唐先生的一本，将来即题为《唐振常散文杂著》。另外，请足下便中代询张中行先生，肯俯允“加盟”否？闻中老近已拟出散文全集，恐未必能“加盟”也。如有幸俯允，当再寄空白合同。如足下想到另有合适人选，亦盼帮忙（算是帮我的忙）。目前我已组到严文井先生与邵燕祥兄；周汝昌先生则正在联系。另外，在上海方面，我也想再托人组稿，尝试一下而已。

我已明确向出版社建议，一、取消“学翁”字样；二、不限作者年龄在七十以上，故邵公已允“加盟”。

统希多多帮忙，如此一“系列”可望有成，则拙作亦又有部分可见天日也。余续谈，匆问

近佳！

小如上言

六月二十四日

又:我已签了合同,年底交稿。供参考。

十八

水兄:

先后诸函均悉。莎非此社负责者,只从中搭桥,故中行先生结集事须询诸梁平始能拍板(已致函,嘱径与足下联络)。至于买书事,已一并函询,彼如有书,已嘱其径寄足下(书款几何,由君径寄彼)。此次代山教社联络,周汝昌、邵燕祥、严文井诸公均慨允,今唐先生又肯结集,则莎于彼已算对得起他们了。郑州之行,大抵可定。具体时日,俟小儿到京,当即与君函或电商行期。此次与君偕行,冒昧引《诗》一句以博笑,毫无轻薄不敬之意。“有女同车”,幸何如之! 近仍忙,不一一。即问

双好!

莎启

七月一日

十九

水兄：

示悉。《都人士》新证篇容细读贡拙见，请稍缓时日。至《七月》篇，四十年前注《先秦文学史参考资料》，曾用过一番功，然所得只是择善而取前人之说，无力创新解。戛戛乎其难也。君不妨略翻一下。读来示，只提出两个问题，一是女与公子同归，二是历法。手头恰有《文史》十五辑，殷崇浩文已细读。窃以为前一半文尚有立论依据，后一半属推测。好在君立论只须取前半，是否殷历可不及之。然为了审慎起见，建议足下还是自己也钻研一下《月令》与《夏小正》（见《大戴记》），这两篇文字注家不少，或者可从中悟出点什么，然后再决定取舍。殷文之意，谓一诗之中不宜有二种历法；然豳风中诸诗既作于周初，或乃如殷文所言，作于殷商时代（即早于周公），则当时历法之不定，一诗用两种历法亦未尝不可能。殷文又言，全诗可能于周初经过加工改动，则用两种历法之可能性愈大。足下言，汉儒旧说不宜轻易否定，是也。今欲用时贤说，必须有确切把握再全面采用乃妥。所以持此一原则（且包括鄙人之管见在内），实因非敢自必自是也。至“女心伤悲”二句，今人解作衙内式人物强抢民女，自嫌“过火”；但古奴隶主或封建主自农家选取婢仆，乃至纳为妾媵，亦属常情。从《诗》中“归”字训“嫁”推之，“同归”殆有索娶之意。而女子辞家入主人府邸，所谓“侯门一入深如海”，别父母家人亦不免“伤悲”也。拙见如此，亦未必惬君之意也。

昨接太原信，编书事允聘我为主编。我建议如成立小型编委会，拟聘足下加入为编委成员之一，幸勿推辞。此与为辽教出书并不矛盾。彼为“脉望”，此为“扬之水”也。既由我做主，则张中老务请加盟，随信附上合同三纸，函一纸，刺一纸，望转交，拜托拜托。

今具陈编书情况如下，叨在相知，幸不吝教我—— 一、我承乏任主编，已嘱出版社聘上海谢蔚明先生（我之老友）为副主编，彼社社长可任第二副主编。二、如成立编委会，除三主编加入外，另聘邵燕祥、扬之水、萧关鸿（上海《文汇报·笔会》主编）及出版社资深编审一人为编委，不成立编委会亦无妨，后说作罢。三、目前已聘请加盟之作者，有周汝昌、邵燕祥、唐振常、负翁、严文井及吴小如凡六人。谢蔚老言，何满子与萧关鸿二位先生加入大约不成问题。如此则至少有八人矣。四、内容最好属半学术性，即纯文艺性亦无妨。惟不要搞成学术论文集。字数不超过三十万字，最迟年底交稿为佳。凡此，烦便中转陈于负翁座右，多谢。

“等待”诸事，总算一部分略有头绪了。即颂
撰安！

莎启

七月七日

昔与林庚先生谈《七月》，末章为颂辞。林老云：此乃奴隶制转入封建制时代，劳动人民亦有心情舒畅之一面，故诗末有“万寿无疆”云云也。此意似亦可供参考。又及。

二十

水兄：

连日事忙，大作说《都人士》一篇顷始拜读。于名物考证无发言权，而于行文及训诂则颇见足下匆遽迫蹙之态。如“羔羊”竟作“羊羔”之类，皆不应犯之错误。而正文缺字未补，亦太匆忙矣。至于“厉”“裂”相通，虽勉强成理，而引《说文》“裂，缯余也”以释绅带之长，则显属不妥。“裂”恐仍宜以撕裂之意为主训，“缯余”云者，缯既被撕裂，自然有参差毛草之处，此所谓“缯余”。此说恐待榷，然拙解并无依据，仅供参考。

尊作可取之点凡二，一、释“都人士”为都邑宏观群象，非都丽之都。如言“子都”（《左传》《诗经》）、“丽都”（《国策》），固古训；然都之训美实自都鄙对言而来。都人自然装束时髦（男女皆然），鄙人则今所谓“乡巴佬”也。故君之言可取，如此则主题不误，而尊说有叹惜今不如昔之意，亦符诗旨。二、用胡承珙（此字我读拱，君读洪，经查证，两音皆可，而读“拱”音较早）说释诗句，多确切。前人对胡之解诗每贬抑之，而张陈奂、马瑞辰之说，实则三人各有所长也。

又，“黄黄”是否即指黄色，亦有所疑。我以为“黄黄”即“煌煌”“皇皇”，而未必指颜色。古籍中状颜色似少有用叠字者。犹“青青”（如“青青园中葵”“青青河畔草”，上而及于“青青子衿”，似皆不宜释为青色）之状植物之神而非状其色，莎旧有小文释此义。未知能说服水兄否。

孙女十七日抵京，其父下旬初到京，然后可望郑州之行有日。爽性再等几天吧。“编委”之说，拟作罢。拟仅设主编一、副主编二。如再设编委，一则未必有事可做，二则如邵燕祥兄所云，有人自荐其稿于编委如毛遂然，编委并无权决定。故以不设为宜。则足下可不必虑及入彀矣。一笑。邵公对合同文本字句颇有意见，并云可征求丽雅女士意见，她比较有经验云云。即以向君请教，望不吝指出。我当对梁平提出。

近时《燕京学报》与《文史馆馆刊》三校样一时麕集，真招架不住矣。为他人作嫁衣裳，颇感心力交瘁也。

中华书局已决定重印《京剧老生流派综说》，我拟加进“力作”数篇，明年出书。届时当再以一册呈教。与负翁数通电话，谈甚欢。匆匆不尽，祝

著述顺利！

莎启

七月十四日

二十一

水兄：

日昨向夕，惠然来舍，翩若惊鸿，未能留君小坐，至歉。小儿本月廿二日到京，郑州之行，包括南阳之游，约须几日？如廿五日（或廿四）成行，廿九或卅日遄返，何如？孙女有学侣在京，须

结伴览胜,不克偕行矣。今晨拟先以电话奉询,惟恐不值,故寄此函。顷常出门,仍盼速以函告,俾定行期。此行须赖小儿做工作,内人坚不欲莎远行。而月来看校样已头晕眼花,亟拟散心,故必求与足下偕游,一舒耳目也。即问

潭祉!

莎敬启

七月十九日

二十二

水兄:

《公刘》大作拜读。我倒觉得这一篇写得很好,顺理成章。足见厚积薄发乃辩证法之恒理。书读得愈多,愈易融会贯通,可喜也。

我随读尊文随在纸侧加批,今迻录奉闻。原稿留中不发矣。

一、第一页倒二行“底定”,似应作“厎定”。

二、第二页倒五行“也早是传统了”,此语似缺一宾语,“传统的××”,应加一词才好。“传统”不宜作“宾语”。

三、关于“弓矢斯张,干戈戚扬”——鄙意“扬”字对“张”字而言,后世“张扬”尚作连文用。疑何楷说近是。“扬”非兵器。原文义实作“弓矢斯张,干戈戚(斯)扬”。

四、关于“三单”——“单”与“战”关系至密。“单”为军旅之

单位专名，如后世之言“军”“师”“旅”“团”；“战”即一单之众持戈与敌交锋，“单”名词，“战”动词。

关于第二章的解释，鄙意“既庶既繁”可以指原有土著，即尊文所阐加之义；但亦不妨指公刘所携之族众。因公刘既相中了这块土地，准备留下，当然要对大家讲明留居此地的道理。先“陟”而后“降”（王国维对“陟”“降”二字有详考，拙著《读书丛札》已引述），正是相察地形时的具体描写。此章不可顺序看，“陟巘”“降在原”倒是初到此地的行动，然后再向族众们动员说服，使人们“顺”“宣”而“无永叹”。

补：第五页第一行，“开放形”似应作“开放型”为好。

小如

八月二十四日夕

又：取厉取碫之“厉”=“砺”。“止基”=“阯（址）基”。

二十三

水兄：

《读书》九月号已从邻居处见到，惟样书尚不知何日可得。题目乃足下代拟，而仆并不知出处，未免可笑。敢祈明示。如为诗句，似有失粘，故特用奉询也。手示早收到，窃以为王念孙知“傅”为“赋”之假借字，确不可及。然淮南王之为赋为传，至今难定，鄙意两者出于一家，似亦不矛盾也。匆匆，问近佳!

莎启

中秋前一日

二十四

水兄:

示悉。黄裳先生书稿,我已覆函同意编入,而出版社无意使之“加盟”,以彼将在上海书店于明年五月陆续推出全集,此书稿亦在其中。(山西有人南下了解情况,归即以长途相告,我只好再向黄裳打退堂鼓,奈何!)出版社恐影响销路,已由我向彼道歉,婉言辞谢。然与彼素昧平生,竟做此“恶人”,亦殊委屈。初非谢公有异议也。

自选学术文集,乃不合时宜之举,只能听之。刘梦溪寄来十三期《中国文化》,大作容当细读。昨为孙女讲《君子偕老》,嘱其参考尊文,彼颇受益。然谓此诗正未必以宣姜为主人公也。我辈受毛郑孔朱之束缚久矣,“五四”以后,又一概推翻,皆失其正。孔子曰,其善者从之,其不善者改之,三人行必有师之本旨也。信然!即候起居佳胜!

莎白

九月一日

二十五

水兄：

大作论《神乌赋》今始拜读，甚有意思。文中有一句修辞欠妥，拟改为："而是一道长流，萦回曲折，绵延至唐；则文人的俳偕(谐)体赋，其本亦有自也。"一、"长水"不文；二、"潺湲"为水流急貌；三、"流淌"不文；四、"其本亦有自"似较自然。

又，说《神乌赋》带来"新的消息"，似未安。盖此赋是有助于我们发现了古远的渊源，而非"新"的"消息"。

前函已言及，"傅"之通"赋"(汉代别字、通假极多，不独此一例)，本无误；然释《离骚傅》为《离骚赋》，谓即《离骚传》，则肯定了王念孙而否定了杨树达。窃以为马、班所引，是"传"不是"赋"文。尊文末段可商。盖"文章"(传)与"赋"之最大区别，即在"传"无韵脚而"赋"有韵脚(《神乌赋》本文已读，仍属韵文)。今足下所引之《屈传》文，乃文句而非赋句，故君篇末言"谓此非赋体，可乎"，答曰"可"，盖此本非赋体也。鄙见如斯，尚望指谬。

又，释赋注中引王力《同源字典》，非第一手材料，应找更早的依据。

足下用力甚勤，惟所引书古今杂糅，有非第一手材料，仍见功力不够。(此语太重，千祈厚谅。)有的是异体字(这就是外打进的不足处)，不能说"通"，如"猨"通"猿"，即露怯。如说"蝯"通"猿"，则是。请以此类推。

另外，向兄汇报一点拙文的新情况。一、《书廊信步》中未能纳入部分，已决定交上海教育出版社另出一书（彼社王为松君来专约），书名暂定《心影萍踪》，写人与地，可十万字。又，陈子善先生来京，帮我找到旧文十余篇（书评居多）。此事如在九四年，则《书廊信步》可大大扩充。今惟有纳入山西教育出版社之“杂著”中矣。陈先生甚可感也。

匆匆不一，专问

著安！

莎启

九月十四日

二十六

水兄：

连寄两信，想均收到。大作谈《神乌赋》者已有刊物可发表否？如尚无定所，是否肯惠予《燕京学报》于第四期发表？据云明年可望出版（一九九七年出版第三、四两期，顷三期已结稿即付梓）。我已由执行编委改为常务编委，只负责组、审“文学”部分稿件，幸能助我。

如何祈覆。如承俯允，请附一英文提要即可（小传只写几句，可以代劳）。即问

安好！

小如

九月三十日

二十七

水兄如晤：

屡思作函，以尊作《大田》一篇迄未拜读，愧无以报命，遂稽延至今。兄此文有二特点：一、综合性强，涉及面广，凡《诗》中涉及农事者几乎用笔作了一番扫描，则此一篇可抵若干篇矣。是大有进境之处（不是恭维）。莎七篇均拜读，实有一篇好似一篇之势头，可喜也。二、释“名”多于释“物”。如此，则于《诗》之诂训方面将渐入佳境矣。否则考古气息太浓，文学意味不无就本文略事点缀之意，则读者易陷于一偏，而读者面亦因之而狭。今乃拓而宽之，亦大好事。另纸毛举细节，请参考。

从邮局寄奉书款一〇四元，只好麻烦你跑一趟邮局了。迟偿为歉。河南中州古籍出版社出版过一本《学海纷葩录》（九十年代初），是亡友刘叶秋先生身后才出版的。而刘夫人今亦辞世，此书遂无从觅购。君能为莎烦郑州友人一觅之乎？至为感谢。匆匆，敬祝

双好！

莎拜上

十月廿八日

近为编山西一本拙著伤透脑筋，每日剪贴编排，忙而效率不高。而上海、湖南两处，又皆来约稿，如此则只能“一炁化三清”矣。倘无《书廊信步》为之导夫先路，莎无此福缘也。故君与陆灏实莎之“上帝”也。又及。

近为孙女从头讲毛诗，发现古人（尤其是清人）过于重训诂考证，反而穿凿。如《清人》之“二矛重乔”，段玉裁《诗经小学》据韩诗释为“鹬”，实太钻牛角尖了。再及。何以谓之钻牛角尖，容详陈。

一、P.1.第七行　“不谐韵”　此说一直有争议。或言不谐韵，或言押古韵，或言押韵处不在韵脚。最好换个说法，勿贻话柄。

二、P.2.第二十二行　“既庭且硕”　“庭”即“挺”之借字（从你引的《月令》语即可证明）。凡从“亭”“廷”字皆有挺拔义，如“亭亭玉立”“挺拔”“挺秀”（亦有作“廷秀”者）。

三、P.3.第三行　手写补文中“粱”误“梁”（至少寄我的稿中笔误）。

四、P.3.第十四行　“云为粱、粟言也”句，如非引文，建议“云”改“盖”字。

五、P.3.第廿二行　手写补文“汉儒‘稷粟不分’”，“粟”误作“栗”。

六、君大作中言谷类则用“黏”，言虫则用“粘”（粘虫）。我早已建议大作一律用繁体字（如交《中国文化》发表，则更应如此），而打印稿始终繁简相混用，如此处“黏”“粘”，即成问题。

最后，请考虑第四章标点。参拙著《读书丛札》中《释“来”》一篇引陈奂说及“来”字用法。

二十八

丽雅同志：

你好！

遵嘱写简历一份寄奉，字数较多，主要是参考了《高校古籍整理研究学者名录》并有所补充。只供参考，且可删减。“书趣文丛”第一辑读了大部分，很受益。大著亦已拜读，文笔与见地皆臻佳境。今后如得稍闲，拟专诚领教。拙著《书廊信步》承审读并得以出版，十分感谢。近年撰写此类文字尚可再辑成一二十万字，如有机缘，仍盼提携。专此，敬颂

著安！

吴小如敬启

十一月十一日

二十九

水兄：

来信及大作均拜诵。“二矛重鷮”乃“韩诗”文，我一猜你就会认为作“鷮”有道理。但我认为，上文释“重英”为以禽羽饰矛，我疑“英”与“缨”“璎”字有关，并无禽羽之义。则下章不宜出现鸟名。毛诗作“乔”，谓是缠挂禽羽之钩，则与“英”为同类。此即拙著以伐檀之“檀”非木名而为车之部件同理。好在各有所本，

今古文经义并存可也。

大作《对鸟梳小考》并非无新义，且甚有意思，惜篇幅略短。倘再有类似文字一篇，合名《××小考二篇》（如《古饰物小考》），则当向《燕京学报》推荐。君以为如何？至于《对鸟梳小考》本文，拙见有三点补充：一、第二段出“比”字，在引完《释名》之后，随手加一句“比，今作篦”，则与下文相贯。否则第三段突然出现“梳篦”字样，便欠谨严矣。二、“虺”之义有二，大蛇与小蛇均是。尊文用韦昭说，似欠说服力，因《尔雅》《释文》作“大蛇”解。这就要仔细查检清人诸家之说，然后定其确为大或小蛇。往时试撰《字义丛札》（见拙著《读书丛札》），即用此方法得出结论。天津已故甲骨文专家王襄老先生有云：“治甲骨金文，必以熟读《说文》为基本功。《说文》精熟，始能于甲骨文、金文有创见；对《说文》稍一翻阅即动辄否定之者，其人必罕成就。”此实经验之谈也。愿与足下互勉。至于第三点意见，即在尊文下断语时有一二处缺乏力证，如言虺形为守卫或守护之用的灵物，即未提出有力明证（下文谈鸟与蛇亦有同样问题）。今后写文章务须于此等处着力，不要露出“马脚”或“弱点”（空白点）。

读尊文，即发现治学问可一事多用。“副笄六珈”即可证“对鸟梳”，此触类旁通之益也。惟此文如交《燕京学报》发表，务请改用繁体字，并附英文提要一份（不必详，但须用洋味英文）。先此奉陈。

由于足下提及“书签冷旧芸”，近成七律一首，乃将旧有一联（全诗已忘）纳入此诗，谨录呈：“老任书签冷旧芸，孤怀谁共挹清

芬。乖时久坠青云志，嫉俗难亲凡马群。出处平生如梦令，炎凉一例送穷文。秋来且近杯中物，沉醉佯嗔酒半醺。”余再谈，即颂
双好！

莎启

十一月四日

三十

水兄：

考订佛像大作已拜读。不是我无兴趣，而是兄此文写得不够理想。文不长，但涉及问题太多，看了易使人找不出头绪。一、佛教东来；二、中东与中国交通史；三、佛像的特点；四、涉及袄教问题。这四个问题均点到了，却又同时并论而且混在一起谈，似乎有点理不清。不学如莎，实难把握要领。谨璧还，仍须重新考虑。

前函曾奉陈：如再有一篇考饰物者，可把两篇合为一文（两个子题），我当向《燕京学报》推荐。现第四期正在组稿，九七年内出版。请考虑。如赐宏文，务请用繁体字，并附英文提要。至于个人简历，只须写姓名（用“扬之水”即可）、生年、现任职务（职称）、著作即可。拜托拜托。

匆匆不一，敬祝
双好！

莎拜上

十一月九日

三十一

水兄：

《版舆小考》拜读，与前考梳形一文皆佳作。但两文所考之物不同类，可合名《古器物小考二题》。惟《学报》容量较大，一两万字至二三万字足可纳入，如足下有相近之文三至四篇（不要考佛像的那一篇），皆可一次刊出，一九九七年第一季度结稿，至迟年底前可出版，是为“新四期”（第三期已发稿）。君其有意乎？《燕大学报》力争要办成世界三大学报之一（其他二种为美哈佛大学学报，欧洲一种综合型年报），前三期质量尚可（第二期已出，可以一册相假，但我无余书，无法相赠），第四期本周起即组稿，故窃有望于足下也。幸勿见却。

我编旧稿一下子要成三本书，十二月交稿的一本目前还差一半；二月的一本即以《书廊信步》剩稿再加以补充便可缴卷；独一月的一本至今尚无头绪，又无人相助，殊令人悬心。虽已查出旧文近二十篇，至今尚未到手一字。此皆“文革”所赐也。匆覆，即问

潭祉！

莎启

十一月十一日

交来付《学报》之稿一定要繁体字，并附英文提要。再次奉闻。

《版舆小考》大作有两事待榷：

一、𦥑为版舆之象形字至确，惟应读何音？能否进而考之，即所考不尽如意亦无妨，却不可无此一考。

二、《魏书》卷十六道武七王“元叉”之“叉”字请再核对。

莎附启

三十二

水兄：

前函想收到。手头有多余《燕京学报》新二期一本（如拟需新一期，盼告，我当设法代觅），书太厚，投寄不便，盼再到北图时过我处取去。此期由我组稿、编、审、校，赠君有求正之意，幸能惠以宝贵意见。另外，昨日在编委会上已正式提出由莎向足下组稿，议如前函所陈，幸尽快以繁体字稿本（自以电脑打印为佳）示我，顺附“英文提要”及“个人简介”，至迟第四期可刊出也。匆匆，祝

双好！

莎上

十一月十五日

三十三

丽雅女士：

你好！

今寄上复印拙文一篇，看看《读书》杂志是否合用？我自一九九四年，继已故吴组缃先生之后，被选为中国俗文学学会会长。这本《俗文学概论》，是我当选后由学会同人写出的第一本学术成品，故经我审读并为它写了序言。倘能推爱予以刊用，借赖宣传，亦君子成人之美也。倘不用，即请掷还为感。匆匆不一，敬祝

撰安！

吴小如敬启

三月九日

附名片，上有地址电话。又及。

三十四

水兄：

信收到。两次承代购书，十分感谢。拙著三册加邮资，已近四十元，故如数寄奉。结果还是你太客气，竟退我十元，倒是你太见外了。

手头恰有余书一种，内有拙作，已请幺书仪同志的令爱便

中来舍，托便带呈。也算是一点意思吧。

尊著竟为《燕京学报》副主编之一徐蘋芳先生所阻，据云彼拟请足下面谈。我此次推荐了三四篇文章(包括尊作)，竟无一篇中选者。今后亦不拟为之组稿矣。余再谈，即问

双好！

小如手上

三月廿三日

三十五

水兄：

两函并大作释《斯干》篇早已拜诵，因近时忙得天旋地转，迟答至歉。刘梦溪君亦已寄《中国文化》来，一刊而同时发表大作四篇，真可入《基尼斯……大全》矣。于是乃又有拜读一次机会。诸篇以拙见评之，以《小戎》《公刘》《斯干》为最好。盖足下考诗中名物，实以出土器物为据。凡于此有可说者，文即精彩；如出土之器物于诗中不占主要位置，大作便有无从着手之感。故选题实为重要。尊作《七月》一篇，用力不小，而可读性不强，职是故耳。匆匆，即问

双好！

小如手上

五月卅一日

三十六

水兄：

示悉。近时之忙，皆属应酬、活动之类，无益于学问与文章。拙著已编完三本，计山西一本，湖南一本，上海一本，共约五十万字。皆承脉望诸君先导，为我出版了《书廊信步》，海内各出版社始知有吴小如其人亦有书可出也。至感至感。拙著《读书丛札》《古典小说漫稿》等皆出版于十余年前，《丛札》且未有纸型，无从再版，故最近安徽教育出版社拟为我出版“学术文选”（暂名），已决定将《丛札》选出若干篇重印。其未选入者，再筛出一部分交上海东方出版中心别成一本《莎斋读书记》。后者尚未拍板。最近严几道的后裔严扬同志惠寄一文，题曰《新发现的严复增删〈原富〉未完稿》，有文献价值，约八千字。不知梦溪先生有意一读否？请代我一询何如？倘有意，当以此稿寄彼。严扬君为先师严群先生幼子，今亦近六十矣。严群先生为几道先生侄孙，则此文作者乃为曾侄孙矣。匆匆，即问

双好！

莎启

六月五日

据称：手稿已复印，如有兴趣，可径读原稿。盖窃恐此文作者于标点有失误也。又及。

三十七

水兄：

得示，知别来无恙。陆灏已有长途电话来，多谢足下代为联络。常风先生《窥天集》外尚有“集外文”（陈子善先生发现的），经陆灏建议，已拜托陈子善先生代编（一并印入）。黄裳先生处亦已托陆兄及谢蔚明先生联络，并表示欢迎他愿将书稿交我编入名家系列。足下劳苦功高，不絜谢矣。拙著《书廊信步》手头存书即将告罄。今拟拜托再向（书店）出版社打一招呼，我将寄一百一十元去，再买十本。惟不知寄何人名下为宜，盼示。琐屑奉渎，勿罪。知埋首书城，甚佩且慰。暑中已为孙女讲毛诗，发现众说纷纭，实在难讲。而古人注文拘牵，尤乱人意。如君专治名物，尚少轇轕，惟逐字训诂亦不能绕过去耳。余再谈，匆祝

文祉！

莎启

八月九日

三十八

水兄：

八月份《读书》仍无拙文发表，请足下务必将原稿追回。如投其他报刊，早见报矣。看来兄人未去而茶已凉，故拙文殊不受

欢迎也。《中国文化》所载尊文，定稿配图，甚有气派。而文字经过加工，亦较打印件为佳。看来足下胜券在握矣。匆匆，祝

安好！

小如

九月五日

三十九

水兄：

昨函谅达。《读书》第九期有黄苗子先生文，引杜牧诗误作杜甫，诗句原为“尘世难逢开口笑”，误作“人世”……殊为遗憾。如兄担任发稿工作，当不至如此也。北京出版社近以姜德明主编“书话丛书”八本见惠，此书足下曾见及否？彼社拟编近现代笔记丛刊，嘱莎任主编，盛情难却，勉为其难。顷虽近节日，而烦躁殊甚，楼上邻人大事装修，莎与老妻藏身无地，惟有攒眉而已。《读书》样书仍未寄来，能代一催询否？专候

节禧！

莎启上

九月廿八日

四十

水兄：

惠函及寄赠尊著皆奉到，至谢。足下腹笥渊博，令人叹服。而书名与分类所题诗句实是近一年来染指《三百篇》的副产品，真善于派用场者也。容当细细读之。仆湖南所编拙著一册早于八月间看过二校，近又看山西版拙著三校，俱云年底可出书。山西编辑仆所约诸家之作，毕竟如何不得而知，但知上海几位老先生的大著中稿件有的被撤换，有的被删汰。即仆之《读书拊掌录》，亦被汰去若干篇（因仆交稿时已存底，此次看校样，竟少了若干篇。幸所汰不多）。这样的出版社以后真不敢问津了。俟书出版，不待君索取，便当寄奉博粲也。

大作《毛诗名物新考》似将杀青矣，这种繁重而不讨好的工作，我已视为畏途了。而足下乃优为之，敬佩无似！暑中酷热，曾得七绝二首，姑写以乞正：

“一剑十年磨未成，匣中忍作不平鸣。明知芳草天涯外，多事人间重晚晴。”“凉风天末未成秋，苦恨今年暑气稠。午夜梦回惊岁晚，人生何地得埋忧。”

余续谈，即问

双好！

莎启

十月十四日夕

四十一

水兄：

久违了，想起居佳胜！

近时出版了两本拙著，其一为自选集（安徽教育出版社出版），实炒冷饭之作，选自《读书丛札》及其他已出版诸书；另一为《莎斋笔记》，大半为炒冷饭者（《读书丛札》与《戏曲文录》各兼收一部分）。初拟托人带上，后因不拟广为施舍（一托带便尽人皆知矣），遂仍存手边。几时当托便专送府上，先此奉闻。《茗边老话》又续写一本，仍未完，已用特快专递于九月底（合同言明九月底以前交卷，故于节前寄出，月底可达）寄出，寄辽教柳青松先生，惟至今未见回音。乞便中代询。书稿附钮骠君公开信一件（纠第一本错误者），请告知：如作者看校样，请将钮函一并寄我，不烦彼专看校样矣。久不晤，甚以近状为念。老妻病日加复杂，故迄无好怀，致疏音候耳。匆匆，祝

潭祉俪福！

小如手上

十月十三日

四十二

水兄：

昨到银行取零用钱,无意中得知辽教社已将未出版之拙著稿酬寄来。扣去税金及买书钱共计二七六九元。理应向足下汇报。惟此册拙著中有附录钮骠同志更正第一册误处公开信一封,稿酬已嘱柳君另寄。然钮君似未收到。敢烦足下再次询问一下,寄仆之款是否有钮酬在内,如在内,当由仆拨付也。虽皆熟人,亦应亲兄弟明算账也。檀作文君博士答辩通过,闻将到首师大教书。檀生未三十,而学不厌且不耻下问,甚难得。昨写一小诗赠之。久不弹此调,不免头巾气,谨录奉吟教:

雒诵诗三百,潜心到考亭。世风争蔑古,经义独垂青。昼晦非关雨,山巍岂必灵。平生疾虚妄,愿子德长馨。

又,近人多用"温馨"一词,实"温磨"之笔误,未审足下知之否? 匆匆不一,遥祝

双好!

小如拜启

六月十五日

四十三

水兄:

示悉。《左传微》似出版较早,惟印象中他们没有赠书给我(丛书中大部分皆有赠书, 少数未赠, 我亦直接向黄山书社买过)。原书亦不知谁作。彼丛书整理出版单位(安徽古籍整理出

版编审委员会)设在安徽大学内,足下不妨直接写一信给这个单位,我原来联络过的人大约已退休,久无音信了。倘写信,可说我烦兄代询,同时拟购二册(我亦拟存一册),或不致无下文。(如知定价,可径汇款,我的一本请你垫付。)宁希元先生请直接写信给兰州大学中文系转他本人,说明拟买其大著(可说是我的熟人),当不会落空。匆覆,敬候

潭祉!

小如顿首

九月十八日

宁著如买不到,我有的一部可以转赠。又及。

四十四

水兄:

新年好!

拜读尊作谈纸被一文,增长不少知识(见《文史知识》今年第一期)。惟页九六引徐夤诗,“笼冷眼” 句疑有误植, 似当作“眠”字始押韵。又页九九,谈及楮木,此树皮可做纸,又名“榖”树。字从“木”,“㱿”为声符。与“穀”字从“禾”非一字。大作凡“榖”字均排作“穀”,或非尊意。此树树皮有白瘢,如人之有白癜风,故小说武大郎绰号“榖树皮”,谓皮肤有异也。每见有人行文,将“榖”“穀”字混淆为一,又简化为“谷树”,则成歧路亡羊

矣。是否致函彼刊，略作更正。仆不拟越俎代庖耳。同期有拙文，即针对足下不能晋级而发，或能察及。书生百无一用，惟能在纸上谈“兵”，亦云惨矣。自八十年代末，即以室有病妇，不再做学问。偶然作小文字，亦属“吃老本”，久之亦无俚。屡于《文物天地》拜读尊文，《文史知识》亦间有大作，是否可结集单行，俾捧卷细读也。匆匆，敬祝

双好，并颂

潭祉！

小如手上

一月七日

辛丰年 三十封

一

宋远同志：

您好吧？今另以挂号寄上《读刘鹗小传》一稿，请过目，可以凑在《品书录》里否？如可，逻辑不顺、文字欠通处，最好提笔一改，“笔则笔，削则削”。

交出此稿，稍可安心，下一次可能交一篇“有关音乐译文的献疑”。

陆君想已在京，他赠的《莫扎家书选》已寄到，如获一宝！虽非精装书，也属于一种印、订讲究的平装，插图精良，真可喜！正在读，有所得，当试作一稿以报之，不管有用没用。

你对散原有兴趣，近重翻《许姬传回忆录》，提到陈在徐致靖处听昆曲，要徐谈“红”事，不知你注意到否？书中关于梅郎事我无兴趣，忆戊戌一章则颇不坏，有绝妙细节！

祝好！

丰年顿

十一月十六日

二

宋远同志：

信昨下午收到，庸友忽来，虚耗不少时间，未能即复。此文初读再读都有一种杂乱之感，事杂而理乱。有的议论无味，而有“庸俗社会学”味。有的描叙竟有新闻腔。总的感觉是比《泊定》差劲，甚至不如《……九江》有看头。这恐怕是您文字中的粗疏之作。我想不如另起炉灶，会比修补挖改为好。但您当然不必只听我这一家之言。

我觉您触及的问题颇嫌过多：经商发财并不带来有价值的文化，老房子与政、经、人变动的离合，旧文化瓦解败落与被破坏，旧农村文明中的可取之处，等等。

这都像是很可深思的话题，却都只“点到为止”，一带而过，议论嫌多，又无力量。从头看到尾，感觉不到一个清楚的逻辑。其中还有重复处（如第二页上我用铅笔画处，是否不必要重复）。

读此文后，对那个地方的老房子、房中人，并没获得一个清晰、有特点的印象，有些描叙似具体而实空泛。为何不利用您的实感与书中资料把那特点“传感”给未去其地也未见此书的人呢！

朝奉、盐商、华侨们似制造了不少庸俗文化，我地也有徽州帮开了许多老店，小时到一同学府上，只见重门复道，敞厅、套房、天井，一进又一进，皆有曲廊连通。有几间居室，从墙到地都铺了五彩瓷砖，滑溜溜，冷冰冰，时方严冬，见之不由得身上起鸡皮疙瘩！还有闽南人祠堂里布满了“封神”“三国”“西游”中故事的壁画。陈嘉庚墓园中也有这些。我想今人之大搞居室装潢是其来有自的吧？

您文中提到“文明中的野蛮”，极该提，这是在凭吊旧文明的废墟时不能忘却的。所以在今日之中华，一谈这些话题，就会令人有乱麻般的复杂感。这是光知道赏玩古董的洋鬼子、暴发户与不深知中国史、中国社会的文人所不易体会的吧！

空白也是一种历史，您说得很好。用音乐来说，休止符也是音乐。

服饰词典之事，我是期期以为不可行不必弄的。其说见下一信，此刻要去发此信。

祝好。

严

一月二十四日晨

三

宋远同志：

终于弄完了这篇东西，寄上你看看合用否。肯定太长。我不反对小号字排，或分两次登。前有前例，后似《读书》上未见。如作小量修剪，请你下手。其中如看到语病，也恳代为改削。如不合用，便中退还甚好。总归有用处的。

你的写婺源一文，此地“摄影家”借去复印分发，做他们采访报道的参考了。

近购《留梦集》，尊楷派了用处。我觉你那风格并不适合作标题，嫌软，压不住。当然也还好看。见此书才知为人编选也可列名，似乎活人文集未见其例。张中行这类文字我嫌其感伤。我想，像他这样博学的人应该是“知识中自有乐地”的，何必如此消极。还是金克木没包袱！

近期《读书》上读了有所得且生艳羡之心的文字不少，看了有的文章，感到自己的知识、文字功夫都太不行，顿然扫了写此稿之兴。今人不相及，无可如何，好在自己并不靠它安身立命。

在地摊上得一本好书：《延安情》，英人林迈可爵士夫人李效黎作，上海远东版。原价四块八，而卖二元，新的，九一年出。印数一万。这书名一看令人不想买。很可能也为此大量上了地摊。我早就想知道林迈可如何助八路军建立无线电通讯之事。今读此，可感动、激动的事更多，还有叫人恍然大悟的史料，文字极平淡自然而味永。虽然是译的，图片多而珍。即不管文字部分也值得时常翻看。我看后立即又去买了三本赠同好。我劝你见到时最好也看一看。还可拿给李运昌看看,林迈可是在过他们的地区的。听听他有何说法。我很想为它写个广告,但恐写不好。

时已不早,被子还未叠,要趁早去寄,只得停笔。

祝好!

严

三月十七日晨

四

宋远同志:

信收到,昨又收到《贝魂》,感谢感谢!

一路奔波中想必也在重温《梦忆》《鸳湖曲》《临河序》?但也一定被许多讨厌的景象大扫其兴。所以我是没有什么游兴的。本地的名胜如狼山之类,已多年未去了。但我倒颇喜到住处附近绿化好的地方去走走。用读画的眼光看看那些树木。不过这也一半为了活动活动身体,让眼睛歇歇。因为视力已更恶化,看书只能每十几分钟就放一放,而且总是两眼交替使用。

近来主要看《胡适口述自传》《胡适杂忆》《胡适传》,也看了《胡乔木忆毛》。从陆灏君借来的夏济安选注的英文选也通读完毕。这书很有味。不但对学英文大有益,夏的中文评注也很妙,文风、文采都可学。多谢你的激将法,我已经决心坚持把英语搞好。

近日除了从一爱乐青年借了不少CD来听以外，又结识一爱画者，借给我《魏碑百种》《汉画砖》《中国美术全集·敦煌卷》《列宁格勒美术馆藏画》等,都是我无力购置的,大饱眼福。

现在等着看你花了心血催生的《书趣》。如收到《脂麻》,可否即赐一册,先睹为快?其中有很多是我尚未读到的,恐有妙文也！我近有一想头:你既然读史甚多,对人物、典章、服饰、文学又那么嗜爱,似乎不妨酝酿作历史小说,恐必能有成果。尤其近读朱自清《李贺年谱》(在全集之八中,也是借来的),其中涉及他同当时才子们的交往,唐代风流,令人神往!我常觉得许多文学史中往往只见个人,不见群像,更不见才人间的交游影响,而那却是更能引发史感的。读《世说》也早有此感。

所以,具体建议是:何不运用你对明史的知识与感受,写一本晚明小说,把许多人物组织在一起,像画中长卷,或西方雕塑之群像,也不限于写人与事,把文章诗词书画都带进去,夹叙夹议,仿闻一多之《宫体诗自赎》与鲁《魏晋风度》而又放大、展开之。可作小说读,又可作文学史话看。这不是很有意思的事吗?

有位福州老友曾为我写了一幅唐诗《春江花月夜》,近请人裱了。那小楷颇秀雅不俗,拟赠足下,恨无人带去,上次所托非人,不能再冒险了!

先写这些,祝好!

严格

四月二十日

五

宋远同志：

天热，人昏，疲于动笔，迟复为歉！

合写一书的动议当然是令人振奋的。但也惶恐：关于中乐的问题所知、所闻实在有限，即以使你大感兴趣的那些资料而言，恐怕我就未曾接触过。你能否摘取若干让我看看？我早就有搜罗“史中乐”之念，惜至今所获甚少。

服饰这一大题目下面肯定可以做出许多大小文章，然而那麻烦之多也是不难预计的。我想此事是你的名山事业，必会沉毅地执着地做下去的吧？

北京看不到东洋的资料，又难以买到，这倒出乎意料！也可能是没找到线索吧？有无可能从彼邦留学生中结交一二研究汉学之士？可惜钱稻孙已亡，他是懂美术的。范画家倒是一个渠道……

看到一段资料，颇能激发对服饰的史感：

“正殿施流苏帐，金博山，龙凤朱漆画屏风，……坐施氍毹褥，前施金香炉、琉璃钵，金碗盛杂食器。……御馔圆盘广一丈。为四轮车。元会日，六七十人牵上殿。……以绳相交络，纽木枝枨，覆以青缯，形制平圆，下容百人坐，谓之为‘伞’，一云百子帐也。”（《南齐书·魏虏传》）

此处所写似是南人眼中印象，我觉得这种从对立一方所得印象比自己人的记录更有趣。《酉阳杂俎》记魏使入梁所见，所

举宫殿、仪式等,颇详,为《梁书》所无,盖(段氏)从北朝记录得之,也有一种现场报道的真实感:

“北使乘车至阙下……门下有一大画鼓……左有高楼,悬一大钟……梁主着菩萨衣……太子以下皆菩萨衣……”

还有的史中记载有“动感”,便比静止的描述有味:

“唐天子坐朝有合扇之制,天子出,先索扇合之,坐定乃去扇,将退,又索扇如初,此制自玄宗始。”

此场面不知历史剧中利用了没有,那效果一定是不坏的。又:“外命妇朝会至西阶,脱舄于阶上,然后升殿。”也有趣,不知你以为如何?又如“金步摇”的随步随风而摇,一定是非常好看的吧?能否以此为中心,搞一个特写镜头呢?

以上随手抄引,聊供消遣,但也想借以说明我想读的服饰文字是那种“具体”的,具体到有立体感、动感的,能唤发复杂史感的。

听说《武则天》又上了电视供人消闲了,我绝不愿窥一眼,以免作三日恶。不知其中的行头能否从反面触动你对服饰史的想头?

近日继续看汪荣祖《史传通说》,忍不住要再劝你抽空翻翻它,如其你未读过的话。文字之古雅而又顺达,真不多见,很可以同《汉文学史纲要》《中国小说史略》相比,有些方面又似钱锺书。当然首先是他谈得有意思,真正是把古与今、中与西的史学情“通”了来谈,而又巧妙地用《文心雕龙》中的《史传》一篇来贯串。读时也越加惊佩刘氏的了不起,他不但懂文学,而且也精史学。华土古人中真有伟人，今人有愧于古人多矣！

看《书趣》二辑书目，其中有几种是很想一读的，也有几种则主观地不大想看。但不管如何，此地是休想买到，秀州据云进了八十套第一辑，此地据云只进了三套（而且是在本市属下的如皋城一家小店里）。

从《周报》广告中见有一本新书是讲西方近代服饰的，我想你看了说不定也有助于联想。

《15—18世纪的物质文明》我正在看，这种具体再现历史的写法我感兴趣，但已发现，其中一涉及中国之事便好像有搞错的地方，西方人对复杂的中华文化是弄不大清楚的！

祝佳！

严

八月十日

六

宋远同志：

信收到，今寄上一稿，用否听便。几年前你为我从"人音"库中挖出只余一册之《贝多芬论》，曾说只要写篇介绍就行了。今即以此抵之。

《经典》虽未全阅，已感到无法写什么介绍，老实相告，我对这类万宝全书式的唱片"广告"颇有反感，很怀疑它对真想好好听乐者(无经验者)有什么好作用。而我既不能像此君那样泛听了如许多的“经典”,且能一一予以评论,又何能妄加评说!其中有大量作品是我未听,或虽听过而不懂或不喜的。此君据说也只是近几年才听的,这种狼吞式暴饮暴食,我认为决不可能消化得了。只能像罗马贵族那样边吃边呕吐吧?

对于如何考虑选听的曲目,我在《请参加……》中说了,你有暇可否翻翻看?

“封泥”乃本来取的,与symphony之音更贴,后因老板说“何典?也不像个名字”,懒得多说便改了。此回乘机恢复,不想你也不赞成!“封泥”有典,“请以一丸泥封函谷关”即一例。急于寄稿,不尽。

严

十一月三日上午

七

宋远同志:

昨(十四)上午寄上《逆耳之声》,请查收。年前拟再作一稿,题为《文人与乐》。这两稿,能用则用,不用也毫无关系,但望退我。

《跋》已再读。把服饰之变迁同舞联系起来展开想象与思索,颇有启发,似可以当一个大题来大作一下。不过,汉族之舞,唐代登峰造极，随后似即急剧下跌，衰落到近现代，据说西人竟以为“中国人无舞”。唐以前之舞，可资印证之形象资料我所见甚少，形不成较完整连贯的概念。

说舞随杂剧之兴而隐，为何不考虑中土之戏曲实为歌舞剧？西方歌剧中的动作同中国戏中的载歌载舞一比，太拙劣可笑了！

我对芭蕾，从前未见时想象得美极，及至饱观《天鹅湖》之类，又觉甚无谓，还不如闭目听乐。

现在“银屏”上、舞台上常见之中国古舞也是毫无生气的老一套，看不下去。

说“那时是歌与舞的时代，……女子的美，是飞动的舞容”似还应考虑其他中土传统，居主导的受礼教制约的中国古人“审女观”是否不尽如此？宫廷的与民间的是否又不一致？

道学，三寸金莲化，对服装的影响如何？

《跋》的文字，虽然辞藻富丽，曲折地表达了微妙的想象，但还是觉得不免使人“隔”，联想到梦窗词与何其芳那本《画梦录》式的文风；非不可赏，但读与体会都相当吃力，恐只可偶一为之，置于文集中；还是多作些平易畅达的文为好吧？这仍是个人的狭隘之见，不足为据的。如果自己觉得怎么写最舒服，那么可以无须多管别人的印象。得失寸心知，读者不喜欢只好随他去了，不然，写作成了苦事便无谓了。

《文物丛谈》已收到，正与《论丛》交替阅读。此中文字似比另两种随便些。

王得后说"鲁博"附书店有《鲁研资料》卖。惜我不知其址,望便中查得告知,以便函购。

此地迄未降雪,不大冷,无须呵冻翻书,但恐将有更不好过的春寒吧。

祝好!

严格

一月十五日

八

宋远同志:

《评〈辞源〉插图》稿收到,看了两遍,很有价值!

外国工具书极重用图,印得清楚精致且"艺术",法《拉露斯插图词典》,英、德"图解词典"更以图为主,对读书(尤其史)与习外语,极有用处。我们从老版《辞源》《辞海》《日用百科全书》(你可能没见过),到后出的这类辞书都可怜极了。其实与其无力(学、财)弄,还不如不弄,免得无用而且误人。看了你的评,才知他们如此不认真,可笑又可气!你文一出,有责任者将丢脸,此书也将跌价吗?然会不会遭反扑,如《世界诗库》编者那样跳起来大骂呢?

如有一部可靠的有考证、有图为据的古史名物词典,那对读史读诗都太有用了。孙先生应该把这担子挑起来吧?你的《诗经名物考》，希望能早日完成，或可先小写一下，再加详细，务求有物为证，不取空谈。但又建议：文字不要古奥，以利普及。

你文的口气都并不盛气凌人，不尖锐，留有余地，留了面子。

筚篥一条，他们在管下加喇叭口。可能因此器后演变成“唢呐”，而唢呐是喇叭口的吧？

文中最后一句“更质当世……匡不逮焉”，似有语病，可能有脱漏吧？

此件是否须寄回？

给品正信已寄出，他的情况我知之不全，也记不大清了，所以要其自己提供为好。你如等不及，我意不妨问一下陈昌谦，他最了解，他是新华社、摄影协会的离休者，同沈也熟。

回信望告：前一稿(《逆耳》)收到否？再寄一稿是否赶得上？(赶不上就不忙写了。)

祝在新考据学中勇猛精进，但不宜“骸骨迷恋”，“今人化古”。不知今，也不利于知昔也。

严

一月三十日

九

宋远同志：

前复一信想已达览矣。昨收到《书趣》二辑，感谢之至！因为在本地至今见不到,我又得先睹为快了。这一辑的装帧似较前十种还更庄而雅,惜目录页不大理想,油墨浓淡不匀,且反透纸背,不过也无伤整体之大雅也。看了《出版小记》,写得好!无广告气而有杂感味。

现已开始浏览,谢兴尧的一本中有不少是以前读过的。不过《逸经》是看的旧杂志,而《古今》是当时一出来便看了。此集中公然标出原刊于《古今》字样,又有谈到此刊之文,难道已不用忌讳了?谢文中似偶有文句欠顺处,也许是誊抄旧稿致误吧?

我想二辑中最可读的应是舒公的一册,如此之厚,更可喜!

《书趣》再出几套,然后适可而止,这是高明的策略!

…………

祝好!

严

三月十二日

十

宋远同志:

昨接来信,知将调动。从一个已熟得像家似的天地中陡然移处于人面人心皆陌生的环境,确是不舒服,但也没大不了。你又复归于那种有资料也有空闲读的环境,不也很好?何况这单位对你的新爱好如此合适。

稿，必尽力而为。《文人与乐》一稿正在改，不知能否改得像样些。这些天被《堪隐》等新书所迷，故将作稿之事放在一边了。《书趣》收入此集，我以为收得好。此类真正有价值的掌故书，嫌少不怕多。《花随人圣》我近又重读，也难放下。该书文字更胜他人，不知你可曾细看过？

买了部岳麓版《百子全书》。其中有《金楼子》，是常见人征引而思窥全豹的。还有若干“子”，也很想补课。只是读书欲与读书能力成反比发展，愈想多读，眼力愈坏，时间也不够用，因兴趣杂，如闻一多之所谓“五马分尸”也！且不断听到旧同事作古，皆少于我，又比我境遇强十倍者。自己并不惧死，但也日益觉得有安排后事的必要了。这不是说笑话。祝你早日完成大著！

严

三月十八日

忽忆：七一年之今日，正我在二名解差押送下来到乡间一砖瓦厂当一名每月发二十四点五元生活费之工人之日。今犹未死，亦奇事也！又及。

十一

宋远同志：

文稿、《石语》收到。文稿反复看了，对所感受的印象也反复做了思考。首先感到的是:此事艰巨！最后的想法仍然是:此事不简单!

我没有用心通读过《诗》,所知少得可怜。然而又一直想补这一课,因为读过的诗篇对我有极难言状的吸引力。

所以我是以普通读者然又对《诗》有向往的心理来读你的文稿的。所期待的,首先是“助读”,但还要“助赏”。

我还以为,你的这种新探索将是新在用实证“助读”,用实证唤来实感,引发史感,从而也就起到“助赏”的作用。

从初读的印象看,“助读”的效果是有了。如果未见你文,仅仅靠《集传》或今人的解说,《小戎》读不通,莫名其妙。

但是这篇“诗说”同我原来期待的好“诗普”(仿“科普”)仍相去尚远,虽说已高于时下的“赏析”文字多多。言之有“物”,言之有文。

我觉得,“实证”“有物为证”的逻辑不那么明快,常常是“物证”被淹没于烦碎的“文证”之中。于是实感、史感也便变得零碎了,生动不起来了。

有几段,即便从文章写作来看,也问题不少,读来思不畅而文不顺,似乎想说的很多,生怕来不及,一义尚未交代明白,忽又插进并不须马上说的话,自己同自己抢着发言!

再提几点具体的:

一、枯燥的解释同形象化的描述随便放在一起,似乎不妙,这样会把后者的效果损害了。例如释“俴”一节中。“超乘”像个漂亮的特写镜头。但插在该处,读来反觉不大舒服,因为同上下文都不顺。似不如调到“如此轻小”那一段中去。

二、一开头的第二节中，“其写车，无一不确”同上文“则虽……”全然接不上。似可安到“几乎在在可征”的后面。

三、“五楘”一节中：“梁辀，《毛传》谓‘梁上句衡’。”这里的“梁上……”看不懂，应加以解释，尤其那个“句”字，如不说明它=勾，则像我这种水平的读者会更加莫测其义。

四、同一节中对“楘”“历录”的解释，似乎纷乱不清，有越说越糊涂之感。一连几个“历录”，还有“历历录录”，到底这“历录”又是何义？

[顺便查到，有本书(“齐鲁”《诗经译注》)里引闻一多《诗选与校笺》中说“五楘(午鞶)”：“束革交午成文曰午鞶。”又引《正义》云：“历录者，谓所束之处，因以为文章历录然。历录，盖文章之貌也。”]

五、同一节中，有些话无引号，也不提出处，初看以为是你的话，再看注，则又似引别人的。

总之，我认为你应始终突出“以‘物’证诗”这一条。不然的话，也便无多新意了。事在人为，不必丧气！

祝佳。

严格

四月十一日

十二

宋远同志：

近因事冗，心身皆疲，未能即复，真抱歉！《车攻》一稿，看了第一遍就有好印象，比较顺畅，“实证”发挥了作用，原诗中的意象、气氛确实被开发、强化了。皇天不负苦心！

文中引《孟子》关于田猎一节，漏掉几个字，不知你可曾校读出来。

关于“獸”字的几句，显然只能用繁体字，否则今之读者可能搞不清。

蓝印花布是唯一值得赠人的本地土物，用处则至不济可用以做包袱、窗帘吧？

这两张CD，都是好听也不难懂的，希望赶快把唱机修好听听看。小提琴那张非水片，不会唱不出的。附去介绍，可参考选听。听后感觉盼告。《陈……二十年》从《周报》上所摘部分看……不想看，请勿买寄。

祝佳！

严格

五月九日

再提两点小建议：

一、不是非用不可的文言词汇、句法，尽量用白话代替为好。

二、解释、引证、形象、想象、议论，如何安排得更顺当，更明白，更有效果与味道，这里面似乎既有逻辑问题，又有“蒙太奇”的剪接、组织的问题。似乎值得注意。

三、文中头绪多，读时往往觉得眉目、条理不大清，是否在某些部分（往往是较烦琐处）多用分行列举，而不必一口气连下去讲？

如能告我如何与朱正联系，不胜感激！又及。

十三

宋远同志：

样书收到，《爱乐》也一齐寄到，指痛，不便写字，故未即复。《如是》已仔细看过，错字只有一处，难得！装帧、编排，都清爽可喜，只书脊不十分居中，有点微憾。我最感谢的是吴公的序，当然是你的情面。

真是太辛苦你了！你是既参与了策划也做了许多无名无利的事。

那笔钱仍请便中取出，再等有空时代买一部《帝京旧影》吧。原想另外汇上请代买的。

附上照片，是我处门旁景色，一友用傻瓜机拍的，不太理想，尚不火气而已。

等着读《脂麻》，指痛，姑谈这些。

祝佳！

严

五月十五日

十四

宋远同志：

二十四日信收到，几天前，《如是》二十册，《书趣》十册，稿费统统到了，效率真不低！但人亦劳矣！即便包包扎扎，写与寄，也耗了多少精力！

样书共五十册（稿费单上开的），那么还将收到三十？

指疼疑为关节炎，未去诊治，待其自愈，但写字是更不行了。眼昏亦加剧，看书须看看停停，苦矣！

连日将《脂麻》通看一遍（“脂麻”部分），有一部分以前未见，固有味，已见的也有不少新感觉。你大可继续捡芝麻，是否可写成以往的“历史小品”那样，但不是小说。议宜少，能以春秋笔法处理亦妙。引文应考虑效果（看不懂），有些议论嫌天真，或老生常谈，不如删之为妙。马翁《波那巴政变记》盼闲中一阅，我也未读通，只觉他那用事实说话，寓论于史的风格惊人地可佩！

《恋栈》《民意》《议大礼》《遗诏》《禅让》《春秋笔法》《汲黯》这几篇较有味，不知你自以为如何？

《蜗角》最好看，《都市茶客》也有意思，《饔》有报章文字气，《剑桥》文不佳，其他还未翻。

这十本排在一起，确有点气氛！不枉策划者一番辛苦！但看市场反应如何了。第二、三批书目？

承问电脑事，实因没空练，至今还未入门！我也怀疑我写作的习惯不适合电脑。

前些时从“人音”书目上发现了柏辽兹《配器法》下册，大喜如狂！此下册盼了多年本以为无望了，急函购来一气读完，真是近年读书快事。想写一文，写成当寄去。

还有快事：也是相思多年（三十年！）未能如愿的一曲斯温德生《浪漫曲》，忽于拿索斯唱片目中发现之！拿索斯（Naxos）是一种中价片，每片约五十余元至六十元，我辈还买得起，且可函购，很方便。

《钢琴三百年》是否作废了？你能否侧面了解一下？我打算将稿撤回另觅主顾，否则白费了一番心力，冤枉！不如另卖掉，换些CD听，你看如何？

盼注意勿过于劳顿！

严

五月二十七日

十五

宋远同志：

二日信昨收到，多亏你的关心，可以早日见到《钢琴》这个难产儿了。也可能已赶不上“钢琴热”的发烧高潮，我至少可用来分赠所知的可爱的琴童及其家长，使之对这乐器增加一点点知识与兴趣，自己再来翻翻它也会有点趣味。因为虽然是酝酿和写都耗了不少脑汁，却也淡忘了许多，如今可以重对当日之我了。

六月一日忽接耿信，要我在合同上签字，还询问有何“建议”。这才知书已印出。这似颇滑稽！先付印而后签合同！我当然低头照签不误。至于“建议”也无可提。只是要买五十册，请其早日寄出而已。

但不免有史的联想，有所悟：当年生活书店是最进步的，但鲁迅感到“他们太精明”，后来终于为《译文》一刊等事而闹翻，他们要鲁撤换黄源等等，那日，由邹韬奋（！）、胡愈之（！）几位出面请吃饭，就于席间提出这些，并准备了合同，要他签。鲁也真太不留情面，据当事人回忆：“把筷子一放，站起身来走了！”此后便仍用黄源自办新的《译文》。

这段鲁轶事不知你以前注意过没？

“生活”尚且不免有此种不高明之事，当代的，即使是它的苗裔们，有什么商人气，而且是官商气，又何足怪！

这只是同你当有趣的事说说而已，并无什么牢骚不满。如果对此类事有心计较，也未免太俗了。

另有一事也不过同你说说，去岁陈思和叫毛毛来拉我为台商的《青少年图书馆》（丛书）写一本音乐欣赏书，却之不可（怕贾、陈不高兴），勉力弄出一本《请参加音乐的盛宴》，谈“听什么”与“听乐之道”，共约十五万字。前几日收到了样书，虽不似

《对照记》那么印得精美，却也令人悦目，纸白，字黑（且黑得均匀、醒目），页边有小标题，天地留得宽，封面也不俗。总之放在面前是很不讨厌的。可惜仅得一册，不能赠你了。

指痛渐缓解，也可能习惯而麻木了。

近来耳福好，听了不少以前听不到的音乐。还有曾听而失落几十年之曲。于饱听之际也寻思着写一本像葛传槼"详注本"英语读物的东西。选若干曲子，细说其听法，不知写得出否。倘能成，也不知有没有人要。（《怎样读通英文》已重阅一过，收着待有人带去，或寄去，放心！）

耳福多谢一种中价CD，即Naxos牌的，这种"拿索斯"收罗宏富，约五百种，其中值得听之作极多。演奏是相当好的，声音也不错，当然在有钱的"发烧友"眼中是看不上的。你如还能抽点空听，不妨从其目录（他们有目录赠阅，上海还有"拿索斯之友"，入会可九折）中选一些。例如歌剧全剧即有《卡门》、《理发师》、《蝴蝶夫人》、《弄臣》、《茶花女》、《艺术家生活》（《绣花女》）、《托斯卡》、《乡村骑士》、《丑角》等，惜无贝里尼之作耳。中价即五十至六十元一片。这价格比书是贵了些，但在唱片是显得便宜了，不过像我辈穷酸者也不能想买便买，只好分批来，每次买都反复研究目录，煞费脑筋！

近来继续翻《脂麻》，发现五十八页注中一误：作《东周列国》的"蔡东藩"，应为"蔡元放"。前一人编的是"廿四史演义"……

《风月谈》末尾一节读了觉得似明人小品之末流。

《去视无以见则明》读后的直感是"莫名"！

看了《读书》五月号上王蒙再谈日丹诺夫，对他又大为敬佩了！

贡献一则明史资料，也许是你未之前闻的：

徐青山，太仓人，善琴，属“虞山派”。尤善《汉宫秋》一曲，京师掌管礼乐之陆符闻而激赏，并告之曰：崇祯帝会弹三十多曲，皆蜀人杨某授，尤爱《汉宫秋》，但远不及汝。陆拟向主管琴事之太监“琴张”荐徐入宫，以次岁明亡未果。

（“人音”《琴史初编》P127。）

崇祯又有自作琴歌等事，见此书P128。

祝佳并盼节劳。

严

六月七日上午

退汇前已到，单上注明“本人拒收”，邮局问何故，我只好吞吐其词，联想到别人大可疑为行贿也。

十六

宋远同志：

正盼读来信，《帝京》已安然寄到，两层牛皮纸毫无一点破损，还可收着备用。一面解开扎得紧密的绳线，一面深感歉疚：这下子又劫夺了你多少时光、精神！本来我已嘱咐毛毛，要他最近去京出差之际务必到府上去取这本珍贵的书，以省你邮寄之劳，没想到这样快便寄出了。

毛毛出差之事我是前几天才知道，所以未及通知你免寄。他到京后,你可否将你的一套《鲁研资》检出交其带我？如一时没空找,那也不急。

近日来我是“富”得发愁。一是聚了一堆新书来不及读,二是添了不少新CD,来不及听。毛毛为我借到一部详尽的瓦格纳传(英),正埋头赶读。还有几本梁任公的书也叫人一拿起便不忍放下。何况还有早就渴想听全的莫扎特的《堂璜》!

先谈这些。盼善自珍摄,诸事顺遂!

严格

六月十三日

十七

宋远同志:

今日上午先收到大信封里的寸笺,随后才有“特快专递”邮车来送那包书。本来午后即去寄,邮局二时才上班,正回家办其他事,忽有山东我妹远道而来,有事须谈,只好明天上午去寄了。

手颤,越是紧张越厉害,因此签名写得很不好,还写错,幸赠书还剩一册,换上。书中有几处我改了。不知人家会不会嫌我破坏了“签名本”的外貌?若然则请另取三册随意照我笔迹代签一下如何？假如不是足下之命,本来对此种事无兴趣。

但未能从命赴辽,心实不安！只好反复请原谅了。

最近目不从心，读书如蜗牛爬，而又不能不读。《书趣》十种，除已作皆已浏览一过……

同时却在《周报》上看到好文字一篇，一读之下，既佩且羡，自愧写不出！此即周翼南谈鲁/梅之文。周何人？你了解吗？

前曾抄下“史声”一条，提供给你备用：

“顺治遗物火焚时，焚珠声如爆豆。”（《中国社会史料丛抄》下P772）

几日来随手再翻《颜氏家训》，又被迷住，不能放下。不知你对它感觉如何？我认为即以文字之“自然美”而论，在汉魏六朝中也是除了陶诗与文以外最可爱的。唐以下更无论矣！于是有一建议：你大该为此君此书写一篇“脂麻”，一定可以比《大、小谢》更有得写。我总想着他生于乱世，真心崇儒，而又不得不事夷狄之君，与北朝许多一身腥羶之气的老粗周旋，那内心之悲苦恐不下于受辱之蔡文姬吧？但从《家训》中看，北方文化与民间风气也颇有比南朝可取的。（如南北妇女在家庭社会中的活动。）你看得多，必可从中发掘许多可以将那个大乱世的历史“人化”的资料的。此书有不少处即是北朝“世说”，而文风又不同于《世说》，对比联想，更是有味。是否已有人写过其人其书？

这里且抄一条可入“女苦史”的资料：

“吾有疏亲，家饶妓媵，诞育将及，便遣阍竖守之，体有不安，窥窗倚户，若生女者，辄持将去，母随号泣，莫敢救之。使人不忍闻也！”

当今之世，中土溺女婴之风又大炽于农村了，中国传统这百足之虫是永远不死也不僵，死了也会活转来的！

“民亦劳止，汔可小休”，我一直很爱这两句诗的人情味。我想你这一向可谓“编、写、通（通联）”合一［以往在小型报纸工作的即如此，叫编采（访）通合一］了。那辛劳是可以想见的，至少在读自己想读之书的时光被剥削这点上是真正被“劫财”不赀了！似乎那位张君的一卦算准了。望尽可能摆脱俗务，节劳省心，尤其要注意保健。否则我们这种欲读不能的苦境你也会轮到了。

我虽不景气，也有快事。听到了以往想听而不可得的音乐，一是挪威人史文生的一首《浪漫曲》，小提琴曲，四十多年来一直苦念，现在终于又听到了。二是克来斯勒的老录音，也听到了旧片重录的片子。以上这些，照例是不如回忆中之美，不免惆怅，但所唤回的昔年感受与当时听乐情况仍是享受。

暂话这些，请多保重！

估计此信与快件又将同时寄到。

严

七月一日晨五时

十八

宋远同志：

来信收到，迟答了几天，抱歉之至！

尊稿已初读一遍，总印象似较前两篇好，连贯舒畅一些。仍将细看，再提意见。现先提一条建议：是不是抽空再浏览一下闻一多有关说诗的文字？我觉得他那文字之美可能会把你对注诗的兴致与热情进一步煽动起来，这是我近日耽读《闻……年谱长编》中不断想起的。最可惜的是他没有你的福气，能接触如此丰富的地下地上文物。但他也注意到以文物证诗，主张在释诗的著作中凡是有关的实物要尽量以图代文。他还想编一本《诗经字典》。我因此想到，你不是曾有编《服饰词典》之想吗，那么倒不如编一部《诗经文物字典》吧？我又想，你在写这些《新证》之际，似应同时随手将资料储备起来，以待他日利用。其实这可能是多话，你想已这样做了。

闻一多的文风之热烈，朱自清文字之洁净，似乎都可能促动、调剂你作《新证》的思维。《朱自清全集》中说诗的文字亦多，都是读之有味的。你当然早就读过了？

《闻……长编》编得好，真、活，史料丰富，读了放不下来。我也更崇拜他了。这部书，还有《梁启超年谱长编》，都是近年读到的好书。《吴宓自编年谱》也有味道。与其看十部无味的传，不如通读一本哪怕是编得杂乱的长编。

毛毛去不成了。因为那件搞电脑动画的事又变卦了。所以《鲁研资》不能去取了！

我已几年未向"读……周……"投稿了。不知你怎么会看到？

写稿之事，当即努力试作一篇，但能否写成，无把握。如成，当于下月初寄上。

罗曼……《莫斯科日记》，是惊心动魄的好书，有生之年能看到他这“遗言”，对历史真相增加了了解与实感，深自庆幸！

祝健！

严格

七月十四日

十九

宋远同志：

《宝马》为你所未读，而又于你有用，令人欣然。没有白寄。其实老早就想介绍，这次的直接动机却是希望能激发对汉史文物的综合形象思维。此诗原收于其诗集《宝马》中。（五十年代吧？）我最早惊喜地读到则在四十年代，从一本抗战初开明版《月报》上，此刊即《新华月报》之先河也。这次却是从“上海教育”七九年《现代文学史参考资料》中《新诗选》中复印的。盼告你对此诗印象。

《跋》细看几遍，总的感觉为：一、抓住一个“文物考据不易”的话题（又以灯具为例）发挥，比空洞的敷衍其词有意思。二、对《灯具简史》一举再举，似易叫作者吃不消。最好将人名隐去，口气再婉转些。孙机书中此类问题措辞颇温而不厉。三、第六、七行举带繘、绊为例，似可如前举之窗一样再具体形象点，以增实感。“荷叶白光灯”似可换个不是灯的东西，留给下文大谈灯具新鲜感。四、铅笔打“？”号处，“珍丛”何意？何典？“即”是否误字？“先民饮食……”是否成立？体臭是否来自蔬食还是肉食？薰香之风由南向北与进口香料多在南方之关系，可以点明，孙著中说了。五、文章读起来似欠明快流畅，有点黏糊糊的。

已收到王得后复信，他告我鲁博有书店可购资料，但我不知其地址，仍烦你便中告我如何？

严格

十九日

二十

宋远同志：

抱歉之至，这回竟无法交卷了！硬着头皮试作了几次，还是写不下去，恐劳误等，只好先向你报告这情况了。真对不起！尚祈勿罪！实因入夏以来，健康恶化，头岑岑而眼又隐隐作痛，近已被迫辍书不读，乃陷于书痴之绝大恐惧中，诚如你有次病目时所发之言，有书无从读，生不如死矣！

因此，大作《新证》亦未能再看，这更是非常抱歉的！一俟眼情缓解，仍当细读也。

此外可谈欲谈之话题尚多，且待下回吧。

祝健！

严格

八月三日

二十一

宋远同志：

久不见来信，甚念！是否又出门？抑事冗？

前承告眼药可试，感谢之至！但我的眼花，根子在脑与颈椎，仅用治标之药，不会有大效。

已决心俟秋凉后去医院查治矣。

近日虽不能多看书，仍断续地看了些忍不住不看的书：《弘一书信手迹》《文化卮言》即其二种。后一种虽有不少已初读过，再读仍极有味。可惜上海三联出的《书城独白》《文化猎疑》《无文探隐》三种竟见不到！奇怪！

听乐虽可补读书之缺，但因如今头脑不正常，听不多时便昏然欲睡，此亦前所未有之衰征也！总之是不行了。

你是否已卸仔肩，专心注《诗》？为了注《诗》说《诗》，再贡献一条：是否重温一下翦著古史？他有一种鸟瞰全景与倾听中西古史中的“复调”的眼光，而文笔也甚精彩，不知你有无兴趣？至少，于苦读苦思得十分疲倦之时，翻翻他、郭、闻、梁（任公）诸公之文史论述，松一下神经，不会无益的，你以为如何？

《读书》上是否用了那篇《惆怅……》？不用无碍，寄还我再去卖两个阿堵物。如已用,则请速告财会,稿费务必寄新址,用真名,前此几次寄旧址,用笔名,害我拄杖跑原址邮局,几乎拿不到。笔名与身分证不符,邮局不认也。烦神!

祝健。最好拨冗谈谈近况为盼!

严格

九月十八日

二十二

宋远同志:

来信收到,得悉已将退出"朝内",遁入"汉学"象牙塔,从此免除种种烦杂事务,岂不甚好!

日语似不难入门,如仅为了利用日文学术资料,而不搞译述,肯定问题不大,梁任公们早就利用过了。他的"和文汉读法",虽未必仍可施之于今天的日文,但只要你的日文阅读水平超过梁与观堂,那便没有大的困难了。可惜我虽在五十多年前一度试学东语,后来丢开了,对于今天有关日语教学资料的情况更是茫然,无从贡献己见。那时我有两种编得极好的教材,一本似名《详注日文自学读本》,另一为日本文学作品选读,也是详注。二种皆一位俳句大师所编,此人在日极有名,虽是中国人,日人十分敬他。直到十年前吧,才以高龄逝于上海。可恨此时连他的大名也记不起了。那书是三四十年代"开明"版。倘能从何处寻得此二书,则入门有望了。那详注的做法同葛传椝之于英文自学书如出一辙,皆能真正为自学之人考虑而又能引人入门者,今天似再无此种好教材了! 我极赞成你毫不迟疑地学起来。学下去,无所用其顾虑。东瀛汉学界中,有些人也是值得与之交流的吧?前几年有一研究张謇的学人来此地搜询有关资料,诚心且朴实,却大受我方官吏与所谓“张謇研究中心”机构之冷遇,连起码的礼貌都不讲,听了真令人愤叹!也不怕丢中国人的脸!

北京之行一直在期盼机会, 因我已失去只身旅行的能力,非有伴不能行。故想利用毛毛出差机会跟着走。他自暑假以来都在沪上忙写书,与我信息不通,所以如非你谈起,还不知他将去京。假如健康允许,我是要践此夙愿的。

陆与《圆明园》之事是怎么回事?祈告!我已又写了几篇“老唱片”,正准备寄给他,既如此,可免了。

前日收到《读书》稿费(九月),又寄到老地址了! 烦你便中告诉有关者:最后一笔稿费务必寄新址,尤其必须用真姓名,否则我就不好办了。

祝健!

严格

十月一日

二十三

宋远同志：

十月六日信到。《图说》收到后，稍一浏览，便大惊喜！如此好书，我竟到今天才看到，倘非你寄我，岂不错过这本好书！我觉得他这种写法好，详征博引中既达到了考证的目的，又给人以丰富的联想，激发了史感。读时常常自恨不能也占有这样广博的知识，否则我一定要写历史小品、小说了。孙君不知何许人，他的文字好，达而雅，更增加了读的兴味。只不知这一丛书之“一”“三”“……”是否已出？盼早告（并告书价），以便函购。

此书有味，不大舍得一下子读完，但我一定要通读细读，以助读史。

《钢琴艺术》编辑尚未有信，稿子是要写的。另外打算写篇柏辽兹《配器法》读后感投你刊。

《音乐经典》尚未到，读后如有感，当写出寄上。

最近买了多年来渴想的《丘吉尔二战回忆录》，几天来不顾眼坏，终日耽读。是老译本重印的，所以那译笔不坏，如是新译，肯定糟。又买了汤因比主编的《二战史大全》共十一厚册！对二战史我有极大兴趣。真希望你有一天也对它感兴趣。

《读书》八、九期同时出来，何故？（但我却未收到九月的）。

电脑已被人借走，我暂时也无暇及此。要读的书太多了，而且还有一大堆唱片要仔细听。

近读罗尔纲《师门五年……》，据云，鲁迅当年从上海回北平看望老母，曾去胡适家。我深疑此事不可能，而且也从未见人提起。你是否能便中向王得后君问一下，此事有无其他资料可查。（他在《中华读书报》上谈陈白尘忆“文革”的《XY是谁》很妙。）

你如对山水画仍有兴趣，有一本好画册快去买来细读。《郭熙·王诜合集》（上人美，十二元）。你有一次信中说“四王”也是写实的，其实你如多看看宋元人的画，便悟“四王”之画，其弊正在于不知师造化。还有一本《荣宝斋画谱》中的《黄秋园山水册》，也值得买看，那真山真水的气韵是很可赏的，虽然比起宋元人来又显得提炼不够了。

《如是》能不积压，我当然感到安慰。此地与如皋听说也卖掉几本，《钢琴》也在济南电视中被列为“畅销书”云（！）。

祝好。

严格

十月十日

二十四

宋远同志：

来信悉。你终于能读到全套《文物》《考古》，快何如之！我这几日也终于把《钢琴艺术》的约稿弄出交了卷。其实从它那编辑方针看，所需的大约是专业性文字，我门外汉哪里作得出，不过我作的这篇还不是一点没有意思的无聊文字。你可能没看报道，沪上琴童已达四万，而真正合格能教琴者才“大衍加一”之数耳。钢琴泛滥竟带出这等怪现象……好在我们也见怪不怪了。

《汉……图说》仍在仔细读，用朱笔标出特别可注意之处，以便于重阅。读完它想乘热读《史记》等书，必有新的感受。

冯友兰《中哲史新编》是新发现的好书，虽然是王国维所谓的“可爱而不可信”。不知你可曾翻翻？我觉得它也有助于读史。例如看过其中论魏晋玄学部分，也就想再去读读《世说》了。恐怕你的服饰史研究也不能离开对传统思想史的了解吧？

近接范笑我一信中云，他们进了百二十套《书趣》，《如是》已销四十云。但从《中华读书报》上又见免费邮购《书趣》广告，则似销路不甚佳欤？

适才门铃忽鸣，《舆服论丛》寄到，甚喜！后记中对新出此类资料之不可靠说得很宽容，你那篇文章写得也巧妙。如此看来，考证之事仍大有可为，将来你即使编不成词典，总可以搞一本“论丛”出来。不知于狠读资料之中已形成了什么新想法？

金克木《圭笔辑》《雨雪集》，何处出版，你知道吗？我对金的文字太感兴趣了！

如有便，能否代为请教一下朱正、王得后关于罗尔纲《师门五年记》P172所云：“（胡）思杜告诉我，有一次，那是个冬天，鲁迅来北京，到胡适家探访，在将进书房时边笑边说：‘卷土重来了！’”到底有无可能？

暂谈这些。祝佳!

严格

十一月二十日

二十五

宋远同志:

收来信,但愿只是“河鱼”小恙,不过几天便恢复正常。恐还须经常注意切勿过劳,积压成大病爆发,什么事也办不成。

接信后深感有负吴君雅意。原也想早去信的,又因想乘此提些问题请教,而又不知从何说起;再加后来身心不适,便拖了下来。今已去信谢罪,你告诉我的地址是光秃秃的“中音”,我只好写了他院学报的编辑部试试,另寄去《如是》《钢琴》,只得仍寄你府上,烦便中转交了。

我连日细看《图说》,已过一半。有味之处太多了。最好的一点是他举史中人、事为证,或“有诗为证”,不仅起了证的作用,而且那史证本身也变活了!例如在释着裈之动作曰“缠”时引《魏志》:韩宣受罚前“豫脱袴缠裈”。真使史中人、事活灵活现!

读此不禁史兴勃发,重看秦汉史,处处添新感。其中,翦伯赞的《秦汉史》很注重运用地下史料,写法也重形象化,不知你以前翻过没有?可惜他“文革”遭难,不能见到孙著这样的好资料了。

不知你是否已有什么进一步打算?将来写一部《唐代物质

文明图说》如何？以此为题，似乎在实物、文献、诗文旁证等方面不愁无资料。其中，唐诗、传奇、壁画尤其是一种资料库。

《图说》虽琳琅满眼，然而终究是散的。读它不断诱发一种如何使之化零为整的欲望。你已接触了如许多资料，能不能描述一下汉代人日常一天中衣食住行的具体情况呢？可不可以取一篇《史》《汉》中的列传，把布景、行头、道具一一细致安上去，使那史剧栩栩然展现呢？

我有“文革”中于砖瓦厂做工的宝贵经历，故读书中有关秦砖汉瓦的说明特感兴趣，其中如汉砖之长、宽、高比例从无序走向合理、统一规格，利于组合搭配，这一问题以前不知，也从未想过，虽然那年间不但天天参与砖瓦的制作，后来初步平反，一度很滑稽地当了管售砖的小组长。

汉墓砖上所刻“作甓正独苦”（！）、“为将奈何，吾真愁怀”（！）、“五内若伤，何所感起”（！）读之震惊！像是远古之声，冻结其中，简直是古代受苦人心声之化石！以前见《流沙坠简》中有残片，上书“春君幸毋相忘”，其字绝美，然又令人欲为之一哭！建议你在追踪往古之文明中时时留心与文明共生之野蛮，或者可以说，文明所由生之野蛮！

祝勿药！

严格

十二月六日

二十六

宋远同志：

盼信不来，疑为过年事冗，或头痛又发作，今知无恙，可慰！然而高寿双百之刊物终将走向名存实变，而编辑部之“四重奏”也将解弦更张，这却又不能不叫人为之怃然了！天下没有不散的筵席，况生于老谱翻新古怪又不奇怪的斯时斯地哉！

前已说过，你大概总是会有自己的园地去躬耕的。借此机会，换个更方便治学的差事，甚至索性当一名free lance（不受雇佣的自由武士，自由撰稿人），也省得再受那些大班、康伯度、官商们的气！

嘱再作稿，一定放下别的事赶写出来。力争于一月十五日前快邮寄出，赶上末班车。能用与否，非所计也。

这一向一直把读“孙著”排为晨兴（我总在“丁芒”前起床）之后头一课，《图说》已初读完，《论丛》也看了小半部，真如入了宝山，读史之兴更浓！垂老之年还幸读如此好书，是可以作为平生快事而感到兴奋不已的，而很快又将收到他的另一本书了，何幸如之！请便中代致敬意。但拙文竟蒙他欣赏，则又不禁“脸上一热”（鲁翁喜用语）。《跋》待细看后再说感觉。祝好！

严

一月八日晨

你说稿须在“年前”寄，是否指春节？若然，我想凑一篇较长而话题更有意思的。又及。

二十七

宋远同志：

昨奉手书，心感心感！

近日或以气候转凉之故，头昏稍有缓解，看书甚少，视觉亦未进一步恶化，俟秋凉后拟鼓勇去医院查治，并试按摩推拿，看看能否减轻症状。但到这年纪，况又积劳积伤，要想无病无痛是妄想，唯有听其自然而已！

《新证》之三、四、五已读，印象是后二篇比前一篇有味。《韩奕》考释甚烦，有的如"鞹鞃"条更是一层套一层，名物一大摊，都是字奇而义晦，读了要费力去想象，很吃力！想见作者查证爬梳之麻烦！这真像鸠摩罗什所云的"嚼饭哺人"，吃力不讨好了！不知有何办法解决这个问题？也许可以用不同的写法试试？

《都人士》与《君子偕老》中的对服饰仪容的考释、描述是比较能唤起读者的想象的，但对我来说，你对此二诗之综合的诠释还缺乏令人信服的力量，你引据的都是古人的意见，不知现代的解诗家有何说法？

还有个直觉的想法，姑妄言之。我想你对古代之事似乎多见其文明，不大看其野蛮，有的地方好像把野蛮也当文明来欣赏。（例如"诸娣从之……韩侯顾之……"）恐怕我这话言重了，姑供参照。

总起来说，作为一个虽无知却不是无兴趣的读者的印象，我不能不认为这"五证"不算已经成功的文字。学术性肯定是有的，因其不但利用了旧说，更提供了新证。所以不妨抛出去，“一石激起‘几重浪’”，看看能引来什么反响。但是还可以重写成一部主要让《诗》与史的爱好者受益的“科普”读物，那才功德无量。此事大有可为，你何必灰心。

勉强乱说这些。《末班车》《槛外人语》皆已购。

祝健。

严格

五月十六日

二十八

赵丽雅同志：

于“故乡黯黯锁玄云”（鲁句）之际，读来书如又作一次晤谈，顿有斗室生春之感！禁不住走出去漫步了一回，也如朱买臣贱时那样“行吟”不绝。但也不敢大声，免得路人惊诧，以为是“失心疯”。这种心理至今不变，又何能责怪朱妻？少年时正流行《马前泼水》改良平剧，我未看演，不知有无“行吟”场面，但从唱片中听熟了一段重要唱腔，是以泼水于地表示覆水难收之意的高潮场面。可惜早忘了个精光！

您想少议论而多考据，我颇以为然。您所见书多，又不惮于广搜博采，多方印证，这优势是大可发扬的。以论代史是干巴的，以史带论是有味的。六经皆史，况名物考据乎。《红楼》中名物考证已有人做了不少,您有无兴趣呢?当然,为《金》考证也有价值,不过老实告诉您,我深厌此书,对您对之感兴趣且甚浓,真不解!薄《儒林》而厚《金瓶》,更不可解!希望把这兴趣分一点给《儒林》。我感到,这书虽射的是清初时世之的,但书中人与气氛却全然是明味,读时总觉好像进入了明季(大乱之前)的金陵似的。最后那四个有"六朝烟水气"的卖菜佣一类山人物也是古意盎然。此书最后有一种绝妙的"历史黄昏"的气氛。正可为您那说法印证:自明以后,士大夫的气节廉耻都坏了。即使为写明史文章,您也绝对应该读一读此书,君其有动于中耶?

因为无论如何要交一篇稿,连日在读《瓦剧之舞台设计史》,其中颇有可用之材,也触发不少想头。我当用力写出,但一定不是"力作",但求能为对瓦乐有兴趣者提供若干有助听乐的资料而已。您也写过介绍此人的文字(似未发表?),想必也会有兴趣一阅的。

日前听沈谧讲,您回了她信,送她一张黄山之游的小影,她喜欢得了不得。问她您信中大意,谁想这孩子竟全篇背了出来,原来她翻来覆去看了多遍了!可巧老师命题"一张照片的回忆",她便以此照片与信为由,写了作文,得了高分。可惜我还未见您此信与作文,过几天一定去要了看。像她这天分,本该写出很有意思的文字,可恨如今小学中流行恶劣的教学法,逼使儿童模仿别人的"范作",不懂得写自己的感受。结果是八股化与假而空。我叫沈把作文抄一份寄您,她为难道:"那里头有些是我自己编的!"不过,这倒有可能发展儿童写小说的能力也未可知。

连日我一面看《瓦剧……》，一面又被《梁启超年谱长编》迷住，此书很有看头，抄一点供您一览：

“有明中叶以后，直臣之死谏诤，党人之议朝政，最为盛事。逮于国初，余风未沫，矫其弊者极力刬削，渐次销除。间有二三骨鲠强项之臣，必再三磨折，其今夕前席明夕下狱，今日西市明日南面者踵趾相接，务摧抑其可杀不可辱之气，束缚之，驰骤之，鞭笞之，执乾纲独断之说，俾一切士夫习为奴隶，而后心安。其文字之祸，诽谤之禁，穷古所未有。由是葸懦成风，以明哲保身为安，以无事自扰为戒，父兄之教子弟，师长之训后进，兢兢然伸明此意，浸淫于民心者至深。故上至士夫、长吏、官幕、军人，乃至吏胥、走卒、市侩、方技、盗贼、偷窃，其才调意识见于汉唐历史、宋明小说者，今乃荡然乌有。总而言之，胥天下皆懵懵无知、碌碌无能之辈而已。”（黄公度致梁氏书，《梁谱长编》P301）

何其深切、痛快！……

好，且暂搁笔，买菜时好带去投邮，信到时恐已在节假中矣，故寄尊寓。

品正书稿事究如何？恳告知，他又来信问起了。

祝新年好，不遭劫财。

严

三十日下午

二十九

可听曲目(之一)

1. 肖邦:$^{\sharp}$c小调幻想即兴曲(钢琴独奏)

Fantaisie-Impromtu (op.66)

[旋律、和声之美无可名状，格调高绝，可比藐姑射仙子(?)。其罗曼谛克味之浓可联想“未完成”,但又不相似。假如听了这样好听的音乐仍不为所动,那就怪了!]

2. 肖邦:g小调叙事曲(钢琴独奏)

Ballade (op.23)

(似不必多去联想密茨凯维支的诗之类,当纯音乐的“音诗”而不当标题乐音诗听更无挂碍。此曲与前一曲皆只宜于钢琴，不可译为别的器乐。可知更不可译为音乐以外的语言了。)

3. 李斯特:$^{\flat}$D大调音乐会练习曲(三首之三)

Konzert-Etüde Ⅲ　　(钢琴独奏)

4. 前人:安慰之三

Consolation Ⅲ

(李作多浮华,此二曲甚美而不俗,耐玩,不听殊可惜。)

5. 德沃夏克:F大调弦乐四重奏(“美国”,又名“黑人”)

String Quartet in F major (op.96)(“新世界”是95)

(前已谈及,可先听第二章“慢板”——似黑人哀歌。熟悉后全部四个乐章都会使您入迷,最好的实是第一章。)

6. 前人:弦乐小夜曲(E大调)

Serenade in E for strings （op.22）

（甜美真挚，悦耳舒心，前三章是听不厌的。）

7. 前人：D大调交响曲（注意是D大调——D Major，而非另二首d小调——Minor）（作品60）

8. 前人：G大调交响曲（作品88）

（前一首可先听第二章“柔板”，其魅力可与“新世界”的“广板”比美，后一首的前三章都好听，是波希米亚田园诗。）

9. 前人：在自然中—狂欢节—奥赛罗三连序曲

Amid Nature—Carnaval—Othello （op.91-93）

（其美，其人生反思似的哲理味，其生活气息之浓烈，无法言传，却又很好听，实是一部交响曲。）

10. 前人：小提琴小奏鸣曲

Violin Sonatina （op.100）

（朴素真挚之极，次章被克来斯勒改为“印第安人哀歌”，可能会首先吸引您的注意。）

11. 圣-桑：引子，回旋，随想曲（小提琴与乐队）

Saint-Saëns：Introduction and Rondo Capriccioso

（旋律惊人地美艳，然言之有物，不俗，琢磨精致，耐听。）

12. 莫扎特：第二十一钢琴协奏曲（C大调）

Piano Concerto No.21 in C major

（可先听慢乐章，它那崇高的美是不可抗拒的。傅聪说它是古希腊悲剧似的。）

13. 莫扎特：长笛·竖琴协奏曲

Concerto for Flute Harp and Orch

（太好听了，无话可说！此曲只应天上有！）

14. 德流士：弗洛里达组曲（管弦乐）

Delius：Florida Suite

（李欧梵在《狐狸洞……》中把德流士贬得没道理。其实他的音乐很有境界，很有个性。此作中第一首“卡仑达舞曲”和另外的几首，有一种无限惆怅的感情色彩，是别人的作品中未曾有过的，大有“良辰美景奈何天”的味道。岂可不听！）

15. 贝多芬：小提琴奏鸣曲——“春天”（F大调）

Spring Sonata（in F major）

（德文：Frühlingssonate）

（这是他十首小提琴奏鸣曲之一，也是最欢快的一首。听时不能只注意小提琴，要同钢琴部分一起听，听其对话与复调效果，钢琴不是伴奏身分，二者是平等竞争的对手。这比小提琴独奏曲更有意思。）

（已示笔名：晏燕、于飞、宋远、大东、许盈盈、桃夭、行露、扬之水、英婴、雯子、杨柳、任之栖、白玛、穆马、胡仙。）

丰年

十一月十四日

三十

斯特恩提琴小品集

1. 野蜂飞舞(里姆士基·柯沙可夫)

有趣,有技巧,韵味无多。

2. 只有一颗寂寞的心(老柴)

原系歌曲,情调甜俗,非其上乘之作。

3.贝丝,如今你是我的女人了!(格式温)

取自歌剧《波吉与贝丝》,是一部用美国黑人音乐写黑人悲欢的戏。此为剧中歌调,写得动情,拉得也动情。

4. 爱之忧伤(克来斯勒)

有沙龙气,作者乃小提琴家中之泰山北斗。

5. 第五号匈牙利舞曲(勃拉姆斯)

本来也无甚深度,加以过度流行,已不耐听。

6. 夜曲(鲍罗廷)

原为弦乐四重奏,你已听过,改为独奏,效果大减色。

7. 降E大调浪漫曲(鲁宾斯坦)

原为钢琴小品,典型的浪漫派风味,甜美,温情,惜格调不高。

8. 降E大调夜曲(肖邦)

原为钢琴曲,极流行,虽非其夜曲中最好的,却也不是凡品。

9. 月光(德彪西)

原为钢琴，此曲神品无疑，值得反复倾听。

10. 牙买加伦巴舞（本杰明）

11. 绿袖子（古英民谣）

此调绝美，且有深情、古味！

12. 载歌之翼（门德尔松）

原为艺术歌，海涅作词，有一种端丽之美，耐听。

13. 金发的珍妮（福斯特）

原为歌曲，曲中深情，可以催泪！而演奏之感人也是少见的。

14. ？（萨地）

作者法人，新潮派。

15. 小夜曲（舒柏特）

此曲原为歌曲，但听人唱不如听无词之曲。

16. 亚麻色头发的女郎（德彪西）

原为钢琴，可能是作者最好懂的一曲，实则曲中深味真能注意咀嚼者恐怕不多吧！

17. 练声曲（拉黑曼尼诺夫）

18. 幽默曲（德沃夏克）

这一曲也是爱听者极多，而能认真听，听出其中情味者寡矣！

19. 圣母颂（舒柏特）

原为艺术歌曲。可注意其反复时如何利用双音强化了情绪。

20. ？（柯普兰）

原为一部芭蕾中的舞曲。美国乡村风味。

周　劭 十七封

一

水公：

积存芳札两通，其一为去冬十二月二十三日，至今恰已两月，另一则葭月大雪后一夕，则未知何日。日思作覆，竟未动笔，缘九四年一月，“痛风”又发作一次，卧床八日，滴粒未进，畏生患死，苦不可言，近始渐恢复，然衰年遘此，已苦不可言。

今天接贵刊通知填表，谨遵命填就，请转交。

自去秋以来，亲友登鬼录者七八人，与亲友别，辄作数日恶，谢公当时年尚轻，别尚如此，何况死别，是以郁郁不欢，豪情逸致，一时俱尽，所谓行自念也。执笔为文，本以消遣余闲为事，兹则已二三月未提笔，或从兹洗手，谓之文通才尽亦可。

尚有拙作刊二月那一期，并一石双鸟，不知现有出版否？

《明诗纪事》六大本并拙作一小册子均在装订中，不知何日可以邮致?

匆此即颂

春安。

弟劭上

一九九四年二月二十三日

二

水公:

接奉云南之行濒行大札,此行乐乎?九华山色,金马碧鸡,商山寺尚有邢夫人遗迹存否?今想已赋归,力疾作书。

“痛风”,西名gout,是血液中多嘌,积聚于足部,此疾英人多患之,狄更司、海敏威说部常有提及,中土素无此疾,盖是舶来品,与艾滋病同于八十年代初因开放而输入。弟患此已十稔矣,初医师多不知为何疾,乱投针剂,后方有进口特效之药,一服即愈,然副作用非常厉害,致服不好不服也不好。服药后胃口、味觉、肠胃全被破坏,不服则缠绵床笫,甚至一月,可怕也。此病近已蔓延,古社中亦有多人,如钱伯城、魏同贤,均同病相怜。惟劳动人民可不沾此病,专沾我辈一坐四五小时之人,足下其慎之!

自接大札后即发病,卧床八天,不能履地亦不能进食,萎顿不堪,斯人也而有斯疾,吾其将终于斯疾乎?

贵刊内容实在好,但发行大大跟不上,弟于去年十一月曾于三联来《文汇报》座谈时提出，亦未见改正，二月份刊有拙作，赠书至今未寄到，邮局也不卖（但已旬日未到社，或已寄到未可知），若能抓一抓，大致发行量可增三分之一，我于办《宇宙风》时知此甘苦也。

上海十年未降雪，今春才见积雪，彼时曾想为贵刊写一文，后因痛风疾作，未能完成，今始趁不能赴社草草收尾，兹寄奉呈政。此文未必合贵刊之用，若不能滥厕，请予掷还为感。

安迪说要调动工作，是《文汇》内部调动，不知何故？南北两大读书刊物，主政均得其人，最好不要易人也。

尊翁大名素所景仰，当为乐亭人士？李守常乃乐亭人也。守常蒙难时，葆华兄弟从八道湾屋顶逃逸，曾见周作人有详细记载。曾于“文革”时路见葆华于大卡车上，头戴高帽，口衔稻草，可怕之至，近当年亦近八旬矣。

匆此即颂

编祺。

弟劭顿首

一九九四年三月二十日

三

水公：

本月连接一日、十二日两札，并拜读《滇行纪事》片段，前函未报，今则兼复。尊文无头无尾，只觉文字清丽，不敢妄作雌黄。三万字登刊物或出单行本均难，不知何日我可拜读全文也。张爱玲论文字与我公同样清丽，惟论学则不逮足下远甚，此婆（今至少已七十五高龄）于一九四三年由港到沪，其首次接触出版人物即是区区。连她的祖父是谁都搞不清楚，是十分可笑之事。（祖父是马江败战的张佩纶，而她却以为是庚子斩首的张荫桓。）

何满子同事同室，却不常来，日写二千字，大概不是虚传。此公才气横溢，交游广阔，故二千字总有销路。我和他是“三同”朋友：一、不戒酒；二、不戒烟；三、不运动。然已头发全白，不如我仅见二毛，他小我四五岁。

忆月初曾有一篇《谈禁书》的拙文，请您一看，未知收到否？又曾收到三联书店汇款八十元，未注明是何种款项，曾去函询问，均未见复，或均误于洪乔耶？

拙作一本小册子，早已印好，不但错字连篇，连封面都印坏，闻在修改中，此书难以见人，但足下处必须献呈一本以供哂噱也。

匆此即叩

编安。

弟劭上

一九九四年四月十八日

四

水公：

近旬日已接到尊札六七封，想定下心来详尽写一封回信，总是不能。今天又奉大作复印件，容细细拜读。

我在七月五日，冒着三十八度酷暑，于中午顶烈日去访安迪，陈说不能交稿的苦衷，请他转您求得谅解。这样，他也同意了。

此稿半年多前，古社便向我要了，我开始收集，到竣事不约而同尚有江苏和上海书店两家，您是最后的。论交谊似应后来居上，但古社给我出书，另有作用，虽未明言，我体会得到，是出版局严令不得聘用七十岁以上的老人，九四年下半年便对我不再续聘，以此为安抚，我自然得领这份情，否则我将无词以对，不识抬举。

安迪离沪前一天，奉您之命来取稿，便在那一天古社也将稿取去，命一编辑在家尽速审阅，闻已审毕，定七月十二日发稿，女儿已成泼出之水，难以回收，只好向您告罪了。其实论稿酬，古社最低，只有您们的一半，好在我志不在酬，只图其速。如上海书店的一本，交稿四年，今春出版，到今日还不曾给我赠书，里面错字墨钉不知其数，所以连赠知己如足下，亦只好不献丑了。古社我虽不再工作，但人情是存在的，所有部门都可以打招呼也。

在古社工作了十五年，每天上班，没有工休假，很少病假，每天习惯了，一旦不上班，没有寄托处，要适应这个环境，如何来排遣光阴，须要一个较长的过程。最难堪的是亲友大都已登鬼录，无人可以谈话。今年身体康健情况又大不如前，五六两月三种病疾缠身，有生不如死之叹。有人劝我在家以写文章为消磨时间之道，其实我也很厌倦，早想洗手不干（当然您和安迪是例外的）。上海热到三十八度，接连已十天没有在三十五度以下，真是百年难遇之事，心境又极郁闷，这日子实在难挨！

上次有信请您复印一篇《雪夜闭门谈禁书》，不知能俯如所请否？

心情不畅，不能多叙，亮之！

叩

暑安。

弟劭上

一九九四年七月七日

五

水公：

八月十一日示悉。前此多札，均未作覆，此信亦提笔多次，动辄而止，病甚不能执笔也，亮之。在家隐居已有二月，生活不能适应，而天又酷热，心境烦躁，终日不见一人，不交一言，每天要打发二十四小时，不知如何是好，看来总还须多时，才可适应新的生活。现在足病倒二月未发，而是不能走路，扶杖还虞倾跌，更糟的是饮食不进，任何好东西都不能入口，致形销骨立，年已七十九，看来要康复不易矣。瞿兑之在古社已无遗稿，其子强立处亦无，大致已在一九四五赴沪时在北京遗佚，无可究诘。《陈简斋年谱》白撰在中华出版，古社白撰笺校所附乃胡穉所作，仅二千字，颇简，弟于宋诗无兴趣，藏有白撰陈集二厚册，从未翻阅，如足下无此书，可以邮赠，请回信示知。二月来仅辍读郑日记一文，费时月余方成，其目的在于该文最后一段，此一叶缘督日记，本由弟负责审阅，二年前离上海书店，理应将拙名除去，乃该店仍令弟尸其名，而所出之书，几乎每页有破句错字，实令人难受，因作一小小评论，使责有攸归，对劳先生则备致景仰，可见标点亦非易事。古社因有尾事未了，每星期或旬日仍去一次，故安迪亦二月未见矣……郑日记上海已无买处，所读乃安迪所假，尚未归赵，本拟作《海藏楼与人境庐》一文以呈《读书》，但现在看来非短时期所能执笔。

柯灵与黄裳展开大战，惜《读书》六月号未见……《舞台生活四十年》一书，一九四三年本由梅党领袖冯耿光、吴震修在席上命弟执笔，本以为只是记录而已，后方知其事大难，幸许姬传来沪，乃得卸肩……

执笔几不能成字，草草恕罪，海上尚热，但已不如前之酷烈，不久当可贺新凉矣。

匆叩

近安。

弟劭上

一九九四年八月二十三日

六

水公：

接奉拙文校样，甚感，我的字十分潦草，难于校对，自校一过，大致不会再有错字。有下列几点请酌定：

一、题目是“谈禁书”，不是“读”，而第一行正文，则是“读”字。

二、P.136末行删去，大致是要删去全文所拖的几行尾巴，我以为此句倘没有“政治问题”，则自诩是“神来之笔”，拟予保留；在P.131中两段并起来就多出一行了。

三、P.131中沈南疁，这位医生的大名不知校得对否？手边无书可查，原稿则是正确的，请予核对。

四、同样原因，P.134“双梅景闇”的“闇”字对否？实即“庵”字之另一写法。

劳神之至，谢谢。

杜门不出，天热烦躁，健康难以康复，而息交绝友，数日效金人缄口，尤为难堪。今天上海三十二度，其热与三十六度无异，不知何时可贺新凉？时通音问之安迪，二月来仅前三天承其电话询问近况，此外绝无空谷之音，真以老寿为戚也。

旬前曾上一函，想寄校样时尚未达左右。《陈与义集》若尊处未有，当割爱邮奉。实不该用“割爱”两字，因并不爱宋人诗。近有广东友人要物色《陈寅恪文集》，此书难以买到，我虽有但不肯割爱相赠矣。

匆此即颂

编安。

弟劭上

一九九四年九月二日

下午四时

七

水公：

两函均拜收，贱体百病丛生，近腰痛不能坐立，偃卧在床达十二天之久，近始可勉强行动，被妻女督促去看医生，不胜其烦。但拍CT什么的报告却又没有什么。或许天生德于我，还可活几年，实在是浪费粮食了。安迪回沪，没有见到，也未通电话。要编一集子实在困难，因今年六月份给古籍的一本二十万字拙集，罗掘已尽了。盛年的照片都已成昆明劫灰，近年的也只有与人合摄。素性不喜拍照片，若是一旦去世，连摆在灵堂的遗影也没有，所以弥留时一定遗嘱不开什么追悼会。

北京下雪，上海却是小阳春，百花盛开，真是天时反常。性尧建议要聚餐会，那是他信口开河，哪里办得到！此次文驾莅沪，本想和您与安迪三人作长谈，不料搞了许多人，未能畅叙，实为憾事，姑待下次来沪吧。我的次女夫妇均在华东师大任教，所居极宽舒，且有园林之胜，屡次邀愚夫妇去住一阵，推辞不得，明天只好前去。但她又每天要去上课，枯居亦无意思，拟将《郑孝胥日记》及《人境庐诗钞》带去，穷数日之力为《读书》写篇《海藏楼与人境庐》，不知能如愿以偿否？

在安迪处借到几本台湾所出的《人物传记》杂志，如饥如渴地读毕，有多次提到尊翁李先生，我从前只知道他的大名，以为是一位文人，不知却是位名将，在东北大致跟吕正操同等的将领，又在解放上海时立过功，若评军衔，大概应在大将与上将之间。那么，您也是一个高干子弟了，人家发大款，您却做脉望，此所以为“水公”也。

匆请

冬安。

弟劭上

一九九四年十一月二十四日

八

水公：

《人境庐与海藏楼》一文，写了四个月，写写停停，花了很多功夫收集材料，结果都未用上去，因为太冗长了，只得草草终事，兹寄奉呈政，不知尚能勉强录用否？开春已登八秩，索居无聊，终日无所事事，少与人往来。安迪为近年好友，但自其调职以来，上午晏卧，无从得见，下午他又要去上班，是以已多时不晤,《文汇周报》亦失去一写作地方,新任编辑不知谁何,不敢贸然去投稿也。

承假四本郑诗,还须细看,俟后奉赵。

在《读书》发表的拙作《雪夜闭门谈禁书》,日前由魏同贤电告,说由《新华文摘》一九九四年第十二期全文转载,惜上海要买一本该书,毫无办法,该刊为中央级刊物,转载文章理应赠送样书及部分稿费,但因不明地址,事亦难怪。闻新华文摘社与《读书》同一大楼,能否为我一询,告以敝址,讨索一本赠书,若有稿费,自是更佳。但琐事有劳清神,多多不安。

上海多年不见雪,仅旬前下午忽大雪纷飞,正在路中,衣履尽湿,然不一刻钟即止,近日则大地春回,已入初春矣。

祝

安。

弟周劭叩上

一九九五年二月十六日

拙文附有冒鹤亭手批海藏诗复件四份, 不知能选择附刊否?

九

水公:

终日枯寂,不见一人,不交一语,忽接朵云,如空谷足音,喜可知也。贱躯近日略健，四月间大病近月，终算现在勉强可以出行，但步履维艰，味觉衰退，究竟年已耄耋，恢复难望，待尽而已。最苦是交游殆尽，月必接讣告一二份，既伤逝者，行自念也，心情可知矣。

董氏兄弟不知原籍何处，若为慈溪，则三代与之通婚媾，鼎山在海外，稔其文而未识面；乐山于三年前聆其在孤岛文学研讨会发言，亦未与交谈，或于四十年代初在沪有交往，则年久已不复省忆矣！

命相之道，一窍不通，虽我公娓娓相告，一如对牛弹琴，姑置勿论。不知足下饱受科学洗礼，何以有此怪念耶？

《书趣丛书》看了六本，都是上乘佳作，《脂麻通鉴》蒙赐多时，尚未致谢。古今奇女子，如李清照、徐璨、柳是、王圆照，皆以诗文擅名，圆照亦不过说经，若写史论则从未有闻，有之，足下为第一人，钦佩何似！

劳先生的一本，细读再三，极为钦佩。其P.145《汗漫游》文中，于沈从文自传颇致疑窦。沈从文小说，六十年前读过，当时推为第一。其人恐全仗天资，或少时失学，若其叙祖父官衔，令人失笑！劳先生为之纠正，甚是。湖南人无不当兵者，沈宏富恐亦是湘军，同治初元，正是围攻金陵时刻，其时二十多岁官至提镇，亦并不稀奇，若在平和时期，则虽武员，一品大员亦非四十岁以外不办，如攻克天京即死之李臣典亦不过二十余岁。当时与太平军作战，虽受官某地提镇，实并不到职。事平之后，官多职少，如左宗棠帐下材官，皆红顶花翎之提督总兵也。

姓聂的姨父，名延祐，为光绪二十一年二甲三十三名进士，骆成骧榜而非张謇榜，因张、熊（希龄）是恩科而聂延祐是乙未正科，相去仅一年，故沈从文有此误记也。聂为贵州会城人，湘黔相邻，沈宏富又官其地，故有此姻亲关系。

沈宏富亦非无名小卒，但无暇在湘军史料一查耳。倘遇劳先生，请以上述告之，亦献芹之意也。

安迪异常难遇，即打电话亦非常困难，上午睡觉不便吵醒，下午则出游，晚上在《文汇》倒可见到，但工作时间亦不甚便，故自上次邑庙相见之后，仅仅一见也。

匆此即颂

近安。

弟劭顿首

一九九五年六月十三日

十

水公：

接奉“斗方”及校样，当即校毕呈奉。

此种信笺无以名之，姑名之“斗方”，非敢唐突名士也。

上海亦在雨霉季节，枯居无聊，不能出门，想见古今才女，如公者竟无人可以侣俪。星日与钱伯城听雨纵谈，亦对公折腰，以东坡才情而具涑水史笔，并世真无第二人。

唐振常那本书，其有关饮食者，与鄙见相同，竟似出我笔下。与唐相见，不过五次，均在席间，听其对菜肴品评，指挥若定，真具卓见。另一美食家为陆文夫，但未见面，屡次邀赴姑苏，一尝其所设菜肆之味，惜乎足疾缠身，不敢出门，真为憾事。

与安迪约共访云乡，已二三个月，与他联系极困难，至今不能成行。邓公有《清代八股文》一书，屡索不与，近始见惠……云乡大约自费印了一张勘误表，附以赠人，但亦不能尽勘。如拙作那一本，更为荒唐，我校了两遍，竟并不照改，故始终不敢赠人，以免出丑。古籍那一本已在印刷，大概要好一些，不久可以求政。

上海的出版局成了一家“银座酒家”的附属品，只在小门挂了一块招牌；而上海人民出版社则将社址出卖与人，自己搬到郊区去，苟延残喘。古籍那座新厦大致可卖二三千万，不久恐亦走此末路，可叹矣夫！

肃此敬叩

编安。

弟劭上

一九九五年六月二十三日

十一

水公：

九月一日大札走了一星期方到，正是上海三十八度高温，二个月火坑生活，为平生所未历，幸近日转凉，方可执笔。衰躯尚无大恙，走路困难，尚可不出门克服，最苦为食任何东西无味，平生颇嗜西瓜，今年竟未尝一进，皆是为一种西药所误，故笃信“不药为中医”之说也。

安迪三月未见，近访其新居，颇舒适，惜路颇遥，亦不能常去畅叙。

清华那位先生颇认真，但又天真，有许多虽有道理，但对并非学术考据之作则认真太甚，如殿试策，必谓缺一论字，则“金殿对策”必须写作“对策论”，殊觉太甚矣。

遵命将原件奉赵，并加上一些必要的笺注，以供答复之用。拙文于读“日记”一过时写成，后又读了两遍，颇不满意于前作，亟思索回修改，而因循未果，今则已无办法矣。我倒不在乎天真的指出，怕的是在专家的劳先生读后，一定看出许多误处，而劳公客气优容不予指谬也。

写作久思洗手，但不为此事又何以遣寂寞余生。屡蒙宠邀，敢不献丑，天凉后拟撰《门外文字谈》一文求正，但不知何日能执笔也。

祝好。

弟劭上

一九九五年九月十二日晨

十二

水公：

十五日大札暨附件敬收。

这位陈林林先生或女士大概是政法大学师生，所以把拙文当作学术文章读了，他所提当然是对的，但我无法写回信给他，由您们编辑部去处理好了。

拙文所写的是郑的生平和诗，不想倒有几位热心的读者提意见，可见《读书》确是当今一流刊物。

贱体衰病，全是服药过量所致，今亦无从补救矣。

昨日由邓公为一福建出版社人员代邀宴集，座有唐振常、王勉、金性尧、钱伯城以及安迪诸人，畅叙甚欢，邓、唐两公均才气过人，日试万言，非菲才所可及。

得读《读书》九月号一良先生一文，方知周馥并非进士出身，而得署理两江总督，安徽人而不回避本籍，与岑春煊之两广总督同为异数，大致清朝季年已不须回避本籍。周叔弢与张伯驹均以父荫而称巨富且为收藏书画名家，岂廉吏之能得此耶？

耑复，即颂

编祺。

弟劭上

一九九五年九月二十三日

十三

水公：

久不接函，奉二十一日札甚喜，知荣迁文研所，可贺，但亦甚怅，以《读书》失了一位好编辑也。

但编辑生涯为人作嫁衣裳，以我公之才，甚觉浪掷于此极为可惜，荣迁则可安心研写，必大有成就，可以预卜。中央文研所为全国人才荟萃之处，听说从前只有它分一二三级研究员，今一级的恐只有冰心与钱锺书两人矣！俞平伯、孙子书、唐端毅相继下世，遂有难继之叹，我公正好补充进去，使该所发扬光大。

弟已年开九秩，今年健康大不如前，步履困难，随时有跌堕之可虑，又无人可以奉侍，不得已谋迁新居，可有余房供一保姆居住，为此颇费周章，更无精力搬迁，子女虽多，亦无着力处，此一普遍社会现象，可以一叹。

承嘱为文为临别纪念，本应立刻从命，但来札有“力作”两字，我已无力可作，为之踌躇耳。

安迪自京回，何以未提起此事，他太忙了，所编《书趣》第三辑有三部旧作，我为之复审一遍，发现一些编辑水平实在太差，擅改原版文字标点，可哂之至。

今日上海已如初夏，北京若何？

匆匆叩

安。

弟劭上

一九九六年四月二十六日

十四

水公：

久未通候，朵云飞来，喜可知也。足下清词丽句，加以簪花妙格，方之晋人，其为卫夫人，足使美龄女士口头禅中称呼自叹远甚；在清人则为王圆照(《清史稿·列女传》)作“郝懿行妻王氏”)，近代罕有能比也。

去年为迁居大不满意，病几欲死，素来讳疾忌医，近不得已视医服药，康复不少，可以告慰。上月遘一奇事，有一人于夜间电告施蛰存报丧，说周某已去世，蛰老亦不以为奇，认为年过八十，死是常法，但不知是谁弄此玄虚恶作剧？然不佞已死过一次，此后韩擒虎当不致迅下请柬，又可多抽几支雪茄及写两篇臭文矣。

在社科院工作已近年，必多成就，当为人作嫁之编辑总成就不了王圆照也。

辽宁近出少作《清明集》，系六十年前旧作，幼稚不堪入目，且足下与辽宁关系，不拟寄奉出丑；但下月尚有近作结集之《文饭小品》，会当请求哂正耳。

素不寄人贺卡，以书作贺，敬贺

新禧，诸事大吉大利！

弟周劭顿首拜上

一九九七年一月八日

十五

水公：

自从阁下弃“为人作嫁”改从“名山事业”，即音信未通，盖一年有余，忽接朵云，喜可知也。弟已入暮景，衰病日侵，自今年春节以来，即未曾涂鸦，交游日稀，仅与邓公云乡间日通电话问候而已。贱疾主要是不良于行，常四五天足不下楼，枯坐斗室，愁闷欲死。人生规律如此，亦无可奈何耳。

重以阁下之命，敢不重作冯妇，但去年迁居之时，即以所贮破书全部赠人，所以若欲作文，手边无书，只能凭记忆，必然错误难免，是以未敢贸然从事。兹拟先提几个问题，请予惠覆，方敢决定是否可以应命。

一、所拟丛书目录，均以“中国”冠首，我所拟为“官”，但只限于明清两代，因再上并不熟悉，且范围太广，非二三万字能尽。明清两代则凭记忆尚可写二三万字。

二、国际版当须译成外文，若须自译，无法胜任。图片亦无法提供。

三、文件中多次提起“大散文”，我孤陋寡闻，不知是何文体，询诸云乡，也不知道，乞予指示。

若两者不成问题，当勉力一试，日写千字，年内当可完成；否则，只有方命矣。

前几天外省有一出版社以长途电话来询，“扬之水”何义，是否地名，我答以是一位了不起女作家之笔名；又问我“扬”是否应作“杨”，我答以《诗经》篇名作“扬”。不图过了二天即接大札，真是天人感应也。

耑复，即颂

撰祺。

周劭拜上

一九九七年十月二十八日

十六

水公：

三日函敬收悉，足下如此迁就下情，自不得不勉力一试；贱躯孱弱，在于足部，心脏大脑固无恙也。若无他故，阳历年内可以交卷。至合同则可订可不订，我读律及当律师，花去光阴十五年，深知其玄妙。惟有一点，必须与足下订一君子协定，即交稿之后，必须尽快出版，以比来名利宠辱皆忘，所希望者，能亲见文字化成铅字耳。若“家祭无忘告乃翁”，则不能瞑目矣。

大札结尾“从此再不读经”一语，窃未解其义，不知何意。实则足下在《读书》为人作嫁衣裳时，乃是李清照，今则为王圆照矣！

匆此敬覆，顺问

近祺。

弟劭顿首

一九九七年十一月九日

十七

水公：

十一月三日赐函早拜悉。今日辽宁寄来合同二份，谨依式填具，本应径寄沈阳，以吾公必与之常有文件往来，乞便转交，公可予以过目也。弟于合同毫无意见，惟望早日出版，以实在时不我待，“家祭无忘”并非戏言也。近来出版界颇有蓬勃之势，弟虽悬车已久，但函电踵门者尚纷至沓来，不能应付，更无力作长篇写作。《中国的官》重以吾公之命，且字数不多，而“大散文”又不必查资料，仅凭胸臆可以随意挥洒，截至今日止，已成万二三千字，是以年内可以缴卷，若能通过审查，破例能于九八年上半年出版，则有凭于吾公之鼎力矣。上海古籍出版社将出一套《自传丛书》，约弟撰写一本，惟以至少需十五万字，则非力之能及，已予谢绝。但对古社领导有一建议，为弟于三十年代中期，曾与林语堂、陶亢德编辑《宇宙风》半月刊，其中有一项目为《自传之一章》，每篇不超过五千字，盖“自传”中最精彩之部分。作者有蔡先生以下，如周作人、胡适、郁达夫、俞平伯、废名等，其最突出者为独秀先生，乃在南京陆军监狱中所写，约有二三万字。此一项目，约刊有一年有余，以抗战发生停止，若能汇集成为一书，于两个效益，必可丰收。惜我的弃藏，早已秦灰，只能向藏书楼借用耳。古社虽极赞成此一建议，未知能成事实否？

耑此即颂

文安。

弟周劭顿首

一九九七年十一月三十日

朱维铮 八封

一

丽雅兄：

明片奉读，所责极是。食言而肥，原难自解，然有隐衷，尚祈鉴谅。一者家母病危者屡，数月来已三赴无锡侍疾，近将不起矣，即日又将回籍。二者五六月皆忙于研究生论文答辩，上月学校忽以“公派”为由，命我赴韩任客座一学期，虽不愿，需服从，如手续及时，当于本月下旬赴汉城（首尔——编者按），而《传世藏书》校样尚有数百万字待阅改，市内又屡迫令审稿。庶事交迫，实无能力作文。有负盛意，请罪而已。特此奉陈，但望恕罪。

即颂

暑安。

朱维铮上

八月三日夜

二

丽雅女士：

十七手书奉悉，感谢并赞赏您的坦率。

先容我就“题目”说几句题外话。我向以为题目是文章的中心，因而讨厌官气十足的题目，也不喜海派气息的题目。当然都是就历史文章而言，作社论或写小说是另一回事。人们读历史，本为求知或好奇，题目的作用就在唤起这两方面的读者兴趣。如今很少有人愿读可怕的说教文章，什么历史的经验值得注意之类的题目，已令人望而生厌。但如果题目离内容太远，过于浪漫或神秘，令人费尽心思，也难以猜详其文在说何事，同样有损读者的兴趣。这是我在教书中屡试不爽的，因为我的考试，总是笔试加口试，先出数十道题目，令学生任择其一，作篇小文，至期面试。结果总是发现学生往往集中做几道题目，而多数题目则无人尝试，理由则往往是不知这类题目的内容要求，其实我出的题目都与读某书相联系，即或正题较抽象，必有副题指出从何说起。于是引起我对学生如何看题目索阅书刊的兴味，发现他们多数也不爱过于官气或海味的题目，很少被这类题目吸引，专门去找来阅读。不过这些大学生或研究生，属于为求知而读书者居多，未必可代表其他层面的读者。我被迫作文，设定的读者，除了纯学者外，便是这些学生。为后者，所拟题目，尽可能凸显知识性内容，的确很平淡，欠藻饰。这也是我很怕写非历史文章的原因，缺乏“生活基础”也。

题外话太多了，回到尊函对拙文题目的批评。您说拙文题目大部分太有“学术架子”，令我很惭愧。原以为列入拟目的，在我的文字中已属学术气较少的部分。鲜引原文，不加附注，都是所谓学术论著的大忌，只因这类文章刊出后，学生愿读的较多，于是列入拟目。因此，您以为“题目大部分需要再作考虑”，令我颇为难。在您是出于好意，希望由题目变通增加拙文的“味儿”。在我则既不善又不欲被视作趋时，却又既不善又不欲被目作复古。最近一篇论《訄书》的拙文，被一位学术刊物主持者改题“发微”，使我大为尴尬，因为我多年来一直公开批评今文学家的所谓“微言大义”，仅因这位主持者是我素来尊敬的前辈学者，才勉强同意改题。我想您不会强加于我的。但既已将拟目寄呈，更感激您的盛意，因此我想尝试一下，将若干拙文另拟“新题”，但多半会只限于“朴朴实实”的。因近日忙甚，容徐思，思得再寄呈就正。先奉闻，顺候

时绥。

维铮手

八月廿日夜

三

丽雅女史：

拙稿初校样，十六日中午才收到，可见“特快专递”之神速。

十七日我便开始主持一次关于中西文化交流的研讨会，直到二十日将国内外学者送走，已筋疲力尽。但回来见到您的指示，“校后尽快寄回”，便不得不立即从命。历时三夜，总算在刚才校毕最后一页。今日便即用“特快专递”寄上——天知道又如何神速！

非常感谢您抓得如此紧，使我在交稿月余便见到校样。拙稿非您督战，不可能编成。我的惰性，由于杂务纷陈，使同我打交道的任何编辑朋友，都头疼乃至恼火，而这惰性竟被您打破，连我自己也不明所以，只好报以苦笑。

校毕，有些关于技术性处理的想法，书于另纸，祈酌。

另函附寄拙编《基督教与近代文化》样书一册，乞正。

专此奉达，顺颂

新岁安吉！

朱维铮

一九九四年十二月廿二日夜

四

丽雅女士：

手教奉悉。“辜鸿铭”文，本是由于您的督责，不得已草成的急就章。岂知自找麻烦，刊出后竟有人不怕中暑，辗转给我来函来电，索书索稿，只得挥汗逊辞告罪。我自知只会作“学究语”，文不雅驯，倘贵刊此类文字稍多，必影响销路，故而以藏拙为是。不想又奉责辞,且要“好的”,可谓苦哉!

近日虽值暑假,仍终日忙于杂务。手头一些稿子,均属所谓论文序跋之类,文长注繁,连敝校学报也望而生畏。怎么塞责呢?想了一通,只好检出一篇存稿,说张之洞早年如何指导生童“读书”的,删去两节版本考证及全文注释,剩下正文约八千余字,另函奉上,请审阅可用与否?

您的判断很对。自《走出中世纪》以来,拙稿便再未结集出版。沪上有几家出版社,倒是不停地催索,甚至用先出广告的手法逼迫,至今仍无以应。原因倒不是敝帚自珍,而是忙于教书及编校晚清学人文集,兼以其他杂事,委实无暇摭拾旧文,补作新篇,以示稍符史法。

《读者文丛》是好的。已出诸种,均读过,却从未想以拙作充数,因多“学究语”,不配故也。新编“准备多一些学术性篇章”,不知“学术性”的尺度如何?拙文有一些,多半是单看太专,合观过驳,也就是论题很分散,而讨论的问题很具体,所谓“实证”性的文字较多,不见得合于《文丛》的需要。既然辱承命我“考虑”,只得勉强提出两类题目,请考虑可取与否:一是论马相伯的,原是一个国际合作项目,由我和两位年轻学者,分撰其政治、宗教、教育活动,中文稿约十一二万字,后二题均由我改过,因是写给西方读者看的,力求较平易。英文版已给纽约夏普出版社,中文版原说好由董总安排在贵社出版的。此稿内容似乎还有点趣味,讲一个百岁老人在清末民初所面对的中西文化冲突。日内寄上细目,如您几位有兴趣,不妨列入。二是近数年有几篇不太专门的文章，关于晚清以来所谓文化传统的，也将弄份目录奉上，如不嫌杂驳，也可凑成一本小书。

连日沪上大热，气温总在摄氏三十五六度以上。室内虽不算太苦，出门就吃不消，只得终日蛰伏家中。据闻贵刊连载的“人文精神”，在此间引出的议论颇多，但我至今未闻其详。

余另陈。专此奉覆，顺候

暑安。

朱维铮

七月十五日

五

丽雅女史：

前得手教二通，未及时奉覆，歉甚。原曾草就一函，讨论选目修改的，但随即得手教，要求九月底交稿，读后很吃惊，兼以近日杂事甚多（月初开学了），于是延宕下来。

我首先惊于交稿时间如此迫促。因我平素很乱，已刊未刊诸稿随处搁置，到时全找不到。有些稿子正请人找旧刊复印，还有几篇中文稿尚在海外译者那里，搜寻要时间，还要编一下。原打算年内完成，不想你本月就要。

其次是还想重新考虑选目。看你的信，将拙作《走出中世纪》作为参照，这又令我吃惊。数年来有几家出版社找我，希望我再出一本类似的拙作，均被我谢绝了。时移势异，已不想编类似文集了。但最近两年读到海外学者为拙作英文版的若干书评，感到那中间提出的某些历史问题，还有继续说说的必要。近年较多时间用在晚清至民初学术文化史，本想再写几篇论文，另结一集的，至今未成，由于时间太少。承你命我自选一集后，也想过补几篇，较成系统。然而如承命近期交稿，则此设想又不可能实现。

另有一疑，不妨坦承。几通手教，均未明示尊编丛书规划及出版处。手教曾说是隐名编辑。前闻唐振常先生亦有一书将收入尊编，想来尊编重视书稿作者质量，当无疑问。我的疑问是不知何处出版。我并不在乎出版者的名气。但第一颇在乎出版者的能力，拙作属于历史稿，排校有其特殊困难，每见拙文刊于敝校学报之类，虽自阅校样，印出后仍有错得令人汗颜处，就特别不舒服。第二也对此稿出版后如何对几位老朋友交代，颇伤脑筋。俗谓丑媳妇难免见公婆，老朋友虽非公婆，但屡次索稿均未应，总令人愧对其面。如尊编编辑隐名，而作者署名，出版者与我又素无交谊，这必定使我更难交代。起先讨论选目，虑不及此，得索稿期限之手教，难免踌躇起来。非但贵社，即沪上几家出版社，都有这类说明的困难。多日没能作函奉覆，这是一大原因。

当然，已经承诺了，书稿还是要交的。但以上三点，祈鉴谅。十月初我将赴京出席国际儒学讨论会，届时力争将拙稿初步编就，未必能即时交稿。但就如上诸点，面聆尊意，然后做你我均合适的决定，可否？

匆此奉达，顺颂

时绥。

朱维铮

九月十五日夜

六

丽雅女史惠鉴：

午后奉上一函，晚连得陆灏、周振鹤二先生的电话，转达你催促答复的口信。累你关注，甚歉。

昨中夜草就之拙函，想已达览。不能如尊意在九月内交出拙稿，数则不得已缘由，拙函已说，祈鉴谅。

由陆灏先生电话，始知尊编名《书趣》，将由辽宁教育出版社刊行。拙函曾谓我对出版社的名气并不在乎。近年各省教育出版社均力争与大出版社相竞，也早有闻见。我相信你们的选择是有道理的。你也曾告知，编辑权全由你们控制。拙函已说，既已做出承诺，拙稿是一定要交的。但拙函提出的问题，即辽宁教育出版社的排校能力，尚祈示知。这涉及几篇拙稿要否收入的问题。至于因此而涉及向几位朋友解释的问题，自然主要在我。下月初赴京，希望就此面商，很愿听到你的意见。

匆此奉达，即颂

文安。

朱维铮

九月十六日夜

七

丽雅女史：

前得长途电话，得知拙作已印出，亟感。拙集结成，全赖你的敦促与编审，令我非常感谢。见《书趣》广告，益证我的前识不谬，拙集正属于最无趣味的一种。然既经你放生面世，则悔也无济，只好耸肩以待指斥了。

此番出游美、德，乃因去春已有成约，美国印第安纳大学的朋友们为弄钱及安排，花了很大力气，不得不在彼方财政年度结束前履约。然访问期由三月缩短为一月，卅天内演讲五次，复有种种上课、面谈及雅集，犹如赶场，足迹未出印第安纳州，已惫甚。随赴德出席海德堡大学举办的中国史学史研讨会，东道主将日程排得太满，自蚤至夜皆在开会，复在报告论文外，被迫担任评论及主持人，而英语欠通，累得不行。会后即前往探望女儿，七年不见，相聚仅二日，即匆匆回程，因手头杂务丛集故也。

回校便陷于杂务，至今未得喘息。迟至今日，方奉书致候，尚乞鉴谅。

由于贵刊广告的魔力，朋辈纷纷索取拙集。未知辽宁教育出版社赠送作者样书的规矩，臆想不过十、廿册吧？沪上书店向来罕进省版书，关外诸省图书更属罕觏。欲在此间自购拙集，大约难甚。因而不得不再度相扰，烦请拨冗通知辽宁教育出版社，将可能供给作者的“折扣书”（沪上通例为百本以内均六、七折），悉数直接寄我，需款若干，均在稿酬内扣除，可否？敝屣自当弃之，然友朋颜面，则不能不顾。小事相劳，至歉，容面谢。

回来得读贵刊二、三期，甚觉有味。然亦感近来贵刊非“读书”类的评论稍多，例如连发评介西方电影文章。虽视听作品，在西方大有侵蚀文字作品之势，但于中国读者，仍以文字作品为“读书”之本，故而颇怀杞忧。再，引用古圣昔贤意见，亦需准确。如有文章比较中西，却将“食色性也”植于孔子头上——实为《孟子》所记告子语，未免太“那个”了。但愿此后不出这类误植。纸完了，容后再陈。

颂

近安。

愚维铮手

五月四日夜

八

丽雅史席：

昨得第三包书。至此，你所寄的样书廿册，文丛十种，全都到了。每包都累你亲自封寄，至感，至谢！

文丛十种早数日到，自然先读为快。适逢周末，穷三日夜之力，居然将九种差不多读毕——差不多者，尚有谷、辛二种未能通篇尽阅也。——虽说其中若干文字，以往都见过，然旋读旋置，究不若系统读下来，印象深刻。感受呢？发现我们的伟大领袖有一句最高指示，真是至理名言，所谓“没有比较就没有鉴别”。果不其然，这一比较，便鉴别出拙作在文丛中确属最无趣的一种。从选目到内容，都太“传统”，不必说了，因为本来多半都是论文讲稿之类。即如风格，虽尽去附注（仅一篇例外），仍然显得太“正经”——脉望总序所讥的“头巾气”。如此货色，也敢置身于《书趣文丛》之列，只好自惭形秽，且适见不自量。

倘若跳出庄生所谓“在宥”，就九种而言，便难分轩轾。大概作为读者，自己熟悉的课题，于内容往往过于挑剔，反之则容易感到趣味，因为足以化无知，又无力辨深浅故也。从这个角度来说，九种中令我感兴趣的是施蛰存、金克木、辛丰年、金耀基诸先生的作品。施说掌故，金表想法，辛论西洋音乐，金谈欧洲哲学，都使我觉得很有意思。有的读后印象平平，有的读后则稍觉失望。

想必你会注意我读“扬之水”大作后的感受。这部书，在我是读得很用心的。印象呢？仅仅是印象。是自惭孤陋寡闻，不知“扬之水”的作品已有那么多。是惊叹彼之博学，所读之书常有我未经眼或经眼未思者，而所行之路更多有我想往而未至者，或曾至（如敦煌）而印象“从众”者。不怕“扬之水”（先生？女士？

读陈序得知实为才女)生气,集中三部曲,最令我感到趣味盎然的,是题作“独自旅行”的日记体作品。其中显示的“才女”胆略,岂止作者寄同情的古近玉女所不及,也令“须眉”如我者愧死,我就不敢“独自”深入司马迁出使夜郎所未经之地。其次是题作“不贤识小”的那部分。我向来赞赏龚自珍不惮“挹小”,然而这部分的“识小”,所以令我佩服,是因为从中鉴照出我们的“中国文化研究”,在致力于弄清“是什么”方面,要做能做的事,还有太多。沪上学人,近来也有以“识小”自诩者,例如乘飞机赶往北京买一两本百年前英汉字书便大写“语言比较”之类,却终给人以“玩小”“猎奇”的印象。如“扬之水”由识小而见大,或虽未必见大,而给挂在名家名下的《清诗纪事》之类下一针砭,以见盛名之下未必副实,则无疑令我辈所谓“文化学者”吃一大惊,由此悟出涉及史事,下笔务必慎之又慎。大作第一部分“脂麻通鉴”,选题也令我佩服,然而可能所引史料,乃我太熟悉的缘故,读后感到陈述史实处尚可再酌,因而如说“论从史出”,则似稍嫌不足。也难怪,宋人较我辈“近古”上千年,尚且感叹“一部十七史从何说起”,遑论我辈?假如单看正史通鉴之属,那么历史真相“是什么”的问题,的确很容易引起争议。我说这部分大作尚可再酌,其实迂得很,无非以为所谓历史文献中,往往不乏反例,但愿“扬之水”先生(或女士)今后再论同类课题,再看几眼清人近人考证。唐突,乞谅!

信笔所之,不觉胡说太多,又要乞谅。总之,读了文丛首辑九种(拙作当然例外),有三愿:一愿“第一辑”后,很快能见第二辑、第三辑……当然必须摈斥拙作那样的作品；二愿“第一辑”的每一种，都能有一二篇像样的书评——无须说，像样者乃真抒己见，己以为好即说好，己以为差即说差，如此无蚀于作者日月之明，而有助于读者；三愿有点“总评”式的讨论，以“书趣”为宗，纵说衡论，或许可激发“读书界”的更大兴味。当然，愿望不过是愿望，但有愿望总比没愿望好。你说呢？

胡说过了，想到你非但是文丛的总策划（或之一），还是《读书》的大编辑，不禁悚然。再说一句多余的话，此函仅为私见，只供你“参考”，祈勿示人，至恳。

专此奉达，顺颂

时绥。

维铮手

五月廿二日夜

P.S.前祈代嘱辽宁出版社，于所代订五十册外，再寄拙作五十册，可否？盼示。

王泗原 七封

一

丽雅同志：

十一月七日手书及剪报二块收到。

“脂麻”，我想请您继续作下去。编者说不好再继续登，怕是他不愿登了，“读者反映看不懂”只是托词。看不懂是会有的，那是由于读者知识面太窄。然而这种文章，遇到一点不懂，不会每一点都不懂，以致看不下去。看不懂有出自作者的原因，如所附剪报之一，谈汉简的，我就看不懂。作者一知半解，断句也不全对。作者以史与文武并列，也是没了解清楚。找到原书，必有可说的。《汉书》五篇传中的例句，可否抄示？我无书。

典故，我素不肯重视，知道的也多忘却。这方面是一窍不通。来信所举诗句，我实不知。但是诗还是可以作的。平仄、韵脚，不可丢弃，那也不难办。最好不要用典故。前人说作诗须多读诗，也是要从其中得到各种表达方法，学到诗笔。也不可一概而论，名作尽有我们不爱的。杜甫《秋兴八首》是名作，我读来却不感兴趣。李白的七古，人都说好，他七古的长短句我总不喜欢。读古诗要知道一点古音，自己作就可以不管它。不过知道古音可以几个韵串，是一种方便。我主张您作诗，实由自己不会作，觉得是缺憾，少了一种表达工具。

故书还是要有人钻。近写过一信给广西学生，嘱便中问问出书的路，回信有一句话我看了很伤心，原话说："先生，现在的风气如此，不需要像您这样兢兢做学问的人……"

收到一张剪报复印，寄您看看。其中有两篇您曾寄给过我。

近来写了几封长信，是答一堂弟问族中旧事。族谱已不存，所问惟有我能谈，那就谈谈也好。族谱有的事也不敢直书，明洪武年间族中因重案株连遭抄没，什么重案，缺载。口头相传是血洗。这事倒可以进入"脂麻"。

上月下旬恶冷，这几天好转了。炉火还行，蜂窝煤也旺不到哪儿去。好在我不怕冷，诸请释念。

问好！

泗原上

一九九三年十二月二日

二

丽雅同志：

好久没写信给您。前有一信因报上登的文章没有尾，发了几句牢骚。今天又有一荒唐事，所以写这信又牢骚几句。事出现在今天《文汇报》。它的第七版有连载的两篇小说，各在左右下角。今天的，题目仍如前，而文左与右互换了。今日之事，特别是文化之事，似乎什么都无所谓。我欲归之于钱迷心窍，可否？

近来写了几封长信，是族中人问先世事，族谱无存，只好问我。就所知作答。又族中发现明代墓志铭二石，抄寄来问，我要他们依原格式重抄，逐字核对，以便校订。这也算文物。

前不久《光明日报》登江西考古队在安福发现大批石刻，吹捧了一气。编者并不知无价值。原件是明代一个大官人家，将先人封诰及纪念文字摩岩镌刻以夸耀乡里，如此而已。今日文化水平下降，表现在各方面。且将愈趋愈甚。无可奈何。

您作了诗没有？我是希望您作的。

写到这里，又闻狗叫。后院一家养了狗，可是日夜叫，那主人有何乐趣？钱之扭曲人性也如是！好在隔了一个院，不然我也受不了了。政府出了布告不许养狗，说说而已。

候安！

泗原上

一九九四年三月二十三日

三

丽雅同志：

奉二日示，快读游记，引人入胜，不觉一口气读完。您一再入滇，清兴如此，只有羡慕。我则与游无缘，曾愿访古，而牵于俗务，欲往不能。今则迟暮矣。

近来颇为家乡文物费时间。族人有意续族谱，我则以为不合时宜。惟涉及文物，不得漠然置之。寄来一份抄稿，乃明代志墓之文，疑点甚多，自当为之疏解，不料竟达五十余处。拟誊清复印寄回。族中一门廊被毁，众议修复，此亦不合时宜，惟原有题额六字为明末刘同升所书，我不能无留恋。刘公崇祯状元，清兵南下，曾率乡兵与杨廷麟收复吉安。幼读书传，夙深景仰。族人有意请当今书法家重写上石，我拒不考虑。今所谓书法家，其笔法我看得上者一人无有。众意如此，且自由他。

报纸马虎续有所见。一小报载文砍断尾巴，而后面还有两行空白，与前无余地者不同。如何是了？

这回地址依封面写。前写一信封在，又仍旧了。

远行希能继续，俾我有游记可读，好吗？

请保重！

泗原上

一九九四年四月十八日

四

丽雅同志：

奉读南游日记后，曾寄一信。

近来杂事丛集，没有一件算得上正经的，就是牵挂心肠，放不下来。村中“出土”明代墓志石，来信见询是否有保存价值。我看有些资料，文章水平也不低（明人文章我多不爱），尚可保存。为让多几个人明白，作了些注，而一注竟有五十三处之多，今已寄去。

想到什么可口之味都吃不到，想到少时家乡美食，写了几句报髀股，寄上一份请正。若不能引起您馋涎欲滴，当自认文笔失败。

吾乡安福，明代以理学著，有王守仁弟子及再传弟子多人。我于理学素鲜兴趣，尊重王守仁，乃以其为人与功业。近乡中寄来乡校校歌，以唱用已八十年，恐传唱不免错讹，嘱校订。既讫，复为就典故数处作注，今已寄去。

敬候

安好！

泗原上

一九九四年五月三十日

附：

田家有美食

王泗原

美食文化反映整个民族文化的水平。楚辞《招魂》铺陈楚宫生活，食饮与居处、歌舞、玩好、夜宴并列，显示两千三百年前楚国物质生产和文化已发展到很高的程度。源远而流长，有的食品，有的制作，至今还存在于故楚境的一些地方。《招魂》说的“挫糟冻饮”，今江西、湖南还有这样的吃法。《招魂》说的“稻粢”，今还存在，名称都没变。这里就从稻粢说起，举几种美食的制作，以见田家也有美食。

稻粢。糯米浸透，磨成极细的粉，和粉，入蒸笼蒸熟，取熟粉为团，包馅。馅用白糖和芝麻粉，趁粉热包，以便糖溶，香甜可口。外撒干粉以免相粘。

豆腐渣。豆浆冲过豆腐，以渣入锅，微火烘至半干，放到豆腐箱里，搪平压紧，盖上一层稻草，置阴处使霉，取出切片晒干，再蒸再晒，干透收藏。做菜，用油盐，作料用蒜叶（北京叫青蒜）或葱，或酌加椒姜，煮透味出。味浓而鲜美，汁更鲜美。这味从发霉及再蒸再晒来。

棉籽芽。取棉花籽，凉水浸，捞出置笊篱中使发芽，一天过凉水两次，约两天，芽长至寸许，去壳。做菜，用油盐，不加任何作料，勿使抢味，加水以浸棉籽芽为度，煮勿过久，味出即食。鲜嫩之至，汁的鲜美除鸡汁外无可与比，黄豆芽、绿豆芽远逊。这棉籽芽、豆腐渣二物，所有我到过的南北地方都不知道有这吃法。

冲菜。青菜取菜心带嫩叶洗净晾干,细切,用油盐干炒至半熟,趁热盛碗中,压紧,预留大叶一二片盖严,再加盖碟或碗,过一夜即可食。味如芥末,而更浓烈,吃了很过瘾,以它冲鼻,叫冲菜。

花麦羹。这是兼主食、副食的食品。花麦即荞麦。羹读罔,是古音。荞麦磨粉,加水调匀。萝卜切丝炒熟,加水宜宽,水开,加糟皮(压过酒的),再开,将调好的荞麦粉连续舀入锅,搅碎,待熟,加青菜或白菜、菠菜。冬天吃一碗两碗,周身俱暖。

凉粉。这是冷饮。取缘墙攀树野生之木萎,破开取子,白布包好缝严,汲深井冷水置桶中,洗净双手,拿布包在水桶中不断揉搓,使木萎子浆汁溶入水中。然后用白布打湿盖好,置阴凉处,过三四小时,凝结透明,加糖醋舀食,沁人心脾。

这些食品,几乎是废物利用,不费成本。如棉籽,一般是弃掉;豆腐渣、糟皮,一般是喂猪;木萎,野生。家家可以制作,而都是美食。回忆少年时,吃这每一样美食,都觉得是享受。六十多年吃不到了,写来还感到余味在口,馋涎欲滴。

(载《文汇报》一九九四年四月二十四日)

五

丽雅同志:

您一日信,二日就收到了。今已是七日,怕您已去江西,那就等回来看。我是无事忙，又懒，无可奈何。上月三十写了短信，一直未寄，今一并寄上。

诗有兴即写，走遍南北，更好写了。诗的言语，永远也道不尽的。若道得尽，诗人早绝了。不过都要翻新出奇也难。大家名作，我也有不大感兴趣者。如杜甫《秋兴八首》，我就读不出味来。“香稻、碧梧”一联，偏要倒装，全无必要。这也是他故意出奇，故意出奇，即不能算是好诗。“床前明月光，疑是地上霜”，也是大家，这种比喻有何好处？您作您的，大家尽可不管。

吉祥拆了，无看戏处。昨致人一信，发了些牢骚。报载中和九日起连演三十场，那里回家要过地道，我怕去。最怕误车。

评职称，此彀不得不入。但愿能评上。万一评不上，不要气得到天桥去开茶馆就是。（这典故若没听说，容后谈。）

今有事须往西四，信西四发。

祝办事游览皆如意。

泗原上

一九九四年六月七日

六

丽雅同志：

奉六月廿九示并婺源游记，甚快。游记即时一口气读完。

因为是朱熹故乡，当年婺源划归江西时，徽人群起反对，告状，抗议，宣传，而政府变更一个行政区划，自不会因地方这样一争而收回成命。同时光泽也划归江西，只因没出像朱熹这样的人物，就不见福建争。

争人物的事，那时还有一件，只是争籍贯，与婺源不同。那是文天祥的籍贯，吉安县(原庐陵县)、吉水县相争。吉安县说文公家在富田村，今属吉安；吉水县据《宋史》载“吉(吉州)之吉水人也”，说文公是吉水人，见于正史。告状的结果，政府自不便裁决。考据起来，文公家在富田，现在属吉安县，即文公出生时也是属庐陵县。原来五代南唐初置吉水县，由庐陵划出去若干乡，富田所在之醇化乡在内，归吉水。《宋史》说的文公吉水人，就只根据初置吉水时资料。但是后来醇化乡(富田在内)又归庐陵，这在文公出生之前，所以文公出生就是庐陵县(今吉安县)人。两县相争时，醇化乡写作纯化乡，属吉安县第六区。富田村名依旧。

富田文家有文天祥手卷，五十年前尚存，惜我未得见。那时我在吉安教书，有一年吉安要筹一笔赈款，由地方政府向富田文家借来手卷，展览卖票。我因暑假回乡了，若事前知道，当然留在吉安，不回乡了。听说文家后人(文公无后)很珍视，展览时轮流守护不离。

这件手卷，民国初年曾由江西几位名人借出影印，几位名人写了跋语[有胡思敬(光绪末御史)、陈三立、王补(即为先祖父奏议作序者)]。我家藏有一份[是王泽寰(补)先生赠予先父的]，今不存。观此卷，知沈阳博物馆所藏之文公手卷(有影印本)乃赝品无疑。

欧阳脩(当写脩,古脩、修义别,简化字并入修字,非)倒是真的吉水人。初置吉水县时,欧阳脩的家乡(沙溪,今属永丰县)由庐陵划出,所以欧公是吉水人。后划吉水置永丰县,沙溪归永丰,这时欧公四十九岁。就现在说,欧公是永丰人。可怪的是,标点本廿四史中《新五代史》出版说明竟云江西庐陵人,且注今吉安,舛谬之甚。我于《例释》中有辨(三百六十一页)。廿四史点校很马虎,《新五代史》尤甚。

文公家乡今又在争旅游权,争收入。吉安市旧为吉安府城,城东螺山之麓旧有文公祠堂,今重旅游,祠堂成了一个景点。经过布置,效益可观。而文公家乡属吉安县,吉安县离开了市区,不甘心吉安市获旅游之利,于是另设文公纪念堂于县境某地以争利。我民族固伟大,而今却利用祖先的面子吃饭……

我更抱杞忧,怕欧公后裔以泷冈阡碑设旅游景点。浩劫之余,阡碑幸存,非始料所及。欧阳氏子孙保存之功伟矣。碑极著名,其子孙能继续前功与否,在商品经济冲击下殊未可必,故抱杞忧。现在什么都讲级,阡碑自当居国家级。上峰果能顾及否也?

阡碑曾托学生谋得拓本。八八年台湾妹氏来,托她带台,送给甥媳,甥媳是学中文的。

下面说看戏。人民有时有中京院或其所属青年团演出,不登报,当然是因广告费负担不起。多是演到九点三刻,《探母》演到十点。如您看,回家方便否?票当然由我买。人民卖票不如吉祥规矩，反正无好票不看就是。人民、民族宫都有个大乐池，一排就相当于吉祥六排。一个月前各昆曲院团（北、上、苏、浙、湘）青年演员交流演出，在人民，我看了十二场。又看了新艳秋三场程腔，年已八十多了。

您的英语早考过了吧？胜负无所谓，您总不会气得去天桥开茶馆。那故事不记得曾否告您。

炸酱面北京饭馆没有一家好吃的，今恐更甚。南方的，打出北京幌子，但味道好得多。现在平民化的饭馆实在没有什么可口的，而报上总说“随着人民生活水平的提高”！

如不是太忙，做饭实在不苦。这我倒擅场。客不多，我能做酒席，实际做过。今则无力。即使做，肉类总不新鲜，味当然好不了。从前，像吉安那样的城市，猪肉是卖当天的，自然味好。价又便宜，就在抗日战争时期，比较艰苦，肉也只要二角钱一斤。我两个人，天天吃半斤肉，只一角钱。当时我办报。教书呢，伙食吃学校的。一般都吃得好。吃得不好留不住老师。

多次的书市，琉璃厂的、文化宫的，我都没去看。主要因腿不得劲，难走远，难站久。无论书店、戏院，总巴不得就在邻居。

盼望您能有一段日子不出差，介绍礼锡诗文集的文章还得请您写，并在《读书》登出。

昨看了北昆演出改编的《琵琶记》。改编者安排的结局是由皇上敕谕，蔡伯喈、赵五娘、牛小姐并为“全忠全孝”，真不知从哪里说起。今日文化普遍低落。

写得啰唆，只是无聊。乞谅。

问候全家安好！

泗原

一九九四年九月三十日

七

丽雅同志：

得您贺年信，甚感。

年我过得不好，又印书事，一筹莫展，五内俱焚（这恰是四字联语）。至今一个多月，才写这信。中间审阅了课本一册，此外无所事事。订了几份报（《北京》《文汇》《新民》《参考》），多无可看处……

戏，上海演得热闹，北京却冷清。纪念演出，京沪共二十天，我还以为能听到意想中会出台的几个角色，却一个无有（有一个去上海了）。古典戏曲，人们动辄言不景气，其实无他，管戏的官不懂戏而已。报上鼓吹新编，而新编剧者所知无多，连一句惯用语也不明其意，戏曲语言知之更少矣。文运当衰可奈何？

您近有所述造否，甚念。

问候全家好！

泗原上

一九九五年三月四日

徐梵澄 七封

一

丽疋大妹：

接昨日(二十八)信，知大驾将有四川之行。问可否本周来相见？

商务所限交出校样之期已到，正去信请其倩人来取。此事至昨日始告段落。

Saiouanola 之稿细研一过，结论以为不宜贵刊。

于是开其冷藏之库，发现大蛋糕尚有多枚，大可供其一吃者。但从容品味则可，若行色匆匆，则不宜大吃，恐其难于消化也。为大妹之故，切去一角无妨。——然则请来拣择。

来时请往“春明点心店”购海南岛咖啡粉一袋(六元)，该店在同仁医院斜对面，在大明眼镜店同一边，前走五分钟即到。则大驾来时有新煮之咖啡可饮，并吃蛋糕。即复，并颂撰祺。

澄上

一九九一年四月二十九日

二

丽疋大妹:

近来彗星撞击木星,不知大妹无恙否?

盛夏炎熇,与日竞走;明星动止,时撩杞忧,唯愿勉自颐阿,端居静摄。钞书日课百纸,啖瓜姑限一车,亦养生之要诀矣。寓中耳根多扰,然心意颇闲。细校诸经,塞文充斥,所研颇狭,工程殊远。必不赖书画之债,亦权取拖延之策。过此八日,将是立秋,天气稍凉,百堵皆作。则大驾单车贲临甚善。耑复并祝

多福。

澄上

一九九四年七月卅一日

三

丽疋大妹:

昨日相见知从中州归来,虽仆仆风尘,而健康转复,甚以

为慰。

遵示将唯识文字细校一过，亦无甚可说。今挂号寄上。

致书陆君时，请代致谢意。久不饮咖啡，求之不可得。忽于十二小时之内，得自两处，天诱其衷，有如是哉！

编拙稿成集，细思只合分成三汇。属“精神哲学”者一，则《薄伽梵歌序》等皆收。属“艺术”者一，则论书画者收之，当待大量补充。属“文学”者一，则自诌之俚句，及所译文言诗，并诗说者属之。犹待大量补充，将来合为三小册子。此大要也。《星花旧影》之类，则属“轻文”，或从略，或再加拣择，或再有所撰，缀成一小集，皆将来之事。体例一定，则编次可以无讥。要之请不必急急。耑此。即祝
撰祺。

澄上

十一月廿四日

四

丽疋大妹：

秋气已凉，柳叶未落，蝉声犹曳，明渊静波，时杖策公园，会意时景。然亦深念大妹，久息音闻。不知近况何如矣。想《通鉴》一出，意致颇复飞扬。愚意尚有汉代三国极佳题材，未入史评也。但汉文采已高，读之惊魂动魄，倘再加评述，难于逾越马、

班，或者有《续通鉴》之作乎？

近来贱躯无恙，暖气已来二日矣。暖气未到，曾微患喷嚏，缓缓遂已痊愈。但近来工作效率稍减。而咖啡粉告罄，附近遍处购求未得。倘大驾下次枉过，仍乞依旧往某店购之。或海南产，或云南产，皆远胜速溶之西品。尚欲得麻杆小字笔二支，则前番已面托者。——单车缓驶，绕道不远，则所揽不多，而益我已厚矣。

第十期杂志已到，知拙文尚无错字。"此又君之功也"，感谢无既。

耑此奉候，并解未勤致信之面责，想释然矣。即颂
编祺。

澄上

一九九五年十一月八日

五

丽疋大妹：

下次相见时，有此数事当了：

一、《文汇报》之"读书周报"及"特刊"，一九九六年全年订费，请算好见示，即当付清请转致。又一九九六年《读书》订费五十四元，当付。

二、还奉欠置书款十九元。

三、昨日已有新版《五十奥义书》送来。因如约当奉赠一本，并代陆灏君收转一本。必妥善暂存，以免被夺去。

四、校样已看完。仍盼大妹稍加修改。愚实未将原稿改动一字。意此将使《辞源》销售大减，但学术真理，如何可昧？已录存数纸所见，别供大妹参考。

亥年立春已过，北方仍乏雨雪。所可忧者方大。虽然，无妨乐度春节。即颂
文祺。

澄上

一九九六年二月九日

丽疋大妹：此次示下校样，颇感苍凉，不留心此学逾一甲子矣。对此竟如隔世，应当重新从头再学。手边亦无一本可参考之书，于《辞源》所载及批评之说，皆只能唯唯而已。但近年出土之宝藏法物实多，端赖专家善研究之。忆当年考古新学入华，有一学者名李济，所造似不深，而李氏又因离开大陆，亦不得志于台湾，闻大陆之发现，弥叹其欠缺“田野工作”，不及见也，赍志而没。窃叹于今振兴考古学，人才与经费俱缺，其事难能。而古物之出土，遭损毁者亦巨，可复慨哉！兹录微见数点，供大妹参考。此亦不可耽执之学，养成癖好，极难解除，如马蠲叟所讥曰“骨董市谈”，则亦无甚意义矣。必国富民康，然后可有人才蔚起，奠定斯学，发扬光辉。所冀为期不远。——顺便书数字。澄白。

六

丽疋大妹惠览：

春光初透，继以甘霖，亢旱缓解，千家相庆。近想起居胜常，至以为祝。前谈及拙稿出版事，知重印《母亲的话》及《瑜珈的基础》二小册子，皆已定妥。只待校样，甚以为慰。诗集姑定名曰《蓬屋诗存》。倘尊意有较佳之题，告知自当采纳。因思在北京出版，或较上海为优。当此物价飞涨之时，似难强出版社以所难，旧体诗少人过问，兹书必难畅销。无已，兹思得一策。凡用繁体字，直行排，不用标点，能线装则用国产佳纸。由作者看校样三过，以及签约(合同)，收版税或稿费等，并赠样书若干册，一皆如寻常他书。但在出版之初，由作者先付补贴，以免出版社亏损。数目或不至太多。若全由作者出版，则亦力有所不能。且不得书号，无由出售，则求之者不得。此中委曲，大妹知之甚详。故甚盼鼎力成此一事。盼能请贵杂志主编沈先生指示一二。其次陆君若来北京，当于上海出版界事较熟，可以商量，总期得一妥善结果，使此书今年可以问世。

上海林在勇君有本月十七日来信，仍是索稿。兹无以应命，遂亦尚未复，有暇致书上海时，请代致此一消息，并附问候。

以情事度之，今年暑假必出游，或者黄山，或者他处。惟是一时尚不能决定。似之依乎因缘凑泊耳。

尊文大谈古器物者，付印前愿再读校样一遍，虽知无益高深，或犹可贡愚者之一得。耑此。诸惟保重健康为上。即颂文祺。

徐梵澄上

一九九六年三月二十三日晨

七

丽疋大妹惠览:

岁星周转,又入新春,侧闻一年之间,研究之结果丰多,深可庆喜。芳菲腾上,辉耀声香,及此韶光,遂增述作,尤可为新年贺者也。拙稿印刷,未知安迪进行何如矣。友人就已订本观之,谓天地头尚当延长,则可分两本而长,似较大方,免簿书之气。此议可采。商务馆昨寄到鄙人之逸文一篇,将来待大妹发落。目前欲稍结集前作,亦未能匆匆作结论,故尚不能悠然闲放,而假期又颇虚度矣。有暇驾临鄙寓一叙,多事尚有待于玉麈一挥,时深盼望。冬寒稍减,调摄为劳。聊驰寸笺,敬颂
福安。

澄上

一九九八年一月三十日

谢兴尧 六封

一

丽雅同志：

两三年前曾一晤面，至为欣幸。近年来不断见到贵刊《读书》杂志，随时代而进展，深为钦佩。秋凉有暇，颇思一晤承教。匆此，即祝

撰祺。

谢兴尧

一九九四年八月二十日

二

丽雅同志：

您好，接读来书，备悉一是。当此新潮高涨之际，读书风气逐渐兴起，您编的《书趣文丛》，自会受到读者的重视欢迎，可以预祝。打算编辑第二辑更是盛事，承提到鄙人，深感荣幸。多年来东涂西抹，积习未改，目的无他，只是读书之余，想把要做的事、想说的话写出来而已。若集成册，恐闭户造车，难合时宜，倘您能示以方向，我可以考虑试试。当然，现在还在拟议之中，若有定议，希望知道内容如何、字数多少、交稿时间，等等。我近年所写，有些可以用，若时间从容，当以新作为主，因为写作总离不开时代，至少有其继承连续性，没有“纯”的东西，未知高明以为如何。罗庸先生我认识，是北大预科教授，他在北大研究所国学门学习，比我早。我在九爷府女子文理学院任教五六年没有碰见他，可能在我以后。他是一位朴素的学者，不大活动，四九以后魏建功（亦预科教授）回到北大，惟独没有看见他，可能留在西南没有回来。人生聚散无常，此数理也。

两次大雪，寒斋更寒，只好多穿衣服。附寄谈梦小文，即请审查留置。匆复，即候

冬绥。

谢兴尧

一九九四年十一月十九日

三

丽雅同志：

有人携来校样，已阅后奉上，幸未遗失。因一沾报社字样，范围扩大，不易收到。

两次看校样非常歉疚，我写得不清楚，特别是关于标点符号等未注意，给编辑部带来很多麻烦，因为添一个点或改两个字都很费事，须要计算安排。

我因手颤书写困难，写稿时只注意描绘字体笔画，希望排字看清认识，没有注意标点等规格，以后如有写作，当注意及此，不能把困难推给校对者。

今年冬天气候不错，可惜年老不能出去观赏，憾事也。

专复并候

冬祺。

谢兴尧

一九九四年十二月六日

四

丽雅同志：

出版合同已填好，兹寄上，请查收。如有未尽处，请费神改正。

嫁妆清册及带钩等已检出，您什么时候有工夫再面交。

匆匆即祝

暑安。

近日大热，托人去社两次，均无人，因改邮寄。

谢兴尧

一九九五年八月十日

五

之水同志：

前函想已收到，兹寄送拙文一篇，请审查，不知合式否。如不合用，当再想题目，另写奉上。

专此，并祝

撰安。

谢兴尧

一九九五年十月二十日

六

之水同志：

书和稿费均已收到，因您的大力支持，拙作始能出版。其间编排订正，由于您的学力睿智，使全书稍为干净可读，至为铭感。在自序中因匆促疏忽未能介绍提及，深感遗憾。总因年老精力不逮、思虑不周之故，祈谅之。

附上拙稿一篇，乃急就章，请审核。如不合用，容再续写。

专此即颂

撰安。

谢兴尧

一九九六年二月一日

邓云乡 五封

一

扬之水博士：

廿八日回到家中，即拜收大作，一经品题，则身价十倍。原稿不忍轻易出手，陆灏兄来，已将复印件交其带与刘绪源兄，能否赏脸，静待下文。今日写字答谢北京诸友，奉呈阁下一幅，秀才人情，博笑之耳。

专此即颂

砚安。

邓云乡顿首

八月卅日

二

扬之水阁下：

久疏函候，今日上午奉到赐寄之《书趣文丛》一包，万谢万谢。翻阅始知大号，如此称呼，想不以为怪！四月下旬，五月上旬，应香港友人之约，去繁华世界走了一圈，回到大荒山下，水流云在轩中已一周矣。在港蒙董桥先生赐馔，始得识荆，风度翩翩，相对自惭老丑，且因拔牙半截途中去港，成为无“齿”之徒，辜负其生猛海鲜，幸而尚未丢丑，因见文丛有其序“剑桥”文，故及之，非拉名人以自重也。好书一包，慢慢消受，再次谢谢。《文化古城旧事》已出版，书到再寄上呈正。即颂

著安。

邓云乡顿首

五月廿二日

三

丽雅女士：

久未奉函，原说贵刊要来上海开大型座谈会，月前听陆灏兄说，不来开了。三四月份刊物亦未见到，想来平安无事吧！托陆灏寄几本《水流云在杂稿》去，分赠各位，不知寄去没有？我近况粗安，随函寄一短文，并加一帽子，原只着眼于趣味，或引起

过敏性感觉，亦难怪，请审阅后，如不能发，望抛还为盼！增补《燕京乡土记》已与中华签合同，写着明年年底见书，姑听之！顺颂
编安。

邓云乡顿首

五月八日

四

丽雅女士：

回沪已一个多月，到今天才给阁下写信，实在是十分抱歉。然事出有因，当能见谅。顾老书签，已两次函信催索，因老人上月感冒，拖延至今，尚未寄来。不过估计快了，因古籍四十周年，请老人题字，老人电话来要我代拟辞句，已拟好寄去，来电说收到了，因此想也快寄来了。寄来立刻寄上，勿念。叶稚珊夫妻、张冠生夫妻也是昨日才回信致谢的。每封信中，附一份秀才人情，也给阁下献上一份，《水流云在琐语》亦寄上一本，以谢友谊。还有告别宴之照片一枚亦寄上，以留纪念。与顾老之照片，已寄顾老，俟下次洗出后再寄。《红案册》文尚未写出，写出再寄。上海仍在梅雨期中，虽然潮湿气闷，但十分凉爽，西南正发大水，年年如此，不足怪也。匆匆不一，即候
俪安。

弟邓云乡顿首

七月四日

五

丽雅女士：

尊著题签今日顾老夫子寄来，当即挂号寄上，请查收。并乞简覆为感。前天挂号寄呈之拙著《琐语》及字幅，想已收到。（如能寄一复印件给我，更好！）上海连日大雨，今日上午仍淋漓，现下午二时许雨住稍见阳光，但湿度大，播报晚间仍有雨，闭窗堵门，写小文自遣。《红案册》尚未写，匆匆即颂

编安。

邓云乡顿首

七月六日

黄　裳 五封

一

丽雅先生：

手示早收到，因忙未即复，甚歉。

我也算《读书》的老朋友了，不料竟发了一篇对我全面攻击的文章，而且又是那么蛮不讲理，不能不表示遗憾。不过，我对你并无意见，请释念。那篇文章写得很巧妙；前半攻击，都不指明，而后半又说了些好话，不熟文坛旧事的，是不易分辨的。但既有如许攻击言语，编者总要考证一下所攻者为何人，今竟如此，实可憾惜。

发那篇文章的贵刊，至今未收到，而年后数期则已收到了。不能不怀疑你们对此已早有觉察，故意不使我看见而已。

数十年来，挨骂多矣，对此亦殊不以为意……

匆复即请

撰安。

黄裳

中秋夜

二

丽雅先生：

承寄示《书趣文丛》十册，谢谢。泛览一过，极感兴趣，当可破数日之闷，感甚。《脂麻通鉴》少翻一二，文章都有趣，而处处可见好学深思，令人佩服。记周越然一节，可少作补充。周氏死于一九四六年，于一九五〇年顷，曾由书友郭石麒之介得其藏曲数百种，无明刻，然均少见。我为军委总政文化部收之，今不知在何处。其明刻曲子曾见富春堂刻曲数种，因价昂未收，其他亦前后收得数种，可谓于言言斋有缘也。近闻友人告，在上海见到言言斋旧藏明刻《水浒传》及《醒世恒言》两种，云索价甚昂，价各万金，其实此二书如在海王村，价当更昂。

前曾以合同两纸寄呈，想已收到，匆匆不及详阅，只签名于后，其中当有应写书名之处，盼为补填。陆灏自京归，曾来一电话，尚未晤，不知《文丛》二集何时可出也。

匆此覆谢，即请

撰安。

黄裳

五月廿四日

三

丽雅兄：

上次说过的《黄裳文集》自叙，写好了。今寄上，请审定。那篇跋咏怀堂的文章，现仍在陆灏处，下次他来当问之。如不拟出刊，当抽出交《读书》也。

你研究《诗经》的大著，必大有可观，当一洗过去研究者空疏之病，当然也有一定难度。近来考古发掘，在证明"古史辨"派之失，他们想将古史一概打倒，其愚妄盖不可及也。《诗经》问题或亦涉及此义，愿早日得读鸿篇也。

"自叙"系文集的自序，书由上海书店印行，如拟在文后加一附注，也好。

匆祝

撰安。

黄裳

五月三十一日

四

水生兄：

我多年不逛书店，前见报刊有兄新著出版，因思书架上不能无此书，因托陆灏代购一册，不图近又以此书之精装毛边本见赐，欢喜何似。

说老实话，兄所治胜业，在我全属门外，欣赏则可，得新知则喜，欲赞则无一辞也，而求乞无已，可笑甚矣。

见三联近事，知兄之早年脱身《读书》实为高见，此刊……久不读矣。范用新逝，相识旧人，竟无一存，何胜寂寥之感。

闻陆灏说，兄近拟以宗教绘画为研究标的。然则敦煌必不可少，弟曾一游斯地，草草数日，未得识其皮毛，如有新作解析其塑像、绘画，以如花之妙笔写艺术之精微，何胜翘企。其将有小儿得饼之乐乎。

今年春节得兄贺笺，曾以小信封奉答，寄单位转，不知曾收到否？

匆此即祝

撰安。

黄裳上

二〇一〇年十月七日

五

丽雅先生：

得赐贺岁帖楷笔大书四字，不知系出尊笔否？谢谢。弟无寄贺卡习惯，每每失礼。惟于足下，不敢放肆，以此奉报，乞恕其简慢也。

近于《东方早报》得读尊作关于南星文，皆于日记中辑出，因叹尊藏日记皆逸人韵事，可辑为一册，可惊俗目。又知足下为编辑时，辛勤周至，无怪为作者所胜赞，如此编者今无之矣。

恭肃即祝

新岁吉祥，新作美富！

弟黄裳拜年

二〇一一年一月十日

何兆武 四封

一

丽雅先生文席：

日前收到惠赐之《脂麻通鉴》一书，大开茅塞，感佩无限。惟不知此书系先生之主编，抑系先生之笔名？不然，何以见贻也？甚盼便中示知，以释疑云。

随函附上小文两则。一系对上期《读书》记顾颉刚先生一文之补充，另一系悼念最近逝世之美籍友人王浩。王浩生前系贵刊之热心读者，每于贵刊赞不绝口。日前在美逝世，友人汪子嵩兄（亦是贵刊撰稿者）嘱我写一文纪念，然匆促之间颇难构思，暂先成此讣告式之通讯。请先生审阅。如不能用，即可覆瓿。如尚能刊用，则此稿费即用以偿还上次所欠贵刊之五十元。所欠之款虽为数无多，然每耿耿颇难忘怀也。

耑此即颂

文祺。

何兆武顿首

六月六日

二

丽雅先生文席：

日前奉到手教。大作《脂麻通鉴》已捧读再三，作者之灵心善感，行文之晶莹澄澈，使人如饮醇醪，不觉自醉；乃知才女之出神入化有如是者。

我将于日内再赴德国滥竽客座一个季度。前所奉上之小文两篇（珠玉在前，诚不胜其自惭形秽之感），倘不能用，即可覆瓿，倘能刊用，即请从稿费中扣除上次所欠之五十元，并请寄下二十册给我。劳神之处，感激不尽。（如有不敷，容当奉上。）

俟深秋归来，盼能当面请益。即颂

撰安。

何兆武顿首

六月二十九日

三

丽雅先生文席：

岁月易得，春秋荏苒，惟以先生撰躬康泰为祷。去秋有德国之行，年底曾奉上一贺年卡；日前归来，始得见尊卡，感激无似。

谨附上最近之小文一篇，系译柏克《法国革命论》一书之余，偶有所怀，略抒杂感，敬乞先生指正。如不能用，便可覆瓿。

何时有暇，盼能当面请益。耑此敬颂
撰安。

何兆武顿首

三月二十五日

四

丽雅先生道鉴：

您好。日前承嘱写书评一篇，今已月余，迄未收到该书，不知是否前议作罢，抑系邮寄遗失？我于科学是外行，诚恐有负厚托；倘蒙免去此项任务，不胜感激之至。前得尊嘱时，恰值修订旧译之《费米传》一书，准备重版。因尊嘱之启迪，一时兴至，遂顺手草成小文一篇《原子、历史、伦理》，以其略涉科学，故随函附上，敬乞审阅，不知可否塞责以代前文？又诚恐您目下已去文学所，不在三联，故此小文径寄《读书》编辑部，以免遗失。如您尚在《读书》，当可同时收到也。

我在社科院之历史所工作达三十年之久，故对社科院感受甚深，视同“娘家”。前拜读大作《脂麻通鉴》（此书我已不止一次拜读过了），深为足下妙手灵心、笔底生花而感动。当时我的印象是，您或许是专攻明史的，所以您去社科院，我初以为是去历史所之明史研究室。历史所及哲学所之老人，我尚认识不少。唯文学所则颇少接触。当年文学所之俞平伯、钱锺书、余冠英诸先生，我在校做学生时，均属师辈，现已逐渐凋零，可堪惋叹。《读书》作者群中，汪子嵩、沈自敏为同窗老友，李泽厚、叶秀山两兄则已晚一个档次（系五十年代初毕业者），青年友人雷颐、穆映红、刘皓明诸君和足下，则与我为忘年交矣。

又，承示前所寄上李泽厚兄之文，《读书》准备刊用，遂当即向上海《学术月刊》（李兄与我之文，过去均曾在该刊发表过，故仍投该刊）索回李文。承蒙关注，谨此奉闻。即叩
暑安。

何兆武顿首

六月十三日

六十年前之今日，我尚是初中学生，去北京参加了学生抗日示威游行，遭军警驱散。按“一二·九”运动共游行三次，即三五年之“一二·九”“一二·一六”及三六年之“六·一三”。今已甲子，恍然如昨，使人不免兴稼轩居士“从来天地一稊米”之叹。

杜南星 三封

一

雯子先生：

接到《文汇读书周报》所刊你的清新美好的大作，十分欢喜。

读了你对我的品评，很惭愧。我不过是喜好试写些小诗、小文作为练习而已。

你对人生和诗意有独到的见解，文字精练，使人叹赏而又不易窥其堂奥，这一境界是不容易描绘出来的。

近日暑气较浓，至希珍重。

南星

八月四日

二

沈公先生，丽雅先生：

首先，感谢《读书》将拙译《清流传》介绍给香港牛津大学出版社刊行。

八月中旬，丽雅先生转来香港的“道群”致沈公函，声称“上次杜南星先生签回来的合约签错了位置，签在publisher一栏中，我现在只好寄给他重办”。但我至今从未收到任何合约。想是有人代签了。签错了位置的合约自是两份，当然一份在港方手中，一份在《读书》手中，那就请把后者给我，并劳神将译者应得的稿费寄给我……临颖不胜感谢之至。祝一帆风顺，百事如意。

杜南星拜启

十月十二日

三

丽雅先生：

“年年芳意常新，
岁岁佳音如露。
殷勤费思量，
提携多眷顾。”

一、香港牛津大学出版社地址及有关负责人均望见示。未知出版合同等手续如何。

二、《清流传》译者及其通信处:(略——编者按)

祝春节幸福快乐。

南星再拜

一月三十一日

又:此信未发时,得张中行兄电话,谓即将给《清流传》制一序文,而无暇阅其全稿,嘱我录其梗概,以便参考,前已写完送去,想明日可将《张序》及全部译稿奉呈。译稿颇有抄写凌乱之处,至深歉仄。先生不辞劳瘁,为之绍介出版机构,铭感之深,非拙劣的言语所能表达也。匆匆。

二月六日

钱伯城 三封

一

丽雅：

接奉来信，封面仍是娟秀如人的字迹，打开一看，却是一张打印的便笺，第一个想法以为是什么通知，如赠书之类的公函，仔细一看方知是足下来信。继而想到，现在时髦作家皆自备电脑打字，老朽少见多怪，故而失惊了。但亦有遗憾者，如果以后来信皆如此炮制，则将来名人书信或闺秀书函收藏家收集足下亲笔书函将难以觅求矣，奈何！

你每次信到，拜读之后即思敬覆。但每次都觉得有很多话说，一张纸容纳不下，越是觉得要讲的话多，就越是不写。拖得一久，就懒下来了。那天实在不好意思再拖，所以以话代信，但又拙于言辞，所以话也没有说清楚，只好再写一个奈何！

文章什么时候写呢？我也说不定。盛意可感，总得报答。什么时候下一狠心再说吧。

还有许多话可写，但想想又觉得没有什么，或虽有也不值得写。而足下来信，笺短情长，每次似乎从不超过半面，我这已是写得过多了，不是吗？

春寒，朔风凛冽，诸多珍重。

伯城

一九九四年二月十九日

方便的话，看到人民吴道弘先生，问一下我托代买的《莎士比亚全集》已办否。又及。

二

水姑娘：

这个称呼，颇费斟酌。单称一个“水”字，似乎不伦，称“同志”太俗，称“女士”又嫌客套，称“兄”也不合适，现在这个称呼只是表示一点颂美之意而已。

我去海南，也看了些山水，领略些微椰林海滩的风光，但一个字也写不出来。看了你的游记，虽仅片段，也知你不仅有会于心，而且有才出之于笔，反视老拙，益觉有愧矣。我想旅游家一类报刊是会抢着发表的。

《程式化》一文，深得吾心。我记得曾同你谈过，秦始皇搞大一统，乃千古罪人……关于评回忆录的文章，耿耿于怀。最近又看了一本葛罗米柯的回忆录，也想写点感想。懒而疲，许愿而不能实现，废物几希也哉！

伯城

一九九四年五月十一日

三

扬之水女史：

惠赠大著《脂麻通鉴》拜收，装帧佳，排亦疏朗，展卷喜爱，谢谢！近盛行名家签名本，此何吝无一字，是为憾耳。

陈序自能妙解作者心意，我则不免想到诗人为“扬之水”说的两句话：“无信人之言，人实诳女”，“无信人之言，人实不信”。未知可移赠否。

月初曾去南京、深圳一行，在深圳却买到几本书，此外碌碌无足告者。

此颂

时绥。

钱伯城

一九九五年六月十八日

程侃声 二封

一

丽雅同志：

您好！上月来信及《万象》稿约均收到，后因病入院，未即作覆。现稍痊可，不日或可出院。您才调动工作，便得论文三篇，是征宿学而举重若轻也。千祈复制一份寄我拜读，如果看不懂，以后就不再要了。

散文集不久可编就，但书名很不好安排，近年所作名以《初冬的朝颜》还可以，但加入旧作《野菜集》，而又要采取编年体例，以见思想文风之演变，就不好处理了，因少作与晚年之作虽不无迹象可寻，反差毕竟是太大了。等编后寄上，希有以教我！还有我真希望您能为我写一篇序，我相信您是会处理得好的。但不是强求，有感就写，无则作罢。

《万象》稿约看了，且看兴会如何罢。寄来小文三篇，内容可代表我的三种情绪,《杨柳与樱花》是一类,大概很难再有这种闲情了;《薪尽火传》(此系近稿,拟寄《春城晚报》发表)是我的期望;《读蔡元培语萃》则忧患之思,恐不免渐涉政治矣。

文集前后统看了一下,不过是一个不很安分的常人一生的朴实的剪影,其背景是远重于个人形象的。余不多及,敬问

近好!

侃声

一九九六年五月十六日

二

丽雅同志:

您好!久未通信,想在新的岗位上大概很忙吧。《读书》上好像也不见您有新作了。现在要麻烦您一件事,近几年《读书》我是订阅全年的,也按期收到,只是前些天清理,不知怎么,今年的第四期找不到了,为求得成全璧,想请您给我找一本寄来,想当尚有存书也,拜托拜托。

《初冬的朝颜》一书,据龚君来信,似已发排,惟不知何日可以出书,得书后当寄五六册来,请转赠国平等同志,届时不免又来烦渎了。《奥玛四行诗选译》则正在商洽中,能否与世人相见尚不可知,这本小小的书正如一个婴孩,我对它是颇为喜爱的。

人大概是一年年老了,视力听力又有衰减,看电视也有点

不得其全,幸看书读报尚无大碍,亦只可借此遣日。且渐趋疏懒,平时感触虽多,也只能偶或笔之了。顺颂

秋祺!

程侃声启

一九九六年十月二十三日

叶秀山 二封

一

丽雅同志：

金岳霖先生生前有四万字的回忆录，经他的学生整理摘出其中一万字有关学术文化的部分，想找个地方先发表，他们问我《读书》能否发这样的回忆录。我将稿子拿来读了，觉得写得还相当可读，不是专门的学术文章。金先生是我们哲学界的先辈，在近代中国哲学史上与冯友兰有同样的地位，他回忆的片段，应也是很珍贵的。稿子现在我处，如果您们愿意要，我设法给您们。

专此即问

编安。

秀山

一九九二年十一月十九日

二

丽雅同志：

我所现代西方哲学室张慎同志有一篇书评，写得很清楚，又是一篇学术性的书评，评广东出版的一本讲“现象学”的书，不知你们《读书》有无兴趣发表？书评四千字，适合你们的篇幅。如可考虑，约好一个时间，我给你家带过去。

梅墨生同志想又有一篇讲黄宾虹的文章给你们……他问问你们可否开一个小专栏，专门讲艺术品的？你们如果有三五个这样的作者，似乎也可以考虑设一小专栏，每期二三千字，谈一个作品、一幅画、一个曲子，等等。

我从去年年底以来，没有做什么正经的事，如此下去，不堪设想了。

家中无人，有时躲懒在家做事，但大部分时间仍在所里。专此即问

编安，并

昌文先生安好，不另。

秀山

一九九五年四月四日

冯　至 二封

一

丽雅同志：

上次你来访，叫我写里尔克像的说明。我匆匆写就，你去后，我觉得那“说明”不甚合适，现修改如下：

一、里尔克与他的夫人克拉拉·里尔克–魏斯特霍夫一九〇四年在罗马合影。

二、里尔克雕像，克拉拉·里尔克–魏斯特霍夫一九〇六年作。

希望你费神改正为感。祝撰祺！

冯至

一九九二年三月二十日

这次改正，是写出里尔克夫人的全名，以示尊重。

二

丽雅同志：

我又有一件小事麻烦您。《十封信》中第八封信里有一条关于亚伦·坡的脚注，写得太简单了，不说明问题，现补充修改如下：

“亚伦·坡（Allan Poe，1809—1849），美国诗人兼短篇小说家，以描写神秘恐怖故事知名。这里指的是他的一篇小说《深坑和钟摆》（*The Pit and the Pendulum*），描述一个被判处死刑的人在黑暗的牢狱里摸索墙壁、猜度牢狱形状的恐怖情况。”

同样是第八封信，最后一行“波格比卡得”，请改为“波格比庄园”，上次已经向您提到了。

一部三万字的稿子，我一再啰唆，又改又补充，心里很不安，请原谅。

敬礼！

冯至

一九九二年四月四日

唐振常 二封

一

丽雅女士：

信得。稿子已由陆灏带交吴彬女士，今又补寄数篇。你虽不任拙集责编，还是希望得到你的帮助。

来信所说，有些冤枉我。今年上海夏天之热，使人无法工作。除了在《文汇报》上那篇甲午文（那也是被他们催出来的），未曾为文。你所谓在其他报刊所见，如然，应是此前所写。由于我没有订《读书》，而零售又总不得，没有经常写到，为贵刊有所贡献，倒是真的。

章开源所编之书未见，对马君武亦乏研究，所命之题有难处。这一阵为编集昼夜工作，甚累，现在是诸事丢开，大看小说。待稍恢复，容有以报命。

上海本身就是城市停车场，交通之难，确乎吓人。虽然如此，亦甚望你毅然肯来。我十月下旬或去浙江一带走走，未定。十一月中旬则拟去昆明。余时均困守此停车场。

专此即问

著绥。

振常拜

九月二十日

二

丽雅女史：

得邓公携来书，大喜过望。此诚为拙书中之最令我满意者。日前黄宗江惠其在上海人民所出新作，由羡生妒，忍不住电话该书责任编辑，问其何厚于黄而薄于我（盖十余年前此君为我出一集，设计、装帧、印刷、纸张均与黄是书相去万里）。此君笑而言曰："下次出书，照此办理。"今得此书，可以无憾矣。感谢辽教，更要感谢你的命题作文，不然无此一番享受。

尊序是一篇妙文、美文，读之意趣横生，佩服之至。考订名物，犹不忘《读书》十年，常思雅集，此情可解。然序中漏说一句：雅集之居停主人，必为东总布之扬之水。以其有园林花草，有书有茗也。虽然我未曾去过，闻之久矣。

拙书之失在图片差，多缺失，封面人物非四川军阀，而是滇军入川。数月前，宋丹心先生曾电问有旧居照片否，有四川军阀图片否？自然无以对。然能成这个局面，也不易了。多谢，多谢。错二字，当是我校稿漏过。

眼底出血，医禁读书写文，否则当再写一册以报。

专此即颂

著绥。

振常拜

十一月廿七日

姜德明 一封

丽雅同志：

得读大作两篇，幸甚。

自《瞭望》不再送我之后，我已两年未见此刊矣。

我真佩服你的兴致，理应碰到好人。在我决不敢孤身访古的。

两篇皆好，我更喜欢写丽水的一篇。君为才女，我就不知道《铜鼓书堂遗稿》。没有这些内容则深度不显，恐怕只有你才能写出此类有情味的游记。我爱读黄裳的游记，正因为其中的文化情味浓，不是只写风景。

今秋琉璃厂书市开幕那天我去了，碰到很多熟人，不知你买到什么好书了吗？利用旧版刷印的《艺风堂诗集》才三四元一册，可谓便宜。我因已有原刻初版，未购。

尊作时时跳出一些灵慧的妙想奇句，这一点我感受亦深，望勤笔。

匆祝

近安！

姜德明

一九九三年十二月六日

黄宗英 一封

丽雅：

果若能以酒易绝版之书，我将倾冯府之瓮。其实亦代和我都有这套书，却不知放在哪里了，请催我原璧归小赵。

宗英

一九九四年十二月十日

绿　原一封

丽雅同志：

近好。从去年年初起，我为一件翻译任务所累，很少写什么，故一直没有联系，请原谅。

诗人周涛写了一部长篇散文，《游牧长城》，将由作家出版社出版。他的第一本散文集《稀世之鸟》由一九九一年十二期《读书》品书栏介绍过；他参加中央电视台长城采访组，集体创作的《东方老墙》在长城电视片播放后由江苏文艺出版社出版，在近期《读书》（一九九二年第四期）上亦有介绍。《游牧长城》则是根据他的采访笔记写成的个人创作，即将由《中国作家》第三期（五万字）、《人民文学》六月号分别发表一部分。作者约我为它写一篇序，并表示希望能送《读书》发表一下。

我抽空写出来了，不知你们有无兴趣看一下？如可考虑，请通知一声……我将拙稿送来。匆致

春祺！

绿原

一九九二年五月三日

董乐山 一封

丽雅女史：

看来你对我的历史听到了一些传闻，但传闻多半是不正确的。比如《海上文坛》说李德伦去解放区的经过，就是无中生有的渲染（他本人在电话中告我）。关于王永年的事，我是当时由新华社的一位领导告诉我的，应比你在上海听到的可靠。但这都无关紧要，俱往矣！

附寄一文，讲的是我在一九四〇至四五年的情况。四六至四九年我在新闻界工作。一九四九以后才来北京。这些细节本无须亵渎你的清听，但叨为老相识，似不该“隐瞒”历史。沈兄若有兴趣，可转他一阅。

编祺。

董乐山

三月二十七日

你的书名和笔名我都不懂，便中请赐教。

庞　朴 一封

丽雅女史妆次：

惠函敬悉。乞稿未允，怅怅。

楚简《诗论》研究，已走完识字断文阶段，正进入诗学和儒家诗教殿堂。如有闲暇，不妨一览鄙网，定当有所欲言也。

此复顺颂

文安！

庞朴拜启

周一良 一封

丽雅同志：

《文汇读书周报》登了我自选集中所附短短自传，寄呈一阅。尚有较详长文，年底当在社科院世界史所的刊物上分几期刊出。最近还拟写小文讲联语，不知你刊有兴趣否？

已进入十二月，而《读书》九月号所载关于陈寅恪诗集的小文稿费尚未收到，不知是否财务工作有问题。顺便一询，非讨债也，一笑。

敬礼！

周一良

一九九三年十二月二日

方　平 一封

丽雅小姐：

新年好！收到《读书》的精致的贺年片，有总编、主编、您和吴彬、贾宝兰三位编辑的亲笔签名。《读书》全体同仁都在这里了，弥足珍贵。《读书》编辑部人手少，志气齐，能量大，办出一份最受国内外学术界推崇的高品位的期刊真是了不起，令人钦佩！

去秋承蒙光临舍间，您喜爱黄永玉的作品，匆促之间，我忘了拿出他的编号、签名大型特精本画册（可能一九九三年七月他在香港举办画展时出版）请您欣赏，最后部分有雕塑八幅。雕塑是永玉的艺术园地中最迟开放的一丛奇葩，可是每一件都是大师的杰作，使人感叹：假使少了这些杰作，我们对于艺术家的理解是不全面的，读者通过作品和艺术家神交，还没有达到应有的深度。现在我特地翻拍了寄您欣赏，表示我对您、对《读书》的感谢。相片缩小很多，有些细部看不太清楚（如“人子”胸部有累累弹孔),我曾写下一篇较长的读后感寄黄,待春节后学校开学,我请我的研究生电脑打印一份寄您,彼此交流我们的审美感受。

这一年半来,我全力以赴,从事《新莎士比亚全集》(诗体插图本)的工作,不仅任务重,更可怕的是杂事亦加重许多,使我有不胜负担之感。暂时不能为《读书》作增添一砖一瓦的贡献,十分惭愧!

《读书》如有"编辑室日志",我必首先阅读,去年第十二期的"日志"该是出于沈昌文先生的手笔吧,真是一篇富于情趣的散文,很少读到刊物的编者语写得这么有风格的。

岁已云暮,遥祝

新春快乐!

方平

一九九五年一月二十二日

请代向董秀玉总编、沈昌文主编、吴彬小姐及我还没机会当面请益的贾宝兰小姐问好!

拙译白朗宁夫人《爱情十四行诗集》(插图、修订本)及我撰写的《爱情战胜死亡:白朗宁夫人的故事》两书已有二校样,待出书后,自当寄奉《读书》编辑部每位先生、女士、小姐请正。

因翻拍、冲洗拖延了许多时间,复信迟了,请谅!平又及。

吴 岩 一封

丽雅同志：

久违。虽只见过一次面，但笔迹是认得出来的，丽而雅；遵嘱把校样看了三遍，做了些校订，但我没有经过校对的专门训练，恐怕比阿Q捉白虱的本事还要差劲。

我把泰戈尔亲自从孟加拉文译成英语的十个诗集都译出来了。这倒可以说是泰翁想介绍给世界读者的自选集。它们是：《吉檀迦利》《园丁集》《新月集》《采果集》《飞鸟集》《情人的礼物》《渡》《遐想集》《流萤集》以及诗人去世后翌年朋友们替他编的《诗集》。十种中间，九种国内都有过译本（有的还是我老师郑西谛四十年前的译本）；《流萤集》只有徐志摩当年见过原书，我碰巧借到原书，就译了。盛夏奇热，做不动其他工作，便把新旧译稿翻出来斟酌一番。所以这回看校样比较快。

问沈昌文、董秀玉先生好。专复叩请

文安。

吴岩

施蛰存 一封

丽雅同志：

今寄奉合同二份，请为转去。

又，请查一查我交出的原稿，与目录合否？缺少否？特别是第四组“访问记”是否少了一篇原稿？因为我在书堆中发现了一篇台湾《联合文学》发表过的郑明娳、林耀德二人的访问记，我记不清是否多余的复本？如果已交付的原稿中没有此文，盼即来信，即补寄。

此问好。

施蛰存

一九九五年二月三日

周振鹤 一封

之水兄：

最喜接读吾兄华翰，每短短一纸而春天气息盎然其中。弟是一干巴巴之过客，于冬去春来了无感觉。除去冬装更替以外，不知四季有如何差异。掐指算来，此信本应上周到，所以迟来者，原是吾兄又发游兴。真是雅人非个个可做，又编杂志又撰雄文，又飘然四海，岂是吾辈学得。

又是偶然开会，方又于邻座手中得以拜读吾兄大一统的宏论，而不偶然之作兄又有多少？最近听葛剑雄兄言，贵刊已按月赠刊与他（不知我有无听错），故得以每期拜读诸路神仙大作。弟亦颇为雀跃，不知具有何等资格才能获赠贵刊。篇数？字数？或一定期限内的篇数和字数？久矣未睹贵刊，竟不知葛兄大作有多少。

刻下正草《当饭菜吃还是当衣服穿》一文，如若脱稿而又看得过去，则呈正候审。

上信所附一人面，一藏书票。人面自是莫氏，而藏书票是莫里循藏书所用，亦即莫里循文库的标志。黑白无彩。若能利用则代莫氏预致谢意。

莫氏的《一个澳大利亚人在中国》一书至今无译本，实是一部很有价值的书。湖南出版社有气魄出了一套《走向世界丛书》，可惜无有哪一家出版社想到出一套《走向中国丛书》，那自然需要更大的气魄。因为前者只需标点整理，后者却要高手翻译，难乎哉！更何况无钱！罢！罢！预颂

匡庐尽兴。

周振鹤

五月十日

章品镇 一封

丽雅同志：

来京已经一月多,过几天就要回南京了,此地外出真难,何况又住郊区,不能趋府面谢了。

书的合同已谈过,因为书名未定,又似乎领导还要看看,所以尚未签字,看来当不会有什么问题了。

附上红豆两粒。其一,我爱人家乡江阴带来,据闻来自常熟方向,不知是否系钱柳庭中东西。我爱人有感你对拙作的操劳,以此致谢。小的一粒,西双版纳产,现在来往人多,不难得到。若有小女孩,做小戒指也还好玩。都是不值钱的东西,你又已离开三联,我们的诚心如此,请收下!

如有机会至南京,望事先示知。江苏文研院我也有熟人。匆匆祝

笔健!

品镇

九月二日

见《南方周末》转《中国青年》，给张中行先生“上课”，此又殊出格，使人惊奇，不知来自何方神道？又及。

此信写好已多日，未发。今午南京家中来电话，告接严格信，说是生病，不知情况如何。他仍无电话，同时去一信询问。已定十一日回宁，据说飞机票不难买。告辞了！又及。八日。

《读书》十年

一九九五年——一九九六年

四

扬之水◎著

天津出版传媒集团
百花文艺出版社

目　录

一九九五年

一月一日　星期日

读书一日。

梅节全校本四册《金瓶梅》读竟。

一月二日　星期一

读《醒世姻缘传》。

午间老沈送来邮件，有郑至慧寄《景午丛编》（上、下），吴兴文寄《红楼梦魇》《对照记》。

一月三日　星期二

往编辑部。先经王世襄先生家，——昨天接到电话，说有一批书要处理，要我去挑一挑。多是杂志，无可取，只拣了台湾出的几本书目丛刊。看到师母自制了不少剪纸的贺年片。

往丁聪先生家取《诗画话》，送去前几日借下的《中国美术全集》玉器卷和金银器卷，并在那里翻阅了印染织绣卷。

去的时候，是搭了李哈生的车。一路聊起来，知道他住的西四大拐棒胡同文物局宿舍。原是李莲英的花园，三进大院落，内有假山、水池、果木，很是气派。有一间大厅，正梁是楠木的。他们原住第一进中的南房。一九七五年时被文物局拆掉，盖成楼房，做宿舍。

一月四日　星期三

往编辑部，处理《边缘人语》二校样。

午后往董乐山处送校样。

访梵澄先生。提到中华书局上海发行所有一位陆费伯鸿，信阴阳八卦之说，连办公室的布置，都是遵八卦之方位。三十年代遇刺身亡，却不知刺者为谁，因何行凶。

读《醒世姻缘传》。

一月五日　星期四

往铁道部，看望外婆。

归途往琉璃厂，购得《南京文献》《石点头》《锦绣万花谷》《中国染织史》《敦煌吐鲁番文书与丝绸之路》《先秦职官表》《施琅评传》。

读《儒林外史》。

一月六日　星期五

往编辑部，忙乱一日。

得陈克艰来信。惊悉刘鸿图先生因脑溢血遽归道山（十二月二十二日），不胜震悼。虽与他只有一面之缘，但通信往来有年，却又总是得书多，复书少。未曾想到先生如此不寿。

午间被老沈、李永平强拉往和平里的毛家餐馆午饭。编辑部诸同仁外，一位贵宾是刘杲。饭菜极一般，红烧肉、酸豆角、腊味合蒸之类，费四百余元。

一月七日　星期六

往任乾星先生家送书款。

读《儒林外史》。

将从婺源到九江的日记整理出来，请志仁看，被他否定了。弄得人好不丧气。

一月八日　星期日

一日大风。

小航早起突然发起烧来。把小时吃的退烧良药按方抓来，吃下去，也没见效。折腾了一天。

把稿子又斟酌改完，自觉得好了。

一月九日　星期一

小航仍发烧，休学一日。

读《儒林外史》。

虽然早就读过，但因为没读出味儿来，竟没留下印象。如今果然觉得好。但文法、话头也全承前朝说部而来。相比之下，它的好，也还不是特别突出。

一月十日　星期二

小航烧退，仍休学。

读《醒世姻缘传》。

语言之妙，实在令人赞叹。贩夫走卒，五行八作，声口逼肖。今人拍的古代题材的电影、电视，语言总是不过关，为什么就不认真研究一下当时人的作品？

午后往编辑部。

一月十一日　星期三

往编辑部。

午间往王世襄先生家。先是，负翁打电话来，说《留梦集》已经出版了。今日适有王世襄先生邀饭，可往王府寻他，以便取书。又嘱：索性饭口上去。若留饭呢，就坐下共饭了。因遵嘱午时前往。果被王先生夫妇一齐留住。王先生拿出手艺来，置办了六款：香菇冬笋炒雪里蕻、盐水鸭肝、白肉熬白菜、锅塌豆腐、海米烧大葱、糟熘肉片。别的都不见出色,唯烧大葱是一手绝活儿,居然一点儿没有了葱味儿。师母说,昨天为了买葱,走遍了一条街。这么一小盘子,用了一捆葱,剥下来的葱叶子就有一筐。负翁赞不绝口。最后连汤汤水水都吃净了。

将《醒世姻缘传》读完。真想说它是一部明代社会的百科全书。虽然情节、结构未如《金瓶梅》谨严,但反映的社会生活却更广阔。典章制度,正史里只有皇皇具文,这里则有真切的图景。可知那文字上的堂皇,掩饰了多少腌臜。

一月十二日　星期四

收到陈老师寄来的《婺源乡土建筑》稿。

这实录式的写法,悲凉之绪渗透其中,像是一曲挽歌。但旧文化之完结早是不可挽回。可悲的只是新的文化并没有建立,历史在这里留下了一个空白。当然,这个“空白”,也是历史。

建筑是以社会背景为依托的。文化结构,人的素养,意识形态,经济基础,等等,所有这一切都改变了,建筑还能够独立存在么?在这样的情况下谈保护,简直是讽刺。

民居,尤其和居人血肉相连。婺源的乡土建筑与婺源的乡民,好像已经成了互相分离的两部分。对自己的栖居之所,并没有亲情,并没有留连。靠几位学者的赞叹,能有什么保护的效用?这些赞叹带来的唯一的效应是,乡民们知道了:这房子值钱,大概能够带来经济效益。

和这些建筑真正血肉相连的主人,早已随着时代而逝去。如今的居者,早就改变了成分。既不是房屋的建设者,也不是直接的继承人，只是由于社会大变动而突然易主。房子对于今天的主人，只是房子而已，再没有任何文化的含义。

一月十三日　星期五

往编辑部，处理初校样。

读冯梦龙《古今笑史》。

唐思东交下蔡蓉所作《阳光与荒原的诱惑》，一气读毕。

一月十四日　星期六

给蔡蓉写了一封信，略云：

我怕去过西藏的人和我谈起西藏，——这是一个太强烈、太强烈的诱惑。所以，“唐老师”向我推荐《阳光与荒原的诱惑》时，我先就生畏：不能实现的愿望，这种诱惑，教人受不了。

但我到底翻开了第一页，并且，不能罢手地读到最后一页。我不想掩饰我的嫉妒，因为我的第一感觉就是：万里独行的朝圣者，应该是我。

“我被一片炫目的精美图画所震撼而失去了语言的能力。一时间，我脑中空空，除了色彩和一种辉煌的神圣感，我什么也想不起来……”

明明是你的话，可完完全全成了我的感受。放下电话，我努力想整理出一条思绪，写一则大致成篇的文字。但无论如何也做不到，也许还是可恶的嫉妒心在作怪。我实在舍不得对这本书的作者奉上太多的好话，虽然书和书的缔造者都是绝对出色的。但它们的共同的缔造者却是阳光与荒原。任何一个有灵性的人，在追逐阳光的荒原行旅中，都会造就自己生命的辉煌。所以，我执拗地认为，我面对的蔡蓉和她的书，都是阳光与荒原的赐予。否则，就无法解释，自小体弱多病，体重只有七十斤的你，怎么能够完成这样的旅行。换上我呢，我相信我会走得更远，我会更长久地在古格城堡守候它的日出日落，会更加平静地倾听静寂中的热烈，倾听生命在沉默中蓄积的力量。我想，我会更彻底地从以往的记忆中走出来，与阳光，与荒原，融为一体。在这儿，不需要知识，不需要语言，只需要生命的体验。大概也泯灭了生与死的界限：把自己的肉体和灵魂全部交出来，交给阳光，交给荒原，成为它的一部分（古格城堡遗址崖洞中的干尸，是死的还是活的？有了几百年生命的枯骨向你诉说的，不比活人少罢）。

说句残忍的话，我觉得你已经完成了一次生命的轮回。看到这本书的时候，我觉得阳光与荒原中的蔡蓉已经死了。因为她必须再次回到以往的记忆中，用知识，用语言，甚至用现代技术，追述她的前生。没有这一番追述，蔡蓉就真的随风而逝了。而有了这番追述，活生生的体验就此被凝定在纸上。曾经有过的不可思议的生命之活力，随着它的永生也就永死了。这本书，是对生的回忆也是对生的祭奠，它在追悼一个永逝不返的生命。

我用这样的残忍找到了平静自己的良方：《阳光与荒原的诱惑》不是诱惑，真正的诱惑是不知诱惑为何物的阳光与荒原，及长久依存于它的万千生灵。阳光与荒原的访问者，终究要回到她的家园。但按照“轮回”的说法，“前生”必要在“来世”打上印记的。打了这样印记的蔡蓉,在已经转世的来生,会活得更纯粹。

我羡慕你,虽然仍是充满嫉妒的。

往编辑部。

一月十五日　星期日

将"探寻尘封下的智慧"草成。

一月十六日　星期一

往编辑部。

往荣宝斋访萨本介,取稿。他一定要当面将稿子朗读一遍,再三拒绝,也还是不行,只得危坐而聆听。

到任乾星先生家取来《中国美术全集》印染纺织卷(代我七五折购得),先生并以一张故宫优待券持赠。

阅《脂麻通鉴》二校。

收到杨璐寄赠的《人海诗区》。

一月十七日　星期二

往编辑部。

读《明史·选举志》。

一月十八日　星期三

往编辑部。

收到周劭先生寄赠的《闲话皇帝》《横眉集》,黄裳先生寄赠的《春夜随笔》,还有陆灏转来沈双所赠两盒书签。

甘琦来。午间沈、吴等与甘琦、孟湄、戴燕往明洲午饭,未往。

读《选举志》。

一月十九日　星期四

往编辑部。

读《舆服志》，忽然想要编一部中国古代服饰辞典，不过这是一个大工程，实在不是容易的事。

一月廿日　星期五

往编辑部，做发稿准备，忙大半日。

读孙机《中国古舆服论丛》。

一月廿一日　星期六

在文物出版社服务部购得《宋明织绣》。

傍晚忽报史家营来人，真有点不敢相信，一看，果然！原是小文战、任正发、小四儿和小霞的丈夫，还有一个是司机。文战已经长得又高又壮（一问之下，才知道已是三十五岁），可印象中，他还是那个又小又瘦的鬼灵精。任正发模样没大变，就是老了好多。现在两口子都在良乡，任还在供销社，史富花仍教书，有两个孩子，于广英大婶仍健在。

文战承包了煤窑，早就发了大财，目前每年至少有三百万的利润。这一回辗转找到我，是想请我“指导”他作诗。他说，发了财，可不想乱花钱，只想多读点书，搞点创作，当场写了他的两首咏梅诗：

不争兰君三月天，清池园内让菊莲。待冬寒剑刺破骨，滴作血粉美人间。（其一）

雪映芳梅风百度，韵雅高洁历寒尘。疾风萧捌（瑟）逐俗客，

飘香四野邀明春。(其二)

意思还不错,但诗音韵不足,亦不合律,却也很不容易了,字还写得挺漂亮。

送客送到大门外,原来他们开了一辆奥迪车,文战说,明年要换奔驰。

晚间老沈打电话来,说王佐良先生去世了,真有点不敢相信。前不久正为编书事和先生反复通了几次电话,几天前收到书稿并为《读书》写的一篇文章,一切都像刚刚发生的,转眼竟人神两途!

一月廿二日　星期日

读舆服之类。

阅校样。

往王世襄先生家取得朱传荣编辑的《帝京旧影》。

陆灏打电话来,说了他进一步了解到的情况:佐良先生逝世于十二月十九日晚七时。先生编完书稿,又应老沈之约写了一篇怀念穆旦的文章,然后说:"这一回可以彻底休息了。"不料竟是一言成谶。

和蔡蓉通电话,发现我们有很多相似之处。

一月廿三日　星期一

往编辑部。

读孙机"论丛"。

午后接到上海东方电视台电话,说看了第十二期介绍新叶村乡土建筑的文章,喜欢得不得了,因准备拍摄新叶,并请我一起去，为之撰写解说词。但行程订在二十八号，为时一周，正是春节期间，和志仁商量，被他一口否决，只得作罢。

傍晚王翼奇过访。

一月廿四日　星期二

往历史博物馆参观通史陈列。展厅一楼装修了两年多，年前才刚刚开展，止于魏晋南北朝。说二楼的装修至少也得一年多。

往前门新开业的沪版书店，购得《金瓶梅辞典》。

小璐捎来小白子代购的沈从文《中国古代服饰研究》一部。一看定价，九百八十港币，不觉一惊。晚间小白子打电话给志仁，说是算作礼物了。志仁执意不肯，他道："一千港币在我这儿就好比一二十块钱。"志仁才没话说了。

一月廿五日　星期三

往编辑部。

读沈著《中国古代服饰研究》。

一月廿六日　星期四

往文采阁。三联宴请老朋友，其实除了老苑邀请的一位王德友之外，全部都是《读书》的作者。

与陈平原同席，他为我夹了一只红焖大虾。除了这只虾之外，只吃了四个小烧饼。

接到辛丰年来书，批评"尘封下的智慧"写得不好。

一月廿七日　星期五

认真琢磨了辛丰年的意见，将文章大作修改，定名为"尘封了的舞台”。这一回感觉好多了。

午间编辑部“团拜”:在美尼姆斯共进午餐。同坐尚有薛正强伉俪。小范因前些时锁骨错位尚未痊愈,戴了一个气垫,倒像一件时髦的装饰,很漂亮。

三点钟在凯莱与齐福乐、蓝克利会面,共议中法学者关于城市文化讨论会的内容安排。一下午无结果。

一月廿八日　星期六

读孙机“论丛”。

午后往首都影院看《红粉》(光大组织的)。甚觉一般,尤其吵架吵得不精彩,不见个性。对比《金瓶梅》中的潘金莲、《金锁记》中的七巧,简直就如没盐没油一般。

在中华购得何冠环著《宋初朋党与太平兴国三年进士》。

一月廿九日　星期日

三联举办联欢会,未往。

一日读书(舆服类)。

一月卅日　星期一

一盆水仙花都打了骨朵,清晨起来看见开出了第一朵花。

一日读书。

一月卅一日　星期二　正月初一

从服饰史中读到“紫褴裆、石榴裙、红绿帔子”,便找出了《霍小玉》,又是《李娃传》《莺莺传》。《霍小玉》一篇,读过几遍了,每次眼底下都要热一回。《莺莺传》中,红娘捧崔氏而至,又捧之而去,终夕无一言,真是妙笔。至董西厢、王西厢,极尽曲折、极力铺陈，转觉辞费。

再翻，至《长恨歌传》，更将思绪岔开去。

“渔阳鼙鼓动地来，惊破霓裳羽衣曲。”挟着风雷，带着血腥的大事件，变成了一个男人和一个女人的故事，像是一个错接。但这样的解释最容易被接受。虽曰托微讽于歌诗，却掩不住热辣辣的歆羡。

一曲霓裳羽衣，划分了一个时代。

周劭《闲话皇帝》中有一篇“杨贵妃为什么不做皇后”，云至今疑团未解。

玉环不是吕后，不是武则天，没有权力欲，没有政治野心。不过“如汉武帝李夫人”，又“才智明慧，善巧便佞，先意希旨，有不可形容者”。

做了皇后，便所谓“母仪天下”，要在规矩中讨生活，如何还有乐趣？

除了唐人画唐人之外，标准的仕女画中的仕女，服饰大抵都不是唐代的。这个传统不知道从何时开始，今人也这样继承了。以前特别喜欢王叔晖的工笔仕女，西厢记邮票中的崔莺莺和红娘，却都不是唐装。

二月一日　星期三

中国人崇尚规矩，规矩还没有成为文字的时代就有了规矩。有了文字的规矩，规矩就完完全全成了死板的文字。

按照规矩行事的贞女、烈女，只在方志、碑铭上留下了几行冷冰冰的记述文字。男人们喜欢的，到底是妖孽、狐媚之类的尤物。虽然通常是带了警世、劝世的口气，却没有谁把警世的通言当真，也乔张做致骂几声尤物、祸水，心里却只是恨自己的世界太寂寞，不得享如此如彼的一番艳福。

皇后、嫔妃、命妇的服饰，早用文字规矩好了，袆衣、鞠衣、展衣，几千年都没有什么革命性的变化。端庄、贞静、贤淑，服装就是一生性格的规定。高贵的绫罗锦绣，包裹着高贵的生命。没有个性，没有生气，穿着规定好了的服饰，一直要走到另一个世界。早有了固定程式的尊号和有了固定文辞的墓志铭，只须略略更动几个字就算盖棺定论了。从此就很少再有人去温习。

《红楼梦》里的女性让男人们激动了几百年。它最大的成功是几乎集中了中国女性中的所有类型。林妹妹让男人爱得抓耳挠腮、咬牙切齿，但挑媳妇，还是选择中规中矩、四平八稳的宝姐姐。

为女性世界带来生气的，大概还是尤物，歌女、妓女，还有不守规矩的小星。

大约十之七的规矩中人在努力“慎独”的时候，都有一种违反规矩的冲动。

男人为女人制定了严密又严酷的规矩，可要问他们的真心，实在是喜欢不守规矩或曰规矩之外的女性。

规矩中的女人使历史能够一幕一幕不间断地演下去。规矩外的女人使历史一幕有一幕的风景。没有后者，古诗十九首，唐诗、宋词、元曲大概都失了多一半的光彩。历史剧的声光是坏女人做出来的。没有了坏女人，世界一定变得特别可怕。好女人倒还在其次，好男人首先受不了纯洁的寂寞。

阖家去给外婆拜年。饭前，小舅舅也来了。

饭后，三人分道而行。

看望李师傅。他把住房向街面接出一块，开了一个安安食品店。小平从酱油厂退了，就在这里坐店。酱油厂被公司的头儿卖给日本人了，——他到日本去玩了一趟，不知拿了日本人多少好处。进口的设备都是人家淘汰的，倒花了高于原价多少倍的大价钱。好端端的酱油厂、醋厂稀里哗啦被拆得七零八落，但日方又好像要改主意了。“……都是卖国贼！”李师傅是老党员了，一辈子兢兢业业，说出这样伤心的话来，真让人不寒而栗。

二月二日　星期四

张爱玲说：“对于不会说话的人，衣服是一种言语，随身带着的一种袖珍戏剧。”(《童言无忌》)

衣服是女性世界中嫣婉的热闹。是没有事件的寂寞中最是轰轰烈烈的事件。《金瓶梅》《红楼梦》中，若没有大大小小的衣服事件，必少了一半的情致。

看现在人们为古人的衣料、衣服的命名，实在枯燥无味(《中国美术全集》印染织绣卷、《中国古代丝绸图案》《中国古代服饰研究》之类)。古人笔下的各种名称，就有趣得多。到了古代文人的笔下，就更是充满意趣了。

服饰描写出现在不同的文字背景中产生的效果是不一样的，给人的感觉自然也完全不同。在那些专门的书里，衣料、衣服的名称，过于古板。在诗歌里，描写又加上了太多浪漫的比喻与装饰，真正的名称倒被裹在重重的丽辞之中隐没不见。唯《金瓶梅》中的这类名称，是让名称本身显出自己的动人，念起来，声口也是俏丽的，使人感到一种遥远的亲切。作者分明是在兢兢业业地对着读者讲故事呵。

读《丝绣笔记》中“日本古染织物之大略”，遂翻检《日本古代随笔》。

清少纳言《枕草子》“七月的早晨”——

男人似乎已经出去了。女的穿着淡紫色衣，里边是浓紫的，表面却是有点褪了色，不然便是浓紫色绫织的衣服，很有光泽，还没有那么变得松软，连头都盖上地睡着。穿了香染的单衣，或黄生绢的单衣，浓红里衣，裤腰带很长，在盖着的衣服底下拖着，大概解开后一直还未系吧。旁边还有头发重叠散着，看那蜿蜒的样子，想见也是很长吧。这又不知道是从哪里来的，在早晨雾气很重的当中，穿着二蓝的裤子，颜色若有若无的香染的狩衣，白色生绢的单衣透出红色，非常鲜艳。这单衣很为雾气所湿润便脱下了，两鬓也稍微蓬松，押在乌帽子底下，也显得有点凌乱。

——不相配的东西是：头发不好的人穿着白绫的衣服、卷发上戴着葵叶、很拙的字写在红纸上面……身分低的女人，穿着鲜红的裤子。

“在人家门前”——再有像样的人家，中门打开了，看见有又新又好的槟榔毛车，挂着苏枋带黄栌色的美丽的垂帘，架在榻上放着，这是很好看的。

“桥”——桥是：浅水桥、长柄桥、天彦桥、滨名桥、独木桥、佐野的船桥、歌结桥、轰鸣桥、小川桥、栈桥、势多桥、木曾路桥、堀江桥、鹊桥、相逢桥、小野的浮桥、山菅桥；听了名字，都觉得很有意思的；还有假寐桥。

“后殿女官房”——帘子是很青的也很漂亮，底下立着几帐的帷幕，颜色又都鲜明，在那下边重叠着露出些女官们的衣裳的下裾。而贵公子们穿着直衣，整整齐齐，没有开线……

“二月的梅壶”——樱的直衣很华丽的，里边的颜色光泽，说不出的好看。葡萄色的缚脚裤，织出藤花折枝的模样，疏疏朗朗地散着，下裳的红色和砧打的痕迹，都看得很清楚，下边是白色的和淡紫色的衣服，许多层重叠着。

“雪山”——斋院的侍卫长的武士，穿着浓绿色狩衣，在袖子上面搁着一封系在松枝上的青绿色信件，寒冷得颤抖着送了上来。……打开信来看时，里边原来是两个约有五寸长的卯槌，拼成一个卯杖的样子，头上裹着青纸，用山桔、日荫葛、山菅等很好看的花草装饰着……对于使者的赏赐，是白色织出花纹的单衣，此外是苏枋色的，似是一件梅花罩衫的模样，在下着雪的当儿，看见使者身上披着赏赐的衣服，走了回去，这是很有意思的事。

“漂亮的东西”——唐锦；佩刀；木刻佛像的木纹；颜色很好，花房很长，开着的藤花挂在松树上的情形。

“优美的事”——瘦长而潇洒的贵公子穿着直身的衣段；可爱的童女，特别不穿那裙子，只穿了一件开缝很多的汗衫，挂着香袋，带子拖得长长的，在勾栏旁边，用扇子遮住脸站着的样子。年轻貌美的女人，将夏天的帷帐下端搭在帐竿上，穿着白绫单衣，外罩二蓝的薄罗衣，在那里习字……

“五节舞女”——红垂纽很美丽地挂着，非常有光泽的白衣上面，印出蓝花样的衣服。这衣服穿在织物的唐衣上边，觉得很是新奇。

“登华殿的团聚”——衣服是穿了红梅衣，浓的淡的有好几重，上罩浓红的绫单衫，略带赤色的苏枋织物的衬袍，再加上嫩绿色的凹花绫的显得年轻的外衣，用扇子遮着脸……关白公穿着淡紫色直衣，嫩绿色织物的缚脚裤，红色衬衫，结着直衣领口的纽……童女穿着樱花汗衫，衬着嫩绿和红梅的下衣，很是美丽，汗衫的衣裾拖得很长……织物的唐衣的袖口有好几个从帘子底下露了出来……有值班的宫女，穿了青色末浓的下裳，唐衣，裙带，领巾的正装……

“画起来看去较差的东西”——石竹、樱花、棣棠花；小说里说是很美的男子或女人的容貌。

“正月里的宿庙”——都是穿着深履或者半靴（深履以皮革作下部，上部则以蔷薇锦为之，上加细革带，金属作扣……）……穿着樱花直衣或青柳袄子，扎着缚脚裤……还有小舍人童等人，在红梅和嫩绿的狩衣之外，穿着种种颜色的下衣，杂乱地印刷着花样的裤……（青柳表白里青，袄子制与袍相同，唯两腋开缝，两袖紧束着）

“黑门前面”——权大纳言威仪堂堂，下裾很长……（凡纳言长八尺，大臣一丈，关白一丈二尺）

"神乐的歌舞"——……

"牡丹一丛"——黄朽叶的唐衣呀，淡紫色的下裳呀，还有紫苑和胡枝子色的衣服。

文笔工细，却是着墨极淡，楚楚风致散落到纸纹间，是清风细雨中飘飘摇摇荡下的一片树叶，叶脉、纹理，细细密密地藏在本色里。

二月三日　星期五

昨晚熬到十一点半钟，只为等着看《望江亭》。片头错过了，但谭记儿在幕里边的一声念白，就知道是薛亚萍了。张君秋的弟子无其数，得了真传的，大概只有这一个。唱、念、做都无可挑剔。演杨衙内的也好。

京剧戏装实在是服饰研究里边不可缺少的题目，不少尚存古意。改良之后的所谓古装，倒是去古愈远，原是古代仕女画中的服饰。

角色的塑造，有一半的功劳是戏装。出场的一瞬，不说，不做，只看服饰，就见出一半精神了。满台花团锦簇，珠翠煌煌，光看看服装，也就很过戏瘾了。

《苦竹杂记·日本的衣食住》，引冈千仞著《观光纪游》中纪杨惺吾回园后事云："惺吾杂陈在东所获古写经，把玩不置曰，此犹晋时笔法，宋元以下无此真致。"然后说道："我们在日本的感觉，一半是异域，一半却是古昔，而这古昔乃是健全地活在异域的，所以不是梦幻似地空假，而亦与高丽安南的优孟衣冠不相同也。"

《人境庐诗草·日本杂事诗》:

不环不钏不钗光,雅头袜子足如霜。蓬山未至人多少,都道温柔是婿乡。

注云:女子皆肤如凝脂,发如漆,盖山川清淑之气所钟也。宫装皆被发垂肩,民家多古装束。七八岁时,丫髻双垂,尤为可人。长耳不环,手不钏,髻不花,足不弓,鞋皆以红珊瑚为簪。出则携蝙蝠伞。带宽咫尺,围腰二三匝,复倒卷而直垂之,若襁负者。衣袖尺许,不缝掖。襟广,微露胸,肩脊亦不尽掩,傅粉如面然,殆《三国志》所谓“丹朱坋身”者耶? 志又言“男女无别而不淫”,今妇女亦不避客,举止大方,无羞涩态,然不狎昵,犹古风也(页一一三一)。

六尺湘裙贴地拖,折腰相对舞回波。偶然风漾中单露,酒晕无端上颊涡。

注云:女子亦不著裤,里有围裙,《礼》所谓中单,《汉书》所谓中裙,深藏不见足,舞者回旋,偶一露耳……(页一一三九)。

二月四日　星期六

午后坐了志仁的车一起到工艺美术馆，刚刚走到珍宝苑门前,里面通明的灯光突然间灭掉了,保卫把参观的人都请了出来。等了好一会儿也不见修好,只得归来。志仁前不久换了正式驾驶执照,车瘾大发,整日撺掇出去兜风。这一趟就算是过车瘾了。

《庾子山集》:

细管调歌曲,长衫教舞儿。向人长曼脸,由来薄面皮。(《奉和赵王春日》,页二五九)

雕梁旧刻杏，香壁本泥椒。幔绳金麦穗，帘钩银蒜条。画眉千度拭，梳头百遍撩。小衫裁裹臂，缠弦掏抱腰。日光钗焰动，窗影镜花摇。歌曲风吹韵，笙簧火炙调。即今须戏去，谁复待明朝。(《梦入堂内》，页二六〇)

洞房花烛明，燕余双舞轻。顿履随疏节，低鬟逐上声。步转行初进，衫飘曲未成。……(《和咏舞》，页二六一)

小鬟宜粟瑱，圆腰运织成。……并结连枝缕，双穿长命针。……裙裾不奈长，衫袖偏宜短。……花鬟醉眼缬，龙子细文红。……新绶始欲缝，细锦行须纂。……(《夜听捣衣》，页二六二)

绿珠歌扇薄，飞燕舞衫长。……膺风蝉鬓乱，映日凤钗光。……(《和赵王看伎》，页三四一)

鸾回不假学，凤举自相关。到嫌衫袖广，恒长碍举鬟。(《看舞》，页三七五)

眉心浓黛直点，额角轻黄细安。(《舞媚娘》，页四〇五)

服饰可以被碎拆为一个个小小的零件，每一个零件都能代表一种感觉，甚至转换成一个完整的视觉。连洗衣服的声音，都转达了一个美人的故事。

二月五日　星期日

志仁开车，同往昌平的明皇蜡像宫(门票四十元一张)。

二十四个场景，三百多个塑像。给人的感觉像是二十年前风行一时的大型泥塑收租院，至少思维方式没有什么改变。蜡像原是为求逼真，而一个细节的失真，就破坏了整体效果，总觉得像是戏曲里的一幕，而决无身临其境之感。在高皇帝朱元璋眼前进行廷杖(崇祯帝亲审吴昌时,欲行杖,臣下谏道:祖宗三百年未有此例);海瑞上书直达御前;崇祯吊死煤山前的一刹那,身边竟有一名太监跪泣,又有万历在御花园中观舞行乐,廷臣在园中石桥上跪谏……都是出于今人的想象。服饰也不对,尤其妇女,多一半是得自传统的仕女画,描写土木之变,竟有在战场上强奸妇女的情景,而女人身着一袭薄纱内衣,也纯属想象。开国大典,朱元璋服交领红袍,宪宗亲耕,服常服(翼善冠,圆领龙袍)。准之《明史·舆服志》,俱不合。

八点钟出发,正午归来。

江文通《丽色赋》:

洒金花及珠履,飒绮袂与锦绅。(页七三)

翠蕤羽钗,绿秀金枝。(页七七)

通篇多是借寓、夸张,渲染气氛,约略涉及具体服饰的,只有这两句,也还不是完全的写实。

《西洲曲》:

忆梅下西洲,折梅寄江北。单衫杏子红,双鬓鸦雏色。……树下即门前,门中露翠钿。……栏干十二曲,垂手明如玉。卷帘天自高,海水摇空绿。海水梦悠悠,君愁我亦愁。南风知我意,吹梦到西洲。(页一七〇)

《咏美人春游》:

江南二月春,东风转绿蘋。不知谁家人,看花桃李津。白雪凝琼貌,明珠点绛唇。行人咸息驾,争拟洛川神。(页一七〇)

张衡《舞赋》:……美人兴而将舞,乃修容而改袭,服罗縠之杂错,申绸缪以自饰。……抗修袖以翳面兮,展清声而长歌。歌曰:"惊雄逝兮孤雌翔,临归风兮思故乡。"搦纤腰而互折,嬛倾倚兮低昂。……于是粉黛施兮玉质粲,珠簪挺兮缁发乱。然后整笄揽发,被纤垂萦,同服骈奏,合体齐声。……(页二五七)

视觉思维大概已经被现代人跳的古人舞给弄坏了,看见一个舞字,想到的就是舞台灯光下大型体操式地甩甩袖子转转圈儿。画像砖、壁画上的舞姿,毕竟只是凝定的一刹那。倒是这些放出手段、刻意要教它流传的文字能让人想象舞蹈着的美人的确是一种无法抗拒的迷惑和引诱。古代强悍的男性都有过分脆弱的一面,也许因为古代的女人都太像女人了。

男人笔下的女人,总让人疑心文字下面有埋伏:或者爱怜中包藏着欲望,或者是自喻式的乞怜。

二月六日　星期一

往编辑部。

李陀来,云不日将往美国作短期旅行。

读《金瓶梅辞典》服饰部的注释,便知《金》中服饰描写的讲究,泰半得自文字搭配的工巧与幻丽。掌握了语言的奥妙,才真正是掌握了表述的自由。

大红

真红

水红　水粉

银红

朱红

老红

金红

束红

洋红

桃红

退红

猩红

蕉红

渥赭:深赤色

品红:稍带冷的红色

牡丹红

贵妃红　石榴红　海棠红　蔷薇红

燕脂红　朱砂红

银朱

石竹:颜料名,即淡红色

玛瑙红

月黄

藤黄

苍黄

明黄　宫黄

浅米

栀黄:颜色名,微泛红光的黄色,栀子果实染

柳黄

流黄:褐黄色

鹅黄:淡黄色,略带绿色

嫩黄　娇黄

郁金黄　秋葵色

柠檬黄

碧

翠

玉色:绿加粉再加青调和而成(带有蛋青色的白)

石绿

老绿

豆绿

芽绿

苍绿

沙绿

官绿

粉绿

油绿:花青五份、藤黄一份、墨一份调和而成。织物染油绿:用槐花水稍微染一下,再用青矾水染成

惨绿:浅青黑色

绿沉:浓绿色

葱绿

湖水

鹦鹉绿

柳绿

葱白色　象牙白　鹅绒白

天青：深黑而微红

沙青（佛青、回青、藏青）

螺青

葡萄青

月白：浅蓝

品蓝

湖蓝

翠蓝

唐红：赤紫

油紫：黑紫

浅香

茶色

秋香：藤黄八，墨二

秋茶：土黄加白粉、三绿、藤黄

银褐

酱色

檀色

栗子色

葡萄褐

藕丝褐

石墨

骊墨:深黑

包头青:深黑

草白:带青、蓝光的白色

二月七日　星期二

持了任乾星先生的赠券,往故宫参观。

原以为春节方过,人会很少,却已经一片熙熙攘攘了,——一半外地人,一半外国人。倒是历代艺术馆里,参观者只有我一个。如今还是免费的,但是只有战国至宋,元明清部分早就撤消了,据说要重新布置。

绘画作品几乎都是复制品(《游春图》《洛神赋图》《步辇图》《韩熙载夜宴图》)。出土的泥俑尚有一些,一个汉代的立俑,一袭深衣裹起窈窕身躯,镶着大宽锦边的曲裾在前后裹出层次,然后潇潇地落下来,在地上铺撒出一朵倒垂着的小喇叭,玉笋似的女人就从倒扣着的细细的喇叭管里妖妖娆娆耸出来。

珍宝馆、钟表馆、绘画馆各转一圈,珍宝馆中的首饰似乎没有特别的精品,而且没有一件明代的东西。

二月八日　星期三

往编辑部。

午后薛正强伉俪来。

与沈、吴同往费孝通处取稿,费以新著《芳草天涯》持赠,大概暮色中,灯光下看不清面目,故始终以“小妹妹”呼之,出门后,沈说:“他大概把你认作是十七八的小姑娘了!”

这回是费特地邀沈“面授机宜”,即建议《读书》作“经济人”,这个主意颇与老沈的一贯主张拍合。

得朱传荣所赠《紫禁城》《故宫博物院院刊》若干期。

明帝多昏君,或者和他们的出身有关,即母亲多民女,少世族,亦不乏低贱者(嘉靖的祖母便是因家贫,卖给杭州监管太监的),不知生母者亦有之,遗传基因不佳,天生素质便差。

二月九日　星期四

本想一日端居读书,但老沈一上午电话不断。最后又是郝德华来电话,于是往编辑部,将《书边杂写》校样送往谷林先生处。

午后《读书》校样又到,遂往编辑部,又是《书边杂写》的目录一份,再送一回。

读《字诂义府合按》。大概和造字方法有关,古人的衣食住行,凡一举手一投足,总要有个意义在里边,正此书“古乐之义”所言:“古人每事皆有义可称”(页一五八)。

二月十日　星期五

往编辑部。与法国合办的城市研究讨论会预备会,开了一上午。

读《明宫史》。

二月十一日　星期六

往前门的沪版书店,正好遇上开业剪彩(前此算是试营业),不营业,悻悻而返。

午后又拉了志仁同去,购得《明诗综》《戏学全书》《上海路名地名拾趣》。

眼胀痛，牵扯得太阳穴也一跳一跳。

二月十二日　星期日

九点钟往北京站接郑丫头，火车晚点一小时。回家等了一会儿，再往。取回陆灏带来的书：《华阳国志校补图注》《三才图会》。

午后志仁开车，一起往琉璃厂，购得《中国古代版画选》，又买了两种信笺。到集邮公司取了邮票。

接到陆灏电话，得知吴晓玲先生已于二月七日逝世，临终没有留下一句话。不过陆说，他早就讲过，藏书一不送，二不卖，黄裳闻听此言，道："一把火烧了。"

二月十三日　星期一

往编辑部，处理初校样，忙到午后。

收到谷林先生赐下周作人著述十一种，几乎每一本都写了字，略叙因缘。

收到妈妈的一封长信，很久以来的一个谜团才解开了：我总记得小时候在相册上看到过一张发黄的旧照片：一位一身戎装、骑了高头大马的军人，抱了一个小女孩，外婆说，那是她的父亲抱着她。但这位军人是什么身分，始终不知道，后来竟疑心这个记忆是个幻觉，或者是旧日的梦中影像。今天才知道，外婆的父亲名金永炎，曾在黎元洪做总统时任过陆军总长（北伐战争史记第四、五册上有记载），张勋复辟时他掌管大印，在天津交出。后因军阀斗争，在一次宴会上吃得太多，阑尾炎发作而病故，年仅四十七岁。

二月十四日　星期二

在陶菊隐的《北洋军阀统治时期史话》中找到了有关金永炎的记载：

第二十七章　府院争权和督军同盟干政(第四九九页)：黎就任总统后，调任教育总长张国淦为府秘书长……军事幕僚有哈汉章、金永炎、蒋作宾、黎澍四人。

第二十九章　段祺瑞嗾使督军团胁迫总统和国会(第五七一页)：二十三日，张国淦再到公府来讨回信，黎就把免段的最后决心向他直截说明，张劝他再加考虑，话刚开口，站在黎身边的金永炎突然拔出手枪来，对着张的胸膛晃了一晃，狰狞地说："不许开口！一开口我就一枪打死你！"黎挥手叫金永炎退下去……(注云：张国淦提供)

第三十章　黎元洪电召张勋晋京调停时局(第五八五页)：督军团编造出"三策士""四凶""五鬼""十三暴徒"等名目：三策士指郭同、汪彭年、章士钊；四凶指丁世峄、哈汉章、金永炎、黎澍；五鬼指汤漪、郭同、汪彭年、哈汉章、金永炎。……公府幕僚哈汉章、金永炎、黎澍也都提出辞职，黎一律予以批准。

第三十四章　冯国璋到北京代行总统职权(第六四五页)：冬电发表不久，上海报纸又登出黎的另外一个电报，这个电报不仅没有提到自己辞职的话，而且没有提到请冯代理总统的话……反黎派异口同声地说："上海发出的这个电报是金永炎捏造出来的，金永炎从来就是黎元洪身边的一个播弄是非，无中生有的阴谋家和说诳者！"

黎喜欢用湖北同乡，金永炎正是湖北人，可他是如何与黎结识的呢，仍然不知道。

先往编辑部，再往皇冠假日饭店，开《阳光与荒原的诱惑》讨论会，与张颐武、冯博一、尹吉男遇。

蔡蓉生得很端秀，嘴角边一点黑痣。

只是，在豪华饭店的豪华小厅里，茶几上摆了水果盘，加了冰块的可乐，阳光的悲壮和荒原的苍凉一下子就化解在豪华中了。甚至那样一种艰难跋涉的旅行和对旅行的欣赏都变成了一种奢侈。虽然知道这里边有多少无奈，但她被好心的朋友推到这一步，即使不得已，到底也进入了角色。黑压压一片摄像机对着她，每一个黑洞洞中的亮晶晶都在摄取一片儿灵魂，真觉得她快要被撕碎了，——说话的声音分明在颤抖，全没有了写书的蔡蓉该有的清气和灵气，冲破程式冲破世俗的努力与挣扎，终于又跌入红尘落入程式。朋友的关切与热情为她酿制了一杯甜腻腻的饮料，不喝也得喝，阳光与荒原的诱惑诞生了，但没有阳光没有荒原的世界还没能生长出迎接它的仪式。它诞生在另一个世界，却再也回不到它的诞生地了。其实，有了黄宗英的一篇《莽苍苍问巴荒》，已经足够足够。

二月十五日　星期三

往编辑部，复信，退稿，忙一上午。

雷颐从《辛亥以后十七年职官年表》中查得：金永炎一九二二年五月二日任陆军部次长，一九二三年七月六日被免。

从《白坚武日记》中，意外发现许多有关金永炎的记载，在第一次提到的时候，整理者注云：金永炎，字晓峰，湖北省黄陂人，黎元洪的亲信，曾任陆军部次长、总长。却不知它所根据的原始材料是什么。

中国十二亿人口日。

二月十六日　星期四

读《鲍参军集注》。

午后志仁开车，一起往万寿寺北京艺术博物馆。只有明清瓷器和工艺品两个馆尚可看，绘画馆已全是现代作品，家具馆展品不足十件。

二月十七日　星期五

将修改后的《从婺源到九江》寄《街道》。

往编辑部。然后往三联门市部，向郝杰借得《都会摩登》。

读《都会摩登》。

二月十八日　星期六

将《都会摩登》书评草就，题作"二十世纪的'开心果女郎'"。

午后拿着书到西总布胡同口上的照相馆拍了书影，然后把书送还门市部。

二月十九日　星期日

早八点钟，志仁开车，同往十三陵。一小时到长陵。定陵珍宝在长陵祾恩殿展出。此前在画册上看到的珍品，这里差不多都有了。金壶、金爵、金冠，最可爱的是那一对玉兔捣药金耳坠。丝织品全部是复制的，但也大概明白了结构，如洒线绣、妆花纱、妆花缎。

门票十五元。游人很少。

本想再看看定陵，车开到那里，就见门前熙熙攘攘的一片。没停，就回来了。

二月廿日　星期一

读历代舆服志，总是雕缋满眼，在金光灿烂中有着冷冷的严正。那个煌煌荧荧的世界是这里那里吊着许多危险的。倒是五行志中说到的“服妖”，让人觉出一种调皮捣乱的生气，这样的调皮又每每藏着严重的暗示。

亲眼见到的“服妖”，却也是很可怕的。三十年前，不知是怎样兴起了全民的军装热，于是就硝烟弥漫起来。服饰倒真像一个巫觋，暗示着潜在的某种社会心理。

往编辑部，开草目。

阅“脂麻”校样。几遍看下来，真烦死了，郑在勇却始终不惮其烦地细心斟酌版式，真是个大好人，我就做不到。

晚间往王先生家取朱传荣代觅的《故宫博物院院刊》。

二月廿一日　星期二

往梵澄先生家，行至六号楼前面的小路，正与先生相遇，他说要到银行取工资，于是同行。再一起回来，将陆灏买的《八代诗选》和《明诗综》交付。

先生说他正在读马一浮的蠲戏斋诗。蠲，去除，戏，佛经所谓戏语。马一浮曾与汤尔和的女儿订婚，但她不幸早亡，马于是终身不娶。汤很看重这位“望门女婿”，知他生计并不宽裕，便时常送来钱，但马坚拒不受，即使悄悄放在桌子上或抽屉里，马发现后也立即追还。抗战后，马不得已跑来跑去，最后到重庆，办了一个复性书院。开学时，有二十来个学生，学期中，剩下一半，学期末，一个也不剩了。

先生说，马一浮的诗，写得好的，真好，追摹唐宋，是诗之正。但更有大量古怪的，大段大段生搬三玄(老、庄、易)。佛经上的，也照样剥捉来，是生了“禅病”，并拿了一册，一一指点我看。

以近著《陆王学述》持赠。

晚间与沈、吴、郝同往美术馆对面的孔雀苑，与俞晓群一行会晤(确定“书趣文丛”第一辑的印数、第二辑的选题“书趣丛刊”的编辑，等等)。

志仁往香山开会。

二月廿二日　星期三

往历史博物馆参观。

往沪版书店，购得王克芬《中国舞蹈发展史》、朱裕平《中国瓷器鉴定与欣赏》。

二月廿三日　星期四

往编辑部，阅三校样(八十面，看得累死了)。

四点钟在凯莱大酒店与老沈碰面，同往吕叔湘先生处，代辽教社联系出版全集的事。吕先生满口答应，他说：“我现在只好算作废物了。”人还不糊涂，但已经动不得笔。

二月廿四日　星期五

往编辑部。

往故宫，为朱传荣送去购院刊的书款，又在历代艺术馆慢慢转了一遭。

午后往琉璃厂。

谷林先生将评《都会摩登》的文字阅过，提出了具体而微的意见。

二月廿五日　星期六

往编辑部。

小马，马秀琛，终于起义了。不过她向来的打算也是要住满一年，好回去打离婚，因为分居一年就可以算自动解除婚姻。

午前与吴彬一起往赵大夫家，然后和小航同往光大午饭。

饭后往首都博物馆。

广庭深静，朔风作弄出松涛，愈觉静得像陵墓。大成殿一侧有个北京简史展览，橱窗里的展品蒙着厚厚的灰尘，白玉同于墨玉，墨玉似灰陶。展室的工作人员，一个听收音机，三个大声聊天，几个保安木然而立。展出的文物很少，精品更少。

二月廿六日　星期日

上周将评《都会摩登》的文字寄金性尧先生，今奉来书，说多少受了张爱玲的影响，论才气论聪明，也有共通处，不过“总觉得作者要想说明的是什么？何爱何憎？也许为了要使文意含蓄些”。大概还是要求文以载道，这便使人大苦恼。便是如此这般地介绍一本书，可以不可以呢？读书、作文，只是为了破闷，所谓做文章，也不过要做一套文字体操，只是不免喜欢把姿势做得漂亮一点儿。

但实在是应该“文以载道”的，苦苦思索一晚上，把开头、结尾改来又改去，终于没有一个满意的结果。

二月廿七日　星期一

往编辑部。蓝英年先生过访，聊了有两个多小时，说到他与负翁的挚友韩文佑是挚友，因与负翁亦熟稔，准备为《读书》写一系列苏联文字狱中的诗人之死。

读《京剧史照》《中国京剧史图录》（从丁先生处假得）。

得辛丰年先生来书，云读“摩登”的初次印象是一篇漂亮文字，有七宝楼台、雕缋满眼之感。“此文辞藻华丽，像一篇赋似的，但也像赋那样横宽而纵浅，好像景深不足。”

看来只做文字体操是不行了，必要载一点儿什么。

二月廿八日　星期二

往府学胡同的燕山出版社，候了半小时，九点多钟了，办公室的门仍锁着，只好悻悻离去。

往编辑部。饭后归家。

读《京剧史照》。

一篇《都会摩登》的评介文字，从读书到作文，不过一日夜，改却改了个七荤八素，现在看起来似乎是可以了，但仍然说不上满意。

三月一日　星期三

往负翁处取稿。

往编辑部，忙到下午四点钟。

仍读“史照”。

老沈在涿县参加评定职称的会，今天通过了三联报上去的五个人(其中有我和吴)。

三月二日　星期四

往社科院，与陆建德在传达室约会，请他为“摩登”提提意见。归来又做了一些修改，一篇三千字的文章，费了多少心力！

往和平里寻燕山出版社，访求《京剧史照》，但找来找去，竟找不到这家出版社。

往编辑部。

晚间在东黄城根的版纳酒家宴请黄苗子夫妇，李慎之、邵燕祥、李伊白、丁聪夫妇作陪，费九百二十元。

聊的多是政治人物，胡乔木、乔冠华、毛、周、周的夫人。

沈将吴推为《读书》的老总，众人即以老总称之。

三月三日　星期五

往编辑部，忙发稿。

午间与沈、吴同往外交公寓的齐福乐家吃饭，先在巧克力大厦与蓝克利会齐，然后由蓝开车进去。

门铃一响，就听见里边细碎的一阵急步，阿姨出来开了门，一下子就想到张爱玲的《桂花蒸　阿小悲秋》。

中式午餐，六个热菜，两个冷菜，一碗“翡翠白玉汤”。

大致确定了城市讨论会的发言人选。

今天才知道，齐福乐只有四十三岁，一头白金色的头发是不标志年龄的。

饭后齐福乐先生去接待什么客人了，四个人又坐聊了半个多小时才离开。蓝克利说对宋代文学极感兴趣，最喜欢的是苏东坡，说他的奏章都写得漂亮。

晚间老沈主动提出请客，说在涿县开职称评定会发了六百块钱，于是与大、小二李同赴雪苑。等了十几分钟，主人方到，情况又有了变化：薛正强夫妇同来，并做东，又把吴彬叫了来。志仁与小范谈得很热闹，他说范是一个个人意志很强的人。

费六百余元。

三月四日　星期六

六点半钟志仁开了车，一起往德胜门，与孝仁、燕京会合，同往十三陵。

先至茂陵（宪宗），再泰陵（孝宗）、康陵（武宗）、裕陵（英宗）、庆陵（光宗），继景陵（宣宗）、永陵（世宗）、德陵（熹宗）。献陵正在维修，景陵、永陵保存得比较好，但所有的祾恩殿都拆光了，只存陛石、柱础，及祾恩门的两根石柱。

一般是石桥、陵门、碑亭、祾恩门、祾恩殿、明楼、宝城。茂陵、泰陵最为破败，但登上宝城，茂陵尚可见松柏森森，泰陵却墓木也稀疏了。庆陵建筑规模挺大（稍逊永陵），陵门前坟起一个大土包，记得曾有一个什么传说，但怎么也想不起情节了。十年前到十三陵水库种树，利用歇雨工的机会，和王南宁几个人把十个陵都走了一遍，整整走了一天。

德陵宝城的土坟裂了一道缝，刚可以容一个人，从缝里钻进去，爬到顶上，守陵人说，前不久在这里拍过电视剧《阴阳法王》。又说不久就要把这道缝封上了。

在德陵外,坐在汽车里,一人冲了一碗方便面。

食罢起程归家。

傍晚老沈送来罗宋汤,他说整整烧了一天。

读《明代家具珍赏》。

三月五日　星期日

与志仁同往海南,由小会、燕京开车送到机场。十二点十分准时起飞。海南省航空公司是股份制公司,所以服务要好一些,还弄了个抽奖游戏,21A座得了一张海南的免费往返机票。

三点四十分到达海口, 股份公司的董事会秘书金同生来接。住明阳大酒楼,号称豪华间,但看不出与标准间有什么不同,卫生间尤其小,好像转一个圈都得磕碰上什么东西。肉红色的地毯,肉红色的沙发,几、案是仿古式的,却做不出柔和的曲线。

由小罗开车,往五公祠。五公是唐宰李德裕,宋宰李刚、赵鼎、大学士李光、胡铨。供奉着塑像的五公祠已落了锁,据说里面的石像是今人塑的。东坡祠还开着门,一座立身石塑,外罩一件银袍,也是石料塑出来的。这里原是金粟庵,东坡曾两番借寓于此。

从东坡祠下来,旁边一个小院,里面一眼泉,用石头砌出一大二小三个方方正正的池子,水池里散落了一层硬币,多半是门票上嵌的那一枚五公祠币。水面上浮着一层细细的水泡,原来浮粟泉的名字就是这么来的。泉由苏东坡创议开凿。

洞酌亭里是海南珍稀蝴蝶展览,对面则是蝴蝶画:把蝴蝶撕成碎片，然后粘成美人、动物、禽鸟、花草，各种各样的风景。

园墙边的一排房子里大张着“悬棺葬之谜：真人真事”的大红横幅，两块钱买了票进去，原来是一九八六年江阴南门磨盘墩出土的明人承天秀墓墓葬品和尸体。承天秀，字钟子，别号草窗，生于天顺甲申年（一四六四），卒于嘉靖二十四年（一五四五）。据说出土时尸体泡在什么药水里，肌肉还带弹性。头枕荷花灯草枕头，身穿五层丝织衣服，白色棉裤，胸挂丝绸香袋，袋子里装了八十二颗檀香木，身上丝绸寝垫上缀着八十一枚太平通宝和一枚嘉靖通宝。垫背钱、檀香木的数目正好和死者的年龄相同。

展出的还有细缎连衣百褶裙、白棉布连衣百褶裙、广袖长袍、白棉布裙、麻裤等。

悬棺葬只是几幅图片和一点儿简单的介绍，还来不及看，就被工作人员催逼出来了。好像是在江西龙虎山发现的。

六点半钟往四楼餐厅吃晚饭，潮州、上海风味。三只大闸蟹、一只龙虾船、黄泥螺、墨鱼大烤、三鲜烤麸、冬笋炒雪里蕻、臭豆腐干、苔菜煎黄鱼、龙凤汤圆、基围虾，蟹是从上海空运来的，龙虾头拆下来做了粥，还有一汤，是腌笃鲜。

饭厅布置以竖的线条为基调，椅背是由几条直棂一通到底，吊灯是一层层的竖条子叠成的一个长方，金光灿灿、高起一级的雅座，两间之间的隔断像竹编的双人床靠背。

大闸蟹一百五十八元一只，龙虾三百三十八元一斤。

席间聊起来，才知道金是扬州人，扬州中学毕业，在南京工学院学汽图。一九四二年新四军某支队长过扬州在街上讲演，金的父亲听了之后，连家都没回就跟着走了。但反右时却凑了百分比的数（金父是公安厅副处长，被处长如此暗害了，但“文革”时这一位却遭了难），从此金也就一直不得志。

饭罢往美容美发厅，只想修理一下头发，但一洗就洗了十几分钟。小姑娘是郑州来的，化了浓妆，并不是龅牙，却不知怎么上嘴唇落不到下嘴唇上去，不说话也露着一弯白牙。她说这里管吃管住，月工资二百五十元。理发的小伙子是贵阳的。一边理，一边为志仁讲解，梳子缝里带着别人的发垢，围布上几片污迹，想必也是反复使用的。电推子的响声太夸张，像把一只苍蝇的嗡嗡声扩大了几万倍，震得头皮麻酥酥的。大概折腾了有一个钟头。享受服务，也是一种耐力的考验。

三月六日　星期一

七点钟往餐厅，广式早茶、椰丝酥角、叉烧包、菜肉包、烧卖、皮蛋粥，做工甚粗。

九点钟小罗开着一辆奔驰来了，又捎了两个上海人，一杜姓，一孙姓，也是“总儿”一类的人物。刚一上高速，就被警察扣住了，要购车证，没有。结果给了一百块钱，算完事。

七年前由海口向三亚，还没有这条路，现在修起来的（去年六月通车）还只算半幅高速，只有三条线，路面也不够标准的平，但路上跑着的车还不是很多。

十点钟到琼海，也是近几年才升为市，又脏又乱，但新兴城市的种种时髦也还是有的，如“家俬店”、娱乐中心之类。

万泉河边新盖起的小亭子上，题了“万泉河游乐园”几个字（署名萧仁）。亭子旁边一座水泥桥，桥下一溜小摊，卖些珍珠项链、手镯、贝壳之类。河边一字排开的是游艇，有一两艘快艇载了游人在水里飞驰。岸边的马路上停满了各种各样的旅游车，不断地有游人被一车一车拉了来，河边站一站，照几张相，就呼啦啦去了。

十一点四十五分到达兴隆农场，在食为先餐厅午饭。基围虾、花蟹、鸡腿螺、蚕菜（上海人叫木耳菜）、树叶汤（是此地特有的）、四角豆（亦本地特产）、梅菜扣肉、炒粉。

饭后即往明阳山庄。别墅式的三层小楼，大院里种了不少花木，有一方草坪组成一个阴阳八卦图，有的又做出龙的图案。老树还保留了几株（原来这里是一片坟场）。有一个温泉游泳池，桃形的，剖成三牙儿，分为三个深度。整个儿看起来，倒是干干净净，齐齐整整。

住了一个标准套房，据说标价六百余元。

一幢幢月黄的三层小楼，楼上挑出真红的老虎窗，花床子上规规整整地铺设着图案，像翡翠盆里的珊瑚、玛瑙，虽然人工不敌天工，但富贵气象的明媚光艳，总是意味着奢华，可以显示出身分的。

到了海口，打听如何去五指山，宾馆、饭店、旅行社，都说不知道，便是来这儿时间不短的老海南，甚至海南本地人，也个个摇头。

沿着东线走下去，过万宁县，至兴隆华侨农场，仍然问不出个眉目,多半说,中线有个地方可以望一望五指山,没听说谁上去过,有路吗?没有路吧。

安顿下来之后,即访仇边疆(明阳的总经理)。他在部队干了多年,还当过团长,很爽直很痛快的一个人。

由小周开车往东山岭。周是越南华侨,原籍广西,一九七八年越南排华,全家才迁了回来,分在兴隆农场,那时候他才九岁。

东山岭是由一片石头滚子垛起来的,长的、方的、尖的、圆的,不成形状的,历历碌碌滚作一堆,多半是没规矩地支棱着,于是就有了种种奇,于是就编排出了东山八景。石头壁上不少名人或不名的人题字,不知什么时候被描得字字鲜红,闹嚷嚷的,红了一山。

上岭行不远,就见一座硕大如山的弥勒佛,肚皮被淘空了,人们里面外面地在那儿出出进进。又有什么石船、三十六洞、仙人弈棋处,等等。有一处叫作蓬莱香窟,下到高高一座山石的底下,才看见从岩石缝中滴滴答答流出眼泪似的一汪"海南第一泉。"一壁山岩倒真是森森的挂满了花木,像是有过蓬莱似的过去。

靠近山顶的地方,有一座潮音寺,据云始建于宋,名灵宝寺,明代改为潮音寺。现在的寺,是一九八五年重建,现代材料,现代样式,香火颇盛。

峰顶是望潮亭,亭子也是新盖的,居高可望海,竟没有游人上到这上面来。

岭上时见几只黑山羊散步,便是此地有名的东山羊,据说其肉不膻。

五点半钟回到山庄,仇陪着在餐厅吃了晚饭:馒头、粥、荷兰豆、八菇菜。端上一个砂锅,说是东山羊,结果是猪蹄。

三月七日　星期二

七点半在餐厅吃饭,广式早茶(二十八块八)。

八点半仇经理来,说派了他的司机小王送我们到五指山。

小王名叫王世全,曾多年为仇经理开车,现役军人,专业军士,淮阴人。仇说,他人极老实,寡言少语。但一路上志仁却几乎是不停嘴地和他聊,他也就不得不答言,倒说了不少话。

退房、加油,开出兴隆已是九点三十分,十一点半到通什。未作停留,问了路,即直发五指山。过毛阳,在红毛路口向北,三十公里沙土路,一点半钟到达五指山脚下的梦仙楼,乃旅社兼餐厅。

经理姓司,名景盛,年方二十三岁,江苏徐州人。三年前来到这里,办起五指山的第一个旅游服务点,如今已和当地黎族人打成一片,现领导着三位黎族姑娘。问他,结婚了吗?旁边一位姑娘笑着说:“没结婚,已经有两个爱人了。”小司说,黎族婚俗是先同居,一年后再结婚,他也就入乡随俗了。三个服务员管吃管住,月工资每人二百。五指山区属贫困地区,这样的待遇就算不错了。

坐下午饭。要了一份山鸡火锅,匆匆吃完,两点十五分开始登山。

所谓路,其实就是交相盘错在一起的树根,上边铺满了红的黄的银灰的落叶，两边遮天蔽日，不知绿到多远的树林，高可插天的大树下边儿，又是各种各样的林木，也都叫不出名字。有一种是细细尖尖的叶子，密密的，缀作两排，顶尖的一片，却红得透明。密匝匝的灌木丛里，有一种是绿沉的、茸茸的叶子，顶出叶梢上的两片儿唐红。再有一种是轻薄的、一层一层铺展着细细长长的叶子。高不见顶的树，云里雾里地抛下半天露水，树尖上白亮白亮的，——太阳在山外边呢。

正绿得不耐烦，忽见一株枝桠嵯峨的老树，白惨惨立在万绿丛中。

还有一种草，是浅浅的豆绿，从路边探身向外，双面梳子似的排出叶子来，两柄梳子一横一竖的相交处，便是两根手指头比出的一个大大的八字，食指尖儿都出其不意打了个旋儿，旋出玲珑细巧的一个蜗牛似的卷儿。

虚飘飘的雾，茫茫地围上来，觉得人也要腾空了。木着腿跳了两跳，还落在实地儿上，雾竟自化了，人还留在山尖上。

路越往上越难走，走过一节直上直下的铁梯，再走过直下直上的两节藤梯，又有一处断岩，从嵌进岩壁的钢钎上垂下铁索，人得抓住铁索，脚蹬岩壁，用力荡上去。然后就是一株轻舒老干、横空出世的苍松。按照习惯，这一定要被命名为迎客松的。

两个半小时，爬到第一峰的峰顶。上面一株野杜鹃，树尖上水淋淋地开着粉白的花，花心一点，红滴滴地裹着水壳子，一片云气飘来荡去，把人都裹起来了。忽然一阵山风鼓荡，云雾一下子就散开，看见对面不远处又是一峰，从雾障里现出嶙峋的一个山尖，不过一刹那，便云气四合，又是白茫茫一片，四顾无路，倒疑心方才是幻觉。志仁生怕天黑之前赶不回去，执意下山，也只得罢了。

后来才知道，幻觉中的山岭，正是五指山的第二峰，比第一峰高出八米，两峰之间，还有一个仙人洞。

山道上，一路是游人随手扔下的食品包装，竟成了路标。

下到三分之一处，见一位导游领了三位游客爬上来，山中只有我们这六人了。

估计差不多快到山底，太阳咚地一下子掉下去，天便忽地黑下来。却觉得路不对了，不像是上山时走过的路。于是又打了手电一步步摸回去，走了好远，正遇到刚才上山的四个人，说这条路是对的，又重新走回去。到梦仙楼，已经快八点钟了。

草草洗了澡，吃了点面条、榨菜、白米粥。小司沏上茶，四个人一起聊到九点半钟。

从饭厅里走出来，抬头看见鸦青的天幕上，吊了一片闪闪烁烁的银点子，一眉细细弯弯的月，翘了两只尖角，悬在当空，山风嘘过一口气来，树林里就扫过一阵呵呵的响，带着谷里边儿的回音，拖得分外地长。

这里不通电话，也没有电。小司弄了一台柴油机，自己发电。连珠灯勾出梦仙楼的轮廓，黑地里黄烘烘地亮着。

三月八日　星期三

一夜睡不安稳，早早醒来，外面一片漆黑，机器不开，灯也没有，只好干躺着熬到天亮（六点半）。

七点半吃早餐：粥、烙饼、榨菜。

八点钟往遇仙沟。

没有路，在溪水上蹚出路，这里倒是没有一点儿游人丢弃的垃圾。往返近四个小时，不见一个人。

沿着长长的山溪向上走，在长满青苔的大大小小的石头上跳来跳去。插天的树上纷披下丝丝缕缕粗粗细细的藤条，巨幅的流苏帐幔温柔中阴着森森的绿。树缠藤，藤缠树，不必说了，奇怪的是，大腿一般粗茁的藤条，却是怎样从溪水这一边的树梢，腾空飞向溪水另一边的树梢？悬空抛出来的藤链上，又凭空生出一蓬四散纷披的长长的叶子，像是放大了几十倍的吊兰。

一声尖利的唿哨，一只白色的长尾巴大鸟，从水上一跃而起，鸣声在树林里响了好久。

又有一方巨大的岩石，横空里堕下来，斜斜插在溪水边。

溪水汩汩地流下来，隔不久就被山石拢作一个小池。深一点儿的，就汪作碧清的一潭。

溪水当中一个大圆石头，一棵树，用树根把它四角包住，树就在石头上长起来，高得插天。

太阳出来了，一筒一筒狭长的光柱斜斜灌下来，打在溪水上边，溅起乱蓬蓬的银点子，池里的水、潭里的水，也都不安分地晃漾起来。

树死了，倒下来，就横躺在溪水上，一脚踏上去，“扑”地一下子酥了，棉花似的，倒吓人一跳。

热带雨林的世界应该是烈烈轰轰的，翠色里时时窜出金红的、葵黄的、油紫的，一丛丛生辣的颜色，毒毒的日头，劈头盖脸的雨，遇仙沟里却不是这样的躁动，它是用陌生的喧哗铺成一片不着边际的、望不到底的静。砰砰訇訇的溪流，因为单调，也便成了静的一部分，偶尔溪边的山林里爆出哗啦的一声响，听上去就有点惊心动魄。

走了两个小时，走到没有路的地方，虽然溪水还在远远的地方响着，志仁不想再走，便返回了。

十一点半归来，午饭，给小王要了一份牛肉。志仁一点儿胃口没有，只喝了一瓶矿泉水，我依旧是粥、榨菜。结账，费五百一十元（住宿一间五十元）。

十二点半出发。在海南岛的腹地穿行，银灰的柏油路高高下下抛出一个接一个的弯儿，车子悄没声地沿着流畅的线条弯来弯去，平静的刷刷声像是风卷着落叶贴着地皮往前扫。只愿这条路弯不到头儿，就这么一直坐下去，悠悠忽忽的，一直坐下去。

路上车很少，运货的卡车更少，一路只见茶山、芭蕉林、椰子树，看得久了，就觉得椰子树是个披头散发的“笑”字。“夭”的中间儿，正夹了几粒碧翠的椰果，显得笑模笑样的。

过琼中县，沿路看见道边亮了牌子，写着“眺望五指山”。大约沿线一公里，都有眺望的制高点。

开出五指山用了四十五分钟。经琼中，到了一个叫作湾岭镇的地方，前胎瘪了，备用胎倒是有，却没有套筒，拦了几辆车，都不停。小王走到后面的修理厂去借，却道没有。走回来，一声不吭，坐在树荫底下抽烟。志仁问着道上走的一位大嫂，可有这工具没有，算是遇上好心人，带他走到路边高坡上的湾岭镇养路班。问过班长，派了一位养路工拿着工具盒过来，不到十分钟就换好了。不免对着人家千恩万谢。前后耽误了一小时。

五点半抵明阳大酒楼，小王立刻便要回返，留住他吃了晚饭，方送他上路。

志仁却躺倒了，感冒、发烧，说是累的。

三月九日　星期四

志仁昨晚吃了大量的药，早晨已经差不多退烧了。

七点钟，李东来，送至机场，直到通过安检口。

八点十分准时上跑道，正加速间，突然一个紧急制动，然后就滑回来了。机长报告说，出了一点儿小故障，需要检修。一会儿又报告说，要进行地面测试，所谓地面测试，大概就是地面上的模拟飞行，发动机轰轰地吼了好一阵，才算结束。此间，机长和机组人员倒是不断抱歉，真是难得。

九点十五分起飞，十二点半抵京。

这回坐了靠窗的位子，大概是飞在河南境内吧——下边宽宽的黄带子，应该是黄河——广播说，飞行高度是一万二千米，凭窗看见下边张着巨幅的薄纱，纱上随意堆绣着一大朵一大朵的如意云头，纱下边影影绰绰交错着苍绿的格子，赭黄的条纹，像是罨画，云朵在薄纱下边还映出一层一层的影子。

燕京、小会开了车到机场来接。

洗澡洗衣，吃下一筒八宝粥。吴彬打电话来，说六点钟在马克西姆与俞晓群一行会面。

第一次走进马克西姆。一派富丽堂皇，进门厅，上旋梯，一路铺着绛紫地子荔枝纹的地毯，墙上、柱上，挑着大大的花形壁灯，青铜色的花叶子，矮矮的天花板上，倒垂着西番莲，——也是灯。正中的顶子，是李子、桃花，各式花叶果子拼成的彩色玻璃窗。高起一阶的台子上，一支四重奏的小乐队，奏着莫扎特的曲子。装饰得不留余地，便显得拥挤，挺大的房子，也显得逼仄了。装饰风格的粗粗大大，给人一种夸张的感觉，镶在墙上的镜子，又把热闹装进去再放出来，更觉得处处是堆砌起来的豪华。

点了法国蜗牛、鱼子酱、奶酪烤鳜鱼、马克西姆沙拉、快乐寡妇甜饼、火山冰激凌，等等，共费两千九百元（七个人）。鱼子酱是冰盘里放着一个小银盔，盔里堆着冰屑，酱装在鞋油盒那样的小盒子里，一边是一只切开的柠檬，一边是一小碟斩碎了的煮鸡蛋，把柠檬汁挤在鱼子酱上，抹了面包吃，只吃出一股子腥气，简直乏善可陈。

王越男拿出编辑费、制作费等两万元，交给吴彬，当场分了，郝六千，吴六千，赵、沈各三千，贾、陆各两千。俞晓群说，不知情的，以为是黑手党在这儿洗钱呢。

九点多方散（是马克西姆最早来最晚走的一桌客人）。

晚上躺在床上，辗转良久方睡去，夜里两点钟又醒来，怎么也睡不着，起来又看了一个钟头的书，才勉强迷糊过去。

三月十日　星期五

与老沈同往长富宫，在门口与俞等会，鲜花店买了鲜花，准备送给吕先生，就便买了三个植物娃娃，送吴、沈、赵。

吕先生昨天有点感冒，发烧，今天好了，出来相见，精神倒旺健。请他举荐一二可为他编全集的学生，他说："都不通！""那么谁最熟悉先生的著作，谁可以担负这样的工作呢？"吕先生用大拇指比着自己的鼻尖，说："只有我！"

出来，与老沈同往沪版书店，购得《辽宁省博物馆藏宝录》《上海百年掠影》《中国民族服饰文化研究》。

将《五指山》董理成篇。

三月十一日　星期六

往编辑部，忙一上午。

午后往天天过年饺子馆（吴、沈、赵、戴燕、潘士弘及商务的一位）。饺子六种馅：羊肉萝卜、芹菜、酸菜、扁豆、三鲜、大葱猪肉，最贵的是羊肉和三鲜，四十元一斤。

带回一盒给小航。

修改《五指山》稿。

刮了一日一夜的大黄风。

三月十二日　星期日

小会、燕京开车来，与小航一起到机场接志仁，然后同往新侨六楼西餐厅午饭。自助餐，每人六十元标准，小航因为晕车，胃口不好，饭后又再不敢坐车，只好自己走回来。

读《明式家具珍赏》。

三月十三日　星期一

往编辑部。

在遇仙沟，一脚踢在一块石头上，大脚趾趾甲下边淤了血，整个成了黑紫的，归来几日一直流水。今往隆福医院问诊，大夫说，得把趾甲拔了去，因为已经感染了。在换药室，一位护士用了把弯剪子，把趾甲卷起来，连根扯了下来，又剪去呲出来的红肉，然后裹上浸了药的纱布。走到诊室等大夫开药时，突然觉得天旋地转，一阵恶心，又想起一件什么事，就什么也不知道了。清醒过来，才看见被护士和大夫扶着，直问“怎么了”。原来方才晕倒在地。在床上直挺挺躺着，只觉得背后一阵凉气、一阵热气，沿着骨头缝往下走，头则晕得不行。大夫问了办公室的电话，打通了。十分钟以后，已觉得正常。下楼取了药，正好看见沈、吴来了，还借了人民出版社的小汽车，一直送到家里。

读《红楼梦》。

三月十四日　星期二

家居一日。

读《明式家具珍赏》。

三月十五日　星期三

志仁开了车，一起往隆福医院换药。

午间吴向中打电话来，聊了一个多小时。

午后宝宝打电话来，聊一个多小时，哭诉委屈。

傍晚郝德华送“脂麻”校样来。

何海伦的公子吴玮来，请他到仿膳吃饭，回来又坐聊到八点多钟。一个挺帅的小伙子，可以算作比较典型的当代青年。

三月十六日　星期四

往编辑部。

十一点半与老沈同往天伦王朝，与叶秀山、王树人、毛怡红会，在地下室吃自助餐。餐后往二楼中厅喝咖啡，听叶秀山先生聊大院人物，至三点半方散。自助餐费三百余元，咖啡一百元。

读《中国陶瓷》。

一日大风，气温骤降。今年春来早，玉兰花开提早了一个月，这一回该是倒春寒吧。

三月十七日　星期五

坐了志仁的车，将稿件送交施康强，然后往隆福医院换药。

往编辑部。

午间与沈、郝、贾、鄂在“天天过年”吃饺子。

往燕山购《京剧大观》，仍不获。

王之江等来，处理“书趣文丛”事。

读《中国陶瓷》。

三月十八日　星期六

给谷林先生送去校对费。

一见面，先生就摸着胸腹说：“我不好了！”原来连日患胃疼，疼得连着胃的周围一片都木木的，走路也困难。昨天去北京医院挂了专家号，开了一串检查单，诸如验血、B 超、钡餐之类，好不麻烦，但也得一一做来。

往曹其敏处取书：梅兰芳、马连良、萧长华艺术评论集，《京剧发展史》(中)。

三月十九日　星期日

志仁开车，与三哥、三嫂一起参观中国工艺美术馆，门票四元。开门很久，展厅里也还是只有我们四个人。

以北京唯一的一个工艺美术馆来说，展品远不够丰富，精品也不很多。漆器、石雕，比重大了点，陶瓷太少了。一件缂丝和服腰带非常漂亮，质料是银白的，挑出一个一个鹅卵石形状的图案，上面用彩线金丝绣了花草、蝴蝶、茅庐、山水。绣品有几件极精致的，但品种仍嫌少。

为负翁写"今宵剩把银釭照，犹恐相逢是梦中"。

三月廿五日　星期六

一点半由上海抵京，志仁来接，先把老沈送到社里，然后回家。

洗涮毕，沈、吴来，送来信件和施稿，小坐辞去。

聊起董乐山。原来董是圣约翰大学毕业，四十年代在国民党的报纸做新闻工作，三九年入党（十五岁，正在上中学），丁景唐是他的联系人，两个星期联系一次。但有一次去找他，未遇。又去了一次，又不遇，从此就不来了。以后又避难到香港，所以董就失去了组织关系。以后丁却拒绝证明，便脱党了，至今未能恢复。董夫人林婉君是金陵女子大学毕业（吴贻芳为校长）。老沈说，中西女子中学毕业，然后读金陵女子大学，出来之后就是标准的贵族妇女，是最理想的太太。董说：国民党的官太太多如此，我的太太却嫁了个大右派。

仍放不下未读完的《围城》。

三月廿六日　星期日

往西山踏青。

先往三里河会了燕京、小会一家。燕京带了儿子，又带了家里的小阿姨花兰。花兰是陕西（安康）人，脸皮白是白，粉是粉，嫩生生仿佛吹弹得破，装扮得也很入时。

九点钟开到樱桃沟。一路走进去，游人尚少。桃花、杏花、迎春花，粉团团，白灿灿，纷纷的黄，是一年一度春天里的颜色。前年秋天在卧佛寺开会，樱桃沟一天里走了三回，秋天的颜色纷繁、深浓，是油漆彩画中的沥粉贴金，又涂了七朱八白。向阳的一面山，是金线雄黄玉。背过来的一面坡，是墨线小点金。到了日落时分，又是石碾玉般的琢金晕蓝，满是衰败前的热烈。春天的色彩本来清雅，又掺了阳光幻出来的呵气，于是总觉得山间濛濛的，浅草上蒸发着一层轻雾和流云。

沟里看山，只见一片浅浅的粉青中撒了一团一团的鹅绒白，春天的颜色，整个儿是浮荡着的蒙茸。

古人踏青，风雅之士少不得要做诗的，今人踏青，不分雅俗，照相机是统一的道具。

李雄讲起他的爷爷，说他爷爷有过这样一番话："三四十岁的时候，得交几个年轻的朋友，不然到老了的时候，一天天听的尽是噩耗：多年的好朋友一个接一个的都死了，没死的也活动不便，不大能互相往来了。"

十一点半钟往鹫峰大觉寺。

大觉寺始建于辽咸雍四年（一〇六八），是南阳信士邓从贵捐钱三十万建造的。寺院坐西朝东，是契丹人的朝日习俗，因寺内有清泉流入，故初名清水院，金代为金章宗著名的西山八院之一。后又称灵泉寺。明宣德三年重修，改为大觉寺。正统十一年、成化十四年,及康熙、乾隆,都有整修。

大雄宝殿和无量寿佛殿大概多年没有髹饰,旧,却不破,齐齐整整地油漆剥落着,不是颓败的衰颓,是历经沧桑的一种洒然、萧然,得了道似的化外风种,周围那些新近被涂抹得红艳艳的建筑,倒是非佛非道有点近妖了。

大雄宝殿,五开间,面宽三十五米,进深十八米,歇山琉璃瓦顶,大殿中央是木雕的盘龙藻井。殿里供奉着木质漆金的三世佛坐像,南北两壁是泥质堆金二十诸天站像。后面一个抱厦,然后接出石头月台,通到无量寿佛殿。也是五开间,面宽三十一米,进深十四米。灰筒瓦、歇山顶,檐下悬了雕龛匾额,上书乾隆题的“动静等观”四个大字。殿内供奉一佛二菩萨,泥质漆金,背后悬塑观世音像。

玉兰院里一株古玉兰,树龄三百年,毛毛的暗绿包着一个一个膨胀的生命,矮枝子上已经有象牙白的花瓣鼓着嘴儿挤出一道边儿。城里的玉兰已经开败了,这儿的还含着苞呢。

院里一株古柏,半腰分杈处,硬生生嵌了一棵小叶鼠李,叶子没到发芽的节令,细细密密的干枝子霸里霸气在寄生的柏树上四下横伸着。

大雄宝殿一侧,是一株已逾千年的银杏,高二十五米,围近八米,号称银杏之王,可以作清水院的见证了。

大悲坛再向上,是雍正年间建的迦陵和尚塔。八角形的须弥座,上接覆钵似的塔身,然后一圈一圈瘦上去,旋出十三天,顶上覆盘垂着流苏,盘上尖出一个小塔似的宝珠,抽出细尖的塔脖子,塔的一边是松,另一边是柏,一层一层铺展上去的枝桠若即若离地拥了塔尖,翠青的枝叶在春阳下勾出一片轻荫。这也算作寺内八绝之一:松柏抱塔。

御碑亭前面又是一景,唤作老藤寄柏。藤也没抽叶,蛇一样的粗条子从树心探身向外,盘缠在树干上。也不妨把它认作是一个现成的后现代艺术的"设置作品",——一个生命依附于另一个不相干的生命之上,从它身上剥取养料,甲以它的宽容、强壮,也是无奈,接纳了乙,荒诞中的天经地义。大觉寺虽然香火寂寞,但树精树怪却借了风水在这里结下多少宿世因缘,生命中的偶然是冥冥中的灵异。信神信佛,不如信花信树。花开花落,已是禅意,寄寓古柏的鼠李、老藤便是现身说法,会心者可以拈花微笑了。

大觉寺是几近千年的古刹, 但寺中名品多半与佛教无关。所谓"八绝"是古寺兰香、鼠李寄柏、老藤寄柏、碧韵清池、灵泉泉水、银杏树王、辽代古碑、松柏抱塔。碑绝在于古,塔绝在于松柏的一抱,古寺依托了灵水仙木,在京城边儿上撑起一小片儿碧清。

在古柏下的石桌上围坐,吃了方便面和菠萝。两点半回返。

归途在太舟坞买莲藕,七毛钱一斤,小会说,比城里便宜了一块钱,据老钟了解,这河边上的这些荷塘,当地人都承包给外来户了。

三月廿七日　星期一

往编辑部,处理二校样。杂务纷陈,忙乱一日。

三月廿八日　星期二

给梵澄先生送去《陆王学述》的稿费（三千六百四十二元）。先生说，以前我每一本书出版，照例所里要提成的，这本书得给三个人提成：赵、陆，还有杨晓敏，并当场要我拿走，我说哪里有这种规矩？坚辞不受。

往编辑部。

午间蓝英年来，将《冷月葬诗魂》拿回去删改。

阅三校样。

三月廿九日　星期三

看望谷林先生。做过了一系列检查之后，医生说要做手术。先生很达观："对我来说，七十六、八十六、九十六，都是一样的，不过觉得自己一身还欠了许多人情，不免有所依恋。"临别拍着我的肩说："在送给你的书上，写来写去不过一个意思，就是'相见恨晚'，要是早认识十年也好呀。""欠你的情，怎么还得清！"其实，是我欠了先生多少情！但先生既把最后的事都想到了，也许倒能安然无恙越过灾难。来这儿的路上七想八想心里难过得直想哭，此刻竟十分平静，并且不顾忌讳地说道："也许什么都想到了，什么也都不会发生了。"

往编辑部。

午间吴向中来，邀饭，请了老沈，同往明洲。点了黄鱼羹、腐乳肉、宁波汤圆、酒酿圆子、烤麸、烤菜、小笼包、萝卜丝饼。

吴亟欲脱离《北京日报》，目前曾因此谋于我，乃建议往《生活》，但今日谈下来，他似乎更适合在《读书》，因他明确表示，不求名不求利，只想做一点儿想做的事情。一席谈之后，老沈也对他十分满意，拟明日征求吴彬意见。

仍阅三校样。

晚间沈来邀约往中国大饭店会崔乃信。叩开门，见已坐了一屋子人：潘振平、肖娜，又也是中央电视台海外部的一位男士，并崔的女秘书。

往三楼鸭川日本料理晚餐。

餐厅是按日本风格布置的，四面装了沉香色的木槅子，矮矮的天花板上吊了方格子的纸纱灯。服务员穿了银朱色的和服，腰带却是假的，——不过随随便便的一件布料草草挽出一个式样而已。走路也是中国人的走法，当然本来就是中国人。只是穿了和服而不走和服的步子，总觉得不像。开菜单的一位小姑娘，额前分下一排圆圆的刘海，团团脸，杏核眼，眼角却又开得很长，说话柔声细气，很可爱的。

先欲点樱花套餐和枫套餐，但开票的小姑娘说，这两种要一道一道慢慢上，总得在一个半小时才能上完，于是赶快改戏。要了一份鸭川套餐。先上一个碟子，是一个割开的葫芦形青花瓷，大头儿一个小方木盒，里面是一块小小的梅花糕，小头儿一块香菇，中腰别的一串，穿了一黑一白两个小圆球。吃了其中的一个，只觉得满口腥气，另一个不敢再尝。再上来的正餐，一个木托盘里十件式样各异的器皿：盒、罐、碟、碗，或是瓷器，或是漆器。除了一罐米饭，一味炸虾，余皆难以下咽。日本饭吃的是精致的仪式，秀色可餐之外，其实是无法果腹的。

饭后水果盛在一个看起来像是厚冰做的元宝形盘子里，一粒西瓜球，一牙菠萝，一颗草梅，两瓣柑子，看起来倒真是清碧晶莹。一顿饭吃完，肚肠里也寡得清澈。

散席大家再往崔寓喝茶。道了对不起，先别去。

三月卅日　星期四

从志仁处支了一千块钱给谷林先生送去，说是支领的稿费，先生便受了。

往编辑部。与沈、吴议定吕集事，决定要俞开十至十五万元，并委赵先作私下交谈。又决定先吸收吴向中做编外。吴道："陆是一辈子不会到三联来的，所以可以倚为心腹，陆可在'闺房内行走'，吴只可以在'屋檐下行走'。"

并三校样。

傍晚与俞通电话，对开定的价钱一口应承下来。

晚间沈、吴往中国大饭店，邀约了刘杲、王蒙夫妇、李泽厚夫妇，与崔乃信见面，并晚餐。散席后沈打电话来，说没想到李泽厚竟邀了韩箐英赴宴，为他开车。

王之江来。

读《春琴抄》。

日本的艺术和文学，——茶道、花道、庭园、诗歌、小说，幽婉的节奏，却总让人有一种机械般的紧张感，用努力的压抑与克制，一丝不苟地营造，完成一个精致、细密的仪式。即使是缠绵悱恻的爱，也常常有着自虐与虐人的残忍。日常生活中的每一个日常活动，都经过刻意、精心的设计。一个问候，也是一个隆重、繁复的仪式。和中文相比，日文表达一个词、一个意思的音节，要分外地长。

三月卅一日　星期五

往编辑部，做发稿准备。

午间徐新建来，同往宾华快餐厅。本应做东，但徐抢着付账，争不过，也只好算了（三十七元），聊了两个半小时。

再往编辑部，忙忙乱乱直到五点半钟。

读《小泉八云散文选》。

四月一日　星期六

与志仁、三哥往万安公墓扫墓。

归途过景皇帝陵。自公墓出门北行，然后折向东，过四王府、娘娘府桥，至玉泉山下，正北的部队干休所大院内，当地人称作娘娘庙的，便是景皇帝陵了。

明蒋一葵《长安客话》云："景皇陵在金山口，距西山不十里，陵前坎陷，树多白杨及椿，皆合三四人抱，高可二十丈，空同李梦阳经此集古吊之：'北极朝廷终不改，崩年亦在永安宫。云车一去无消息，古木回岩楼阁风。'"《日下旧闻考》曰："明景帝陵今封树如故，陵前恭勒御制诗碑亭。"今日此刻，高可数丈的白杨与椿已经不存，诗碑与亭倒依旧安然，一座重檐歇山顶的黄琉璃瓦亭子，四方藻井，青绿叠晕的旋子彩画。亭前两株小柏树，亭后一座敞殿。上行，宝城围墙前辟出一片平台，——是不是《长安客话》所说的"陵前坎陷"？——铺了水泥，做成一个小小的准高尔夫球场，一组老头儿，一组老太太，正用了门球和门球拍，打高尔夫球。

《日下旧闻考》二二〇七页：

光宗贞皇帝陵曰庆陵，在裕陵西南，俗传为景泰洼是也。先是，景陵中建为寿宫，英宗复辟，景皇帝遂葬西山之麓，陵基遂虚。光宗上宾既速，仓卒不能择地，乃用此为陵。（《芹城小志》）

又：景皇帝临御日，自建寿陵，寻毁之。（《华泉集》）

又：边贡《过寿陵故址》诗：玉体今何所，遗墟夕霭凝。宝衣销野磷，碧瓦蔓沟藤。成戾当年谥，恭仁葬后称。千秋同一毁，不独汉唐陵。（同上）

页一六六八页：

景皇帝陵葬恭仁康定景皇帝、贞惠安和景皇后。

四月二日　星期日

一个绝晴天气。

七点钟与志仁一起驱车往德胜门，会了老钟、李雄夫妇并孝仁父女，出发往银山铁壁。

先至思陵。

思陵已经没有地面建筑，近年新修了大红宫墙，才把这一片陵地圈起来。五开间的祾恩殿，柱础还在。后面是石鼎、石瓶、石烛台，上面浮雕尚完好。一株折了顶的老松，据说是有陵的时候就有了它。宝顶上立一碑，上书“庄烈愍皇帝陵”。天晴得蓝汪汪的，衬起苍绿的怪松，孤零零的汉白玉碑，素净得凄清。

守陵人今年六十七岁，是祖辈的守陵户，从太爷爷的时候，就给他讲陵的故事。这一片村子叫悼陵洞，先有了这村子，一百多年,才有了这思陵,原来是为嘉靖的皇后守陵的(《明史》:孝洁皇后陈氏,元城人,嘉靖七年崩,谥曰悼灵,葬墺儿峪。十五年改谥曰孝洁,迁葬永陵)。但老钟听到的一个说法是,此地名盗陵涧,为了是先张了盗陵的名,盗墓者便以为已经没有可取了。

所谓“山西”“河南”,山乃鹿马山,河便是昭陵以南的一条河。当初勘定陵址的风水先生言,陵一直可以修到山西、河南,却是如此应验。

思陵下边,是王承恩碑,由道边向里,一溜三座。

当日的守陵户是有香火地的,免缴租税,只供应陵内一应香火。清以后渐有满人住进来,采用跑马占地的办法占了不少地。

从思陵出来,向北行,两边山上开满了杏花。一蓬一蓬,白毛毛的,离得远,看上去就像是礼花在高空爆裂后驾了降落伞纷披四散,却没有青黑的地子衬托它的明丽。经冬的秋草一片黄褐色,还记录着一个长长的肃杀的季节,杏花铺展出来的这一点春意,越显得淡了。

途经一处叫作黑山寨,路旁一个大广告牌,画着盘龙松和延寿寺,大书着“天下第一松。”

沿山路走进去二三里,到了延寿寺。门票要十块,李雄和守门人讲了半天价钱,总算五个人收三十元放了进去。

早年这里是个小三合院,正殿七间,东西厢各五间,却早就毁了,现在修起一个三开间的正殿,也不是殿的正做,不过是座硬山顶清水脊的砖瓦房。香案后边的佛龛里供了一尊墨玉观音，原料重四吨，雕成重一吨。观音上边，是白玉的释迦牟尼，乃加拿大籍居士罗道安礼送（一九九三年十月十日）。却是市委书记看上了那一株盘龙松，方才结下这一份善缘。

盘龙松果然生得绝。粗茁可一抱的枝干左折右旋，苦苦弯作数叠，扭曲成一条盘龙，真不知是天意还是人力。若天意若此，未免太有情，如出于人力，则忍而至于无情了。据云当地人视松为神树，说折一枝它都要流血的。

寺外遥遥与盘龙松相对的一株，称作凤凰松，枝桠披垂，差可认作凤尾，松也怪会凑趣。

大殿后山墙外一道月牙池，赤色的乱石砌了牙子，池水里生着绿毛的藻，靠了一眼不竭的泉，才养旺了这一株五百年的古松。

过黑山寨行不远就到了铁壁银山。

《日下旧闻考》言银山中峰下有寺曰大延圣寺，正统十二年重修，赐额曰法华，今已无存，倒是"寺塔七"，尚立于山麓。

七层八角楼阁式砖塔，塔基是高高的有束腰的须弥座，顶上有仰莲基座承举了圆光、仰月的塔刹，每层角脊圆瓦上还立着一尊小佛像。高，看不清眉眼，像是敛袖端坐的观音。

饭后登山，塔林后边就是一条上山的道。

银山多的是松，道旁四伸着枝条的灌木丛黑紫着没一点儿绿，扑啦扑啦地打在腿上、胳膊上，隔了衣服也觉得刺刺的。脚下厚厚的落叶枯黄得泛了白，踩上去竟然还滑腻腻的，让人冷不丁哧一下脚虚惊一回。半爿天被正午的太阳蒸得白亮白亮的,银山顶着的,却还是一片明蓝。

大约有松的地方必定有石,三颗巨石倚着铁壁垂珠似的吊下来,半空里被施了定身法,骨碌碌悬在那里不动了。又一块赫然黑崖横出山梁,蛤蟆般地张了嘴,口中半含半吐着一粒圆石头。

上山起始的一段路,是齐齐整整新铺就的石级,走到想喘一口气的地方,就有一个光溜溜的石头从山间凸出来,上边残存的两层塔基。站在石台上,俯瞰,有凌空之感;仰观,山尖壁立如屏,清清楚楚的,伸手可扪。绕着山梁的一条盘肠鸟道,阳光下白碜碜的,窄的地方,将可容一足,脚踩在沙石上,一打滑,“哧溜”一下,就腾起小小一道白烟儿。

山风大起来,天更晴得没一丝儿云。只见石理不见树纹的山尖尖,像比着峻峭的山样子一点一点剪下来,平平地粘在蓝底子上,越离得近,越没了立体感。

贴着山鼻子,走过一节一面壁立如切的险路,才盘旋到了山顶。西边迤逦的一道山脉是拥着十三陵的天寿山,北面白线一样蜿蜒着的是长城,山脚下的塔林纤巧得用手可拈,中峰有塔基的圆石台已经被又一座山峰遮没,只能想象着它的位置,感觉一下跋涉的距离了。

下到山脚,已是两点半钟,归来四点。

四月三日　星期一

往编辑部,做发稿准备(画版式)。

午后往琉璃厂,继往光明日报社,自林凯处取来明天的火车票。

四月四日　星期二

十点钟往北京站乘45次往杭州，十点四十分发车。与林凯同行。对坐一位是铁道部机械研究所的高级工程师，极健谈。一路呱呱不停，倒很有见解，对国计民生，国家前途，近景和远景，都能侃上一通。

四月五日　星期三

睁开眼，已经过了灰黄色的北方平原。车窗外连绵不断的油菜地，一大片连着一大片，像油绿地子上金线挖织出团窠花、折枝花的妆花云锦。

十点二十五分正点抵杭。小李来接，先到了教育社。抽空往古籍社，和王翼奇打了招呼，然后到华北饭店登记住宿。

与张伟建、小李、林凯在饭店餐厅共进午餐。

饭后沿湖行，先往西泠印社。是一个很精致的园林，印泉、闲泉、凉堂、竹阁、四照阁，处处安排，但仍是匠心，不是匠气。唯塑像嫌多，有俗滥之感。

再往文澜阁。正在展出马王堆汉墓出土文物，漆器、棺椁之类颇疑心是复制品，却又没有说明。几个展厅都静悄悄的，除保安人员外，再无参观者。这里也有泉石园林之胜。

继往旁边的省博物馆，是近年新建，有历史文物展、工艺美术珍品展、陶瓷展。

出来已是四点钟，再往孤山。孤山草坪之上，一对对恋人叠胸交股大剌剌卧于其上，略尽欢爱。

行至放鹤亭，一个新建的歇山重檐四角亭。旁塑一鹤，丑陋比呆鹅不如,还不如没有的好。

五点一刻回到华北饭店。半小时后,李庆西携田桑来,同往新新饭店旁边的栖霞餐厅。李杭育已候在那里。餐厅墙壁上一边悬了一支猎枪,一边挂了一对牛角,但整个厅堂又无一丝犷野粗豪之气,未免不伦不类。李庆西点菜:炸虾、清蒸鲈鱼、蛤蜊、炒春笋、炒笋干、酸辣汤、脆炒腰花,并三款凉菜,费三百余元。饭罢已是八点。

往三联分销店,购得《丝绸艺术史》《事物异名录校注》。

九点归来。十点钟全班人马到齐。

与查志华同宿一室。几间客房,只有这一间有阳台,可眺望西湖。

四月六日　星期四

五点多起来,草草洗漱,即乘 7 路车往灵隐(无人售票,投币一块钱)。车上已经坐满了人,都是往灵隐进香的老太婆。

门票八块五。飞来峰一带,尚清幽,树多,鸟多,水多,便是风景了。藤也生得怪,常常是从石缝里长出来,攀住一棵树,又甩出长长的条子,在半空里打个同心结,然后就乱了丝,纷披着抛到左近的树上。峰顶一片嶙峋乱石,静静的悄无人烟。只有树,只有藤,只有一片深深浅浅的绿,却是远远的狗叫,一声递一声。

灵隐寺七点钟才开门,呼啦啦拥进好几十善男信女(门票八块)。

果然好大的庙!第一进天王殿,正中供着弥勒佛,两边是四大天王。

第二进大雄宝殿,歇山顶,三重檐,有三十多米高。正中只有一尊释迦牟尼,顶天立地而坐,这像据说是用二十四块香樟木雕塑而成的。佛前上头张着伞盖,一张黑漆香案,翘头,束腰,都雕着描金佛像,牙子和鼓腿上刻着行龙。一架金碧辉煌雕镂繁复的大宫灯从天花板上吊下来,下垂了一颗大灯珠,里边几半碗灯油。右侧高高的曲尺形红漆柜台,后边立了四个和尚,这叫作“功德乐助处”,便是出售香烛。释迦牟尼的背面,是慈航普度的观世音。头戴风帽,身披八宝暗花的粉袍子。两边龙女、善财,身后背负着普陀洛迦山半个神佛世界。

最后一进是药师殿。正中结跏趺坐,手中托了莲台宝塔,顶梳螺髻的大约就是药师佛。日光菩萨、月光菩萨在两边,左手一位托了月,右手一位托了日。

药师殿两边又各接出两个偏殿。每个殿前的平台上都放了香烛亭,男女老少大把大把踊跃烧香。张宗子记灵隐寺前冷泉亭,录陈眉公隽语曰:“西湖有名山,无处士;有古刹,无高僧;有红粉,无佳人;有花朝,无月夕。”

沿着溪走出来,溪边有龙泓洞、玉乳洞、金光洞。洞里边、洞外边的石壁上,都刻着佛像。当年袁、张曾对此大叹气,如此已成为重点文物保护单位了。

七点四十分赶到食堂,匆匆吃过,八点钟出发往灵山。

由宿地向虎跑的一路非常漂亮。有几树花开极艳的,像是桃花,但树型又不似。查志华说是紫荆。还有玉兰,却是紫色的,陈鹰说是茄子兰，我说是茄兰。总是兰花中的异品吧，北京没有见到过。

车至钱塘江边，路便十分难走了。水泥尘灰四起簸扬，一路颠到山脚下。沿石板路行，过小桥，有景叫乌龙泻玉，是个小小的三叠瀑布。

上山的路，两边都是新竹。竹影下，一溜小摊排开，卖些各地旅游点大致相同的劣质工艺品。

到了下洞（溶洞），洞口题了灵山幻境。下洞的中央大厅里竖了一根通天接地的钟乳石，被称作“玉柱突兀”。其实极似男根，若题作“生命”，倒更有意趣。洞中不少诸如此类的大大小小、扁圆尖长、肥肥瘦瘦的石柱，更见得这里是一个孕育生命的所在，不过是个极缓慢的孕育过程。

再行，便是腾腾冒着白烟儿的“蓬莱仙岛”。原来这仙气是人作弄出来的，——在五彩灯光的闪烁下，照相者在石前摆了姿势，就有人提了壶过来喷仙气。当然这一番弄神弄鬼是要收费的。沿着铁梯子攀上去，看下面围着蓬莱仙岛的一片喧闹，也很有意思。

下面又是一个西游记宫。人一进门，就踏动了什么机关，里面五音杂凑，乒里砰隆一阵子乱响乱动。看一个格子一个格子的，摆了些纸糊的《西游记》人物，拼成一个两个《西游记》的情节，人人摇首而过。

出了下洞，就是一尊新造的大弥勒佛，粗劣不堪。两边各有两尊天王，涂了粉白的脸。

横过山梁，就到了上洞，——仙桥洞。先过一架铁索桥，然后走下来，沿着哗哗奔流的溪水进洞。水声激越处，濛濛的，腾着水雾。四周石崖高上去，竟成了一口深井。石壁被水气洇着，生满了绿苔。再下，水跟着石头转了弯，再冲下来的时候，却是沿着一个缺了半边牙子的莲花宝座。宝座缺的半边，被水拍击得平滑了，成了一面石壁。绕了梯子旋到一侧，看那莲花座的上方，正悬了一方似堕非堕的大石头。

归来已是将近一点钟。午饭罢，小憩。

乘车往茶叶博物馆。途经浙江宾馆，去看了林彪的“七〇四工程”（门票十元），据称当年修建耗资三千一百万元。

看过茶史展览，到风味茶楼品正宗明前龙井。十五块钱一杯。绿叶子竖起在杯底，上面浮的一层，也是立着的。博物馆的土坡上种了几株含笑，一株已经开了一枝，花心甜香，哈密瓜似的，好闻极了。一蓬叶子上伸出好多尖角的，叫作鸟不宿。

继往龙井。泉旁绿树相拥，又有亭亭的一株古樟。用木棍搅动泉水，停下来，水上就现出一条细如银丝的分水线，据说是山水和泉水混在一起比重不同而产生的。

归来四点半，又独自前往曲院风荷。很静，只有几位垂钓者。春天，没有荷，但有曲院，有风，风拂柳的韵致，是令古人今人赏看不倦的。将要落下去的太阳像一丸金弹子悬在灰蓝的天上。

五点半吃饭，曹社长亲自宴请。连日来，几乎每饭必有春笋。正是时令菜，极鲜嫩。还有一味软炸牛蛙腿，也不错。今晚的荠菜包子,颇清鲜。

席间林凯说起:十个日本人中,有两个聪明八个傻,必定是两个聪明的当头儿;十个中国人中,两个傻八个聪明,必定是两个傻的当头儿。一座喷饭。某君笑曰:“精辟精辟!”不过马上有人反对说:“聪明的不过是将才,傻的才是帅才!”说起一路火车见闻,所遇同坐,几乎都大侃政治,指点江山,头头是道,老百姓个个都是明白人。

饭后一行漫步苏堤。对岸六公园一带,只嫌灯亮,天都黑不下来。灯光辉映下,湖天成了一色。水天合为一个葡萄青的漆盘,分界处的灯光就是嵌在漆盘上的螺钿。堤岸边的长椅上,一对一对的,坐满了。六桥走了五桥,然后回返。

时值三月初七,一眉上弦月弯在天上。水中之月,像一条小金蛇在岸边的水里跳着。感觉不到风,水却晃得厉害,小金蛇一弹一弹的,没有一刻消歇,似溶于水又不溶于水,看久了,人也被它的不安弄得晕眩了。走到离北山路最近的一座桥,倚栏看湖,才看见一个黄月牙儿安“静”卧在水里。但很快又有水波推过来,把月亮搅成明晃晃的一团碎片。

往怡口乐吃冰激凌,陈鹰请客,吃了一份香蕉船(八元)。里面热烘烘的,坐满了人。还有一个小乐队演奏四重奏,却压不过嘈杂的人声。

四月七日　星期五

五点半钟乘7路车往保俶塔。在葛岭下来,五分钟就上到宝石山顶。将及山顶的地方新建了一个蓝色镜面玻璃的歌舞厅，对山的景观是个大破坏。塔的最近一次修复是三十年代。

从山顶横过去就是葛岭。大大小小方方圆圆的红石头任意散落，布出奇险。

再走上去，一带黄墙，上书“抱朴道院”。几个道士在打扫石阶。阶下有池曰涤心。看黄墙里面的房子，后面一重像宿舍，挂了毛巾衣服之类。

山道弯过去，有通向山顶的一条，名曰初阳台。台上有亭，亭里有碑，碑上镌着字：初阳台。旧志称十月之朔，海日初出，炯然可观。葛岭独以初阳名者，盖唯十月朔日，日行之道却当台之正面，是以可观。或云日初起时，四山皆晦，唯台上独明。山鸟群起，遥望霞气中，时有海风荡潏海水，更有一影互相照耀，传是日月并升。

今天有雾，但日出之处似乎已经不见海，只见一片高楼拥在一线。从保俶塔到葛岭到初阳台，满是早锻炼的人。或者几个人互相打招呼，或者一个人逼着嗓子练声，作鸡叫、鹅叫、鸟叫。但到底山大、树繁、鸟多，能把所有这些都包容进去，并依然时有清幽的所在。

沿栖霞岭走下来，回到饭店早饭。然后在孤山前面的渡口上船，游湖。九个人包租了两条船，三百元。湖面宽阔，游船不显多。但集中到湖间小岛，就变得熙熙攘攘了。阮公墩最小，新修的一带竹居，设个茶座、小卖部。而游人多不在此驻足。湖心亭、三潭印月、花港观鱼，一处比一处人多。处处花开得盛。最多的是桃花，更有杜鹃、紫荆、瓜叶菊。有一种小叶子的枫，在五针松、黑松中擎出一个轻容叠起的红伞盖。广玉兰枝干生得低，差不多快到主干接地的地方，粗条子的根又披散在地面。

西湖之草色波光烟柳画船，自古以来题咏多少，尽读一遍也把人累死了。这时候最好抛开这一切，只放开嗓子把《白蛇传》里的一段西皮摇板唱一遍：离却了峨嵋到江南，人世间竟有这样美丽的湖山。这一旁保俶塔倒映在波光里面，那一旁好楼台紧傍着三潭。苏堤上场柳丝把船儿轻挽，颤风中桃李花似怯春寒。

在苏堤舍舟登岸。但见堤上一株柳间一株桃，娇艳得让人酥了。有的一棵树开两样花，甚至一枝两样，一朵两色。有一种极艳的洋红，是桃花中最漂亮的。人看了好画，要说像真的景；看了好景，又要攀扯了假的画来作比，总要是什么而又不是什么才好。

原计划中尚有太子湾公园，因为陈鹰把相机丢了，便提前归来。

午饭后往丝绸博物馆、南宋官窑博物馆和胡庆余堂。

丝绸博物馆对蚕桑、缫丝、纺织介绍得还算全面，但丝绸文物方面却极简略。明代几乎被略过，只有一两件充数。

陶瓷展览精品也不多，倒是两个遗址保存下来难得。

胡庆余堂在河坊街。临街的墙上书着有两人高的黑字：胡庆余制药厂。从街上拐进去，一座高大的徽式建筑，房子的格局，装修的尺寸，都远大于同类建筑，高敞宏丽。

与查志华一起跟了李杭育父女往华王宫。这里原是一个工人俱乐部,现被改造成餐厅兼歌舞厅。门前装饰着西洋风格的雕塑,里面富丽堂皇的。

主宾是文敏、鲁强,客则是李庆西兄弟、田桑、吴亮、孙良。吴亮披着长发,笑模笑样的,像个大头娃娃。孙良比吴的头发短一点儿,却是烫了一头的卷。两个人的样子让田桑好奇了半天。

菜以海鲜为主,赤蛤、梭子蟹之类。另有香椿炒鸡蛋等。最后一道主食是煎饼,分甜咸二种,甜者里面是细豆沙,咸者是小葱和香椿,薄薄的,煎得两面焦黄。

饭后下楼,到大厅里。副经理是吴亮的朋友,预留了座位(本来每人门票要一百元)。先是强烈的电子音乐中,食客们成对起舞,跳得倒很优雅,挺有风度。

然后演出开始,中国歌手与俄罗斯的一个六人舞蹈团轮番演出。舞台前面有个活动的“舌头”,可以一收一吐。唱则吐,舞则收。

唱歌的是杭州歌舞团的,自是专业水平。俄罗斯的能到这里来走穴,在国内大约属于不入流,但水平却挺高,有很深的芭蕾舞的基础。有《爱的渴望》《爱的波折》《拥抱我吧吻我吧》《卡门》,又椅子舞等。

《渴望》是独舞,舞者只有十八岁,穿了泳装。舞的时候每一块肌肉都传导式的牵动,难度很大。用汹涌澎湃的全身运动,写诗、造句,写出渴望、绝望、激动、奔放。其实未必和爱有关,但好像只有用爱才能解释被大大夸张了的情绪。

《卡门》是具有芭蕾水平的准脱衣舞。四个姑娘穿了镂空的黑乳罩,黑色的锐角三角裤,下系大红裙片,上围明黄披肩。跳着跳着,披肩解下来了,裙片解下来了,只剩了三点式。不过贴肉穿着的,好像还有一层质料极薄的东西。

椅子舞是用麦当娜的歌配乐，四人一人举了一把椅子,穿着三点式,用高难度的舞蹈动作摆出各种各样性感的坐姿。

乐和舞都活泼而俏皮,到底是艺术。

十点钟,李杭育为照顾田桑,要先走,于是与查志华一起跟着走了。

四月八日　星期六

早饭后,八点钟出发往绍兴。从省政府借的车,开车的是位老司机,头发雪白,一脸沧桑。

出杭州,进萧山。路两边一式的两层楼、三层楼。查说萧山富得不得了,是很早就搞起乡镇企业的。

过萧山,入绍兴,山水一变。地上铺满了紫云英、油菜花。长流水,长长的石板连着弯弯石桥的古纤道。

先往兰亭。青山一脉,像卧着的骆驼。沿田塍走进竹林,迎面鹅池,未见鹅,先听见鹅引颈向天歌,但叫声很凄厉。一棵古樟树护着一方鹅池碑。曲水流觞的曲水,成了一弯死水,一层绿沫浮在上面,莫说载酒,几片树叶停在上面,都定定的,一动不动。

还有墨池、御碑亭。康熙文在前,乾隆诗在后。亭后又造出一方乐池,池上架起竹亭,书法博物馆的馆长在这里卖字。

穿过池子,是一片河滩。滩底一道浅浅的水。对岸绿柳夭桃间，一条小径通向书法博物馆。两间上书“中国书法简史”的展室里，展出的却是鱼类标本。上海水产研究所把压在仓库的东西拿出来换实惠，博物馆则贪图一点薄利，全不管兰亭之与水产关系如何了。

继往大禹陵。依山一道红墙，里面层楼杰阁，看去很是气派。近日正在进行整修。禹庙本来旧而不破，如今却被油漆涂得崭新。禹庙正中是禹穿了十二章衮服的立像。禹陵展室的门关着。旁一井，后一小园，背倚着会稽山。

从禹陵门口可坐了乌篷船直发鲁迅博物馆。本想弃车登船，但张伟建执意不肯，只得作罢。

车往咸亨酒店。二楼开了一桌，四百元。楼下的散座叫嚣一片，一地的豆壳、瓜子壳。

草草吃毕，与解玺璋、林凯先行。看了百草园和三味书屋。又看了民俗博物馆。此处房子原是鲁迅祖父所居，所谓民俗展览其实是商业行为，让人失望。一堂泥塑弄得像妖魔鬼怪。

再往沈园。过禹迹寺井、春波弄、伤心桥遗址，便是小小一座园。虽地面建筑都是假古董，但六朝古井亭、宋井亭中的井，毕竟旧物。一方葫芦池，也是宋代旧迹。果然形如葫芦，上面浮了一层绿苔，不露一点儿水痕。

从沈园后门穿出去就是绍兴博物馆，进去参观一回。

然后赶回咸亨，三点半发车。六点钟开到清波门的食为先。这是一家个体饭馆，生意极兴隆。蛇胆酒、蛇血酒、眼镜蛇羹、基围虾、梅菜扣肉，好像全国都一样。走过的郑州、上海、海口，直到杭州,成了广东风味的一统天下。

曹社长亲自宴请。他说的话,十句只懂二三。

归来,与查一起访范景中。才走出门,就下雨了。周小英还是六七年前初见,几年不见变化挺大。范以《艺术与图像》持赠。将近十点钟辞出。

四月九日　星期日

费了半天劲儿给志仁打电话,没打通,只好打给老沈,请代告家里我的归程。

六点半往灵峰探梅。雨下了一夜,仍时大时小不住地下。

走进植物馆,偶尔走过一伙老头儿老太太,便再不见人。看不见雨,只听见打在伞上的沙沙声。绿色浸透了水,濛濛的,漫过来。灵峰下面的一片坡上,满是梅花。但寻访已迟,空余花开花落之后的一片绿。山峰砌起的石壁上镌了"灵峰探梅"四个字,上面涂了红,此即灵峰寺旧址。据称初建于后晋吴越王时(九四四年)。现在上面造了笼月楼、掬月亭,亭下有掬月池。又架了一围竹廊。

来回走了两个小时,鞋都走湿了。

九点钟,王翼奇来接。一起走到曙光路口,吴战垒已经等在车上(古籍社的工具车)。

先往徐锡麟墓。那日从龙井归来已是路过。雨中重访,又觉不同。鲁迅在《范爱农》中写到的徐锡麟、马宗汉、陈伯平,都在这里了。

再往三台山下的于谦墓。墓道两边青草离离,砖砌的园丘上杂草丛生。坟前一碑，上书“大明少保兵部尚书赠太傅谥忠肃于公之墓”两行黑字。碑前一个石香案，香案前边一个石香炉，残断的石像生躺在两边的草丛里。细雨潇潇的。

继往张苍水墓。石碑镌刻：乾隆五十七年秋九月癸卯建　海宁陈鳣敬题　皇清赐谥忠烈明兵部尚书苍水张公之墓　咸丰八年岁次戊午冬十月慈溪冯珪重立

因为张公之墓靠在章太炎纪念馆旁边，所以修整得济济楚楚，而当初章墓是慕张而傍的。张祠中有沙孟海书的“好山色”三个金字。

章墓由他的后代出了资，重新修整过。纪念馆的回廊下设了茶座，一桌一桌的，坐满了。打麻将，打扑克，喝茶、聊天，嗑瓜子。一生孤傲的太炎先生死后也不得不“与民同乐”了。

再向吴山。在古樟树后面的月下老人祠吃饭。天始放晴。祠中一幅现代人画的月下老人图，旁设一个求签处。但在这里坐了一个半小时，未见有一人来问签。

饭桌设在廊下，也只有这四人一桌。柿子椒炒肉丝、红烧鳝段、软炸排骨等等，有凉有热，居然治办起有滋有味齐齐整整的一桌。席间方知老吴近年迷上了陶瓷，已搜求到不少古董，以青花为主。据称可以举办一个小型个展了。

十二点半与三位作别，独上江湖汇览亭。果然左观江右览湖，但江湖之间的楼群，楼群之间冒着黑烟的烟囱，也就此一览无余。亭柱上书江湖汇观联：八百里湖山知是何年图画，十万家烟火尽归此处楼台。

从吴山下来，往凤山门。山道左手的土坡上有座小庙，三个婆子坐在门首按本诵经。庙里供着的泥胎穿的像是戏装：头戴王帽，身着明黄团龙蟒。问这是哪方的神佛，一个婆子睁开眼又闭上，说：“城隍”。

《陶庵梦忆》提到城隍山，想必这就是城隍庙。照张岱说，供的就是周新了。《明史·周新传》差不多用的是张岱原文。如今人们知道是城隍，但是不是还知道周新？其实知与不知都无所谓，以周新之冷面寒铁，临刑犹呼“生为直臣，死当作直鬼”，死后还要化身城隍，“为陛下治奸贪吏”，仍奈何不得百分之九十五的奸贪，也可见清廉之难有作为。看城隍面前的一炷冷香，针尖似的火头吐出一丝白烟，人神不知的，就化在小庙的黝暗中了。

一路行来，街巷破旧，又脏又乱。外面倒是一条新修的宽马路。马路另一边，莳花种柳，又有一流相抱。

凤山门上有一块遗址碑。碑过去是河，河上六部桥，桥过去是残城，也是新修。

碑阳书“古凤山门”，碑阴略述沿革：凤阳门为古代杭城的南大门，南宋王朝于绍兴二十八年(一一五八)在凤凰山一带筑皇城，又筑外城。门十三座。此地为大内北门和宁门所在。宋末，元兵入城，宋宫毁于火，门毁。至正十九年重建城垣，由此处筑城门名凤山门，又名正阳门。凤山门南宋御街南端，旁有六部桥，为南宋三省六部诸官署所在地。门外万松岭一带，为骑马踏青之处，当日民谣有“正阳门外跑马儿”。民国时期拆毁城门。

坐出租车往郭庄，司机说，杭州人结婚多半到郭庄拜堂。及至门口,果见一对新娘新郎穿了西洋的结婚礼服迎面走来。这一边正停了披红挂彩的几辆轿车。在售票口又看见立了牌子,上写着:新婚摄像(中式服装、中式拜堂、交杯茶)每次一百六十八元。

郭庄即汾阳别墅,始建于清咸丰年间,为当时宋端友所构,后归属郭士林名下,是西湖园林中最具江南古典园林特色的私家宅园。一九九一年全面整修后开放。范景中说:"郭庄,又小,又大。"出自美术评论家之口,得说精辟。

进门,沿回廊前行,左侧一座三开间的花厅,是鸳鸯厅的做法,——前后两部分用飞罩和屏风隔开。正面横匾书着"香雪分春",下设一堂硬木桌椅。

穿出来,是一个天井。天井中凿一方池。两侧厢房和正房相接的一边各有门通向后园。后园有山石花木。临湖的一面,是一个乘风邀月亭。亭后一溜平台,设了茶座。花厅前面有廊,外檐阑额下垂着小棂条和卷草纹的花牙子雀替。地上铺着人字纹的砖。前面又是一个月洞门,门外筑成一道围廊。廊面水。周水为阁,为亭,为榭。水榭另一边,再成一池。池水向湖的一面是一带短墙。墙接山石,石山有亭,曰赏心悦目。粉墙中开一个月洞门,曰枕湖。原来后园的一溜平台一直连通过来,一湖风光尽为郭庄所有了。

水天一片虾青色, 苏堤在中间影影绰绰缀了一道苍绿的痕。穿出水池一侧的角门,便是曲院风荷。经水杉林,过玉带桥,走到岳坟。再乘出租车往龙井。

到龙井村已是四点半钟，天色竟有些暗了。向人打听九溪十八涧，都说天晚了，不要去了。但已经到了这里，焉有不去之理？

在村中穿过，沿路住户都在一边炒茶，一边招揽生意。出村就是一坡一坡的茶树，山绿得滴水。路边有细细一道溪流，时有垃圾散落其中。路有被溪水漫过的地方，旁边就筑了矴步。过了一道又一道矴步，除了山上偶见一二采茶女，道上悄无一人。走了将近半小时，才见有辆小轿车停在路边。一个女子在草丛间采花。问九溪十八涧快到了吗，她说这里就是，已经快走到头了。果然不远处就是横挡的一面山。山有瀑布垂下来（人工的），在下面汇成一潭。水边遍植桃柳。水虽不清，但桃花照影，花、影相映，仍觉动人。说明牌上写着：九溪烟树，位于西湖西边的鸡冠陇下。九溪水发源有二，一自龙井之狮子峰，一自翁家山之杨梅岭。向南流淌，会合青弯、宏法、渚头、方家、佛石、云栖、百丈、唐家、小康九坞之水，注入钱塘江。

在这里坐了三轮车（八块钱），七里路就到了钱塘江边。乘504路至湖滨，再换7路回到饭店。与张伟建、陈鹰、林凯、小李、刘建共进晚餐。

四月十日　星期一

六点半钟再往苏堤、西泠桥，经了雨的桃花落英缤纷，但山茶却是整朵花落下来，并且花心朝上，一点儿不受污损。

看看时间尚早，又往孤山寻六一泉，但绕来绕去只是找不到，又问了几个人，或云不知，或道没有，最后总算有个明白人指了方向。原来就在秋瑾墓过去，俞楼一侧。俞楼里面已经是住户，旁边贴着山麓有个半亭，亭前乱石砌出一泉，水底铺满了树叶，还扣了一个铁盆在里面，周围没有任何说明，怪道如此少人知。

归来早饭，行前范景中赶来送书，说是小英一定要他送来。

一路堵车，从饭店开到机场用了一个多小时。十一点二十分起飞。

一点抵京。志仁来接，还没来得及收拾东西，志仁就要先看录像：美国影片《真实的谎言》。果然拍得精彩，尤其有编故事的才能，既出意外，又合情理。

老沈送来信件。

四月十一日　星期二

搭了志仁的车到资中筠处取书稿，并送去法文本的友人之书，才知道陈乐民目前也入院了（昨接负翁电话，告知因心律不齐住院；给老倪打电话，知谷林先生已顺利做完手术，确认没有扩散）。

往编辑部，处理信件。

访谢兴尧先生，商量书稿事。

傍晚与志仁同往新开张的外文书店楼上的新华书店，一无所获。

就便访旁边茶叶庄的詹敏。打听旧人，大半散亡，同龄的，几乎都退休了（去年拆除时，定为四十岁退休），张小山、老苏、李德山，都成新鬼，高洪也患了癌症，令人嗟呀不已。

四月十二日　星期三

剪贴谢稿，整整忙了五个小时。

贱价购得《两朝御览图书》《大龙邮票与清代邮政》《清宫流放人物》。

往故宫访朱传荣。朱说："今赐你宫中骑车。"并在前边领路。先去了图书馆。果然好一个闲庭院，梨花、海棠开遍。又沿不开放的外围转一圈。

往编辑部。

午间俞晓群在明洲设宴，未往。

午后与吴彬、老沈去看了三联未完成的大楼，然后去中医医院看吴方，却见病号服脱在床上，人不知哪儿去了。

仍整理、剪贴荛公稿，大致理出眉目。

四月十三日　星期四

将剪贴好的稿子送往荛公处。

往中华书局，从刘石处取得《语石·语石异同评》《逊志堂杂钞》《张凤翼戏曲集》《明皇杂录》《东观奏记》。张力伟以《中华字海》一部持赠。

下午与志仁同往中国戏曲学校内梨园书店购《京剧史照》，原价一百九十八元，书店却硬要以三百元出售，志仁再三讨价还价，方以二百七十元成交。又购得一册《中国京剧服装图谱》。

四月十四日　星期五

往编辑部。

午间与吴、沈往美尼姆斯，同李永平、张天明（湖南少儿社)、秦颖等共进午餐,又邀请来了陈原先生。

三点钟往北京医院与老倪会齐,看望谷林先生,送去一本刚刚装订出来的《书边杂写》,在门口买了一束鲜花,先生一见,就说:“这是资产阶级情调呀。”虽然还在打点滴,但精神却好,比平日话多,也更多些玩笑话。说到胃切除了多少,先生说:“该把它留下来,可以炒着吃呀。”知道我将赴宁波,便道:“这一趟我应该陪着你去的。”倒全不像通常做了大手术之后的病人。但半个小时之后,我问:“这样说话是不是太累?”先生没有否认,所以让人疑心是强打精神,遂急急辞出。

再往编辑部。

四月十五日　星期六

早六点半,与志仁、三哥、三嫂,并王孝仁一家同往蓟县。

一路顺利,两个小时到达独乐寺。梁思成先生一九三二年到这儿搞调查的时候说,阁高三层,立于石坛之上,高出城表,距蓟城十余里,已遥遥望见之。如今却是进了武定街,走了一段路,才能看见一个顶。武定街是一条仿古建筑的商业街,两边店铺起了些古雅的名字,卖些工艺拙劣的工艺品。

门票十元,可参观四个地方:本寺、鲁班庙、白塔寺、天仙宫。

负责门票的一位走过来热心讲解:指着山门的独乐寺匾说是严嵩的手笔,又指着南面两个梢间的天王像说闭嘴的是哼,张嘴的是哈;北面两个梢间东西壁画四天王代表东南西北。又指着观音阁前方西边花池里的古柏,说枯了的半边状似龙头、龙眼、龙须，是一副昂头腾飞的样子。

观音阁周围密匝匝搭着脚手架，正准备进行维修，大概少不了要涂饰一新。

进门，里面黑墨墨的，好一会儿才看清楚左手有梯。慢慢摸上去，上到第二层，即暗层。再上，便是有栏杆的平座。第三层，十一面观音全身都被包裹住了，只露出了上面的脑袋，一双眼睛正与参观者的视线相对。

周叔迦《法苑谈丛》谓：十一面观音，一瞋面，化恶有情；二慈面，化善有情；三寂静面，化导出世净业，这三面教化三界便有九面。九面上有一暴笑面，是表示教化事业须要有极大威严和极大意乐方能无懈而成就。最上有一佛面，是表示以上一切总为成佛的方便。独乐寺的这一尊十一面观音却面面是慈悲相。

看惯了明清建筑，独乐寺的确让人一惊。山门四阿顶，大出檐的体架，顶上向里翻卷的鸱尾，特别是阁和山门的斗拱，粗拙重大，看去极有气魄。

后面的韦陀亭、三世佛殿等，都是清代所建，实无足观。

这一次的大规模整修是否能够整旧如旧？

穿出武定街，就是鼓楼。鼓楼锣鼓响成一片，抹了粉脸、穿了戏装的秧歌队正准备为税务宣传日演出。

鼓楼后面是一条宽阔的马路。第一个路口把角处的一座建筑是鲁班庙。进门左手有个一分利文具店，爷爷题的字，是抗战前的革命据点。

两边厢房是鲁班生平和传说的图片展览，正中的殿里供着鲁班像，皆拙劣。

鼓楼前边也是一条大路。从小巷穿进去，七拐八拐，才到了白塔寺。

梁思成《蓟县观音寺白塔记》：登独乐寺观音阁上层，则见十一面观音，永久微笑，慧眼慈祥，向前凝视，若深赏蓟城之风景优美者。游人随菩萨目光之所之，则南方里许，巍然耸起，高冠全城，千年来作菩萨目光之焦点者，观音寺塔也。塔之位置，以目测之，似正在独乐寺之南北中线上，自阁远望，则不偏不倚，适当菩萨之前。

梁思成提到白塔寺平坐斗拱平板坊之下，每面所雕“舞女”，姿势飘飘，刻工精秀，尤为可爱。一见之下，却又不仅如此。“舞女”，实为乐伎，有“姿势飘飘”的起舞者，也有吹笛、吹箫、抚琴、弹筝、弹箜篌者。每一面（共八面）的“舞女”左右，又各立男子，有一组似是胡人：上戴卷边毡帽，打着裹腿，下颔一部大胡子，姿态各异：或执帚，或承盘。又有一组大概来自西域，戴着回鹘帽，手承托盘，也有把盘子顶在头上的。

所谓天仙宫，是今人所建，泥塑与建筑皆一无可观。

出县城，向盘山，志仁不听我的话，绕了二十分钟的路，到盘山脚下已经十一点多了。在进门处右边的平台上铺开报纸午餐：面包夹肉、黄瓜、西红柿。

有坐缆车、乘三马子、步行三种游法，讨论结果，选择了步行。

门票二十元。游山的多一半是天津人，又是学生居多，都是一个学校的，清一色的绿校服。

盘山号称京东第一山，有“下盘水、中盘石、上盘松”之说，但如今下盘的水只有眼泪似的几滴溪流，连手绢都湿不透。石，有奇无险。天成寺塔院里的一树梨花却是开得正好。万松寺，几年前三联组织旅游到这里来还是一片断壁颓垣，所见不过残墙间的几株杏花，现在修起几道红墙，在残基上立了遗址牌，顶上修起一座殿。一树树杏花开在红墙间，倒也一片好景致。

从万松寺下来，又去了烈士陵园。

两点半回返，中途被三河县几个脑满肠肥的警察拦住，说是违章超车，罚款二百元，讲理没用，只得认罚。前后不过十分钟，眼见拦下四辆车，真是生财有道。

到家已近五点半。

四月十六日　星期日

到隆福寺的售票处，没想到果然就有了一张十七号往宁波的退票，免费（四十八小时内）办了改期手续。

读《梁思成文集》。

四月十七日　星期一

八点半出发，到左家庄接任安泰。在任宅小坐，看了小任买的刻花银杯（六百元），银烟灰缸（一百元）等。

二十分钟开到机场，存了车。在候机室见到刚从郑州返京的老沈，交下一盒茶叶，嘱送严俊。十点三十五分准时起飞，两小时抵甬。

有金峰公司来接，下榻云海宾馆（三百一十八元）。安顿下来之后，又被强拉去吃饭，虽然一口不吃，也只得陪坐一小时。然后坐了车到县学街的金峰公司，留下志仁在那儿谈生意，独往天一阁。

从县学街穿出，是一条宽马路，名柳汀街。街上有关帝庙商场，旁边是居士林。再过去，是陆殿桥、尚书桥。在老桥旁边造了一座新桥。桥下就是月湖。

进马衙街，行不远，有一石牌坊。牌坊对着的门，是秦氏支祠。祠建于一九二三至一九二五年，是秦氏族人为祭祀祖先而建。由甬上富商秦君安出资，时耗银二十余万元(说明如此，但银如何以“元”计？)。现在所见，是一九九一年国家文物局拨款修建后的面貌(费一百一十万元)。已辟为宁波博物馆，展览工艺品。

进门右手是一座大戏台，朱金木雕，富丽堂皇。所谓朱金木雕，即以木为胎，经雕刻后贴金漆朱。

在戏台对面展室里展出的还有挂屏、万工轿等，骨木镶嵌很有意思。在硬木制品的底子上镶嵌黄杨木的亭台楼阁人物，人脸、屋顶，却用骨，细细巧巧的。

第二进院子，全部是展厅。

从边门穿出去，又是一进院子。一带花木山石，一座花厅，一池曰明池，共成一园。

花厅后面是凝辉堂，展览碑刻。堂后是一个方方正正的石亭子。外边雕出斗拱，里边是麒麟海水，凤鸟牡丹。中设石桌，石礅。

从方亭横穿过去，一个月洞门。门前一对石狮子。门上题了天一阁。进门是修篁数竿，拥着一个五开间的千晋斋。左面梢间放着马廉藏砖。马隅卿一九三一年回乡，时宁波拆城已近尾声。马朝夕巡颓垣，负麻袋以归。整理结果，著《鄞县砖目》一册。后悉赠所藏古砖数百枚于天一阁。阁中因特辟一室收藏。

从千晋斋左侧一道院门穿出去，又是两样天地：前院是天一阁，后院是尊经阁。天一阁对着天一池，天一池里放养着数十尾红鲤鱼、黑鲤鱼。池边依墙探出个半亭，匾题“兰亭”。与亭相连的是一带假山，山上种着香樟、桂花、广玉兰。然后又是一个四角小亭。

天一阁五开间，二层，前有廊。明间迎面影壁上木刻着黄梨洲先生《天一阁藏书记》。顶上彩纸糊着格子天花。次间顶上露明造，左右梢间有楼梯通向二层。

尊经阁与天一阁背向而立。中间隔着一条甬道、一片细竹和一溜假山。山上一株古木曰沙朴。尊经阁是个三层楼阁。门前一对石狮子，一株古木，名曰狭叶广玉兰。

两阁之间的甬道一头，有门通向另一个院落，便是范氏故居和东明草堂。故居门上贴着一张白条，黑字书着“办公室”三字。一人把门坐在一条办公桌后面，里边空无所有。

草堂梁枋上吊着两架宫灯，明间一幅中堂山水，两边贴着对子：“山中云在意入妙，江上风生浪作堆。”门不开，只能趴窗户瞧，看不清上款和下款。一堂硬木家具：香几、书案、靠背镶着大理石的太师椅。前有廊，进深五架，三开间。廊前狭院，石子墁地。一边一株含笑,贴着一面大照壁。照壁上是灰雕(贝壳烧成灰)的一只奋爪麒麟。

再出去,就是西大门:天一阁的正门了。

正门出去,过天一街,进天一巷,找到18号的严俊,将老沈托带的茶叶交付。略道寒温,即辞出。严一直送到月湖边。

仍往金峰公司,有人等在那里,一起坐了车往彩虹坊酒店。

彩虹坊原是一座石牌坊,顶上刻了“圣旨”二字。额枋上镌“诰赠奉直大夫吴明镐妻包宜人旌表坊”。旁边立了牌子,是宁波市江东区文物保护单位。酒店就用它做了门脸。晚餐几乎全是海鲜:醉蟹、黄泥螺、赤贝、奉蚶(据称奉蚶价以只论)、海瓜子、鲈鱼、鲳鱼、黄鱼,扣肉也是放在鱼鲞上蒸的,一股子鱼腥味。志仁一向滴酒不沾的,今也灌下半杯,小任经不住劝,竟醉了。

四月十八日　星期二

早六点钟在云海的快餐厅吃了一碗玉沙汤圆, 一个豆沙饼,一个艾窝窝,三块九毛钱。我今天独自去绍兴,志仁一直送到火车站。乘宁波开往上海的366次,七点五分开,九点四十五分到达绍兴。

一出火车站,就有一辆三轮、一辆摩托来拉生意。三轮先说到吕府要八块,摩托说五块,自然选择了便宜的。三轮便改口,也说五块,但也不好再换。三轮车夫笑着狠狠擂了开摩托的一拳。

穿大街过小巷,没多远就到了吕府。门前一块省重点文物保护单位的牌子。两扇大门却闭着。叩了半天铺首铁环,才有一位老头儿应门。说明来意,不大情愿地放我进去了。

院子不太大,所以觉得迎面就是一栋大房子。七开间,前有廊,廊顶做出卷棚,屋顶有鸱尾。房子大概是做了仓库,里面堆了各种各样的杂物。右手厢房空着,左手厢房就是老头儿的宿舍了。吕府十三厅,只剩了这一点。

出来,摩托车司机还等在那里。问还去哪儿,于是和他商量包车。让他开价,他却要我开价。推了半天,他说要八十块。便嫌贵。又让到七十,也就算了。

先往蔡元培故居。入门一狭院,门开在右手。当门处一塑像,塑像后边是个五开间的展室。梢间与明间通,左右次间用墙隔开。前有廊,顶上另做出卷棚,明间影壁后边又辟出一小间。两扇小门闭着。隔墙还有一院旧房,说是目前有蔡氏族人住着。

继往戒珠寺。寺只存一殿,建在平台上,里面是"青藤杯"书法展览。旁边一座小学校,传来一片读书声。平台下面有一古井,寺外是洗砚池,大约千年不洗砚,水都霉绿了。

再前行,不远处是题扇桥,便是绍兴随处可见的石桥。桥的石头缝里生满绿草,可领略一点儿古意。

再向周恩来祖居。两进院落,格局甚狭。有图片,介绍生平大略。有几件实物,穿过的衣服,盖过的毯子之类。又恢复了一九三二年(?)回故乡待客、起居的房间布置。

再往秋瑾故居。在塔山西南麓,五进院落。三开间的正房,题作和畅堂。后面一进,明间是餐室。悬着一幅嵯岈山石。左题:笔不奇不精,石不奇不古,偶舒造化之灵,移入林泉之图。八山

□老赠。两边的对子是：英雄尚毅力，志士多苦心。右首题桐城吴芝瑛赠璿卿女弟联。

餐室右边是秋瑾卧室。一张写字台，上边蕉叶碟里列着文房四宝，又有玳瑁手镯、少女时代的刺绣（冷纱上刺绣的五彩蝴蝶）、花信笺等。四仙桌，一边一个灯挂椅。桌后条案上一对开光的六角瓶，中间坐着一个梅瓶。一张雕花罩子床。

卧室对面是会客室。悬一副对子：观天地生物气象，读古今经世文章。右题益山年兄正之，落款元和陆润庠书。

最后一进的三间小屋是灶间。天井中有小小一眼井。

秋瑾遗体曾经九迁：一九〇七年七月十五，绍兴卧龙山；一九〇七年十月，绍兴严家潭；一九〇八年二月，杭州西泠桥西；一九〇八年十二月，严家潭；一九〇九年秋，湘潭昭山；一九一二年夏，岳麓山；一九一三年秋，西泠桥西；一九六五年，杭州鸡笼山；一九八一年十月，西泠桥东。

继往青藤书屋。小院广不数武，迎面粉墙下一个花台，放了几列盆栽，墙角是芭蕉。左手一边是口古井，两株石榴是新栽。院墙尽头一树老藤盘曲垂下，墙上书了“漱藤阿”三个字。藤下几块山石，山石下边是石栏围的一方小池。池边一株女贞，老干长满青苔。池边一室，里面悬着陈洪绶题的青藤书屋匾。一张书案，上列着文房四宝。

旁又一室，题曰酒翰斋。四壁挂着徐文长的书画。

外边一个狭长的天井，一眼古井，两边是桂花。

从青藤书屋出来，和司机商量去柯岩。他说柯岩有十八公里，路又不好走。于是把车钱仍加到八十，才算谈妥。

出城走了一大段，正是前不久从杭州来绍兴时走的那条路。在一个岔路口转弯，穿过一个村子，看见一片浮着游鹅的水塘，一片开着紫云英的地。又走了短短一节泥路，柯岩就一下子在眼前了。

柯岩、大佛岩、云骨石是一组景观。

最奇的是云骨石，像是从平地里无端长出来一节十数丈的石柱子，却又下面尖尖，打了个弯长上去，柱顶上又托起一块石头，石缝中间撑出一棵松树来。

大佛岩也是拔地而起的一壁石岩。岩的一面雕出一尊佛像，新披了袈裟，结跏趺坐，左手置膝，右手向上屈指作环形，是为“说法印”。身上原雕刻得有衣纹，却被好事者新披了似僧衣似俗服的一个披肩，倒好像只穿了半截衣服，把下半截裸着。

岩下立了个牌子，说要修建一座大佛寺，占地一千五百平米，殿高十七米，大概需要资金三百万元，希望踊跃投资。

柯岩是一片苍岩，前面石山壁立，上有光绪年间的刻石，字迹布满一壁，但看不大清。

有向里平滑凹进去的地方，下面就汇成一潭。从草丛间的小路走进去，潭大，水幽。无意间一低头，看见潭边上漂着一只褪了毛的猪。另有两个麻袋，里边装的也像是肉状物。还有卷成一团的肠子也在里边浮着，真吓得寒毛倒竖。

石岩后边拖下一溜山坡，是一片绿中泛红的细竹。沿着山坡走上去，是一个一个的墓。山顶一个大的斜面平台。下瞰大佛岩和云骨石，又变了样子，云骨石就像是用一根细棍支起来的。

下山来，柯岩上还有个小平台。上面有个石龛，龛里一尊小佛像，前面插了几炷香。下边又是一潭，潭过去是一个放生池。

一点多钟离开，往东湖。进去走不远天就飘起细雨，眨眼工夫就下大了。在湖边坐上一只乌篷船（二十四元），在湖里穿了两个山洞，一个叫仙桃洞，一个叫坐井观天。东湖的风景照片早就见过了，看上去只觉得是一个非常秀巧的盆景。今日一见，才知道东湖之雄峻。湖水依山，这山却是刀劈斧凿一般的壁立数十米。伸到水里的一节石壁，人在上面凿了石级，陡陡的，就被叫作“自古华山一条路”。

撑船的操一口绍兴话，戴了顶阿 Q 毡帽，约摸有六十来岁。船撑到华山一条路的边上，就说可以自己去登山了。不过，还要给点儿小费。给多少，随你客气，十块也行，五块也行。兜里只有三块钱零钱，也就只好三块钱了。

舍舟登岸，打了伞，冒雨登山。台阶虽陡峭，山却不高，一会儿就上到顶了。从山顶往下看，和刚才在船里往上看，感觉又是一番不同。

山顶有个茶室，一个小伙子出来打招呼，说就你一人爬上来呀，真不简单！说那边还有一个仙人洞。走过去一看，是个掏出来的土洞。

从山顶上原路返回，到下船的地方向渡口打招呼，就有一只船摇了过来，把人渡过去。游湖游了一个小时，雨仍下个不止。司机等在门口。拿出雨衣来，穿了。开出不多远，就到了 104

国道路口的收费处。

三点二十分拦到一辆长途车，坐上去了，算是结束绍兴之旅。车是昨天上午十点钟从莒县开出来的，途经日照、淮阳、南京、湖州、杭州、绍兴、宁波，至定海。

司机的驾驶技术极熟练，超车尤其有功夫。天黑，下雨，路窄，车又多，一来一往的对开线上，一辆接一辆，几乎没有空当儿。这一位却不慌不忙，紧紧咬住前车的尾巴，眼看就要顶上来，然后轻轻一把轮，将将擦着边儿超过去。一路超，一路走在最前边。经上虞、余姚、慈溪（道路两边全是花园洋房式的乡镇企业），四个小时以后到达宁波汽车北站。又坐了出租汽车，十块钱坐到云海宾馆。

洗过澡，志仁来。他们正在餐厅吃饭，尚未终席，于是吃了三小碗雪菜肉丝面。

四月十九日　星期三

早六点钟，一行五人（金峰公司派了小贾作陪，房地产部经理，小王师傅开车），往普陀山。

先开车到鸭蛋山渡口。在渡口的餐馆一人吃了一碗青菜肉丝面。然后连车带人四十分钟一齐渡到定海。再开车到沈家门，存了车。渡海到对岸，就是普陀山了。

下榻息来小庄（三百元，三星级）。

安顿下来之后，五人同往普济寺。寺前有几株老干粗茁的古樟。进门但见香烟缭绕。正殿大圆通殿形制高大，似与灵隐同等规格。香案、烛台、从梁枋上吊下来的长明灯都格外大，不过主像毗卢观音和两厢的三十二化身像都已是近年重塑。

从寺里出来，小任不想走了，小王也要回去睡觉。

于是与志仁、小贾同行。走过海印池、多宝塔，就看见沙滩和海了。海水仍是浑黄的。百步沙与千步沙之间是一片礁石，石上建了一座观日阁。上观日阁要三块钱门票，下千步沙又是三块钱“门”票。沙很细，但很硬，海水黄得发红，推到尽头是一线淡淡的蓝，便是海天的分际了。

从千步沙上到法雨寺。法雨寺是与前寺普济寺并称的后寺，建筑规模大致相同。唯有不同者，是圆通殿的藻井四周垂下八根短柱，每根短柱上盘着金龙，围住藻井正中的一个。寺依山势，叠叠高上，极有气势。

由寺后上山，是长长的一溜石级（一千零八十八级）。经侯继高题的海天佛国石，至佛顶山慧济寺。山顶不见寺，却是沿一条绿树拥着黄墙的夹道曲曲弯弯走进，再下几级台阶，才是寺院。山尖上一院房屋，是驻军。所谓天灯，是洋灰铸起的一个小方座。走一走这山顶，也要“门”票两块。

看了风景，原路返回。又经杨枝庵、大悲庵。

杨枝庵里有一石刻观音像，据称是阎立本绘，明万历年间据拓片重刻。观音细目含媚，一手托碗，一手点水。遍身挂了璎珞，衣带飘拂。

再往大乘庵。大乘庵里一尊卧佛，身上盖着双喜字的红绸被。

上面又是一个千佛堂。贴墙放满了玻璃柜，一个格子一个格子的小佛像。不过原来的千佛,“文革”中已毁,现在补塑的只有五百多。

正殿里排了和尚做法事。法器叮当,法音嘹亮。一群群的香客挤来挤去插烛烧香,逢场作戏一般。和尚的脑瓜顶上长了有半寸多长的头发,念经也是一副起哄的神态。

想去参观文物馆,但五点钟赶到那儿,已经闭馆了。

普济寺是普陀山的中心区。横街上全是饭馆,门口盆里养着各种海鲜:龙虾、贝、蟹、鱼,还有许多叫不上名字的东西。店小二一个个排在门前拉客,引得酷爱海鲜的志仁迈不动步。停车场旁边的一条巷子也是排满了饭馆。

尽头一个高门楼,上刻着“百子堂”三个字。里边是个大院子,住满了人家。大概以前是供奉送子观音的庙宇吧。

晚餐在横街一家小馆的楼上。龙虾、螃蟹、石斑鱼、虾爬子、黄鱼雪菜汤等,海鲜点了七百八十元。我只吃了炒年糕和宁波汤圆。

一顿饭吃了三个小时,出来,天已黑透。

海印池周围灯火一片, 看天上只有稀稀疏疏的几粒星星。走了一圈,才发现斜挂在普济寺对面的一片天幕,明明暗暗的,星星都缀满了。低处的,竟是帷幕的银缀脚,要不是有树托住,叮叮当当的,就拖在地上了。息来小庄后院的水池边打着灯,把池子边上的一棵树照得绿幽幽的。

四月廿日　星期四

凌晨四点钟起来——做了一夜日出的梦, 梦见到了海边,看到的只是一线幽幽绿光,就像是池边树的颜色——觉得已经晚了。

急急和志仁跑出门,天还黑着。赶到观日阁,一个人也没有。只听见海涛拍击礁石,远远的天边,隐隐地泛出一痕青紫。等了好一会儿,人渐渐多起来。于是走到观日阁下边的礁石上,远看天边由青紫变成青白,又成浅紫,又幻作轻红,又渐渐淡下去,直疑心要云遮日了。

正失望间,听见阁上一片欢呼声。有半分钟吧,才看到一线黑边冒出来(五点二十分),一点一点,越冒越多,由黑变红,天际都快染成红色了。刚刚显形的太阳,边儿却不是圆的,而像一个凸轮,一会儿工夫凸轮就倒过来了。此时的太阳,似乎才刚出浴,身上粘着的水珠正往下落,极像一个橘红色的蛋黄,倏然就跃出了海面,发出耀眼的光线。太阳马上变得不可逼视了。整个过程大约三分钟吧。

走过多少山和海,一次次看日出,可没有一次能够如愿,这一次,总算是看到了。

回到小庄。七点钟,五个人一起到白华楼吃早茶。厅堂布置得挺雅洁,四壁上挂了字画,几案做了些假古董。

饭罢,小任仍取静。四人往停车场,坐车往梵音洞(六公里路要价三十多块)。

洞在普陀山的东北角,称作青鼓垒的地方。洞的两侧是峭壁,海浪涌进来,遇阻退出去,一进一退激起砰訇巨响。洞腰处夹峙一座佛阁,传说从阁窗向洞口凝视良久可见观音幻形。果然就有几个老太太和半老太太合了掌，向洞口念念有词，等待奇迹。

五十块钱乘车回到小庄，拿了行包一路走到码头，然后租车到磐陀石。上了车往回开，才知道盘陀石就在息来小庄背面的山上。一路过观音洞、二龟听法石、磐陀石、梅福庵、心字石。小贾像打冲锋一样，狂奔在前面。山间游人如蚁如蝗，一队队，一片片，实在也容不得游，便算是把风景扫荡过了。最后乘车到紫竹林，不再去观音院、潮音洞。

回到码头，十一点半。乘了快艇（每人十一块），八分钟就到了沈家门。取了存在那儿的桑塔纳，开到定海，过渡。

向宁波的路上，经过阿育王寺，进去匆匆转一圈。小贾已是极不耐烦，忙着用手机一个接一个联系业务了。在钟楼花三块钱可以敲三下钟，志仁、小任、小贾都去敲了，回音嗡嗡的。母乳泉果然水色呈奶白色，不少人围着往泉壁探出的一个龙口里投硬币。西院竹园后边的樟林极有味。

回到金峰公司，船票拿到，是四等舱。给陆灏打了电话，于是告诉我们，可找“望新号”客运主任汪忠良，又提供厨师林宗虎、会计孙耀成的名字备用。上船先找了汪，果然换到了两个二等舱，把小任改成三等舱。二等舱两个人，上下铺，有个洗脸池，一几一凳。临下船，把金峰送的两盒龙井送给了汪。

四月廿一日　星期五

四点多钟就起来了。小任一会儿也过到这边儿来聊天，说起昨天他所选择的“静”，却也有收获。在海印池的御碑亭里，看到贴在壁间的十三张纸(应有十四张,但最后一张不知是刮跑了还是撕掉了),是一位年轻人的自述。说他在普陀寺待了三年,对这一处佛教圣地已经彻底失望。他说这里已经完全商业化,佛家也毫无悲天悯人之心,所以要到别的地方去成佛了。并发愿将来要造起一座沈家门至普陀山的大桥,重塑观音三十二法相。

轮船六点钟靠岸。展览公司的张小梅来接。坐了一辆奥迪车直奔扬子饭店。虽然预订了房间,但要九点钟才能住进去。

于是决定先用这辆车跑一趟苏州。司机姓王,曾经被车撞过,所以开起车来谨慎得过分,车速最高不到五十公里,只跟在货车后边慢慢行。行至昆山又下起雨来。一百二十公里的路,跑了三个多小时。

将进苏州,在一个路口处的小馆一人吃了一碗大排面(五块钱)。王不识路,在火车站买了地图。然后开到北寺塔,我下了车,自往丝绸博物馆。

在杭州丝绸博物馆时,听几人说起苏州的最大。实地一看,竟还是杭州大。

就展品来说也是如此。二者的共同之处是明代实物奇缺,几乎就是忽略过去。但在这里的一大收获,是在织造坊看到了缂丝、云锦、漳绒的实际操作。

漳绒雕花工序:先在织物表面描上图案,然后按图案轮廓进行刻花,最后抽出钢丝,形成由绒圈与丝毛相间构成的花纹。

又见到石元宝磨绸的实物。研光整理,俗称石元宝磨绸:研光工艺起源于汉代以前,为适用于丝、麻、棉物的传统之整理方法。操作时，织物卷于木轴，以底石为承，上压重达千斤的踹石，双足反复踹摩，使织物柔软、平挺，光泽悦目。某些织物能达到机器熨烫所不能及的效果。

从博物馆出来，雨已经住了。过北寺塔，向拙政园方向走。经狮子林，打问戏曲博物馆，说还远得很。怕来不及，便回头到忠王府。看了苏州历史展览，极简单，实物也少得可怜。忠王府倒还保存得很完整。在门口坐了一辆三轮车，穿临顿路，过观前街、干将路，经沧浪亭、碑刻博物馆，由人民路至人民桥，在丽金大酒店找到志仁。席尚未散，吃了一大碗汤圆、小半盘血糯羹。

两点钟出发，五点四十分才回到上海。志仁等被请去吃晚饭。便辞了席，先到扬子饭店登记住下。八点多钟，陆灏来，一起往老半斋吃点心，九点半回来。

四月廿二日　星期六

七点钟，与志仁、小任同往沈大成早餐，地点是小任选择的，只为了怀旧。但到了一看，早是里外装饰一新，屋里的墙面，也还这里那里地贴了一块一块的镜子。价格却还便宜，虾仁两面黄，挺大的一盘，结结实实半盘子虾仁，才六块五，虾仁面六块。

饭后小任回扬子去等田小姐，我陪志仁往外滩。途经老凤祥银楼，一片吹打声，乐队穿了红衣服，挂着金绶带，正在举行开业仪式（首饰节？）。

志仁其实对外滩并无兴趣，站了一站，就转身回来了。

给小航买了凤梨酥（二十四元一盒）和海苔肉松（四十四元一听）。

十一点钟陆灏来接，同往老半斋。施康强满头大汗坐在那里，——他好像总是这样。

施康强说：能够把没有什么事写出事来的，就是文人。

菜有酱方、炒苋菜、火腿冬瓜汤、蟹黄包、萝卜丝饼、糖爆虾、肴肉等，费二百余元（陆灏做东）。

接近尾声时，查志华赶来，送了“路菜”，——一盆洗得干干净净的草莓，一盒肴肉，一盒萝卜丝饼，还有她的“无华小文”。

一点半散席，陆灏送到扬子饭店，与志仁见了。然后在门口乘上出租车。高架路上还好，一下来，就开始堵车，马路上几乎不见隙地，满眼是汽车，一个巨型的、轰鸣着的停车场。

一个半小时开到机场，飞机晚点一个多小时。起飞已经将近六点，七点半抵京，到家八点多钟。

四月廿三日　星期日

读书一日。

四月廿四日　星期一

大风一日。

与吴、郝在情报所的社科书市卖书一日，购得《明代陶瓷大全》《中国古船》。

在编辑部看到刚刚问世的“脂麻”。

四月廿五日　星期二

往编辑部，处理二校样（宝宝一直休假）。

读《丝绸艺术史》。

大风一日。

四月廿六日　星期三

看望谷林先生。

与手术前相比，似无大变，精神依然，只是更显清癯，不幸之万幸是癌细胞没转移，便不必再做化疗，可以少受罪了。说起此番南行种种，先生说，他学生时代和几个同学去过普陀山，就住在僧寮里，留下的最深的印象就是静，寺里头还养着鹤。

先生说，五十年代初刚一到北京，就觉得北京真是好，有两件事特别令人感动，一是在王府井大街上看见一位年轻人向一位老太太单腿跪地请安；一是在东华门一位老太太跌倒了，两边店铺的人同时跑出来将她扶起，那时候在上海是看不到这种情景的。

说起先生的字迹小，便提起在上海时邓云乡先生的分析，——道是记洋账写洋码子的过。先生说，多半还是因为穷，小时候常常是在父亲的香烟盒子背面写字的，所以从小养成敬惜字纸的习惯。

临别，以一枚“相见恨晚”闲章持赠，先生说，这个章不大用得着了，近年只有在送给你的书上才偶然用一下。

往编辑部。

吴向中来。

与吴、郝一起看望宝宝。

四月廿七日　星期四

将杭州之行的日记整理出一则，打印出来一看，不成个样子，真气死了！也就再没情绪做下去。

四月廿八日　星期五

往故宫，找朱传荣取《清代后妃首饰》。传达室的一位白脸男子凶得没有道理，要不民谚说白脸是奸臣，这家伙一旦掌了大权，不定要坏成什么样。

往编辑部。

午间与吴、郝往孔雀园请李庆西、黄育海、尚刚吃饭，费四百余元。

饭后往宾华喝咖啡，然后回编辑部。

与尚刚谈起古代丝绸，谈起古代丝绸及服饰方面的著述，尚刚说，几乎无一可读，□□的，臭！□□□、□□□，不忍卒读；□□，有时极好，有时极糟。沈从文，“沈从文，我佩服他，可是他，毕竟是搞文学的”。话虽然客气，但微言大义也全在这客气里边了。

记得王世襄先生也说过，沈著不少硬伤，不过专业研究者出于对沈先生的尊敬，似乎始终保持沉默，非专业者则并无耐心与兴趣研读，只是因为对沈的特殊遭遇深感不平，而以此书为题发些议论。

服饰研究的确难作，舆服志中的文字往往很难与实物印证，绘画、雕塑及各种工艺品上的人物服饰，与实际情况也都多少有距离，或增饰，或减省。艺术与生活，从来不能等同。真正可信的，只有实物。且不说与漫长的历史相比，实物不过是粟米之微，即以出土文物来论，也很难一一与文字对号。其实，如果不是专业研究者，大概能引起人对服饰发生强烈兴趣的，首先是文字。读《红楼梦》中对宝玉、凤姐的一番形容，似乎依凭这文字，闭了眼也能约略想象风神，及至在电影、电视剧中依样装扮出来，却觉大失所望。《金瓶梅》大概也在筹拍了吧，如果把虚虚实实的文字一一变成实打实的道具，想必服饰由文字而生出的魅力也要损失好多。

对服饰的研究和兴趣，大概可以分为两途：一是历史的、科学的、专业的、技术的；一是文学的、艺术的、想象的、浪漫的。

改琦、刘旦宅，画的都是神，而不是形，服饰大抵是被忽略的。其实《红楼梦》中的文字本也无法深究，似明似清，非明非清，服饰描写，多半是为铺展情节、创造气氛的，好像温飞卿的词。

比如潘金莲为西门庆上寿的物事：一双挑线密约深盟随君膝下、香草边栏松竹梅花岁寒三友酱色缎子护膝，一条纱绿潞绸、永祥云嵌八宝、水光绢里儿紫线带儿、里面装着排草玫瑰花兜肚，一根并头莲瓣簪儿。

潘金莲和李瓶儿让陈经济给采买汗巾子的一套话，如果被演员像背台词一样说出来，也就一点儿味都没有了。

京剧服装多从明代服饰中来，梅兰芳创造了"古装"，实际上是从古时各个朝代最适于舞蹈的服装中撷取一鳞一爪：汉代的长袖，魏晋的袿衣、垂髾，唐代的长裙、披帛。

四月廿九日　星期六

志仁开了车，一起去看望外婆。然后去大哥的新居，很是气派。

读《清代后妃首饰》。

四月卅日　星期日

与志仁、三哥、三嫂、小徐，并孝仁父女同往八大处、法海寺。

到达八大处才七点半钟，游人还很少。于是先往几乎不见游人的“八处”，即证果寺。寺前贴着山根有个小小的方池，池里一侧一个石雕的龙头，龙口里一滴一滴淌着水。水很清，把池底的、水面的垃圾，都映得清清楚楚。原来这叫作青龙潭，上面镌着“阿耨达流”四个字(梵文音译，意为被认为能觉知佛教的一切真理)。

高高的台阶托起山门，门闭着，从台阶一侧的小门穿进去。有个古柏遮荫的小院，据称曾为袁氏别墅，袁克定曾在此会朋党密筹袁世凯称帝事。

过小院，又是一个青石屏门，两边刻着“曲径通幽处，禅房花木深”。进门，缘小路行，经凉亭，便是从山顶探身而出的巨石秘魔岩，虽曰天成，但却像经了人工的斧凿。岩下有洞，曰真武洞。

站在这里，可以尽览对山的风景，嶙峋山石，苍苍绿树，八大处除此之外的七大处，远观比近玩更好。

下山，再上山，渐行游人渐多，至“四处”大悲寺，已经满山喧闹了。大悲寺门外一棵古楸树，门里，两边是黄皮刚竹。大雄宝殿前边两株古银杏，都是雄性。

大雄宝殿里，两边的十八罗汉据说出自元代雕塑师刘元。

“五处”，龙泉庵，石栏杆围起一个方池，里边的水不似青龙潭之清，又新雕了一个童子骑蟾蜍的石刻，俗不可耐。庵里供着龙王，还有陪侍的雷公、电母，都是新近补上的。

下来，往“二处”，大约有一二百人，正排了队，绕塔缓行，嘴里不停地唱着南无阿弥陀佛歌。还有十几个人穿着袈裟，留着长发，男女都有，也在队伍里。

出门回到停车场，坐等三哥三嫂一个半小时。十一点钟，往法海寺。

法海寺的主要建筑，只剩了大雄宝殿，大雄宝殿里，只剩了壁画，有这壁画，也就够了！

帝释梵天图三十六位人物中，帝王像四位，后妃像五位，贵妇人像一，侍女像一，部分反映了明代服饰的特征，但实际上更多的还是遵循着传统神仙画的程式，大概从《洛神赋图》开始吧。云肩、衣袖裁出的圭角、披帛、腰采，衣服的图案倒的确是明代的：菩提树天的真红大袖衣，上绘金凤穿花图案。帝释天真红大袖衣，牡丹、金凤、流云。月天宫黄大袖衣，五彩团凤图案。帝释天身边，托着牡丹花盆的侍女，头上戴的冠子和唐寅笔下的《蜀宫妓图》极相似。

从绘画来考证当日的服饰，可以信赖到什么程度？似乎仍是以既定的程式为基本构图，在细部处理上，加进一点儿时代的特征。

归来已近两点。

阅三校样。

五月一日　星期一

葛剑雄在《江陵焚书一千四百四十周年祭》中说道：“所谓‘字如其人’，实际上大多是对既成事实的承认，我看是靠不住的。董其昌是个劣绅，谁能从他写的字里看出来？汪精卫当汉奸后写的字，究竟与早年革命时写的字有什么两样？但对书法家的评价就不能只用书法的标准，还要包括他的为人和作用。”

书法大约是一种很纯粹的艺术创作活动，和诗的创作、音乐的创作一样，也可以说三分天才，七分努力。但如果没有三分，便把这七分加到十分，恐怕也还是只能停留在写字匠一级。这天才，或者也可以说是灵气，是人的本性中的东西，是人的自然的一面，正是这一点，才决定了他在艺术活动中的选择，即对书法风格的选择，如此形成的“字”的品格，才是“字如其人”的字。至于“劣绅”“汉奸”之类，却是人的社会的一面——其实严格说来，是非“劣绅”、非“汉奸”者为他定的性——与“字如其人”的“人”，是没有多大关系的。“字如其人”的本来意义，应该是前者。一个人的字，可以表现出他天性中的气质，却表现不出他在时代中的社会性，所以，对书法家的评价就只须用书法的标准。如果他同时又是政治家，那么他在书艺以外的社会活动，其实是用不着书法评论者再多说话的。

五月二日　星期二

往编辑部，做发稿准备。

吴向中来，编“品书录”稿，并做版式。

过灯市口书店，购得《定陵》。

五月三日　星期三

往编辑部做发稿准备。

将吴画的“品书录”版式重新做一遍。

陆灏来，同行有食客（唐振常）、茶客（施康强），陆自称“混客”。

午间与陆、沈、吴、赵（一凡）、唐（振常）在美尼姆斯吃饭。请了陈原。他力辞明天的午宴，口口声声说要“封闭”了，并说生命将结束在今年年底。陈先生以《中国民居》一册持赠。

饭后再往编辑部。俞晓群率领辽教社四条汉子来，谈第二辑和吕集的合同。

读《中日乡土玩具》（田原画）。

五月四日　星期四

路过民族宫时，看到有一个丝绸展览的广告，赶去一看，原来是苏州金装集团的丝绸服装售卖，大失所望。

在三味书屋转一圈，几无可取，仅购得一九八八年出版的一册《丽江民居建筑》。

午间在民族饭店富城海鲜吃饭，辽教做东，包了西湖厅、洞庭厅，设两桌，俞、沈、吴、陆，萧乾、刘杲、许力以同席，我则与郑、郝、李春林、梁刚健，并王越男等一席。

菜以海鲜为主：有一味做成球状的带子，是用洋芋泥裹了带子为芯，然后炸，绵软清鲜，很好吃。一大盘龙虾沙拉，服务员称，是由厨师长亲自动手，精心调制。龙虾是熟的，和各种水果一起加了沙拉油调拌，旁边码着红红的龙虾壳子，这一盘大约要两斤半龙虾。

未终席而去。

过商务门市部，购得《喀提斯阴谋·朱古达战争》。

往编辑部。

三点钟陆、沈等归来，与陆灏同去拜望谷林先生。

给王世襄先生送去《脂麻通鉴》，看到袁伯母为王先生做的剪纸树，概括了王先生所玩种种，颇具巧思。

晚饭后郑丫头又打来电话，邀往凯莱一叙，陆灏请喝咖啡。三人坐定，郑又打电话叫来老沈，聊到九点钟，先辞。

五月五日　星期五

坐了志仁的车往铁道部。

午间志仁做东，在孔雀苑请郑逸文、陆灏。志仁先在美术馆看了米罗大展（二营陪着），一头看，一头大声发表议论："这是神经病画了给白痴看的！"令展厅里披了齐肩长发的画家们侧目，二营直个劲儿说："小声点！"

菜有罗汉肚、油鸡枞、炸金环（把生洋葱弄成环状裹了面包渣炸）、香芳草烤鱼、过桥米线、菠萝饭、竹筒烧云腿等，费二百余元。

饭后往编辑部。

两点半钟按照约定往梵澄先生处，但三点钟陆灏才到。先生拿出一个万寿无疆的杯子为我沏茶，然后说：清朝荷兰进贡，有一件又高大又精巧的玩意儿，自然是钟了，到点，就有四个小人抬出万寿无疆四个字。和珅看了，连说不行，理由是，西洋的东西那么精巧，中国人修不了，万一哪个零件坏了，抬出万寿无，疆字出不来，可怎么得了！于是就给退回去了。

到谢兴尧先生家取回书稿，然后同陆一起访董乐山先生，送上“书趣文丛”一套。

继返徐府。先生请饭，在团结湖公园附近的京港餐厅，号称川鲁粤风味，又有涮羊肉、窝头、芸豆卷、豌豆黄，几乎无所不包。点了海参锅巴、辣子鸡丁、糖醋排骨、烧蹄筋、砂锅豆腐。席间先生一再对陆灏说：应该到国外去留学！陆说对美国没兴趣，倒是英国还有吸引力。“那么就到伦敦！一定去！这是此趟你到北京我的唯一劝告！”说着，一扬手，把酒杯都碰翻了。

刘文典，自号二云居士（云烟、云腿）。在哪里看到冯友兰的一副对子，说：“写得好！不是读了一担书如何写得出来！”云南的土司聘他做教席，一应例有之聘礼外，还要有云土。土司说，有个内家侄儿跟着一起旁听行不行啊？刘连说：不行不行！授《庄子》。后土司对人说：“我原以为刘先生和旁人一样也是有眼睛有鼻子的一个人，却是不然！”

“初回国的时候，贺麟对我说：多参加会，在会上多发言，然后写入党申请书，一切解决了。”“结果呢？”“结果我就是按照我的方式生活，挺好。”

“我问起冯至、贺麟‘文化大革命’时的经历，都不说。我说：你们去干校，呼吸呼吸新鲜空气，锻炼一下筋骨，没有什么特别的苦呀，直到最近看了巫宁坤写的《一滴泪》，才明白一点儿那时候的情景。”

饭后将先生送回家，小坐之后，辞出。

五月六日　星期六

读尚刚的《唐代的工艺美术》（中央工艺美术学院史论系一

九八八级在职博士生毕业论文;导师,王家树)。

午间往随园赴宴,施康强做东,所请有罗新璋、陆灏,费二百六十余元。

晚间与志仁同往辟才胡同的忆苦思甜大杂院。院子里坐了两个盲人,一拉手风琴,一拉胡琴,演奏的都是当年的革命歌曲。老沈包了一间"雅座",请《远见》杂志的萧、温二女士。

六点钟,都到了,只差一个陆灏。等了半个小时,总算赶来。

"雅座"是半间屋子半间炕,屋子里放了半扇磨,一个冷灶。墙上挂了辫蒜和老玉米,炕桌、炕柜,柜上一个矿石收音机。

冷盘有腌杨树叶、苦苦菜、猪爪、炒肉拉皮,热菜有粉条炖肉、炒麻豆腐、炒雪里蕻、粉条冬瓜丸子汤,费三百三十余元,但包间的最低消费是四百八十元,只好再凑上一箱饮料。

饭后与志仁先归,沈、陆、萧、温往民族宫喝咖啡。

五月七日　星期日

"堪隐斋"稿尚有几个问题无法定,于是携稿再往谢先生处,大致解决。

先生说:"我和周作人来往很多,鲁迅则关系甚疏,他逝世后,没去参加追悼会,送一副挽联而已。""一奶同胞的两兄弟,为什么脾气秉性相差那么远?""周作人在北大待得久了,文人气很重。鲁迅和许广平一结婚,北大就做不下去了,不得不跑来跑去,绍兴师爷气始终去不掉。他写文章骂人,倒也不是特别和谁过不去,不过是写文章要找个题目。"

五月八日　星期一

往琉璃厂。购得《文物丛谈》(孙机、杨泓)、《西夏纪》《西夏文物》《三国会要》《库伦辽代壁画墓》《剑阁觉苑寺明代佛传壁画》《全国出土文物珍品选》。

午后往编辑部,分寄“书趣”样书。

陆灏来,同往陈乐民先生处。陈先生刚刚出院,目前血色素仍只有 4.3,脸色蜡黄,但精神不错。小坐,辞出。

看望范老板,郑丫头已先在那里。老板仍拄了一支拐,但只是起保护作用。精神好,情绪更好,喝了茶,即往对面的华储烤鸭店,四菜一汤:京酱肉丝、清炒虾仁、鸭三样、凉拌金针菇、榨菜肉丝汤。原说定老板请客的,但陆灏悄悄把账结了。

读《石雅·宝石说》。

五月九日　星期二

十天前给萝蕤师写了一封信, 约定今日午间为她做生日。及至到了赵府,见满满一屋子人,才知道这封信没收到,只好改作晚间。

再赶到美尼姆斯,等陆灏到了,应变措施是,仍在这里午餐,把陆建德请来。二陆是初见,谈得很投机,两点多方各自别去。

五点钟到肯德基买了四份炸鸡(九十余元),再往赵府。一会儿,陆、郑捧了一束鲜花来了。先吃生日蛋糕,再吃炸鸡。七点半辞去。

萝蕤师说,最近刚到银行取了一笔五万元、定期三年的整款利息，结果得两万七千元，真是意外。“我的钱多得不知道怎么花啊，卖房子卖了七十万块，每个月工资还有一千多，《草叶集》翻译了十二年，稿费千字十二块，寄了我一万五，取的时候，我就直接寄了一万块给我的堂妹，因她在德清老家要翻修房子。”现在还有四十八件明式家具，可以卖一百万美金（王世襄先生的卖了□□万美金）。“陈梦家藏过八件明代的刺绣，四件是春耕，四件是秋收，抄家抄走了，后来也没退还。”不知道是不是顾绣？

往天伦王朝。陆、郑先约了毕冰宾和李辉夫妇，一起坐了一小时，提前告退。

早听说应红是美女，一见之下，果然漂亮，侧面看，轮廓尤其好。

五月十日　星期三

往编辑部。

搬运“书趣”，分寄样书。

午间与沈、吴往食德，约了唐先生和陆灏共进午餐。久不来此，饭菜、服务，皆全面滑坡，无一可取。

饭后往宾华喝咖啡。

继往编辑部，讨论脉望工作室的下一步计划。

给谷林先生送去二十本样书。

处理“堪隐斋”稿。

五月十一日　星期四

将稿送往谢先生处（志仁开车）。

往编辑部。

午后和陆灏一起拜望负翁，再往邮电医院看望吴方。

吴方比先又消瘦了好多，他说经历了几番大折腾之后，我觉着什么是幸福？不难受就是最大的幸福。

五月十二日　星期五

一日雨。

往编辑部。

午间在孔乙己宴唐振常先生、丁聪夫妇、冯亦代先生、吴祖光父女、邵燕祥、陆灏、郑丫头，包了沈园雅座。饭菜并无特别可以称道之处，要价千元，据说还是打了九折。有绍兴糟鸡、炸响铃（即炸腐竹）、虾球（几粒虾仁为核，外面一层层裹了鸡蛋）、鳝丝、南乳排骨、红烧鲫鱼、芝麻鱼条、炒腊肉，一盘严格按照人数来的醉蟹。

饭罢往编辑部，将“书趣文丛”打包寄作者。陆灏一起帮着，乱了好一会儿。有陆在场，总是热闹的，也是愉快的（彼今晚去京）。

荛公差人将稿送来，又重新整理一过。

五月十三日　星期六

往任乾星先生处，借得一九九一至一九九三年的《文物》，翻阅一日。

五月十四日　星期日

与志仁、小航往德胜门，同燕京夫妇、孝仁祖孙并小会会齐，往蟒山。

蟒山在十三陵水库的一侧，原来就是中直机关当年种树的地方。大概后来归了林场，为了“创收”吧，林场在这里弄起一个所谓蟒山森林公园。每人门票十块，不过造起一个喷水池，又塑了一个石头的弥勒佛和十二生肖石，既无人文，也谈不上什么风景。不多一会儿，登山的人群就潮水似的涌上来，走了几步，愈觉无趣，便鼓动下撤，在水库边逗留片时，即往德陵。

经五孔桥，过石碑，有一群外国人设了桌椅野餐。

宝城后边的宝顶，又是一群外国人席地而坐，吃喝笑闹。

不断有人在宝顶的裂缝处上上下下。

吃了方便面、面包之后，又转了一会儿，便打道回府，到家一点半钟。

清理出当日在民研会时保存下来的一些美术资料，居然还有那期间看展览时留下的参观券和说明书。

五月十五日　星期一

和吴彬、鄂力一起包租了一辆小面包，往金克木、陈平原、杨宪益、舒芜、吴祖强、陈原处送“书趣”样书。从金先生处出来，车开时，无意间一回头儿，正看见湖边坐了一位身穿的卡制服的老者，旁边是一只毛色与他头发一样白的狮子猫，他手抚猫头，端坐向湖，周围一个人没有，一片宁静。吴彬轻呼一声：“季羡林！”

归来近一点。会了老沈，往宾华午餐。

饭后已是两点多，往琉璃厂为陆灏买书，过沙滩文物出版社门市部，购得《旧京文物略》《翡翠史话》《珍珠史话》《昭陵唐人服饰》《太原崇善寺文物图录》《北庭高昌回鹘佛寺遗址》。

读《翡翠史话》。

五月十六日　星期二

坐了志仁的车到永外，找唐思东开证明补办身分证。

往社科院访叶秀山（取稿）。与张慎识，约稿。

哲学所资料室处理书刊，选了几本《西域研究》。

午后往编辑部。

读《珍珠史话》。

五月十七日　星期三

坐了志仁的车到永外，开会。听新旧首脑各自讲些言不由衷的话，忍了半个小时，退出。

访谷林先生，取了《书边杂写》十九册，代为分寄友人。先生以纪德的《田园交响曲》《浪子回家集》《窄门》三册持赠。

午间在孔乙己宴葛剑雄，又请了负翁、庞朴、王蒙、陈玲、雷颐。葛、王、雷皆健谈，嗓门儿又大，热闹得不得了，负翁几无一言。

饭后陪葛往人民日报社访荛公，葛正在给谭其骧先生写传记。

荛公谈了不少与谭其骧先生交往的旧事。他说，我们那时候白天是不读书的，半天睡觉，半天逛书店。挟了一包袱书，就往茶馆或小饭馆聊天吃饭，欣赏买来的书。晚上有时候还去开明戏院看戏，到了十点多钟，才看书、写文章呢。五十年代还常常这样。只是到了反右，几个要好的朋友才不来往，而且互相约定，外调的人问到时，就说谁也不认识谁，比如他和郑天挺就是这样。说起谭太太(李永藩),他说,漂亮呀,就是一辈子爱钱,太爱钱了。她父亲是律师,她是靠了伯父的(伯父曾做过一任财政总长)。谭往广州的时候,曾将太太托给他照顾,葛接了一句说:“可是你没照顾好啊,她不是和姚好了吗?”这段事荛公并不知道。又说“文革”时每月只有五十块钱生活费,就写信给谭说太苦了,谭寄了二十块钱来,说这是他的私房。

坐聊一个多小时,辞出,与葛在十条地铁站分手。

五月十八日　星期四

到建国门派出所补办身分证。

将《中日乡土玩具》的评介文字草成。

五月十九日　星期五

往编辑部,将谷林先生交下的十九本书一一付邮。

读《文物》(一九九二年)。

五月廿日　星期六、廿一日　星期日

家居读书二日(《文物》《玉台新咏》《元诗纪事》《拾遗记》)。

五月廿二日　星期一

往编辑部,处理《偷闲要紧》初校样。

先后吴、沈从齐福乐处来,邀往友谊商店吃意大利冰激凌。一个漏斗形的高脚大玻璃杯,最下一层是一勺水果罐头,然后是炸土豆片,然后是两个冰激凌球(要了榛子的和核桃的),最后盖上一层鲜奶油,三人费八十余元。

往任乾星先生处取得一九八六至一九八九的《文物》(各年有缺)。

收到陈四益赠《东京梦华录》《西湖游览志余》，陆灏赠《好色一代男》《顾随：诗文论丛》。

五月廿三日　星期二

将“胡塞尔……”一书送哲学所张慎，约她写书评。

午间与沈、俞约定在凯旋门餐厅晤。等了半个小时不见人，正要回返，俞晓群来了，随后沈也到，俞、沈之间总算有了一次比较知心的谈话。

两点钟散席，归家不久，陆建德来，送来英文本的《普鲁塔克名人传》，坐聊近三小时。

五月廿四日　星期三

往编辑部，处理稿件。

吴向中来。

读《长物志》《吴德铎科技史论文集》《袁翰青化学史论文集》。

五月廿五日　星期四

大风一日。

读《中国陶瓷》。

午后往编辑部。吴向中来。

往任先生处，取得二十世纪七十年代的《文物》（各年所缺甚多）。

五月廿六日　星期五

往中华书局，从刘石处取得《清波杂志校注》《王安石年谱三种》。

往编辑部,处理初校样。解决《中楼集》校样铅笔问题。

读《文物》。

五月廿七日　星期六

早六点出发,到西单商场门口接了小会夫妇,然后到燕京家门口会合,往妙峰山。

七点半到达妙峰山脚下,把车存在四十七中,开始上山。

此地景物颇觉熟悉,当年在史家营的会青涧,由坟上沿一条山溪向上走,走好久好久,好像快到斋堂了,那里的山水树木,就和这里一样。那时候是去扛窑柱,去的时候很轻松,回来肩上扛了木头,二十里路,人都快累软了。老钟说,那时候抗日的人都是走这条路去投奔平西游击队。

妙峰山娘娘庙,曾经是香火极盛之处,这就是一条进香的道,只是被日本鬼子毁庙之后,才没有人走了。路两边长满了荆梢子,那一股清凉味,也是二十多年前闻惯的。核核树、杏树、山榆树,真是太熟悉了。花花草草也似曾相识,隐约记起那时识得的一些中草药:桔梗、防风、柴胡,却有点不敢认了。

行八里,至金山庵,据云是正德年间太监谷大用所建,为进香第一歇。当年庵前搭了舍粥的棚子,舍粥舍水。庵前一泉,名金山泉,水从泉眼汩汩流出,流到山下的金峰矿泉水厂,就直接装瓶了。庵下面一片开阔的平台,下瞰,是北安河、温泉村一带的水田、房舍;右望,是两松倚石,装了框子,就是一幅松石图。

一路上只遇到三两拨游客,庆幸玫瑰谷还没有被“开发”,不过就这样一点点的人,已经在开始破坏自然景观了,金山泉里洗瓜果，在平台上丢垃圾。

金山庵做过登山队的大本营，如今挂了北京大学生物实习站的牌子，里边养了狗，狂吠不止。院里两株古银杏，粗的一棵，大概两人合抱不过来。

再上山，只见路两旁的树丛、灌木，开满了白色的花。一种是五片单瓣，一种是一簇簇的伞状花序，还有一种极似丁香。有一处山洼洼，却真的是遍生丁香，漫了一片坡，蓄满了香气。

十一点钟爬到山顶，下面，就是一片平缓的谷地，坡坡坎坎，种满了玫瑰，便是人们所称的玫瑰谷了。但今年天旱，玫瑰打了骨朵，却还没有开花。谷地的深处，是一片浓翠的松林。对面妙峰山上一带红房子，是娘娘庙。沿着已经干涸的溪路向前走，就是有百多户人家的妙洼村。据老钟说，早先路边溪水很旺，叠成一汪一汪的泉流到村里，后来溪水干了，村里人吃水就只能靠打井。

先在开阔地的一株古树下歇了一歇。又穿进玫瑰地，在树叶撑起一大片荫凉的大石头下小坐，便开始回返。和老钟走一条小路进了白杨林，便没有路了，在厚厚的落叶和布满酸枣棵子的山坡上穿来穿去，才回到了大路上。在树林里，不断听到李雄用树叶子吹出的鸟哨，粗拙的，是“公”声，细润的，是“母”声，山里竟有好几种鸟和他应答。

下山的路上头疼起来，且愈演愈剧，好不容易坚持到家，吃下去痛片，倒头便睡。

后来志仁也和爬过了五指山一样发了一夜烧。

五月廿八日　星期日

痛睡一夜，醒来头疼已愈。

读《清波杂志校注》，校注者倒真是费了很大心力。

傍晚志仁开车，一家人往小会家晚饭。饭菜摆了满满一桌子：藕炖排骨、油焖大虾、炒土豆泥、肉丁炒豌豆、肉丁炒洋白菜、西红柿炒鸡蛋、凉拌黄瓜。可惜小航晕车，一口也吃不得。

看了老钟拍摄的风景照片，多是北京，在寻常中拍出不寻常。

归来在友谊商店门前的必胜客为小航买了一份快餐，又买了四个冰激凌球。

五月廿九日　星期一

往编辑部。

给谷林先生送去样书十六本。先生以一册题了字的《书边杂写》持赠。

做《文物》各期细目索引。

五月卅日　星期二

夜来得一梦，梦见正式化了妆登台演一整出京剧，但事先也没背台词，也没对戏，上台只说了一句“参见”，下边就全忘了词。

家居读书一日（做索引，读陆灏寄来的《汉唐陶瓷大全》《玉器大全》）。

五月卅一日　星期三

往编辑部。

从谷林先生取得要寄送的书，又送去一套名人伴侣丛书。

接到舒芜先生的电话，说刚刚读过第五期《读书》上“开心果”一篇，写得真好，可与张爱玲的《更衣记》比美。闻言大出意外，当然也高兴得不得了，这篇文章几乎没有一个人说好，已经丧气了好久。

六月一日　星期四

半日雨，半日阴。

杨成凯来，送来“新世纪辞典系列”计划。

午后访梵澄先生，送去托冯统一代购的烟丝（二百九十五元一盒）。先生说：“我没有请你买烟丝呀。”当时还是照收了。待清账之后，才打开靠窗的柜子，拿出一个花纸包，“看看这是什么？”里边是一个花纸匣，纸匣里边是好几盒烟丝！又拿出一个六角形的纸筒，打开来，又是塑料袋封着的烟丝！一盒可以抽三个月，这里大约有七八盒的量，至少可以抽两年了。

说起季羡林发在第五期上的信，他说，以季的身分，何苦要作这一番说话？这是很失身分的事，看了这篇东西，我对他的敬意全没有了。桌上有一本《边缘人语》，下署“晚董乐山敬赠”，先生说：“为什么题一个晚字：从年辈、从学问，都不该这么论。”

给董乐山送去英文本的《普鲁塔克名人传》。说起金性尧，他说原是很熟识的，他的父亲和金的父亲同是做颜料生意的，全家在上海盖起了好几幢房子，董读书的时候，就住其中的一幢。又说，金虽然是这样一个家庭，可他从小就爱读书。

六月二日　星期五

往编辑部，做发稿准备。

吴向中来,编“品书录”栏。

午间薛正强来,代他向王世襄先生求字,并约了王先生夫妇往金福缘,正逢停电,于是改往孔乙己,老沈又约了孟湄夫妇。

席间说起王先生的烹调手艺,又称王师母有口福,师母说了句:“我都吃了一辈子了!”然后点着嘴唇旁边的一粒痣说:“小时候我奶奶就说这颗痣长得好,有口福。”

饭后又和吴一起回到编辑部,把版式做好,然后到家里,将《明代皇帝大传》交吴。

六月三日　星期六

做《文物》索引。

晚间往金福缘,老沈为吴忠超约请了王蒙、叶秀山、余华。蜜汁火方、拔丝金腿、鱼丸汤,算是这里的特色菜。有一款宋嫂鱼羹,王蒙说像打卤面的卤。

今日报载(记者梁若冰):中国著名的电影艺术家、杰出的女导演张暖忻在刚刚完成了新片《南中国,一九九四》的后期制作后,于一九九五年五月二十八日在京病逝,年仅五十四岁。

一九八〇年,张暖忻自编自导的处女作《沙鸥》问世,并获文化部优秀影片奖和金鸡奖导演特别奖。之后的《青春祭》,无论作为她个人还是整个新时期的代表性影片,都有里程碑式的意义。这两部影片和早些时候她与别人合著的《论电影语言的现代化》的论文,使她成为新时期探索电影的倡导者和实践者。之后她又执导了《北京,你早》《云南故事》,这些影片获得国内外的赞誉，曾荣获金鸡奖最佳故事片奖、最佳导演奖，文化部优秀影片奖及国际上各种电影节奖。

与沈、董、吴、倪、朱伟联名送了一副挽联（只书了“青春祭”几个字）。三日的追悼会，未往。会后，沈等约了陈原先生去吃饭。陶渊明《拟挽歌辞》“亲戚或余悲，他人亦已歌”，可谓洞察物理人情。

八点散席，老沈又提议约叶往华侨饭店喝咖啡，坐了近一个小时。

六月四日　星期日

一日做索引，间读“二刻”。

六月五日　星期一

往编辑部，发稿。

阅《伸脚录》校样。

六月六日　星期二

往编辑部。

往文物门市部，购得《玉器史话》《法门寺地宫珍宝》《汉唐与边疆考古研究》。继往中华访卢仁龙，以《文化古城旧事》《风俗通疏证》持赠。

做索引。

六月七日　星期三

同志仁一起往工商银行取稿费。

往编辑部。

收到吴兴文寄来的《宋元陶瓷大全》。

午间梅墨生送稿来，谈他与名人的交往，与气功师的交往，在佛学、气功、艺术诸方面都有点功夫的，但世俗之念未断，或者说，仍深。

请他看相。先从眼睛说起。眼窝深，男相，属太阳、少阳。性格热情奔放。眉毛散，且眉低压眼，事业一面，要差了。鼻相好，正直，善良，无害人之心。颐、颏相好，一辈子无大富大贵，但平平稳稳，吃穿不愁，可享平民之福。二十五岁到四十岁，无大造就。一生不以名望显，学问上也没有大成就。得贵于声（金声）。四十五岁到六十岁，应该是一段辉煌的岁月。五十到五十五岁身体会不好，但过去就好了。性格有两重性的一面，可以从一个极端到另一个极端（比如从极静到极动）。脸色苍白，牙不白，主肾虚。

傍晚和志仁一起到出版署门口把郭蓓接到家来，原约好请她吃晚饭，但苦等小航，从四点钟聊到七点钟。七点十五分，总算回来了。

同往仿膳，志仁点了满满一桌的菜，剩回一半（费二百九十八元）。饭后郭蓓别去。

六月八日　星期四

往社科院。将《艺风老人日记》（一部十册，缺一，旧年在海王村购得）持赠杨成凯。在语言所资料室抄录《古本戏曲》丛刊第四集脉望馆古今杂剧中的穿关部分。

读《元曲选外编》。

六月九日　星期五

往编辑部。

午间往孔乙己，沈、董、吴、何素楠、刘禾、李陀、李公明已先在那里。

饭后回到编辑部。

李公明请客，往必胜客吃冰激凌（与吴、沈同往）。

五点钟各自散去。

六月十日　星期六

早五点钟与志仁到西单接了老钟，同往东陵。

过蓟县县城，才知道从县城往东陵的一段正在修路，无法通行，于是绕行，从黄崖关一带的长城外面兜过去。

黄崖关意想不到地美丽。路不宽，但车很少，一面是翠滴滴的山脉，一面是绿间黄的谷地。山不高，却峭，后面衬着重重叠叠苍蓝的远峰，前面摇漾着蒙了晨曦的绿莹莹的光亮。山脊上蜿蜒着新近修复的长城。一片干涸的砾石滩上，横着一道长堤。走近了，才看见中间一个被山洪决开的口子。口子上下，汪着浓绿浓绿的两潭水。靠近公路的河床上已经长成一长溜杨树林，河对面一线的山上，修着一座一座的烽火台。

从黄崖关往下营、马伸桥，再往石门，然后到了马兰峪。

先至清东陵。买了全线参观的通票（每人三十二元）。一位穿了杏黄衫子的老板娘追着赶着要做义务导游，原来导游免费午饭不免费，目的全在后一项。

西侧配殿和隆恩门外神厨库有地宫出土遗物展览，精品早失，遗下的这一点点，多已破碎不堪，倒还有一粒小小的猫儿眼。

东侧配殿，门里边拉了一道帐幔，两个女子坐在帐外售票

（一块钱一张），问里边展出的是什么，不告诉。

看过地面建筑之后，进地宫另外还要买票（二十元），于是志仁提议去找文管处的小冯。开车到了二郎庙，说还在街里边，商量一下，决定作罢。二郎庙初建于明，但如今全部是新做，从建筑到雕塑，都恶俗不堪。

往景陵的双妃陵，在石桥前边的小树林里午餐。面包、香肠，草草食罢。

双妃陵静得出奇，除一个守门的小姑娘之外，再没一个游人，隆恩殿已倾圮，空余陛阶上的一块丹凤朝阳石。

再往景陵，碑亭已经坍塌，双碑碎了满文的一座，另一座上面也布满了裂纹，孤危耸峙在乱石堆中，据说是一九五二年雷击所致。景陵碑亭和神路之间被一条公路断开，神路至陵寝，却是抛出一个柔和的曲线，据说当年是沿着一条小河修建的，随水就弯，但如今已经没有了这条河。五对石像生依次站在弯道上，一边的杨树林，是新栽。

隆恩门大门紧闭，一大群燕子在门前飞起飞落，低回不去。

再往孝陵，也是属于不开放的陵，没有游人。走进去，隆恩殿、陵寝门、二柱门、石五供、月台、礓礤、方城、明楼、月牙城、宝城、宝顶，几乎完全同于明陵，不过明陵方城礓礤是修在两边，清陵修在正中。隆恩殿里，是顺治命多尔衮挂帅出征的场面。

裕陵游人就多了。地宫也是要另外售票的，没看。隆恩殿里摆列历代帝王帝后像（玻璃画）。东西配殿是把那本《清代宫廷生活》的画册撕了布置成展览。

定陵门前有人养了两头没有角的梅花鹿，游人与它合影一回收费两块。此外裕陵、定陵都有出租清代帝王帝后服照像的，买卖颇不寂寞。隆恩殿里的暖阁外面弄了几座塑像，是祭祀的情景。

最后经孝陵神路往宫墙外的庄妃陵，即昭西陵。

坏了大清国的慈禧，其陵修复一新；成就了大清国的庄妃，陵却残破不堪，整个建筑只剩了方城上的一座明楼。守陵人说，这都是周围老百姓给拆的。隆恩殿塌了，阶下生满了酸枣棵子。前面的碑亭也毁了，剩下一座残缺不全的碑。守陵人说："你看，那像不像是一个女人手里抱了一个孩子？"果然像。老钟说，那孩子就是大清国。

归途走平谷、顺义，经金海湖，眼见又是一片湖光山色，但只可远观，不可近玩，各种俗滥的所谓现代化设施把好山水都给糟蹋了。

把老钟送回家，并在那儿吃了晚饭。到家已将近八点钟。

六月十一日　星期日

和志仁一起，开车到许敏明家，取了沈昌人体科技，然后回家。

骑车往小经厂，会了郑丫头，同往赵大夫处。

归途过考古所门市部，购得《江陵雨花台楚墓》《中国陶瓷图案集》《古代人物图像资料》《画像砖石刻墓志研究》。

从王先生家取了写给崔老板的字。

阅三校样。

六月十二日　星期一

往编辑部,忙乱一上午。

读说部。

六月十三日　星期二

读书一日。

金成基打电话来,问起工资情况,答曰七百多,他大为吃惊,说:“到我这里来吧,至少可以给你开一千多。”

老沈打电话说,他有一个方案,即向署里提出,现在的主编不变,另外提两位副主编,便是现在的两个骨干编辑,然后他退下来做编辑,问意见如何? 答曰:听吴彬的吧。

六月十四日　星期三

上午仍居家读书。

午后往编辑部。会同吴彬、赵大壮、顾孟潮、王明贤、赖德霖、王春光往友好宾馆。再会了那里的蓝克利、顾良、陈光庭、李孝聪、韦邀宇及来此参加会的几个法国人,同往郭沫若故居。

这个院子最早是恭王府的马房,后为乐家私宅,再后为日本领事馆,后郭氏移居,住了十五年。

门票两块,几乎没有参观者。进门左手一侧有个高脚石花缸,里面植了浮萍,基座上雕了六个童子,做奋力托举状。花缸上雕着如意云,一面又是几个飘髯的仙人托了太极八卦图。甬道的一边是两个纵列的大土包,像坟冢一样,上面栽了连翘、珍珠梅、榆叶梅,另一边是银杏。垂花门前两口钟,铸造于明,传于清,进门一个院子,正房门前一边一株西府海棠。前廊与后院复道相通，绕过去就是书房、卧室、客厅及于立群的写作间。从居室布置来看，实见不出主人的修养与造诣。

再往菜市口的湖广会馆。正在进行修建，准备复原后作为戏曲博物馆。如今的主体建筑是戏楼，周围枋板上彩绘的博古，只有一块是原件。此前这里是纸板厂，这一块枋板原件上面贴了毛的像，竟因此保留下来，余则不存。

纸板厂之外，便是民居，早失原貌，几乎是重新组建，设计者王世仁。

继往大沙土园胡同的安徽会馆。先已成椿树整流器厂的仓库，幸而是仓库，而破坏不大，成为住宅的部分已面目全非，只有这戏楼还大致旧貌。

继往大红门的浙江村。同行的王春光是温州人，曾在这里搞过调查，住了一年半。这地方大概近二十年没有来过，一点儿也认不出旧模样，只觉得脏、乱、差远过于昔。

在方庄转了一圈，即往日坛公园的羲和雅园，法国参赞宴请与会者。饭后，参赞、老沈，及一位法国学者各讲了一些场面上的话，就散了。

六月十五日　星期四

给谷林先生送去第六期《读书》，先生以蒋廷黻的《中国近代史》一册持赠，开本很小巧，是海南版人人袖珍文库中的一种。

往语言所借书(《阅世编》《碎金》)，又抄录“穿关”，一上午。

往编辑部，处理《学海岸边》初校。

抄录《碎金》。

六月十六日　星期五

抄录《阅世编》:王积薪(村姑围棋)、史王生(“乌老”)、吕元膺(围棋易子)。

读说部。

六月十七日　星期六

录说部中涉服饰者。

晚间与沈、吴在仿膳与王越男、王之江会。

一日风儿细细,雨儿微筛,后园草长,弱竹鲜润。贴着墙根一树红花,艳艳的开了有十来天,苦不知名,雨后但见落红万点,洒在树下草尖,又铺了园径的半环。此前三日,便是酿雨天气,竟得如此清腴。

六月十八日　星期日

原约定侵晨往七王坟、西山农场,但醒来闻窗外雨声不止,遂不果行。

仍读说部:《搜神后记》《明皇杂录》《西溪丛语》。

午后与志仁往庞各庄买瓜,归途取邮票。

六月十九日　星期一

往编辑部。

沈建中来,欲拍摄一部当代学术老人摄影集,为他联系了徐梵澄、周一良两位先生。梵澄先生说:“见面可以,但我不想做当代学术老人。”

收到钟叔河寄赠的《蛮性的遗留》《君王论》《日本论》(戴季陶)、《唐宋词百家全集》(之五)。

读《搜神记》。

六月廿日　星期二

读书一日：《搜神记》《酉阳杂俎》《绿窗新话》《殷芸小说》。

六月廿一日　星期三

给谷林先生送去周劭、钟叔河的信。

往编辑部。

读《冥报记·广异记》。

六月廿二日　星期四

往编辑部，报王勉、杨静远书稿选题。

访任乾星先生，以《故宫博物院历代艺术馆陈列图目》一册相赠。

读《敦煌歌辞总编》。

处理《逝水集》校样。

六月廿三日　星期五

将校样送交郝德华。

过华夏考古门市部，购得《西汉南越王墓》。

往故宫参观朱翼庵捐赠碑帖精品展。

做《文物》索引。

六月廿四日　星期六

往赵大夫家，过中华、商务，购得《乐章集校注》《罗马十二皇帝传》。

读《春秋左传诂》。

六月廿五日　星期日

读书一日。

晚间外婆来，送来馄饨、冰激凌。

六月廿六日　星期一

往编辑部。

收到程兆奇寄下的《江户美术》。

吴向中来，又一起回到家中，以《中国文化新论》一部相赠。

晚间王宇夫妇请饭，在必胜客，名义是庆贺小航中考结束，五人费八百零九元，贵得吓人，这顿饭实在是不该吃的。

六月廿七日　星期二

与志仁一起送小航到小营的部队医院，已办好住院手续，但发现手术的成功率甚可怀疑，而且卧床时间远远超过六到八周，于是决定不做。

处理《偷闲要紧》校样。

六月廿八日　星期三

往永外参加党员会。新党委书记发表就职演说，然后一起打扫楼下过道的卫生，清理垃圾。

做《文物》索引。

六月廿九日　星期四

往编辑部。

从杨成凯处假得《夷坚志》。

张雪、赵亚平、于琦来，与沈、吴一起请她们到金福缘午餐，沈并邀了孟湄。张雪此次是带了五个月的盈盈归国一见亲眷的。盈盈挂在她的脖子上，很神气、很满足的样子。

晚间朱传荣过访，说起故宫的许多事情，挺好玩的。

六月卅日　星期五

家居读书（《夷坚志》）。

七月一日　星期六

晨起即雨，近午方止。

读书一日。

七月二日　星期日

读书一日（《后汉书》）。

七月三日　星期一

往编辑部，发稿，忙大半日。

处理“堪隐斋”初校样。

七月四日　星期二

往编辑部。

将《书边杂写》样书送往谷林先生处。

读《春秋左传诂》《后汉书》。

七月五日　星期三

往编辑部。

中午接了小航往美尼姆斯，与沈、吴、贾共进午餐。

阅《读书》三校样。

七月六日　星期四

将校样送往编辑部。

处理《伸脚录》二校。

下午再往编辑部。与吴彬、孔令琴会，同往邮电医院看望吴方。已经瘦得不成样子了，他说：治疗就是受折磨，不过家里人愿意他活着，他就为了他们坚持着，明知是没有什么办法了，一边说，一边掉下眼泪。说不出一句安慰的话，只是忍不住地陪掉泪。

俞晓群、谭坚、王之江来，晚间在王府饭店德国餐厅设宴，未往。

读《幽明录》。

七月七日　星期五

和志仁一起到陶然宾馆取回俞晓群带来的《文物》，这是在沈阳的一家旧书店买到的。原主叫赵红山，几乎每一本杂志上都写了名字，从一九五三年至一九九一年，中间有缺，一九六二年缺了整一年，每册一律五元。

往拉美所，从九点到四点，整整开了一天极没意思的会。与会者：沈、吴、贾、李陀、刘康、韦遨宇、张承志、孟悦、陈燕谷、曹卫东、刘绪源、刘承军、张小强、塞亚夫妇（墨西哥学者）。

七月八日　星期六

读书一日（《世说新语》《语林》）。

七月九日　星期日

午间与志仁、小航一起去看望外婆，然后到中国职工之家吃自助餐（每人标准四十五元），外婆吃得很高兴。

读《三国志》。

收到金性尧先生寄赠的《明诗三百首》。

七月十日　星期一

午间在美尼姆斯宴请刘绪源、葛剑雄。约定十一点半钟，但老沈十二点多才到，人尚未落座，就声言马上要赴另一个约，说了几句话就走了。

饭后往王校对处取《学海岸边》校样。

坐了志仁的车，送校样到陈先生处。

读《说郛》。

七月十一日　星期二

家居读书一日。

七月十二日　星期三

取回《学海岸边》校样。

往编辑部。

送《堪隐斋随笔》至谢先生处，假得《三冈识略》。

先生走入外间，不知从哪里摸出一个釉下红彩的小壶，指着上面“天定吉祥”四字，说这是下定之物，出道光年间，他只是用它来浇花，壶身一圈渍得黑腻腻的。

归来即头痛不止，折腾至晚。

老沈往沈阳，参加爱书人俱乐部成立典礼。“书趣文丛”第一辑签名本拍卖，以六百元被人买去。

七月十三日　星期四

读书一日（《辍耕录》《湘山野录》）。

七月十四日　星期五

一日雨。

读书一日(《老学庵笔记》《四朝闻见记》)。

七月十五日　星期六

将整理好的《文物》杂志送往任先生处,并商定了处理办法。先生以《蔡文姬》《中国当代已故著名书画家作品选集》两册持赠,前者一九五九年版,有明人《胡笳十八拍图》附后。

收到邓云乡先生赐《文化古城旧事》。

读《邵氏闻见录》。

七月十六日　星期日

与志仁一起往海淀图书城,极少可取者。购得《博物志》《镜花缘》《中国古代人物服式与画法》。意外的收获是发现一册一九七五年版《新疆出土文物》,价四十五元,亟购下。

读《后山谈丛》。

七月十七日　星期一

往编辑部,处理初校样。

访谷林先生,先生说:“好久没来了,真想你呀。”借得《北洋军阀史话》后三册及《万历野获编》。

读《独醒杂志》《萍洲可谈》。

七月十八日　星期二

雨下了大半日。

居家读书(《后山谈丛》《靖康稗史》)。

七月十九日　星期三

往编辑部。

杨成凯来,送来语言辞典系列计划,并《隋唐嘉话》《挥麈录》。

七月廿日　星期四

往琉璃厂,购得《中国丝绸纹样史》《影青瓷说》《敦煌图案》《吉祥图案》《琉璃厂杂记》《遵生八笺》《古清凉传》《江南土布史》。

午后居家读书。

七月廿一日　星期五

往编辑部。

读《中国丝绸纹样史》。

七月廿二日　星期六

早六点出发,与志仁、小航往怀柔红螺寺。

七点半到达,是第一拨游客。门票十五元。

进门,沿着竹林中的路向前走。竹林尽头,是红螺池。里边是现代人塑的一对天女像,不免使古老的传说也一起变得俗滥了。水很浅,上面浮着几朵开得正好的白莲。池边,一溜高高的台阶通向山门。

虽然寺的历史挺古老(始建于东晋永和四年),但现存的建筑及寺庙里的塑像却都像是近人的重造,天王殿、大雄宝殿、三圣殿,粉饰一新。大雄宝殿前是左右并立雌雄两株的古银杏,又有活了二百六十年的一丛牡丹,后面是紫藤寄松,——粗拙的藤条和松树的枝干盘缠在一起,撑起一个遮天蔽日的大凉棚。有个怀柔历史文物展,另收两块钱门票,两间小小的展室,一偏独辟一室,放了际醒祖师的三颗舍利子。展览多是图片,实物几无一精品。

寺后有路可上山，有新盖的亭子和正在建造中的牌坊。天色半阴半晴，上到山顶，只看到眼前的绿衬着远处苍苍的白，濛濛的，洇着水气，浅紫色的荆梢子花开在脚下，酸枣棵子里，青绿的酸枣子有蚕豆那么大了。山下有出租彩轿的，在山上只听见一阵接一阵单调又重复的唢呐声，没有人上山。

午间归来。

做《文物》索引。

七月廿三日　星期日

读朱新予《中国丝绸史》。

阖家往仿膳午饭，五人费一百四十二元。

受三嫂怂恿，一起到花市金伦大厦买了两条削价的鱼鳞百褶裙。

七月廿四日　星期一

往纺织出版社寻觅《中国丝绸史》专论册，被告知刚刚发稿，明年方能见书。

往谢先生处取校样。

先生找出了六十年前的《大公报》艺术周刊，其中有许地山谈近三百年妇女服饰的连载文章。又看了堪隐斋所藏乾隆年竹臂搁及两枚绿头签，其一是“□品顶戴度支侍郎如铨”。先生平常用的砚，是一方有朱彝尊款的端砚。先生说，很想看一看脂砚斋的脂砚，所谓脂砚，乃名妓薛素素的画眉砚，原藏张伯驹斋中，以后大概归了恭王府。又说他曾经收过一方柳如是的画眉砚，当年是装在一个小锦匣里（锦是康熙年代的），但已经破了，先生买下后，找工匠精心配制了一个木盒，然后把锦揭下一片，贴在上边儿。

冯统一说，一九六三年办曹雪芹纪念展，张伯驹将脂砚送展，展览结束后，却被告知此砚丢失。张本来对明清之物看得平常，也就算了。

往编辑部。

七月廿五日　星期二

雨连绵大半日。

志仁开车送小航、小凯到北戴河。

午后往蓝英年家取稿。

读《说郛》（第六册）。

七月廿六日　星期三

往编辑部。

归途访王世襄先生，借得《中国古代漆器》及《中国美术全集》漆器卷两种。

在王师母的桌上，看见她的一个写生册子，每一页都是花卉速写，画的都是眼前花事：风中、雨后，初开、衰败。有的下边还有一两行记叙情景的文字，真有意思。

志仁从北戴河一路磕磕碰碰，狼狈而归。

七月廿七日　星期四

往琉璃厂，欲寻漆器卷，各肆皆有，且均为一九八九年第一版，但一律在原价“190 元”上贴了新标签，或“250 元”，或“280

元”。

访任乾星先生。

读《中国古代服饰大观》。

第一〇五页：“总的来说，要使鬓发薄而不散，松而不乱，都必须掺以胶质，时间一长，妇女的头发就会被凝结，为了使凝结的头发在梳洗时很快解开，古人还发明了一种‘发脂’，元陶宗仪《南村辍耕录》记‘妇人头发有时为膏泽所粘，必沐乃解者，谓之脂’，可见在很早以前，我国妇女就已经使用‘洗发膏’之类的梳妆品了。”

所引陶宗仪的话，已经说得很明白，而原书下边还有一句：“按《考工记·弓人》注云：‘脂，亦粘也，音职。’则发脂，正当用此字。”更可见“发脂”全不是“‘洗发膏’之类的梳妆品”，而是粘在头发上的发腻。宋周密《齐东野语》卷十云，九宫山道姬王妙坚，一日游西湖，在西陵桥茶肆小憩，“适其邻有陈生”云云（页二〇一）。王道姑用来解发脂的秘方，实在令人怀疑，也没有勇气亲验其效，但这个故事至少把发脂是什么，讲得清清楚楚了。

第九四页：“元明时期妇女戴假髻的现象也很普遍，时称‘䯼髻’……这种假髻不分贵贱，都可以戴用。”

䯼髻不是假髻，而是当日女子戴的罩髻冠，上海古籍版《金瓶梅辞典》“䯼髻”条有很详尽的解释。西周生《醒世姻缘传》第五十四回，道“童奶奶戴着金线七梁䯼髻”，第七十三回说程大姐“戴了一顶指顶大珠穿的䯼髻，横关了两枝金玉古折大簪”，䯼髻作为罩髻冠，也描写得很形象了。䯼髻的使用，也有身分、礼数的规定,如《警世通言·计押番金鳗产祸》:恭人见官人在外边儿纳了妾,由不得大怒,立时喝道:“与我除了那贱人冠子,脱了身上衣裳,换几件粗布衣裳着了。解开脚,蓬松了头,罚去厨下打水烧火做饭!”竟与《金瓶梅》中的春梅同一口吻。此冠子与彼鬏髻,怕也是同一物罢。

志仁飞往美国(与刘小会同行)。

七月廿八日　星期五

往编辑部。

午间在大学生餐厅为何素楠饯行。她在北大进修了十个月,后天就要回去了,同座有马树夫妇、郝、沈、吴。

收到郑州寄来的《耳谈类增》。

七月廿九日　星期六

半阴半雨,傍晚却又雷电交加,热闹了好一阵。

任先生平价购得漆器卷,取回。

读《渑水燕谈录》《宾退录》。

七月卅日　星期日

清早起来,把屋子收拾得干干净净,一个人,倒也清静自在。

读尚秉和《历代社会风俗事物考》。

七月卅一日　星期一

将两本漆器送还王先生,伯母以《故宫文物月刊》两册相借,因为其中有文谈到服饰。

往宾华。编辑部组织新老留学生一起座谈。只和张慎、陈中梅聊了聊。

结束后，往编辑部。谈瀛洲带来陆灏为志仁代购的《抗战史图册》。

阅三校样。

八月一日　星期二

往编辑部。

将《故宫文物月刊》送还王师母，一起聊了好一会儿。无意中看到她的一份著述目录，才知道她其实做了很多有分量的研究工作，如发表在一九六三年第二期《文物》上的《关于鸟鼓复原图的设想》，后来几次被出土文物证明是正确的。问起什么时候学的画画儿，她说先是十二岁的时候奶奶送她到一个速写训练学校（无量大人胡同附近）学了两个月的炭笔素描，后来又是奶奶请了一位老师教画山水画，老师的水平也不怎么样，所以都是临摹古人的作品，再以后，生了三年肺病，在病床上学会了剪纸。

往美尼姆斯赴郑丫头之约，从十一点半直聊到两点半。她说她刚刚完成了小说的处女作，寄往《收获》，已告知被接受了。听她讲述了大概情节，但引不起兴趣，想必是要依凭文字的力量才能动人吧。

归家，将《“洗头膏”及其他》草就。

八月二日　星期三

一日雨。

往编辑部。

午后往凯莱。与倪、沈、吴，喝咖啡，吃冰激凌，看倪乐从上海带来的庄朴一家的照片。庄朴婚后已举一女，起名庄悦，以“悦”谐“乐”音也。

八月三日　星期四

往编辑部，发稿。

孙机先生过编辑部，以《文物丛谈》一册持赠，未曾接谈，便匆匆辞去。

读《淮南子》《礼记·月令》。

八月四日　星期五

访梵澄先生（送去休谟的《人性论》）。

说起找“工友”的种种麻烦，我说：“干脆找个老伴吧，最省事了。”先生一边笑，一边说：“呸呸呸。”“那么以后您不能自理了怎么办呢？”“那就住到医院去。”

将辞之时，说了一句：“还要到编辑部。”先生说：“坐下，坐下，且不忙‘到部视事’。”又说这“视”和“观”不同，视乃就职治事。王安石为某人作墓志铭，书“公不甚读书”；旁一人曰：“这样写不合适吧？他可是状元呀。”于是王大笔一挥，改作“不甚视书”，一切就都解决了。

往编辑部。

午后陆建德送稿来，坐聊一小时。

读《礼记》《通雅》。

八月五日　星期六

读《尔雅》、王观国《学林》。

又将孙著《文物丛谈·清白各异樽》仔细读一回。

八月六日　星期日

一日时雨时晴。

读《周礼正义》。

八月七日　星期一

往编辑部。

在东单医药卫生书店购得《本草纲目》。

读孙著《中国古舆服论丛》。

八月八日　星期二

今日立秋,却未有一点点凉爽,反闷热甚于前日。

往编辑部。山东电视台来采访。

小航、小凯傍晚自北戴河归来。

读《历代诗话续编》。

八月九日　星期三

往城建部,参加顾孟潮、布正伟组织的建筑文化沙龙,讨论建筑文化与史官文化。顾提出的史官文化是一个很模糊的概念,与大家在这个话题下讨论的问题根本是两回事,不过对当前建筑界种种情况的看法倒是很可以深入研究。

收到孙机先生长长的六页复信,对问题作了很详细的解答,并以《文物天地》一册持赠。

八月十日　星期四

于晓丹过访。先有一纸便笺,说:"我很想有机会和你坐下聊聊,你有时间吗?"

原来是陷入极大的矛盾与苦闷中……

读《考工记》。

八月十一日　星期五

往编辑部，与二吴一起商量双周讲座、读书沙龙各项具体事宜。

午后往天伦王朝与俞晓群及二王会。吕霞、陈原、于安民、沈、吴，一起讨论吕叔湘基金会事。

陈原先生以《不是回忆录的回忆录》一册持赠。

吕、陈先告退，余者往香格里拉饭店，吃意式风味的晚餐（费二千五百七十五元），实无一可取。要了一份火腿蘑菇奶油面（八十元），不过是一盘浇了奶油火腿的大面疙瘩，除了咸与腻之外，没别的感觉，一份意式奶酪蛋糕（三十八元），也平平。最后是西西里冰激凌，褐色的巧克力与血红的草莓酱平铺在盘子上，然后一牙挤了白奶油的黄冰激凌，色彩艳冶，甜得腻人。俞晓群却是食欲大开，酒、肉不拒。

八月十二日　星期六

十点钟在长富宫大厅与沈、俞、二王会齐，往吕先生家。先生方自香山疗养归来，沈说："看起来精神很好。"先生应声而答："强打精神。"又讲起全集的进行情况，先生很平静地慢声而道："小题大做。"然后向沈问起《读书》的销路，沈答：将近九万。先生作吃惊状。但没过三分钟，便再次问起，沈又同样认真地回答一遍。说了几句闲话之后，第三次问起：《读书》销路怎么样啊？

俞送上一根吉林老山参(据说是长了五十年的),先生收下后说:“我从不吃这些高级补品,一天三顿饭,足够了。”

出门,各自散去。

午后俞打电话来,聊了一个多小时。当晚回沈阳。

读《刘禹锡集》。

八月十三日　星期日

午间往金福缘,老沈请陈昕、褚钰泉等上海来人吃饭。

读孙著《汉代物质文化资料图说》。

八月十四日　星期一

细雨一日。

读到《刘禹锡集》。

午后吴向中来。

八月十五日　星期二

往编辑部。

读《周书》。

八月十六日　星期三

往编辑部。

吴向中、雷颐、朱伟来,正一起聊着,吴彬接到冯统一的电话,说吴方投缳。于是几个人赶到他的家里,吴方斜躺在里间的双人床上,急救中心正在为他做人工呼吸,——其时已经停止呼吸好久了。

冯说,此前半个小时接到吴方的一个电话,声音极为平静,说自己那本书的书名就叫“斜阳系缆”。文字不能再仔细看一遍了，请代他审一审稿吧。

里外间的隔断墙上，有一个方形的洞口，绳子就从洞口穿出来，一头拴在外间书柜的腿上，一头打了结。本来说好今天入院治疗的，吴方让越宁先去办手续，越宁归来，就看见凳子翻倒在地上。

从我们到了吴方家里，就开始下雨，越宁哭得紧，雨就下得紧，一阵一阵。

十八岁的吴克捷还冷静，越宁坐在沙发上不停地边哭，边诉，边呼喊。努力了一个小时不见效，急救人员撤下器械。越宁不干，好说歹说劝住了。于是商量后事，通知公安局，通知语言学院、艺术研究院。

然后，依次的，一批一批都来了，却觉得时间过得特别慢，闷得让人透不过气。帮助越宁为吴方穿衣服，把他的左手套到袖子里，看他的神色，真是安详而宁静。吴方其实是由此得到大解脱了。

两点半钟，把吴方送上车，拉往隆福医院。

八月十七日　星期四

访谢兴尧先生，到谢宅已是九点多钟，但先生听到叩门声才刚刚起床。

进门就开始聊。先拿出一本册子来，封皮上是一幅麟趾呈祥图，红纸已经褪色了。打开来，一本都是红纸，颜色还鲜明，上下金边双栏，中间墨书“蠡斯衍庆”。然后是奁目：首饰、四季衣服(衣、裙、袄、小衣)、床帐、扇、镜套。接着的一页，墨书“余庆裕后”,便是装目:镜、盆、烛、罐、碗、盘。先生说,陪嫁有如此排场的,至少也得是个小王爷(首饰中有金、玉扁方,可知是满人)。接着拿出来的,是一大一小两件铜带钩,一个小小的牙梳,一个铜指套,一枚骨簪,一枚玉簪,玉簪被先生用来调印泥,给挑断了,只剩了半截。先生说,你都拿去吧,我留着也没用了。

十点半钟辞出。

午间与小航一起,到仿膳为小凯设宴饯行。

收到孙机先生来书,即作回书。

八月十八日　星期五

往编辑部。

老沈提出的读书沙龙第一次活动,讨论的题目是:现代性危机:各种可能的解。参加者:汪丁丁、陈嘉映、李陀、雷颐、刘苏里、甘琦、徐友渔、刘军宁、王焱、何怀宏、于安民、吴向中。对讨论的问题,不感兴趣,但作为一个观察者,看大家如何阐述自己的观点,以了解每个人的思维方式、表达方式及在争论中的姿态,倒是挺有意思的。

午间在食堂安排了饭菜,未与共饭,归家。

志仁晚间归来,好兴奋了一阵。

八月十九日　星期六

收到孙机先生来书,开篇即云:“上次您对《清白各异樽》提出的意见很有分量,比如拳击,这一拳是打在鼻子上了,因而当时有点发懵,未能反应过来。现在想了一想,稍有头绪,谨叙述如下……”下面,以近四页的篇幅把我先前的质疑驳倒了,而这正是我一直期望着的。

访谷林先生。说起孙机，原来他们是熟悉的，当年先生在文物部，与孙的考古部办公室联通。但两位都不是健谈之人，虽天天见面，却共话不多，而先生对孙的学问与识见很是钦服。孙曾被错划成右派，七十年代末才从北大调到历博，结婚大约也在那时候，当日忙着置办家具，孙解嘲似的说："本来是该为我的孩子准备这一套的。"孙为学、为人皆不苟且，当年在学习会上就总是很有锋芒地发表不同意见。他的说话，也和他的作文、做人一样，简洁、明快。先生说，他的文章没有什么辞藻，也无枝枝蔓蔓的废话，但读起来绝不枯燥。这和我的感觉完全一样。

收到吴兴文寄来的《故宫文物月刊》。

八月廿日　星期日

过中华门市，购得《中国的神话传说与古小说》。

午后两点半钟在八宝山举行吴方的遗体告别仪式。接到通知后，踌躇再三，决心还是不去，很怕在这种仪式上破坏对吴方的追念。

读《中国古舆服论丛》。

八月廿一日　星期一

往编辑部。

举办第二次读书沙龙。参加者：崔之元、张宽、雷颐、查建英、戴锦华、苏国勋、李陀、黄平。

仍读《论丛》。

《唐代妇女的服装与化妆》谈到翠眉与晕眉，谓南北朝时确有将眉毛染成翠色的化妆法，唐前期亦盛行，不免有些怀疑。问题在于古诗文中青、绿、翠等字的用法。孙文先举了《楚辞·大招》中的"粉白黛黑施芳泽"，据以认为彼时黑色描眉，但《楚辞·大招》在"粉白黛黑，施芳泽只"下面，更有一句"青色直眉，美目媔只"，若据字面意思直解，岂不前后错乱？古诗文中常有青丝、绿云、翠鬟，都是形容黑油油的头发，这里，便全没有绿的意思。翠好像颜色的成分更少些，而多鲜明、鲜亮的含义。《老学庵笔记》：东坡牡丹诗云："一朵妖红翠欲流。"初不晓"翠欲流"为何语，及游成都，过木行街，有大署市肆曰"郭家鲜翠红紫铺"。问士人，乃知蜀话解翠犹言鲜明也。东坡盖用乡语云（页一○二）。又似乎不仅流行于蜀，且不止用在宋代。《醒世恒言·钱秀才错占凤凰俦》"唤家童取出一皮箱衣服，都是绫罗绸绢时新花样的翠颜色"（页八十），也还在这一含义上使用"翠"字。大约最初以"翠"状眉，只是形容它有光泽，即俗语黑亮黑亮的，一如"翠鬟"的用法，后来便成了固定搭配，并不是即目之实景。果然认它为真的话，孙文下面说到"及至晚唐，翠眉已经绝迹"，可小晏词中明明就有"晚来翠眉宫样，巧把远山学"（《六么令·绿阴春尽》），元人乔吉有"合欢髻子楚云松，斗巧眉儿翠黛浓"（《水仙子·赠姑苏朱阿娇会玉真李氏楼》）。至于"一旦新妆抛旧样，六宫争画黑烟眉"，说的应该是画眉由黛改墨的变化吧？

八月廿二日　星期二

往中华书局访刘石，取得《往五天竺国传笺释》《西域行程记》《敬斋古今黈》《河南志》《蕉轩随录·续录》《观世音应验记》。

读《论丛·中国古代的革带》。

八月廿三日　星期三

往编辑部。

与沈、吴讨论《读书》进人事。

午间在美尼姆斯宴请许纪霖(沈、贾、吴、郑逸文),费四百余元。

八月廿四日　星期四

往社科院,在门口与陆建德会,取得书稿目录。

午后两点钟,在编辑部举办本月第三次读书沙龙,参加者:杨永生、陈志华、王小东、邢同和、布正伟、王明贤、马国馨、赖德霖。议题是:建筑师的主体性——从一座或几座建筑谈起。老沈开场白之后即离去(往民族饭店会什么人),晚餐将结束时方归来。

讨论很热烈,也很有内容。在食堂晚餐。

八月廿五日　星期五

往编辑部。

收到孙机先生来书及所赠《考古》《文物天地》《收藏家》各一册。

八月廿六日　星期六

五点钟出发,与志仁、老钟往清西陵。

走错了路,往保定方向行驶了三十多里,到达西陵,已近九点。

先至昌陵大红门、石牌坊、碑亭、华表、神道,再至慕陵。门票五元,停车费八元。

所有陵墓的石桥下，马槽沟里都有一弯清水，水上多浮着白莲。泰陵水最大，所以设了游船，唯独慕陵桥下干得不见水迹，据说只有下雨时才有水，雨止，水也就没了，于是附会作龙吸水：楠木殿天花板上的龙，把地下水吸干了。想来是因为原东陵地宫进水，后移往西陵，故格外精心，特别选择了一个绝少进水可能的所在。

游人很少，陵区颇清静，慕陵更是一个人也没有。慕陵是以最奢侈方式，做成一个最俭朴的形式：三座本色金丝楠木殿看去的确很素雅。由此想起一个相关的当代故事……

由慕陵往紫荆关，一路翠色迎人，山青青，水莹莹，虽然阴着天，山和水也依然绿得鲜亮。

紫荆关下的十八盘古道，早被一条柏油路取代，关城只剩下了一个门垛子，建在拒马河边。山上有几段残破的城墙，山拥水绕中，颇有苍茫之伟丽。河水不旺，在石滩上散漫着，一座钢筋水泥的新桥横跨在上边，仍题作紫荆关大桥。

在河滩上午餐：面包、肠、西红柿。

饭后往泰陵，未入隆恩殿，至崇陵，亦未入。

三点半回返。走了高碑店市，四处修路，像进了用一道道烟障布置起来的迷宫。如此市政建设，看了真让人伤心。

六点十分到达西单，小会已等在必胜客饼屋。四个人要了两张比萨饼（每份四十九元），又沙拉、冰激凌（费二百零五元）。

八月廿七日　星期日

读书一日：《七修类稿》《渑水燕谈录》。

收到孙机先生来书。

阅《逝水集》校样。

八月廿八日　星期一

往编辑部。

杨竹剑先生在给吴彬的信中写道："扬之水"君，大可不必反串"衰派老生"也，就其腹笥、文采而言，应是雍容华贵、蕴藉风流，"正宗青衣"底子，而"坐宫""醉酒""别姬""散花"者，即"开心果女郎"之"刀马旦"，亦并未尽其才情也。

与沈、吴同往梅地亚宾馆访王元化。午间赶回朝内，在食堂共饭。

读《中国古青铜器选》。

八月廿九日　星期二

九点钟，在东华门与尚刚、吴彬、大小二冯会，由刘璐带领，游养心殿、储秀宫、坤宁宫、珍宝馆、乾隆花园、戏曲博物馆、撷芳殿。

养心殿迎门是一幅潘祖荫手书中堂，门两侧一边一个花几，几上一对径尺以上的碧玉盘。西边两架多宝格子，上边各种小摆件，有一两件白玉和黄玉，远远地匆匆过眼，连造型也不及细辨。尽头炕间，一面壁上是王懿荣的手书。东头炕间，床围子中间挂了一溜荷包、香囊。

门首一道帷幕，高高卷着，说是多少年也没有动过。

储秀宫西边一间的落地罩上布满各式兰草，想必都是名家手笔。炕间一张螺钿镶嵌翘头案，下有康熙己酉年款。明间一件炉瓶盒三事,很是细巧。红地描金的方盒,上面是香炉,香炉旁边一个小小的箸瓶,里边插着拨火和箸,盒上描着一对蟠螭纹,中间是一束缠枝莲,下边两个横抽屉,一侧还有两个小抽屉,应该是放香料的。

坤宁宫东间壁上一巨幅立轴,人物像是宋代衣冠,看场景,或是《送子天王图》。一溜坐炕中间,竖了一根短柱,大家都不知道是做什么用的。眼下柱子的斜钩上挂了一把腰刀,据说也是多年如此了。或曰当挂六宫锁钥,但装钥匙的袋子现正挂在两面窗子中间。

明间,还放着宰牲的案子,一角是灶间,里边两口大锅。

撷芳殿是道光皇帝出生的地方,现为陈列部办公室,刘璐占了角落里的一间。院子里种着枣树、核桃树。“潜邸”前边的两株枣树,每根枝条都是弯弯曲曲的,枣实是葫芦形。后院还有个四角井亭,原来是水井,现在成了下水道。

十一点半钟与刘璐别,各自归家。

收到陆灏寄来的《建炎以来朝野杂记》《谥法考》《元海运志》《急就篇》《汉旧仪》。

午后一阵冰雹,天黑云暗,凉风四起。过后,又是云开日出,像一切都没发生过。

八月卅日　星期三

往编辑部。

接到遇安先生电话,约定九月四日在服饰展门前见面。

读《论丛》(进贤冠、幞头)。

对进贤冠由汉至明的沿革和演变，叙述得十分清楚，有文字、有图像，而且二者合情合理碰合在一个点上。关于幞头的成因，大约是发前人所未发，而逻辑严密，图例有据，一条发生、发展的线索勾画得非常清晰。

八月卅一日　星期四

往编辑部。

杨成凯送来书目。

读《中国古代服饰大观》《中国古代人物服式与画法》。关于幞头与冠的演述，简直就是一笔乱账。后者初版于一九八七年，至一九九四年，已经是第四次印刷了。

九月一日　星期五

一日雨。

往编辑部，做发稿准备。

孟晖来，聊近两个小时。午间在食堂共饭。

下午北京电视台来采访。

九月二日　星期六

阅三校样。

过考古所门市部，购得《北周文物精华》。

九月三日　星期日

与老沈同往编辑部，发稿，查对校样原稿。

读《论丛》。

九月四日　星期一

按照约定，九点半钟到历博西门，等候遇安先生。原是要参观历代妇女服饰展的,但今日闭馆,好像周围还戒严,大概因为世妇会开幕吧。

遇安先生今年六十六岁,父亲是搞古典经济学的,大哥孙次周从事史学研究,当年也在《古史辨》上发文章。先生新中国成立前夕投身革命,后读华北军大,但学开坦克车的时候,被震得晕头转向,受不了,就转到地方。在总工会工作了一段,因在故宫前面的朝房上班,时沈从文先生的办公地点也在那儿,便认识了,一直往来。一九五五年考入北大历史系。

展览看不成,随先生到历博院内,在树下的一个长椅上坐着聊天。先生以《图说》《论丛》精装两册持赠。聊了一个小时,发现身边尽是各种小动物,腿上咬了好几个包,于是收拾书本,转移到历博门前的台阶上。十一点半钟,先生提出去吃饭,遂往前门快餐厅,吃汉堡包。饭罢仍步行到博物馆门口,已是一点钟。

万万没想到,先生提出愿意和我合作做一点儿事,即举日人涩泽敬夫《日本庶民生活绘引》一书为例,觉得可以参照他的方式,也来做这样的研究。以他精读过的一册《东京梦华录校注》相假,并示以他撰写的《金明池上的龙舟与水戏》,说这是将文献资料与实物、图像相结合的一个例。做起来的确要花工夫,但还不是十分难,认为我完全有能力来做。

此番会面,收获极大,许多从文字上读不明白的问题,经先生一讲,一下子明白了。其学养与见识,真让人佩服。

九月五日　星期二

先往铁道部,再往编辑部。

午饭后，访谷林先生，因想调往历博，请先生介绍一下情况。先生以为一定去不得，说那里没有一点儿学术气氛，除了一位孙机，再无可谈之人，也没有人在认真搞研究。

九月六日　星期三

一日雨。

过录《东京梦华录校注》。

读孙著，并与先生一席谈之后，痛感“四十九年非”，以往所作文字，多是覆瓿之作，大概四十一岁之际，应该有个转折，与遇安先生结识，或者是这一转折的契机。只是前面的日子无论如何也是不多了，更生时光促迫之感。

九月七日　星期四

与志仁同往绒线胡同书店，大约有三年没有来了，格局无大变，品种大有增加，但可读之书太少了。挑挑拣拣，勉强购得两册：《六朝事迹编类》《金瓶梅隐语揭秘》。

往历博参观历代妇女服饰展。以图片为主，实物极少，且多复制品，只有清代的几件衣服、佩件。

九月八日　星期五

连日阴霾不开，秋雨绵绵，颇有江南况味。

往编辑部。

过录《东京梦华录校注》。

九月九日　星期六

在中华门市部购得《玉篇原本残卷》《碑铭所见前秦至隋初的关中部族》。在考古所门市购得《中国古都研究》(第四辑)、

《菱花照影》。

过录《东京梦华录校注》。

终于有了阳光灿烂。傍晚与志仁一起去给外婆送月饼，正见长安街尽头，西山一带晚霞烂烂。晚间起风，吹开云雾，捧出一饼白灿灿的大月亮。

九月十日　星期日

晨起，一到卫生间，蓦地看到窗外一个大月亮。

与志仁一起往万寿寺参观“北京文物精品展·祝贺北京建城3040年”。

青铜器、金银器、漆器、珐琅、织绣、瓷器、玉器，颇有一些精品。几件织绣：黄地绣五彩云龙纹上衣（明，馆藏），直领，领、袖上毛；纳纱绣百子图门帘，红地（清，馆藏）；黄缎绣十二章纹龙袍（清，馆藏）。还有一件也是馆藏，明缂丝仕女纹织成衣料，极为精致：一个占了大半身的如意纹框子，以两条直领为界，一边悬了一挂宝幢，宝幢下边缀了葫芦，葫芦下边又是个小挂件。宝幢的两头，用如意挑出穗子，缀了古钱、葫芦、盘肠。宝幢两边，玉立着捧物仕女，挽着高髻，红上衣，绿裙子，上白下粉的帔帛，或擎如意，或举着古钱（衣实未全展开，大约有一半图案看不着）。画框外边，是四季花卉、八祥八宝，还有点点山石错落。全部花样子都是在金线地子上缂丝而成。

一对金凤簪（明），簪针上旋出如意云头，上边立了一只飞凤。一对镶珠宝金指甲套是清代的，金丝掐成球路纹的地子，上边用米珠缉成纷披的花瓣，小小的红宝石、绿宝石缀作花心，点翠的花叶子。

风朗气清，庭院幽静，参观的人很少，若不是志仁一再催归，正可盘桓半日。

过录《东京梦华录校注》，录毕。

九月十一日　星期一

早晨志仁得知张爱玲病逝的消息，说她孤零零死在寓所，发现的时候，已经停止呼吸好几天了。终年七十五岁。

访谷林先生，先生再次力劝勿往历博。

往编辑部。

午间往金福缘，郑至慧做东相请：沈、吴、查建英。蜜汁火方、鱼米羹、宋嫂鱼羹、咸鱼蒸肉饼、雪菜青豆、东坡肉。东坡肉是切作一小方，煨在小小的白瓷罐里，很入味。

饭后往编辑部。王越男、王之江来。郑在勇来。王、郑签定了协议。与二王合议吕集、文丛二辑、俱乐部藏书票诸事。

九月十二日　星期二

读书一日（读孙著）。

九月十三日　星期三

九点半到历博门口，在遇安先生带领下参观中国历代妇女服饰展，边看边讲，用了两个小时。所讲的，多在服饰之外，却是我以前一点儿也不知道的。

然后往翠花胡同的一家小餐馆午饭，又是先生做东。干煸里脊块、干炸里脊排、荷兰豆、酸辣汤（费五十七元）。我说无论如何也该我"还席"，先生道："我三十岁的时候，你五岁，如果那时候我们一请一还的话,倒还有意思,这会儿就不用争了。”

先生说,历博的确不是做学问的地方,倒是历史所可以考虑,但需要写出一本专著来,你可以选一个题目。

我怎么选得出?

先生认为一个现成的题目就是“绘引”。对此我也极有兴趣,只是先生说一两年就可以完成,我以为是绝对不可能的。“我那部两唐书舆服志校稿只用了一年的时间。”但我怎么可以相比!不管这些吧,慢慢努力去做,能够真正做好,此生也就无憾了。

“为什么要从北大调到历博?”

“现在的北大当然好了,我在北大的时候,眼看着一个一个熟悉的人在历次政治运动中的各种表演,实在太难受了。某某某,‘文革’的时候,他最先冲上去动手打人,打杨人楩,这是我亲眼看见的。”“调历博,事先讲好到这里来没有任务,可以自由安排自己的研究,来了以后,也的确是这样。”

“搞物质文化史并非素志,我想写的,是一部具有立体感的历史,决不仅仅局限于宫廷政治,而是反映出社会的全貌。我佩服兰克的治史方法,搞汉代物质文化资料图说,实际上是为写汉代史做准备的,可是以前那样的情况,没法搞真正的历史研究,现在,人又老了,精力也不够了。”

九月十四日　星期四

直到今天,才在报纸上看到了有关张爱玲逝世的报道。

读《剑南诗稿》。

午间在仿膳与老沈共饭。

九月十五日　星期五

晨起，天还黑着，只听见窗外秋虫叫成一片。志仁问："它们为什么这么叫？"我说是冷，他道："不是，是因为它们快要死了。"果然，高亢激切中有一种惨凄。

往琉璃厂书市，购得万有文库数种，并《玉海》，敦煌壁画五代、宋之部。

午后往编辑部。龚建星来。

接到遇安先生来书，谈了一个合作著书的初步设想，很让人振奋。

九月十六日　星期六

晨起五点钟与志仁同往香山碧云寺。

《周叔迦佛学论著集》页七一二：寺创建于元至顺中（一三三〇至一三三二年）耶律阿利吉，原名碧云庵。明正德中御马监太监于经将庵扩建为寺，并在寺后营建生圹。嘉靖初于下狱死，家产抄没，寺圹未用。天启三年魏忠贤又在此建生圹。崇祯元年魏诛，寺圹仍不用。乾隆十三年就其墓圹改建成金刚宝座塔。

大殿和塔，都在维修。

寺门开着，却清清静静的，没有人售票。一路走进去，山门、天王殿、鱼池石桥，一座月台上边是单檐庑殿顶的"能仁寂照"殿。然后是中山堂、石牌坊、金刚宝座塔，一层一层高上去。庭院里奇松、秀竹、古银杏，一群花尾巴的大喜鹊在树尖上飞起落下，塔顶上铺了一层莹白的太阳光，可蓝天上还泥着半个淡白的月亮。

水泉院里的一溜房子，大概住了人，不过也还是静悄悄的。花池子里养着玉簪，只是花事已过，剩了一大片油油的翠叶子，无端想起一句“翠色和烟老”。其实天地间清清亮亮的，但一片透明中秋日的凄清是分明感觉到了。

在中华门市部购得《南海寄归内法传校注》《孙毓棠学术论文集》。

回到家，才七点半钟。

读《孙毓棠学术论文集》。

九月十七日　星期日

读书一日（读《图说》及相关者）。

九月十八日　星期一

往编辑部。

给谷林先生送去稿费和书。先生正坐在外间屋子的旧沙发上剥毛豆，原来伯母新近检查出了心脏病。

说起和遇安先生的合作计划，先生觉得非常好。

我说，我觉得好像刚刚学会走路，却要和一位长跑健将去参加锦标赛了。先生说，他比你跑得快，你可以比他跳得高呀！

读《文物》（五十年代）。

和三嫂交换劳务：她为志仁缝裤子，我为她打印材料。

九月十九日　星期二

读书一日（陶瓷类）。

接遇安先生来书，指出了“脂麻”的几点失误，其中一个问题，就详详细细写了几页纸。

九月廿日　星期三

往编辑部，处理初校样。

读茶论、瓷论。

九月廿一日　星期四

往编辑部。赵清源来取走《金庸全集》。

听老沈说起试金石：一块黑石头，很贵，据说价等黄金。试金的时候，用金子在上面划一道，然后再用有刻度的金牌（金牌约摸有两根火柴棍那么长，三根火柴棍那么宽，上边打了孔，按刻度顺序穿作一串，大概有三十来根，拿在手里，像一大串钥匙），也同样在上面划一道，对比二者色泽，便可确定含金量。若怀疑羼铜或羼银，就用具有腐蚀作用的化学药水（硝酸？）撒在划痕上。如果划痕消失了，就说明有假。那么掺了多少假呢？还可以再用烟灰缸里的烟灰撒在上面，看冒出的一股细烟是何等样的颜色，便可确定掺了百分之多少的杂质。试金石用久了，可用王水洗去划痕。首饰店还有一种制造“紫金”的办法，即用萘和上其他什么原料，然后把金子放在里面煎，煎过之后，金子就呈现出一种紫色的光泽，可以讨得顾客的赏爱了。

收到遇安先生来书，说新著实在想不出好的名字，最后起了一个“文物与古代生活”，因为“许多文物本是古人精致一点的日常品”，于是从这句话中得到启发，提议就叫作“寻常的精致”，原拟，作为副题。

午间杨成凯过访，遂以巴尔扎克数种持赠。

傍晚往琉璃厂，购得李辉柄《宋代官窑瓷器》。然后应林凯之约，往和平门烤鸭店，赴上海教育出版社之宴。在座有聂北茵、李辉、李乔、解玺璋、李春林、梁刚建等，共两桌。

九月廿二日　星期五

凌晨四点钟就起来了，——连日来总是三四点钟即醒，但仍勉强躺到五点钟，今天实在有些躺不下去，便起来读《宋代官窑瓷器》。作者的行文极为啰嗦，一段材料，不断地重复引用，几点结论，像是费了半生精力才得出来的。

往文化宫书市卖书，从早八点半到下午五点多，心里不断叫苦，又累又烦。

到几个书摊转了一转，可取者不多，购得傅乐淑《元宫词百章笺注》、傅振伦《景德镇陶录详注》，又《湖蚕述注释》《江南丝绸史研究》《中国美术全集》墓室壁画卷。

九月廿三日　星期六

廿一日下午爸爸来，匆匆一面，说了不到十句话，即为三嫂解决疑问，然后赴为爷爷举办的寿宴，便分手了。昨晚打电话，欲今天上午去话别，但他说不必了，也就作罢（晚即归闽）。

读杨宽《中国古代都城制度史研究》。

昨夜风雨大作，雷声滚滚。晨起雨止，风却越刮越大。

九月廿四日　星期日

读杨著、《清明上河图》、禹玉《清明上河图画的是哪座桥》（《艺林丛录》第四编）。

接遇安先生来书，说他同意许政扬先生的意见。检出许著一看，原来与禹玉文一模一样，方知禹玉便是许政杨。

后遇安先生在电话中告知："文革"时红卫兵把许先生做的数以万计的卡片（有一卡车），全部烧掉，当晚许先生就跳了海河！据周汝昌序，许享年只有四十一岁（九月廿八日补记）。

九月廿五日　星期一

往负翁处，取带给王先生的书和稿费。负翁以《张中行选集》一册持赠，书是用报纸包起来的，上写着：交莲船如是，并说："以后你就刻这么一个章吧！""要您刻一个送我才是！"先生立刻从柜子里拿出一个小布包来，里边是新近托人买来的巴林石，取出一个圆的，说："这个怎么样？"点点头，就算定了。

将书和稿费送至王先生处。

往编辑部。

午间遇安先生送来《考古》（一九五五年至一九五七年）三册，并约共进午餐，遂往肯德基。面交了一封信，已贴好邮票，没来得及寄，先见面了。又以《五兵佩》文及图假阅，然后示以淄博古车博物馆的牛车复原图，一套七八张，从草图到结构图，看起来挺复杂的。"特别费工夫吧？"先生屈了指头说："三天。"对古车制度之熟，是不待言了。

说到王师母，先生想起她的一件轶事："她是大家闺秀，不会做饭，在干校的时候，派在厨房，为照顾她，就让她剥葱。剥了一上午，然后去找指导员汇报，说：葱都剥完了，里边什么也没有。"

代拟的"寻常的精致"，先生首肯了，交稿时间定在年底之前。“图说”，当在明年动手。“最后我得写一本书，一部立体的史书，这是我一生的愿望。”“通史还是断代史？”“就写汉武帝，书名叫‘汉武帝和他的半个世纪’。”

饭后各自别去。

往编辑部。沈、吴、贾去吃大排面。

读《考古》，做索引。

九月廿六日　星期二

往编辑部，处理《堪隐斋随笔》二校样。

往书目文献出版社为遇安先生购书，但门上了锁（门口写明“营业时间8—17”）。找到食堂，也不见人，倒是一片秋景，至为可人。蓝天，白云，清清丽丽中，近有雪松，远有白塔，未加髹饰的大殿，别有浑朴壮伟之气象。

骑车出来，过北海，桥下两边清波晃漾，不见一人一船，风搅得一汪一汪的倒影，琐琐细细的，变成一片亮点子。

往雪苑，为老沈过生日，酒焖肉、锅塌豆腐、腌笃鲜（费一百六十四元）。

读梁注《营造法式》。

九月廿七日　星期三

往编辑部。

访谷林先生。说起和孙先生的交往，先生说：“我所看到的孙机，是不去迎合人的，很有主见。”

回到编辑部。吴向中来。

读《梁思成文集》。

九月廿八日　星期四

往书目文献出版社，购得《论古代中国》《元宫词百章笺注》（为孙先生购）。

八点五十分至神武门，与吴彬、冯统一、尚刚会，还有一位德国老太太，在刘璐带领下，入春华门，参观乾隆佛堂。

殿名雨花阁，明三暗四，二层到三层之间，挑出个平座，于乾隆十五年在明代旧基上改建，由章嘉三世设计。现在里面的格局与器物布置仍是当年旧样，虽处处积尘，却是连积尘也有历史的。

一层，三座佛坛前边摆着供案，供果据说也是当年旧物。案前有珐琅如意树一对，木珊瑚一排，树上挂着五彩哈达。左手一座铜佛像，是一个极为漂亮的菩萨，细腰丰乳，弯眉秀目，秀挺的鼻子，翘着嘴角，婉，而且媚。佛坛是紫檀木的罩子，木料用了九万斤。殿堂里没有照明设备，看不清佛坛里边的布置。

四层，为藏传佛教的修行四部：释部、行部、瑜伽部、无极部，雨花阁据此而布置。

一重檐铺着上了紫釉的琉璃瓦，最下一重，是黄琉璃。攒尖顶上装着三米高的鎏金塔，四脊盘龙，无斗拱，仿藏式建筑。檐枋间贴着方木彩漆组成的一个一个小菱形块儿，檐下挂着一溜儿小木铃。佛坛是紫檀木雕花嵌玻璃的罩子，上覆木瓦顶，铜瓦当，下设须弥座，三座水平的一排，形制相同。阁前檐柱有莲瓣覆盆式柱础。

楼梯每一级都很高，上边积满灰尘，一层一层盘旋而上，最高一层便是故宫西部的最高点，可以俯瞰一派金碧辉煌。雨花阁后面，贴着红墙的一座梵宗楼，年久失修，已经破败得像要塌了。里边供奉的一座佛像，姿态像是自在观音，眉眼间却藏着威严。庭院里竖着两根梵杆，过去宫里跳巴扎，就是在这儿。以雨花阁为主的西边这一带，是当年宫内的礼佛之所，宗教建筑集中于此。

又到图书馆、艺术廊转了一圈。十一点半钟出宫。

往端门历博考古部，送去书目文献版的两本书。

接到遇安先生来书，关于清明上河图画的是哪座桥，他同意许政扬的说法，检出《许政扬文存》一看，原来就是禹玉的那一篇，来书并云："许先生在南开工作，曾和他有一面之缘，通过信。这是一位以毕生精力研究小说话本，并以身相殉的学者。"初不解"殉"之所谓，后接电话，方知蹈海一节，再读周序，眼泪都要流出来了。忆及"文革"初起，外婆见其来势，便有预感，回道："如果我喜欢的东西都没有了，活着还有什么意思？不如去死。"她所喜欢的，其实很简单，不过京剧、公园、闲适的生活，然而，却不能得。"盖天之于宴闲，每自吝惜，宜甚于声名爵位"，此李文叔为赵韩王园之废而叹也。

九月廿九日　星期五

往书目文献出版社，购得《民间秘语行话》。

往编辑部。

读《图说》。第一八〇页："在画像砖、石上还能看到不少阙，有的在单层的阙上树立桓表，其形象见于沂南画像石。"手中没有《沂南古画像石墓发掘报告》一书,不知此阙周围环境是怎样的,但颇疑此乃邮亭。

又,第一六四页:“当时尚未形成凹曲形的‘反宇’式屋面。”但班固《西都赋》“上反宇以盖载”;张衡《西京赋》“反宇业业”,则谓无实物可征是也,文字记载似不可不顾。

又:“到了汉代,我国古代屋顶的几种基本形式如悬山、庑殿、歇山、攒尖等均已出现。”这里所举庑殿、歇山、悬山,都是清代叫法。庑殿,时当称四阿或四注,《周礼·考工记》已有“堂崇三尺,四阿重屋”,郑注:“四阿若今四注屋也。”

《梁思成文集·中国建筑史》,页三十八:“中国屋顶式样有四阿(清或称庑殿)、九脊(清称歇山)、不厦两头(清称悬山)、硬山、攒尖五种,汉代五种均已备矣。”

九月卅日　星期六

阅三校样。

读《敦煌建筑研究》。

十月一日　星期日

阖家去看望外婆。午间请外婆到飞霞饭店开设的北京烤鸭店吃饭,算是为她做八十大寿。红烧牛尾、腰果虾仁、炒鳜鱼丁、玉米羹,并烤鸭一只(费一百八十元)。

继访李雄,看他用电脑作画,极精彩。

仍读《图说》。

十月二日　星期一

早五点半钟,与志仁一起,到西单接了老钟,然后往金陵。

出门时，天还黑着，风呜呜的，才一上路，雨又下起来。到了京石高速，雨住了，西边天上一层一层的云，深深浅浅，占满了整个儿视线。

过周口店，经车厂，至猫耳山下。

弃车步行，一条宽宽的马车路，插向一片群山合抱的谷地。贴着山根的一片开阔地，远远望去，影影绰绰辨得出是一个用黄土垒起来的半圆形的高台，如今上边种满了庄稼。老玉米黄了，向日葵弯了，白薯秧子倒还绿得一片一片。没有路，或沿地边，或穿田埂，乱走到一个桃园。地堰上搭着个小小的窝棚，窝棚里铺着的条石是汉白玉的，外面散乱着的，也是汉白玉的断石。墙根有两块碎不成形的黄琉璃瓦，地边有个直径尺五的石柱础，这便是当地人所说的“皇陵”了。据说“破四旧”时拆了一回，“学大寨”时又拆了一回，现在又准备重建。三个殿的地基都刨了出来，暂时还埋上，等日后动手，连同猫耳山的十字寺，整个儿辟作一个旅游区。

站在断碑乱石间的皇陵遗址，觉得风格外大，远处的风，听起来更像山间的瀑布，周围再没有一个人。

方一走出陵区，天就忽地一下放晴了，猫耳朵上涂了一片光亮，天也成了蓝汪汪的。条状的云，很快打了卷，白花花的，旋了半个天。

继往佗里的万佛堂。找了半天，原来被围在一个矿区里。

万佛堂全称大历遗迹万佛龙泉宝殿，据说始建于唐玄宗时，元大德年间重建，清顺治重修。歇山顶，无梁，砖石结构。殿里四壁嵌满唐代石雕，可惜门锁着。幸好里边还亮了灯，从门缝里看见石刻的雕像，大概是个法会图，各路菩萨腾云踏海而来。连成片的菩萨中间，雕出了云朵和水波。对面壁上应该还有供养人和伎乐，却是无法看到了。

万佛堂下是孔水洞，据说乘小舟逆水而上，可见一隋代石洞。

万佛堂上下各有一石塔，下是龄公和尚的舍利塔，时代约在金元之际。平面八角，塔身七层，基座上承一朵大仰莲。塔上无刹，想必后毁。上塔据云建于辽代，平面八角，十三层，塔基须弥座上做出壶门，上面雕了伎乐，各角是托塔力士。伎乐多损，但从残毁了的轮廓上仍能认出姿态。塔基上用双杪斗拱挑出平坐，上有拱券门、直棂窗，窗、门之间，贴塑着石雕像，亦多损毁。

收到王翼奇寄赠的《武林坊巷志》一、二卷。赖王君之力，八卷本终于配齐。

接金性尧先生赠"历代服饰"一厚册。

老沈送来第十二期稿。

十月三日　星期二

将老沈没有做完的工作，继续做完。

读《中国建筑类型及结构》。

十月四日　星期三

往编辑部，发稿，处理三校样。

读《水经注》。

十月五日　星期四

与志仁一起往铁道部，然后去看望外婆。

十点钟，胡仲直打电话来，说在北京站口的自行车铺，于是把他接到家中。一别二十九年，彼此都历尽沧桑，虽然依稀可见童年轮廓，但若走在大街上，必是不敢相认的。

在仿膳共进午餐，胡执意做东，也就随他去了。聊到两点多钟，然后把他送至地铁站口，别去。

接到遇安先生来书，谓以《中国文物精华大辞典》一部（四册）持赠，已办理了邮购手续。

十月六日　星期五

读《中国建筑类型及结构》。

往永外参加党员会，听录音（关于陈希同的处理）。

继往编辑部，处理《音尘集》校样。

十月七日　星期六

读《华夏意匠》。

在《文物》一九五四年第八期上看到"山东沂南汉画像石墓"，其中即有《图说》所据原图，所谓单层的阙上树立桓表，此"阙"，自当为亭传。

此外，《图说》第一八〇页："至于二出阙，最耐人寻味的一例亦见于沂南画像石，它比较矮，和一座庙宇的大门组合在一起。"被称作"庙宇"的二层建筑，似乎也是亭传，《汉书·匈奴传》："时雁门尉史行徼，见寇，保此亭，单于得，欲刺之。尉史知汉谋，乃下，具告单于。"师古注："尉史在亭楼上，虏欲以矛戟刺之，惧，乃自下以谋告。"（第三七六五页）可知亭传有楼，而这一对"二出阙"的位置，似乎也很特别，与通常的阙之所在，大不相同。

十月八日　星期日

奉到遇安先生来书，只谈了一个“反宇”的问题，其中说道：“但优美的凹曲形不是一下子就形成的，它初出现时应为僵硬的折曲形，只有梁架发展得完善了，才能出现那种漂亮的曲线。”说“反宇”之成因，似乎不够完全，李允鉌认为，因为屋顶的铺设是用竹笆置在木楞和木椽上，然后在竹笆上抹泥、铺瓦，所以必要考虑竹笆在受力之后所产生的情况。如果竹笆产生局部变形的话，在直线式的斜屋面上就会出现凹凸不平的现象。反过来，在曲线的屋面中，竹笆所组成的面就会十分平顺，而且抹泥后所形成的是一个“壳体”，在刚度上自然好得多，曲线的屋面和构造的材料之间显然不会毫无关系。在设计上当会有意识地使形式和材料的性能密切配合（页二二三）。——屋宇曲面之形成，应该是综合了两方面的原因吧？

与志仁同往建筑书店，购得《刘敦桢文集》（三）（四）、《中国古代建筑》《建筑历史研究》。

午后往凯莱大酒店。原约定一点半钟与朱书、许敏明、胡仲直会，但朱、胡二位两点一刻方至。在二楼咖啡厅吃冰激凌，争执半日，仍由胡做东。朱、许太没有幽默感，聊起来，总觉得气氛太严肃。四点钟提前离去，与志仁一起把外婆送上火车（往南京）。

归来看见一枚黄月亮，又圆又大，贴在天上，原来已是闰八月的十四夜了。

十月九日　星期一

往编辑部，宝宝未到，代为处理校样。

收到王之江寄来的两部书稿的合同，将《寻常的精致》一式两份送往端门考古部。

午后访梵澄先生，送去熊十力的《体用论》。他说病了半了个月，大约是因为在团结湖散步时在石凳上落座，受了凉，归来即闹肚子，今天才算一切恢复正常。

谈诗，谈诗人，有一组以"春江花月夜"为题的诗，杨度之兄（《草堂之灵》的作者）所作，其中一联极妙，——隔水隔花非隔夜，分身分影不分光。先生说："现在可还有人能做出这样的诗么？"谓当代诗至柳亚子、郭沫若止，自郐以下，不成诗也。

说《脂麻通鉴》。——"我一篇一篇从头到尾看了，以文章论，可以当得一个'清'字，不过，若以'沉雄'论，就大不足了。""可以照这样子接着做下去，可论的，还多得很啊。"

说起前不久沪上那位沈姓摄影师来访，后曾投书一封，抬头云"徐公梵澄先生"，"古今可有这样的称谓？此君可以去给人写墓碑"。

继往兆龙饭店对面的阿罗哈，为《读书》二百期宴请一批老作者：丁聪夫妇、冯亦代夫妇、龚育之、孙长江、陈乐民、许觉民、陈四益、董、沈、吴。三个肥牛火锅为主菜，不过一碟牛肉、一碟羊肉，一碟鱼丸；白菜、豆腐各一碟，开价一千八百元，只吃了一份沙拉，两小块面包。餐后的一杯蓝山咖啡，清淡如水，名义是餐厅敬送。

左傍黄宗英，右傍董秀玉，听黄聊西藏，听董谈选题。董说将来的几年，将有一大批高、精、尖的艺术类图书问世，其中一本是明清版画中的社会生活，是买通了北图善本室，从那里面精选出来的。但是文字是由□□来做，心想真是白糟蹋了好东西。

十月十日　星期二

读书一日（建筑类）。

收到金先生寄赠的张爱玲译注《海上花》。

和志仁一起到北影资料馆看影片《摇啊摇，摇到外婆桥》，张艺谋导演，巩俐主演。从剧情到演技，皆无可取。

十月十一日　星期三

往编辑部。

午后与志仁往清华大学，访陈志华老师。借得营造学社所编《建筑设计参考图集》。继往北京出版社访杨璐，伊以《朝市丛载》《话梦集》《燕市积弊》《国朝宫史续编》持赠。

十月十二日　星期四

往社科院访叶秀山先生，取得《愉快的思》稿，并签了合同。

读梁著《清式营造则例》。

十月十三日　星期五

天阴得滃着水，却又挤不出雨来，晚间才淅淅沥沥下了一会儿。

往编辑部，帮助老沈捆书。

午间遇安先生如约来到门口，然后一起往宾华午餐。

交付了《寻常的精致》书稿合同，并作者简历一份。兹录遇安先生简历：一九二九年生（九月廿八日），山东青岛人。一九四九年参加中国人民解放军。一九六〇年毕业于北京大学历史系。现任中国历史博物馆研究馆员，国家文物鉴定委员会委员，中国考古学会理事，获国务院颁发的政府特殊津贴证书。著有《中国历史博物馆》(合著，一九八四年)……

读《关于中国早期高层佛塔造型的渊源问题》，很是钦服。孙先生所达到的水平，让人觉得不可及。他其实何尝需要什么“合作者”呢，竟连助手也不必。邀我合作，大约完完全全是为了“提携后进”吧。

十月十四日　星期六

早八点钟出发，往怀柔港澳培训中心，志仁开车，拉了三哥三嫂，大哥带了宁宁和小宝。

十点钟到达，住下，午饭后，与志仁一起往幽谷神潭。

都说是借了世妇会的光，怀柔的建设，一下子提前了三年。路宽，而且平，四行垂柳，两列中分，两行沿边。风吹过，抛起来的弧线都是齐刷刷的。深秋的绿，还带着春天的新鲜。

周回一弯起伏的山，“鬼面青”的玉颜色，一排一排，贴在天边，在时隐时现的阳光下，虚虚实实的。眼皮底下是一片刚刚描画出来、墨色未干的新城。新城之外，还留了大片大片的空白。从地平线起，空白的地方，铺满了云，一卷一卷，一层一层，半边深青，半边苍蓝。

由怀柔县城向幽谷神潭，一路，是令人奇怪的静，绝少人行，绝少车行，连骑车的人，竟也难得一见。山近了，景色立刻一变。崚嶒的峭石，勾出山的轮廓；红红黄黄的草木，堆叠出山的色彩。变幻的曲线，变幻的颜色，恰是搭配得好，朴朴素素的，就铺出一片华丽了。

沿着两山夹峙的一条深涧向上走，一道山溪在中间流。山越高，水越大，到了一壁五丈高的山崖面前，水跌落成一束飞瀑，在山崖下边的地坪上汪了一个潭。水于是又静了，从地坪上悄没声地漫下去，还是那条不急不缓流在山间的溪。

一段陡峭的石阶，被称作“天梯”。其实不高，也不险，不过上到上面，倒真的别有一种天外景色。命名为“幽谷神潭”的水，就卧在一面斜切在山凹凹的石壁上。水不旺，方圆不过八十平方，清清明明的，看不出倒有六米深。盘陀峭壁上嵌了这样的一汪水，总是很奇了。

水之源，还在更深的山里。过铁索桥，沿着平滑的斜面爬上去，看见水从山石切成的一道深涧里贴着山根流下来。再往上，便是一块一块的巨石悬悬地搭成水道，没有登攀的路了。

总觉得没有路的地方，景色更好。现在可以看见山外的山，铁线勾出的轮廓，铁灰中又点了星星的金红，星星的苍黄。不是立体的，倒是扁平的，——平平涂在布了云的天景上。就在路的尽头有个角度可以观赏，攀石拽树翻上去，进了一步，反觉结构上有了败笔，索性还是退下来。

四点半钟回到驻地。晚餐设在赵各庄，是个乡政府办的餐厅，号称“粗粮细做”，类似京城里的“忆苦思甜大杂院”，据说中央常来人到这儿吃饭。垂花门做了大门，迎面就是九开间的正房，两厢是七开间，房前有廊，廊顶是彩画平棋，花楣子下边又做了花牙子。一席共三十一道菜、饭。生花生米、炒杏仁、黄瓜蘸酱、灌肠、炖吊子、手扒羊肉、家乡肉条、积菜炖豆腐、白菜粉条、萝卜羊肉、砂锅鸡翅、三鲜豆腐、烤羊腿,摊米黄、炉打滚、两面焦、素馅饺子、元宵、老玉米、烤白薯、莜面饺子、莜面撮窝子、京东肉饼、榆皮饸饹、野芹菜团子、绿豆粥。

回到驻地,头疼不止,早早入睡。

十月十五日　星期日

志仁随着去雁栖湖坐游艇。留在房间,读书半日(《建筑设计参考图集》)。外边阳光灿烂,屋子里阴冷非常。

午饭后回返,三点钟到家。

十月十六日　星期一

往编辑部。

接到遇安先生送来的四册《考古》。

读《周祖谟语言文史论集》。

晚间往儿童剧场看《阳光灿烂的日子》。

十月十七日　星期二

读书一日(陆宗达《说文解字概论》)。

往清华访陈老师,送还《建筑设计参考图集》。

傍晚从老沈处取归遇安先生交付的一个“什锦匣”。

十月十八日　星期三

往考古部送书。

往编辑部。

与老沈一起,同俞晓群、二王,往吕先生家送合同书。

十月十九日　星期四

读书一日(《考古》)。

午间往骑河楼与胡仲直一会,一起走到东华门小学,小学早已没有,旧貌更无存。

十月廿日　星期五

往编辑部。

午间遇安先生约会,仍在肯德基午餐,聊了两个小时。说起在北大上学时的两位老师,一是教国际关系史的王铁崖先生,讲课极生动,讲西班牙、讲法国、讲德国,历历如数家珍,就像在那生活过多少年一样。最妙的是,声调的抑扬顿挫,竟如交响乐,及至下课前的几分钟,便如乐曲最后的几小节合奏,高潮之后是终止,然后下课铃就响了,没有一次不是这样。后来熟了,问及铁崖先生讲话的奥秘,答曰:第一当然是要滚瓜烂熟,再有就是写完一份大字讲义,再有一块大怀表,讲义上标好了讲到哪里是多少分钟,溜一眼,心里就有数了。还有一位是周一良,他发给学生的讲义,是纵的;讲课,是横的。

往琉璃厂,购得《敦煌文献语言辞典》《汉语成语考释词典》《西辽史纲》。

继往王世襄先生家借《营造学社汇刊》。

十月廿一日　星期六、廿二日　星期日

读《考古》(一九六〇年)。

《考古》上面的书评,多半是对书提出尖锐的意见,除一些涉及政治观点之外,几乎都是学术上的,很有分量,署名“作铭”

的，编者按也写得很“专业”。

十月廿三日　星期一

大风一日。

往编辑部。接到范老板的一个便笺，才知道谷林先生吐血住院了，打电话问老倪，再问劳伯母，知道住在通县的结核病院，已脱离危险，是肺病复发，目前正在进行各项检查。

读《沂南古画像石墓发掘报告》。

十月廿四日　星期二

在华夏考古门市部购得《沂南古画像石墓发掘报告》《冯汉骥考古学论文集》。

读《中国营造学社汇刊》第三卷，摹《梓人遗制》图。

午后陆建德送稿来。

晚间与沈、吴在富商酒吧（原先的梅园）宴请朱学勤（自助餐，标准每人三十八元）。

十月廿五日　星期三

往编辑部。

接到性尧先生所惠书款三百元，退不合情，受不合义，遂放入致谷林先生的书信里。

收到辛丰年先生寄赠的《请赴音乐的盛宴》。

收到陆灏代寄的《须兰小说选》。

手抄《梓人遗制》。

十月廿六日　星期四

读书一日（《文物》，《论丛》车制部分）。

往王先生家换借《营造学社汇刊》。

十月廿七日　星期五

往编辑部。

午间遇安先生约会，仍在肯德基午餐，聊到两点钟。讲《同源字典》的用法，又说起夏鼐、李学勤、裘锡圭、俞伟超、苏秉琦、宿白。

读《须兰小说选》。陆灏说《宋朝故事》最好，却不以为然，应推《红檀板》为最，虽处处可见张爱玲的影子，但也仅仅是影子而已。铺排故事，编织细节，锤铸语言的功夫，令人佩服而惊讶。志仁说，她的写法很怪。不过看得出内心很有激情，骨子里是浪漫的。很有些男欢女爱的缠绵，却偏偏借了荒远的外壳、冷冷的笔调写出来。问他：配不配□□？曰：□□无福消受，□缺乏细腻，领会不了她内心的东西。

十月廿八日　星期六

遇安师周五将《考古》三册送至朝内，今由老沈带到。

读《文物》。

午后往商务礼堂，《读书》举办第二次双周讲座，由李慎之讲“天理人心”，来者踊跃。

十月廿九日　星期日

读《考古》（一九六二年至一九六三年），做图录。

十月卅日　星期一

往编辑部，发稿，忙到一点钟。

继续做《考古》图录。

十月卅一日　星期二

从星期天起，大风三日，令气温骤降十度。

做《考古》图录。

十一月一日　星期三

访任乾星先生，以《长沙马王堆一号墓发掘报告》出让（出口本，价三百五十元）。

访叶秀山先生，送去第一辑"书趣文丛"。

先生谈起考古所的人，原来多是认得的，在北大念书时，曾在一起玩。说起李学勤，才知道他的一番学历：初，考入清华大学哲学系，院系调整后并入北大，后因家庭生活困难，辍学，入考古所学徒，得夏鼐先生亲炙，一手带起来。再后来，调到历史所，做侯外庐先生的助手。"他的经济情况，好像从来就不是很好，他的爱人一直不工作。""为什么不工作呢？""伺候他呗！"徐苹芳，夫人是徐世昌的外孙女吧，"文革"时家中被掘地三尺。他是侯仁之的学生，做学问非常刻苦，把地图挂了一墙，整天看着，琢磨。一九七六年地震，还曾请教他，哪块地方容易发生坍塌，——他对北京的地下水文，也熟极了。

往编辑部。吴向中来。

程亚林从非洲（索马里？）归来，过北京，回武汉。在彼执教四年，昨天一下飞机，正好大风降温，他说："终于尝到冷的滋味了！"

读李学勤的《东周与秦代文明》。这本书很有特点，几乎是无一句无来处，可以说是对考古发现与研究资料一个总结性的综述,但有一个例外,即铜镜篇谈到规矩纹,说:“有学者从思想史考虑,主张有关古代的宇宙观,并同汉代的式盘有一定联系。”显然的,此指遇安先生的《托克托日晷》一文,却奇怪地不注明出处,令人纳闷。

遇安师做学问也很有特点,似乎是孤军奋战,自成一家,在诸多集体项目中,皆不列名。这原因,大约有二:一是认识问题的角度往往与众不同,因不大与人共话;二是个性极强,不愿磨去棱角,奉圣人“吾从众”之哲学。

十一月二日　星期四

读书一日(做《考古》图录)。

十一月三日　星期五

往编辑部。

午间与遇安先生共进午餐(在东四一家新开的美式比萨饼店)。

往西单测绘仪器商店买绘图用具。

十一月四日　星期六

摹《营造学社汇刊·山西大同古建筑调查报告》中的建筑图。

十一月五日　星期日

仍摹线图,并摘抄报告。

将《汇刊》第四卷送往王先生处,换得第五卷。

为性尧先生、遇安先生作书(录《诗品·劲健》)。

阅三校样。

十一月六日　星期一

往编辑部。

李公明来。

与李同往社科院,访叶秀山先生。

往社科门市部,购得《敦煌石窟鉴赏丛书》《唐代的外来文明》《两汉魏晋南北朝与西域关系史》。

两日转暖,午后又起五六级大风。

作书(郝德华、薛胜吉)。

十一月七日　星期二

一日大风。

读《营造法式》(梁注本)。

午间遇安师约定往肯德基,借到一年的《考古》。席间很郑重地提出,要我为《寻常的精致》作序,又约定以后每周一午间见面,交换《考古》。问起易水先生做"博导"的事,他说,他带的是一位"票友"式的英国学生。又说,现在我也在带学生呢。问是谁,答曰:"扬之水。"总算是认我作弟子了。

十一月八日　星期三

叶秀山先生送稿来,坐聊一个多小时。

往编辑部。

在华夏考古门市部购得《中国古建筑木作营造技术》。到东单邮局订阅《考古》《考古与文物》《华夏考古》。

收到黄春寄赠的《农业考古图录》,俞晓群寄赠的《走出疑古时代》《数学历史典故》。

午后郑丫头来，坐聊两个小时。

读《考古》。

十一月九日　星期四

和志仁一起往万寿寺，从孟晖处取归《中国古舆服论丛》，寄辛丰年先生。

收到程千帆先生寄赠的《沈祖棻诗词集》。

读《考古》。

读《沈祖棻诗词集》。涉江词诚可谓词人之词，意象的组织，意境的铺排，无一不“词”，言情、忆旧、怀友，自不必说，即讽咏时事，亦纯是词的作法，无一点儿“叫嚣”之气，虽须毛奋张，亦出之以婉丽敦厚，绝不出“倚声”家法，更不作近代语。置之于宋词，清词，无愧色也。

十一月十日　星期五

访梵澄先生（送去“写卷小楷”两支、兴隆咖啡一包）。先生说，《脂麻通鉴》大可作续篇，如项羽鸿门宴因何不斩刘邦，项羽为什么火烧咸阳，霍光废昌邑王，皆可大做文章。

往编辑部。

谷林先生昨天出院，前往看望。听先生念“病榻经”，世风日下，医疗质量之差，真让人不敢生病。

十一月十一日　星期六

读《考古》。

午后两点钟，往商务礼堂，《读书》第三期双周讲座，李学勤主讲，题目是“最新考古发现与中国文明”。材料都是大路货，但被贯通起来，提纲挈领地一讲，就觉得明白多了。不过犹嫌浅了些，若着重讲一讲最新出土的简帛文字对中国学术史产生了哪些具有震动性的影响，当更精彩。报告结束后，有听众就此提问，李含糊过去，说，壁中书，竹书纪年，从发现到现在，还没有完全弄清，如今这样一大批材料，如何就能研究出眉目来？

十一月十二日　星期日

读《中国灯具简史》。不足十万言，却纵贯古今，可谓简而又简。考古重大发现，如长信宫灯之类，自然是放进去了，文字材料，似多从孙先生的几篇文章中来。不过糟糕的是，这本灯具简史中的非灯，太多了（插座、熨人、香炉，都放了进去）。

十一月十三日　星期一

往编辑部。

与遇安师在肯德基共进午餐。还上一九六四至一九六五年《考古》。四点钟在朝内门口约见，取回一九六六年、一九七二至一九七四年《考古》。讲灯、三彩、窑氛。

持与《唐代长安宫廷史话》一册。封底一张彩照印得很漂亮，说明写道："大明宫三清殿出土鎏金龙纹环首器。"师曰："作者在长安搞了近四十年的发掘，可连刀环都不认得。这本书是个好题材，可惜没写好。"

十一月十四日　星期二

代师往王府井、华龙街取汇款，归途在工具书书店购得《中国大百科全书》中国历史卷（缩印本）。

晚间从任先生家取回《新中国考古发现和研究》。

卢仁龙过访，取走《中国古代书画图录》三、四、五、七、八册。

读《考古》。

十一月十五日　星期三

给谷林先生送去《沈祖棻诗词集》。

往编辑部。

读《考古》。

十一月十六日　星期四

与陆建德在社科院口前会，送还稿件。

到春明为梵澄先生购咖啡。

将《图说》说“灯”一节又读一回，仍有不少疑问。

十一月十七日　星期五

访梵澄先生，送去代购的咖啡。

途经朝阳路中国书店，浏览一过，大有获。购得《中国大百科全书》文物·博物馆卷、《海内外唐代金银器萃编》《中国陶瓷》《诗经草木汇考》《龟兹石窟研究》《秦汉官吏法研究》《文史》第三十六辑和第三十七辑。

十一月十八日　星期六

将文物卷大略翻阅一过，很不能让人满意。文物的彩版只有十六面，却有三个错误：双兽纹金牌饰图版印倒，四周绳纹也被切掉近半；标明宽城鹿纹三足银盘的，实为摩羯团花六曲三足盘（见韩伟编著《海内外唐代金银器萃编》页八十八）；说明作隋李静墓出土玻璃圆盒的一件，却是个瓶。条目的设置，也多觉欠周。中国古代生活用品类，没有中国古代灯具、中国古代镜子。前者该是最基本的生活用品，后者则是最有“中国特色”的。可见这样的集体项目很难做得好，个人能力之强，只能体现在条目的策划和设置上，如果在这个问题上不能有决定权，而体现于具体条目的撰写，便难免成为“不协和音”。“中国古代带具”条，即似“因人设事”。

“中国古代首饰”条，未提及宋代女子的发冠和明代女子的鬏髻，清代满族女子梳两把头所特有的扁方，也当加以介绍。这其实都是作者非常熟悉的。是受字数的限制吗？可“中国古代雕塑”条，用了六页还多的篇幅呢。

文物的内容如此丰富，实在不必和博物馆卷合编一册，大约就因为如此，许多应该介绍的文物，才不得不割爱了。

图版说明，或注出土地点，或否；或注藏处，或否，体例不一，有失严谨。

十一月十九日　星期日

读《考古》。

辑录有关灯的材料。

十一月廿日　星期一

往编辑部，处理初校样。

午间在肯德基与师约见，交还一九六六至一九七四年《考古》。讲豆腐之讹、熏炉、中柱盘、单子植物、双子植物。

四点钟，取得一九七五至一九七八年《考古》。

十一月廿一日　星期二

在社科院门前与黄梅、陆建德约见，取得稿件。

读《唐李寿石椁线刻〈侍女图〉〈乐舞图〉散记》。

引史浩《鄮峰真隐漫录》、郑麟趾《高丽史·乐志》对“竹竿子”的描述，以证侍妇图之“竹竿子”，虽不为无据，却稍觉危险。史，南宋人；郑，明人，遥遥地隔了朝代与年代，这其间的绍接与传承，或当有所交代，而向著引史浩文，正是为了说明“宋代柘枝舞之大概”，当未便遽引以为唐舞乐之证。王克芬《中国舞蹈发展史》页一八五：“斯坦因·二四四〇号写卷背面所书类似神剧，装扮不同人物的朗诵词。其中有‘队杖白说’，类似宋代‘竹竿子’念‘致语’，说明节目内容，并赞颂如仙女般美丽的舞人‘青一队，黄一队，态踏’。”此似与“侍女图”中“竹竿子”的身分更相近。

关于龟兹舍利盒乐舞图，霍旭初原文云：“归纳起来，苏幕遮有下列几个特点：一是舞蹈者头戴各式面具；二是乐舞的气氛威武雄壮，‘腾逐喧噪’；三是舞蹈包含泼水或套勾行人的部分，这幅乐舞图具有苏幕遮的前两个特点，因此可以认为是苏幕遮的一部分。”实际上，第三个特点最重要，故霍文曰“一部分”，这样便严谨一些，是不可省略的。

又，文章引杨荫浏《中国古代音乐史稿》说，过去，研究者对燕乐这个名称的理解曾“存在着极大歧异”，而“燕乐即燕飨时用的音乐，殆无可置疑”。燕飨时所用的音乐称作燕乐，那是《周礼》里边就有了，但通常说到隋唐燕乐，应指的是庙堂雅乐之外，合中国俗乐与胡乐的所有歌舞乐，说“这时只有雅、俗、胡三种音乐”，不如说，只有雅乐和燕乐，俗乐与胡乐原是包括在燕乐之中的。

坐部伎是演奏技巧很高、规模较小的室内乐队，立部伎是声势壮大的室外乐队，但似乎都是宫廷即皇家所专有。而王府，即便有几部女乐（或曰相当规模的歌舞乐队），也是不用坐、立部伎的名称吧？

十一月廿二日　星期三

往编辑部。

访梵澄先生（送去钱君匋编《李叔同》）。

先生手里举了一封信，说，还没来得及写完呢。信上抄了一首诗：

《书项王庙壁》：三章既沛秦川雨，入关又纵阿房炬。汉王真龙项王虎，玉玦三提王不语。鼎上杯羹弃翁姥，项王真龙汉王鼠。垓下美人泣楚歌，定陶美人泣楚舞。真龙亦鼠虎亦鼠。（王象春，字季木，济南新城人，万历庚戌进士。）

过朝阳路中国书店。

十一月廿三日　星期四

八点钟到朝内，与老沈一起坐车往机场。九点四十五分的飞机，十点半才起飞。

到达郑州，有薛正强来接。在飞机上就开始头疼，吃了去痛片，也不大见效。郑州的气温，甚至低于北京。一天的干风，金水大道一街黄叶。越秀门口却是摆了数十盆秋菊，素雅的颜色，鲜鲜艳艳铺排出一片烂漫。

午饭后，三点钟开始吴迎钢琴独奏音乐会。坐在离钢琴不足三米的地方，看得见演奏者每一根手指头的动作，连踏板的吱吱声都十分清楚。也许太近了，所以止不住与演奏者“同呼吸”，替他紧张，音符从琴上涌出来，飘在空间，就总怕它落到地上，握紧的拳头都攥出汗来了。

在书店转了一圈，未见有中意之书，倒是在一部《中国科学技术史典籍汇编》中，发现了梵澄先生提到的刘基的《多能鄙事》，抄录了其中的几则。

晚饭，实在打不起精神，坚持到终席，先回来睡了。躺在床上，读了几页《红楼梦》。

十一月廿四日　星期五

在楼下餐厅吃了早饭，八点钟出发往开封。高速公路，一个小时就到了。

先往龙亭，刚刚办过一个颇具规模的菊展，弄了些八戒闹菊之类的造型，俗不可耐，早没有“一从陶令评章后，千古高风说到今”的菊风菊韵了。

龙亭也早是旧迹，连清代的原貌也不存。去年某日，亭子突然坍塌，据说还从里面跑出来两条蛇。重新修复，未免粗制滥造。绕亭的两湖水，杨湖、潘湖，水倒是很旺，不过金明池早没有了，蔡河、汴河也因污染太剧不得已填掉（据师言，开封早失北宋旧貌，——宋代开封城已在今日开封的三米以下。黄河多次决口，蔡河、汴河也屡经改道）。在御街旧址修起一条宋都御街，号称仿宋建筑，其实都是清代做法。《清明上河图》中的城门也修起来了，据说还要重建虹桥。

继往大相国寺，仍处在繁华街市，但早不是《东京梦华录》中的样子了。一座琉璃门尚别致，大概也是清代所建。

再往禹王台。古吹台上建有师旷祠、三贤祠、禹王殿。殿旁一边一个小跨院，两边栽着竹子，森森细细的。三开间的建筑里空空荡荡，白闲着两个庭院。整个儿园子里也没有游人，真是难得的清静所在。

最后去繁塔，是在烟厂宿舍的一隅。塔身上一砖一佛，但完整的已经不多。塔心中空，可以盘旋而上。黑洞洞的，摸上去，原来里面的一层，也是一砖一佛，同样破坏得厉害。

回到郑州，近一点，午饭。

下午三点半，由吴祖强讲“室内乐的艺术魅力”。

饭前由薛正强带领，往他新开业的百货大楼四楼的三联书店参观，购得张广达《西域史地丛稿初编》《诗品集注》。

晚饭一直吃到九点钟，总算咬着牙陪到底。晚间几位又去喝咖啡，吃蛋糕，再提不起精神，谢绝了。

十一月廿五日　星期六

早饭后，往机场。八点二十分准时起飞，十点半回到家。

读《考古》。

十一月廿六日　星期日

读《华夏之美》并几本陶瓷类书。

十一月廿七日　星期一

往编辑部。

午前遇安师打电话来约见，仍往肯德基。以《华学》创刊号持赠。问起曾昭燏，原来是曾国藩的侄孙女，“文革”时跳了龙华塔。

饭后往中华、商务门市部，继往琉璃厂。在门市部购得《西域南海史地考证译丛》《古代高昌王国物质文明史》《乡园忆旧录》《密县打虎亭汉墓》《文史》第八辑。

十一月廿八日　星期二

一夜不得安睡，晨起浑身骨节酸疼，一量体温，三十八度。

黄梅送书稿来。

因为一个星期前就约好的，所以中午还是强挣着往肯德基与遇安师、易水先生见面，谈书稿事。据师介绍，易水是铁岭杨氏之后，其祖在《清史稿》上有传。

归来即躺倒了，腰酸疼得不得安宁。倒是晚间小航回来，问寒问暖，侍奉汤水，极为周到，一面还说：“这回你该觉得儿子不如闺女好了吧？”意在犹惭不能尽心，忙道：“还是儿子好。”

十一月廿九日　星期三

晨起退烧，但仍双腿发软，打不起精神。

老马来，送来“书趣文丛”第三辑序言。

午后沈、吴来，原约定午间宴请葛剑雄、陈四益，因病未往，由二位代表了，饭后特送来萝卜丝饼一盒。

读遇安师所假《考古》（一九七九至一九八一年）。

十一月卅日　星期四

家长回来，病也好了，志仁说：“是我把你惯坏啦。”

往王先生家取稿。在先生家看到一部将在美国出版的书稿，介绍美国一家博物馆收藏的百件明式家具，颇具匠心的是，每件家具，皆附一图，多选自明清版画，所取之画面，正有与此件家具相合者，据云曾为此四处搜罗，大费心力。

临别，先生以下萝卜、生麦种持赠，并教以制盆景法。

继往编辑部。

为杨成凯代致聘书。

十二月一日　星期五

往编辑部，做发稿准备。

读《译余偶拾》。

十二月二日　星期六

读《考古》，整理资料。

午后孟晖来，坐聊近两小时，以新出之《中原女子服饰》相赠。

收到何兆武先生寄赠的《欧洲与中国》。

十二月三日　星期日

阅三校样。

读《考古》。

十二月四日　星期一

往编辑部，发稿。

午间与师会，往翠花胡同的悦仙午餐。取得一九八二至一九八五年《考古》，又《中国圣火》手稿。

师之处女作发表在五十年代初的《文艺报》（一九五二年第一号〔总五十四号〕），是对刘雪苇谈鲁迅《野草》一文的不同意见（《对雪苇"〈野草〉的'题辞'"的意见》）。当时曾有志写一"鲁迅传”的电影剧本，故搜集了不少材料。以后觉得文学太空疏，继而考了北大历史系，从此就和文学告别了。

十二月五日　星期二

读书一日。

《中国圣火》读后令人振奋，久已熄灭的光焰终于又被发现了。

十二月六日　星期三

往铁道部。

往琉璃厂，购得《碎金》《文物考古工作十年》《四川彭山汉代崖墓》《广西贵县罗泊湾汉墓》《营造法式大木作研究》（陈明达）。

继往编辑部。

午间与师会，在肯德基午餐。谈《译余偶拾》《中原女子服饰》。请教熏炉及燃香史。

收到《中国文物精华大辞典》青铜器卷、陶瓷卷，印装甚精美，但仍属图录之类，远不能以辞典称，定名不准确，至有谬之甚者，说明也只是对器物的描绘，不反映研究成果。

十二月七日　星期四

家居读书一日。

将师手校本《图说》过录一回。

读《考古》。

十二月八日　星期五

往编辑部。

志仁卧病一日。

陆灏与俞晓群至自沪。

午间与老沈在金福缘宴请陆灏。

晚间在长富宫对面的一家餐厅（“世界之窗”？）与俞晓群一行会（沈、吴、陆、郑、俞、王越男、柳青松）。以志仁卧病为由提前退席。

十二月九日　星期六

想对《中国灯具简史》作一番评论，但写来写去不满意。

午后到商务参加双周讲座，在门口遇陆灏，遂一同拜访谷林先生。先生看起来已经大好，这一次在通县的“小病大养”，似乎是因祸得福了。以《寒玉堂诗集》一册持赠。

继访梵澄先生。

十二月十日　星期日

与志仁一起去看望范老板，陆灏已先在那里。老板那一跤落下残疾，走路一拐一拐的，但精神却格外健旺。去年春节曾经做了一副对子：无忧无虑睡懒觉，有吃有喝享老福；横批是：不想火化。后来黄苗子来，说：大过节的，别提什么火化，改成“赖在人间”吧。

十二月十一日　星期一

上午家居读书，构思《寻常的精致》之跋语。

午间与师会，换得一九八四至一九八五年的《考古》。问灯，问香炉。取得部分书稿。

十二月十二日　星期二

在东四花店买了两头水仙，送往谷林先生家中，权作“寿礼”。

往编辑部。

将跋语草成。

十月十三日　星期三

入冬以来第一场雪。

读书一日(做《考古》索引)。

黄昏时分,在西总布口上与师约见,交还书稿,并送上跋语。

历博考古部将由端门迁入馆内。

十二月十四日　星期四

《读书》明年订数逾十万。

午前飘了一阵雪,然后就放晴了。

读书一日(《考古》)。

十二月十五日　星期五

往隆福寺中国书店,购得《宋盐管窥》《东南文化》第三辑。

往编辑部。

师曰吾土熏香之习起源甚早,缘于蔬食以辛味为主,不免由人体中散发出许多异味。或不尽然,至少不全如此。大约祭祀之际,爇香以通神,更原始一些,诗、礼之所谓“萧”,罗愿《尔雅翼》释曰:“今人所谓荻萧者是也。或曰,牛尾蒿,似白蒿,白叶,茎粗,科生,多者数十,可作烛,有香气,故祭祀以脂爇之为香。”如此,则这“萧烛”,便是用芦荻染上动物油脂,缠束成“炷”,祭祀时爇而生香,以求神灵下降。但这“香烛”,是手执呢,还是放在容器里边?

十二月十六日　星期六、十七日　星期日

作《考古》索引。

从老沈处取得《明式家具研究》。

十二月十八日　星期一

往编辑部,处理校样。

往富商酒吧(为《读书》二百期举办的服务日)。

十点钟开始。午餐结束后,宾客开始分批离席。两点钟回到编辑部,毕冰宾指挥拍电视。

在考古书店看到师屡次提到的那本《郭良蕙看文物》,站着翻看了几则。原是根据当今拍卖市场的情况,从收藏家的角度,来赏鉴文物。文字不俗,基本常识也是有的,并且,也谈历史,也谈艺术,好在语言俏丽而不俗滥,失则在浅。一看简历,才知道她早是著名小说家,所谓“郭良蕙看文物”,其实是有句潜台词的,即小说家郭良蕙看文物,若不是有这样的定语,怕要见笑于方家吧。

四点半钟与师在西总布口会,送上一册《寒玉堂诗集》,为陆灏求得一册《图说》。问起那篇跋,曰:这不是跋,是论战,横扫千军式,某某看了,也得吓得掉了裤子。“做学问的,大别之,有三种,一种是像某某那样的正常人,四平八稳的,不作惊人之说,少有发明。像我这样的,是疯子,语不惊人死不休。你也沾点儿边,差不多是这类型的。再有就是平庸之辈,不必说了。”

十二月十九日　星期二

读《中国古兵器论丛》。

十二月廿日　星期三

往编辑部。

午在肯德基与师会,以一九八四至一九八五年《考古》,易得一九八六至一九八七年《考古》。稿子仍未交齐(缺《中国宝座》《豆腐问题》)。

问青铜器铸造、缴射(绕线棒)、唾盂、宋瓷(宋瓷非“瓷”,却成为瓷中精品)。

以沈从文先生的《关于飞天》手迹持赠。

十二月廿一日　星期四

往编辑部,处理初校样,忙至过午。

将跋重新改写一回,刚刚印出一份,打印机就又坏了(乱出鬼画符)。

十二月廿二日　星期五

做《考古》索引。

十二月廿三日　星期六

仍做索引。

十二月廿四日　星期日

老沈打电话来,说退已成定局,吴已内定为副主编。

读《顾随:诗文丛论》。

往任先生家,取回《西藏唐卡》《清明上河图》分月挂历。

十二月廿五日　星期一

往编辑部。

午间与师会,在富商酒吧进餐。以《郭良蕙看文物》一册持赠。由朱传荣说到朱家溍,又说朱夫人气度极高雅,虽不施铅华,但自有一种华贵雍容。前年故去,朱大恸。

为我设计了一个题目,即批评《辞源》插图中的错误。

十二月廿六日　星期二

将《辞源》中的插图一一摘出来。一小部分,能够确定是错误的,但多半感觉似是而非,不能作出肯定的判断。

午间在肯德基与师会,将所录交上,师曰:“如果你接受了这个题目,那么我就得认真对待,不过有个前提:我只是做幕后的工作,写出来,‘版权’完完全全是属于你的。”这当然不行,但此刻也不必去争了。以英文版《佛兰德斯艺术史》相奉,这是六年前献血后,用营养费所购。

原来孙次周仍健在,——一直在川大任教, 但已经不能写东西了。“在顾颉刚纪念文集上写了一篇战国青铜器,观点已经非常陈旧。”

十二月廿七日　星期三

早七点,与老沈同往机场,志仁开车相送。

八点五十分起飞,十点二十五分抵沪。在机场正好与俞晓群一行(王之江、周北鹤)相遇,一起乘出租车到新亚大酒店。一会儿陆灏也到了,在酒店餐厅共进午餐。

饭后往二楼咖啡厅,谈《万象》的操作计划,拟定名誉主编和顾问,及“新万有文库”的学术策划。

五点钟往金沙江路,访姨婆婆。三十三年没有见面,她说她还清楚记得,一九六二年到北京,外婆带着我到车站去接她,我戴了一顶紫色灯芯绒的小风帽，好玩极了。现在自然一点儿也找不到当年的影子。而她今年大病一场(肺心病)，人也完全脱形，不复旧时貌。

原来她对妈妈有刻骨铭心之怨恨，整个谈话不离此题，但断断续续也了解到一点儿家里的情况：金永炎(晓峰)是日本士官生(士官学校八期？)，曾在保定军校做教员，李宗仁、白崇禧都是他教过的学生。后来做了湖南、湖北两省督军，在武汉娶了赵晚华，赵跟着他宦海天涯，从两湖到北京，人人都知道她是金太太，老家的大夫人倒没有人知晓了。大夫人后来闻知消息，从老家赶到北京大闹，但也没有办法。金晓峰武昌起义时和黎元洪一起在一夜之间发迹，可惜短寿，死的时候，姨婆只有四五岁(姨婆生于一九一九年，据此推算，他大概生在一八七六年前后)。这以后，家中妻妾倒和好了。大夫人生了十二个孩子，活下来八个，晚华无出，夫人看着她可怜，就把七哥过继给她了，还举行了挺隆重的过继仪式，当日并指着姨婆说："这一个小女孩，也过继给你吧。"但夫人死后，大嫂子非常厉害，把晚华赶出了家门，又因为姨婆过继的事，只是口头上说过的，所以再不认账，把她们兄妹几个一起带到日本，直到大哥在帝大读完书(我的外公即大哥在帝大时的同学)。

晚华离开金家后，就跑到武汉投奔董必武，参加革命了。后来到了重庆，在北碚的旋宫饭店做"于老板"，实际上这是党的地下联络站。重庆谈判时她是代表团工作组成员，驻红岩村。新中国成立前夕病故，后事是熊子明料理的，——董必武曾写信把这些情况告诉姨婆，“这信也都在我的档案里”。

八点半钟告辞。

十二月廿八日　星期四

八点钟一行出门，坐出租车至复兴中路，在花店买了一束鲜花（一百五十元）。走了差不多一条长街，才找到一个吃早餐的地方。一人一碗大馄饨，再加上几个甜咸元宵。

十点半钟走到柯灵先生家，陆灏已在那里。先生虽大病一场，出院未久，但看起来还健爽，对《万象》复刊的事很有热情，当场应允担任顾问。

十一点钟辞出，在附近的一家感恩院餐厅落座。一会儿陈子善也到了，带来两本《万象》的合订本，大家传看，议论一番。

餐厅老板据说是个基督徒，开这家餐厅，吸引了不少牧师。有一款特色菜：腐乳烧藕，陈子善点的，果然好，微有一点儿酒糟的后香。还有一款很别致，像北京的艾窝窝，但里边的馅是冰激凌。

饭后与老沈同往陆灏家。陆以一套日文版《上海博物馆》持赠（精装五册）。新“家”比过去稍微大了一点儿，但冷得要命，坐不久就冷得发抖。一会儿金性尧先生来了，以《清代家具》一册持赠，坐聊到四点半钟。老沈先去了人民社，然后在附近一家咖啡厅坐候，一起坐了一会儿，金先生告辞，送过几条马路，乃别去。

从咖啡厅出来，与沈、陆一起步行至襄阳美食娱乐城（这里原来是一个文艺会堂，近年拆掉重建）。张志国、林丽娟做东，同请了汪耀华和伊人。

一顿饭从六点钟吃到九点半钟。好不容易盼到散席，又横生枝节，到神户咖啡娱乐厅喝咖啡。回到寓所，已近十一点钟。

十二月廿九日　星期五

早八点一行人往和平饭店吃早餐：火腿煎蛋、鲜奶蛋糕，一杯柠檬红茶。饭后各自别去，——俞等往浦东，沈往《周报》。

十点钟到陕西南路与陆灏会，同访黄裳先生。先生好像永远是坐在窗下书桌前的藤椅上，面对着摊开来的一本书。今天怀里特别抱了一个暖水袋，身上披了一层薄薄的太阳光。

坐聊半小时，辞出。回到新亚，与俞、沈会，同往德兴馆。虾子大乌参、红烧鮰鱼、乳腐肉、油爆虾，都是这里的特色菜。席间讨论了“书趣丛刊”，决定改称“脉望”，不定期出版。

饭后即往机场，三点四十五分起飞。五点半钟抵京，一小时后到家。

飞机上忽然想到，何不索性称作脉望工作坊？和沈一商量，亦觉甚好。

十二月卅日　星期六

午间在肯德基与师会，一看楼上楼下座无虚席，遂转移比萨饼屋。

将《寻常的精致》定稿交付与我，又以《中国西域民族服饰研究》一册持赠，称“新年礼物”。

前番所录《辞源》之图，师已作批注，今交付，并拟定题目为“评新版《辞源》插图”。

十二月卅一日　星期日

将有误之插图一一分类。

一九九六年

一月一日　星期一

今年接到的第一个电话，是老沈的，说接到唐思东的电话通知：出版署已有文，决定老沈退休。

去年的最后一个电话，也是老沈打来的，说已向李学勤言调动事，嘱我尽快寄去简历。早晨草就一页，寄出。

午后吴彬打电话来，约往凯莱，与老沈会。聚谈之际，吴表示，若没有一个像样的主编，她决不接受副主编之命。

师所定"评新版《辞源》插图"一题，尚须查阅许多资料。东翻西找，颇有无从下手之感。近年考古发现固然多多，哪些可以成为定论，从而取代旧说？

一月二日　星期二

大风。

居家读书一日。

将文章的引言部分草就。

一月三日　星期三

往编辑部，处理《斜晖脉脉水悠悠》校样。张红来，将《寻常的精致》手稿交付，委托设计版式。

午间师约见，仍在肯德基。面交一信，曰昨天写好，未及寄出。开首即称"永晖兄"。此乃从"丽雅先生""水先生""之水同志"发展而来。师曰："我不能做'刎颈交'，刎几回就完了，就算是一个没有利己之心的老朋友吧。"

以《辞源》中的诸多问题求教。

一月四日　星期四

整理材料，将乐器、货币部分大致理出眉目。

午后与师在西总布口会，师交下去年四、六两期《考古》（杨泓代谋）。

在人美门市购得《中国古代绘画图录》（宋辽金元部分）、《中国漆艺美术史》。

一月五日　星期五

往编辑部。

午后赵一凡送稿来。

仍整理资料。

一月六日　星期六

苦干一日，大致整理出五十余条。

一月七日　星期日

仍继续，得六十条，誊抄一过。

一月八日　星期一

往编辑部。

午间与师会。于“辞源”之写作，面授机宜，所获颇丰。示以十年前访欧洲与日本的照片。又以《三礼图》及青铜器、兵器图录等数种相假。

一月九日　星期二

写作一日，草成五千余字。

午后杨成凯过访，对已成之篇提了些意见，假去《缘督庐日记》。

一月十日　星期三

上午继续写作。

午后与沈、吴往芳城园看房子。然后走访陈玲。陈与李方的斯特朗公司是个“夫妻店”,但经营得已经很有效益了。坐聊了一个多小时,全部听陈自吹,倒也坦率大方。

一月十一日　星期四

如约往故宫,与孟晖一行会,参观“明清妇女绘画展览”。先别去,往陶瓷馆。有一件越窑鸟式杯(五代),形制与故宫藏曲柄鸟式爵相同。又往历代艺术馆。展品竟已七零八落,大概要改弦更张了。

文已草成大半。原与师约今日午后见面的,但接到电话,云患感冒,很厉害,未出门。

晚间与老沈、郝杰同会二王,在赵家楼中直机关招待所共进晚餐。房子的事,大致确定下来。

一月十二日　星期五

在考古书店为陆灏复印《正仓院考古记》,购得《中国古代瓷器鉴赏辞典》《燕史纪事编年会按》。

往编辑部。见到王之江所赠一册《中国历代织染绣图录》。

结算“书趣文丛”第三辑稿费。

一月十三日　星期六

将文章大致草成。

一月十四日　星期日

阅三校样。

读《偷闲要紧》。一本挺有意思的书。难得把平常的道理讲得有趣，把平实的白话说得熨帖。志趣、素养密密实实做底子，然后疏疏淡淡勾出几笔远山、近水、花鸟、草虫。

与志仁同访遇安师。原来柳芳南里四楼就是光大公司的紧隔壁。三室一间，收拾得窗明几净，一丝不染，见出主人在生活上也是一丝不苟的。

坐聊半小时。取得所缺图版数十幅。送上文章草稿。

一月十五日　星期一

往编辑部，拼对《寻常的精致》图稿。

午后接师电话，约三点四十分在历博见。

两点半钟，先往商务门市部，为师购得《西域南海史地考证译丛》第二卷。

继往中华。正翻书间，忽有人把书包往书架上重重一放，抬头看，正是遇安师，也太凑巧了。以《译丛》持赠，师则报以吴荣曾的《先秦两汉史研究》。

遂一同归家，为评《辞源》一文指授作法。

讲起吴荣曾，道他五十年代发表第一篇文章（关于古钱币的），拿到稿费后就直奔书店，结果这一笔稿费就换回整整一平板车的书。

一月十六日　星期二

往考古书店，购得《第二次考古学会论文集》。其实只为了其中一篇谈镎于的文章（原价三块八，现提价为二十六元）。

往编辑部。董秀玉带汪晖来上任。老沈讲了主编四要素。汪一副胸有成竹之态。

将稿再作修改。

一月十七日　星期三

画图,很不成功。

午间师打电话约见,仍是老地方。携来有关錞于的材料,又手书一件,将玉瓒和罍讲得十分明白。

一月十八日　星期四

给刘石送去初稿。

在文物门市部购得《青果集》《中国古代交通图典》。

修改文稿、画图。

俞晓群从深圳打电话来,向他提起《中国圣火》书稿事,他说可先寄去目录和介绍,当考虑。即寄出(目录、简历,并附一信)。

一月十九日　星期五

在文物门市部购得《曾侯乙墓》。

往人教社访负翁,取得负翁所赠印章一枚(刻“莲船如是”)。

访谷林先生,送去“书趣文丛”第二辑若干种。

仍修改文稿,将“玉瓒”条改写。

一月廿日　星期六

读《考古》。

傍晚与老沈同往北大勺园访钱伯城先生。在勺园餐厅共饭。

一月廿一日　星期日

将文章再作增补(（穙、案)，自以为有点儿样子了。

访傅杰(赵家楼饭店)。取得《中国青铜器》，傅并以《学术集林》二、三、四卷持赠。

一月廿二日　星期一

往编辑部。

午间与师会。前番所呈草稿，已经仔细批改，字斟句酌，蝇头小字，占满空白。又呈草图十幅，以为只有两幅可用。其余携去，将代为补绘。

又出一题，曰“诗经名物考”或“楚辞名物考”，说：“不管哪一个，一年半也可以做出来了，我还是做你的后盾。”

说起沈从文的“点犀盉”，曰：“那是沈先生最好的一篇文章。曾经和气象学的一位朋友看晚霞，他说最美的晚霞要有三重云：高云、中云、低云。然后还要有阳光照射的一个特殊角度，以及水气等等。沈先生的这篇文章就有这样的效果，并且在每一个层次都能翻出新意。你将来就应该写出这样的文章。”

参照师的批改，将文章再董理一回。

胡仲直打电话来，聊一个半小时。

晚间老钟来访。志仁适往怀柔开会，陪坐一小时。

一月廿三日　星期二

读《考古》。

午后访梵澄先生(送去《中国音韵学》《诗品集注》)。他正在那里发愁，说工友二十五号就要回家过节，找不到人做饭了，已经备下许多面条。

又说起《脂麻通鉴》可以继续写，由许多前人不及的细微处可作文章。如鸿门宴项羽何以不杀刘邦？原是不曾把刘邦放在眼里，根本的目的是要借刘邦之手杀曹无伤。又，黄石老人为什么与张良一约再约？不了解国民党统治下盯梢的险恶，就不能解当日的秦网如织。约在凌晨，是因为天尚未明，自然安全。约在五天以后，则因事过三天，不起波澜，大抵已是安全。五天，便更保险了。

携归一册室利阿罗频多的《瑜伽基础》，拟放入《新万有文库》。

一月廿四日　星期三

读《考古》。

午间与师会。交还前番所借之《冬宫所藏斯基泰金银器》。因是朝鲜文，看不懂，只觉得图版精美。因为我细细道来，从彼得大帝的爱好艺术谈起，一直说到南越三墓中一只鼓泡纹的银盒子。南越王赵佗大约活了一百一十岁。他的儿子却多病，所以用中、西两种办法求长生。墓室中发现一只承露盘，然后就是这个银盒子。盒子里还存着药，只是已经炭化了，无法化验。盒子的制作方法，——捶锞出来的鼓泡文饰，是西亚波斯帝国时期金银器的做法，银盒很可能是海外舶来品。

确定先作“诗经名物考”。

一月廿五日　星期四

将定稿交付刘石。

通读《诗经》，分类摘抄“名物”。

志仁从怀柔归来。

一月廿六日　星期五

往编辑部，忙乱一上午。

午间在华侨大厦中厅与季桂保会，取得陆灏捎来的两册《贩书经眼录》。

摘抄名物。

一月廿七日　星期六

读《考古》。

访王世襄先生。得知先生昨天突然左眼失明，到医院挂了急诊，诊断为血管硬化，堵塞而致。治疗之后已复明四周，中心尚有翳，但可疗治。

一月廿八日　星期日

将摘抄做完，以舆马、甲兵、仪仗、服饰为多。

将《西周青铜器铭文分代史征》（唐兰）、《西周金文官制研究》（张亚初、刘雨）、《诗经新证》（于省吾）等大致翻阅一过，可利用者似不少。总起来看，宏观研究（证史、证事）较多，微观研究（证一器一物）较少。唐著以金文说史，于著依金文诂诗，刘则据以论制。若考名物，须更多利用出土实物。前时以辽宋金元图释为目的，所览多留意于此，对先秦的材料几乎是一翻而过，现在一下子上溯至周，心里又没底儿了。但此事还要做得地道才好，要认真下点儿功夫。

一月廿九日　星期一

往编辑部。

发三部书稿:《往事与近事》《随无涯之旅》《麻雀啁啾》。

午间与师会。交下"诗经名物"的草目,又讲了大致的构想,即以此为题,结合考古发现谈《诗经》时代的物质生活。

谈话时,头顶上方一块天花板啪地掉下来,可可地砸在桌子边上,差不到半尺就砸到脑袋上。师曰:已有过几次这样的经历。最悬的一次是在华北军大,睡梦中,交换岗哨的同学步枪走了火,差几厘米就从太阳穴中穿过,居然没有被惊醒。

商定《中国圣火》的交稿日期为四月二十日。书稿承俞晓群帮忙,全部接受下来了。已请张红作封面与版式的设计,彼欣然应允。

一月卅日　星期二

读《商周史稿》《李平心史论集》《西周史》。

一月卅一日　星期三

往编辑部,发稿。这是老沈在任发的最后一期稿。

早晨起来即觉全身骨节酸疼,午间更甚。师打电话来约见。先往肯德基,见已满座,遂往翠花胡同的悦仙。一份米粉肉,一份辣子鸡丁,一份砂锅豆腐。幸好还有食欲,强撑着把饭吃完。师的意思,"诗经名物"要快做,正好是一项空白,亟须填补。

以"舆服论丛"稿本见示。后附引见书目五百九十种,除一部分外文书外,多半曾经寓目,却只是草草翻过而已,几乎不曾留下印象,更谈不到利用了。

归来即躺倒了。

二月一日　星期四

往社科院访杨成凯，从语言所资料室借得几本笺释《诗经》的书。

午间杨成凯送来校点《诗经》的材料。

下午又发烧。

二月二日　星期五

感冒加重，未往编辑部。

支撑着抄校了几叶《诗经》。

二月三日　星期六

很正规地闹起感冒，全部程序一项不少。好在烧总算退了，仍可爬起来抄《诗》。

晚间俞晓群在香格里拉请李学勤喝咖啡（老沈与林载爵后亦同往）。

二月四日　星期日

感冒进入尾声。

抄《诗》一日。

午后外婆来看望。

二月五日　星期一

往编辑部。

午间与师会，借以《考古》（一九九二、一九九三）、《商周考古》马瑞辰、《毛诗传笺通释》并一九九四年为临淄古车博物馆所作的总体设计。师曰：做某件事，如果有两种方法，一省便，二繁难,我必取其繁难之途。

归来将设计图通读一遍,如坐游古车博物馆。

二月六日　星期二

往琉璃厂。

午后往编辑部。汪晖来,坐聊一小时。先辞去,往社科院。由杨成凯约与董乃斌见,谈一小时。

往任先生家。任以《内蒙古出土文物选》一册持赠。

二月七日　星期三

读《诗》、抄《诗》,写简历,写选题计划。

午前师匆匆过访,以两篇书评相示。一刊在《唐研究》,一刊在《古籍整理简报》,都是评《中国古舆服论丛》的。读后以为皆未搔在痒处。前者属泛泛介绍,不必论,后者稍涉具体,但也不过是胪陈一二而已。作者似乎对古舆服制度本身缺少深入、透彻的了解,便很难给所评之书定位。首先应当说明这一领域研究的基本情况,此前有哪些著作问世,解决了什么问题。至此著出,又打开了怎样的局面,书中所及,哪些是承继,哪些是创见(先说舆,再说服,舆:古车制之廓清,系驾方式之总结;服:进贤冠,武弁大冠,幞头,深衣,等等,凡发前人未发之覆者,皆须一一指出,夹叙夹仪,融己见于评述之中)。书证丰富,非其独得之长,要在有去粗取精、去伪存真的深厚功夫。结末,若循旧套,必要指出不足,则何妨略述目前这一研究领域中存在的几个疑难,以作讨论。

史家的洞见,考据家的谨严,文物学家对古器物的谙熟,特出同类著作之表，难得又不仅在于这几方面都有结实的功底，而在于有贯通之妙,因此能够胜义迭见而绝不妄发一言。

二月八日　星期四

读《毛诗传笺通释》《商周考古》。

午间接师电话,云已在北图办好借书证,并告以详细办法。

遂往永外开介绍信。

二月九日　星期五

晨起与志仁同往北图。外文借书证当场办讫。中文,则须下周领取。

往编辑部。董、汪参加,讨论今后的分工问题。

抄《诗》。

二月十日　星期六

收到金先生寄赠的谭延闿手校《湘绮楼唐七言诗选》两册。

访王先生。听师母讲铙、甬钟、镈、钲。王先生在医院打点滴时,闭目驰思,成述怀若干句,尚未完篇,仅以所成念给我听。长篇五古,述半生经历。

二月十一日　星期日

抄《诗》。

读《毛诗传笺通释》,大受启发。

二月十二日　星期一

午前在宾华与师会,师以一手抄小本持赠。里边是“与文物工作有关的数字资料”,是积年用心搜集的各种数据,今用细笔工楷一条一条抄撮下来。

继往美尼姆斯。董秀玉在这里把汪晖介绍给《读书》的老作者:劳祖德、倪子明、陈原、李慎之、冯亦代、王蒙、丁聪夫妇。

归途在崇文门路口被警察拦住,说是闯红灯,罚在路口执小旗维持秩序半小时。

仍读《毛诗传笺通释》。

二月十三日　星期二

往编辑部。

在人民门市部购得《长水集续编》,科学门市部购得《殷墟发现与研究》《江陵九店东周墓》。

读《长水集续编》。果然如师所言,学识广博精深而语出平淡,左右逢源,游刃有余。半日加一晚,捧读不忍去手。

二月十四日　星期三

读两唐书舆服志手稿。发现近年的主要认识与观点,早在那时,——三十多年前,就奠定了基础。以后所作,大抵都是在这一基础上的继续发挥。

将"书趣文丛"第二辑送范老板。

二月十五日　星期四

读《孙毓棠学术论文集》。

午后往历史博物馆参观通史展览。这是一年以来的第三次,对很多展品可以看出一点儿"门道"了。

玉瓒一件,说明为"铜勺"。记里鼓车的复原是错的,古车复原不准确。秦始皇陵车、马、俑,皆为缺项。

在任先生处取得《南宋卤薄玉辂图轴》《辽宁博物馆藏画

选》。

二月十六日　星期五

与师同往北图，在几个阅览室浏览一回，一一介绍看书、借书的方法，并且从书架上抽出书来讲解。

借得《香料博物事典》《日本常民生活绘引》。

午间在读者餐厅吃快餐盒饭。

归来已是五点多。

处理《书与回忆》校样。

二月十七日　星期六

把张红约到编辑部处理《寻常的精致》校样。先以为翻一遍就可以了，因将师约来。谁知工厂完全未按版式排，一直忙到晚上七点多钟才重新排完。

阅三校样。

二月十八日　星期日　　乙亥除夕

读书一日（蒋伯潜《十三经概论》《图说》《论丛》、古车博物馆设计图）。

《诗》里边，车、马的形象，特别鲜明。有声、有色、有形。由远及近，由动而静。有王者之车，有卿士之车，有兵车、田车、役车。大到出征、田猎、迎亲、归宁的场面，小到车马器的一个一个零部件。由实用的需要而发展起来的加工方法，正好与装饰工艺合而为一。车，成为王者卿士的身分，邦国民族的威仪。

二月十九日　星期一　　丙子正月初一

读书一日（《毛诗传笺通释》《周礼·巾车》《考工记》）。

二月廿日　星期二

读书一日(《西周册命制度研究》《西周青铜器铭文分代史征》《文物》)。

二月廿一日　星期三

仍读陈、唐二著。

看望外婆,听她讲起身世。祖父做过南汇县令,后升府台。父亲在江西做盐务局局长,那时候在南京有一套花园洋房。父亲头一天过世,外婆第二天出生。"我幼小失父,中年丧夫,晚年无子。一辈子行善,只修了一个长寿。"

午饭后归来。

二月廿二日　星期四

读《周礼·巾车》《考工记》(轮人·舆人·辀人)。

午间师来取校样。

二月廿三日　星期五

读《周礼》,将与车马有关者钩稽、条理,抄撮为类目。

似乎稍稍有了一点儿底,但提笔写作,还很困难。究竟如何下手? 拟前为说,后为考。正文写得轻松,考证全部入注。但要做到举重若轻,自己先要有一个全面、深入的了解。

二月廿四日　星期六

仍读《周礼》。

以《韩奕》为例,写车制。《小戎》《采薇》,写兵车。《駉》,写马。《驷驖》,写田猎。《大东》,写大车、小车,牛车、马车之别,并役车亦可牵及言之。《渐车帷裳》,写女子之车。详细的考证,放在单篇。一组几篇之后，作一综述，缕陈西周车马制度，兼及制作工艺。舆、服两组文章之后，附论西周舆服制度对后世的影响。

在考古书店购得《琉璃河西周燕国墓地》。

二月廿六日　星期一

夜间起风，一日不止。

往编辑部送校样。给谷林先生送去三联版《外国漫画集》一套。

午间与师会，以《先秦铭铜三百器》《先秦铭铜述要》稿本相假。

二月廿七日　星期二

往编辑部，独自一人忙半日版式。

午间师约见。肯德基人满为患，遂往对面的东北风味饺子馆。

以《秦陵二号铜车马》相假，又逐句讲解《小戎》。

草“小戎”篇，得两千字。

二月廿八日　星期三

一日草成五千字。

二月廿九日　星期四

早七点半，师送校样来。见下排牙齿失一，云昨日被邻舍晾衣绳挂住，跌跤而致。校样问题不少，尚须大费心思。将“小戎”未竟稿交付。

往编辑部，发稿，仍是一人忙。

陈四益送稿来。

准备“小戎”后两章的材料。

三月一日　星期五

往编辑部，补发陈四益稿。

访梵澄先生。先生将所阅评《辞源》稿交付，其后附了两叶意见，颇多勉励之辞。临行以新版《五十奥义书》持赠。

午后老钟来。

三月二日　星期六

读《文物》，汇录有关材料。

午后往王先生家，为先生抄诗，——病目时，在医院打点滴，合眼冥想，成一百八十韵，概述生平。诗正可与师母所作剪纸大树图相配。

三月三日　星期日

将“小戎”后半部草成。

三月四日　星期一

读《韩诗外传》《考古》(一九九四年)。

三月五日　星期二

往铁道部。

往编辑部。

午后往音乐厅，约定在门口和老沈、刘苏里等会面。等半小时不见人来，遂返。

接文学所电话，云调动事所里院里均已同意，可以和单位申请了。

晚间与汪、吴、董通电话，亦无异词。

三月六日　星期三

与师同往北大。九点半出发，十一点到。先在门前的一家餐馆吃饭（梅菜扣肉、肉丝炒蒜苗、冬瓜鱼丸汤），然后参观赛克勒博物馆，听师择要作详解。参观的人，一个也没有，所以馆里暖气也不开，一会儿就冻得止不住打哆嗦。后边部分，就看得比较匆忙了。

继往北大出版社门市部。

两点半钟访宿白先生，向他讲了欲作“诗经名物新证”的计划。他认为这个题目难了点儿，要把基础打得宽泛一些，金文、训诂都要学。文献与实物的熟悉，更不在话下。因此，至少五年之内，不要动笔。并问：“有这样的耐心吗？”

继往考古系找赵超洪，取得《全宋诗》一至二十五册。师坚持要以此为赠，并一直送到家中，——到家已是六点半钟了。

晚间给董秀玉打电话，对调动事又改口了，说，放是没有问题的，但一定要继续工作半年，然后才可以办手续。并且说这是俞、周的意见。

三月七日　星期四

一日大风。

清早分别给俞、周打了电话。俞说可先打个请调报告，然后让汪、吴签署意见。

和志仁一起往吴彬家，在报告上签了“不反对”。

午前在文学所会汪晖，也签了同样的意见。

晚间又和志仁一起访董秀玉，送上报告，并恳切为辞。

三月八日　星期五

清早打电话给俞，彼曰：只要董没有意见，他只是照章办事。

到中华书局刘石处取得校样。

往编辑部。张红送来《中国圣火》封面设计草图。

将“小戎”打印成篇。

晚间打电话问董，云已同意调动，但仍坚持要工作半年的要求。

三月九日　星期六

与志仁同往军事博物馆，参观中国古代战争馆。

午后看望外婆。

读《周礼·大司马》。

访谷林先生，告以调动事。先生起先一直是不同意的，但这次只好说，已经这样了，你可得“从一而终”啊。

三月十日　星期日

反复考虑师所作“诗经名物新证”拟目，觉得可作一些调整。

首先，把目标定得低一点儿，并且避开对自己来说过分陌生，做起来过分困难的问题，但也不能完全不谈，而是放在其他题目之中，作为附笔。全书基本不作考据、不作发明，只是充分利用前人的研究成果，择其合于物理、于义可安者为解，尽量多征引出土文物。书证则先以“大路货”为基础，全书大体完篇后，再参酌少见之书，以为订补。书后作一名物索引，可将各种资料详细开列。

三月十一日　星期一

清理《文物》中的有关材料。

午间与师会，往王府井的麦当劳。以《侯马铸铜遗址》《春秋时期的步兵》（蓝永蔚）、《中国青铜器时代》（郭宝钧）及冶铸史之属共八册相假。

黄昏时分访谷林先生。先生对“小戎”篇提出中肯的意见，并在稿上作了细致的批改。

读《春秋时期的步兵》，很有收获。

三月十二日　星期二

与吴、董同车往北大。汪晖召集北大的“老”作者开座谈会（在“红豆山馆”）。王守常不知从什么地方弄来钱，买下这所小院，重新装修一回，成为哲学系的思想文化研究所。

在风入松书店购得《逸周书汇校集释》《西周甲骨探论》《唐五代书仪研究》。

午饭后同车归来。

往社科院。董乃斌介绍到人事处，领得简历一份，并要求到同仁化验肝功。

三月十三日　星期三

往中华，访刘石（送去校样，并以《石涛画集》等持赠）。

往编辑部取图版，不见。

九点半与师会，同往北图。借得日人编《诗经研究文献目录》。

午间在动物园左近的麦当劳共饭。签好《中国圣火》的合同。

归途再往编辑部取图版，仍不见。晚间方得知，被老沈装起来了。

读《春秋时期的步兵》。据说此著出版后不久即降价销售，并且始终未在学术界引起任何反响，实在是很不公平的。

三月十四日　星期四

往同仁医院化验肝功（社科院要求健康证明）。

往编辑部，取回图、字。

午后将师请来。贴图，忙了两个小时。

三月十五日　星期五

往编辑部。

读《文物》。

前日曾向师提问钩膺、当卢、节约、铜泡。师曰铜泡、节约当日统称作“鋂”。我说鋂见于《诗·卢令令》，是狗饰。师曰未尝不可饰马。

但《说文》释鋂为铜环，郭宝钧《山彪镇与琉璃阁》亦名出土之铜环为鋂，则节约、铜泡仍无着落。总觉得“镂”“钩膺”，即指此类。膺本有“当”义，后世改称“当卢”不为无据。

三月十六日　星期六

往中华门市部，购得《礼记集释》。考古书店购得《宝鸡強国墓地》《楚系青铜器研究》。

夜来微雨，晨起只余一片温润。午后却又起风。

三月十七日　星期日

将“小戎”篇改完。

志仁归自海南。

三月十八日　星期一

起手写“车攻”篇，搦管之际，又觉问题多多。

午间与师会，为我假得《毛诗车乘考》等篇。馆里原不许借出，勉力通融，允明日交还。

此篇将《诗》中的车各个分类，做的是第一步的工作，即仍是从文献到文献，未援实证。

三月十九日　星期二

往编辑部。

师送来参考资料若干（《铜干首考》《先秦旗帜考》《石鼓文研究》等）。

晚间往雪苑。俞晓群做东，老沈代邀，与“书趣”及“新万有文库”有关者二十余人一聚。

三月廿日　星期三

董理“旗帜”，半日未竟。

陆灏至自沪，午间与俞晓群在太平桥大街的韶山居会。

陆携来《一切经音义》《中国古代军戎服饰》《逸周书汇注集校》。后两种拟持以赠师。

从同仁取得体检结果。

三月廿一日　星期四

往编辑部，处理初校样。

午间与二陆在美尼姆斯会。

四点钟，在家中与师会。然后一起往天伦王朝，与陆灏会。聊到六点钟，师先辞去。

与陆灏往中华门市部旁边的一家餐厅晚饭。

三月廿二日　星期五

细雨半日。

午间与沈、陆、陈子善、二吴、郝，在仿膳会，商讨脉望工作坊的一应事务。

陆灏来家中小坐。

三月廿三日　星期六

夜来落雪，晨起但见一片莹白。疏疏落落飘洒近午，则又云开日出了。

草成“车攻”前半。

午后与陆、沈在富商酒家喝咖啡，商定《万象》创刊一事。

三月廿四日　星期日

草成“车攻”后半。

三月廿五日　星期一

往历博，与师会，同往板井农科院培训中心。山东台二十三集电视连续剧《孙子》请师审核剧本，今乃就剧本中的问题座谈。滔滔不绝讲了三个小时，把听众都给讲愣了，一个个佩服得五体投地。

午间在餐厅共饭。

饭后归来,师以登录有重铸的一部图册相假,又示以《中国史研究》第一期中的《诗经与渔猎文化》。

修改“车攻”篇。

三月廿六日　星期二

往琉璃厂,购得《商周古文字读本》《西周史论文集》《秦始皇陵兵马俑坑一号坑发掘报告》《宝鸡弜国墓地》(平价)。

继往编辑部。张红送来《中国圣火》正文版式。

午后再往编辑部,做发稿准备。继与沈、陆、二吴共商《万象》。

三月廿七日　星期三

往中华访卢仁龙,假得《文史》若干册。遇赵超。

在考古书店以《宝鸡弜国墓地》(高价自此购者)易得《包山楚墓》。扉页有湖北考古所赠章,这里却高出原标价一倍以售。

依陆灏之约,往访梵澄先生。途经路口的中国书店,——翻修毕,方开业,九折售书,得《燕文化研究论文集》《国风集说》等。

陆灏已先到。往北里对面烤鸭店午餐,仍是梵澄先生做东。饭毕,先生说:“怎么好像什么也没吃呀?”其实饭菜挺丰盛的:京酱肉丝、宫保鸡丁、糖醋里脊、铁板烧鱿鱼、白菜豆腐汤。

晚间往大雅宝空军招待所访葛剑雄。以《长水集》及《泱泱中华》《滔滔黄河》持赠。

三月廿八日　星期四

往社科院,在门口与杨成凯会。

午间与陆灏、陈子善同访负翁。翁以近著《月旦集》一册持赠。

负翁做东，在景山东街老帝坊午饭。请了社里的两位王姓女子作陪，同为座上客者，尚有叶稚珊夫妇。饭馆原是张毕来旧居，近年其子将之辟为餐饮之所。

讲起老伴近年患老年性脑萎缩，前几日落雪，清晨老伴推窗一看，说："这天儿晴得多好哇！"却也有趣。

饭后在五四书店转了一圈。再访舒芜先生，聊一个多小时。

三月廿九日　星期五

往编辑部，发稿。

晚间在仿膳宴请陈四益、董乐山、李文俊、葛剑雄、施康强、陈子善。主人一方为吴向中、沈、陆、吴，讨论《万象》创刊事宜。从五点钟直聊到九点，散后几位又去喝咖啡，未往。

三月卅日　星期六

大风一日。

和志仁、小茹一起去给奶奶扫墓。

校点《诗经》。

晚间薛正强代崔老板邀约共饭，坚辞。

三月卅一日　星期日

一日校《诗》。

晚间全家宴请陆灏，在凯莱咖啡厅吃自助餐。

四月一日　星期一

早九点往国际饭店，将陆、陈送上民航班车。

午间与师会，仍往麦当劳。师交下批改后的作业本，并另外写了意见，以《中国军事百科全书》古代兵器分册持赠。

傍晚往和平饭店，与沈、王之江、吴兴文会。吴带来最新的两册《故宫文物月刊》。

四月二日　星期二

将校点《诗经》事做完，松一口气。

往编辑部。青岛薛胜吉过访。

午间与沈、吴向中在南小街一家小餐馆共饭，为吴打气、出主意。

饭后与王之江会，讨论《万象》创刊事宜。

接李陀电话，云"小戎"篇刘梦溪拟刊入《中国文化》，嘱补图。

四月三日　星期三

备图。

吴向中过访，抄录"联络图"。留饭。

午后师高轩过。以"小戎"修改稿呈阅。看得出，最近两次见面，情绪都不大好。问起来，果然，公私皆有不悦意者。

四月四日　星期四

杨成凯过访，将《诗经》交付。

读柳诒徵《中国文化史》、钱穆《中国文化史概要》。

午后访梵澄先生，取回"小戎"。

过中国书店，购得《全汉赋》《唐代财政史稿》《于豪亮学术文存》。

四月五日　星期五

往编辑部，贴图（《寻常的精致》），忙至过午。

往中华，从刘石处取得《金文编》。

过畅安先生宅，给师母送去赵忠祥的回忆录。师母正在为王先生抄诗。

四月六日　星期六

着手“韩奕”。遇到的问题比前两篇更多，一句“其追其貊”，便费了一日功夫。

四月七日　星期日

为“韩城”句苦一日。

访谷林先生，送去《石语》一册，约定《万象》稿。

自夏晓虹处取得李家浩文（《国学研究》第二卷）复印件并《学人》。

晚间与志仁往天宁寺毛家菜赴宴。台湾何志韶做东，客有老沈夫妇、王蒙夫妇，并吴兴文。

阅三校样。

四月八日　星期一

往编辑部。

午间与师会，往肯德基。交下“小戎”稿，提出几处很关键的修改意见，并说起我的下一部书稿的题目，即“中国历代题画诗研究”。

四月九日　星期二

读《长水集》。

午后将“小戎”稿并图送往刘梦溪家中。

四月十日　星期三

整理“韩奕”资料。

四月十一日　星期四

往编辑部，取得补制的部分图版，然后往西总布与师会，同往北图。到了还书之时，才发现三本缺其二，——忘在家中了。只好返回去取。途经解放军出版社门市部，购得《中国古代兵器图集》（又为陆灏购一册）。

四点钟再至北图。还书，借书，归家已过六点。

四月十二日　星期五

往编辑部。

仍准备“韩奕”。

四月十三日　星期六

夜来微雨。

读书，准备资料。

四月十四日　星期日

动手写“韩奕”。极苦、极不顺畅。文思滞涩，文字表达太困难了。

四月十五日　星期一

往社科院，先找郭一涛，然后同往院人事处，取得商调函。

午后往永外办调离手续，取得档案。

将档案送到院、所。

黄昏微雨。

附 录

“不三不四”的《读书》

《读书》已经创刊十五年了。它以渗透的方式，影响着一批固定的和不固定的读者。

十五年的时间，它差不多已经有了第二代读者和第二代作者。生造一个与轰动效应相对应的词，可以说，《读书》所产生的，是渗透效应。

十五年的时间，可以构成一段历史了，——这十五年的时间，又是中国社会一个急剧变革的时期。《读书》处在变化中，却不完全为这种大变化所左右，而保存了一个相对稳定的小气候，这也是人们回过头来看它的历史时，感到惊异的。

《读书》编辑部很长时间以来，对外是关着门的，——只以刊物面向外部的世界。近一二年来，好像稍稍开了一点儿缝，于是有了一些关于内幕的报道见诸报章。于是人们知道了它的内部组成：一个主编是男的，三个编辑是女的。

一个主编是男的，天经地义；三个编辑是女的，就令人大为惊奇。一时间,令誉腾起:三女将、女豪杰、女强人、巾帼英雄……其实,三个人果然如此风姿的话,《读书》会成什么样子,该是个疑问。大概正因为三位普普通通的女性,一没有男人治国平天下的事业心,二没有男人显身扬名的功名心,并且,没有扛起女权主义的大旗,一位男性主编才能够从从容容坐镇指挥,——这应该是极简单的道理。

这样的组成,并不是有意的淘汰与选择,毋宁说是天缘凑泊。缘分,也许比任何一种刻意的选择,都更具合理性。

四个人,一半没受过系统的、正规的高等教育,一半根本就是勉勉强强的中学毕业。说起来大家都挺伤心,但却因此而少了点束缚,多了点跑野马的不羁之气;又因此而逐渐形成一种独特的思维方式,也算是不幸之幸。

说独特,实在也并非什么独特,不过是在长期以来大一统的、程式化的、排他性的思维方式之外,保持了一种独立思考的精神。既不为前者所限,又不与它对立;既非媚俗阿世,又不是剑拔弩张,只是"温柔敦厚"地坚持着独立思考的权利。这就是《读书》的立足点。严格说来,它不是反叛,不是革命,而是以思维方式的变革,在意识形态领域里进行渗透式的"和平演变"。自然,这是一个极小的范围,——只限于它的作者和读者。

有人称《读书》是知识界的一面旗帜,不唯过誉,且比喻不当。如果它是旗帜,在几回风、几回浪中,早该被拔掉了:如果它是旗帜,在百万大军中,早该被更鲜明、更激进的旗帜超越了。它从来不是猎猎迎风的旗帜,而是地表深处的潜流:不张扬,唯渗透。这是它的坚忍，也是它的狡狯，更是生存竞争中锻炼出来的品格。

由此而形成的语言风格也是独特的：不是美文，不是社论文体；不是矫揉造作妆点出来的华丽，不是盛气凌人的教训口吻。是打破老八股、新八股，即程式化的语言，而体现出来的纷纭的个性风格。这风格不是《读书》的，而是作者的。自由运思、各具面貌的个性风格聚在一起，才是《读书》的风格。

它似乎不太有学术气质。借用《读书》中一篇文章的题目，可以说它提供了“思维的乐趣”；或者说，是思维的别一造径，是观察世相、评说世相的别一角度。《读书》人常说的“思想操练”“语言操练”，也可看作这同一意思的不同表达。

对编辑部诸同仁来说，编《读书》，不是糊口的职业，而是一份爱好，一份生命的寄托。编辑的“存在”，与《读书》的“存在”，几乎融为一体——他们从《读书》的“存在”中，发现了自身“存在”的意义。所以，编辑部的管理方式是无序的，非程式化的。绝少召开正襟危坐的工作会议，绝少正儿八经地分析、讨论国内外形势。除了受生产周期的制约之外，几乎再没有什么严格的规章制度。它的运转，靠的是配合默契，——不仅编辑部同仁之间，而且，《读书》与它的作者、它的读者，也常常有一种意想不到的、可遇而不可求的默契。《读书》虽关注社会，却并不具备特别的敏感，它的敏感，仅仅是对读书人敏感点的敏感，而这，也全靠的是默契。

今年第一期中的“编辑室日志”中，有一段夫子自道：“说三道四”,“不三不四”,编辑之道,在于此乎?

以“编辑室日志”的一贯诚实而言,这一次,它也应该是诚实的。

营造文化阁楼——再说“不三不四”的《读书》

刚刚看到最新的一期《读书》(一九九四年第十一期),题为《文化阁楼》的“编辑室日志”,对文化空间的解读,颇觉精彩。它说:从这样一种特别的机智中,忽而想到了编辑部成员的籍贯。不知该称作凑巧还是该称作缘分,这几个人,正好是一个南北集合体——主编祖籍宁波,成长在上海,成就在北京。三位编辑,两位是江南血统、北京长大的南人。如果说南方滋养机敏和聪明,北方造就胆略和气度的话,《读书》就是二者恰到好处的融合。京派或曰学院派的沉稳与厚实,海派的灵秀与敏锐,互为渗透,相得益彰,形成了《读书》特色。

《读书》很早就把自己定位于文化边际——用目前的最新说法,就是“文化阁楼”——从此便稳稳地保持身分,绝少再作争取更大荣誉的努力,至少是不作“牺牲”式的努力。并非不问政治,但政治进入《读书》的时候,已被纳入了文化讨论的范畴。也并非没有激情,但激情出现在《读书》的时候,已经是冷静思考之后的沉淀。与政治的若即若离，或曰“淡定地面对主义”，使它虽处漩涡中心，却能不失去身分，不偏离位置，稳妥、扎实地做它所愿意做的事情。

它所愿意做的事情，不大，也不算太小。可以说，是以海派的灵秀与敏锐，去不断发现新的思考点，并很快找到恰切的表达方式；又以京派的沉稳与厚实，使思考不致流于肤浅与空泛。它决不“领导新潮流”，但在它所营造的文化阁楼里，总是空气新鲜，虽然恒常有一种古典式的庄重。

并且，它处在“官”的包围之中，却绝无官方色彩。与城市的喧嚣和繁华保持着距离，又时常投入一份关注。作者中的两大骨干力量，一为北京，一为上海。在京的“海派”和在沪的“京派”，在这一间“文化阁楼”里，似乎最是如鱼得水。

大概也就因此罢，《读书》有了一种特别的宽容，——对它的作者，不以学术派别和成见来范围：既然是思想操练、语言操练，何妨都来做一做？又因此，它虽然从不有意地惊世骇俗，却常常意外地惊世骇俗。（第八期出版，有先睹为快者，对英伦文事专栏中的《蓝色电影诗人》已不胜惊讶了！）

《读书》的风格，极大程度体现了主编风格。主编先生常说的一句话是“以谈恋爱的方式谈工作”。可以把它解释为以充满感情色彩的语言，代替枯燥僵化的公文语言；以带有人情味的交流方式，代替刻板的上下级关系。这样一种领导作风，这样一种作风所造就的小环境、小气候，于《读书》风格与气质的形成，当然大有关系。不过这种方式是不能推广的，——它只适用于这样一个天然凑泊的小群体。

主编先生患有严重的白内障,可奇怪的是,凡是他想看见的,所见绝对比明眼人只多不少。凡他所不欲见,即近在眼前,也一如“盲点”。一位朋友说:“《读书》的主编,智可及,愚不可及。”如果不是深解他的为人,说不出这样的见道之言。自然疾病并不是一份恩赐的智慧,不过是“斯人而有斯疾”,又是一份天然凑泊。

某日,大家在一起说张爱玲。主编先生一旁从容言道:“其实,最可欣赏的,是张爱玲的姑姑。”仿佛不经意道出了《读书》的编辑主张。

的确,《读书》不是思想家、学问家的天下,也不是才子、才女的天下。凡进入这间阁楼谈天说地的思想家、学问家,才子、才女,都做的是“姑姑语录”式的发言。他们在这里不是表明身分,而是表现智慧。《读书》之“不三不四”,这是关键之一。

以《读书》之微末,在都市中简直算不得风景。不过整个的都市风景中如果没有它,就满满腾腾没有了一点儿空白,所以它是 space,——是挤满了字的书中不能缺少的间隔,是喧闹的“有”中不能没有的淡然的“无”。

旧版后记一

一

关于《〈读书〉十年》，关于我和《读书》的十年，一切尽在这挑挑拣拣选出来的几十万字中，我已无须再说什么。唯一恐怕引起麻烦的几句废话是，这里记录了不少月旦人物的“私语”，似乎不宜公开，不过想到这些评议其实很可以反映评议者本人的性情与识见，却无损于被评议者的成就与声名，时过境迁，这些“私语”便只如《世说新语》的讲故事，我们便也只如听故事罢。

我曾多次说起，我对《读书》总怀着一份特殊的感情，从它的创刊直到现在。以明年的《读书》创刊三十周年计，我与它血肉相连的时间正好是三之一。翻开自己当日写下的文字，一切琐细微末对于我来说都觉得亲切可喜，即便是曾经有过的口角和不快。因为这是我曾经历过的真实的生活，就在这样的生活中《读书》成了我的另一个家，沈公是家长，共事的诸位同仁便是最好的姐妹。沈公是当日之《读书》的灵魂，他也用他的特殊方式引导我们走向成熟。虽然有过牢骚，有过怨气，甚至有过泪水，但更多的是愉快，是在愉快的工作中逐步建立起来的理解和诚挚的友情。原想把这一份“《读书》十年起居注”发表出来以志久存心中的感念，——对《读书》，对成就了《读书》并且影响和帮助过我的作者。

不管人们是否相信，坦白说，我在记日记的时候并没有怀着日后发表的念头。坚持写日记的原因，在于天生记忆力不好，事情过去，很快忘记，——日记之外，能够记住的事情实在少得很。读书也是如此。算起来，我读过的书不是很少，这也是检点日记才发现的，而绝大部分都已经忘记，因此日记中将近一半的篇幅是记哪天读了哪些书以及书中章句的抄录。现在发表出来的部分，这些内容已经大部删除。此外删掉的便多是个人琐事，虽然这些内容也算不上是什么“隐私”，——真正的隐私是写也不能写出来的。至于保留的部分是否有“公益”，心里其实很没底。只是觉得当天的纪事，总还可以信赖(整理过程中，只有减法，绝无加法；极个别的字句之外，绝少改动)，至少能够提供一点还原现场的线索，或许可以因此唤起《读书》的老朋友对往日岁月的追怀。

二

在《读书》的时候，常听老沈说的一句玩笑话是：“要想征服作者的心，先要征服作者的胃。”当时的编辑部，作者来往很频繁，因此午间一起去吃饭也就成为常事。

到《读书》工作之前，我一向很不喜欢同家人之外的人一起吃饭，更怕在别人家里吃饭。但《读书》的吃饭差不多就是工作，——《读书》很少，或者可以说几乎不开选题会，许多问题都是在饭桌上解决的，因此不能不改变习惯，也因此一切都觉得新鲜，归来便详细记述。如此开了头，这习惯也就一直保留下来。岁月流逝，重读当年的记录，竟有点儿“食货志”的感觉。故虽琐碎，亦未删削。

三

关于我的名字，日记中使用的有赵丽雅、赵永晖、宋远，而本书署名扬之水。对此不免要有一番交代。

赵丽雅，是母亲的“锡余以嘉名”。出生那一年，——一九五四年，正是《卓娅和舒拉的故事》《古丽雅的道路》等苏联卫国战争小说风行一时的年月，母亲便希望我能够像古丽雅一样勇敢。以后我到了北京，与外公外婆生活在一起。“文革”初起，不仅未能逃脱抄家的命运，而且外婆外公被迫双双服下安眠药（外婆亡故；外公被抢救过来，以后重新建立家庭）。这时候，学校里的革命同学还来到家里对我批判帮助，当场被扯下红领巾，并勒令改掉苏修的名字。“永晖”便是这位勒令改名的同学的哥哥所起。“文革”结束，很想恢复本名，但那时候已经不像“文革”期间，改名字变成一件非常麻烦的事情，也就作罢。调入《读书》，便趁着进入新环境的机会，对人声称自己的名字是赵丽雅，本名便以这样的方式叫开了。不过《读书》版权页上面的名字仍是赵永晖。

《读书》十年，一直和沈公一起负责处理初校样，而《读书》的体例是文章绝对不转页，因此每一期都要准备数量不少的补白文字。补白主要采用读者来稿，而且《读书》也确实有一批很优秀的补白作者，但仍不免常常匮乏内容字数均合宜的文字，于是只好自己动手，有时一期竟会补上好几则。如此自然不宜一期补白多署同一个名字，于是乎有“笔名”。从《诗》中取字者似乎占了多数，后来出了自己的第一本书《棔柿楼读书记》，便用了笔名之一的宋远。第二本书《脂麻通鉴》，署名扬之水，自是之后而固定下来，沿用至今。

戊子仲夏

旧版后记二

写下“后记”之后，竟又过了将近三年。感谢诸位朋友的鼓励，特别是老友吴彬的合作，使我终于有勇气把这些文字拿出来。

拟分三册。第二册，一九九一年至一九九三年；第三册，一九九四年至一九九六年。

庚寅仲冬

旧版后记三

一

一九九六年四月调往社科院后，虽然仍在《读书》继续工作至当年十月，并且还参加了不少《读书》组织的活动，但主要精力已经投入《诗经名物新证》的写作，就心态论，我的《读书》时代已经结束于到新单位报到的那一天了。

附录旧文两则，作于一九九四年，似乎都未曾正式发表。其一，即本年二月十八日所记"利用电脑，伪造了一篇读者来信，寄老沈"。其二，便是九月廿五日所记"草就《营造文化阁楼》"。不过这一篇究竟因何而作，已是记不得。只缘内容关乎《读书》与我们、我们与《读书》，收入此编，也还算得切题。

二

吴彬说，日记以尽量保留原始状态为好，尤其是原本一天不少的情况.因此第三册于日期一项就再没有删除。唯一九九四年十月六日至十二日与一九九五年三月廿日至廿五日往上海组稿，原系另外记在活页纸上(外出的日记多是如此)，却是找不见了。今由老友陆灏从他的日记中摘录相关内容，因将之补录如下：

一九九四年十月六日　星期四

上午去唐振常先生家。赵丽雅早上抵沪，直接去唐宅。中午唐先生在川妹子豆花庄请我们两个吃饭。饭后赵随我到报社，下午四点(陈)子善来，三人同去拜访施蛰存先生。在富春阁吃小笼包，晚上与赵同去看望黄裳先生。

赵带来负翁送我的两本新书《负暄三话》和《谈文论语集》。

十月七日　星期五

晚十点半去十六铺码头，接赵丽雅与辛丰年先生，把他们送到文艺出版社招待所住下。

十月八日　星期六

午饭后去文艺招待所，沈双从长沙来，也住那里。与辛、赵、沈同去图书进出口公司，买了几盒磁带。在外吃了晚饭，三人随我回家喝咖啡聊天。

十月九日　星期日

下午去金性尧家。晚上“海上三老”(王勉、金性尧、周劭)在梅龙镇宴清赵丽雅，辛丰年、沈双和我作陪。

饭后同去金宅聊天至九点，送赵等回招待所。

十月十日　星期一

在襄阳路的乔家栅请赵丽雅、沈双吃饭，饭后再会同严先生去拜访方平先生，聊一小时。

十月十二日　星期三

与辛丰年、赵丽雅同吃早点，与辛话别，他上午就回南通了。

晚上与赵、沈在富春阁吃蟹粉小笼，饭后同去拜访冯亦代先生，坐一小时。再去文艺招待所聊天。

一九九五年三月廿日　星期一

中午赵到上海，在文汇报小餐厅吃饭。住文汇报招待所。

三月廿一日　星期二

中午我做东，在老半斋请黄裳、唐振常和赵吃饭。饭后与赵逛南京东路新华书店。

三月廿二日　星期三

老沈上午抵沪。中午在城隍庙绿波廊共饭，有王勉、金性尧、周劭、邓云乡、唐振常、陈子善、老沈、赵、何素楠和他先生、王之江。

三月廿三日　星期四

中午陪赵去上海译文出版社，与陶雪华谈“书趣”封面、版式设计。随后去时代广场，与老沈、须兰吃饭。

下午在时代广场与上海出版界的朋友见面。有李伟国、徐小蛮、王国伟、陈达凯、杨晓敏等。

晚上与赵、沈、须兰在锦沧文华大酒店喝咖啡，聊天。

三月廿四日　星期五

中午上海译文出版社的叶麟鎏（鹿金）、杨心慈和王有布请沈、赵在红房子吃饭，我作陪。

下午与沈、赵在长乐路的老树咖啡馆喝咖啡，聊半天。

三月廿五日　星期六

赵与沈坐十点四十分的飞机回北京，到旅馆与之话别。

丙戌四月下浣

〔补记〕

顷阅本书“人名索引”校样，发现关于叶老师的纪事，——未满十二岁时经历的噩梦，先已出现在第一册（一九八八年八月十四日），而重现于第三册，即六年后（一九九四年一月廿二日）的追忆，与前竟是不同的。只能说，时间靠前的记忆应该是更可靠一点儿罢。

壬辰小暑

人名索引

（一般不收古代人名和外国人名）

D

E

F

G

H

J

K

L

M

N

O

P

Q

R

S

T

W

X

Y

Z

《读书》十年

一九九三年——一九九四年

三

扬之水◎著

天津出版传媒集团
百花文艺出版社

目　录

一九九三年

一月一日　星期五

读杨绛《杂忆与杂写》。

将《同文馆狱》改就。

一月二日　星期六

将《春秋笔法》草成。

一月三日　星期日

往编辑部,准备第三期稿。

一月四日　星期一

往编辑部,继续准备第三期稿。

阅吕叔湘《未晚斋杂览》校样。

一月五日　星期二

给谷林先生送去一个小台历。

往铁道部。

归途过琉璃厂,在中华门市部盘桓一小时。

午后陈四益来,送来“新百喻”稿,取走“脂麻”稿。

一月六日　星期三

往北图取复制的《春雨楼集》书影。又将集借出,补抄了几条材料。

午间朱学勤来,与老沈一起请他在华龙饭店吃饭。

饭后回到编辑部,设计封二版式。

夜来小雪。

一月七日　星期四

往社科院访李伊白,讲定请她看校样事。

午后往编辑部，送交《未晚斋杂览》校样，又取回《书与画像》校样。

一月八日　星期五

与范老板、夏宗禹、吴彬同车往现代文学馆，参加纪念聂绀弩诞生九十周年座谈会。得一册《聂绀弩诗全编》。午间每人一盒肯德基。

饭罢仍有讨论。与范老板、吴彬提前撤出。却见门外已是大雪纷飞，雪盈数寸。

一月九日　星期六

往编辑部，设计封三及内文广告版式。

将《文人与文》中的阮籍一则草成。

一月十日　星期日

写就陆机、东方朔两则。《文人与文》算是交卷（寄王得后）。

晚间往三五〇一厂招待所孙中辉处，取回严格先生托带的“鲁迅序跋的著作”两函。

一月十一日　星期一

午间往编辑部，贴二校样图。丁聪送来版式，标图版尺寸。

将陆、沈事改写一回，交齐大芝。

一月十二日　星期二

往编辑部。又往中华，取《晋书》。

访商务李新英，为陆灏索得汉译世界名著书目。

午后又往编辑部，取得第一期样书。这是《读书》创刊以来，第一次彻底改变面目。

一月十三日　星期三

往编辑部，发稿，忙一日。

又开会讨论《读书》下一步的行动：向趣味，抑或向学术靠拢？公议的结果是兼行。

晚间阅吴尔夫《书与画像》校样。

一月十四日　星期四

上午将校样阅毕。午后送往编辑部。又将《读书》第三稿送往朝内，交郝德华。

一月十五日　星期五

午间往社科院，从李伊白处取来校样，然后往编辑部，阅校样。

一月十六日　星期六

往编辑部，处理校样。

午后往东单文具店为小航买英语本，购得一支英雄金笔（三十三元）。

一月十七日　星期日

读陈恭禄的《中国史》。

一月十八日　星期一

往编辑部。请老马给冯亦代先生送去邮件。

往资料室借书。

邵铁真来，坐谈半时。

往社科院。

一月十九日　星期二

联系为陆灏捎书事。薄小波适回南，但自家行李也多，几番劝说，总算应允。从楼下老吴家借了三轮车，又拿了家中的行李车，几费周折，才运送到车站。又值春运期间，拥挤程度非往日可比，连站台票也卖到两块钱一张。直折腾了近两个小时，一身大汗。

晚间看电视《一代贤后》，孙毓敏主演。演述汉文帝与窦皇后事。除窦起微贱，与幼弟失散，后终相认一节于史有征外，余皆小说家言。而道具之使用，更荒唐之甚。线装书、纸，皆堂而皇之，作为情节之主要。一副对子，亦不通之极。文帝书以上联“尧天舜甸龙飞日”，窦后对以下联“良辰美景凤舞时”。这且不论，再说对联西汉时即已有了么？

一月廿日　星期三

读《中国史》。

午后为外婆送去年货。

归途过琉璃厂。

一月廿一日　星期四

访梵澄先生。今日他的情绪似乎很激动。

往社科院郭宏安处取书。

三联开大会（沈离职，董就职）。午间在咸丰酒店会餐，皆未往。吴、倪来，送来奖金。吴彬吃得不舒服，大约酒也多喝了一些（一瓶半花雕），一个劲儿恶心。

一月廿二日　星期五

往编辑部。

与志仁同往李师傅家中拜年。回想这师徒之谊,已有二十一年,转眼我也将及当年师傅教我开车的年龄。

一月廿三日　星期六(癸酉年初一)、廿四日　星期日

两日家居读书(《东周列国志》)。

一月廿五日　星期一

与志仁往外婆家拜年。志仁在外拜年一日。午后有周南生、晚间有王燕京夫妇来访志仁,均代为接待。

一月廿六日　星期二

仍读《东周列国志》。又从老沈那里借来一册我所缺的《史记》第五册。

午间老沈、老马来。

一月廿七日　星期三

欲将家藏二十四史所缺之部配齐,但书柜患满。故清理出一部分书籍(多为外国文艺理论、美学之类),打包寄往上海。

一月廿八日　星期四

往编辑部,处理信件。

午间与贾、沈在华龙吃包子。

初校样来,复印。

一月廿九日　星期五

往编辑部,选初校补白。

读《左传》。

一月卅日　星期六

往编辑部，处理初校样。忙了整整一上午，头疼、颈疼、腰疼。午间请丁聪、郝德华吃饭，求免而归。

晚间仍头疼不止，遂早早就寝。

（早晨往朝内取校样时，趁便将《古今》送还谷林先生。）

一月卅一日　星期日

读《左传》。

二月一日　星期一

往编辑部，阅稿。

往社科院，借得《盐铁论》。

读《左传》。

二月二日　星期二

往编辑部。

读《左传》。

《中国青年报》载靳飞访谈录。靳云初一、初二即自己读了全部四书五经、二十四史、《资治通鉴》。不觉好生惊讶，——怎么读的？

二月三日　星期三

往编辑部。

读《左传》。

二月四日　星期四

访王泗原先生。以叶鞠裳的《缘督庐日记》持赠。

往社科院取稿。

读《左传》。

二月五日　星期五

往铁道部。

得老戴所惠之请柬,往人民大会堂参加“国学大师丛书”研讨会。发给新版三册,为胡适、鲁迅、陈寅恪。

读《左传》。

昔读《国史大纲》,对钱氏所云“春秋时代,实可说是中国古代贵族文化已发展到一种极优美极高尚极细腻雅致的时代”,留下印象,但却未作具体的印证。今于《左传》逐字逐句细细研读,方觉此言之“信”。真的,纵观后世两千年,除沿袭这早已奠定的传统之外,大约更多的,便是禁锢了。这也是“大一统”所必须。中国古代历史中,真正成功的革命,也许可以说只有一次,即秦始皇一统中国。

二月六日　星期六

往编辑部,处理二校样。

读《左传》。

二月七日　星期日

与志仁同往百货大楼,欲购一转椅,——连日来颈椎疼、腰疼,或者可以因此调整一下坐姿。不获。

读《左传》。除此著外,几乎废一切书不观。

二月八日　星期一

往编辑部,备下期稿件。

读《左传》。

二月九日　星期二

往中华书局取来《汉书》《清史稿》(请老沈帮忙)。

若谓《红楼梦》"是中国封建社会的百科全书",那么《左传》作为百科全书,则早其两千年,可曰"大一统"之前中国社会的百科全书。

二月十日　星期三

往编辑部。

到朝内取校样,送往李伊白处。

午后从编辑部取了宁成春的设计样稿送往郝德华处。

二月十一日　星期四

读《左传》。

晚间李伊白送校样来,坐谈一小时。

二月十二日　星期五

往编辑部,做发稿准备。

读于鬯《香草校书》中关于《左传》部分。觉此公颇能得古人之意,揆情度理,通达,透辟,很有些发明,又不仅学问淹通而已。

二月十三日　星期六

往朝内取样书及三校样。

阅校样。

二月十四日　星期日

八点钟即往编辑部,发稿。直忙到将近一点钟,方回家吃午饭。

二月十五日　星期一

往美术馆参观罗丹艺术展。

面对一具具青铜雕塑真品，方解通常人们所说“生命”“生命之真气”“生命之律动”的含义所在。的确，每一条筋肉下似乎都鼓荡着鲜血。有一件“我是美的”，给人印象很深。几件代表作差不多都在这里了：加莱义民、巴尔扎克、青铜时代、夏娃、大影子。无论效果怎样好的图片，与直接面对雕塑，都无法同日而语。

门口正在卖着由我责编的《关于罗丹——日记摘抄》，据说卖得很快。

晚间读杨凝式的《韭花帖》，忽有所悟，写了几页字，自我感觉有进。

二月十六日　星期二

纷纷扬扬一日雪，落地化，落在树上却不化。忆及梁鼎芬致吴庆坻书简中的几句话：“门外大雪一尺，门内衰病一翁，寒鸦三两声，旧书一二种，公谓此时枯寂否？此人枯寂否？”似可自况。只是父母在不得言翁；旧书一二种，喜鹊三两只，却是即目。于是将此数语抄与何兆武、周黎庵、周一良、朱维铮诸先生，就便约稿。

二月十七日　星期三

往编辑部。

李庆西、尚刚来。午间往健力宝一侧的快餐部，老沈、老马及编辑部三人，共费二百四十余元。粤菜，无甚可称。

闻诸吴彬，人民文学出版社梁一三数月前往卢沟桥，即于彼地服毒自杀。不觉一惊，细问缘由，却云不知。忆及几年前为《恋爱中的妇女》译稿事，数数往返，以及后来的几次交道，不觉黯然。究竟什么原因？

二月十八日　星期四

往琉璃厂，买纸、笔及印泥。

读《左传》。

二月十九日　星期五

《关于罗丹——日记摘抄》拟重印。午后董秀玉电召，遂往编辑部，将作者补发之序言与附录部分重新校过，统一译名，统一标点。

往编辑部。

吴方来。

陈四益来（送"新百喻"稿）。

二月廿日　星期六

大风一日，气温骤降。

奉到谷林先生来书，其中写道：

忽然想起黎元洪挽张振武的联语来：

为国家缔造艰难，功首罪魁，后世自有定论；

幸天地鉴临上下，私情公谊，此心毋负故人。

颇疑徐懋庸的"敌乎友乎，余惟自问；知我罪我，公已无言"，与此略有渊源。

二月廿一日　星期日

大风一日，闭门读《左传》。

先总奇怪，为什么国人总是好古。如今方有一点点明白，在很古的时候，吾土就有了无比精致的文化。钱穆先生这“精致”二字，想必是斟酌后下，当不可轻轻放过。自然春秋已不算古，但若以《左传》算作最早的一部信史，那么春秋时代也可称是脱离了传说时代的“信古”了吧。很难责怪国人为什么有那样强大的惰性力量，怕也是因为古人早已把一切都做得那样“精致”。一部《左传》已算得精致。熟谙于此，于中国的后来之种种，不说一通百通，亦可谓“思过半”。正是“念兹在兹，释兹在兹，名言兹在兹，允出兹在兹”，“善”与“恶”，于此并见也。

二月廿二日　星期一

读书一日。

二月廿三日　星期二

往编辑部。

将《左传》读过一遍，人名索引大致做下来。尚须重读一过，再行核对，校理。

二月廿四日　星期三

往近代史所访丁名楠先生，是为何兆武先生所绍介（丁、何原是西南联大的同学）。

二月廿五日　星期四

已经下达了三联全部迁往永定门的通知，大家开始纷纷动作起来。我却总觉得一定还有“后命”，说不定《读书》能从“末减”。果然，今天得到最后的命令：《读书》迁回朝内，仍回到六年前的办公室。这已经不是“末减”，而差不多是“官复原职”的待遇。却不是“皇恩浩荡”，而是“革命工作需要”，——必须留下一个部门在朝内守住房子。

二月廿六日　星期五

往编辑部，处理初校样。

二月廿七日　星期六

又起大风，一日。

往编辑部。处理初校样（从朝内取来，做好之后，又送去，——阿弥陀佛，这是最后一次麻烦了），直忙到午后。

今日得到冯至先生逝世的噩耗。去年十一月十四日曾与陆灏一起去拜望他，不意竟成永诀。当日先生还曾提到他翻译的那一本书，可如今连校样也还没有来。梵澄先生的两个最好的朋友，竟在一年中相继去世！

二月廿八日　星期日

大风一日。

读《史记》第五册，远不及《左传》精彩。可谓《左传》之简写本。

三月一日　星期一

往编辑部。

打点什物，准备搬迁。

三月二日　星期二

往朝内，处理第四期封二事。

读《易》。

三月三日　星期三

往地下室，帮助老沈捆书。

午后往朝内，与候在那里的几位会合。乘面包车往商学院，开座谈会。

会议由香港的陈冠中提供方便。参加者为陈平原、蒋原伦、林大中、李银河、王一川、陈晓明。主要讨论《读书》准备要展开的文化评论问题。发言中，陈晓明颇见聪明，林大中欲言又止，陈平原执着，蒋原伦书呆气。

会后在商学院的实习餐厅晚饭。

三月四日　星期四

小航又患感冒，带他往协和问诊。

午后吴彬、老沈来家，坐谈两小时。

三月五日　星期五

到王府饭店参加中国对外翻译出版公司成立二十周年的庆祝会。少坐，即出，——为了晚间编辑部迁址，一顿极丰盛的晚宴也只好牺牲了。

五点钟赶到朝内，却说要七点钟才来车。于是与吴、贾、沈到东四一起去吃肯德基，然后分别往地下室和朝内。

在地下室等车直等到九点四十分，装好车，再往朝内……一直折腾到两点半钟。

但真正辛苦的是那些搬运东西的民工，真是累啊，可是干一天才七块钱！而我们这一次搬家，交付搬家公司的却是一万块钱！被什么人中饱？心真是太狠了。

三月六日　星期六

本来应该多睡一会儿的，但满脑子是校样、稿子。于是七点多钟就爬起来,阅校样,开草目。

傍晚往编辑部。吴、贾已将办公室大致理出眉目。

三月八日　星期一

往编辑部,将办公室大体收拾清楚。

傍晚曲冠杰过访。

往吉祥看李世济主演的《文姬归汉》。

此是为东方茶楼开业而举办的演出。戏未开场,先来了一段跳加官:招财进宝。又由杜澎(鹏)、魏喜奎出来,说相声似的将东方茶楼介绍一遍。又有好事者助兴,送来贺词及歪诗若干,当众宣读,实令人有文墨不通之哂。

李世济的唱,是太棒了,行腔婉转,气息控制得尤好,大、小嗓的转换使用,恰到好处。听说不少人不喜欢她,说她不是程派的正宗,但她对程派的改造,实在可以说是十分成功的。此外,扮相也俊美,据悉今年已是六十一岁,舞台上,却犹一婉娈少妇。

三月九日　星期二

往编辑部。

午间,张奇慧送来沈玉成的《春秋左传学史稿》。

三月十日　星期三

往编辑部。

将《脂麻通鉴·李斯》篇草成。

三月十一日　星期四

往编辑部。

午间与老沈同往社科院,访吴岳添,给李伊白送去校样。

晚间往吉祥剧院看戏，四个折子：《一匹布》《武家坡》（沈福存、安云武）、《挑滑车》（高牧坤）、《拾玉镯》（吴素秋七十一岁、姚玉刚七十岁、李庆春六十五岁）。

三月十二日　星期五

往编辑部，做发稿准备。

三月十三日　星期六

往编辑部，发稿。

阅校样。

三月十四日　星期日

读书一日。

三月十五日　星期一

往编辑部。

午后访梵澄先生（送去《周天集》原稿、三袋海南咖啡）。

他说，两位老朋友先后谢世，心里真不好过。为冯至先生送上挽联是：

硕德耆龄三千士化成文学声名扬异国；

素心同步六十年交谊箴规切琢叹无人。

拿出《母亲的话》手稿，托我找人去抄。我一边接过，一边说："子曰：'有事，弟子服其劳'……"先生立即接过去说："好嘛，'有酒食，先生馔'，你快拿酒食来！教你办这么一点事，也要发牢骚吗！"两人都大笑起来。

先生说起自己的生活规律是四十八小时为一周期。今天八点多钟就疲倦得不行，必要早早入睡；而明日一直伏案至午夜，亦毫无倦意。第三天又回到八点就寝……但从不失眠。“照此说来，您的寿命也要是常人的一倍了！”

继往编辑部，与宝宝一起处理三校样，直忙到五点钟。

三月十六日　星期二

往社科院（送刘培育稿、周国平稿）。

往编辑部，搬书（将袁春办公室中的书挪出来）。

午间老沈做东，到华龙吃包子（老沈寄往《广州日报·读书报》的题辞，乃由我的一句戏言“书读得越多越傻”构成，获稿酬百元）。

三月十七日　星期三

往编辑部。

继往中华书局刘石处取得《旧唐书》。

三月十八日　星期四

往编辑部。

读《盐铁论》。

三月十九日　星期五

往编辑部。

读《盐铁论》，大有获。

晚间给友人打电话，问起重版本《盐铁论》事，顺便谈起自以为“得道”的种种想法。正在兴头上，对方却客客气气打断说：“等你文章写出来我再看吧，对不起，正在喝酒，酒菜要凉了。”

三月廿日　星期六

仍读《盐铁论》。

午后往编辑部，与吴彬商议服务日事。

三月廿一日　星期日

将《脂麻通鉴·盐铁论》草成，寄出。

三月廿二日　星期一

往中华书局，开《传统文化与现代化》杂志的征求意见会。午间留饭，辞谢而回。

往社科院，借得《列女传》。

三月廿三日　星期二

往编辑部，复积案之信。午间携小航往东四吃肯德基。

读《扬子法言》。

三月廿四日　星期三

往永定门，清理积年之《读书》。张铁军分类，吴彬登记，我与张国旗大汗淋漓地码垛。两个多小时，将大半间库房清理出来。

午间同往附近的一家京蓉餐馆吃饭。四菜一汤：三鲜锅巴、鱼香肉丝、鲜蘑笋片、椒盐里脊、砂锅鸡块。费五十余元。

与吴、沈骑车同归，在崇文门饭店喝咖啡。

见到《读者文摘》的征名启事，为之想出“天地中”之名。淮南王刘安著《淮南鸿烈》，卷末“要略”中言“夫作为书论者，所以纪纲道德，经纬人事，上考之天，下揆之地，中通诸理，虽未能抽引玄妙之中才，繁然足以观终始矣”。此乃出典。又天地者，事事物物也（博）；中者，取中也（精）。此外，中尚有多义，——中通，其一也；天地之间，其一也；古义，华夏为天地之中，又其一也（以暗寓前缘：此非西土之《读者文摘》，乃吾华之《读者文摘》也）。

三月廿五日　星期四

往编辑部。

租人民文学出版社会议室，召开座谈会（服务日）。所邀为外文所诸位：黄梅、钱满素、吴岳添、韦遨宇、陆建德、张荣、申慧辉、李文俊，并陈乐民夫妇。讨论很热烈。

会后在明居午餐。家常菜（与平日家中所食一模一样，雪里蕻、蒿子秆、酸菜丝、拌苤蓝丝之类），要价竟三百多元。

晚间看录像《飘》。

小航说，今天生物课做实验，解剖蟾蜍。看到蟾蜍的痛苦之状，忍不住躲到一边去哭了。三人解剖一只，他始终不忍下手。后来同学说，你再不动手，要记零分啦！才不得不上前割了一小块皮。一边讲着，一边又忍不住哭起来。

三月廿六日　星期五

往编辑部，复积案之信。

读《法言》。

三月廿七日　星期六

往编辑部，为初校样准备补白。

读《史记》。

三月廿九日　星期一

往编辑部，处理初校样。

读《汉书·五行志》。

三月卅日　星期二

往编辑部。

又往新大北照相馆为小熊取照片。

午后往编辑部。原约定与老沈一起坐车往董、徐二位先生处，但他临行又突然提出还要去一趟花园村。遂下车，骑自行车单独前往。

访董乐山。除代老沈送稿费外，只是一种礼节性的拜访。坐了半个小时，冯亦代先生也来了，少陪片刻，辞出。

访徐先生。陆灏与钱文忠准备组织一套学者丛书，因欲将先生的《陆王哲学重温》纳入出版计划。但先生说，若拿出去的话，尚须再细细勘行一过，大约费时一个月。与先生谈话，总是很愉快的，且每有所获。他常常喜欢考问，尽管答不出的情况不在少数，却也并不觉得尴尬。因为先生对我总是充满鼓励的，决无轻视之意。这一回，却不是考问，而是问“宁饮建业水，不食武昌鱼；宁还建业死，不止武昌居”的出处。我印象中，似乎出自《世说》，再不，就是《晋书》，总之，是六朝人事。先生也觉得是，但不能确定。说大概是陶侃传中事，因嘱我一查。

归家，查《晋书·陶侃传》，只有武昌官柳。又觉得是近日翻过的什么书，看了一眼的。最后终于找到，是出自《三国志·陆凯传》中陆的奏疏。

三月卅一日　星期三

清早往新华社，为陈四益送去《廋语》，——昨天在《瞭望》看到《脂麻通鉴·“春秋笔法”》，将“廋语”排作“庾语”。遂借题再做发挥，成一则小稿，总比干巴巴的“更正”更有意思些。

读冯著《中国哲学史新编》(第五册)。析述宋代道学，颇得其精义。

程颐说明道(颢):“视其色,其接物也,如春阳之温。听其言,其入人也,如时雨之润。”此番气象,倒令人想到梵澄先生。

午后往编辑部,与吴、贾、沈一同乘车前往冯亦代先生的新居。坐聊一小时。喝咖啡,吃点心。冯先生并以新著一册分赠。

晚间到吉祥看重庆京剧团著名小生朱福侠专场演出。三个折子:《群英会》《周仁献嫂》《小商河》。极是精彩,“献嫂”为上路一折,一个人唱得满台是戏。唱、念、做,无一不佳。《小商河》更是连唱带打,虽有两次掉枪掉棒,但其难度之大,已令人叫绝。其实远胜叶少兰。

孙毓敏报幕,活泼、自然,令人觉得亲切。

但不知为什么没有坐满,空三分之一的座。外国人倒是来了不少,有数十人。朱之来京,是应几家戏曲专业单位之邀呢,看来组织得太欠佳,忍不住为朱先生叫屈(朱福侠今年已经五十七岁!)。

四月一日　星期四

往编辑部。

午后往社科院取校样。

四月二日　星期五

往人教社取稿。

继往编辑部,将草目列出,寄丁。

四月三日　星期六

往编辑部。

吴彬来，说起往永定门库房整理《读书》，预备装订之事，她说周二冯统一要上班，她不能分身前往。于是我与贾前去。

四月四日　星期日

清早全家并三哥一家往万安公墓扫墓（志仁从公司借了车，刘德林开车）。午间在华龙吃饭，费三百余元。饭后打包，晚间又吃一顿。

读《新语》《论衡》。

《新语》，陆贾往说尉他，劝其勿僭帝号，他服，谓用帝制，乃自娱乐(游戏耳。过皇帝瘾。马三立相声："逗你玩")。

陆为辩士。杨树达《论语疏证》引《韩诗外传》："……'赐！尔何如？'对曰：'得素衣缟冠，使于两国之间，不持尺寸之兵，升斗之粮，便两国相亲如弟兄。'孔子曰：'辩士哉！'"(页一五九)

《论衡·答佞》："贤人之权，为事为国；佞人之权，为身为家。观其所权，贤佞可论。"

四月五日　星期一

往编辑部。

继往铁道部。

四月六日　星期二

大风一日。

往永定门整理《读书》，准备送厂装订。归来之后，腰疼不止。

志仁往约旦。

晚间志仁来电话，曰已到达广州，因前面有一架飞机被劫持往台湾，所以耽搁了两个小时。

四月七日　星期三

往编辑部，将二校样翻阅一过。

读《老子臆解》，同时将几种版本的老子放在一起合读，深感梵澄先生的这一册，分量最轻，却“分量”最重。言简意赅，抉其精要。无怪先生说，此中有数十年心血在。

如六十一页，解“天下之物生于有，有生于无”，多曰此仍作宇宙生成论，宇宙创化论。先生曰否。“窥老氏之意，曰‘有生于无’者，此‘无’即前所云‘无’之以为用之‘无’。”则此句当意为：天下之物是有所为而成，但这所有为却成于一种无目的（无所为——wèi）之为。

七十四页：“见小曰明，守柔曰强。用其光，复归其明。毋遗身殃，是谓袭常。”解曰：“‘见小’，见微也。见微知著，察于秋毫之末，固当善用其光。光，吐明者也，见知之力也。察察为明，非老氏治天下之道也。事事见其小必遗其大，古之明君非察察之主也。”则“用其光，复归其明”即谓用见知之力，而洞烛幽微，却不以察察为事。洞悉物理人情，故存理解之同情。即十六章所谓：知常，容。容乃公。公乃王。王乃天。天乃道。

四月八日　星期四

往编辑部。

往王世襄先生家，假得《獾狗篇》手稿。午后翻览一过。

四月九日　星期五

三联在永定门开大会，未往。

读书一日。

又是一日大风。

四月十日　星期六

往编辑部。

听大家说起来，方知昨日之大风有八级，阵风竟达十一级。北京站前长七十米、高八米的广告牌也被风刮倒，死二人，伤十余人。

但移往院中的芭蕉，虽只细弱的一茎，却未能吹折，这真是老子说的柔胜强了。

往谷林先生家送校样，先生以一部《十三经注疏》持赠。

四月十一日　星期日

读蒋伯潜《十三经概论》，又《论衡校释》等。

四月十二日　星期一

往编辑部，做发稿准备，忙大半日。

阅三校样。

四月十三日　星期二

往谷林先生家取校样，先生又以黄侃手批白文十三经一部持赠。

往编辑部。老沈已将稿编完，于是一人将发稿事完成，很顺利。较三人同在时，效率要高得多。

午间与老沈往华龙吃包子。老沈讲来讲去，总是王焱、甘阳那一个话题，似乎也总是吃包子的时候要讲，可曰“包子话题”。

午后往社科院学术报告厅。参加意大利使馆文化处举办的新书发布会（《欧洲政治思想史》），坐在末一排。听了几位发言，仍是通常听熟了的应酬之辞，(什么时候这种新书发布会能够有点内容？)便悄悄离去(请柬注明会后有酒会)。

四月十四日　星期三

往编辑部。

一日精神极不好。

读《庄子集释》。

四月十五日　星期四

往编辑部。

往中华书局取书(《新唐书》《金史》《宋史》)。书多，拿不了，适有张力伟君午后往社科院，遂委他帮助捎来。

将所借《列女传》归还。

四月十六日　星期五

往编辑部。

今日又觉头昏。午后睡一觉，仍不好。夜间又疼起来，爬起来吃了去痛片。

四月十七日　星期六

晨起仍觉头昏脑胀。

读《诗经》。

往编辑部，与吴、贾一见。

四月十八日　星期日

读《通鉴》。

外婆十点钟来。吃过午饭，睡过午觉，盘桓半日。

四月十九日　星期一

往编辑部。

十点钟到二十五中听公开课，是林老师的英语课，教学过程很完满。归来问小航，原来讲的是一节旧课。其中上台朗诵的几组同学，也是早就应了老师的吩咐，准备数日了的。这有什么意思？等于是观摩一场表演，从小就对学生们进行这种表演训练吗？

月前易木玲寄赠一套沈从文别集，读了觉得实在好，于是送给谷林先生。然后寄了书款，请她再帮助买一套。今日接到退回的书款，同时，又一套别集。沈从文的文字，以前就喜欢，现在更喜欢。以前爱读的是小说，现在爱读的是小说以外的作品，——因为很早就不读小说了。发现他真有见识，批判的精神，并不亚于鲁迅，只是文字的风格不同。读他写于半个世纪前的文章，所述种种，仍如今日。

近日电视里正在播放连续剧《唐明皇》。看了几集之后，忍不住又去读唐史中的这一段，发觉今人比古人还乐于（也善于）为尊者掩过。古人修史，记述帝王言行，有多少“直笔”，已令人怀疑。今人去写皇帝，却更欲塑造高、大、全的形象，怎么回事呢？

如姚元之、宋璟出外事，《新唐书·诸帝公主》记曰：“于是宋璟、姚元之不悦，请出主东都，帝不许，诏主居蒲州。主大望，太子惧，奏斥璟、元之以销戢怨嫌。”（页三六五一）

《新唐书》列传第四十九姚崇本传：“崇与宋璟建请主就东

都，出诸王为刺史，以壹人心。帝以谓主，主怒。太子惧，上疏以崇等綦间王室，请加罪，贬为申州刺史。”（页四三八二）

太子卖友，本为事实。温公作《通鉴》，亦采之：“太平公主闻姚元之、宋璟之谋，大怒，以让太子。太子惧，奏元之、璟离间姑兄，请从极法。甲申，贬元之为申州刺史，璟为楚州刺史。”（页六六六三）

而电视剧《唐明皇》却偏要编出太子极重情义，初心不欲如此，乃在几位贤臣，并姚、宋二人晓以大义，且苦苦请求愿为太子替罪，太子方将二人出奏的一幕，又姚、宋二人登程之际，太子又特地遣人以靴相送，以明心迹。

四月廿日　星期二

往编辑部。

午后志仁归来。这一次出行，格外令人惦念。

四月廿一日　星期三

往编辑部。

蒋原伦来，吴方来。

读《新唐书》。祝钦明（页四一〇四）、李湛（页四一二六）（《通鉴》互见）、刘幽求（页四三二七）、钟绍京、崔日用、姚崇、宋璟、苏颋、张说、李峤、萧至忠（赞）、卢藏用（终南之隐）、李邕（页五七五四）。

四月廿二日　星期四

往编辑部，处理封二、三校样。

陈明来。

午后往社科院。

四月廿三日　星期五

往编辑部。

到夏晓虹处，送去广告校样，取回《学人》第三辑（第一篇是阎步克的《荀子论“士君子”与“官人百吏”之别及其意义》，可读）。

沈从文别集《抽象的抒情》，作“事功”与“有情”说。可以认为，礼俗原是本于人情，礼制则将其固定化。

四月廿四日　星期六

往北办，从朱伟处取回陆灏捎来的书：《明词汇刊》《法苑珠林》《明季百一诗》。

到近代史所，访丁名楠先生，不遇。

往编辑部。

大风一日。

四月廿五日　星期日

头疼，服去痛片，半日方止。

读刘泽华《中国传统政治思想反思》。

理论，如果只是作为理论，总是合理的成分居多，总是很有魅力，然而一旦变为实践，却往往走到它的反面。想进入这一间屋子，却偏偏进了那一间屋子。

历史为什么总在不断重演？且两千年间不断重演。

金岳霖言：“理有固然，势无必至。”

四月廿六日　星期一

往编辑部。

傍晚与沈、吴、何非同往北大,参加“三联学友会”举办的讲座,据云这是第一次,学友会只有两个人:一为经济系的女学生,一则为俄语系女学生。看起来落落大方,很有办事能力。讲座地点是一间阶梯教室,坐得满满的。老沈现场发挥得极好,题目仍然是我的那句话:“书读得越多越傻”。老沈讲了半个小时。接下来是提问,但多是中国当代文学的问题。老沈便推给吴彬来回答。吴也极有应变能力,讲起来滔滔不绝,应对自然,我却是一句话也说不出。

这些大学生们的确还有许多孩子气,稚嫩得很。

四月廿七日　星期二

往编辑部,阅稿。

姚惜抱诗:“上览虞夏兴,下及衰乱朝。耳目虽不接,感叹自萧条”,“俯仰万化中,安知盈与消”?想当年屈子有《天问》,我今亦忍不住问天:都说历史是一面镜子,但那么多的后来者,却都像是对镜起舞的孤鸾,在照样重演一幕幕的悲剧,却是为什么?

四月廿八日　星期三

往编辑部。

接陈少明所赠《儒学的现代转折》,不仅对新儒学作了系统清理,且对“原”儒学也作了批判性的清理,其中不乏精彩之论议(页一八七、页一九一、页二〇五)。

到人教社张中行先生处取稿、取温德照片。

往中华书局，刘石赠第二期《传统文化与现代化》，翻阅一过，有可读之篇，如《甲子钩沉》《文人酒令及酒刑》。顾颉刚的《我的治学计划》读后颇令人伤感。

四月廿九日　星期四

往社科院访叶秀山。又讲起大院人物，这一回讲的是杨向奎先生。杨在五十多岁时，开始攻物理。先从初中数学补起，而且使用的是英文原版书。于是外语、数学、物理，一齐下功夫，后终学有所成。曾经写过一篇批判爱因斯坦的文章，并且大胆修改了爱因斯坦的公式，送去给专门家审阅。虽认为公式之修改无法成立，但承认这的确是内行手笔。如今已八十多岁，却仍在不断地思考新问题。

《唐明皇》已播映至十五集。史实的编纂常觉不合理，要不索性脱开史实，要不就须尽量忠实，尤其是在大事件上，否则，是让人相信，还是不相信呢？王皇后之废，是在开元十二年，卒为十三年，剧却移作十年，且作为旁白郑重宣示。

又长孙昕殴打张九龄事，亦无据。《通鉴》载："有供奉侏儒名黄翩，性警黠，上常冯之以行，谓之'肉几'，宠赐甚厚。一日晚入，上怪之。对曰：'臣旻入宫，道逢捕盗官与臣争道，臣掀之坠马，故晚。'因下阶叩头。上曰：'但使外无奏章，汝亦无忧。'有顷，京兆奏其状。上即叱出，付有司杖杀之。"（页六八〇一）剧则将此节移花接木，写作玄宗大义灭亲的一节。又王毛仲本与葛福顺联系，何苦硬派作薛纳？这一篡改，似毫无意义。姜皎其人，也作了重新创造，似亦不必。

四月卅日　星期五

往编辑部。

读《汉书》《通鉴》《缘督庐日记》。

五月一日　星期六

往夏晓虹家，取来萧公权《中国政治思想史》。

前自叶秀山处借得四期《九州学刊》。

老道新解　谢启武

理解庄子　宋　商

全祖望"素负民族气节"说评议　陈永明

传统中国社会的叔嫂收继婚　阎云翔

——兼及家与族的关系

沈德符《野获编》重要钞本校读记　苏铁戈

贞顺节烈足够吗？　吴燕娜

——第五卷第一期（一九九二年夏季号）

徽商与明清时期浙江经济的发展　陈学文

明清湖南市镇的社会与文化结构之变迁　巫仁恕

清代禁酒禁曲的初步研究　范金民

中国政治制度史研究的回顾与前瞻　韦庆远

宏烨斋所见善本书志　沈　津

——第四卷第三期（一九九一年秋季）

历史女神的新文化动向与亚洲传统的再发现　余英时

儒家的祭祀礼仪理论　王祥龄

明代北京都市生活与治安的转变　邱仲麟

明代苏州营利出版事业及其社会效应　　　邱澎生

——第五卷第三期(一九九二年秋季)

五月二日　星期日

读萧著,颇有精到之论。

下午外婆携二鹏同来。

五月三日　星期一

往编辑部。

继往社科院。

读萧著。

五月四日　星期二

往编辑部。

陈明送稿来。

午间吴岳添来家送稿。

五月五日　星期三

访梵澄先生。

“陆王重温”仍在勘定中,计浃日可竟。

说起章士钊,先生说,他与章有世谊呢,——他的伯父与章交情很深,先生的堂兄法政大学毕业后,挂牌做律师,后因连举丧事,家贫无以为计,遂投书章士钊,章即为之疏通,做了省里的推事官。先生在重庆时,他的好朋友(蒋复璁)几番拉他去拜见章。但先生想到“三一八”惨案,想到鲁迅先生的痛骂,坚持不往。

忘记怎样就说到建文帝,哦,是提起陆灏寄赠刮脸刀,先生说,已经汇了款去,——此物是不可赠人的,昔朱元璋将剃刀、度牒包做一包,赐刘伯温,谓日后危急时打开,可脱难。后遇建文之难,便启封,剃度做了和尚。又说曾在云南见到一副对联,即咏此一段史事的:

祖以僧而帝,孙以帝而僧,大业早开皇觉寺;

君不死竟归,臣不归竟死,梵钟难听景阳楼。

建文之臣有做了和尚跑到云南的,帝也做了和尚,晚年潜归帝都,无人能识。帝谓一老太监:"你爱吃鹅肉,当年我故意扔到地上一块,要你拾起来吃了。""哦哦哦!是是是!"

我说:"这一定是野史了。"

往人民文学社发行部访柴世湘,联系凤鸣书店进书事。

往编辑部。

午间与吴、贾、郝同往天伦王朝对面的一家餐馆吃澳式烤鸡。实在一般,价却昂,共费一百三十余元。

五月六日　星期四

往首都剧场取话剧《鸟人》票(三十张,编辑部请作者)。

往编辑部。

午间钱满素来取票,小坐。

五月七日　星期五

往编辑部,处理校样。

午间如约往萝蕤师处,为她做寿。本来讲定一起去东四吃肯德基的,但看看风大,便先买好两份携往。师极高兴,连说这个主意想得好。她前些时花两万六千元装修了房子(原是父母亲住的,多年未启用),居室内布置一新。明式家具及若许老古董都见了天日。迎面右边的墙上，就挂着汉瓦。卧室门楣上，则是一幅明人张路的山水。工作间兼书房的书架上，是古陶片、汉代铜镜、薄胎漆器等。又给我看了一部明版《三保太监下西洋》。上面有康生的题字和名印。——是“文革”时被抄去，后又发还的。康生所题略为：刻得甚佳，图亦不恶，唯内容实劣。

庭院中，数丛高大的月季“树”，是当年父母手植，多年来不曾剪枝，所以长得高齐屋檐。北屋门前的一丛，已开满了红的黄的花。

盘桓近两小时，辞出。回到编辑部，继续处理校样。

五月八日　星期六

往编辑部。

下午四点钟，与吴彬同往天伦王朝饭店。陈平原夫妇、葛兆光夫妇、李慎之父女，应邀前来座谈陈寅恪。老沈将那一位港人陈氏拉来做东。只是丰厚的自助餐未敢享受，——违背一己之饮食原则也。李慎之包了大半个天下，余者皆不过插话而已。但他对清朝的一番评议，实在不能苟同（谓清代乃历代王朝中最可称道的一朝。前朝所有之边患、宦官、女主，清朝皆未为祸；晚清之种种不堪，是因为它所面对的敌人太强大了）。

饭罢往首都剧场看《鸟人》。咬着牙看完第二场，实在不欲再坚持，提前退场。王朔风由小说刮向电影，又由电影波及话剧。此剧不过又是一个准王朔。是小品、相声之类，绝难称作是话剧艺术。平日大家在一起侃山，也差不多就能侃出这种水平。

五月九日　星期日

读书一日。

五月十日　星期一

往编辑部。

读《汉书·王莽传》。

五月十一日　星期二

往编辑部。

按照日前与陈四益之约，往人教社会张先生。

归途往中华书局刘石处取书。

五月十二日　星期三

雨。

老马患病，高烧，于是冒雨骑车到他家取版式。老沈又没有把地址讲清楚，害得我苦找。最后总算找到，但老马却恰好刚刚去医院。

继往编辑部。

五月十三日　星期四

往编辑部，忙发稿。

五月十四日　星期五

应召往陈乐民先生家，以《文心文事》一册持赠。

往编辑部。将发稿事做完，这两期的发稿，都是由我和老沈完成，效率很高。

午间老沈做东，在东四吃肯德基。

构思《脂麻通鉴·王莽》篇。

五月十五日　星期六

庭院中的芍药花,开得分外娇艳。

往编辑部。将三校样送往谷林先生处。

阅校样。

五月十六日　星期日

大伯一家五口从衢州来京旅游,住在北太平庄塔院的总参部。晨起前往探望。大伯带了家乡的一位气功师,名唤俞耀堂,是神庭气功的创始人。据云母亲怀他时十五个月方降生。故气功(天眼之开)乃先天所成。他为我看病,——二人对面而坐,间距一米,能将内脏的情况反映到他的手掌。说我由心脏通向大脑(从背后)的血管有堵塞,肝肿,胆中有沙。于是发功,将堵塞之血脉打通(这一定就是周期性头疼的原因了)。据大伯说,他的功是发光,能将内脏中的癌化解。已治愈数例,其中包括大伯的八十五岁的岳母。

将《王莽》篇寄出。

五月十七日　星期一

往谷林先生处,取校样。

往编辑部。

五月十八日　星期二

往编辑部。

房管局来家换电线,房间里弄得一塌糊涂。费力清理半日。

五月十九日　星期三

往编辑部。

晚间往吉祥戏院看京剧：全部《玉堂春》。郑盛芗、吴江燕主演。郑今年六十七岁，曾和荀慧生、马连良等配戏。但艺术生命似已过早衰竭：今在舞台上，略无光彩，唱不出满宫满调，尚有可原，连道白也是有上气无下气，真教人替他着急。座位旁边的几位老太太，更是不客气，始终议论不休。一会儿说他的腔调怪里怪气，——“上海人到底是缺少京味，念白也那么别扭。”一会儿说：“别唱了，别唱了，唱累得慌的，还不够费劲的呢。”吴的扮相俊美，嗓子也还不错(是吴海燕之姊)。老太太说：“今儿是看玉堂春来了。”

演出结束，梅葆玖一家上台与郑、吴合影。

五月廿日　星期四

往编辑部。

往社科院，访陆建德等。

晚间往吉祥看戏：《豆汁记》《贩马计》。郑盛芗、吴江燕每角双出。郑的表演尚有可观。最后谢幕时，郑向观众深深鞠躬，并道：“这两天感冒了，嗓子不太好，请大家原谅！”两句话说得挺令人感动。

五月廿一日　星期五

往编辑部。

午间叶芳与白峰来，同往新侨午餐，提前为吴彬做生日。

五月廿二日　星期六

往编辑部，为初校样准备补白。

五月廿三日　星期日

与志仁同往关东店家具店，购置两个书柜(单价三百二十元)，将书房重新规整一番。

整整忙碌一日，腰酸腿疼。

五月廿四日　星期一

往编辑部，处理初校样。

为谷林先生送去茶叶和小人书。

五月廿五日　星期二

往编辑部。

老沈往美国。

往文物出版社，自任乾星处取得“上海博物馆馆藏书法精品选”的说明文字。(任委我用工楷抄写)。

往中华书局，取回《通典》《高僧传》，又借得《日本学者研究中国史论著选译》四、八、十三册。

五月廿六日　星期三

黄梅取校样来。

访梵澄先生。他说，附近开了几家很不错的饭馆，价亦不贵，一再留我共进午餐。想想事先未同小航讲好，还是改作下次吧。于是预定为本月之末。

先生说，昨天方为友人作得一幅好画，觉得很畅快；《陆王哲学重温》也已寄去，是了却一桩心事，所以这几日不打算弄学问，要好好轻松一下。已经答允为对门廖秋忠的女孩子刻一方印章，今即拟动手。

欲借“重温”原稿一读。先生说，你只能一卷一卷地拿去。稿子已分作四五卷儿，卷起放在书架下边。先生一边取一边说：“这是妹妹要看，没有办法，别人可不给看我的原稿！”

五月廿七日　星期四

往编辑部，处理稿件。

往社科院，取得《退思斋诗集》。此为江陵黄冈陶子麟刊，大字，极初印（墨色泛红）。前有李根源名印，并题字。

五月廿八日　星期五

往编辑部。

访谷林先生（送去小人书和铅笔盒），未作逗留。先生照例送出门外。我问：“还有什么事吗？”先生道：“也没有什么事，想说些闲话而已。”

五月廿九日　星期六

往夏晓虹家还书。

往编辑部。

钟叔河先生至自长沙。小坐，即被人民出版社的杨绶松拉去吃饭。他说，最近正全力编辑周作人全集（十卷集）。

往中华门市。出来时巧遇王焱。

五月卅日　星期日

清早即往外婆家。

昨接俞晓群电话，云《榗柿楼读书记》已付印，大约一两个月之内可见书。却不敢相信这是真的。

五月卅一日　星期一

往编辑部。

按照二十六日的约定，前往梵澄先生处。往新世纪餐厅共进午餐。先生戴一顶礼帽式的旧草帽（告诉我此七毛钱一顶），穿一件黄白色的绸衫，着一条灰色长裤，足蹬一双黑皮鞋，手提一根“文明棍”，望过去，真像是上一个世纪的人。（先生说，当年在上海的时候，曾同一位外国朋友一起吃饭；事后这位朋友对人说：“他是一个贵族啊。”——“外国朋友”，即史沫特莱。）

前番先生说，这些很不错的饭馆，两个人二十余元就吃得了。我曾表示怀疑，以为这是不可能的。今日不过四个菜（宫保鸡丁、古老肉、烧海参、麻婆豆腐），一瓶啤酒，就费去六十余元。走出门来，先生望望我，说道：“好像没有吃到什么东西嘛！”

前行不远，即团结湖公园，遂入园漫行一周，并时在湖边柳下小坐。先生说，他每日午后要到这里来走一圈，用四十分钟的时间。待要出园，又想到距园门不远，尚有一方玫瑰圃，于是一起去看。却是已经全部凋谢，连残花也看不见几朵了。此时园中盛开的，只有月季和石榴。

先生说，他一生也没有匡世救国的心，不过求学问，求真理，一日不懈此志罢了。又引了鲁迅的那句名言：世上本没有路，走的人多了，便成了路。他说，他走的是自己的路。我欲问：“先生有信仰么？”却又顿住，我想，前言求学问，求真理，不即“信仰”？——“信仰”，便在这永远的不懈的追求中。先生既不负匡世救国之志，又一生淡于名利，那么，全部的动力，止在于此了。

“先生记日记吗？”“记的。”“从什么时候开始？”“去国之日，——登上去往印度的飞机之时。”“将来准备发表吗？”“不不不，也许不久以后就要把它付之一炬了。”先生说，日记全部用草书，文字极简，只有他自己才能看得懂。而且，多是不记大事记小事。至于某日欠工友几个钱，也记下来。下次见面，可以记得归还。

那位屡屡提起为他删去《星花旧影》中违碍之辞的朋友，原来就是冯至先生。他说，删去的是精华，留存的，其实都是扯淡的文字。“八月二十五号，我们在一起长谈，谈尼采，谈德国哲学，非常精彩，竟可说是数十年来最精彩的一次。也许是回光返照吧，这也就成了最后一次。”

前番贺麟先生逝世，先生曾提及，他一生有一件事，对贺不起。问，又不说。今日却讲了出来。原来是在重庆的时候，蒋介石曾欲笼络一批留德派。于是蒋复璁来找到先生，欲将他引荐给陈布雷。先生坚决推辞，说你可以去找贺麟。彼时贺刚刚出版了那本介绍德国三位哲学家的小册子，陈大为欣赏。于是蒋介石大笔一挥，批了一大笔资金，成立了一个学术委员会，由贺负责……先生打着手势说：“是我一手把他推上去的呀！”

先生的写字台上，放着一本《随笔》，原来是楼下的董乐山先生送来的。上面有他的一篇《说皇帝》。“董公这样不大好，不好随便发文章的。《随笔》品格比较低，比起《读书》，低了不止一品。”“前些年季羡林曾经指着金克木的一篇文章对我说：‘所谈何益！’可是前不久看到他自家做起文字来，仍是浮躁，甚无谓。”我说：“总是入世之人。”先生笑道：“你可以算作出世的。”

问起先生有没有出国的打算，答曰没有。“面子，架子，这两样不能不要。如果我去德国，还能够要人家提供钱吗？是应该我拿出钱来设立奖学金的。既不能，也就不去。”

先生说，他不信轮回，却信因果。因果，即缘也。与鲁迅，也是有缘。两人所读的书，多有相同者。先生叹服鲁迅的国学根柢，道他“学问深啊”。说他们虽一浙江，一湖南，地隔千里，但识见每每相合。又说与我亦可称有缘，所读之书，亦有多同。

从公园出来，到先生处取书包，又留我喝了一盏茶。辞别已是午后三点钟，这是自与先生相识以来，晤谈最久的一天。

六月一日　星期二

往编辑部。

志仁买回一个二十五寸的牡丹电视。这一个月来，发痴般地迷上了电器，收音机就买了好几个。

六月二日　星期三

往琉璃厂，为梵澄先生购得《日知录》。总有两个多月未往了吧，却所获甚微。

吴、贾往新华厂撤稿（《声音》）。

六月三日　星期四

往编辑部，处理二校样。

往社科院。

读书很难静下心思，——读史，不能不想到今……

六月四日　星期五

往编辑部,处理二校样。

六月五日　星期六

往海运仓总参招待所,——严格先生托人带来一册《兰亭论辩》,一册李白《上阳台帖》,取归。

到铁道部取生活费。

往编辑部。

午后两点钟,携小航往燕京饭店,乘车往白洋淀,——是志仁部门组织的。司机在内,一行十四人。白洋淀距京城一百二十里,但走了岔路,结果行五小时方到达。

下榻温泉城旅游开发中心招待所。一家三口宿一套间,父子俩睡里间两张床,我在外间睡沙发。

晚餐为鱼宴,泥鳅、鲇鱼、带鱼、平鱼、嘎嘎鱼,最后是一道银鱼汤。烹调技术不佳,却嫌过于丰盛。银鱼汤尚觉鲜美,主食则为炸杆子、枣切糕、小窝头。

晚间有卡拉 OK,未往,早早入睡。

六月六日　星期日

清晨早早起来。

早餐是茶鸡蛋、咸鸭蛋,各式小咸菜,炸油条、小烧饼、豆腐脑、棒子面粥,一桌尽兴而食。

往码头乘快艇,五人一船,一百五十元。

这里别无所长,唯好大一片水,足有可观。若再迟月余,则满湖满荡尽是荷花,当更具一种风光。此际是夹岸芦苇,间有撒网捕鱼的小船，又有渔翁架着一竿子鱼鹰兀坐在岸边浅水中。小艇驶得飞快,三舟相接,在水中卷起一长串白花。

和驾艇的小伙子聊天,他说,船上的机器花了两万二(日本的雅马哈),船身五千,今年再干上一年,两万七的本儿可以捞回来了。但同有权有势的村干部比起来，他不过得点“小头儿”,——村干部主持卖地事，得的钱除了建公益事业之外,哪个人腰包里也得私揣上二三十万。这才是“大头儿”呢。小民们个个敢怒不敢言,有点小财发一发,也就知足了。“现在哪儿都是这么黑！”

湖中的几个岛,建了不少旅游设施。最大的一个岛,盖了座水泊梁山宫,又设了一架旋转缆车。坐缆车,观看了白洋淀全景。其余几个岛,则未作停留。

湖上兜风将近两小时,返回驻地。

午餐后,启程返京。

经白沟,众人下车,游这号称“北方小香港”的“资本主义一条沟”。与小航坐守,未往。

六点半回到家中。小凯告知,明日的火车票未能取到。

六月七日　星期一

往编辑部。

取到八日的火车票,但志仁那里的飞机票也已订到,于是又跑到北京站退票。

六月八日　星期二

往编辑部,将第八期发稿事再作详细交代。

往琉璃厂转一圈。

六月九日　星期三

早七点半钟，志仁在家门口为我叫了一辆出租车，一路顺利，八点半即抵达机场。

办好各种手续，坐等良久，十一点钟才开始登机。原定十一点零五分起飞，但报告说："机场通讯设备出了故障，请稍候片刻"。这一个"片刻"，就是整整两个小时。这一次乘飞机，总有种种不祥的预感，却什么事情也没有发生。三小时后，安全到达昆明，也许这"不祥"，就是机场的故障？

教育社的小裘举着牌子等候在机场门口，有车将我们送往云牧大厦。住一个两人间，但目前只我一人。

六点钟，周鸣琦与小裘来，坐车同往翠湖公园旁边的一家老知青食馆。此地生意极为红火，小小的铺面挤得满满当当。苦候一小时，方得坐下就餐。餐馆布置，一应傣族风情，饭菜亦同。据云餐馆老板正是在西双版纳插队的老知青。计有酸笋鱼、烤鱼、鸡块、竹筒肉、麻辣豆腐、辣牛肉丝、炸牛皮、煨猪爪、炖酸菜、香蕉蛋、菠萝饭。令人感兴趣的，只有这一份菠萝饭，——将菠萝挖空，里面放上紫米和花生，上锅蒸熟。香蕉蛋则是将香蕉裹了鸡蛋炸。烤鱼是将鱼剖开，里面填上菜馅，然后捆上，烤熟。这一顿饭，六个人(周和她的女儿、小裘、小郭、司机)，才用了不到九十元。

饭罢，已是八点半钟，又用车将我送回云牧大厦。

六月十日　星期四

天方蒙蒙亮时，一看表，却已是六点钟，正是北京四点半钟的样子，一直等到七点半，大街上还是静悄悄的没几个人。

到云牧大厦对面的44路车站候车，半天没有车开来。后来总算驶过一辆小面包，于是上车，坐到海埂基地。两块钱门票进到海埂公园，左侧便是望去不见涯际的滇池了。

“池”水击岸，砰訇有声，竟如同海浪。

唐樊绰《云南志》曰：“昆池在柘东城西，南北百余里，东西四十五里。水源从金马山东北来。柘东城北十数余里，官路有桥渡此，水阔二丈余，清深迅急，至碧鸡山下，为昆州，因水为名也。土蛮亦呼滇池。按今晋宁山川中，自有大池在东南，当是滇池。水不可呼池，乃蛮不能别，滇池水亦呼东昆池。”

据赵吕甫《校释》所考，“昆池本为盘龙江及桃源、海源、宝象、马料、洛龙、捞鱼、梁王、大坝、渠滥诸小河所汇”。又引全祖望《昆明池考》，谓汉武帝欲讨昆明，乃于长安西南作昆明池以习水战，彼时所谓之昆明，乃今之大理，昆明池则为洱海。今之昆明，当日是为云南府。吕甫又考当日东南之滇池，为今之抚仙湖。

但后来坐在马车上，听马车夫讲，他们当地只唤这滇池作大海，海埂这一带，则被呼作草海。后登上西山，下瞰滇池，果然水中尽是水草，斑斑块块，与九寨沟的“五花海”相似。蜀中将湖呼作海，此地又谓河作池，是不是呢？

昆明天亮得晚，人亦迟起，要将近九点钟才准备上班。公园里静寂少人。沿着“海埂”前行，左边涛声拍岸，右边绿树啼莺。中有一处名为水景园，建在八十年代，据介绍云投资颇巨。清池、石舫，亭榭、园花，是江南园林风格。

出公园后门，有一渡口。两岸相距不过十几米，一只渡船来回摆渡（两毛钱）。登岸便见十八辆马车一溜儿排开。一位马车夫很热情地拉生意，说送到登山处只要两块钱。但独个儿登山却极危险，时常有歹人出没。不如到前山公路，有车直达龙门，要十五元。经不住一番劝说，遂乘上马车。车夫段姓，极健谈，一路聊个不停。

从路旁阶梯上到公路，原来此地称作高桥。停了不少小面包，看标志牌写着最近的华亭寺距此只有二点五公里，就是最远的龙门，也不过六点二公里。于是上了车又下来，决定步行。沿公路上行，左手可瞰滇池，右手绿树葱茏，山风阵阵，虽已近午，却未觉暑热逼人。不过如今体质大不如前，在海埂公园穿行，已感到很累。此刻行不数武，便更觉不支，未及四十，竟已未老先衰。

行至华亭寺门首，先在饭铺里买了一碗紫米粥（一块钱）、一碗红油米粉（一块钱），吃下去，稍稍提起点精神。

华亭寺原是宋时大理国鄯阐侯高升智的别墅，元延祐年间建为寺。传说落成之日，白鹤翔集，故用了“华亭”之典。寺内香火颇盛，旅游品摊点散落其中，处处可以感觉到“商品意识”。

出华亭寺上行不太远，即为太华寺。此处游人颇少，尚可会得一点儿幽趣。正殿一边的院落，凿一清池，水榭、游廊、山石点缀其间，唯山石上布了数枝假花，并竖一木牌，云取景点收费若干，未免大杀风景。

再前行，为聂耳墓。墓的整体，为一琴形，墓即落在琴孔。又云七层阶梯象征七声音阶，二十三层花台象征聂耳二十三年的生命历程，这种比附与象征的设计思想，实在有些陈腐。

过聂耳墓，即龙门游览区。沿路尽是旅游品摊点，缘栏杆而设。在这一类为旅游而设的旅游点，真是很难引起游兴。龙门一带熙熙攘攘，与闹市一般。草草一览，匆匆而行。

下至太华山庄，也就乘公共汽车返回市区。终点站是火车站，却没有见到车站，也找不到44路终点站。直走出了两站地，才好不容易见到44路。乘车回到名为严家地的云牧大厦，已是下午四点钟。

洗浴之后，与今天刚刚到齐的与会者一起座谈。

六点钟吃晚饭。晚饭后一同在驻地附近散步闲聊。

从午间开始，又头疼起来，晚上加剧，只好早早入睡。

六月十一日　星期五

清晨起来，头痛未止，不得已，又吃下去痛片。

七点多钟骑车（向周鸣琦借来）出门。路上买了一个江米饭团（六毛钱，与桂林一样），算是早餐。一路东行，边行边问，九点钟到达金殿。

金殿又称铜瓦寺，明万历三十年云南军门、巡抚陈用宾首建。陈信奉道教，据云得梦吕纯阳，又受其点拨，乃仿武当山宫观而建。宫观用铜二百五十吨，为全国最大的铜建筑。

崇祯十年，张凤翮将此移至宾川鸡足山。康熙十年，又由时为平西王的吴三桂重建。又有一座永乐二十一年所铸铜钟，系从城内移来，并为之新造一钟楼。方知永乐帝为颂“靖难”之功，铸钟之风竟刮到了边地。金殿依山而建，山间林木繁盛，若无团团队队一片喧嚣之游人，当是一个清静所在。

十点钟始回返。又一路问到书林街，找到人民社的杨世光。八年未见，倒无生疏感。他虽已提升为副总编，却还朴质近人。聊了半个多小时，以散文集《爱神的微笑》一册持赠。又骑车送至路口，相互道别。

回到云牧午餐。

午后两点，往云南饭店会议厅参加《西南研究书系》首发座谈会。到会者不少，发言多为应景之辞。

会后往过桥园吃过桥米线。三楼店堂，布置得金碧交辉，却是一派傣族风光，而过桥米线并非傣家风味。厅的尽头，并设一个大舞台，一位小姐，拿着麦克风，抑扬顿挫地哇哇大叫，震得人耳膜发痒。舞台上，唱歌、跳舞、杂技、吹奏，乃至时装表演，一直折腾到饭罢。

此地过桥米线为二十五元一套（据云最高价有标到百元一套的；最便宜的五元一套）。米线端上来之前，先有一小罐汽锅鸡，食器玲珑小巧，鸡汤滋味鲜美。过桥米线的碗，大概是那一种最大号的海碗了，一层油覆着热汤，盘子里切成薄片的鸡、肉、鱿鱼及鹌鹑蛋等倒下来，果然几分钟就烫熟了。拌上米线一起吃，的确可口。无怪行前与梵澄先生通电话，先生嘱曰：“一定要吃过桥米线!”小裘告诉我,这顿饭大约每人平均要四十余元(最后得知,仍只是人均二十五元)。

六月十二日　星期六

早晨七点半钟齐集在云牧大厦门口,坐上汽车,开到对面的一家小饭铺,十个人(郭蓓、陈蜀蓉、周鸣琦、郭净、徐新建、高伟、蒋翼坤、裘志熙并司机)一人一碗面吃下去,然后上路。

出碧鸡关,过禄丰、楚雄,午间在楚雄的环城路上吃饭。七碟八碗的,倒也丰盛,一共才用了四十元。

天气时雨时晴,道路时窄时宽,时上时下,进大理界,经下关,将近九点,才到达大理古城。雨却大起来。沿着古城一条街开进来,下榻红山茶宾馆。

在拉拉餐厅晚餐。有一款夹沙乳扇,为大理特产,是用羊奶夹了豆沙炸起。余则各类荤素,费用则为午间之一倍。

虽行前向周鸣琦借了一件外套,却仍抵不住寒冷,遂在街上又买了一条蜡染的布裤(十五元)。

与郭蓓合住一间。两张床,一个床头柜,一把折叠椅,占了一方不足八平米的空间(房费十二元)。

六月十三日　星期日

早七点多钟从大理出发,冒雨趱行。过大理崇圣寺塔,未作停留。在苍山洱海间行,越过雨雾,远远看到洱海在右侧一线。再行不远,道边一块石碑闪过,上书“龙首关遗址”,这便是古时的上关了。今此名已不存。

一路上看到一伙一伙的白族妇女络绎而行,原来是到喜洲赶会。

八点多在周城吃早餐。周城有一座建于清代的歇山顶大戏台,雕梁画栋,墙壁上绘着戏剧人物。戏台前面的大理石柱上刻着一副对联:周常尚文礼乐宏模新景远;城不名武弦歌雅化庆升平。系邑人段凌云题。

戏台对面原是龙泉寺,今仅存建筑,却已经挂了老年人协会的牌子。戏台前面的广场,是两株三人合抱的大榕树,据说是村人集会的地方。在周城的街上买了一件扎染的夹衣(三十五元)。早餐一人一个喜洲粑粑,一碗甜豆花。所谓喜洲粑粑,其实就是甜发面饼,但做得松软可口。

饭后继续赶路。一点半钟到达白汉场,天已完全放晴。在白汉场食宿站吃饭。有一款菜,名鱼腥草。据云食有清热祛火之效,夹了一小根,果然腥得要命,恶心得差点儿吐出来。只有一味泡菜萝卜还可以吃得下去(这一顿四十五元)。

由此上行,经虎跳峡口,停下来看玉龙雪山。从街上穿过,在街口看到一排盛装的彝族少女齐齐整整地坐在一根木头上。原来是要到什么地方去欢送大学生,所以特意打扮起来的。在这里停车,下来和她们一起合影。

进入迪庆藏族自治州, 就可以见到沿路尽是藏族民居了,却与西藏式样不同。夹路风光迥异,草场连着远山,牛群闲步在绿的草原上,蓝蓝的天,雪白的云,间或飘来一阵阵清香,——是一片灿灿的野丁香开得正旺。在草地上疯玩了一刻,再驱车前行。迎着晚霞前行,天边不断变幻着色彩与图案,像一幅长江万里图。

七点钟在小中甸的玉龙餐馆晚饭。老板娘是河南籍，曾在北大荒闯荡八年，最后来到此地“扎根”。她说，喜欢这里不冷不热的气候。饭菜差不多都是一样的：炒土豆片、炒豆腐菜（绿色的，像豌豆苗）、鸡蛋炒韭菜及肚丝、猪头肉一类（这一顿费五十元）。

八点半钟吃完饭，再行不多时，便到了中甸。宿迪庆州人民政府招待所，四人间，每张床位四元。

六月十四日　星期一

早七点钟吃饭，一人一碗米线（或面条）。车又去加油，等候了将近半小时，八点多钟才出发。

上到山上，就起了雾。在云雾中穿行，路下方的树在蒙蒙轻雾中隐现。行未久，天渐放晴，太阳出来，竟是大晴了。看到绿树丛中漫山的杜鹃花。再行，又可见雪山峰巅远远地在阳光下泛着耀眼的白色。绕过一座山，从山丫口上下望，正是山间一瀑清溪（冲波河）与浑黄厚重的金沙江水汇合在一处，一刹间清就被浊吞没了。江与伏龙桥的那一边，就是四川。

尼西建有一座白塔，是一九八八年为班禅到迪庆自治州视察而建。据说一天摩顶五千多人。夹江的一座座山峰尽皆荒山秃岭，干热河谷。下了一个漫长的大坡，（有十几公里？）才见一片葱绿中掩映的房屋，镇名奔子栏（藏语吉祥如意的地方）。

在街上的兴隆餐馆午饭，荤菜一律三元，素菜一律两元（费二十八元）。在附近买了一顶扎染布帽。

一点四十分饭罢启程。方行不远，郭净就大叫起来："看雪山是一定要买墨镜的！"于是又掉头折回去买墨镜。

再翻过几道山梁，远远见到一片寺院：东竹林大寺。两山之间悬一条绳，上面挂满了各种各样的吉祥符。几个年轻喇嘛在寺前高坡的水池边洗涮说笑，寺里却静静的不见人。正殿前廊画满了壁画，里面锁着，隔窗看见供着的有一幅班禅像。一直上到寺顶，——眼前唯有蓝天白云下的宝瓶和鹿。殿前一进大院落，对面一巨幅壁画。

走过几重不生草木的荒岭，就是郁郁葱葱的青山了。但靠近公路的一边，砍伐得很惨，有几面坡几乎是一扫光。太子雪山（梅里雪山，据云梅里是藏语太子）在群峰的簇拥中，反射着太阳的光亮。草地上开着各种各样的花，牛在其间漫步，撒下一串一串的牛铃。

五点半钟到达德钦（昇平镇）。德钦在几年前还是一个十分封闭的地方，现在一年中也只有半年能通车，八九月以后，就大雪封山了。

在交通厅食堂吃饭（费五十余元）。

宿县政府招待所，却上上下下未设一个厕所。两人间，每人六元。

旁边一所梅里宾馆，修建得十分富丽，据说是为日本登山队来这里登梅里雪山而建的。已有两批十七人丧生，十五人是日本人，两人是藏族人。宾馆目前没有人住，每个床位十元，两人间二十元。

饭馆旁边的一家小店铺，一位藏族姑娘长得非常漂亮，郭蓓过去和她攀谈。十七岁，正在上高中，没有出过德钦。徐新建提议到她家里去坐一坐，她说家在三公里以外呢。于是又到她的伙伴，即开百货店的姑娘家去喝酥油茶。她住的是县政府宿舍，在电炉上烧茶水，烧开后倒入竹筒，再放进酥油、奶粉（代替牛奶），一起舂。糌粑，即炒玉米面。

又在街上买了两个镀铜的酒杯和茶碗。

六月十五日　星期二

早六点半钟仍在交通厅吃饭，一人一碗面条。

七点十分出发，返回中甸。一路上的风光景致与昨日所见又有许多不同。初升的太阳照耀在太子雪山上，白云缭绕。太子雪山的冰川一直垂落到雪线以下，这是很奇特的。

再行，越过几道山梁，有两座山峰与众不同。下车。越过长着狼毒的沼泽，爬上一个雪坡，眼前散落着藏民的帐篷，人们在山坡上挤牛奶，牛铃叮叮咚咚响成一片，好听极了。山坡上挺拔的松树映在蓝天上。

一点半到奔子栏，仍在兴隆吃饭。

五点半回到中甸，仍宿州招待所。洗涮毕，上街吃饭。

六月十六日　星期三

早七点钟吃饭，仍是一人一碗面条。没吃面条，去街上买了发面饼来吃。

往归化寺（噶丹赞布、赞布林寺，藏语：三神憩息的地方）。明代已有十寺。康熙十八年五世达赖喇嘛奏请清廷敕建。前有拉措央姆湖，后依佛屏山，仿布达拉宫形式，周有墙垣，占地五百亩，为康藏名寺十三林之一。“文革”被毁，后逐渐修复，但远未能复原。为开辟草场，湖水被引走，据说风水走失是此寺衰败的原因。

寺里有一个密宗堂，两个喇嘛在里面坐守一年，不出门。一个念经，一个用糌粑和酥油做供品。念经的一位，汉话讲得很好。对面的壁画画着各种动物，熊、牛、狗、鸟、蝎子、蜈蚣，等等。喇嘛说，这些内容，所念的经中都要念到，看着念，就不会念错。

大家重新讨论行动方案，决定放弃丽江，去碧塔海。

午间在招待所旁边一家四川人开的晓晓餐馆吃饭。

有两个藏族乞丐大摇大摆进来乞讨，然后傲然坐下就餐。郭净说，藏族不少人把全部积蓄捐给寺院，然后去讨饭。这两位没有一点猥琐的样子，吃完饭把碗用舌头舔干净，然后揣到怀里。戴着用面具做的帽子，面具叫做“阿弥陀佛”。问他什么叫作“阿弥陀佛”，他不会讲，就手舞足蹈边跳边唱。

小裘请司机去喝酒，八个人在这里吃饭（费三十九元）。饭后在康奔民族商店买了一个木鼻烟盒（六块五）。

又逛老城。新城建起，老城渐废。不少房屋已失修（藏式建筑）。

与周、徐、陈随着郭净，一行五人去访松秀清。松往小中甸的热水塘洗澡，父亲在家，领我们上楼。楼前拴着狗，叫得又凶又狠。此是一所典型的藏族民居，宽敞、阴凉。

一会儿媳妇回来，为我们打酥油茶，味道很纯正。

继往藏经堂。现在的管事曾经当过三次管事。做管事一年要花一千多块(后来则三千多块)。他点起酥油灯,为我们讲壁画。

壁画所绘有藏族财神,藏族财神是分文武的。四尊佛像,颜色的红、白、黄、青,分别代表东、南、西、北。一尊骑着骡子的神,下边是红色的海。为什么是红色的呢?“世界经历了天翻地覆的变化,里面流着人的血,是万千生命的尸骨和血。”

正殿供的是千手千眼的观音。上面一层是如来,周围的一圈又是二十一尊观音。

此外还有一个展览:没有共产党就没有新中国。前不久文化厅召开了座谈会,要恢复佛像,管事挥着手说。

藏经堂对面是一眼泉,——全镇的水源。泉水上方一面坡,一溜台阶修上去,也是一个小寺。

红卫小学的一群小姑娘叽叽喳喳跑上来,趴在佛像下磕头,然后又嘻嘻哈哈跑下去。等我们下来时,要求我们照张相。很有礼貌地说“谢谢”“再见”,可爱极了。

继往管事家小坐。也是一所藏族民居,中柱上贴着“中柱吉祥”的红幅。经堂是单设的一间,除了贴在壁间的佛像,还收集了一卷一卷的各种佛像。所供佛像的下面一圈,绘着八宝,中间一幅图案,是八宝合一(整个形状是一个宝瓶)。这是经堂里才可以这样的。别的地方只能将八宝分别画。

仍在晓晓晚饭。

饭后,郭净带领访四川甘孜某寺的一位小活佛(白玛塔青,二十一岁）。适逢他往宾川鸡足山做法事，开门的是活佛的妻子。岳父、岳母皆在。已经有了一个五岁的小女孩。岳父爽朗、健谈，把我们领到活佛的经堂，讲了活佛的大概情况。妻子是汉族。活佛打卦打到这里，就上门来求亲。活佛忙得不得了，一个月也就有三天在家中。

卧室是经堂对面的一间，和妻子一人一张床。活佛在经堂里的时候，妻子是不能上楼来的。镇上的人排着队来请他摩顶。活佛转世，三世之后，就必须结婚了。

六月十七日　星期四

早六点四十分在晓晓吃米线，又买了二十个喜洲粑粑准备做午餐（喜洲粑粑原是两面烘烤而成：锅下边生着炭火，把饼放上去后，盖上一个生着炭火的铁盖，不过十分钟，一锅五个就做好了）。

由小裘请来的一位小姑娘做向导，七点半钟从中甸出发，直奔碧塔海。当地藏民称作“碧塔楚”。“碧塔”，即牛毛毯。楚是湖的意思。距中甸县城二十四公里。

车行近一个小时，已走了二十公里路，行进在有着一湾浅水的沟里。郭净说这河叫做月牙河，碧塔海一定在这道沟里。可一问路，原来全走错了，还得回到中甸。这一下白白走了四十多公里颠簸的土路。

九点半钟到达碧塔海的停车场。租了三匹马，十点十分开始进山。沿着林间小路上行，路旁开满了兰花及粉的、黄的、紫的，各种不知名的花，五彩缤纷。鸟声、牛铃声、溪水声，宛如天籁，仿佛只有人是这大自然中的一个不和谐音。

穿过高原牧场，又是林间小路，几次一脚踩到新鲜的牛粪上，然后这脚印就留在漫过溪水的山石旁。听说这条路很长很长，一路便在想象它的长，忽然间一片绿得令人炫目的牧场，原来草场尽头的一大片水，就是碧塔海。

经夜的草原噙着露水，草原的绿漾着清新和温润，远处的天也被浸得绿了。碧塔海就静静卧在绿色中间。暮春时节，满坡杜鹃大半凋谢，偶尔几枝从绿色中秀出，探身向水，落英就洒落在湖水里。于是有了碧塔海一景，即“杜鹃醉鱼”——水中有一种无鳞鱼，吃了飘落到水中的杜鹃花瓣，就会醺然浮在水上。但此刻却见不到鱼，更见不到鱼醉。

草草午饭。饭罢一点钟。

这里刚刚成立了碧塔海旅游开发公司，六月八日开始营业。门票五元一张，租一条船三十元（一九八七年成立了管理处，当地人都不愿意对外开放。这种开放实在是大自然的灾难，要不了三五年，这里就将面目全非了。真心疼这片好山水）。

上船，每船五人。为我们划船的是一位纳西族小伙子。

水很清，也很凉。没上船的时候，看着湖水是蓝的，浸入其中，才发现也还是绿。小伙子说，湖里不能游泳，一旦有人下水，神就会发怒，就会在这里呼风唤雨，以示惩罚。

天时雨时晴，一会儿又起风，湖上涌起小浪。划了两个小时，三点多钟开始回返。

归途再过高原牧场，原来牧场边围起的栅栏是一个奶站。

有藏民热情招呼过往的游人来喝一碗骆驼奶。盛情不可却，一行人在里面的长凳上坐成两排，一会儿，热乎乎的骆驼奶就放在面前了。喝下一碗，还问："再来一碗吗？"

似乎奶站留给大家的印象最深，坐在车里还在不断回味，一个劲赞叹藏民的淳朴和热情。一直没加入议论的徐新建终于忍不住了，他说："那奶是要钱的，一块钱一碗！""刚才我也特感动，所以离开时悄悄塞给为我们倒奶的藏族姑娘十块钱。可是一会儿她又追了上来，我站在那儿等，心里已经想好了劝她一定收下的话。没想到她说的是：'一块钱一碗，你们一共喝了十一碗！'我马上补交了欠下的一块钱，但整个感觉完全变了。"大伙儿一阵沉默。之后，换了一架天平，——"不值，不值！""这有点儿敲竹杠啦。"

的确，这个打击太大了，一种美好的东西忽然间走了味儿。不过再一想，碧塔海既然已经"开发"，除了承担生态环境遭受破坏的危险，难道还要当地百姓无私奉献，来为旅游者提供一份对淳朴的感动么？那就更不公平，更加不近情理。

七点钟回到中甸，在晓晓晚餐(费六十元)。

六月十八日　星期五

六点半钟在晓晓早餐，一人一碗米线加"帽子"(类如北京的"卤")。

七点钟出发，九点半到达虎跳峡，门票五块钱。车又开进十公里，余两公里步行。此地是大理石加工厂，其实是劳改农场。车停在采石口，分两批人走进。我和王师傅、小裘为第二批。穿过采石场一段险路，头上巨石皆是松动的。走到上虎跳的上方，过风洞，看激流砰訇，吞吐着白沫，那是雪水下流。

十二点在虎跳峡镇吃饭（费二十六元）。

一点十分开车，六点半钟到蝴蝶泉。沿着一条路走进去，两边凤尾啸啸，龙吟细细。前几日尚有一串串的蝴蝶挂在树上，形同枯叶，此刻却一只也不见。暮色中游人尽去，留下蝉声与鸟鸣。《徐霞客游记》云："泉上大树，当四月初，即发花如蛱蝶，须翅栩然，与生蝶无异；又有真蝶千万，连须钩足，自树巅倒悬而下，及于泉面。"此景今天也无法验证了。

归途看到崇圣寺塔在雨雾中背倚苍山，依稀朦胧。

进了大理古城，在下关街上吃饭，店主是白族女老板。萝卜排骨汤、洱海鱼做的砂锅豆腐鱼（费七十三块八）。

宿大理市人民政府第一招待所，每人七元。

六月十九日　星期六

霏霏细雨。

早六点半钟从下关出发，七点半钟爬过红岩坡。在坡下早餐，一人一碗饵丝（每碗一块二）。饵丝的味道有点像水磨年糕。

下午两点钟赶到楚雄。在城边一家餐馆午饭，青菜炒腊肉，青豆炒柿子椒丁，干煸洋芋丝，韭菜炒鸡蛋（费三十八块八）。

七点钟到达昆明。在城边海埂路上的云海园吃"散伙饭"——一个"为了告别的聚会"。一大盆鱼汤，炒腊肉，炒玉兰花，炒辣椒、青豆、玉米粒柿子椒三丁，炸春卷（六十余元）。

在一个夏日的黄昏，在昆明郊外的云海园，结束了这一次旅行。

入住出版社对面的工会招待所的三人间(十三元)。

将郭蓓送回家（省新闻出版局)。在她家门口的一家冷饮店,由徐新建请客,一人一份皇后冰激凌(两个冰激凌之上,浇水果罐头:梨、杨梅、樱桃、菠萝,另有一勺可可与花生,每份三块钱)。虽已是十点钟,大街上仍是一片灯火辉煌(五华大厦、百货大楼,——百货大楼门首垂下的巨帷式瀑布灯，煞是壮观),小巷里小食摊生意兴隆。

归来后蒋翼坤意外送来明日的火车票,原定去石林的计划打消。

六月廿日　星期日

晨起与徐新建同去“勘察”往大观楼的路线。

在书林街吃饵丝。

往大观楼。“五百里滇池奔来眼底”的景色,久已成过去,——围湖造田将滇池切割得七零八落。在茶楼一角远眺滇池,耳根却不得清静,电视录像搅得人不得安宁,半小时离去。

往昆明古籍书店购得数册图书。

午间在同仁街上，被汉族滇黔广风味饭馆强拉下吃饭煲(十余片香肠,一片腊肉,四分之一咸鸭蛋、青豆、土豆与米饭合煮),三元一份,苤蓝汤一碗一元。

在书林街购得三姑外婆(咸,火腿型)、三姑外公(甜,枣泥型)法式面包。

与徐新建同往裘志熙家(此公为快乐的单身贵族)。在他家看了天葬录像(全过程)。

裘、徐将我送上火车(62次)。四点二十二分驶向北京。五十四小时后,结束云南之旅。

六月廿三日　星期三

发轸昆明,迄于德钦,八个日夜,四千里路云和月,倏忽已成过去。飞驰东向的列车上,于暑热蒸腾中,方及稍稍清理思绪,发觉留下了太多的遗憾。当日曾一力主张往碧塔海,此际想来,放弃丽江,又实在可惜。不知何时能有"下次"?按照唐代的版图,此一线正是鄯阐府—阳苴咩城—邆川赕—剑川城—铁桥城—聿赍城。再翻过一道山,便是吐蕃之城了。一日驱车数百里,较之徐霞客的尺履行艰,该算得"先进";但所经所历,却不及徐之万一,可知实在是落其后也。

往编辑部,信、稿盈案。

午间与吴、沈、郝同往新侨,一人一菜,另凉菜三款,饮料若干,即费去百余元。与云南的食品物价,简直无法相比。

午后接陈四益电话,催"脂麻"稿,只好先放下这一段云南情思。

此一行归来,又黑又瘦(掉了四斤肉)。但在途时精力旺盛非常,一进家门,便觉疲劳,懒散不堪。

六月廿四日　星期四　端午节

往社科院,通知明日开会人选。

到社科书店转一遭,一下子对有关西南的书有了特别的兴趣。

午后睡了一小时,晚间仍觉困乏。

六月廿五日　星期五

租人民出版社会议室(八十元),召开一个小型座谈会(讨论《读书》怎么办——是否面临危机)。陈平原、赵一凡、葛兆光、陆建德、郑也夫、雷颐、张宇燕、张曙光、韦遨宇与会,午饭设在咸亨,未往。

六月廿六日　星期六

往编辑部。

往琉璃厂,为吴兴文购书。

六月廿七日　星期日

作“脂麻·二谢”中之《大谢》。

带小航到儿科所看病(支气管炎,哮喘)。

六月廿八日　星期一

雨。

往编辑部,处理初校样补白。

将《大谢》完成。

六月廿九日　星期二

往编辑部。

读《谢宣城集校注》。

偶翻八四年日记记内蒙采风事,事隔九年,往事依稀,真有“逝水如斯”之感。

六月卅日　星期三

往编辑部,处理初校样。

昨接梵澄先生电话，约我今天去吃鸡。答曰：去是一定要去的，但鸡不吃了。午后乃如约前往。

说起陈寅恪的诗，我说，总觉得一派悲慨愤懑之气，发为满纸牢骚。

先生说，精神之形成，吸纳于外。以寅恪之祖、之父的生平遭际，以寅恪所生活的时代，不免悲苦、愤慨集于一身，而痛恨政治。世代虽变，但人性难变。故所痛所恨之世态人情依然。寅恪不满于国民党，亦不满于共产党，也在情理之中。其诗作却大逊于乃父。缘其入手低，——未取法于魏晋，却入手于唐。又有观京剧等作，亦觉格低。幸而其学术能立，否则，仅凭诗，未足以立也。

先生说，他与寅恪原是相熟的，并特别得其称赏。后来先生听说他作了《柳如是别传》，很摇头。以后也没有再来往。

七月一日　星期四

往编辑部。

爸爸来京办案，先往住所和平里探望。午间爸爸又来家，饭后小坐，便辞去。

七月二日　星期五

作《小谢》。

七月三日　星期六

往编辑部。

读南诏史之类。

七月四日　星期日

爸爸来，与志仁谈“政治”，观点颇多分歧。午饭后，小憩，遂别去。

七月五日　星期一

一夜雨。

往编辑部。

七月六日　星期二

往编辑部。

工资改革,被定为 B 类。

接上海书店出版社王海浩信,约《脂麻通鉴》稿。

七月七日　星期三

一夜雨。

读书一日(《魏晋南北朝史》)。

七月八日　星期四

往社科院,访刘文飞、叶秀山等。

读《秦汉官制史》。

七月九日　星期五

往编辑部。

陈乐民夫妇邀饭(沈、吴、倪并往)。饭菜比较简单,但味道很好。肉末榨菜拌凉面、肉丝炒青椒、葱油鸡、糖醋排骨、糖拌黄瓜皮、鸡汤冬瓜。从五点钟坐到九点多钟,聊得很尽兴,却也疲累不堪。

七月十日　星期六

往编辑部。

给李伊白送去三校样。

七月十一日　星期日

阅校样。

读《汉书》。

七月十二日　星期一

往编辑部。

午后微雨。杨成凯送稿来。

七月十三日　星期二

往编辑部，做发稿准备。

读《汉书》。

七月十四日　星期三

往编辑部，发稿。

午后郑逸文来，坐聊一下午。

七月十五日　星期四

往编辑部。

午间与沈、吴请郑逸文在美尼姆斯吃西餐，算是接风。沙拉、猪排、蜗牛汤之类，费一百余元。听郑讲《读书周报》里的种种故事。

饭罢，落雨，冒雨而归。

七月十六日　星期五

志仁一早往唐山（秦皇岛、北戴河、乐亭、石臼坨）。本欲一同前往，终于没有去。

往编辑部。

到资料室借书。当值者催还旧账，遂归家取书，送还。

老沈打电话来,云陈原先生的夫人因脑溢血去世。

黄昏又雨,雨后天中现彩虹。

七月十七日　星期六

往琉璃厂。在机关服务部盘桓半日,拣得数册。

黄昏雨。

七月十八日　星期日　初伏

读杨鸿年《汉魏制度丛考》。

连日来,日日几点黄昏雨。

七月十九日　星期一

往编辑部。

在灯市口古籍书店购得陈直《汉书新证》。原价一块五毛二,"处理"价三元,此地售书,一贯如此,且往往挖掉原价。

七月廿日　星期二

往编辑部。

继往琉璃厂、中华书局。

负翁写我的那一篇文字在《作家》第七期刊出。老沈读了,说没有写好。并说:要是我写,题目就作"不解风情"。开篇先讲这一"典故"的来历(原是老板对杨丽华讲起),再讲何谓"风情",落笔则在"善解风情"。不过是老板不解而已。如此等等。

七月廿一日　星期三

往编辑部。

赵健雄过访。

又蒙谷林先生以插架之《汉书新解》《史记新解》持赠。《汉书新解》扉页并缀以蝇头细楷。细述缘由，捧之令人感念不已。

晚间看京剧(人民剧场的现场直播)《珠帘寨》，中国京剧院青年团演出。这是一出多年不曾排演的戏，内容实在有些庸俗，但唱腔很不错。

七月廿二日　星期四

往社科院。访叶秀山，访杨成凯(退稿)。

与志仁一起在总工会礼堂看电影《霸王别姬》。三位主角：张丰毅、张国荣、巩俐。二张非常出色，巩俐平平。

七月廿三日　星期五

往编辑部。

读两汉制度史。

七月廿六日　星期一

往编辑部。

往人教社，为负翁送去邮件。过中华门市。

七月廿七日　星期二

往编辑部，阅初校样。

读《后汉书》马蔡传。

连日凉爽，最高温度二十八度。

七月廿八日　星期三

往编辑部。

过中华门市。

与老沈往和平宾馆访吴兴文，取回代购之《国立中央图书馆善本题跋真迹》。

七月廿九日　星期四

往编辑部，处理初校样。

作“脂麻·儒生三传”，颇苦。

七月卅日　星期五

访梵澄先生，未遇（住院，做例行检查）。

往编辑部。

将“脂麻”写竟。

七月卅一日　星期六

往编辑部。

读《通鉴》。

八月一日　星期日

看德国电视剧《蓝天无垠》。一位七十五岁的老太太，守着自己的园宅，过着自由而快乐的日子。忽然有一天，汉斯航空公司要买下这片地，扩建他们的机场。这位夏洛特说什么也不肯卖。最后公司的一个小伙子硬拉着她坐头等舱旅行了一回，努力说服她答应了交换条件：给她两张永久免费乘坐汉斯公司头等舱的飞机票。就在这无垠的蓝天，老太婆有了一系列的奇遇。电视拍得好，演员演得好，这也不必说了；唯那两张免费通行机票简直令人羡慕得发疯！

八月二日　星期一

往编辑部。

郝建中送来印泥和“扬之水”印。

晚间王有布过访，坐谈两小时。

八月三日　星期二

往编辑部。

读《两汉博闻》。

今始大热。

八月四日　星期三

往琉璃厂，购得吴待秋梅花信笺一种，青田石章一枚（六十元）。

构思《禅让》篇。

八月五日　星期四

往编辑部。

往社科院，将《蔡中郎集》送还。

《禅让》篇成。

八月六日　星期五

往编辑部。

午间往新近开业的宾华法国快餐美食屋，请郑逸文吃饭，老沈作陪。一人一份法式套餐（潜水艇夹肉面包、一小碗汤、一小碗沙拉，十一元），另有几款小点心，加饮料，共六十一元。

八月七日　星期六

立秋（二十点十八分）。

两番往返北京站接妈妈（正点五点四十五分，晚点一个半小时）。北京站脏乱不堪，简直像难民营。

午后将妈妈送到外婆家，并在那里吃晚饭。

八月八日　星期日

为小凯上武警学院事折腾半日。午后又乘出租车将他的体检表亲自送往大兴宾馆。司机姓王，是天成出租汽车公司的。一路上一个劲儿抱怨现在的钱越来越不好赚，一个月比一个月糟糕，“每天一睁眼，就欠人家一百二十块钱。别说自个儿剩多少，就这一百二都赚不出来”，今天碰上我，却是运气。一个半小时，干跑公里数了，又都是宽敞的通衢。这一趟下来，九十一块。

八月九日　星期一

往编辑部，阅稿。

终于将文物出版社的说明抄毕。

读唐鲁孙的《老古董》。唐氏原籍长白，寄籍北平，又云是珍妃的侄孙。满族世家，是旗人中的“奇人”。对满族清宫大内的事物如数家珍，而大半是亲身经历，故将来龙去脉讲得详详细细。

八月十日　星期二

往编辑部。

访负翁，为吴兴文讨得《琐话》和《续话》。

到文物出版社，给任乾星送去抄好的说明。

八月十一日　星期三

往编辑部。

午间晓蓉做东，请编辑部几位在咸亨吃饭，郝德华、蒋原伦同往。只吃了一些明虾和几块炸响铃（豆腐皮卷肉，然后油炸）。

八月十二日　星期四

往编辑部。

午后杨成凯过访。

傍晚外婆来,硬将三千元抚恤金的存折交到我手里。

全家乘出租车往美尼姆斯吃西餐，五人费一百八十五元。现在对西餐的兴趣也已大减。这一回,真是舍命陪君子。

八月十三日　星期五

往编辑部,做发稿准备。阅三校样。

八月十四日　星期六

往编辑部,发稿。

杨丽华原约定上午来,赵一凡、郑逸文、朱伟皆闻讯至。候至十一点,杨打电话说,因堵车过不来,容再约。

午间请各位往宾华。先往赵大夫处,归来已两点多钟。过宾华,见诸君仍坐在那里等老沈(沈往北大参加汤用彤诞生一百周年纪念会),遂进去吃了两块蛋糕。候至三点钟,沈终不至,乃散去。

八月十五日　星期日

往东安市场买冰箱。

仍读唐鲁孙几种。

八月十六日　星期一

往编辑部。

读《秦汉赋役制度研究》。

八月十七日　星期二

往编辑部。

午间往北京站接陈四益(陆灏带来的书)。

接到葛剑雄寄赠的《中国人口发展史》,一气读竟。

与其说对那一串串经过坚苦卓绝披沙简金而析出的数字感兴趣,倒不如说,是对那数字后面的东西——这更需要擘肌析理的史识与史见方可将之揭出——感兴趣。“书面制度与实际制度的差异”一节,尤觉深湛。也许可以说,这部著述的科学精神,很大一部分就体现在揭示这一差异的努力之中。

近年读史,最深的感受就是文字的历史与实际的历史之间的巨大差异。后者已是逝水,难以捕捉;但将前者作正、反两面读,是否还可以找到一点点真实的痕迹呢?

八月十八日　星期三

往编辑部。

访吴方(为陆灏的书结账)。

午间郑逸文来。

八月十九日　星期四

往编辑部。

在资料室查书。

读《中国封建土地关系发展史》(樊树志)。

傍晚雷阵雨,雷声挟着闪电,很是热闹。

八月廿一日　星期六

往编辑部。

仍往资料室。

读《中国古代籍帐研究》(池田温)。

午后大雨。风借雨势,雨凭风威,好是一阵。

八月廿二日　星期日

往编辑部。

打包(湖南科技“第一推动力丛书”)。

读《均田制的研究》(堀敏一)。

八月廿三日　星期一

雨,半日方止。

冒雨往文物出版社。将说明改写两字。取回图录第九及《南诏大理文物》。

八月廿四日　星期二

往编辑部。

游智化寺,参观王沼藏石与印钮展览。

盛宁来家送稿。

八月廿五日　星期三

请妈妈到崇文门饭店楼中园吃早茶。此间价高货劣,品种也少得可怜(费六十七元)

逛琉璃厂,购得信笺三种。

午后在宾华办读书服务日。在烟雾弥漫中煎熬三个多小时,疲累不堪。

八月廿六日　星期四

梵澄入院检查近一月,今晨打电话来,“报告”出院。于是登门拜候。

检查结果,大体正常。只是前时患脚痛,原来是受腰椎神经压迫。经吃药、理疗,已愈。

继往编辑部。李晓晶来,将明年广告事谈妥。

八月廿七日　星期五

往编辑部。

初校样来,整理补白。

八月廿八日　星期六

往编辑部,将老沈增删过的校样再重理一遍。

午后过吴方,为小航借得一部武侠小说。

八月廿九日　星期日

读书一日。

八月卅日　星期一

往编辑部,处理初校样。

午后再往。江苏出版总社《书与人》杂志金海峰来。

八月卅一日　星期二

往社科院,访钱满素、陆建德。

堂舅(叔公之子)从美国来,宿外婆处。外婆特设家宴请家人小聚。饭罢与志仁同往小舅舅新近开业的新新书店。

九月一日　星期三

送还吴方所借之书。

往编辑部。

接到胡仲直从美国寄来的信,——其实不是信, 而是一份"华夏文摘"。上面有刘健、杜涌涛写的《寂寞是品》(原刊《中国青年报》),是介绍《读书》的,其中提到了我。

胡在有关的段落旁加了批语。如在提到我的地方旁批云:

一九六一至一九六六东华门小学一一班至五一班？官至“两道杠”？好像是“学习委员”。在编辑部地址旁写道：since 1966，二十多年才发现你的下落。

——读此，令人想起多少往事。小学同学中，能够知道下落的，已经很少很少了。

晚间请一雄在西便门的全聚德烤鸭店吃饭。本来外婆要做东的，但会账时，志仁抢先付了款（每人五十元标准，按九个人订的，加酒水共四百八十五元）。主菜之先，配菜已很丰富：鸭肝、鸭翅、芥茉鸭掌；螺丝虾、龙凤球、炒鲜贝；乌鱼蛋汤，这一类吃下去，就已超过平日餐量，烤鸭便一口没吃。

九月二日　星期四

往编辑部。

读纪实小说《崛起》之三《邓小平在一九七六》。

九月三日　星期五

读薄一波《若干重大决策与事件的回顾》。

午后往永外参加党员会（传达反腐败文件）。

九月四日　星期六

与妈妈一起到王府井，照相、买衣服。

仍读薄著。

九月五日　星期日

读《剑桥中华人民共和国史》。

午后范景中过访，从一点聊到五点。

九月六日　星期一

往编辑部。

午间一行人（马、郝、沈、贾、吴）往宾华，为我做生日。老沈又特别订了一个栗子蛋糕。

九月七日　星期二

往清华，访何兆武先生，送我一册李约瑟《中国科技史》第二卷，几年通信交往，今日是第一次见面，先生谈锋甚健。

访陈志华先生，不遇。

继往金先生处，以《金克木小品》一册持赠。虽口称不行了不行了，且说话已经觉得中气不足，但仍一聊起来就收不住。他说是一看见我才这样的，“你一走，就又不行了”。又交下三篇稿子。

往编辑部，收到王泗原先生寄赠的《贞石山房奏议》《贞石山房诗钞》，及《王礼锡诗文集》。前两种，作者王邦玺，是王先生的祖父，王礼锡的曾祖父。

今日白露。

九月八日　星期三

夜雨。

往文化宫古都文物博览会。旧货市场琳琅满目，珠玉杂陈，但不辨真伪。

午后往编辑部。

九月九日　星期四

读《通鉴》汉武帝卷。

九月十日　星期五

往编辑部。

读《通鉴》。

九月十一日　星期六

往编辑部,阅三校样。

九月十二日　星期日

小航被志仁传染了感冒,今见加重。上午对他好一番动员,才说动他自己去往儿科所看病。只是忘记交代保留发票,便损失了药费四十多元。下午开始发烧,于是让志仁抄了“小儿退烧良药”的方子去抓药。百草、东单两家药店都配不齐。志仁又往同仁堂,七点半钟取回。煎的时候,发现错了,——他抄方子时,正在看电视,心不在焉抄了另一味。于是再次赶往同仁堂。归途在祥泰义配干枣,遇郭凤芝。已是十四年没有见面了,她却并无大变。

九月十三日　星期一

夜间小航又大吐,清早起来赶洗被褥。

往编辑部,发稿、处理校样。

九月十四日　星期二

读《汉书》。

午后往编辑部,发稿。

九月十五日　星期三

往编辑部。

吴兴文带来大地出版社的唐鲁孙十二种。

晚间看中央台的现场直播。天津京剧院三团的折子戏:李经文主演《宇宙锋》、张幼麟主演《铁公鸡》。张的武功身手不凡,近年少见。

九月十六日　星期四

今岁夏不热,秋热。立秋过了,处暑过了,白露过了,展眼已是八月朔,将及秋分,仍是暑热不退。庭院中的合欢,年年粉盈盈、袅袅婷婷开一长夏,今年却止绿叶婆娑,花香早殒。即窗外的柿树,也觉果实寥寥。

访梵澄先生。送去《周天集》续集打印稿(由郝德华联络新华厂,价一百五十元照排完成)。先生新近购置一张硬木大写字台(九百元),安放在卧室对面的正中央。原来靠墙的一张床处理掉了。台子上铺一方画毡,可以比较舒心地写字作画了。说到午间要为家母做生日,先生立即拿出一盒花旗参,说是“送给你的母亲”。又说有人带给他一盒云南月饼,拣出一块,硬塞给我尝新。

想写一篇纪念冯至的文章, 因此又讲述了一段往事,——四十年代在重庆,《苏鲁支语录》方出版,有一位名人在报纸上写文章,道某某处译错了。于是冯至站出来同他理论。笔墨官司打了半年。时先生适在乡下,对此一无所知。待回到重庆,此已成陈案(以冯的胜利而结束)。先生感慨言道:“此即朋友之为朋友也。”便想到郭沫若在《李白与杜甫》中抨击冯至的《杜甫传》,遂欲拿来做个题目。

十点十五分在隆福大厦门前与妈妈碰面。买了毛线之后(她要给我织一件毛背心),即往宾华。各要了一份快餐,吃得很惬意,可谓经济实惠(费二十八块六,点心两款,加汤一份在内)。

午后往琉璃厂书市。新印线装古籍大幅度降价,中国书店近年新书多为半价。

读唐鲁孙。

九月十七日　星期五

昨日黄昏一场秋雨,晨起顿觉溽暑阑而清商至。虽络纬悲啼,蟋蟀宵征当伴白露斯零,但清风之下,耳畔唯有鸟鸣。秋阳融融,持唐鲁孙一册窗下展读,好不快哉!

九月十八日　星期六

上午在北京饭店贵宾楼为湖南科技出版社办"第一推动丛书"研讨会,从七点多钟直忙到近十二点。

仍读唐鲁孙。

九月十九日　星期日

往定福庄煤炭干部学院访邓云乡。

午后往朝内,给老沈送去吴兴文的藏书票。

往宾华为爷爷的生日预订栗子蛋糕。

着手做《读书》的总索引。

九月廿日　星期一

往琉璃厂书市。

读《汉书》。

九月廿一日　星期二

往编辑部。

读《汉书》。

九月廿二日　星期三

往王世襄先生家，看他的两部新著：《说葫芦》和《蟋蟀谱集成》（先生外出）。《说葫芦》印制得极精美，但售价令人不敢问津（港币八百九十元）。

往编辑部。

薛正强来，午间请编辑部一行往新近开业的雪苑酒家吃饭。路遇包遵信，召同往。此间是上海风味，并设城隍庙小吃，出自由城隍庙请来的特级厨师之手。小笼包、青菜香菇包、三丝眉毛酥、萝卜丝饼，俱佳。只是萝卜丝饼不够含蓄（不及附近的紫城）：太油腻，一咬一口萝卜丝。据唐鲁孙言，做这一类饼，要用陈年猪油起酥，甚至有用窖藏三十年的。如今恐怕早失此法了。凉菜：盐水鸭、糟凤翼。热菜：腰果鸡丁、炒鳝糊、金腿荷兰豆、豆腐煲、炖牛筋。包的模样未大变，只是胖了一圈，但明显感到尽失昔年锐气。

九月廿三日　星期四

往编辑部。

读《通鉴》西汉之部。

今夜半之后，两点十五分，宣布二〇〇〇年奥运会申办城市结果。等不到那么晚，便先睡下。三点钟醒来，外面一片寂静，知道北京一定落选了。打开电视，正好在讲各轮投票结果，北京一直领先于悉尼，在第四轮中，以两票之差败北。

第×轮	北京	悉尼
一	32	30

二	37	30
三	40	37(一名至此弃权)
四	43	45

九月廿四日　星期五

读书一日。

九月廿五日　星期六

往编辑部,讨论明年封面。老沈又无端发脾气,遂也不客气。午后打电话来道歉,也就算了。

九月廿六日　星期日

读《史记》。

九月廿七日　星期一

往编辑部。

午间杨成凯来取《词学》。

仍读《史记》。

一日大风。

九月廿八日　星期二

往编辑部,处理初校样,退厂。

午前觉头晕,向老沈讨月饼吃。老沈拿出台湾王振邦委托京伦饭店定制并送上门来的月饼,与郝德华一同分食。不意归来头痛更甚,且恶心不止,将所食尽吐了出来。躺了一下午,仍不觉好。

九月廿九日　星期三

晨起仍觉头沉沉的。

老沈请了民工来搬迁办公室里的书，编辑部几个人做“监工”。吴彬来为我抓痧。她引了《红楼梦》中的话说：凤姐头疼，刘姥姥来，捣了一阵鬼，便觉略略好些。

午间郑逸文来。一起往雪苑，为老沈做寿，沈一亦来。加老马、郝德华，共八人。老沈点菜。凉菜：糟凤翼、爆鱼（即熏鱼）、白切肉。热菜：扣三丝、腐乳肉、糟滑水、糖醋藕丝、红焖圈子（猪直肠）、鸡骨酱、鸡丝鱼肚、大汤黄鱼。共费五百九十五元。扣三丝、鱼肚，大概是这里的拿手菜。不过我只觉得腐乳肉极为出色：碧绿的油菜垫底，鲜红的肘子肉在上，香腴而不腻。

九月卅日　星期四

往编辑部。

清理昨天搬迁了部分图书之后的现场。

报出差计划。草写关于明年封面的报告。

十月一日　星期五

清晨，十二只蓝尾巴的大喜鹊（也许是六对）落在窗外的树枝上，像是一次不寻常的聚会。几起几落，约五分钟后散去。

与妈妈、小航往外婆家。经天安门，简直快成了人粥。看地下过街道的阶梯上，人头攒动，形成一上一下两道黑流。广场花坛组的一行大字是：“学习邓小平建设中国特色社会主义的理论。”此句既啰嗦，又不通。不知是谁策划的。

小舅舅已在，昆华叔叔也来了。数年未见，他仍然是那副样子，一点儿没变。我说：“你是生物界一大奇观。”

十月二日　星期六

陪妈妈游智化寺。

与小航往赵大夫处。

将"新证"、"窥管"与《汉书》合读。

十月三日　星期日

读书一日。

十月四日　星期一

往编辑部,做发稿准备。

打印《读书》宣传资料,拟携往南宁。

读《汉书》。

十月五日　星期二

往编辑部。

往中华访张力伟。

十月六日　星期三

从吴方家取得周劭先生所赠《名联趣谈》(梁羽生著)。

往编辑部。忙发稿事,又一起讨论明年准备做的几件事,如编选读书文丛,读书精华等。

傍晚再往编辑部,从郝处为妈妈取得火车票。再往东单邮局打电报。

东安市场从十月四号起停业,由中日合资重新建造。吉祥戏院也从此结束了它的历史。前不久曾举办了一场最后的演出,是骆玉笙的京韵大鼓。

儿时的多少回忆同东安市场联系在一起,丰盛公的奶油炸糕，吉祥的戏，外婆留给我的怀念，差不多都同东安市场有关。节前妈妈曾往丰盛公买奶油炸糕。虽然这家老字号的小店已是一片萧条，只有炸糕、豆包、莲子粥三种小吃，但毕竟还是吃到了货真价实的奶油炸糕（由昔年两毛四一份涨为一块钱一份）。当时却还不知道这已是最后一次。

十月七日　星期四

和熊娃子一起，将妈妈送上火车。车是十点四十分开，待一切安顿好，才十点五分，妈妈说："你最怕站，先回去吧！"

妈妈这一次来，似有很大改变，很能够体谅人、体贴人。整整两个月，她说，是一段很充实很有收获的时光。

归途遇陆建德，他正要到编辑部给我送稿子。大街上站着聊了一会儿，见他谈兴犹浓，便邀其往家中小坐。谈至十二点，辞去。

午后往社科院参加意大利文学丛书的新书发布会。坐了半个小时，就溜出来了。

往编辑部。画"品书录"版式，处理信件。

十月八日　星期五

访梵澄先生。送去代购的《法言义疏》及代借的《李白与杜甫》。

为我倒了一杯"倒转咖啡"。他说这是德语的叫法，——平常都是多量的咖啡，少量的牛奶；而这是多量的牛奶，少量的咖啡。

商量编选一本《母亲的话》。"母亲"是室利阿罗频多的助手。后者办了修道院，后由“母亲”接过。“母亲”是贵族出身，名叫米拉（其实也还不是真名实姓）。哥哥是阿尔及利亚的总统。先生说：“她厉害得很啊！”——我在地板上睡觉，左肩着了风湿，胳膊抬不起来，到医院问诊，也没有效果。过不久，牙也疼起来。有一天早上，在院子里与“母亲”相遇，合掌打过招呼之后，各自走路。忽然“母亲”猛地一回头，瞪了我一眼，一道目光射过来。回去之后，牙也不痛了，臂也不痛了，竟这样奇迹般地好了。“这目光是一种力，一种巨大的精神之力。”

临别，又塞给我一盒月饼，一个桔子。

午后往编辑部。老沈与吴彬陪台湾诚品书屋的郑至慧、王瑞香在豆花庄午饭。本来约定饭后由我陪她们去琉璃厂的，但在老沈的办公室里坐聊了三个小时，时间也就错过去了。

十月九日　星期六

往编辑部，在出版社大门口巧遇杨丽华。她是到人民文学出版社来访友的。一别三载，却恍如昨日。

吴彬说，人生聚散，不过如此。比如你吧，如果走了，也许三天之内我还会想一想。三天之后，也就淡然。多少年之后再见，也不过一笑罢了。

晚十一点，志仁将我送到车站，乘十一点二十三分的5次特快往南宁。

十月十一日　星期一

十二点四十五分到达南宁。

这一次三十八小时的旅途，格外难熬。昨日午后，又无端地头疼起来。晚餐吃下一块莲蓉蛋黄月饼,喝了半杯白开水,头疼便加剧。躺倒在床上,更恶心起来,爬起来大吐。今晨方觉略略好些。早餐吃了一盒快餐面,三元;午餐盒饭,几片猪肝,几条白菜,五元。南宁最高温度三十一度。

出了火车站,就见到来接站的广西教育社的赵汝明。住广西军区桃源饭店。

洗涮之后,去找张潜。到会上与各教育社总编室的同志见面,散发了《读书》。

然后由广西教育社的李人凡陪同,与山东、安徽、吉林、辽宁、天津几家出版社的社长同往青秀山。据李人凡介绍说,此山在抗战期间被破坏,新中国成立后由省直机关干部一棵一棵把树栽起来,才变得郁郁葱葱,成为南宁一景。山上的亭、塔、楼阁,皆是新造。一座香火很盛的三宝堂,也是近年修复的。据说年代古老,已难考其源始。三宝堂前有两丛粗壮的罗汉竹。在三宝堂门口的小摊上,李人凡买了两个菠萝,由卖主削好,一人一牙儿。南宁的菠萝,卖六毛钱一斤。青秀山的周围,都是菠萝田。站在山上,可以看到一弯邕江,斜穿南宁。

五点半归来,在餐厅吃饭。饭后,潘勤带着社里的会计来收费,说会务费六百元,住宿四百二十元,共一千零二十元!天哪,一共才带了六百元,这真是没有想到的事儿。于是找到张潜,表示不参加东兴—北海之旅了。

十月十二日　星期二

早起同蒙子良、姜淳告别后,七点钟从桃源宾馆门口乘2

路车往火车站。在火车站旁的汽车站，购得七点五十分开往凭祥的车票，八点钟开车。道路很好，全不似昨天李人凡所讲的那样。

十二点二十分到达宁明县城。汉雍鸡县地，属郁林郡(元鼎六年，武帝平南越，设九郡)。乘上一辆人力三轮，走到中途，开过来一辆小“嘣嘣”，他收了我一块钱，就将我移交了。车上坐着一男一女，听说我要往花山，说他们就是旅游公司的，正好可以为我开船。到了渡口，卸下车上的矿泉水，小伙子(后来知道他叫农文清)去拿钥匙。等了一会儿，船开过来，装了四箱矿泉水，就出发了。

此刻是一点十分，沿左江前行，一共是三十五公里水路。严格说来，这又是左江的一支分流，当地称作明江(《汉书·地理志》称侵离水，行七百里)。

生长在江边的一蓬一蓬的青竹，多有瞰水之枝。更有几簇红了枝尖的叶子，探身拂水，尤见千娇百媚。一路上青山绿水，秀美不亚漓江。而忆及漓江上轴轳相连、人声鼎沸之况，左江之清幽，是远胜于彼了。潇潇洒洒的芭蕉，袅袅婷婷的翠竹，娇娇俏俏顶了一头白花的芦苇俯仰从风，——只有这“雁下芦花白”的情景，才让人记起已是冷落清秋。而此间温度仍是三十一度。江上除了三两渔船和偶或横过江面的竹排之外，只有这一条游船，只有这一条船上的两个人。若不是船上机声轰鸣，该是一派静谧。小伙子有时全熄了火，告诉说江中的一片白石头或像猪八戒，或似巴儿狗，或如一匹卧着的单峰骆驼，又前面的一座山，像孔雀。不过未经指点之前，我远望着那座山，便看它直似一只探出头来的乌龟。若说孔雀嘛，那该是一只敛尾而蹲伏的雌孔雀。后来又见一座山，小伙子未加介绍，但看上去极似一只赤羽纷披的金鸡，唯头顶上一簇青绿，正是昂首欲啼之状。

想想也觉有趣，山若像山，便难引得人们注意；山偏要不像山，而似是而非的像了别的什么，才觉得是“好山”。“水作青罗带，山如碧玉簪。”青罗带、碧玉簪并非稀罕物，却非得山啊水啊像了它，才是一片好山水。

往宁明花山，原只是为了看岩画的，未曾想左江先推送来这样一片好山水，真不免有意外之喜。

船行十五公里，到达花山山寨宾馆。卸下矿泉水，继续前行。河水拐弯处，就是一面峭壁的花山岩画了。舍舟登岸，岩画外围新修起的铁门已经落锁。农文清陪我上岸，同管理人员打了个招呼，也没买票(据说门票三块钱一张)，就打开门进去了。

通向铁门的是一条绿竹深径。有一处石阶上落满了蝴蝶，总也有几十只吧。人走到跟前，它们才不慌不忙极不情愿地飞起。展开的双翅上，花纹带着萤光，在浓荫下闪闪烁烁。此际并非交配时节，为什么会有这么多的蝴蝶聚在一起？

岩画此刻沐浴在一片阳光下，不知它已经历了几百年还是上千年的风吹雨打日晒，但至今保持着鲜明的赭红色，好像那个遥远的年代不过是昨天。战争，舞蹈，祭祀，祈福，抑或其他？以我们今天的经验去推断古人，怕难得出准确的结论。古人生活的丰富多彩，似乎是今人所不可及，至少令人感到一种虔诚的情感。而能够用这样繁复的图画，来详尽记录生活，又是怎样一种创造的激情啊。这是一种自发的集体创作吗？至于所用的颜料，所运用的方法，则是考古专家们至今未能破解的谜。现代文明的一大特征是造假，在原始文明震撼人心、骇人的真实面前，它愕然了。

徘徊数刻，启程向归途，决定宿于山寨宾馆。

宾馆建在攀龙村的高坡上，三幢木楼，住了一个两人间（实际只有我一人），收费三十六元。卧具还算干净，且带卫生间，算是很不错了。

晚饭一个素炒青菜，一盆鸡蛋汤，一盆米饭，要价十元。不过一个简简单单的素炒青菜，还有滋有味，可称是专业水平。今天一天，只早上在桃源宾馆花六毛钱买了两个菜包，直饿到六点钟。也许是秀色可餐吧，竟也没有饥肠辘辘的感觉。

站在山坡上看晚霞渐渐从对岸山峰后面退去。山寨间鸡犬之声相闻。遮道的芒果树，尚未结实，木瓜树却是青实累累了。

木楼是新盖起来的，还散发着新木和桐油的气味。

十月十三日　星期三

五点钟起来，天还墨黑墨黑的。直等到六点半钟，服务员才起床，连忙退了钥匙。

六点四十分下到渡口，农文清也刚刚睡醒，——原来他就宿在船上。待他洗漱毕，差五分七点，开始踏上归程。

江上一层轻雾，风吹在脸上，湿润润的。不时有几个小学生，挎着书包，撑一叶竹排，横过江去上学。“高树晓还密，远山晴更多。”将这“晴”字易作“情”字，彼之山水，便可移况此之山水了。又忍不住点窜唐人诗句：道由白云尽，秋与清江长。不见落花至，但闻流水香。

八点半钟回到驮龙，付了七十块钱船钱。小伙子看上去还厚道，二十六岁，壮族，初中毕业就工作了。父母亲住在乡下，他还没有结婚。一路上很耐心地陪我登记宾馆，介绍风景。他在船尾掌舵，每见一景，特地熄了火，从船尾爬过船头来，讲给我听。

先到火车站买了车票（两块钱），又折回来，在旅游公司对面的铺子里，花一块二买了一屉小笼包子，一口一个，吃到车站，也就光了。大概馅是大葱加肉吧，连看都没看见。

火车九点五十分从宁明开出，经天西、古坡等四五个小站，哐当到十一点半钟才到达崇左。秦、汉称临尘（汉属郁林郡），应该说是历史悠久了。

出了站门，就见到一辆挎斗摩托，问他到石林多少钱，答曰五块，便坐上去了。二十分钟到达七公里以外的崇左石景林。门票两块二一张。正是正午时分，里面静悄悄没有一个人。

一座座石峰拔地而起，或玲珑剔透，或峻峭挺拔。石峰上，或绿木纷披，或寸草不长。个个造型奇特，仿佛一个个放大了的盆景。但一个艺术盆景，要经过人们怎样的苦心经营，而这却是大自然的不经意之作。登上观景亭，看到石林全景，更恍然而悟。原来这是一片平崭崭的郊原间突然耸起的一片。常言鬼斧神工，真的这是鬼斧神工了。石峰下多有洞，幽邃迂回，狭可穿人，从中攀附而行，仰首上望，或见天之一孔，或睹天之一线。洞中森然，寒气凛凛，无人迹之际，更觉出一种神秘。

观景亭下，对面的树荫中，有几个人在打牌，是这里的工作人员，其中一位是照相部的。我请他帮助按一下快门，他说："要收劳务费的啊！按一下五毛钱。"旁边的人为他敲边鼓，说他从早上到现在还没有发市。请他按了两张，这一块钱也只好让他去赚了。

在石景林徘徊一小时，虽流连不忍去，但时间也没有更多。在门口与摩托车的司机讲好，送我到斜塔，再到火车站，共收二十元。

半个小时，到达江边（《汉书·地理志》作员水，《水经注》称斤水）。斜塔修建在江流转弯处。在叠起的一层一层的石板上，建有一个平台样的塔基，一座五层八角的砖塔就斜矗其上。据云倾斜度有一点三米。

守塔的一位老人，眇一目，面容却是极和善的。他说，塔修造于天启二年，原为三层，清朝时又加修两层，才成为今天的五层。塔中未存任何碑记，就是因为后来的修造者，不愿意人们了解前人的业绩，所以都毁掉了。塔是故意修建成斜的，因为这左江的转变处，急流回旋，时有沉船之祸，被认为是妖邪作祟。于是以塔镇妖，并且取它以"斜"压邪。

买了一张五毛钱的参观券，下了高坡，踩着江中的石蹬，走上斜塔。塔为八角，五层中空，可沿外壁与塔心间窄窄的石级攀缘而上。每层外壁凿有瞭望孔，可窥瞰江中风景。对面是一片金色的沙屿。清泠泠的左江悠悠慢行，在视线不到的地方，才又弯过去。大概此时是枯水季节吧，水流极平极缓。潆洄绕城，倒像是有着无限的情意。

过了一会儿，来了一车当兵的，才把这一片只有我与塔的宁静打破。这一车有二十多人，清一色的小伙子，但没有穿军装，很热情地和我搭话，还请我坐他们的车走，说他们明天回南宁。

看看时间还有富余，于是向守塔人打问还有什么去处。他说还有一个文羊岩，有庙宇，是本地及左近之民进香朝拜之地。但要兜一个大圈，绕到江对岸的山上去，怕是来不及了。便又说，还有一个丽水公园的旧址，那里现存一方三米的石碑。问他是什么年代之物，他说："宛平查礼撰文，宛平查礼你总知道的吧？你说那该是什么年代？"

遂由司机再开车往县城。是江左岸边的一片菜地，中间立着一排四块石碑，最高大的一方，果然高可三米。原来是丽水龙神庙碑，刻于乾隆二十四年。查礼撰文，董邦达篆额，徐良书丹。讲的是丽水流域的古今沿革（据考《水经注》，丽水即古之斤水），及修庙之动因（当地士绅官僚，捐俸输金，修建而成）。原来查礼也曾在广西守土一方，只是这一业绩却没有留下来。

据司机说，彻底毁坏是在大炼钢铁的年代。如今连这几块碑，也是矗立在一片菜园的荒草之中。

最边上的一方，是"千年寿"——用"千年"两个字合起来写成一个"寿"。署名王元仁，镌于道光己酉。还有一方是武庙卷篷重修记。

在此勾留片时,三点十分回到火车站。九块钱买到南宁,是从凭祥开过来的318次快车。空调,双层,新投入运行的。

在车站前边一家小铺吃了一碗青菜米粉,八毛钱,买了一块钱的桔子(八毛一斤)。

火车四点二十三分驶往南宁。对座两个南宁某矿厂的小伙子,也是结伴到崇左来玩。一个劲儿介绍桂平西山的风景,说是不可不去。他们在崇左玩了一天,是租的自行车。他们说下火车时也曾问了摩托车的价,开到石林就要二十元。想起摩托车司机的话,果然不错。摩托车一共收费二十五元,他说这真是最低价了,看你是斯文人,又单身一个,如果是两个人,我的眼光就不一样了,一点不能照顾。

六点四十分到达南宁,又坐了一辆两轮摩托到潘勤家。开摩托的告诉我,他是车站货场的货运员,刚刚下了班,来从事第二职业,多赚几个钱养家。他每月工资四五百元,妻子是售货员,才二百多块。孩子四岁,家里还要请个保姆。火车站开到幼师,收费五元。

潘勤正在吃饭,见我来了,匆匆扒拉完碗里的饭,乘出租将我送至桃源。一切安顿好之后,又给我留下从家里拿出来的两罐八宝粥。

洗漱毕,又看了电视剧《北京人在纽约》,然后喝上一罐粥。

十月十四日　星期四

早起喝下另一罐粥。等到八点钟,潘勤来电话说下午的日程安排不变,于是往省博物馆。

仍乘2路车，至百货大楼，下车到对面换乘6路，到博物馆门口下车。正在展出的是广西铜鼓、广西民族风情及纪念毛泽东诞辰一百周年。

铜鼓展览的前厅，也有一面墙壁是介绍左江岩画。但看过真迹之后，就觉得这种介绍太失真了。有意思的是，左江岩画经历了千年以上的历史，历久弥新。而这些图片、仿制品，陈放室内未久，即已大部褪色。不一会儿，展厅内涌进了一群又一群的中学生和低年级小学生，在里面跑跑跳跳，大喊大叫，并乱敲铜鼓，工作人员却视而不见。从展厅外的阳台看下去，似乎是一个公园，有一座铜鼓造型的大房子。

十点半钟从博物馆出来。在6路车站旁边的工艺美术商店买了一个织有岩画花纹的背包（十一元）。

十一点半回到桃源，在饭店外面的一家小店吃了一碗素切粉（七毛钱），从做到吃，用了五分钟。

回到宾馆，整理好什物，退了房间，就坐在门厅等候徐华和老陈。

一点十分，乘了出租车同往教育社，十分钟就到了。待到一点四十分，郑社长乘了车过来。两点钟，闯来一位刚下火车，从岳麓书社来的杨姓同志，来找郑社长谈征订《四部精华》的事。郑不由分说，一把把他拉上了车，说："今天先跟我们玩去！"

两点五分出发往北海。路面极好，宽敞、平坦，两边全是甘蔗田和香蕉林。二百公里的公路，只经过钦州与合浦，好像再没有村镇似的。中间休息了半小时，将近七点才到达市政府办的北海迎宾馆。准备回返南宁的大队人马还在那里等候郑社长。江淳等人和他匆匆交代之后，这一队人才启程离去。住在宾馆的双人间，据说是最低价中的优惠价，一间一百四十元。

安顿下来之后，六个人一起到对面的海鲜酒楼吃晚饭。这里停了一天的水，几个打工妹围着一大盆脏水，在刷一摞摞的碗，总也有几十或上百吧。看到此番情景，上到二楼的雅座，也没有什么雅兴了。菜点了不少：基围虾、咸鱼炖茄子煲、鱼头豆腐汤（这里面的鱼吃起来像猪肉）、煎沙箭鱼、酸菜肥肠、松花豆腐、炒苦瓜。郑社长说，沙箭鱼是最干净的，吃沙子，拉沙子，沙子上面有微生物，在肚肠里经过的时候就被吸收了。鱼肉很细嫩，挺好吃。

十月十五日　星期五

早早起来，一直等到八点钟，马小姐到，然后带我们一起到餐厅吃早茶。各类小点心很丰富：粉卷、洋芋糕、奶黄包、包豆沙的果冻、蛋塔、春卷、皮蛋粥等等一些叫不出名字的小吃。一直吃到差不多九点钟，由施师傅开车，送我们（徐华、老陈、阳健云）游览北海。

先往银滩，门票四元。据说这里原是一大片白沙滩，一直延伸到现在是停车场的地方。但后来修起了大片服务设施，沙滩也就破坏了。伴随着开发，总是要带来对大自然的破坏。银滩虽然美丽，但在星罗棋布的遮阳伞下，已令人觉得兴味索然。沙子是白色的，沙滩上布满小螃蟹掏出的小洞。蟹的动作极快，一旦被抓住，就装死。这里原称白虎头，后江泽民来视察，将此易作银滩。

从市区往银滩的路上,有不少还是荒地。而已经建设起来的,却是清一色的欧式洋房。这种规划,未免失策。

在银滩逗留二十分钟,即往珍珠公司,水族馆。本月二十八日,这里要举办国际珍珠节。珍珠公司展卖的各色珍珠,从二十元到五万元不等,有的一粒就五千元。

十一点半钟回到宾馆。午饭,仍是昨晚进餐的地方,吃的东西也大致相同。不同的是一款洋芋扣肉,里面的洋芋极有味。

一点钟出发,中间休息半小时,五点半钟回到南宁。

又马上往省博物馆后面的文物苑,在“苗族竹楼”里用餐。全部菜点都是民族风味,计有:壮族凉粽、侗族打油茶、瑶族竹板鸡、侗族竹串肉(肉里面包了蒜瓣和葱)、苗族五彩丝(剔了刺的细鱼肉和面粉拼起)、侗家酸水全鱼、京族绿叶荷包(菜叶包牛肉)、苗族鸳鸯鱼合、壮族蝴蝶过河(类似过桥米线)、京族三味脆皮鸭(虾片、菠萝、鸭)、壮族菠萝船、龙凤汤、炒罗秀米粉,还有一种是马蹄穿虾仁,最觉清爽可口。

席间有侗族小伙子吹芦笙,苗族姑娘劝酒,闹成一片。

八点多钟回到桃源,领到明天的车票。这一晚改为和上海教育出版社的臧申同室。

回想北海之行, 过度开发使天然雕琢之景失去自然之美,倒更令人追忆海南三亚的亚龙湾。但那是未经开发之时,谁知现在又是什么样子呢?北海刚刚铺开建设的架子,市区就已是人群熙攘,市声嘈杂了。也许用不了几年,就又是一个深圳。

十月十六日　星期六

六点半钟出门，乘摩托车（六元），先到了长途汽车站。问伊岭岩怎样去，售票员说不知道。于是再搭乘摩托车（两元），将我送到广场。一个伊岭岩旅游专线的车牌下，等了五分钟，七点钟汽车开来了。一辆几乎破得不能再破的车，说是再等到上够了人才走。一直等到快九点，仍只是我一人。到了九点钟，才一下子上满了。

开到伊岭岩，十点半钟。下车就是一个滴水岩的售票处，两块钱门票，由讲解员领进去。倒是闻得头顶岩石上水声叮咚，但下面布置成乌七八糟的泥塑，什么玉皇大帝王母娘娘之类，再被讲解员胡说一通，将自然风光造成这样一个赚钱的去处，真令人不胜焚琴煮鹤之痛。

在滴水岩转了五分钟就走出来，拾级上岭。昨经一夜雨，山间草木遍洒雨露。太阳将出未出，一重轻雾散漫在远山间。这里的山，正与桂林与漓江间的山相同，在一片平畴的周围，兀然而起。想起在由崇左向南宁的途中，崇左一带的山，也有此类。

山上的鸟，叫成一片，鸣声婉转嘹亮，倏地飞起飞落，快捷得教人看不清模样。各色各样的蝴蝶穿梭起舞。经雨的山，在透过薄雾缓缓而现的阳光下，充满了生命的活力。

慢慢上到最高处，也不过用了半小时。登高远眺，美景醉人。

下得山来，下面一个大石洞，上书“伊岭岩”三个大字。

伊岭岩洞前刻了一首郭沫若的诗：

群峰拔地起，仿佛桂林城。大块挥神笔，千畴展画屏。烟鬟天际绿，雾縠雨中青。借问此何处，腾翔属武鸣。

四十字真能将此地景致的特点概括无遗。

原来伊岭岩所游的是洞，但一看介绍，一下子就没了兴致。什么北国风光，壮乡景色，百色起义，瑶池聚会，等等等等，真看得够了。算来全国的岩洞也真走了不少：黄果树左近、索溪峪、金华、桂林，等等，都是弄了五彩的灯光，将这造化的神奇，依了人之所愿，贴上各式标签。

念及此，便不再进去，坐在洞口下歇汗。想象着这里若没有被人们发现，发现而没有“开发”时该是多么有趣。

十二点半回到集合地点，一个小时就回到了市区。广场下车向前走一点儿就是百货大楼。在货摊上买了两个只有几个肉丁的肉包（三毛五一个）。又在食品商场买了一个奶卷（三毛五），酥皮不是酥皮，奶油不是奶油，别提多差劲了。

乘 2 路车回到桃源。房已经退了，无处容身，就坐在前厅看书。

六点钟，教育社派车将我和湖北的聂昌慧送往火车站。咣当了三十八小时，于十八日上午九时回到北京。

十月十八日　星期一

九点半钟，一进家门，就发现院子的二道门倒了，门墙垛子也酥了半边。原来志仁昨天带着小航开车出去兜风，回来时踩着油门进门，一下子连门带车都撞坏了。幸而只是小航的手被撞碎的风挡玻璃扎破了几处，人无他恙。但修门、修车，不破费几千元是不能了事的。房管局又敲竹杠，支了一根木头就要价二百元。

午后往编辑部取信件。

十月十九日　星期二

往编辑部。本欲处理一些急务，但恰好叶芳来，坐聊了一上午，什么事情也未做成。

十月廿日　星期三

往编辑部。

郑逸文、陆灏来。蒋原伦来。午间一行人（沈、郝、鄂、吴、贾并郑、陆、蒋）同往宾华。

午后董秀玉在宾华主持召开社会学的座谈会。未参加。往负翁处取稿。又受先生之托，将“三话”部分手稿送往谷林先生处，请他写序言。

十月廿一日　星期四

陆灏来，同访梵澄先生。被先生硬留饭，——在团结湖左近的天天渔港共进午餐。四菜一汤：生菜鱼汤、菠萝鸡片、宫保鸡丁、银芽三丝、咸鱼肉饼（一百一十元）。饭罢辞别，陆则留下与先生继续盘桓。

读《汉书·地理志》。

十月廿二日　星期五

往编辑部。

午后与吴彬同往三味书屋，参加郑、陆举办的茶会。持江西教育社发的购书券（百元）购书。

晚间为志仁补做生日,——一家人同往胡同里新开业的仿膳。两个凉菜:五香牛肉、怪味鸡;四个热菜:素炒蟮丝、炸佛手卷、抓炒大虾、砂锅豆腐,并小窝头、云豆卷、肉末烧饼。

十月廿三日　星期六

早七点钟往朝内,与沈、吴、董坐车同往香山卧佛寺饭店开"中西印文化的交流与发展"研讨会。

会议本为纪念梁漱溟、张申府、汤用彤诞生一百周年而开,但大会上的发言却没有什么新意。

卧佛寺饭店倒还雅致清幽。一个一个的小四合院,山石叠错,竹木清幽。出卧佛寺旁门便是樱桃沟,饭后与沈、董、吴、郑、刘(梦溪)同往樱桃沟闲步。归来,郑逸文与倪华强要提前离去。于是将他们送至寺门口。遇许纪霖,是熬不住会议的沉闷与枯燥,走出来散步的。于是再往樱桃沟。

晚间与沈、陆、许及台湾《中国时报》的廖立文坐聊至十点半。

庭院竹木萧条,室内则清寒侵人,坐、卧皆冷。

十月廿四日　星期日

六点钟出门,曙色微露。出卧佛寺大门,进集秀园,穿古柯亭荫,过桃花公主、桃花王。竹影纷披,林鸟啁啾。没有了人声、市声,大自然便显出自己的热闹。拾级登山,远远望见枫叶、黄栌深红浅绛灿烂在墨绿的松柏之间。过山顶上的小亭,更向深处走去,直到置身于红叶林中。脚下踩着一层厚厚的落叶,沙沙的声音撩得人心里发热。山风吹过,一阵清响,眼见着飘堕下几片黄叶，鼓荡起一腔诗情。忆得杜诗一联："鸿飞冥冥日月白，青枫叶赤天雨霜"。却又与此刻情景并不十分贴切，只觉得美，美得人心醉，却找不出一句话来形容。处处可见的一种灌木，叶已脱尽，唯余点点朱红缀在枝条上。这红豆又多半是成双成对，是否就是"此物最相思"？但本该生长在南国啊。

七点半钟下山。向上看去，太阳就从我方才登过的山后冒出来。漫山的红叶苍松在初阳下愈见五色斑斓。

早饭后又去听了一会儿会，了无意趣。

饭罢，陆、沈约定两点钟再就具体事宜进行磋商，但沈尚有两项公干，于是再往樱桃沟。

周日，游人骤增。行至水源头，更向山间行。山间一条弯道，似乎是走不断的。此刻虽然杳无人迹，但一弯分明的路，无疑是践着多少足迹的。不论怎样荒寂的所在，只要有一条路，就会令人感到踏实。

水源头处只有滴水下注。陆说："这就是水源头，倒不如把这三个字写在我的××上。"此君向有柳湘莲的儒侠风度，今却冷不丁冒出薛蟠式的语言，不过对源头之水倒是极尽形容。

两点钟在樱桃沟口的茶座齐集，讨论将陆灏"收编"的问题，拟定了初步方案。

四点钟，搭乘李慎之的车回城。

十月廿五日　星期一

上午在家中阅稿。

午后往编辑部。

十月廿六日　星期二

读书一日。

十月廿七日　星期三

往社科院参加钱伯城、王元化主持召开的“古文字诂林论证会”。

午后应王得后之请，往宾华。同坐有吴彬、李杭育、陆、郑。每人或食冰激凌或食栗子蛋糕，唯有主人不吃也不喝，只是奉献，令大伙儿都觉得不过意。

三点钟归来。四点钟，钱伯城先生来。坐聊一个多小时，同往仿膳。一会儿，沈、吴、郝、叶芳夫妇、陆、郑也都来。此餐费四百四十三元。

将宁明花山之行草成一篇《悠悠侵离水》。

十月廿八日　星期四

三联组织全体职工往密云云湖度假村进行普法学习。因要处理初校样，未往。其实也真的不想去。

起风，又加冷雨。

往编辑部。

晚间往老板家。叶芳夫妇、许觉民已先在那里吃饭。老板将沈大骂一顿，又气愤地说：“吴彬是他的走狗！”许觉民问我：“你觉得老沈这人怎么样？”我说：“我觉得他挺好的。”大家一笑而罢。

十月廿九日　星期五

大风一日。

往编辑部。

与老马同去看望冯亦代先生。送去他的新著《听风楼读书记》，他高兴得不得了，说："我生了一个胖儿子。"（这是他出版的书中最厚的一本）小坐，辞出（先生以一部《中国书法大典》持赠）。

十月卅日　星期六

大风一日。

往编辑部，处理初校样。一上午下来，冻得半死。

十月卅一日　星期日

写补白。

十一月一日　星期一

往编辑部，处理初校样，退厂。

两个多月来，几乎一个字也没写。近日想继续作"脂麻"，却文思茅塞。日前偶从插架抽出一册孙犁的《如云集》，大受启悟。

作成《汲黯》。

十一月二日　星期二

往社科院。

王焱方自巴黎归来，此行大长见识。

往编辑部。

十一月三日　星期三

作成《翟方进》。

十一月四日　星期四

往编辑部。

午间往北办，为郑逸文送行。在北办食堂共进午餐：四分之三窝头，一浅碗炒圆白菜。

午后往编辑部，阅二校样。

十一月五日　星期五

往永外与海洋约见，请他为吴兴文携来的藏书票原件制反转片。

作成《公孙弘》。

十一月六日　星期六

往编辑部。

读李庆西《殓用僧衣》文（《文汇读书周报》十月三十日）。因作《〈瘿庵诗集〉》一篇，寄陆。

十一月七日　星期日

与老沈约九点半钟和平宾馆同会吴兴文。在门厅坐聊一个多小时。吴以《洪业传》一册持赠（我以《藏园订补郘亭知见传本书目》一部为报）。

十一月八日　星期一

往永外找海洋取回吴兴文的藏书票原件。

访吴向中。

往编辑部。

作成《"空如有"》（金克木先生的书房）。

十一月九日　星期二

往编辑部。

章品镇夫妇来（送稿）。章先生一副极忠厚的样子。

王炜来。

晚间王有布过访。

十一月十日　星期三

往编辑部。

午间与吴、贾、郝、沈同往今日开业的新加坡康先生快餐店吃饭。菜单上品种还算丰富，但一问之下，全都没有。先要了一人一份咖喱饭，等了十几分钟，服务员说，还要等二十分钟，你们干脆改叫排骨面吧。于是改面。五块五一碗，与寻常的面并无二致。

作成《姑作推论》（评葛剑雄的《中国人口发展史》）。

十一月十一日　星期四

一日雨。

冒雨往永外，参加党员会（反腐败）。只坐了一小会儿，候得吴彬来，便一起找老宁谈明年封面事。问题大致解决。

老戴在会上向老沈发难，但只听得一两句。老沈恰未出席。

草成《碧塔海》。

十一月十二日　星期五

往编辑部，做发稿准备。

十一月十三日　星期六

作成《陵水故事》。

往北锣鼓巷8号访孙家芬，——受金性尧先生委托，催问他女儿的医疗费报销事宜。

午后往编辑部，发稿。

十一月十四日　星期日

浓雾一日不开。

重读《老残游记》。初读是在二十年前了，几乎没留下什么印象。故今日重读，仍觉新鲜，且忍不住击节。

十一月十五日　星期一

一日冷雨。

上午往北图查阅《铜鼓书堂遗稿》。临走时顺便走访薛英，原来已是一位年过六十的先生。别时以一册《续镜花缘》相赠。

午后草成《丽水也悠悠》，尚觉满意。

十一月十六日　星期二

志仁一早往唐山。

看望外婆。过新华社，将稿子送交陈四益，未遇。

一场秋风，一场秋雨，风雨挟着朔寒，搅得木叶尽脱，碎金满地。“菡萏香销翠叶残，西风愁起绿波间”，虽没有菡萏，并绿波也无，但西风残叶已是撩人愁思，倒未必要待亡了国才去唱挽歌的。黛玉葬花故属格外的多情，但繁花销歇总不免令有情人悲叹。一朝花去，亦挟卷了人的一份生命啊。

读黄裳《金陵五记》，叹为作手。

十一月十七日　星期三

往编辑部。

连日风风雨雨，倏忽已是朔风扑面（今最高气温零度）。总觉得冬天来得忒急，去又拖了长长的尾巴。一年之中，倒像有半年要瑟缩了身子围炉取暖。

小航告诉说，林老师在班上公开说：“现在全班只有一个同学还保持着纯洁，那就是李航。”于是同学都哄他。

十一月十八日　星期四

志仁昨夜归来。走时只穿了一件毛背心，一件夹克，至唐山遇鹅毛大雪，冻苦了，今卧床一日。

在家阅稿，然后送往编辑部。

再往社科院，访钱满素，取稿，以新出一册美国散文选《我有一个美丽的梦想》持赠。

十一月十九日　星期五

飞雪一日夜，搅得周天寒彻。

董理旧时日记，想写一篇《阳关一夜》，踌躇着尚未动笔，随便捡出些名家散文来读。

十一月廿日　星期六

天中雪住，地上雪不融。窄巷通衢，雪化为冰，光滑如镜。看去是好景，出门却苦辛。

走路往编辑部。

四点钟往中国大饭店，参加《中国社会科学季刊》创刊一周年的纪念会。遇陈嘉映、杨念群、葛剑雄、赵一凡、程农等。几位要人致辞后，开始会饮，遂匆匆离去。

十一月廿一日　星期日

残雪映窗，与斜斜的冬日交辉。庭院中，几只雀儿出来觅食了。

读朱自清、俞平伯。

十一月廿二日　星期一

今方小雪节，而“柳絮因风”，已先此三日矣。

重读《古代文言短篇小说选注》。注尚无说，评似大可议。

如《兰亭始末记》篇末评曰：“故事中的唐太宗，以天子之尊而醉心一本字帖；辩才和尚的始则聪明，终则受骗；萧翼的潇洒不群，才智出众……”

其实大缪不然。唐太宗以天子之尊，富有天下，却独对一位八秩老翁的唯一心爱之物耿耿于怀，必欲攫为己有而后快，岂不可见专制者的贪心与残忍。辩才和尚如斯聪明，究竟未脱读书人本色，为巧伪的坦诚所惑，亦献出自家最可宝贵的坦诚。书生之痴，岂不可叹！萧翼亦读书人，却甘心做御用的奴才，“负才艺”，而以才艺为诈，赚得辩才视同生命之“兰亭”，以博加官晋爵及御珍宝马之赐，其心何忍，其良安在！此正是“以《兰亭序》为中心”演出的一幕悲剧。

十一月廿三日　星期二

冰雪仍未消融。

往编辑部，整理初校样补白。

十一月廿四日　星期三

往编辑部。

下午往二十五中为小航开家长会，知小航的学习成绩是稳定地居于中游。

十一月廿五日　星期四

往编辑部，处理初校样，退厂。

十一月廿六日　星期五

往编辑部。

午间应施康强之邀，往西单豆花饭庄。点了三款菜：棒棒鸡、京酱肉丝、滑熘鸡片（费五十七元）。

略谈了谈法国见闻，——这已是第三次赴法，故无多少新鲜感。以《巴尔扎克全集》第二十五卷（《都兰趣话》）持赠。又惠以法国香水一瓶、艾菲尔铁塔模型一具，交付稿子一篇。

看望外婆。

继往米市大街的北方饭店访钱伯城先生。他是来参加全国图书评奖，坐聊一个半小时。

十一月廿七日　星期六

前番一场瑞雪，今日才算融尽。

往编辑部。

读《樊榭山房集》。

十一月廿八日　星期日

读书一日（樊集）。

十一月廿九日　星期一

往编辑部。

继访梵澄先生。

说起名利，先生说，我要是求名，早就入党了。刚回国的时候，贺麟就劝我，写个申请书入党吧。像你这样的，哪里找去呢。可我不。贺麟是风云守道。有风云之气，但仍守道。我是守道而已。

问他当年为什么要去印度。

“想好好学学梵文,精研佛教。”

“又为什么要研究佛教呢?”

“我要是不学佛,早被女人吃掉了。”

于是说起方自德国留学归来之际,颇多追求者,且攻势都特别厉害。先生一来对这种攻势受不了,二来更想好好做学问,所以避之唯恐不及。

“那么就一生不动情吗?”

“这要问我自己了。在印度的时候,曾见到一个法国姑娘,秾纤得中,修短合度,觉得很可爱。如果说动情,这就是动情了吧。有一天走在院子里,仿佛觉得‘母亲’回过头来对我说:‘你的一点心事就这样排遣不掉吗?’心中悚然一惊,从此就一下子排遣掉了,再也没有什么想法。以后才知道了这个女孩子的名字,她和我的一位德国朋友同居了。回国前不久,我曾经到‘母亲’花钱建的一个新城去走了一走。经过她住的一个竹楼,她远远看见我,立刻把我让进屋。又吃了午饭,还在竹楼里午休。看见她在铁笼子里养了好多猩猩。一只猩猩病了,还给它打针吃药,便很不喜欢。这是玩物丧志。”“‘母亲’的精神力量是巨大的。我能够把室利阿罗频多那样精深的《人生论》翻出来,没有精神力量支撑是不行的。”“我觉得这样很好,我对走过的人生道路一点儿也不后悔。”

写了《诗经》中的一句递给先生:不忮不求,何用不臧。先生说:“是的啰,是这样的。”

十一月卅日　星期二

往编辑部。

访钱伯城先生(送去“扫叶山房”稿)。

午后叶秀山先生过访(携来一书一稿)。

晚间窗外鞭炮声响成一片,比过年还热闹。明日起京城禁放花炮,今夜乃尽最后之欢也。

十二月一日　星期三

往王府井书店为吴兴文购书,一无所获。各种图书琳琅满目,却未有一本中意者。出版物的层次愈见低下了。

继往编辑部。

读叶著《藏书纪事诗》。

十二月二日　星期四

大风一日。

往编辑部。

往社科院访杨成凯。

十二月三日　星期五

又是大风。

先往编辑部,继往永外开党员会(参加“民主评议”)。

昨晚将《词别是一家》草成,今改定。

又记起梵澄先生那日说起的与鲁迅先生的交往:鲁迅先生在内山书店,总是坐在一个火盆旁边。有一次我去,看见桌上摆着一碟很漂亮的日本糖。做得非常精致,一颗一颗,像水晶一样。就放在嘴里一颗,但不过是糖而已,——只是甜,再没有别的。便吐出来，丢进火盆。先生于是一声不响，拿起火钳，把糖夹出来。我很不好意思，连忙说：“我的牙不好，不能吃甜的。”

十二月四日　星期六

往编辑部。

午后往月坛办事处，为外婆更换副食补助证。

十二月五日　星期日

读《明人尺牍选》。

十二月六日　星期一

往编辑部。

接到胡仲直打来的越洋电话。他对我声音的改变惊讶不置，说一点儿也想象不出来。起初对他的惊讶很感惊讶，后来猜想到他一定以为应该听到一种女性十足的或娇滴滴或温文尔雅的声音，却想不到是这样高声大嗓带了几分野气。

给谷林先生送去稿费。为梁治平买书。

十二月七日　星期二

往编辑部。

给外婆送去户口本、身分证。

归来过琉璃厂。

晚间到五姨家，将慧英接回来。

十二月八日　星期三

将慧英送上火车。

往编辑部，阅三校样。

十二月九日　星期四

往编辑部。

午后往清华，访陈志华老师。以《楠溪江中游乡土建筑》一部持赠。陈师前不久患视网膜脱落，至今没有办法痊愈。不能用眼，至少不能稍长一点时间的看书，很是痛苦。

坐聊两个小时。

十二月十日　星期五

读“楠溪江”，一日。

十二月十一日　星期六

往编辑部。

午后与吴、贾、倪、沈、董往冯老家中，贺其新婚。黄宗英满头银发，谈吐幽默，风韵犹存。喝咖啡，吃蛋糕，尽欢而散。

十二月十二日　星期日

读书一日(《叶适与永嘉学派》、《攻媿集》)。

十二月十三日　星期一

往编辑部，做发稿准备。

一个振奋人心的特大喜讯:《读书》明年订数增至五万！(此前数年始终在四万上下徘徊。)

午间吴、沈、王蒙、老马、鄂力同往宾华喝庆功酒。因小航又患感冒，故未往。心中兴奋、激动，自不待言。

十二月十四日　星期二

往编辑部，发稿(独自一人)。

午后再往编辑部分送第十二期样书。

十二月十五日　星期三

读“楠溪江”。

午后往辽宁饭店访俞晓群。

往编辑部。

接到谷林先生所惠《佩文韵府》四巨册(是先生亲自由家中扛到朝内来！)。

十二月十六日　星期四

往编辑部,发服务日通知。

读《梁漱溟全集》。

十二月十七日　星期五

草“楠溪江”。

十二月十八日　星期六

往编辑部。

将“楠溪江”草成,题作“好峰天外掉头来——楠溪江卧游”。

十二月十九日　星期日

清早起来就觉得有些浑身不自在,午后更甚。四点半钟躺下睡觉。睡不着,又起来读《瀛奎律髓》。坚持到九点,还是睡了。

十二月廿日　星期一

往编辑部。闻《新华文摘》明年订数下跌两万,《人物》降九千。

午后仍觉昏昏沉沉,早早入睡。

十二月廿一日　星期二

早起头疼不止，吃下两片去痛片，稍觉好些，仍无力。

读《瀛奎律髓》。

近日在全国范围内掀起一个追怀毛泽东的热潮。中央电视台摄制的十二集纪录片《毛泽东》尚有可看。在“胸中自有雄兵百万”一集中，重笔渲染的都是如何打蒋介石。讲到抗日，便只描述了撰写《论持久战》的过程。中华人民共和国成立后，毛处理公务的时间似乎并不多，大量的时间用于读书。

《梁漱溟全集》（七）中有一篇短文《试说明毛泽东晚年许多过错的根源》，结末写道：“然而似此这般的头脑精神错乱，颠倒疯狂，却毕竟是伟大卓越人物临到晚年的一种病态，凡夫俗子不会有。可为欣幸者，今后既不会再出现这样希罕人物，而在标出要集体领导，要遵行法制，要民主协商，前途正可抱谨慎的乐观。”毛的成功在于他的伟大超凡，毛的失败也在于他的伟大超凡，如果不是伟大超凡，中国也不会陷入“文化大革命”这种不可抵抗的灾难的深渊。

十二月廿二日　星期三

仍头昏。

往编辑部，参加东城区投票。

乱翻书。

十二月廿三日　星期四

将“楠溪江”又修改一回，题目易作“建筑中的历史”。

午后往编辑部。

十二月廿四日　星期五

往编辑部,准备初校样补白。

十二月廿五日　星期六

往编辑部,处理初校样。

造访谷林先生。邀他同往宾华,先生再三婉谢,也就不好勉强。

往宾华。来者甚踊跃,计六十七人。

归家接谭坚电话,云《榗柿楼读书记》已携来。急往京信大厦,得二十册。封面尚觉满意,内容却嫌寒俭。怎么单篇读起来与辑在一起的感觉不一样?且其中文字也多有欠推敲处。痛感功力未足。幸好只印三百册,否则恐怕要上降价书市了。

十二月廿六日　星期日

再将"读书记"审读一回,不满意处更多。高兴和激动全没有。心情倒沉重起来。

十二月廿七日　星期一

往编辑部。

午后往王府井书,在角落里购得一部久无人问津的《白居易集笺校》(已是第三次看见它,精装六册,七十二元,起初嫌贵,终于买下)。

十二月廿八日　星期二

读苏青《结婚十年续》。

午后往琉璃厂,购得《西汉年纪》《鞑靼西藏旅行记》《两京城坊考补》《柳宗元诗笺注》《东观汉纪校注》。

为钱伯城先生写扇面。

给中行先生送去一册“读书记”。

志仁夜宿龙泉宾馆。

十二月廿九日　星期三

熊娃子说走就走了,—— 一夜之间定下来的。

在这里做了有一年多，一个山里来的土头土脑的川妹子，很快就城市化了。初时不懂得接电话,现在她对电话的利用率差不多最高。开始什么饭都做不来,米饭、馒头、包子、饺子,全不会。但人极伶俐,连动手示范也不必,口述一回,她就全会了。字识不得几个,心眼儿却很好使,也勤快。做起事来风风火火，但总还料理得妥妥帖帖。若告诉她的事情没有做,那一定是她不愿意做。到时候她会大声笑着说:“搞忘了！”

以她的聪明,普通话原能很快学会,但她坚持她的川音。初来乍到,彼此听不懂话。她的四川话,也是山里边的口音,很不好懂。而我们很纯正的普通话,她却也听不懂。志仁一句话重复了几遍,也烦了,改问:“你们那里有男人吗?男的!小伙子!”“有啊！”“哦,这你倒听懂了！”可她紧接又问:“是不是山里跑的那种？”——怕她是在说猴子吧。

教她做馄饨的时候,我口述了全过程,她觉得很容易,连说“懂了懂了”,不要我再说第二遍。但冷不丁又冒出一句:“面里要不要放碱？”

周秘书吃饭时嫌寂寞,便总逗她:“熊娃子,你的那个熊,是什么熊啊？是狗熊的熊吧！”熊娃子就急:“才不是！才不是！”

于是我教她说:“熊氏的先祖是帝颛顼高阳，分出的一支叫季连,后代在周成王的时候封在楚地,后来就建了楚国呢！”熊娃子盯着我看:“你在说什么呀?”想起她连小学还没有念完,并不曾读过《史记》的,便换个话题说:“你为什么不接着念书呢?”“为了赚钱呀!我早些时候是在重庆卖菜的。后来听说北京更好赚钱,才来了。先在医院里洗纱布,钱很多的。可是我的手经不得水泡,太苦了,也就不干了。”

熊娃子名叫建琼,于是周秘书又有了开心的材料。他故意把“琼”字咬得很重，熊娃子不高兴了说:“是熊建琼，不是‘穷’。”她念起“琼”来,的确不发“穷”音。但我们也学不来,周秘书就一遍一遍地说:“熊建琼,熊建琼,还是熊建琼呀！”她气得大喊:“你找不到话说！”

熊娃子柳眉凤眼,白净的瓜子脸,很清秀的。只是个子长得矮,怕还没有一米五,于是她就特别怕胖。她说,要是矮胖矮胖的,可就难看死了。便努力节食,每餐只吃几口菜,粮食几乎不动。劝她,给她讲道理,都不行。她系上一条宽宽的黑腰带,把小腰勒得只有一掐掐。你再说什么,她又哪里肯听?

很快的,从头到脚,开始更新了。把马尾巴剪成扣耳的短发。布鞋换成半高跟,又涂起艳艳的红嘴唇。后来在大街上看见她,才知道还添了件粉色的风衣,一副墨镜。天蒙蒙亮,就架了墨镜出去买油饼了。

夏天的时候,老沈有一次来送稿件,我把他送出门去,看见熊娃子穿一件大红的背心,白短裤,黑色的连裤袜,踏一双高跟鞋，正在看一位老师傅修自行车。我指给他说："这是我家的川妹子。"老沈转身将我上下打量一回，笑起来。

"怎么啦？"

"我看你倒像是阿姨，这一位却是小姐呢。"

今年冬天，她花九十块钱买了双皮靴子，我不免替她心疼："你不是还要寄钱养家吗？你看我，一年四季穿球鞋，冬天的这双旅游鞋，也不过二十来块钱。"她不好意思地说："这是没有法的呀！"——怎么会没有办法呢！是抵抗不住诱惑吗？却也无法多说了。

我也曾多次劝她："你天然很美的，何必涂些乱七八糟的化妆品呢！高档的你也买不起，低档的却是损伤皮肤，何苦来？"她只一口否认："我没有涂，真的，什么也没有涂。"也只好随她去了。

熊娃子在这里过的十八岁生日，但在家乡已是谈了几个朋友了。有一个是她的堂兄，也出来到广州打工。她曾让我代笔给他写信，其中的情事似乎很有几分曲折。大约是家里看中了的，但她却并不很悦意。信也写得含含混混，——本是她口述，我执笔，但她这么半遮着面孔，倒教我如何遣词呢，便有点不耐地大声问道："你到底爱他不爱！"她连忙嘬尖了嘴唇，用一根指头抵住"嘘"道："莫喊嘛！我也是说不好该怎么办。""那就干脆一点儿，算了吧。这该是近亲结婚的吧。也是不行的。"但她到底犹疑着不肯拒绝，最后也还是让我加上："你放心好了""我永远想着你"之类的话。

有一天，他来了，事先也不打招呼，熊娃子很紧张，单单把我从屋子里叫出来，吞吞吐吐地说了。但我也是做不得主的，况且要住下，哪怕一天两天，也是要告诉给奶奶呀，便叫她先去说，“奶奶会再找我问的，我再为你说情不迟。”

如此这般的，那一位住了两天，走了。原是在广州失了工作，便想到北京来找。却又哪里有这样凑巧的事？熊娃子连哄带劝，说动他去了西安，似乎那里还有个什么亲戚。孰料不多的几日，又凄凄惶惶回到了北京。详细情况熊娃子也不肯多讲，又难为情地说，她的钱上次已经给他买了车票，这一次要买票送他回家，却是不够了，要向我借三十块钱。我如数拿给她，也不要她还，但愿她果断一点，把事情早些了结才好。

这以后很久不再见她提起。原以为到底各奔东西了吧，但突然一封电报送来，上写着：十二月三十日回家我等你。连落款也没有。熊娃子道：“你说这是谁呀？决不是我的父母。”我想她心中是猜出八九的。“我才不回去！”她说得挺坚决。

但是一夜过去，她说：“我要回去了。”——同样是坚决的口气。“我去邮局查了，电报是从广州打来的。”那么他是又去了广州的。“你这样有本事吗，会去查得到？”“那当然啦，这回我要把这件事办一办。”“那还用得着回去吗？写封信不就都解决了吗？”“不行，不行，一定是要回去的。”

她倒仍然是负责任地找了一个“替身”，道是在街上买菜时的相识。她则忙不迭地买车票，收拾行装。我来不及去买什么东西，拣手边现成的一把自动伞送她，算作纪念吧。蜀中多雨，也还用得着。又现成的方便面，水果，拣上一些，路上多少可以凑合一下。

她高声和家里的每一个人打着招呼，匆匆忙忙地咚咚咚下楼去了。

我想起她一遍一遍对我说的话："回去我马上会打信来的。"可她写信是要别人代笔的呀。

刚来时，也没有人教她，她便只管按照排行，叔叔、阿姨地叫下去。志仁排在第四，自然就是四叔，我也就成了四阿姨。但这川妹的四阿姨，却成了"死阿姨"。每回总听她在楼下高叫着："'死'阿姨，吃饭么！"心里都觉得好笑。一次便对她说："'死'阿姨，'死'阿姨，我没有死，也要让你叫死了。"她一怔，马上明白过来："那该怎么叫哪？"志仁接过去说："就叫小婶吧，家里人本来也是这么叫的。"但她似乎不大情愿改口，似乎也是叫惯了的缘故。我倒并不在乎，只是一次又被志仁听见了，便说："怎么还没有改过来哪？再叫一次，要罚款五块啦！"自然也还是叫错，自然也不会罚款。但不知从什么时候起，"死"阿姨终于成了"小婶"。

她看着我写的字，说："小婶的字，写得好乖呀！"我说："你就不学着写一写吗？"她连忙摇头，然后说："我总要回家过一辈子的。"她能够那样快地接受城市文化，却为什么没有兴趣读书识字呢？也许她还太小，太容易被表面的东西所迷惑吧。很惭愧，我没有尽力地劝说她，也没想到去分出精力教教她。其实连小航似乎也是在硬着头皮读书，——稍有一点空暇，哪怕没有空暇，只是机会，他也宁可看电视的。虽然我整日伏案，但他从来没觉得这值得效法。

熊娃子说话的调门极高爽，坐在近旁，会觉得耳膜都震得疼。小航便常常捂起耳朵。志仁说："这是山里人的习惯。站在这山可以和那山的人说话。"我是在山里插过队的，自然同意这种解释。不过她的频率似乎高的更特别一些。而且，山里人也并不个个如此的，便补充说："这说明她心里不藏事，说出来的话，也都不怕人听见，对不对？"

但我终于知道她心里是藏着事的。

后来她结交的朋友开始多起来：胡同隔壁一家的小阿姨呀，对面的裁缝呀……我倒一个个的都认不清楚。常常玩到很晚才回来。家里人便不放心，几番嘱咐她注意安全，最好晚上不要出去。但她心里本来很有主意的，口中尽管应着，却照样跑出去，照样很晚很晚才回来。

熊娃子果然是楚王的苗裔吗？这近乎是玄想了。不过仿佛记得哪一位老先生讲起，当年张献忠在四川杀了很多很多人，竟有杀空了村子的。于是有两湖一带的百姓移家过去，耕种荒芜的土地。熊娃子的先祖未必不是那一时代移往蜀中的，但想来也不大会有家谱之类的保留至今。

看过了城市的繁华，她会带回去什么给家乡呢？据说四川有多少人跑出来做事，是号称"川军"的。那么这无意间也成了一种传播文化的方式了吧。但愿城市给人看到的，不仅仅是浮华。

往编辑部，集体签名填写贺年卡。

读苏青的《结婚十年续》。

十二月卅日　星期四

一日大风。

将昨晚草成的《不发表就发霉》一稿寄出。

往编辑部。坐车往方庄附近的豆花饭庄。编辑部做东，宴请司机班。沈、董、郝、鄂，并方自加拿大归来的迮卫同在，共费四百二十元。只有一款甜烧白入味。

七点半钟散席。老沈喝了不少，又说些疯话。归家的路上，他说：很高兴能够经常这样放松一下。我却实在不喜欢这种应酬，也没觉得有什么要放松的。彻底的放松是孤身一人去游山玩水。那是人生必要有的放松的快乐，但必须是一个人。

读张爱玲的《传奇》。

想起熊娃子决定回家时说出的一番话："人是新鲜的好。处久了，也要厌的。换一个新的不好吗？"

老少三代十几口人，住在一起多少年了。安安静静，和和平平，从来没有过争吵，很小的争吵也没有。两代家庭成员都是党员，除了我之外，第二代全都是大学毕业。俭朴的家风也是一贯的。没人抽烟，没人喝酒，连跳舞也是不会的。虽然开放了，改革了，也不过人人多添些衣服而已。便菜碗里的肉，也未见得多上几片。大家早已习惯如此，倒也并非怎样撙节克己才这样的。

只是有一次到云南开会，坐在开往德钦的旅行车上，被人偶然问起家里的情况，随便讲了几句，不料引起一车人的兴致，七嘴八舌问出全部的故事，惊叹得了不得。我才感觉出果然是很难得的。

熊娃子却一下子跳出去寻找城市的繁华与热闹了。家里人对她的不安分很不习惯，劝说又不听，渐渐有些不喜欢了。以她的聪明，怕是觉到的吧。

十二月卅一日　星期五

访梵澄先生，——送去为他抄竟的诗稿及代购的书。

持了一册“读书记”，初心只是让先生看一眼就收回的，也并不说明是谁写的书。但他一翻开目录就说：“这好多文章是看过的呀！”又道：“多少钱一本？”看了定价就要一起加在今天的书账上。忙说：“这不是为您买的，这里面的文章您也不会去看。”“我要看的，那么就是赠送，要签名啊！”说着就到写作间去拿笔。我连连摇手说：“字是一定不能写的，绝对不能！”于是引了钟会怀了《四本论》送嵇康的故事，还没讲完，先生就笑起来：“对，应该远远丢了进来。”也就没再勉强。

我说，看了这书，才觉得以前太芜杂了，以后想专心文史。说起“文”，先生说：“有个诀窍，——写白话要如同写文言，这样就精练得多；写文言要如同写白话，这样就平易得多。”“我以为你还有个事情可以做，——把《老子臆解》作个笺注。”抽出《臆解》来，随便翻到哪一页，就指着其中的某句话问我，典出何处。有的答得出，有的答不出，有的觉得很熟，却一时记不起。先生说：“可见是要作笺注的了！不必急，可以慢慢做起来。”“你如果能不用别的书参考就都解出来，可真是算第一了。”惭愧！我离这个第一还远着呢。其实这本书我还是当真好好读过的。

一九九四年

一月一日　星期六

小茹一对领了婆婆和舅舅来认亲家,午间合家分两桌吃团圆饭。

午后看望外婆。

一月二日　星期日

读一九七九年至一九八〇年《读书》合订本,初选“精华”。十几年前的文章,还带着不少历史的印迹。语言的不同,尤其明显。讨论的问题,现在看起来,很多已嫌幼稚,但仍有不少并没有过时。保留至今的作者,大抵只有王蒙、黄裳、金克木、董乐山、陈原(近两年已不大写了)等几位。金、黄似乎是宝刀不老,王蒙则始终显露一份聪明。

仍读张爱玲。

一月三日　星期一

张爱玲,简直把我的全部喜爱都攫了去,真是叹羡得了不得。如何这样地聪明,这样地有灵气,这样不丝毫费力地就做出如此的美丽?只觉得她是一只鸟,不费劲地长大了,忒愣愣就扑翅射向蓝天。我却是一生变了几变的尺蠖,只能在地上慢慢爬呀爬,爬了一辈子,也还是在地上,更不用说还经历着一根丝吊在树枝上的凄惨。

往编辑部。

午间杨成凯来送稿。

作成《又见〈一个人旅游〉》。

将“楠溪江”又修改一遍,这一篇始终不能令人满意。

一月四日　星期二

仍读张爱玲。

午后往中华购书。

往编辑部，补二校所缺两处补白。

读《散文》。郭保林作《抒情的乌梁素海》，颇与亲身所历不同。检出八四年内蒙采风日记，作成《曾经是红柳》。

一月五日　星期三

将"红柳"篇抄竟，寄出。

午后往编辑部。

重见五一班日记，当日的我，几乎是另一个我，虽幼稚，却幼稚得并不可爱。

一月六日　星期四

人知生而不知死，便总想测知未来，但如果真的确知等在前面的未来正是一个可怕的灾祸，那么，是否还有勇气一步一步迎向这未来？当然灾祸既是命定，就无法避免，所以有时前知倒真不如不知的好。人生是这样短暂，却又要经历各种各样预想不到的苦难，而终究要被淹没在历史的汪洋大海之中，真是有些灰心丧气。

昨日傍晚从编辑部归来，见郑逸文已候在家中。坐在里间聊，从向晚聊到天色黑尽，便任它黑尽，也不点灯，黯沉沉中，窗外的一线柔光托出郑的清秀轮廓，发散着诗的气息。

她说，好想结婚了。

午前端居读书。冬日这暖暖的半天阳光，真教人舍不得离去。

午后往编辑部。

往资料室借书，被拒（说三联的人要有个新规矩了），不怿良久。

一月七日　星期五

午前仍守着一片冬阳读书。

构思《阳关月》。

一月八日　星期六

往编辑部。

读翦著《秦汉史》、张维华《汉史论集》中的《论汉武帝》。

一月九日　星期日

阅三校样。

将《阳关月》草成，却是极不满意。

一月十日　星期一

往编辑部。

以做寿的名义，将丁聪夫妇请来（丁聪生日实为一九一六年十二月六日，沈峻为一九二七年八月十二日），在老沈办公室吃火锅，尽欢而散。

散席后，忙做发稿准备。

临时决定，被派往郑州，参加分销店新址开业典礼。

一月十一日　星期二

昨晚将《阳关月》改定，今寄王得后。

往编辑部，将发稿的一应事项做好。

早起觉浑身关节酸疼，午后更甚，又发起烧来，躺在床上辗转反侧。

读迈克《采花贼的地图》。

一月十二日　星期三

一夜发烧，早上挣扎起来，仍像踩了棉花一般。

七点半赶到朝内，将发稿事交代老沈。

八点钟出发，三十五分钟就到了机场。丁聪夫妇、潘振平，一行四人往郑州。

飞机坐了不到一半的人。一个小时飞到郑州，但因有雾，在机场上空盘旋两圈，方降落。薛正强与王八路已候在门口。

王八路是越秀海鲜酒家洛阳支店的经理，此次为三联书店郑州越秀支店开业小型室内音乐会的组织而专程来帮忙。他是黄河漂流的勇士，同伴多已遇难，从生死之界的一隙穿过，想必他对人生有了一种深刻的领悟，看上去是有几分豪侠气的，——倒不全是因为那一部密丛丛的络腮胡子。

从机场到国际饭店，开车不到十分钟。住在十一层，一个单间，一天六百元。但也只是一般饭店的水平，不知为什么这么敢要价。

休息片刻，十二点钟往对面的越秀酒家午饭。

单间雅座，两壁悬了当代画家的作品，陈列窗则是明清瓷器及汉唐古物，据说是从古物商店调剂来的。

宴席不是丰盛，而是高档。饮料为轩尼诗酒。一盘大闸蟹令人惊呼，崔老板说，是专门派了人守在阳澄湖，等船来了，当场收购，郑州只此一家。可惜我并无此等口福，正好十个人只有八只，于是让给王八路。又有一盘清蒸鳜鱼，则是洞庭湖所产，从岳阳空运来的活鱼。不知这一席要多少钱。此外有棋子瓜焖牛蛙（田鸡）、蘑菇、牛腩煲、柳叶。柳叶是河南菜，我只在房山插队时吃过，当地是捋了柳叶造酸菜，今日吃来，犹能品出当年风味。

饭罢参观画廊和书店，书店进货档次很高，正与酒家的档次相匹配，却不知囊橐充盈的美食家，是否也是高档书的鉴赏家。

依然骨节酸疼，头晕不止，四点钟回到饭店，伏在三床被下，仍觉得冷。

六点半，再往酒家。请了省委干部和新闻界的人士，有三四十人吧。名为“三联书店郑州越秀支店开业小型室内音乐会”，演奏的音乐倒是很高雅的：古诺的《圣母颂》，舒伯特的《小夜曲》，及肖邦、莫扎特、海顿、韦伯的作品，又有江南丝竹中的名曲，只是与席间的喧闹不合拍，有人吃，有人喝，不断有人来回走动，加上镁光灯一闪一闪，实在不是室内乐的气氛。这音乐的确抒情，又有那忧郁的、悲怆的《二泉映月》，是催人下泪的曲子，一片小小的骚动托起这一份忧郁，让人不知该为什么哭。一会儿，又将与会的领导者流请到另一间雅座，讲话、录音、拍照，总算没让不相干的人一起跟着受罪，还是福气。

八点钟音乐会结束，下一个节目是就餐。实在没有胃口了，只想放倒了睡觉，潘振平善解人意，特地去同二楼的值班经理樊桂琴说了，做了一碗青菜汤，在中厅的角落里吃罢，悄悄离去。

一月十三日　星期四

夜来一梦,梦见城市里的海市蜃楼:满天映出方便面,卡通玩具,各种花花绿绿的塑料袋包装,上面又架起一道彩虹。

八点钟往饭店一楼餐厅吃早茶。享受过越秀的服务,就知道国营饭店的服务水平有多差了。四个人,费七十九元,品种不算太多,质量也不是上乘。

饭后,由薛振强陪同,一行人坐了车去逛书店。

郑州三联分销店坐落在文化路最北端,夹在一爿熟食店与一家牛肉面馆中间,是一片肉夹面包的三明治。门面极简陋,里面也未加意装修,因为地处路口,故接纳了各路灰尘。学术著作居多,但品种仍感到少了些。一路扫过去,有百花、蓝色、名著、三毛、华夏、中华、昨日、经济等十多家。通俗读物及畅销书居多,也有一部分外国名著。据潘振平说,和北京地摊的情况差不多。

在省社科院门口又坐上车,往图书城,亦即批发市场。花花绿绿,实在都是些不入流的货色,与北京金台路批发市场近似。倒是薛设在这里的批发点有几本正经书。

归来从市中心穿过,经二七纪念塔、亚细亚商场。商场对面的一家新华书店,是我对昔日郑州唯一的一点印象,可据说已被台商买下地皮,要另行开发了。

十二点回到越秀。一顿午餐吃了三个半钟头,都是精品,却无一合口味,如白灼虾、原汁熊掌、木瓜炒蛇丝、清蒸石斑鱼、炒豌豆苗、柳汁煨鸡汤。灶上的大师傅梁伟坚亲自提了一条水蛇到座间，放血、取胆。血滴在米酒里，胆浸入白酒间，做成蛇血酒和蛇胆酒。真见出灯红酒绿，酒绿灯红。

崔老板是山东人，父亲似乎是老干部，他本人过去一直在国家机关，八六年才开始经商，八八年就创出牌子了。越秀开业五年，算是郑州的一个名牌，——“饮食业一枝独秀，郑州市纳税第一”。

回到饭店已近四点，薛又来坐聊片时。洗过澡，未及喘气，薛又来，聊了几句。

躺下，书未读得几页，八路打电话来，招呼过去吃饭。有省委宣传部部长张文彬来看望丁聪夫妇，又是一通海聊，坐在饭桌上，已是七点半钟。

仍是一桌高档菜：花蛤、鲜贝、清蒸原汁带子、活龙虾。一个五彩巨形拼盘，是为海鲜冷热拼。又有一个用某种食品原料编成的花篮，里面大约是精品杂烩（蛇丝？吃得出来味道的只有青椒丝）。一人一碗黄芪炖甲鱼，一碗皮蛋粥。饮料为人头马。服务周到得令人手足无措：一会儿递手巾，一会儿换盘子，一会儿续饮料，只要有人一摸烟，立刻有火凑上去。

结束已是九点半。今天一天的主要活动就是吃饭，而一日头痛不止。

一月十四日　星期五

早起仍头痛，吃下两片去痛片，又天旋地转起来，却酿出《第八件事》的开头，于是一气呵成，一篇草竟。

七点半钟，跟了薛，仍往楼下早餐。今改为自助餐，油条、煎饺、面包、黄油、小米红枣粥、瘦肉皮蛋粥、小菜若干，甚可口，每人十五元标准。

饭后，薛率领丁聪夫妇与潘逛亚细亚，我独自留下，将稿件誊清。

午间再往酒店（由老板结清了房钱，每人三百五十二元）。

老板备下的是涮羊肉，只好告罪，在街上八毛钱买了一块烤白薯（九毛一斤），边吃边往博物馆走，走到门口，才知午间休息。博物馆门口有一个图书市场，里面的书一律九折出售。

两点钟回到酒店，火锅尚未涮完。在书店里闲逛，等到两点半，由薛陪同，乘车往大河村遗址。三点半归来，独自往博物馆，看馆藏文物展：青铜器、三彩、瓷器。

博物馆对面是金水桥，桥上又是一处图书市场，分九折、八折、对折出售，新书多是九折，外国名著精品亦在其内。

五点十分回到酒店，看丁聪签名、作画、写字，欢笑一回。

六点半钟吃饭，面条系列：鸡蛋绿豆面、排骨面、青菜绿豆面。

七点钟握手道别，崔老板以一支派克笔持赠。

往火车站，由薛振强送上车厢。252次直快，软卧，潘一人是硬卧，坐在一起聊到十点半钟。

一月十五日　星期六

六点五十分到达北京。回家洗过澡，吃过饭，大体整理就绪，已近九点。

往编辑部。有陆灏寄来《罗马大教堂》《锦帆集外》《彩色的花雨》等，诸伟奇寄《施愚山集》《阮大铖戏曲》四种。有一包下款写王璜生托广东电视台蔡照波寄，原来是饶宗颐著《画䪼》，扉页并有作者题赠。寄书的王、蔡二位皆素不相识，与饶先生也并无交往，怎么回事？

将《“倚窗学画伊”》（评《采花贼的地图》）草成。

昨晚与潘振平聊天，他谈到中国统一趋势的动因是北方游牧民族的不断南侵，这是从秦始皇时代就开始了的，又言晚清最大的困扰是财政危机。

一月十六日　星期日

读高阳著《胡雪岩》。

一月十七日　星期一

七点半钟，往东单银街牌下与陈四益碰面。冬寒凛冽之下，伫候十五分钟，不见人来，只得先往编辑部。八点钟，陈赶到，说是临行忽腹痛，待跑出卫生间，已逾约会时间，特追送了来（丁聪的漫画原稿）。

将《胡雪岩》三册读竟。高阳实在是大手笔，驾驭史料的功夫不用说，细节描写，铺陈之妙，是一绝。能对当日社会生活种种如此熟悉，人情物理如此了解，亦一绝。细思来，经商的道理和为人的道理，竟是一样的。解读了一个“商”字，人生也就没有秘密了。

想起越秀老板崔乃信，他经营上的成功，与其为人上做得漂亮，正是一致的。

一月十八日　星期二

读《萧瑟洋场》。

午后谢选骏来。一别几载，似乎一点儿没变。他说小住几日，仍回日本，家眷也还在那里。问他近况如何，多一句不说，也就算了。

往商务门市。

继往编辑部。

一月十九日　星期三

往编辑部。

从吴彬处借来《红顶商人》。

读罢余秋雨的《千年庭院》（《收获》一九九三年第五期），有欲哭无泪之恸。文化的根扎在地下，固难斩绝，但生于地面的葱绿却是这样脆弱，也还不必暴力，只须人性恶中的一点点：嫉妒、虐待，施放出来，也就够了。一旦为之提供施放的机会，这一片葱绿哪里还有生机呢。自然总会生出新的绿，但面对荒芜的也许就是整整一代人。

晚间看录像：《情人》。把热烈的情爱做成一份深深的忧郁，她明明是爱着他的，却始终对他说：只是为了钱。也许这样才能减轻爱的重负。但她仍然肩负这爱，走过一生。这爱，包括对方，也包括自己，是初始的情欲，是懵懂无知的，是纯洁的，是不可重复的，一生只有一次，如同只有一次的生命。

寄柳苏"洛神赋十三行"。

一月廿日　星期四

十点钟往编辑部。

十一点钟小坤来。与老沈同往柳泉居，赴负翁之约。为小坤去岁织了一顶毛线帽，负翁念念于心，一定要见一面，宴请一回不可。小坤一再推托，今日总算一了夙愿。另有贾凯林并贾的同事一名。菜有冷拼一款，过油肉、肉片烧豆腐、马蹄虾仁、宫保鸡丁、抓炒鱼片，并酸辣汤一盆，豆沙包二十个，费九十八元。

饭罢往琉璃厂，有“岭南文库”一批面市。

一月廿一日　星期五

怀古类，也是定了格的程式。钱锺书《谈艺录》谓：孔子言道亦有“命”，道之“坠地”，人之“弘道”，其昌明湮晦，莫非事与迹也。道之理，百世不易；道之命，与时消长（页二六五）。这便是怀古诗的基调了。又用得着梁漱溟的说法：中国历史自秦汉后，即入于一治一乱的循环，而不见有革命。革命指社会之改造，以一新构造代旧构造，以一新秩序代旧秩序。中国历史所见者，社会构造尽或一时破坏失效，但不久又见规复而显其用。它二千年来只是一断一续，断断续续而已，初无本质之变革（《全集》，页二一九）。

天不变道亦不变，道是永远的，故历史只是由道的昌明湮晦而连续演出的一个一个事件。革命是改变，是建立新的秩序；治乱是复原，是恢复旧的秩序。道是无须改变的，故全然用不着革命。但道之湮晦便成乱，于是要弘道，于是就有了治，拨乱反正，重新回到旧的轨道。今与古不是一条递进的直线，而是一个圆。首尾不相望，圆心却是一个。

其实怀古诗写得最好的是程式之外的陈子昂《登幽州台歌》：前不见古人，后不见来者。念天地之悠悠，独怆然而涕下。——不见古、今之事与迹，惟觉地老天荒，为一片无边无际的悠悠岁月所包裹，这怆然悲怀，是立足于圆心才有的感觉：感到圆的神秘，圆的压迫。

方回在“怀古类”卷首小序中写道：“怀古者，见古迹，思古人，其事无他，兴亡贤愚而已。可以为法而不之法，可以为戒而不之戒，则又以悲夫后之人也。”怀古诗中的景语，即状写古人、古迹；情语，则是千篇一律的千古兴亡之慨。悠悠岁月，阻隔着古与今，挽结着古与今，——今非昔，今犹昔，古与今，是一个圆上的两个点。

只有一位伟大的诗人吟诵着“俱往矣，数风流人物，还看今朝”，似乎是要冲出这个圆了，却终于在最激烈的反古的声浪中复古，——仍然没有冲出这个圆。

许浑《登尉佗楼》有“箫鼓尚陈今世庙，旌旗犹镇昔时宫”，方回批道：“今世”“昔时”，犹所谓“耳闻英主提三尺，眼见愚民盗一抔”，“三尺”“一抔”甚工，“耳闻”“眼见”即拙矣。“今世”“昔时”亦然。这是评诗。但今世庙、昔时宫之同义反复，却格外见出一层意思，即古、今之间，除却岁月之隔，原是没有什么大区别的。

午后往编辑部。

一月廿二日　星期六

老子曰：“多闻数穷，不若守于中。”中，非是前后居中之中，乃圆之中。偏离了圆心，必画不成圆。

老子十四章：“迎之不见其首，随之不见其后。执古之道，以御今之有，能知古始，是谓道纪。”

王弼注曰：“无形无名者，万物之宗也。虽今古不同，时移俗易，故莫不由乎此以成其治者也。故可执古之道以御今之有。上古虽远，其道存焉，故虽在今可以知古始也。”

十六章：“万物并作，吾以观复。”

往最高人民法院出版社为爸爸购司法文件选。

往编辑部。

雷颐来送稿，谈到“文化大革命”，谈到将要被淡忘的“文化大革命”。

一月廿三日　星期日

将“不仅是‘律髓’”草成。

读《萧瑟洋场》上部。

一月廿四日　星期一

往编辑部。

老沈将“律髓”篇改作“程式化与大一统”。

初校样来。

一月廿五日　星期二

往编辑部，准备初校样补白。

午间与老沈在仿膳宴请叶秀山、周国平。叶的一番谈话很有意思。他说，《读书》是“后学术”，能写书，能写论文，能把自己的专业玩熟了，才能给《读书》写稿。

将散席时，叶先生一眼看见刘东在另一角站起，将去，遂将他叫住，又坐在一起聊了一会儿。

一月廿六日　星期三

往编辑部，处理初校样。

从负翁处取来王玉书所镌“宋远”小印。为王写了一幅“洛神十三行”。

读《六朝经济史》。

一月廿七日　星期四

往编辑部。

为梵澄先生送去《渔洋山人精华录训纂》及《海国四说》。到徐宅已将及九点，不意先生刚刚起床。他说近来是几十年中最忙的一段，为鲁迅先生的藏画目录累得寝食不安。昨晚一直到两点犹不能入睡，于是起来躺到沙发上看《读书》，至凌晨四点，方上床就寝。这几日又在忙《五十奥义书》重印本的校对，十天看了不到一半，而只有八天的时间就要交稿了。先生说，这一次又想到我当年提出的意见，即应将译者以为不雅的部分照译出来，而不必删去。“我重新读了一遍原著，认为还是删得对，实在是太不堪了，没有必要译出来。”“这是哲学啊，应该让读者看到它的原貌。”“这不是哲学，哲学是高尚的东西，把最低下的与最高尚的攀缘在一起，正是李义山说的‘花下晒裈’、‘在丈人丈母面前唱艳曲’。”“那么密宗呢？”“密宗就是这一点不好，利用最野蛮最原始的东西，去讲出一番道理。”

先生说，在这样紧张的时候，却又另有一件烦事。所里的一位七月份要到希腊参加一个国际佛学会议，拿来讲稿，长长的一篇，要先生帮助修改。“这个人的英文水平充其量只有高中一年级，又要搞巴利文、梵文。所以我做这件事真是不易。难就难在文章根本不通，做不了的学问就不要去做，还偏要做，又这样的屈尊……”，先生一个劲儿转头，大约“屈尊”是文雅的说法，恐怕言谈举止是很有些卑下了。“我这一生都没有做过这种屈尊的事，我们的国家也真有意思，能派这样的宝贝出国。”先生说，这些讲本来懒得去讲，只是心中不快，看见我了，忍不住发泄一下。

杨成凯送图来。

一月廿八日　星期五

读萧著《中国政治思想史》。

道德原与法律、制度相适应，且互为作用。没有相应的制度作保证，道德是无法显示其力量的，或者说，只能是虚伪的，——以道德的语言掩盖不道德的行为。

一月廿九日　星期六

往编辑部。

与沈、吴一起，讨论第四期稿件。

过中华门市部。

读《日本学者研究中国史论著选译·五代宋元卷》。宫崎市定著《王安石的吏士合一政策》，颇有见地。

一月卅一日　星期一

往编辑部，发第一批稿（一百一十面）。

读《辜鸿铭文集》《毛泽东读文史古籍批语集》《字诂义府合按》。

看录像：美国影片《人鬼情未了》。山姆和莫莉是至爱的恋人，山姆被情敌卡尔谋杀，化作幽灵复仇，保护了莫莉。明知满纸荒唐言，但编剧甚解荒唐中寓情寓理。情、理之人，又正契于观者所系心处，故可以为人所接受。

二月一日　星期二

以“善史书”质于朱新华。奉来书，颇有所解。此君果然学识不凡，非浅学之辈，但犹嫌证据不足，尚未可作的解。

午间与老沈在仿膳宴请“京味海派”：董乐山、施康强、李文俊、陈四益、丁聪夫妇。

饭后老沈陪同丁聪夫妇来家小坐（丁夫人急于打电话），然后一起将他们送上出租车。

下午沈又来，送来一个水仙花盆（先养在一个搪瓷碗里，被沈看到），并一个邮包，是陆灏寄来的，计“海派小品集丛”四种：苏青、章衣萍、徐訏，马国亮；《秋笳集》；《司马相如集校注》；“生活与博物丛书”；《涧泉日记》；《章太炎全集》第二卷。海派四种仍推苏青为佳，文笔老辣。马国亮的文字，太酸。章的随笔尚可读。

接到于晓丹两册赠书：英国散文精品集《玫瑰树》，卡佛的《你在圣·佛兰西斯科做什么》。于在短笺上写道：我去年一年去河北乡下锻炼，乡下的经历很好，给我补养很多。

志仁买来计算机。

夜间看电视：王志文和江珊主演的《过把瘾》。

二月二日　星期三

读《颜氏家训集解》。

午后往宾华。沈、吴、贾、郝、倪乐、小坤已在座，为倪做生日。

往负翁处，取得《顺生论》若干册，携归编辑部，代为分赠。

画版式，准备发第二批稿，忙到五点半钟。

志仁往天津，夜归。

小凯赠一支笔。

二月三日　星期四

想起《老残游记》中有一段谈儒、佛、道三家的话，议论很精彩。检岳麓本，第九回《一客吟诗负手面壁，三人品茗促膝谈心》，论“攻乎恶端，斯害也已”；论韩愈“厚道”；论朱子；论“好德如好色”，果然说得极好。

二月四日　星期五

往琉璃厂。昨晚志仁交下一千元零花钱，说随便买什么。欲买念之已久的《十竹斋笺谱》，不料已由原来的八百六十元涨至一千二百元，只得作罢。

访萨本介，未及多谈，又有人来访，遂匆匆辞去。

计算机接通，但不会使用。

二月五日　星期六

往铁道部。

看望外婆。

归途过北图，见书目文献出版社正在出售降价书，购得《群书考索》等。

往编辑部。

傍晚郑逸文来。明日将回上海过春节，特来告别。她说，她已采纳了我的建议，搬到友人家中去住了，感觉很好。我说，就这样，以一年为期，好不好？她似乎以一年为长。

老沈又送苹果来。郑邀请他一起去看话剧《阮玲玉》，他谢绝了，仅约定明天在新侨为郑饯行。

二月六日　星期日

将八四年内蒙采风时整理的民间故事找出来，有些还很有意思。

十一点半往新侨。老沈已在六楼等候，说这里已改为自助餐，换地方吧。于是他先往美尼姆斯占座，我留下等吴、郑。一会儿，吴彬来了，一起候郑。在大厅里等候的时候，说起郑逸文与绿雪，我说："两情若是久长时，又岂在朝朝暮暮。"吴彬道："牛郎织女乃与天地齐寿，凡人如何比得起？人生不满百，这朝朝暮暮还是要在乎的。"直等到十二点十分，也不见踪影，只好三位主人聚餐。一次客人缺席的聚餐，各人点各人的菜。我要了鸡丝沙拉、炸猪排、橙汁，匆匆吃下。

十二点五十分离去，赶往三里河。志仁已候在路上，同往王燕京家，请李雄讲计算机的基本操作。志仁两点钟即往同学家聚会，弄清了大致的操作程序，三点钟离去（总觉得心情十分紧张）。

回家练指法，觉得很累。

晚上老沈打电话来，说他们刚刚结了账，郑竟施施然而来。于是换了张桌子，又重新开始。我们三人用了二百一十元，郑一人便费一百五十元,吃得很高兴,还喝了鸡尾酒“天使之吻”,尽欢而散。

小茹与黄陆川今日结缡。终于接受了我的意见,没有大摆酒席,只是送来了喜糖。小茹近日肝又不好,故肝火旺盛。黄说,日前他们在西单商场排大队买喜糖,站了半个小时,已是不耐烦,待排到跟前,售货员却又给别人拿,于是小茹冲着她大声喊道:“不买了!”结果黄只好再重新排一次队。不过小茹倒还是生着气在旁边等,没有一怒跑掉。

二月七日　星期一

往编辑部,处理积存的来稿。

阅三校样。

二月八日　星期二

一日大风。

往编辑部,为先发之部分稿件校样准备补白。

读谢阁兰的《碑》。

碑?“碑”?《碑》?它真让人惊异。它出自中土,却被西化了,因此面目全非。这是一本很奇妙的书。

《辜鸿铭文集》,第三十七页“费解”:袁简斋晚年欲读释典,每苦辞句艰涩,索解无从。因就徇彼教明禅学者,及获解,及叹曰:“此等理解,固是我六经意旨,有何奥妙。我士人所喜于彼教书者,不过喜其费解耳。”余谓今日慕欧化讲新学家,好阅洋装新书,亦大率好其费解耳。如严复译《天演论》,言优胜劣败之理,人人以为中国数千年来所未发明之新理,其实即《中庸》,所谓“栽者培之，倾者覆之”之义云尔。

费解并非就跳过去不解，而是率以己意强作解人。谢阁兰于中国典籍，亦如是。其实他本也无意求的解，而是以己意求新解。他这种非中非西、亦中亦西的作品，大约对西方人和东方人来说，都是陌生与新鲜的。无论西方人还是东方人，衡量他的作品，都须采用与本土传统完全不同的标准。

东方文化对于他，只是一个灵感的激发点，一种启示，一种象征，开启一条新的思路，提供若干新的意象。他不须寻求完全的了解与理解，也无须认同，只需要感觉。碑是形象的启悟，四书五经是语言的启悟，撷取能够激活他的思维的吉光片羽。这种断章取义，竟使本土的读者也觉得像是遇到了一个新的文本。经义的本身已使人难辨旧貌，谢氏所赋予的新意，更令人觉得朦朦胧胧。

不能否认他对东方文化的研究与了解，他也的确是很用了功夫的。但到底不能够改换固有的思维方式。也幸而他能够保持自己的思维方式，而使他的研究与了解在一个独特的角度展开。

他并非阐释经典，你无法评论他对与错。在这一点上较真儿，是愚蠢的。

第六十六页，“嫠也何害，先夫当之矣”，叙述了《左传》里的故事，中文题字，用的是《左传》原文，叙述也很忠实，但仍令人感到面目全非。也许因为这一故事被他单独提取出来，就赋予了新的意义。也许因为这一故事脱离了上下的语境，就失去了原有的意义（特殊性变为普遍性，它成为发生在世界上的一件事，而不是中国的春秋时代的一个史实）。

二月九日　星期三

往编辑部。

往负翁处取《清流传》序。

为谷林先生送去样书和稿费。

看望李师傅。

将序送至编辑部。

用计算机写出了第一份文件：给谷林先生的信。无奈打印机操作不好，费了半日力气，到底印不出来。

蒋原伦送的一头水仙，先养在一个搪瓷碗里，后来老沈看见了，遂送来一个蓝瓷盆。眼看着它一点一点拱出绿芽，抽出碧莹莹的叶片，又挺出一茎一茎的骨朵。今天正好秀出第一朵花，散发着一缕闻不真切，却感觉得到的清香。

读谢阁兰的《勒内·莱斯》。与《碑》不同，他不是注重感觉，而是着意于讲故事，便不好。

二月十日　星期四　甲戌正月初一

再次努力操作打印机，仍未成功。

做《韩诗外传》细目，输入计算机。打字已经很熟练了。

晚间老沈来，取走《负暄续话》。

二月十一日　星期五

落雪了，清晨起来，看到窗外白晶晶的一片。一冬无雪，这一点点雪，真是金贵呢。

仍读《碑》。

碑是如此呈现于谢阁兰的创作活动中：

他从实实在在的物质世界中撷取与心灵碰合的意象，用物质的碎片，营造了一个精神的世界，半童话、半神话的世界。这也许并不是有意的浪漫，而是一种直觉，真实的直觉。在“万里万万里”中，他想象着翘角飞檐、雕梁画栋的皇宫是行进着的；亘古不移的，只是凝固的碑。不知道他是否还从《诗经》中获得灵感，——《小雅·斯干》中的“如跂斯翼，如矢斯棘；如鸟斯革，如翚斯飞”，正是描绘这种动感；但可能另有一种深层的寓意：在皇宫里完成兴盛衰亡的一代一代王朝，随着天道更迭不已，而“纪念碑静止不动”。它是完成，也是开始，它忠实地纪录着一治一乱的全过程，却冷酷庄严地显示着天不变，道亦不变。

在他的想象中，君王、天子，首先在精神上、情感上，享有无限的自由。在“纵乐的君王”中，他让夏桀说出：“我的王位比护卫帝国的五岳还重：它横卧在五情六欲之上。让那些游牧部落来吧：我们将使他们高兴。”桀从历史中被提取出来，不再对王国负责，不再承担君主的义务，不再肩负道德，而只是一个享有自由意志的个人。从历史中剥离出来，脱离了生存背景，摆脱了历史的批判，越出了政治道德的尺度，在欲望中的沉湎与迷失，却被赋予了发现与显现的意义。桀只是一个在生命中点起欲望之火的人。“纵乐的帝国”是一种生命的体现。

“日亡吾乃亡耳”，这是桀的永恒。作为夏“桀”，他断送了一个王朝；作为桀，他是一个自我的完成。所以他把这六个汉字题写在他的这一方诗碑上。

将《翟方进》输入计算机(打字速度一小时六百字)。

傍晚二鸿来。

水仙花开出了六朵。

二月十二日　星期六

读泰戈尔《人生的亲证》。

与志仁、小航同访李雄,仍请教计算机的使用。

往小舅舅的书摊购书,只选了须兰和赵玫的《武则天》。

早在《文汇报》上看到对须兰的介绍,只有二十二三岁,很有几分天才。

《武则天》用的是一种很独特的叙述语言,写出一种阴森、惨酷的气氛。感觉的准确,使它具有一种无法拒绝的真实,因此不得不忽略对史实、对细节的考订,而接受她的叙述。

她对国人人性的洞悉,超过对唐人心灵的洞悉;她对中国政治的洞悉,超过对唐代政治的洞悉。所以站在今天,她可以远眺唐代,而且觑得那样真切,那样分明。作者略过对典章制度的考订,读者也便略过对典章制度的追究,而认可了她笔下的历史,不得不接受。简直不明白为什么无法拒绝。须兰,真让人嫉妒。一个走出少女时代未久的姑娘,为什么对历史有这样深、这样透的感觉,像一个在历史与今天间飞去又飞回的精灵。

按照李雄的指点,再次打印,仍失败,气死人了!

二月十三日　星期日

读《武则天》赵玫所著部分,有些读不下去,似远不及须兰。

将《"我是他"》草成。

晚间薛正强做东，在东四新开业的食德小馆宴请王世襄夫妇，我和吴、沈作陪。小馆前书四个篆字，下置一袋雪白的大米，旁一斗，一瓢。中间伸出的台板上，放着一盘糖果瓜子，一盆盛开的水仙。厅堂雅洁，只是不停播放的流行歌曲过分聒躁。菜很新异，多有前所未食者。四个凉菜就很别致，一款松花豆腐，郁郁拥着雪白，豆腐嫩得入口即化，且齿颊间留下豆香。又有秘制狗仔鸭煲，似是药膳，也还可口。柠檬猪排、豉汁蒸鱼、小笼包，都不错。罗宋汤差一些，欠浓郁。玉米糕、银丝卷、八宝饭，皆好。共费二百元。

一年一度的春节就算过去了。真正有意思的似乎是节前那一段长长的准备与期待。努力将旧岁中未了清者尽快了结，努力为新岁之到来做一好的开端。紧张、忙碌之后，便如释重负（其实，若有一时打发不了的，借着“年关”，不打发也算是打发，就清账了）。

二月十四日　星期一

往编辑部。

发稿、并校样，忙碌大半日。

读《西南历史地理考释》。

二月十五日　星期二

李雄应邀上午来，终于将打印机的问题解决，一连打了五封信，寄出。

午间冯统一过访。他早就准备购置计算机，但不知为什么一直拖下来。不过虽无机器，却对机器的性能、操作已经非常熟悉了。

二月十六日　星期三

写了几封信，打印又遇障碍，真是不胜其烦。

午间编辑部在食德小馆宴请陈原先生，五人费一百三十余元。饭罢又往宾华喝咖啡，吃甜点。

在灯市口购得《胡雪岩全传》。

读最后一册《烟消云散》。

二月十七日　星期四

终于将折腾了整整一周的“谷林先生”打出来。

往灯市口中国书店，购得《普鲁斯特随笔集》《里柯克随笔集》《故都三百六十行》《重订新校王子安集》《郭弘农集校注》《泊水斋诗文钞》。

往编辑部。

晚间陆建德过访，坐聊一个多小时。他极力主张“教化”，认为一个操作顺利的社会，并不是一个好社会，而一旦到了那样的程度，再来“教化”，便近乎不可能。“经济是手段而不是目的”。

将《烟消云散》读竟。高阳笔下的胡雪岩真是条汉子，事业完了，但人仍立得住。胡可谓成也左，败也左。他的轰轰烈烈靠了与官场的联姻，他的一败涂地也是因为卷入政争。

二月十八日　星期五

利用电脑，伪造了一篇读者来信，寄老沈。

午间张庆来。在家中便饭，然后乘13次回沪。

二月十九日　星期六

往编辑部。

吴方来，赠彼四册"世纪回眸"。他在《读书周报》上看到《棔柿楼读书记》的广告，因索。虽真心以为拿不出手，但二吴（今按：应指当日也在场的吴彬）皆以为我是自谦，到底送上一册。

老沈不慎扭腰，带彼往赵大夫处按摩。

将"谷林先生"草成大概。

二月廿日　星期日

"谷林先生"草竟，并打印出来。

地下室租期已到，需将里面的《读书》合订本及一应杂物搬出。午间前往装车，大风中迎立近一小时，车不到。老沈遣我先回。据说我走后不一会儿，车终于来了。三点钟才忙完。

曲冠杰携其女公子来，送所著《千秋血》一册。

二月廿一日　星期一

昨夜始改写"藏书家与侍妾"一文，今日午前作完。定题目为"知多少、芳心苦恨"。打印机仍不好用。

午间老沈来。

二月廿二日　星期二

往编辑部，处理校样。

将《公孙弘》改定。对打印机"施暴"——上下左右乱敲一阵——竟一下子变好了。

午后陆建德来。送来为志仁翻译的孙子兵法玉屏石雕的说明（中翻英）。坐聊近两小时。

二月廿三日　星期三

访梵澄先生。此前先生特嘱我带了纸笔，到后乃将一至三卷诗抄错之处，一一改定。先生先告诉我几种校改的古式，我却一点儿不知道。先生便抚掌大笑，十分得意。他说，你抄得实在是好，我要给你一笔“润笔”。但你如果再用来给我买奶粉、烟叶乱七八糟的，我就不给。我说：“如果给我的话，我一定还要去买烟叶的。”

谈到王荆公。先生说，司马光说他贤而愎，真是一点不错。苏东坡有一个上皇帝的万言书，他也就照样来一个，一点不少，此所谓拗也。他的诗的确作得好。有一首诗，还是和别人的，写得真好。“已无船舫犹闻笛，远有楼台只见灯”，试想想，这是怎样的情景？又有“山月入松金破碎，江风吹水雪崩腾”，这一个“水”字就有多么妙！他人只想到“海”字，想到“浪”字，而这一个“水”字，便是只有荆公想得出。

（归家查得此首为《次韵平甫金山会宿寄亲友》：天末海云横北固，烟中沙岸似西兴。已无船舫犹闻笛，远有楼台只见灯。山月入松金破碎，江风吹水雪崩腾。飘然欲作乘桴计，一到扶桑恨未能。）

又从鲁迅、鲁迅博物馆，说到周作人。他本来说，对周作人我一个字也不说，但仍然说了。原来是极看不起。又道，那一枪实在是打错了（他说那一枪是爱国人士打的）。没有那一枪，周未必就出任伪职；打了这一枪，又没有打死，反而使他起了反感。

从早饭对门送来的四个汤圆，又忆起家乡风味。长沙柳德坊汤圆店，做得极好的汤圆。把糯米加了水，磨成浆，上面加盖两层布，布上加灶灰，灶灰便将水分吸干。然后裹馅，做起蚕茧大小的汤圆。一碗六个，六个铜板。汤圆浸在水里，水却是清的，可以称作神品了。再也没有哪里能够做得出。

春节无事，戏作打油，题为《寓楼八景》。当下看过，却不能记住。只记得先生最得意的一句："乾坤四鸟笼。"又有"台湾仍国学，日本即园工。"自然少不得有董先生一笔，总之，一句刻画一个寓楼中人物。结束之"关节美来鸿"，注道："关大姐佳节从美国来信问大家好。"讲到这里，先生大笑，说，此之谓不通，而又不通得好。又说作诗有入魔道的，举了一个宋人的例，举了一个王思任的例。

又取第四卷诗稿来抄。

留饭，坚辞，因编辑部已约了丁聪夫妇来吃饭。

赶往编辑部。丁聪夫妇、叶芳、白(三联山东分销店)已在。老沈烧的菜：咸鱼蒸肉、腌笃鲜、梅菜烧肉。另有叶芳带来的黄泥螺和醉蟹。梅菜烧肉极入味，就是咸了点儿。

访负翁。

携《顺生论》一册送往谷林先生处，坐聊一个多小时。问先生可有些知心朋友么，除了老倪之外，陈原先生是否算一个？先生说，和陈原先生还可以说几句话。那么还有谁呢？还有，先生看着我笑，还有赵丽雅呀。

后有历史博物馆的一个小伙子来送《郑孝胥日记》样书，遂告辞。

作“脂麻”补录。

二月廿四日　星期四

往编辑部，处理校样。

整理近年写下的刊发及未刊发的文字。

二月廿五日　星期五

作“脂麻”补录。

吴向中过访，坐聊两个多小时。

午后老沈来。

准备云南之行。

二月廿六日　星期六

往民航售票处问明详细情况，然后再往光大公司向志仁汇报，从他手里领了款，再返西单，买好往返机票（一千五百六十元）。

给外婆送补助。

访负翁，送去老沈写下的第一篇《剪褪余音》。

二月廿七日　星期日

谷林先生阅过“芳心苦恨”之后，在“《莲花白氎经》”旁打一问号。查原文，书名号原是叶著的校点者所加。检佛学辞典，不见有此一经。《读杜心解》页三十，有“细软青丝履，光明白氎巾”。注引《后汉书》注。又循踪翻查，终未得确解，却又读到了猿的故事。又由《水经注》而《白猿传》，而《南诏国与唐代西南边疆》……

作《脂麻通鉴》题记。

看电视中播映的影片《过年》,李保田演得最好。

午后又头疼。两片去痛片吃下,并不见效。

二月廿八日　星期一

往编辑部。

寄朱新华一部《骈字类编》。又从社科院取回一部。

头疼。去痛片吃下,又睡,仍无效。

三月一日　星期二

往社科院。访陆建德,送去光大所赠礼品。

赵一凡做了副所长,忙得不亦乐乎。说今日带稿子来,却也忘了。

访谷林先生,假得发在《周报》上的《曾在我家》。

老沈说,陈原先生看了写谷林先生的那篇文字,以为很不错,首先是没有一句废话,不俗。

作题记《不贤识小》。

访负翁,送去续编的目录及两则题记。他说我的文字不明白,费解。昨日杨成凯也说我食古不化。日前吴向中过访,所言亦大致相同。

再访谷林先生,送还文章,乞得两帧照片。看到他年轻时(三十二岁)与夫人的一帧合影,颇惊讶于他的清俊、秀雅,不觉脱口而出:“真是一个风流小生啊!”先生只是笑。

三月二日　星期三

往编辑部。

吴彬约了法国大使馆文化处的齐福乐先生和另一位搞中国当代短篇小说研究的法国女士，谈组织文学讨论会事。午间齐福乐做东，在仿膳请吴、沈并准备担任翻译的施康强、韦遨宇吃饭。未往，归家。

仍整理续编。

三月三日　星期四

《棔柿楼读书记》稿费汇到。与志仁同往工商银行去取，计四千七百九十五块二（应五千四百元，扣除调节税六百余元，稿费标准千字二十五元）。

往编辑部。《中华英才》的张安慧老太太又请了摄影记者来拍照。

将《儒生三传》改写一回。

吴彬告诉说，那日席间提起我，韦遨宇道："她常常悄悄坐在角落里，像个弱女子，其实心里像岩浆一样。"这哪里是我？

三月四日　星期五

往编辑部，将下一期发稿事宜基本料理清楚。

将《"我是他"》用计算机处理好。现在用全拼双音法每小时可打一千字。

午后再往编辑部。

归途过中华门市。

三月五日　星期六

坐了小夏的车，由志仁送往机场。

一切按照既定的程序进行，十一点十分准时起飞。

飞机在云层间穿行,此刻方解什么叫作天外有天。云涛云浪之外,又是蓝蓝的天。刹那间冲入云雾,便劈头盖脸被团团裹住,生与死似乎一下子都交给命运了。很少的时候,能够看见绵延成一片的山岭,却不知飞到了什么地方。

两点二十五分到达昆明、远远就看见小裘站来玻璃外,同来的还有人民社的卢云昆,科技社的高亢(郭蓓的爱人)。

高亢开了一辆“上海”,先到民航售票处确认回程机票,出来以后,汽车停在马路边上,高说:没有油了。原来车子是昨天借来,油表又是坏的。于是小裘乘了电驴子去买油,这一折腾前后大约用了一小时,然后送我到下马村,他们就回去了。

一路打听到鹤西先生家,应门的一位小老头儿,正是程先生,腿有一点儿拐,原来是八八年在北京被自行车撞成骨折。

房间极宽敞,四室一厅,厅大概就有二十多平米。夫人几年前去世,遂将外甥一家接了来住。外甥媳妇原在江西,现在省农科院图书馆。

程先生自幼爱好文史，却搞了一辈子农业,——主要研究水稻。和鲁迅闹的那一场不愉快,大概就是促成这一转变的主要原因。先生的藏书,一半文史,一半水稻。八八年骨折住院,曾写了一本《骨折吟》,自己打印,装订了十册。

五点多钟吃晚饭:藠头炒肉末、青豆炒肉、酸菜烧菜豆、红烧鸡块、素炒荷兰豆、火腿片、香菇汤。可惜在飞机上吃得太饱(先发了一盒点心、面包、沙拉之类,刚刚吃下去,又送上来一盒热饭,有一半是鸡块),因此一点儿食欲也没有,头又有点儿昏,所以每一样都浅尝辄止。

六点钟辞别，先生一定要让外甥媳妇把我送到路口，在路口乘上摩托车，抵西站（五块钱）。

七点钟开车，原来所谓豪华型，不过是个可躺式的座椅，而车内的设施几乎都损坏得惨不忍睹了。

十一点钟到达楚雄，进车场夜餐。没下车，后来才听说是免费的，不过当时是什么也吃不下去了。

三月六日　星期日

早六点多钟到达大理，停在一个像是停车场的地方。黑咕隆咚不辨东西，一路打听着找到邮电局招待所，但门紧锁着，门口两个小伙子在聊天，说服务员还没有起来。于是又打听着摸到玉洱路，又一步一步摸到113号，应门的又是一位小老头，正是李群庆先生。

李待人极热情。楼下坐了片刻，又往楼上他的居室。稍事休息，拟定了一天的行动计划。先生决意要陪我上苍山，也不好过分拂主人的一番美意。

八点钟，一起出发。在路口买了两个喜洲粑粑。到邮电局招待所登记了住宿，一天十五元。

先生已经七十五了，却脚力极健，登山的时候，我勉强能跟上。过三月街，进中和村，但见叶嫩花初，家家桃红李白，翠竹丛丛。

中和村背倚的就是苍山十九峰之一的中和峰。山腰一寺，亦名中和，但供的却是玉帝，门外，则又是一尊弥勒佛。毕竟道观抑或佛寺，倒有些搅得不清楚，大概此地民风有兼容之朴厚罢。寺是早就有了，但迭经损毁，屡屡重造，今日所存，乃近年所建，雕塑、对联、栋梁间的绘画，皆俗不可耐。寺院外面的一个角落里，横卧着一方大石，原来是康熙皇帝的御题匾额“滇云拱极”，在这里，倒真的是皇权扫地了。

在玉皇殿前的廊上坐了喝茶。前此来到的两位，其一是群庆先生的老表，其一是大理城中的裁缝。茶是烤茶，喝下去回味甘甜，禁不住称奇。一座皆曰：“水好。”所谓“水”，当是苍山十八溪之一的水了。从中和峰流出的，应是桃溪。

坐聊一会儿，又起身行至寺后约百米处。一片石头的大斜坡，上书着“磅礴排奡”四个大字，左题共和元年，右署腾越李根源题书。再上去，就是新修的玉帝路，因此峰常有白云缭绕如玉带，故名。据说为此拨款几百万，上上下下吃了喝了，剩下的钱拿来修路，其实基本没有使用价值。

沿玉带路左行，先生说，那边还有一个凤眼洞。但行不远，在两峰之间（中和峰与马龙峰）的转弯处，看到前面的路已经塌方，过不去了，遂向回折，原路返回。

置身山间青翠的松林中，只看到远处的蓝，——蓝的天，蓝的山，蓝的洱海。太阳时隐时现，这蓝也就变幻万端，或沉郁，或轻盈，或闪烁不定。

行至山脚，回首苍山，已被云雾所包裹，人竟像是从云端走下来。山下一座苍山神祠，是省重点文物保护单位，据介绍，这是唐代崔佐时与异牟寻结盟的地方。但岁月奄忽，历史已变成了宗教,结盟的遗迹荡然无存,此地却蔚然一座白族本主庙。里面供的是杜光庭,中和村即大部为杜姓,据云是杜光庭的后代。

殿前廊下,左面墙壁石刻,是宋湘题诗手迹,只记得尾联是:莫问劫尘世,仙人方弈棋。此诗题在凤眼洞,后移往此处。宋湘曾做过大理太守。

回至李宅,已是十二点半钟。一会儿,先生的一位朋友冯世禄来访。此位先生是本地著名书画家,最近被收入《世界艺术名人大辞典》。冯介绍说,李老是文史专家,在本地德高望重。又看了几篇先生发表在《云南文史》的考证文章。先生是白族人,老家在大理附近的乡间。父亲是举人,曾做过大理县志的编纂工作。先生先在铁路,后在邮局。育有一子二女,但与夫人却已十几年不讲一句话了。住在一处,吃饭分两灶,各过各的日子。据先生说,他曾经写过一篇什么文章,就被打成反革命,老伴觉得连累了她,从此二人相见形同路人。

一点钟吃饭。这里人称午饭作早饭,早饭则叫早点或点心。饭菜颇丰盛:香肠炒青豆、鱼香肉丝、炒蘑菇,一大碗清炖鸡汤。鸡很嫩,炖得又烂,颇有汽锅鸡之清鲜腴美。一问,却只是用普通的锅炖出来的。

饭后小坐,先生又陪同往太和城遗址。

遗址是全国重点文物保护单位,所存不过一段生满杂草的土垣,残墙尽头,建起一座碑亭,著名的南诏德化碑就在这里了。一个整方的大青石,碑身之高大,成为全国之冠(据说妙善菩萨的那一个碑,仅次于此)。只是碑文大部损毁,所存不及十之一(原文八千余字,今存七百余字)。据说当年倒卧在荒草丛中,乡人或凿下一块块拿回去磨刀,或特别剜去有字的部分,研成石粉,当药吃,说是能治病。南诏国的历史中,不少故事都很悲壮,此即其一。是否也因为撰文的郑回,特别有一种文字的功夫,而作成这样一种悲凉慷慨之音,格外能够动人呢。

悲壮的一幕,在漫漫的历史中毕竟太短暂,历史中充满的是平庸,是无边无际的寻常岁月,这许许多多的日常生活淹没了瞬间的悲壮与辉煌,所谓历史的尘埃,就是这平常岁月罢。南诏国的历史,南诏王的皇皇业绩,对今天仍然生活在这块土地上的平民百姓来说,有什么意义呢。一个是冷却的历史,一个是热切的现实,历史学家努力粘补剪贴在岁月冲刷下残存的破碎;日常生活中的普通人,则将没有现实价值的历史在破坏中忘掉,可资利用者,则或为宗教,或为商品,已是被现实漫画化了的历史。

太和城的路口,连个指示牌也没有,或者到这里来寻觅古迹,发思古之幽情的人,并不多罢。

归途,在大理古城城门前下车,步行进城,仍然是清晨的那条街,但阳光下,整条街充满了生机与活力,还有欲望。黑夜所保存、所掩盖的,此际尽被阳光释放出来。

街上出售的绝大部分可称作“旅游商品”,如大理石工艺品,蜡染服装之类。买了一条蜡染裤子,十二元;两项帽子,五元。

在玉洱路口分手,先生先回家,我只身往三塔。路上买了一块冰砖(一块钱),一根花生巧克力冰棍(四毛钱)。

走出城北门,即有一位马车夫迎上来,问坐不坐马车,先是拒绝,禁不住左说右说,便坐上去了。一会儿的工夫,七颠八颠,就到了三塔。

三塔远望,依然是那样美丽、挺拔、俊秀,在蓝天中越见出莹洁如玉,但近前看,却见摊点纵横,充盈着商业气息。赶车人说,到这里来的人,不过就是转一转,照张相。这古迹,对当地百姓来说,已成了财源,对旅游者呢,是重金买得不知所谓的消遣。赶车人给我看了他的身分证,知道他名叫赵尔进,白族人,四十一岁,家在大理附近的银桥乡。赵说,原来塔顶上有一只金鸡,后来被英国人偷走了。苍山十九峰,十八条龙,少的那一条是黑龙,进了洱海,兴风作浪,塔顶的这只金鸡修炼了三千年,下来打败了黑龙。又说这三个塔是徒弟修的,师父原在对岸建另一座。徒弟耍了个心眼,搭起架子,然后用纸糊了,师父远远看见,大惊:我一座塔还没造好,他居然造起三座,结果一下子就气死了。塔后有一块大青石,用石块击打青石,就从塔顶上反射出蛤蟆的叫声。赵说,这是塔把声音收了去,然后又放出来的。

出了三塔,又坐了赵的马车往洱海。古城门边,田间一条马车路直通洱海,一段是土路,一段是石子铺就。赵喜欢把车赶得飞快,人在后面颠上颠下有一尺高的运动量。拐到一个村子里,正遇到一辆汽车在御砖,于是赵挟了马车上的一件蓑衣,说:我送你走过去。

渡口顺了有七八条游船。赵走过去和一位小伙子搭话,问了问价，说渡我一个人过去要八十元。这价钱简直让人无法考虑，便马上说算了吧。但赵仍在那里讲价，驾船的说，我让到六十元，去就去，不去就算了。心里仍觉得贵，但想想此生大约不会再有第二次，咬咬牙，去吧。赵也跟着上了船。

一下海，就进到蓝色的包围之中，天和海，不可思议地蓝，逼人而来。水鸟在波涛上点水，野鸭子在水波上争逐，不是海，却有海的感觉。风很大，催起了浪。远远看见左岸耸起的高阜上一座翘角飞檐的楼阁，便是所谓景点之一的观音阁了。守门人说此阁始建于东晋，却似乎于史无征。不过眼前所见，是近年的重建。里面有八仙过海的雕塑。另一座楼阁供着观音，案上放着签筒，另一面墙上，挂着印刷品的卦语。整个建筑与布置，同中和寺一样，俗气之至。

下船，继往金梭岛。岛上基本居民是白族，捕鱼为业。岛上一座本主庙，供着苍山太子。正殿对面，是一座戏台。庙宇建筑是白族风格。赵又带我到他爱人的一个朋友家坐了一坐。房子是三开间的，没有窗户，正面的格扇门雕刻得很密，所以室内采光不好。左右两间大概是卧室，一个小伙子搂着一个粗粗的白筒子在吹，原来是水烟，上面灌水，下面装烟，水起一个过滤的作用。屋子里很杂乱，也没有像样的摆设。主人要留饭，看看天太晚，便谢绝了。据说这里还有一个吴三桂避暑处，但驾船的小伙子说，水满，过不去了。

上船，回返。天色向晚，暮霭渐渐围上来，浪也更大了些。苍山那一边，乌压压一片浓得化不开的云，十九峰，玉带云，望夫云，全化作了一片沉沉的黝黑。残阳投射在洱海的一角，只有那一小片泛着淡淡的红光。

回到渡口，已是七点半钟。赵马车上的粪筐子被人偷走了，他说："这一个粪筐子得十几块呢。"原路返回。

没走多远，天就整个儿黑下来，天幕很快涌上星斗，奔行在田间的路上，田野吹过来的风，凉浸浸的，只听见马蹄声碎。赵执意要将我送到邮局招待所门前，他说，天黑了，不安全。临别算车钱，十四元。他说，再给点儿小费吧。便给了他十五元。

跑步到玉洱路李宅，已是八点四十分。李的儿媳开门，才知道先生在家里急坏了，四处打电话，此刻又跑到派出所去报案了。心中顿感不安，站在门口迎他。好一会儿，才见一个小个子急匆匆冲过来，——正是先生，急忙连声道歉。先生详细讲述了经过，听下来愈觉不安，也只能不断抱歉。

九点多钟到招待所。虽是两人间，但只有我一人住，被褥都还干净。又洗了一个热水澡。夜间只听得外面风声大作，做了一连串的俗梦。

三月七日　星期一

五点钟起床，记日记。七点钟先生又赶来送我。

在街上买了一甜一咸两个喜洲粑粑（六毛钱一个），然后等在大理宾馆门前。

七点半钟车才开到，一路上不断停车载客，开起来车速也很慢，到达丽江已是一点半钟。

在客运站门口坐了一辆三轮摩托到下八河农科所，原来转弯不多远就到了，小伙子收我四块钱。

一打听，杨鼎政去昆明了，一子一女在家，不会待客的样子。这情况，自然不便久留，喝了一杯茶，就告辞了。

往客运站的路上，一辆载了人的摩托车从身边开过去，驾驶员回头望了我一眼，原来就是刚才那一位。过了一小会儿，车子又空着过来了，招呼我上车，我连忙摇头，他说："免费送你过去！"于是坐上去，到了客运站。

买了三点半钟到石鼓的车票，一个半小时到达石鼓。坐在车上眼睛有些撑不住，迷糊起来。待一睁眼，车窗外，一江如带，菜花黄，柳梢绿，已是别有洞天。还没从惊奇中醒转来，车已停驶，连忙问："到石鼓啦？"旁边的人点点头。又问司机："长江第一湾呢？""喏，那不是！"

顺着他手指的方向，下到油菜田中，沿着柳林前行。穿出树丛，果然一袖江水，在眼前轻轻曼曼抛出一个弯，潺湲一带，从从容容折向北去。江流远望很平静，站在跟前，听着一刻不停汩汩流淌的声音，便觉得行脚仍是很急的。水清澈得透明，真想象不出到了中游会有那样的混浊。蓝天、白云、青山、碧水，金黄的油菜花，翠绿的柳树林，江风鼓荡，时或淹没了水流的声音。

从第一湾折回公路，看到路口一座石鼓亭，中间一面石鼓，两面有字，于是拿出纸笔来抄。快抄完时，不知从哪里冒出来一个小伙子，过来搭话。一问，原来是镇上《艺友报》的主编。递过来一张名片，上写着："王法　主编　中国书法家　摄影家"。他说，和我一起上去吧，这一期的《艺友报》，专版介绍石鼓风光。

沿石鼓亭后的高坡拾级而上，面街一家就是《艺友报》编辑部。问他一共几个人，他说只有我一个。楼下是一个敞厅，还置有台球案子。王法送了一份报纸，又沏上一杯热茶。殊俗万里，不期遇这一位“青青子衿”，实在是感觉很亲切的。

报纸浏览一遍，又喝了茶，便告辞继续向上。

行不远，穿出去，就是石鼓街。一九九一年以前，下面的公路没有开通，车就走这旧街。开公路时，毁掉不少柳树，原来号称百亩的柳林，现在只剩下沿江的两行了，可惜的是还有好多古柳。

小镇看上去平静、安宁，虽不乏旅游者，但多半是匆匆过客，随车来，随车去，不过把这里作为一个景点。

上到山顶，极目四望，一衣带水，飘向北去，衣带周边，缀着黄，缀着绿，闲中着色，在不经意中流泻出春光点点。两座高山之间，一痕曲线优美、起伏着的矮山。若有文人骚客将之附会作睡美人，也还有根有据。

山顶平台是丽江县石鼓完小，校门口左侧一方石碑，上书“南屏周夫子德教碑”，左刻“大中华民国七年正月中浣谷旦”，右署“石鼓里绅民同立”。

从山上下来，又转到新桥下面的铁索桥，即铁虹桥。凭桥而立，看冲江河从上面流下来，汇入下面的金沙江，若有人从桥上走过，桥就颤起来，一颠一颠的，感觉很奇妙。桥的一边又有石级通向山顶，原来是红二方面军长征渡江纪念碑。在这里看江湾，看小镇，一片黑瓦顶上，间或钻出一树两树红的桃白的李。

日暮时分,小镇上炊烟袅袅,汽车声,拖拉机声,狗叫声,似分还合,酿出有声似无声的一味宁静。

纪念碑再上去,后面就是录像室,但院子却布置得十分雅致,盆景,兰花,还有几枝铁脚海棠。从这里出去,便是石鼓街的另一端,可以看见街上的戏台。返回纪念碑,见到墙角有一方碑,上面写着"重建铁虹桥入出各项谨列于后。"

在铁虹桥头又遇王法,他正在为人照相。他说这铁虹桥也是周南屏出资建的,周的儿子周冠南曾经留日,周霖是画家,这三周号称金江三才子。

回到汽车售票处,买了明天的车票。又登记住宿,单人间,四块钱。里面一榻之外,别无长物。房间就在售票处的木楼上,今日投宿者只有我一人。

下楼,吃了一碗西红柿米线,一块五。

单人间是将及五平米的一间小室,被子看上去还不算脏,但一抖开,立刻有复杂的酮体味冲上鼻子,只好先围了自己的外衣,再盖被子。

三月八日　星期二

五点半钟就醒来了,但老板娘在下面拉了闸,电灯不亮,只好和衣躺着,从小窗可以望到外面的一角天空,密密麻麻的星星,仿佛伸手可扪。整个镇子静极了,鸡不鸣,狗不吠。在一片墨黑中沉睡,好不容易挨到六点钟,听到下面有女人的咳嗽声,摸摸索索爬起来,又一步一步摸下楼去。老板娘听到声音,把闸合上了。自己开了门,走到外面。星星多得吓人!却看不见月亮了。

又进来洗漱，收拾。七点钟，天才发亮，于是沿着油菜地中的田埂，再到江边，在晨曦中听水看水。江这一边的山峰上，还别着一镰新月，轻轻淡淡的，太阳都快出来了，它还恋恋不忍离去。

沿着柳林走回来，小镇开始热闹起来，已经有人出来干活了。仍在售票处下面的小餐馆吃早饭，要了一碗西红柿饵块，两块钱，原来饵块就是水磨年糕。

八点半钟，坐上从中兴开来的车。车开动了，回首看见昨晚投宿处叫作金江旅社。

一路上的风景，仍推石鼓一段为美，似乎江水只在那一段最完整，拐过弯之后，就被江中沙屿切分得七零八落了，也许是枯水季节的缘故吧。

十点半回到丽江。下车，先到云杉旅游公司买了明天的票。公司里的姑娘和小伙子都很热情，他们说要到上面去办事，顺便把我送上去，于是一直送到玉泉公园。

门票五毛钱一张。却奇怪今天这样“佳人无数”，一队队都是盛装的纳西族妇女，屈指计日，方悟到今天是三八妇女节。佳人小队蓁蓁簇簇分布在公园的草坡草坪，或点起火锅野炊，或围在一堆打麻将、打扑克。

先往东巴文化馆，但大门紧闭，恰好有一个人叫门，应门者一拐一拐走出来，说今天是三八节，休息。

文化馆下面是“解脱林”。一座重檐彩绘的建筑，里面出售东巴文化的纳西族工艺品，价钱贵得惊人，大约是为卖给外国人的。

再向前行，就到了五凤楼，现在是县博物馆，有东巴文化展览，里面有一部分内容是介绍东巴文字，觉得很好玩，就照抄了一些。楼前一座雕像，是明代武将的打扮，铠甲，披风，手执兵器。一问，原来是三朵神，是纳西族的守护神，玉龙雪山太子。玉峰寺下的北岳庙，供的就是这一位（南诏时，玉龙雪山被封作北岳）。

在服务部买了一只木碗（十六元），一对木酒杯（二十四元）。

整个玉泉公园到处是人，只有这一个五凤楼内还有几分清静。不过这种举城过节的情景，也很有意思。纳西族妇女的装饰，简直就是一个模子里出来的：浅蓝色的袄，缀着七星的披肩，老少皆一，笑言哑哑，只是人人一顶蓝制服帽，却与一身装束不协调。

出公园，沿大道行，经过一个广场，见台子上正有一对对男女在音乐伴奏下跳交际舞，四周围着纳西族妇女在看。问四方街，问木家院，年轻人都茫然无所知，问上了年纪的，才能指路。先拐进新华街，街为石板路，与柏油路的新街平行，但高出很多，两边都是旧建筑。再往下走，就见一道清流穿过，水两边是人家，人家门口或横了石条，或横了木头，做桥，也是小桥流水人家了。

四方街似乎是一个小商品市场，买卖很兴隆。从四方街拐过去，是官院巷。旧建筑，却都很讲究，门楼有厦，出檐很大，檐牙高啄，状如飞翼。庭院中栽花种竹，雅洁清静。不敢贸然踵门，止作门外观。

但终于忍不住“破门而入”了。这是一座三坊一照壁的院落，碧水澄鲜，穿宅而过。两层的正房设有三开间的厦，摆了矮脚茶几和几个小方凳，吃饭、待客，都在这廊子里。主人热情让座、让水。

总算找到木家院。门大开着，迎门一座假山石，斜倚着假山石的是一树枯木，原来是观音柳，就是那种叶细如丝缕、一年三作花的柽柳。据说这一株观音柳已有三四百年的历史，前几年整修，将石子地改作水泥地，大约是动了地气，打那以后，柳就死了。

三进院落，一进是一个敞厅，有两个人坐在那里看报纸。二进，一边的房间挂着小卖部的牌子，一边门前写着第一教室。原来这里曾作工会俱乐部。三进已经住了人，问是木家的人吗，答曰不是，说木家人已不在丽江了。答话的是管理这院子的人，正在一桶一桶提着给花浇水。他说“文革”时候破坏得很厉害，家谱都给毁了。问丽江木姓还多吗，答多呢，我母亲就姓木。“父亲呢？”“父亲姓段。”“那么是大理人了？”“是吧，家谱也毁了。据说迁到丽江已经二十多代了。”

回到云杉饭店（两人间，十八元），已近三点。买了一包“特脆饼”（两块六），就着白开水吃了。

停电，无法洗澡，只好换洗了衣服。同室是永胜县政府招待所的一位姑娘，细美秀目，不善谈，却友好，处处见得出关切。

三月九日　星期三

风甚烈，鼓荡一夜。夜里三点半就醒来，辗转至六点，起床。从房间的窗户，就可望见玉龙雪山。

读《丽江府志略》。

吃了昨晚剩下的几片饼干，八点钟出门，又往古城转一圈。

九点钟回到客运站，遇到杭州黄龙饭店的董沛奇，也是自费出来旅游，从贵州一路玩过来。六个人同车往云杉坪。

十点半到达山脚。一路登山，风光无限。左望是积雪的玉龙雪山，后看是层层叠叠的蓝：蓝的天，蓝的山。到眼前的，是层层叠叠的绿。山脚下即是白水河，但天气尚寒，雪水未融，故河床中只有窸窸窣窣的几注浅流。

在雪松林里穿行，一个多小时，至云杉坪。

这是一个天然形成的高山草坪。玉龙雪山中的最高峰扇子陡，和老人峰一面为屏，下面是齐崭崭耸起的云杉。树下尚有积雪，草仍枯黄。坐在一株倒地的云杉上，看着山峰在阴暗中幻化。雪山上时而白云舒卷，时而云雾蒸腾。太阳时隐时现。阳光灿烂时，草坪上一片暖洋洋。太阳有一霎隐去，立刻山风大作，一阵透心凉。

下山时，到山下的一个彝族寨子打了一个转。这里只有九户人家，很贫困，只有两所房屋是木板的，余皆滚木泥巴房。家家都锁着门，有的在山坡种地，多半是到云杉坪租马去了。

下到半山腰，回首雪峰，只见彤云飞驰，不移时，浓云如幕，皑皑危峰撑柱其间，不由人凛凛生寒。

一点四十分回到停车场，驱车往干海子。

干海子实为一片平川，玉龙雪山十三峰比肩而立，极壮伟。停下观赏移时。

继望玉峰寺。

从干海子到玉峰寺的路，颇像乌鲁木齐通向吐鲁番的路，只是后者要更荒凉些。

玉峰寺的万朵茶花开得正盛，据说已有七百年历史。却是一株连理树，——原来是两株，后并作了一株。一树繁丽，罩成一重大影壁。

茶花院只是一个偏殿。下来，门前一株大枇杷树的，才是玉峰寺正殿，里面供着释迦牟尼，两位喇嘛在作功课。殿前一株垂丝海棠，也正值花期。一群纳西族妇女在游寺，花与人争艳，却没有一个展子虔，在这里再作游春图。

此刻已是三点，在寺下买了两个鸡蛋（一块钱），吃了，算是午饭。

最后往白沙，在琉璃殿与大宝积宫参观壁画。壁画绘于明洪武至永乐年间，除“文革”时遭受破坏之外，大部保存完好。最大的特点是几家教派合一：佛、道，大乘、小乘，在一幅壁画上，竟是一个全家福。右侧墙壁的一幅是佛教故事，讲善恶报应的。左侧是孔雀王讲经图，上有二十八星宿，皆着明代官服。琉璃殿中的壁画，是从别处移来的，多已残缺。两殿皆是明代建筑。

四点半回到云杉宾馆。又走了一趟古城，再往木家院。因导游说，木家院是没有围墙的——“木”加了围，则成了困，不吉利。但明明记得是有围墙的。今日再往，果然有。仍是昨天那位管理人，他说木家院本来很大的，现在见到的只是一小部分。那么，今日所见，已非旧貌了。

在古城各个巷子兜了一转。有一处人家的院子里，一树鲜媚柔婉艳如胭脂的垂丝海棠，枝条披拂，正探身墙外垂在巷子里，配以参差的门楼，真美极了。一位纳西族妇女背着背兜走过，更增添了无限情味，恰见得小城春色十二分。

又进到官院巷四号，主人很热情。这里住三家人家，但看上去气氛极和谐。各种杂物堆放有序，角角落落都收拾得很齐整。院子里遍栽花木，石子墁地，砌着吉祥图案。

在四方街上的一家四川小馆吃了一碗馄饨，一块三。老板娘很年轻，三年前来到这里，每月租金一百七。

七点钟回到云杉，洗了澡。

三月十日　星期四

凌晨四点半钟就醒来。想到宝山石头城去不成，真是遗憾得要命。六点半钟，到饭店对面的小铺子里买了一笼包子，十二个，一块五。捧回饭店，就着开水吃了。

退了房，七点半乘车出发往宁蒗。一路上不断翻山越岭，眼看着一点一点把玉龙雪山抛在身后。二百一十八公里的路，走了八个小时。

十一点到达永胜。吃饭。在大街上吃了一碗鸡蛋炒饭，两块钱。

今日天气格外好，万里无云。绝晴的天气，云容四敛。行在山岭尖时，远处是盈盈透明的淡蓝，近处的树，撑起一蓬碧绿的阳光。高处，则是莹洁无点尘的蓝天。永胜一带的房屋很别致，家家房子的山墙屋檐、封火板上都缀以木穗，上加线绘。翻过一道高岭，就能看到峰岭之间的一片平坝，绿色的田野间错落着黑色的屋顶，一点点绿，就要养活一方的生灵。

永胜过后，山岭渐渐荒凉，土地似乎也是贫瘠的。村寨、人家，都很少。

四点半到达宁蒗县城。已没有当日开往泸沽湖的车，只好买了明天早上的票。在县政府招待所住下，四人间，四元，但只有我一人。

在街上吃了一碗素米粉，八毛，卫生筷，两毛。街上到处可见服饰鲜明的彝族妇女，这一身衣服要二三百元。

回招待所洗了澡。房间里的灯绳是坏的，亮着灯入睡。

三月十一日　星期五

平均两个小时醒一次，五点半钟，到底躺不下去了，坐起来读《丽江府志略》。

七点半钟出来，在人民武装部招待所餐厅吃了两个包子，一碗粥，九毛钱。

八点钟上车，但一直磨蹭到八点半钟才开车。人和行李把车厢塞得满满满当当。车发动起来，很费劲地爬出车站。一路上摇摇晃晃，吭吭哧哧，大约每小时十到十五公里的速度，一道坡一道岭地爬行。所经都是彝族村寨，木楞房。衣饰繁复的彝族妇女，点缀在高山密林。车上有两个摩梭小伙子，坐在后排大声唱着各种各样的歌:革命的,流行的,都唱得很有味。司机有时也放一两盘彝族歌曲的磁带,很好听。正午,爬到这条公路的最高点。前面有两辆小车撞车了,正横在路上,等候警察来处理。

看看这种等法不是头,遂下车步行。好在是一路下坡,而且眼前一亮:山弯弯处卧着的一片孔雀蓝,不就是泸沽湖!真是写不出画不出的蓝。是湖映蓝了天,还是天映蓝了湖?真蓝得不可思议,像是高山捧出的一个神话。甩开步子下山,只是眼睛看得见,走起来仍然远。心里虽焦急,却也不抱任何希望,只能朝前走。

一辆吉普车从后面开过来,急忙让到路旁。万没想到,车子开过去,前方边座的车门突然开了一条缝,一位女子的声音飘过来:"坐不坐车呀?坐车快跑两步!"真是喜从天降。连忙奔了过去,一路颠簸着冲向泸沽湖。进游览区时,也没有买门票,——车是县政府的,只说是去办事,就直接开进去了。车里连司机共三个人,却属三个民族:彝族、纳西族、普米族。

车停在普米饭店,就便下榻于此。三人间,六元,实际只我一人,仍同单人间。是一座二层木楼,傍着湖,是离这里两里地的落水村人开的。这一带有几个自然村:独家村、三家村、烂帆村、大、小落水村,合起来是泸沽湖乡。

登记了住宿,就立刻上船,是当地特有的猪槽船。造型真的像猪槽,三个人划,两男,一女。离岸近的湖面上,是一小排一小队的野鸭子,几只海鸥逐浪翻飞。划出湖岸不远,风就大起来。蓝色的浪一排一排推过来,小船随着浪一起一伏。蓝天白云下,半壁红山屏着蓝色的湖。湖的平均水深四十七米,可见度为七米。桨插下去,像插在蓝玻璃中。这里的水,没有遭到一点点污染,真是纯净极了。

划到湖心的里务比岛,下船。岛上有寺,名里务比寺,却是藏传佛教的寺庙。据《重建碑记》云:“里务比寺经永宁扎美寺主持大喇嘛倡议,建于一六三四年。后因时局变迁毁于劫难。还我古迹乃文明之举,幸得罗桑一史活佛倡导,此寺一九八九年得以重建。”这劫难,就是“文革”。一九八九年一月,由剑川县甸南合江古建队重建。据说从前这寺庙的规模要大得多,也宏丽得多。

寺前匾额上,是罗桑一史为重建开光趣的四个字:“玉池琼楼”。看管寺庙的一位老者,是普米族人。屋檐的风铃被吹得叮叮作响,虽只有一间殿堂,但上有蓝天映衬,下有湖波托举,在这一片沌净的蓝色世界中,也别现一种神光。

寺后有一座白塔,是永宁土知府总官阿仙的墓,一九八六年五月据罗桑活佛提议而立。沿墓后小路走下,看见湖滩上几个人在烤鱼。有两个是摩梭人,有一个织鱼网的,是从四川过来的。两位妇女专为他们烧饭。柴堆上架着的锅里煮着茶水。地上一块小小的石板,上面放着几条小小的烤得黑糊糊的鱼。旁边还有一块肥的咸肉,像是烤鱼时搽石板用的。两位妇女从柴灰里拣出土豆递过来,烤得半生不熟,也就这样吃下去了。吃完一个,又递过一个来,连忙摆手辞谢了。

遂上山,下山,上船。划船的说,风大,那边还有一个岛,划不过去了。于是返回渡口，浪果然比刚才又大了些，比坐在洱海的游艇上，更能感到风浪的力量。下船，付船钱五元。

时间尚早，遂沿湖边，走访摩梭人的村寨。几乎家家都养着大牲口。村子里，也时见马牛在散步。进到家门前一道细流的院落，一个小伙子正在院子里做木工。和他说了几句话，便说：“进去喝水吧！”听不懂他向屋子里喊了一句什么，一位摩梭妇女出来招呼。

进门是一个很高很高的门槛（是不是怕猪跑进来？），左边是一个火塘，火塘上面供着藏传佛教的神。屋子里没有窗，光线极暗，也很脏乱。对着火塘的一面，是炊具。火塘的侧面，是房间式的床，上面堆着卧具，黑乎乎的。被让在火塘边，倒上一杯开水。又匆匆走到外面，不移时，端来一托盘待客的吃食：用很少的糖粘在一起的爆玉米花和米面炸的板条。举起一个大玉米花团塞到我手中。很费劲地吃下去。这位大嫂又从柴灰中拨出一个土豆（这里叫土豆作洋芋），亲自剥了皮，递过来。也是烤得半生不熟。

她有三个孩子，儿子二十岁了，下面是两个女儿。彼此都听不大懂，所以对话很困难。凡她的话我不懂或我的话她不懂时，她就笑，笑得很诚恳，很善良，是从皱纹深处浮出的一团动人的笑。问她去过北京吗，去过昆明吗，去过宁蒗吗？都说没有，为什么不出去走走呢？便又笑，然后说：嫌怕。

火塘上坐着一个瓦锅，她说是在做苞谷饭。里面先煮了芸豆，然后倒进棒子面，用一块木板条在里面用力搅，搅成糊状，然后靠在塘边，周围用热灰围上。这就是全家九口人的晚饭。一个土豆吃下去，她紧接着又拨出一个来，仍是亲手剥了皮，塞到我手里。一个劲说吃不下了，也还是不由分说地递过来。这一个土豆再塞进肚子里，可真是胀得不得了了。见她又在拨，赶快起身告辞了。

左转右转，又转到一家有着二层木楼的院落。守着门的，是两匹马，一头牛。木楼上面住人，下面堆杂物。还有一辆摩托车。一位背着孩子的摩梭妇女在喂牲口。便又招呼进去。也是一个高高的门槛，里面一个火塘，火塘上供着财神。塘边一位老人，手里拿着一个装了鼻烟的木制烟盒，不停地在膝盖上敲打。妇女背着的，原来是孙子。不一会儿，她也捧了一个托盘出来，也是糖粘玉米花球。连忙说吃过了。又问吃洋芋不，也赶忙辞谢。仍是彼此对话困难。小坐，告辞。

沿湖边走回。夕阳西下，弱柳从风。海鸥发出尖利的叫声，时而掠浪，时而高旋。半个湖的蓝，半个湖的红。

回到宿地，吃了一碗鸡蛋炒饭，一碗和合菜汤（青菜、圆白菜），两块钱。开饭馆的一家人，也是如此饭菜。但却搞不清这合坐吃饭的男男女女，彼此是什么关系。

但问起走婚的事，他们都很坦率，说是的。而且认为这样的大家庭很好。“结婚，两个人过日子，苦得很！”在大家庭里，没有私有财产，也不析产。母亲当家，舅舅掌握经济。很和睦，也不吵架。走婚也不限本村，有走到永宁的（距此二十一公里）。但有一些出去工作的，就在外面结婚了。

闻知晚上有篝火晚会，就又走了两里路到落水村。晚会在一个大院子里进行。大概是一个旅社，这里住了几十个四川来的旅游者（成都、重庆、攀枝花）。是他们花了钱请村里组织的。这样的歌舞班子村里有两个，轮流“应差”（划船也是如此，看来真是“共同富裕”）。

十二个姑娘，八个小伙子，有一个吹笛子的高个子，很有表演才能，也很有组织能力。他在队伍前面边吹边跳，小伙子和姑娘们围着圈，按照他的指挥与笛子的乐曲合力动作，非常和谐，非常齐整。一共有四种舞步（据说统共有三十七种，但每晚至多跳三四种），都跳得非常投入。姑娘们全部盛装，头上是盘起的假发辫，前绕一挂珠子，珠子尽头斜一朵大红花。拖地的百褶裙（做这样一条裙子要三丈七尺布），宽宽的，缠了几圈的红腰带。窄袖锦袄，项挂珠串，腕套珠璎。跳了几圈之后，不少旅游者插进去，一下子就把秩序打乱了。过了一会儿，又开始拉着姑娘们照相。有几位躲着跑着不愿意，几个小伙子在那里死拉硬拽，不成个样子。乱过一阵之后，开始对歌。吹笛人讲了几句开场白，很得体。然后分为主队、客队，一边唱一首。主队有唱摩梭民歌的，也有唱流行歌曲的，嗓子都很亮。

看看已经九点半钟，便悄悄退出，沿湖摸回驻地。天上密匝匝的星星，挤挤挨挨，有的甚至成团成片。有几颗特别亮的星，一闪一闪的，像扇着小翅膀。北斗星的勺柄倒插在湖里。没有月亮，没有灯光（此地尚未通电），只听见湖水拍岸。但走在这里，有一种安全感。黑暗的深处，似乎藏着一种动人的温柔。摩梭人的确淳朴而善良。这里的人家养狗都很少。即有,也是一种小小的长毛哈巴狗,未见有看家狗。

饭店里的几位,还围在火塘边烤火,他们一年四季不离火。早上起来就把火拨旺,一直烧到入睡。又听刚才掌灶的小伙子唱了几首歌,有摩梭民歌,有普米民歌,也有汉族民歌。他说,我三十四岁了,嗓子不行了。其实唱得很好,抑扬顿挫,非常有感情。小卖部的小伙子唱了一首白族调,不箫不拍,声出如丝,又似以气送出。一位抱着孩子的妇女也唱了两首,嗓子极清亮。小伙子说:“喝了泸沽湖的水,嗓子都这么好!”

十一点钟上楼睡觉。被褥很干净,凭窗能看见湖水的闪光。

三月十二日　星期六

夜里一次次醒来。六点二十分起床,还是满天星。

洗漱毕,按照昨天与船家的约定七点钟赶到渡口,但人还没有来。看着山尖一点一点冒红,在湖上抖出一线澄黄,半湖翠蓝,半湖透明。时或又有成双成对的鸳鸯傲然从旁踩水走过,五彩的衣冠在晨曦下发亮。野鸭子不知是否安静了一夜,此刻又逐队成排,在水波上嬉戏。这里的人们从来不去伤害它们。

等到七点二十分,两位撑船人到了。早上无风,两人就够了。下到湖里,顿觉寒浸浸的。太阳出来了,薄薄的阳光披在身上,像是一层纱,仍抵御不住料峭晨寒。在湖上慢慢地荡来荡去,时见三两捕鱼船。撑船人问:“有鱼么?”“少得很。”果然少得很,看一个大网一点一点拉上来,上面只挂着不到半尺长的小鱼。昨天在村里听到一位开旅社的小伙子说,原来湖里盛产一种无鳞鱼，肉极鲜嫩，且没有刺，“后来被国家给搞坏了。放养了鲫鱼苗，这种鱼专吃无鳞鱼的卵，结果原来的鱼都绝种了。这种鱼产量少，又有刺。过去无鳞鱼卖五分钱一斤，现在这种鱼卖三块钱一斤”。“那你们怎么不提意见呢？”“老百姓懂什么呀？当时投鱼苗的时候，有专家知道这种鱼不好，提出来过。可党委书记收了人家的钱，硬是放了。后来这位书记被调走了。”但今天撑船人说，无鳞鱼是从金沙江游上来的，每年春夏回游到泸沽湖产卵。后来在湖口修了水库，阻住了鱼的回游。——两种说法，哪一种对？

在湖里荡到八点半钟，上岸（船钱仍是五元）。买了一包朱古力夹心饼干，两块五。买了一卷手纸，一块三。

九点钟，一辆中巴车开过来，上车，与泸沽湖别。行了十几公里，一路仍时时可见那一块神奇的蓝。翻过最高的岭，终于再也望不见了。

三个小时开到宁蒗（十五元），居然就没有当日的车。想把车票直接买到下关，却又在永胜过一夜，真是白白在这里浪费大半天。想在街上碰碰运气，搭辆便车，也不成功。有可以包车到永胜的，要三百元。只得作罢，在一个四川小吃店吃了一碗醪糟鸡蛋汤圆，一块六。

仍往县政府住宿，仍是来时的房间，仍是一人住。洗了衣服，才两点多钟。

于是到街上坐了出租车到干河子（一块钱）。这里解放前没有村寨，后来办起了一个畜牧场，但畜牧场没有办起来，渐渐成为一个彝族寨子。远远望上去，离离披披的，桃红柳绿梨花白，砖房、木屋高低错落于其间。

沿着一条土路走上去，在一家门口探了探头，见一位彝族妇女领了一群孩子在院中。她的态度不大友好，眉眼之间，听不大懂的问话，都能感到一种拒绝。问看什么，道看一看家里。她说我们民族的习惯家里是不能看的。那么喝一杯水可以吗？她便跑到厢房里，手举着一铜瓢凉水出来。接过喝了两口。围过来的一群孩子中，一个女孩说：可以给我照相吗？当然可以，可是要穿起漂亮衣服呀！便答应着跑了。问起姓名，妇女叫沙嘎嘎，小女孩叫沙丽花，今年十岁。不一会儿，沙丽花一手系着裙子，一手举着帽子跑过来了。刚才还是一个蓬头垢面衣履不整的样子，穿戴起来，便很漂亮了。打扮得很精心，并且洗了脸（虽然是一块很黑的毛巾）。沙嘎嘎也认真装扮起来，脱下原来又脏又破的旧裙子，换上一条好裙子，穿了坎肩，戴了帽子，腰带上还挂了佩件。站在门口的柴垛前，为她们一一照了。

一个背上背了孩子的孩子，领着我往上走。“去你家吧！”“好的。”她的普通话讲得不错，十一岁了，四年级。走到上面，拐进一家小院，一位身材健美的少女正在侧间揉面蒸馒头。她说：“这是我姐姐。”而走在路上时，她说她只有哥哥，原来并不是她的家。

姑娘叫沙志珍，才十七岁，但发育得很好，显得比实际年龄更成熟。近门是一个火塘，上面坐着一个锅，沙把揉好的馒头放进去。问还炒菜吗？“炒的，炒洋芋丝。”火塘左侧是一张床，沙说是她妈妈睡的。右边是水缸、柴火之类。

沙是典型的彝族姑娘模样：双眼皮，大眼睛，鼻梁稍有点塌，嘴微微上翘，栗色的脸盘涂了釉似的，越显得牙齿雪白。扣耳的短发，头发黑黑的。“我们家很穷，我父亲三年前就死了。”她只读完了初中。

坐了一会儿，起身告辞。看见刚才领路的那个小姑娘来了。沙说，她想照张相。“那么你也照吧！”“我的衣服不好，我不照。”一会儿又来了一个小姑娘，说要借衣服给我，让我穿着照相。“我不会穿，你们穿了，我给你们照。”姑娘们嘻嘻哈哈跑进屋去，一会儿，穿戴出来，沙显得尤其动人。她说：“房外边有一棵梨树，我们到那儿去照吧！”沙又要拉着我一起照。给几个小姑娘一一照了，又把地址记了下来：宁蒗县大兴镇畜牧场。

这里有百多户人家，只有十来家有电视机，而且多数是黑白的。走到下面的一家，是个水泥铺地的院子，两层楼。一层是客厅，放着沙发，正中供着毛主席像。这家男主人(杨姓)在县里工作，每月工资有二三百元，算是村子里的富户了。养了两头良种猪，已经养得好大了，据说应该长到千斤。但喂不起，五六百斤就卖了。喝了茶水，又留饭，但明显是客气，便辞出了。

另一家，是新起的一幢木楞房，木料十五元一根，这样的房子需要三百根左右。

沿公路走回。在县城里的如意餐厅吃晚饭，一碟肉丝炒蚕豆，一碗青菜豆腐汤，五块钱。回到驻地，已经八点。

三月十三日　星期日

早十点钟往车站乘车。在车站门口买了两个包子，六毛钱。

车开出后，不断有人上车。据说凡中途上车的，收入都归司机。司机卖的票，要比站里卖得便宜。中午仍在永胜吃饭。在滴滴味餐馆吃了一盘炒米粉，一碗青菜豆腐汤，三块钱。

下午三点四十分到达丽江。没有当晚开往下关的车，开往昆明的也没有(双日有车)。又赶到旁边的旅行社，几位熟面孔都不在，小何也不下班了，似乎走到了绝路。

抱着一线希望赶到下八河农科所。敲开门，见到沙发上坐着一位穿黑夹克的中年人，问杨鼎政在吗，他向里一指。杨忙不迭地迎出来，说我等了你好几天，又到附近旅馆去查，也没找到，只好给程先生写信道歉。

顾不得多寒暄，忙说：能不能找辆车把我送到下关？“啊呀，这下可巧了，快来和我的老表认识一下，他正是开车来的。”他们讲了一通白族话，几分钟之内为我作了安排。杨把我郑重托付给老表。

立脚未稳，就坐上他的车出发了(四点半)。问起来，知道张小屏(杨的爱人)的母亲，是李剑的姑妈。李的家，在剑川，他以艺兰为业。他开的这一辆三菱小货车，跑起来很轻快。车行在山梁上，俯瞰脚下和眼界所到之处的峰峰岭岭，在暮色中是一片浓浓淡淡的蓝。过白汉场，见山脚下一泓如玉的水，原来正叫作如玉水。

一路上听李聊兰花，很有意思。他养兰已有十几年，前不久在成都举办的《中国第四届兰花博览会暨九四·四川国际兰展》中获得总亚军。艺兰，在剑川地区，有历史记载的(见于县志)已有几百年：有说始于明，有说始于清。但最近的高潮，始于近十年。李养出的剑阳蝶，已被专家评定为珍稀品种，价值数万元（一箭）。听他一番介绍，艺兰既是一种雅好，又是一条致富的捷径。可以将个人的兴趣与爱好和生活结合在一起。不过他每讲到一个品种的时候，总不忘要讲出它的价值几何，显然与过去的文人把兰草纯作为案头清供是完全不一样的。讲到目前兰花界追求的境界是矮圆宽厚重，则岂不是向着脱离兰花特点的方向发展么？越不像兰，越是珍贵，这似乎有点不大能让人接受。

两个小时，开到剑川县金华镇南门李宅。这是后来分别买下的两院住房。偏院修了一个月亮门，青砖石子地坪，砖缝间冒出一小蓬一小蓬的绿草，格扇门镂着花草鸟兽。进门便是客厅，一条窄窄的走道通向后院，走道旁门是一间住房，设推拉门。

后院养着数十盆兰，上面架着拇指粗的铁丝网。李笑着说："养兰花就像养老虎似的，主要是防盗。一箭兰花就是几千或者上万。"院子里还养了两条狼狗。李并且申请了持枪证，备有武器，"主要是为了报警"。

先一起吃了饭，牛肉干，羊奶豆腐，西红柿炒鸡蛋，萝卜汤。奶豆腐膻得厉害，勉强吃了一片。和李说不吃牛羊肉，他说那就吃西红柿炒蛋吧。吃饭间，李联系的那位杨师傅来了，同意明天的安排。最近一段供电不足，各个地方轮流停电，今晚正好轮到这里，原说八点钟来电的，但到底没来，始终点着蜡烛。饭后坐聊一会儿。在蜡烛下看了一些兰花的图片和一本画册。

李剑带我同访杨，以示正式邀请，以为尊重。杨宅的小天井里，也种的都是兰花。小院后面，又起了一座小洋楼（尚未完工，费用五万）。杨说，待楼盖起，旧房就拆掉了，做院子。不过我倒更喜欢这传统的木楼。楼上住人，楼下是一间敞厅，吃饭、待客，都很舒适。本来准备去住招待所，但李说住在他家，明天的行动会更方便，不过我要是执意住招待所的话，自然也不勉强。既如此说，便在李这里住下了。就是走道旁边的一间，被褥洁净而松软，没有电，点了蜡烛，光线极暗，只好早早睡了。

三月十四日　星期一

虽然睡得很暖和，但和出门以来的这些天一样，总是一两个小时醒一次。好不容易熬到六点半钟，天还黑着，也起来了。洗漱毕，天才蒙蒙亮。七点多一点，李才起来。一会儿出门买回米糕来，做早点。米糕是温热的，中间夹了红糖、花生、芝麻，香润适口，非常好吃。

李的另一位朋友杨源也来了。他也是兰花协会会员。刚刚在云南科技出版社出了一本《滇兰初鉴》，很健谈。昨天与杨约好八点钟见面的，但他八点半才来，开了一辆罗马尼亚的吉普车，是花一万五千元买的，有七八年了，仍很新，看得出是十分经意的。他说我开车最怕两件事，一是灰尘，二是在外边吃饭。杨和李一样，也是白族，但据族谱，祖先都是汉人，多是应天府、顺天府一带的贵族，元代被遣移民移到此地。也有一部分是当年屯兵于此（至今仍有地名东营盘、两营盘、水寨，正沿兵营之旧），留下来，就被白族同化了。而此地真正的土著，反被挤到山里去了。证明移民身分的，有一种带绊的鞋，是当年长途跋涉所需要的，但现在已经很难见到实物。

八公里开到甸南，从路口右拐，便是石子路和土路了。初入眼，但见红山土岭，茅草蔓生，一片苍凉。前行不远，跃上一个高岭，山坳间一片葱绿，此地名为桃源，倒真的名副其实。再沿山路层层折折左盘右旋，远远望见山脚下一注碧水，便是钟山水库。入山愈深，山色愈浓。车到山顶，舍车步入山间小路，空翠如雨，鸟声落到树上，纷披作幽幽的一片。一只小松鼠倏地从脚边掠过，杨说，过去这里小动物很多，年前国家在这里搞“飞播”，把松树种子浸了农药（怕受虫害），结果新松未见长出多少，小动物却被毒死了好多。以前这里古木参天，可以坐听松涛，后来也被滥伐掉了。

绕山行不远，仰望石窟在上，窟前一块巨石，像一口倒扣的钟，故此地称石钟山。杨说，南诏王曾往此地打猎，石窟就是那时开凿的。

时间很紧，只看了石钟山这一面的八个窟。

一、二号窟分别是阁罗凤、异牟寻的像。最精致，保存也完好。

八号窟正中莲花座上雕刻女阴，俗称“阿姎白”，相传为女性崇拜物，是母系社会女性崇拜的遗迹。但据说对此尚有不同的看法。

第七窟左侧壁上，有明李元阳诗，题“万古胜境”，序曰：“嘉靖庚寅阳月成都杨修撰慎、舍弟元期来游，今三十年矣。”诗云：“剑海西来石宝山，凌风千仞猿猱攀。岩唇往往构飞阁，岩窟层层可闭阛。恍疑片云天上落，五丁把住留人间。霜痕两溜石色古，璆琳琅玕何足数。老藤穿石挂虚空，欲堕不堕寒人股。”末署“嘉靖王戌春日翰林庶吉士中溪山人李元阳。”

返回途中，飘起微雨。在宝相寺岩下，很想停下来上山看一看，但见杨师傅面有难色，也就罢了。

回到县城，将近十二点。杨热情邀饭：素烧四季豆、西红柿炒鸡蛋、干炸地参子、蒸香肠、蒸牛肉干、咸鸭蛋、萝卜丝丸子汤。杨不断示意女儿丹元布菜，吃得很饱。饭罢，将杨要带到下关去出售的三盆兰花经意包装好，装上车。

出发时大约一点。同车的，有杨源，和县武装部的一位。

三点钟过邓川。车行不远，路旁边一条红土路，直通向一个土山包。山包顶上一座破旧的建筑，当即“圣母庙”。庙前高坡上两株大青树，蓬蓬勃勃撑向蓝天。左侧一圆形坑，即德源城遗址。庙门虚掩着，推开来，迎面两尊塑像。左边是盛装的邓赕诏慈善妃，右边是邓赕诏主。妃手举一铁钏(《僰古通纪浅述校注》第三十九页记此事甚详)。庙中落满灰尘，无人看管，也无香火。杨说大概每月的初一、十五，才有人来烧香磕头，但也只是作为护佑一方的神灵来崇拜。历史故事也许早不为人提起，甚至少有人知道了。

开往大理的路上，时晴时雨，晴起来阳光灿烂，阴起来雨下如注。路旁常常掠过一蓬蓬开得嫣江娇艳的花，枝条与花朵俱与铁脚海棠相似。问起来，才知道是木瓜，本来是春末开花的，现在不过刚交农历二月，这里却已先着这送春之花了。

公路从龙首城遗址中间穿过，一边是残破的城垛，似有倾圮之危，一边是城墙的遗存从山背上横贯下来，看去确有据险之势。

四点钟到达大理。曾问杨费用多少，杨只是不肯说，说随便多少，越这样，倒越不好讲价。况且杨是李的朋友，小气了，于李的面子有伤。那日在途中，李曾说过，若这样的包车法，要两百元，便按照这个价钱给了。杨也不推托，只说“随便，给多少我就收多少”。杨又嘱咐同车的杨源陪我到第二招待所买车票；若这里买不到，则同车往下关。在二招顺利买到当晚发往昆明的车票，杨才放心离去。急急赶到李宅，匆匆喝下两杯糖水，即作别。他欲陪我同往下关万人冢，一再辞谢，到底还是送到车站。

从大理赶往下关，已是五点钟。一路打听，总算找到天宝街上的万人冢。冢的左右两侧，都是宿舍，大概是部队家属。对面一排工房。逼近石牌坊的左边，放置着一台巨型的废机器，上面的苫布垂下破碎的几丝几缕。右旁是一垛木柴，尖利的锯木头的声音从角落中不断传来。石牌坊与旁边的一株幼松之间挂了几条晒衣服的绳子，五颜六色的衣服晾满了其中的一根。

在它周围生活着、行动着的人们，有谁会记得起这一抔黄土之下的万千枯骨，毕竟已经太遥远太遥远。在不需要利用历史来为现实服务的时候，历史与现实本来是不相干的。

冢旁新立的石碑（保护说明）上写道：大唐天宝战士冢（包括地石曲千人冢）是唐代重要的古墓葬。“战士冢”有黑龙桥畔的万人冢和地石曲畔的千人冢两处。唐天宝时，唐王朝政治腐败，南诏势力逐渐强大。天宝十载、十三载，唐王朝先后派鲜于仲通、李宓率兵二十余万征战南诏，唐军以“流血成川，积尸壅水，三军败衄，元帅沉江”而失败。战后南诏王阁罗凤“岂顾前非，而忘大礼，遂收亡将等尸，祭而葬之，以存恩旧”，便收尸葬于西洱河南，建万人冢和千人冢。万人冢曾多次修建，“文革”中又毁，一九八六年又重修。此为唐王朝与南诏不幸的天宝战争的历史见证。墓前竖起的石碑上书“大唐天宝战士冢”，左写“民国廿九年夏六月吉旦”，右署“天宝公园建筑委员会重修”。

刚刚将这几行字抄完，忽然间彤云密布。凄黯中，一串惊雷从天边隆隆滚过头顶，尖风挟着斜雨扫将下来。似乎是一抔黄土之下至今不能安宁的灵魂，呼风唤雨，在向凭吊者显灵，泣诉一千三百年前腥风血雨的悲壮与惨烈。急忙躲到旁边的屋檐下，足足伫候半个小时，雨才变得疏疏落落。

不敢再多耽搁，顶着零星的雨，赶往客运站。真是奇怪得很，刚一走出天宝街，立刻雨过天晴。街衢上留下水湿的一片，屋檐也还在滴着水，但偏西的太阳，分明就在云层之外。若不是尚见雨痕，真以为方才是一场梦幻。

在车站旁的一家小店吃了一碗水煮的饵丝，一块钱。

七点五分，车从大理开过来了。上车，未耽搁太久，便从下关开出。将近八点，天才黑下来，肚子开始一阵一阵作痛。两点五十分开到楚雄，全车人被赶下来吃夜宵。上了厕所，仍不舒服。三点半出发，好不容易坚持到终点站。

三月十五日　星期二

六点半钟，到达昆明火车站。要给小裘打电话，但遍寻不着打电话的地方。绕了一大圈，折腾了半个多小时，才算打通了电话。他还在睡梦中，约我到出版社见面。

乘三路车至螺蛳湾，进书林街，在出版社传达室坐等。又给杨世光打了电话，他跑下来一起聊了半个多小时。八点钟了，小裘仍不见。又给他打电话，这才到了。往裘宅，见到他的新婚妻子，女性十足，娇娇的，甜甜的。房间布置得很精心，与去年未成家时的景象大不同。

洗漱毕，吃了一小碗紫米莲子粥。借了裘的自行车，访大理国经幢。

沿金碧街前行，过桂林桥，至状元楼，好不容易问到经幢，原来在市文管所。这里正在施工建造市博物馆，向一位推车出门的妇女问经幢，却问坏了，她反问我的来历，又派了一个人监视，不准拍照，不准多作停留，真是岂有此理。此件已在图片上多次见过，这一回不过要实地看一看。博物馆的建造，似乎是要把经幢围起在中间，那么，是真的要被保护起来了。

继往圆通寺。青年路走到底，左手拐，便见现代建筑中夹着的一座庙宇。寺在圆通山南，始建于南诏王异牟寻时期，原名补陀罗寺。元延祐年间扩建，更名圆通寺。清康熙年间重建。寺庙周围已被一片现代建筑所包围，诸如圆通购物中心、圆通饭店、南诏餐厅等等。进到寺里来的，似烧香礼佛者为多。

圆通寺殿侧，立着几通碑。其一题“唐吴道子笔”，乃一长身玉立的观音，面部稍有模糊，但衣纹清晰，裙袖飘拂，一双纤纤玉手，轻轻合于腹前。

左为创修圆通寺记，云南诸路肃政廉访使李源道撰。开首几句状写这里地势：“滇城之北陬一许里，有岩曰盘坤，谽谺珑玲，万石林立，一峰屏峙，势如偃箕，极幽胜所也。”如今这一带早成闹市，“幽胜”不复见矣。

归途拐进宝善街，见到一家小店门口写着“破酥包子，五毛一只”，便一甜一咸买了两个。老板娘说，破即有层，酥即用油起酥。里面香菇、冬笋、火腿做馅，鲜、香、松、软，好吃极了。甜的则是猪油冰糖填馅。两个吃下去，兴犹未尽，又买了一个咸的吃了。有心带回家一些，但这里没有包装，也只好算了。

又往人民社访杨世光，但他已经下班。

在东寺塔留连片刻。这一历史遗迹也被现代生活层层包围着，形体犹存，意义却因长久的漠视而融化掉了。

十二点钟骑向巡津新村，在巷口被郭蓓一声“大哥”的呼唤叫住，不由分说拉到街上吃饭。一家川味馆：甜烧白、糖醋排骨、炒肚头、炒黎蒿、荠菜豆腐汤，剩了一大半。

饭后往小裘处取包，裘与高伟又一起出来送至出版社。郭预先联系好了社里的车，龚师傅开车送至机场。郭又在机场买了一大堆云南特产相赠：开心松子、玫瑰大头菜、豆末糖。之后，握别。

办好登机手续，被告知晚点四十五分钟。三点十五分登机，三点半起飞。三小时到达首都机场。

下飞机，坐上民航班车，又听到北京人的声音，一股痞子腔，油嘴滑舌，没有一点儿待客的诚恳。对比云南的风土人情，真是不胜感慨。

班车只开到东四十条，下车后立刻有面的司机过来揽生意。一路上听他骂骂咧咧数落不坐他车的人，还说："我就指给他们相反的方向！"

从春天的云南，回到了薄寒的北京。在飞机腾空而起的一刹那，对脚下一片明丽的山山水水，真有不胜依恋之情。此番在云南，充分体会了已经暌违很久的人情。不是那种经过训练的职业化的"体贴"与"热情"，而是人性本来的善良。也许是我太幸运，——所到之处，所见之人，展示的都是这真、善、美的一面。

云南人似乎被自己的好山好水好天气惯坏了。此行和人聊起来，没有哪一个说外省胜过本土的。

三月十六日　星期三

午前在家整理此行日记。

午后往编辑部。知陆灏于上周六来京。

一日大风。

滇西十日，独行千里。本意是访古，但归来清点思绪，牵情的，却多是今事。所谓今事，倒也没有惊心动魄的故事，大悲大喜的激情，不过是平平常常的人，平平常常的事，就像那随处可见的、散散淡淡的春意。人性本来的良善，就藏在这平常的生活里。或者因为我是匆匆过客，只看见了善，而不及见到恶？但行路、坐车、吃饭、住宿，眼中所见的确是最普通的人情物理。况且，又决不是在都市里发了横财，奢华久了，要到乡间寻找野趣。真弄不明白，经济的发展，是不是一定要人们付出精神的代价？

三月十七日　星期四

往人教社。负翁做东，在出版社左近的小宴餐馆请客。同坐有陆灏，又《什刹海研究》的一位徐姓女子。三菜一汤：炒鱼片、冬笋鸡丝、梅菜扣肉、酸辣汤。

饭后依金性尧先生之嘱，往塑料七厂送信；未找到。

访吴方，不遇。

访王世襄先生，坐聊一个多小时。遇靳飞之父，提了蛐蛐罐和铜墨盒，请王先生鉴定。铜墨盒中有一种是靴盒，小巧如一弓新月。

三月十八日　星期五

往编辑部。

邀了吴方、陆、郑、老沈，往食德小馆。竹筒蒸蛋肉、食德炸酿鸡翅、红烧鱼、罗宋汤、柠檬汁猪排、玉米糕，费一百二十八元。

饭后往北大访周一良先生。以《自庄严堪善本书目》《周一良先生八十生日纪念论文集》持赠。

三月十九日　星期六

午间往美尼姆斯。一为座谈，二为陆灏饯行。在座有郑逸文、傅杰、梁治平、汪晖、吴、沈，费六百余元。

饭后往北锣鼓巷，代金性尧先生交涉其女医疗费事。

读《南诏野史会证》。

三月廿日　星期日

合家拜望外婆，午饭。

仍读《会证》。

三月廿一日　星期一

往编辑部。

发服务日通知。

老沈做了一大锅罗宋汤，味腴美，喝两碗，又给小航带回一罐。

整理《滇西散淡春》。打印机十数日未使用，今无缘无故又坏，败坏心情。

三月廿二日　星期二

往社科院送通知。访叶秀山。

仍作“滇西”。

大风一日。

三月廿三日　星期三

访谷林先生。说起梵澄先生因买不到烟丝而把雪茄烟拆开作烟丝，他说：“雪茄可贵得很哪！财政部长都因为抽雪茄差点破了产。某日，部长买烟，伙计拿出一枝，抽几口，不好；再试一支，仍不好。三试两试，总算选定一种，说：送一箱到家里。自然照办。事后，送来账单：十六两银子一枝！”

往编辑部。

秋山珠子来访，捎来谢著《天子》。

珠子年方二十七岁，柳眉凤眼，白而腴。专攻中国现代文学。很健谈，虽然汉语表达还不是很自如，发音也不太纯正。临别，以一方印着玫瑰花的手帕相赠，因回赠以笔。

仍作“滇西”。

三月廿四日　星期四

仍作“滇西”。

午后志仁请公司的张勇来家修理打印机。

三月廿五日　星期五

往编辑部。

越秀经理崔乃信来，仍同以往，是阵容可观的一队。午间同往食德，宴王世襄先生。

崔以锦盒装的一只笔筒相赠，乃以去年岁尾所书一叶《洛神赋》为报。

饭罢，往宾华。服务日，中央电视台来做采访。

三月廿六日　星期六

往编辑部。

往中华。取得卢仁龙所赠《论衡集释》及《耐雪堂集》。

作“滇西”。近日大部精力用于此，但写出来的东西，不能令人满意。

三月廿七日　星期日

半日读书，半日作文。

三月廿八日　星期一

往编辑部，阅来稿。

午后访梵澄先生。谈到明人小品，公安三袁，颇不以为然，曰：已入魔道。曰王安石诗好，文好，可多读。又曰读《孟尝君传》，可知韩昌黎文意及文句。

取得《蓬屋说诗》数则。

三月廿九日　星期二

往社科院，访黄梅。

午后访杨成凯，取回《骈字类编》《孝经》。

连日来，除《读书》琐事之外，便全力作"滇西"。

三月卅日　星期三

往编辑部，准备初校样补白。

午间回来吃饭，午后再往。

头疼、眼睛酸涩，吃了去痛片，亦不见效。

志仁请了丁工来家修打印机。

三月卅一日　星期四

往编辑部，处理校样。

仍头疼不止。

四月一日　星期五

终于把"滇西"作完。得三万字。曾分批送给谷林先生看，先生以为颇得沈凤凰笔意，有湘西纪行的味道。因大受鼓舞。

收到周劭先生寄下《明诗纪事》六巨册。

晚间郑逸文过访，坐聊两个半小时。

俞晓群来电话，同意可以再出一本书。

四月二日　星期六

合家往万安公墓扫墓。

归来往编辑部。刘苏里来谈万圣与《读书》合作的计划。午间在编辑部吃饭：老沈熬的一大锅腌笃鲜。坐着听了一会儿，离去。

四月三日　星期日

读张爱玲。

修改“滇西”。吴彬以为还嫌装饰，透明度不够。郑逸文感觉不错，但有些点到为止的东西，嫌浅。

四月四日　星期一

往编辑部。

午后丁工来，改换电脑版本。但文字处理部分前次作更换时未作拷贝，便全部消掉了，包括这费了数日心力的“滇西”。幸好都打印出来，总算把损失减到最小。

四月五日　星期二

往铁道部。

归途在灯市口中国书店购得沈家本的《中国刑法考》，只有一本第二册。

往编辑部，接到有马得题字的《画戏话戏》。马得的作品的确是令人喜爱的，但却与这位先生素昧平生。他却又怎么知道我的名字？

晚间往白桥大街的版纳大酒店，宴请《诚品杂志》的郑至慧，连沈、吴，共四人。因事先与丁工有约，提前退席。

丁工来，将打印机的使用讲明白，事情一下子变得顺利了。

四月六日　星期三

在云南已经过了春天。现在眼中所见已是今年的第二个春天。云南的春天，是一种未曾加意点缀而随处自然涌动着的春意。北京的春天，虽通衢干道也可见到红桃绿柳迎春玉兰，却是精心“做”出来的。

归来之后，始终未有一点云南消息。今往编辑部，一下子得获许多惊喜。群庆先生寄来了大理老年书画协会名誉会员的会员证，并附两信、一诗。李剑寄来剑川兰花协会的会员证，并附《滇兰鉴赏》一册，兰花明信片一套，信一封。董沛奇讲述了游虎跳峡与石头城的经历。

四月七日　星期四

志仁飞往南京。

往汪子嵩先生家取钱端升头像。先生以弘一法师手书《药师本愿功德经》一册持赠。

读《中华文学选刊》（一九九四年第二期）。刘醒龙《秋风醉了》、柳建伟《王金柱上校的婚姻》，都非常有意思。

四月八日　星期五

往编辑部。

将第二本书定名为《脂麻通鉴》，将目录及题记寄俞晓群。

将《阳关月》《曾经是红柳》修改后打印成篇。

读琦君的《长沟流月去无声》。

四月九日　星期六

往编辑部。

《人民中国》的郭实和《中国妇女报》的一位来采访（为《焦点》杂志撰稿）。

傍晚徐新建来。请他看了“滇西”，他说，看过我的几篇文字之后，总的印象是：以童心来写复杂与深刻。也就是说，其实很浅,又不放弃对深刻的关怀。文人气太重。或者说,用这种文人气做包装。

小航去赵大夫家,忘记锁车,出来,丢了。

近日开始变声,个子长到和我一般高,不禁又高兴又叹气。他说:“别叹气了,我都比你矮了这么多年了!”

其实很怕他长大。

四月十日　星期日

读一系列有关藏传佛教的书。

从老沈处索得《藏传佛教艺术》《上海博物馆藏宝录》。

吴彬因肠炎发烧,卧床三日。与老沈同往探望。伊在自己的一间卧室里,靠枕而卧。枕、被,皆极破旧,大似晴雯抱病归家情景,颇有凄凉之感。努力开玩笑,想使气氛活跃一点,但伊弱不胜言,似乎也有些不快,曰:“生病可真不是好玩的事。”

布顿大师《佛教史大宝藏论》第十七页:“藏”的词义。梵文“毗扎嘎”一词及“班枳达”意译为“聚体”或“括摄”,即摄多义于所诠中,或摄一切所知义于所诠中,以此名为“藏”。又“毗扎嘎”是中印度语“大斗”之名。比如大斗之中,能收摄多数小升,在此中摄集许多所诠所学,故名“藏”。

第四十一页:下等闻法的有情,虽不知义,然能对于正法生信而听闻,是有大福德的。如经所说:“虽不解语言,但以恭敬之心而听闻佛之法语,仅以如此的信念而听闻,也有很大福德。”一闻佛的尊名,即能微笑敬礼。

四月十一日　星期一

往琉璃厂。

午后往编辑部。

《佛教史大宝藏论》第九十二页:《如来不可思议大乘经》:“造出铃铛等,风吹发响着,实无敲击者,亦能出音声。此喻佛语净,不起彼此别,众意劝请力,而来佛语数。”由此看来,佛观一切众生被“无明”的眼翳所蒙蔽;被我见的绳索所束缚;被我慢的高山来压倒;被贪欲的猛火来烧毁;被瞋恨的军器来刺伤。而仍住在轮回修院中,还未渡过生、老、病、死等河之苦。因此,为了解救众生从这些苦中获得解脱,佛遵从他的吉祥妙喉到白雪般的牙齿之间,伸展幻化广长之舌,发出妙梵音而转所有一切法轮。

四月十二日　星期二

大风一日。

作《云》。

午后往编辑部。

四月十三日　星期三

仍作《云》。

作成《圣洁的女神》。

午后往编辑部,做发稿准备。

四月十四日　星期四

阅三校样。

往丁聪先生家取漫画。

午后往编辑部。

将《云》写毕。

又将“滇西”逐日拆零,已成《不尽的沙金》《水和火的故事》《浣了须眉》。

四月十五日　星期五

往编辑部。

读沈从文的《花花朵朵　坛坛罐罐》(日前乞丁夫人自外文出版社购得)。

四月十六日　星期六

将《云》等送往吴方处。

往谷林先生家,取得《书边杂写》目录。

往编辑部。

吴彬打来电话,——本是薛正强托她买冰桶,她把皮球踢过来了,只好跑一趟赛特。

又到王世襄先生家取《竹刻小言》。

晚十一点乘7次特快(开往成都)往郑州(软卧)。

四月十七日　星期日

早七点二十分抵郑州,薛正强进站来接,仍住国际饭店。

先往楼下餐厅吃早茶,然后回房休息。

十一点往越秀。书店生意似不错,购得数册散文集。虽一再要求饮食简单,但崔老板说,对我们来说,简单比复杂更困难。于是,又有坐着木头大轮船的活龙虾(龙虾据云价过千),清炖海龟上桌。特意加的几个家常菜,倒费了手脚,——乃经理亲自下厨，而味道还不是很正宗（红烧肉、香椿炒鸡蛋、清蒸鲫鱼）。

同坐有河南电视台的安超（凌德安）和买正光，安颇善言辞。这一顿下来，少不得又是两个多小时。

越秀的乐队已经颇具规模了，有当地最好的长笛手、提琴手、钢琴演奏者，声乐也很齐全：美声的、民族的，两小时一套节目。钢琴盖上摆放着一个花瓶，里面插一枝鲜花，每日一换，或玫瑰，或百合。某日崔老板灵机一动，说应有一束光从上面打下来，一试，果然效果好极了。

饭后往省博物馆。馆长叫任常中，有王先生的面子，接待自是热情，带了一行人往库房参观，由一位夏姓胖小伙儿，领着开了佛像的库。库门外用了号码锁，里面的柜子则无一加锁。一室多是鎏金铜佛像，亦有一部分石像，但多数造型雷同，表情板滞，不见精彩，王先生只选出了四尊。

又请王先生和师母往楼上鉴定文物，是张盛墓出土的瓷制明器，这是五十年代末出土的，有几件至今未能定出名称。王先生立刻叫出其中的一件是双陆棋盘（或局），另一件是隐囊（隐枕）。其他几件仍未能断定。

又看了几件古琴。第一件是焦尾，琴身很宽大，螺钿徽，王断为明琴。第二件较差，琴身也窄，清或晚清间物。第三件有款：皇明嘉靖衡王囗翁，王以为或为衡王府所制。围观的几位工作人员似乎很外行，双陆的陆字竟不知怎么写（或曰：“是大路的路吗？”），对琴的了解就更少。其中一位专管琴库，也是一无所知。

接着,又往一楼对外展厅参观。

归来小坐,六点钟往越秀。已有不少新闻界人士在等待采访王先生。

中厅是每日的室内音乐会,演出的曲目很精,皆为西洋和民族音乐的精品,演奏也十分投入。酒家为之备水、备饭,每人每晚约有五六十元的收入,已纷纷有人投入麾下。良好的演奏气氛,良好的音响效果(全部是木板贴壁),崔的以诚相待,都是极大的吸引力吧。

八点钟才开始就餐。第一道冷菜,全部是凉拌的野菜:面条菜、海藻、贡菜、木瓜丝,等等,调料各不相同。热菜有清蒸鳜鱼、蛏、发菜竹荪卷。又特别为我做了一份扣肉,一份白笋蒸肉,极入味。席间《郑州晚报》的记者讲了一则流传在河南的笑话:某日赵紫阳宴请里根,举箸之时,用河南话对贵宾说:“叨叨叨!”里根觉得很新鲜,便问翻译,翻译忙说:“就是请请请的意思。”宴罢,宾主在洗手间门口相遇,里根忙退一步说:“叨叨叨!”

一顿饭吃了两个多小时,然后王先生乘兴挥毫,赋诗以赠。

四月十八日　星期一

早七点半往一楼早饭,自助餐,每人二十元标准,吃得很舒服。师母讲起访台时的一番奇遇:临行的前一天,往馥园吃饭,进门见到四张明式官帽椅,——正是《明式家具珍赏》封面上物,里面布置得小巧精致,几乎全是书中的家具,里面的服务员也都是一例的明式服装。待散席将行之时,一位穿着水红大襟袄的女人冲下楼来,握住王先生的手不放,说她一共买了三本书，留一本，拆了两本，撕成单页交给工匠，作为图样。“有了你这本书，才有了这栋楼！”此时又有一位矮胖的壮汉冲下楼，对师母又握手又拍肩，口口声声唤阿婆，又塞过来一张名片，闹了一阵儿，别去。旁边的人问：“知道他是谁吗？看看名片！”再看手中的名片，赫然写着：立法委员。原来是拉选票的，他本是当晚的头号主顾，谁知老板娘一旦发现了王先生，就把他撇到一边，所以他才熬不住跑了下来，师母原以为是一位醉汉呢。

饭后又上楼等候，直到十点钟，才出发往洛阳。同行的还有越秀乐队中的女高音歌唱家程平。

过密县、偃师、登封，一路没有风光，只见砖窑，灰厂和乡镇企业。

十二点半抵洛，住牡丹大酒店（六百二十元）。

一进市区，各种广告就铺天盖地而来，广告用辞多是绝对化的，颇有强加于人的味道，用吴彬的话说，是一种“语言暴力”，如“蓝马是男子汉一生的追求”；“哪里有生活哪里就有蓝马”；“生活中不能少了×××”。树上、电线杆上、无轨电车的辫子上，甚至王城宫外的红墙，都布满了广告。牡丹加速了洛阳的商业化进程。十年前这里远没有这样繁华，但特别干净、整洁、清静。

往斜对面王八路主持的越秀酒家午饭。第一道菜是一个大大的冬瓜盅，余多海味，如带子之类，最后几件颇有味：荠菜馄饨、金银馒头、浆面。浆面是绿豆浆经过发酵，然后下面条，放上芹菜、青豆、花生米，酸酸的，很好吃。

饭后已是三点二十分，往市博。

开了仓库，但没有几件铜佛像。又到展厅参观了洛阳文物精品展。之后，往文物商店仓库。坐了车在街上左转右转，路人指示在周公庙，但开到那里，又不见，于是又转回来，转到街上一家古建筑（据说这一座古建曾经翻造，但原先檐角是升起的，重装时却无论如何也不能恢复原样了），是文物商店总店。找人带领着再往周公庙。

穿过一个拥挤的农贸市场，原来它就藏在这一片热闹的夹缝中。进库，看了几件铜佛像。

归来少待，又往“真不同”的二楼“水席宫”。一间雅座，格扇的空格处嵌以黄缎，一堂仿古家具，坐椅的垫子也用的是明黄。

水席照例是二十四道菜，但今日上的菜有三分之一以上是菜单上没有的高档菜，如霸王别姬、海参鱼翅、白鳝（海鳗）、红烧肘子。开席时众人食欲甚佳，把第一轮的八道冷菜已吃个差不多，然后上来的牡丹燕菜（用鸡蛋黄镟成一朵牡丹，萝卜做成燕菜的滋味，——先晾干了，再蒸，最后加入高汤），也都吃得很足，结果越往后越不行，而精彩尽在后面。一款油炒八宝饭，味道极佳。香蕉甜露也极爽口（其实是酒酿，做成了水果味）。白鳝肉极细腻，汤汁雪白（后在国际饭店见白鳝鱼标价一百三十八元一斤，鳜鱼一百二十元一斤）。肘子的火工很到家。一顿饭又是吃了两个小时。

进洛阳后，一直下雨，时密时疏。洛阳的夜，街道黝黯，两旁的商店都黑着灯。师母讲起，她原是学教育的，后来得了肺病，整整在床上躺了一年(真正的卧床,一年脚没沾地),彼时王先生去美国留学了,只有老公公悉心照应,每天上班前到床边来说:“我走了。”下班再道:“我回来了。”为她念法国小说(他是留法的),教她画金鱼(婆婆的《濠梁鱼乐图》后面部分是她给勾的),并要她作一幅百鱼图。

四月十九日　星期二

一夜雨。

这一场很有韧劲儿的春雨,果然阻住了看花人的脚步。清晨起来,愈见斜风细雨,阵阵轻寒。

昨晚王先生提议早上六点钟去看花的,但迟迟不见动静,挨到七点半钟,薛到马路对面买了雨披,然后坐了车往王城公园。

初进园,人还不太多,赏花亭周围的花栏,牡丹带露,娇黄成晕,盈盈向人。名品有姚黄(花蕊和花瓣交叠送出嫩黄),魏紫(清淡的藕荷),太白醉酒(玉颜低垂,莹莹雪白),露珠粉(粉中挂白如垂露,大似娇花照水弱柳扶风的林妹妹),青龙卧墨池(深黯的紫色),贵妃插翠(粉朵,绿蕊点点如钗簪),脂红(有胭脂之粉艳),豆绿(含苞待放,绿苞低垂),大棕紫(较青龙浅,较洛阳红深),鸦片紫(实应唤作罂粟紫),盘中取果(大约盛时花瓣平展如盘,花心如果,但方经夜雨,花瓣已垂),十八号(冶艳之娇红,拟可命作十八春)。又有冰凌罩红石(花瓣如莹莹轻纱),冰肌玉骨(与太白相近,何不直唤作“花蕊夫人”)。原来街上见得最多,开得最茂盛的,是洛阳红。

靠公园中心的一大片花坛,中间塑了一个毫无仙气的牡丹仙子,一个很现代的古装女人。游人纷纷挤在那里,争着与她合影。

雨下得紧起来,人倒比先时多了。走湿了鞋,衣服也被雨气浸得润了。

回来小憩,十点钟往楼下西餐厅早餐。叫了两份奶油蛋糕,端上来的"黑森林"上都长了"青苔",——已经发霉了。于是又换了一份现烤的黄油蛋糕。腌肉味甚佳。

又往洛阳商场的文物销售部,无甚精品。

再回饭店,又是等待。然后往日本料理牡丹餐厅。

餐厅布置得很雅致,有席地铺展的榻榻米,也有设椅的长几。餐具看去还精致,一例是牡丹的花样。一托盘作料:酱油、辣酱油,装在木制小葫芦里的辣椒末。

等了近一个小时,菜才端上来。一人一个托盘:鸡蛋羹放在一个盖盅里,猪排与素菜沙拉分别放在式样不同的器皿中。一款被称作日本名菜的"吞不拉",里面是炸虾、炸青椒、炸胡萝卜,都是裹了面粉炸的。还有三份,也都是做法各有不同的虾。另有一小瓶清酒。据薛云,这一桌十人,至少要三千元。

三点四十分回返。从中州路的西端一直穿出,东西长二十二公里。西路街道中心遍开洛阳红。洛阳街头的红绿灯是倒计时。

途经巩县（现在叫作巩义市），路边即是宋陵（"七帝八陵"）。绿草青青的甬道两边,排列着石翁仲,胡人牵象,文官持笏，武官握剑，又有牵马者、捧玺者、奉盂者、抱瓶者，都保存得十分完好。主陵是永定陵（宋真宗、李后、刘后等）。这一大片陵区，葬有千人，未经发掘，一九八二年列入第二批全国重点文物保护单位。

巩县是河南首富，主要靠乡镇企业致富，生产电缆等。巩县过去，路边山沟里，是一大片一大片的泡桐花，树间是一座一座的窑洞。

巩县距郑州尚有九十公里。途经竹林村、小吴乡，都是“先富起来”的地区。竹林面貌已接近城市，街道旁盖起的一座小学校，规模令人惊叹。

七点半回到郑州，八点半钟往越秀。先听女子四重奏乐队演奏了四首乐曲：二泉、小夜曲、樱花、梁祝。乐队的首席是省歌舞团的第二把交椅。然后吃饭，算是几日来最简单的一顿，主食是皮蛋粥，却仍配了鳜鱼、荷香蒸鸡等各式小菜。一顿饭吃完，又已经是十点半钟了。

四月廿日　星期三

昨日洛阳一日雨，今日仍是细雨霏霏。

早七点到一楼吃自助餐，七点四十分出发往开封。

师母从她的学生时代提起话头，讲起婚姻，讲起家庭，聊了一路，她说在燕京上学的时候，过的才真是“资产阶级生活”，那时候女生宿舍是一院二院三院四院，宿舍有舍监、有工友，每天早晨起来连被子都不用叠，放学回来，已经由工友打扫得窗明几净。从图书馆借了书，看完书，夹好借阅证，码放在桌子上，自有工友代为送还。自行车也由工友打气、保养，看见哪儿坏了，自己就推着送去修理了。在食堂吃饭，把碗一伸，“大师傅半碗”，“大师傅一碗”，自有人盛来，吃了几年食堂，不知道在哪儿盛饭。

认识王先生是在一九四一年。师母正上四年级，写了一篇研究美术史的论文。系主任说，论文很好，但在教育系没有人能指导你，我介绍你去找一个人吧，研究院的王世襄。

他不住在学校里，住在西门外的王家花园。师母拿了系主任的介绍信就去找了王先生。讲明来意，王先生也就毫不推辞。初次见面，师母留下深刻印象的是两个吃净、掏空而依然完完整整的柿子壳。

后来王先生真的给开了几页单子，师母的论文便是按照这一“指导”做出来的。以后王先生又给师母写了不少信。

一九四一年十二月，燕京停学。王先生的父亲不愿意他坐在家里吃闲饭，又怕留在北京会被日本人逼着任伪职，遂打发他去了重庆(一路坐架子车，艰苦万状)。

临行把家里养的太平花端了一盆送给师母，请她帮忙浇水。

王在四川给师母写了好多信。师母说，当初其实就是爱他的字，小楷俊逸，曾经裱了一个册页，现在还留着呢。师母说，我就给他回了两封信。其中有一封就是告诉他，你留下的太平花我天天浇水，活得很好，但愿生活也能像这太平花。

王先生后来坐了美国的军用飞机回到北京，不久两人就结婚了。

师母的妈妈在生下她的小妹妹三个月之后,因患产褥热逝世。师母的奶奶就把几个孩子一窝端,全给接收过去养起来了。她说,省得你爸爸娶了后妈,待你们不好。

奶奶是爷爷的第四位续弦。年轻时有人给爷爷算命,说他克妻,不料竟言中。第一位夫人,死了。第二位,是父亲的生母,也是很早就死了。又取了第三位,这一位极是温柔贤惠,甚得爷爷欢心,不料恩爱数年,也去了。这位奶奶结婚时已经三十八岁,因母亲早亡,便承担了抚幼的重任,一直到弟弟妹妹都成人。又曾入过孙中山的同盟会,很开明,侠肝义胆。

结婚后,爷爷一切听命于她(前几任夫人都是尊夫命的)。爷爷是银行行长,现在钱正英住的房子就是当年袁府的一角,——爷爷的书房。钱后来还专门接王先生和师母到家中吃饭。

哥哥是一九三九年去的美国,现在早已美国化了。这会儿我可以说一句:我哥哥是规规矩矩念书的,王世襄那时候只是玩。可现在看起来呢,玩的一位,成了学者,念书的虽然在美国过着挺舒服的日子,可是一生并没有什么成就。

一九七九年哥哥从美国回来探亲,还专门去探访了故居。前面早已是面目全非,成了两三个大杂院。书房自然已非复旧日模样,原来一道回廊曲折,由大门直通向后面的书房,已早被拆掉了,改造成住人的房间。

奶奶很支持妇女解放,曾经到处作讲演。有一个受丈夫虐待的妇女前来告状,她揣上一把洋枪就去了,把那个男人狠狠训了一顿,还掏出洋枪来比划了几下,吓得那一位趴地下直磕头。平日也常常为婆媳不和的事排难解纷,她说:疙瘩宜解不宜结。

奶奶请了两位先生在家中教读,读《论语》,读《孝经》,又常常带他们出去玩,到各个公园。后来又都把他们送入学堂。母亲在生小妹妹的时候,奶奶也同时怀着孩子(小姑姑是出生的时候用产钳夹出来的,把耳朵夹聋了,所以又聋又哑,一辈子没嫁人。故去之后,与爷爷合葬在万安公墓。四位奶奶都葬在山东)。

先是,小姑姑生下不久,奶奶得了一场病,病中难免焦急,母亲就劝道:你别着急,万一有个三长两短,孩子我为你带。虽然是一片诚心,但话说得很不得体。奶奶却略不为意,而且很感念这一番好意。奶奶说:“你娘的这一番话,该倒过来由我说了。”“也就是冲了这话吧,我一定得把你们带大。”

抗战时跑反,难民都拥到了北京站。奶奶叫了一辆三轮就出去了。爷爷急得直发脾气:“太太哪儿去了?”下人说坐了三轮不知道上哪儿去了。后来回来了,一问,上北京站了解民情去了。

奶奶常常对女孩儿讲家规:不可入门房,不可入下房,不可入厨房。师母笑道:“但现在我是一人兼三‘房’了。”

奶奶是新派,爷爷是老派,有了病,奶奶要上医院,爷爷要请中医。爷爷爱打麻将。奶奶一九四〇年故去,——还是死在爷爷前边。爷爷非常难过,大姐就安慰他:“这回你可以踏实了,她们正好四人一桌打麻将,不用叫上你了,你就放心吧。”后来家里人都反对续弦，就娶了一个姨婆，侍奉汤水什么的。

过门以后，王先生家有个张奶奶，所以也用不着干家务活。有时候想到厨房帮帮忙，张奶奶一会儿说：别让油溅了裙子！一会儿说：别让刀切了手！也就不捣这个乱了。不过当初为了这，却是吃了不少苦的。

上干校的时候，有一回到厨房帮厨：给幼儿园的小孩做面条，管理员拿来一块鲜肉，一把沉甸甸的切肉刀，示范了一回："这样，薄薄地切成片，再切丝，就行了。"

管理员一走，这肉却怎么也切不成，软软的，在刀下滚来滚去。实在没办法，只好找到管理员，说切不成。人家回来，三下两下，就切出来了。晚上总结的时候，就把这事检讨一回，大伙儿都笑。但头儿认为态度很好，很诚实，就说：以后加强锻炼吧。

"九一八"失窃案后，这里如同惊弓之鸟，正常业务都不敢开展了。办了两三个和文物不相干的展览，什么世界名胜微缩景观展览之类。本来正在筹办中的佛像展览也停掉了，倒是因此而集中在库房里，看起来比别处方便。

又往文物商店，到库房里看了几件东西。有一件明万历的龙凤珐琅盆，盆边是大八宝小八宝，被定为一级文物。还有一件镜架，是黄梨木的做活，但木质是紫檀。文物商店正厅中央的一溜柜台是瓷器。有些嘉庆、光绪年间的小彩碟、青花碟，看去还有意思。还有几件瓷的梳头匣子（上面是一个六圆孔的盖），师母说，过去张奶奶的梳妆台上，就摆着这个。那些小碗什么的，是放勺子，放作料的，为平民用具，如今标价二十块钱一个。

“过去我们家常使的东西，拿到现在来，都是‘文物’；现在我们使的，全是山货店里买来的，——拣那最便宜的买。”

十一点五十分回返。路上仍听师母讲故事，——讲了一些音乐研究所的事。

杨荫浏与曹安和是表兄妹，青梅竹马，早生爱恋之心。但父母另为他娶了杨太太，这杨太太就留在了老家。杨一辈子只跟他的和妹一起过。杨去世后，和妹一人很是孤苦伶仃。后来买了一台冰箱，不知道是谁坑了她，卖她一台关不上门的。她就问所里的人：“你们都有冰箱没有哇？怎么我那个晚上还得拿绳绑起来，叫唤起来声儿还特别大？”后来大伙儿鼓捣着帮她卖了。

在干校时候的一位伙食管理员是孔府后裔，非常能干，和各方面的关系都搞得很好，所以他们四连经常改善生活。孔有时候想办法弄得熟肠来，切成一骨碌一骨碌的，分量差不多少，就悄悄卖给吕骥他们那样的老先生。有人知道提意见，他说：“咳，人家那么大岁数了！”对工宣队的人也很不错，有人往上边反映他，工宣队的人也就替他说话了。“文革”结束，他就去了香港，赚出了一份大家业。但是他的华侨妻子死了，又续弦娶了年轻姑娘，弄了他不少钱跑了。最近又娶了一个，还是年轻的。孔对母亲非常孝顺（还不是生母），只是结婚时让她伤了一回心。儿媳妇非要在婚礼上穿一件黑丝绒的袍子，怎么说怎么不行，当儿子的只好向母亲求情，实在管不了，也只好依了。婚宴上，老太太拉着人的手直掉眼泪。

王先生家里那位张奶奶也特别有意思。二十六届乒乓球锦标赛的时候，“我们都在郊区，一礼拜才回来一趟。张奶奶要买月票，就给她买了。她天天出去买菜，买菜之前，先坐车，上车问终点站在哪儿，然后一直坐到头。从这头再上车，又问终点站在哪儿？再坐到头。有一天送信的来了，问她看不看乒乓球，两毛钱一张票。张奶奶就让她给买四张，一张给自个儿，一张给送信的，两张送人了。到那天，就去工人体育馆，看到半截儿，要上厕所，就去了，在厕所，看看这儿，看看那儿，哪儿哪儿都好。赶到礼拜六我们回来，就问张奶奶过得好不好。张奶奶就学舌，把这体育馆的厕所夸得了不得。‘两毛钱，光上这趟厕所就值！’问球打得怎么样？‘不好，不好，都不好好打！’”

一点钟回到越秀。

一点半钟开始吃饭，一吃吃到两点半钟。崔先生又是疲倦的样子，原来昨夜两点钟才睡，问起来，才知道是处理了酒店的两个经理，有一个工资降了一千块，撤了职，当服务员。事情很简单：有一个老外在中厅听音乐，这位经理休息，穿了一身时装，也坐在一边听，老外就叫她过来，她竟没有拒绝，这在崔是绝对不允许的。另一位处罚得轻一些，——只因为她没有及时制止。由这件事起头，又讲了两个小故事。“我是从来不陪着喝酒的。不论什么市长、局长、这长、那长，一律不陪。有一回公安局的几个官来吃饭，说把你们小崔叫出来陪着喝两杯！我说可以给你倒上一杯。有一位就说：‘你不喝？你敢不喝吗？今儿就给你倒上！’我说你倒吧，看他倒满了一杯，举起来连杯子带酒就泼他脸上了。后来他又找茬，洗手，不到洗手间，到厨房，当时区长的女儿在这儿打工，就给他端了一盆水，举着让他洗，他和弄了人家一身。小姑娘就哭了，我说人家是客人，忍一忍算了吧，就叫一名保安把他扶回座位。谁知一桌人上来就把保安给打了，用枪把子把头部给打破了。这下可就不能客气，叫上厨房的人，就和他们开打，他把证件亮出来，说是公安局的，我把证件抢过来就撕了，说这儿只有喝醉酒耍酒疯的流氓，没有什么公安局的。于是双方一场恶战，最后是对方赔礼道歉，赔偿损失。”原来是靠着这种硬气，打出了威风，打出了尊严，很令人钦佩。

饭后，等着与崔先生交谈。因今晚的火车票未能买到，所以崔亲自出马，找了当站长的老同学，为这事整整忙了一个小时，好容易坐下来，又为工作服的事被叫出去，一直等到五点钟，才算消停。

由吴彬和他谈“读书文丛”的事，三言两语就定了下来。于是海阔天空聊开来，他说据估算，今年年底资产可以过亿。每年的纯利润是几千万，现在想交一些文化界的朋友，其实并非要改变个人形象，仍然是从企业形象考虑，希望能够留住人才。与各方面打交道，也减少一些障碍，吴说起老沈，“要是倒退几十年，老沈还没有被社会的颠簸动荡磨平棱角，也会这样干出一番事业的。”崔以为不然：“我虽然年纪还不算大（五一年五月十五出生），但在同龄人中，阅历算丰富了，吃过的苦，受过的挫折，已经很不少，可是并没有磨去棱角，我的性格如此，不会被环境改变。讲一件小时候的事，‘文革’时候，我成了反革命家属，那也是服过软。那时候家里的日子比一般家庭都穷，可也没人敢欺负我。我并不想和人家挑战，但如果非干不可的话，也就干起来不能松手，一定要干成功。我们的一家邻居，五个男孩，全都特别厉害，在那一片儿称王称霸，我也怕他们，不敢惹他们，绕着走。有一天我母亲给我一毛钱，让我去买酱油，我怕惹他们，不敢从他们门口过，特别从旁边的一个公共厕所穿过去，谁想到哥俩儿正好在厕所里解手，就把我给叫住了，说站住，别动！我就老老实实站住，然后过来摸兜，把一毛钱给搜走了。问还有钱吗，说没了，于是给了一耳刮子，照屁股踢一脚，就把我给轰出来了。我回家就躺在床上，觉得浑身发热，不吃不喝，躺了一夜。第二天早早的就跑到学校门口守着去了，这两人还迟到了。把他们等来，上去就是一通儿乱打，我一人打两人，当然吃了不少亏，但也没让他们好受，把其中的一个下嘴唇都给咬下来了。”“我刚创业的时候，和一个老同学一块儿干，我们是十几年的交情了，我对他的性格有了解，知道他自私、贪利，但也没去加意防范。没想到他偷着告我，说我搞赌博，于是被派出所传讯，又说得拘留，我什么也不懂，说拘留就拘留吧，还签了字，谁知道就给放到号子里去了。号子里有号长，谁横谁就是号长，第一天还要给我下马威呢，结果我一下子就成了号长。”“我的做人原则是，我尊重人，决不做对不起人的事，但你要是反过来，那么只能是自取其辱。这件事我没觉得丢人，后来惊动了厅局，都来看我，半个月放出来，什么事也没有。那位老同学哭着来参加我的生日宴会，当时我不少朋友都要‘修理’他，我说算了吧，只是从今后再不想见到他。”问他：你为自己设计的归宿是什么？“有一栋自己的房子，下面租出去，靠租金维持上面一层的生活，平日里看看书，和朋友聊聊天，吃喝不愁，过几年清静闲适的日子。”吴说：“如果你打到北京去，凭着王先生一句话，就可以为你引来多少吃客，而这些吃客也都是有威望的，又可以影响一批人。”“我不寄希望与此，这样反映不出我的真实水平。从长远看，这是不合算的，我就靠我的质量，它站得住，就是真正站住了。如果我尽了最大努力还是站不住，那说明我无能，我挟着皮包滚蛋。”“我不是一个合格的丈夫，但是一个合格的父亲。”（女儿今年十三岁，已长到一米六六）“她在学校里遇到了什么事，会一点一点讲给我听，我也能耐心地一点一点听完，认真考虑解决的办法。”“对朋友，一切男性朋友，我都可以说是问心无愧的，但是对女性，不敢这样说。”他们这几个哥们有个兵团，叫士美兵团，薛是参谋，崔是政委，还有一位画家谢冰宜，大概是司令。

八点钟晚餐。这回又是一轮船的活龙虾，活剥了肉，用刀切了，称作刺身，用冰块镇在船舱里，便这样生食，配了十二小碟作料：沙爹酱、绿芥末、生油、葱丝、姜丝、椒丝、腰果末、芝麻粒、椒盐、白灼汁、酱油、白酒（去腥用）。

饭罢又是十点半钟，一连数日，只入不出，今天好容易找机会喝下一杯番泻叶。

四月廿一日　星期四

仍七点半早餐。

饭后他们几位往文物商店和亚细亚，独自留守，读林海音《金鲤鱼的百褶裙》。

午间往越秀，凉菜有一味叫作牛心蒂，便是牛喉，乳白色的薄片。清蒸老虎鱼、汕头笋方肉煲、上汤潺菜，一笼玉兔寿桃。玉兔是莲蓉芯子，寿桃是豆沙芯子。最后照例是一盘水果。王先生一连吃了五块，师母就又讲起他的笑话，——有一天，他到朝内菜市场买菜，看见门口卖瓜的正那儿切哈密瓜呢，就站那儿看着，看着切到一个挺不错的，就买了一块，站那儿吃。那天天挺冷，一大老头子站那儿吃瓜，就有一边看新鲜的了。一块吃完，觉得挺好，就又买了一块。这会儿看的人就多了几个。两块吃完，还不过瘾，接着又吃第三块。这回站着看的人都忍不住，一个个都围着卖瓜的买开了。王先生是给人家当活广告呢！——大伙儿听得哈哈大笑。

饭后回驻地。候至四点四十分，薛来，同往良种犬驯育研究所。

途经西越秀，进去参观了一下。营业面积比东边大，但是只有楼下一层（楼上是居民），装饰风格与东边大体一致，服务员也是仪态万方。

小坐，即往养狗场，看门的一只即是藏獒，已用铁门锁住，原来几天前他咬了场长的弟弟，从小腿上生生撕下一方块肉来。

狗的寝室是一排一排的，外面又另加了铁门，一打开铁门，群犬齐吠，一个个神情激动，叫起来很拼命，让人觉得一旦它冲出铁门，就会把人撕碎。两只黑卷毛的贵宾犬，分宿两室，也狂躁得不得了，一只玩了命地双腿起跳蹦高，一只急得原地疾速转圈。立着耳朵的是灰背，趴着耳朵的是藏獒，都凶猛异常，有一只灰背直着嗓子不喘气地叫，很是恐怖。从训练场中突然飞跑出一只扑向崔先生，又拉手，又搭背，亲热得不得了，原来他小时曾由崔喂养，名字叫路易。路易转身又向师母扑过来，也想照样亲热一番，把师母吓坏了。大伙儿匆匆撤离，也没有再看驯狗。

又回到越秀。晚餐极丰盛，红烧白鳝、清蒸螃蟹、鱼翅水蛋，最后一道西瓜船，上插着西瓜皮刻着的“一路平安”。临别又献给每人一束鲜花。

火车票没有买到软席（重庆开往北京的 10 次），硬卧是郑州加挂的两节车厢，秩序乱得很。

四月廿二日　星期五

列车正点到达北京的时间是早晨五点三十分。但过石家庄之后，就焊在一个前不着村后不着店的地方，足足停了一个小时。过丰台车站，眼看离终点站只有不到十分钟的路了，却又一次焊住。如此，抵家已是九点十分。

读此行所购之散文：琦君、林海音、林清玄、张秀亚。琦君记亲情的文字很动人，忍不住几番下泪。

志仁是二十号晚间才回到北京的，下午提前归家，讲了南行所历，颇多感慨。

四月廿三日　星期六

往编辑部。

收到请群庆先生代购的《大理县志》。

收到陆灏寄来的三包书:《忠雅堂集》《阳春白雪》《中国古代都城研究》(杨宽),及高阳的三本小说:《假官真做》《状元娘子》《徐老虎与白寡妇》。

《清凉菩提》《紫色菩提》,都是很美丽、很清澈的文字,有着明心见性的智慧。林清玄把佛理和佛的境界引入世俗社会,在碌碌红尘中悬一面清明之境,照见世俗的无谓,照见佛界的清凉。

但我无法进入禅的世界,我不信佛,也不信基督,我只相信人性中的善良。既然有这善良,何妨去爱,去恨。无情,是彻悟,是大解脱。无情,固亦无恶,但也就没有了善。那么人活着还有什么意思?这人间还有什么可留恋?情知“好”即“了”,这“好”至“了”的过程,仍不能少。没有沉沦,怎么能有升华。没有污泥,怎么能有莲花。

何尝不知升沉荣辱不过一枕黄粱轻梦;何尝不知漫漫人生不过弹指一挥间;何尝不知浮华是空,功名是幻,但仍然要认认真真走完这属于自己的从生到死的每一步。“活得很累!”然而,给你一个“轻”,你的生命承受得起吗?“空”和“无”是一眼可以看破的,但无限的“空”,无限的“无”,却撑不满一个血肉的七尺之躯。

用“空”与“无”的澄明,鉴照尘世的“实”与“有”;用彻悟与解脱的智慧点醒沉沦中的迷惘。

四月廿四日　星期日

整理“独自旅行”一编。

读《红楼梦》。

"听曲文宝玉悟惮机"一节甚是有趣。那宝玉已悟得"无可云证,是立足境",黛玉犹要进一境,曰"无立足境,是方干净"。可知禅理不难,以黛玉之"小性儿"(或曰"执着""痴情"),参也参得了,因何又沁芳桥畔迷本性呢,因何至死犹念着一个宝玉呢。人生固有这大撒手处,却何尝撒得了手呢。

便是那争传衣钵的神秀、惠能,又岂在俗缘之外?

四月廿五日　星期一

往编辑部。

午后杨成凯取书来。

晚间徐纲从上海来,六年未见,已长成人了。

四月廿六日　星期二

王世襄先生清早送笋豆来。

往负翁处取《清流传》的合同。

往琉璃厂。

购得《甘青藏传佛教寺院》《观世音菩萨故事画》《释迦牟尼故事画》《西宁府新志》《戏剧丛刊》《乔吉集》《蒙古游记》。

修改《以"我"之舌言情》。

四月廿七日　星期三

往编辑部。

《读书》繁体字版已正式签订合同。编辑部诸同仁会议七月号事项,并筹措创刊十五周年之聚会。

由王世襄先生处取回《脂麻通鉴》题签。

先生院中的一架藤萝开得正热闹,惹来蜂蝶缭绕,却不知这藤萝是否先生手植。师母说，先生在干校时曾养了许多兰，回京之际犹恋恋不忍弃，连土带花千辛万苦地运了回来。但后来忙着著述，把兰冷落，都死掉了。

当然最早的时候，这院子，这房子，都是王先生家的财产。后来又怎么一步一步归了公，又怎么一点一点回到个人，又怎么终于不能恢复原样，——现在也还是个大杂院，原有个长长的故事，但先生刚开个头，就被师母打断："好容易有功夫坐在一块儿聊会儿天，又搬出这陈谷子烂芝麻干什么！"

晚间看电视现场转播的《贵妃醉酒》（邓敏），做工可以，唱不行。据云得自李玉芙亲授。

四月廿八日　星期四

由《书城》杂志中谈瀛洲一篇批评董桥的文章起意，决定创办一个"书趣"杂志。立即与俞晓群取得联系，他马上表示同意。午间，与沈、吴在天坛宾馆会议，即将此事决定下来。从宾馆出来，吴、沈往版纳午饭，我自归家。

将《说"溷"》改毕。

四月廿九日　星期五

往编辑部。

访谷林先生。

读《释迦牟尼故事画》。

看望外婆。

四月卅日　星期六

读《周叔迦佛学论著集》。

行深般若的第一步(第八八一页下:“人们认为人生是永恒的而贪爱这永恒的人生……”)

空、无,是说世间没有永恒的东西,但是就“刹那”来讲,却是“有”和“是”,是真实的。

就释迦牟尼的一生来看:出生、觉悟、涅槃,和一般人并没有不同,也结婚,也生子,经历了繁华。他的觉悟,不过是觉悟了天道人心,或曰认识到事实的发展不外乎因果的规律,世间的一切都是变动不居的,但又并非无序之混沌,而是受着因果规律的制约,种善因,得善果;种恶因,得恶果。无论善还是恶,都是“刹那”之“有”,不住亦不滞,人生便是这无数的“刹那”,所以它为每一个人提供了无数选择的机会。佛的智慧即在于他在人生经历中觉悟了人生的道理;在自然中,觉悟了自然的力量,并且,能够用哲学的语言阐述精致的人生。人生因佛的智慧被诗化了,无数诗化的人生,又丰富了佛的智慧。

浩如烟海的佛经,汇聚了古往今来无数人生的经验、觉悟与智慧,哪一种经义是真理呢?

你所信的,就是真理。

能够解脱你的烦恼的,就是真理。

哪一时解脱了你的烦恼,哪一时它就成了真理。

人生可以求得无数次一时一事的解脱,但彻底的解脱,只有一次。

事为俗谛,理为真谛,一切有情须由俗谛证得真谛。

自相为俗谛,实相为真谛,不深入自相,又怎么识得实相?

解决人生之法，仍在人生之中。

“苦集是俗谛（世间）；灭道是真谛（出世间）”，（页二九七）不周遍世间，却又怎能找到出世间的路？

佛学辞典“有情”：有情识、有爱情之动物也，即指众生而言。唯识述记一本曰：“梵言萨埵，此言有情，有情识故。……又情者爱也，能有爱生故。……言众生者，不善理也，草木众生。”摄于有情之类者，谓之有情数，见《毗婆沙论》十三。又有情所好居住之处，谓之有情居，有九所，称为九有情居，见《俱舍论》八（页六八八）。

布顿大师《佛教史大宝藏论》：此世界名“娑婆”，意为“忍”，是说不为烦恼三毒所劫夺，而且乐意忍受，以能坚忍，故名“堪忍”。《大悲妙法莲花经》中说：“此世界因何名为娑婆？即以彼诸有情能忍于贪欲，能忍于瞋恨，能忍于愚痴，以及能忍于诸烦恼之缠缚，故此世界名为‘堪忍’”（页五十三）。

佛之教化众生，只是从这娑婆世界讲起，是世间法。佛法如莲花，虽出于污泥，却灼灼其华，不为所染。但若只是清水，只是虚空，却生不出莲花。

佛经说：“一切有情皆依食住。”（吕澂，页四四三引）佛依此设教，引导众生向善，即顺应天道自然，而不作悖于常理的颠倒之求（即为恶）。

五月一日　星期日

读《佛学论著集》。

五月二日　星期一

一日雨,此为北方久旱之雨。

将《娑婆世界》整理成篇。

五月三日　星期二

晨起仍雨。

往清华,访陈志华老师。

他刚刚从婺源调查归来。旧有的乡土建筑在迅疾毁灭。也许用不了十年二十年,乡村就成为没有文化的一片愚昧的土地。时光似乎在倒流。

聊近两个半小时。

午后起风。

晚与吴、沈、薛共饭,在版纳大酒店。薛做东,费二百元(雅座收费三十元)。

五月四日　星期三

将《玉色百合》草成。

往编辑部。周国平来,取《爱默生文集》。

吴问起项灵羽骨折住院的情况,然后话题转到人生痛苦……

每个人都会遭遇痛苦,而每个人对痛苦都会有不同的体验,因此不可以用自己的痛苦,去否认一切人的痛苦,也没有权力指判他人的幸与不幸。人生对每一个人来讲,都是绝对个人的。所谓幸与不幸,全是个人的体味。佛说人生是苦。智者有智者之苦,愚者有愚者之苦。命运对每一个人都是公平的。所谓不公平,也只是一种个人的体味而已。痛苦,有不同层次的:精神的,肉体的,有形的,无形的。在痛苦不成为痛苦的时候,它其实已经在某一方面成就了你,——铸就了你的特殊的性格、特殊的意志。这时它已不完全是精神折磨与肉体折磨意义上的痛苦,而成为锻炼生命的激素。在痛苦中挣扎,并努力寻求解脱的时候,它正是一种对生命的磨练。我要说痛苦也是一种赐予,这决不是出于一种观望的冷酷,我是对着自己也这样说的。

痛苦是一种纯属个人的生命体验。这种完全个人化的体验难道存在可比性么,难道能由某一个人说出“我的痛苦比你的痛苦如何如何”么?子非鱼,焉知鱼之乐?我非你,焉知你之苦?

五月五日　星期四

往编辑部。

访梵澄先生。他说《读书》比过去好看了,第四期前面的一组文章都很好。但是不要过多地怀旧,还是要立足于将来。还说,我最不喜欢《红楼梦》!它能够给人什么积极的东西呢?

对此,我极力表示反对。

先生说,读通王阳明,可以受用一生了。

五月六日　星期五

往编辑部,处理初校样,直忙到午后一点半钟。

读《阳春白雪》。

这部词选,大致可说是当时人选当时人之作,与今人眼光大有别。

叶嘉莹论词学中之困惑与花间词之女性叙写及其影响,谈到“词中所写的女性乃似乎是一种介乎写实与非写实之间的美色与爱情的化身”，这是一种很明白的见解，但似仍未说透。其实，词的“主旋律”应该说是“情欲”，也不妨化一为二，作“情”与“欲”，二者总之是交织着的。情欲是内核，场景、气氛，四时之变化等等，都是一层又一层精心的装饰，也许有本事，也许没有本事，只是情欲而已。也许是生活中美丽的一瞬，也许只是瞬间想像中的美丽，它起源于歌席酒筵，那正是无妨宣泄情欲的时与地，既然铸造为一种特有的表现形式，也不脱固有的程式，则情欲仍可堂而皇之谱入词中。所有的困惑只在羞于承认，原是只可意会不可言传的呀。

情欲是一种活生生的美，当它与大自然打融作一片，难分彼我之时，更焕发作一种生命的感发：咏物也是咏人，咏人也是咏物，爱欲的眼，看梅蕊，也是约略颦轻笑浅；看杨花，点点也是离人泪。更多的时候，是并无情事，也并无一个撩人情思的疏香小艳，而只是由花开花落、雁去雁来、雨丝风片、微雪轻寒牵起的一种情欲。所谓“空中语”，即没有爱意的对象，只是主观者的情欲，着力刻画的描写对象不妨是想象之辞，但情欲却是真实的。

五月七日　星期六

往琉璃厂为梵澄先生购笔、购墨。

午后往编辑部。

五月八日　星期日

仍读《阳春白雪》。

词中所描写的，离多会少。所以更多的，是追怀，是追怀中的渴望。

具体化为抽象，情事化作思绪。

描写对象没有具体的身分，不是唯一的所指。所以，既可以是花，也可以是人。这种渴求与欲望，可以是情欲，也不妨指为君臣之思。不是真实的故事，却是真切的情感。

渴求无法实现，就做成一种生命无端消耗的悲凉。

即使是闲愁吧，只因这“闲”字是这样的无意义，所以也是一声深沉的悲叹。

作为情境中人，词作者不论化身为男为女，唯一确定的身分就是一个寂寞中的孤独者。

五月九日　星期一

访梵澄先生。送笔、墨及冯至先生的《海德贝格纪事》。他正在做几种版本、几种文字的《圣经》校对。

谈起诗，他说他信服陆游的一句话：“诗到无人爱处工。”诗要是让人不觉得可爱，便是好诗了。先生近日得一联，以为好：雨过柳更垂，烟霏岸逾远。虽出语平常，但体物深细。

先生说，第四期《读书》宋远的那一篇写得好。不过，仍未说透。

又说我的字尚可有进境，但须上追汉魏。

往编辑部。

到肯德基买了快餐，往萝蕤师家。一庭月季，高大如树。累累繁枝，花事正盛。浅粉、深红、杏黄、牙黄，粉白交叠，一片灿烂。一株核桃，树荫压了半个院子。月季花边，又是一大蓬白蔷薇。

五月十日　星期二

大风一日。

往编辑部。老沈郑州二日行，今归。

傍晚吴彬打电话来，说国务院明令，凡申报高级职称者，从今年起，必须参加资格考试。七七年以前参加工作的，考“许国璋”一、二。

遂往新华书店购得这两册。

五月十一日　星期三

往新华社，访陈四益，交《第八件事》。

看望外婆。

往丁聪家取版式，方闻知范老家正要拆迁，小院将无存。

往编辑部。

急往老板家与小院告别。北牌坊的半条胡同已成瓦砾，小院孤零零的一面院墙已经残破了。院中一棵国槐，一棵洋槐。一株香椿之下，生出几株嫩枝，过几年也就是香椿树了。靠窗两棵丁香，已经开过，留下一片绿荫，是为长夏遮阴的。夹在丁香中的是太平，刚刚含苞，主人却等不到它开花了。主人一走，太平也就结束了生命。小院将夷为平地，再不见旧日风光。

槐树下面的小花坛，有一株芭蕉，是老板手植，原是特地从王世襄先生家移来。几年过去，已经长得粗粗大大。不必听凄清的雨声，它蓄满了生命的绿意，也就足让人爱怜了。

小院一夏清凉，我常说它像林妹妹的潇湘馆。

京城还能留下几座这样的小院！

五月十二日　星期四

施康强送稿来。

往编辑部，做发稿准备。

读“许国璋”。

傍晚往编辑部，取回样书。

五月十三日　星期五

给谷林先生送去样书。

往编辑部，发稿。

午间与吴、沈、马同往东四吃四川小吃。只有玻璃烧卖、口蘑小包两种尚可，余皆不佳。叫作“桂圆甜烧白”的，是用肥肉裹黑芝麻白糖，团成卷，外围江米。所谓“桂圆”，原来只是染绿了的樱桃，一点儿也不好吃。费九十元。

为负翁送去《清流传》。

访卢仁龙、刘石，皆不遇。

五月十四日　星期六

读《散文·海外版》（一九九四年第二期）余光中文《外文系这一行》，倒使人鼓起一点儿学外语的兴趣。许氏第二册开始的几篇文章都还有意思，早晨读了两课，居然很愿意读下去。

余文两个比喻很好：学者把大师之鸟剥制成可以把玩谛视的标本，作家把大师之蛋孵成自己的鸟。

五月十五日　星期日

“鸟语”与“宋词”交替读。

黄庭坚《浣溪沙》：“新妇矶头眉黛愁，女儿浦口眼波秋。惊鱼错认月沉钩。青箬笠前无限事，绿蓑衣底一时休。斜风细雨转船头。”东坡云：黄鲁直作此词，清新婉丽，闻其得意，自言以水光山色，替却玉肌花貌，此乃真得渔父家风也。然才出“新妇矶”，又入“女儿浦”，此渔父无乃大澜浪也（《清人选词三种》，页十四）。

是否词之程式使然？凡提笔为词，涌入笔端的，必是种种“女儿”意象。山必眉黛，水必秋波，花必腻粉，柳必柔腰。词是写女儿态、女儿情、女儿心的。

《蒿庵论词》引《艺概》：词以不犯本位为高。东坡《满庭芳》“老去君恩未报，空回首，弹铗悲歌”，语诚慷慨；然不若《水调歌头》“我欲乘风归去，又恐琼楼玉宇，高处不胜寒”，尤觉空灵蕴藉（页六十）。

五月十六日　星期一

春来几乎日日风。不是含着温柔的“细细”，不是侵着湿润的“潇潇”，只是撼树摇花的干燥，恨不得“让那春归如过翼，一去无迹”。每天清晨到芍药栏前看花，眼开着花开了，花落了，片片落英堕地，卷了，干了，化入泥土。

往编辑部，复书十余封。

五月十七日　星期二

七点钟出发，往万寿寺。五十分钟骑到。但要九点钟才开门，于是访梁治平。左弯右弯，绕了二十多分钟才找到，就在左近的万寿寺甲四号。梁已去上班，与莽平聊到九点钟，继往万寿寺。

工作人员正在洒扫庭除。里面似乎没有游客。除大雄宝殿供奉着“横三世”佛之外，余殿皆辟作艺术展室。有佛教艺术、明清玉器、瓷器、漆器、家具、书画艺术诸展。但品种不算丰富。喜其清幽，尽可多作徘徊。

出寺门，过广源闸桥头，从马路横穿出去，沿动物园围墙行，就到了五塔寺。

除了凿石锯木的民工外，不见游人。

这是保存至今，年代最早的一座金刚宝座塔。清麟庆的《鸿雪因缘图记》“五塔观乐”一则，对此有大略的记述。

看到中塔须弥座上雕有一双脚，觉得很奇怪。下来看到说明，道这是佛足。有两说：一说佛涅槃前曾站在石上说法，因刻佛足为记。一说佛将焚化时，因迦叶未到而不能进行；后迦叶赶到，佛便从棺木中现出两足，遂行焚化。但不知两说载于何处。

五月十八日　星期三

往编辑部。

继往琉璃厂。为丁聪买美术全集《金银玻璃珐琅器卷》，不获。为梵澄先生买笔。购得“十竹斋信笺”一种。

傍晚往编辑部，为吴彬托运《韩国诗选》送去纸箱。

继往桃花江餐厅（南小街，新近开业）。《读书》宴请王蒙夫妇、丁聪夫妇、冯亦代、宋木文。编辑部同仁之外，并邀了倪乐。菜以腊肉为主，其中酸豆角、腊味双蒸、腊肉炒萝卜干较有特点。服务员都是益阳来的湘妹子（费六百元）。

五月十九日　星期四

往编辑部。

阅三校样(第六期,一一八至一八四页)。

五月廿日　星期五

大风一日。

往编辑部。

读《白雨斋词话》。

五月廿一日　星期六

到商务印书馆听英语辅导课。纯粹为应付考试而授、而受,真是累极了。倒是自己读读文章还觉得有意思些。

课后与吴、贾往凯旋门餐厅,又打电话叫来了老沈。炸猪排、奶油鸡卷、炸鸡胸、烧小鸭、厨师沙拉等,共二百元。

访谷林先生,“搜”得几册论词的书。

往编辑部。

五月廿三日　星期一

将《小道世界》草成。

访谷林先生(还书、借书)。

往编辑部。

四点钟与沈、吴在天桥宾馆同俞晓群、王之江、王越男会,谈“书趣”创刊及“读书文丛”的转手。

将《脂麻通鉴》书稿交俞。

五月廿四日　星期二

风雨一夜。芍药栏中,残英尽落。王安石《半山春晚即事》:“春风取花去,酬我以清阴。”陈衍评曰:“首十字从唐人‘绿阴清润似花时’来。”(《宋诗精华录》页一三五)

十点钟雨止，往编辑部。

为王世襄先生送去《读书》第五期。

五月廿五日　星期三

读陈衍《宋诗精华录》。

午间按照事先约定，往美尼姆斯，与郑丫头一起，为吴彬做生日。

问了郑的近况，道感觉很好。因问吴彬："还记得爱情是什么滋味吗？"答曰："你应该问——知道爱情是什么滋味吗？"

将结账，老沈又来：说吴彬已由他提议，董通过，负责《读书》的行政事务。

三人一百八十元；加老沈，二百四十元。与郑平摊。

饭罢往宾华。服务日。

今日天气很怪：半阴、半阳，风不止。既不像春天，也不像夏天。有点像秋天，却又不似秋日之爽。当然，更不是冬天。

读杨牧《疑神》、龙应台《看世纪末向你走来》。

五月廿七日　星期五

往编辑部。

读《诗话总龟》。

这两日每到午后便开始头痛，且愈痛愈烈，不得不吃了去痛片早早入睡。

五月廿八日　星期六

志仁的部门组织旅游，一定要我同往，不得已而行。

早上七点钟出发，一路接人，八点钟出城，先到房山石花洞。

一路所经，都是既熟悉又陌生的地方：良乡、磁家务、陀里、东庄子。二十多年前，曾经多少次在这条路上往返。当年与姚楷步行往史家营，经历了多少故事。但记忆力衰减，如今竟忘掉了许许多多的细节。

石花洞已经引不起参观的兴趣，——与前此所见过的溶洞大同小异。不过在北京近郊有这样一个大规模的钟乳石岩洞，还是挺难得。门票每人二十一元，这一笔收入，就很可观。

十一点钟车往潭柘寺。

二十年前曾拉了刘建华与志仁同来。那时这里还是工人疗养院，大门紧闭，谢绝参观。后来又和妈妈一起来过一次，却没有留下印象。

如今这里早成了公共园林，热闹不亚城里。看了和尚做饭的锅，曲水流觞亭，白果树，方唤起旧时的一点记忆。庭院里遍植牡丹，可惜花期已过，只有绿叶清润了。

继往塔院。最早的塔，建于金代。还有一座是忽必烈的女儿妙严公主塔。守塔人称，塔下原是两口扣起来的缸。公主站在缸里边。后来此塔被盗，把缸一打开，衣服就化作碎片飞起，骨架也立刻酥掉了。以后又花了五千块钱，才将此塔修复。

再往戒台寺。这里比潭柘寺清静得多，因而更显得高敞、清幽。松多，古，且奇，有卧龙松、自在松、盘龙松、抱塔松、九龙松（白皮松，九支松干四向伸出）。戒台又称作选佛场。戒台上端坐着释迦牟尼，两边共放了十把椅子，若受具足戒，须有三师七证。台周两层一百一十三座佛像，据说出自泥人张的后代。

下山，开往门头沟。在城中天府饭店午餐(其时已是午后两点钟)。这里有一位从政协食堂退休的老师傅，为大家打点了一顿饭，十六人，收费四百七十五元。鱿鱼、海参、蹄筋之类，一款芙蓉鸡片，算是不错。凉菜中的糖炒核桃仁很是好吃。最后一道八宝饭，甜得发腻。

下榻龙泉宾馆。门庭中，水池里，一方山石，上有碑刻，记龙泉之建。文句之不通，好令人一笑。

志仁、小航去游泳，我只坐在房间里读“许国璋”，晚饭也没有去吃。

五月廿九日　星期日

清晨，不到五点钟就起来了。到宾馆庭院转了一圈，倒也花开处处，鸟鸣幽幽，曲廊、假山、水池、草地，都有了，却造得不精不巧，不见意境。

八点钟吃早饭。咸菜、鸡蛋、馒头、粥，极简单。

饭后到网球场。等了半天才轮上，拿起拍子，第一下，就把球打到场外的一面高墙里去了，也就再没兴趣。

遂往游泳馆。游了一会儿，去洗桑拿浴。但坐在小木屋子里，只觉得烤，不觉得蒸，全身干透了，一点儿汗也没有出。

十点半出来。

十一点半离龙泉。行至古城路，在四川美食城吃饭。清蒸鲩鱼、怀胎豆腐、东坡肘子，及各类四川小吃，费四百三十五元。

在旁边的书店给小航买了一套《凡尔纳选集》，算是他的最后一个儿童节的礼物。

两点半归家。

五月卅日　星期一

看望外婆。

在商务门市部购得《英国文学名篇选读》，为金性尧先生购《郑孝胥日记》。

往编辑部。

接到南昌打来的电话，说赴会可以乘飞机。

饭后往西单购机票。几乎所有的窗口服务态度都极坏，缺乏起码的敬业精神。怎么就没有一点儿职业道德。

收到易木珍寄赠的《三曹诗选》《十八家诗钞》。

行将四十。古人五十岁称年开六秩，六十岁则年开七秩。那么，四十岁，也可称年开五秩了。却听起来更显得岁月的残酷。

心态似乎仍停留在二三十岁，总觉得是年龄在欺骗我。

约翰·盖伊死后葬于威斯敏斯特教堂，墓碑上有他自己写的对句：人生是一玩笑；一切均可证明。我曾这么想过；现在确知如此。（Life is a jest；and all things show it.I thought so once；butnow I know it.）

五月卅一日　星期二

院子里的花，一朵一朵都开败了。“今年对花最匆匆。相逢似有恨，依依愁悴。吟望久，青苔上，旋看飞坠。”既“吟望久”，且长久得能够眼看着落红飘堕，又怎么会“匆匆”呢，是感觉中的花开匆匆罢。今年我亦对花凝望最久，因此格外感到匆匆。往年并不注意花开花落，反无所谓匆匆与否。

今年的春天，其实最长。又分别在三个地方度过。三月到云南寻春，四月往洛阳访牡丹，归来又与芍药相伴数日，却更觉得这么快一切都成过去。

往编辑部，处理初校样，忙到十二点多。

老沈以初版《流言》一册持赠（原为陆昌仪收藏，因《读书》而与沈结交，又因受沈赠书而以此为报）。

子建“美女篇”，对“妖”且“闲”之美女，周遍形容，可谓细致入微。但描摹的仍是形状（结末“盛年处房室，中夜起长叹”，也还是可闻可见之状）。到了宋代词人的笔下，乃得深入于内心，且由旁观者而化为当事人，用热闹的笔墨铺陈出静寂中的孤独。这个时候的男子，比女性更女性化（女子在宣泄情感时，未必有这样的大胆与坦率）。子建是借寓，宋人是寄托，——曾氏批道：“美女如此容华，而安于义命，不轻于求遇合，以喻士不求苟达也。”正如谭献评蛮温飞卿的《菩萨蛮》：“以上士不遇赋，读之最确。”

六月一日　星期三

往编辑部。

汇总几套丛书的选题。

读唐浩明的《曾国藩》。

六月二日　星期四

往编辑部。

从人教社取回李人凡捎来的珍珠霜。

仍读《曾国藩》。

六月三日　星期五

读《曾国藩》。

午后往统战部招待所访徐新建。彼正在作西南岩溶地区的扶贫工作，又在筹划与日本某财团合作的“良知和未来世纪工程”。

往编辑部。

六月四日　星期六

清晨下楼，开门间，眼前一亮，令箭荷花开了！胭脂红的花瓣中，是几穗长长的、银丝样的蕊，明媚照眼，娇艳非常。

往商务听课。

课后往编辑部，讨论“书趣文丛”选题。老沈做了一锅罗宋汤。

六月五日　星期日

十一点钟，志仁送到路口，乘上一辆出租，驶往机场。司机名叫张晓山，很健谈，从国计民生谈到个人甘苦。

四十五分钟开到机场。航班号 CA1511，起飞时间一点十五分。等到一点半钟，不见动静。

突然人群纷纷拥往 19 号登机口，下楼梯，乘上机场运送上下飞机旅客的电瓶车，开近停机坪上的 CA1511 之后，陡地一个大转弯，又转了回来。互相打听着，才知道飞机还没有准备好。仍从 19 号上楼，回到候机厅。

等到两点半钟，再次得到召唤：从 19 号登机，又重复一遍一个小时以前的程序，依次上了飞机，行李放好，听空中小姐讲解如何使用氧气面罩，如何使用紧急出口。

坐等半小时，广播中传来温婉甜润的声音：“旅客们，非常抱歉，飞机因机械故障现在不能起飞。请拿好随身携带的行李物品，到候机室等候。”

早有电瓶车开过来，又把人送回19号。但这一回却不再上楼，因为是从飞机上下来的，不管是旅途归来还是根本没上旅途，也得按照下飞机的规矩办，所以从出口处出来被带进21号候机室。空中小姐送来了矿泉水（凭登机牌领取一瓶），然后坐等。

但这里是一个只许出不许进的地方。你要去打电话通报情况，你要去买食品聊充饥肠，对不起，出了口，还得持机票、身分证、登机牌，再从安全检查口上楼下楼地走回来。虽然人人一肚子火，但谁也不敢说出格的话，——这是坐飞机呀，话说得难听了，岂不是不吉利吗？

于是各以幽默出之：“这是登机演习呀！”“这个玩笑开得跟真的似的！”接着有人谈起自己的旅途经验：“那年从广州飞北京，误了一天，第二天的那一班都飞走了，我们才走。”“那回我在深圳，飞机在天上兜了一转又下来，前后折腾了五个小时呢。”“有一次……”

总之，这并不稀奇，不值得生气。唯一的办法，就是耐心等待。等到晚饭的时候，还会有免费晚餐呢。果然，五点钟，送来了盒饭，又配备了一瓶矿泉水。人们愈加顺从地听天由命。

终于，五点半钟的时候，第三次“叫起”。但下了楼再上楼，却要再次通过安全检查口。绝大多数人虽小有埋怨，不过还是老老实实地按照程序走。只有两个人采取了不合作的态度，在安检口不出示机票和身分证。“我们已经从这个口走过三遍了，误了飞机是你们的错，干吗这么折腾旅客？”安检人员义正词严：“误不误飞机我们不管，我们只管安检。”

同是受折磨的，却对不满者不满：“和他们较什么劲哪？让干吗干吗呗！”于是不满者气短，只有服从。大家和和平平，依次通过，——如果不满者再有几回这样的经验，也便练就顺从的功夫了。

只听到几个年轻人在后面议论：“应该上诉！赔偿损失！”“人家说，美国人太喜欢打官司了，可中国人是太不喜欢打官司了！”“因为打半天官司也不会有结果，人家也让你吃了，也让你喝了；何况又是机械故障，你能怎么样呢。”

想起龙应台有一篇文章的题目叫作“中国人，你为什么不生气！”大概就是因为生气的事太多了，如何气得过来？怨服务人员恶作剧似的让旅客提着行包在候机厅与停机坪之间周游两个半来回吗？但在我们的习惯中，这实在算不上是对旅客的不尊重。在我们所使用的交通工具中，民航的服务，应该是最好的了。

你遇到许多令人不满的事，但你不知谁是不满的承担者。怨民航吗？民航那里有多少苦衷，新闻界早有披露，唯有谅解。你该和谁去生气呢？自然，并不是生气才好。只是，习惯如此服务的被服务者，又以同样的方式，服务于他人。这样一种循环，真让人轻松不起来。非凡的忍耐力，是由环境造成的。无法改变环境，只能改变自己，——磨炼自己的承受能力。在习惯中培养出来的处世方式，又反过来维系习惯，使它更为坚牢。只是，习惯于这种环境，这种效率的人，又能有怎样的敬业精神呢。

六点钟飞机飞离跑道，七点四十五分到达南昌。

出机场，有黄友贤、周鸣贵来接。

下榻滨江招待所，与陶小慧、方敏同宿一室。一会儿，黄友贤来叫吃饭。今日一天，活动不多，饭却吃了不少，飞机上发的食品还没能腾出肠胃来装，此刻又如何吃得下？一再婉谢，也只好抱歉了。

陶、方十二点半才归来，说这顿饭吃到十一点，然后又去卡拉 OK 一下。幸好未往。

看会议材料中的日程安排，明日上午是：“探讨书评的职能、任务；出版社、书评家、书评报刊如何沟通。”不禁哑然失笑，后者尚有讨论的可能，前一条，该说什么？

六月六日　星期一

五点钟起来。下楼，然后走出五号楼。招待所濒临赣江。江畔晨风鼓荡，总算送来一点凉爽。南昌的气温虽与北京相差无几，但闷热异常，即使在有空调的房间，也有一种发粘的感觉。

八点钟在招待所餐厅吃饭，坐下来喝了一碗粥。

饭后往教育社，开会。仍然是开会八股，一丝不苟地演一遍。和刘景琳坐在一边聊天。

午间在出版社开设的餐厅吃饭，规格很高，有河蟹、鳗鱼汤、石鸡等等，十几道菜。

饭罢回宿地。三点钟往江西日报社开会。仍是按部就班重复例行的开会程序。

六点钟，到报社的第三产业月亮湾饭店吃饭。饭菜水平一般。

饭后步行回驻地。停水一个多小时，总算又有了，匆匆洗了澡。

六月七日　星期二

六点钟出发，往长途汽车站。七点二十五分准时发车，驶向婺源。将近三百公里的路程，尽是平川。进贤、东乡、余干、万年、乐平，一路绿野平畴。

午间在黄金埠道边一家小餐馆打尖，买了一袋蛋糕，一块钱；一瓶汽水，四毛钱。

乐平过后，有了小山。柏油路变作土路，烟气混合着尘土，再加上热浪蒸腾，咬着牙受此熬煎。有了山，又有了一条水，景色才见出一番美丽。进入婺源地界，道路两旁的民居立刻显出特色。

五点半钟进城（坐了整整十个小时的车），在文化局门口下车。按照陈老师给出的名字，找金邦杰老先生。局里的工作人员正要下班。问起金先生，一位男同志十分热心，立即帮助打电话，但被告知他往景德镇去了，要周六才回来。于是问起有什么事情，遂道明来意。他耐心指点一番，并画了路线图，又建议我在文化局旁边的劳动服务公司下榻。

出了门，一直在旁边的女同志才介绍说，这是局长，又把我送到招待所,从里面叫出了局长(刚才那一位是副的)。局长正在吃饭,要我登了记(五人间,十二元,但才住进两人),放下包,也一起去吃。

一桌六人。局长递上名片:鲍庆祥,头衔是县文化旅游总公司经理,原来正在准备大搞文化旅游的开发。在座的有两位都是银行的,大概是要请他们贷款。日本人投资,在县里建了一座婺源县友好宾馆。已经接待了五批日本游客。

局长答应明天给找一辆吉普,送我下乡。刚一落座,就下起大雨来,总算洗去一点闷热。饭菜不见特色,又热又渴,也没有食欲,不过吃了一碗热汤面。

回到房间,洗了一个凉水澡,才觉得舒服了。

六月八日　星期三

夜里又闷热起来,早晨起来也不见凉爽。五点多钟出门,街上已有不少人。县城三面环水,一面靠山。环城而流的,是星江。

穿进县城老街,找虹井。窄窄的街道,是青石板铺就。昨天黄昏一场雨,地面还是湿漉漉的,散发着潮气。两旁都是老房子,看上去阴暗而潮湿。

好不容易打听到虹井,却见木头门上一把锁锁着。左有一牌,上书:婺源县文物保护单位。右边是说明。

虹井在朱氏故居右侧。当年朱熹的父亲朱乔年降生之时,井有紫气缭绕。后朱熹在尤溪寓所落生,亦如此,因名之为虹井。后来听鲍说,朱熹的诞生地尤溪,也是三面环水,一面靠山的地势。如果只看照片,真会以为是婺源。

有传说婺源地区乃是一条龙脉，清华的彰公山是龙首。一路下来，至婺源县城，分作左右两脉。左为县衙门，右为儒学山。后因烧石灰，坏了龙脉，婺源便不出人才了。

从老城斜穿出来，就是沿河而筑的环城大道。江畔尽是结伴浣衣的女子，江岸则是练拳的老者、读书的年轻人。

江那一边的山上，雾蔚云蒸，太阳在云层里隐着，天色白蒙蒙的。

快走到文化局的时候，遇到鲍局长，原来这是县政府的宿舍。他说，他曾经当了一年县委宣传部的副部长，不想干了，打报告请调文化局。家在溪头砚山脚下，正是出歙砚的地方。婺源自古就是养人的之所，很难做出事业。他在这里经营了全省第一家合资企业，但差不多快把命搭上去。要在这里做点事，真是困难得很。

在街上买了一个肉粽，五毛钱，里面有指甲盖大的一块肉。

八点钟到文化局。又见到了昨天的那位副局长，才知道他姓江。上楼，又有一位副局长，叫汪兆铎。等到八点半钟，文管所的胡彧先生来了，鲍局长请他带我下乡。司机名叫汪治平，很早就进了县剧团，后来改行学法律，然后到县里负责签发文物经营执照，因为事情不多，又兼了司机。

将近九点钟从县城出发，先加了油，由我掏了汽油钱（五十一块）。然后开往沱川，一小时到达乡政府。胡找了乡团委书记余天海，一起往不远的理坑。

理坑古代是出官的地方。官宦的宅第至今还保存了几所，有司马第、尚书府,还有一座官厅(余自怡)。官厅后来做了生产队的队部。据说还是钦赐的匾额(余懋学),不知是出自哪一位“圣上”的恩德。

司马第门楼高大,上有石雕,还有一座“天官上卿”。八字门楼,即在大门两旁砌成四十五度斜墙,形如八字,磨砖对缝。门楼上方则用雕花砖,也有石雕。

房宅早已易主,但里面的木雕还保存得很好。“文革”的时候,为了保护这些木雕、石雕,群众用黄泥糊在上面,然后贴了“毛主席万岁”的标语,于是谁也不敢来撕了。这叫作“以神护神”。

房舍多数没有院落。进门一个天井,正房照壁前是壁架,照壁上贴了年画和对子。前面是一张八仙桌,正位两张太师椅,两旁和下首是条凳。天井两边是厢房。照壁后面是后天井。后面是余屋,或作灶间,或堆杂物。楼梯开在后进的一边。

此地多雨,而天井一开,大雨浇下来,水柱四溅,往往把周围弄得很潮湿。若是梅雨天气,就要发霉了。

若不开天井,大人物无法投胎。从门缝进来的,都是小人物。此外,水也要先经过宅第才能外流,否则流走了财气。

所以现在的人盖新房,都不做天井。旧时则认为天井可得天之气,能够出大人物。

理坑曾经出过一位理学家,因谓此地乃理学渊源,故人名之为理坑。这里做官的名人是余懋衡、余懋学兄弟。宅第自然早已换了多少主人。最大的变化发生在土改的时候,官、商、地主的房屋全部被没收,分给贫下中农。

青石板路,有一处巷口,两边墙角磨成平角,以便轿子通过。还有一段路做成三步一段上升的石级,也是为了走轿子时显气势。

个别有院子的,也不是通常的庭院,而是一条短巷。中间青石板,两边铺鹅卵石,尽头一棵树,翠盖盈盈的故家乔木。左手是门楼。木雕多数保留得很完整,格扇门上雕着八仙,两边对称,一边四仙。有一家兄弟合住(九世同堂),先把一边的格扇门三百块钱卖了。弟弟的这一边前不久有人出一千块钱,但他没卖。

不过这里的保护工作很难做,主要是没有经费。房主要拆旧建新,无法阻止。这里建筑多半还是清代的,门窗、正梁,都雕镂繁复,数层透雕,极有立体感。明代建筑的特征是墙砖比例为三、六、九(长宽高),雕刻简洁大方,门扇多为方格。

正午时分,突然浇下雨来,于是急急离开,回到乡政府。上午召开的贯彻股份制的大会刚刚散,村干部蜂拥到食堂午餐。我们三人也进去白吃一顿,四个菜:米粉肉、炒豇豆、炒豆腐泡、烧茄子,米饭放在一个巨大的木桶里,随便盛。乡党委书记和乡长都在后边的这间屋里一起吃了。

饭后到会客室休息,看到沙发、空调,不免惊奇:这里是“特困乡”啊!但胡和汪说:你如果接待条件太差,上边的人连来都不来,不是更办不成事了吗?评为“特困乡”以后,这里很快有了起色,乡办企业也还能赢利。

胡和余开玩笑说，沱川也是秦桧的家乡。余立即脸红脖子粗地争辩起来，他说他们余氏一支是桐城的余潜。当年欲寻找一个风景秀丽又有好风水的地方，看中了沱川，并砍下一枝罗汉松，倒插于地。说如果这棵松活了，一年之后的此月此日，即移居于此。后来果然成活，于是真的迁往沱川了（罗汉松现在篁村，就是余天海的家乡，距沱川三里）。

一点钟出发往古坦的黄村。

这里的黄氏宗祠称作百柱祠，前临古坦水，背倚竹源山，建于明末清初。前面是用院墙围起来的，大门平日不开，只走一侧的边门。

三进，一进中有一个月台，这是他处所不见的。

正殿经义堂三字为张玉书题（见于县志）。中间是“金砖墁地”，两边是整条的青石板，且左右对称。中间的两根主柱，柱础为莲瓣形，直径看去半米尚不止。据说右手的一个，是修建祠堂时邻村送的，故意做得特别大，意思是笑他们找不到这样粗的木头做柱子。结果黄村人不但找到了这样的木头，而且做了其他的几个柱础，比这一个还要好，石质也出色得多。几百年了，没有人去摸它，却乌黑发亮，结果把送来的这个做了右首（屈居下位）。

寝室是石制的重门，两层之间有挂灯处。原是九步台阶，属违制。后来在七步的地方断开，上面再接两级，——仍是九步。重门进去的三开间，供着祖宗牌位。柱础是覆盆式，也是金砖墁地，但和前面一样，因为做了生产队的木工房，砖都被砸坏了。

卷棚上覆一层薄薄的青石砖，多少年来，从来没有人打扫。但仰首上望，只觉明净清洁，似乎一点灰尘都没有。也从不结蛛网，从无燕雀筑巢，只有几只蝙蝠飞旋来去。整个建筑极有气势。梁柱有一点简朴的雕刻，很大方。

祠堂旁边，旧时是一座书院。据说过去黄村不出官，由于村里人咬咬牙建了座书院，后来真的出了两个进士。前几年部分梁柱被白蚁蛀了，县文化局花了三千多元整治了一回，才算解决。

又到村支书（黄姓）家里坐了一下。五年前盖的房，生活条件一般。胡说，他在文物保护上是非常尽力的。又看了一家鱼塘，保存极完整。周围是桂花树、柑橘树。上面原是宅第，后毁。现为菜园，里面放养了草鱼和婺源特有的红泡金鲤鱼。

还有一家叫作敦伦堂，与祠堂的建造时间相近，大抵明代风格。后面的楼梯扶手是雕凿成格子的。

回到村口，发现轮胎被扎了，换上了备胎。归途在清华镇补胎。

去看了彩虹桥。清华，唐开元年间婺源县城的所在地，二十多年之后迁往今天的紫阳镇。桥始建于唐。前面四个桥墩修成燕嘴形，以迎对面流过来的水。中间的一个坏了，捞起河里的砖修复，但与原作差了好多，砖也对不齐，而且又裂了缝。

桥中间供了治水的大禹。左边是当年治水理首胡永班，右边是募缘的僧人胡济祥。不知从哪里搬来的柱础做了石桌石凳，又挂了一幅摹绘的清华八景图。但除了这长桥卧波之外，余皆不存。

上桥的这一会儿，又淅淅沥沥下起一阵雨。太阳总闷在云层里，捂不住的热气就凝成水，时不时滴下来。

清华镇下来的水面上，有一叶一叶的采金船。此地出沙金，但量极少，都是个人开采。因成本高，也发不了大财。

在县城路口，小汪找他的一个朋友（李姓），为我租了明天的车（一百五十元）。

回到宿地，正好局长又在请“财神”，于是把三个人一起叫上餐桌，又白吃一顿。胡又上楼来给汪口的俞法尧同志写了条子，介绍我前去参观。一切安排妥当，方离去。

六月九日　星期四

早晨五点二十分出门，到桥头吃了一个肉饼，六毛钱，一碗稀饭，三毛钱。又为司机买了两个肉饼。然后按照约定，站在宿地门前等。

六点钟，李准时到来。他说他从未起过这样早，昨天晚上喝酒喝到两点钟才睡，此刻头疼得要命。又到桥头接了他的一个女朋友，因为他没去过文公山，要请她带路。

十几公里笔直宽阔的大路，经高砂，就到了中云镇。左手弯进一条土路，一边是小林乡水库，一边是漫坡的茶树。昨夜又是一场大雨，所以虽是土路却不起土。汽车穿过几个村庄，直抵文公山脚下。

此山原称九老芙蓉尖。北宋年间朱熹祖墓葬于山腰。嘉定二年宁宗谥朱熹为“文公”后，山易今名。拾级上山，林深苔滑，山木滴翠。一树树野杨梅结了青白的实。李说,白杨梅比红杨梅更好吃。

过了一道题有“积庆后昆”的小门,有一位老者在卖门票,两元一张。所谓祖坟,其实是朱熹祖母的墓,上书“显祖妣夫人程氏之墓,宣教郎裔孙熹立”。原碑上面的小字都已涂掉。这两行字大概是近年描上去的。朱熹手植的杉,有十几株,都一一编了号。最高的近四十米,最粗的,胸围三米余。李说,这样的杉树,是罕见的。

从山上下来,驱车往汪口。仍是通往清华的那条路,在王村大桥拐弯。过秋口,再行,便是属江湾镇的汪口村。

很容易找到俞法尧,开了祠堂的门。收费处已落了锁,——原来只收我们这一份。

俞氏宗祠建于乾隆年间。土改,尤其是“文革”期间,遭到了很大的破坏。享堂前面的两根柱子,原来柱子和屋檐间是雕了一对狮子滚绣球的。柱上的狮子顶住屋檐下的绣球,正起了一个承重作用,既有美学价值又有实用功能。但“文革”时把狮子和绣球都给凿坏了,所以整个前檐向左倾斜了过去。两廊雕有山水图景、历史故事,五凤楼间还有八骏图。

祠堂的五凤楼门是违制的。俞说,据传祖上有父子二人,父亲做到武英殿大学士,曾教读太子。儿子做到了三省巡府。曾有一块匾题作“父子俱史”。祠堂的堂名,称“仁本堂”。五凤楼上层层雕镂。第一重是万象更新,第二重是双凤朝阳(已凿坏大部),两边是文曲星、武曲星(凿坏了主要部分),再下面是福如东海、福禄双全。一百多组木雕图案，凡是木构件，都作了雕刻处理。据传当年这里的人说：不和江湾比大小，要和江湾比功夫（江湾祠堂之大，为此地之最）。本地的一位木匠自告奋勇，他原是做花轿的，于是精心制作了一顶花轿，说：这就是我的水平，你们看怎么样！一见之下，就拍板定了。木匠死后也葬在汪口。

五凤楼向内的一面，上悬一匾，书“生聚教训”四个字。此匾也曾被砸掉的，现在所书是出自当地俞姓农民书法家之手。他曾经保送上了人民大学，回来断断续续做了几任村干部，却不免总带上几分书生气。祠堂的修复就是他主持工作时做的。

寝堂有两层。上面的一层设放祖宗牌位。下面的一层，祭祖时，七十岁以上的老人方可入内。俞说，最后一次祭祖活动是一九四八年，场面肃穆。他是凭了初中毕业的文凭才进入享堂祭拜的。

寝堂梁间雕刻，最里面的是暗八仙。外面一道是琪花瑞草。享堂则是石榴瓜果，寓开花、结实之意。地面是青条石铺就，卷棚为木条，也很清洁。

旧称婺源四宝是：江湾的祠堂，汪口的碣（此地读“贺”），方村的牌楼，太白的塔（此地读为“拓”）。

江湾的祠堂据称建于宋代，早就毁掉了。牌楼与塔也已无存。唯汪口的碣，尚在。是清代江永设计的，为曲尺形，一边蓄水，一边通竹排（正式名称叫作平渡堰）。从村口出来，站在公路上看了一下，据说自建成之后，历年无论怎样发大水，都不曾被冲垮。

到了这里，才知道什么叫作山明水秀。山映在水里，便明明净净，极见清明了。水中有了山的倒影，清清莹莹中便添了秀媚。

村庄多建在山弯水湄。村口多有一片树林，外缘是秀竹丛丛。过去每个村口都有一株大古树（多为樟树）。秋口的李坑，则是一水穿街（李说这叫破腹水），两边是民居。但水很浑浊，大约是刚下了雨的缘故吧。街心有一个凉棚（申民亭）。凉棚外是一架小小的石拱桥（申民桥）。村的一侧，倚着一座林木葱郁的土岭。

最后请李把我送到思口镇。这是昨天谈的时候不曾包括的内容（思口距秋口有十几公里）。但他二话没说，点点头就算答应了。并且过了思口镇，又前行三华里。正午时分，一直送到延村口。

延村都是清代建筑。虽然保存至今的不少，但完好的已经不多。与理坑的官宦宅第不同，这里多是民居，建筑形制大同小异。村边有一座金家祠，已败坏。门外荒草萋萋，只听见一片嗡嗡的苍蝇声。

世界总是在一个除旧布新自然的代谢过程中，一步一步走着的。但如果这“除旧”不是依从自然规律，而是一种人为的暴力手段，那么，“旧”的被迅疾破坏掉了，“新”的却很难生长出来。婺源的乡村，曾经有着那样丰厚的文化积累，在一场近乎疯狂的自我毁弃之后，现在，要想维护这劫后残余，并以此作为旅游资源，却是困难重重了。

这里的人不像丽江的纳西人和泸沽湖的摩梭人那样热情，

但对外人毫无戒备心理。大门敞开或半开，里面空无一人，即便有人，我走进去东张西望，也视若不见，问都不问一声。

门楼的石雕，以祥瑞花草为主。里面的木雕多数破坏得很厉害。天井下面的地面是大块的青石板，泄水沟上面的砖雕着花纹（瑶花或钱纹）。如果注意卫生，本来不会污迹斑斑。后来听胡先生说，土改时大户人家的房子都分给成分最低的贫雇农。他们住进去之后，一切都不讲究了。本来这地方是放鱼缸的，又作“晴雨缸”，也可搭起石台养花。

差不多每家房檐底下都有燕雀做窝，人与鸟和睦相处。与云南不同，此地很少见有人家养花。田野风光，唯见绿色，很纯很纯的绿色，没有一点娇艳。婺源多的是绿，浸着水似的，绿汪汪，鲜灵灵。没有一片瓦蓝的天，没有几卷如丝的云，在濛濛水气中洇着，更显得鲜嫩。

延村亦缘水而建。从村口走出，正见一辆从清华开往婺源的车，上车（两块五），一点半到了招待所。在餐厅吃了一碗香菇肉面，两块钱。

上楼擦洗一下之后，胡彧先生就带着他的儿子来了。其子在博物馆做保管员，带着我去了博物馆。

博物馆建于五十年代，很早就开始了征集工作。不过那时候很多东西是土改时没收来的，基本上没花钱。现任馆长名叫詹祥生，今年三十八岁。副馆长杨浩（更年轻）。詹的父亲（永萱）就是搞文物鉴定的。馆藏许多珍品皆由其父收集来。

馆里没钱、也没足够的设备布展，所以都是待来了人，从库房外调。

看了不少藏品：文徵明行书《兰亭序》（中年作品）；黄慎《麻姑献寿》（四十九岁作）；周之冕《鹭鸶芙蓉》（万历年作，有年款）；王武《花鸟牡丹》（戊辰秋作，泥金）；边寿民《芦雁图》；胡湄《一鹭芙桂》（谐“一路富贵”，作于明末清初；胡是平湖人，项元汴之外孙、蓝瑛的学生）；杨舟的“鹿”（大幅；有年款：癸酉夏日，三友草堂）；徐枋《仿郭熙溪山行旅图》（戊辰）。又犀角杯（明代）；竹刻香笼（万历年制，出自户部侍郎余懋学家）；水藻玛瑙鼻烟壶（水藻青绿有生意）；王莽金错刀（平五千）。又有一方龙麟抄手砚（翕砚），朱乔年之友张敦颐墓葬出土。周遭一凹槽，线条简洁而流畅，完美无缺。张曾做过衡阳知府，家在赋春乡庄门店。此砚被定为一级品。因龙麟砚只见于文字记载，而鲜有实物，这一件是唯一的证明。（《县志·人物·宦绩》录张敦颐〔养正〕事：游汀人，登绍兴八年第，为南剑州教授。敦颐在南剑州与朱友斋友善，邀与还乡。韦斋以先业已质于人对，敦颐许为赎之。及韦斋卒，敦颐以书慰文公于丧次，而归其田百亩。郡人义之。及卒，附祀文公庙。）

此外尚有十二眼蟹形砚（端砚，清初）。又鳌鱼翡翠佩件，为余懋衡物。翡是红的，翠是绿的，质地较好。难得是年代早，件大。余氏后代衰落，有一女嫁到浙源（虹关，天下第一樟所在），土改时被没收，很久不知下落。詹父多方打听而不得。后下乡时在大队部的抽屉里看到，不费一文，收归国有。为镇馆之宝。

最后一件是一颗蜜色的猫眼，有大拇指肚那么大，据称只有故宫里的比它大。估计可能是李鸿章家物(李的一位管家是婺源人)。

人称沱川三件宝:香笼;鳌鱼佩;还有一件是金烛台,镂空精雕,有二百斤重,一人搬不起。

昨天胡先生说参观是要收费的,三十元。但詹说算了吧,也就免了。

又由杨一直送下儒学山,在车站买了票,然后送到返回驻地的巷口,方别去。

晚间胡先生来,坐聊近两小时。

黄昏时分开始落雨,一直下个不停。

六月十日　星期五

一夜雨声潺潺。三点钟醒来,再也睡不着。好容易合了眼,立刻做了一个没赶上车的梦。四点多钟,再也躺不下去,只好起来。

五点四十分到汽车站。正点五十分开,但六点十分才来车。总站上了不到十个人。开过桥去,就停了下来,又上了有十个人。一路开,一路停,停的时间比开的时间长。

出了中云镇就变成坑坑洼洼的土路。据说从景德镇到婺源的铺路工程做了好几年,婺源界内的已大体完工,景德镇浮梁县界的一段却总也干不完。浮梁恢复县制,把市里拨下来的修路款用去盖县政府大楼了。市里气得要命,责成他们把款退回来,由市里搞。但总之吧,人们就在这似乎是永远修不好的路上颠簸晃荡。

雨越下越大，人越上越多。发动机上坐了五个人，有一位一条腿就插在刹把旁边，——已经是最小限度地为司机留出操作的余地。挤成这般模样了，人们还在拦车，司机说挤不下了，一位小姑娘就撑着伞在汽车前面走。最后只好开了门，让她挤了上来。八十五公里的路，整整开了四个小时。将近十点钟，才到一个不知叫什么名字的地方，就是终点站了。

从车站走出来，周围很荒凉的样子。问长途汽车站，说老远老远的呢。冒雨前行，走了半天，再打听，还远得很呢。幸好过来一辆小公共，招手上车，一块钱，到了车站。买了明早六点半往九江的票。

在车站旁边的司机招待所登记了住宿，十五元，单人间，简陋得要命。有一个公共洗澡间，水龙头都快锈死了，也没有热水。

十一点钟出来，在门口买了两个冬菜包子，五毛钱。

乘三路车往龙珠阁。穿过闹市区，不过一般城市的那种繁华。龙珠阁原来是一座新建筑。守门人说，阁始建于五代，“文革”时完全毁掉，这几年才修起来，比以前加高了两层（现为四层）。里面有五代至清的出土瓷器展览，其实多为残片，没有几件完整的实物。参观者只有我一个。

出来，乘车回宿地。再往盘龙岗陶瓷历史博物馆。进枫树山。路两旁果然枫树林立。渐深，渐多松柏。长长的一段路，一个人没有。雨不知不觉地停了。

博物馆迁来了不少明清建筑。除延村的通议大夫祠之外，差不多都是迁自浮梁县，如苦莱公宅、汪柏宅、汪柏弟宅、大夫第、苍溪民居等。但多数都没开放，一把锈锁锁着。这也算是一种博物馆式的保护吧，却像是栩栩然花间飞舞的蝴蝶，被制成了一叶标本。

在玉华堂即延村通议大夫祠中看了景德镇陶瓷简史展。又各处转了一圈。

“清园”明清古建筑后面，已修了一道长廊，绕着一方水塘，塘中浮萍开着娇黄的花。

再往古窑。名为古窑，实为今窑。多数作坊都锁着。在开着一处，看见一个青年正在做坯子。

古窑倒真是有一座，是省重点文物保护单位。据称始建于陈代。烧柴，又称柴窑。一位老窑工热情邀我进去叙话。原来窑的上面一层，周遭木板隔起来，都住着人的。他说一炉窑要烧一天一夜。又讲了讲怎样看火，怎样烧窑。还打开锁着的柜门，给我看了他们烧出的一件釉瓶。说话间，突然断电，屋子里立即黑暗一片。

遂辞出。行不远，突然有一位妇女追上来招呼，问刚才那一位老窑工是不是卖给我瓷器了。忙说没有。她说没关系的，我们这里的窑工都有几件，要比别处卖的便宜。然后要我到她那里去看。原来她也住在窑的二层上，就在那一位老者的对面。既不懂行情，看见一个小薄胎碗、一套五件的小花瓶好玩，就要了，碗十五元，瓶十二元。她说市面上这碗要卖三十元呢。给她五十元，找不开。她说这样吧，我这大一件的薄胎碗要卖三十元，就算半卖半送吧，也别找钱了。也就依了。

出来，乘四路车往三间庙。原来下车的地方那一带都叫三间庙，真正的庙还要走进去五里路。看看已是五点多钟，赶到那里，怕也关门了。

于是又原路返回。在一家“飞翔小馆”吃了一碗素炒粉，两块钱。

六月十一日　星期六

六点半的车到了七点钟才开。先在车站门前买了一个包子，两毛五，一个鸡蛋，五毛钱。

又是挤挤挨挨的满满一车人。江西地方乘客比司机利害，乘客叫停，司机不敢不停。而且让在哪儿停，就在哪儿停。

十点半钟到达湖口渡口。等候过渡等了一小时。

十二点到九江。住车站附近的医学专科学校招待所，两人间，十六元(只有一人住)。

稍稍休整出门，在路边买了两个香蕉，四毛八。那个女子见我手里有整钱，就要拿零钱来换，说批发公司不收零钱，死缠活缠非要换。说香蕉只算你两毛钱。数给我三十元，又数九块八；又把三十元拿回去数，七颠八倒，到后来才知道被她糊弄去了二十块。回来找到她，本想她会赖账，说当时点清楚了，谁知更绝：她根本否认有这回事，装作不认识的样子。心里好笑，也没有一点办法，是自己太仁义了。

徒步往烟水亭。门票三元，不过一个亭子而已。此番是重游，但对第一次，竟没有留下一点儿印象。倚栏望水，但见缘湖各种建筑林立，耳畔市声嘈杂，已无情趣可言。

出来，沿湖而行，往能仁寺。走了将近半小时方到。寺中有僧住持照例山门、天王殿、大雄宝殿、藏经楼，与众不同的是，大雄宝殿的莲花座下有一眼清泉。据说当日佛与僧众说法，泉便涌出，入口甘甜凛冽，因名之为诲尔泉。猜想是先有了泉，然后在泉上筑基建殿吧。但历久不涸，且清冽依然，也就有几分奇了。

殿后又有一方滴水石。说明上介绍说，据德化县志考证，梁武帝太清丁卯年始建大雄宝殿。时置花岗岩石于殿檐，高一尺九寸八，经千余载雨滴而穿透。庆历二年修其外形，三面刻有羽花纹。六十年代末被损，八八年修复。

藏经楼后传来念经声，原来几个僧人正领着一屋子穿了黑袍的女居士诵经。

寺内一座大胜塔，塔周搭了脚手架，正在进行维修。寺里为此还贴了募捐告示。

大胜塔前的水池里，有一个石船。船上一铁佛，据说宋时某日天上飞来，因号飞来船。

出寺，仍沿湖行。往天花宫，走了二十分钟才走到。虽然墙外有市重点文物保护单位的牌子，但不知保护的是什么。进门但见堆满杂物。正中供了一座很拙劣的观音像。后面一个三层的塔楼，也是很蹩脚的。一问，果系近年新建，真是一无可取。

又徒步走回烟水亭。九江之美，多半得于这甘棠湖。湖中间一道长堤，绿荫匝地。湖畔时见垂钓者。

湖区以外的街市，又脏又乱，虽有豪华宾馆矗立其间，也只能带来更多的不谐调。

在烟水亭坐上小巴，上车一块。不过开了三分钟，就说灌婴井到了。

进小路，是一个贸易市场。问一位斯文妇女，她说根本就没有这样一个井。又问了出租车司机，才一路摸到地方。原来浪井已在一片居民区的包围中，已是和光同尘。

浪井夹在两家人家中间，上面盖了巴掌大的一个亭子，亭子里放了一个木盆，一辆自行车，一根柱子的下半截油漆斑驳，上边接出去一根绳子，通到对面的人家。浪井须衬在无限江山中方见得情趣，今井中既无浪声，井外又与江岸隔绝，早是年久湮塞了。

一位老太太抱着膝坐在井上盖着的铁板上与另一位聊天，见我在那儿转着磨儿拍照，掩口胡卢地走了。

井盖锁着，上面草草盖了一座小亭。一面墙上，镌着说明：“浪井，原名灌婴井，又名瑞井。西汉名将灌婴于高帝六年筑城时所凿，因名灌婴井。后年久湮塞。至建安中，孙权曾至此城，立标命人开掘，适得故处。见井壁有铭云：‘汉高祖六年颖阴侯开此井。’权喜，以为祥瑞，遂名瑞井。井原与江通，江上风起涛涌，井辄有浪。故唐李白有‘浪动灌婴井’之句，自是世称浪井。”由于历代河道北移，江岸增宽，加之近年沿江筑堤，垒石护坡，故井中不能再闻浪声。现在采用的一点保护措施，是一九七九年四月进行的。今为市重点文物保护单位。

另一面壁上，镌有苏辙的诗：“江波浮阵云，岸壁立青铁。胡为井中泉，浪涌时惊发。水性本无定，得止自澄澈。谁为女娲氏，补此天地裂。”又有李白《下浔阳城泛彭蠡寄黄判官》：“浪动灌婴井，浔阳江上风。开帆入天镜，直向彭湖东。落景转疏雨，晴云散远空……”据云皆录自德化县志。

从浪井出来不远，就是江岸港口。又坐小巴，仍是一块钱，三分钟的路。

买了明天九点十五分往南昌的票。又买了三个桃子，九毛钱。卖桃子的姑娘也要换零钱，立即拒绝了。买了一盒“康师傅”，两块七。

吃了面，用冷水洗了澡，不到八点就睡了。

六月十二日　星期日

这里真潮湿，洗的衣服晾了十二个小时，居然还能拧出水来。

六点半钟，走到外面一看，原来飘起细雨。仍回来坐候。雨渐渐大起来，在浔阳江头的小客栈里，一间阴暗潮湿的房间，听雨，似乎该是很有诗意的。加上思乡心切，恨不得插翅飞回。古人每于此时能够吟出佳句，不知是因为没有这种吟诗的训练，还是心情恶劣连句子也造不成，只觉得时光难挨。

熬到九点钟，往车站。是一辆中巴，没有太多耽搁，就发车了。十二点到达南昌，雨下得正欢。好容易找到一家公用电话亭，却犹如孤岛一般，被一片大水所包围。

只好坐了一辆出租往机场。车子雨刷器坏了，司机照开不误，警察也不管（也没看见有警察）。一点钟就到了机场，还有整整七个小时啊！

便坐在候机厅外苦读“许国璋”。三时许，雨停了。天晴得却不明快，仍有一种蒸腾感。

好不容易熬到七点钟，才开始换登机牌。过关除验行李外，还有两位描眉画眼的女郎进行摸身检查。她说：“别人的包都响，就你的不响！”被她职业性地“摸身”一回，难受半天。

机票写明八点钟起飞，但真正起飞却是八点四十三分。晚了四十三分钟，却被视为正常，因为机场对此未作任何解释。现代化设施中一切不那么现代的东西，很快就会为人们所习惯。候机的人们，也习以为常。或看录像，或购物，或聊天。有多少人是为了节约时间才付出高昂代价乘飞机的？也许因为多数是花公款？

十一点到达北京。乘上一辆面包。司机曾在部队汽车连干了十一年（负责训练），据称当过连长，谈锋极健，一路聊个不停。

志仁正候在门口，说等了四十分钟。

六月十三日　星期一

睡了不过四个小时，就起来了。庭院中，合欢开了满树满枝，犹一片粉红的云，地上则红英一片。它有这样快的新陈代谢吗？

往编辑部。收到周劭先生寄赠的《稼轩词编年笺注》（增补本）。

忙一上午，又携回校样校阅。

草成六月五日乘机记(《因为如此,不生气》)。

六月十四日　星期二

往编辑部。

午后阅校样。

将《婺源行》写了一个千余字的开头。

六月十五日　星期三

往编辑部,发稿,忙一上午。

老沈以《随意英语文库》一册持赠。第一级中的文章,大体可不借助辞典而阅读。读了四篇。

六月十六日　星期四

早晨老沈送来"书趣文丛"计划。打印毕,送往朝内。

往社科院。范景中从杭州带来几种书:闽刻套红印《孟东野诗集》《桃溪雪》《回流记传奇》《楚州金石录》。

续作《婺源行》。打印机突然又一个字也印不出来了。

六月十七日　星期五

往谷林先生处,取得《书边杂写》稿。又将唐鲁孙十二种交付,请先生编选。

往编辑部。

陆灏到京。往北办取来《沈璟集》《河里子集》《南明演义》《绥寇纪略》。

六月十八日　星期六

往商务听课。

午间往凯旋门,商议《读书》奖事(陈原、陈来、葛兆光、赵一凡、陆、吴、贾)。饭罢又往对面的华侨大厦喝咖啡。

访谷林先生。

六月十九日　星期日

将《婺源行》草就。仍打印不出。

午间与沈、陆往天桥宾馆,与俞晓群等商定"书趣"及"书趣文丛"事。

两点半方结束会议,又一起访吴彬。

六月廿日　星期一

九点钟,与陆灏约了同访范用。带了三瓶子:孔子一、孟子一、外一瓶女儿红。到芳古园新居,不遇。在楼前石级上坐候至十一时,而不见归,只好离去。

再访谷林先生。

午间又拉了老沈,在咸亨共进午餐。臭豆腐干、干菜扣肉、西湖醋鱼、海米冬瓜汤,共七十余元。

往编辑部。

六月廿一日　星期二

今日夏至。院里的一盆茉莉花,一朵接一朵地开了。

作"辛丰年"。

晚间与沈、陆应郑至慧之请,约吴忠超、陈嘉映座谈"时间"。先往食德小馆晚餐,然后到宾华。

专业的物理学家与专业的哲学家,沟通是困难的。各在自己的语言世界或曰语言系统里认识生活。但也许正是这种不能沟通,才使二者缺一不可,无法替代,各有其位置,各有其存在的伟大意义。

六月廿二日　星期三

访谷林先生。

往编辑部,进一步落实“书趣”与“书趣文丛”。

午后与陆灏约往访梵澄先生。辞出之后,又往董乐山先生处小坐。

六月廿三日　星期四

约郑在勇谈“书趣文丛”封面设计事。

往社科院,归还《婺源县志》。

午间往梵澄先生处践约:在团结湖的一家烤鸭店午饭。肉片炒柿子椒、红烧海参、香菇玉兰片、一大盘香酥鸡并一份砂锅丸子。梵澄先生身着一袭月白色绸衫,长将及膝,载一顶白礼帽,手提拐杖,惹得人人注目。

饭后又往徐府小坐。

六月廿四日　星期五

往北图(文津街)参加《敦煌文学概论》研讨会(柴剑虹组织召开,并发邀请)。与会者多不相识。有几位是闻其名不识其人:周绍良、董乃斌、张锡厚、葛晓音。一位白化文,当年在北大旁听目录学,倒是听过他的课。

仍然是通行的那种程式化的会议,无甚意趣,止不住地昏昏欲睡。

午间留饭,婉辞。

归家,饭罢。老沈又从柳泉居一再打来电话,约往一会。遂往。在座有沈、吴、陆、阎平、柳琴、徐元秀、负翁,并冯易。徐是柳的表妹,南昆青年演员。此番来京参加全国昆曲青年演员会演。当下唱了一段《游园》,一段《痴梦》。嗓子似乎不够宽、亮。

很不习惯这种饭桌前的演唱。演员不能够离开舞台,观众与演员之间没有了距离,会大大影响欣赏。

与陆灏同往王世襄先生家。先生拿出一个冰镇西瓜,一剖两半,把瓤舀到小碗里,一人一碗。临行,师母又拿出三根巨型香蕉,要我带给小航。

六月廿五日　星期六

往商务听课。

下了大半天的雨,三点钟放晴。

六月廿六日　星期日

"辛丰年"写就,总不能满意。陆灏看了,嫌空。郑在勇看了,也以为简略。今经老沈提示,大悟。一气将后半写出,自以为可。

六月廿七日　星期一

往编辑部,处理初校样。

阅《如是我闻》稿。

六月廿八日　星期二

往编辑部,处理积久的来信。

收到王绍培寄来的三期《街道》,一气读毕,颇以为佳。遂不免技痒,草成一则《院儿的杂拌儿》。

六月廿九日　星期三

将"杂拌儿"再作修改润色。此篇写得极顺手,几乎是文不加点，读来也觉流畅。这是近日唯一觉得满意的文字。

往编辑部，处理积稿。

午后吴向中过访。将“婺源”和“院儿”都请他看了，以为浅。

晚间为三嫂打产品说明。

六月卅日　星期四

往编辑部。

纪坡民、闵家胤过访。交谈之下，方知纪乃纪登奎之子，现仍住在内务部街的一个大四合院里。

午后杨成凯来，取走《历代名人室名别号辞典》。

志仁夜半归来。

七月一日　星期五

往编辑部，阅来稿。

对“辛丰年”再作修改。

“辛丰年”一篇，写得顺手，改得辛苦，有点儿像钱氏《宋诗选注》所引唐子西语：吾作诗甚苦，悲吟累日，然后成篇。明日取读，瑕疵百出，辄复悲吟累日，反复改正。复数日取出读之，病复出。凡如此数四。

七月二日　星期六

往商务听课。

课后与吴、贾、郝、沈在随园午饭，商定“书趣文丛”事。

访谷林先生。

七月三日　星期日

清晨起来，即闻窗外雨声潺潺。一拉灯，却停电。

雨一直下。天一会儿黑，一会儿白，雨一会儿大，一会儿小。电始终不来。在暗屋子里，看书也打不起精神，英语读不下去，便读费孝通的《逝者如斯》。倒真是好文章，淡墨中见笔力，白描中见锋芒。

下午三点钟，终于来电了。

傍晚老沈送来俞晓群寄回的《脂麻通鉴》，重阅一回，感觉竟比先前好了。

在《东方》上读到葛剑雄谈民工潮的文章。从历史上不断出现的各种大规模的移民现象谈起，因而对目前各大城市出现的民工潮持乐观态度。但这是一种历史学家的乐观。

七月四日　星期一

往编辑部。

谷林先生将阅过的“辛丰年”稿退回，并婉转表达了意见。又赐一册刘半农的《瓦釜集》。“检奉旧藏一种，或可视同清初精刻欤？”

七月五日　星期二

往铁道部。

天大热，窒闷非常。走在街上，但见白铁皮色的水气雾气濛濛一片。人进到里面，立即被裹上一层黏膜，人的汗和天的“汗”胶合到一起，用吴彬的话说：“都要腌咸菜了！”

从上午开始停电，直到晚上八点四十分才来电。

七月六日　星期三

清晨起来，听见窗外雨声一片，终于能够感到一点凉爽了。

六点钟，雨住。又是一个大晴天，却不像昨日那样黏乎乎。

往编辑部。李陀、吴方、汪晖、朱伟来。与沈、吴同往宾华聊天。

阅三校样。

阅施康强送来的《都市茶客》稿。

读余光中的《从徐霞客到梵谷》。

作为题目的一组文章（评游记、看画），并不特别吸引人。倒是谈语言、谈文法两篇（中文的常态与变态，白而不化的白话文）令人大有悟。语言革命数十年，经他略略清点，便发现：文言固已近于消亡，而取代它的白话竟没能逐步纯洁、逐步美好，反成为中不中西不西、驳杂与舛误并见的四不像！

就在这略略清理之下，已觉得中文原来西化得非同小可了。以致现在拿起笔来，都必须字斟句酌的，不然就一定要犯了他指出来的种种毛病。

七月七日　星期四

晨起，又闻雨声淅沥。

十点钟，老沈来，一起往陈原家。以《书边杂写》与《都市茶客》两部书稿送呈，请他写序。

行至中途，又下起雨来。

坐聊一个小时。

在调频台听到罗西尼的一组钢琴小品《快乐的小火车》。讲解员说，罗西尼生平只坐过一次火车，但他似乎不喜欢它。所以乐曲的第一章就题作“火车出轨”，第二章则是“葬礼进行曲”，却又是圆舞曲形式的。

七月八日　星期五

往编辑部。

俞晓群几番打电话催促寄“书趣”和“文丛”的造价表。上周六已与吴、沈商议一回。一周过去,不见动静。不免再次催促老沈,他竟又发起火来,不欢而散。

午后又头疼,浑身骨节发酸。坚持到晚间,早早入睡。

夜半,迷迷糊糊中听到志仁说:“金日成死了。”便道:“给朝鲜发个唁电吧。”

清晨起来,志仁问还记不记得夜里说过的话,想了想,记起来,便问唁电发了没有,他说:“本来想发,一想他不过是半壁江山的主子,算了吧。”

七月九日　星期六

往商务听课。

读裘克安的《英语与英国文化》。

往中央音乐学院,给吴祖强送去《如是我闻》,请他作序。

大约五年前吧,前来过这里找张旭东,那时的印象是这里破破烂烂的。如今,寒酸依旧,除了增加一座点缀性的大门之外,几乎没有改变。

七月十日　星期日

读王佐良《论诗的翻译》。

第二十七页引穆旦诗:

静静地,我们拥抱在/用语言所能照明的世界里,/而那未成形的黑暗是可怕的。/那可能的和不可能的使我们沉迷。

读朔望选编《百岁人生随想录》。最惊心的是：

The first forty years of life furnish the text, while the remaining thirty supply the commentary.（叔本华）

我的“正文”已经写完了！

真是：

Forty is a terrible age.

七月十一日　星期一

一日阴晴不定，似孕无限雨意。

重读钱锺书《宋诗选注》。对宋诗及宋诗人的评价，似已被他说尽。

傍晚往编辑部。收到谷林先生所赠《郑孝胥日记》。

《脂麻通鉴》稿在老沈办公室放了一旬，连包都没有打开，原封退回。

又停电至晚八点四十分。

七月十二日　星期二

一日雨。

午后刘景琳过访。

读钱著《谈艺录》。重温之下，又有不少新发现。

七月十三日　星期三

雨下了两夜，一天，又半日。

往编辑部，准备发稿。

朱新华来。

七月十四日　星期四

往王府井书店，购得一册布迈恪的《石与影》。

书越出越多，越出越次，鲜有可读者。

往编辑部。

午后往社科院，取回《玉琴斋词》及《韦苏州集》。

《韦苏州集》卷八《咏声》：万物自生听，大空恒寂寥。还从静中起，却向静中消。

七月十五日　星期五

清早即往编辑部，发稿。

午前李乔过访，送来所著《清代官场百态》，嘱为评。

将此册一气读毕，复李一札，辞谢评事。

七月十六日　星期六

往商务听最后一次辅导课。进行模拟考试，三十道题，二十分钟做完。错了三道，但都是因为粗心。

午后往琉璃厂，又往灯市口中国书店，购得《陈与义集校注》《苏舜钦集编年校注》《潘岳集》、钱注《剑南诗稿》《中国古代建筑词典》。

七月十七日　星期日

读《谈艺录》《陈与义集校注》。

七月十八日　星期一

夜来小雨，晨犹不止。简斋诗“开门知有雨，老树半身湿”，正为即目。

往编辑部，践与朱新华之约。

正如他自己在信中说的，比谷林先生还要“高高瘦瘦”，很朴实，很憨厚的样子。带来两个字典式台灯和五斤碧螺春。虽然是语文老师，口才却似乎并不很好。也许是生分的缘故。

陪他往北大访周一良先生。

周先生正在读谷林先生校点整理的《郑孝胥日记》，对校点水平深感佩服，因请他为之作评。

午间回到朝内，被老沈拉了一起往九爷府午餐。素炒土豆丝（七块钱），京酱肉丝，炒豆制品，一盆丸子汤（二十块）。水平极差，怪不得厅堂里只有我们这一桌。

七月十九日　星期二

送还王世襄先生稿（张先生写的“王世襄”）。先生不在，师母谈兴颇浓，聊了一个小时，嘱我为文要在洗尽铅华。

访谷林先生，将朱新华带来的茶叶送上。

七月廿日　星期三

吴彬叫了出租车到家门口，同赴考场。

今日最高气温三十四摄氏度。七十七中考场闷热异常，电扇也一个没有。九点半开始，十一点半结束。在暑热蒸腾中答完卷，本想争取九十五分以上的，但也许悬了。九十分，还有希望吗？

午后清理来信，复信。

七月廿一日　星期四

志仁清早往唐山。

往社科院。从杨成凯处借得山谷诗的两个选本（黄公渚、潘伯鹰)。

访叶秀山,以《叶秀山哲学论文集》一册持赠,台湾仰哲出版社出版。从发稿到出书,两个月。

走在楼道里,就听见尽头的小屋传出书声琅琅(英语?)。原来先生正在高声诵读亚里士多德的著作。问他总是要这样读出声来吗,他说,不是,只是刚才有点困了。

往编辑部,得吴兴文所赠《永嘉室杂文》(郑骞)。

一下午将此册读竟,不禁击节。

八点钟,平地起风,平空来雨,霎时风狂雨骤电闪雷鸣。不移时,风停雨止,树梢也纹丝不动,像什么都没发生过一样。溽热依然。

七月廿二日　星期五

往编辑部。

访董乐山先生,取《边缘人语》稿。他鼓励我把英语学下去,并且说,也不必“好好”学,只作半消遣、半学习,就可以了。

继访梵澄先生。他说这几日天热,多半时间都用来写字了。大概也还不废吟咏,——写字间的墙壁,就贴了一张新写的字,录近作一首。

近有乡人送他一盒君山银针,木制锦盒为外椟,内又两只小木盒,标价二百八十五元。先生说,在湘卖十块钱一杯。他说,像你这种饮茶法,是不能品这种茶的。

午后又停电。天气闷热异常。

读潘注黄诗。

志仁晚间归来。

七月廿三日　星期六

读董稿。

老沈为小航借来《金庸全集》中的《碧血剑》。看了附在后面的袁崇焕评传，这本来已经是熟知的故事，再读，仍忍不住气血上涌。明史真是不可读！

昨夜风雨，全市连根拔了五十五株大树。

七月廿四日　星期日

近日闷热异常。

考试结束，即制订新计划：每日读一小时英语，写一小时大字。

读韩诗。前此总不能赏。读潘注山谷诗后，读韩诗，渐能见出好处了。

七月廿五日　星期一

往编辑部。

午间按照与郑丫头的约定，往美尼姆斯。一人一份猪排，酸黄瓜、酸枣汁、红茶，共五十元。郑执意做东，只好由她去了。

一点半钟离席，推车将伊送至北办。继往汪子嵩先生处，逢午睡，打门不应。将《读书》第六期及董乐山译稿，放在收发室。

读金庸《剑客行》后所附三十三剑客图，甚佳。对他的小说不感兴趣，但这一类谈史文字，的确有意思。

顷又读韩集中“刘生”一篇（二二二页），却是一位多情的冶游之侠。既爱“越女一笑”“妖歌曼舞”，又好“美酒肥牛”。

七月廿六日　星期二

往编辑部,准备初校样补白。

接王绍培来书,云《院儿的杂拌儿》将发稿,但最好配几幅图。因往南池子旧居。

昔日的北井胡同,今如贫民窟。二号的四合院成了几乎没有空间的大杂院,井也填了,井上面盖起了小厨房。迎面过来一妇人,竟脱口叫出我的名字,定睛一看,却是金芳！知道她的父亲,——过去我叫作“大爷”的,已经过世。“大妈”仍健在。于是邀我进院,大妈打了赤膊迎出来,惊讶我变了模样。“是不是变丑了？”母女俩没作正面回答,只说小时候特漂亮,也白。

小院更小了。从原来的屋前面又接出一间厨房。旧日的厕所,曾经作了厨房,后来又养鸽子。东屋也修作了厨房。小院小得几乎没有容身之处了。

金芳在信远斋食品厂当工人,但厂子拆了,工人遣散回家,每月只有一百元工资。她现在在居委会帮着做些事。

当初把这一家人安排住进小院,原是为了要监督我们的。但这一家还善良,所以相处得一直不错。

从一九七一年往房山插队,别去小院,屈指已是二十三年了。

七月廿七日　星期三

往编辑部,处理初校样。

午间往陈原先生家,取得为《书边杂写》和《都市茶客》所作序。

午后老沈打电话来，又毫无道理地乱发脾气。

受金庸三十三剑侠图的启发，欲为任渭长的其他几部画传写点什么，拟自《於越先贤像传赞》写起。

七月廿八日　星期四

往社科院，取来《国朝词综续编》。

七月廿九日　星期五

郑海瑶从伦敦归国度假，途经北京。郑父从上海专程来接。午间与沈、吴一起，约了郑氏父女和陈原先生在美尼姆斯吃饭。

海瑶聪明活泼，与其父恰成对比。四年前匆匆相见，惊鸿一瞥，只留下一道美丽的印象。此番相会，才有机会细作端详。原来是个 sweet girl。唇边一点黑痣，更使五官都生动起来(一九六六年四月十五日出生)。

郑重先生带来陆灏托交的山谷诗两种。

两点钟散席。

七月卅日　星期六

往编辑部。

八月一日　星期一

往编辑部。

将劳、施、辛三部书稿送往出版署招待所，交马芳。

往社科院。

读王筱芸《碧山词研究》。

八月三日　星期三

夜来风雨，晨起犹紧一阵、慢一阵下个不停。

往编辑部。

仍读《碧山词研究》。

五点钟往编辑部。候郑至慧夫妇不至,原来丢了钱包,沿路去找了。等到六点多钟才有消息,定在版纳大酒店晚饭。

五个人:吴、沈、郑至慧、张海潮。

张海潮是基隆人,属鼠,台大数学教授,却是一副绿林好汉的模样,颇有酒量,谈吐中可见朴质与忠厚,未沾染一点儿洋气。他说他的家乡是渔村,那地方在若干年前还是只有一个红绿灯的地方。所以有红绿灯的那条街,就径被称作“红绿灯”了。

八月四日　星期四

往社科院,访黄梅、陆建德、杨成凯(取《闲话藏书家》稿)。

将评王筱芸《碧山词研究》一稿草成。

八月五日　星期五

往编辑部。

将《金庸全集》寄葛剑雄。

午后一点钟,随光大往乐亭,——再次做“家属”。

七点钟到达乐亭宾馆。安排好住宿后即往渤海餐厅。

接待的一方是县粮食局,志仁的合作伙伴。特地安排了螃蟹,一斤五十元,个儿出奇的大,一只就有一斤,而且都是母的。凉菜有一味叫作盐吸菜,是长在海边的野菜,据说是没有经过一点儿污染的。凉拌很清鲜,包饺子,也比放别的菜好吃。又有鸡蛋炒蛤蜊,皮皮虾汤,面条鱼汤。面条鱼与银鱼同科,很名贵,只在正月的冷水海中才好,有拇指大,柔若无骨,味极鲜美。但今天吃到的已是储存了半年多的冷冻品，所以未体味到它的鲜。

饭后已是九点多钟,头有些隐隐作痛。

夜里竟疼醒了。辗转反侧一个多钟头,仍无法祛痛,只好叫醒了志仁,找服务员要来了去痛片。

七点钟在餐厅吃饭,完全是农村口味:大米粥、馒头,鸡蛋炒瓜子、炒柿子椒。夜里大吐一阵,此刻仍觉恶心,于是只喝了几口米汤。

八点半钟乘车往北港。一下车,一股咸腥味就扑面而来。海风是粘稠的,吹过来的风,像粘在身上。

这里是大清河的入海口。因为海底不是沙石而是泥,所以水是浑浊的。

九点半钟开船,半个小时就到了对岸的石臼坨岛。

岛的得名有两种说法:一说唐太宗东征经此,驻跸十九日,因名十九坨;一说因环坨沙阜隆起,中凹似石臼状,故为石臼坨。岛是狭长的,总面积二点一平方公里,据说是华北第一大岛。

下船,沿着开在草野中的一条土路前行。因为一个人远远走在前面,所以能够感到这里的一派静谧。周围草高齐腰,各种植物生长茂盛。南来北往的候鸟把岛作为一个栖息地。鸟儿们带来了南方的种子，这里就生长出许多北方所不见的植物,据调查,有一百六十八种。

岛上除了军营之外,只有三户人家,因此基本保持着自然状态。但为了发展经济，已经把它作为开发区了。这样一来，生态环境很快就会遭到全面破坏，不但产生不了经济效益，岛的经济价值也全不存在了。

有风景的地方，一定有梵刹。果然，岛上有座朝阳庵，自唐朝以来就是佛事胜地。有个隶籍宁波县北塘的法本和尚，曾经用棉花蘸油缠指，燃指劝募，三日夜不食不眠，募银三千两，修建了海上灯塔。后来他到了石臼坨，在朝阳庵做住持，因谋扩大庙宇规模，历时四十四载，终于建成由金刚殿、天王殿、后殿、山门、经堂、僧舍组成的大海潮音寺。只是这一千辛万苦经营起来的建筑，也同样不能逃过“文革”的劫难。如今只存一座五开间的后殿，屋瓦剩了半边，另一边则是萋萋荒草。殿中的地面几乎全被凿坏。后壁雕的五百罗汉，一律遭了枭首的酷刑。唯殿前半墙上石雕犹存，而且，竟然保存完好，有喜鹊登梅、八宝格子、瑞兽图。地下躺了一方石雕，是天王像。

前殿尚存遗址：台基和柱础。从台基看，是个七开间。柱子的直径有半米。

不过，以潮音寺修建的年代论，究竟算不得文物。岛上的自然景观若能不受破坏，也就是功德无量了。

从庙前的一大片草滩穿出去，就是海滩。这一片草滩竟是望不到边，里面也没有路。便从将与人高的草丛中蹚过去，搅起一阵一阵青草的气息，蒿草的味很香，也很熟悉。

终于望见开阔的海滩。

天阴着，一天乌云压下来，只在天边与海缘之间挤出一个白亮的弧形的半环。沿着海滩走向港口，铅灰色的海水一点儿一点儿咬上来，海滩便一点儿一点儿向后退去。海风一会儿卷来一阵急雨，天边的光环也被黑云填满了。衣服浇透，便雨止风来，但仍带着水湿，所以没有满袖风凉，只有温热的潮气。

走在海滩上望草滩，竟是一片草原风光。牛群在绿草中漫步，铃声裹着海的湿气，带了水音儿。

船赶着涨潮的水，开到了码头。卸下蔬菜和煤，再把人送回北港。据说这一带与其他沿海地区比起来，富裕程度相差很远。这里的渔业，也采用的是掠夺式的捕捞，渔业资源已近于枯竭了。

渔民把帆船叫作风船。烙饼翻个儿，叫作划过来。家用的盆、碗，也一律朝上放，不扣过来。

从北港往金银滩，未到之前，人们都说这里的海水很清澈，走至没膝处，还能够清清楚楚看见脚。但今天的海水却是浑浊的，想来是下雨的缘故。正是涨潮的时候，白浪一层层地扑向海滩。一行十四人，只有志仁带着小航下水了，游了半个小时。

归途下起大雨。回到宾馆后，再往渤海餐厅。饭前，素华来了，比先时又瘦了许多。聊起一些往事，又互道了各自的家人，硬留下一纸箱鸡蛋。

雨下了一夜。

八月七日　星期日

仍是七点钟吃早餐。哈生又带了全家回老家大黑坨，直等到九点钟才出发。

原计划是先去昌黎，但听了天气预报说有大到暴雨，所以临行决定直接回返。走了没多少里路,天就放晴了。

十一点钟到唐山。买烧鸡耽误了一个小时,也没买到这里的特产万里香,只好买了南洋烤鸡。

三点半钟到家。忙完家务,“大到暴雨”就来了。雨正下起急时,突然一下子停电了。

就着一盏电池灯,读李欧梵的《狐狸洞话语》。

八月八日　星期一

往编辑部。

老沈终于将《脂麻通鉴》稿看过,并写了详细的意见。因又斟酌修改了一番。

将《范蠡》草成。

黄昏又起风雨,入睡时仍未止。

凌晨二时立秋。该不会再有闷热天气了。

八月九日　星期二

阅三校样。

将《朱买臣》草成。

八月十日　星期三

小航清早与小凯、小宝同往北戴河。先此几番动员,皆断然曰:“不去!”不意小凯和他耳语几句,立刻就决定去了。如今声音变得像个男人,也开始有脾气、有性格了。

在《苕溪渔隐丛话》前集卷四十七中读到:《桐江诗话》云:“世传山谷七岁作牧童诗云:‘骑牛远远过前村,短笛风吹隔陇闻。多少长安名利客,机关用尽不如君。’”忽然想到小舅舅的老朋友李英。因为最早知道这首诗，就是从他那儿。

他是小舅舅在情报所做校对时的同事，参加过抗美援朝，很有些九死一生的经历。也曾经拯人之危，救过一个濒死的伤病员。救人的方式很奇特，——不知他使了什么神通，从哪里弄了一只王八来，手握了刀，专等这家伙探出头的一刻，稳、准、狠，一刀剁下去，血便喷涌而出，然后对了伤员的嘴灌下去。这一位竟转危为安了。是否果真如此，不知道。但外公最后二十年多年的阳寿，的确是他给增添的。

一九六六年九月二号，外公和外婆双双服了安眠药，昏睡了差不多有一天一夜。正好李英来了，——那时候，敢来小院的亲戚朋友，只有他一个。他一看，就明白了，断然说："女的没救了，赶紧救男的！"只记得是给外公灌了好多白开水，人就活过来了。外公的命，真得说是他救的。

李英人高马大，身材极魁梧，颇有男子汉的剽悍与风度。好酒，特别是啤酒。南池子北口有个小酒店，进门正对着的一个柜台卖酒、卖凉菜，靠门首的一侧，卖大米花，爆米花、糖豆、饼干之类的小食品。李英是这儿的常客，常常喷着酒气就找小舅舅来了，纵谈国家大事。他的口才本来就特别好，加了几分酒劲儿，聊起来更是没遮拦。所以四舅妈对他一向没好脸儿，因为他是外公的救命恩人，才隐忍着没发作。可是他一走，就少不得要跟小舅舅吵一通。

他爹好像是国民党的军官，反正他是算作出身有问题的一类。爱人带着孩子在内蒙，只有一个老娘和他一块儿过。他可不是孝子，对母亲态度极坏，动不动就呵斥。老太太便闭了嘴不言语。这情景，很教外人不平。

家在南湾子胡同一个大杂院的深处，两间小房，屋里陈设很破烂。他挣钱不算少，但抽烟、喝酒，开销太大。据四舅妈说，还喜欢搞女人。四舅妈的话不可全信，但他对爱人的确很粗暴。来北京探亲的那么几天，还免不了吵架。只是喊离婚喊了好几年，始终没离成。

往编辑部（得知英语考试成绩为八十二分）。

到商务印书馆陈原处取稿。

过中华书局门市部，购得《浣纱记》《张廷玉年谱》《倪元璐年谱》《佛教石窟考古概要》。

赵一凡送稿来。

八月十一日　星期四

与志仁同往首钢电子公司，修计算机。经检查，是感染了火炬病毒。里面的文件，包括操作系统，又全部消掉了。

午后往编辑部。

给谷林先生送去样书。

八月十二日　星期五

往编辑部，做发稿准备。

陈明来，以《中古士族现象研究》一册持赠。

八月十三日　星期六

夜半雨，至八点钟方止。停了不到五分钟，又下起来，直下到午后两点钟。

立秋以后的天气，与前并无不同，丝毫不见风爽气清。直到此刻，才略略见得一点儿秋意。

读《中古士族现象研究》。

八月十四日　星期日

总算云开日出，有了一个晴天。总算有了蓝天、白云和清风。

作《中古士族现象研究》之评，大体草就。

看电视：美国影片《爱情的旅程》。一个小伙子，情场失意后，在一家大饭店的墙上，看到一位女演员的照片，——她六十八年前曾在这里的剧场演出。小伙子被迷住了，于是想尽办法回到旧日的时光。终于成功了，正在与姑娘缠绵时，无意中从衣袋里摸出一枚一九七九年的硬币，便一下子回到了现实。但仍然沉浸在深深的爱恋中，绝食一周，到天堂与姑娘相会去了。

八月十五日　星期一

首钢电子公司的杜子平，被李雄派来修计算机（更换版本）。

饭后即辞去。但他前脚走，这儿后脚又出毛病了。

将前稿定名为“是几时，孟光接了梁鸿案”，并再修改。

八月十六日　星期二

往编辑部。

阅稿，复信。

八月十七日　星期三

往编辑部。

薛正强刚刚与崔乃信回到郑州，就又坐了火车来了。午间请沈、吴、郝杰（及门市部的副手）在随园吃饭，妻子小范也在座。吴彬先在编辑部与李小坤排忧解难，后一起来。宝宝也随后到。

未终席而去。

读余英时《士与中国文化》。

八月十八日　星期四

往礼士路为外婆办理存款手续。

往编辑部。

午后陆建德来，坐聊两小时。

将杨成凯提供的材料，改写成《藏书家》。

八月十九日　星期五

往编辑部。

读余著。

八月廿日　星期六

读《秋笳集》《周叔弢先生六十生日纪念论文集》（中收邓之诚《题归来草堂录》）。

八月廿一日　星期日

读余著，读徐高阮《山涛论》。

午后杜子平来修计算机。

阵雨。

八月廿二日　星期一

往编辑部。

李公明夫妇从广州来。为之联系了出版署招待所，然后与老沈、老马一起，把他们送到那里。

读《学人》（有阎步克《秦汉之际法、道、儒之嬗替片论》，潘洪其《近代以来中国社会史讨论中“封建”概念的演变》）。

八月廿三日　星期二

访梵澄先生。送去抄好的诗稿，然后帮他打格子。他说：“以后我再给人写字，就请你来打格子。”赶快连连摇头，说：“不干，不干，这活儿太枯燥了！”先生于是想起一个故事：在印度的时候，也是为人家写字作画。不是用纸，是用丝绢。裁丝绢的办法，是轻轻挑开一条线，然后沿着这条细细的缝，用快剪剪开。我请一位绣花女帮忙，她剪得非常好。这以后，和她也就没有什么来往。过了十几年，又和她相遇。正好也是要作画，于是再请她帮忙。但她挑开丝线以后，剪子剪下去，却是斜的。我眼看着一点点斜下去，一句话也没说。她还是那么认真，但是眼力不行了。“那这块绢不是就浪费了吗？”“后来我又另外找地方，把它修补好了。”

先生近日常常作画，画了六幅荷塘水鸟。有夏景，有秋景。画好一幅，就挂在靠墙立着的大床板上，推敲，欣赏。画了新的，再把旧的摘下来。

过董乐山先生，立谈五分钟。

往编辑部。

收到陆灏寄来的《唐宋词人年谱》。这是几年前托他买的，竟然还记得，——是在旧书店淘来的。原为上海人民剧院藏书

（原价一块六，处理价六元）。

午后陆建德过访，坐聊两个半小时。

八月廿四日　星期三

往编辑部。

午间与沈、吴、贾请公明伉俪在随园吃饭。冯氏父子与焉。

下午在东四北大街的政协礼堂开会。——北京古籍出版社组织的选题讨论会。左首史树青，右首姜德明，对面李乔，别人，就都不认识了。会后留饭，辞。

会上发了《酌中志》《燕都丛考》《四部精华》。杨璐又额外赠一部《大清畿辅先哲传》。

八月廿五日　星期四

往高法出版社为爸爸买《司法文件汇编》。

读《燕都丛考》。

八月廿六日　星期五

往编辑部，处理初校样。

午间老沈与刚刚从美国回来的沈双到食德小馆吃饭，邀我参加，并要我请客，以志仁在家婉辞。回来吃过饭，仍去和沈双见了，并为之付账。原来两人一人一碗湾仔面，小菜一碟，矿泉水各一，共五十二元。

午后陈明过访。

八月廿七日　星期六

上午在金福缘酒楼举办服务日。

午间与会者共饭时溜出，往赵大夫处。再往中华、商务门市部，购得《老子指归》《老子河上公章句》。

上海电视台到编辑部拍了几个镜头。

与吴彬、陈平原、汪晖、李公明夫妇同去看望吴方（人民医院）。吴方瘦了十斤，但看上去精神还好，心情也较开朗。

经《生活》编辑部，进去看了一下，可称豪华。

八月廿八日　星期日

一上午乱看书。

午后李公明夫妇过访。

八月廿九日　星期一

往编辑部，并初校样。

午后杨成凯过访。

读朱维铮的《走出中世纪》。

八月卅日　星期二

夜雨。晨起天色见晴，却犹疏疏落落微雨不止。

应谢兴尧先生之约，往访。

距上一次的初晤，是两年还是三年了？先生的房间似乎没有一点儿改变。稍稍问及先生的生平经历，知道他是四川射洪人。一九二六年考入北京大学，预科两年，本科四年，三一年毕业。在北平大学女子文理学院任教（即九爷府，今之图书进出口公司），月薪一百多元。在黄化门魏家花园租了房子（房租十二元），还请了保姆，日子过得非常舒服。

《今晚报》一九九〇年八月廿八日，谢作《五十年前——我的左邻右舍》：米粮库二号，“出门往西有一条小路直通北海公园后门和什刹海。特别是夏天，农民进城在什刹海海边树荫下，用木板搭起水上茶座。在上面吃茶，迎着荷风，观赏满湖的莲花荷叶，尝着新鲜莲子和胡桃，确是过去北京人的特殊享受”。“我们住的二号，这条胡同不长，似乎只有半截。我的左邻东边一号住宅，是我的老师辅仁大学的校长陈援庵先生。”“四号是一所两层楼的洋房，住着北大教授胡适。”

后以胡适之介，与也是搞太平天国史研究的简又文相识。一见之下，即有相识恨晚之感。简哥伦比亚大学毕业。简是大量占有西方有关太平天国的史料，谢则是立足本土，正可互补。相识未久，简即有办刊之创议，谢以为不过空谈而已，虽满口应承，却并未当真。

三一年以后，简突然失踪了。过了两三年，又突然露面。原来他应冯玉祥之聘，到西北军做了政治部主任。谢说冯是“基督将军”，请简去的真实目的，是让他传教布道。但久而久之，简受不了冯的管束(冯治军甚严)，就辞归了，到南京行政院做了立法委员。他到北京来时，住在北京饭店，把谢请去见面。后来又去了上海。

三五年某日，谢又意外收到简的来信，说已经在法租界为他租好了房子，要他赶快去上海：“我们不是一直想办刊吗？现在一切具备，赶快来吧！”谢虽然舍不得文理学院的教职，及北京安定富足的生活，但为了朋友之约，还是毅然赴沪。于是就有了《逸经》文史半月刊。一年多以后，因嫌上海不安定，又赴开封，在河南大学任教。又是一年多，最后回到北京，至今。曾在北京师范大学教书。

四九年以后，到了《人民日报》，是邓拓要他来的。他实在是更愿意教书。他还任过《新生报》的副刊主编（同时任主编的是朱自清〔语言文字版〕、溥心畬：〔？版〕）。

八月卅一日　星期三

往灯市口古籍书店，觅得几册有关北京的书。

往编辑部。

午饭后即往友谊宾馆会钱伯城先生。叫了一辆出租车，看车前驾驶台上写着司机的名字朱立宪，就说："你是五四年生的吧？"他听后觉得特别惊奇，说我开了多少趟车，坐车的都问过这名字的来历，可没一个人猜得出出生年月。聊起来，才知道他原是东城副食的。便说："我原来也在那儿，在王府井开车。"他说："是不是开'嘣嘣儿'？""你怎么知道？""我是修建队的。"——也算一番巧遇。

与钱先生相见，聊了半个小时，听他道烦恼。原来他做了"传世藏书"的主编，正与某先生闹矛盾。……钱归结为一点，道："可做朋友，不可共事。"

然后一起坐了出租车去看范老板。老板昨日雨中在东单路口被一骑自行车人撞倒，撞倒以后丢下一串骂声就飞快跑掉了，路人撑了伞围了一圈看热闹。老板坐在地下起不来，也无人相扶。终于站出一位青年人，说是社科院的，将老板抱起来坐到路边。又叫了车，送到天坛医院。帮助挂号、拍片，诊断为骨折。但医院没有床位，只好再回到家。人民出版社的人来了不少。有人提议请双桥老太太来正骨，结果是接了老太太的闺女来，给接上了。

老板一动不动躺在床上，说是要这样躺上一个月。看他只剩了一把骨头，无端遭受这一番痛苦，真不知跟谁去生气！

小坐，辞出。又一起到编辑部（钱要会一会老沈）。给老沈打了电话，他说一小时以后从永外赶回来。于是坐等。继续听钱讲故事。

四点四十分，老沈到。三人步行到桃花江酒楼。四菜一汤：腊味合蒸、酸豆角、炒苦瓜、拌香干、冬瓜排骨汤。钱心情郁闷，几乎不动箸。老沈怕惹是非，也不多言。一顿好没意思的饭。

回到家已是六点半钟。忙碌一日，累极。

九月一日　星期四

往琉璃厂，购得《帝京景物略》《析津志辑佚》《西北历史研究》《北京的会馆》《考工记译注》《中国古籍装订修补技术》《刘坤一评传》《马君武集》《鄂尔泰年谱》《冥报记·广异记》。朱南铣的《中国象棋史丛考》，是个意外发现。

古籍书店楼上，原来卖旧书的地方，现在成了上海古籍和中华的专架。旧书一摊挪到楼梯下面的空档（兼过道）。全是民国以来的书，标价皆在百元以上。刘师傅说，是卖给海外的。见到孙师郑的一部《旧京诗存》与《文存》合编，四册，价二百元。内页写着：诗存文存合售定价六元，预订六折，邮费加一。北平宣外西砖胡同卅八号常熟孙寓。厂西门松华斋南纸店（印于共和二十年）。

九月二日　星期五

往编辑部。

李陀、刘禾、郑逸文、李公明、沈双来。午间与吴一起请他们到食德小馆吃饭。

读《春明梦余录》。

九月三日　星期六

季节的转换，不过一夜间事。秋风一日，早晨起来，就已经是清清凉凉的秋天了，只是比往年迟了将近一个月。

读《北京的胡同》《胡同及其他》。

九月四日　星期日

读《宸垣识略》。

九月五日　星期一

往编辑部。

辽教社王越男来。携归三部书稿，取走《脂麻通鉴》，带来三千元“启动费”。

接到施蛰存先生所赠《文艺百话》。

午后往编辑部，发十一期的第一批稿件。

九月六日　星期二

与沈双同行，先到董乐山先生家取得《边缘人语》稿，然后往展览中心。在辽宁展台将稿子交给王越男。王以“明代皇帝传”五种持赠。

见到张潜，赠以清代史部、经部序跋选各一册。

又见张伟建，赠以《蔡元培文选》。

七折购得《授堂金石跋》《唐代书法考评》（朱关田著）、《清史新考》（王锺翰著）。

出门后适遇沈双，于是同路返归。

晚间在三里河的明洲酒家宴请金克木、张中行、丁聪、刘杲、孙长江、王蒙、许觉民、冯亦代夫妇。董秀玉又临时塞进台湾天下出版社的四个人。主人一方则为沈、吴、倪。宁波菜，又混合了时兴的粤菜风格。拖黄鱼、脆鳝、盘龙鳗、黄泥螺、蟹酱、牛蛙煲、酒酿、汤圆、饺子。两桌两千七百元。五点钟出门，九点钟才到家（归途与负翁搭了王蒙的车，直送到家门口）。

志仁买了四牙鲜奶栗子蛋糕，又有奶油卷、牛油蛋糕，为我做生日。但碌碌一日，早累得情绪都没了。

九月七日　星期三

往皇史宬。从磁器库胡同穿进去，绕到普度寺（《知堂回想录》第四二七页“玛嘎喇庙”记中日学术协会事，玛嘎喇庙，即普度寺也）。寺仍在。天王殿中住了人，寺前是南池子小学，寺周挤满了住户。据说里面的供像早挪到雍和宫去了。

从普度寺穿出去，就是缎库胡同。缎库胡同对面就是冰窖胡同，横过去是飞龙桥。胡同依旧，但房子更破了，住户也更为拥挤。和普度寺周一样，像是贫民窟。再出来，就到了皇史宬，只有三两个人在里面参观。金匮石室正在举办佛教艺术展览。两边配殿是书画展览，为目前的远南运动会而举办。

出门，往菖蒲河，谁知河已经填了。

南池子大街的马路上，汽车填咽，从南贯到北。街面上，多了几家小餐馆、小铺面。昔日的安静，再也没有了。

童年的记忆，又清晰又模糊。那时候，好像一切都是不变的。南池子北口有个洗衣店，洗衣店旁边是个早点铺。马路的对面有家百货店，大家都叫它北头小铺。但似乎多少年也没有变化。面粉一毛八分五一斤，机米一毛五分七，棒子面一毛二。酱油一斤一毛、一斤一毛五，分两种，还有两毛三换一瓶的。花生油八毛五，酱豆腐三分五一块。江米条、排叉、蜜三刀，都是六毛六一斤。桃酥、玫瑰饼，七毛八……从来也不变的。

本想努力追寻昔日的足迹，但眼前所见已经很难让人回忆最近的历史，倒是历史中遥远的一部分，变得近了。那是前人写成了文字的。

东华门前，有座桥，叫作忘恩桥。净了身的太监，就是经由这座桥入宫。

明代南池子这一片儿，是紫禁城的“南内”。被迫做了太上皇的英宗，就软禁在这儿。

飞龙桥胡同，那时候，是一座飞虹桥。相传桥石来自西洋，至为奇巧。

正午还家。

读《嘉靖皇帝大传》。

九月八日　星期四

往编辑部。

午间朱学勤做东，请我和吴彬还有郑逸文在美尼姆斯吃饭，算是作别。受董秀玉之聘，到《生活》来当主编。不到两个月，就实在忍受不下去了，决意归去。

将散席，服务员送过来两封信，说是靠门那一桌的先生吩咐的。原来是老沈在弄神弄鬼，他已经吃完了，又过来坐了一会儿。

说笑一回，各自散去。

往编辑部。给谷林先生送去样书，借得一份新中国成立前的北京地图。

九月九日　星期五

阅校样。

往编辑部。

志仁患感冒，午间归家。午后一起到编辑部为他复印材料。

读《正德皇帝大传》。全书极力突出的“贵族”概念，不知何据。

九月十日　星期六

往琉璃厂书市，传说这是最后一次了，但不大能够相信。

在残书堆中，淘得《桂林梁先生遗书》《四世同堂》第二卷。

午后往编辑部。

吴方昨日出院。与吴、贾去看望他。做了一个疗程的化疗，备受折磨，人又瘦了一些（手术前一百二十六斤，现一百一十斤）。

谈到发病前的种种苦闷。他说，最无法解脱的，是来自家庭的压力。

九月十一日　星期日

读《道咸以来朝野杂录》《翁同龢日记》(三)。

填写年度业务考绩表。

九月十二日　星期一

往净土胡同的《生活》编辑部,参加关于文化空间的讨论会。

汪晖、李欧梵、查建英、张宽、邝阳、栗宪庭、黄平、刘东、王明贤、陈平原、李陀、朱伟、赵园、邓正来、郑也夫,等等,参加的人很不少。

午间是快餐盒饭。

被烟熏得头痛,骑车到周围走了一圈。净土胡同原有一座净土寺,现在只剩了几扇窗,里面住了人。但不知为什么,这窗户倒一直保存下来。净土胡同隔壁的一条胡同,叫作琉璃寺胡同。庙寺已早已不存。问一位老太太,她说她住了五十来年了,搬来时就没见到这座琉璃寺。胡同的十二号大门,人们都叫它作"大庙",大概就是寺的旧日所在了。现已成为一个住满人家的大杂院。

净土胡同穿出去,是车辇店胡同。过安定门大街马路,直对着的是国子监。从横着的一条箭厂胡同穿进去,到头,是五道营胡同,然后绕回来。

午后一点钟开会。到三点钟,仍头痛不止,只好告退。

归家吃了去痛片,不起作用。直到晚饭时,捧了半碗粥,只觉得恶心,没吃。倒头躺下,疼得睡不着。

周振鹤来访。志仁告以“病了”，留下一件小礼物（从日本带回来的雕金名片盒），辞去。

九月十三日　星期二

清晨起来仍是晕。

往编辑部，发第二部分稿。

哲学所李洁送稿来。

午后周振鹤过访。

读症弦编《散文的创造》，颇有佳什。

九月十四日　星期三

七点钟往清华大学。骑了一小时二十分钟，送去《江南小镇》，取回《新叶村乡土建筑》。

归途过北京出版社，访杨璐。购得侯仁之编《北京历史地图集》。赠《佳梦轩丛著》一册。

杨送下楼来。立谈片刻，才知道他今年四十六岁。曾往山西中条山插队，后分工厂，又在山西上大学。三十九岁才结婚。孩子今年入贵族学校，连赞助带学费共交四万元，是他的稿费收入。

读《新叶村乡土建筑》。

头仍然昏昏的。

九月十五日　星期四

访谢兴尧先生。

往梵澄先生处取稿（《秋风怀故人——悼冯至》）。给郝德华的字也写好了。一共写了四张，拣得一张。一幅楷书赠我。

作“曾经的白下里叶”。打印机又出了毛病。

头又疼，只好再吃去痛片。

晚间与志仁一起到警卫局礼堂看《西楚霸王》。张丰毅、巩俐主演，港台味儿的。

九月十六日　星期五

往编辑部，处理初校样。

将“白下里叶”改作“泊定在土地上的船”。

九月十七日　星期六

读书一日：《佳梦轩丛著》《散文的创造》。

九月十八日　星期日

读《翁同龢日记》。

往编辑部。陆灏来，与老沈、小沈会于彼，坐聊两小时。

读齐如山《故都三百六十行》。

九月十九日　星期一

往编辑部。

先往高法出版社为爸爸买案例精选。往编辑部的路上，特地走了南、北河沿。北河沿南口的大影壁后边是赵金生的家，他和他的哥哥赵金铃是学校有名的闹生。赵金生曾往我的铅笔盒里放过吊死鬼。旁边一家，住的是一位女生，家庭生活特别困难，总交不起学杂费。再过去，是马建海的家。然后就是东华门小学和东华门幼儿园。可现在，学校和幼儿园都没有了。金校长、徐主任、臧老师、朱老师、叶老师、王辅导员，都梦一样地无处寻觅了。学校过去不远是八机部，我们常常借那里的礼堂开会，现在也没有了。过了骑河楼，是胡仲直的家，原来是一溜儿几栋小楼的大院子，竟也化去，简直怀疑自己记忆有误。

午间和吴彬一起请郑、陆在美尼姆斯吃饭。

要了一杯红马提尼酒，吴说，当初该要白的才对，在一本什么小说看过，某某人喝了一口白色的马提尼酒，像含了一片清凉的云雾。

于是大家都想象：这清凉的云雾该是什么样的？

吴又说起王焱讲过的一个故事：一位指挥家，对乐队诸君启发说，演奏这一段的时候，要想象着月光下的流水，带着月华，穿过幽静的森林……然而乐队依旧。指挥家急了，气愤地说："你们就不能小点声吗？""小点声，成啊！不就是小点声吗，干吗不早说呀！"

两点多钟散席。

读陆灏带来的《苏青文集》。

忽然想到明天就是中秋了。抬头望月，竟是白亮白亮的一枚，隐藏在树尖。周围的一小片天，也蒙了白霜一般。

九月廿日　星期二

往编辑部。

午间到华龙街的一家东北风味餐厅，为老沈做生日。在座有陆、郑、吴、郝，并大小二冯，大小二沈，费五百五十八元。除一味烤大虾外，皆是北方的家常菜。诸如炖肘子、酸菜粉、炒肉拉皮、松蘑炖小鸡之类。只有松仁炒玉米、鱼子炒青椒两款可算作特色菜。

饭罢与郑、陆往北办，坐聊半个小时。然后往谷林先生处。

继访王世襄先生。

早上六点四十分，听到外面噼噼啪啪如炒豆一般，只以为是放炮。直到志仁上班到了公司，打来电话，才知道真的是枪声。就在东总布胡同东口打死了人。于是大家都紧张起来，——据说案犯还没有抓到，随时有继续作案的可能。出了家门，一路看见街上的人指指划划，都在谈论着什么，很神秘、很激动的样子，便觉得都是在讲这个恐怖故事。晚上归家，听志仁说晚报已经登出来了，罪犯早被当场击毙。消息登在右下角一个极不起眼的地方，一块豆腐干的一小片。晚间新闻则一字未提。

志仁听公安局的人说，罪犯是部队的一个连长，在通县杀了三个人，又窜到城里来。劫了一辆出租车，司机急中生智，开车撞到墙上，然后逃跑。这家伙就提了冲锋枪想钻胡同，见了人，便端枪扫射，一共打死了十二人，伤了七十多个。

小马听街上人说，他是谈恋爱没谈成，精神受了刺激。

今天是中秋。

九月廿一日　星期三

读《苏青文集》。张爱玲能够把实在抽象为感觉，苏青则把感觉变得实在。

苏青有本事把家长里短的生活琐事写得有滋有味，令人佩服。又特别站在了女性的立场，讲真正的公道话：合情、合理、合性，而不是极端的女权主义论。

我虽天生就女人的皮骨，但为了彻底洗刷“资产阶级娇小姐”的名号，就拼命摔打自己。在会青涧能够拿了尖刀杀牛，在四季香能够扛二百三十斤的麻包，哪还有女性的特点呢。人称“假小子”，是极以为荣的，只犹恨一个“假”字，恨不能脱胎换骨，变作男人才好。近年颇有一点儿“女性的复归”，但少年时期改变自己很容易，到了三十岁以后，就很难再发生什么革命了。重新学做女人，也麻烦得很，倒不如索性站在圈外，做女人的欣赏者。像张爱玲、苏青这样的好女人，就是特别让人欣赏的。

往编辑部，处理二校样补白。

陆灏来商量“书趣文丛”诸事。午间同往宾华吃饭（吴、贾、郝、沈双）。

老沈往台湾。

做《读书》全年索引。

午后零零落落几点雨，接着就是风，很有些凉意了。

晚间为爷爷做寿。七七八八来了许多人，胡乱照了一张“全家福”，不相干的人也都“福”在里边了。

九月廿二日　星期四

许国璋先生九月十一日逝世，今天广播才作了报道。

将《苏青文集》的散文一册读完。

一向不大能够欣赏女作家，但对两个人的喜欢，却又超出一切欣赏之上，就是张爱玲和苏青。她们很透彻、很尽兴地活出了女人的滋味。女性中因为有了她们两个，使得做女人有了点安慰，也可以分得一点儿光荣了。

再读杨东平《城市季风——北京和上海的文化精神》。

晚间往版纳大酒店。吴、陆、郑，大小二冯、汪晖、王晓明，费三百一十八元。

九月廿三日　星期五

往编辑部。

与陆灏约定在梵澄先生家会面。先生仍旧贯,在对面的烤鸭店请饭。红烧海参、炒猪肝、香菇油菜、炸鸡排、海鲜汤,冷拼一大盘。

饭罢又到徐府小坐。说起中国的建筑,他说,故宫几座大殿的设计,其中巧妙还有一些未被人们注意到。比如,站在远处放箭,是一定射不到宝座的,——必定会被屋檐挡拄。又说起香山的碧云寺,几座殿堂的设计在比例上也是特别用了心思的,使它整体效果上与香山和谐一致。

辞出,陆到家中小坐。

九月廿四日　星期六

早七点往北办,与陆同往小营看望范老板。医院就在李自成铜像的背后,属八九九二六部队。条件简陋,但服务态度极好。孟医生发明的新的接骨方法,大大减少了病人的痛苦。老板住在这里也很安心。

继往友谊宾馆颐园访杨宪益先生。正好看到他陪着几位外国人从寓所中走出,匆匆交谈几句,并说了请他为董著作序的事。他满口答应。即别去。

再访李文俊先生,不遇。

往北图里面的东坡餐厅午饭。陆打电话请来了梁治平夫妇。等了四十五分钟,二位才翩翩而至。据陆说,莽平每次出门之前，都要精心打扮一番，所以姗姗迟来乃预料之中。今日却是穿了一件与时令很有几分距离的连衣裙（普遍的已是长裤、夹衣了）。她说久居楼中而不知楼外气候变化。

东坡肉、怪味鸡、甜烧白、脆皮豆腐、四川泡菜、拌黄瓜、酸菜鱼，菜量极大，剩了有一多半(费一百七十元)。菜谱下写明免费提供包装，为客人打包，以免浪费，遂由梁氏夫妇携归。

九月廿五日　星期日

草就《营造文化阁楼》。

小杜下午来修电脑，又装了一个“希望之星”版本。

九月廿六日　星期一

往编辑部。

陆灏和沈双来。午间一起到随园吃饭。酸豆角、萝卜干炒腊肉、腊味合蒸、荷叶包、砂锅豆腐，共九十九元。

饭罢沈、陆同去隆福寺旧书店。我往北锣鼓巷八号为金性尧先生敦促亚男的医药费。但门上一把铁锁，——原来塑料七厂已与北京齿轮厂合并，这里的办公室取消了。

舒昌善过访。他七年前赴德攻读博士学位(公派)，如今学成归来，学校却不给他安排工作，嫌他学位太高，怕他要职称，要房子。这一位又极是忠厚老实，一点儿没有办法。向我讨主意，我更是拿不出主张。只好劝他等老沈回来，听他指点。留下吃了晚饭，又小坐，然后辞去。

九月廿七日　星期二

往编辑部。

午间往人教社,取得《负暄三话》和《谈文论语集》。

读张爱玲。

九月廿八日　星期三

清早带小航往八九九二六部队的小营骨伤科医院,到了那里已是八点半钟。矫大夫让先拍片子,拍了两套,一卧姿,一立姿。然后就让小航赶回去上课。

留下来等候孟大夫,——他要下午两点半钟才来。想起昌平新建了一个蜡像馆,于是三块钱坐小公共到了西关,下车走三四里地,从环岛下立交桥,再上桥,才到蜡像宫。一片空旷中,横卧一具灰色的建筑物。近前,方知票价四十元,遂转身原路返归。一点钟回到小营。招待所前厅看了一会儿张爱玲,又买了一包乐之饼干吃下肚。好不容易才把孟大夫等了来,结论是:只能做手术。要等到明年暑假了。

归途过光大,找志仁,一同回家。

九月廿九日　星期四

往编辑部。

为谷林先生送去《负暄三话》和《苏青文集》(上)。

访吴方,不遇。留下几盘音乐磁带。

往团结湖访郑在勇,取回“书趣文丛”的封面和版式设计。

九月卅日　星期五

往编辑部,做发稿准备。

仍读张爱玲。又读了几回《红楼梦》。

十月一日　星期六

将《读“百话”之一》草成。

晚间天安门大放焰火，楼都震得嗡嗡的。小航和楼下李炎一家兴冲冲跑到三楼顶上看焰火。

爷爷晚上去了天安门，回来高声说道：“今年花好哇，特漂亮！”

把“索引”打印出来。

十月二日　星期日

阅校样。

沈双送来取票的条子（节后往上海）。

和小航一起去看望外婆，午饭。

读《海上花列传》。

十月三日　星期一

持条子往北京站团体票窗口取票。一切顺利。

仍读《海上花》，——只为了张爱玲讲它好。不过，无论如何，对白不懂，是影响欣赏的。

十月四日　星期二

读高阳《翁同龢传》。

昨晚接徐先生电话，要我到他那里把《陆王学述》的校样取来，带到上海。下午坐了志仁开的车（小范在一旁“监护”）往徐府。

晚间朱维铮先生来，聊两个小时。

他说，一九二七年到一九三六年的国民党统治时期，是二十世纪中罕见的稳定的十年。一九三五年，在银本制整整实行五百年的时候，被废除了，代之以法币。这是一项大举措，有这样的把握与魄力，说明了什么？

十月五日　星期三

往铁道部。

往编辑部，处理校样、稿件等行前一应事务。

两点钟出发，乘13次特快往上海。

十月十三日　星期四

第一次坐这么大的飞机，——一排有九个座，大概是波音747。一下飞机，就看到阳光灿烂的秋天。北京的季节感到底清晰，不像上海那样模模糊糊。

洗涮毕，就接到吴彬的电话，召唤往编辑部。发稿，忙一下午。

这一次上海之行，大大改变了以往的印象。只是太忙，想法太多，一时尚来不及清理。

十月十四日　星期五

往编辑部，发稿。

为谷林先生送去周一良先生评价《郑孝胥日记》的复印件。

十月十五日　星期六

一日大风。

午间在食德小馆与沈双、郑逸文共饭。与沈双争着付账，各不相让，最后仍决定抓阄。结果是沈双抓到了。点了竹筒烧肉、柠檬汁炸肉排、豆腐烧带子、鲫鱼萝卜丝汤，费一百二十元。饭后郑丫头提议喝咖啡。遂往天伦王朝，一直聊到将近三点。我付账（六十一块七，两杯红茶，一杯咖啡）。

往三里河一区吕锡春处，取胡仲直带来的中英对照《新约全书》。

看望外婆。

十月十六日　星期日

读王振忠《绍兴师爷》、杨东平《城市季风》、周振鹤《体国经野之道》。

晚间老沈、吴彬在忆苦思甜大杂院为沈双饯行。邀我同往，辞。

十月十七日　星期一

早七点往兆龙饭店门口与郑在勇会，取得“书趣”封面设计二稿。

往编辑部。

午后往美术馆参加荣宝斋百岁展。看门里门外人头攒动，小人物肃立两旁，恭迎大人物到来。未及候得剪彩，先行离去。

往编辑部。

在中华门市部购得《古尊宿语录》。

收到何兆武先生寄赠的《历史理性批判散论》。

十月十八日　星期二

往琉璃厂，购得《白坚武日记》《墨缘汇观校注》《明清书法论文集》、王锺翰《清史续考》。

读何著。

五点钟往朝内。与老沈会，先去看望周一良先生。送还纪念文集，约“读书文丛”稿。先生廿五日将赴美越冬，春暖花开始归。以《周叔弢传》持赠。

继往万圣书园，参加《城市季风》的研讨会。参加者：杨东平、邓正来、梁治平、陈来、刘东、高毅、苗地等。一小时后提前撤退。

十月十九日　星期三

往编辑部。

将《如是我闻》《脂麻通鉴》稿交付郝德华。

读《廊桥遗梦》。

掩卷，百感交并。

一生只能做一次这样的梦，一生必得做一次这样的梦。

十月廿日　星期四

往编辑部。

与郑在勇在朝阳门地铁站口会，讨论封面事。

午后往友谊宾馆颐园，将董乐山稿交杨宪益先生，请为之序。

读《体国经野之道》。

十月廿一日　星期五

往编辑部。

往美术馆，参观荣宝斋百岁展、民间艺术一绝、全国名砚博览。名砚中有首都博物馆收藏的两方：一有康生题识（镌在砚池上，署一九七〇年二月），一有叶群题的延水回忆四首赠林彪

（调寄望江南），也镌在砚池（署一九七〇年五月二十六日）。新制的砚多嫌雕凿太过，有的干脆就制成工艺品，真是走火入魔了。也有的直是以大取胜，大得简直没了限度。

百岁展迎面一壁都是名人、官员为百年的题词。观某某人之作，既无质，又无文，字亦劣不可言。虽然几乎人人皆道弘扬中华传统文化，却可见传统文化即断于此代。

十月廿二日　星期六

往编辑部。

再往美术馆，购得《西方新艺术发展史》。

读恺蒂的《英伦文事》。

十月廿三日　星期日

看电视中播放的《清凉寺的钟声》（谢晋导演），和志仁一起从头哭到尾。志仁这两天看电视剧《年轮》，为韩德宝之死，也一次次哭得跟泪人似的。

草成《采一片异乡的云》。

十月廿四日　星期一

往编辑部。

午饭后，老沈从桃花江打电话来约谈。喝了两杯茶，听他讲了港台之行的大略。

读《东晋门阀政治》。

十月廿五日　星期二

往编辑部。

九点半往友谊宾馆。董乐山先生已先候在门口，同往杨宪益先生处。

正好杨的妹妹杨敏如也刚刚到。聊起来,才知道她是燕大中文系毕业,与赵萝蕤、叶嘉莹都做过同学。杨氏兄弟三人,最小的叫杨苡,先生是赵瑞蕻。

杨说,那时候特革命,不敢白专,就是老老实实教书,教了一辈子书。现在看见什么垃圾也能印成书出版了,恨不得自己也写书。可已经太老了!

戴乃迭也在坐,但精神很不好。不时合了眼磕头,一下子惊醒过来,就无所为地微笑。杨说:她近来身体很不好,我哥哥每天就在做护士,夜里还得起来为她换床单。

说到他们主要从事的中译英的工作,杨先生说,当代作品最难翻,——水分太多。最喜欢翻鲁迅的文字,几乎一句就可以对一句,而且能译出味道。举了当代作家的一例:张洁,"她的东西不作压缩,而且是大大的压缩,根本就没法翻"(即译出来人家也不会感兴趣)。

午后往编辑部,处理初校样。

老沈从永外打电话来,通报了评定高级职称的投票结果:参加投票的九个人,我得八票。

这真是一个万万没有预料到的结果。何况评审委员会的几个人,平日又是极少接触的。

十月廿六日　星期三

往编辑部,处理校样。

将近午时,头疼不止。吃下两片去痛片,实在撑不住,就到老沈的小屋躺下了。过了半个多小时，痛苦才算过去。

午间吴彬从永外归来。四人（沈、贾）同往郑逸文家。

真是一个舒适温暖的小巢，经过重新装修，布置得极有情调，很有点欧洲古典风格。

午餐极丰盛：红炖肘子、红烧螃蟹、红烧鱼、油焖笋、炒生菜、炸虾饼。肘子是郑丫头的看家菜。

饭后又喝咖啡，坐到四点半钟方别去。

十月廿七日　星期四

一夜秋风秋雨。

简斋《休日早起》：

昽昽窗影来，稍稍禽声集。开门知有雨，老树半身湿。剧谈了无味，远游非所急。蒲团著身宽，安取万户邑。开镜白云渡，卷帘秋光入。饱受今日闲，明朝复羁絷。

人谓“开门知有雨，老树半身湿”，十字千古。其实也要放到整个诗里才好。

今一日端居读书，便颇与简斋诗境相合。

午前吴岳添过访，送来刚刚出版的《海天冰谷说书人》（恺蒂）。

十月廿八日　星期五

往编辑部。

填写申报职称表，写业务自传。

老沈和吴彬偕往费孝通知吴学昭处。

读余怀的《玉琴斋词》。

十月廿九日　星期六

读吴伟业《绥寇纪略》。

十月卅日　星期日

仍读吴著。忽然想起两三年前酝酿的一个题目:崇祯十六年。当日兴趣转移,便轻轻放过了,如今似乎更有条件做起来。

十月卅一日　星期一

往编辑部。

读《洪业——清朝开国史》。此书援引,几乎没有原始材料,都是从现成的研究成果来。所作的,也大都是一般性的阐述。

十一月一日　星期二

往编辑部。

读《日本学者研究中国史论著选译·明清卷》及《五石脂》。

十一月二日　星期三

往编辑部,处理二校样。

李陀、朱伟来。

陈明来(送来刚刚出版的《原道》)。

午后再往编辑部。

晚间老沈送来体检表。

十一月三日　星期四

早七点半往隆福医院检查身体。八点半出来,一切正常。但令人震惊的是,保持四十年的 1.5 的视力,下降到了 1.2!

往梵澄先生处。先两日先生打电话要我去一趟,说有好多事。及至晤面,其实并没有什么事。有一两件可以称作事的,在电话里也讲过了。

午后杨成凯来，坐聊一个半小时。

四点半陆建德来，坐聊两小时（送来近作《雪莱的大空之爱》）。

读《世界文学》第五期载昆德拉《寻找失去的现在》一文。昆德拉说：

记忆并不是遗忘的反面。

记忆是遗忘的一种形式。

读吴梅村《复社纪略》。

十一月四日　星期五

往编辑部。

老沈示以申报材料，——为我和吴彬各写了一千五百字的评语。

往人教社，取得五册《怀枫词》及付给谷林先生的稿费。

往琉璃厂，欲购《万历邸报》而不得。

午后再往编辑部，准备好封二、三的材料。

收到朱维铮先生寄来的两包快件：《音调未定的传统》。

晚间将朱著编辑完毕。窃以为“书趣文丛”第一辑十种，推此册为佳胜。

十一月五日　星期六

一早往编辑部，忙乱一上午。

午后再往，将三校阅毕。

又患头痛，吃下去痛片，也未见效。

晚十点钟，志仁送至北京站口，乘79次特快赴郑州（软卧）。与沈和N(中文名何素楠)同行。十点三十七分发车。

十一月六日　星期日

早八点二十八分到达郑州。仍下榻国际饭店。

陆灏乘166次先达,与沈同室。我与楠同室。

楠,美国人,年方二十八岁,个子高高的,但腿好像不长。与福建籍的中国画家结婚。那一位目前仍在纽约搞绘画,她则研究中国现代文学(专意于“故事新编”类的小说)。

老沈洗浴更衣(用他自己的话说,是“沐猴而冠”)之后,往会场去扮演角色。我们三人则往越秀看书。这是今年以来第三次到这里。看不出有多大变化,只是雅座间门前原来放文物的柜子,改放了《中华大藏经》。四月里的牡丹,换作了九月的菊花。

看了一会儿书,赵经理就来关照:要不要吃饭？回说不必。但没过一会儿,她又转身回来,说已经安排下了。

十一点钟,坐到雅间。原说是按早餐安排的,却已极丰盛:梅菜扣肉、虾仁炒鸡蛋、蚝油牛肉,等等,并炒河粉、炸馒头。一顿吃完,午餐也不必了。

饭罢稍憩,即往黄河。坐了一辆“面的”,一小时到,费四十余元。这里被称作黄河游览区,门票六元。

第一次来是十年前了。那次是和陶阳到淮阳参加伏羲庙会,在郑州短暂逗留。眼下还有些旧日的依稀印象,但骑马、坐车上山,却是过去没有的。

刚刚买下门票，早有几个人跟上来，不停地动员我们骑马上山。从山下一直跟到山上的浮云亭，犹喋喋不休。陆灏禁不住劝，坐了上去。我是从无这种兴致，阿楠也说她就是要走路。但一个小伙子始终不甘心，一直牵了马跟着走，找出各种各样的理由继续动员。最后又把马换成了车（手扶拖拉机式的带斗车），马达的轰鸣，伴着他顽强的劝说，真令人不胜其烦。一直下到浮云亭的山脚下，才算彻底失望地别去。

周围一下子变得安静极了。沿着公路大踏步走下，树丛中飞飞停停的是喜鹊。天上高高盘旋着鸟，叫声很凄婉，是不是燕子？

黄河边上的景物一如当年。河水浑黄，看上去甚至觉得是黏稠的。一座黄河母亲的白色塑像，记得原来好像在山上，如今则是在河畔。沿河边的林荫道回返，又有一位妇女过来拉我们去坐船。答曰不，她跟了一段后，看看果然没希望，才算罢了。

在门口坐上一辆面包车，十五人的载重量，却一定要等到上满二十五人才开。从三点十分等到三点四十分，方走走停停地开出。在文化路下车，走了好远好远，一打听，说还有六里路，于是坐了出租。

到饭店已是五点多钟。洗涮毕，往越秀晚餐。同桌的是来参加未来学研究的几个人，其中一人名肖向前。崔先生只在门口迎候，也不待人介绍，就悄悄地没了。

饭罢，又到国际饭店咖啡厅小坐，陆灏做东。有《河南日报》的高同志加入。老沈谈锋极健，兴致极好。

九点多钟，再往越秀。崔老板组织的一个什么会，还在继续。看见我们进来，先把老沈绑架了去。三人小坐，也就散去。

十一月七日　星期一

八点多钟在饭店餐厅吃了早饭。九点钟坐车往少林寺。同车的还有几位日本人、韩国人。因坐在前面，所以话也没有去说。本来不想去的，但老沈说已经这样安排了，也就没有话讲。

一路堵车，一个多小时才出了城。走到一处，又碰上交通事故。于是掉头，绕路，开到嵩阳书院已是十二点钟。十几年前到这里来的时候，还没有修复，留下印象的只有门前一通碑，院中一株柏。如今碑依然，树依然，而修整之后，已经像个样子了。只是里面的陈列似乎不伦不类。幸而造访者不多，还留下了一片幽静，一点气氛。

嘉靖八年的登封县志上载，县尚有儒学、社学、颍谷书院（在县西颍阳镇北，即春秋颍考叔庙。宋元丰年间创学舍，后废于兵。元里人温郎格非，出私缗重建，今废）。

“嵩阳书院，在县北嵩山之前，宋淳化中，赐额及御书久废。嘉靖七年，知县侯泰访民占嵩阳观址，造房十六间，复书院额。买绝户地四十亩，给守房者养生。”据门前的唐碑《大唐嵩阳观纪圣德感应之颂碑》（李林甫撰文，徐浩书丹），知唐时嵩阳书院已成道观，道士正在这里搬神弄鬼。

到达少林寺已是一点钟，靠了车上日本人的护照，才放车子直接开到山上。在一家宾馆的餐厅吃了饭（门前挂了特级餐厅的牌子，饭菜却一塌糊涂，肉嚼不动，米饭煮成粥状）。

然后去塔林。然后进寺。所到处处人间烟火气。“少林”已经成为商业标志，寺庙几乎没有了宗教的境界。

寺前一株银杏树非常美丽，每一片叶子都黄透了，金灿灿地撑起半个秋天。

三点钟回返。五点四十分回到饭店。

不容休息，就又被召往越秀晚饭。同桌是《郑州晚报》的“三朵金花”。其中的一朵，面目表情极丰富，每一开口整个面部器官就活动起来。还有一位新华社的男性，自我感觉甚好。一桌七个人，吃得很安静。间或有人问阿楠一些很简短、很幼稚的问题，诸如为什么学中文呀，中国菜好吃不好吃呀之类。

饭后，又被叫上去坐聊。

九点半与阿楠先回来。十点睡下。

十一月八日　星期二

早四点多钟起来，与薛、陆同往车站接余秋雨。原是五点十分到，结果晚点半小时，总算没有继续晚，顺利接到。

他一见我就说：“你的毛笔字写得非常漂亮！”不过几年前的字，似乎是很差的。

八点钟在楼下餐厅吃了饭。九点多钟出发，再往少林寺。

这回余是演员。导演之类是河南电视台的一男一女和《河南日报》的于得水、刘书志。柴大使（泽民）夫妇虽也同车，但差不多被撂在一边。

余是一位极好的合作者。有很好的感觉，——自我感觉及自我以外的感觉，也有很好的镜头感。因此在采访者面前十分配合，要求什么时候说几句，就能够说几句，始终在角色中。换了我，是难以胜任的。余则如鱼得水，十分自如。

在我的提议下，先往告成镇的周公祠。参观周公测景台和郭守敬设计的观星台。十一点钟到，半个多小时就匆匆观览一过。讲解员其实很有兴致，薛大概对他做了个赶快的手势，于是一切都变得匆忙起来。

就在观星台下，电视台的两位已迫不及待地开始采访了。话筒往嘴边一放，余即应口而答。

十二点半钟，从少林寺的边门进去，在藏经楼一侧的讲堂中看少林武功。据于得水说，今天的表演只算得是真正表演的热身运动，并没有拿出真功夫。前几年少林寺的武术学校多达一百多所，经过清理整顿，还有几十所。学生素质大都不高，学武不学文。有调查结果表明，毕业的学生，犯罪率很高。近年大概好一些。

一点半，仍往昨天的“特级店”吃饭。因崔先生亲自到了，所以有院中的某一级别的负责人出面接待。饭菜比昨日档次高，但烹调水平已是如此，也没有办法。

饭后，两点二十分，再往少林寺。我只坐在车里等。

然后往嵩阳书院。然后往中岳庙。

车开到后门，从上往下走。最高处是寝殿，因武则天幸此而建。然后是峻极殿，有九开间。殿前说明上写道：崇祯十七年(公元一三五〇年)殿曾焚毁。崇祯十七年与一三五〇年，差了近三百年！但也就这样错下去，还不知要错到什么时候。殿里面供的是天中皇帝和天中皇后。再下来是峻极门。整座庙宇，气势恢宏。

黄昏时分，游人多已散去，小摊小贩也都收了，所以更显得空旷。

寝殿前有一个大葫芦，一群妇女在那儿烧了纸，然后站成一排，敲着什么法器，在那里诵经。听不清楚唱的是什么，但调子很像豫剧。问同行的崔先生，他也不知道唱词。

回到郑州城中，已是七点半钟。飘起一点微雨。

洗涮毕，再往越秀。主要人物挤在雅间。

与电视台的一对及于得水、陆灏和崔，在中厅小几前落座。坐下来，吃罢。又换了位置，仍是坐聊。

十点钟，与阿楠一起，先告退了。

十一月九日　星期三

八点半早饭。这一回改在西餐厅，与沈、何，各人一份火腿煎双蛋，面包黄油，并咖啡。

饭后上了楼。一切预想都无法实现（往许昌、往开封）。

于是无所事事地又到了楼下的酒吧。与沈、何、陆、余，一起坐聊。今天的谈话还觉得不错。

聊到十一点四十五分，过越秀午饭。

饭后又被陆叫到咖啡厅，谈“脉望丛书”。说了一会儿话，楠也下来了。聊到两点四十五分，往越秀。

三点钟，学术讲座开始。来了有一百多人，老沈主持。余的题目是：我选择的文化态度。讲了两个小时，又用十五分钟回答了两个问题，很有捷才。

回到饭店，收拾了行李，再过来吃饭。在中厅小几上设了一席。崔老板坐陪，只说话，不吃饭。

饭后，老沈要过一过坐高脚凳的瘾，于是坐在吧台上喝了一点儿人头马，楠陪他干了。

七点半，薛将我们三人送上火车。80次，八点三十四分开。沈与楠在十车厢，我独往六车厢。

十一月十日　星期四

早七点四十分到达北京。

归家，洗涮毕，往编辑部。

从编辑部再赶往大桥宾馆，与俞晓群、王越男、王之江会谈。这一方，则是沈、郝、陆、吴。商议确定了第一辑的具体操作过程，第二辑的选题。策划人定名为脉望。决定了三套丛书：书趣文丛、书趣别集、书趣译林。

一顿饭吃到两点半。事情也基本谈妥，签订了合同，接受了第二次"启动费"（三千元）。

会谈结束，与沈、郝、陆、吴同往凯莱大酒店喝咖啡。五点钟散去。

十一月十一日　星期五

往编辑部。

郑在勇应约来，与辽宁二王一起谈封面，谈招贴画的设计。

崔艾真来，为即将创刊的笔会拉稿。

乱一上午，忙一上午。

午间应老沈之招，与贾、陆、吴往永外的温州饭馆吃饭，无一样可口之菜。

再回编辑部。

继与陆同访谷林先生，姜德明先生。然后赶往版纳大酒店，与等在那里的吴和余同往北京饭店贵宾楼自助餐厅。沈、董、朱伟已先到，每人标准一百六十元，我只吃了甜品。

余秋雨在董面前盛赞《读书》。董说，《读书》是知识界的群英会，几位编辑不过是跑跑腿而已，她们都没有上过大学，没有什么。

八点多钟结束晚餐。董、余别去。余下的五人继往饭店咖啡厅，聊到九点半钟，在我的一再催促下才散去。

十一月十二日　星期六

九点半，志仁把我送到雅宝路口。等了一会儿，陆灏和萧宜坐了面包车过来，一起往负翁的新居。

看了藏书与藏砚，然后到门口的独一居午饭。东坡肘子、酸菜鱼、海参锅巴、家常豆腐、蚝油生菜，共一百三十八元。张夫人未往。负翁说她出一趟门太难，“我们现在已经是‘相忘于江湖’的境界，二人同处一室，各干各的，视若不见。”

一点钟散席，各自别去（陆往中山公园茶室赴施康强之约）。

读《三垣笔记》。

十一月十三日　星期日

本与陆灏约定去看望范老板，但家中有客来访，只得作罢。

午后飘起细雪。

与志仁往王府井购越冬服装。

读《中国新闻传播史》《静志居诗话》。

十一月十四日　星期一

雪大约下到半夜，晨起已见玉树琼枝，但地上的雪却留不住。

往编辑部，忙发稿。

郑在勇来，商定“书趣文丛”的招贴。

读《春明梦余录》。

收到罗孚先生寄赠的《南斗文星高》。

明藩周宪王有燉有《送雪》诗：天山一色冻云垂，罨画楼台缀玉时。准备暖金香盒子，明朝送雪与相知。《列朝诗集》云：汴中风俗，每岁遇初雪，则以盒子盛雪送与亲知，以为喜庆。置酒设席，请相欢饮，亦升平之乐事，宫中尤尚之。

十一月十五日　星期二

往编辑部，做发稿的扫尾工作。

往北大出版社，欲购《万历邸报》。记得去年与陆灏同来，曾在这里见到，但门市部的人却说从未出版过这样一部书。

继往北京出版社，为钱伯城先生取回《顺天府志》。

再往灯市口中国书市。无获。

读《春明梦余录》。

夜又雪。

十一月十六日　星期三

又是一个琉璃世界。美人蕉还绿着，槐树也还蓬勃，却满满地托着雪，真美极了。太阳出来以后，一只花斑衣的啄木鸟在椿树上奔来跳去地捉虫了。

读《鸭池十讲》。写成《脂麻通鉴》的后记。

读《山书》。

十一月十七日　星期四

读书一日(《山书》《春明梦余录》)。

日出,雪化。但太阳时不时地蒙一层翳,犹觉阴阴的。居室内清冷异常。

十一月十八日　星期五

老沈清早打电话来,说他忽生奇想,总结出编辑三要诀:一厚黑学;二皮毛学;三抄袭学。

志仁说,以他做领导的经验论,女人多忠实,男人多是不安分的。

冯亦代来电话说,读"棔柿楼"读得两个中午没睡觉,真是好极了,评诗评词的几篇,简直就如诗一般。——真是闻所未闻的褒奖之辞。归家忍不住拣出读了几则,平心而论,冯老此言,确为溢美,实有不敢当。

往编辑部。

得邵燕祥转致的常风所著《弃余集》《窥天集》。

辛丰年先生托人捎来激光唱片十一盘、南通剪纸三套。

读《万历野获编》。

十一月十九日　星期六

往编辑部。

午间赶往火车站,接郑丫头。昨天她在电话中说,是十二点五十五到。结果赶到那里,才知正点是一点二十六分。遂到邮亭买得一本《集邮》，消磨半小时。欢迎的队伍可说“浩浩荡荡”，朱晖自是首当其冲，次则北办的四条汉子，再加郝德华和我。有陆灏带给老沈的一大罐醉蟹，有给吴彬的田泥螺和鸭肫肝，给我的是三袋白脱别司忌，即加了奶油的面包干。

傍晚吴彬、老沈同来家取物。

读《王琼集》。

十一月廿日　星期日

读《明史》列传（兵志）。

十一月廿一日　星期一

冬至以来，雪后阴，阴后雾。据说因连降大雾，机场都关闭了。而往年，这季节该是一场接一场的西北风。

往编辑部，处理稿件。

读《鸿猷录》《明史·兵志》。

十一月廿二日　星期二

往编辑部。整理出一部分重复的书及近无大用之什，送往灯市口中国书店。二十本，或按三折，或按四折、五折收购，得六十五元。人还没有走出书店，收书人就把刚才收来的书送到新书柜台去卖了。

往琉璃厂。今日小雪节，但天上飘着的却是细雨，落到身上，就成了小泥点。

购得《万历邸钞》《翁万达集》《辛亥人物碑传集》（后两本是降价书）。

读《治世余闻》。

十一月廿三日　星期三

往编辑部。

往梵澄先生处,议定编集事。过董,请他签合同。

读赵园的《说“戾气”》(载《中国文化》第十辑)。此篇颇有见地。

仍读《治世余闻》。

连日阴霾不开。

小提琴家帕尔曼与以色列爱乐乐团来京演出。五百元一张票,十几天前即告售罄。电视台实况转播。

十一月廿四日　星期四

今天总算见太阳,而西北风亦随之起。

居家读书一日(《明史·西域传》《殊域周咨录》)。

十一月廿五日　星期五

往编辑部。

得谷林先生所赠线装《燕知草》两小册。扉页钤“相见恨晚”一小印。

仍读《殊域周咨录》。

十一月廿六日　星期六

一日半阴半晴,一片薄如雾的太阳。

在商务门市购得和田清著《明代蒙古史论集》。

读《殊域周咨录》。

十一月廿七日　星期日

读《明代蒙古史论集》。

十一月廿八日　星期一

往编辑部,处理初校样,忙乱一日。

吴彬说,第十一期宋远文实在写得吃力,像一个小女孩故意要去学沉重,极是力不从心。说我的阅历、我的格局,都无法搬动这样沉重的东西,还是不要去碰这类题材的好。

十一月廿九日　星期二

半阴半晴天气,时有时无的阳光。

读书一日(《松窗梦语》《四友斋丛说》)。

十一月卅日　星期三

一夜雨夹雪。

往编辑部。

受老沈之命,往三联服务部捧场(据说电视台要来采访,但却没有来),购得余光中《听听那冷雨》。

访谷林先生。送去合同和《书边杂写》校样,并"搜刮"得明代笔记若干种(其实先生已拣出备在那里,待我去选)。

十二月一日　星期四

往编辑部。

读《菽园杂记》。

午后往社科院。从杨成凯处取得某人欲售书目一份。

十二月二日　星期五

往编辑部。

仍读《菽园杂记》。

三点半,与老沈、吴彬一起坐了车往北大。

经万圣，刘苏里送了每人一部新旧约合刊《圣经》。

过金克木先生，请他在《蜗角古今谈》的合同上签了字。

在学生第四食堂晚餐。

然后在北图贵宾室，由老沈进行“北大读书文化讲座”的第一讲。老沈没有讲稿，也没做什么准备，只是进入会议室之前，在图书馆门前贴的海报上，才看到了今晚的演讲题目：去年的读书和今年的读书，于是现场发挥，讲了一个多小时，挺精彩。坐不下，后边站了几排学生，始终没一个走的。最后是学生提问，但问题都提得很笨。

十二月三日　星期六

往编辑部。

午间请丁聪夫妇到编辑部，吃火锅。沈把阿楠也请来了。因为一点半钟有三联组织放映的《阳光灿烂的日子》。老沈从董那里要了六张票，原是丁聪夫妇，我和志仁、吴、楠，但昨天说，只能给五张票了。我只好不去。

十一点钟照例去赵大夫家。待归来，午餐已经结束，随便吃了几口，便和宝宝一起，很收拾了一番。

读《明诗纪事》。

十二月四日　星期日

读书一日（《明诗纪事》《朱元璋传》）。

十二月五日　星期一

往谷林先生处取《书边杂写》校样。送去一头水仙花，算作生日礼物（水仙原是老马所赠）。

往编辑部。

到铁道部取生活费。又到月坛派出所为外婆换副食证。

从北海走过，看到沿河的柳还绿着，虽然经夏又经秋，已经很旧了。

午后再往编辑部，处理二校样。

十二月六日　星期二

读《明史》洪武人物传。

午间王家新过访。以咖啡一袋，又《二十世纪重要诗人如是说》一册持赠。立谈片刻，即往桃花江，与老沈会，共饭。熏干炒芹菜、东安子鸡、小干鱼、三鲜汤。剩了大半，由沈打包带走。王似乎与武汉那一批诗人哲学家有共性，发言多玄奥，似乎总处在沉重的思考中。他原在《诗刊》，后到英国去了两年，在欧洲几个国家做访问学者。因为妻子沈睿要到美国读学位，他便回来照顾孩子（十一岁）。

傍晚陆建德过访。说起王家新，虽不相识，却是知道的。

十二月七日　星期三

往编辑部。

又患头痛，吃下两片去痛片，仍不见好。

写"书趣文丛"几种书的内容简介。

读《三朝圣谕录》。

十二月八日　星期四

将书目送还杨成凯。

往编辑部。

一日雾。据云飞机场又有三十架次飞机受阻。

读《天顺日录》。

十二月九日　星期五

往编辑部，忙乱半日。

读《明诗纪事》。

志仁往临海。

十二月十日　星期六

入冬以来，白日气温始终在零上五摄氏度左右。午前飘起一阵细雪，落下即成泥点。

往编辑部，等候工厂送样书来。

阅校样。

十二月十一日　星期日

读《今言》《水东日记》。

忽然想到《三言二拍》，找出来，读了数篇。

十二月十二日　星期一

一日朔风。

往编辑部，忙乱半日。

午后往琉璃厂，购得《冯梦龙全集》若干册，并《醒世恒言》《东胡史》。

仍读说部。

十二月十三日　星期二

往编辑部。

陆建德过访。

前番晤面，曾拣了云南纪行的几页文字请他看，此番便以此为题，很认真、很具体地提了意见，颇为中肯。有不少说法，和吴彬竟不谋而合，可见正是自家欠缺之处了。

十二月十四日　星期三

往编辑部，忙乱半日。

《读书》明年订数八万！比今年又增加了两万，大伙儿乐作一团。

阅《脂麻通鉴》初校样。

十二月十五日　星期四

往编辑部。

往社科院访叶秀山先生。坐一个小时，听他月旦人物（吕祥、李泽厚、余秋雨）。

俞晓群一行四人来。先约了在国贸的马克西姆晚餐，及至与沈、吴、郝齐集，餐厅却不营业。于是老沈提议往燕莎的凯宾斯基。在路边叫出租车就费了好一番功夫，到了那里，已经快七点了。是一家德国风味的餐馆。除了我之外，每人一大杯黑啤酒，又点了烤猪膝之类。我只要了一份土豆沙拉。与吴彬合要了一份蛋糕，一份苹果派。这两道甜点却都不是滋味，一并奉与老沈了。

吃到酣时，把"书趣文丛"诸般事务一一谈妥。

九点钟散去。

十二月十六日　星期五

仍读说部。

午后往集邮公司,办理预订卡。

往荣宝斋访萨本介。彼以一匣信笺持赠。

十二月十七日　星期六

往编辑部。

读《中国妇女服饰》。

十二月十八日　星期日

读《中国服饰史》《型世言》。

十二月十九日　星期一

小雪一日。

往编辑部。

午前李公明来。请编辑部诸同仁往宾华午餐,商议在《读书》开一“外地人看北京”专栏。

十二月廿日　星期二

往编辑部。

上午在人民会议室参加徐朔方《晚明曲家年谱》研讨会。唯吴书荫的发言有内容,余皆应景之谈,一个意思被大家一一重复一回。

午间在老沈处吃了一片面包,又一杯咖啡。

给谷林先生送去《书边杂写》的二校。

下午在宾华开座谈会,是老沈为台湾经济学家高希均组织的。有茅于轼、张曙光、梁小民、张宇燕、盛洪、樊纲、陈正涛、萧琛、王跃生等。谈得很有意思。高提问说:谁对中国前景乐观?短期的、长期的?或短期乐观,长期悲观,或相反?或都乐观,或相反?

电视直播纪念梅兰芳周信芳诞辰一百周年开幕式。简直一塌糊涂。京剧一步步失去自己的特色，向通俗歌曲，向通俗舞蹈靠拢，可谓“振兴”式的自杀。报幕员两次出错，把“霸王别姬”说成是“贵妃醉酒”，把“横槊赋诗”念成“梅槊赋诗”。这一场是袁世海演的。据说近日大家纷纷议论电视剧《三国演义》时，他说：“演曹操，谁也演不过我！”今天倒好像特别为此献了这一折。萧润增演《徐策跑城》，把帽子也抖掉了。这一折也滑稽，竟有六个徐策在一起配舞。好是糟蹋！摄像机镜头不断摇向台下的江泽民、乔石、李瑞环。

十二月廿一日　星期三

读《型世言》。

午后往编辑部，做发稿准备。

归经灯市口中国书店，购得《珍珠船》《中国古代火炮》《中国丝绸史》《曲品校注》《明清徽州社会经济史料》《武林坊巷志》（三）。

晚间往虎坊桥工人俱乐部看梅兰芳周信芳诞辰一百周年纪念演出：《太真外传》。梅葆玖、魏海敏合演杨玉环，梅葆玥、马长礼等合演唐明皇，叶少兰演李白。魏扮相十分俊美，但唱得不够味儿。梅扮起来仍极有风韵，演的又都是华贵雍容的几场。只是最后一场，扮作成了仙的道姑，长裾曳地，下台阶时几乎被绊倒，好教人一吓。叶的李白，只有一场，却已觉得夺戏了。整体感觉，似乎不是十分精彩。

七点半开演，中间休息十分钟，散场已是十一点。

十二月廿二日　星期四

读《珍珠船》。

午后接到许敏明打来的电话。大约有十年没有联系了。她到美国去了三年，归来又已经有一年。

十二月廿三日　星期五

编辑部在宾华举办服务日。来者踊跃，午间备以快餐，饭罢散去。

十二月廿四日　星期六

往编辑部，画“品书录”版式。

读《金瓶梅》。

十二月廿五日　星期日

读《金瓶梅》。

午后许敏明携子来。

依然漂亮，但脸上也是涌起皱纹了。不停地聊了两个小时。

十二月廿六日　星期一

往编辑部，写贺年卡（签名签了二百张）。

午后杨成凯过访。

读《金瓶梅》。

十二月廿七日　星期二

往编辑部。

到张家璋家取校样。

阅《音调未定的传统》校样。

午后何光沪夫妇过访。送来一篇书评，并告近已迁居方庄芳城园,因托他捎范公酒一瓶。

读《金瓶梅》。

十二月廿八日　星期三

往编辑部。

往中央美院参观明清绘画特展(为“明清绘画透折中美学术研讨会”而举办)。

展品一百零四件,明人作品似乎更多些。

明人“九人像”轴,想是写真图,但作者佚名,所写者也不知是谁。最前者纱帽,圆领袍服,当为朝官。

明人“岁朝图”(仿仇英),横幅,画面很热闹。可惜展放在壁间玻璃柜中,背光,颜色又暗,不能够看得清楚。

明人“楼阁人物图”,一楹敞轩,内中一人抚琴,纱帽,圆领袍服,侧坐一人执麈聆听。服饰与操琴者同。后面一带粉墙,墙内花池中牡丹数本开得正旺。前面院墙外隔出两个骑马人,似闻琴止步,一人回首向另一人指点言说。马后有两小厮跟随。

明清人“王可像”,中绘一人,非戎装,非儒服,对襟滚边袄,百褶裙,系一缀有金饰的腰带,带上挂着鞘刀、酒瓢、兽皮囊。四周遍布题识。左上方一首:

昂藏其身,庄凝其神。胸罗万象,心无点尘。不为儒冠之迂阔,亦非戎服之嶙峋。可以扶地维,可以全天真。留宇宙之正气,端有赖于斯人。甲午中秋前一日为可翁长兄题兼请教。

清人“人物”轴:占据中心位置的女子,鬓别一朵像生花,髻插累丝金凤,红宝石金环。腕约金钏。大红披帛,翠蓝半臂,袄与裙似为一色(浅草色),跣足。背负一小儿,怀抱一小儿。右手扶左乳,正哺育其子。旁立两小儿,一赤体,肩搭红披帛,一披斗篷,后一环,头戴风帽(?),帽后露出一根雉尾。着黑靴。

清王玄“人物”轴,是一幅官府送客图。

午后萨本介来,送来七折代购的《故宫藏明清名人书札墨迹选》。坐聊一个多小时。知他祖先是色目人,元代移居福州,并在那里繁衍。萨镇冰是其叔祖一辈,与王世襄先生也还是远亲。一九六八年到山西插队,后又到干校,辗转十年,一九七八年进荣宝斋。以手编《齐白石画选》一册持赠。

晚间往人民剧场。途经西斜街,与施康强约在街口见面,取了张爱玲著述三种。

香港名票李尤婉云主演的《穆桂英挂帅》,其夫李和声操琴,其师梅葆玖报幕。一人一张彩印的说明书。众多名角为之捧场:马长礼寇准,谭元寿杨宗保,王树芳佘太君,董文华王伦,董元元杨金花,王立军杨文广。王立军出了一个大不该的错,自报姓名时,口称“宗保”,全场哗然。主角演得一丝不苟,也很有梅派味道。只是因为带了微型扩音机,反而显得效果太强烈了。

十二月廿九日　星期四

读《金瓶梅》。

午后往编辑部。

归途过灯市口书店,购得《中国古代丝绸图案》《醒世姻缘传》。

十二月卅日　星期五

往编辑部。

李陀来，谈到他的女儿孟晖正在做中国古代妇女服饰。

读《金瓶梅》。

晚间往儿童剧场看折子戏：陈永玲《活捉》《别姬》。初不知陈永玲为谁，只听曹其敏在电话中介绍了几句：著名男旦，小翠花一派，六十六岁了。果然身段做得极好，唱、念都够味儿。唱是梅派。《活捉》演完谢幕，是老派花旦的做派，袅袅婷婷，眉目传情，逗得观众更把他不放，一连谢了三次。《别姬》是与其子陈霖苍合演，很是精彩。舞剑也见功夫。

配的两个折子：《徐策跑城》《打瓜园》。后者纰漏甚多。带子松了，胡子缠上了。《活捉》中，与陈配戏的“张文远”，脱不下外罩，该甩发时一屁股坐到了地上。

近日看的三场戏，没有一场不出岔子。倒弄得人一到要见功夫时就开始紧张，替演员担心。

十二月卅一日　星期六

上午去看望外婆。

读《金瓶梅》。

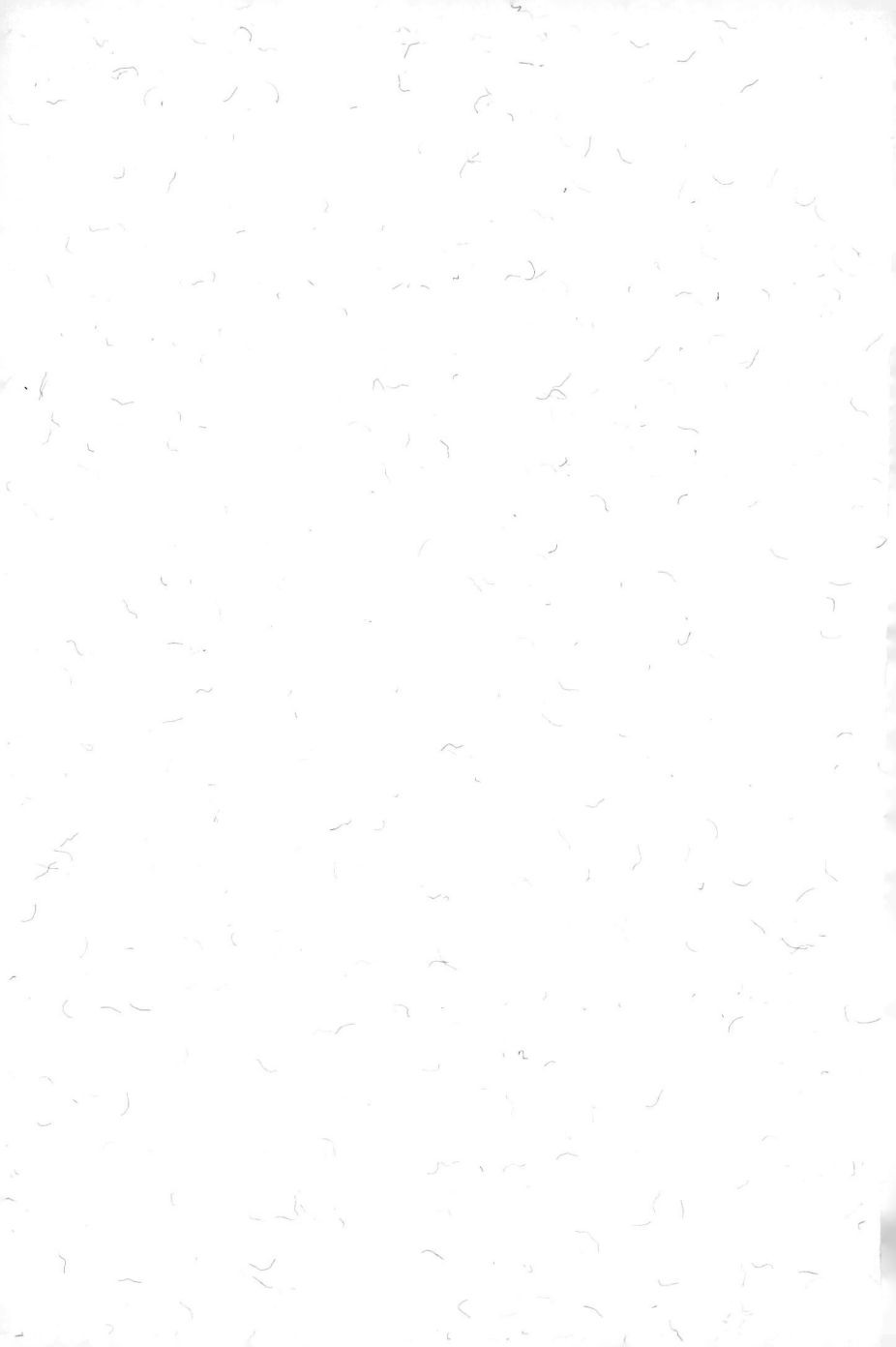

《读书》十年

一九九〇年——一九九二年

（二）

扬之水◎著

天津出版传媒集团
百花文艺出版社

目　录

一九九〇年

一月一日　星期一

读《戴望舒诗集全编》。

一月二日　星期二

草成谈望舒诗的小文:《乐园鸟》。

为初校样准备补白。

一月三日　星期三

往编辑部。

上德语课。

处理初校样。

由志仁将《乐园鸟》一稿带交冯亦代先生。晚上他打电话来,说文章写得好极了,是出乎意料的好。

一月四日　星期四

往编辑部。

送审的稿子,被老沈否决了一大半,并指责我不关心政治,“好像六月以后没在中国待着似的”。

一月八日　星期一

与吴彬一起往丁聪家送草目(吴方同行)。又往北大,访黄子平、陈平原夫妇,在畅春园饭店共进午餐。饭后又访金克木,时值午睡,叩门不应,乃去。继访冯宗璞。最后往林斤澜家取稿。

一月九日　星期二

往编辑部。

下午梁治平来,他似乎是来找袁春的,适与我遇,遂邀其上楼,他看了看表说:“可以待到三点。”那时正是两点半钟。

一直聊到四点。

一月十日　星期三

上德语课，这一次只有三个学生：倪乐、耿杰和我，后来又加入一个新生：海洋。不过人少倒更有利于学习，许多问题可以问得比较细。

一月十一日　星期四

文学所的靳大成和许明拿来二百块钱，请《读书》出面邀请几个人，一起聊一聊，谈话题目是八十年代学术历程回顾。今天上午来了十四位，围绕论题讨论了一上午。午间我与吴方买来肯德基炸鸡，一人一份，算是午餐。饭后老沈来，大诉出版界苦经，于是上午大家所说的要走钻研学术一径，似乎也很难了。

往冯亦代家取稿。

一月十二日　星期五

清早即往丁聪家取版式，又请他补画张光直的头像。

继往何怀宏、梁治平处取稿。

收到范景中寄赠的《理想与偶像》。

一月十三日　星期六

发稿一日。

郝德华来编辑部送样书，与诸同仁共进午餐。

收到钱伯城寄赠的《藏园群书题记》。

一月十五日　星期一

往编辑部。

给张旭东送还磁带（他因气胸发作，住进人民医院）。

一月十六日　星期二

往编辑部。

收到方平寄赠的新版《十日谈》。

在绒线胡同书店转一圈，无所获。

一月十七日　星期三

今天上课的仍然是四个学生：倪、耿、马。将及一半时，朱小泉来。

下午夏晓虹来取书。

小航放寒假了，操行评语上写着："望天真无邪的李航坚持锻炼身体，体魄强健，坚持努力学习，成绩优良。"

一月廿日　星期六

往编辑部。

中午老沈请客，由吴彬到利康买来烤鸭、面饼、酱，几人小聚。

志仁晚间到同事家吃涮羊肉，十时方归。

一月廿二日　星期一

往编辑部。

往朝内校封一、二、三。

访梵澄先生，他埋怨我为什么这样久不去看他。

又说起最近遇到一件非常恼火的事：家乡的祖坟被人掘了，是想盗宝，其实无宝，结果搞得十分不堪，是一个远房侄女为之草草收拾了。故先生说，连日来每念及此，便觉心头火起。

我提到最近商务出了一本《印度哲学史》，先生只说了三个字："不必看。"我更言之："除了解放前的那一本《印度哲学史略》以外，这大概是近年所出的唯一一本吧。""其实不写更好。"于是相与而笑。先生又说："对有的书，我只能说：'很好，但不必看。'"

他说："我和你的交往是朋友间的交往，没有功利的，而其他一些却不是这样，一位□姓女士来看我，提一条鲜鱼，亲自下厨烹调，共进午餐。第二天，就抱来一本德文书，——翻译上碰到问题了，请我帮助解决。前几天，几位所长副所长亲自登门，还送了一篓苹果，慰问一番，结果第二天，工作就来了，——某位要参加一个学术会议，因邀请了外国人参加，所以要打印英文讲稿，所以让我连翻译带打字。"

——果然书案上放着一台打字机和一叠摊开的手稿。

临行，非要送我一包果味夹心饼干，盛情难却，只得收下。

一月廿三日　星期二

水仙冒出了四支花茎，已经开了两支，共十二朵，下午来找小航玩的小乐乐打翻一砂盆，打断了一茎，小航伤心得大哭了一场。还好，没有伤根，扶起，重新用石子培上，又有了生机。

一月廿四日　星期三

连日寒流，是入冬以来最冷的天气。

前些时金克木先生打电话来说，他那位青年时代的恋人自日内瓦给他来信，道自觉生日无多，欲将旧日往来书信寄还与他，金恐经过海关时遇麻烦，问我有无便人。次日与老沈说了，老沈说可通过董秀玉从香港回来时带回。于是复金以信，今接来信云:“谢谢你的信,多承关心。但我与她俱是风烛残年,她后事托我,我后事托谁? 故已复信,不要将我的旧信旧稿寄来。”

德语课停两周。

一月廿五日　星期四

晨往梵澄先生处送书,——《神圣人生论》原著,为取室利阿罗频多手迹,作《周天集》封面题签之用。

案头已放着《读书》第一期。先生说,你们这一期发了一篇捧□□□的文章? 答以“其学生所为”。乃道:“□毕生也只是一位哲学教授,称不上哲学家,更称不上哲人。孔子是哲人,苏格拉底是哲人。”“贺麟是哲人吗?”“贺麟可以说是哲学家,他有一些自己的东西。”又说起:“早些时去看他,须发皆白,耳朵聋了,说话也不大发得出声音。可前几天去看他,头发出了黑根,讲话声音朗朗,竟是返老还童了,多奇怪!”话头转回来,仍说□,说他到了“文革”时,是一点儿也不“哲”了,不过这都可以原谅。“原来我以为郭沫若实在让人无法原谅,后来也就原谅了,为求免祸,他也是不得不如此。有许多事情是不得不如此的。”于是谈到柔石的死。鲁迅为他的死写了一篇《为了忘却的纪念》,是有难言之隐痛的。鲁迅当年为此非常伤心,曾说道:“我连个跑银行的‘人才’也没有了。”(当年柔石专为鲁迅跑银行办事)这便是一件“不得不如此的事”。所以鲁迅要说“为了忘却”的纪念。请他题写《周天集》的译者姓名,写了几个,都不满意,乃吟道:“不着意时书便好,守真规处画难工。性灵功力交融处,一片天机造化中。”于是更取两笺,随手书下,“你看,这随便写的果然就好，刚才着意刻画就总也不行。”遂取出手绢包，钤上一阴一阳两方印，送与我。

想借诗稿一观，先说不行，沉吟一下，又同意了。取出翻阅一过，才拣出其中四叶交我，并嘱“两周内送还”。

又说起抗战时期在重庆还主编过《图书月报》，是由中央图书馆出钱办的，共坚持了七年。当日生活非常困难，国民党要员可以过得很好，但小职员们就只能吃“八宝饭”（糙米、老鼠屎、煤渣、土屑……）。

一月卅日　星期二

上午欲往西四购置布鲁克纳的交响乐全集，与志仁行至路口，见实在路滑难行，乃返家。午后看到太阳很好，想冰雪大部消融，于是再往。不料赶到那里，据云唱片已迁至和平里电影书店出售，真扫兴透了。

一月卅一日　星期三

往编辑部。

往和平里电影出版社门市部购唱片，冰雪覆路，步步难行，赶到那里，却“初一至初五休息”！

晚间范景中伉俪翩然而至，剧谈两小时。

二月一日　星期四

往编辑部。

又往和平里，这一次总算是买到了：布鲁克纳的十部交响曲，共十二张。

收到薛正兴寄赠的《李审言文集》。

二月二日　星期五

分发“新春雅集”通知书，忙乱一日。

午间与吴彬同访吴方，不遇；又访尚刚，小坐。

二月四日　星期日

读书一日。

午后车永仁过访，剧谈两小时。

二月七日　星期三

上午上德语课，仍是本社的几个学生。

午间吴彬与贾宝兰来家，款以热汤面。

下午在改革与开放俱乐部举办“新春雅集”，这是自去岁五月二日活动之后，《读书》第一次举办活动，发出请柬四十张，基本应邀而来，还有一部分是口头邀请的，也都到了。

董秀玉同在。

二月八日　星期四

往中行先生处取稿。

又访王以铸先生，途中已觉雪意朦胧，行至所在，则是雨霰细润侵衣，却不遇，怏怏而返。

二月九日　星期五

往编辑部，枯坐半日，不啻广寒宫中。

日前范景中过访，道及其挚友杨成凯乃一聪明绝顶之人，数学、象棋、版本校雠、诗词戏剧，无所不能，无所不精，且记忆力绝强，可同时与十人对盲棋，乃惊为天人，实欲拉拢来为《读书》作者。次日付书，今得电话，谈甚洽。

午后访梵澄先生。

见我所抄诗，以为小楷较前大强。因记起上午杨在电话中说，接到我的信，几欲以之去换鹅。推想近日所作之努力，果然是有些成效。

说起今人不及古人，乃以故事譬之：昔康昆仑弹一手绝妙琵琶，有欲拜其为师者，先奏一曲，拨弹未几，康止之曰：若已不可教。以所弹有胡音之故也。以是言道：古人做学问能达到一个高的境界，缘其纯也。放眼今日，已遍是“胡音”，再求境界，不可得矣。

“中西结合不可能吗？”

“无论中西，在各臻其至的地方是完全不同的，无法结合。我德国诗、英国诗都读过不少，法国诗也看过一些，那和中国诗是完全不同的。”

“没有能够代表我们这一时代的大家出现，不是太悲哀了吗？”

——那只是一方面。现在老百姓人人有饭吃，这是了不起的成就，历史还没有，或者很少有哪一王朝达到这种程度。作诗作文到底比不上吃饭重要。而且，现在是普遍的提高。全民素质提高一寸，就至少需要一百年的时间。

二月十日　星期六

往编辑部，开列草目。

二月十二日　星期一

往丁聪家送草目。

杨丽华自扬州探家归来。当日我们曾为《读书》今年订数打赌(赌一本画册),现在证明我是胜者,于是她真的给我一册赖少其画展的展品图录。

二月十三日　星期二

往编辑部。

午后飘雪。

往丁聪家取版式。

二月十四日　星期三

一觉醒来,已是一片玉壶天地。

上德语课。路滑难行,学生更少,仍只本社的几个。

二月十五日　星期四

发稿一日。

老沈携一提包上楼来,内装烘烤器、面包、肉脯、啤酒,与《读书》同仁共进午餐。

二月十六日　星期五

往编辑部,看三校样。

往琉璃厂闲逛一圈。

二月十七日　星期六

鹅毛大雪下了半日,但落地就化了。

往编辑部。

午间编辑部四人并老沈、小郝同往东四“明珠”午餐。适逢停电,每张餐桌都点着一支蜡烛,真像是烛光宴会了。七个菜,八十余元。感兴趣的,只有梅干菜扣肉一道,那是小时候外婆常做的。

二月廿日　星期二

天色阴沉，空气中好像能滴出水来。

往编辑部。

朱伟来聊了半日。他说，将来如有可能，他第一件要干的事情就是编一份高档刊物。

二月廿一日　星期三

夜来落雪，早晨又是润润的，真像是南方的天气了。

到社科院参加漓江社几部辞典的新书发布会。

二月廿二日　星期四

往社科院访杨成凯。

此前与范景中聊，据范说，杨是他的挚友，琴、棋、书、画，算学，外语，无所不能，无所不精。并说他毫无功利之心，只是“玩”而已。今日一见，果然聪颖非常，尤精版本之学(因为只围绕这一话题)。不过却并非尽如范所说，是以“玩”为事，而是想做事情，但想做的事，必是人所不愿或人所不能者。

往编辑部。

赵一凡来。

二月廿三日　星期五

访梵澄先生。

把抄稿给他，于是借此讲起诗作中的种种好处。对几十年前的旧作能够记得清清楚楚，真令人吃惊。他说，文章倒不大能记得，诗却是不会忘记的。说起中国诗，他说，就数量来说，把全世界所有的诗都加起来,也不及中国的多。

二月廿四日　星期六

仍是大风。

往北图分馆转了一圈。柏林寺的线装书已移至此,可借阅,只是不许携离。

午间与吴、贾、倪并尚刚一起在东大桥的东亚餐厅午饭。寻常饭菜,价格还算便宜,五个人不到五十块钱。

二月廿五日　星期日

天朗气清。

读《齐如山回忆录》,非常有意思。

傍晚飞白先生过访。讲到安徒生的一个圣诞树的故事,然后说:“我现在还有许多‘小老鼠’,而且他们都非常可爱,这是最令人快慰的了。”

二月廿六日　星期一

老沈转交董秀玉所赠《中国历代妇女妆饰》。

收到范景中寄赠的《希腊艺术手册》。

二月廿七日　星期二

夏玟赠一套十册《巴尔扎克选集》。

毕冰宾送来《剑桥艺术史》样书,嘱为之作评。

二月廿八日　星期三

上德语课。今天只有四个学生:耿、倪、余,和我。但课上得很好,时间利用得非常充分。

杨丽华今日拿到了签证。

三月一日　星期四

范用将设计《读书》封面的稿费拿出来请客，午间在家中设宴。主菜是牛肉火锅，此外尚有王夫子菜墩、汪氏腌双脆、东坡肘子、东林豆腐。我最感兴趣的是饺子。来宾除《读书》四人外，有丁聪、冯亦代、罗孚、黄宗江。

饭后是柠檬红茶。冯先生吃得高兴，说要送我一批法帖。

访杨成凯。看来范景中对他的好友了解并不深，说得不确。他活得并不轻松，并不潇洒，并不尽意；并且，是颇有进取之意的，何尝是把“玩”看作头等大事呢。不过是他天分极高，可将学问做到他人未及处，而他也正是想这样做的。

三月二日　星期五

到朝内处理初校样。

往冯先生处。果然从他的杂物间中寻得数册法帖：王氏父子、李北海、郑文公、傅青主等，大有获。只是年深日久，有的受潮，有的已被虫蚀，真可惜。

三月四日　星期日

在大华影院看《本命年》。姜文主演，获西柏林电影节银熊奖。姜的表演的确出色。

今年也是我的本命年，会有什么故事吗？十二岁时是“文化大革命”，二十四岁呢，似乎很平常，不过那已是最后的少女时代。到第四个本命年，可就是年近半百了。想起来好像也只是弹指间的事。

三月五日　星期一

近来广播里掀起学雷锋的热浪，今日更达到高潮。

三月六日　星期二

到冯亦代先生处取稿。

往琉璃厂转了一圈。

三月七日　星期三

上德语课。五个学生：耿、倪、马、余。

清晨王世襄先生来家，说袁伯母要送我一部手抄本的《红楼梦》，但书在赵萝蕤处。

午后访赵老师。屋子里正响着莫扎特的钢琴协奏曲二十五。她说北大的一位朋友坐着小车来看她，刚刚请她到东四的肯德基吃了饭，又一起逛隆福大厦。朋友送了她一双袜子，两块钱。她又向朋友借钱买了一件毛衣，四十四块钱。两人一起回来，她取出四十五元归还借款，朋友要找给她一块，她说："不必了，就算你送我半双袜子吧。"

赵老师速度很快、兴致很高地讲完了事情的经过，看起来这一趟出行使她十分愉快。

问起今年的生日将怎样过，——每年都是由一群学生聚在一起为她过。她说：今年不行了。那位组织者已经去美国，是夫妇俩一起走的。没有人组织，自己也就聚不起来了。

于是我说，那么我来为您过！她非常高兴。

将《脂砚斋传本曹雪芹石头记》取回。汇校、缜订、意说并精缮者是朱咏葵。袁伯母介绍说，这位老葵先生已年届八十，她与他是在“干校”时认识的。那时四人一间宿舍,两张上下的双人床。老葵的上铺没有人住,于是他就爬到上层去干抄写《红楼梦》的工作。酷暑时节,大汗淋漓,依然不辍。当日她们常在一起讨论,听他兴致勃勃地讲说。前年此著出版,老葵送了她一部。但她总觉心中不忍,于是到底花钱又买下一部,送给她的燕京同学杨敏如。杨却也是一位上有老、下有小的老太太了,虽然一直喜爱《红楼梦》,但如今这般,也是无暇细读。大致看了一下,就送到赵处,意王与赵常有往来,可便中携归。因此袁伯母就想将它送给一个爱书的人。想来想去以为我是一个理想人选。

杨丽华到四联作了美容,已订好本月十一日的机票,但她秘而不宣,准备悄然而去。

三月八日　星期四

三八节放假半天。上午往编辑部,下午归家。

午后张奇慧过访,剧谈半日。

三月九日　星期五

自老沈处借得一册《中国吃》,系台湾唐鲁孙氏所著,极是有趣有味。行文颇“京腔”,是当年食客中之上流无疑。只是其中所述种种,今日读来已恍如隔世,“吃”中的文化意味几荡然无存,止剩“饕餮”二字了。不说二三知己的小酌,时令交替间的朋侪雅集已难梦见,即食客与餐馆间那种有趣的联系(所谓吃“堂口”,吃“灶上”),又哪里去寻呢。

午后访梵澄先生。

他刚刚完成鲁迅书目的校正工作(此事持续干了两阅月),

极想放松一下，因此谈话兴致很高，一再留我多坐一会儿，并且说，我是他唯一能够谈得来的女朋友。

他说，我给你作一首诗吧，是个文字游戏，——限韵：溪、西、鸡、齐、啼；要嵌：一、二、三、四、五、六、七、八、九、十(双)，百、千、万；丈、尺、寸；禁止香艳。

诗曰：万古心源寸水溪，儒林七二将山西。九天灵曜双鸣凤，一剑霜寒五夜鸡。八表帝秦三户在，天经传汉百城齐。丈夫四十强而仕，尺法千家解怨啼。

给他看最近出的一册《俞平伯旧体诗钞》，读到《遥夜闺思引》中的小序，乃道：读到这里，我又有不以为然处了。骈文的作法，是要高、古，像“不道”“仆也”这种辞，是不能用的。此外，“孰树兰其曾敷，空闻求艾；逮褰裳而无佩，却以还珠”，“兰”字平仄不对，易为“蕙”字方可读。当然俞氏也算是一位高手了，但决不是大家。

我说：如今早不是骈文时代了，哪里去找大家？毕竟强弩之末难穿鲁缟。先生以为是。

又读到其中所收的几首词。他说，词与诗不搭界，没有人二者兼能。写诗即不要去填词，恐以词坏了诗。我生平只填过一两首，就再也不去碰。“是不能为，还是不屑为？”“是不屑为吧。词的境界何如诗的境界？诗的气象可以阔大，词却只是软柔。”“‘大江东去’也是软柔吗？”“当然不是。可苏辛词离词境已经很远了。”“玉谿生的诗也气象阔大吗？”“他的好处只在工细。”

三月十日　星期六

在豆花饭庄为杨丽华饯行。《读书》四人外，还有戴文葆、郝德华。三味凉菜，馀为锅巴肉片、樟茶鸭子、水煮肉、甜烧白、红油豆花等，费一百一十二元。

饭后回到编辑部，摄影留念。海洋拍照。

三月十二日　星期一

今日开始整党，重新登记。

请了假，往丁聪处送草目。

三月十三日　星期二

全日开会。

利用这一时间，看稿、写信，倒解决了不少积压。

三月十四日　星期三

听录音报告。中途溜出，先往张中行处取稿，再往北师大上德语课（在孙先生的寓所）。

孙先生的寓所很简陋。他与弥先生合住一单元，厨房、厕所（包括洗浴）都很小，也是二人合用。居室只有一间，也就十几平米的样子吧，连过道都非常窄。

三月十五日　星期四

往冯亦代处取稿，往丁聪家取版式。

归途访王以铸。

走进一座小院落，一位白发老者方持帚于庭，一问，原来就是主人。让进正房，入眼皆书，几无落脚处，中间一个煤炉。一会儿夫人回来了，放下包就和面，煤炉坐上铛，一张饼就下去了。

一再要留我吃通心面配烙饼，婉辞而去。

送我一册《倾盖集》。

他说，准备为《读书》写三个题目：论读书，论老年，论中西文化之关系。“我发现越没文化的人（此所谓“文化”指旧学根柢吧）接受西方的东西越快，而其实，接受的全是皮毛。真正有学养的人，不大会受西方影响。我和陈迩冬差不多，看人先看中学如何，至于外文讲得顶呱呱，那不算是有文化。说实在的，我看不起美国，它也就是科技发达吧，其实有多少文化？真正的文化，还得到欧洲去找。”

三月十六日　星期五

上午发稿。

午间吴方请李庆西、尚刚并《读书》三人在全聚德（王府井）吃饭。冷菜四，热菜六（炒虾仁、拔丝苹果等），烤鸭两只，又是楼上单间雅座，才收六十余元。吴原与此地经理相识也。

饭后往朝内参加党员学习。

三月十七日　星期六

到中华书局访卢仁龙。

往王府井书店，闲逛一回。

三月十九日　星期一

往编辑部。

处理杨丽华临行前留下的一批积稿。

冷德熙一篇评述杜维明新儒家的文章有些意思，但谈得还不够明白。儒家思想是一种保证社会秩序相对稳定，人所必要做到的修身准则，可以说没有多少“阶级性”吧。不管什么制度下，社会的人丧失了这种做人的基本道德，恐怕都无法保持安定的局面，治国平天下倒还在其次呢。

三月廿日　星期二

往编辑部。

读《赫德与近代中西关系》及一系列中国近代史的著述。

三月廿一日　星期三

今日春分，夜来却落雪。晨起转而为雨，午前止。

往北师大上德语课。

下午到欧美同学会参加田德望译《神曲·地狱篇》的新书发布会，系由人民文学出版社、社科院外文所、意大利文学学会、留意同学会、意大利驻华使馆文化处联合举办。得书一册。

评《赫德与近代中西关系》稿成。

三月廿二日　星期四

往编辑部。

午后与吴彬一起到国谊宾馆访金克木。

聊起文人轶事：萧乾、杨晦、萧珊。

又说反右那一年，杨的教研室十人中有九个划了右派，有一个在返校途中听到搞运动，跳海了。只有杨一个人逃过此难。

到新华厂核红(贾宝兰的女儿生水痘)。

三月廿三日　星期五

细雨飘落大半日，午后渐止。空气仍是润润的。

往编辑部。

下班后到发行部装《安祥集》。

三月廿六日　星期一

往编辑部。

到社科院访叶秀山，剧谈半日。他是常州人，一九五二年考入北大，年方十八。因不愿做中学教师，才报了哲学系。当时正逢院系调整，绝大多数哲学教授都调入北大(除抵死不就者，如杭州的严群)，不过他们都不开课，只有张岱年还讲讲课。

他的希腊语是"文革"时从罗念生学得。当时正在汽车厂喷漆车间劳动，四点钟就下班了，实在没有事情做，偶然得一册希腊语课本，就学了起来。那时与罗念生邻居，因常唱昆曲而与其夫人熟识。

午后往万寿路组织部招待所访钱伯城（钱为人大代表，此番系开代表大会)。

日前接梵澄先生信，云已住进阜成路的三〇四医院，拟作全面检查，因往探。但自复兴路立交桥转弯，一直骑至西直门大街，也未找到阜成路。几番询问，也无人知道三〇四医院在何方。

三月廿八　星期三

前几年写了一篇中国古代建筑中的"窗"，一直想再写写"门"。忽然想动手了。于是搬出数十种书，先把相关材料弄起来。

三月卅日　星期五

钱伯城先生到朝内来，欲到资料室查一下《宋史》，不巧门口挂牌“政治学习”，于是将他请到家里来。

查毕已是中午时分，他欲约请戴、沈一起吃饭，打电话约戴，道家中来了两位亲戚，不能前往。于是约了老沈，在粤蓉酒家见面。

到了那里，老沈已找了林言椒、吴道弘作陪。计有清蒸鱼、炒肚丝、香菇冬笋肉片、炒虾仁、蚝油豆片、青椒鸡丁、酸辣汤（老沈付账）。

三月卅一日　星期六

处理初校样。

午间吴彬来家，以炒剩饭款待。

四月三日　星期二

往社科院，访于晓丹，请她为《读书》介绍几位写“海外书讯”一栏的作者。

四月四日　星期三

几日来一直与“门”纠缠不休，总算把材料整理得差不多，可以动笔了。

到张中行先生处取稿。

四月五日　星期四

往北师大上德语课。

赵一凡、郭宏安、王岳川到编辑部来。

晚间将《“门”趣》完成，大松了一口气。

四月六日　星期五

往清华大学访陈志华先生。

往编辑部。

四月七日　星期六

大风一日,天为之变色。

往编辑部。

午间往味苑酒楼为贾宝兰补做生日。在座的有老沈和河南三联分店的薛正强。四个菜:肉片锅巴、灯影牛肉、香菇菜心、水煮肉,并两屉珍珠圆子。费五十八元。

四月八日　星期日

读《一条未走过的路》,草成一篇《灶头鸟的歌》。

四月十日　星期二

往编辑部。

范用接到杨丽华电话,老沈接到杨丽华来信,云一切平安。

朱伟、孙乃修来。

往中华书局访卢仁龙。

四月十四日　星期六

往丁聪家取版式,往冯亦代处取稿,到新华厂取三校样。

午间与范用、吴、贾齐往倪乐家聚餐,范用带了馄饨和粉蒸牛肉,我们带了树根与桃仁蛋糕,倪乐备了三蛋、拌凉粉。

饿极了,吃得太快,简直没嚼出滋味。

四月十六日　星期一

往编辑部。

卢仁龙来,携来《文苑英华》六大本。

草成一篇关于《论老年》的小文:《将思悬车散发时》。

四月十七日　星期二

往编辑部。

将发稿工作基本做好，只等明日吴、贾二位来撤稿子。

老沈出示了那位胡女士的照片：比时下的一寸照片还要小一圈，纸已发黄，一双秀目，一张大嘴，梳着五十年代流行的妇女发式，看上去也还可爱，一对丹凤眼脉脉含情的。老沈说手中只有这唯一的一张。看面相，原不该短寿啊，是用情太过了吧。

四月十八日　星期三

雨，细雨霏霏。

上午发稿。

张锦来。

午间与吴、贾、郝往味苑酒楼，依然是水煮肉、肉片锅巴、珍珠圆子，加一凉菜：怪味鸡，加一汤：豆腐酸辣汤，六十五元。

四月十九日　星期四

依然雨下个不停。

往北师大上课。

归途过琉璃厂，与杨成凯遇。他今天刚刚遭到《中国语文》的退稿，因此心中颇多不平之气，认为自己的学术思想没有人能够理解，“众人皆醉我独醒”。

四月廿日　星期五

往编辑部。

到新华厂核红。

四月廿一日　星期六

往编辑部。

尚刚来，云已拿到往英国探亲的签证。

“阳春二三月，杨柳齐作花”，两日街头所见，正是此景。

四月廿四日　星期二

请赵一凡、吴岳添、于晓丹、盛宁往健力宝酒楼吃午茶，主人四：吴彬、倪乐、老沈。几色小点心外，有虾饺、烧卖、凤爪、排骨、叉烧包、煎炸饼，以及扬州炒饭、炒面、炒粉等，计一百九十四元。制作精致，味道纯正，大概是聘自广州的厨师吧。此地系由怡乐园改建，刚刚开张不久。

讨论的议题是：《读书》如何扩大在国外的影响，并请他们在“海外书讯”栏评价国外刊物。

四月廿五日　星期三

大风一日。

往中华访卢仁龙。

没有任何原因地头晕起来，什么也做不成了，吃了两片安眠药，从傍晚一直昏睡下去。

四月廿六日　星期四

晨起觉得不太晕了，只有一点儿头重脚轻，仍然去上课。

课上到一半，又觉不好。

好容易坚持回到家，又睡，晚上吃了一片去痛片，方稍见好。

刮了一天大黄风。

四月廿七日　星期五

往编辑部。

四月廿八日　星期六

今日是入春以来最好的一天，真正是惠风和畅，红绿扶春了。

访梵澄先生。他委我代购《文心雕龙》，再帮他双钩《泰山金刚经》中的八个字。

到琉璃厂为他买书。

四月廿九日　星期日

往编辑部。

午间与仇辉、吴彬、老沈一起到健力宝酒楼吃茶，与前番大致相同。席间说起大家风范，老沈说这是始终为他仰慕的，也是十里洋场给他留下的深刻印记之一。

四月卅日　星期一

往编辑部。

到冯亦代家送信封，先生送我两册诗选，一为史蒂文森，一为狄兰·托马斯。

途中遇雨，这雨便一直下开来。

下午放假，写成一篇《吾爱孟夫子》稿。

五月一日　星期二

天色放晴，春光明媚。

老沈打电话来，说中午请孙志文先生在健力宝吃茶，问我是否愿往，答曰：须在家恪守妇道，不宜出门。

日前从范用处借到太愚(王昆仑)的《红楼梦人物论》,读了一日,写得真好。

五月二日　星期三

很用心地复习了德语,虽然已经学习了半年,但从没有好好下过功夫,眼看要跟不上了。

五月三日　星期四

到北师大上课。

课后往编辑部。

与吴彬一起去访吴方,他正在沙发上睡觉,彼时正是午后四时。

五月四日　星期五

一日无事。

五月五日　星期六

访梵澄先生。

为他勾勒《泰山金刚经》上"波罗蜜多心经"几个字;请他为《密宗真言·序》添加一段话;把为他买的《文心雕龙义证》和为他抄的诗稿交接妥当。

转告老沈的话:三联准备出《密宗真言》一书。

最后请教他两个德语上的问题。

他说:"做你的朋友真不容易啊。""为什么?""必须随时能够回答你的问题,而且还得精通德语,随便你问什么,都能立刻答上来。"

梵澄先生说起,万人称谀之事,宁可不做;为一有识者讥的事,不可为。随即举了姚广孝的例子。

五月七日　星期一

几日来,除例行往编辑部外,平日读书的时间都用来读德语了,眼看远远落于人后,不得不咬咬牙用点儿功。

五月八日　星期二

为赵萝蕤老师做生日(五月九日,一九一二年)。由她提议,往东四肯德基炸鸡店吃快餐,这里卫生,清静,费赀亦不多(二十二元)。先骑车到她家,然后一起坐车。回来取了车,再往编辑部。

梁治平来。

五月九日　星期三

往朝内处理二校。

午间与吴、贾、郝、沈往兆龙饭店左近的一家朝鲜烧烤馆午餐。服务员全部着朝鲜装,饭桌中间一煤气炉,生鱼片、生鸡片、生肉片端上来,就可点起火来烤了,几分钟即熟,蘸着配好的作料,食之鲜嫩非常。

昨天赵萝蕤交我一本田德望先生寄赠的《神曲·地狱篇》,扉页题着很工整的字,书中的错处还夹了一张纸条订正。知道他患了皮癌,做过手术不久。午后乃搭郝的车,先往新华厂,后往北大。

田先生的家与我几年前第一次来时所见一样,迄无变化。他正在午睡,起身后,看上去精神还健旺。他说,只是行动不便,伤口处有点肿,其他无大痛苦。现在只能停止工作,静心休养了，目前《炼狱篇》已译出十六章。

“我打算尽量将剩下的一半完成，至于《天堂篇》，有待他人了，因为恐怕那时我即使还活着，也是老糊涂了。”

五月十日　星期四

大风一日。

上德语课。一周的努力，果然获得了好成绩，只是，这要花费多少时间与精力啊，业余时间本来就有限，怎么够用？

五月十四日　星期一

往朝内，与陈家琪遇，通信往来两年，这是第一次见面。

中午回到家中，接到小航从学校打来的电话，刚叫了我一声，就像要哭了，于是霍老师接过电话说，他被六年级的一个愣小子撞到墙上，头上起了一个大包。心中一惊，急急赶往学校。路上遇到霍老师领着小航向家走来，果然脑门正中凸起一个乒乓球样大的包，像个老寿星，样子可怜极了，幸好没有内伤，还算是不幸中的大幸。

下午志仁回来，等到小航放学，见状要立即上医院，于是到儿科所。大夫看了一眼，摸了一下，开了一瓶药，前后不过两分钟，与志仁从医务室带回来的药完全一样。

五月十五日　星期二

往编辑部。

午间杨成凯、何光沪来。

五月十六日　星期三

发稿。

午后继续完成扫尾工作，然后与老沈一起访梵澄先生，谈《密宗真言》一书的出版。

五月十七日　星期四

上德语课。未学课之前，每人先念一篇自己的作文，我的题目是《春天》，当然，少不了语法错误，不过通过写作文，倒真引起了学习兴趣，这一阵好像有点上瘾了。

五月十九日　星期六

一日大风。

午间往梅园吃西餐，编辑部三人外，约了老沈，邀了王蒙。这一家算得物美价廉，炸鸡排、炸猪排、铁扒杂拌、酸鱼、奶油煎鱼、咖喱牛肉、奶油鸡茸汤、奶油番茄汤、红菜汤、通心粉，满满一桌，一百元挂零。

尽兴而散。

五月廿一日　星期一

日日大风。

易纬曰：立夏清明风至。

李义山诗：烟轻惟润柳，风滥已吹桃。

《拾遗记》：崐仑山有祛尘风，若衣服垢污，吹之则洁。

微然草根动，先被诗情觉。

庄子云：大块噫气，其名曰风。

又有大王之雄风，少女之微风，吹阮衿之清风，施万物之惠风，吹动游子归心者曰南风，吹落江南梅子者曰信风。

京城这日日不止吹尘扬沙的，叫作什么风？

往文化宫书市闲逛一回，小有获。

五月廿二日　星期二

往编辑部。

午间何光沪来，送一册《基督教文化评论》（第一辑），嘱为之写几行宣传文字。

接谷林先生稿并附手札，此前皆呼我为“丽雅同志”，此番改称“丽雅兄”了。

五月廿三日　星期三

在德语上一下功夫，就觉得时间全都没了，可又有那么多工作还要做，近时尤其感到忙。

往王府井书店转一遭。

午间吴、贾、沈在香港美食城美食一顿，吴极是称赞。

五月廿四日　星期四

往北师大上课。

这一课的课文一周来念了有几十几百遍，因此老师说我“念得比德国人还快”，其实只是熟读而已，单词尚未能全部掌握。老沈说，倪乐已在暗中与我较劲了。

斯曲兰催（Lytton Strachey）读了伽尔斯所翻的中国诗后，曾比较希腊和中国诗的差别说：“希腊的艺术，在文字方面的造诣，是世界上最完美的，它永远地寻求最好的表现。在希腊诗集中最精彩的抒情诗，实质上都是格言式的，这和中国的抒情诗大不相同。中国诗不是格言式的，它要留下一个印象，这个印象不是终结的，而是无穷境界的开端，它完全是呈现在一种不可思议，只能意会不能言传的气氛中。”

午间杨成凯来。

五月廿六日　星期六

往编辑部。

老沈送一册《禅学的黄金时代》（吴经熊著，吴怡译），是所见谈禅之著中最好的一册。

五月廿七日　星期日

与志仁一起到故宫、中山公园拍门窗照片。

午后一起往大华看法国影片《痛苦的选择》，通过一个爱情故事对法国大革命作了另一种解释。

五月廿九日　星期二

往编辑部。

黑龙江大学的戴昭铭送稿来。

初校样来，准备补白稿。

五月卅一日　星期四

雨一夜不止，晨起仍下。

往北师大上课，过张中行先生处，取到送给范用的书。

六月一日　星期五

好久未往绒线胡同了，今日去转了一圈，却一无所获。

小航下午放假，带他到编辑部，先是由倪乐教他读英语课本，后坐下看漫画，一声不吭，安静极了。老沈送了他两支笔。

从老沈处借得一册《中国宗教与基督教》（秦家懿、汉斯·昆合著）。

六月二日　星期六

往编辑部。

赵一凡、吴方、汪晖来，午间一起（吴彬、倪乐）往香港美食城吃饭。刚刚坐定，老沈也找到此处。一人一碗虾肉云吞（八块钱一碗），此外又买了两份鸡，四个粽子（五块钱一个），倒也吃得很饱。吴方又请每人一杯咖啡，随后老沈买了一个蛋糕（三十元），这下是饱上加饱了。

汪晖谈起在商洛地区的见闻，说那里仍然是惊人的贫困，最极端的例子有每村人年均口粮十三斤的，还有不少村子是近亲结婚，所以大半是痴呆。他们在那里每天吃“皮带面”（宽）和“鞋带面”（细），基本无肉。

六月三日　星期日

做德语作文。

六月四日　星期一

往丁聪处送草目。

六月六日　星期三

半日开会。

午间卢仁龙过访。

六月七日　星期四

上课。

课后倪乐作陪，一起到外文局沈峻处取版式。

六月十一日　星期一

往编辑部。

下午给梵澄先生送去《周天集》的校样。前番与老沈同去拜望，原是约定邀他和缪勒会见，在健力宝酒楼吃早茶的，但自那以后，老沈便把这事不再提起，今日先生却说："这事不去管它，我倒真心要请你们两位在那里吃一次。"我一再说不必，最后说："此系师出无名。""就算联络友谊吧。""已经有了友谊，还需联络吗？""那就增进友谊吧。"

六月十二日　星期二

家居一日，读书、写稿，这是一年多以来的第一次，真舒服，以后当经常如此。

六月十四日　星期四

往北师大上课，将及下课，老沈捧着两盒蛋糕来了。他说，是专程骑自行车到香港美食城买下，又骑车送了来，因为他曾断言，学不到十五课我们这伙人就一个也剩不下了，没想到时至今日，马上要学十六课了，大伙反而劲头儿越来越足，于是请大家吃蛋糕，以示庆祝。蛋糕挺不错，只是太少了，于是老沈说："如果你们能学三十课，就可以再吃一次。"可是这本书只有二十六课！我便对孙先生道："请您再编四课！"他一边笑一边点头。

六月十五日　星期五

在编辑部忙碌一日，作发稿准备，老沈往广州出差。

六月十六日　星期六

发稿。

中午编辑部三人并郝德华一起往健力宝吃午茶。

老沈打来长途，问有事没有。

六月十八日　星期一

到梵澄先生处取《周天集》校样，他说起对外国传教士要保持距离（系指缪勒先生），他说不想用他们的赞助来出书（他译的《密宗真言》），因为这样做有失我们大国风度。对东西德统一问题他也表示担忧，“不过现在还关系不大，要二十年以后再看”。

临别，他突然说：“你一点儿也不知道自己是怎样的。”什么意思？我没弄明白，就又重复问了一下：“我不知道自己吗？”“是的，你不知道，你给别人的印象是怎样的”“不知道，大概是傻乎乎的吧。”他却说：“可爱到这个地步，学问又做到这个地步，谁不喜欢呢？”

六月廿日　星期三

收到陈志华寄赠的《外国造园艺术》。此书原是我负责编辑，并交由三联出版，但在这里整整压了两年，不得付印，于是陈只好拿到台湾去出，不过几个月的时间，就出版了。接到此著，真是不胜感慨。

六月廿一日　星期四

上课。

念过作文之后，老师又表扬了几句，并解释说，你很有进步，前几次我很惊奇：怎么突然就能开口讲话了？还以为是从哪里抄来的，现在看来的确是你自己写出来的。

现在问题最大的就是听力。上课之前，倪乐、耿杰与老师用英语对话，最后老师说："这不公平，因为老赵不懂英语，所以我们要用德语"。——这句话是用德语说的，可我依然没有听懂，于是倪乐提示老师说："老赵没有听懂你的话。"大家笑起来。

上课去的路上，倪乐说："我早尝够当学生的滋味。""我可没有尝过。""所以呀，你现在拼命想尝一尝，一个劲儿地迎合老师。"

不过，这一次倒真是要好好解决一下听力问题了，学英语已吃了一次半途而废的大亏，这回决不能再止步。

六月廿二日　星期五

往编辑部。

老沈出差归来，除广州、深圳外，又去了郑州。原来是去谈一笔买卖的，但没有谈成，到郑州了解了知识界的一些情况，几位男士女士还向他倾诉了内心的秘密（如婚变之类）。

六月廿四日　星期日

几日来几乎沉浸于德语中，用志仁的话说，是"犯了魔怔"，别的书都看不下去，只是念德语，这种劲头，连自己也无法控制。

六月廿八日　星期四

差不多下了一周的苦功，收效似仍不大，今日上课，在听力方面仍有困难，主要的问题是记忆力差，反应迟钝。天分如此，大约无法解决，以后也不能总拿出这么多时间来学习呀。

七月一日　星期日

初校到，一日忙补白，又写就一篇小文，可作"品书录"。

老沈从哪部武侠小说中看到一副对子：潇洒送日月，寂寞对时人，因嘱我用毛笔写下来，以悬于壁。他说，近来常有寂寞之感，在大搞“出版繁荣”之时，在出版署，三联却无一席之地，不过偶尔被点名在某种场合下发发言，作点缀，作陪衬，故此景过后，常有眼泪往肚里咽之感，看看某某后来之趾高气扬，心中每觉不情，此即“时人”之谓也。

七月四日　星期三

夜来风雨，晨起看窗外的合欢与凌霄，正是红鲜翠欲流，院中却是落英满地了。韩偓诗：昨夜三更雨，临明一阵寒。蔷薇花在否，侧卧卷帘看（诚斋尝评之曰：四句皆好）。恰道此一番景象。

令箭荷花红白两种已是开过，目下怒放的是美人蕉，红红的花缘一重金边，煞是娇艳。日前自王先生移来的芭蕉，经雨后益发出得快了，一夜间又抽出一叶。

仍推几株夜合最可人，不唯花好，叶亦好。凡状松叶之句如“目明满架金钗细”“长松夜落钗千股”，况以合欢之叶，似亦恰切。

七月五日　星期四

清早先往丁聪家送草目，后往北师大上课，今日只有四人：倪、雷、张。老师说，他下周将赴台湾，大约月底能够归来。

往编辑部，见老沈正在翻译室喝酒，满面红光的，说是今日喜得一外孙，重六斤六两。

却恰与小航同一生日，重量也一般。

七月七日　星期六

晨起风雨不止。

乘车往丁聪家取版式，穿一双拖鞋，撑一把破伞。

午间陈平原夫妇来，吴方来。与吴彬一起，五人同往健力宝。饭后雨止。

七月八日　星期日

晨起往编辑部，将校样送交老沈。

一场透雨过后，绿荫稠处尽闻鸟雀呼晴。

七月九日　星期一

下午访梵澄先生。他送我一册《薄伽梵歌》，一册安慧《〈三十唯识〉疏释》。他说本月十九号将赴张家界旅游，趁便在长沙将祖坟被盗事料理清楚。我也告诉他将有敦煌之行。“那么我们要好久才能见面了！”“哪儿会好久，顶多三四个星期。”“一日不见如隔三秋啊。比如这一次，至少隔了两个星期，就是四十五年啦。”

七月十一日　星期三

上午往编辑部，又往朝内预支差旅费。中午离家，乘69次特快往柳园（十二点五十八分开车）。志仁托人订票，将柳园误为兰州，故一路提心吊胆，生怕补不到卧票，而列车长又一脸严肃地宣称：此事根本无希望。

七月十二日　星期四

昨日登车之际，热甚，扇不停摇，汗却不止。晨起已觉暑热稍退。

六点四十分到西安站。将文稿退还屈长江，他以一部《续世说》相赠，并两袋黑米羹。兰州之前补到硬座票，已经自分卧铺无望，孰料兰州站上，就有补票员送来已经办妥的卧铺票，不觉大喜过望，一日一夜之悬心，此时方安。

七月十三日　星期五

晚八时到达柳园。恰如预料，开往敦煌的最后一班车为七点半，于是在汽车站招待所住下。这里水奇缺，据云所有居民用水需由火车自疏勒河载来，故洗涮一事颇不易。赖所长心善，终于想法弄到两盆水，总算洗去行旅疲乏。只是没有吃上饭，心中慌慌的。

这里的天十一点钟方黑尽。

七月十四日　星期六

早上往街里小小转一圈。柳园不过就是一条街，掀开两个小饭铺的门帘，皆是膻气扑鼻，遂屏息而退，腹馁而已。

八点钟发车，到达敦煌市已经是十点半钟。很容易地找到第二宾馆，服务台前冷冷清清，略无会议气象。问询之下，方知并无开会一事。服务员倒还热情，主动帮忙打电话，惜未找到人。于是打听如何往月牙泉民俗博物馆，蒙其指点，知可租车前往。

腹中空空，双腿打颤，出宾馆即往对面饭铺，两根油条，一碗豆浆，囫囵吞下，随即有了精神（此地油条大而酥，胜过京城多多，售价一块钱）。前行不数米，找到出租自行车的小铺，骑上车，二十分钟后即达博物馆。找到馆长胡开儒（会议召集人），方知这里已于七天前发出电报,通知会议再次延期,原因是所发邀请,没有一份回执。胡馆长及这里的工作人员都非常热情,说既来了,就要好好接待,先安心住下,该去的地方一定让你去到。于是又派了一位副馆长骑了摩托车去代我还自行车。

住进博物馆的招待所,房间设施至为简陋,除三张床,一架缝纫机,一盆一凳外,别无其他,但尚觉干净。最喜这里没有蚊子。擦身、洗衣毕,只身往月牙泉。

出博物馆稍行,便是月牙泉的大门。进门即见一凉篷,下坐几条汉子,招呼说:“骑骆驼吧!走到月牙泉还有一里多路呢。”凉篷对面又一凉篷,果然卧着几头骆驼。“还是走走好。”两点钟正是这里的正午,烈日当头,脚下的沙子滚烫,但不时有风吹来,奇怪的是风竟是凉爽的,所以并不觉得热。周围静极了,阒无一人。只听得灌木丛中草虫嗡嗡,鸟鸣嘤嘤。天蓝得出奇,与金黄的沙山和挺拔的绿树相映,真是美不可言。

走到一座沙丘上,可以俯瞰到月牙似的一弯碧水了。站在这高处,颇可享受到骄阳下送来的习习凉风。泉在鸣沙山的脚下,山上有三两个小黑点,那是攀上去的游人,大概准备滑下来听鸣沙罢。走来两个管理所的小伙子,他们说,现在听不到沙响,因为前两天这里才下了一场挺大的雨,下面的沙子是湿的,而滑下来时这些湿沙带不动,沙子的重量不够,自然也就不会响了。

行至泉边,见水清可鉴,蓝天、黄沙、绿树,一一映现其中。间有游鱼三五,自在嬉游。静,一派静谧,所闻唯有天籁。轻风送过，泉边芦苇叠起层浪，沙沙地欹过身来，泉水也便轻轻泛起波纹。

走到月牙的内湾，一株古柳下坐着卖茶水的老婆婆。据云古柳乃是寺庙的唯一遗存，先前这里是老大的一座寺院，有百多间房子呢，惜于“十年”中被拆毁，从此再也无力重建。柳荫下极是凉爽，几乎感觉不到一点儿暑热。这里也真怪得很，大太阳下，只要有一株小树，便可撑起一个清凉世界。

回到博物馆，稍事歇息，便有副馆长骑着摩托车，来载我到市里接金辉一行。但候了两趟班车，依然不见踪影，或者是民研会接到电报后，又将之转发西安，她们从西安打道回京，也是一种可能。那样的话，我就是独往独来了。

回来后，与两位馆长、讲解员王雪梅共进晚餐。一大盘馒头，三大盘菜：西红柿炒柿子椒，西红柿炒豇豆，凉拌黄瓜。眼前守着的是黄瓜，几乎吃个光，出门至今，还没吃上一口菜呢。

饭后得胡馆长所赠《敦煌诗歌散文选》一册，回到屋里看起来。此书是胡馆长所编，里面诗钞墨迹多出自他手，也有他写的文章，倒是很有文才的。他说，高中毕业后没考上大学，就参加工作了，曾在榆林窟“面壁十年”，大概学养见识多半得力于此罢。这本书的出版却是自费，花了三万块钱，印了五千，至今销出尚不及一千。一九八八年时这里的旅游业非常兴旺，当时预测前景可观。没想到后来形势急转直下，到现在也未能缓上来，不仅书销不出，博物馆的投资都收不回来。这是一项民办事业，当初兴建也是民间集资，以六十万元盖起。可这种民办事业是很难长久支持的，现在想上交国家，可一旦涉及到资金问题，又哪个部门都不肯接受。

七月十五日　星期日

六点半天才亮，早早起来，博物馆的门却紧锁着，不得出去。无意中吵醒了馆长，于是他执意要陪我一起再往月牙泉。

今日所走是山后的一条路。他说，唐代以来都是走这条路的，近年修起公路，才换了路线。一路所见，便是敦煌八景之一的“绣壤春耕”。虽然已非春色，但秋景亦颇可人。果然“家家栽桃植柳，户户花果满园”，又“四野村歌牧笛，远近鸡鸣犬吠”，桃花源景，也无非如此罢。

登上鸣沙山，又高高地看到月牙泉了。总听说月牙泉原来水很大的，站在沙山上看，泉水一直漫到山脚下，现在却退了许多，是一弯细弱的弦月了。攀走沙山之时，一脚踩下去，细沙纷纷下落，形成锋刃一样的棱。每天都是好多人在上面踩上踩下，但一夜过去，不知哪方神灵，又能重把沙山聚起来，沙山似乎永远是沙山。更奇妙的是，这一片沙山是从哪里来的？坐在沙山顶上，聊起宇宙的玄奥，同感冥冥中必有一造物主在那里安排一切。回望那一面山下，一片绿树掩映着两户人家，馆长说，这是一家兄弟俩，他们在这块地方过日子，可真是美极了，我们去看看！

于是下山，穿过瓜地、棉田、杏林，见主人正在那一边地里忙着什么。原来他与馆长是老相识了，打了招呼，就把我们让进屋。刚沏上一杯茶，女主人就端来一大盘青中泛黄的大杏，看样子，必是酸倒牙的，谁知一口咬下去，竟是蜜甜蜜甜，有生以来第一次吃到这样甜的杏。他们说，这也是敦煌的特产之一呢。这一家光杏、瓜、葱的收入就有几千块钱，每年的总收入则达万元。主人说，过几年果树再大点，一年三万块钱错不了。这所房子也是早几年才盖起的，花了七千块钱。这里盖房便宜，不用瓦，全是土坯房，房后是猪圈、羊圈。两口子准备揣上几千块钱到北京旅游一番。前些时出发了一回，但刚走到兰州，老伴想家，非回来不可，到底没去成。不过无论如何，还是打算要走这一趟。

主人要留饭，馆长问我怎么样，我说还是回去吧。于是主人把我们送到瓜地，又摘了三个香瓜待客，香瓜的味道很像哈密瓜。

午饭是面条，三大盘菜，与昨晚一般无二。面条是煮好后过水，捞出装盘，然后拌菜吃。这里永远是中午面条，晚上馒头。

饭罢，馆长为我借了一辆自行车，然后一同骑往城里。先到市博物馆，那里中午休息，两点钟才开馆。于是又往西门外的西云观，却见大门紧闭，一把大铁锁锁住，再三打门，终无应门，只好离去。在敦煌古城遗址稍事逗留，即往白马塔。塔建于前秦，距今一千五百多年，但后来加固时将原有的须弥座拆去，换上青砖，破坏了原貌，这是很可惜的。从干涸了的党河河床走过，然后又到博物馆。

参观完毕，将自行车放在小陈经营的工艺品商店，三人同往汽车站等候开往南湖的长途汽车。小陈是大连外国语学院一九八三级的学生，学日语，毕业后分配在厂矿，觉得没意思，太受束缚，遂辞职经商。当日是向同学借了四百块钱起家，目前却已在全国几个省市设了商业点，挺大一份家业了。现在在城里租了一所大院子，一月房租就三百五十元，也常在博物馆住。馆长大概有意留他在这里帮助工作。

汽车四点半钟发车，在阳关附近下车，已经快六点了。徒步行走到沙滩上，四野无人，滩上遍生着罗布麻，骆驼草，可爱的是一泓清水流泻其间，馆长不住地赞叹，好水呀好水！在这里结庐隐居可真是太美了。

走上墩墩山烽燧，管理所的老吴迎出来，原来他也是馆长的老朋友。把在敦煌市里买的瓜切开，大家吃起来，瓜看起来像生的（瓤白中带点粉），但吃上去却甜得很（两毛钱一斤）。老吴动手给我们做饭：面条，菜码是开水焯了一过的芹菜，同样是装在盘子里，拌菜吃。

饭后，老吴陪着我们在墩墩山上下周围绕了一大圈。烽燧下面的坡地，猛踏一脚下去，空空有声，下面正不知埋藏着何等样的秘密。阳关故址是一九七四年才确定的，主要是根据墩墩山下古董滩上发现的大量历史遗物。但细究起来，根据似乎还不是十分充分，现在滩上仍然存留大量陶片之类古物，故此地谚云：进得古董滩，两手不空还。距此地九十五公里，就是雪山（阿尔金山），党水之源。在阳关极目四望，方圆百里旷无人迹，天地之间除了几只苍蝇嗡嗡飞着，再听不到别的声音。

佚名作者的《瓜沙道中》诗：古道阳关接大荒，官杨零落不成行。阴沉日色连云白，暗淡风沙入塞黄。鸿觅稻粱衔矢石，人拼骨肉战冰霜。唐藩汉垒今何在，秦月依依照古疆。

眼前景色似不至如此萧瑟荒凉，却别有一种肃穆与悲壮之气。

从山下提水回来，正是夕阳西下时分，灿烂的余晖照在墩墩山烽燧，使它变得庄严和神圣。太阳落下去很久，渐渐才有星星露出来。从我坐的方向看去，北斗星的勺对着烽燧，只是久久等候的那弯“秦月”始终不见出来，星光下的古阳关竟又披上一重神秘色彩了。

十二点钟入睡，宿于古阳关。韦应物《碛中作》：今夜不知何处宿，平沙万里无人烟。若不是有关口这一处管理所，——小小一幢房子，怕真是应了此话呢。

七月十六日　星期一

早早醒来，天还黑着，又躺了一会儿，天才蒙蒙亮，看看表，已是六点半钟。起来坐在房子的廊檐下，看到东方已微露曙色，晨风凉侵侵的。静静坐到七点二十五分，太阳终于冒头了，一点一点升起来。

迎着太阳下山，八点四十五分乘上车，十点多钟到达城里。馆长把我带到他家去吃饭。房子是几年前买下的，一个小院落，九间房子属于他。室内陈设说不上富丽，也还算挺不错了。四壁多是出自馆长手笔的字画，他临摹的敦煌壁画几可乱真。

坐等一个多小时，馆长夫人（一位家庭妇女）把饭菜端上来了，四盘菜：肉炒茄子、肉炒芹菜、水焯豇豆、素炒辣子。依然是面条捞出来装盘，拌菜吃。馆长为办博物馆，把工作也辞了，目前已无工资收入，不过是靠以往卖字画的积蓄维持生活。他的祖父是一位慈善家，当年曾将经商赚下的钱拿出修盖起莫高窟前的九层楼。他大约也是秉承了乃祖之风，不过如今这种善事怕是不好做了呢。

饭罢即返博物馆。洗涮毕，往月牙泉门前的小摊上喝三炮台，一块五一盖碗，里面放有冰糖和桂圆。旁边一个大暖壶，这一碗茶可以无限制地泡下去。坐了将近一小时，喝了差不多有半暖壶水。

晚饭是面片，三盘菜：柿子椒、黄瓜，豇豆换成了西红柿炒鸡蛋。晚上博物馆的几个人都来聊天，副馆长（陈姓）拿来了一大果盘杏子。他家就住在馆的旁边，馆址原是占了他的耕地盖起的。讲好明早他来找我一起去千佛洞。

七月十七日　星期二

七点半钟陈馆长来，用摩托车将我载到城里汽车站，然后一起乘车往莫高窟。在敦煌研究院下车，找到民俗学会的副秘书长。他说这两日非常忙，今天要开一天的会，不过可以先把我领去，交代给讲解员。先在招待所登记了住宿，继在售票处购了一块钱一张的“乙票”。然后领我到接待处，开了一张条子，便带我找到一位叫马玉红的导游，请她带我参观一天（属于“甲票”——十六块钱一张——范围的洞窟）。

马导游所领的这一群人，被称作“零客”，其中有一位来自台湾的陈其谅，和他聊了起来，人倒是很热情的。“甲票”范围包括三十个窟，不过通常一天所能看的不过二十个左右。今天上午人很多，在每个窟里停留的时间很短，导游先让大家随便看一会儿，然后再作一点简单的讲解，稍微详细的了解都不可能，更不要说细微部分了。为保存壁画，窟里不装电灯，靠手电筒的光，就更差一层了，不过身历其境与书本上看到的到底不一样。面对如此丰富的艺术珍宝，除了赞叹，也再说不出其他，只是似这样走马观花，实难尽兴。

十一点钟，导游宣布上午的参观结束。于是“零客”四散。陈其谅会合了与他同行的一位林小姐，我们三人互相帮忙，在莫高窟的九层楼前照了相。这里游客众多，却只有一家餐馆，我们到时，凉皮刚刚卖完，只好排队等候“带菜面”（一块五一盘）。陈其谅争着付钱，说“交个朋友”。等了足足半个小时，这盘面才算吃上。所谓的“带菜”，不过几片茄子，几星西红柿，外带几大块贼辣的柿子椒。面吃完，嘴唇都是辣辣的。为还陈的情，到门口瓜车上买了一个西瓜，敦煌市里两毛钱一斤，这里要卖四毛钱，不过依然是很甜的。

稍事歇息之后，到餐馆后面的沙坡上去照相。坡上几座外皮剥落的古塔，一株干枯了的古树，与蓝天，白云，远处的沙山，组合在一起，较之墩墩山前的古阳关，是同调同情不同景。当年这里该是怎样肃杀荒索的景象，在这里凿窟造像，是给孤寂无助的人们一种极大的精神安慰罢。

两点半钟仍到入口处集中，下午的参观似更匆忙，几位游客要赶四点半的车，因频频催促，马导游也显得有些不耐烦，故各窟停留时间更短，不到四点半，整个参观就结束了。早上已在这里登记了住宿，但看起来似无停留一天的必要。

到研究院找那位副秘书长，说他回家了，下午没有来上班。这里四点半钟的最后一趟班车已经开走，幸好一位同志说出，研究院六点钟还有班车。于是急急到招待所取了东西退了房，又赶到研究院，总算顺利坐上车，一直开到市里的敦煌宾馆。可是开往月牙泉的车没有了，只好徒步。

从城里出来到杨家桥这一路，大道两旁的宅院门前，皆是花木扶疏，村口以外，又是一大段杨树笔立的林荫道。但走出这一节，前面的道路就是无遮无拦了。正在精疲力竭之时，忽听得一阵摩托车声由远而近，停到身旁，原来是陈馆长！真好似从天而降。最后这一段艰难的路程一眨眼就走完了。

晚饭时间早已过，厨房的同志倒还很热情，问吃过没有，遂谎称吃过，回到屋里吃了一肚子杏。洗涮之后，疲劳顿解。晚上十一点，这里的男女青年放起音乐，在院子里跳舞，有几对跳得相当不错。

七月十八日　星期三

早晨到陈馆长家，八点钟了，还没有起床（这里人多是八点以后起床）。向他辞行，并结算住宿与伙食。起初他一再说免费，但我坚持要付账，于是按一日五元收了二十块钱住宿费，三顿饭钱到底免了。

骑了小陈的自行车到车站买了往嘉峪关的票，回来又取了东西，由陈馆长骑着摩托车将我送进城。先往胡馆长家辞行，他说，你不看看西千佛洞，太遗憾了，让陈馆长用摩托车驮了你去吧。于是退了汽车票，在胡馆长家吃饭，是敦煌的拉条子，拌菜（茄子炒西红柿、炒辣椒）。拉条子状如宽面条，长长的，挺有嚼头。

饭后上路，一路行驶在骄阳下，道路两旁的砂碛泛着热气，一阵阵热风扑面。西千佛洞是这一片旷野中的一点绿洲。两座沙山之间，一道峡谷，谷间绿树葱茏，一棵二百八十年的古柳（大叶柳）旁，住着看守洞窟的一家。这里共十六个窟，但只让我们参观了七个。窟很小，规模远不如莫高窟，艺术上也粗糙得多，而且破坏得非常厉害。据说当年在此处修水库，人来人往，损坏极大，洞窟开凿时期为北魏至宋。这是丝绸之路通往阳关途中的一个休憩点。

归途在“敦煌古城”转了一圈，其实只是一组仿古建筑，为中日合拍的《敦煌》摄制组所建，耗资一百五十万，如今成了旅游点，搞了不少名目，如跑马场，古装摄影等。再往西云观，以前这里周遭寺庙林立，约有百余，目前只剩了这一座。院中已住了人家，唯有正殿经前年一番大规模整修，才大致有了点模样。每月的初一和十五，常有人来朝拜。

回到城里，在第二宾馆门口买好明日开往嘉峪关的车票，然后住进宾馆，住了一间最低价格的（四块五）。洗涮毕，上街找饭。到处都是炒面片，臊子面，牛肉面，带菜面，炒炮仗。仍然到了宾馆对面那日吃油条的一家，吃了一盘黄面（带菜），半斤，八毛五，比莫高窟便宜了将近一半，还好吃得多，菜是豇豆、西红柿、肉末。所谓“黄面”，不知是什么做的，似乎和白面一样。这里吃面类，都是煮熟后过凉水，然后装在盘子里。敦煌市区不过就是两条不长的大街，连公共汽车都没有，也用不着。又在宾馆门前买了一个六斤多的西瓜，吃了一半就吃不下了，余下半个给了同室的一位。她是酒泉人，在西千佛洞附近搞水利建设，一口一个“大姐”地叫我。

夜里起了风，刮得一片山响。

七月十九日　星期四

风起一夜不止，故一直未能沉睡。七点钟上车，天还黑着。亮天后，看到四野灰腾腾的，一连数日都是响晴的天，蓝天，白云，今日一起风，一切都变了模样。

一路上除了经过县城，馀皆荒漠。在安西停车吃饭。上厕所时将皮带掉进粪坑。买了一张小面饼，里面有几星不知是葱花还是韭菜，要价两毛五，三口两口吞下肚，像没吃一样。次在玉门镇吃饭，要了一碗大肉面，有眼泪似的一点肉星，汤倒是一大碗，六毛钱，算是填了肚子。

两点半到达嘉峪关。按照李润明开列的关系户名单，找到嘉峪关宾馆商品部的经理王保平。他十分热情，立刻为我登记了房间，是最高标准的，十八元，但优惠了三分之一。又为我借了自行车，于是骑车往嘉峪关城楼。

这里游客不多，伫足高高的城楼之上，所见真是大漠风尘日色昏，遥想当年鼓角声动，笳管悲鸣，当是何等苍凉景象，曙色微露与薄暮时分，必更为壮观。参观了设在城下的展览，得知附近尚有悬壁长城,但不通车,又是石子路,骑车一个小时怕还到不了。另一处黑山刻石也是同样情况,只得抱憾了。

回到城里,买了一条腰带。嘉峪关市区也是两条大街,不过比敦煌宽一些,长一些。因为有酒钢等大工厂,故规模也略大,但商业并不繁荣。今日所住是连日来最舒适的一间,电视、电话、沙发、写字台、卫生间等等,应有尽有,真不知该怎样享受了。好好照了一通镜子,发现形象真不佳,又黑又瘦,嘴唇干得起了皮儿(刚才在大街上称体重,九十八斤)。王经理又来了一趟,问还有什么困难需要解决。

七月廿日　星期五

四点半在宾馆门前乘车,前往兰州。刚过酒泉不久,天尚未明,汽车为躲一辆拉木棍的小驴车,陷进左边道沟里。其实陷得并不深,只是司机胆小,不敢使劲开,怕翻车,于是拦了一辆又一辆过路车,前后折腾了将近一小时,才又继续上路,到达武威已是一点多钟。在车站门口吃了一碗炸酱面。所谓的炸酱,原来是卤汁,一块二毛钱一碗,五分钟就吃下去了。奇怪的是,这里日照时间这样长,可人们饭量却并不大,一天两顿不说,每顿吃的数量也有限,大概同植物一样,也靠吸收阳光维持生命罢。

一路到处看见收麦子,这里要比华北地区晚一个月。也常见畜群漫步在草滩。过武威,行至乌鞘岭一带,景色一变,山上绿一块,黄一块,翠绿与金黄错落相同,简直漂亮极了。地边上常见摆了一排一排的蜂箱。一会儿又飘起雨来,山间的风凉飕飕的,可是一过岭,立刻又是阳光灿烂。

七点半到达兰州市区，找到海外旅游公司已是八点钟，李润明名单上的柳昕已经下班，不过同一办公室的同事倒还热情，帮我联系了好几处住宿，最后总算在金城饭店说妥，于是开了票，结果房价着实令人一惊：一晚四十八元！没办法，只得如数交付。设备却同嘉峪关宾馆一样，电视还是小号的。

洗涮毕，又往海外部找人，欲打听一下行动路线。回来的路上，见一人远远过来，旁边的几个人叫了一声“王妙根”，那人便站住和他们聊了几句，这名字却正是名单上的。不容多考虑，急急追上去，问询结果，果然就是，真是天缘凑巧！于是来到房间，盘问了一回，然后为我开了条子，可以去找拉卜楞寺的田晓、才浪。又带我到楼上平台啤酒街，为我叫了一份凉拌面，一盘白兰瓜，一听雪碧。最后下楼到总服务台，将房钱减半（改一晚为两晚）。要说西北人好，可这位王妙根却是上海人，不过已在这里生活了二十多年，是为民风所染罢。

西北的夏天真好，早晚都非常凉快，就是烈日当头，也是干热，不会令人身上发粘，却怎么没听说这里是避暑胜地呢。

七月廿一日　星期六

西北之行直到兰州这一夜才遇到蚊子。一点多才躺下，立刻就有一只蚊子盘旋在头顶，闹得怎么也睡不好。

四点钟起来，六点出宾馆，乘1路到胜利饭店门前，等候开往刘家峡的车。一直等到七点半车才开门，抢着上车的人挤成一团，只好站在一边等。向旁边的一位打听去往拉卜楞寺的路线，他说可从刘家峡直接去。于是又赶回饭店，取了行李，再往胜利饭店。前一辆车刚刚开走，坐了九点开出的第二班。一路翻山，七十六公里路用了两个半小时。

在大坝下车，十一点半乘上游艇。同行有两位荷兰人，一男一女，女的叫英格，在北京语言学院学汉语，才一年，已经说得相当不错了。另有一拨，是兰州城市规划设计院的，名叫廖斌，领着两个法国人，一个拉卜楞寺的喇嘛，名叫翰措，还有一位北京的女子。大家一起聊起来。在水库行驶了三个小时，说不尽蓝天绿水，一路风光，最后进到小积石峡，河水才变得浑黄，——是黄河的本色了。山形也陡然一变，从土山变为石山，峰峻尖峭。一路排进去，竟都像是一个个姿态各异的佛，或双手合十，或垂臂而立，最矮的是一个圆圆头的小和尚。

两点半钟弃舟登岸，船家宣布了三点半就开船。一百多人一齐拥向售票口，存包处就乱成一堆。还好廖斌遇到一位熟人帮大家看包，总算三点钟以前挤了进去。开放的洞窟并不多，也有相当数量的造像被破坏，但能够看到已甚觉精美了，特别是观音的形象，袅娜妩媚，与别处所见不同。所谓炳灵寺，就是一个大石窟群，最大的一窟是一尊依山而凿的大佛，大小与莫高窟的那一尊相似吧。有几个窟的壁画线条纤细，人物秀美，好像是藏族风格，参观的时间只有半小时，不过是匆匆一瞥，船老板就来催促登船了。沿沟上行一小时是上炳灵寺，根本来不及再去，又是抱憾而别。

回程水色更觉明丽，是炎日烈烈的缘故。将及六点半，回返大坝。在坝上一个小摊吃了一碗酿皮，五毛钱。这是今天一天的第一顿饭(也没有第二顿了)。吃完以后却不知是什么做的,似乎没尝出滋味。和两个荷兰人步行三公里,走到永靖县城,住在水电部四局招待所。

洗涮毕,上街买了七个桃子(六毛钱一斤)。这是一个少见的很美丽的县城,有桥,有亭,数行花木沿河而栽,还造有一个双鱼喷水池。不少人沿岸散步,极似新安江畔的情景。

这里十点钟黑天。

与英格住在一间房间,她和她的伙伴出去逛街,近十二点钟才归来。这是一位很可爱的姑娘,来自荷兰乡间,性格质朴善良,对中国很有感情,对中国人很友好。她几年来曾到中国旅游过五个月,回去后就割舍不开了,于是选择了学汉语(不准备上大学了),现在北京语言学院学习,她说将来回国后去做导游,——带荷兰人来中国旅游。

七月廿二日　星期日

晨起登车,七点十分出发,半小时后到达祁家渡口。过渡,又行三个小时,十一点到达临夏。这一路多是翻山越岭,开往夏河的车只有下午两点一趟了,只好苦等三小时。

上街在一家邮局给志仁发了一封平安电报,心里觉得踏实了,遂在路口的清真馆门前小摊吃了一碟酿皮。据闻临夏酿皮是名产之一,确比昨日所食要好,价格都是一样。又进到里面吃了一碗素面,五毛钱。早晨出发时一路冻得打哆嗦,此刻却又热起来,于是到一家白酒批发站,和老板娘说了一下,在里面换了衣服。

下午要开车时又出了麻烦，汽车站的一个负责人不让英格她们坐这辆车，说外国人保险费高，“有三万元呢，出了事，把我们公司赔光了也赔不起”！讲了好半天，又把售票员叫出来，责问为什么卖她们票（其实是我代她们买的），最后还是一挥手放行了。我对英格说：“你们到底胜利了。”她说：“我不愿意下车，可觉得这样为大家都添了麻烦，很不好意思。”

一路沿大夏河在山谷间穿行，风光又与此前所见不同。山上遍生林木，常可见到一面坡顶的藏式民居，隐约还可见出有些寺院建筑。

到达夏河车站已是六点，急急上行，走了一公里才到拉卜楞寺，已经停止参观了。于是按照翰措所说，找接待室的嘎藏。几个僧人坐在墙边，回说他已经下班，心里很急，请他们帮助找一找，其中一个站起来给我指了路，说在观音菩萨庙旁的房子里住。左拐右弯，找到庙前，再问，大小僧人皆不懂汉话，只是笑。进去一看，见僧人和藏民都围着殿心无旁顾急急转圈，口中念念有词。旁有屋，却紧锁着。只得出来，此刻太阳时隐时没，天又开始凉了，刚刚急出一身汗，此刻更觉凛凛生寒。

穿行在寺院周围的一排排宿舍间，到处可见三三两两身着紫红袈裟的僧人，时或可闻诵经声。整个拉卜楞寺一片金碧辉煌，晚风吹过，檐铃一阵清响，使人有肃穆森然之感。闲步于寺间，走进一座殿中，几个小男孩一边打闹，一边清扫台阶，殿里一位老喇嘛正在恭恭敬敬地擦抹酥油灯台。殿堂正中供着三尊鎏金佛像，背后是一壁玻璃佛龛，每龛一佛。两厢是红、黄袱包着的经卷，也是一格一格码放。天花板是大方格的图案，每方格内彩绘瑞兽。整座殿宇气象庄严。问喇嘛这是什么殿，他却不懂汉语，用藏语说了句什么，样子像是不高兴，作了一个请出去的手势。于是知趣地走了出来，各殿转了转，到处可见僧人和藏民在转经，也有磕长头的。在一所弥勒殿中，里面一圈都是经轮。黑暗中，人们脚步匆匆地围着转，随走随用手拨转经轮，只听得一片隆隆响声，在向晚的寺院中回荡。

出来后，遇到同车而来的一位东北人，名叫单义，他说一路行来都找不到住处，因为这里二十五号要举行大经殿修复后的开光典礼，来参加这一大规模活动的人很多，故这几日各旅社爆满。缘院墙前行，走到街口，街口的一个敞廊内也设着经轮，不少人在转经。沿街上行，终于找到一家青年旅社，说今晚可以住，但明天就不行了。旅社是一家藏族人所开，服务很热情，又打开水又打洗脸水。又不停地收拾房间。屋子很小，只有两张床，一个课桌似的床头柜，但被褥很干净。

略略洗过，又上街，恰好碰到英格两个，一起前行。遇到甘肃省佛学院的一个学生，聊了一会儿，问佛学院可以参观吗？答说愿意领路。佛学院就在拉卜楞寺旁边，他领我们去了他的宿舍，同屋七个人，房间不算宽敞，也称不上干净整洁。在一面墙壁上挂有班禅的像，围着哈达。这几个学生都是即将毕业的，到这里学习首先得出家。他们都来自甘南的各个寺院，毕业后也还回到那里去，年龄都在二十四岁到二十六岁之间吧。看他们的毕业纪念册上，大都写道，性格温和，善良，爱好音乐，诗学，体育，临别赠言有用汉文，也有用藏文的。学院共有一百多学生，分天文、医学、哲学等科。

告辞出门，领路的那一位将我们送至大门口，英格总有提不完的问题，于是又聊了好一会儿，辞别约定明日再来找他，请他领我们参观拉卜楞寺。四人一起往我们驻地的方向走，他们三人在晒经台对面的一家小铺吃面，我便回到旅社。一位为旅社工作的藏族司机来聊，一位牧民小伙子也和他在一块儿，不过他既听不懂也不会说汉语。这位司机告诉我，大经堂是一九八八年四月烧毁的，因为喇嘛们不懂电，殿里的电线老化剥落引起火灾，当时给合作县打电话，但那里没有救火车，又往临夏打，临夏来了两辆，通知兰州后，兰州来了三辆，但开到这里已是五个小时以后，已经烧得差不多了。据说这里存有许多他处所无的宝贵经卷，这一次却皆付与祝融。现在这里派驻了救火车，也是亡羊补牢吧。此番修复，国家拨款二百五十万元，其余都是藏民所捐赠。甘南的藏民非常富（新中国成立前比现在还要富得多），但他们有了钱全部捐给寺院，常有一捐就是十几万元，穷的人家则将牛羊宰卖，换钱捐赠。二十六日的开光典礼，寺院发出的请柬就有三千份。二十五号的晒大佛，从甘南、青海、四川等地赶来参加活动的藏民有十万众。拉卜楞寺僧人最多的时候有三千多，做一顿饭用的盐砖就能码成一摞。新中国成立以后，几经劫难，现在逐渐恢复，已有五百多僧人（未注册的尚有八百）。

七月廿三日　星期一

夜里好冷，幸亏有一床厚厚的棉被，睡得很舒服。

早晨七点钟，一行四人坐上旅店的那辆车，到桑棵草原的旅游点去看了一下。我们在草原上闲步，草原上的一大片树棵子里，鸟的叫声响成一片，仔细听去，至少有五六种不同的声音。一会儿，有几只胖胖的灰蓝色的鸟飞出来，在河边跳跳蹦蹦。在细毛羊场的木栅栏上看见了一只秃鹫蹲立。天上飞得高高的是鹰。这是草原的边缘地带，还看不到无际的绿色。太阳刚刚升高，草上的夜露亮晶晶绿莹莹，也够美丽。

我们又一起跟车回来，然后同往佛学院，进去找昨日约好的那个学生，却被传达室的喊住了，说不能进，并说昨天你们进来，领导已经批评我了，只好悻悻而退。又到接待室找嘎藏，这一次是找到了，但说明来意后，他似乎并不热情，带我们一起进去参观，也显得勉强，才走了几步，看到另一批参观者进来，赶快把我们交给了那一队的导游。这一批人是兰州医药公司组织的旅游团，从九寨沟过来，今晚返兰州。趁机找领队请求搭车，起初答车已满员，不肯，后来终于同意。一起参观了几个殿，因大经堂要准备开光典礼，故从今日起停止参观，全寺共十六座殿，看了三分之一，导游的讲解也很简单。其实今天这种参观，远不如昨日一人漫步寺中领略气氛，感受更深刻。暮色中，那种虔敬、神圣，又不无森怖之感的宗教气氛，在这种参观中体会不到了，不过毕竟看到了寺院的一部分精品。

十二点半乘医药公司的车离开。这辆车马力大，走起来平稳，座位舒适，开到临夏不过三小时。全车人到一家餐馆吃酒席，我独自在小摊上吃了一碟酿皮，买了两个"冰糖梨"（四毛八），既不甜又无汁，买了四个杏（四毛钱），虽然个儿挺大，吃起来酸倒牙。两小时以后，人们方吃毕，登车上路，从兰州铁桥即"天下第一桥"，——中山桥经过，总算看到了这一兰州城的标志。

三个半小时到兰州。这一批旅游者全是兰州各医院的药房主任，医药公司将他们视为财神，故出资一万元，组织了这次旅游，以保证财路不断。按照那日在炳灵寺所约，廖斌已等在金城饭店了，同时也看到王妙根，表示感谢并道别。在饭店旁的农民路瓜果市场转了一圈，虽然已经十点多钟，瓜摊、桃摊生意还很红火，到火车站买到104次开往青岛的硬座票，西宁发车，无座位，以为站定了，谁知一上车就找到了位子，十一点五十七分发车。

七月廿四日　星期二

这趟车不知什么毛病，一路走走停停，快到天水时，在一个小站让车，一停就是一小时，九点钟才到天水（正点八点）。

下车即乘上开往麦积山的小巴，一小时以后到达。好一番奔走问询，才找到廖斌介绍的吴斌，把"介绍信"递过去，他却面有难色，说这两日正在接待联合国一个二十二国的参观团，紧张得连家都无法回，实在不能为我解决车票问题。话已说到这里，也没法再勉强，只好认倒霉。于是他给我开了一张条子，说持此可以免费参观，就此告别，上山。

麦积山果然像一个大麦垛，大小石窟依山而凿，最大的也是从山间凸出的佛塑三尊，有两尊尚完好。其他有散花楼上残存的洞顶壁画；薄肉塑飞天，骑马人图；金刚狮子吼塑，交脚菩萨塑像，以及北魏和唐代风格的代表性作品，皆令人流连不忍去。第一三三窟内有一释迦牟尼出家故事的石刻碑，但门紧锁着，只能隔窗而望，看不甚清楚。总之，可以感到，麦积山所存佛塑，在人物表情、身姿、服饰等方面，都很丰富。菩萨的形象多带女性特征，有的甜憨如童稚，有的含颦如处子，或矜重，或秀媚，或清俊，生动而亲近。

下山，又上对面的一座山，为麦积山植物园。在大西北，有这样一处郁郁葱葱的山，大概很难得罢。上行四五里，有一道三十多米高的瀑布流下来，不过水不大，似是人工将山泉改道，从悬石上引下这股水一直流到山底。

回到文管所，取了包，三点多自麦积山返北道。在车站买了票（硬座，无号）。到二马路的一家公共浴池洗了一个澡，疲劳洗去一大半。买了四个桃子，九毛钱（七毛钱一斤），不甚甜。买了一个酥饼，三毛钱，吃罢口渴难耐。在一家茶社要了一杯三炮台，一块四。坐了两小时，又加四毛钱。距开车尚有三小时，于是到车站前的一家青年茶社，里面设有躺椅，每小时四毛，坐了两小时，方起身候车。

70次晚点半小时，将近十二点才上车。硬座车厢满满的，难得立足。幸有一胖汉购得软卧，遂得其座。强忍到西安，总算补到卧铺。这一路愈行愈热，西北之行也就结束了。十点四十分正点到达。出站口，即见志仁立在老地方，——他接连两天到这里来等了。

七月廿六日　星期四

往编辑部，与吴彬遇。

接杨丽华来书，这是她走后第一封。

接钱锺书先生所赠《论学文选》第六册。

午间在老沈处胡吃一通：咸鸭蛋、琥珀鸡蛋、泡饭、豆豉、速冻饺。小航不在，家中颇有荒落之感。

七月廿七日　星期五

元释英诗《山中景》："六月山深处，松风冷袭衣，遥知城市里，扑面火尘飞。"今恰可倒过来读，六月城市里，扑面火尘飞，遥想山深处，松风冷袭衣，想二十二、二十三在夏河，风凉侵衣，至披英格之长衫御寒，返京后，则暑热难当矣。西北人好，天好，令人不胜怀想，此行尽交好运，莫非皆属偶然？怕难说通。

往编辑部。

七月廿八日　星期六

往编辑部，与吴、贾遇。

孙樵《梓潼移江记》，载陈柱《中国散文史》。

七月廿九日　星期日

到前门一家服装店买了一条黑色连衣裙。

又记起西北的一些事情，如在夏河时早起冷得发抖，英格特地为我带来一件她的衣服，敦煌人见面时问好，说："好着嘞？"答："好着咧！"胡馆长那样和善的一个人，对他的"屋里人"却并不亲切，命令似的说："快做饭，快做饭，吃完饭我们就走！"

感到北京的天气闷热难当，西北早晚清凉，午间干爽，在烈日下也不会出汗。

七月卅日　星期一

往编辑部。

到琉璃厂转了一圈。

访王以铸。他说，他虽无经世之志，但也不想以诗人、文人居，写文章，总是要有所为而发。

七月卅一日　星期二

往光明日报出版社访朱鸣，索书，他现在是发行科的头目了。

夜间暴雨如注。

八月一日　星期三

往朝内处理初校样。

往中华书局访卢仁龙，取书。

白日间雨，夜来大雨。

八月二日　星期四

往编辑部。

往京东宾馆访钱伯城。此番系来京开《中华大典》的编辑讨论会，带给我几册“海外汉学丛书”，并托我帮他买几本书。

《藏事论文选》多有论到拉卜楞寺者，刚刚走访归来，读此，颇觉亲切有味。又谈及密宗供奉的欢喜佛，前此亦每不解，李安宅道：“除了镇压的象征以外，欢喜佛的意义到底在哪里呢？一个说法以为男的代表方法，女的代表智慧，两者合一，即所谓方法与智慧双成的意思，更彻底的说法，应与近代的两性观相近，即男女相合为一单位，为一完人；只有男或只有女，都是片面的，出家人的理想为圆满具足，不假外求的解脱，这个结果，不只理想上的解放，乃是信念上的充实，即阳而具阴德，阴而具阳德，所谓阴阳合而道成者是，一切宗教到了神秘的阶段，都有这一层的修证，正不只佛教如此。修证所得，即为快乐；不过这快乐乃是信念的现象，并非真有男女的关系，佛家有欢喜佛，道家有婴儿姹女；象征微异，理路则同。”

八月三日　星期五

看望外婆。

归途在绒线胡同书店滞留，新书不少，然可读者无多。

北戴河既无书信，亦无电话，未知小航如何。殊觉念念。

八月四日　星期六

往编辑部。

午间吴方在全聚德请上海的“哥们”并吴彬吃饭。

老常从北戴河回来，说小航在那里乐不思蜀，每日和宾馆的服务员一起玩，张姐、李姐、杨姐，混得极熟，下午则去海边，晚上看电视，如连续剧《公关小姐》之类。

八月五日　星期日

读汪荣祖《史传通说》颇受启发，因将家藏的历史著作找出，欲通读一过。

八月六日　星期一

往编辑部。

读戚美尔曼《伟大的德国农民战争》。

八月七日　星期二

在家一日。

午间何光沪送稿来。

午后雨。

八月八日　星期三

往编辑部。

钱文忠来,这是几番通信之后的第一次见面。

午间请李庆西到东四的花园酒家吃饭,粤菜、清蒸活鱼、古老肉、辣子鲜鱿、牛腩煲、牛百叶、北菇蒸鸡,只有鱼还可吃。

八月九日　星期四

方交立秋,立刻感到风清气爽,阳光灿灿的,即使热,也无讨厌的潮气了。

一早到张中行先生处,他送我一方吴牛喘月的歙砚,他说,这算是普通的,你用也就可以。他手边尚有两方带金星与金晕的,当然要贵重多了,而家中所藏,则有四十多方,还有阅微草堂藏的宋砚,当年却是以二十元钱购得。

江苏文艺社的孙金荣来。

八月十日　星期五

往编辑部。

到丁聪处送草目(后委托胡靖顺便带往)。

八月十一日　星期六

往编辑部。

往社科出版社门市部、王府井书店。

与老沈、贾宝兰到改革开放俱乐部联系服务日事宜。

八月十二日　星期日

写就两篇“品书录”(《路德传》《老北京的生活》)。

八月十三日　星期一

夜雨。

往丁聪家取版式。

到张旭东处还书,他本月二十日将赴美留学,本欲借此道别的,惜未遇。

往朝内复印请柬。

八月十五日　星期三

往编辑部,做发稿准备。

八月十七日　星期五

发稿。

刘东来。“隐居”数月,第一番露面,已通过博士论文答辩,目前正在歌德学院学德语。

徐建融来。

八月十八日　星期六

往编辑部。

郝德华打电话来:工厂要这里去人核红,贾未来,只好自家前往。

归途看望外婆,被强留午饭。

往琉璃厂转一圈。

八月十九日　星期日

读书一日。

八月廿日　星期一

往编辑部。

八月廿一日　星期二

夜雨,白日晴,昨天的闷热稍退。

往北大勺园参加比较文学图书的评奖会,少坐,辞出。拜望金克木先生,他见到我就说:近来越发不好了,眼花耳聋,嗓子也哑了,恐怕等不到上帝召见,就要自己去找了。不过谈到给《读书》写文章,他仍有许多想法,只是觉得精力不济,想到未必写得出。

往常每坐必两三个小时,而先生谈兴不减,可这次不行了,只聊了一个半小时,就开始出虚汗,他说:不是心脏的毛病,大概是肠胃。见状辞出,又被唤住,送了我一册近出之《中国新诗库·金克木卷》。

归途心中不免有些感伤。想起方才先生曾埋怨他的三哥,说他把地卖了八百块钱,只给了他一百,馀皆抽了大烟,而原说定(大概是其父临终时吧),大哥负抚养之责,二哥为其娶妻,三哥则供其读书。"当初若是供我上了大学,今天也就不这样了!""如今这样不是也很好吗,不是照样当教授吗?"却叹气而已,看来没能取得文凭是先生的终生遗憾。

八月廿二日　星期三

上午往人民大会堂二楼圆厅参加巴蜀书社的"古代文史名

著选译丛书"首发式。

下午往同一地点参加上海教育出版社的《教育大辞典》首发式。

八月廿三日　星期四

在家接到吴彬电话，说原已联系好的改革与开放俱乐部对场租又有异议，于是往编辑部，与吴彬一同再往俱乐部，拟面议，而那位林先生已离去，吴乃来家中小坐。

八月廿四日　星期五

上午往编辑部。

午间三人并郝德华一同往王府井美尼姆斯快餐厅采买食品，四人先大吃了一顿，一人一份汉堡包，一份冰激凌，三口两口吞下，又买了两份点心，吃得饱极了。

一点半在改革与开放俱乐部举办中断了一年多的读书服务日，来者甚众。

八月廿五日　星期六

往编辑部。

再往俱乐部结账。

荷马《伊利亚特》第六卷第一四五— 一四九行：

豪迈的狄奥墨得斯，你何必问我的家世？
正如树叶荣枯，人类的世代也如此，
秋风将枯叶撒落一地，春天来到
林中又会滋发许多新的绿叶，
人类也如是，一代出生一代凋谢。

《诗·郑风·择兮》:

箨兮箨兮,风其吹女。叔兮伯兮,倡予和女!

箨兮箨兮,风其漂女。叔兮伯兮,倡予要女!

八月廿六日　星期日

读《诗》一日。

八月廿七日　星期一

往编辑部。

一日细雨霏霏。

八月廿八日　星期二

晨起仍雨,半日方止。

往编辑部。

雨后日出,又大热。

八月廿九日　星期三

往编辑部。

午间小航归来:拉开门,先大叫一声,然后扔下手中的提包,就扑过来和我拥抱,泪花直在眼中打转,晒得黑油油的,身上的肉都变结实了,又胖了许多,个子也长了一点儿。爷爷说他很懂事,也不认生,大大方方的,在昌黎县与县领导会见时,他说:"爷爷,我能说几句话吗?""好,你讲吧。""我提一条意见,我们来的路上,路非常难走,我说能不能往路上填点大石头哇?"

八月卅日　星期四

上午在家读书。

午间陆灏来,小坐之后一起往改革与开放俱乐部,参加比较文学研究所与《读书》联合举办的评奖会。会后有冷餐会，因看时候不早，便急急回家了，陆灏留下，餐后来家找我，遂带他前往拜访王世襄先生。

六点多了，伯母才刚刚和面准备烙饼，王先生只穿了一条裤头，看见我还带了一个人来，便急急套上一条短裤，然后将我们迎进屋，很兴奋地搬出两厚册英文版《明式家具研究》，说是由美国出版的，下个月将举办首发式，并出资邀请他们夫妇前往（为时一个半月）。又拿出他编定的美术全集竹木漆器和家具两卷，让我们看，他说漆器一卷写了九个月，文末注释就有一千余条。书尚不及一一翻阅，先生又忙不迭地拿出近日刚刚完稿的《美哉葫芦》，挑出书稿中的几段，念给我们听，并说，待出书后，要我给它写一书评，还对我说，《北京鸽哨》书出后，有过几篇书评，但都不及我那一篇写得好。

八月卅一日　星期五

往编辑部，准备初校的补白。

往琉璃厂转一圈。

九月一日　星期六

往朝内，处理初校样。

九月二日　星期日

读《美哉葫芦》稿。

九月三日　星期一

大雨，半日。

往编辑部。

陆灏来，带他往访梵澄先生，不遇，邻人言：一周前入院检查身体了。

又往王焱处小坐。

午餐以朝鲜烧烤（一心酒家）。

饭后家中小憩片时，聊起孟心史《王紫稼考》《横波夫人考》。

爷爷高烧，诊为上感，往北京医院，志仁陪夜。

九月四日　星期二

往编辑部。

陆灏来，引其往访张中行。

谈甚得，午间告辞归家，由二人继续谈。

午间在朝内会中国台湾《自立早报》林景渊，原来就是每月为寄《读书》的那一位，此前却不知他在何处供职，此番是约我们为他编的读书版写书讯。

九月五日　星期三

往国际展览中心参观书展。今年的好书似不及去年多。

与张锦晤，谈广告事。

九月六日　星期四

往编辑部。

陆灏来，送我一锦匣装的文房四宝。

午间贾、吴、倪并陆一起往梅园，为我做生日。

饭后往琉璃厂，又与陆灏一起访吴晓铃。一座小小的院落，庭中竹木扶疏，房屋甚旧，抱柱有赵之谦手书，门旁对联则为何绍基手笔，问起，知屋起于三十年代，如此，则一个甲子了。室内陈设亦甚古雅，迎面即为一溜四部丛刊书籍，几案制甚古。

拿出一盒拜帖，盒系启功所赠，帖为历年搜集所得，“十年”中，尝于琉璃厂得数枚（或某旧家所鬻），自是便着意搜罗。盒中所藏皆为清末民初政坛文坛名人，此外尚有二三千之数，但尚未及一一董理。

陆言及前日与张中行先生续谈，后往思梦园午饭，问起与杨沫的一段姻缘，先生乃细说原委，道与杨曾一起生活五年，养有一女，但杨是信者，而张是怀疑论者，二人志趣迥异，终于分手。后仍常有往来，只是一次在杨家吃饭，席间张说道：“我就不信一人说了算可以长久！”杨听罢色怫，从此再不往来。

收到何海伦寄来的月饼，妈妈寄来的香菇，皆为生日礼物也。

志仁购来一大堆食品，又代我到医院值夜，说让我在家好好过一个生日。

九月七日　星期五

往编辑部。

去看望外婆，她为我的生日专意做了一点菜，昨日却未能赴宴，惹得她很伤心，今天非要我把菜都带回来不可，不忍拂她的意，遂满载而归。

午间到科学出版社招待所访钱伯城，赠我《唐诗纪事》《全唐文纪事》各一部。

下午数字、开草目。

晚间往医院值班。

九月八日　星期六

夜雨，晨起不止。

八点半按照与吴彬、陆灏的事先约定赶到北京站前，刚刚站下，陆便到了，只是这位吴彬，左等不来，右等不来，一直等到九点四十五分，仍不见踪影，而早上原是通过电话的，说按计划行动（到北大冯友兰处取稿），真想不出出了什么故障。

下午到政协礼堂参加《中国科学技术史》一至三册发布会，因自钱伯城处得到消息，故未持请柬，先是不赠书，后终于得获第二卷。

到三味书屋转一圈。

九月九日　星期日

上午到医院值班。

午间往编辑部。

《金明馆丛稿二编》：

凡著中国古代哲学史者，其对于古人之学说，应具了解之同情，方可下笔。盖古人著书立说，皆有所为而发，故其所处之环境，所受之背景，非完全明了，则其学说不易评论，而古代哲学家去今数千年，其时代之真相，极难推知。吾人今日可依据之材料，仅为当时所遗存最小之一部，欲藉此残余断片，以窥测其全部结构，必须备艺术家欣赏古代绘画雕刻之眼光及精神，然后古人立说之用意与对象，始可以真了解。所谓真了解者，必神游冥想，与立说之古人，处于同一境界，而对于其持论所以不得不如是之苦心孤诣，表一种之同情，始能批评其学说之是非得失，而无隔阂肤廓之论（页二四七）。

九月十日　星期一

往丁聪家送草目。

到冯亦代家取稿。

归途访周国平，看到他那天生患了癌症的小女儿周一灵，已经四个多月了，长得很漂亮，很可爱，眼睛大而亮，但左眼的癌细胞扩散，已失明，现在父母两人只是在眼睁睁看着她走完短暂的生命历程，他们把全部时间和精力都献给她。周国平抱着她，一声声呼唤着："我们的妞妞啊，我们的妞妞啊。"作为局外人，对此很难讲什么，安慰之辞当然也是多余，看了孩子的几本相册（几乎每日一张），又简单问了问情况，便告辞了。

晚间到医院值班。

九月十一日　星期二

午后往施康强处会韩沪麟。

又往中华书局访卢仁龙。

九月十二日　星期三

往丁聪处取版式。

午后吴彬来家（因腰伤，洗热水澡）。

九月十三日　星期四

往编辑部，做发稿准备。

连卫本周六将赴英学习九个月，先为他饯行，他买了一个奶油蛋糕，我们买了葡萄、香蕉、月饼之类。

晨起雨，午前止，傍晚又雨。

九月十四日　星期五

往编辑部。

往琉璃厂及王府井书店。

九月十五日　星期六

往编辑部。

发稿。

午间薛正强来，请编辑部三人在花园酒家午饭，四菜一煲：清蒸鲩鱼、豉椒牛肉、手撕盐焗鸡、梅菜扣肉，计八十八元。席间所谈为郑州三联分店与《读书》之合作。

往社科书店访何非，了解图书销售情况。

九月十六日　星期日

将《自立晚报》稿成，寄出。

九月十七日　星期一

往编辑部。

理发、照相。

九月十八日　星期二

往编辑部。

又往社科书店，将所借之《园林与中国文化》送还何非。

《章太炎全集》五《菿汉闲话》：

东原云："大国手门下，不能出大国手，二国手三国手门下，反能出大国手。"盖前者倚师以为墙壁，后者勤于自求故也（页一〇七）。

策锋出而平文衰，四六兴而俪辞坏，方姚以来，平文渐起，俪辞尚多庞杂。汪容甫出，若欲上规晋宋，单复并施，然观晋人文字，任意卷舒，不加雕饰，真如飘风涌泉，绝非人力，萧《选》以沉思翰藻为主，故所弃反多尔。容甫刻意铸词，转近方幅，于萧《选》所录者尚多惭色，况其未录者也？

午间张奇慧来。

九月十九日　星期三

昨日晚间作“书目索引”时，发现刚刚发稿的“新书录”写了一则已有书评的介绍，于是一早赶往编辑部找郝德华，不见；又往朝内，仍不遇，推想是从家中直接去工厂了，于是又追到工厂，果然稿已送到，遂改过。归途过西单古籍书店。

九月廿日　星期四

往编辑部。

三个人与老沈和小郝一起商议组稿、广告、服务日，明年的印刷等问题。

午间与吴、郝在张自忠路路口一家“铁板烧大菜”的小馆吃饭，计有滑熘肉片、炒腰花、铁板鸡片、砂锅豆腐，共二十八块，吃得很舒服。

午后与吴一起访范用，请他设计明年的封面。

九月廿一日　星期五

往编辑部。

往灯市口中国书店。

晚间给爷爷做生日。

九月廿二日　星期六

往编辑部。

下午放假半日，亚运开幕之故也。

九月廿三日　星期日

读书一日。

九月廿四日　星期一

往编辑部。

往文物出版社取《中国古代书画图》三册。

读《回忆吴宓先生》，读时心为之痛，读罢，痛更难消。

《序》（季羡林）：

雨僧先生是一个奇特的人，身上也有不少的矛盾，他古貌古心，同其他教授不一样，所以奇特。他言行一致，表里如一，同其他教授不一样，所以奇特。别人写白话文，写新诗；他偏写古文，写旧诗，所以奇特。他反对白话文，但又十分推崇用白话写成的《红楼梦》，所以矛盾。他看似严肃、古板，但又颇有一些恋爱的浪漫史，所以矛盾。他能同青年学生来往，但又凛然、俨然，所以矛盾。

刘炳善文：

戴（镏龄）先生也说："吴宓先生外表是古典的，内心是浪漫的。"我甚至觉得凡是既受过中国古典文化熏陶，又接受过西洋文化影响的老一代中国知识分子恐怕或多或少都具有这种特点，只是这"古典"与"浪漫"两个名词的含义自然应该是广义的而非狭义的（页一三四）。

李鲸石：

“我的一言一行都是遵照孔子、释迦牟尼、苏格拉底和耶稣基督的教导。”（页八四）

姚文青：

“余之离婚，只有道德之缺憾，而无情意之悲伤，此惟余自知之。彼当时诋余离婚，及事后劝余复合者，皆未知余者也。余尝言，道德乃真切之情志，恋爱亦人格之表现。余力主真诚，极恶虚伪，自能负责，不恤人言。且余敬上帝，笃信天命，对人间万事一切众生，皆存悲悯之心，况余亲爱之至友，如已殁之碧柳，及深爱之女子，如别嫁之海伦，岂有不婉解曲谅，而为之诚心祝福者哉！”（页四一）

朱英诞：

忏情诗（二十年春作）第二首小注云：“元微之此句‘沧海’非指人，乃指事，非谓世间最美之好，乃谓自己最深切之感情经历，俗人引用此句多误解其意。”（页一七八）

九月廿五日　星期二

往编辑部。

午间在中关村的祥云饭店宴请了八位《读书》的老作者：金克木、张中行、柳苏、王蒙、李文俊、宗璞、冯亦代、吴祖光。此间所备为老北京的家常菜：苦苦菜蘸黄酱、马齿苋、拌茄泥、小葱拌豆腐、火腿末烧豆腐、醋熘白菜、炖肘子、炸藕盒、炸小虾、炸小鱼儿、炒猫耳朵豆角丝儿、鸡茸粥、柿子椒炒仔鸡、煮嫩玉米、煮白薯、蒸菜团子、野菜馅水饺。

老沈自称已与老板定交，关系很是不错，但这一顿收费却够狠：五百九十二块七！

席间与金克木先生道及《回忆吴宓》一书，他却摇首频频，一副不屑的神情，说，这都是某某在那里鼓捣的，瞎闹！细问，却又不说，问急了，乃反问我几个问题：为什么吴要离开联大？为什么后来不回清华？为什么在武大待不下去？为什么钱锺书不写文章？为什么赵萝蕤不写文章？这些我怎么知道？于是再问为什么，则又不说，最后才道："为什么？为什么？你的问题像个小孩子提的！就像我死了你不会去写纪念文章一样！"噫！

九月廿六日　星期三

晨雨。

往编辑部。

中午定在马尾沟的祥云乐园举办一个小型座谈会，原是要了车的，但早晨老沈来说，来了一位亚洲周刊的台湾小姐，要坐车与会，因此让我单独骑自行车去。

谈了点别的，皆不投机，又说我近来读书的倾向是求古，求僻。

午间拉了郝德华一起前往，找了一条街，也未找到这个祥云乐园，于是到新华厂取了校样，准备回去了。有点不死心，又在一个小商亭打听了一回，方在一处小小的街口找到这一隐蔽的所在，其时大家早已结束午餐（自助餐），残羹剩饭聊以果腹了。

与会者：赵一凡、黄梅、钱满素、陈平原、葛兆光、盛斌、樊纲、王逸舟。费三百余元。

九月廿七日　星期四

往编辑部。

午前到人教社访张中行先生，然后一起往杜南星先生家。因为怀柔之乡居附近将修路,遂迁至帽儿胡同女儿家中。

南星先生看上去似较前两年又老了许多,老两口住在大院中的一个小院,倒也还清静。

幸而张先生健谈,否则就要六只眼睛对视而无言了。谈碑帖,谈砚台,谈鉴赏,又说起金先生:“我觉得一个人肚子里有十分,说出八分就行了,像周二先生,读他的东西,就像是一个饱学之人,偶尔向外露了那么一点儿,可金先生正好相反,是肚子里有十分,却要说出十二分。”

不到一个小时,杜师母就拾掇好了饭菜:红烧鱼、摊黄菜、菠菜丸子汤和一盘火腿肠,一盘豆制品,张先生一人喝酒,大家吃饭。

九月廿八日　星期五

上午处理初校样。

午后去看望外婆,又往西四北八条丝绸厂招待所访卢仁龙。其新得弄璋之喜,几番邀我到那里去吃饭,这次又约了几个朋友,讲好周六中午聚一次,百般推辞不过,今日只好亲往解释。

归途顺访栗宪庭,不遇,却发现其所居倒是一个好所在,银锭桥西,面一片阔水,杨柳拂岸,风动残荷,飒然一派秋气。

九月廿九日　星期六

上午三联全体职工开大会，为三十年工龄的“老三联”颁奖，又欢送几位退休者，每人得获一袋食品：四个苹果、两个梨、两块月饼，花生、瓜子各一小袋。

九月卅日　星期日

上午往编辑部。

下午起放假。

为绿原的《我们走向海》草成一小文，寄《读书周报》。

十月一日　星期一

晚间周汝昌先生之女公子周伦苓送来周所赠《书法答问》一册。

十月三日　星期三　中秋

看望外婆。

傍晚与志仁一起往大华看张艺谋、巩俐主演的《古今大战秦俑情》，大上当。

十月四日　星期四

中秋忘了看月，凌晨起来，一进卫生间，迎面的窗外正是一轮又红又圆的大月亮，当然是中秋之月！

往编辑部。

午间郭小平来。

十月六日　星期六

往编辑部。

郭小平来，卢仁龙来。

午间往发行部发送《安祥集》。

十月七日　星期日

草成评《文学研究法》一篇。

为《陈子龙文集》《爱的浪花》草成两小文，寄《读书周报》。

十月八日　星期一

往编辑部。

十月九日　星期二

往编辑部。

往琉璃厂。

陆灏寄来《风尘知己》一文，读后引起不少联想，遂寻得手边有关著述，粗检一过。潘光旦《中国文献中同性恋举例》一文极耐寻味，恨不能起先生于地下而讨教。

十月十日　星期三

往编辑部。

过张中行先生处。

又往琉璃厂。

日间张先生尝嘱为其《负暄续话》写一介绍，前几日读过清样后，似无所感，今灯下读《清代梨园史料》，却忽焉有觉，因起而走笔，竟一气呵成，稿为《暄也有价》。

十月十一日　星期四

请志仁将稿并《负暄续话》清校送至人教社。

往编辑部。

十点钟，与吴彬一起往丁聪家送草目。午间往北大陈平原夫妇新居，贺乔迁之喜。陈掌灶，烹制四菜：淡菜炖排骨、炒蘑菇、鱼头白菜汤、煎鱼，味颇鲜美。

饭后小坐，然后往金克木先生家，先生很兴奋，叙其一月间如何写就七篇稿（六万字），意甚得。

又访张中行先生，不遇。

归途，在校园中与张先生遇，邀我们去喝纯正苏格兰威士忌，乃婉谢，又对《喧》稿极满意，颇以“才女”称之。

到家已是六点半钟，志仁往梅园赴宴，未归。小航听到自行车声，便高喊起来，奔下楼时，已是泪流满面，曰：已哭过几次，甚至电视都看不下，——才看了三分钟，就想哭，于是只好关上，饭也吃不下去，虽然是平日最喜欢吃的包子。

十月十二日　星期五

往编辑部。

做发稿准备。

十月十三日　星期六

往编辑部。

午间编辑部三人与郝德华一起在东德顺吃烤鸭，这里菜价很便宜，四个人共费四十余元（烤鸭一只二十四元）。

下午往丁聪家取版式，又到西直门将沈一接到西总布家中。

十月十四日　星期日

往编辑部，发稿（因吴彬和老沈明日往上海，故提前到今天）。

十月十五日　星期一

往编辑部。

又往王府井书店转一圈，所获不多。

十月十六日　星期二

往编辑部。

往绒线胡同书店。

到张中行先生处取书(王泗原先生所赠《楚辞校释》)。

老沈临行前嘱我为《中国时报》写一篇介绍给北京书店的文章。今读《毕加索和他的情人们》,忽焉有觉,伸纸写下,两千言顷刻草就,真是得来全不费功夫。

十月十七日　星期三

往编辑部。

吴方来、赵一凡来。

十月十八日　星期四

往编辑部。

将《周天集》三校样退出版部。

十月十九日　星期五

往编辑部。

各办公室皆清静少人,得独处之乐。

连日读《品花宝鉴》,以为此著颇不俗,然检得各家文学史:鲁迅、郑振铎、刘大杰,对之均无赏语,刘更贬之甚,未晓何故。

十月廿日　星期六

往编辑部。

午前吴方来,夏晓虹来。

吴方人多时,总口讷不善言的样子,若与之单独相对,却又谈锋甚健,常作推心置腹之言。

十月廿一日　星期日

忙了半日，为志仁做生日，一大盆沙拉，一盘子炸猪排，一家人风卷残云般消灭了，也算尽兴。

十月廿二日　星期一

晨起微雨，不一时即止，却仍阴了一日。

往编辑部。

吴方来。

午后往中华书局访卢仁龙，又一起往文化宫降价书市，只见人群熙攘，将每个书摊皆围个三层不透风，只远远张望一番，败兴而归。

十月廿三日　星期二

访梵澄先生。

先生自湘西归来后，即入院，滞五十五日，上周方回寓所。今日看来，气色仍不错，精神也健旺。

得其两帧照片，一摄于印度，一摄于此间。

说起吴伟业与钱谦益，他说，我很同情梅村，也能理解他，只将他作一大诗人看便了，倒不必去论仕清之类。

提到下周是他的寿诞之日，则曰：向不过生日，不过是离死更近罢了，有什么值得庆贺。有多少人打听，至今秘而不宣，连最好的朋友也没有告诉。说到这里，想起什么，乃道："你比最好的朋友还要好了？"

午后往编辑部。

周国平来。

十月廿四日　星期三

三嫂将赴希腊，爷爷以午宴为之饯行。

昨日徐先生言道，《鲁迅研究月刊》载文《鲁迅重订〈徐霞客游记〉题跋》提到“独鹤与飞”句系化用老苏《后赤壁赋》，不对，此句乃出自《韩昌黎文集》，是言及柳宗元的一篇。顺便又说道，王荆公句“已无船舫独闻笛，远有楼台始见灯”，有易“已”为“近”者，文意不错，对仗更工，却韵味全无，再如“人事岂能无聚散，亦逢佳节且吹花”，有将“吹”作“看”者，失与前同。

十月廿五日　星期四

往编辑部。

往琉璃厂。

检《韩昌黎文集》，果于《柳州罗池庙碑》中得“春与猨吟兮秋鹤与飞”句。

十月廿六日　星期五

又往琉璃厂。

往绒线胡同书店，入门，恰与张锦遇，——他正住在后面的招待所。

李文委他的学生捎来一盒王一品斋飞云湖笔（三支装），附信道，系他一位学生的家长所赠，笔上又刻“中国浙江省总工会赠”，则此笔之所从来又不知凡几周折矣。

十月廿七日　星期六

往编辑部。

吴彬前日已自沪返归，今日相见，互道辛苦。

张锦来,与老沈商议封四广告事。

十月廿九日　星期一

往编辑部。

访梵澄先生。

先生素服王湘绮,今由《王闿运手批唐诗》又道及湘绮楼的许多轶事。他说,这部手批不是王的字迹,当由其学生所抄。王的手批本,他早年是读过的,且记得很熟,今日此本中不少调侃语被节去。

十月卅一日　星期三

往编辑部,处理初校样。

午后上海教育出版社张幼坤来,谈广告事。

十一月一日　星期四

接到外婆邻居的电话,说外婆病得很重,急忙赶去探望,是胸膜炎,已去过医院,拿了药,志仁还联系了车,结果也没用上。

十一月二日　星期五

往编辑部。

屈来信谈到伶人及同性恋道:“与伶人的同性恋,同一般的不同,有一层‘艺术视角’。伶人以‘出于污泥而不染’自居,交结者也以此视之,出了性淫的圈,升华为意淫了,切不可小视这一层‘艺术视角’,它造成了一个高层次文化上的‘审美心理距离’,已是重‘品性’,而不是重‘色相’了。这个审美距离的有无,是双方品性高低的文化尺度,谁不想被对方轻视,就必得保持它的‘适度感’,这是‘礼’在同性恋现象中的文化作用。男演女,本就是‘礼’在艺术上的折射结果，男女授受不亲，不能同台献艺，艺术本就有一个心理距离，加上‘礼’，这距离就不仅有艺术价值，而且有伦理艺术的价值。艺术心理距离与礼的适度距离相渗透、作用，七拐八拐，就形成了《品花宝鉴》中意淫的同性恋。总之，它与一般同性恋决不相同，具有东方文化特色。

十一月三日　星期六

往编辑部。

到月坛办事处为外婆领取副食补贴。

归途往琉璃厂。

十一月四日　星期日

检点书册，偶见柴德赓先生的《史学丛考》，读《章实斋与汪容甫》等三篇文章，忽焉有得，撰成一文。

晚间与志仁往大华看法意合拍的《末日可数》。

十一月五日　星期一

往建设者之家开《世界建筑》创刊十周年庆祝会。

十一月六日　星期二

往编辑部。

接绿原先生来信，其中写道：“余半生惯于寂寞，偶有兴涂鸦，均不过与回声对话而已。匆匆已是望七之年，万事更不复妄求矣，不意承君撰文揄扬，实不胜感激而又喜悦，同时亦难免一丝淡淡的哀愁。”读罢令人很伤感。

十一月七日　星期三

往编辑部，三人碰面。

午间薛正强做东，往朝内大街的粤蓉餐馆吃饭，贾、郝加我，四个人费三十二元。计有豆腐花生猪手煲，麻辣肚丝，蚝油牛肉，肉丝豆腐，及一碗酸辣汤。

吴彬往十条赴范用宴（请赵家璧与冯亦代）。

十一月八日　星期四

立冬，寒流至，朔风初起。

往编辑部。

陆灏请其友郑海瑶捎来一盒西点，到驻京办事处取回。

往卢仁龙处取书。

午间杨成凯来。

十一月九日　星期五

往编辑部。

往人教社取稿。

往中华书局还《丛帖目》。

读《柳如是别传》。

十一月十日　星期六

在朝内三楼会议室召开座谈会，议题是：一九九一年，我读什么书？出席者：傅璇琮、叶秀山、汪晖、周彦、李文俊、樊纲、王逸舟、郭小平。叶秀山本是从不参加任何活动的，这次特地给他写了一封措辞恳切的信，终于来了，他说：看到这样的信，不由我不来。但没有留下午饭。

午间齐往咸亨酒店。计有炸鸡腿、雪里蕻炒肉片、绍兴豆腐、红烧笋条、鳝鱼糊、炸虾球、糖醋鱼、清炖整鸡、炒肉丝、清炖鱼丸。只吃了眼前的几个菜,远处的不好意思站起来拈取。费赀二百五十元。

为张中行先生海外的一位亲戚缮写波罗蜜多心经。

十一月十二日　星期一

陈寅恪《元白诗笺征稿》:

页一四五:盖古文运动之初起,由于萧颖士李华独狐及之倡导与梁肃之发扬。此诸公者,皆身经天宝之乱离,而流寓于南土,其发思古之情,怀拨乱之旨,乃安史变叛刺激之反应也。唐代当时之人既视安史之变叛,为戎狄之乱华,不仅同于地方藩镇之抗拒中央政府,宜乎尊王必先攘夷之理论,成为古文运动之一要点矣。昌黎于此认识最确,故主张一贯。其他古文运动之健者,若元白二公,则于不自觉之中,间接直接受此潮流之震荡,而具有潜伏意识,遂藏于心者发于言耳。

《金明馆丛稿初编》:论韩愈。

页二九四:退之之古文乃用先秦、两汉之文体,改作唐代当时民间流行之小说,欲藉之一扫腐化僵化不适用于人生之骈体文,作此尝试而能成功者,故名虽复古,实则通今,在当时为最便宣传,甚合实际之文体也。

晚八点四十分乘253次火车往沈阳。

十一月十三日　星期二

火车晚点一小时零十分,将近十点才到达沈阳。

七问八问,步行一小时,才找到辽宁教育出版社,张锦已等在那里,说刚从车站回来,没有找到我。

找到总编室主任老于和副主编俞晓群,不一时即起草了合同,交打字员打印,约定下午再会。

午间由张锦和综合编辑室的谭坚做东(社里出钱),在附近一家冷食厅吃西餐,计有沙拉(两份)、鸡排、猪排(各两份)、罐焖鸡、罐焖牛肉(各一份),费七十元,味道不错。

饭后回到出版社,俞晓群送了几册书,然后签了合同。

张锦带我到春风文艺出版社,介绍认识了邓荫柯。

然后一起到北方宾馆办好住宿手续(四人间,十一块五),聊了两个小时,别去。

对沈阳的了解,只限于从车站到出版大厦这一路,但已感觉到又脏又乱,头发根和鼻孔中的灰尘都是黑色的。

十一月十四日　星期三

早晨八点半钟,张锦来,一起往故宫。

乘10路无轨,到达时刚刚开放,售票处竟还排起几十人的长队,票价四元。

规模较京城的故宫自是小得多,但形制相近,只是大政殿、八王亭一路,有满蒙风格杂糅其间,且行且止,一圈转下来,也用了将近两小时。

午间往中街的老边饺子馆,先在楼下要了一份肉炒蒜苗,一份西红柿炒鸡蛋,八两水饺,以为这便是老边饺子了,但只是肉和韭菜而已(名为三鲜馅),实在吃不出任何特色。饭罢起身,方看到另一块招牌:楼上老边饺子,以此恍然,却已是不可再进食了,于是买了半斤(四块一),装袋,带走,尝了一个,似也未见强出多少，只是由煮易蒸，滋味稍微保存了一些。

继往北陵公园。园很大，但此时已是一派萧索，黄叶遍地，松柏森森，有水无船，游人几希。有几个摄影点，挂着北洋军阀、美军和国民党三合一的军服，供人摄影租用。

又到教育社，取到合同与封四文稿。

在北方宾馆对面的联营公司稍稍一转，甚无趣，遂归。

晚间张锦又来聊两小时。

十一月十五日　星期四

清晨乘车往桃仙机场，七点钟到达。

机场建筑挺现代化，内部装修得明晃晃、光闪闪。

办登机手续，又经过两道安全检查，八点十分上飞机，二十分起飞。

五年前往乌鲁木齐时乘过一次飞机，但印象已不深，此番又好像第一次坐，觉得好玩极了，忽悠一下便腾空而起，简直像神话一样，快乐得差一点笑出声来。受气流影响而引起的颠簸，也给人异常舒服的感觉，要是能翻个跟头就更好了。坐在里面，几乎感觉不到行进，可一个小时之后，就听到广播说马上要到首都机场了，遗憾太短了。

从机场到家，花了同沈阳到北京一样长的时间，飞机这玩意儿真是太奇妙了。

洗个澡，吃罢饭，下午往编辑部。

十一月十六日　星期五

往编辑部。

一日忙做发稿准备。

十一月十七日　星期六

往编辑部,发稿。

在冷屋子里一个人忙了半日,总算基本就绪。

吴彬十点钟来。

午间与老沈、吴彬一起往健力宝吃茶点,说是慰劳我(往沈阳一趟赚得一万五千元广告费),故吴彬特地挑了我喜欢的地方。点心价格又有所升,三人花五十八元。

饭后回到编辑部,粘贴第一期的封面,好费事!

回家后整理书柜。

十一月十九日　星期一

往编辑部。

往琉璃厂古旧书部,购得《散原精舍诗集》(上、下)、《越缦堂诗话》(上、下)、《湘绮楼笺启》(四册)、《蝇尘酬唱集》(上、下)、《顾云美卜居集手迹》。

小航北戴河归来身体渐壮,但近日又不好了,已咳嗽了几天,今往协和医院,诊为支气管炎,开了六针青霉素。

夜起大风。

十一月廿日　星期二

往编辑部。

又往琉璃厂,购得《五十名家书札》。

十一月廿一日　星期三

往编辑部。

梁治平、吴方、蒋元伦、林建法、陈平原来。

下午方鸣来，为其主持的《中国出版》改版第一期约稿，讲定一周、至迟十天之内交稿。

十一月廿二日　星期四

再带小航往协和医院，又开了四天的针。

下午到学校交假条，霍老师告诉我：你们的小航航可有意思了，有一天班里唱《世上只有妈妈好》，航航说：爸爸就不好吗？没有爸爸的精子，哪能有儿子？还在办公室里对老师们说：我什么都知道，我还知道爱情呢，可你们是女老师，不能和你们说，又说：我们都是从阴道里出来的！霍老师的意思是，小航是个天真的孩子，看的书比别的孩子多，也就多知道了一些事情，不过还是以少让他知道些为好。

一路上，笑了好半天。

往琉璃厂，购得《湘绮楼全集》《巢经巢集》《钱南园文集》《广雅堂诗集》《广陵诗事》。

十一月廿四日　星期六

往编辑部。

午间约请几位作者在健力宝小聚，贾、沈之外，到者：刘承军、章国锋、施康强、韦遨宇、张宇燕、邵鹏。所费一百九十八元。

夜将方鸣所约之稿成篇。

十一月廿五日　星期日

《清诗纪事》二十二卷，庞然之部，竟连一份索引也无，寻检殊难，拟自制一作者及诗集索引。

十一月廿六日　星期一

往编辑部。

琉璃厂，购得孙退谷《庚子销夏录》。

午后带小航往协和医院。

十一月廿七日　星期二

往编辑部。

往访张中行先生。

惠精制善琏湖笔一枝，并告我此系董纯才所赠，遂问：董纯才何许人？答曰：你不知道？原教育部副部长啊。又以新著《负暄续话》相赠，卷首题道：琐话脱稿时曾有句云阿谁会得西来意烛冷香销掩泪时数年之交深知丽雅兄必会得西来意故敢奉此续话请正。

十一月廿八日　星期三

往编辑部。

初校样到，准备补白。

十一月廿九日　星期四

往编辑部，处理初校样。

访栗宪庭，这是多次通信后第一次见面。

傍晚落雨。

十一月卅日　星期五

夜间起风。

作《清诗纪事》索引。

十二月一日　星期六

风不止。

往编辑部。

午后张锦来。

十二月二日　星期日

为方鸣所写之稿，为其所不取，昨乃将之与沈阅，提了几点意见，以为很有道理，今日动手修改。

改定。

十二月三日　星期一

往编辑部。

访梵澄先生。

问及前番信中提及的“爱娃”为何许人，答曰：对门的一个小姑娘。并说，我是看着她长大的。小时常抱来放在桌子上，有时放在膝上，常常尿湿了我的衣裳。现在已经七岁，上学了。她爸爸妈妈都上班，小姑娘下午三点钟放学，家里没人，就到我这里来玩，可有意思了。记得小时候，大概一岁左右吧，还不会说话，穿了姐姐穿破的一双鞋来找我，指着鞋前面的一个洞，“嗯、嗯”地向我告状。没有办法，我亲自跑到百货商店去给她买了一双。

问起请他给陆灏写字的事是否应允，他先笑了起来，拿起桌上的一张纸让我念：

易久

裘龄

石以钺

陆灏

尚武

石恬中

靳道峨

孟嘉理

易桐

王导

董丹

石光动

田新

贺愚

我念了一遍，不解其意。于是要我再念，仍不明白。还要我念，这次方读出一句：一九九〇。于是接了下去：十一月六号上午十点钟请到我们家里，一同往到东单吃广东点心和鱼。

老先生也够诙谐！

他笑道："是看了信中的'陆灏'二字突然想起来的。"又告诉我，写字当然可以，可我现在没有笔，又没有墨，怎么办？于是赶快答应帮他去买。

说起最近又有三位老先生仙去：冯友兰、俞平伯、唐圭璋，道：若作盖棺论定的话，俞要高于冯。但又补充道：对冯也是能够理解的。

冯早年与贺麟都在西洋哲学名著翻译会做事，那是国民党出资办的。贺晚年入党了。我问:您为什么不入党呢?答曰:“贺不甘寂寞,而我,甘于寂寞。”“一九三九年,从德国回来,到重庆,当时国民党办了一个干训团,我的一个好朋友蒋廷黻对我说:这个干训团一期只有两个月,你去参加一下,出来之后,我保证可以让你干个图书馆馆长。我说:即使只有一个月,出来后你能用金子为我打造一所房子,我也不想去。”“蒋还是不错的,挺够朋友。后来我去印度,他也是帮了忙的。后来他去台湾,办起了故宫博物院。”

谈到蒋介石当年曾想见陈散原。陈时在庐山,乃对来人说:“蒋介石是什么人?”先生说:陈散原怎么会看得起蒋介石呢。我说:他不是也看不起袁世凯吗? 先生称是。

由此提到蒋当年还想结识的一个人,是马一浮。先生说,马一浮的学问好,字写得好,诗也好。当年与一女子定亲,但未及迎娶,便逝去了。于是马终身不娶。当日生活很困窘,老丈人时或遣人送些钱款周济,马皆婉谢,即使悄悄放在抽屉里,一旦发现,立即退回。马也是看不起蒋的,但蒋对他还算仗义,四几年逃难时,交通乱成一团,蒋特地派了一艘专轮将马一路送回。

又说当年到德国留学,家中有两种意见:二哥和父亲支持;大哥和母亲反对。最后当然还是去了。只是后来举家逃难到上海,大哥说什么也不同意再寄钱(当时家中的经济是由他掌握的)。而在德国本来有可能争取到一笔奖学金,但驻德公使注意到他与鲁迅通信往来密切,又在德国参加过几次什么会议(是左派学生主办的),于是被目为左派学生,终是未予通过。

十二月四日　星期二

往编辑部。

午间何光沪夫妇到家来。

十二月五日　星期三

往编辑部。

午间周国平来家送稿。

十二月六日　星期四

往编辑部。

琉璃厂逛一回，购得《南唐纪事诗》《大云山房集》《安雅堂诗集》。

午间赵一凡到家送稿来。

十二月七日　星期五

往编辑部。

午后往王府井书店。

十二月八日　星期六

往编辑部。

吴彬自湘西归来。

午间与沈、贾、吴，并郝德华、赵一凡同往东四白头山朝鲜烧烤吃饭，共费九十一元，经理又“优惠”一下，实收八十余元。

《五十奥义书·摩诃那罗衍拿奥义书》：

有如是知者，其为祭祀也，其自我，即主祀者也；信，其妇也；其躯体，燔薪也；其胸，祭坛也；其肤毛，吉祥草也；其发髻，祭坛之帚也；其薪，坛外之柱也；其欲，酥油也；其思慕，牺牲也；

其苦行,火也;其自制,宰夫也。……修敬也;其语言,赞诵祭司也;其气息,高唱祭司也;其眼,执事祭司也;其意,督祭司也;其耳,燃火祭司也(页三四六——三四七,删节号部分,是译者略去未译的)。

午后清华大学建筑系四位博士生、硕士生来访。

十二月十日　星期一

夜落微雪,晨起风,气温下降。

往编辑部,开出草目。

小航又患咳嗽,与志仁一起带他往协和医院看病。

十二月十一日　星期二

往丁聪家送草目,到冯亦代家取稿。

十二月十三日　星期四

往编辑部。

夏晓虹来。

十二月十四日　星期五

在中国书店与丁聪会面,拿到版式。

十二月十五日　星期六

在编辑部苦干一天:并三校样,做发稿准备。

十二月十七日　星期一

往编辑部,发稿。

十二月十八日　星期二

往社科院,走访数人。

往编辑部。

十二月十九日　星期三

往丁聪家送书、送稿费，书为《日本现代书籍设计》精装一册（九十八元），是作为生日礼物，由编辑部赠送的。

在绒线胡同书店转一圈，无所获。

往张中行先生处取稿。

昨日午间卢仁龙送来一部《故宫书画集》，借我一读。

十二月廿日　星期四

往梵澄先生处。

记起金克木先生几年前说过的话，因问先生当年返国之时，是否也有去台湾的打算，答曰没有，因对国民党未存什么好印象。"至今还欠我半年薪水没发呢"，——那是到了印度之后。相比之下，觉得共产党要比国民党好，大陆也远比台湾稳定。

目前正在写王阳明学述，原是应《哲学研究》之约写一篇文章的，但摊子铺开来，就越作越长了。见桌上有一部二十五史合编，诧其能读如此细字，先生道，只因加意保护，所以至今视力很好（平生绝少看电影，电视根本不看）。

午后往琉璃厂。

十二月廿一日　星期五

一日大风。

杜门读书。

十二月廿二日　星期六

冬至，风仍不止。

往编辑部。

到会计处领支票，由吴彬往三宝乐预订蛋糕。

十二月廿三日　星期日

读书一日。

十二月廿四日　星期一

往编辑部。

到春明食品店与吴彬会面，采买明日服务日所需食品。

下午往琉璃厂。

十二月廿五日　星期二

大风降温，原以为不会有多少人赴会了，谁知来者踊跃，可称济济一堂。

租语委会一楼礼堂，价一百元。订三宝乐巧克力奶油蛋糕十盒，价三百四十元。昨日采买各色小食品，一百三十余元。今日来宾约有六七十人。这一次服务日办得可算经济实惠。

老沈即席作简短讲话后，即往朝阳区法院（为某某与企鹅书店联营一案）。

九点开始进人，一点半始散。

十二月廿六日　星期三

往编辑部。

阅《歌德与中国》三校样。

午后往琉璃厂。

十二月廿七日　星期四

读《古语文例释》与《楚辞校释》，大有获。

这里所解决的，远不是纠正了几个错误，甚至是以讹传讹沿袭已久的错误，最重要的是以其严谨的学风、科学的方法矫正了时弊。训诂必须走王先生的路子，——沉潜到远古，置身心于当日社会的语言环境，推究考索字义的原来，而今人所犯的大病则是以现代意识去推想古人，考查字义源始，却不从造字方法入手，以成大误。钱著《管锥编》号称在训诂方面令人开窍，但以王著却可为之正误，至少是做出一些重要的补充。

十二月廿八日　星期五

往编辑部，处理部分稿件。仍读王著。

十二月廿九日　星期六

访梵澄先生，得获他为陆灏写的一幅字（录《书谱》一节），送去为他买的书。

往编辑部，今日是三联社庆，上午开会，中午集体往咸亨酒店聚餐，此刻人已大部散去。

十二月卅日　星期日

清晨到车站接妈妈。

午间三联各部门聚餐，倪乐与仇辉加入《读书》，一行五人往新开业的天府酒家。服务甚佳，菜也便宜，计有甜咸烧白各一、三鲜锅巴、砂锅鱼头、麻婆豆腐、炒腰花六款，共五十一元。

下午卢仁龙来。

十二月卅一日　星期一

往编辑部。

又往灯市口古籍书店。

明日起公共交通全面调价。

一九九一年

一月一日　星期二

处理初校样(准备补白)。

一月三日　星期四

往编辑部,处理初校样。

午间申慧辉到家来改稿。

一月四日　星期五

到新华厂送封二、三版。

往绒线胡同转一遭,无所获。

连日所读皆为训诂之著。

一月八日　星期二

往编辑部,数字,列草目。

一月九日　星期三

往编辑部。

午后与吴彬一起去看望冯亦代先生。夫人两日前因脑溢血去世,对先生打击极大,每日里睹物思人,泪流不止。是去问慰,心里却是很怕见到这伤心场面。幸好到达时冯先生刚刚睡去,与两个女儿谈了几句,便告辞了。

又往王泗原先生家。先生正坐在沙发上假寐,被叩门声惊起。谈未几,而一见如故。别时道:“若先生愿意的话,我会常来拜访的。”答曰:“岂止愿意!”相送至门外。

王先生看去像有八十开外了,几十年前死去老伴,至今鳏居,生活中的一应事物,皆是自己料理。腿脚似有疾患,行路时一跛一跛,但身体还好。他说:我室内室外穿着不变,也从不感冒。还酷爱京剧，看戏又必要坐第一排，往往为此而不辞辛苦排队购票。

此番一席谈，话题主要是围绕《古语文例释》和《楚辞校释》。

一月十日　星期四

往编辑部，处理二校样。

一月十一日　星期五

到丁聪家送草目，又委我将冯亦代夫人的画像送至冯处。

再访王先生，与我谈起看戏的经历。他说，有一位叫作李翔的旦角，唱功做功都极好。演《失子惊疯》一场，尤见眼神和腰腿的功夫（曾得过尚小云的亲授），却一直受压，票价始终提不上去。先生每为此不平，故只要上演李翔的戏，他必是场场去看（当然是坐第一排）。但李翔终于是被迫转业了，——久不见其出演，多方打听，才得知。还有一位李冬梅，也是同样的情况。

说起《例释》，先生说：古语文（汉以前）无不合乎语法，原因是当时文白不分，故做文章也就是说话，在表达上必得合乎当时当地的语言习惯。文白分家之后，秉笔为文者欲摹古人的作文法，而又未能细揣文法（本也无有成文的“语法”），故不免常有欠通之处。

将谈《楚辞校释》与《玫瑰与阴影》两稿完成。

一月十二日　星期六

往编辑部。

程兆奇自上海来（此番赴京系参加《中国科学史大辞典》编写

讨论会，彼为该书责编），送我一册一九八九年版缩印本《辞海》。

郭小平来辞行，——不日将往美国（访问学者，半年期限）。

朱伟也来，与老沈、吴彬、郭小平聊作一处。程兆奇却是谦谦君子之态，未加入聊天之列，也许是不擅言辞吧。

一月十三日　星期日

陪妈妈一起去亚运村。

阅三校样。

一月十四日　星期一

往丁聪处取版式（骑车）。

午后往编辑部，做发稿准备。

一月十五日　星期二

往编辑部，发稿。

午间冯统一来，编辑部三人并郝德华，五人同往朝阳川菜馆午饭。

往人教社访张中行先生，不遇。

一月十六日　星期三

午后往张先生处取书（送给沈、范、劳、吴、贾的《续话》）。

往编辑部。

一月十八日　星期五

往编辑部。

评《品花宝鉴》写成。

一月十九日　星期六

往编辑部。

午间在马凯餐厅订一席为丁聪做寿，与宴者：张中行、范用、黄宗江、郝德华、编辑部三人、丁聪夫妇。菜颇丰：软炸里脊、虾仁锅巴、鳝糊丝、烧海参、鱿鱼卷、干烧黄鱼、东安子鸡、全家福，一配料齐全的什锦火锅，并十八个寿桃(费二百九十一元)。

只对虾仁锅巴感兴趣，其他菜几未着箸，席间即已觉头痛。

一月廿日　星期日

读《诗书成词考释》。

一月廿一日　星期一

往编辑部。

往琉璃厂。

设计第四期封二、三。

一月廿二日　星期二

往社科院。

往编辑部，准备第四期稿件。

一月廿三日　星期三

读《焦氏易林注》。

往编辑部(与小航一起)。

一月廿四日　星期四

往编辑部。

读《中国古典戏曲序跋汇编》。

一月廿五日　星期五

往编辑部。

贵州人民出版社黄、许二位来访，洽谈广告事宜。

一月廿六日　星期六

携小航同往编辑部。

一月廿八日　星期一

往编辑部。

往丁聪家送草目。

晚看电视《柳荫记》(叶少兰、许嘉宝主演),直哭得柔肠寸断,泪湿衣衫。生平最看不得二楼(《红楼梦》《楼台会》),无论小说还是戏,总禁不住伤心。亦甚可怪,自家事不去悲伤,反为千古恨人掬一捧泪。

一月廿九日　星期二

往编辑部,处理初校样。

一月卅日　星期三

往编辑部,将校样未完成部分理好,交郝德华退厂。

一月卅一日　星期四

往丁聪家取版式。

评《论书绝句》稿成。

二月一日　星期五

往编辑部,做发稿准备。

往社科院访叶秀山,取《精神现象学》。

小航看世界名著连环画《悲惨世界》之部,泪下不止。想起当年自己读这部小说,正是此般情景。

二月二日　星期六

往编辑部,发稿。

午间吴、贾、沈、郝、倪往新开张的泰兴楼吃饭。

小航将《悲惨世界》又看一遍，又哭了一场。

二月三日　星期日

读《顾千里研究》。

二月四日　星期一

往编辑部。

到万寿宾馆取回爸爸带来的香菇、茶叶和洁洁的喜糖。

往工厂取二校样。

二月五日　星期二

往编辑部。

请妈妈在健力宝吃早茶。

二月六日　星期三

读书竟日（黄裳的几本著述）。

《翠墨集》。《拙政园诗余跋》中引陈之遴的一段序文："……后庭广数十步，中作小亭，亭前合欢树一株，青翠扶苏，叶叶相对，夜则交敛，侵晨乃舒，夏月吐花如朱丝……"此适为吾庐写照。窗前一株椿树，春来每与庭中迎春同时抽芽。又一株柿树，虽不是婆娑其姿，但深秋时节累累柿果亦足破衰飒之景。前尝欲自号椿柿楼主，后乃思易椿为橎。此所在非是不易之居，焉知何时即将易主？当以此志之。

二月七日　星期四

上午往访徐先生。

坚持预付《读书》一年之款，决不接受赠刊。说，国内这种现象很不好，国外就绝无这种做法。

说起赵之谦，曰有一次几位文士聚在一起品评正德年间的鼻烟（鼻烟以陈为优，此为出土旧物，自是陈之又陈），赵品为“中无所有，唯以老见尊者也”。亦是一谑，律以某人，更恰。又道：目今乃是一个混沌局面，既非中，亦非西，旧已失，新又不立，正不知何谓也。

午后给外婆送去牛肉。

又往琉璃厂。

二月八日　星期五

读书半日。

午后往编辑部，清理书柜。

二月九日　星期六

往编辑部，阅三校样。

二月十日　星期日

读书竟日。

二月十一日　星期一

往编辑部（携小航同往）。

午间卢仁龙来，小坐之后，一同往访徐先生。告辞之际，先生不容推阻，硬塞入书包中两包饼干。

二月十二日　星期二

雨茹与张京鸣结婚，与志仁同赴婚筵。京鸣之弟铁鸣是大都饭店厨师，今特邀来两位师兄掌勺，故做出的菜是饭店水平的：计有凉拼四件、鱿鱼卷、山东烧海参、鱼香肉丝、炒子鸡、油烹大虾、松鼠黄鱼、香酥鸡块等数款，来宾约三四十位，开三桌。

到编辑部取回工厂改过的三校，核一回。

二月十三日　星期三

往编辑部。

又往琉璃厂，海王邨内已在张筵聚餐了。

午间编辑部摆下烧烤宴，与宴者：许永顺、李小坤、高文龙、仇辉、赵一凡父女、倪乐与庄朴，并吴、贾、郝、沈、张。本不欲参加，吴彬打了电话来，于是携小航同往，只吃了三小牙儿奶油蛋糕。

二月十四日　星期四

往编辑部。

为冯亦代先生送去书和信件。

看望李师傅。同往年一样，只有师母在家，不同的是多了一对孙孙，家中也变得凌乱不堪。

二月十五日　星期五 初一

清早起来看电视《龙凤呈祥》。

包饺子。

读《藏书纪事诗》。

晚间看电视：刘长瑜和叶少兰主演的《得意缘》，直到零点半钟。

二月十六日　星期六

读《中国古典戏曲序跋汇编》。

二月十七日　星期日

一家人去给外婆拜年。

看电视《四郎探母》，李慧芳前饰铁镜公主，后饰杨四郎，赵葆秀饰佘太君，张春孝饰杨宗保，刘长荣饰后铁镜公主。

二月十八日　星期一

与妈妈约好八点钟在中山公园门口碰面，公园门票已自今年元旦起提价至三角。

园内一片荒落冷清气象，天气阴沉，刮着风，更觉寒气袭人。妈妈说，选择了此时此地，一为怀旧，二为辞别。当年这是外婆每日必来的地方，并且最喜欢坐在白色的藤萝架下打毛衣，曾有一张留影，照得很美。来今雨轩的茶座，午间售卖的冬菜包子，皆是记忆中物。

如今藤萝架依旧，而人已亡去二十五个春秋，无墓无碑，连骨灰也未留下。来今雨轩的茶座已经平掉，大约要改造得“现代”一些吧。冬菜包子似不再经营，——门紧闭着，桌椅杂沓其间。

唐花坞内依然有花，这也是外婆常来常往之地。那时她手种不过是些寻常品种：秋海棠、绣球、云竹、一品红之类，坞内所植便是名贵之种了，可借此娱心娱目。今日所见亦是“传统”：鹤望兰、榆叶梅、水仙、佛手、龟背竹……草木无情，岁岁依然。

又往文化宫，同样不见游客。在海淀书法展览厅内匆匆观摩一回，便出来了。继往王府井美尼姆斯餐厅，买了一个椰丝面包，一个火腿面包，两份美尼姆斯汉堡包。

下周日即将别去，除感叹相逢无定日之外，更觉一天天老去，不知最后的岁月将如何打发。

二月十九日　星期二

往编辑部。

又往范老板家借书(《名家翰墨》),老先生兴冲冲地请我喝咖啡。

董秀玉新近送他一架日产磨咖啡器，因将咖啡豆拿出,放入,手摇研磨,粉末落入小抽匣内,取出,再倒进咖啡壶中煮。这一过程好不麻烦,老板则颇以为乐,并一再嘱我慢慢喝,细细品,直道:“好香啊好香!”惭愧惭愧!味觉器官不发达,实在品不出有何特别之处。

茶几旁的落地灯罩是老板亲手制作,——系用电影厂的胶片缝制而成,上蒙一层细花塑料布,天衣无缝。不经人道,决难察知,灯座是其公子自制。

往王府井书店逛一回,无获。

二月廿日　星期三

往编辑部。

初校样到,准备补白。

二月廿一日　星期四

往朝内,参加讨论评定职称的会。

午间杨成凯来。

下午陪小茹到友谊医院做手术(切除脚背囊肿)。

二月廿二日　星期五

郑逸梅《南社丛谈》:

易大厂(孺)尝谓:“平生得力之处,唯一宽字。旷达非宽,纵佚更非宽，放任非宽，聋聩尤非宽。宽者宜以学问养育之，以世事锻炼之，使之自然而成一宽而无所不宽之概，且非出于勉强矫揉，即圣人所谓心广体胖也。”

马小进（骏声）自撰一联，悬于室间：“善亦懒为何况恶，死犹多恨不如生。”

马叙伦（夷初）评赵子昂书：“除侧媚外无所有。”评董香光：“若大家婢女，鬓影钗光，亦是美人风度，然不堪与深闺少女并肩。”其挽夏穗卿联：“先生是郑渔仲一流，乃以贫而死乎；后世有扬子云复生，必能读其书矣。”

今大风降温（零下十二摄氏度到零下一摄氏度），为今冬最冷的一天（却是“雨水”过后三日）。

二月廿三日　星期六

往编辑部，处理初校样。

《南社丛谈》：

许指严（国英）订润鬻书，自谓：“兔毫秃尽身垂老，换得人间卖命钱。”

汪东（本名东宝）与黄季刚所居相近，游宴过从，乐数晨夕。一日，季刚忽对东说：“倘我一旦化去，你当怎样挽我？”东立集古人诗应之：“我意独怜才，平生风义兼师友；谁能长寿考，九重泉路尽交期。”

二月廿四日　星期日

与志仁一起将妈妈送上火车。此番来京历时近两月，度过两个节日，一切均感心满意足。只是常常感叹老之已至，未知下次再见当待何时。

二月廿五日　星期一

往编辑部。

原定陪小茹往医院复查，后其友黄陆川来，执意同行，遂由之。

二月廿六日　星期二

往编辑部。

又往张中行先生处送书。

朱伟来家取书。

二月廿七日　星期三

往编辑部。

往张先生处送书款。

黄裳《前尘梦影新录》题《庚辛之间亡友列传》云：实斋文甚佳，此数传尤具性情。诸友大抵在中州时旧识，多半名姓翳如，赖此仅存。其人皆文士，各有建树，而皆贫病以殁，遗稿飘零。乾嘉盛世，文人之遇如此，可为叹息。

适贱价得一部《章学城遗书》（文物出版社门市部所售），中收此传，确如黄言。

二月廿八日　星期四

往琉璃厂。

继往编辑部。

三月一日　星期五

往编辑部。

午间卢仁龙送书来(清人题跋丛刊两种)。

海湾战事今告结束。

三月二日　星期六

往编辑部。

春节后三人第一次齐集,午间往梅园吃西餐(回家接上小航),共费五十五元,杯盘净尽,满意而归。

往革命博物馆参加中国当代书法展,方知画界的"现代"风已侵入书界甚深了—— 一间展厅之中,有多一半是随意挥写之作,令人莫辨其字其意。

又往琉璃厂,与杨成凯、曲冠杰遇。

三月三日　星期日

纳兰咏夜合花云:阶前双夜合,枝叶敷华荣。疏密共晴雨,卷舒因晦明。影随筠箔乱,香杂水沉生。对此能消忿,旋移近小楹(《通志堂集》卷四)。

三月四日　星期一

往编辑部。

午后家居读书。

三月五日　星期二

到铁道部为外婆领取生活费。

午后将《立残阳外》写成。

三月六日　星期三

往编辑部。

到张中行处取书,——送给新凤霞和吴祖光的书,并皮纸两张。先生说，请“凤姐”为他画一幅寿桃，然后去请启功先生题字，将来万一吃不上饭，正可借此换钱，——当然是玩笑。

数字，列草目。

老沈昨日自夏威夷出访归来。

三月七日　星期四

午间吴彬来(北京站接叶芳，火车晚点)，遂以炒饭相款。

往社科院杨成凯处取书。

三月八日　星期五

一冬无雪，今日却飘起细雪。

往工人体育馆图书交易会，访裘剑平。

各地新书中，得我意者少。

午后将《甜美之果》写成。

三月九日　星期六

与志仁一起在明星看《李莲英》(姜文、刘晓庆主演)，姜的演技十分出色，恐怕目前难有人与之匹敌。

午后往编辑部。

三月十日　星期日

阅三校样。

三月十一日　星期一

往编辑部。

往发行为丁聪领蔡志忠漫画。

午后往丁聪家送草目。

三月十二日　星期二

往编辑部。

午间赵一凡送稿来。

午后杨璐过访。

三月十三日　星期三

往丁聪家取版式。

到张中行处取稿。

三月十四日　星期四

往编辑部。

老沈今晚往香山饭店参加各大出版社总编辑会,但尚有几篇稿子未经其审阅,于是将之送往家中,哈欠连天地匆匆阅过,就翻身倒在床上了。接过稿子急忙告辞回家。

午间杨成凯来。

往编辑部,做发稿准备。

三月十五日　星期五

夜来落雪。

往编辑部,做发稿准备。

办公室内奇冷,整个四楼只我一个人,更觉清冷异常。

吴方来,稍坐便去。

午后往中华书局访卢仁龙(还书)。

又往编辑部。

三月十六日　星期六

往编辑部,发稿。

独自忙到十点钟。五分钟之内，吴、贾，并郭宏安、赵一凡、樊纲，都来了。

午间齐往天府酒家一楼吃小吃，计有：麻辣肚丝、鸡丝、肉片、小笼牛肉、榨菜肉丝面、麻辣水饺、珍珠圆子等。

席间，一个外地人——衣服齐整，模样也还周正——走过来，带着哭腔说：丢了钱，只差三块八毛钱，回不了山西，反复央求着。六人面面相觑，不知如何应对方好。樊纲说："去找这里的大老板吧，他有钱。"那人只是不走，最后是郭宏安解囊，掏出四块钱给了他。他一手接过钱，又伸出另一只手，要与郭握手表示感谢，郭正在装钱包尚未回身之际，吴彬说："算了算了，你快走吧！"那人方转身匆匆离去。

大家纷纷议论说，这准是个骗子，不少人就是专门靠乞讨来发财的。赵一凡又讲起他在美国时曾将口袋里仅有的五美元饭钱掏出来舍给讨饭者。

到范用家去还书。

三月十七日　星期日

一家人到王府井采买物品。

读《中国妓女生活史》。

三月十八日　星期一

往编辑部。

到范用家借书(容庚的《丛帖目》)。

据人民和三联的"老"人们说，范用一贯是十分严肃、十分正经的，与下属们多一句话都没有，且每说话总是很严厉，但离休之后却逐渐变了。

到绒线胡同书店闲走一回，好书不多。

往编辑部。

午后，无缘无故地头疼起来。

三月十九日　星期二

往编辑部。

往社科院（还叶秀山《精神现象学》，退周国平稿）。

读《解忧集》，并草成《酒外人语》寄陆灏。

头疼不止。

三月廿日　星期三

睡起仍头痛。

勉强往编辑部。十点钟吴彬来，商议举办读书服务日事宜。

午间归家，倒头便睡。

小航回来，先哭起来，又打电话将志仁叫了回来。

吃下去痛片，晚间稍愈。

三月廿一日　星期四

往语委会找王志鹏，将租会场事说定。

往编辑部，拟就通知，送交唐思东，嘱为打印。

午间往语言所访杨成凯，与杨潞遇。

志仁飞赴深圳。

三月廿二日　星期五

往编辑部。

往朝内取打印好的通知，并发出部分。

三月廿三日　星期六

往地质学院访杨成凯，参观了他藏书中的精品。

又到清华访陈志华老师。此前他往台湾探亲，曾托购一部《台静农论文集》，此番归来，已将书买到，并在扉页上题了字，写明送与我。往访之时，适逢外出，夫人接待，说："这本书好贵哟，在国内也买不起的。"又道："陈老师总夸你好，虽然你只来过几次，坐的时间也很短；信也不多，也都是几句话，但他非常喜欢你。"大概言外之意是：你们交往并不深，但他却舍得将书送给你！而陈老师题词中却称我为"倾心的朋友"，可知交往的深与浅，并不在于往来密切与否，这也是一种君子之交吧。

到家已是一点钟，觉得很累很累，看来如今身体真的大不如前。以往骑车到清华，顶多费时一小时，今天一去一回就用了三个小时，还觉得精疲力竭。

草草吃过饭，又往编辑部。

三月廿四日　星期日

钱伯城先生来京开人大，住京西宾馆，电话邀约，午后往访。

将《风波不信菱枝弱》写竟。

三月廿五日　星期一

往编辑部。

往中华书局访卢仁龙。

将《中国古代建筑中的门》改定。

三月廿六日　星期二

往编辑部。

又往中华书局,恰与柴剑虹遇,将“门”稿交与。

纷纷扬扬,下了一天大雪。

三月廿七日　星期三

往编辑部,阅稿。

三月廿八日　星期四

一日大雪,搅得周天寒彻。

往社科院给杨成凯送去《中国科学技术史》第五卷。

到中华书局门市部,灯市口、东单中国书店。

黄昏时分志仁从广州飞回。

三月廿九日　星期五

晨起,但见一庭琼枝碎玉,又闻鸟雀呼晴,正是一派春日雪景。

往编辑部。

初校来,备补白稿。

三月卅日　星期六

往编辑部。

老沈自香山饭店学习归来,召见编辑部三人,传达会议精神。到会议结束之时,特地点名批评《读书》宣传唯心论。以是颇觉不安,遂于初样撤换稿件,补郑异凡的一篇谈列宁的新经济政策。又确定今后的文章可多谈些“风月”,“马列+风月”。

午间三人与郝德华同往重庆酒楼,一冷一拼,一糖醋锅巴,一火锅(一百零一元)。

饭后往春明采买服务日所需食品,然后送至语委会礼堂。

到朝内取书,再至语委会。

四月一日　星期一

往编辑部。

为校样忙到十一点多，才急急赶到语委会礼堂。人已将散，与陈四益、刘石初会，亦未及多谈，又匆匆赶往新华厂送校样。

四月二日　星期二

上午与吴彬同往二十一世纪饭店访金先生。

午间在美尼姆斯给贾宝兰做生日，一个生日蛋糕（二十二元），一份猪排，一份烤野味通脊，一份烤羊肉，两份沙拉，两份大虾面，一份通心粉（费一百一十六元）。三人很是尽兴。

继按事先约定，与朱伟在沙滩会，同访张先生。

往中华书局，取《清人题跋集》。

四月四日　星期四

往琉璃厂，购得芸叶庵五色批杜诗。

往编辑部。

四月五日　星期五

读《明代内阁制度史》。

按事先约定，与卢仁龙在京西宾馆门前会，同访钱先生。

四月六日　星期六

往编辑部。

吴方来。

读廖可斌《论台阁体》，并草成一文。

四月八日　星期一、四月九日　星期二

上午往编辑部，下午在家读书（有关明史种种）。

四月十日　星期三

上午往编辑部，与郝德华一起并二校样，弄到一半，宝宝进门了，遂松了一口气。

往中华访卢仁龙，不值。

在海关总署门前与郑在勇会。

四月十一日　星期四

细雨如酥。

往编辑部。

李乔来。初识是在五年前，彼时尚在光明日报出版社。此番见面，一时间，两人竟谁也认不得谁，继而，又同悟，一可笑事也。

李辉、朱伟来。

午间薛正强来，与沈、郝、吴同往丽雅餐馆午饭。餐厅女主人名史丽雅，而餐厅乃冠以其名也，川鲁风味。点三鲜锅巴、干煸牛肉丝、京酱肉丝、海米冬瓜、盐爆肚丝、香酥鸡腿、酸辣汤，薛做东。

列草目。

四月十二日　星期五

往编辑部。

到新华厂取样书，到丁聪家送草目。

四月十三日　星期六

往编辑部。

访梵澄先生。他正忙着阅《苏鲁支语录》的校样。谈起此著的翻译经过，说鲁迅先生办事极是爽快，而且非常负责。译稿是鲁迅推荐给郑振铎的，郑当时手中已有一部全部译好的稿子，却放过不用，接受了徐译。而那时，他才刚刚动笔，是译好一卷交出一卷。先生说：“这是鲁迅先生的面子吧。”当时他手边拮据，故提出预支稿费。鲁迅在给郑的信中婉转提及（大概是写了一句“他可是有条件呀”）。后郑还对徐说：“你原本可直接对我说啊！”

归途中，突生灵感，回家写就一篇访问记，寄陆灏。

四月十四日　星期日

一家三口往万安公墓为奶奶扫墓。

到丁聪家取版式。

午间在梅园吃饭，两份酸黄瓜，一份冷酸鱼，一份火腿沙拉，一份鸡肉沙拉，两份猪排，一份鸡排，一份罐焖鸡，一份拿破仑面条，两份吉林炸大虾（二十七元一份），四份汤，如风卷残云般一扫光，用小航的话说，是“吃得昏天黑地”。

四月十五日　星期一

往编辑部。

访赵萝蕤。自去年为她做生日，至今，已将近一年未见了，此间她曾到美国访问了三个月。

进门时，她正在读第三期赵一凡谈《围城》的文章。于是，便问起她是否读过《围城》。答曰：《围城》是早就看过的，但对书中所描写种种，并不熟悉。她说，我和钱是清华研究院时的同学（钱比她低一班），和他的夫人也挺熟，他们的婚礼是在杨绛家举行的。杨家有一个很大很大的院子，婚事在一文堂中举办（一文堂，得名由来大约是一文钱一文钱集资修建的）。当时只邀了些亲戚，我们夫妇却参加了，是很少的几位朋友中的一对。因恰好在南方的缘故，我和钱的生活圈子不同，他是有生活阅历的，而我却没有。以后的几十年，我们几乎再没有来往，形同路人。

想起陆灏曾提到，施蛰存对他讲，《围城》中唐晓芙的原型即是赵萝蕤，钱当年是追求过她的，不知确否。

萝蕤师又告诉我，她八岁才上学，但一连跳了好几级，最后从初一一下子跳到高二，——本来可以直接跳到高三的，但她的父亲不允许，说她太小了。但这一下却受了苦：数理化全不行。于是一年中抛开其他功课不念，专攻数学，才考了个六十分，总算及格。她上大学时才十六岁，是靠语言能力拔尖的。

四月十六日　星期二

钟叔河先生赠一册《知堂谈吃》，一气读毕，写就一则评介文字。

往琉璃厂、绒线胡同书店。

往编辑部，做发稿准备。

四月十七日　星期三

往编辑部，发稿。

午间三人并郝德华往越秀酒家进餐：清蒸鲩鱼、梅菜扣肉、烤乳猪等五款（一百零六元）。

小雨，黄昏起风。

四月十八日　星期四

春天到底来了，树绿了，花开了，又是一年。

往编辑部。

又往琉璃厂，与杨成凯遇，同访吴晓铃先生。

四月十九日　星期五

早八点从朝内出发，往盘山，这是三联组织的春游，云“加强凝聚力”，故要求人人前往。

十点半到达盘山脚下，开始登山。山多石少木，无可观，所存之古寺，尽成茶室，食品店里流行音乐大作，了无趣味。游人熙熙，俨然“盘山市集”。

上至李靖舞剑台而返。

四点发车往驻地。

此乃疗养院，一色仿古建筑，三进院落，有廊有阁，庭中花事正繁。

与吴、贾同宿一室。

晚餐冷、热菜皆丰，最后一道为小笼包、大米粥。

饭后舞会，众人纷纷上场，尽求“放松”，气氛颇融洽，不谙此道，对盛情邀约者，婉拒、强拒，而罢。

十点，觉头痛，遂返住室，和衣而卧。

不一时，老沈叩门而进，小坐，辞出。

十一点，吴、贾归，“对话夜语”，午夜方各自睡去。

四月廿日　星期六

八点早饭，九点出发往东陵。

头痛不止，勉强走了几处，——慈禧陵、慈安陵、定陵，然后回到集合地点，在裕陵旁的一家餐厅午饭。

向杨进索得两片去痛片，才稍稍好些，饭后遂往裕陵。

原定往蓟县独乐寺，因时间不够，遂罢。

六时半归家。志仁已自怀柔春游二日归来，小航午后由老师携游陶然亭，近八点钟才到家。

四月廿一日　星期日

往《文汇报》驻京办事处访范千红，取回陆灏托带之书（《禁书大观》《宋之问集》）。

四月廿二日　星期一

往编辑部。

又往琉璃厂书市。

四月廿三日　星期二

往编辑部。

读《宋宰辅编年录校补》，此著适可与《明代内阁制度史》同观。

四月廿四日　星期三

往编辑部。

读《张居正大传》《陈子龙和他的时代》，虽非热血男儿，却也忍不住攘臂奋袖，又或扼腕浩叹！

午后卢仁龙来。

四月廿五日　星期四

大风一日。

往编辑部。

午间与吴彬一起访张中行先生。然后往马凯餐厅，凌（恩岳）先生已候在那里。入二楼雅座，又有餐厅技师部郭师傅作陪,冷菜四款之外,有软炸肉、炒里脊、炒虾仁、鳝鱼丝、香菇油菜、炒腊肉、凤珠(鸡肉圆)汤。

郭师傅一九五六年进马凯,今年五十六岁,在此供职三十五年,算是元老了,肚中不少掌故,且谈锋颇健。从十二点,吃吃聊聊,一直到三点,兴犹未尽。

粮油自五月一日起调价,大街小巷的粮店从早到晚排起长队。

四月廿六日　星期五

往编辑部。

读《明史》之部。

四月廿七日　星期六

往琉璃厂,与杨成凯、阎征遇。

大量贱价抛售丛书集成零册,购书者蜂拥而至。

午后往中纪委招待所访吴星飞。他是杨丽华的中学同学,原任扬州市文化局长,现调江苏文艺出版社任社长。前年来北京,曾与杨叙旧。

四月廿八日　星期日

往编辑部,准备第七期稿件。

四月廿九日　星期一

往编辑部,仍准备第七期稿件。

傍晚归家,又患头痛,六点钟便睡下了。

四月卅日　星期二

一日大风,天色昏黄。

上午谢遐龄来访，谈未尽兴，午后又来。午间为友人所款待，喝了一杯啤酒，此刻便瞌睡不止，好一会儿才清醒过来。

晚间写就一则《诗人南星》，拟寄陆灏。

五月一日　星期三

将酝酿数日的评《明代内阁制度史》一文写就。

五月二日　星期四

一大清早，一家三人同往颐和园划船。行至西苑路口，目睹一起车祸，——一辆小卧车撞倒一位骑车人，脑血汩汩下流。小航极受刺激，以至整个划船过程心头都罩上阴影，无法愉快起来。

划了两小时船，志仁与小航回家。我往国际关系学院招待所访杜南星先生，取《女杰书简》译稿。将近午刻，张中行夫妇也到，一起照了几张相。张提议将《书简》译稿送李赋宁先生处，请其为之作序，欣然赞同。

张留饭，婉辞，疾归。

五月三日　星期五

往编辑部，处理初校样。

将校样送往工厂，——郝德华姑母去世，其陪母奔丧未归。

归途去看望外婆。

又往绒线胡同书店。

五月四日　星期六

到协和医院看牙，拔去一颗坏掉一半的智齿。

往编辑部。

访赵萝蕤老师。她告诉我,四月二十七号北大为五位七十九岁的老教授做寿,用汽车把她接去,先是丰盛的茶点,继而丰盛的午宴(在留学生食堂,每人三十五元的标准)。“都是我爱吃的！有炒虾仁、炸大虾、香酥鸡……”最后每人一个大蛋糕。

谈起清华研究院的老同学田德望先生,她说,我特别喜欢的一个人就是他,喜欢他的为人,也喜欢他的译文。当年她读研究生的时候,田是本科生,他们同选了《神曲》这门课。而选学这门课的,只有他们两个人。教课的老师是英国人,使用的课本是英、意对照的。

五月五日　星期日

上午和志仁一起到大华看美国影片《危险之至》。

五月六日　星期一

乘火车往成都开会。

车越往南行,气温反倒越低,毛衣、棉毛裤都穿上了。

五月七日　星期二

火车晚点将近一小时,下车并未见到接站的人。于是找16路汽车站,准备先往张放家,却费了好大劲。又遇到一个陌生的小伙子,口称是河南黄河机械厂的,丢了路费,想打个长途电话向单位求援。见其情辞恳切,想到出门在外,遇到这类不幸,确实作难,他又口口声声说一定奉还,于是被他索去十块钱。但转念一想,觉得这段话处处漏洞,却为时已晚,自认倒霉而已。

找到张放家,已是九点多钟。他刚刚出去送小孩上幼儿园。在收发室坐了一会儿,方见他匆匆归来。这是四川人中少见的高个子，又极瘦，头发留得很长，人非常热情，也很健谈。

中午陈红回来，买了一只“油烫鸭”，又炒了两个菜（柿子椒、蒜苗），做了一个西红柿豆腐汤。鸭子极有滋味，很好吃。饭后，骑上陈红的车，张放陪我到体育学院报到。

随后往川大，访杨明照先生。为他带去卢仁龙托付的《抱朴子外篇校笺》三校样。杨先生住在“外专楼”内，居室极宽敞。四周的书柜中，清一色的旧书。先生谈锋极健，所谈多为时事，倒不像是书斋中人。又拿出惨淡经营数十年的书稿，有不少已经过老鼠和银鱼的批判，但小楷细书，一笔不苟，仍可见出治学的精严。辞出后，一直将我送下楼，又送到大门口，并再三致谢。

到新建的“逸夫楼”找到张放。他已约好杨武能等在那里。于是被邀至家中，三室一厅，开间很小，又矮，便觉局促。但室内陈设还是很精心的。坐约两小时，几乎全聊译事。又留饭，以馄饨款，吃了一碗，饭后不久即告辞。杨一直送到科大门前（在两个校园内穿来穿去）。

遂往张放家，送还自行车。恰好他的弟弟张新也在那里，于是张新又用自行车将我载至招待所。洗漱完毕，坐未久，史波、张诗亚、张建新又找了来，谈他们编纂的中国神秘文化丛书，意欲交香港三联出版。一直扯到十二点半。

五月八日　星期三

招待所坐落在武侯祠大街，武侯祠就在旁边不远的地方。下车站称作高升桥。清早起来，乘小巴至九眼桥，然后坐汽车到中兴场，继换车往黄龙镇，十点五分到达。

街口一块立石，上书黄龙古镇。据云此镇历史悠久，因地处彭山、仁寺、华阳三县交界，故成车辐辏集之地。这里是牧马山的尾巴尖（诸葛亮曾在牧马山屯兵），黄龙溪缘镇流过，镇或以溪名。街道两旁的建筑皆是明清旧物，大约连画网蛛丝也是历史陈迹吧。因重点保护之故，连灰尘也高贵起来了。不过单就建筑来说，似乎不见怎样鲜明的特色。倒是黄龙古寺旁一条标作鱼鳅巷的小巷子内，有几个小院落挺别致。

黄龙寺内和镇江寺外的三株古榕（不是有气根的榕树，不知是否为黄桷树）已有千年以上的历史。古寺内的两株其一两年前遭雷击，枯了一半。此外镇口浮桥的桥头尚有一株，亭亭如盖。估计年岁不大，但可作古镇的标志。

街中还有一座潮音寺，供的观音菩萨，是座尼姑庵。几位老尼在那里经营，或售票，或动员参观者买香求吉祥，或忙着切葱洗菜。此世彼世，皆做得功德。

行至渡口，乘上一只小渡船。因只为我一人划，故讲定价钱加倍。撑船的中年人，家在黄龙溪上游，是务农的。问起如今的生活情况，道：比毛泽东时代好了不止两倍。不过，那时也有那时的好处，那时的人都规矩，不偷不盗，如今偷盗的可多了。问为什么，答曰：那时人人都穷，谁偷谁呀？如今不是穷的穷，富的富了吗？又告诉说，置起这一条船，花去了一千多块。还要交八大衙门的税，诸如旅游局、保险公司、乡政府、村政府等等。而生意又不甚兴旺，每日不过五六块钱的样子。但想来还是有赚头吧。

河上风光并无特别之处，但遥看古镇，却比置身其中又多了一番意趣。行至尽头有七华里，但荡了不多远便折回来了。一来一回，一个小时。归途又傍了另一条多人的大船并头前行。彼船两对男女正在搓麻将，赌得挺热闹，船家也被吸引过去了。交了两块钱，上岸。

买了一块黄龙镇芝麻糕（三毛钱一块），吃下去觉得有点腻。想调和点咸的，于是买了两个包子(两毛钱一个)，一咬才知上当，原来是白糖猪油馅！这一下腻上加腻，只好又买了一碗豆花(五毛钱一碗)，辣乎乎的喝下去，才觉得好些。

十二点半登车，一路顺利，两点半钟回到招待所。去听了一会儿会议发言，未听出什么名堂。晚饭八菜一汤，菜也普通，量却不小，虽不甚可口，但有辣味在里头，便觉下饭。何况以一天两元的标准，也就极便宜了。

晚饭后到青少年宫旁听陆锦川的太极门讲座。陆口才甚佳，讲得很生动，倒还有些意思。下课后，又看他的“徒子”们为“徒孙”们检查身体(气脉是否贯通)。十点多钟才回到驻地。

五月九日　星期四

早饭后，找到张新。他已为我借好一辆车，于是一起骑车到青年宫，购去往九寨沟的旅游车票。等至八点半多，售票的人仍未到。遂往他处，跑了两地，都没买到。最后到火车站前，买下成都大酒店旅游部组织的一趟车。

归途往四川人民出版社访陈舒平，不遇。又找到黄葵。他似乎很忙的样子，说明天要出差，今天要处理手边的事，乃将我介绍给总编室的傅玉。小姑娘很热情，谈到广告的事，她表示虽不能做主，但一定要帮助鼓吹，争取合作成功。接着向上，十二层，找到何。何正在开会，见到我好像也没有更多的话，又像没有看过《读书》似的。谈到广告，答应研究一下。问起李嘉和魏宗泽，一个出去开选题会，一个下乡去扶贫，无缘相见了。

归来又与云南教育社的周鸣琦谈大西南地域文化研究丛书。周是四川人，曾在西双版纳插队八年。后考入云南大学，毕业后就留在了昆明。看上去却是很年轻的，雄心勃勃，欲成就一番事业。

午饭与陆锦川坐一桌，同坐的人都在和他谈气功。对气功，我相信，但不感兴趣，粗知大概，也就满足。

成都有些特别的地方：作息时间比北京要晚一个多小时。七点钟，大街上还静悄悄的没有人。下午要三点钟才上班。晚上的活动一般都搞得比较晚。街上车多，但并不比北京更多，却显得没有秩序，乱糟糟的。清扫街道每在人流最多的时刻，旁若无人，搅起一街尘土。张放说：成都是中产阶级"或曰小康之家"的天堂。大概正因此，人也就变得懒散了吧。

午后三点开会。才听了一会儿，陈舒平找到了会场。于是回到寝舍里，聊到六点钟。

饭后，将多余的东西精简下来，送至张新处。又被唤去参加领导小组扩大会。

八点半，观摩"小巫师"的表演。先表演通电，继而是为鸡催眠，但几次都没有成功。于是请他先休息一会儿。由来圣灵表演采气:先发功,手臂上的毛孔张大后,一位吸烟者将烟气喷上数口,其将之吸入,然后自嘴中徐徐吐出。接着是李远国表演画符:一笔写下一个气字之后,由两位观众上来看着这个字符做功。

最后,小巫师又表演催眠,总算成功。将一只活蹦乱跳的公鸡蒙上一块红布,抱在手中不断摩挲,然后放在地下,便安静地睡着了。在它耳边击鼓,也没有反应(记得鸡好像是聋子)。兴犹未尽,又表演了带电点穴治病。这位小巫师家在黄果树,苗族人,六岁得“异人”传授。现为西南民院学生。为了不久将要举办的校庆,他练功练得点了哑穴,已经一个多月不能说话。待校庆表演过后,再行恢复之功。

五月十日　星期五

凌晨起床,见到史波塞到门缝里的一张条子,云行前务必再见一面,有要事相商。原来还是他们那套丛书的事,他们决定将宝押在香港三联,因此特地又透露了一部分选题。

匆匆结束谈话。他们将我送至招待所门口,帮我翻出门去。跑步赶上了六点十分的第一班1路汽车。在锦江饭店换乘16路到火车北站,此刻是七点十分。于是在成都大酒店对面的饭厅里买了两个包子(三毛八)。又等了一会儿,七点三十五分发车。

开车的师傅姓蒋,导游姓王,剪着男孩子式的短发,年轻,精干。这一趟车没卖满座,只有十九个人。除了南京来的一个小伙子之外,全部是成双结对,还有一对半中(女)半洋(男)的夫妇。经茶店子和郫县之后，午间到达文川县的威州镇。

在招待所吃饭，一群人走进去，食堂的服务员喊大家坐下。然后劈劈啪啪炒菜，稀里呼噜端上来，坐等的纷纷上前接过，就乱吃起来。我接过一盘西葫芦炒肉片，自己盛了一碗米饭，饭罢过来收费：四块五。

十二点十分开车，司机说，才走了三分之一的路，还要走八个小时呢。经茂县（羌族自治县）、镇江关（导游说就是樊江关），一路上不断遇到因施工而堵车。走走停停，到达松潘县已是八点多钟。登记了最便宜的四人间（五块），却是只有我一人住。在招待所餐厅吃晚饭，买了最便宜的青菜汤，也要八毛钱，米饭三毛钱。饭后洗了澡，一块钱。本想再到县政府找一下杨解放，但时已九点半钟，天将将黑透，乃作罢。

五月十一日　星期六

早饭仍在招待所吃：两个馒头四毛，稀饭一毛五，泡菜四毛。饭后司机去加油，九点多钟才回来。在松潘县捎上了四位河南人，不知是什么关系户。今日天气看上去不错，于是先往黄龙。途经红军长征纪念馆，半山有石块雕成的堆塑，山顶上是一座纪念碑：三棱石柱上一位红军战士右手举枪，左手持花。沿途所见藏民居住地，都在宅院前面插着经幡。村落中常常可以看到有寺院。屋顶用白线勾出，远远望去，十分漂亮。翻至山顶，导游说这里海拔是四千一百米，一路上已看到遍山的雪。

在山顶上停车，照相。一群牵马的藏民围上来，一个劲儿劝说大家骑马照相，讲好五毛钱一位，但其中几位藏民不讲理，照完相马上张口要二十、三十，并汹汹地追到车上。一对广东人左讲右讲，好歹给了十五元才算了事。

到达黄龙，将近十二点。先在饭铺用餐，一碗青菜汤，一块钱；一碗饭，三毛六。匆匆填饱肚子，上山（门票四块）。

此际山上积雪尚未融化，多数池子是干的。只能从有水的池子中，睹其清亮莹洁而将其他付诸想象了。一路行来，山景极美。挂着牌子的，知道是岷山冷杉、鳞皮云杉，更多的却是一片绿色的乔木和红色的灌木。鸟儿非常美丽，而且在路上蹦蹦跳跳并不怕人。有很长的路面是用木板铺就。水旺时，池水就在路边漫溢。前面望去是雪山，回过头远眺，也是雪山。

一小时二十分钟，行至山顶。迎面一座寺庙匾额，上书黄龙古寺。但右面看去又是飞阁流丹，左面则显现为空山叠翠。寺内供着黄龙真人。旁边有一黄龙洞，只能沿梯下去几米，看到里面尽为冰柱，欲知就里，却被一面冰坡阻住，不得窥探。

寺后，便是交口称誉的五彩池了。池边的灌木尚未发芽，还只是一丛丛黑色的枝干。但因听到的“誉”太多，身临其境，反觉逊于传说。多半又是季节的原因，水不够大。不过的确可以见出水色深浅各异，尤其是纯净的蓝色，那是其他地方都见不到的。那样一大片梯田样的晶莹的水池，也够称作奇观。

走出黄龙，四点半往九寨沟。在五彩池畔，就不时地下雪、下雨，间或又是阳光普照。此刻雨似乎大了起来。到得半山，又变成了雪，继而成为连山的大雾，只能看清车前方一两米远的路。山路又窄又滑，全凭司机的本事了。

在九寨沟沟口前的一家饭店吃饭，一碗豆腐汤一毛五，一碗米饭一毛五，汤里只有三片豆腐，剩下全是嚼不烂的青菜。

进沟时天已黑尽。买门票，五块五一张，据说马上要提至十二块。

又前行十公里，来至树正旅社下榻。这是藏民开设的一家最大的旅社，分为几栋木楼。仍登记四人间，但实为两人，——与四个河南人之一的女子同住。楼下冷热水皆备，洗涮尚称方便，被子也很干净，比体委招待所的铺盖要清洁得多。房间内四床一桌一盆，一盏灯光微弱的灯，上下左右之间只是一板相隔，一切声音都听得分外清楚。躺在床上，似乎听到黄龙的水声，又似乎是一派漫山满池的流水。

五月十二日　星期日

清早起来，独自漫步。树正瀑布的水，轰轰地流下来。沿着水房下的木桥走过，一边是山，一边是水。不知是什么鸟总在婉转娇啼，声音像挑水时扁担钩吱吖吱吖的声音，总觉得是有人走过来了，十分清脆。水流过一排排灌木丛时，发出哗哗的响声。而聚为一池的时候，却又静静地凝着，蓝得令人发晕。顺着水边的小路走过三个池子，然后返回驻地。

吃了数枚昨日在沟口购得的饼干，又吃了半包伊面。上车，八点十五分出发往长海。

沿则查洼沟上行，过上、下季节海。虽因季节不对，内中水无一滴，但一路景致仍然十分美丽。漫山的树，深深浅浅，绿绿红红。据说常有大熊猫出没，但并非人人有此眼福。

诺日朗至长海为十九公里。九点十五分到达长海。导游说，长海全长有七点五华里，但这里看到的只是一角。长海没有出口也没有入口，全靠蒸发与渗透。水蓝得纯极了，一点儿杂质都没有。真害怕随着游人的不断增多，将这难得的纯净破坏掉。而不自觉的人又那样多，要是都能够像我这样就好了。

下一个景点是五彩池。虽是枯水季节，但水仍然很美丽。中心部分大概也有两米，池水深浅不一，颜色各异，更独特的是有一条水带呈孔雀蓝，简直太漂亮了！

午间在神柏餐厅吃饭。看了看菜价，还是那样贵得要命，于是以饼干充饥。

十二点钟进入日则沟，一直开到最上面的原始森林。林中树木参天。低矮的，多是干枯的箭竹。脚下是覆盖着青苔的松软的腐叶，用一根棍子插下去，可插进一尺多深。林中没有路，又到处都是横躺竖卧的乱木。在森林中转了一会儿，便沿着一条干溪上行。走到这一座山的尽头，站在两山之间，可以听到风吹树枝的呼呼之声。若夜间身临此境，想必森然。

两点钟乘车下行，至熊猫海下车。徒步走栈道，海子中水不满，故下面的瀑布也就无法形成。听导游讲讲，自己再想想，如此而已。

走出栈道，便是五花海了。真想不出用什么样的文字记下眼中所见。只是一种醉人的蓝，在什么地方也没有见到过的，恨不能切下一方带走。可以看到海中一汪一汪的鱼。不是水至清则无鱼么，这里的水可真算得至清了，一点浮游生物也没有，鱼可吃什么呢。

再下行，是珍珠滩。水从一面大漫坡上奔泻下来，腾起珍珠般的水花。几位藏民坐在公路边上租靴子，一块钱一双。穿上水靴以后，便穿行在珍珠滩上，眼看着白色的水花急急地在眼前腾跳，不由得一阵阵发晕。滩下是瀑布，水势壮观。白水，绿树，雪山，这一种美丽，怎么写得出？

归途又在镜海逗留。但上午经过时看到的水中倒影，此刻因阳光已过，看不到了。又起了小风，只是一片蓝光粼粼，而见不到镜和影了。

行至犀牛海，全体下车步行。一路下去，是无名海、树正瀑布、树正群海。

回到驻地，洗漱毕。车上有十二人集资“烤全羊”（一百二十元），因在新疆已领略过此番风味，便独自活动。看看天色尚早，于是又向犀牛海漫行。此间路上行人已经很少，可以静心饱览风光。太美了！太美了！写不出，也画不出，只能永远留在记忆中。

这一次旅行，痛感精力大不如前。一天下来，疲惫不堪，上山也觉得费力了。

五月十三日　星期一

清早起来，再往犀牛海。这一回，是四周悄无一人了。坐在渡口边，欣赏倒影。此刻一丝风也无，真是水平如镜。较昨日所见，更觉清晰，简直分不出水下水上。忽然记起陈散原的一句诗“落手江山打桨前”，何不到水中体味此境？遂解下来在岸边的一只小舟，划向海子中心。谁知一落水，立即被蓝色所包围，那样浓那样纯的蓝啊，真像是化不开。桨下去，只是将蓝色轻轻破开，马上就又合拢了来，早看不到一点点倒影，只是蓝汪汪蓝汪汪……没见过这么漂亮的水！划了十几分钟，估计要去赶车了。欲向岸边划，却昏头昏脑转不过弯儿，紧张了一会儿，才调整过来。

划至岸边，渡口来了一位小伙子，收了一块钱船钱。小伙子不是本地人，因与船老板是亲戚，故在旅游季节前来帮工。他说，要不是老板也过来了，就不收我的船钱。

回到驻地，吃下几片饼干，半包方便面。八点半开始沿树正沟下行，经卧龙海、芦苇海、火花海，到盆景滩。在一大片水滩上，散落着一丛一丛的灌木和乔木的枯干，组成一个一个天然的盆景，却较人工的盆景又多出无限的奇妙。两位藏民牵着马在这里兜揽生意：可以载游客到水里去转一圈。其实在里面走并没多少意思，只在滩边欣赏盆景，便最好。

稍事停留之后，行至九寨沟的最后一景：宝经岩。绿色群山之中，拔起一面石岩，岩面的纹路好似藏经，据说是仙人所书，以保佑这一方土地上的百姓平安幸福。

缘岩前一条小路上行，穿过一座花桥，就见一片梨花掩映的扎如寺了。寺不大，但修建得很富丽。中间一座大佛外，三面壁龛中又供奉着数百个小坐佛。殿堂内的两根大柱子以壁毯装饰。住持说，这是八十年代由藏民集资和一部分政府拨款，在旧址上重建的。高山、流水、绿地，取之不尽的山间清风、空中白云。寺址所在，已宛如佛界净土了。由绿树与流泉相伴，一路走出沟来，算是结束了九寨沟之游。

十一点半在沟口吃饭。买了一块钱一碗的青菜汤（姜末、葱花、带着根的嚼不烂的几束小白菜，更无一滴油水），又吃了几片饼干。

十二点出发往松潘，两点半到达红军长征纪念馆。这是中央委托成都军区修建的，以三年之工，去年落成。半山上的群塑采用的是雅安大理石（每米三百元），由四川美术学院设计。——关于纪念碑，后来听县委书记杨解放说，每当傍晚七点左右，落日照在纪念碑上，整个碑身像一团巨大的火球，晃得人睁不开眼（正如门票上的图片）。更奇异的是，这完全是设计外的效果。所以当地人说，这是红军战士在显灵了。

四点半钟到达来时住过的县委第二招待所，仍登记四人间，仍是一人住。

放下行装，找到县委，见到张放所介绍的杨解放，告诉他，没有什么事，只是来看看，代张放问个好。于是不由分说，安排晚间以便饭招待。听说是地道的回民风味，心中不免打鼓，又不好意思说不吃牛羊肉，也就不容分说地约定了。

沿街走回来，买了几种回民糕点（八毛钱），又买了一块"泰佳烘糕"（三毛钱），都很好吃，一种尝了一口，便留起来。

回到驻地，休息了一会儿，六点半赴宴。由杨解放和办公室正副两位主任作陪，地点是古松桥头的一家正宗回民餐馆。打开一瓶文君酒，先上了四盘冷菜，除一盘炸山药丝之外，其余皆为牛的部位：牛心、牛肚、牛肉。副主任介绍说，这是此地独有的牦牛。它们吃的各种草料是没有经过污染的，肉质细嫩，蛋白质含量高。吃起来果然不错，而且没有一点儿膻味儿。牛肚脆嫩，尤其好吃。然后是炒山药丝、红烧鸡块、肉圆子（同样是牦牛肉）。最后是一大碗牛杂碎汤和一人一碗牛肉稻子面。只有这杂碎汤膻气很重，其余都可接受。

这一顿饭吃了两个半小时，边吃边聊。谈话中了解到，松潘县面积为八千多平方公里，人口将近七万，聚居着汉、回、蒙、藏、羌五个民族。汉族居半，藏族百分之三十七，是阿坝州中的大县，但仍属穷县（人均收入四百八十元）。

杨到这里才一年多，过去是诺尔盖的县委书记，而诺尔盖是富县。如此，该称作是到这里来改变落后面貌了。为节约起见，他已坚决地戒了烟。问有何政绩，杨自然谦逊，道自有公论。副主任说去年办了九件大事，摆了摆，建电影院、建学校，等等，多属文化建设方面。县委书记工作繁重，待遇又低，他们说，焦裕禄精神大概只体现在这些贫困地区。到下边视察工作，常常是带上几天干粮，徒步而去。比如过几天要去的白洋就是，中间还要穿过原始森林。

松潘的前景，其实极为可观。所辖漳腊地区，是一座富金矿。当年国民党曾从这里弄走七吨金子。目前国家准备投资兴建开采设备，但所需颇巨，尚须慢慢筹划。杨给自己订了两不、两少、两多：不抽烟、不跳舞；少喝酒，少陪客；多锻炼，多吃饭。他在这里是“孤军作战”，家属在成都附近的家乡。

老板也坐下陪着喝了几杯。此店经营不错，首先是卫生，地面光洁，这在县城餐馆中是极少见的。道别时，杨对老板说，明天来结账。看到剩下不少菜，着实觉得心疼。杨曾说，不当陪的客不陪，我为什么忝居当陪之列？不免生出无限的歉意。在这里，被称作是“北京来的客人”，天知道，这是怎样一个微不足道的角色！

算算归家之日，尚有五天之遥。

五月十四日　星期二

十一点钟屋里又来了人，直闹到午夜以后。接着又是驴鸣狗吠鸡叫不断，几乎一夜无眠。晨起将昨日所购几种小点心吃了。

七点半出发，原道返回成都。一路趱行，仍遇到不少次堵车。将至镇江关，总算还顺利。可就在最艰苦的一段行将结束时，出了意外：本来是三辆客车相跟而行，前面一辆车撞裂了路边施工队的红白标志杆，他们追不上已经开过去的车，于是截住了我们这一辆，不依不饶地要求索赔。车上的人还想和他们讲理，但道理根本讲不通。司机蒋师傅(后来打听得叫蒋培厚)是个老实人，一个劲儿说算了算了，赔就是了，先掏出五块，对方不干，最后拿出十块，车上一位搭车的又添了两块，才算完事。

司机受了冤枉气，车上的人只是乱嚷嚷一通，却没人分担损失，心中总觉得过意不去。这位师傅倒极符合他的名字，很是厚道，一路上开车的辛苦自不消说(道很难走，几乎每一秒钟神经都要保持高度紧张），闲下来总要搞卫生，车上的人又那么不自觉，总把各种垃圾丢弃一地，又对大伙儿的要求总是尽量满足，和和气气的，行车作风也很文明。

一点半钟开到茂县。吃了几块饼干，两块花生糖，喝了三口水。上街买了一包阿诗玛烟，回来敬了蒋师傅，也算略略表示一点儿心意。

导游王雪梅，今年二十三岁，已经干了四年，是个活泼热情的姑娘，十分可爱。在九寨沟的盆景滩头与她合了影，聊存纪念。他们一路上让好几位不相识的人搭了车，而分文不取。其实收了费，入自己腰包，是很容易的。南方沿海一带的司机，都是这样干。

两点半从茂县出发，七点钟到达灌县，——按一般情况，今晚是住在汶川，明早才赶路的，但大家一致要求径往灌县，蒋师傅就同意了。同车的人中，有三分之一已参观过都江堰，所以其余的人也就没有要求更多的时间，约定一个小时以后上车。

一伙人似乎兴致不大，或者是一天颠簸，已经疲倦，总之是走马观花，匆匆而过。走过安澜桥，在鱼嘴稍事逗留，便又折回。

一块钱门票，参观二王庙。庙的年代想必很久，经历代不断整修，才有今日的规模。建筑风格与他处庙宇不大相同，屋顶、柱头、门楣等处装饰繁复而细巧，雕镂了各种花鸟草兽和人物故事。山上林木茂盛，一片郁郁葱葱。

几座殿堂，除了分别供奉李冰父子之外，历代对整修都江堰做过特殊贡献的，也都有塑像坐落其中。

将近山顶的一座，供着太上老君，不知在此地充当什么角色，是儒道结合罢。

八点钟上车，开到都江堰宾馆，大家却一致要求回成都。议论了好一会儿，举手表决，少数服从多数，回到了成都。

下车就近住在了成都大酒店的经济部。除了有淋浴卫生间之外，一切都糟糕透了，也只得凑合。洗涮毕，吃下半包方便面。

五月十五日　星期三

清早起来，往张放家，送还衣服和借款。却忘记了成都人特有的作息时间，——七点半钟，一家人尚未起床，真不好意思。张放的母亲从温江来这里小住，给我开了门，留我吃了早饭：一个鸡蛋，一个包子，一碗半豆浆。几日没有正经吃饭了，这一顿吃得很舒服。

继往体育学院找张新取票。票要下午五点钟找李昌文去取。

于是带我到武侯祠，找到他的一位朋友梅铮铮，领我们免费参观，并做了很细致的讲解。又一起到张放家吃饭（口袋只剩下三块三毛钱，对于吃饭的邀请，也就没有拒绝）：炒蘑菇、炒扁豆、炒柿子椒、辣子炒黄瓜、青菜丸子汤。

饭后，由张放领路，访龚明德。龚是湖北人，看上去善良厚道，人也热情。家中洁净非常，藏书多为现代文学资料。又访盛寄萍，不遇。回到张放处，张新也取票归来，但仍未拿到，要到明天中午。

遂往陈舒平家。陈宅可称豪华，组合柜上的两扇大镜子先使屋中显得明亮洁净和宽敞，一面落地门窗更增加了这种感觉。待其夫人赖人裕下班归来，举火做饭，吃时已过八点。板兔、兔丁、肺片、烧排骨、炒扁豆、拌莴笋尖，可谓丰盛。赖人裕与陈红一样，都是贤妻良母型的。

十点钟回到住所，洗澡。但打开龙头，全部是将近一百摄氏度的热水！真是气死人。房间一日也没有打扫，被子一股臭脚丫子味儿。

五月十六日　星期四

早起到对面的小饭铺买了两个包子，一碗粥。

食罢，即往长途汽车站。登上开往广汉的车，至新都站下来，却是被丢在了公路边。进到城还要走好远好远的路，边走边问，好不容易才到了宝光寺。

这算是一座大寺院了。第一进是天王殿。第二进中有一座舍利塔，为唐时所建，十三层，每层四面十二个菩萨。再进，为七佛殿、大雄宝殿、藏经楼，均为清代修造。唯藏经楼前两个柱础是唐僖宗驻跸于川，修建行宫时所用之旧物。偏院为罗汉堂和无佛堂，五百罗汉也是清代雕塑，无佛堂中只一座由三块青石雕成的塔。

从院中穿出，是一个绿篁万竿的竹园。刚来时，寺中尚觉清静，此际游人却多了起来。寺院门外有一红照壁，上书一福字，不少人闭着眼睛，举着手，远远走过去，看能否正好摸到。

顺着县城的一条主要街道，走到桂湖公园。迎面一池碧水，——却不是水色青碧，而是密密覆盖着一层浮萍碎叶。不是荷花绽放时节，自然也无桂子飘香。但亭台阁榭傍水而建，芭蕉翠竹点缀其间，万木葱茏，也是别一般风味。一位老尼搬开升庵像前的木栏杆，进前去揖拜一番，又献上一枚广柑。

升庵祠、黄峨堂中陈列着图片与说明，可知此地原是杨慎的花园与书房，又是新都故里中保存较完整的杨氏遗迹。看图片上的杨氏夫妇合葬墓，四周已是一片荒草萋萋。有心去凭吊一番，但打听得在西部，恐不及回返，只得作罢。

园中有气枪打靶的游戏摊，又有珍奇动物展览的杂耍摊，且一刻不停地放着低劣的歌曲，真令人难以忍受。

沿一面园墙，又新辟出一个院落，内中陈列着各种碑刻。看看时间不早，不敢多耽搁，匆匆浏览一过，便急急往回赶。

在街口乘上一辆小巴，说，马上走，但只是个不走，拼命地喊人，前前后后折腾了半个小时，才算开车。一路又不断停车，不断“收容”，直把车里挤得满满当当，还不算完。午间在新都街头吃了一碗汤圆（四毛五），半笼包子（四毛五），味道不错。

一点钟开到火车北站，又登上34路双层汽车，也是说，马上走，这“马上”，又是四十分钟，真真气死人！

两点钟才到九龙饭店。找到李昌文，拿到火车票，又到张放家告别。一家人正在睡午觉（此刻两点三十五分），小坐而别。往陈舒平处（三点二十分，也在午睡），他也辗转托人，为我购得一张车票。于是赶往火车站，退掉一张，回来，将票钱还给他。

然后找到总编室主任李陈，商定了广告的事，算是此行一件大功了。陈舒平又硬塞给我十块钱（兜里只剩下两块多钱了),并三个广柑(原要我带上一塑料袋),然后一直送到16路车站。

回到住处,洗漱一番,整理行装,准备登车(164次,九点二十分开)。

五月十七日　星期五

昨日算好时间登程,孰料却被旅社服务员纠缠一回:原来超过六点钟便又要算一天。不及多加分辩,将仅有的钱补给他,匆匆赶车。这一路却饿得苦,早上只吃了一包方便面。幸而在西安站与屈长江见面,向他借了十块钱。他交了一篇稿子,并送《唐贤三昧集笺注》一部,又两包蓼花,四枚大广柑。

五月十八日　星期六

火车晚点一小时。十点钟才到家,家中空无一人。洗涮毕,乱吃了几口点心。中午小航归来,抱住我便大哭,说:"想死你了!"回家后曾立即给志仁打电话,但云在楼上开会,未能说上话。

下午往编辑部,知道昨天刚刚发完第七期稿,将倪乐拉了来帮忙。

五月十九日　星期日

下午往编辑部。与吴、贾会,先在老沈的办公室喝了一碗红豆汤,继而贾往工厂退校样,遂与吴、沈到葡萄苑西餐厅联系服务日事宜。接待我们的女经理杨娟,娟秀而精干。事毕,往天伦王朝饭店二楼平台喝咖啡,吃草莓点心,听老沈讲三联内部七七八八的事情。真有意思,不知三联也俨然一个小社会。此地环境优雅宜人,有专人在一旁弹奏钢琴,点心质量也高,于是收费便不廉(共费一百零七元)。不过一人一份咖啡,一份糕点而已。

五月廿日　星期一

往编辑部。

继往社科书店。与何非遇,聊了一个小时,主要听他谈。

去京两周,头疼、腰疼不治而愈,大约城市中空气污染太厉害,须到乡野中换一换气。

此行体重减轻八斤。

晚间老沈打电话来,约往天伦王朝饭店与台湾中国时报的副刊主编杨泽晤面,同赴者吴彬、倪乐。黄昏后,钢琴与长笛易作钢琴伴奏的艺术歌曲。一男一女,轮番作“美声唱法”的表演。点了四款蛋糕:草莓、栗子、黑森林、酸奶,并咖啡、草莓冰激凌、爱尔兰咖啡(兑酒、据云乃为神父而备)。后者当场调制、烧溶,很别致。聊至十点半钟。

五月廿一日　星期二

往编辑部。

又往张中行处取《女杰书简》稿。他告诉我,午间他的大女儿(即与杨沫所生)要来,约我等候,然后一起去寻梦园吃饭。十一点半钟,步行同至沙滩电车站,等了一会儿,张说:“来了。”一位戴着白色布帽、身着长裙的女士翩翩而至。虽然已经五十五岁,但还是袅袅婷婷的。过去曾是舞蹈演员,故仍保持了一副好身段,双眼皮大眼睛,与张一点儿也不像。至寻梦园,却逢内部整修,暂停营业。于是改往悦宾饭馆,三菜一汤:扣肉、烧茄子、锅塌豆腐、砂锅丸子,共二十五元,吃得很尽兴。

五月廿二日　星期三

往编辑部,发《女杰书简》稿。

午间老沈以自制白酒炖鸡腿相款,同席有吴、贾、倪。

五月廿三日　星期四

复印负翁稿件,着手为之编订《散简集存》。

午间,雨。

往天伦王朝饭店。为杨泽约请了几位作者,共进午餐,是自助餐的形式,每人六十元的标准,菜点均丰盛,尽欢而散。在座除沈、贾、吴,尚有吴方、葛兆光、李庆西、申慧辉、郑也夫、徐城北、吴晓东。

五月廿四日　星期五

键户读书。

西窗下,为《散简集存》草成一后记。

五月廿五日　星期六

在葡萄苑西餐厅举办读书服务日, 以学术史研究为题,邀请了二十余位作者一起座谈。午间为自助餐:猪排、奶油烤鱼、煎小泥肠、泡菜、沙拉、酸黄瓜,很丰盛。

小雨转为中雨,下个不了。

五月廿六日　星期日

晨起漫步庭中,看到盛开的芍药已为一夜风雨所败。

整理昨日座谈录音。

五月廿七日　星期一

往编辑部。

午间往社科院访杨成凯。

又往琉璃厂。

五月廿八日　星期二

又是雨。

整理录音。

午后张放来,云晚间七点即将乘车离京。小坐片刻,即陪他同访谷林先生,按址寻去,却未能找到住所,遂往张先生处。

张说,收到我寄去的后记,认为很好,道我已经形成自己的风格了。又将我好有一比:比作柳如是,说柳也是小个子,也是博览群籍。且云:看上去并不是一副很聪明的样子,但锦绣其中。

张放又和我一起同往葡萄园西餐厅取为吴彬定做的生日蛋糕,然后一同送到范用家中。

五月廿九日　星期三

往编辑部。

午间在天府酒家用餐,郝德华、李庆西、蒋原伦、尚刚(方自英国归来)、吴、贾,共七人,费赀一百五十余元。

往朝内复印张稿。

到范用家喝咖啡,吃蛋糕(吴、贾、李小坤、倪乐)。

往社科院访杨成凯。

接张锦信,云辽教社有意为我出一书评集。

五月卅日　星期四

小阵雨。

《女杰书简》稿有诸多不合格处,被老沈一一指出,遂一一改正。

数字，开列草目。

午间老沈亲自下厨，制作中国式炸猪排，猪排味道极好。

五月卅一日　星期五

往编辑部。

老沈上楼来，说杨丽华在他遭到最大麻烦的时候，是很帮了些忙的。大概后来对杨丽华的信任，正是缘乎此吧。

午间访劳祖德先生。早听老沈说起，劳一向口讷，若去拜访他，一定是相对无言，止微笑而已。今日初访，方知大不然。虽然表达能力并不好——出言极慢，时或停顿——但一个小时的时间，几乎都是在听他讲。我引出的话题，都是他乐于回答的。

他点校了海藏楼日记，约二百万字，已看过清样，不知中华何日能够出齐。他对郑孝胥是特具一种“理解之同情”的，听他详细道来，也确有道理。

本来酷爱文史，怎么会搞了一辈子财务？原来是人生道路上的一番阴错阳差：小学毕业后，去报考杭州的浙江第四中学（专收宁波生）。不料彼时学潮正起，招生工作未如期进行。不知所措之际，听得房东说，一所商业职业学校此刻正在进行招生考试，遂急急赶往。而一堂已考毕，正在考二堂。恰好主考先生是小学时的一位老师，于是让他先赶快考二堂。然后又补了一堂，结果考取。六年过去，即将毕业之时，上海中国银行要学校保举三名高才生考练习生，谷林先生为三人之一。一举考中，但学校的国文老师认为他若不上大学是太可惜了。与母亲商量的结果，却是违愿的，——他在家中排行老大，下面还有弟妹四五个，半工半读虽可不必为家庭增加负担，但家中实在是需要他来负担。而入中国银行工作，就如同有了铁饭碗，三年之后，月薪五十元，就可养活一个八口之家了。于是只得遵从母愿，虽然内心是非常非常难过的。新中国成立后，一位朋友将他调到北京，在新华书店总店，仍做会计工作。当时在上海的工资是一百多元，调京后仍拿高薪，是一千斤小米，令别人都感到惊讶。因调动之时他曾向朋友提出，由于家庭负担重，调来之后希望工资不低于八十元，朋友保证说没问题。以后合并到文化部，那时弟妹皆已自立，于是他一连打了三个报告，要求调到中华书局去做校对，哪怕降低工资都没关系。可是领导找他谈话说，要服从工作的需要。要求不能批准，只得作罢。一九七五年从干校回京后，归入文化部的留守处。留守处颇不愿意"留守"他们这类人（年纪已不轻，工资又高）。适逢历史博物馆准备清理一批新中国成立初期从故宫接收的文物，成立一个文献组，由许觉民推荐，把他借调到那里。一年以后，文化部要调他到《诗刊》做会计工作。于是又经历一番曲折，最后由历史博物馆出面，终于把他调了来，专意做文献整理工作，一直干到一九八九年。"这是我一生中最满意的时期"。可是，大半生都在做着自己并不感兴趣的工作啊。

辞出后，往范老板家。他用今年为《读书》设计封面的一百元稿费请客，名为《读书》家宴。在座尚有负翁、倪乐、李庆西。席间负翁又称我作"当代的柳如是"，"就是脚大了点，再有是不会喝酒”。

饭后，喝罢咖啡，负翁又来“榗柿楼”中小坐。他说，对于这里的乱，是早就想到了的，“我想柳如是的房间也一定很乱”。

六月一日　星期六

往朝内开会（谈职称考核）。

午后往丁聪家送草目（丁不在，送交李文俊托转）。

六月二日　星期日

上午去看望外婆。

为初校准备补白，——到范老板家借来《清风集》，匆匆读过，写下一则“品书录”，补入缺页。

傍晚，老沈将阅毕之校样送至家中。

六月三日　星期一

往编辑部，处理初校样。

午间与宝宝往健力宝吃茶点，叉烧包、虾饺、烧卖、瘦肉皮蛋粥各两份，计四十八元，尽饱而别。

编排《散简集存》稿。

六月四日　星期二

读《说画集》，并写就一篇小文。

午后往朝内，参加党员会。

六月五日　星期三

往丁聪家取版式，又往琉璃厂为他买《中国雕塑史图录》（四），购得五张素白扇面。

下午，应邀与吴、贾、倪同往陈原家喝咖啡，四点到，六点离去，老沈五点二十分到。

六月六日　星期四

往编辑部。

与靳建国一起往文物出版社取书。

往社科院，访杨成凯、申慧辉、于晓丹。

小航咳嗽又厉害起来，与志仁一起带他往协和问病。又是那位东北籍的张大夫，只说是扁桃腺发炎，心内有火云云。前年曾吃了她开的三十余服中药，一点儿没见效。

晚间和爷爷一起往警卫局礼堂看天津京剧团演出的折子戏：《昭君出塞》《清官册》（调寇审潘）。前一折由李莉主演，做功尚可，但边做边唱改为只做不唱（幕后伴唱），大减色。后一折由杨乃彭主演，唱功甚佳。

六月七日　星期五

夜雨。

小航非但不见好，咳嗽且加剧。于是再往协和，找郭大夫看，诊断为气管炎，已有转肺炎的危险，马上开了六针青霉素。

访徐梵澄。几天前为他做饭的工友回家去收麦子，要三个星期后才回来。这些天只好自己举火，常吃的是面条，有时也买一只肉鸡来清炖，放上枸杞、党参、红枣、栗子、黄芪等中药。他说，过去凡离家，哥哥总要买一只乌骨鸡来，如此清炖，以为饯行。后来想到，大概"乌"即取"青"之意，谐"亲"，是亲骨肉之谓吧，而那时要买乌骨的，便总能买到，会挑的，一眼就能看出来。

月来先生曾有信来，云家中备有蛋糕，虽不甚佳，但尚可食,因匆匆登程,未及前往。当日已悟到此蛋糕非彼蛋糕,或另有所指。今日先生乃道:前番蛋糕云云,是否会得其意?是我的几篇旧作,又不便明说,现请你拿去看看,能否用。遂携归两小捆(一篇一捆,是如贝叶般的小长纸条)。先生说,就像女儿回娘家,总要卷走点东西。

归途落雨,幸不大。

六月八日　星期六

往编辑部。

吴彬已拿到机票,二十日启程赴美。

六月九日　星期日

带小航打针,咳嗽仍未见好。

小航说:"外国人接吻很长很长,而且扭来扭去的。"

读《历史的顿挫》人物卷与事变卷。

昨夜一场大雨,据报郊区下了雹子,菜、粮皆遭严重损伤。

六月十日　星期一

仍雨。

往编辑部。

带小航看病,说,可以住院的,但目前没有床位,于是继续打针。

晚间姚楷携其女俞抒来。

前天志仁与之路遇,问了近年情况,方接上中断了几年的联系。

孩子长得很像她。她看上去非常年轻,与几年前相比,几乎没什么变化,目前仍在十分辛苦地到处听课、上学、考试。

六月十一日　星期二

往编辑部。

小航的同学都来看望他,男生一拨,女生一拨,还用班费买了几本书,让他病中借以破除岑寂。杨为未说:“平日李航在课堂里老是接下茬,这几天他不在,觉得特别闷得慌。”

于晓丹来。

将《历史的顿挫》书评写竟。

六月十二日　星期三

往编辑部,准备发稿事宜。

午间沈、贾、吴、倪与陈原夫妇往首都机场餐厅共进午餐,因小航尚未痊愈,未往。

六月十三日　星期四

往编辑部。

往社科院,访杨成凯、柳鸣九。

午间周国平来,月前其往西安,路遇抢劫,门牙被打掉两颗。

午后往琉璃厂。

六月十四日　星期五

往编辑部。

发稿,独自一人,却也顺利。

六月十五日　星期六

得姜德明先生所赠《书香集》,读一过,草成一小文。

“棔柿楼”外,绿树一庭,翠色迎眉,花香与鸟语相伴,读书、写字、作文，极是宜人。

午前带小航往协和医院问病，云已基本好转。

午间沈、吴、贾、仇等往东外食披萨饼。

午后往编辑部。给谷林先生送去样书和校样，又借得《知堂文集》数册。

傍晚风雨大作。

六月十七日　星期一

往编辑部。

去看望外婆。归途在绒线胡同书店闲逛一回。

午间杨成凯来，往灯市口书店转了一圈。

志仁傍晚飞往青岛。

六月十八日　星期二

访王泗原先生，送去在成都为之购下的浆糊两瓶。目前他正在为其乡贤（江西安福人）整理著作，进行中的是刘铎之女刘淑的《个山集》，精楷誊抄，加注，一丝不苟。

剧谈半日，犹觉话未说尽。

访张先生，送去《棔柿楼读书记》的目录，他满口答应为之作序，并说本周内即可完成。

往出版局招待所访张锦，交上《棔柿楼读书记》稿。

往编辑部。

为《棔柿楼读书记》写就后记。

六月十九日　星期三

今晨老沈飞赴德国。

往编辑部。

下午，张锦邀潘振平往葡萄苑西餐厅就餐，我作陪。其实主人为辽教社，即持款人谭坚，张是代为主人了。

晚间张锦过访。

六月廿日　星期四

今晨吴彬飞赴美国。

午后往琉璃厂，归途往社科书店。

六月廿一日　星期五

往编辑部。

夏晓虹来，朱正来。

为谷林先生送去稿费。

午后曲冠杰过访。

六月廿二日　星期六

往编辑部。

午后与杨成凯同往中央美院李维昆处看望范景中。他看上去气色还好，精神也不错，只是因化疗而脱发，显得老了些，不好多问他的病，只是聊书。

谈知堂的几本文集，见他每称许王充、李贽、俞正燮，道他只佩服此三人者，缘其不虚伪、不矫饰，能够体味人情物理。

六月廿三日　星期日

携小航去看望外婆。

高凤翰咏蕉花诗：

蕉花长朵如红兰，当窗破笑开纤纤，猩猩失红茜失丹。金钗拟映珊瑚鲜,美人作号妙天然,翠襟绿袖何翩跹。荒亭辜负嗟绿悭,主人空对羞衰颜,且复小倚白木栏。请邀明月陪婵娟,一杯浇尔西风前,聊与老夫为清欢。

六月廿四日　星期一

往编辑部。

志仁上午自泰安归来,此行大啖海鲜,归途游孔阜、泰山。

将《难得平常》一文草就。

六月廿五日　星期二

往编辑部。

到人教社访负翁,取回所撰《楷柿楼读书记序》,快递寄出。

到琉璃厂买扇骨,途中遇雨。

将后记改定,寄出。

六月廿六日　星期三

往编辑部。

往人教社,为负翁送去扇面及为之代购的书。

六月廿七日　星期四

往编辑部。

访谷林先生,送去为他代购的《台静农散文》(求姜德明先生而得)。

五点钟到马凯餐厅。由马凯做东,张先生出面请启功先生,牟小东夫妇作陪,并有凌先生、郭师傅及经理杜振和。张先生又邀了搞摄影的两位女士:柳琴和杜青。菜有油焖大虾(据云二十多元一只,味道一般)、软炸肉、鳝鱼丝、东安子鸡、海米冬瓜、香菇油菜、松鼠鳜鱼、肚丝笋片、烧鸭掌，最后是一盆元鱼汤，启功先生极幽默，出语必令人大谑。

六月廿八日　星期五

晨起已见雨来，势渐大，仍出门，往人教社，与负翁约定往启功先生家求字。到沙滩下半身已尽湿透。不一时，杜经理也开车到，于是等候柳、杜二位。从八点等到九点，总算姗姗而来，杜已是极不耐烦。到启功先生家门口，叩门，里面应声道："等一会儿！"却等了好一会儿，大家不知里面在做什么，我说："一定是在厕所里！"门开开，先生说："我正拉屎哪！"

看着他一碗牛奶泡了两片曲奇饼吃下肚，就开始写起来。柳、杜在旁不住地说："真棒！"先生道："棒后面还有一个字哪，是槌，——棒槌。"每字必描，一边还说着："写字不能描，拉屎不能瞧。""这字儿是画出来的。"为我题写了"棔柿楼读书记"的书名和"棔柿楼"三个大字的匾。柳、杜各自讨了一首诗。见"棔柿楼"三个大字写得实在好，这二位看着先生好说话，便又缠着也要各写一幅大的。我从头到底一由负翁张罗，一句话也没讲，只是觉得启功先生其人真是可爱。

整整在那里搅了一上午，先生拱手作揖地将一行人送出门来。

回到人教社，负翁强留我陪他在对面一家小馆吃了一盘炸酱面(二两，一元)，他说，他最不愿意一人吃饭。

又送了我一方端砚。

六月廿九日　星期六

往编辑部。

访谷林先生,为他送去《李审言文集》等书,并借得《海藏楼诗》。

六月卅日　星期日

阅初校样,整理补白,这一次是我独自发稿,初校情况意外地好。没有一点儿甩出,也不缺页,很是得意。

午间,志仁率领家人(包括周秘书和司机小王)浩浩荡荡开往梅园,痛吃一顿(费二百四十五元)。

七月一日　星期一

往编辑部。

午间卢仁龙、杨成凯来。

七月二日　星期二

往大华看电影:《开天辟地》。早期的共产党人,的确是在风雨如晦的年代里,肩起国家与民族之重任的顶天立地的人。

往编辑部,处理初校样。

七月三日　星期三

往编辑部。

周启超来。

七月四日　星期四

往编辑部。

徐城北来。

往张先生处取稿(徐也同往)。

往琉璃厂。

七月五日　星期五

往编辑部。

小暑在即,天闷热起来,但傍晚常有雨。

七月六日　星期六

往编辑部。

南京大学的朱寿桐来。

往灯市口中国书店。

七月七日　星期日

读《钱歌川文集》。

七月八日　星期一

据报江苏等地水患为烈,致使京广、京浦两大干线中断。

夜来风雨大作,侵晨方止。

先往编辑部,老沈前夜自德国归来。

继往冯亦代、牟小东先生家取稿。雨又下起来,虽着雨衣,仍免不了打湿一半。

又往刘海胡同林业出版社求购《庐山草木丛谈》。

本来不喜雨,出门更厌雨。但也有一点好处:冒雨取稿,作者叹为"诚"(如今日牟先生即有此言)。冒雨求书,人以为"切"(如今日得出版社人热情相助,即云:"下这么大的雨……")。

午后杨成凯来,谈及他的人生经历,说:"够写成一部《约翰·克利斯朵夫》了。"

七月九日　星期二

往编辑部。

往张先生处取《禅外说禅》。

到王府井外文书店代杨成凯订阅期刊。

往社科院，找刘东取广告稿。

午间赵一凡到编辑部来告别（将出访美国半年）。

老沈喝了点啤酒，午后便有些支撑不住，后来干脆放倒在沙发上，一入黑甜乡。有人来找，竟唤他不醒，那姿势，不似史湘云醉卧芍药裀，倒像“马拉之死”。

七月十日　星期三

往编辑部。

听老沈聊起在德国与杨丽华会面的情景，很有趣。二人回顾往事，谈《读书》，谈王焱，谈吴彬，但对我说了些什么？便隐而不言了，也不便追问。

午后与志仁在绒线胡同书店碰面。

七月十一日　星期四

往编辑部，阅稿、数字、列草目。

午后往张先生处取身分证复印件。

时闻江南江北水患之厄，虽无关“匹夫之责”，也不免慨叹时艰，板桥杂话云：“小楼听雨夜，剧怜深巷花残。”小楼听雨夜，倒是实景，却早无惜花之清兴，只盼“我们一天天好起来”，“晴雨总无凭，枉杀愁人”。晴了好！晴了好！

七月十二日　星期五

今日出梅。

往编辑部。

午间给吴方送去二校样,——他自告奋勇，愿为我们承担校对之责。

午后往学校,——霍老师约谈,她说,小航人很聪明,理解力也是有的,只是不用功,“在他,学习只是‘稍带的事’,精力都用在玩上了,如果能够努一把力,成绩完全可以提高”。

七月十三日　星期六

往编辑部,做发稿准备。

午间宝宝动手,将老沈备下的鸡腿红烧了,与仇辉,三人共食。(老沈自己另有约会)

七月十四日　星期日

志仁带小航往北戴河,上午将他们送上车。

为校样事往编辑部。老沈炖了肉,一起吃了午饭。

傍晚丁聪来电话,云版式已画好,于是往编辑部,取了他的信与书,再往取版式,归来已觉筋疲力尽。

午间,老沈谈起董是有雄心大志要画一幅长卷的,而沈则是小心翼翼做点小事情。

家中骤然间空落落的,“自由”得有些无可措手足了。

七月十五日　星期一

往编辑部,发稿。

午后往张中行先生处送照片和漫画及牟先生要借的书。

往琉璃厂。

据闻今年全国五省旱，二十个省涝，是一百五十年未遇的特大灾年，不禁忧从中来。

七月十六日　星期二

往编辑部，将扫尾工作做完。

午后上海译文社王有布来，携来陆灏托带的几册书。

七月十七日　星期三

往编辑部。

志仁午间自北戴河归来，短短三天，已晒得像个红壳螃蟹。

七月十八日　星期四

雨。

往编辑部，阅稿。

将三校样送往谷林先生处。

七月十九日　星期五

往编辑部。

午间老沈做东，请我和贾宝兰在丽雅餐厅午饭，冬笋炒肉一，麻辣豆腐一，香酥鸡腿一，并一盆酸辣汤，大家胃口似皆不佳，一盘鸡腿几乎全部移赠邻桌（胡靖、海洋等）。

午后往谷林先生处取校样。

晚间与志仁一起在大华看电影《天堂窃情》，原来就是爱丽绮丝与艾尔伯拉的故事。

九点钟开始看校样，阅至午夜。

七月廿日　星期六

往编辑部。

访梵澄先生(将誊抄后的稿子送交,请他再作删改)。

午间硬留饭,虽一再辞谢,只是不允,并道:“今天你若不留下吃饭,以后就再也不要来了。”只好从命。

饭菜甚丰盛,前日邻居一位詹大姐全家往西宁旅游,将冰箱中的存物皆送到这里来了。有扒鸡,笋干炖肉,红烧腐竹,炒豇豆,还有一些煎花生米。主食为面条,煮得稀烂,未放油盐,放了三个酸极了的西红柿,面条盛入碗中,再洒以作料。炖肉极淡,腐竹有一股中药味。总之,饭菜皆不可口,而先生之情盛且挚,不断向我碗中夹肉,大约吃了有十余块。先生喝酒,我喝雪碧,一顿饭连做带吃不到一小时,饭菜皆剩余大半。

饭后又一再留我多坐一会儿,并希望常来,最好每周一次,来即共饭,他说,姚锡佩就比我大方得多。

一点十分辞出,又往编辑部。

到范老板家送书。

七月廿一日　星期日

时阴时雨。

读书一日。

七月廿二日　星期一

往编辑部,准备第十期稿件。

午间在中国书店与杨成凯会(借《近代藏书三十家》)。

给吴方送去稿费。

往朝内:为梁治平、郭宏安复印稿件;林言椒约谈神秘文化丛书事。

已将篇目备齐,开出,寄往丁聪处。

夜梦至钱塘观潮。

七月廿四日　星期三

先往编辑部,继往葡萄苑西餐厅(服务日)。

来二十六位。

与雷颐、陈四益聊,余未及多谈。

七月廿五日　星期四

往编辑部。

贾宝兰将往北戴河,郝德华将往烟台,只得独撑局面了,幸而老沈自德国归来后,情绪甚佳,故相处极融洽,诸多工作做起来,也就顺手,九期稿刚发完,第十期也已大略齐备,似乎人越少,效率越高。

七月廿六日　星期五

往编辑部。

老沈给刘正、吴彬各写了一封长信,让我看,然后闲聊起来。不及多谈,有事走开,后又打来电话接着聊。

七月廿七日　星期六

往丁聪处取版式。

往编辑部。

将版式一一附在老沈批阅后的稿子上,又将诸项小栏目画好,然后一并交沈,由他来最后拼定,这算是创例吧,较前或效率更高些。

午前老沈烹制了肘子肉面。

往朝内取初校样。

志仁往龙泉宾馆。

七月廿八日　星期日

雨一日。

午间老沈来家取校样，又聊起三联和《读书》的往事。

志仁下午归来。

七月廿九日　星期一

往编辑部。

继往北图线装书部。此地真是一个好去处，大厅内只有寥寥三五人，既安静又凉爽，借阅也极方便。

一点钟离开，在西四小吃店吃了二两包子（一块零五分），馅小皮厚，且未发起来，直是一团死面疙瘩。

与志仁在政协礼堂门前会，同看电影《烈火金钢》。

七月卅日　星期二

贾宝兰前日起往北戴河休假，郝德华明日起往烟台休假。

往编辑部。

继往北图。

午后到朝内取校样，然后一直忙到晚间。

七月卅一日　星期三

将校样送往工厂。

《舌华录》卷七：

嵇阮山刘在竹林酣饮，王戎后往，步兵曰："俗物已复来败人意。"(时谓王戎未能超俗也)王笑曰："卿辈意亦复可败耶？"

韩愈谓李二十六程曰："某与丞相崔大群同年往还，直是聪明过人。"李曰："何处是过人者？"韩曰："共愈往还二十余年，不曾过愈论著文章，此是敏慧过人也。"

八月一日　星期四

往编辑部。

家中准备修房，须将一应物品腾空，最繁重的工作是捆书。

八月二日　星期五

往编辑部。

捆书。

八月三日　星期六

往编辑部。

到工厂核对封一、二、三、四。

往张先生处取稿，及赠送范、沈、劳、贾、吴等人的书。

八月四日　星期日

将首批修缮的房间内一应器具腾空。

八月五日　星期一

往编辑部。

接活版小沈电话，云二校已出，嘱立取。

往工厂取回校样，人民社校对科诸人休假，遂将校样四分：一送吴方，一送谷林先生，一送老沈，自己留一份，分校。

八月六日　星期二

到铁道部为外婆取生活费。

往北图,读书至午后。

志仁晚间到蒲黄榆丰泽园分店吃饭,十时方归。

八月七日　星期三

朱鸣从日本归来(休假一月)。晨访其家,说,没劲透了,恨不得不再去!但老娘不干,要我一定得学成归来,不然有何颜面见人。在那里,是半日上学,半日打工。

八月八日　星期四

今日立秋,却丝毫不见凉爽,仍觉暑热难当。

往谷林先生处取校样。

夏晓虹带来钱文忠所赠西泠印泥。

并二校样。

又有复旦纪桂宝来,也帮助一起并校样。

午前总算忙完,急急送往工厂。

八月九日　星期五

往编辑部。

将校样送往校对科。

郝方自烟台归来,贾亦自北戴河归。

午后上海古籍社李伟国来。

八月十日　星期六

志仁往敦煌旅游。

往地院访杨成凯。

八月十一日　星期日

海颖小夫妻来，刚刚旅行结婚自南京归来，带来喜糖、香蕉和为小航买的一个书包。

朱学勤从沪上来，一直聊到一点钟，在这里便饭。

八月十二日　星期一

往编辑部。

往北图，抄伦哲如的稿本《藏书纪事诗》。

午后往琉璃厂。

归来后头痛欲裂，家中所存去痛片已吃完，有一包备用的放在书包里，书包却又在办公室。方此之时，老沈将书包送至家中，遂取出急急吞下，不到半小时，头痛即止住。

八月十三日　星期二

一早即往北图，将伦稿抄竟。

访杨，请指点作笺注。

八月十四日　星期三

往编辑部。

接郝电话，云三校已到，于是到朝内取来，并。

今日本有许多安排，只因贾未到，而只得代做这些事，心中急得要命。将及完成，贾款款而至，看到这一副和顺温柔的模样，有多少火气，也不得发了，长叹一声而罢。

八月十五日　星期四

往编辑部。

往朝内与齐鲁书社陈延年会。

午间杨成凯来，云欲成一部《唐宋词籍版本考》，期待我与之合作。

八月十六日　星期五

往编辑部，做发稿准备。

立秋已逾一周，却暑热不退。前日夜间一场大风雨，电闪雷鸣，使人从睡梦中惊醒，但仍然没有送来一丝凉意。

朱鸣打电话辞行。

八月十七日　星期六

往编辑部，发稿。

午间，老沈炖了肉，大家一起吃：倪乐、郝德华、李小坤，贾宝兰也从工厂核红归来。

八月十八日　星期日

将近日读史所得草成一文。

晚间老沈来看了，认为需要修改。

八月十九日　星期一

往编辑部。

自周六起，家里的修缮工程就开始了，先将三个卫生间全部拆除。弄得洗澡、上厕所都极不方便，看来短期根本无法完工。

八月廿日　星期二

老沈路过，小坐。

黄梅来送稿。

今日才刚接到志仁的一封来信。

晚间十点，大嫂将小航携归（从北戴河）。只是家中一塌糊涂，种种不便，只好请大嫂带他到那边暂住几日。遂将她们送往汽车站。

小航黑黑胖胖，像个小铁蛋，据说已能游一百多米了。

八月廿一日　星期三

连日来持续高温，今日更甚，白天三十五摄氏度，夜间二十六摄氏度。

往编辑部。

吴方来。冯统一来。

午间与贾宝兰一起往健力宝吃午茶。

继往葡萄苑西餐厅小坐，喝了一杯汽水冰激凌。

给小航打了电话，大嫂说他的适应性很强，在那里过得很好。

风传近期北京附近要有大的地震，今夜似乎特别敏感，总觉有些异样。大约也是天气格外闷热的缘故，夜间一直未能进入深睡状态。两点钟时再也睡不着，干脆起来，将晚上写了一半的稿子写完。三点钟接着睡，又梦见志仁回来了，捂着一床厚被打哆嗦，一会儿又梦见地光，好像床也震动起来，终于还是睡不下去，只好起床。

八月廿二日　星期四

往编辑部。

午间志仁自敦煌归来。

往语言所访杨成凯（取稿）。

八月廿三日　星期五

往编辑部。

与志仁同往国管局大嫂处接小航，然后送往外婆家。

八月廿四日　星期六

昨晚接老戴电话，邀今早到北京饭店贵宾楼前的蓉园餐厅吃早点。

八点至，同坐有叶芳及杨进兄妹。老戴做东，吃了一碗汤圆，一个叶儿粑，一个小春卷。

往编辑部。

午间到国管局取小航的衣物，送至外婆家。

八月廿五日　星期日

外婆打电话来要我们去吃午饭。

海颖昨晚带小航去圆明园参观民俗展览，今早将他送回。

午间小舅舅也来了。

饭后将小航带回家中。

八月廿六日　星期一

往编辑部(带着小航)。

在健力宝酒楼举办服务日，事先通知了六家出版社，估计十二个人，但只到了两家，三个人。

八月廿七日　星期二

往编辑部。

老沈飞往广州，参加全国图书评奖。

初校样来，准备补白稿。

八月廿八日　星期三

处理初校样。

午间与小贾邀郝德华、叶芳、史玄、唐思东在丽雅餐厅吃饭:京酱肉丝、糟熘肉片、炒肚丝、红烧鲤鱼、软炸虾仁、酸辣汤等,很丰盛,不过八十八元,算得实惠了。

饭后与贾一起到健力宝酒楼买月饼。

八月廿九日　星期四

往琉璃厂。

午后往编辑部。

八月卅日　星期五

与昨日同。

八月卅一日　星期六

往编辑部。

往梵澄先生家送稿,先生家里终于装上了电话。

九月一日　星期日

读《万历十五年》,既得启发,又感不足,很想写一本《崇祯十六年》,写写周延儒、温体仁、杨嗣昌,还有崇祯。

九月二日　星期一

往编辑部。

午间张锦来,请我到健力宝吃茶。

志仁往京西宾馆开会,一夜未归。

九月三日　星期二

往历史所访王春瑜。

往编辑部。

九月四日　星期三

清早即往琉璃厂降价书市。

午后范老板应邀访丁聪夫妇,因将信件、稿费等一应物件送往老板家,委其转交。

往朝内取二校样,然后送到吴方家。

九月五日　星期四

往琉璃厂拣得(五毛钱一册)十几册旧书残本。

午间杨成凯来。

范老板忘记将版式带回,只好再跑一趟丁聪家,老板的东西竟也忘在那里,代他取回,并送往家中。

九月六日　星期五

除了妈妈寄来的香菇,朴康平寄来贺卡之外,今天这个日子,周围的人都忘记了,——包括最亲密的志仁。

往编辑部。

老沈下午自广州返归。

九月七日　星期六

本不欲提及,但昨日晚间还是忍不住说出。于是志仁下班到三宝乐买来面包,以为生日之贺。

到顶银胡同取来火车票。

往西单外文书店为张锦购外语磁带。

九月八日　星期日

朱淑真《元夜》诗"但愿暂成人缱绻,不妨常任月朦胧",意最好。

晚间志仁送至北京站门前，乘 53 次特快往沈阳。

九月九日　星期一

清早六时到达沈阳。

甫出站口，即有个体出租车拉客，坐到北方宾馆门前，十元。

八点钟，张锦来，同往教育社，与俞晓群会。寒暄之后，即与李晓晶一起草拟合同，很快办好。

午间教育社做东，俞晓群、王越男、谭坚、张锦及华东师大的张定钊，同往冷食宫吃西餐。

饭后小憩。往春风文艺社访邓荫柯、安波舜。乍与邓见，他张大眼睛，说：“很面熟，很漂亮，就是一时想不起来！”张锦说了一句“《读书》”，遂恍然记起名字。小坐之后，邓提议去吃冷饮，但未邀张锦，他却还是相跟着同往。

往对面鹿鸣春冷食厅，四人间的小雅座，四人份的套饮，三十元，极丰，咖啡、冰激凌、蛋糕、水果，量也非常足。

离开冷食厅，站在街口聊了一会儿，又到北方宾馆门厅闲话，七点多钟方散。

九月十日　星期二

上午往东陵，乘 10 路无轨至大东门（五毛钱买了一个面包），换乘 218 路，直达门前。

此为努尔哈赤陵，似与其他帝王陵寝无大不同。只是近期一直在读明史，对这位取代明朝的开国之君不免有些反感。

箭头所指，有一龙尾湖，不知何等样景观。林间漫行十几分钟,才见到一汪泛着绿色泡沫的池塘,原来就是“龙尾湖”了,真是扫兴。

沈阳人喜浓妆艳抹,衣饰也是花枝招展。

一点半钟回到驻地。

张锦来,同往冷食宫吃西餐。

傍晚时分,张锦送来辽大出版社所赠《钱歌川文集》四厚册,然后同往鹿鸣春吃冷饮。

九月十一日　星期三

张锦、谭坚皆来送行,同往航空售票处。

九点十分乘车往桃仙机场。买了一包椰味饼干（五块一毛),在候机厅吃下一小半。十点五十分飞机起飞,十二点整到达北京机场。乘班车(票价已提至八元)至十条口,原以为此地有 44 路车站的,却未料竟始终不见。以是一步一步走回家,从机场到家,竟用了一小时四十分钟。

匆匆吃下几口冷粥,即往北图,查阅书目。

又往编辑部。

九月十二日　星期四

往编辑部,办理合同盖章等事。

《周天集》《英诗的境界》,已来样书,开稿费。

顾随先生称李义山诗“能在日常生活上加上梦的朦胧美”。(据《文汇读书周报》载顾之京文)。

九月十三日　星期五

往琉璃厂。

往编辑部。

午间与贾、沈往丽雅餐厅吃饭。

将《崇祯十六年》报选题(两条河流:潜流、暗流;文字后面的历史:“需要”,就是“潜”历史)。

九月十四日　星期六

往编辑部。

屈长江来,剧谈半日,十一点半钟匆匆别去,赶赴火车站。

午间与史玄、老沈共进午餐(红炖鸡腿)。

下午《文汇报》唐大卫来。

九月十六日　星期一

往编辑部。

老沈昨日已将稿件编定,今日要做的,只是技术性工作,很快便搞好了。

午间与贾、沈一起往越秀酒家,梅菜扣肉、扬州炒饭、牛肉炒河粉、发菜三丝羹、豆腐一款,不到四十元,尽饱而散。

晚间腾房,直忙到午夜。

九月十七日　星期二

将搬乱了的书重新排定次序。

午后往北图,校核所抄伦哲如稿本,舛误甚多。

九月十八日　星期三

往编辑部。

午间与贾、郝往粤蓉酒家,费三十余元。

与贾宝兰一起访范老板。老板近患肺气肿,喘个不止,人也更觉清瘦。在一张纸片上写了两行诗“苦茶浊酒消永日，神衰形枯度残年”，说，这便是近况。

吴彬傍晚自美国归来（只是预知，尚未见人，也未得电话）。

九月十九日　星期四

往社科院，全院开大会，不得进。

午间杨成凯来。

午后往朝内，与林言椒谈《崇祯十六年》选题，他说，山东一位老先生，先报过《崇祯十七年》的题目，已基本谈妥，不料两个月前突然去世，只得作罢，于是约我来谈，要先写出提纲及样章。

九月廿日　星期五

往编辑部。

午间与贾、沈、仇，并海洋、张宏同往粤蓉，六菜一汤，四十六元，可谓物美价廉（梅菜扣肉、生炒排骨、肉丝豆腐、螺蛳、蚝油生菜、酸辣汤）。

访劳祖德先生，请他阅大体整理完毕的伦明手稿。

九月廿一日　星期六

往朝内领支票。

在葡萄苑西餐厅举办服务日活动，四十人（费一千一百四十元）。

吴彬归来后首次露面，着一件花外套，白衬衫，黑裙子，淡施脂粉，光彩照人。

给外婆送去月饼。

又往编辑部，明天是老沈生日，为他写了几句祝辞。

九月廿二日　星期日

今日中秋，志仁买了二十八块钱的肉，红烧（小茹掌灶，名曰苏肉），全家吃了，又请大家吃月饼、西瓜。

九月廿三日　星期一

往编辑部。

请老沈在服务日活动的发票上签字，却莫名其妙地火起来，絮絮叨叨，说些没意思的话，看来，是“一个瞬间”的结束了。

访徐梵澄先生，取合同，取稿件，临别时，硬塞我两块月饼（八珍花粉）。

访卢仁龙。

九月廿四日　星期二

往社科院，访叶秀山、周国平、刘东等。

午后往编辑部。

将写作提纲交林言椒。

九月廿五日　星期三

往编辑部。

往中华书局刘石处取书。

到人教社访张先生（取稿）。他方从香河老家归来，赠我一袋老家制作出产的月饼（自来红、自来白），久疏此味，颇觉可口。又邀我晚间与他同往靳飞家吃饭，说靳家是满族人，靳母烧得一手好菜，且一生别无嗜，只好烧菜。……不过还是婉谢了。

午后与吴彬同访王蒙、谷林、范用。

从谷林先生处取得上周送呈之稿。见先生于上增删涂乙，悉心审定之力令人感动,又不免深愧自己学识浅薄。先生还赠一张手自编定的干支表(清至民国)。

九月廿六日　星期四

往社科院访杨成凯,适逢其开会,久候不散,乃归。

午后林言椒约谈书稿事,认为提纲尚不完全。

往编辑部。

九月廿七日　星期五

往编辑部。

往北图核对伦明手稿。

九月廿八日　星期六

往编辑部。

施康强招饮健力宝酒楼，介绍我与□□□相识。吴彬说：“□长得像狐狸。”故刚到健力宝门前,就见到一位男士,恰与吴所云相同,遂上前招呼,果然不爽。他惊问因何识得,乃笑而不答。待施至,已不须作介矣。

九月廿九日　星期日

往编辑部。

杨成凯来,武汉王乾坤来。

往朝内领取支票,继往东四分理处取差旅费款。

九月卅日　星期一

往编辑部。

午后放假,回家后即开始搬移家什。

十月一日　星期二

继续搬挪家什。

十月二日　星期三

终于回到整修一新的房间,一家人一起到百货大楼买来两方地毯(投资六百元),屋子顿时显得明光光的,一改旧观。

十月三日　星期四

整理书架。

午后往编辑部。杨成凯专程为我送来稿子(伦明草稿笺注)。经他第二次阅过,已将全部问题都解决了。

十月四日　星期五

往朝内取校样,继往编辑部。

午间与吴、倪共食老沈炖下的排骨(沈别有翠华楼之宴)。

将校样处理完毕,送与郝德华。

往发行部领赴沪所携之书。

又往朝内取装书之塑料袋。

奔忙一日,疲累不堪。

十月五日　星期六

往编辑部,将火车票交倪乐。

往人教社,将黄墨谷《唐宋词选析》送还张先生,并将凌先生所交扇面一并送上。

往铁道部。

午前志仁住进北大医院,准备切除颈下的一个小瘤。

晚间乘21次车往上海。硬座票和卧铺票都买不到,只好托付志仁在光大公司订了两张软卧票。

八点钟，与小航依依惜别后，即往朝内。倪乐已等在那里，许师傅也将书取来，遂乘车往火车站。时间尚早，因入软卧候车室坐候，至此一切顺利。孰料上车之际，遭到了意想不到的沉重打击，骤然间从“贵族”降为“草民”，——软卧车厢的列车员一见我们，便立起眉毛，要查看工作证。验罢不容分说，拒绝我们上车。找到一位列车长，他的周围早是一群人，正在为此争辩不休，恨不得磕头作揖。一切手段使尽，只是不允。堂而皇之抬出“铁道部规定：非十四级以上行政级别者一律不准坐软卧”。倪乐情急生智，撒一个弥天大谎，说我是孕妇，却仍是打不动这位铁石心肠者。不得已怏怏挤上硬座车厢，座位早没有一个，过道里也挤满了人。幸有两大包书，一人一包，蜷缩在门洞，真是丧气到极点，不知怎样才能熬过这漫长的旅程。

直到十二点钟，列车长走来，说：“你们中间有一位孕妇吗？”急忙顺着谎再扯下去。于是被领到餐车，说是特殊照顾，明早六点钟以前必须离开。想想更多的改善已是无望，这也算是不幸之幸，便觉安心，谁知又有“幸福”在后头，——一点半钟时，竟又为我们安排了两张卧铺，如长征一般在一个一个车厢里趱行，总算睡到了铺位上。

第二天早上才知道，卧铺根本不满，早就可以得到解决的。此时此刻，对那位列车长，真不知是该感激还是该怨恨，他捉弄人也捉弄够了。不过大权在握，若硬是不给你卧铺，又能怎样呢。

听到床下一伙人玩扑克，有一方输得极惨，于是不知从哪里寻出一条“规定”,说输光了的一方可以造反,于是真的造起反来,惹得另一方大怒,遂唇枪舌剑,呶呶不休,不知究竟如何。但这一条扑克规定倒很有些政治色彩,只是中国的老百姓太善良了,纵观历史,不到实在活不下去的时候,是不会造反的,因此也就忍得住各种各样的气。

十月六日　星期日

事情却远未完结，软卧的票钱需由列车上的人出具证明，到上海站办理退票手续,才能拿到。只这一张证明,又把人折腾得肚肠都要断。在数节车厢内五次三番地长征,被各种各样莫名其妙的理由耽搁着,心都提到嗓子眼。其实不过服务台上一位列车员的举手之劳,却又要这样作践人。真的是孕妇,怕早就流产了。证明开好,又告知:须由站台上的货运值班员签字方能生效。人海中,却又到哪里去找这位值班员。幸蒙所在车厢的一位列车员好心相告:从软卧车厢下车,定能找到,遂又心神不定早早坐到那里。车甫一停靠,便疾扑下去,谢天谢地,好一位救命星果然就站在软卧车厢门前,总算是挥笔签上大名。急急出了南二站口,奔行到南一,陆灏早早等在那里(他说两点钟就来了)。接着,又须往二号窗口办理退票手续。好容易挤进人丛,窗口内的办事员像抄金刚经一般抄写了整整三十分钟，才算完事。拿到手一看,原来不足三十个字。至此,这一场劫难才算完结。

陆灏将书用自行车驮走。遂与倪乐乘出租车往上海政协的华厦楼招待所。条件很好,已是十分满意(日收费二十三元)。

洗涮毕，一同出门，乘24路车至文化广场。倪赴约，我往黄裳家中。按照倪乐指点的路线，东摸西摸，昏暗中，总算摸到了153号。黄先生正坐在临窗的一盏台灯下，眼前展开的一本书是《鲁迅全集·日记》。黄似不擅言辞，我便更觉发语艰难，要问的很快就问完了（伦明手稿中几首缺注的诗）。四目相对，有片刻的沉默，黄说："请你看看书吧！"于是从床头柜中的抽屉里取出钥匙，打开一个大衣柜的门，拿出了一大摞他视以为珍秘的藏书：有《吴骚合编》《西湖梦寻》《西厢记》《弹指词》《今词苑》《岳庙名贤诗》及张宗子的手稿本等十余种，书前书后均有他墨笔书写的长跋。书多系他自请人装池，故极精好，若杨成凯得见，当会有内行的评价。

八点十分告辞，黄送至门口。

回到寓所，看电视系列片《豪门恩怨》。

十月七日　星期一

一夜窗外车声不断，昏昏沉沉睡去又醒来，天已蒙蒙亮。

与倪乐同往"甜心"吃早点（三个包子：蟹黄、冬菜、豆沙）。

饭罢回到寓所。候至九点整，往十楼大会秘书处办理火车票事。

九点四十分出门，往辞书出版社访程兆奇。在楼道的硬木座椅上聊了半个多小时，起身告辞，程执意要送至车站，竟在车站又一聊半个多小时，待乘上车，已是十一点二十五分。

到达文汇报社，整整十二点，比事先约定的时间晚了一小时。陆灏和褚钰泉早已等在那里。尚未落座，褚即吩咐备饭。不一时盒饭买来，捧在手里，沉甸甸的，量可真不小，不过一半吃下去，就已饱得不行。饭后商量一下会议安排，又闲话一回，即往上海书店。

与经理胡建强联系妥当，便进入书库看书，匆匆浏览一过，似无佳秘之册。偏偏管库的人说今日有事，要提前下班，只好草草结束，——尚有大半未及寓目。

继往愚园路，访施蛰存先生。与黄裳先生极宽敞的居室相比，施先生的寓所甚觉逼仄，大约三代人同居一处。先生六十年代即已失聪，故与之谈话颇感吃力，近乎大声叫喊。请他为《读书》写稿，他说怕给《读书》惹麻烦，还是不写为好。

小坐之后，辞去，乘车至四川中路。在一家西餐馆吃晚饭，一份虾仁浓汤，一份沙拉，一份炸猪排，猪排只吃得一半，便已饱极。

回到文汇报社，待陆灏画好版面，同往其居取书。小小一间房，一半的天地是书，写字台上一瓶鲜花，但已枯萎，收拾得倒还洁净。

返至华夏楼，见倪乐与老沈等在门前，说是换了房间。一起进去，老沈迫不及待问及邀请名单。对邀请的几位老先生大光其火，然而种种矛盾，种种牵扯，事先我却一概不知。当日他又并无一言相嘱，这种责备，实在毫无道理。但也不好多讲，否则更惹其怒，好在只是一阵雷霆，过后也就雨霁云散。洗涮罢，就寝，已时过午夜。

十月八日　星期二

清早起来，与沈、倪一起往泰兴路电话局给辛丰年打电话，然后去吃早点：一人一两生煎包。

继往辞书社，邀程兆奇参加下午的座谈会。九点半到文汇报社，与陆灏到“东海”买会议所用的点心。

十一点钟在称心酒家午餐，《周报》做东，宴请《读书》。菜极精致：鲜虾、螃蟹、武昌鱼、鳝鱼等等，都是很难得的，只是全不对胃口。褚钰泉深感不安，特嘱饭店经理加了一款炸猪排。

饭罢回到报社，已陆续有与会者来。一边布置会场，一边招呼来宾。

两点钟开始，老沈主持，发言算得踊跃。好话居多，却非浮泛之辞，而确为关切之言，令人动情。只是钱春绮先生提出今年那一篇《一本没有翻译过来的书》不免言重，老沈的脸色有些不好，幸陆灏马上接过话题辩难，引出吴岩先生的一番话，算是解了围。今与胡晓明、何平、杨自伍、钱春绮、吴岩、周劭等皆为初晤，只是这样一种会议形式，却不及一一交谈了。

散会后，往上海老饭店赴邓云乡先生之邀。原来是周颖南做东，举办一次“愚园雅集”，都是海上的一批老先生：顾廷龙、杜宣、陆谷苇、孙道临、王辛笛，等等。分为三桌，分坐两间，一时也记不住许多名字。周在新加坡经商，颇喜结交文人，附庸风雅，出资出版了几本书，过几天要到北京去开新书发布会。饭菜丰盛而考究，虾、鳗鱼、鳜鱼、海参、鱼片等等，总有十几道吧，还有三四款小点心。

八点散席，徒步行至十六铺港。时间尚早，候船室已是座无虚席，遂踱入一间茶室，但招待员立即走来收费，交了两元钱，谢绝了茶水，于是送来一碟瓜子。亦无此兴，只喜进到茶室，可享受提前上船的待遇。手中握的是一张五等舱散座票，要靠陆灏的父亲开给货运员黄慧珍的一张条子，去交涉卧铺。上船后，未费周折便找到黄，递上信，二话未说，迅速办妥一应手续，补了一个三等舱。十点钟开船。

十月九日　星期三

昏昏沉沉睡去，昏昏沉沉醒来，时为凌晨四点钟，却再也无法入睡，干脆起来看书。

停靠在南通港，已是五点四十分。下船，乘一辆“嘣嘣”，至解放新村路口，打问到一排五幢。

叩门，见到严格先生，是六点半钟吧。不计厨房，只有两间小小的居室，一切都极简陋。唯一一件称得起贵重的，是靠墙的一架钢琴，却又用一块破旧的布覆着。一张琴凳，上面放了一叠沓乐谱。眼前的“辛丰年”，完完全全是一副复员军人的模样：花白的头发上一顶草绿色的帽子，矮矮的身躯，着一件草绿色的军衣。原来正是一位复员军人：一九四九年参军，南下到福州，七十年代才回到南通，现在享受离休干部待遇。但政策始终未能完全落实，故住房迟迟得不到改善。因出身地主，“文革”中受了不少苦（到一个矿上去挖煤）。妻子病故，彼时孩子都还很小，因为他四十岁才结婚。二十年来，就由他一人辛辛苦苦把两个儿子带大。现在大儿子在复旦大学读贾植芳的博士生（名严锋，生于学雷锋的年代），小儿子电大毕业，目前在一家工厂做仓库保管员。

彼此谈过身世经历之后，就谈历史，谈音乐，谈书法，各类话题穿插跳跃，无所不谈，几无间断。

十一点钟，和他一起南下的两位老朋友也来了。皆是古道热肠，性情中人，谈甚洽。其中一位的儿子，又送来了船票。午间，先生提议到外边去吃饭，我说，就吃我带来的点心吧（会议上发的一份）。于是泡上茶，每人吃了两块点心，而谈话始终在进行中。

午后一时半，步出门，沿河而行，往张謇故居，乃是一座很有气派的小洋楼。但并未进行专门保护，而是一直被几个机关单位占用着。前行，是张謇当年兴办的通州师范（王国维曾在此任教），但现在已成一座工厂。南通环城皆是水，因此风景很是优美。市政建设的基础多是张謇当年的劳绩。

三点半钟回到严居，先生执意要将我送到港口。四点二十分，互道珍重而别。至此，整整谈了十个小时（其间很少停顿）。真是口舌干燥，嗓子都有些沙哑了。严先生是一位极忠厚、极诚笃之人，有古君子风。

四点半钟起锚，到达十六铺已是晚间十点半。乘出租车至华夏楼。洗涮毕，已至午夜。放倒在柔软的床上，竟一点儿睡意全无，整整清醒了一个小时。不得已，爬起来看书，看到一点钟，方迷糊过去。

十月十日　星期四

凌晨早早醒来，简单收拾一下，找到老沈，略略谈过南通之行，然后三人一同到梅龙镇酒楼去吃早茶。据云酒楼系四十年代大演《一夜风流》之后所建，厅堂内描龙绘凤，令人想到那位风流的正德皇帝。点心很细致，虾饺、冬菜包、洗沙包、皮蛋粥、萝卜丝饼。有一种金黄色的，做成南瓜形状的小点心，服务员说，里面是“鸭丝”，大家一听，不大想吃，但老沈提议还是尝一尝，一吃却是椰丝！原来上海话称椰为“鸭”，而鸭呢，是称作“阿”的，真笑死人。

归途在凯司令给小航买了一袋点心，然后回到华夏楼，退掉房间。

继往辞书社，向程兆奇道别。程将我送至译文社，站在门口又聊了一会儿。之后径往楼上，找到王有布，与几位总编、副总编聊了几句。王将我引到样书室，挑了一大堆书，答应为我寄去，如此慷慨，倒令人很不好意思了。

返至原驻地，与沈、倪会合，提了行囊，由上海三联的王福康用车来接了我们一起往富豪酒家。总经理林耀深已等在那里，此处标明川广风味，但也多半是上海味了。老沈特为我点了一款串烧里脊，味道不错。又有白灼虾、鲳鱼、酸辣汤（这倒是地道的川味）、香菇肉丝炒面（两面黄）等，最后添加一碟黄桥浇饼，又香又软，很好吃。

饭罢，将沈、倪送至火车站，然后王福康陪送至陆灏家，一起等到他回来，将书打了捆。

十月十一日　星期五

一点二十分下火车。行至家中，行囊甫卸，就听得秀荣说，志仁仍住在医院，手术定在下周一做。顾不得吃饭，亦不及洗涮，急急赶往医院。说起病情，道入院后发现的另一处肿瘤，可能有病变，“挨完这一刀，说不定你就见不着我了。”一边说，一边还笑着，却令人好一阵伤心，但愿这些都是玩笑。

往编辑部收读信件。

回家见到小航，这一次他却破例没有哭。大概从此不会再像以前那样，小别重逢即要痛哭一场。

晚间陆灏来小坐，一起去访范用。此番沪上之组稿会，多仗陆灏，故其来京访人，组稿，老沈也意欲多方相助。

十月十二日　星期六

往编辑部，急急忙发稿事。午间老沈与吴彬在东兴楼合请许永顺、郝德华、倪乐、贾宝兰等，不得分身，未往。

老沈炖了鸡腿，趁热送往医院。病房条件很差，八个人一个房间，还有四人陪住的。

晚间辛丰年先生打电话来，问候志仁与小航（因在南通时提起），且反复致意，对我的南通之行深表感谢。真忠厚诚笃之人。

十月十三日　星期日

往北大张先生处为老沈索书（“负暄”二话，送香港商务陈万雄）。看了他的部分藏砚与藏画，并吃了午饭。居室似较前年来时更觉拥挤，女儿养了十只猫，且都是成年猫，不过公猫都已在医院做了绝育手术。

归途在罗孚先生家小坐，遇周健强。

到医院探望志仁。

将书送到编辑部，交沈。他正在那里独自苦干，把办公室的沙发挪到了《读书》编辑部。

访赵萝蕤师。今日她谈兴颇浓，讲了许多早年的经历，还送了一张她与陈梦家的合影。照片上的她是一位苗条韶秀且略含几分羞涩的少女，而从今天的苍老面容上，已经一点儿都见不到昔日的影子了（几个月没见，她好像老了许多）。

十月十四日　星期一

清早赶到医院。原定两边做手术的，却只做了一边，结果一个小时就结束了，——推着进去，走着出来，是意外的顺利了。但志仁总对未做手术的一边不放心，而医生的意思是不做为好。医生的话，听起来很有道理。

十点钟，志仁的两个朋友来了，原是准备将志仁抬下手术台的，却也不必了。想买一份京东肉饼，赶到那里，却才刚刚起火，要十一点钟才动手做。于是到马凯餐厅买了一斤肉末烧饼。一会儿，倪乐也来探望，为我带了一份三明治。一点钟归家，途中遇雨，虽霏霏之细，衣服也都淋湿了。

接辛丰年先生长信，备述此番晤面之感慨。

往编辑部。

十月十五日　星期二

一早赶到医院，将志仁接出。

到社科院叶秀山处取稿。

午后带小航到协和医院看病。

往编辑部，做发稿准备。

十月十六日　星期三

带小航到医院打针。

继往编辑部。

访姜德明。

午间往梵澄先生家，送去《周天集》样书。他说刚接到稿费一千五百元，已存入银行，待过节时，给我提成五百元，自然谢绝，先生道："再说，再说。"

说起与许广平的一些不愉快，他说，每次去见鲁迅，谈话时，许广平总是离开的，"我们谈的，她不懂。"关于抄稿子的事，他说："原以为鲁迅有几个'小喽啰'，没想到一个也没有，却是让许广平来抄，她便生气了。"又说道："看了你们的第九期，有一页文字全部可删（即吕叔湘文中的最后部分）。"

往编辑部，做发稿准备。

在灯市口理发。

十月十七日　星期四

往编辑部，发稿。

午间李庆西来，陆灏来，遂与老沈并吴、贾同往贵宾楼下的蓉园午餐，计有回锅肉、梅菜扣肉、水煮肉、清蒸鱼、麻婆豆腐及凉菜四款，黄桥烧饼、芝麻云卷点心两款，费赀二百余元。

饭罢往冯亦代先生家取李青涯译《莫泊桑短篇小说全集》，

送至施康强处。

十月十八日　星期五

带小航到医院看病。

午后往编辑部。

陆灏偕近代史所李洪岩及上海社科院张文江同来。

往老板家送书。

十月十九日　星期六

在葡萄苑西餐厅举办服务日（讨论杭之的《一苇集》），午餐为火锅，挺有气氛。

散后往琉璃厂，继访吴晓铃先生，说起台湾的词曲研究家郑骞先生故去，台湾报纸接连刊发了整版的纪念文章，而大陆学者俞平伯先生逝世，只发了一个豆腐块儿的消息，顿生无限感慨。

十月廿一日　星期一

往编辑部，将老沈要发的传真送至其家。

往社科院。

十月廿二日　星期二

访王世襄先生。他说欲购上海古籍社版《明清俗语辞书集成》而不获，因将家藏一部送至，本意是相赠，但先生执意要付款，否则坚辞不受，也只好由之。

午间与郑逸文、陆灏、毕冰宾在日坛饭庄吃四川小吃，赖汤圆、酸辣豆花、棒棒鸡、溜肉锅盔、珍珠圆子之类，费六十九元。

晚间负翁在马凯设宴，为郑逸文接风，为陆灏饯行。陪坐有范锦荣、卫建民、靳飞、毕冰宾(午间临时邀至),还有凌恩岳,自然是少不了的。陆灏果然不能喝酒,大家力劝之下,灌下一杯啤酒,便醉得不行了。卫建民一口浓厚的山西腔,范锦荣一声不吭,任务只是为负翁布菜。

十月廿三日　星期三

往地院杨处取书。

为负翁送去印度艺术稿。

往《文汇报》北办访郑、陆。

久不去王府井新华书店,今日转了一圈,小有获。

十月廿四日　星期四

与老沈同往人民大会堂参加贵州人民社为“古代名著全译”召开的座谈会。

午后往琉璃厂。

十月廿五日　星期五

清晨,老沈做东,请吴彬、郑逸文、陆灏四人在贵宾楼下的蓉园喝早茶。遗憾的是,两位上海人吃不惯北京小吃,如炒肝、面茶、豆腐脑之类,而早茶所备之物也实在不够水平。

将《钱歌川文集》一部四册送往谷林先生处。

十月廿六日　星期六

往编辑部。

自王先生处假得《说葫芦》手稿副本,重读一过,草成一文。

小航下午数学测验,一道题做不上来,急得吧嗒吧嗒掉眼泪。后被马铮发现,告诉老师,于是老师提示了几句,终于做了出来。回到家中,看到他眼睛都哭肿了。

十月廿七日　星期日

读目录版本之著。

看望外婆。

十月廿八日　星期一

往编辑部。

老沈感冒,又引起气管炎,故情绪极坏。

往社科院阅征处,假得《中国版刻图录》一部。

午后到编辑部,候初校样。

十月廿九日　星期二

往编辑部。

这一期校样,补白格外多,故好一番忙乱,总算理就。

晚间志仁的朋友请一家人(爷爷、奶奶、志仁、小航)往和平宾馆开办的旅游小吃城吃小吃。此为那家花园故址,如今布置得灯火辉煌,买卖十分兴隆,虽价格很高(进门就要一块钱的门票),来者仍然踊跃。

十月卅日　星期三

往朝内,处理初校样。

原与郑逸文约定午间在冯亦代家谋面,然后请她吃京东肉饼,但急急赶到那里,她却已先行一步,——另赴他宴了,留下一张致歉的短简。

下午郑打来电话,再次抱歉,原来是黄宗江、范用、丁聪等人盛情邀请她往东坡酒家。

晚间在新侨饭店六楼宴请王福康、徐小蛮伉俪暨郑逸文、王得后，老沈、倪乐同在，并同请澳大利亚之潘士弘。环境极优雅，服务态度亦佳，只是菜品无可称道，上座率极低（黑胡椒牛排，黄油鸡卷、什锦小吃、奶油烤鱼虾、蔬菜沙拉、拿波里炒面、什锦烤饭等）。

十月卅一日　星期四

往朝内，三联编辑会议，讨论明年出书方针、计划。

往编辑部，阅稿。

十一月一日　星期五

往编辑部，阅稿。

午后徐雁来。

十一月二日　星期六

往编辑部。

列出篇目，寄丁聪。北大秦立德来，先找到旁边的环保所，后方问到这里，他说："你们《读书》也是一个环保所，是个'微型景观'。"

接到负翁电话，云应靳飞之约，为《教育报》写一文，但主编执意要删，力争不可，遂愤而辞职。遂顺便说起，手中这一篇《八股微》，沈主编的意思也是要删，我听命而已，绝不辞职的。负翁先是斩截地说："要删，就退我！我别的地方发去！"稍一沉吟，又道："要删哪一部分呢？"答曰："中间部分。"便同意了，晚间又打来电话，道："不让你为难了，拿来我自己删，岂不是好？"自然是好。

十一月三日　星期日

邀请了陈原、王蒙、傅璇琮、戴文葆、李慎之(外出,由其女公子李伊白代)在东安门大街的美食城吃早茶。老沈,并编辑部三人外,原也约了倪乐的,却因与老沈闹气而未来。以《坚硬的稀粥》为中心话题。

茶后,又与吴、贾、沈往百货大楼四楼酒廊喝咖啡。

十一月四日　星期一

往编辑部。

午间杨成凯来,送还《文献学辞典》,并提出意见与看法。

到编辑部等校样,然后送往吴方处。

晚间郑逸文来,赠我两个小镜框,一放结婚照,一放母与子。

十一月五日　星期二

上午到社科院参加普鲁斯特讨论会。

陪郑逸文一起走访范老板,听他讲起,黄裳曾追求过黄宗英,事未谐,黄便说:“那么我做你的衣裳吧。”自后果真改名为黄裳。

假得香港版《林徽因》,读罢写一小文:《世间已无林徽因》。

晚间受郑逸文与徐坚忠之邀,往豆花饭庄晚饭。同坐尚有吴彬(四人费九十五元)。最可口的一款是甜烧白,余无谓。

十一月六日　星期三

清晨,风风雨雨,一阵热闹,不移时而止。

往王蒙家,为范老板取《红楼启示录》的签名本。

往张中行先生处，请他当面将稿子删改毕。

午后又往谷林先生处送书。听他讲起，记不得在哪里有一篇文章写道，徐玉诺举办钢琴演奏会，是要赤身裸体来弹奏的，因为他认为穿了衣服会影响演技的发挥，则演奏会是不能将幕布拉起的。

林徽因有一组小说题为“模影零篇”，其中《钟绿》一则，写的就像是她自己。

“那一年学校开个盛大艺术的古装表演，中间要用八个女子穿中世纪的尼姑服装。”

试装的那一天——

“你想，你想一间屋子里，高高低低地点好几根蜡烛：各处射着影子；当中一张桌子上面，默默的，立着那么一个钟绿——美到令人不敢相信的中世纪小尼姑，眼微微地垂下，手中高高擎起一支点亮的长烛，简单静穆，直像一张宗教画！……”

还有一个雨中的钟绿——

“我就喜欢钟绿的一种纯朴，城市中的味道在她身上总那样的不沾着她本身的天真！那一天，我那个热情的同房朋友在楼窗上也发现了钟绿在雨里，像顽皮的村姑，没有笼头的野马，便用劲地喊，钟绿听到，俯下身子一闪，立刻就跑了，上边劈空的雷电，四围纷披的狂雨，一会儿工夫她就消失在那水雾迷漫之中了……”

终于，在一个夜里，“我”不可思议地见到了钟绿——

我“望着灯下披着红衣的她，看她里面本来穿的是一件古铜色衣裳，腰里一根很宽的铜质软带，一边臂上似乎套着两三副细窄的铜镯子，在那红色浴衣掩映之中，黑色古锦之前，我只觉到她由脸至踵有种神韵，一种名贵的气息和光彩，超出寻常所谓美貌或是漂亮，她的脸稍带椭圆，眉目清扬，有点南欧曼达娜的味道；眼睛深棕色，虽然甚大，却微微有点羞涩，她的头、脸、耳、鼻、口唇、前颈和两只手，则都像雕刻过的形体！每一面和她一面交接得那样清晰，又那样亲和，让光和影在上面活动着。……”

十一月七日　星期四

往北办小坐。

继往琉璃厂。

午间，由老沈掌灶，在编辑部宴请郑逸文、徐坚忠（以烤肉为主）。

十一月八日　星期五

上午在家等候郑逸文将所借杨丽华的自行车送来，十一点半钟，拜别而去。

午间杨成凯来，阅十二期校样中的几则补白，订正了一个重大错误。

午后往编辑部，又往朝内，将校对科的校样送往谷林先生处。

十一月九日　星期六

往编辑部。

午间俞晓群、谭坚来，云书稿选题已通过，但将之列入“与中学生（还是青年？没记清）谈读书”丛书中。不过又特别说明，这是权宜之计，将来出书时仍可保持原貌。

邀我一同午餐，未往。

十一月十日　星期日

应姚楷之邀，一家三口同往她家赴宴，其先生俞老师大她十五岁，看去似父执辈，但人很实诚，亦豪爽（山东人）。据姚说，此餐系草草置备，但已觉颇为丰盛：元宝肉、梅菜扣肉、狮子头、辣子肉丁、蘑菇炒肉，及一大盆黄瓜豆腐肉燕汤。俞老师刚刚拿到七千元稿费，于是将室内陈设大大更新：添置了高级组合家具一套（上一次得获稿费，买了一架钢琴）。

饭后小坐，即别去，往东四家具店买座椅。这是婚后十二年第一次购置。

十一月十一日　星期一

往编辑部。

陆文虎来。

往谷林先生处取校样，又往朝内将工厂排出的三校取回。

十一月十二日　星期二

往编辑部，阅三校样。

备下一期稿件。

十一月十三日　星期三

往编辑部，做发稿准备。

午间与沈、贾、吴、仇同往丽雅餐厅（五人费赀六十余元），可称物美价廉（回锅肉，颇佳妙）。

十一月十四日　星期四

往张先生处(送第九期《读书》,及烦请他转致的牟稿)。又说起《青春之歌》,问他可有北戴河救孤女一事,道:“我一九五六年才第一次去北戴河!”“那第一次是怎样认识的呢?”“原是我哥哥一个同学的妹妹。”

继往琉璃厂。

又到集邮公司更换预订证。

十一月十六日　星期六

往编辑部,发稿。

朱伟、林建法来。

午间与吴、贾、沈、林建法、林言椒、郝德华在丽雅餐厅聚。

午后归家,易丹过访。此系初晤。

十一月十七日　星期日

前几天拉到家中的书柜不合格,今南苑厂来人修理。

读目录之什,颇觉有趣。

十一月十八日　星期一

即日起休假。

十一月十九日　星期二

家居读书而已。

午间周国平过访,言其小女已于本月七日仙去。

十一月廿三日　星期六

连日来只是家居读书。周四午后往琉璃厂一行。昨日往编辑部取信。午间卢仁龙来送书、借书。

今日午间老沈来家，邀往山姆叔叔快餐店午餐，一只鸡腿，一杯黑咖啡，一个冰激凌蛋卷。归途步行至天平利园酒店，遂入咖啡厅小坐。此行只为讨论明年的几个设想，如小栏目“一句话书评”之外，再辟一个“文史哲杂俎”，又如争取在深圳、广州搞一些活动，及印制一种设计别致精美的笔记本，前面用些有意思的话来介绍一下《读书》，等等，等等。

十一月廿四日　星期日

整理出两篇小稿，一评《中外散文选萃》，一评《藏园群书题记》。只是写出后，觉得不甚满意。

十一月廿五日　星期一

假满为十五日，却不想继续休下去了。镇日读书，反觉头昏脑胀，效果并不佳。

往编辑部。

午后往社科院还书（《中国版刻图录》）。

十一月廿六日　星期二

往编辑部。

往徐先生家送挂历。

讲起他的那一篇《星花旧影》，他说，还有不少话都删去了。当日稿成，曾拿给一位老朋友去看，那位指某某处说：“这话怎么能这么说？”又指某某处道：“这也是不可以的。”结果大事笔削。“那么现在把它写出来不好吗？可作一篇补遗。”先生只是摇头。说：“海婴还在，我和他关系很好的。有些事讲出来会让他不高兴。”于是说起当日和鲁迅一起吃饭的情景。“一桌上，我，先生、师母、海婴，还有他的一个小表妹，——是师母妹妹的女儿，先生总是要喝一小杯绍酒的，我也喝一杯，而海婴总是不停地闹，一会儿要吃小妹的菜，一会儿又要这要那，弄得先生酒也喝不好。我就讲：‘我小的时候，总是单独一个小桌子，一碗饭，两碟菜，规规矩矩地吃，与大人们那一桌毫无影响。’先生当然明白我的意思，于是慢慢说一句：‘个把孩子啰！’也就过去，先生对这个独生宝贝是有点溺爱的。”

问起先生的家世，他说，祖父一辈做过官的，但不大，中过举人。伯父在镇上做事，借了皇库的银子，围湖造田（洞庭湖干涸的部分）。这片地很肥，产量非常高，粮食运到长沙去卖，三年就还清了债。以后就把钱用来买了不少长沙周围的地，家里就这样富起来了。他们这一辈的堂兄弟（先生最小）念书都念得非常好，但科举一废，一切都完了。有几位没有事情做，就躺在家里抽大烟，家道便中落了。他有一个哥哥到美国留学，后来去了台湾，八十多岁去世。这一辈中只剩下先生一人了。又问父母在世时，为什么没有订下婚姻？先生说，抗战，留学，始终没有安定。后母丧，依礼守制三年，不可言婚事。再后又父丧，仍是三年。一拖再拖，也就拖了下来。

临别，一定要给我五百块钱，说是两次为他编书的提成。坚拒，而不允。一再讲：“这是我的一份心意。而且，我留着钱也没有用。我早想好了，死后全部遗产捐给宋庆龄基金会，也就完事大吉。我发现，近来生活费用越来越高，我希望能够用这点钱作为补助。或者，你用儿子的名义存入银行，定期十年。”为此反复争执，看看实在无法说服他，也只得如此。或者，可以用这笔钱托人在海外买几盒上好的烟丝。先生每叹国内的烟丝质量太差，说烟叶是好的，只是制作工艺不过关。也还可以买一盒漳州印泥，及好刻刀之类的用品。

前几年曾陆陆续续抄过一些先生的诗，后辍。今日决定重新来过，好好地做一遍。先取卷一三十叶。

午后飘起细雪。

又记起先生所说，当年祖母很是操劳，一年下来，光是为儿子们做鞋，就做了一箩筐。故祖母病重时，伯父一辈都非常着急，求医问药皆无效，后祖父决定请神。遂备了重礼往陶公（名陶淡）庙。儿子们依次剪下辫子的一截，供在香案上，意为减自己的寿以为母亲添寿。祖母还是故去了（得年七十余）。但据先生的姐姐讲，祖父一辈人，皆是六十多岁亡故，看来神的买卖也是只可减不可加的。

十一月廿七日　星期三

往外婆家，与海虹夫妇一起，陪她到八宝山请外公的亡灵回来过九十冥寿。

继往琉璃厂，购得抄诗之笺。

午后往编辑部。

与吴、倪同往天伦王朝饭店。候至四点钟，沈、贾偕董秀玉、褚钰泉同来。一人一杯咖啡，我与吴、董要了兑酒的苏格兰咖啡。本来就有点头疼（大约昨晚贪看《说文》，睡得晚了一会儿），咖啡喝下去，竟如腾云驾雾一般，只得先行告退（原订喝完咖啡后再一同往和平宾馆的小吃城晚餐)。

十一月廿八日　星期四

往社科院。

午后往编辑部。

与吴彬一起访范老板,以两色春明小点心及咖啡相款。

十一月廿九日　星期五

清早往北大访金先生(取《难忘的影子》与《旧巢痕》以寄辛丰年先生)。说起当年(一九三五年?)在天津《益世报》的《读书周刊》(教会所办)发表一篇论文以载道的万字长文,曾受到朱自清先生的激赏。朱原以为是该报主笔毛准(子水)所为。后当面相质,才知是出自一位年轻人之手。金先生说:“我倒真是以《读书》始,以《读书》终。”

继往地院访杨成凯。因时已近午,他从食堂买来包子,于是和他的儿子杨靖一起,共进午餐,——三个包子而已。

归途刮起黄风。

十一月卅日　星期六

往编辑部,取来初校样。

十二月一日　星期日

阅校样。

十二月二日　星期一

往编辑部。

经协和医院变态反应科诊断,小航为灰尘、花粉等过敏,故极易患病,因进行脱敏治疗。

到编辑部，处理初校样。

往出版署招待所，与即将赴美留学的张锦道别。

十二月三日　星期二

往月坛办事处为外婆领取生活补助，在寒风中排队等候了近两小时。

往编辑部，将校样送交郝德华。

十二月四日　星期三

往编辑部。

吴方来。

叶芳来。杭州分销店甫开业，即遇到若干麻烦，吴彬耐心细致为她排解一番。

老沈炖好梅菜烧肉，做好一锅牛尾汤，即赴潘士弘之宴，六位女士：小坤、耿捷、叶芳，并编辑部三位，将之一扫光。

十二月五日　星期四

往铁道部为外婆领取生活费。

访社科院吴岳添、柳鸣九、杨成凯。

改杨稿。

往编辑部。

十二月六日　星期五

往发行部，取《周天集》作者样书，然后送往徐先生处。带去刻刀及在东大桥食品商场所购茶叶、饼干等物。先生一见就笑了，说那笔钱不是让你这样花的，那意思是请你存进银行，自己慢慢使用，即使是为我买东西，也不必这样急呀，我发现你真是一个急性子，就像你喝咖啡一样，每次总要咕咚咕咚一气灌下去。

“你的那个陆灏呀(应该说你介绍来的陆灏)，没有前途！”突然说了这么一句，听后不免惊讶。原来是他最近收到寄来的《读书周报》，颇有不以为然之处。如所刊魏广洲一文(《〈书林清话〉的得与失》)，连《书林清话》作者的名字都没有提。认为《周报》属“海派”一类，是留不下痕迹的。“报纸可以不去管它，不必费什么心思就能拼出一版，但希望这位陆灏学有专门，无论如何一定要用心专一门，不然的话，没有什么发展。”

送我一册《周天集》，在写下“丽雅大妹惠正”几个字的时候，说道：“我晚年得遇这样一位大妹……”

又说：“有一件重要的事情要做，就是凡经你手发的稿子(指先生的稿子)，都请你把它剪贴起来，装订在一起。”当下就把刊在《读书》上的《蓬屋说诗》都剪了下来。

午后往北图，阅《松邻遗集》《城东倡和词》《梅祖庵杂诗》，查得吴昌绶卒年。

又往琉璃厂为徐先生购得漳州印泥及信笺。

十二月七日　星期六

雪。

往编辑部。

列出第二期草目，寄往丁聪。

午间与沈、仇、吴、贾、小坤、叶芳共进午餐：老沈烹制的肘子。尽欢而罢。

十二月八日　星期日

零星小雪。

写就“古琴专辑”的小评，写得很顺手，自以为满意。

发贺年卡数张。阅《女杰书简》二校。

十二月九日　星期一

酿一日雪意。

往编辑部。

往社科院语言所（“独鹤杯有奖竞赛”竟弄假成真）。

在北图盘桓半日，见目录颇多有趣之著。

十二月十日　星期二

夜雪。

上午路滑难行，只好在家读书。

午后往牟小东处取稿，然后往编辑部。

向袁伯母借得《中国音乐史参考图片》第八、第九辑。

十二月十一日　星期三

往编辑部。

午后往琉璃厂为老沈买《外国音乐辞典》，然后送至编辑部。

到范老板处取柳苏稿。

十二月十二日　星期四

往编辑部。

往语言所。

到商务印书馆馆史组，以陈原之介，向李新英假得全套馆史资料（油印之册）。

十二月十三日　星期五

到丁聪处取版式。

在花园村中图贸易公司购得廉价书数种。

往北图阅林石庐《箧书剩影录》。

十二月十四日　星期六

往编辑部,发稿。

《文汇报》记者唐大卫来。

十二月十五日　星期日

老沈予冯至译里尔克《致青年诗人的十封信》书稿一部,嘱为之责编,今阅一过。

午后与志仁往王府井书店,上海译文的总编与社长正在那里签名售书,——该社独家出版之《斯佳丽》(《飘》的续集),亦觉可买。

十二月十六日　星期一

往编辑部。

唐大卫又来,"采访"云云,由老沈和吴彬接待。

午后往北图,阅《松邻遗集》。

再往编辑部,取得三校样。

十二月十七日　星期二

往北图,阅《慈培书目》。

往编辑部,处理发稿未竟事宜。

傍晚与郑在勇在海关大楼前约见,转交宁成春所借磁带,取得所赠书两种。

十二月十八日　星期三

往编辑部，退三校样，发稿。

午间与吴、贾、郝同往东四一家家常菜馆吃饭，猪肉炖粉条、炒雪里蕻、糖醋带鱼、酸菜粉、炒腰花、红烧排骨、炸馒头，共六十元。其风味正与平日家中所吃无异，那几位很少吃到这一类口味，故叹为新鲜。

饭后往北图，阅《郎园读书志》《不登大雅堂书目》。

十二月十九日　星期四

往编辑部。

午间杨成凯来。

十二月廿日　星期五

往北图，阅吴、陶《景刊宋金元明本词》。

午后往编辑部。

十二月廿一日　星期六

往编辑部，发贺卡。

三哥三嫂自希腊归来。

王先生看到《读书周报》所载《别一种情缘》，很是高兴。我告诉他，我只会讲些外行话。但他说，前不久遇赵萝蕤师，赵云，我不懂外语，但讲的话还很内行，倒是金先生总说些外行话。赵师此处系指我为其译作《黛茜·密勒》所为之书评，那正是与她结识的开始。

十二月廿二日　星期日

今日冬至，一日飞雪。

自《艺风堂友朋书札》中钩稽吴昌绶事迹。

三哥携归十六只箱笼，要我将“书房”腾出一面墙来给他放置。只得照办。书房面目，无存矣。

十二月廿三日　星期一

往社科院，取得光绪丁酉年乡试录（吴昌绶墨卷）。

十二月廿四日　星期二

往编辑部。

继往朝内参加党员会（民主评议云云）。

午后与吴、贾二位往阿里山饼屋、香港美食中心采买服务日所需食品。又往发行部取明日售卖之书。

十二月廿五日　星期三

小航又患感冒。

服务日。

来者踊跃，约有七八十人，午间散去。

与沈、董、郝、倪、吴，同往赛特大酒店午餐。清蒸鲩鱼、素炒荷兰豆（嫩豌豆）、银钩豆丝、咸鱼蒸肉饼、梅菜扣肉、蒸豆腐、白煮牛肉，共二百六十七元。

十二月廿六日　星期四

往编辑部。

往语言所取商务印书馆馆史资料。

往人教社，将《女杰书简》合同送交负翁。

访程兆奇（科学出版社招待所）

十二月廿七日　星期五

大风一日。

往编辑部。

带小航打针、看病。

十二月廿八日　星期六

往编辑部。

访赵萝蕤师(送去一本挂历)。九点多钟了,刚刚吃早餐(牛奶、鸡蛋、饼干抹花生酱)。看见我很高兴,马上拿出一盒明式家具图片相赠。这是一位美国人搞的,他正准备在加州建一座明代家具馆。她说:“本来也舍不得送你的,因为我只有三盒,可昨天王世襄拿来了六盒,所以可以送你了。”又说起近来对某某的宣传大令人反感,“我只读了他的两本书,我就可以下结论说,他从骨子里渗透的都是英国十八世纪文学的冷嘲热讽。十七世纪如莎士比亚那样的博大精深他没有,十九世纪如拜伦雪莱那样的浪漫,那样的放浪不羁,他也没有,那种搞冷门也令人讨厌,小家子气。以前我总对我爱人说,看书就要看伟大的书,人的精力只有那么多,何必浪费在那些不入流的作品,要小聪明,最没意思。”

十二月廿九日　星期日

看望外婆。

往琉璃厂。

往编辑部。

十二月卅日　星期一

近日费尽心力钩稽吴昌绶事迹，所得不少，阙疑仍多。

午后往朝内取初校样，继往编辑部。

十二月卅一日　星期二

往北图，借阅《松邻丛编》。及至出库，第一册却被馆中人假去，遍查职工借书条，而不得其人，可谓怪哉。

往编辑部。三联版《马克思与世界文学》获图书奖，老沈以奖金二百元请客，吴、倪、仇、史、小坤、毛毛与焉（毛毛乃新婚燕尔）。在朝内一家新开之粤菜小馆，计有清蒸鲩鱼、铁板鱿鱼、梅菜扣肉、荷兰豆、油煎豆腐、芥末鸭掌、京酱肉丝、玉米羹等，费一百一十二元。老沈云，此地有中档以上之水平，而收费则在中档之下矣。

饭罢已是一点半钟，往王世襄家。老两口刚刚举箸，午饭是一盆沙拉，袁伯母则配大麦米粥一碗。临别，为我装了一小瓶沙拉。

一九九二年

一月一日　星期三

将介绍《景刊宋金元明本词》一文写成，题为“文字偏留不尽缘”。此篇用功甚勤，所辑资材逾万言，成篇之文字不及两千。

一月二日　星期四

阅初校样，准备补白。

午后往编辑部。本期有王春瑜《民以粥为天》一篇，因王蒙的《坚硬的稀粥》而犯忌，决定撤换。

归途与老沈同行，至小街路口，交通标志是绿灯，却不约而同下车停候。半晌沈方醒过神来，云：“我们为什么站在这里等？”相视大笑。神经已被训练得敏感之至了。

一月三日　星期五

往编辑部，处理初校样。

午间老沈做东，在阿里山饼屋喝咖啡，啖点心（点心吃得大倒胃口）。

一月四日　星期六

往编辑部。

往冯亦代处送稿（施评李青崖译莫泊桑）、送书（施假李译）。

一月六日　星期一

雪。

往语言所。

午后往朝内，参加“党员民主评论”会。

一月七日　星期二

往编辑部。

往哲学所访郑涌,不遇。其后郑来家(送稿)。

午后往朝内,继昨日之会。

一月八日　星期三

往编辑部。

午后往琉璃厂,继往绒线胡同书店。

一月九日　星期四

往编辑部。

午后杨成凯来。

一月十日　星期五

往丁聪家取版式。

午后往编辑部,做发稿准备。

带小航到医院打针。

小航眼看一天天长大了,真不希望他再长大,永远是个孩子该有多好。

一月十一日　星期六

往编辑部。

发稿。一直忙到午后两点钟,饭也没顾得吃。于是老沈烹制了松花、咸鸭蛋、香肠炒饭,与吴彬、倪乐共食。

三人同往范老板家,老板以咖啡相款。

一月十二日　星期日

读清季野史,记闻之属。

一月十三日　星期一

大风一日。

虽足未出户，而电话不断，宾朋不断。杨成凯午间来，卢仁龙午后来，老沈傍晚来，晚间大舅舅来。

一月十四日　星期二

往编辑部。

午后周国平来。丧女之痛后，欲携夫人往游闽粤，以稍解烦忧。

晚间老沈送书来（江苏版新书数种，会议所赠）。

一月十五日　星期三

往琉璃厂。

往负翁处。又电话约吴彬来（送新凤霞所作秋菊一幅），先生做东，于寻梦园请饭。菜三款：芽菜扣肉、糖醋里脊、姜爆鸡，费赀二十九元。尽欢而散。

往编辑部，吴执笔，写一年总结。

往朝内，取三校，送往劳祖德处。

晚间戴文葆先生来家送稿。

一月十七日　星期五

大风一日。

午后访梵澄先生。

他说，第十二期《读书》很好看，我却不记得有些什么精彩之文。先生道，从头至尾，都说得过去。第一篇李慎之的，就很好。“您不是不喜欢□□□吗？”（李文是写□的）“对，我是不喜欢□□□，阿世，一贯的，在重庆时，就为蒋介石政府捧场，后来又为‘四人帮’。”“可他写了一本《□□□□□》，很诚恳地检讨。”“那更不必，要就不做，做了，又何必去检讨？总是不甘寂寞罢了。”

说起昨天恰好去看望贺麟。“他看去气色很好，也有精神，但只是在床上躺着。”先生写了一本谈王阳明哲学的书，他认为只能请贺先生为他看一看，提意见，但显然已不能。不免慨叹。“当初与鲁迅先生一起探讨学问，后来再没有这样的人了。”“那么，可说是举世无知音了？”先生点着头叹息而已。

煮了两杯咖啡，虽然滚烫，我的一杯还是很快喝完。先生一再说道：“慢慢喝，慢慢喝。”又道：“有一种说法，是说哪个人能够把很烫的水一口喝下去，就一定会命苦的。”“那我就命苦。”“所以，要改变呀，做什么事都要从容不迫。”

谈起王羲之的字，说：“那真是书圣。他的十七帖，就第一个字‘十’，我临了一个月，也不能临得像，真是不可及。王献之就差得远。草书写得圆转很容易，所以看草书就要看它的点画，看打不动的地方。楷书则不然，楷书写得规矩，就容易板滞，就要看它打得动的地方。”“我的字呢？”“你的字比王羲之还好！”先生马上接口说道，然后大笑。遂又认真地说：“你的字可追你的本家赵松雪。”“赵松雪可不好，他的字，人讥为媚。”“他的媚却是从北魏而来。”“北魏是拙啊。”“对呀，但他去掉其棱角，不就是他的媚了吗？”

问及先生的先生尚有健在者否，答曰一个也无。犹记家乡一位私塾先生，文章做得很好，曾作文嘲骂何键，后何省长封了六百元送来，于是缄口。“文人这样好买呀！”先生笑起来。又说：

“那时他打分，总是给我打一百一十分，一百一十五分，也很可怪。”

四点钟辞出，往编辑部。

一月十八日　星期六

午后往编辑部，取三校样。

张石来家，送书。

一月十九日　星期日

上午吴彬来，取走部分校样。

阅校样。

头痛一日，早早就寝。

一月廿日　星期一

往谷林先生处取得三校样，嗣往编辑部。

贾宝兰肩部肌肉拉伤，往医院烤电。

午间为张宏做生日，并预为其新婚志禧。

午后往琉璃厂为老沈买《白话二十五史精华》。

一月廿一日　星期二

感冒又剧，头昏一日。

下午何光沪送稿来，坐谈逾时。

志仁往武汉。

一月廿二日　星期三

往编辑部。

为谷林先生送去稿费。问及周越然，他道：“我有他的书呀！”取出一看，正是百索不得的《六十回忆》。更有喜出望外者，——先生继云："《古今》杂志我也是有的呀！"稍稍思索，从书柜下端检出，正是全套《古今》。简直忍不住要欢呼"万岁"了。他说："我那时就是喜欢买这些稀奇古怪的书。《古今》，倒是很花了一些钱的。"当下将两种书慨然允借，欢喜持归。

一月廿三日　星期四

往社科院，访施咸荣。

继往北图，阅言言斋书目等。

往编辑部。

一月廿四日　星期五

与吴彬同往北大，访金克木先生。宝宝已先在那里。聊至十一时，告辞往陈平原处。钱理群、吴晓东亦应约而在。遂往海淀鸿宾楼。稍候，王守常亦携子来。

以烤鸭为主，热菜四，凉菜一，费二百五十八元。

一月廿五日　星期六

往编辑部。

午后往长城饭店参加《意大利的遗憾》首发式。此书由张洁、吕同六主编。张洁发言，颇有寄意。

会后有酒会，却不愿多耽搁，提前撤出。

又访谷林先生（为他的小孙孙购一积木）。

一月廿六日　星期日

将记周越然一篇写成，题为"品书录外"。

一月廿七日　星期一

往北图阅言言斋藏书目。

午间往编辑部。老沈做了一锅牛尾汤，与贾宝兰三人共食。

处理初校样。

一月廿八日　星期二

往朝内校对科取校样，继往编辑部。

读《清诗纪事》。

一月廿九日　星期三

往编辑部。

下午去朝内，党员开会，推举十四大代表。

一月卅日　星期四

到琉璃厂买墨汁，到春明买海南咖啡（皆为徐先生购）。

一月卅一日　星期五

往负翁处取照片。

往北图（阅《观古堂诗文集》）。

往编辑部。老沈烹制了鸡蛋炖肉款待王化中、唐思东，硬被拉去吃了几口。

二月一日　星期六

拜望梵澄先生。

委我代买几册书，但事先写下的一张纸条找不见了，一边翻一边怨自己书籍信件的散乱。我说："先生该请个秘书才是！""这事却不好办！""有什么不好办呢？""做秘书必得某人，而某人正在做编辑，——正在三联书店做编辑，这事当然不好办了。"

交下一百元：买书，订《读书》杂志。并一再申明：他从来没有接受过赠阅的杂志，先前在国外就没有，现在也绝不打算做。“中国的这种习惯太坏了！实在太不应该。”于是讲起德国的一位德索瓦。“他一个人办了一份艺术杂志，一办就是三十年，最后自己也成了一位美学家，大师级的美学家，并且到大学授课。我听他的课，是听不厌的。一节课四十五分钟，他每次讲两节，九十分钟，中间有十分钟的休息。于是他对同学们说：我要提前五分钟下课，那么课间休息就改作五分钟。每次他都是非常准时的。”

已为《读书》写就四则《蓬屋说诗》，第五则刚刚开始，——写下了第一行。先生告诉我：“在国外有看不到中国资料的苦恼；在国内，又有看不到外国资料的苦恼。”“现在写这些东西，全是凭记忆，虽然明明脑子里记得很清楚，但到下笔时，还要找来原著核对才行啊。”

说起易实甫，先生说他的诗是能够独出一格的。我道：“钱基博的《现代文学史》对他评价很高。”“钱立意高，所以写出来可以不得罪人。他是很会给人戴高帽子的。王湘绮就不同，他就敢说陈石遗没读过唐以前诗。”

“前不久看了钱锺书的《宋诗选注》。”“怎么样呢？”“太少，选得太少。”“那是受时代所限，那时只能选‘反映劳动人民疾苦的诗’，那么，注得还是很不错吧？”“当然，他是一个大内行。”

拿出两张临礼器碑的书法，是为一对姚氏姐妹写的。“这是应付俗人的，她们要大，你看，这两幅字比沙发还大了。”我随即接口道：“那么当年给我写的呢？”“那当然是给雅人的。”

每次道别,都要说:“我认识了这样一位大妹……”今天又特别加了一句:“读了这么多书,知道这么多事。”“我认识先生太晚了,不然会有些长进的。”“现在已经很有长进了。”

往编辑部,将先生的订阅费(二十六块四)交贾宝兰,并开了收条。

晚间与志仁同往亚洲大酒店(自助餐)。

二月二日　星期日

往北图。

往编辑部。

又到朝内取了二校样送往吴方家。

二月三日　星期一　除夕

往灯市口中国书店,为徐先生购得《剑南诗稿》。

往编辑部。

被老沈抓了个差:派到琉璃厂为董秀玉买书(彼明日赴美)。

二月四日　星期二　初一,立春

一家三口往外婆家拜年。

午饭后,往李师傅家。不一时,詹敏一家三口也来。彼此叙旧,坐一小时,辞去。

晚间戴文葆先生送稿来。

二月五日　星期三

将《〈清诗纪事〉拾零》一稿完篇。

二月六日　星期四

阅老沈交下的一部书稿(《教育论》,作者严姓),但未及一章，已觉难以卒读。此前老沈有言：责编这一本书，可得稿酬五百元。但此刻只恨不能立刻推出去，哪怕赔上几百元。遂打电话，说明情况。老沈倒也痛快，一口答应退还就是。

二月七日　星期五

抄录《古今》各期部目。

午后往编辑部，将书稿退回老沈。

又检出冯至所译《给一位青年的十封信》，报选题。

二月八日　星期六

读高阳的《慈禧全传》。极欣赏他的细节描写，具见功力。

二月九日　星期日

往编辑部。

往吴方处取得二校样。

午间与吴、贾、沈、仇、小坤往朝内的粤蓉吃饭：古老肉、鱼香肉丝、豆腐煲、清蒸鲩鱼、烧鸡丁、酸辣汤，费六十四元。

开出草目，寄往丁聪。

二月十一日　星期二

往北图。

阅夏孙桐《观所尚斋文存》、华察《岩居稿》。

录华诗三首。归来检家藏《列朝诗集》，所录《过烟水庄》，亦正其首选。看来此作果然代表华诗风格。华子潜尝供职翰林，以才名最于词馆。后以谗自疏乞休，“才美词学之士反锢于右文之朝，良有不可知者”（王慎中序）。《岩居稿》为其归田后所著诗，中多唱酬之作，清疏、旷达，近孟浩然。然追怀文园旧事，亦渺如烟梦之感。

过烟水庄

垂杨荫平田，湖畔多葘畬。茫茫烟水中，结茆成隐居。闭门闭白日，密竹临清渠。行随溪上云，倦枕床头书。客至时命酒，兴来兼捕鱼。愿言托幽迹，卒岁同樵渔。

晚至湖上和仪初韵（按仪初为王懋明）

山中读书罢，素憩澄湖滨。绿阴暗溪路，草堂静无尘。平生沧州意，烟波梦垂纶。石渠度落景，花渚藏余春。闲情狎鱼鸟，悠然适吾真。云天澹晴霁，空水明衣巾。未随乘桴愿，徒怀江海人。

姚山人茶梦阁

山人耻独醒，啜茗亦自醉。清风敞高阁，隐几颓然睡。平生在苦吟，冥想入寤寐。殷勤梦里言，款曲诗中事。神超万象融，意惬情景备。松阴泣山鬼，夜静猿鸟避。天籁本希声，筌蹄一何赘。悠悠池草心，千秋可同致。

晚间往丁聪处取版式（沈同往）。夫妇二人后日应邀赴厦门举办个人画展，“家长”正为之打点一应事务。

二月十二日　星期三

往编辑部。

到朝内取得校样，送往谷林先生处。先生刚刚吃罢午饭，见我来，回身走向里间，笑吟吟持出一册亲手所录《还轩词》，道此系当年由一册油印本手抄录副，后方得排印本。但两相比较，钞本多出印本二十五首，且后者有错字，因以此抄本为赠。

先生所惠良多，每感无以为报。“古道可风”，觅诸今世，能有几人?

去岁读明史,每见平台召对之记载,却不知“平台”何谓。今读高阳《玉座珠帘》(下),第七七三页记道:“紫光阁在中海西岸,是狭长的一区,中有驰道,可以走马。明世宗在西苑修道求长生之暇,往往在这里校阅禁军的弓马。所以在北面造一高台,上面是一座黄顶小殿,前面砌成城墙的式样,由左右两面的斜廊,沿接而上,其名叫作‘平台’。后来改名紫光阁。到了崇祯朝,打流寇,抗清兵,命将出帅,总在平台召见,封爵赐宴的。”

二月十三日　星期四

往社科院,访吴岳添、李文俊、汤学智等。

午后往编辑部。

二月十四日　星期五

往编辑部。

叶芳自杭州来,将裘剑平代购之《李渔全集》(半价)带来。

二月十五日　星期六

往谷林先生处取校样。

往编辑部。做发稿准备,整整忙了一日。午间以面包果腹(吴彬、老沈各买一些)。

又往谷林先生处送《读书》样书,并取回请先生审阅的《〈清诗纪事〉识小》。先生说,给人提意见,切忌语含讥讽,因此在口气上多所补正。

二月十六日　星期日

梦见夜往中山公园荡舟。四周万籁俱寂,唯扁舟一叶,驶向波心。湖水黑黝黝一片，天上一枚薄薄的未盈之月，景象森然。

阅三校样。

将“品书录”稿送往老沈家中。

二月十七日　星期一

往编辑部。

老沈已将稿件全部编排好。于是，急急做好最后的工作，午前交发郝德华。

到吴方家，取得《慈禧全传》中未能借到的四册。

二月十八日　星期二

读《慈禧全传》，不能去手。

二月十九日　星期三

往梵澄先生家送去《剑南诗稿》、稿费、海南咖啡。又将前次取到的《蓬屋说诗》交他再作修改。

谈了不少清末民初的掌故。从先生的乡贤说起，王闿运、王先谦。先生说，他都不佩服。还有叶德辉，教师劣绅一流，学问也算不得怎样好。皮锡瑞是好的，郑沅也有可说。郑被哈同招往上海，在他办的一所大学终老。又讲起王湘绮的一桩逸事，——此前曾听先生讲过，却是记不清。所以很有兴致再听一遍：湖南某县一个和尚犯了事，被枷号示众。于是托了人送礼，请王说情，这情却不大好说，——不是有些失身分吗？王便坐了轿去衙门访县太爷。自然县太爷是恭敬如仪。然后恭恭敬敬送客。走至被枷的和尚跟前，王说：“这个和尚，枷得好！枷得好！前些日子和他下棋，一个子儿也不肯让！”有了这话，县太爷还能不买账？

和尚得释。

中午编辑部聚餐(节前各部门领一笔聚餐费)。

二月廿日　星期四

往编辑部。

到戏剧出版社服务部为董秀玉买书。

给谷林先生送去稿费。

给范老板送书。

联系服务日诸般事宜。

二月廿一日　星期五

过建内社科书店。何非已去,此际无复旧日光景。破败萧条,维持而已。

往编辑部,整理什物,作搬迁计。

二月廿二日　星期六

往编辑部。捆扎书、稿,碌碌一日。

二月廿四日　星期一

往编辑部,收拾零散之物。

午后往琉璃厂闲走一回,又往绒线胡同。近年新书已少有佳者,可不看也。

将《渔洋读书记》之评董理成篇。

受老沈之命,阅金耀基《剑桥语丝》,并草成审读报告。

二月廿五日　星期二

在马凯餐厅举办服务日,约请的多是老先生:金克木、张中行、王佐良、启功、龚育之、王蒙、刘湛秋、劳祖德、倪子明、丁聪、厉以宁、陈原。

其实主要为叶芳此番来京，欲运一批签名本回杭销售。今日签名的四位：张中行、王佐良、启功、陈原。

一间雅座，两张席面，共一千一百元（司机费二百一十元：七位司机，每位三十元）。菜极丰盛，众皆大快朵颐。

二月廿六日　星期三

往编辑部。

《词话丛编·忍古楼词话》：

山阴胡栗长大令颖之，生长江右，余三十年前之旧交也。笃学敦行，工为诗词。尝赋全韵诗，依佩文韵，每韵一篇，真能人所不能矣。赋白藤花糕用碧山韵天香云：“霜蘸饧饵，雪飞粮粉，晶盘腻滑如水。碧异淘槐，赤殊脯枣，尽许试题糕字。旧京样巧，细镂琢还劳玉指。也比餐英饮露，长留齿牙香气。几曾伴茶助醉，映银蟾架高花碎。想见内厨蒸裹，炭炉红闭。休问丰湖菜美，可敌得莼羹旧风味。鼓腹归眠，熏笼绣被。”此亦落落大方，不失之纤巧也（页四七七七）。

二月廿七日　星期四

往社科院（送书与何光沪）。

夜，由六条迁至外交部街。编辑部这边由我和冯统一督理（冯代吴）。从八点忙到凌晨三点半。

二月廿八日　星期五

睡至九点钟，仍有些头晕。

午后往编辑部，大致安排就绪。

二月廿九日　星期六

往编辑部，又布置一番。

访梵澄先生（送去稿费和烟丝）。看到《文汇报》上陆灏所写《徐梵澄》一文，先生说，是楼上邻居送来的。问观感如何，答曰，“文字是好的”，“是用我的文字来写我”。文章配有天呈所绘漫画头像。我说：“很像，对不对？”“当然像，画儿比文章好。”，先生又笑道。

先生早是宠辱不惊。他说，有人赞扬我，我也并不感激；写文章骂我，我也不生气。这一切，皆于我无损。又举庄子“材与不材之间”的一段话说，若革命者，如康梁之辈，抱定革命的宗旨，自然是要求名的，否则没有号召力。若没有什么特别的目的，则全不必刻意求名，只求“材与不材之间”可耳。

先生的学名为琥，谱名为诗荃，号季子（最小的一个孩子）。他说，我不喜欢这个琥字。家谱向上溯，可说是中山王之后。但中山王又分为两支，在南京的一支，不附建文者，大多被杀。江西还有一支。先生一族，是江西支脉。张献忠时，屠戮甚酷，蜀中几乎赤地千里。于是两湖人前往填补空缺，江西人又来两湖填补空缺，先生一族便是此时迁湘。家道中产（土改时定为富农）。先生这一辈，只有几个举人。土改后，他的大哥靠变卖家产及鬻字过活（房产也已作价充公）。先生一九四五年去印度，就再也没有和家中联系（一九三八年长沙大火，先生家正遭此劫，顿成焦土。后由他的哥哥重建。）。

说起日前到公园散步，买了一块钱的爆米花，很是有趣，——送与两位邻人各一大碗，自己又吃了不少，结果还剩下一大碗。他说，以前也是吃过的，那是小时候在雅礼中学（一所美国人办的教会学校）读书的时候，圣诞前一夕，教长（一位华侨）把学生们请到家中，就做爆米花吃。

硬要给我烟丝钱，我说那是在五百元之内的。先生说，你怎么不明白我的意思呢，——你我都是"穷措大"，送你这一笔钱，是希望能够有些周旋，能过得舒服。

这番心意怎么会不明白？但只能心领而绝不能受啊。

午后往编辑部。

晚间老沈送来校样。

三月一日　星期日

一家三口往外婆家吃饺子。

读叶宋曼瑛的《从翰林到出版家》，感慨良多。

三月二日　星期一

往编辑部，准备初校样补白。

午后往社科院访杨成凯。

在朝外外语书店购得几册降价书。

访赵萝蕤师。她兴奋地告诉我，《草叶集》出版了，今日刚刚收到样书。又给我看单三娅为她写的一篇专访（刊《文学报》）。由是方知，多数是从未发表过的，少数几首刊在杨刚主编的《大公报·文艺》和宗白华主编的《时事新报·学灯》上。阎纯德主编的《她们的抒情诗》曾收录了她的三首诗。因假得此编，将诗录下：

中秋月有华

今天我看见月亮，/多半是假的，/何以这样圆，/圆得无一弯棱角。

何以这圆满，/却并不流出来，/在含蕴的端祥中，/宛如慈悲女佛。

岂不是月外月/月外还有一道光，/万般的灿烂/还是圆满的月亮。

静静的我望着，/实在分不出真假，/我越往真里想，/越觉得是假。（选自《新诗》一九三六年第二期）

北平

北平的白天是严肃的，/北平的黑夜是静穆的，/北平没有大海，/北平的巨浪是看不见的。

也有秋天蟋蟀儿低鸣，/夏天的池塘不缺少□蛙，/冬日的白天像夜一样淡泊，/但北平永远是看不见的。

就是西山的霞霓，戒台的秋枫，/圆明园的苇干，北海的白塔，/和玉泉山的水清得见底，/也完完全全是看不见的。

北平的大海是看不见的，/他的波涛永远是静穆的，/望那最远最宽最大的大海，/限制永远是看不见的。（一九三八年十月）

苗女

苗家女郎和氏的玉，/花酒衣裳真璨斓，/银簪蓝包头裹住的璞。/肩上背着山里的柴，/野地的麋鹿扎住了腿，/把你的美丽上街来卖。

你对我看，何等羡慕，/你有我没有，我有你没有，/咱们是

各想各心照不宣。（一九三八年十月）

赵师说，这是在云南西南联大时所见。

继往编辑部。

头晕得厉害，如腾云驾雾一般，挣扎回家，倒头便睡。

晚间老沈来探望，送来高阳的《八大胡同》及包天笑的《钏影楼回忆录》。

三月三日　星期二

先往朝内校对科取校样，继往编辑部，处理校样。

午间何光沪夫妇送稿来。

杨万里为张镃题像云：

香火斋袚，伊蒲文物，一何佛也；襟带诗书，步武璚琚，又何儒也；门有珠履，坐有桃李，一何佳公子也；永茹雪食，凋碎月魄，又何穷诗客也，约斋子方内欤，方外欤，风流欤，穷愁欤？老夫不知，君其问诸白鸥。（《诚斋集》卷九十七，杨海明《张炎词研究》五十五页引。）

三月四日　星期三

往编辑部，阅稿。

往中华书局门市为谷林先生购《学林漫录》，不获。为老沈购得黑龙江版《郑逸梅选集》。

三月五日　星期四

到六条用平板车拉回写字台。往发行部领书。

钱穆《国学概论》最后一章：

盖凡此数十年来之以为变者，一言以蔽之，曰求救国保种而已。凡此数十年来之以为争者,亦一言以蔽之,曰求救国保种而已……然而有以救国保种之心,而循至于一切欲尽变其国种之故常,以谓凡吾国种之所有,皆不足以复存于天地之间者。复因此而对其国种转生不甚爱惜之念,又转而为深恶痛疾之意,而惟求一变故常以为快者。……则其救国保种之热忱既失,而所以为变者,亦不可问矣。

《灵魂与心》:

古来大伟人,其身虽死,其骨虽朽,其魂气当已散失于天壤之间,不再能抟聚凝结。然其生前之志气德行、事业文章,依然在此世间发生莫大之作用。则其人虽死如未死,其魂虽散如未散,故亦谓之神。(两则引自余英时《犹记风吹水上鳞》)。

午后往王府井书店,购得几册降价书(《走向世界丛书》中的四部)。

继往编辑部。

刘文飞送稿来。

三月六日　星期五

往编辑部。

老板转来一便笺,云方接高伯雨女公子来书,报其父已归道山,享年八十八,故欲索回前番假我之《听雨楼随笔》两种。

匆匆再阅一回,蕞录一二。

黄季刚死年正五十岁,是年生日,章太炎贺以联云:韦编三绝今知命,黄绢初裁好著书。季刚见联大喜,过了一会儿,忽然大呼:“此老糊涂!”立即命人卸下。原来他见上联有个“绝”字,下联也暗中含有一个“绝”字，最为不吉利，寿联而有绝字，无异绝命书也（黄绢色丝也，色丝为绝）。

太炎常劝季刚著书，季刚答以五十岁即开始著书。太炎为季刚所作的墓志铭有云：“……然不肯轻著书，余数趣之曰，人轻著书妄也，子重著书吝也，妄不智，吝不仁。答曰：年五十当著笔纸矣。今正五十，而遽以中酒死。”季刚少年溺于女色，晚岁尤甚，又好饮酒，因此酒色过度，呕生血而死（《春风庐联话》，署名林熙）。

陈师曾集姜白石词句联：

歌扇轻约飞花，高柳垂阴，春渐远汀洲自绿；

画桡不点明镜，芳莲坠粉，波心荡冷月无声。

梁任公集宋词联赠徐志摩：

临流可奈清癯，第四桥边，呼棹过环碧；

此意平生飞动，海棠影下，吹笛到天明。

又集一联，为丁文江挑走：

春欲暮，思无穷，应笑我早生华发；

语已多，情未了，问何人会解连环。

又：

泣残红，谁分扫地春空，十日九风雨；

举大白，为问旧时月色，今夕是何年？

王湘绮自作挽联：

春秋表仅传，正有佳儿学诗礼；

纵横计不就，空留高咏满江山。

“佳儿”指第二子代丰，侍父在尊经书院任助教，著有《春秋经传例表》《丧服经传学》。但二十三岁感暑得病，死于客中。

门人杨度挽湘绮云：

绝代圣人才，能以逍遥通世法；

平生帝王学，只今颠沛愧师承。

湘绮生前最宠眷女仆周妈，在日记中也称她为“周婆”。他尝在湘绮楼上放一部《周礼》，夏午诒登楼见了，讶问曰：“老师近日也常读《周礼》吗？”湘绮笑曰：“那是周婆读的。”

周婆故乡在湘潭七里铺。湘绮死后，周婆自然要回老家去。有轻薄子作联挽湘绮云：

讲船山学，读圣贤书，名士自风流，只怕周公来问礼；

登湘绮楼，望七里铺，美人今宛在，不随王子去求仙。

袁克文挽毕倚虹：

地狱人间，孰能赓述，论当世才名，自有文章不朽；

桃花潭水，君独深情，念西风夜驿，空教涕泪长挥。

（一九二四年袁迁居北京，倚虹送火车，一定要送他到浦口，克文再三辞谢，他才打消此意。）

又有悼诗四首，其中二首云：

江南此日肠真断，湖上当年梦有词。绝代文章传小说，弥天哭语几人知。

小别三年一弹指，人天终古念音容。低徊一卷销魂语，忍检遗书怆箧中。

倚虹初娶杨云史之女芬若，杨女史工词翰，著有《绾春词》

及《绾春楼诗词话》,亦江南才女也。其母李道清是李鸿章孙女(经方之第九女),工词,著有《饮露词》。她和倚虹结婚后,已有七子女,卜居杭州时,杨为天津人李凤来引诱,与毕离异(凤来在杭开聚丰园菜馆)。倚虹辑有《销魂词》一卷,故袁诗及之(皆同第一)。

吕碧城的词集《信芳集》出版于一九二九年,到一九三七年,她又将近作与《信芳集》厘定为四卷,名《晓珠词》,卷末附《惠如长短句》(惠如遗稿散失,只得廿五首,所以不能印专集,附印于后)。题《信芳集》者共三人,计:陈飞公(完)、徐姜盦(沅)、樊云门(增祥)。陈完《沁园春》前小序云:"昨与寒云公子夜话,泛及当代词流,公子甚赞旌德吕碧城女士……因以女士自刊《信芳集》见示,不慧寻览一过,奇情窈思,俊语骚音,不意水脂花气间及吾世而见此苍雄冷慧之才,北宋南唐,未容傲胝,今代词家,斯当第一矣。……"樊樊山除题《金缕曲》一首外,几于每首皆有评语。《浪淘沙》一首,评以:"漱玉犹当避席,断肠集勿论矣。"原词云:"寒意透云帱,宝篆烟浮,夜深听雨小红楼。姹紫嫣红零落否,人替花愁。临远怕凝眸,草腻波柔,隔帘咫尺是西洲。来日送春兼送别,花替人愁。"又前调一首,樊山评以"此词居然北宋"。词云:"百二莽秦关,丽堞回旋,夕阳红处尽堪怜,素手先鞭何处著,如此山川。花月自娟娟,帘底灯边,春痕如梦梦如烟,往返人天何处住,如此华年。"评《清平乐》一首云:"南唐二主之遗。"《齐天乐》一首云:"此等起句,非绝顶聪明人不能道,仙心禅理。"《念奴娇》一首云:"松于梅溪,细于龙洲。"《祝英

台近》一首评云："稼轩宝钗分，桃叶渡一阕，不得专美于前。"（《听雨楼随笔》）

晚间何光沪送校样来。

三月七日　星期六

往编辑部。

吴方、尚刚来。

午间与吴彬请吴、尚二位往梅苑吃西餐（费六十七元）。

午后将草目开出，寄往丁聪。

三月八日　星期日

吴方过访（取校样，而校样未到）。

读《清词史》。

最喜严绳孙《蝶恋花》："梦里采云留不得，西风吹过黄花节。"日后小文若能再结一集，当题作"梦里采云集。"

《晋阳学刊》一九九一年第六期：《〈饮水诗词〉研究拾零》（马乃骝）——

纳兰容若《浣溪沙》："谁道飘零不可怜，旧游时节好花天。断肠人去自今年。　一片晕红才著雨，几丝柔绿乍和烟。倩魂销尽夕阳前。"

汪珊渔刻《纳兰词》，此词有副题："西郊冯氏园看海棠，因忆《香严词》有感。"按龚芝麓早期有词集名《香严词》，中有《菩萨蛮》四阕：一、上巳前一日，西郊冯氏园看海棠；二、三、同韶九西郊冯氏园看海棠；四、西郊海棠已放，风复大作，对花怅然。

据《花薼塵影》转述张南山《诗人征略》谓："纳兰容若诗名

颇为词名所掩,《饮水集》中,佳构颇多。余最爱诵其《四时无题》诗,谓每首中各有一黛玉在,今录数首于下。”共录十首,其中第一、九、十,三首为《通志堂集》所无:

挑尽银灯月满阶,立春光绣踏青鞋。夜深欲睡还无睡,要听檀郎读紫钗。

寒香细细扑重帘,日压雕檐起未忺。端的为花憔悴损,一枝还向胆瓶添。

是谁看月是谁愁,夜冷无端上小楼。已过日高还未起,任教婴武唤梳头。

《花蘼麈影》的作者当是道光年间女词人吴藻。著有《花帘词》及《香南雪北庐词》各一卷。与纳兰容若被称为“清代二大词人”。张南山名维屏,历任知县、知府,以廉吏著称。晚年隐居花埭,闭户著书。著有《松心子诗文》及《国朝诗人征略》,与吴藻为同时人。张距容若晚生九十五年,所录之佚诗,又有吴藻转引,当属可信。

三月九日　星期一

往编辑部。

往社科院,访杨成凯,借得《信芳集》一册。

午后往编辑部。与老沈谈到近来来稿甚乏,尤少佳构,拟往沪上组稿。决定本期发稿后即起行。

三月十日　星期二

往编辑部。

到北图阅书:《吕碧城集》《晓珠词》《弹指词》(乾隆本)。

往负翁处取得《林徽因》一册(系先生托人自香港购得)。

继往编辑部。

三月十一日　星期三

往编辑部,数字。

吴方送校样来。

午后往吴方处取得《学林漫录》第十三辑,送往谷林先生家。

继往编辑部。

夏晓虹来。

薛正强自深圳来,一起座谈在深圳如何组织读书活动。初步决定五月份组织一次《红楼梦》三人谈(王蒙、刘心武、朱健)。

三月十二日　星期四

往社科院。

午后往编辑部。

继往冯至先生家,请他译出“十封信”所配插图的说明,这是与冯先生第一次晤面。

又往朱鸣家。此番回国,距前一次不过半年时间,也没有更多可说,告辞回家。

三月十三日　星期五

往北图阅书:《晓珠词》《吕氏三姊妹集》《费韦斋集》。

午后往丁聪家取版式。往冯亦代处取稿。

从老沈处借得一盘录像带:《大红灯笼高高挂》。张艺谋导演,巩俐主演。据说未在国内公开放映,只公演于海外。看后,未觉有怎样好。

三月十四日　星期六

晨起微雨。

往编辑部，做发稿准备。

午间往谷林先生处送校样。

午后与吴、贾二位同往天伦王朝，沈、董已候在那里。于是一起讨论《读书》将要开辟的几个栏目，如学术纪行、学术通信、学术信息、学术谈片等。又为此番去上海布置了任务。

一人一杯咖啡，一人一份冰激凌球。

又往发行部领书。

三月十五日　星期日

为陈四益的《绘图新百喻》写就一则书评。送往编辑部，换下一篇。老沈又交下龚育之的《大书小识》四则要求数字，并编辑加工。

午后将龚稿送去。

评吕碧城的一篇，大致完稿。

三月十六日　星期一

往编辑部，发稿。

午后访梵澄先生(送去为他抄的诗稿及代买的书)。

请他无论如何要为汪子嵩等著《希腊哲学史》写一书评。先生说，目前正忙于《薄伽梵歌论》的校订，无暇及此。但这部书稿还没有找到出版单位，何必这样着急，又为什么不能放一放呢？先生将《诗·大雅·皇矣》中的一句话写在纸上："不大声以色，不长夏以革。"然后说道，夏与暇通假，革与亟通假。那么你就明白了。我做的事，就是“不长暇以亟”。做事情总要从从容容。而且，你不能强迫我写文章啊。

往谷林先生处取校样，但还有一小部分没看完。夫人患感冒，发烧，卧病在床。先生在一边亲侍汤药。

三月十七日　星期二

往朝内，听文件（粮食涨价）。往编辑部。老沈、董秀玉又布置一番上海之行的任务。

归家整理行装。两点钟，由志仁送到车站，乘13次特快赴沪。车愈南行，气候愈凉，夜间躺在铺上，竟止不住上牙打下牙，真是“玉肌”生粟，彻骨生寒。

三月十八日　星期三

八点钟准点到达上海。广场大钟下，陆灏已等在那里。一同乘车往报社，编辑部却不见一人。原来按规定九点钟才上班，但实际直到十点钟，才陆续有人来。与“家长”及各位成员见过。

倪羊扣出动联系住宿。决定就在报社附近的一家东风旅舍住下，里外套间，外四人，内四人，每床十元。陆灏做东，三人在旅舍中的餐厅午饭，计有茄子煲、鱼香肉丝、发菜扣肉、排骨、酸辣汤等五款，又虾仁炒面一份，饺子八两。菜不见佳，扣肉极肥，而火候又不到家，难以下箸。唯炒面尚可，水饺则无滋无味。

饭后再往报社，又与郑逸文见过（一身装扮典雅华贵，俨然贵妇人）。由陆灏打电话与几位准备晤面的作者一一约定时间。

先乘车往俞吾金处。下车后，见俞已捧着一本书，边读边等候，双方不必动问，也就一下子认识了。车站距俞宅仍有一段路，俞骑了自行车，于是坐在车后面前往。俞过去与王焱熟，但前几年曾往德国就学，便中断了联系。目前正在著书立说，一本一本地已与各家出版社签订了合同，似乎如机器一般在从事写作。也还健谈，一再曰“想法很多”，“这都是别人没有谈过的”。从两点钟一直聊到四点钟。

谢遐龄骑车来接，一同往谢宅。坐定之后，先给他的邻居葛剑雄打电话，原欲约好饭后见面，但他恰好晚间有研究生的课，只好决定趁饭前的一点儿时间，先见一下。

各家居室规模大抵相同，皆两室一厅的标准，布置也无大别。唯谢宅格外凌乱，而葛、俞两家很是整齐。葛并有一台电脑，已运用得十分纯熟。时间不多，单刀直入请他写稿，他说五月份要出国，争取在此之前写出一篇。见小厅里饭菜已摆上，遂告辞。

又往谢宅。谢夫人一直在厨房里忙碌，备下一桌极为丰盛的饭菜，炒猪肝、炒腰花、炒虾仁、红烧鱼、香菇、蘑菇。谢又亲自掌勺，做了一款“谢家菜”（海参、肉片、香菇、黄瓜等同烩），以及也是谢氏风味的烧大排，又有一大锅鱼头汤。但上海的水太厉害，鱼汤之鲜，也会被漂白粉味抵消了。

饭后又聊，不觉已是九点多钟，急忙告辞。穿了谢夫人的一件毛衣，出门仍止不住发抖，谢送到9路车站而别。

回到旅社已经十点钟，一夜因彻骨之寒而难以入眠。

三月十九日　星期四

预报今日有雨。清早醒来，果然听得窗外淅淅沥沥雨声一片，也只得冒雨出行。

乘21路车往石门二路，访王勉先生。这是一座旧式楼房，室内极是宽敞，家具也多为旧式，与新建的单元楼房相较，自是别具风味。又有一架大钢琴，据说是为孙辈而置。先生祖籍福建，后到清华念书，与王佐良、许国璋等都是同学（比他们高一班），西南联大时也在一起的。说起抗战前后上海的一班公卿才子中出了几位汉奸，却又是福建籍居多。有一个重要原因，即北洋政府时期，朝中大老北人为众，闽帮甚不得意，故以后纷纷投向汪伪政府，谋出人头地。

问起黄秋岳，先生道，他那时是院长的兼任机要秘书，重要的军事会议都到席参加。一次开会议定要炸毁泊在江中的一艘日本军舰，但在预定日期之前，这艘军舰突然开走了。那么，一定是有人泄密。但与闻机密者是很少的几位高级官员，遂怀疑到黄，便派人跟踪他。一日午间，黄往一家餐馆吃饭。就座前，将头戴的一顶帽子挂在衣帽钩上，饭后，却换了另一顶帽子戴上，离去。原来是以这种方法交换情报，于是立即将他逮捕。也不经过任何审讯，一个月之后就由蒋介石下令枪决了。当时在朝的闽籍官员都觉得面上无光。

说起《古今》杂志，先生说，你可以去找找金性尧，他就是文载道啊。于是打通电话，说好立即往访。

告辞出来，仍乘21路车，至陕西北路，下车到北京西路，寻访到金宅。这里也是一座老房子，较王先生的居室又稍稍讲究些。金的牙已全部掉光，又只戴了一副下面的假牙，所以不住地漏气，看上去很替他着急。

他说，所谓“大东亚共荣圈”是给他发过开会通知的，但是他没有去。当时还给张爱玲写过信，告诉她：我不去。又说，周越然是去了的，而且不止一次。但是我没有去，但你的名字被登在报纸上，你和谁说，谁又会相信呢？

他的夫人武桂芳〔午后访吴岩先生，他说：当时人们曾称这一对夫妇是文丈夫（文载道）、武夫人〕，也是一位诗人，已于前年过世。

辞出后，往文汇报社。路上买了两方蛋糕，预备做午餐的。但陆灏与郑逸文一定要我去食堂吃饭。先往客饭部，不知发生了什么问题（他们用上海话作交涉，一句也听不懂），于是深入到“伙房重地”，一人吃了一份盒饭。

饭后，乘 19 路车往新建路。下车后走错了方向，转了一个大圈，才找到东长治路吴岩先生的家。吴宅是典型的上海弄堂房，是一座三层小楼，原是他父亲置下的私房。“文革”中造反派住进来，一直占住不搬，直到两年前，才由译文社调房解决。如今总算物归原主，安静下来。但他的夫人却由于长年受气，精神不断受刺激而患精神分裂。前不久入院治疗，近来才稍稍好些，但不能停药，一停，就犯病。可这样不停地吃药，人都吃傻了，也真是没有办法的事。吴先生是暨南大学毕业的，后来受郑振铎先生的委托，代为整理、保管存在一座佛寺里的古书（赵朴初当时是这里的居士）。因此，新中国刚成立就划归到了文物局（当时的文物局在北海团城）。但这既不是他的本行，他又对此没兴趣,而且亲属都在上海,因此五年之后,还是回来了。说起金性尧,那是视之为落水文人的。道金是宁波人,父辈很有钱,他是一个公子哥儿。

辞别后,回到东风旅舍。给报社打电话问情况。褚钰泉说,辛丰年来电话说,他已达沪,住在十六铺的申客饭店。于是立即往赴,乘 17 路至汉口路换 64 路(上海的车,无时无刻不管什么车,都挤,挤成透不过气的一团)。找到 406 房,却无人。遂坐在楼梯口,边等边吃路上买下的椰丝面包,两块二四个,很好吃。吃到第三个,严氏父子上来了。彼此见过,诉说一日间寻觅之难,几番阴错阳差,本来已经失去希望,但终于还是见到了。一直聊到九点多钟,严锋提醒说,要早点回去,遂拜别。严锋送至 64 路车站。他说,他的父亲是一个真正的好人,简直可以说,好得不近情理。真奇怪,长期的部队生活,会培养出这样的脾气性格。

回到东风,已是十点,却不料又被人占了床位,好一阵纠纷,才勉强就寝。奔波一日,鞋早已浸透,双脚水湿着,其苦万状,一夜也不曾暖过来。

三月廿日　星期五

上午九点半到报社,在咖啡厅约了几个人谈:许纪霖、傅铿、倪乐雄、陈克艰、严博非。除许外,余皆第一次见面,谈得很热烈。

午前许纪霖辞出。之后,大家提议去吃饭。先推严请客(因他近在炒股票,囊橐充裕),又有人提议凑份子。我说,还是我请，但以二百五十元为限，余者大家凑份子。

遂往附近一家什么美食城，在股票公司楼上，也不知何地风味，点了鱼香肉丝、烧猪排、炖鱼头、蚝油牛肉、菠萝古老肉、炒青菜、红烧鱼段等，共一百二十余元。

因提起宿地不佳，于是建议搬到社科院招待所。由严博非提了包，先去预订房间。陈克艰陪我到宁波路的黄埔区教育学院去看刘鸿图（原来刘是他的中学老师）。

刘矮墩墩的个儿，团团脸，极憨厚的样子。三人都讷于言，也就无多话说，小坐而别。

与陈同往书展（工人文化宫内）。这里倒是遇到不少人，分别约定了会面时间。剩下一点时间，大致看了看书。新书似无可取，只买了朱彝尊的《经义考》一部（才三十元），并万有文库中的十几种小册子（用褚钰泉所赠书券）。

继往社科院招待所。孰料精疲力竭赶到那里，因无身分证（身分证拿去订机票了）而拒绝登记。好话说尽也无用，两个丫头片子死不松口，最后说，可以去找一个证明人来。无奈，只好先访了严格先生（即辛丰年先生）再说。赶到十六铺，严氏父子早候那里。吃了一片饼干，一片面包，一块松子糕，喝了几口水，才稍稍减去疲劳。不一会儿，陆灏也到。聊至九点钟，严锋催着回去，但大家谈兴正浓，不忍骤别，又“扯”（此为严先生之言）了半个小时。因住处尚未落实，故不敢再耽搁，方拜别而去。由陆灏陪同，往招待所证明身分。记者证拿出来，却要身分证，但几句上海话一说，两个小丫头立即眉开眼笑，也就不再刁难，总算住下。两人房，不过这一晚上只有一人，却无卫生间，房费倒要了四十块。夜间仍是冷得难受，一天淫雨不断，一双鞋早就湿透，脚已在潮湿中度过两天了。

三月廿一日　星期六

清早起来，没有听到雨声，心中一喜，但愿上苍能够再赐几个晴天。离开招待所，往古籍社。古籍社印四库全书，赚了一笔钱，正在盖大楼。这几年却挤在一座仓库里办公，一派惨状。先见过周劭，又见了李剑雄，然后找到李伟国，他们这个室正挤在一处开会，也不好再多聊，匆匆而别。

继往人民社，找倪为国。他说，已联系好文艺社的招待所，但要明天才能住进去。那么今天仍要去找朱学勤想办法，在蓝天宾馆住一夜。倪送了几本书，又要留饭，不好意思多叨扰，乃别。

乘车至南京路，在下车的地方，见到一家店铺门前挂了一件呢外套，价钱不贵(不到三十元)，便买下来，遂换下这几日一直穿着的谢夫人的毛衣。前行不数武，见一家鞋店，于是买了一双运动鞋，将一双脚从潮湿中解救出来。又乘 20 路至外滩，下车后在一家小店铺买了一块“炸香肠”(其实是炸面包夹香肠)，一个嘉兴肉粽，凑凑合合填饱肚子。已经走得很累，看看开过去的 55 路挤得要死，便决定到报社去骑自行车。谁知两间房门紧闭，却可恨已走了这样多的冤枉路！(这段路好远好远)

想来想去，只好去找唐大卫(昨天在书展上相遇)。他马上予以相助，打电话与陈静仪取得联系，又关照了行走路线，最后还答应帮忙寄书。

出门乘21路，至虹口公园换9路车，到达五角场，便看到蓝天宾馆了。一见之下，便觉陈静仪是一位爽快人，很好相处。她已联系好一切，包括房价都可以优惠（三十元一天）。两人房，有卫生间，有电话，最重要的是，——有暖气。连日来，低温湿冷使我一直处在瑟缩之中。此刻，长久处在紧张状态的肌肉方松弛下来，倒真的不想再搬了。可退掉那边已联系好的房子又是一桩麻烦事。

洗过澡，顿觉一身轻松。一会儿，朱学勤来了，聊了一个多小时，其夫人与公子也到了，说已在餐厅订好一桌，要设宴招待。菜很丰盛，四碟冷菜（核桃仁、雪白雪白的墨鱼，还有两碟是什么，说不上来）之外，又有白灼基围虾、鱼香肉丝、炸鸡翅、芥蓝菜、炸春卷（是方形的卷），一甜一咸两个汤，非常好。咸的称为“腌笃鲜”，是腌肉、鲜肉与笋合煮，汤色极清，却鲜美异常。甜的是莲子、桂圆、菠萝等干鲜果合煮。

饭后，访邓云乡。走了这么多家，只有他的家里最暖和，一个煤气取暖器始终开着，还是北京人的习惯。他热情，谈锋也健，聊至十点钟，虑及招待所要关门，虽被主人挽留，也只好告辞了。

三月廿二日　星期日

骑车往陈思和家。沿西平路笔直前行，是一段在上海难得见到的宽阔的路，很顺利地找到地处海宁路与九龙路交会点上的陈寓。一进门，便吃了一惊，木板铺地，四围也是木质护墙板，门、窗及室内一应家具，皆与之相配。色调、式样，十分和谐，极雅，极净，很有老式建筑的味道。但只房间要矮一些。原来这是主人花了几万元，自行设计，自请人装修过的。先解决了董秀玉交办的事，又谈了《读书》，便辞了。

沿海宁路，一直骑到火车站，又折向恒丰路，顺着42路汽车站找到人民社。取了住宿证明，再找到建国西路的招待所，说明不住了，一切办妥。便一路打听着往南京西路，拟为冯统一修钢笔。好不容易摸到南京西路的边，——静安寺，却不由分说地下起雨来，只好把车存在路口，先躲一躲。但雨却决没有停的意思。等到什么时候算完？沿街走了两个来回，也没有见到一个卖雨披的地方。约好一点钟去会朱维铮，此刻已是十二点多。想打个电话改约，又找不到公用电话。豁出去冒雨而归，打听了街上的几个人，却不知到复旦怎样走。

正心头急得冒火，恰好看到一辆出租车放空驶来，便扬了扬手，坐到车里，才又后悔：到哪里去？这里的自行车又怎么办？却只能硬着心肠坐下去，——这时是不好再下来了。先说复旦，觉得不妥；又改蓝天，想想还不对；又改复旦……司机（名叫左培军）说：你不能总是来回改啊，我已经填好发票了。那么只好蓝天了。这一趟倒是很快，大约三十五分钟吧。计价器字蹦得也快，蹦到了三十五块三。

下车回到寝室，先与朱维铮通了电话，说明要先去取自行车。他说，这一趟至少要三个小时。于是约定回来后再给他打电话。

又到朱学勤家借了雨披，换上雨鞋，乘9路，换21路，一个半小时以后方到达静安寺。取了车，一路不停打问，总算摸到四平路，才一直骑回来。

给朱维铮打电话，他说，我来看你吧，半个小时以后到。这时陈静仪送来在食堂打的饭，木樨肉、烧排骨、圆白菜，满满一饭盒。

五点多钟，朱维铮来了。一聊聊到八点半钟，中间曾停下来，邀请我共进晚餐，我表示已经吃饱，便又接下去聊。应该说，朱学问还是不错的。

刚把这一位朱先生送走，另一位朱先生又来了。朱学勤又在这里聊了两个小时，谈兴很高，最后说："随便聊聊，陪你度过一个寂寞的晚上。"其实日日奔波除了累以外，哪里有什么寂寞？

晚上，又住进来一位从无锡来的出租汽车司机（只住一夜）。等她洗完澡我再洗，已是十二点钟了。

三月廿三日　星期一

经由谢遐龄推荐，与复旦的周振鹤取得联系，遂往第二宿舍周宅。他是谭其骧的学生，中国第一批文科博士之一，谈甚投机。周在上海收了不少很有价值的旧书，且价钱都非常便宜，是一位有心人，学问做得很好。看过他发在一份社会学报上的一小段文章。聊了不到一小时，朱学勤也来了。又谈一会儿，便告辞。

回到住地，稍稍整理一下，即进城，寻觅南京西路403号的英雄金笔修理部，以完成冯统一同志的重托。好不容易问到南京东路，但这一大条路禁止自行车通行。问来问去，七绕八绕，才走到南京西路的 887 号，还差着四百多号呢，车却仍是进不去。于是弃车上轿(20 路电车)。眼看着车从 403 号驶过，到了西藏中路，下车，又折回来，千难万难，才算找到了这个服务部，使“英雄”再成英雄。为纪念这番周折，在服务部里为自己买了一支金笔(二十八块四)。

再往南京东路新华书店，书的品种不少，引起兴趣者不多，几无收获。

三点多钟，往文汇报社。虽距离并不远，但因处处不通行，才要千辛万苦迂回而行，走一步问一步，将近一个小时才到。

稍事休息，即往红房子。真的是一座红房子！里面的情调也很雅，只是稍嫌局促了些。在座除《周报》六人外，尚有上海书店经理胡建强。饭菜标准是每人五十元，但打了一个八折。一人一份面包、黄油，然后是虾仁沙拉、洋葱汤、炸猪排(别人是牛排)、罐焖鸡(却是装在碗里的)、烤鱼，最后是一份碗糕(装在碗里，烤制得极松软)，一杯咖啡。席间，主人们多是在讲上海话，谈他们自己的事，作为客人，除了吃个尽饱之外，好像是个席外人。

饭后，与陆灏一起往黄裳家中。聊了一个多小时，九点钟拜别。骑回蓝天，已是十点十五分。途中又下起雨来。

三月廿四日　星期二

清早醒来，率先听到的，又是淅沥雨声。按照事先约定的，九点钟往复旦古籍整理所访章培恒。他的办公室，小而拥挤，又杂乱无章，连放个茶杯的地方都不容易找到。章似不擅言，故谈话很费力，又见他忙，也不好多坐，谈了半个多小时，便告辞了。

看看还早（与郑逸文约定十二点钟在东海见面），拟先往辞书出版社访程兆奇。本来沿9路车，继沿21路车前行，一切顺利，但行至北京东路，自行车禁止通行，这一切又转向了。在雨中奔行往返，一直骑到南京西路与石门二路的交会处，也没有找到出版社所在的陕西北路。棉衣已淋湿了一半，一看时间已经不够，只好废然折回，总算在十二点以前准时赶到东海。朱伟已等在那里，陆灏、郑逸文相继而来。点了鸡丝沙拉、火腿煎蛋、炸猪排、红烩牛肉、奶油鸡蓉汤。沙拉与汤的味道皆胜红房子。但这里的档次却低，是大众型的。本来讲好由我做东，但朱氏夫妇抢先付款，也不好再坚持了（约六十余元）。

饭后，往王勉先生家。拿出他祖父的《碧栖诗词》一册，原来是王又点！他说，这一本不能给你，但可以送你一份复印件，又给我一本《中华文史论丛》和徐高阮的一篇《山涛论》，约我明日再来吃饭。算算已无一点空闲，便婉谢了。

拜别之后，往王元化先生家。王先生待人亲切和善，谈甚洽。一位白发皤然的老妪始终坐在旁边，却不知是何身分，原以为是夫人，后听说他娶的是一位少妇，那么这一位就不知谁何了。后来方从朱学勤处得知，这一位确是王夫人，名张可，原在戏剧学院执教，是一位很腼腆很拘谨的女性。尝为学生讲说莎剧《温莎的风流娘们》，但“娘们”二字无论如何说不出口，最后憋出一句“女同志们”，引得全班哄堂。聊了将近两小时，辞出。

往陆灏家取机票。又留我吃饭,三菜一汤:红烧大排、香菇肉片、红焖虾、罗宋汤,量不大,恰好吃完。他的父亲随船出去了,只有母亲一人在家。

接林道群电话,约往一谈,遂到衡山宾馆。林已约了何平、严博非、王晓明在那里,小坐,辞出。

又到郑逸文家聊了一会儿,虽居室只有一间,却布置得很是富丽。

十点半离开,骑到宾馆,已近十二点钟。此前朱学勤、唐继无、谢遐龄来过,留了条子。

三月廿五日　星期三

晨起在蓝天门前买了几件炸货吃了。

八点钟,朱学勤、唐继无来访,聊了一个小时。

遂往邓云乡家赴约。交我三篇稿子,两篇是他自己的,一篇是谭其骧的。又留我吃饺子,并设了四个菜,豌豆炒虾仁、黄瓜炒猪肝、菠菜拌豆腐干和一碗素鸡。虽然是速冻饺子,却如同手包的一样,很不错。雨一直在下,而且雨势不小。因与胡建强约定一点半钟在古籍书店见面,故不敢久待,急急告辞,赶往福州路。

邓先生画了一幅很详细的行进图,但一出门就转了向。几番打听,才走到延吉路上。幸亏途中问路,一位骑车的好心人一直把我带到唐山路上,才算比较顺利地找到古籍书店。胡建强找人开了库房门,但这位管库人一直守在身旁,颇有被人监视之感,直如芒刺在背。因只匆匆浏览一下,却已有不少发现。挑出，待以后定。

三点半钟，陆灏来。胡对陆说，以后不能再让她进库了，可以开出书目来，我们为她找。辞出。

往施蛰存先生家。他已在桌上放好一张字条，写满上半年的工作安排，——要编四本书。目前半年已经去半，一本尚未完成，所以决无精力再为《读书》写稿了。送我两张自制的藏书票和自行设计的贺年卡。

拜别后，陆灏请客。在延安路上的一家友联点心店吃生煎包子。铺面很小，挤得很，但生煎的味道极好（去往施寓的途中曾在美术出版社服务部与张庆见面）。

回到驻地，将自行车和雨鞋送还朱学勤。陈静仪也办好一应手续。又与杨晤面，简单交谈了几句。

实在是疲惫不堪。下楼之际，恰与上楼的包亚明相遇，不得已，又让到寝室去谈。十点钟方辞去。

给朱维铮打电话；接了许纪霖、何平、程兆奇的电话。

十二点半钟，朱学勤从衡山宾馆来，交下林道群托带的一本书。

连日不得休息，对镜时不觉吃了一惊，——眼睑松弛，面部皱纹一下子增了好几道。

三月廿六日　星期四

清早起来，整理好行李物品。六点四十分，陈静仪来送行，说出租车已候在门前。开到延安路的民航售票处，计价器又跳到三十六元多。在售票处附近的一个小食摊上买了两个香肠烧卖(一毛六一个),一口一个吞进去。

八点钟,陆灏按照约定,准时将一纸箱书送到,匆匆告别。

坐班车往虹桥机场。办好登机后,谁知在进入候机室时又被敲掉十五元,云“机场管理费”。这一下口袋里只剩下十元钱了。

飞机原是十点起飞(波音747,东方航空公司),但等到十点二十分才开始登机,起飞已是十一点钟。白云铺路,阳光灿灿,终于离开了霖雨绵绵的上海,像坐在阿波罗驾驶的神车上。在云层中写了几封信,不觉已是十二点半。十分钟后,即降落到北京机场。八块钱乘班车至西单,两毛钱乘车回来,最后剩下一块八。到家已是两点四十分。洗过澡,吃了饭,往编辑部,处理来信。

三月廿七日　星期五

往朝内,领取差旅费报销单。再往编辑部结账。

午后往中华访卢仁龙,送我一册《中华书局藏现代名人书信手迹》。

访萝蕤师(持陆灏交下的《草叶集》,请她签名)。恰好座中有客,不便久留,匆匆辞去。正好她们在品尝一盒台湾产“凤梨酥”,便请我吃了一袋。包装的设计很古雅,内装两小方。入口软糯,异香满口,好吃极了。

往编辑部。将上海所获之稿阅过,送沈。

在沪奔行八日,几乎每天都是午夜入睡,却精神极好,不乏不困,也未患头痛。归来之后,则顿觉疲累不堪,晚间连书也无法看,九点钟就不得不就寝了。

三月廿八日　星期六

往朝内报账。取校样。

再往编辑部。

午间与吴、贾、沈同往东单的匈牙利烤鸡店用餐。此店是闹市中的一个清静所在。就餐者极少,又价廉物美。

傍晚与吴彬同往范用家(送校样)。请我们喝咖啡、吃点心,谈三联往事。

晚间赶写新书录(校样缺两面)。

三月廿九日　星期日

阅校样。

将吕碧城一文草就。

三月卅日　星期一

往编辑部,处理校样。

再将校样送往朝内。

为卢仁龙送去《和风堂集》。

往社科院访郑涌,不遇。

往琉璃厂。

三月卅一日　星期二

清早往清华访陈志华先生。他方从台湾探亲归来,为我带回《建筑师》所发两文的稿费。说起在此之前,在浙江某县所作的乡土建筑调查,陈老师感慨万端。对我讲起学生们的情景,也是伤心已极。他说:'大锅饭'真是害死人!这是我们这个社会的第一大弊端，贪污腐化与它比起来，就不算什么了。因为这个大锅饭、铁饭碗毁掉了全体国民的上进之心，人心烂掉了，讲假话已成天经地义。去年某县闹了一点儿说不上是灾的小水灾，就有多少慰问团络绎前来。只因这里山清水秀，是自古有名的风景区，故借慰问之名，行玩赏之实。坐竹排，看风景，排日饮宴。某某日日喝得酩酊大醉，临走时却还发表冠冕堂皇的演说，说假话者毫无愧色地说，听假话者无动于衷地听，人心早已大坏。”

聊一个半小时，所讲皆我前所未闻，不觉惊心动魄。照此下去，怎么得了？

往地院访杨成凯。

午后落细雨。

被雨访王世襄先生(陆灏托交两册书，请王签名)。一部《蟋蟀谱大全》将要完稿，先生兴致勃勃地与我大谈其中甘苦。

将别，又被袁师母挽住，为我详解正在编纂中的“中国音乐史文物”(北京卷)。站在桌边听她讲了一个小时，中间几乎不容我打断。袁师母对资料烂熟于心，又细致、审慎，一丝不苟。由她主编的这一卷，预料定可超出同类。

往编辑部。

四月一日　星期三

往编辑部。

午间范老板设宴，邀小坤、仇辉、倪乐并我，婉谢。后小坤特秉老板之命，带回一小袋软炸肉。

与贾宝兰一起往味苑。

《静志居琴趣·鹊桥仙》:“一箱书卷,一盘茶磨,移住早梅花下。全家刚上五湖舟,恰添了个人如画。　月弦新直,霜花乍紧,兰桨中流徐打。寒威不到小蓬窗,渐坐近越罗裙衩。”(原注十一月八日)

四月二日　星期四

往社科院。

午间往编辑部,与吴彬一起,请王炜、郑涌往匈牙利烤鸡店午餐。

午后往戴燕处取《清会典》,再送往袁伯母处。

继往梵澄先生处。按照事先约定,周国平三点钟到了。徐先生还记得,我第一次来,是周“带”来的,并且,同行者尚有杨丽华。

忆起旧事,先生说,很奇怪,在鲁迅先生逝世前不久,他突然对鲁迅先生说道:“我想见见郁达夫先生,不想说话,只是想见见。”鲁迅先生闻言,低头沉吟不语,许久许久,才抬起头,做出默许的神色。但还没有几天,鲁迅先生就去世了。先生往万国殡仪馆吊唁,见到一位身着长袍的人,一眼望去,便断定,这一定是郁达夫。但怎样证实呢?很快,就在林语堂主编的《论语》还是《人间世》上看到了郁达夫的照片,果然就是那天见到的人。

先生说,印度人对中国人的压迫是无所不至的。我便问道:“那为什么还在那里留了这么多年啊?”“是‘母亲’(按即《周天集》的作者)不让我走。一九六〇年,我第一次提出要回来,就被极力挽留;过了几年,我再次提出,这一下惹得她大发脾气,所以一直待到了她逝世。”

四月三日　星期五

往编辑部。

到朝内取二校样,送往吴方处。

归途突然鼻子发酸,接着头部右半发麻。坚持骑车到编辑部,将另一份校样交老沈。回到家中就倒在床上。只觉得有一道电流在头部反复穿过,痛不可堪。两片去痛片吃下去,两小时以后,突然停止疼痛。

四月四日　星期六

清明时节,京城无雨。中南海宫墙外,白的玉兰,黄的迎春,绿的是经冬寒松。大约“断魂”只在江南吧。

往铁道部为外婆领取生活补助。

继往编辑部。

黄育海来。午间与贾、吴、沈并黄,同往五衍烤城午餐。除了冰激凌可吃外,余皆无味。

李晓晶来。

往发行部领书。

四月五日　星期日

清晨,一家三口并三哥三嫂同往万安公墓扫墓。一路行来,街衢两旁桃花开得极艳。

午后微雨。与志仁一起往人民大会堂看墨西哥电影《上帝的笔误》。

四月六日　星期一

往丁聪处送草目。

访梁治平(送去《罗马名人祠》的复印件)。这是第一次到他的新居,布置得很漂亮。养了一群猫,看来是莽平的宠物。

往编辑部。

四月七日　星期二

往编辑部。

下午小航放学后大叫腹痛。久不止,晚间往儿科所。内科诊毕诊外科,最后又回到内科,仍说不出病因,只道“回家观察,疼得厉害了,就可能是阑尾炎,赶快来医院”。结果一晚上又拉又吐,想必是肠胃炎。但医院怎么就诊断不出来?

四月八日　星期三

往编辑部。

谭坚来。说到那一部《榗柹楼读书记》,道因俞晓群往三辽搞社教,社里的事转由另一位副主编负责,故百般刁难。又嫌张中行的序写得不好,所谓宣传个人云云,颇费周折。

午间请晓蓉、黄育海、曹洁吃饭(匈牙利烤鸡),因惦记小航,未往。

汪晖送稿来。说起周作人在鲁迅逝世后,曾鼓动朱安夫人卖藏书,并在他所欲求的书上作了记号。此事所为,令人颇觉不堪。

四月九日　星期四

为袁伯母送去《故宫肖形印选》。

往负翁处取照片。

往琉璃厂。

继往编辑部。

到朝内取校样，送往谷林先生处。

晚间到怀仁堂看马兰主演的黄梅戏《红楼梦》。才看一个开场，便忍不住想撤退了，耐下性子，想看看到底《红楼梦》会演成什么样子，却仍未等到终场。奇怪还是余秋雨做顾问。

四月十日　星期五

往编辑部。

老沈讲起过去的一些事情。——□□□是□□□的女儿，在众多的追求者中，□□□终成快婿。沦陷时期，□在上海收书，多靠□的妆奁之资。□无出，故领养□家兄弟的一个孩子。□少爷中文未学好，又学法文，终于还是不堪造就。最后只好“吃”□□□。□氏藏书十万卷捐赠北图，国家以一册一元给价，□氏仅此已得十万。□在人民文学出版社工作时，与年轻貌美的某某成婚，生下一女，亦一娇娃。□氏爱若掌上明珠，于是抱一次十块钱，□氏夫妇以此囊橐颇丰。三年自然灾害时期，仍能常常光顾大同酒家，以致最后患了营养过剩（白大夫诊断的）。

记起汪晖前日来，曾说到寻访龙榆生墓地一事。汪在扬州读书，有一次来北京，他的一位老师是龙榆生的学生，便嘱他代为寻找龙的后人，访得龙墓，替他磕个头，以尽弟子之谊。汪到北京后，多方访求，终于在北图访得龙氏女公子的住址。拐弯抹角，在一个大杂院的深处，才见到这一对老夫妻。其境已是潦倒不堪。循着他们提供的线索，在万安公墓盘桓多时，方见到一个极简陋极不起眼的墓碑，上书“龙七之墓”，此外再无一言。

四月十一日　星期六

往编辑部。

忙乱一日。

四月十二日　星期日

往谷林先生处取校样。

阅三校样。

傍晚到北京站接杨成凯，取回当日在上海买下的一批旧书。

四月十三日　星期一

到丁聪处取版式。

回到编辑部，做发稿准备。

忙到一点半钟，才与沈、贾同往天府酒家，吃了锅盔、汤圆、抄手等几款小吃。

辛丰年先生托人从南通带书来，几册是还我的，余为所赠字帖等，另附磁带两盘，厚意可感。

将《清真集》笺的小评草成。

四月十四日　星期二

往编辑部。

午后往访徐先生，送去陆灏带给他的烟丝。

先生说我在接人待物方面要好好改一改。说我阅世未深，不懂世故，还是一片天真烂漫。

继往赵老师处。送我一部《草叶集》。并嘱我转冯亦代、王世襄夫妇各一部。

再往王先生处。袁伯母见我很激动，说前几日给她送去的那一部肖形印帮了她的大忙。并说认识我这样一个“小朋友”太好了。

四月十五日　星期三

往编辑部，发稿。

忙乱一日。

四月十六日　星期四

往社科院，访吴岳添、李文俊、韦遨宇、赵一凡、黄梅、陆建德、郭宏安、杨成凯。

午后往编辑部。

四月十七日　星期五

往地院，取《中华文史论丛》。

午后往编辑部。

四月十八日　星期六

往长城饭店，访马泰来。

在饭厅晤谈，——马吃早餐，我喝咖啡。

和马先生交谈很困难，口音很重，又口吃得厉害。令人想起十六世纪一位数学家方丹那的别名（达达期利亚 Tartaglia：口吃者）。

一小时后告辞。

往琉璃厂降价书市。与杨璐、曲冠杰、杨成凯遇。

往编辑部。与吴彬同往东单吃匈牙利烤鸡。

访谷林先生，坐谈两小时。

四月十九日　星期日

为邓云乡的《草木虫鱼》草成一小文，写得很累。

四月廿日　星期一

往琉璃厂书市。

往编辑部。王明贤介绍李媚、杨小彦、肖全来晤，谈甚洽。

四月廿一日　星期二

往天津，参加全国图书贸易会（三联组织的）。

天津还是过去开车时来过，只留下一个又脏又乱的印象。十几年过去，已经大变样，一点儿认不出旧迹了。城市建设得很好。

午间车子把大家送到南市食品一条街。因为事先带了面包，所以连车也没有下。

饭后再往书市。四点钟回返，六点半钟归来。

四月廿二日　星期三

往编辑部。

往北办取回陆灏托人带来的《众香词》和《海藏楼诗》。

读《苏雪林散文选》，真好极了。

四月廿三日　星期四

往编辑部。

往负翁处取回金先生托交的书。

午间盛宁、申慧辉送稿来。

四月廿四日　星期五

往编辑部。

将近午时，天津李文来。其人与其文、其名，皆不符。原是一位五大三粗的东北壮汉。自言："我本来就不该从文，而应该找个地方，占山为王，当个土匪头子。别人也常说我像个山大王，或是保镖之类。"

午间执意要请我去吃饭。一再推拒，终是却不过，只好随他去了。先到匈牙利烤鸡店，一看是份饭，立刻大叫吃不惯，说什么也要另找地方。转了几处也都不满意，最后在歌厅·餐厅落座，说这里最好。点了四个菜，又要了三瓶啤酒。凉拌黄瓜条、酱肘花、荔枝肉，还有一份什么鸡块，微辣。共费四十余元，他连称便宜。

此行是来办签证，很快要到日本去。已有了一笔丰厚的研究资助(访问学者)，他说到那里还要去打工，赚大钱。"有了钱，回来就可以踏踏实实搞学问了。"

三瓶酒都下了肚，肉也基本吃光。随吃饭，随抽烟，少说也抽了六七支。他说："我差不多总是这样大碗喝酒，大块吃肉的，你猜我有多少斤？一百九十斤！"

四月廿五日　星期六

往编辑部。

继往琉璃厂书市。

看望外婆。

四月廿六日　星期日

读吴世昌《词林新话》。其说不无有理处，但嫌火气太大。动辄曰某人"胡说""胡诌""一派胡言"等等，未免有失温柔敦厚。

且未必自家就完全正确，何苦斥人过甚。

四月廿七日　星期一

往编辑部。

午间李德纯送稿来。

老沈出行归来。

四月廿八日　星期二

往人民日报社。请姜德明引我访问谢兴尧先生。

“荛公”看上去精神很好。独居两室一厅的一个单元（老伴已于“文革”中过世，后又续弦，过不几年，离去，另与一位高干结婚）。一子在国外，一女早嫁。故请了一位“小时工”，每日来做半天。姜谈锋甚健，与谢反无机会多谈。只讲了约稿之意，彼欣然应允。

往编辑部。

四月廿九日　星期三

往编辑部。

到朝内取来初校样。

忙到午后还没有吃饭。一点半钟，与吴、沈同往新侨快餐厅进餐。沙拉、猪排、汤、冰激凌，费六十余元。

四月卅日　星期四

到北办取得《著砚楼书跋》与烟丝。

往编辑部，为校样准备补白。

接到黄裳先生赠《清代版刻一隅》。

五月一日　星期五

夜来又梦重返会青涧，为干娘（于广英）挑水。这种梦二十年来已不知做了多少次。挑水之情景，各有不同，但总是不离挑水，此将成为终生的思念吧。

将评价《词林新话》的小文草就，送呈谷林先生（放到大门口的收发室）。

一家三口往外婆家，午饭后归来。

五月二日　星期六

往编辑部取信。有金性尧先生寄赠的一册《夜阑话韩柳》，并自书诗一叶。诗云："一逝中宵大地回，千家笑语待春来。阴晴不定翻成趣，冷暖无常莫浪猜。四顾楼台惊岁月，重经巷陌费徘徊。世间何物江南好，我亦屠苏饮几杯。"题为"辛未除夕"。注引梅村诗："书剑犹存君且住，世间何物是江南。"

五月三日　星期日

到朝内取得校对科所校的一份校样，回到编辑部。直忙到午间，再送往朝内。

接到谷林先生退下的小稿。虽只寥寥七页，却丹黄满纸，先生之厚意，真叫人铭感不置。

五月四日　星期一

往编辑部。

一日时阴时雨。

五月五日　星期二

立夏，细雨一日。

往编辑部。

老沈自述其生平:小好事颇做一些;小坏事也不是没做过。大好事、大坏事,与我无缘。

晚间冒雨往音乐厅,参加意大利钢琴家阿尔贝多·波梅朗兹音乐会。演奏了卡赛拉、李斯特、罗西尼、穆索尔斯基的作品。前三位的作品,都是没有听过的,陌生,便难以进入,好像只是目不转睛地看着演奏家在如何敲击琴键。时而轻柔(此时旋律便舒缓),时而猛烈(此刻便急切而刚劲)。至于乐曲表现了什么,则一无所知。直到幕间休息后,演奏最后一曲“图画展览会”,一下子就感觉到了熟悉与亲切,可以进入了。又与以前从唱片中听到的绝然不同,真正感觉到了钢琴的力度与丰富的表现力(只是就可以感到的而言)。

五月六日　星期三

天上飘着几乎看不见的雨丝,看不到,听不到,只能感觉到。

为谷林先生送去三本书。

往灯市口中国书店。

往编辑部。

午间与贾宝兰、赵大夫同往梅园(吴彬往老板家)。

五月七日　星期四

往编辑部。

访梵澄先生(送去稿费与烟丝)。他说,自从《读书周报》《文汇报》发了那两篇文章之后,他添了不少麻烦。有人几次三番投书求见,也只好见。“我一直在北京,没有人写文章的时候,你不来见；现在文章出来了，你又觉得怎样了不起，赶快来见！”先生颇以为不然地摇着头，仍是那一种名利于我如浮云的态度。我突然想到顾贞观《金缕曲》中的一句，就念了出来：“把空名料理传身后。”先生立刻接口道“这是顾贞观的《金缕曲》”，并一口气把前一首“季子平安否”一句不拉地背了下来。

又劝我一定要改一改性子急的毛病。“这样是要终于贫困的！凡事一定要从容做来，一定急不得。”

继往社科院。

午后曲冠杰来。

五月八日　星期五

往编辑部。

半日读书。

五月九日　星期六

往编辑部。

往吴方家送校样。

今是萝蕤师八十寿诞。请她到新开业的麦当劳吃汉堡包（巨无霸，八块五一个）。又吃了一份菠萝冰激凌（四块五一份）。但她说这里的冰激凌不及国际快餐城的冰激凌好，她要请我吃一份。于是从王府井南口一直走到北口，在快餐厅又各吃一份“美国迪克冰激凌”（每份五元）。

问起她年轻时的一些事情。她说在大学中，她是同年级中最小的一个。王世襄、萧乾等，年岁都比她大，但班级都低于她。那时她的外号叫林黛玉，有许多追求者呢。但她却追求了陈梦家。“为什么?是不是喜欢他的诗?”“不不不,我最讨厌他的诗。”“那为了什么呢?”“因为他长得漂亮。”

陈梦家十分活跃,赵却不。所以至今人们提到赵萝蕤,前面总要加一句“陈梦家的夫人”。“他的知名度比我高得多。”

她还告诉说:“我对学生们很严厉,他们都怕我。我一共带过四个博士生,有两个给了他们不及格。”

想起前番去看望她,正是清明过后不久。她说,每年清明,我要祭奠两个人,一个是梦家,一个是我的父亲。梦家死时连骨灰也没有留下,所以我只能是在心里悼念一番。

往燕京饭店访廖斌。

到周国平家送稿(退稿)。

五月十日　星期日

读严迪昌《清词史》。

午后与志仁往大华看电影《青春无悔》。张丰毅、石兰主演,张很出色。

昨天才发现,赵师的府院,原是遍植月季的,又皆高高茁茁,似树一般。又有一株亭亭如盖的核桃树。

五月十一日　星期一

往编辑部。

往社科院。将书、稿送还汤学智。

午后往琉璃厂,又往文化宫书市。

五月十二日　星期二

往编辑部。

又往朝内校对科取校样，送往谷林先生处。

五月十三日　星期三

往丁聪处取版式。

归后往编辑部，做发稿准备。

午间与吴、贾在朝内对面的一家小餐馆就餐。沈、董亦同往，因午后有会，不终席而去。费四十余元。

继往编辑部，直忙到六点钟。

五月十四日　星期四

一日雨。

往编辑部，忙发稿。

阅三校样。

五月十五日　星期五

庭院中，芍药开了，经雨后，格外娇艳。

往谷林先生处取校样。

往编辑部，将发稿事忙完（发稿似乎已成两个人的事：沈负责编排，我则处理一应细节）。

五月十六日　星期六

往火车站接张庆（陆灏托带一箱书：《清名家词》《和风堂集》《灵谿词说》等）。

往灯市口中国书店代杨购《雪桥诗话续集》。

继往编辑部。

午间与吴、贾、沈、董同往国际快餐城。一人一份日本吉野家煎鸡饭，不见佳。另配清酱汤一碗，一股怪味道，无法下咽。又一人一份美国迪利冰激凌，物美价不廉（五块钱一份）。席间主要听董谈《读书》的改革。吴颇响应。

静听而已。《读书》这几年也常作求新之举，但大都半途而废。保留下来的，到底还是一个不变。

五月十七日　星期日

外婆打电话来，要我取回炖好的肘子。

读《灵谿词说》。迦陵论词，有大家风度。善解人意，不作偏执之论，令人悦服。

五月十八日　星期一

往编辑部。

往夏晓虹家取书、取稿、送邮票。

往社科院。

午后往文化宫书市。

五月十九日　星期二

往编辑部。

到地院送书。

往海淀图书城，一无所获（规模甚大，却大而无当）。

将江苏文艺退回的书稿送往张先生处。

接到金性尧先生寄赠的《炉边诗话》。又附书一封。其中说道："我们只见一面，通几次信，但已觉您是一个温厚的人。"又有相见恨晚之憾。我想，老人坎坷一生，可能遇到"不温厚"的人太多了吧。

严格先生的来信中，抄了鲁迅《集外集》中为《淑姿的信》写的序。遂忍不住找出原文来看，又不免牵及集中他作。读《文艺与政治的歧途》《关于选本》，觉得真是妙文。

五月廿日　星期三

往编辑部，齐鲁书社李玉山来。

半日读书。

五月廿一日　星期四

往社科院。

午后往编辑部。

晚间编辑部请李慎之、童大林、孙长江、吴明瑜、李宝蘅、戴文葆在萃华楼吃饭。每人六十元标准。席间四位女性皆寡言。谈锋最健的是李慎之，老沈只是不断挑起话题，连一向健谈的老戴也很少插话。

菜有鱼、虾、鲜贝、鱼翅等。档次虽高，却并不合口味。那一款鱼翅，是饭后问了吴彬才知道的，当时只以为是粉丝，没有尝出任何特别。

散席后，老沈硬拉着我们三人往民族宫舞餐厅，参加《中国图书评论》举办的联谊会。参加者是来自各地的三十多家出版社总编室人员。

简单寒暄一番，也就悄悄退出。

归家已近九点。

五月廿二日　星期五

往地院。借得杨铁夫详笺吴梦窗词二册。

半日读书。

辛丰年先生寄来苏青的《结婚十年》。一气读毕。此真女性笔下的女性世界。

五月廿三日　星期六

往编辑部。

到朝内领取服务日所用支票。

给谷林先生送去稿费，并《卢奇安对话录》。

晚间一家三口往王府井购置夏季衣物。

五月廿四日　星期日

抄录杨笺梦窗词。

午后张庆来小坐。

五月廿五日　星期一

上午在飞龙烤鸡店办服务日。决定新设一书讯栏，由晓蓉负责此栏的组稿与编辑。

饭后散去。

遂往北图查阅查礼的《铜鼓书堂遗稿》。

有《夜合花·咏夜合》一阕：

密叶晨交，柔枝晚结，树犹如此多情。蒙茸细蕊，丝丝垂到檐楹。初日淡，远风轻，逗浓阴，碎影纵横。东墙曾种，南邻曾见，浑似鬖鬖。　青棠竟负嘉名，空忆螺杯送后，角枕缝成。乘凉暑簟，微香吹度帘旌。残梦杳，暗愁生，叹单栖、怕对花明。小株吟罢，伤心元九，铅泪同倾。

五月廿六日至卅日

往承德。

五月卅一日　星期日

往编辑部，取回校样。

下午四点钟，老沈派车从香山饭店将钱伯城先生接到编辑部，又邀我前往共叙。在座尚有老戴。但他们所谈的话题，全部是我所不感兴趣的，实在没有一点儿意思。勉强坐了一个多小时，几番欲辞去，皆被留住。最后又要一起去吃饭，坚辞而回。

六月一日　星期一

往编辑部。

今年暑热来早。从几天前起，北京就进入高温天气（最高在三十二摄氏度至三十四摄氏度之间）。地下室却又太凉，也很难受。

六月二日　星期二

往编辑部。

午后读梦窗。近日只是和他纠缠不了，三百多首词作中，有三分之一是情词，杨铁夫有详考，似可为据。人谓梦窗晦涩、堆垛，但就这一部分作品来看，实在并无此病。情深意挚者有，疏朗明快者亦有，《莺啼序》则绵邈密丽，又何尝晦涩。

老沈说起他认识的一位沈有鼎先生，是搞哲学的。彼谓：我只读哲学著作，因为它是永恒的；而不看报纸，因为它只有一日的生命。其父是沈恩复，当年在上海过八十寿诞，将贺礼作为办学之资。老沈即于这一年投考，获第一名。沈有鼎之兄沈有乾主持试事，故特将沈请到办公室，慰勉有加。

傍晚小阵雨。

六月三日　星期三

往朝内处理校样。

继往编辑部。

郑逸文来。

午间编辑部三人请郑在梅园吃西餐(赵大夫亦同往)。费九十余元。

饭后邀郑来家小坐。

晚间王有布来。

六月四日　星期四

往人教社负翁处取稿。

往社科院访叶秀山。主要想了解一下沈有鼎先生,并与之结识。但非常遗憾,沈早在三年前遽归道山,得年八十。

详细问起来,知道他是沈周的后人。家中曾藏有不少先人的手迹。但因为妹妹嫁给胡□□,所以精品尽被胡卷去(胡乃与沈同时逝世,同日登报;但胡占了显要的、主要的篇幅。沈只是隐于一隅的一个“小豆腐块”)。

沈年轻时曾有过一次婚姻。婚后第二天新娘就跑了,据说是嫌新郎太怪。从此他过了很长时间的独身生活。住在东罗圈胡同的时候,家中很少生火。常常抱了一本书,即往东安市场的吉士林泡一天。服务员都已认识他。上午就送上一杯咖啡;到了吃饭时间,就上正餐饭菜。又常常是半夜读书的。六十年代精简机构时,哲学所的前任所长陈冷有一次找沈。上午去了,看他在睡觉;下午去了,仍在睡觉。便火了,说这样的人养他干什么?要精简下去。但沈的老师金岳霖先生为他说了话，道沈是不能动的。这才又留了下来。叶的寓所与沈只隔一道板壁，时常会被“半夜书声”吵醒。下干校时，又与沈在一起劳动，——推水车，整日“转磨磨”。沈随身带着烟盒，想起什么，就写在烟盒上。后来，沈又打算结婚了。当时有两位“候选人”：一位是体育教师，比较年轻；一位就是后来的当选者，是律师，年纪大一些。当时，有人（好像是金岳霖）对他说：沈家一门都是天才，要把这一份才质遗传下去才好，故建议他选择年轻的体育教师。但律师很厉害，采取的攻势较前者猛烈。沈是没有什么主张的，自然是任强者取胜，终是无后。

叶说，在东罗圈的大院里，只有两个人是可以面对面过去也不打招呼的。一位是罗念生，他视力很早就衰退了，通常总是戴了一副墨镜，看不清对面来人。另一位就是沈有鼎，他是“目中无人”。自身之外，无视世间一切。他与人的交往也很特别：想到有话要讲了，就径直进到人家，坐下来痛痛快快聊一通；一旦谈兴尽，起身便走。

继访张奇慧。又一同往访杨成凯。

午间往编辑部。为吴彬定制了生日蛋糕，地下室的人们一起分而食之。

访梵澄先生（送去诗稿与烟丝）。辞别之际，先生送到门外，说：“你要常来才好，最近我常感觉很空虚。”看先生一天到晚总有做不完的事情，似乎生活得很充实，怎么会有这样的感觉？

夜来了一阵风风雨雨，温度一下子由三十四摄氏度降到二十三摄氏度。预报说,可得两日凉爽。

六月五日　星期五

记起叶秀山还说道,沈有鼎本来身体很强壮的,只是因为他从来不刷牙(因早年曾使用过一种英国牙膏,很不好,从此就不刷牙),而使牙坏得很早。后来全部掉光,又懒得去装假牙。于是营养跟不上,身体也就垮下来。据叶讲,沈很馋,非常爱吃。牙坏了,真是一大痛苦。

往铁道部,为外婆领取生活补助。

合欢花开了,恰好是端阳。

六月六日　星期六

往编辑部。

陈四益如约而来,原是为《绘图新百喻》写了书评之后,要他请吃冰激凌的。但他真的来了,也就说:只是开玩笑。并且又任他挑选了几册书。

下午在昆仑饭店与志仁碰面,一同参加意大利驻华使馆文化处举办的"意大利音乐与中国艺术家音乐会"。主持人致辞时才知道,这是为意大利国庆而举办的活动。

女高音独唱:黄静;女中音独唱:王蕾;男中音:李科平;男高音:黄峻峰(原定刘维维,后告知因故不能出演)。穿插女子四重奏,威尔第七小调弦乐四重奏一、三乐章。

六月七日　星期日

整理读梦窗词之印象。

六月八日　星期一

往编辑部。

郑州分销店张峻峰来。

午后动笔写评述梦窗词之稿。

毕冰宾来。

六月九日　星期二

往编辑部。

王明贤送书来(《当代中国美术史》)。

午后郑逸文来。

稿竟。

晚间志仁躺在床上看报纸,突然间惊呼:“高阳死了!”急将报纸拿过来,见有消息道“台湾著名历史小说家高阳病逝”,下面是:“台湾著名历史小说家高阳因患急性肝硬化合并败血症,于六日下午在台北逝世,享年六十七岁。高阳原名许晏骈,祖籍杭州。他大学毕业后,进入空军官校服役。到台湾后,先在国民党‘参谋总长’室担任秘书,后到《中华日报》担任主笔。他生前共创作了七十二部历史小说,上溯秦汉下至北洋军阀。他的作品被誉为‘史诗’和‘百科全书’,不仅为广大读者喜爱,其作品的学术价值也获专家肯定。”

真可惜!

六月十日　星期三

往编辑部。

午间在东四的双乐餐馆宴请程德培与吴方。

六月十一日　星期四

往社科院，将梦窗一稿留张奇慧处(未遇其人)。

午后往琉璃厂。

六月十二日　星期五

往编辑部。

午间与沈、贾同往梅园。沙拉、梅园炸猪排、通心粉，简单的几样。所谓梅园猪排，即在猪排中夹了奶酪干。老沈新装了假牙，进食不便，只喝了一盆红菜汤。费六十元。

往东安市场，为小王买结婚礼品。一个高级床罩，五十八元，五分钟就解决了。归途想想，结婚十三年，床上用品几乎没有更新，却为不甚相干者买了这样漂亮的铺设，也真好笑。

六月十三日　星期六

往编辑部。

往朝内。到校对科取了校样。送往谷林先生处。先生以手抄罗音室诗词一册持赠。

午间编辑部约请了晓蓉、郝德华、凌刚一起讨论增加书讯栏及明年改胶印事。

从匈牙利烤鸡店买来快餐款待与会者。

六月十四日　星期日

一日读词。

六月十五日　星期一

往编辑部。

往谷林先生处取校样。

午间为董学军过生日。吴彬和小坤买来比萨饼与匈牙利烤鸡，原三编室人员在一起小聚。

六月十六日　星期二

访范老板。向他借得《罗音室诗词》印本(一九六三年一月香港商务版;一九七四年作者持赠范用同志)。又给我看了吴先生书赠他的几幅字。在这里还看到黄宗英最近写给老板的一张花笺，系抄录已作。记得最后一句是：也没个人，能向他发发小脾气儿。真是状写寂寞情怀之妙句也。又似乎只能出自女性之口。虽然，堂堂须眉，晚景孤独，亦未尝不有此慨。记得几年前看过的一部美国影片《金色池塘》，主人公之一的那位八十老翁，即常常闹点莫名其妙无缘无故的“小脾气儿”，幸而有一善解人意的老伴儿时时在旁。想到那一日梵澄先生所说的“空虚”，即此无聊赖之寂寞吧。

往编辑部，忙发稿。

午间申慧辉来，请老沈和倪乐去吃饭。

与宝宝同往味苑。点了三样：一三鲜锅巴，一水煮猪肉，并一份珍珠圆子。费四十余元。

六月十七日　星期三

往编辑部，发稿。

金大陆来，杨武能来。

六月十八日　星期四

往编辑部。

到民盟中央联系服务日会场。

晚间与志仁同往大华看影片《别无选择》。拍得不错,演得也不错,虽有不少“舶来”之痕迹,但未觉太生硬,也还有真实感。

六月十九日　星期五

小航毕业考试(语文)。

往编辑部。

杨武能与冯晓虎来,一直坐到午间。老沈与董秀玉外出归来,请他们一起去吃饭。

六月廿日　星期六

往编辑部。

为谷林先生送去稿费。

往社科院访叶秀山。

六月廿一日　星期日

夜来风雨,晨起一庭轻红。

与志仁一起携小航往第六医院问诊。

六月廿二日　星期一

小航考完试,学校给三天“放松”假。今携之同往编辑部,老沈送了他一部通史连环画。

“人为什么活着?”“活着有什么意义?”小航提出的问题,令人感到有点突然。近些年已不再思考这些,便答道:“为了活着而活着。”“活着,所有的意义都包含在这里了。”

傍晚阵雨。

六月廿三日　星期二

往北图查阅有关王孝慈的材料。有薄薄一册《鸣晦庐藏书目录》，只九页。

往编辑部。

午后一阵大雨，电闪雷鸣。

六月廿五日　星期四

在民盟中央礼堂举办服务日。来者踊跃。

钱文忠将陆灏所托之《词学季刊》带来。彼明日将赴上海，已谋职于复旦。

六月廿六日　星期五

携小航同往编辑部。

午后又遵郝德华之嘱，到编辑部取了《读书》的文章，送到朝内（小航同往）。

《世界美术》（一九九二年第二期）：（俄）梅尔尼科夫《艺术有如生命的诞生》："当有人问布宁他在生活中、艺术中追求的是什么东西时，他回答说："我在生活中寻找的不是幸福鸟，而是永不枯竭的活水，有了这活水，一切都会活起来，甚至僵死的东西也会活起来。"

同刊：《美国当代艺术家论艺术》——克莱斯·奥登伯格（一九二九—？）："我心灵唯一的目标是使我的幻想得以存在，这意味着我根据我的幻想的原则创造出相应的真实。""这个世界永远不可能真正存在，因而它只能通过幻觉而存在，但是幻觉被尽可能破坏性地、令人信服地加以运用。这个批评的契机是我视觉的行为。余下的则是这个幻觉及在创作过程中相继出现的对幻觉的耐心的重建。”

志仁到龙泉宾馆开会。

六月廿七日　星期六

携小航同往编辑部。

到东四邮局给小航买了集邮册。从今天起,他开始集邮了。

六月廿九日　星期一

往编辑部。

往琉璃厂,购得《钦定元王恽承华事略补图》一册,版刻极精。

六月卅日　星期二

往琉璃厂。

往张先生处送还校样。

往编辑部,阅初校样。

将评述《花间新集》的小文大致草成。

七月一日　星期三

往编辑部。

往朝内处理初校样。

七月二日　星期四

往编辑部。

到王府井外文书店代人订阅外文期刊。

往中青社。觅得《诗馨篇》(叶嘉莹著)两部。

将“书画图录”送往社科院。

将评《意义与背景》文草成。

七月三日　星期五

原定今日在新苑酒家为冯亦代先生做寿（八十），所邀有范老板，只因沈、董同在，老板便执意不往。又要我为他捎东西，带给几位参加者。早晨去取来。

十一点钟到新苑。却万万没料到，因装修而停业。据女老板说，这在他们，也是破天荒第一遭。此刻，人却已经陆续来齐，七嘴八舌，决定不下。有谁的司机提议去附近的东兴楼。恰好王世襄先生赶到，一听此说，立刻大叫："不能去，不能去，东兴楼坏透了！"于是王蒙建议往鼓浪屿。也没有时间多讨论了，由吴彬与王蒙先行。联系妥当之后，打来电话，大队人马遂纷纷赶去。真是好一番周折。

参加者为：冯亦代、王世襄、王蒙、汪曾祺、王若水、李洪林、罗孚、陈原、劳祖德、倪子明、戴文葆、于浩成、董乐山，沈、董、倪及《读书》三人。设两桌，每桌五百元。闽粤菜。蒜茸虾、咸鱼豆腐、无锡排骨、清蒸鲩鱼、椒盐炸鲜鱿、什锦冬瓜粒、铁饭串烧鸳鸯柳、炸牛奶、炸馒头，等等。以无锡排骨、炸牛奶为最佳。

一点半钟散。

七月四日　星期六

往编辑部。

将积压数月以致一两年的来稿，尽行处理完毕。

读王世襄《蟋蟀谱集成》及所撰《秋虫六忆》。王先生嘱我写一书评。其实却是没什么话好讲，可以讲的，早已在前此评鸽哨及葫芦器的两文中讲过了。只得苦心孤诣，搜肠刮肚地思索。又读《知堂序跋》,方知这其中为数不多的序跋也正是这样写出来的。

七月五日　星期日

到王先生家又取来总目一阅,总算将小文草成。

往春明食品店为梵澄先生买海南咖啡。

为给小航过生日,一家三口同往和平宾馆小吃城(用餐券用餐),尽饱而归。晚间小航却全都吐了出来。大概是吃得太饱,回来又是冰镇西瓜下肚,肠胃承受不了了。半夜爬起来为他洗床单。

一夜热得难受,两日来连续高温。

七月六日　星期一

清早将王先生手稿及自己的小稿一并送往,未遇。

往外婆家。原来又是做了一大饭盒米粉肉,所以打电话来要我去取。但这一趟奔波好累啊。

给梵澄先生送去稿费和代购的咖啡。他说这一期(第八期)发的文章,经我们的删削,竟是去了芜杂,更显得干净了(其实是因为版面涨出六行字,不得已才删的)。又说,他的文章是有文气的,一种沉静之气。我连忙问:“那么我的呢?”“你还没有达到这一步,但已是不浮的了,现在好多文章都很浮。”又问觉得周作人的文字怎么样?却连连摇首:“周作人,不谈,不谈,我从来不谈周作人。”

到发行部领书。

七月七日　星期二

往编辑部。

给吴方送去校样。

找出《鲁迅全集》来读。文章几乎都是二十年前读过的,但此时与彼时的感觉已大不相同。鲁迅对同时之文人未免刻薄,但对中国“古已有之”的种种,洞察之深刻,却鲜有其匹,是有血性的文字。

七月八日　星期三

往编辑部。

到朝内取二校样。

往谷林先生处小坐。

午间与贾宝兰在明华烧卖馆便饭。

又往谷林先生处,续午前未完之话题。

七月九日　星期四

往北图查阅资料。

往社科院访叶秀山、陆建德。

傍晚某某打电话来,问起在《周报》写文章和他“商榷”的事(其实我只是表达自己的意思,倒还没有“商榷”的意思)。也没有容我多说,他自己先就讲个没完没了。

其实我和他们不同。他们是怀抱挽救世态人心之志的伟君子(这是令人感佩的)。我不过是抱定一本心爱的《读书》和自己的几本破书,默默做一点点自己喜欢做的事,而已。世界不能少了他们这样的读书人。而我这种爱读一点书、却不是读书人的人,原是可有可无的,无须乎去“标榜”。自己读书,别人不读书,未必就读书一定是高尚的,不读书是卑鄙的。人生原有多种选择。如果读书不是一种纯粹的兴趣与爱好，而只是一种志向，那么作为人生的选择，它与选择从政、选择从商，也都是一样的，哪里又有什么高下之分？如今“经济”的大潮席卷而来，投身此中的，不乏昔日抱定读书志向的读书人。那么，这种志向的改变，也正像由从政或从商，而改为向学，也没有什么可非议的。至于本来就以读书为爱好者，则不问志向有怎样的改变，爱好总可以不移的吧。向以为书迷与棋迷、球迷者同，殆即此意。自然，始终抱定读书志向的人，也不会轻易为潮流所动，——这样一批人，是从来都有的。他们与潮流中人一样，都是负有使命者，即抱定了自己所选择的志向，努力去“做”，也就是了。又何须乎“标榜”？是不甘寂寞吗？是要人们都誉你的“做”为伟业，而不断地奉上鲜花吗？倒教人觉得浅薄，而未免失敬了。

其实，这种争辩又有什么意思？遂打电话给老沈，请他直接挂个长途给陆灏，告诉他那篇文章不必发了。

七月十日　星期五

早晨，某某来电话，告诉他已决定撤回稿子，这才算清静。

往朝内取校样，校对科却没有看完。

往编辑部。

郑涌送稿来。

七月十一日　星期六

往编辑部。

到王世襄先生家，取来《竹刻》一书。

读《瞭望》第二十七期《阿丑的即兴表演》一文，觉有可说，遂草成几行文字。

午间编辑部三人与沈、郝并董学军,同往新开业的华龙饭店午餐。此地是淮扬风味,据王世襄与董秀玉说,糟糕得不值一提。老沈却是很欣赏,特邀我们同来鉴定。我以为,狮子头(一小碗,一个装,一块九)、炸虾球,及三丁包、干菜包,都很好。他们则公推鳝鱼竹筒为最佳。共费一百八十元。

七月十二日　星期日

到编辑部取回校样。

将批评《竹刻》的小文草成。

七月十三日　星期一

往谷林先生处取校样。他一定要送我一个报夹(或曰文件夹),我执意不受,便发急地说:“你怎么这样讨厌?”以这样的口气说话,却是第一次,自然是一种亲近的表示了。我也只好感激地接受。

往编辑部。

七月十四日　星期二

清早到协和医院挂了牙科的号,然后往编辑部。十一点钟,才看上医生。是主治医,名叫李春。她说:“给你补一块吧,用进口材料。”倒是很迅速地补好了,却比未补之前更疼。本来还可以用来咀嚼的,这一下反倒不能。

下午到海关大楼门前会郑在勇,取回赠书。

陈四益过访。

七月十五日　星期三

清早再去挂牙科。本想再找李春，但只有副教授的号了，也只好如此。这一位是个南方人，名叫周坚。看了看，就打了一针麻药。原来是要把昨天补上的，再敲下去。真是冤透了！白白遭了两回罪，什么问题也没有解决。一星期以后还要重新补：但这一补，已是二十元；再一敲，又是十余元。还不必说来来回回地受罪！

往编辑部。又逢停电，摸索着将版式画好。

志仁飞往大连。

七月十六日　星期四

往编辑部，做发稿准备。

到邮局取来何海伦赠送的连衣裙。

往社科院。

七月十七日　星期五

往编辑部。

到冯至先生家取回里尔克的手迹。

老沈忙来忙去，《读书》的稿却拖拖拉拉总也没有搞完。午后只好又去，忙到五点钟，总算差不多，留下一部分由老沈扫尾。

七月十八日　星期六

往语委会礼堂开会(老沈作报告)。等候张宏来到，将头像标了尺寸，交给郝德华，遂找个机会溜走了。

往中华书局。从卢仁龙处取了徐先生的《老子臆解》校改本。

又往灯市口中国书店。

往范老板家投了一张明信片(贺寿)。

回到家中不久,贾宝兰来,说是倪乐、吴彬她们到崇文门去买花和蛋糕了,要一起到老板家去给他过生日。推说头疼(其实是眼睛疼),未往。

七月十九日　星期日

往编辑部,送报熊秉明艺术随笔的选题。

志仁从青岛飞回。

七月廿日　星期一

往编辑部。

午间与贾宝兰同往健力宝酒楼。

七月廿一日　星期二

小航昨日往二十五中报到。今日再往,量校服。

往朝内。找赵学兰取出吕叔湘的手迹,为《未晚斋杂览》做封面之用。

开会讨论周六会议内容。匆匆照一面,即悄悄溜出。

七月廿二日　星期三

往编辑部。

再往协和医院补牙。这一次,是使用"国货"了,想来应当合辙吧(又是十五元)。

午后与董秀玉同往天伦王朝饭店咖啡厅,与熊秉明谈书稿(一人一杯冰柠檬水)。

七月廿三日　星期四

往编辑部。

午后杨成凯过访。

七月廿四日　星期五

往编辑部,停电。遂往首都图书馆,闭馆。继往朝内资料室借书。再往王府井书店。

午后屈长江过访(此番来京,是办出国探亲的签证)。

七月廿五日　星期六

小航今早坐小车往北戴河。

往编辑部。

吴方来。

七月廿六日　星期日

读《李德裕年谱》《剑桥中国隋唐史》、岑仲勉《隋唐史》。

七月廿七日　星期一

往编辑部。

牙仍然疼,又找周大夫,她说:“不会疼的!不会疼的!”但明明是疼,便又敲掉。约定下周再来补。

屈长江来,——往美国大使馆办签证,结果拒签。午间来家便饭,聊至五点。

志仁飞往海南岛。

七月廿八日　星期二

往编辑部。

往首都图书馆查阅《杕左堂集》,未见。此地服务态度极不好。北图已有令人不满处，但较之首图，却远在其上了。编目也有混乱。

小凯高考落第。晚间走来，坐聊久之。

七月廿九日　星期三

夜来大风雨。白天颇有些爽气。

往编辑部。

七月卅日　星期四

往编辑部。又逢停电。

看望外婆。

午后吴彬来家，坐聊两个小时。

七月卅一日　星期五

往编辑部，准备初校样补白。

午后还书、借书。傍晚逢雨。

八月一日　星期六

往编辑部，处理初校样。

午间与晓蓉、吴、贾、沈、董同往梅园。席间老沈对出版署采取的革新措施（承包，放企业自主权）大发议论，“这是一项革新措施呢，还是又一次历史的愚弄，留待历史证明”。董对此颇不以为然。不过沈也就是在这里说说而已。他说：“我在会上是大唱赞歌的。你们不知道，我是有名的双重人格乃至多重人格吗？我们到这里来，花上一百零三块九毛，不就是图个说话的痛快吗？”两份“扎啤”下肚，董说他喝多了。晓蓉直以为精彩得不得了（今日是晓蓉生日）。

八月二日　星期日

构思《脂麻通鉴》的续篇，得一则半。

朱鸣、杨成凯过访。

午后志仁自海南岛飞回。

八月三日　星期一

往编辑部。

将校样送往朝内。

第三次补牙。上周与我预约的周医生却到第二门诊给外国人看病去了。叫号的一位年轻护士好心把我介绍给田医生。田一看病历，怎么一颗牙折腾了这么多回？便不愿接。说了一堆好话，到底接过来。做得很是仔细，又要我照了片子，看看仍未填满，便又补做一回。最后，开了收费单，却又给团了，说：“算了，不收费吧！”

八月四日　星期二

往编辑部。

与志仁到大华看意大利影片《独闯虎穴》。

八月五日　星期三

往铁道部。

到负翁处取稿。

往编辑部。

到火车站接钱文忠（张庆托他带来《中国美术全集·版画卷》），却没有接到。

八月六日　星期四

往编辑部。

午后往琉璃厂。

八月七日　星期五

往编辑部。

午前谢遐龄与云南社卢云昆同来。

八月八日　星期六

往编辑部。

午后再往编辑部取校样、样书。得老沈所惠《中国文化新论》一套。

八月九日　星期日

浏览《文化新论》。文字平朴，尚可读。但所论似多有可议之处，如《吾土与吾民》中“士与士风”一章。士是什么？是知识分子吗？那么入仕之士呢？既入仕又为学又作诗之士，该怎么说？观其所论，有含混之处。

八月十日　星期一

往编辑部。

构思《脂麻通鉴》（《议大礼》）。

八月十一日　星期二

往范老板家送书。

往编辑部。

午间与贾、沈同往华龙饭店，痛吃淮扬包子。

八月十二日　星期三

往编辑部。

将《议大礼》写成，寄出。

到夏晓虹处取书。

八月十三日　星期四

往编辑部。

午间与吴彬一起往华龙饭店吃包子。

八月十四日　星期五

往编辑部。

午间与老沈一起往华龙饭店吃包子。

八月十五日　星期六

往编辑部，做发稿准备。

到朝内校对科取了校样送往谷林先生处。

午间吴、沈、贾请吴双吃饭，未往。

八月十六日　星期日

阅《读书》校样及董桥散文《这一代的事》校样。又到谷林先生处取回校样。

八月十七日　星期一

往编辑部，发稿。

午间吴、贾、沈、小坤往华龙饭店吃包子，未往。

午后往地院，取回《明史》。

八月十八日　星期二

往朝内，送去《读书》第十期稿。

往编辑部。

八月十九日　星期三

往编辑部。

午后陈四益过访。送《林语堂文集》一部、《经学通论》一册。

将《解缙之死》构思成篇。

八月廿日　星期四

往编辑部。

叶芳来,将其女李田桑寄放家中与小航玩一日。

午后往琉璃厂。

傍晚叶芳与何非同来。

八月廿一日　星期五

往编辑部。

叶芳仍送田桑来。

午后郑逸文来,叶芳来。

八月廿二日　星期六

往编辑部。

到发行部领书。

与新华厂的四位同志说明年《读书》改胶印的问题,进行得很顺利。午间在编辑部对面一家餐馆请饭。

田桑来家玩一日。

八月廿三日　星期日

读《张居正大传》。

八月廿四日　星期一

往编辑部。

往琉璃厂。

将《"考成法"》构思成篇。

八月廿五日　星期二

往编辑部。

郑逸文来，叶芳来，陈四益来。

午间请丁聪夫妇、汪晖、王信、郑、叶、陈，在华龙午餐。编辑部三人，并郝、沈、董作陪。

午后郑逸文来家，坐聊半日。

田桑来玩一日。

八月廿六日　星期三

访梵澄先生。七月十五日—八月二日由人事部组织往烟台游览，便讲起此行经历种种。一行人年龄最高的是九十三岁的盛成，先生倒还算岁数小的。游刘公岛，一人独自登到顶上，下来后几乎失群，原来大家都只随意走走就离开了，走后清点人数，才发现少了一位徐先生……

说起近日在读鲁迅，不觉问先生道："鲁迅先生怎么这样好骂？"先生说："鲁迅先生待人太厚道了。""那为什么……""厚道是正，一遇到邪，未免就不能容，当然骂起来了。"又说："随便给你举一个很小的小例吧，一次我看到鲁迅先生家中，——那时候在上海没有什么朋友，所以到了这里，话就特别多，先生坐在桌子边，一个保姆抱了海婴在一边玩，我在屋子里走来走去地发议论。先生只是听,却突然很是严厉地哼了一下,我几乎吃了一惊,但仍然又说下去,一会儿保姆抱着海婴走了,我才低下声音问:‘先生,刚才是怎么一回事呀?’原来海婴在一边不断地咳咳咳,是患了感冒,先生怕传染我啊。”

送我一册《苏鲁支语录》。

继往王焱家取稿,未遇。

往编辑部。

八月廿七日　星期四

往编辑部。

往社科院,访柳鸣九、陆建德、吴岳添。

八月廿八日　星期五

往编辑部,准备第十一期的发稿。

八月廿九日　星期六

往编辑部,准备第十期初校样补白。

王焱来家送稿,未入,站大门前聊二十分钟。

八月卅日　星期日

读《明史》。

午间一家三口往华龙饭店吃包子(为我过生日),费二十四元。

八月卅一日　星期一

往编辑部。

老沈急匆匆交下一个通知,是要梁治平马上到联航取票(明天上午赴美的飞机)。可上午要并校样,退厂,无法分身。梁宅又无电话,于是打电话给周国平,请无论如何帮个忙,他给了一个阿坚的传呼电话,说可以请他帮忙。但哪里就找得到!真急死人。恰好孙桂臣来,连忙相求,遂答应跑一趟。总算解决。

往朝内并校样。

回到编辑部,又给小孙打电话,知道通知已经送到,但家中无人,已交给开电梯的同志。

九月一日　星期二

往编辑部。

往社科院找刘东取书。

台湾联经出版社的几位人士做东,宴请《读书》的一批作者,地点在和平宾馆的潮明园。分两桌。档次极高,但吃得极累。各种高档菜,诸如大虾、蟹腿、鲍鱼、清蒸石斑鱼、海参,等等,无一对口味。后被主人觉察出,特地点了一款梅菜扣肉,才算吃了几箸。时间又拖得长,——几乎三个小时,头便又痛起来。

将《"恋栈"及其他》构思成篇。

头痛不止,早早睡下。

九月二日　星期三

一觉醒来,仍是头痛。

往编辑部。

九月三日　星期四

往编辑部。

往社科院。

九月四日　星期五

往琉璃厂降价书市。

午后往编辑部。

九月五日　星期六

往国际展览中心（书市）。

午后往编辑部。许纪霖来。

往宽街板厂胡同文联出版公司发行部购吴世昌的《罗音室学术论著集》。

归来见首都剧场正在上演《罗慕洛斯大帝》，因是迪伦马特所作，于是咬咬牙，买了两张票（六元一张）。

晚间与志仁同往，却大上当。简直谈不到是艺术。也许只是原作的台词有一部分很精彩，所以赢得几阵掌声。

九月六日　星期日

今年的生日，比以往要热闹一些，——以往，是很少有人记得的。陆续收到朴康平、徐坚、屈长江寄来的生日卡。志仁和小航，早在上周日就祝贺过了。编辑部则约定书展过后，再庆贺一番。

不过，如果较真儿的话，生日究竟祝贺的是什么呢？其实只有出生的那一刻，方为一个生命诞生的纪念。以后，就是一年年一月月走向死亡，——生命的终止。为这最后时刻的近逼而高兴吗？

较真儿未免煞风景，于是大家都不较真儿，于是互祝生日快乐。

于是，就快乐。

九月七日　星期一

夜来一阵风雨，天气一下子就凉了。

往编辑部。

九月八日　星期二

早上一到编辑部,就看到楼道里及厕所对面的两间屋子一地水,于是紧张地“抗洪救灾”。这已是地下室中的两次水情了。

到王府井外文书店为妈妈买书。

午后往发行部为张庆买书,为陆灏联系进货。

九月九日　星期三

往编辑部。

往朝内校对科取校样。

黄育海、曹洁、蒋原伦来。午间与吴彬一起请他们在华龙吃饭。

饭后往朝内送校样。

与吴彬同往倪乐家吃蛋糕(为我过生日)。

九月十日　星期四

往编辑部。

到外文所申慧辉处取稿。

午间郑逸文来家辞行。

午后往琉璃厂书市。又参观中国书店成立四十周年展览(书店所收购的宋元明清版善本书)。

志仁飞往俄罗斯。

九月十一日　星期五

往编辑部。

往发行部。为何兆武先生购《读书》第八期三十本,领《女杰书简》样书。又到朝内去邮寄。

阴一日，黄昏雨，是个无月的中秋。

九月十二日　星期六

往编辑部。

往朝内校对科，取校样，送谷林先生。

过录王勉先生补定的《陈寅恪先生编年事辑》。

九月十三日　星期日

读书一日。

九月十四日　星期一

往编辑部。

往谷林先生处取校样。

午后往琉璃厂。

九月十五日　星期二

往编辑部。

往人教社负翁处取稿，以刚刚问世的《诗词读写丛话》一册持赠，扉页题署以“老兄”相称。

九月十六日　星期三

往编辑部。并三校样，发第十一期稿。

午间编辑部三人与董秀玉、李伊白、赵大夫往华龙饭店吃包子。

饭罢，与李伊白一路同归，过家门口，请她进来坐一坐。方知她的健谈，—— 一聊竟是三个多小时。

九月十七日　星期四

往编辑部。

往社科院。从陆建德处取稿。访陶文鹏、张奇慧。张以《吴梦窗词笺释》一册持赠。

午后访陈四益。

九月十八日　星期五

往编辑部。

到资料室还书、借书。

午后带小航往利生体育用品商品买舞蹈鞋(又是二十五中的新鲜事)。

九月十九日　星期六

往编辑部。

北大哲学系赵敦华来。

老沈从美国开会归来。

九月廿日　星期日

携小航往外婆家午饭。

读顾准《从理想主义到经验主义》。

九月廿一日　星期一

往编辑部。

午后杨成凯来。

晚间为爷爷做寿,到新侨三宝乐购奶油及巧克力树根蛋糕各一。

九月廿二日　星期二

往编辑部。

下午往文化宫参加“意大利周”。内容是“中国文学作品在意大利和意大利文学作品在中国的翻译”。报告人为吕同六和卡萨奇。相比之下，吕的报告欠生动，没有一点儿幽默感。意人则不同。他提到意译《金瓶梅》在西门庆淫死一节，关键的话用的是拉丁文。记得周越然收藏的英译本，似乎也是如此。

意大利驻华大使在发言中引了一句法国的俗语，道“只有朋友才背叛”。

好久没有来文化宫，——这里充满了多少回忆啊。古老的建筑依然，却添了许多看上去让人很不舒服的小棚小摊木板房。

会后有酒会，但听完两个人的报告就回来了。

九月廿三日　星期三

往编辑部。

午后往人教社为负翁送去复件稿。继往北图查阅资料（《春明梦余录》《百孝图说》等）。

将《民意》一篇草成。

九月廿四日　星期四

往编辑部。

往发行部为谷林先生领书（《苏曼殊传》）。

往社科院。

将《廷议与廷推》一篇草成。

九月廿五日　星期五

往编辑部。

访梵澄先生(送去《广雅堂诗集》)。委我办理《老子臆解》再版事宜。将前番写了一面诗的扇面又补了一面画,是重荷,并题曰“重荷者,重荷也”。问道:“知道这是什么意思吗?”答曰:“该是不胜其负吧!”先生大笑起来。又说:“毛笔不好,本来花是应该用细笔勾出的,如果不满意,就等‘再版’吧!”

九月廿六日　星期六

往编辑部。

陈四益来。

午间到天府酒家为老沈做生日(仇辉、李小坤、董学军、海洋、贾、吴、董)。席上是一个双味火锅。但除了前面先上的一份凉菜糖醋排骨之外,未能再吃得下一口。陪坐一个小时,提前告退。

往中华书局为梵澄先生送去再版合同。

九月廿七日　星期日

读书一日。

九月廿八日　星期一

往编辑部。

将封一、二、三、四校样送朝内。

往侯亚平处取火车票(跑了三趟才取到)。

志仁午后从乌鲁木齐归来(先是,在俄罗斯买不到返京机票,于是转道新疆;又开了几天会)。

九月廿九日　星期二

往编辑部。

又往邮局寄刊物。归途在图书进出口公司看了一下画册。继往社科院取回吕叔湘看过的稿。

向老沈交代初校样事。

午间与贾、沈同往华龙吃包子。

晚间乘21次火车赴上海。

九月三十日　星期三

下午三点十九分到达上海。站台上，已有郑逸文、陆灏来接。出站后，折腾了好一会儿，才坐上一辆出租汽车，来到开会地点，——联谊大厦旁边的活动中心。住宿条件很好，电视、电话、洗澡设备，一应俱全。

原在路上说定，由《周报》晚间请客，但程德培、黄育海也执意要请，讲来讲去，最后是三家合请，就在住所后面的南海渔村。菜很丰盛，但爱吃的不多，倒是特意为我点的梅菜扣肉尚可。最后的小点心中，有炸牛奶，很不错。酒足饭饱之后，又上了一道柠檬炸鸭块，其实很好吃的，但大家都吃不动了，便说它不怎么样。

回到房间里，洗过澡之后，郑逸文又来，聊了一会儿。吴方、蒋原伦、王晓明来，说是要出去看灯。于是一路走到黄浦江边，灯却已经关了（据云十点钟关灯）。但观灯的人尚未散尽，且留下满街的垃圾。散步、聊天，待回到住所，已是十一点半钟。

十月一日　星期四

清早六点钟，出门乘26路车，往钱伯城先生家。车空得很，只两三个人，所以一路顺利。找到钱宅的门，才六点半钟，老两口却是买菜逛街去了。候至七点十五分，夫妇双双归来。进门做早餐，然后硬邀我一起吃，肚子实在不饿，于是应付着喝了一碗牛奶咖啡(早餐有面包、煎鸡蛋、肉松、果酱)。想很快告辞，再去拜访王勉、金性尧两位先生，但是主人不允，说要把两位老先生一一请来。于是先给金性尧打电话，答应马上就来，再给王勉打，却是婉辞了。待金先生到，又聊了一会儿(他耳朵不大灵，口齿又不清，不论听他说话还是和他说话，都很困难)，起身告辞。

归途却不很顺利，一个多小时才回到"中心"。陆灏已等在那里，要请我和吴彬一起去吃饭。一起走到南京路边上的德大西餐厅，不想竟是满座，——过节还要到餐馆吃饭吗？这和北京的情况不大一样。点了炸猪排、炸明虾、浓汤、沙拉、虾仁通心粉、炸鹌鹑、面包果酱，共一百零七元。饭毕，尚有一个幸运抽奖，抽出两张，揭开一看，都是"谢谢您"三个字。

又到报社去借车，骑回来，已近两点。邀请的人陆续到了，许纪霖、孔令琴、傅铿、倪乐雄、钱文忠，以及参加讨论会的一干人马。遂往三楼咖啡厅座谈，聊至将近五点，各自散去。

与吴方一起，同往陆灏家。晚间又被留饭，笋干炖肉、烧大排、虾、炒茭白、清炖蹄髈。但午间已吃得很饱，此刻一点儿胃口也没有，礼仪性地吃了一点儿。

饭后又往方平家。送了一册《哈姆莱特》珍藏本，又交下一份评钱君匋装饰艺术的稿子。

回到住所，已近十点，却是坐了满满一屋子的人在海聊一气，从预测政府人选，一直谈到恐怖故事，午夜以后方散。

十月二日　星期五

在餐厅吃早饭，稀粥、榨菜、油炸的小点心。

九点钟开会，几位老先生都到场了：柯灵、许杰、钱谷融、王西彦、王元化，加上中年的这一批精华，也算得济济一堂吧。发言也踊跃，一直开到十二点半，似乎还有点兴犹未尽的样子。

午饭也在这里的餐厅，冷菜中的一款水果沙拉极好吃。“家长”给了我和吴彬一人五张“一百”的提货券（十元一张）。饭后与二吴（吴方）一起往南京路。一踏上这条街道，就陷入人海，真有没顶之恐惧。好容易挤到“一百”，同样的是一锅人粥，根本就没有任何情绪买东西。幸亏吴方这里还认识一位亲戚，于是找了来，代我们换成人民币。办妥之后，立即逃跑似的挤出这一片繁荣。

回来洗了澡，到报社去找郑逸文，一起吃了食堂买来的份饭，再一起回来。晚间又是讨论会，没有参加，在房间里把《读书》的一九九二年索引做好。凌宇在这里和吴彬聊天，一直聊到十二点。

十月三日　星期六

在餐厅吃早饭，粥、葱油饼、椰丝艾窝窝。

九点钟坐车往浦东，一路上，新华总店做向导的人不停地讲解。当然，眼下看到的大都是地皮，所能讲的只是不久以后的前景。南浦大桥是用两个塔吊起来的，很是壮观。

午间在城隍庙的松云楼吃饭：虾、螃蟹、软炸肉；小笼包、萝卜丝饼、洗沙饼、苔条、几色小点心，都很好吃。

提前告退，回到住地骑车，往王勉先生家。临行前，以福建的特色点心槟榔芋艿相款，只是先已吃得太饱，实在吃不下去，否则，是很想多吃一点儿的。

又由陆灏带路，往施蛰存先生家。送了一本他的散文选集，并一幅沈从文的字（是一首诗）。

继往黄裳先生家，小坐，辞出。

回到住处，参加会的人都被上海作协请去吃饭，于是吃了一个苹果、一个梨。

晚间郑逸文、陆灏来，徐小蛮夫妇来。与程兆奇通了电话，他已辞职，要往日本去了，但内心却是极不愿意，这是一种毫无办法的选择。

原订四号的火车票，改成五号了。

十月四日　星期日

早饭没有吃，吃了两个苹果、一根香蕉。

九点钟往福州路的上海古籍书店。交给胡建强一份书单，聊了几句，匆匆告辞。在楼下的营业部转了转，可取者不多。买了一本《朱自清全集》（六）及《刘元城先生尽言集》。

对面的上海书店也看了一下，无所获。

在杏花楼买了一盒西点。

十一点钟归来，等候朱学勤的电话，但到底没有来。

午间与吴彬、黄育海、李庆西、曹洁、吴方同往住地对面的一家高丽餐厅吃饭。六种朝鲜小菜，并两大盆面条，一盆鲫鱼蛎汤，共一百四十元。

午后小憩，即往唐振常先生家。原约好三点钟，但一路行来，没想到的顺利，十分钟就骑到了，因此唐先生还在午休。这是一所老房子，室内陈设也很破旧，一张老床连床框都是歪歪斜斜的。墙上一幅顾廷龙的篆书："挥毫万方，一饮千钟。"以《往事如烟怀逝者》一册持赠，对谈一个多小时，四点钟辞出。

本欲再往王元化先生处，一打听远得很，又怕找不到路，遂作罢。到城隍庙为梵澄先生买刮脸刀，不获。

回到住地，恰好二吴也从陈思和家归来。一会儿蔡翔、吴俊、陈子善也来。

六点钟，一行十几人打狼也似的走出去找饭吃。一直走到和平饭店，进去占了一个长桌，每人一份猪排，一份罗宋汤，一份素菜沙拉。但名为沙拉，实际上只是将切好的西红柿、黄瓜码在一个盘子里，连沙拉油也不放的。猪排和汤也都平常，却要价甚高：每人平均四十元。最后是一杯咖啡。和平饭店的西餐是老牌子，号称有名呢。

十月五日　星期一

清早吃两个苹果当早餐。

然后往古籍出版社，访周劭、吴曼青、李梦生。李伟国往乌鲁木齐，未能一见。周先生以一部《樊榭山房集》持赠，此书为他责编，从发稿到出书，历经七年。又假得"升官图"，预备回去誊抄，陆灏来取回。

遂一同送往黄裳处。归途在友联吃生煎馒头，然后将自行车送到报社。

回宾馆，由黄育海叫了出租车，将与会者一一送往火车站。

乘 14 次同归者：吴彬、吴方、王得后。火车上，将陆灏所赠凯司令的栗子蛋糕分而食之。

十月六日　星期二

九点钟到达北京，老沈特派了车来接，未乘，步行归家。

走时未及洗的一盆衣服，仍留在那里，并且又添加了若干。房间也没有吸尘，于是忙不迭地搞卫生，直折腾到中午。

午后正准备出门往图书进出口公司，恰好曲冠杰来，于是一同前往。却逢开会，无获而返。曲往社科院，从李伊白处取了稿，又送来。

抄录“升官图”。

十月七日　星期三

往编辑部。

又往图书进出口公司。

抄录“升官图”。

十月八日　星期四

往社科院，访黄梅、赵一凡，约请他们为《英诗的境界》写“鉴定”。

将“升官图”抄毕，寄还。

十月九日　星期五

在吉祥戏院看张艺谋导演、巩俐主演的《菊豆》。

影片自始至终充满压抑感，并且始终寻找不出一个发泄的渠道。恨谁？爱谁？实在无法说得清。因为所有的人都被逼入一种无可奈何的境地，都“别无选择”。所有的人都被一种无形的，却又是无所不在的力量（或可称之为观念）所制约，所束缚。与之相反的，则是一种旺盛的生命力，一种生命的本能。我们看到，所有的人的爱和恨，都在涌动，都在发泄，都是理出必然，无可指责。但恰恰是这样一群无辜的人（即从他自身无法找出为他的行为负责的理由），铸成了一出普普通通，却又是轰轰烈烈的悲剧。

午后往北图查阅资料（《汤子遗书》《榕村语录》）。

十月十日　星期六

往编辑部。

将《“济济辟王”》完成，寄出。

与志仁一起陪小航往龙潭湖游乐园。志仁和小航先坐了碰碰车，又玩电子射击，然后一起坐龙船，玩“激流勇进”。龙船的滋味很不好受，船抛向高空时，只听得一片叫喊声：“不行啦！受不了啦！”“快停下！”“救命啊！”掌握机关的人，却是面无表情，丝毫不为所动，大约是听惯了。

十月十一日　星期日

读《宋史纪事本末》。

晚间在首都剧场看浙江小百花越剧团演出的《陆游与唐婉》（茅威涛饰陆游）。

十月十二日　星期一

往编辑部。

往社科院取校样。

到群众出版社访叶稚珊,取来《叶浅予回忆录》。

午后再往编辑部(为熊秉明《关于罗丹——日记摘抄》事)。

十月十三日　星期二

往编辑部。

到朝内取来二校样与第十期样书。

午后细阅熊稿。董秀玉嘱,须在一二日内发稿。

十月十四日　星期三

往编辑部,做发稿准备。

到朝内取校样,然后送校样。

午间与吴、贾、沈、小坤往“天府”,吃烧卖、馄饨等小吃。

十月十五日　星期四

往编辑部。才到一会儿,即停电。办公室中,只一方小窗漏下一罅光亮。就着这一点儿微光,将发稿的余务做完。

陈四益来。

午后往琉璃厂。又将施蛰存先生托带的信件送往吴晓铃先生处(适逢吴外出)。

十月十六日　星期五

往编辑部。

往北图查阅资料(《冬青馆集》《云间三子新诗合稿》)。

十月十七日　星期六

往编辑部。

午间台湾《中国时报》的平路宴请《读书》编辑部同仁(在榕园),未往。

托宝宝代订十七日赴桂林的火车票,不成;又转托刘艳军,一下午等消息,最后被告知十八号不成,可望十九日。

十月十八日　星期日

读《眉山诗案广证》。

一日等消息。晚间终于有了结果:仍未订上。赴桂林开会一事只得作罢。

十月十九日　星期一

往编辑部。

往社科院。

十月廿日　星期二

往编辑部。

到谷林先生处取校样,但他尚未及看完。

午间与吴、沈、郝请谷林先生、倪子明先生,在朝内 166 号对面的一家餐馆吃饭,费九十余元。两位老先生吃得很少,不知是不合口味还是客气。

继续请刘艳军订车票。

傍晚陈四益来,送稿。

十月廿一日　星期三

往朝内,又往谷林先生处取校样。

回到编辑部，并校样。

午后往刘艳军家取火车票。

几年不见，模样似未大变。主要话题是民研会今昔，更多是现状。实在是一团乌烟瘴气了。真庆幸离去得早。

十月廿二日　星期四

一夜秋风秋雨，惊坠落叶一庭。晨起陡觉一天秋气。

往编辑部。复书数封，一扫积欠。

午后往东单邮局取丁聪寄来的版式。

晚十点四十五分独自往火车站，乘十一点二十七分开往南宁的5次列车往桂林。

中铺的两个小伙子是首钢的人，现在大约在倒买卖，一路神侃，谈的全是东高地的人物，如何喝酒，如何打群架，如何又动了刀子。语言极生动，事件主人翁的名字也很有特点，都以××为名。真是王朔小说的好题材。

十月廿三日　星期五

早七点钟到达桂林。乘11路车，坐四站，下车步行，穿过王城及三元及第的牌楼（阮元为陈继昌题），进广西师院。此为靖江王府旧址，独秀峰即在其中。穿过校园，顶端便是留学生部。会议已于昨天结束，会务组正在忙着“善后”工作。一位张姓工作人员，很怕沾手的样子，三句两句就把我打发到漓江出版社，并说，乘2路车，坐四五站路，站牌就正对着漓江出版社。

数数已是四站（南门桥），下车并不见漓江出版社。一路打听，人皆不知。走走问问，抬眼一看，眼睛一亮，却是民航售票处。何不迅速解决返程问题？于是五分钱买了一张购票单，不想还要单位介绍信，恰有中国银行玉林分理处的一位向我借钢笔，遂向他索得一张介绍信，才算顺利解决。却不料机票竟昂贵到近六百元（五百九十五元），这一下几乎将所携钱款掏空。

掉头向回走，打听到一位租自行车的姑娘，才知道刚才下了汽车应当向回走。九点多钟，才算找到漓江社。见到宋安群，没想到的热情。先借了一百元，又答应送书，且委派译文室的莫雅平陪同游览桂林，然后又把我介绍到出版社紧邻的临桂县粮食局招待所。单人房，十五元，也是没想到的便宜。只是下火车后，在王城前面一家小店吃的一个包子和一碗豆浆有了什么问题，一直觉得恶心，此刻忍不住吐了出来。上楼以后，收拾好，仍是忍不住的头昏、恶心，又吐了一气，再吃一片止疼片，才稍稍好些。

于是再往出版社。见到刘硕良、莫雅平、吴裕康。刘硕良说，你这次来，想要什么书，随你挑！我主要提出请他们做一期广告，刘、宋两人倒是都答应了，刘更痛快一些。

十一点半钟，与莫雅平一道，各骑一辆自行车，出发。先在出版社左近的一家小饭铺吃了一碗馄饨。然后往芦笛岩。沿桃花江而行，沿路一派好风光。到了芦笛岩，却也一般。进洞看那些千奇百怪的钟乳石，不过与贵阳、慈利、金华所见大同小异。中间一座“水晶宫”，或者规模更大些？

继往叠彩山。叠彩山腰有一风洞，果然有风一阵一阵扑面而来。洞内多有摩崖石刻及造像，由唐宋至近现代，还有一幅马相伯的石刻像镌在洞壁。叠彩山并不高（九十米），但在山顶上的拿云亭，仍可俯瞰桂林全景，还可以遥望对江的老人山。

下来，往伏波山。还珠洞里，有伏波将军的试剑石。

再往七星岩。没有再去游洞，只是沿公园走一圈，看一看拔地而起的骆驼峰，果然神奇，真如同人工斧凿而成。又是从一片平地上突然冒出来，夹路全是桂树，只可惜虽然树上挂满了花，却已过了盛期，没有多少香气了。

最后一个景点是穿山与塔山。两山隔江对峙，方在叠彩山之时，远远望去，穿山像一只横放的花瓶，近瓶口处有一个洞。近看这个洞原是一个可容四五百人的敞轩，顶上还吊下大朵的钟乳石，洞上又有洞，可以斜穿过来。

从穿山出来，已是五点二十分。于是赶往台胞餐厅，宋安群与沈东子已等在那里。沈东子是沈尹默的侄孙，却未承祖业（不谙书法）。菜有白斩鸡、酸菜猪肚（据云酸菜是自潮州运来，倒是很好吃）、清蒸鱼、炸牛奶、素炒菜花（是长梗的绿菜）、牛肉丸子汤（据云此为餐馆的特色菜，肉是由刀拍成泥的，丢在地下，可弹起一米高，吃起来果然劲道，且没有牛肉的异味），还有一人一小碗台湾芋泥，极好吃。这一家餐馆是由台湾的一个老兵投资，生意很是红火，吃饭都要预先订座的。

将近八点，回到宿地。

十月廿五日　星期日

早六点半出门，往象山公园走一圈。此地各个游览处，皆对本地居民实行优惠，票价只有四分之一以致五分之一，这是其他地方都不曾见到的。早晨则连票也不售。在这里的，都是参加早锻炼的本地人。人虽多,却各有所务,秩序井然。象鼻山近前看,远不如画面上漂亮。不过天造地设这样一座山,也确实神奇。上面一座普贤塔,更使人想到骑着白象的普贤菩萨了。山上山下转一圈。

在住所门前买了一个板栗肉粽（五毛钱），三口两口吃下去。七点四十分,有人骑自行车把我拉到翠雾饭店门口。旅游车停在那里,已经快坐满了。八点多钟才开车,十点钟到达杨堤码头,一列排着十几艘游艇,游人则如潮涌一般。

十点多钟起航,迤逦行来,尽是好山好水。只可惜漓江上长龙般行驶着的游艇,正载着多少污染源,人们不断地吐唾沫、嗑瓜子,向江中扔着各种果皮杂物,看着真叫人心疼。每条船的后面,都是一个厨房,又有多少杂质要泄入江中！唉唉,漓江水清,怕也清不了多时了。两岸奇峰怪石迭出,导游不断做着各种牵强附会的解说。我想,若是能驾一叶扁舟,独自行于清江上,该有多好！人们争相拍照,似乎旅游只是为了拍照,我亦未能免俗,也只得从俗。咔嚓一阵之后,就到船舱去吃饭。我只持了一张三元的餐券,不过一碗盖浇饭而已。其他旅客却是大吃特吃:虾、蛤蜊、鲤鱼及各种炒菜。除了照相之外,吃,则是旅游的另一个必不可少的大项了。

此刻,若寻找照片上常见的漓江风光,——清流潺溪,青峰倒映的景色,是不可能了。一艘接一艘的游艇破水而行,江上哪得片刻安宁。沙洲上,常有一群一群光屁股的孩子在玩水。每见游船驶过,嘴里就发出“欧欧”的叫喊。

一点五十分到达阳朔码头。踏上码头，就是一条长长的商品街。柿饼、沙田柚子、栗子、枣、橘子及各种各样的工艺品，夹路而设。在这一条窄窄的小路上，游人熙熙攘攘，列队前行。阳朔镇上，却是又脏又乱，与一般城镇无别。走到阳朔公园门口的停车场，大约有三里多路，只是随着人流向前涌动。在停车场的小摊上买了一兜橘子（五个，一元），皮硬得剥不动，瓤又干得要命，一点儿也不好吃。

三点钟发车，开到一个叫作大榕树的地方，倒真是奇峰清流，丛竹叠翠。一株据说有三百年树龄的古榕树，遮起方圆几十米或近百米的一大片荫凉。清溪中数只竹排，原是当地人挟了刘三姐的服装，拉着游人穿上照相的，只是潮水般的游人把所有的景点都弄得像闹市一样了。

五点二十分回到桂林市区。到民航售票处问了一下班车发车的时间，即乘2路车往独秀峰。原来广西师大这一站，就是伏波山。上到独秀峰顶，已是暮霭沉沉，可以见到老人山、叠彩山以及隔江相望的穿山与塔山。桂林城原来是群山环抱，一江横流，在这里，便看得很明白了。独秀峰所在，是当年靖江王府的御花园。

下山，向回返。途中在一家小店铺吃了一碗米粉（八毛钱，二两）。都说这是此地特色风味，不过就是米粉做成的面条。配料却极糟糕，一勺油乎乎的温汤，几片脏兮兮的肥肉，几点葱花。急匆匆捞出米粉吃掉，其余的不敢再多看一眼，就急忙跑开了。老板还问了一句："这么快就吃好了？"

从伏波山到驻地南环路，是一条沿江而行的路。漓江剧院一带，只是一溜卖工艺品的小摊。这里颇为盛行巨扇，几乎每摊皆有售卖，大概也是真有人买吧。

十月廿六日　星期一

一夜未曾睡安稳，只听得楼下吆三喝六，喊成一片。一会儿又是水管的剧烈振动，发出一阵阵怪声。

清晨起来，交还房号牌。即往象鼻山，路上买了一团糯米饭，里面裹了花生、焦圈之类的东西，热乎乎的，挺好吃（六毛钱）。在象鼻山前的沙滩上徘徊一回，照了几张相，便往漓江出版社。同预料中的一样，人们还没有上班。于是将写给宋安群、刘硕良、莫雅平、沈东子的信留下。

继往榕湖。记得前天与莫雅平骑车去芦笛岩的时候，途经榕湖。湖畔立有一方石碑，上镌着“黄庭坚系舟处”几个字。今日好不容易走到榕湖，却不见那株旁边立着碑的大榕树。榕湖分为东西两个湖，大约是在另一边了。

绕过半个榕湖，走到民航售票处。桂林路旁多的是夹竹桃。这种在北京是长在盆里的花，在这里成了树。桃花江两岸就尽是夹竹桃，不知江是不是因此得名。

刚刚买好车票，宋安群真的赶来了，带给我一本他责编的《中国文物鉴赏辞典》。趁开车前还有几分钟时间，在售票处房边的杉湖合了个影。车子出发的最后一刻，刘硕良也赶来了。送了一大包书，其中有一册就是李文俊译，并在《读书周报》上撰文说“天王老子也不送”的《插图本世界文学史》。

九点钟到达机场，很快办好登机手续，十点钟起飞。座位处正好是机翼，视线被挡住，很想再看一看漓江是什么样子，却也不能了。

十二点二十分到达北京，一点五十分回到家中。乘飞机给人的感觉，总是神话一般。

在飞机上读了刘硕良所赠《恶之花》，已大致构思出一则介绍文字。

十月廿七日　星期二

往编辑部。

一日无事。

十月廿八日　星期三

往编辑部。

一日无事（写写回信之类）。

十月廿九日　星期四

先往朝内，但昨天订好的车，临时又接了别的差使。只好急急赶往火车站，接上海来的 14 次车（九点零三分到）。进站台，找到陈利欧和他的恋人，为他们叫了一辆三轮车，送到金朗大酒店。

陆灏托陈捎来了一包书，计有《爰居阁诗》《广箧中词》《朱彊村手钞词》《沤社词钞》《庚子秋词》。后一种徐乃昌藏书，钤有积学斋藏书印并徐氏夫妇印。另有《冒鹤亭词曲论著》、王欣夫《文献学讲义》等三种。皆深契吾怀。

继往编辑部。

十月卅日　星期五

上午构思《乌台诗案》一文。

午后访王泗原先生。先生以开明版《闻一多集》一部持赠。此集本为精装，后来散掉，先生遂请出版社重新装订为平装。拿给我的时候，是一个方方的报纸包。报纸日期为一九七一年，则二十一年间从未打开。还有一包《缘督庐日记》，同样用的是报纸，日期是一九七八年。并附着叶圣陶先生写在日历纸上的一个便笺，云"送还王泗原先生"。也是从那以后，就再未拆开过。先生说，这一部也是准备送我的，只是因为其中有两处提到他的父亲，所以要抄下来。他的父亲曾为广东学台的幕僚，与叶昌炽同事。当时同在一起的还有江标。与江标则过从更多一些。后江标作湖南学台，还曾驰书聘请先生的父亲做幕僚。江未满任，即调京。

先生说，把值得送的书送给爱书的人，对于书来说，是得其所哉。

先生说，算上这一次，我一共来过四次。而每一次是什么情况，都记得清清楚楚。

坐谈两个半小时而别。

晚间将"脂麻通鉴支篇·诗案"构思成篇。

十月卅一日　星期六

往编辑部。

午间王干等请吴彬、蒋原伦、吴方在天府酒家吃饭。与老沈同往，在另一桌。点了梅菜扣肉、夫妻肺片、炒豆苗尖、酸菜鱼头汤。豆苗咸，扣肉淡，鱼头汤无味，肺片则是一向不吃的。

午后与吴、贾、郝往方庄，访宁成春，讨论并确定明年的封面设计。

十一月一日　星期日

据底稿，又将“支篇”做一番修改。

十一月二日　星期一

秋雨丝丝。

往编辑部。

王得后雨中过访。持了我寄去的稿子，特来让我修改（昨日电话中原是请他寄回）。

午间与吴彬一起，请王得后、南帆同往梅园。

往社科院，访叶秀山（取洪谦照片）。

十一月三日　星期二

看望外婆。更换集邮预订证。

往编辑部。

十一月四日　星期三

往编辑部。

往人教社访张中行（取回他送给编辑部诸同仁的《诗词读写丛话》）。又交下一幅李韵秋的工笔牡丹，要我代她题款。

继往群言杂志社访叶稚珊，取回金克木赠予编辑部同仁的《无文探隐》。

午间晓蓉、吴、沈同往快餐城。

午后访梵澄先生。提到贺麟先生谢世，请他写一篇纪念文章。他沉吟半晌，然后摇摇头。又加了一句："我有对他不起的地方。"问什么事，又不说。只说是在归国后的抗战期间。又道："要我心里流出来，欲罢不能的时候，写下的才是好文字，若是外来的压力，就一定写不好。""我是写了一副挽联的。"于是检出一个小纸条给我看，是："立言已是功勋，著作等身，寿登九秩引年，桃李心传阅三世；真际本无生死，风云守道，祚植五星开国，辉光灵气合千秋。"

"贺麟是有风云之气的。""那么先生也是有的了？""我可没有，我只有浩然之气。""那鲁迅先生有。""对，那是大大的风云之气。"

随便聊了一会儿，不知怎么又聊到王湘绮，说起他的那一回"齐河夜雪"，我说："王湘绮是有风云之气的。""对。但'齐河夜雪'一事，可见他的'风云守道'。"这一下又转到贺麟，"贺麟晚年入党了，我还开玩笑地写了一封信"。接着就背诵那封信的内容，但先生的乡音却不能字字句句听得明白，大略为："甫闻入党，惊喜非常，当以吃香酥鸡、喝味美思酒为贺……"他说，我们聚在一起，常以吃香酥鸡、喝味美思酒为乐，"这自然是开玩笑了，这就是老朋友的好处"。

回到家中，又接到电话说校样到了，遂急急赶往朝内。取了校样，再送回编辑部。

十一月五日　星期四

往社科院，访黄梅。继在学术报告厅看张艺谋导演、巩俐主演的《秋菊打官司》，很过瘾。不过电影散场之际，在人流中，即已听到截然相反的评价。有说:“就这电影,还得大奖哪?有什么意思!”有说:“这样的电影,只有张艺谋才拍得出来!”(这句话,说出来,重音落点不同,褒贬之义便不同;这里是褒义。)

午后往编辑部,准备校样补白。

十一月六日　星期五

往朝内取校样,然后到编辑部。

一边处理校样,一边就头疼起来。好不容易坚持到午间,总算弄完。郝来取,然后吴、沈请他去吃饭。

回到家中,勉强吃了几口饭,倒头大睡。起来才稍好一些,但仍有些昏沉沉的。

昨晚黄梅来送瑞斯的照片。说起她的儿子刚满十三岁,但几个月之间,一下子就长成了一个小伙子,似乎是突然之间就与她疏远了。那么,小航也很快就到这个年龄了,真不愿意他这么快就长大。

十一月七日　星期六

往编辑部。

今日立冬,一日雨夹雪。

今日又是一个已经成为历史的纪念日。

十一月八日　星期日

雨雪过后,气温骤降。

读喻守贞的《唐诗三百首详析》。

十一月九日　星期一

往北图查阅资料(陆烜、沈彩的诗文集)。受尽刁难,——监守阅览室的一位中年女性，似乎她的职责就是刁难读者，并且，如何在职权范围之内，尽量能够刁难得更充分一些。

十一月十日　星期二

北图。今日逢那位专事刁难人者偶出，故一切顺利。

午后朱正琳、张雪来（在编辑部）。

十一月十一日　星期三

往编辑部。

诸务蝟集，为封面事折腾了一中午。又帮助吴彬到发行部取书，然后送到朝内。忙完之后，又回到编辑部，处理一应稿件。

傍晚，到东单菜市场买了涮羊肉片与巧克力，送到锡拉胡同孔玉红处，请她带到福州。

十一月十二日　星期四

往编辑部。

到朝内取二校样，再送往吴方家。

又为范老板送去负翁所赠《诗词读写丛话》。

整理陆子章、沈虹屏事迹。

十一月十三日　星期五

往北图（查阅《柯家山馆遗诗》）。

午间王得后来（送来全套《鲁迅研究》资料），陆灏来（今日上午到北京）。

往编辑部，发稿，直忙到五点钟。

十一月十四日　星期六

往编辑部，仍忙发稿。因明年改胶印，过去的一套术语都有了改变,一时尚未能完全适应。

忙到午间,吴方、陆灏来。由吴方做东,往萃华楼午饭。一冷拼、一醋椒汤,香酥鸡、炒两样、香糟肉片、香菇菜心,共六十余元。

来时小雨,饭罢已是朔风扑面。

访梵澄先生。先生取出一瓶白葡萄酒待客。

早起已觉头痛,此刻愈烈,也只好硬撑。

继访董乐山,小坐辞出。继访冯至先生。冯先生刚刚出院,但特地嘱咐家人一定要接待《读书》与《文汇读书周报》的来访者。

归来头痛难忍,吃了去痛片,倒头睡下。十点钟起来,感觉好些,于是将《风露谁将桂叶香——藏书家韵事缀拾》一稿完成。

十一月十五日　星期日

与志仁同往王府井采买御寒服装。

午后往编辑部复印稿件。

十一月十六日　星期一

往编辑部。

继往朝内校对科阅《关于罗丹》初校样。

读徐高阮《山涛论》及《晋书》中有关的人物传记。

十一月十七日　星期二

往人教社访张中行,陆灏同往。

午间在社门口的菜根香吃饺子。

继往琉璃厂。

晚间为陆灏送去《马一浮遗墨》及《古今》,然后又陪他一起去访老沈。

十一月十八日　星期三

往朝内取了校样送往谷林先生处。

访郝建中,不遇。

继往编辑部。

阅三校样。吴彬往杭州,只好多看一些了。

十一月十九日　星期四

往编辑部,处理校样,直忙到将近一点钟。

午后与陆灏同访王蒙、冯亦代。又往积水潭边的汇同园赴宴,——负翁做东,请了为《诗词读写丛话》出力的几位同仁。又有教育局的一位"大鹏"及北京教育出版社的一位实权人物。菜有肉片烧海参、软炸虾仁、香菇菜心、东坡肘子、干烧黄鱼、熘两样、锅炸(有似炸牛奶)及酸辣汤一大盆。

十一月廿日　星期五

早晨先往编辑部,取了范老板要请金先生签名的书。然后往金朗大酒店,把自行车存在门口,与陆灏一起坐出租车往北大。在蓝旗营下来,边走边问,左回右旋,方找到燕东园 24 号周一良先生的家。

他前不久跌伤了右臂,所以近来只能读书,不能写字。同我们讲起他的从学经历。他说,小时候父亲周叔弢先生不信新学,所以他是读了十年私塾,读到十八岁。此刻新学已成趋势,但再去从头念起已是不可能。于是一九三〇年投考了清华大学国文专科。此为两年制，是为培养中学老师的。入学之后，心有不甘，向往的仍是当时的五大院校，——国立三所（北大、清华、师大）、私立两所（燕京、辅仁）。但除辅仁之外，对文凭都有严格要求，而且数理化三门都要考。辅仁因成立未久，要求稍松，又只考一门数学。于是到琉璃厂造了一张假文凭（彼时专门设有此等服务），又造了一张假照片（照相馆也承担改头换面的业务）。由表兄（交大毕业，时在清华）代考数学，居然一举成功。以此为跳板，一年之后进了燕京大学历史系。洪煨莲先生，其师也。后曾一度往设在南京的历史语言研究所（傅斯年主其政），但洪与傅不谐，故以送周往哈佛读书为饵，又将周“挖”了回来。

周先生甚谦抑。谈起老师，后又论钱锺书的学问，皆深表钦服。

“文革”时，曾被人讥为“北门学士”，这是一段讳史吧。

赠与《魏晋南北朝史记集续编》一册，系由左手题赠。

继往金先生处。十一点半钟，他正在吃饭，饭罢，知道他有午休的习惯，本拟小坐，但聊起来就收不住，边告辞边聊，仍到了将近一点钟。

在中关村一家餐馆吃了锅贴和饺子，又步行到图书馆。

逛到三点钟，然后往王佐良先生家。约他写一篇纪念周珏良先生的文章，他欣然慨允。赠以近著《论诗的翻译》。

坐出租车至车公庄地铁站口，继乘地铁至崇文门。归来已近六点半钟，虽未有骑车跋涉之苦，但仍觉很累。

十一月廿一日　星期六

往编辑部。

访叶秀山。送去三联的几本书,又取回金岳霖回忆录(未刊稿)。听他聊起干面胡同东罗圈的大院中人物,很有意思。讲起新近谢世的贺麟先生,他说当年胡适想办法弄了五架飞机,贺先生是一定要接走的人物之一。最后一次飞机已等在东单机场,但贺先生的两个学生(汪子嵩、黄楠森)苦苦挽留,并说,他们是奉了刘仁之命(刘谓:贺的事情,我们都知道,但是仍希望他留下来,为新中国出力)。贺先生五次放弃机会,到底留下来。但是一九五一年思想改造运动一开始,立刻就成为两个典型之一(另一位是朱光潜)。贺的前妻刘芝芳原先是进步人士,这个时期对贺很起了一些保护作用(刘于一九五七年以前去世)。贺先生唯一的女儿是清华毕业,学电机的,现在任清华大学党委副书记。在这一次追悼会之前的讣告上,发表了许多不同意见,如坚持要称"共产党员贺麟同志",又坚持要删去叙述贺先生生平时提到的贺先生创立了"新儒学",而声称贺是马克思主义者。

□□□的故事,曾经听老沈说起过。他的第一任还是第二位夫人,是一位歌唱演员,离婚后又同陈□□结婚。陈此前已育有一女,名唤□□□,容颜姣好,令人一见倾倒。□与陈后又离婚,但过了几年,又思重圆。于是由□□□从中说合。不意□却爱上了这位说合人。于是闹得沸沸扬扬。被上司找去谈话说:"要党籍,还是要美人?"最后仍是要了美人,但党籍也还没有丢。以后与□也离了婚。现任夫人是单位的会计，非常能干……

又讲金岳霖先生是一个性情很冷的人，虽待之厚者，也热情不外露。但对林徽因的热情始终不衰。他的居室，一直放着林的一张大照片。新中国成立后，金是坚决拥护共产党的。直到粉碎“四人帮”以后，在召集会议的时候，仍然遵照中央文件的精神，强调要批林批孔。

建议叶先生写一组大院人物，一定很有意思的。

继往编辑部。吴方、陆灏、陈平原夫妇来，与吴、沈同往“阿静”，宴请各位。这里的生意好得出奇。吴向中曾在《北京日报》上写过连续报道。人多，空气便污浊得很。菜，据老沈说很地道。但对我来说，都一样。有盐焗鸡、傻鳝、油菜心、糖醋猪肝、玉米羹、煎鱼、梅菜扣肉，共二百二十元。

访王世襄先生，未遇（他去鸟市找油壶鲁）。袁伯母检出王先生从香港带回的《沿着塞纳河到翡冷翠》一册持赠。

十一月廿三日　星期一

往编辑部。

继往发行领书（携往上海）。

午后到吴彬家做按摩。

晚间乘21次列车往上海。

十一月廿四日　星期二

火车上的十七个小时，已令人很倦。虽然这是条件最好的列车，但已经有头晕眼花的感觉。是不是真的老了？

三点十九分正点到达上海站。郑逸文到站台上来接，同车而来的尚有吴方与王毅(他们在硬座车厢)。郑叫了一辆出租,一直送到华东化工学院的晨园宾馆。一路上不断堵车,走走停停,花了一个半小时。安顿好,一起到校园内的友谊餐厅吃晚饭。名为餐厅,其实是食堂水平,果腹而已。

饭后与吴方同往郑逸文家,坐谈一个多小时,归来已是十点钟。同室的是人大国政系的林甦。

十一月廿五日　星期三

晨起在友谊餐厅吃早饭,极简单:稀饭、包子、五香鸡蛋,包子几乎没有馅。

九点半钟开会。王元化、冯契、徐中玉等发言。

午餐在晨园餐厅。红烧虾段、肉片烧海参、鳝鱼、武昌鱼、腰果鸡丁、小笼蒸包、芝麻汤圆。

午后大会发言。萧功秦发言后,引起众人的不满,纷纷质疑。

晚餐在友谊餐厅吃盒饭。饭罢搭乘送姜文华、葛剑雄的车同往复旦。

晚间交通情况要好得多,一个多小时就到了。暗中摸索着找到第五宿舍的34号,是一座很破旧的小楼。据说这是沦陷时期日本盖起的兵营,抗战后划归复旦,朱维铮独居于此。聊了一个多小时,然后一直送我到第二宿舍门口。

周振鹤早早备下晚饭,但此时已是八点半钟,自然没有一点儿食欲。坐谈一个多小时,辞出,往朱学勤家,周执意相送。

到空政宿舍已是十点多钟,草草洗涮之后,睡下(朱往华工开会，与陈静仪同寝）。

十一月廿六日　星期四

清晨起来，陈静仪煮了早餐，吃了一碗泡饭。

六点钟乘9路电车至虹口公园，换21路，到石门二路，访王勉先生。此刻方交七时，先生刚刚起来不久。坐聊一个半小时。谈到徐高阮，他说此“阮”是指阮元。徐是杭州人，与王是同学，是陈寅恪的学生，极聪明，曾经加入地下党，有过一次被捕的经历，但出狱以后就变得反对共产党了。新中国成立前又去了台湾，后来娶了当地人做妻子，以后生活也是极清苦的。

继乘41路往古籍社，访李伟国、周黎庵。问李宋史上的“罚铜”故事，他竟也解不出，向我推荐了北京的几位。周先生以《清诗别裁集》《聊斋》会评会校会注本持赠。

又和徐小蛮道别。她那里忙得很，也无法多讲话，于是将我送到96路汽车站，一路上聊了几句。

乘车往陕西南路。在黄裳家的胡同口打了一个电话，小燕说他正在洗澡，要我在大街上转十分钟再来。

遂向前行，在一家小店铺看到了赵大夫要的棉鞋，买下。

继往黄府。看了他所藏的《春雨楼集》，果有青要山人小像，甚是妩媚。以新出《榆下杂说》一册持赠。

辞出，在对面马路的小饭铺买了四个包子，两个鲜肉，两个香菇青菜，两毛五一只，肉的尚可，香菇却是有名无实。

乘出租车至徐家汇，见50路车站人多得要命，只好继续叫出租车。但这一趟还算顺利，从陕西南路到化工学院，只用了四十分钟。

一点多郑逸文赶到，一起去听会。下午的会有了张汝伦和钱文忠，就变得热闹非常。但郑丫头始终断断续续在耳边窃窃私语，也就听不清楚他们在争论些什么。

晚餐仍是盒饭。饭后是歌舞厅的卡拉OK。小坐一会儿，回到房间。

将近十点钟，吴方来。约与周武谈，倪华强亦同住一室。谈周武即将编定的“中国名人遗言”，谈张元济和商务印书馆，十一点半钟结束。

十一月廿七日　星期五

早餐包子、面条。

饭后与郑丫头同去听会，未及一半，就商量着到红宝石喝咖啡吃点心。

十点钟离开会场，在门口等50路车竟等了四十多分钟。宛平路下车，乘15路，三站路走走停停，开了近半个小时。好不容易到了红宝石，已是十二点钟了。吃了一块鲜奶蛋糕，一杯咖啡，一杯鲜奶红茶，另外还有两种小点心，共费四十五元。两点钟，与郑丫头握别。

往金性尧先生家。此前他曾托人捎来一封信，情辞恳切，似亟欲一晤。至见面，他告诉我说，觉得我很有才气，可惜还没有名气，所以很想为我扬名。具体做法就是推荐我为香港中华写一本书，如明代宫廷政变录，唐代宫廷政变录等。此刻我却突然想起一个题目，就说，写一本缙绅被祸录，可以不可以？金先生觉得题目不错,可以和出版社方面商量。谈两个小时,辞出。

乘15路车往王元化家。陕西北路到高安路仅仅六个站的路程,竟一步一挪地走了一个小时。车又挤得像凤尾鱼罐头,真气得人发疯。到达王宅已是六点钟。王先生已经备下简单的晚餐,和蔼善良的张可夫人一个劲地颤抖着为我布菜,真教人动容。饭菜并不丰盛(干丝汤、烧萝卜、烧笋、熏鱼;后又加炒一份鸡蛋),盛情可感。饭后又坐谈移时(先生以《文心雕龙讲疏》一部持赠,又嘱转交一份材料给王迪)。

七点二十分辞出。

乘出租车回到梅陇。洗涮毕,倪乐雄、曹树基过访。

十一月廿八日　星期六

会议结束,虽然手中尚余餐券,但友谊餐厅已不备饭。于是走出校园,在农贸市场的小食摊上买了一份糯米油条(六毛钱),又买了一袋方便面、一袋速食粥,以为午、晚餐。

回到宾馆。十点钟许纪霖来,接我到他家做客,畅谈半日,并款饭(饭前十分钟,到倪乐雄家打了个转)。四菜:炸汉堡排、五香肉丝、酸辣白菜、兰花菜;一汤。两个荤菜都是速成。据云汉堡排是五元一袋,有十片,可称经济实惠。饭后小坐,即由许纪霖送至校门口111路车站,辞别。

至体育馆换乘903路到上海站,这一段路程费时七十分钟。

十五点四十五分14次从上海开出。十七小时的硬座真是难熬。幸有吴方、王毅两位旅伴,一路侃山,总算熬到北京。

十一月廿九日　星期日

九点四十分回到家中,即忙着洗衣服,整理房间。

午后往编辑部,取回信件。

晚间又患头痛,早早入睡。

十一月卅日　星期一

往编辑部。

又往朝内,处理《关于罗丹》的三校样。

午间归家。匆匆饭罢,又往编辑部,处理《读书》第一期初校样。

连日来真感到累极了。

十二月一日　星期二

清早即往编辑部,处理校样。直忙到十一点钟,然后送到朝内。

倪乐包饺子为陆灏送行,拉我作陪。在倪府吃完饺子,陆灏出发返沪,各自归家。

十二月二日　星期三

往编辑部。

连日来,一直处于忙乱中。今天下午总算稍稍有闲,可以坐下读书,偏偏又电话不断。

午后倪乐送饺子来。

十二月三日　星期四

往编辑部,处理退稿。

往社科院送校样。

十二月四日　星期五

往编辑部,阅近期来稿。

午后家居读书半日(季心屏来京,两次打电话来)。

十二月五日　星期六

往编辑部。

从本月起,新聘用的马树同志将为《读书》做一些事情。

十二月六日　星期日

两番往王府井外文书店,为小航买《新概念英语》。

读《世说新语》《三国志》。

十二月七日　星期一

往编辑部。

为范老板送去金先生签名的书以及黄裳先生的赠书。

往社科院。

晚间看电视(梅兰芳大奖赛·旦角组;浙江小百花越剧团的《汉宫怨》)至午夜一点钟。

十二月八日　星期二

往编辑部。

处理校样及第二期封一至封四的植字,整整忙了一上午。

午间为丁聪过生日。原定编辑部做东,地点在“阿静”。后成都来了一位“大款”,名陈礼蓉,坚持要为丁聪做寿,并选在潮明园中的金山厅。菜点都是很高级的:螃蟹、虾、海参、鲜贝等等,以及菊花石榴鸡、水晶包、生日蛋糕,满座皆欢。散席之后,老沈十分感慨地说:“有钱才有快乐啊!”据他估算,这一桌至少要一千元。在座有：丁氏夫妇、罗孚夫妇、傅惟慈、郝德华、吴、贾、沈。

十二月九日　星期三

往北图新馆特价书市，二十余元，购得两大包书。最高兴的是买到了孟森的《明清史讲义》。

午间吴向中来，请我，并拉了老沈，同往华龙饭店吃饭。他们两人吃火锅，我只要包子。边吃边聊，饭罢已是两点半钟。老沈似乎谈兴犹未尽，对这位吴向中颇有好感。

辽宁教育社将《棔柹楼读书记》的校样寄到。故放下书不读，先看校样。

十二月十日　星期四

往编辑部。

到朝内取三校样，送往谷林先生处。

午后往社科院。抄得宋茗香为簪花集所作小诗十二首。

看校样看得烦死了，许多文字要核对，真懒得去做这些事，却又不能不做。

十二月十一日　星期五

将校样阅定。

午间王翼奇做东，宴请傅璇琮、周笃文等，加上我，共八人，在文苑酒家。每人四十元标准，饭菜颇丰盛。其中炸虾球一款，觉得最合口味。

十二月十二日　星期六

到朝内郝处，将第二期的封二、三重新标定。

往编辑部，做发稿准备，忙一日。午间范老板请吃担担面

(吴、贾、倪、小坤),托辞未往。

十二月十三日　星期日

阅三校样。

晚间到吉祥戏院观看侯玉梅专场演出(六元一张票)。共三个折子戏:《坐宫》《活捉》《改容战父》。为她配戏的几位演员都挺过硬。杨四郎是于魁智扮,于是侯的同学。侯玉梅扮相极俊美,且文武兼备。想起王泗原先生总在吉祥看戏的,果然就在第一排找到他。利用幕间休息的时间,聊了一会儿。

十二月十四日　星期一

到谷林先生处取了校样,然后往编辑部。忙完校样忙发稿,午间匆匆回家吃了饭,又赶去,直累得腰酸颈痛。

十二月十五日　星期二

往编辑部。

到发行部,联系凤鸣书店订购的《北京乎》。为晓蓉领《读书》。

往社科院,访刘培育,取稿(金岳霖回忆录)。

午间与老沈、老马、小航同往梅园吃西餐。

十二月十六日　星期三

往编辑部。

与老马一起往发行部为凤鸣书店购书(五十部《北京乎》),然后运回编辑部。

十二月十七日　星期四

家居读书一日。

将已经刊发的《脂麻通鉴》检点一回,觉得很不满意,总是读书太少之过。

十二月十八日　星期五

虽然家中坐，却读不成书。吴彬打电话来，嘱联系办服务日的地点。于是打了一上午的电话。

读到《人民日报》"文艺短论"栏李庆西《标准？》一文，遂草草写就一篇《标准！》寄出。

十二月十九日　星期六

往编辑部，发服务日通知。

午后同老马一起将五十部《北京乎》送上火车，交周成，"押运"到上海。

晚间请许永顺、常备军在咸亨酒家旁边新开业的孔府酒家吃饭。在座有史玄、郝德华、吴、沈。未终席，先告辞。往吉祥戏院看为京剧艺术基金会举办的义演。四个折子：《探皇陵》《春秋配》《遇皇后》《玉堂春》。薛亚萍的两出简直太棒了，可谓得张派艺术真传。

十二月廿日　星期日

读书一日（《尚书》）。

十二月廿一日　星期一

往编辑部取信件，将封面样稿退郝。

仍读《尚书》。

十二月廿二日　星期二

往北图善本部借阅《春雨楼集》。接待者王杨，很是客气。

十二月廿四日　星期四

往人教社负翁处取稿，并送去为李韵秋折枝牡丹题款的图。谁知粗心之间,将竖作了横,好不懊恼。但负翁另有补救法：又题了一句“野渡无人舟自横”,算是别生意趣。

午后与吴彬同往法国大磨坊、世界美食中心采办服务日所需糕点。

十二月廿五日　星期五

在语委会礼堂举办服务日,来者踊跃。作家马原正在搞一部“中国文学梦”的电视片,借此机会在这里拍摄了几个镜头。

午后与沈、贾、马在南小街上的一家小餐馆共饭(是被沈强拉去的)。

十二月廿六日　星期六

往人教社负翁处取书。

将酝酿已久的一篇“脂麻”(谈“同文馆狱”)草成,却极不满意,看来是需要搁一搁了。

十二月廿七日　星期日

为老林写书目介绍。但拿起笔来,几乎写不成文字,费力费时,不见成效。

十二月廿八日　星期一

访梵澄先生。说起陆灏,他说,总觉得太可惜了,——人这样聪明,却没有好好攻一门专业。“人总该给这个世界留下一点可以留下的东西。”“那么先生认为自己可以传世的，是什么呢？”“《五十奥义书》《薄伽梵歌》,可以算是吧。此外《老子臆解》,有二十三处发前人所未发,也算有些新东西。”

继访钱满素。

午后往编辑部,阅初校样。

十二月廿九日　星期二

往编辑部,为校样忙一日。

连日来工作繁忙,头绪太多,十分疲惫。

十二月卅日　星期三

往编辑部,处理初校样。

十二月卅一日　星期四

往编辑部,清理赠送刊物名单,复信。

午后去看望外婆。

久未往琉璃厂,归途闲走一回,却一无所获。新印古籍愈出愈滥,几无可意者。

往范老板处送书(吴彬带给他的《防“左”备忘录》)。